# 宁来一梦

李寂 著

上册

青岛出版集团 | 青岛出版社

图书在版编目（CIP）数据

宁来一梦 / 李寂著. -- 青岛：青岛出版社, 2025.
ISBN 978-7-5736-3273-9

Ⅰ. I247.5

中国国家版本馆CIP数据核字第20251FV396号

NING LAI YI MENG
# 宁来一梦
李　寂　著

| | |
|---|---|
| 策　　划 | 崔　悦 |
| 责任编辑 | 方泽平 |
| 特约编辑 | 宋晓霞 |
| 责任校对 | 李玮然 |
| 插　　图 | 梦西 JMQ　春山泺 |
| 装帧设计 | 千　千 |
| 出版发行 | 青岛出版社（青岛市崂山区海尔路182号） |
| 本社网址 | http://www.qdpub.com |
| 邮购电话 | 18613853563 |
| 照　　排 | 梁　霞 |
| 印　　刷 | 三河市良远印务有限公司 |
| 出版日期 | 2025年7月第1版　2025年7月第1次印刷 |
| 开　　本 | 16开（710mm×980mm） |
| 印　　张 | 47.5 |
| 字　　数 | 960千 |
| 书　　号 | ISBN 978-7-5736-3273-9 |
| 定　　价 | 89.80元（全3册） |

编校印装质量服务电话　4006532017　0532-68068050

编校印装质量服务

# 目录

上册

第一章　宝宁替姐嫁皇子　1

第二章　裴原醉酒装可怜　33

第三章　宝宁回娘家探亲　67

第四章　裴原不慎中迷香　99

第五章　宝宁和裴原重逢　132

第六章　裴原犯错哄宝宁　163

第七章　裴原赤丹毒发作　198

第八章　宝宁被挑拨离间　226

# 目录

中册

第九章　宝宁裴原闹和离 … 251

第十章　季蕴送宝宁獒犬 … 279

第十一章　裴原启程去京城 … 306

第十二章　宝宁裴原共风雨 … 336

第十三章　如意楼开业庆典 … 365

第十四章　苏明釉假意示好 … 395

第十五章　苏明釉装疯卖傻 … 425

第十六章　裴原重做济北王 … 462

# 目录

下册

| | |
|---|---|
| 第十七章　吉祥咬伤苗管事 | 497 |
| 第十八章　宝宁巧制小香丹 | 522 |
| 第十九章　宝宁进宫见皇后 | 547 |
| 第二十章　裴原母亲的秘密 | 572 |
| 第二十一章　裴原北上除山匪 | 602 |
| 第二十二章　阿丑乔装探裴原 | 627 |
| 第二十三章　淳于栾使计攻城 | 654 |
| 第二十四章　宝宁散财救百姓 | 683 |
| 番外一　裴原钓鱼记 | 712 |
| 番外二　孕期二三事 | 720 |
| 番外三　正宗黄山烧饼 | 725 |
| 番外四　七年后的婚礼 | 734 |
| 番外五　当裴原回到过去 | 740 |
| 番外六　裴原八十大寿 | 748 |

# 第一章
## 宝宁替姐嫁皇子

荣国公夫人房中的高嬷嬷来请人时,宝宁正坐在炕上逗弄她刚养的小狗。

厨房里的张嬷嬷养的大黄狗前几日刚生了一窝崽儿,但张嬷嬷返乡养老去了,现在是正月,天寒地冻,大黄狗没几日就病死了,一窝崽儿就剩下这一个还活着,被宝宁抱回了屋子。

屋子里的熏香散发着很好闻的木香味,宝宁抱着小奶狗靠在软垫上,用勺子给它喂奶。

高嬷嬷站在门口,看到这一幕,撇了撇嘴,心道:大家都说许姨娘院子里的五姑娘从小就少了根弦儿似的,一点儿也不争气,白生了张漂亮脸蛋儿,如今一看,这话还真没说错。这都什么时候了,五姑娘眼看着就要及笄了,婚事也没着落,也不知道像六姑娘似的赶紧去主母那里讨好露脸,争取以后嫁个有头有脸的夫君,反倒整日窝在这个小院子里,真的把自己当成狗妈妈了?

高嬷嬷虽心中不喜,但表面上恭恭敬敬,轻叩了三声门:"五姑娘,主母请您到倚梅苑去一趟,事儿急,还请您快些。"

宝宁抬起头,一张俏丽的小脸上写满了惊讶:"母亲找我?"

高嬷嬷应道:"是,还唤了许姨娘,她正在路上呢,老爷也在。"

宝宁更意外了。

国公夫人陶氏一直和她的姨娘不和。因为陶氏无子,府里唯一的男孩是她的姨娘所生,叫季蕴,今年十二岁,陶氏觉得她的姨娘威胁到了自己的地位,所以这些年都没给过他们娘儿仨好脸色,连见到都觉得烦。陶氏今天怎么转了性子?

宝宁心想，准是有事儿了。

她颔首应了句"稍等"，再唤了丫鬟进来给她绾发穿衣，便匆匆出了门。

走出院门前，宝宁不忘叮嘱道："别忘了给小狗喂奶，等季蕴从书院回来，防着他点儿，让他离我的狗远一些。"

丫鬟笑着应道："姑娘放心吧。"

宝宁拢了拢衣襟，笑了一下，这才走了。

高嬷嬷瞧着她的背影，又撇了下嘴，暗道了句"真是没出息，就知道狗狗狗，心性还不及四姑娘半根手指头"。

宝宁一路上都在想，陶氏唤她去是要做什么，阵仗弄得那么大，难不成是有人来提亲……

但她细想了想，又觉得不太可能。

这么多年来，上门的媒人也不少，说亲的对象大多是小户人家的嫡子，或者是高门的庶子，品行都很端正，算是良配，但都被陶氏挡了回去，理由是五姑娘还小，不急于一时，要慢慢择夫郎。

陶氏打的是什么算盘，宝宁心里像明镜一样，陶氏就是盼着她嫁得差一点儿，最好是嫁个疯子、癫子，好衬得她的四姑娘更幸福，更高贵。

这便是后宅生活，斤斤计较，无趣，且惹人心烦。

宝宁改变不了什么，也懒得费心去改变，就盼着早日出府，离这个乌烟瘴气的地方远一些。

还好，这样的生活似乎不太远了，因为季嘉盈已经定亲了，男方是当今圣上的第四子，济北王裴原，过几日就要下聘。

季嘉盈嫁到皇家去，还做了正王妃，虽然裴原的名声不太好，颇有些臭名昭著的感觉，但这件事还是让陶氏和季嘉盈得意了许久。

宝宁想，希望陶氏的心情可以因为这件事变得好一些，不要再找自己的碴儿了，那些刁狠泼辣的手段，她实在是应付不来。

说起来，季嘉盈这门婚事，应该算是捡了个漏儿。

老荣国公功勋卓著，曾和先帝一起打下半片江山。两人关系极好，一日酒后谈天，说起两人的儿媳妇都有孕了，觉得缘分奇妙，当场就约定说等孙儿们出生，若是同性，便义结金兰；若是一儿一女，便结为夫妻。

后来两个孩子果真是一儿一女，不过季嘉盈刚出生三天，先帝便病逝了，新皇登基，又过了一个月，老荣国公也病逝了，这段指腹婚便再也没人提起。

前些日子，陶氏动了心思，塞了点儿钱给自己在朝中做正二品虎威将军的哥哥陶茂兵，让他在圣上面前稍微提了提此事。

圣上正在为裴原的婚事操心，这个儿子野得很，张扬纨绔，不服管教，年纪到了，好姑娘都不愿嫁给他，陶茂兵正好解了圣上的燃眉之急。圣上大笔一挥，当即定下了这门婚事。

回廊的拐角就是倚梅苑了，宝宁停下脚步，对着结冰的湖面拢了拢耳边的碎发，露出一抹笑。

宝宁想好了，待会儿见到季嘉盈，一定要找个机会奉承她，等哄得季嘉盈高兴了，对方也能少说些恼人的刻薄话。

只是宝宁没想到，自己还未踏进院门呢，便听见季嘉盈摔东西的声音和哭喊声："娘，我不嫁，你得帮我！"

宝宁愣在了门口。

屋子里一地的碎瓷片，陶氏抱着女儿一起哭。荣国公背着手走来走去，跺了跺脚，回头道："早就告诉过你，皇家的事不要掺和，就你爱慕虚荣要面子，非要往里钻，以为自己多聪明呢？现在好了吧，我看你怎么收场！"

陶氏红着眼道："若不是你没出息，顶着国公的爵位，却只做了个五品通政司参议，我能走那一步吗？我的女儿是金枝玉叶，可你看，来提亲的都是些什么人，没一个有前途的，我怎么舍得把女儿嫁给他们？好人家谁瞧得上你？你能不能看清自己？"

荣国公冷笑一声，道："那现在好了？太子和四皇子合伙给圣上下毒，太子被废，四皇子被囚，爵位也丢了，现在两个人一个失踪，一个残废，你舍得嫁了？"

陶氏撒泼："我不管，你有那么多姨娘，那么多女儿，要跳火坑，让她们去跳，我的嘉盈不行！"

季嘉盈闻言，哭得更厉害了："娘，你救我，四皇子没几日活头了，我不想当寡妇……"

荣国公气得手指发抖："你这个恶婆娘……"

高嬷嬷没想到转眼间的工夫，屋子里就吵成这样。

她尴尬地领着宝宁站在门口，低声道："老爷、夫人，五姑娘来了。"

她话音刚落，屋子里的三人都看了过来。

宝宁赶忙收起脸上的震惊之色，恭恭敬敬地行了个礼："爹爹、母亲。"

陶氏抹了抹眼睛，找了个地方坐下，没搭理她。

荣国公的面色涨得通红，他讪讪地冲她招了招手："宝宁来啦？怎么也不出声？快到爹爹这里来。"

"季昌平,脸都撕破了,说这些客套话有意思吗?"陶氏冷眼扫过来,喝道,"我告诉你,我刚刚和你说那么多,是给你面子。现在我将话撂在这儿,那门倒霉催的婚事,我不管你是怎么想的,许氏是怎么想的,季宝宁都得替嘉盈嫁!这就是我想出的法子!若是你敢和我甩脸子,不愿意,我明日就去找我哥哥,到圣上面前参你一本,让你连个狗屁的五品官都做不了!"

"你你你……"荣国公用手指着陶氏,"你"了半天,一个字都没"你"出来。

宝宁却冷静下来了。她听了一会儿,已经明白发生了什么事。

陶氏拼死拼活为季嘉盈寻来的皇家亲事变成了火坑,她舍不得自己的女儿跳,要让别人的女儿替她女儿跳。府里一共有六个姑娘,大姑娘、二姑娘、三姑娘已经嫁出去了,六姑娘季留湘才十二岁,就剩下宝宁一个适龄未婚且没定亲的姑娘。她是唯一的替罪羊!

这是陶氏一贯的作风。

宝宁转头看向坐在角落里的季嘉盈,四姑娘已经哭得缓过劲儿来了,知道母亲为她撑腰,也不害怕了,还挑衅地冲宝宁笑了笑。

她这一笑,宝宁看得浑身发冷。

季嘉盈像是知道她在想什么,开口道:"五妹妹,你也别心中不平,你和我是一样的吗?我是嫡女,你是庶女,能嫁给皇子做正妻,是你的福气,你应该感谢我将这个机会让给了你,而不是嫉恨我,知道吗?"

荣国公怒道:"嘉盈,你说的是什么话?"

"嘉盈说的有错吗?"陶氏站起来护着女儿,瞪了荣国公一眼,转向宝宁继续说:"我就问你一句,你是嫁,还是不嫁?"

宝宁将视线从季嘉盈得意且充满挑衅的脸上移开,叹了口气:"我嫁。"

许姨娘是半刻钟后才到的。她本和二姑娘的生母明姨娘在一块儿打叶子牌,听到陶氏找她,就匆匆赶过来了。

陶氏风轻云淡地和她交代了要宝宁替嫁的事:"到时候我便说,四姑娘病了,短时间内没法出嫁,怕耽误了四皇子,便由五姑娘替嫁。过几日,我便将宝宁过继到我的名下,那她便是嫡女了,再加上我哥哥的进言,圣上不会不允的。倒是便宜了你女儿,不仅成了嫡女,还做了皇子妃。"

许姨娘听得一口气没上来,险些晕过去:"你说得好听!你怎么不将你女儿嫁给四皇子?你是要毁了宝宁的一辈子啊!"

"姨娘,别说了。"许氏太激动了,宝宁怕她口不择言,祸从口出,赶紧告辞,拉着她回了院子。

进了屋子，许氏便再也忍不住了，扑到床上哭了起来："我的儿啊，是姨娘没用，才让你受了这样的委屈，我的宝宁怎么能嫁给那样的人……"

许氏是个很温柔的人，一向端庄娴雅，宝宁还是第一次见她这么失态。

看到姨娘这样，宝宁心里也酸酸的。她走上前，坐到许氏身旁，宽慰道："姨娘，您别太难过，我觉得这也不是坏事。"

"这还不是坏事吗？"许氏震惊地坐起来，"我的儿，你是不是还不知道那个裴原的德行？"

宝宁回想了一下以往在府中下人闲聊时自己听来的关于四皇子的只言片语：阴险狡诈、纨绔风流、心狠手辣、臭名昭著。

许氏难过地说："除去他的德行不说，他现在获了罪，是谋逆的大罪啊！圣上怎么会宽容他？圣上没在玉牒上把他除名，那是看在他死去的母亲的分儿上，但他那样活着，和死了又有什么差别？他瘫在床上，人不人鬼不鬼的，还生了一副坏心肠……"

许氏想到这里，又哭了起来："我苦命的宝宁！"

宝宁叹息一声，抱住许氏，低声道："姨娘，但我还是觉得，这样挺好的。"

许氏哽咽着问："好在哪里？"

宝宁道："至少四皇子不能纳妾了，他的府里只会有我一个人，没有其他乱七八糟的人，多清静。他再怎么样也是圣上的儿子——原来的罪已经发落了，他也受了处罚，圣上总不会真的杀了他。而且四皇子都这样了，对皇位也没什么威胁，估计也没有别人会想着害他。如此一来，府里便更清静了，多好。"

许氏哭笑不得："清静是清静了，但你一辈子的幸福也没了！"

"什么是幸福呢？"宝宁垂着眼看自己的手指，"像大姐姐那样嫁给崇远侯世子，每天有操不完的心，斗不完的法算幸福？还是像二姐姐那样不停地生孩子，生了一个又一个，就为了让夫君多看自己一眼算幸福？那样的幸福我不要，我只想安安静静地过日子。我不想害旁人，旁人也不要来害我，嫁给四皇子就很好。"

许氏一时语塞，竟不知如何反驳。

宝宁又道："再说了，以主母那样的性子，咱们不答应又能如何？她不会罢手的，父亲也帮不了咱们。"

许氏知道她说得有理，叹息一声。沉默许久，许氏想到了什么，忽然蹙眉："季蕴还不知道这件事，等他回来，还不得闹翻了天？"

季蕴是傍晚时分回来的。如许氏所料，季蕴果真大发雷霆，直直地往陶氏的院子去，想找她理论，被宝宁死拽着才没去成。

季蕴心中憋屈，又没地方说，抱着手臂蹲在地上，慢慢地红了眼眶："都是我没用，陶氏的哥哥是二品大将军，她才有底气这样横行霸道，若我以后也做了大将军，我姐姐就不会这样被人欺负了。"

宝宁有些好笑："你才十二岁，她哥哥都快四十岁了，有什么好比的？"

季蕴才十二岁，又是国公府的独子，陶氏虽不喜欢他，但平时也不会苛待他。季蕴一直都是娇养着长大的，宝宁还没见他哭过，蓦地看见这样的季蕴，心里也不好受。

宝宁哄他："好啦，等你以后发达了，姐姐就和四皇子和离，你把姐姐接走，好不好？"

季蕴抬头，泪眼蒙眬地问："当真？"

宝宁点头。

季蕴果真被安慰到了，握住宝宁的手，坚定地道："姐，你放心，我以后一定会更用功地读书、练武，早日出头，早日带你离开那个地方！"

宝宁笑起来，摸了一把他的头发。

又过了三日，少府监送来聘礼。

裴原犯的罪是谋逆，伙同太子裴澈弑君篡位，幸好被三皇子裴霄及时发现，才没酿成大错。

圣上勃然大怒，当即将两人打入牢狱，废了太子的太子之位和裴原的爵位，下了秋后处斩的旨意。但后来，裴澈在狱中忽然病重，出狱疗养，没几日便失踪了，裴原也伤了身子，成了不良于行的废人。两个儿子都出了这样的事，圣上年纪大了，又气又急，大病了一场。圣上好了后，许是想开了，没再追究裴原的罪过，将他放了出去。

说好听点儿，裴原是个失宠了的皇子；说不好听点儿，他是被圣上放弃了的儿子，圣上由着他自生自灭。

宝宁早就做好了聘礼微薄的准备，但等真的看见后，还是吃了一惊。

一个生锈掉漆的大箱子，草草地裹了几条红绸，打开后，里面只有三袋小米，以及用破布包裹着的五两银子。

季嘉盈当场就笑出了声："我知道四皇子落魄，但没想到已经落魄成了这样，就算是只有几亩地的农户家娶媳妇，也不会这么寒酸吧？"

少府监来送礼的太监还没走，听到女儿这样讲，荣国公脸上有些挂不住，喝道："嘉盈，住口！"

小太监倒是不在意，笑着道："四姑娘说得也没错，圣上说了，四皇子虽未从玉牒上除名，但其待遇与庶人无异。国公爷别嫌咱们送的聘礼寒酸，奴才也是听差办事，没办法。"

荣国公小心地看了看宝宁，见她还是一副笑盈盈的样子，心里放松了许多。虽然对这个女儿是有些愧疚的，但是他有心无力，陶氏强势，他也确实需要倚仗陶茂兵，实在是不敢违背这个妻子的意思。

不过既然宝宁不在意，他的心里也好受了许多。

陶氏拿了些赏银，又客气了两句，将少府监的太监送走了。

宝宁道过谢，带着那个大箱子回了院子。

她身后传来季嘉盈的声音："喊，还笑得出来呢，不知道是真傻还是假傻。"

回到房里，许氏自然又不平了一段时间，但怕伤了女儿的心，也不敢表露出来，只偷偷地躲在外头叹气。叹过气后，她回屋里继续帮着宝宁整理嫁妆。

出嫁的日子定得太过匆忙，就在十天后，说是那天乃吉日，过了这个日子，还得再等半年，四皇子怕是等不及。

等不及是何意，众人皆心知肚明。

宝宁之前虽未定亲，但嫁妆也一直在筹备着，她与许氏皆有一双巧手，十日里紧赶慢赶，总算是把嫁妆备好了。

迎亲的日子转瞬即至。少府监遣来一辆四面漏风的马车，果真是将圣上的旨意贯彻到底，要将裴原视为庶人。

季蕴去看了一眼，回来后气得心口疼，坐在台阶上生闷气。

宝宁笑着劝了他几句，没往心里去，对着镜子贴花钿。

她认真地打扮了一番，按照成亲时新嫁娘要走的那套流程，开了脸，绾了发，戴上凤冠。她想得很开，日子是自己过的，旁人爱说什么也碍不着她的事。她再落魄也得干净漂亮，也得活得舒适。更何况，她也没落魄成那个样子！

宝宁本就是个美人，即便素面朝天，容貌也是府里六个姑娘中最出彩的，如今穿上大红色的喜服，又抹了口脂，更是艳丽得让人移不开眼。

她回身，笑着问许氏："娘，我好看吗？"

许氏抹了抹眼泪："我们宝宁最好看了，四皇子一定会喜欢你的。"

宝宁笑得更高兴了，眼睛弯得像月亮。

又等了一会儿，到了吉时，季蕴将宝宁背出府门，送到马车上。

少年的背还有些单薄，但他一步步走得很稳，颤抖着声音说："姐，我以后会常去看你的，你要对自己好一点儿啊！"

宝宁贴着他的耳朵道："放心吧，你姐姐什么时候对自己差过？"

季蕴乐出了声:"姐,你放心!以后姐夫要是敢欺负你,我帮你揍他。"

荣国公府的大门口,该来的人都来了。

陶氏一脸事不关己的神色,季嘉盈抱着手臂看好戏,叶姨娘带着她的六姑娘,六姑娘畏畏缩缩地躲在最后面,露出一双黑溜溜的眼睛看着宝宁,眼神中一半嘲讽之色一半害怕之色,嘲讽她嫁给四皇子,害怕自己以后也会落到这般地步。

唯有明姨娘和许姨娘担忧地看着她,眼中有泪。明姨娘是二姑娘的生母,精明利落,和许氏是好友。

宝宁坐在马车上,撩开帘子,向几人挥了挥手,还没来得及说句话,车夫"驾"了一声,马车便走了。

一路上,宝宁都在想裴原的样子。

宝宁对他有些印象。三年前的上元节,她随姨娘和陶氏出府玩,站在酒楼临街的窗边往下瞧的时候,看见一个鲜衣怒马的少年路过,身后跟着一众黑衣侍从,惊得路人纷纷躲避。

少年容貌出众,一身嚣张气焰,挥舞着银色鞭柄,如同黑夜中闪过的一道光。

店小二说,那就是四皇子裴原,不学无术,一身纨绔习气,还杀过人,但因他是皇子,谁都不敢惹,只能躲着。

那时候,谁都没想到裴原会变成现在这样,宝宁也没想到他们之间竟会有这样的缘分。

但不管他原来是什么样的,以后都是她的丈夫了,她总不能撇下裴原不管。

宝宁想,她会尽心待裴原,问心无愧,与他好好地过日子,至于以后的事,便随遇而安,走一步算一步吧。

马车不知走了多久,晃晃悠悠的,像是走到了荒郊野外。

宝宁早上没吃饭,饿得心中发慌,快要受不住的时候,马车终于停了下来。

车夫掀开帘子,冲她道:"四皇子妃,到了。"

没人搀扶,宝宁自己下了车。尽管早已有了心理准备,但看着眼前的景象,她还是吃了一惊。

一片荒树林里有一个不大的院子,篱笆门摇摇晃晃,好像风吹一下就要倒。房子是两间低矮的茅草屋,大冬天的,一看就四面漏风。前几天刚下过雪,现在院子里的雪还没完全化,一半水一半雪,泥泞不堪。

这不像是皇子的住所,反倒像是个废弃许久的破院子。

宝宁转头看了看周围,别说村庄人家了,连个邻居都没有,目之所及,全是掉光了叶子的树，只有马车驶来的方向有条羊肠小道，弯弯曲曲，看不到尽头。

这个地方，正常人住着都难以生活，何况是四皇子那种行动不便的人呢？

都说少府监的那些人最势利，现在看来半点儿不错。当初裴原风光时，他们一个个抢着巴结，送最好的东西去，现在却连间像样的房子都不肯给他。

宝宁正想着，篱笆门忽然开了，一个丫鬟打扮的女子走出来，打量了宝宁一眼，问车夫："这就是四皇子妃？"

车夫点了点头，笑道："翠芙，这下高兴了吧？不用再待在这个鬼地方，有人来接你的班了！"

翠芙搓搓手，抿了下嘴，道："可不是吗？再待两天，我就要疯了。不说这里吃不饱穿不暖的，就四皇子那个性子……"

翠芙说了一半，终于想起见了四皇子妃是要行礼的。

她把后半句话收了回去，俯身行了个礼，又瞄了宝宁一眼，摇头道："长得真漂亮呢，可惜了，嫁了个这样的残废。"

马夫打了个哈欠，再次坐上车，招手道："你别说了，快上来，趁着天还没黑，赶紧回京城去。"

翠芙"唉"了一声，连句辞别的话都没和宝宁说，抬腿便钻进了车里。

鞭子一抽，马儿仰头嘶鸣一声，带着马夫和那个叫翠芙的丫鬟离开了院子。

宝宁站在原地，看着马车远去的影子，抿了抿唇，不知道该说些什么好。

那两人是一点儿也没把她当皇子妃看。在他们眼里，她或许连个主子都不是，就是个嫁过来受苦的倒霉新娘，他们巴不得离她远远的。

罢了，靠山山倒，靠人人跑，靠谁都不如靠自己。

宝宁叹了口气，把盖头扯下来，拿在手上，又蹲下身子将裤腿挽起，一步一滑地走进了院子。

她在心里想，待会儿换了衣裳后，得赶紧将院子扫干净，万一摔了就麻烦了。

院子不大，约莫十几步长，宝宁很快就走到了茅草屋门口。

两间屋子是相邻的，长得几乎一模一样，只是其中一间的窗纸破了个洞，冷风吹过，将整个窗户都吹得"呼呼"作响。另一间看起来稍好一些，至少窗户很完整。

哪间是裴原住的呢？

宝宁思忖着，往前踏了一步，准备透过窗纸的小洞往里瞧瞧。

墙壁上立了把大扫帚，她没注意，不小心将扫帚碰倒了，发出"砰"的一声。

屋子里瞬间传出一道低哑的声音："谁？"

宝宁张了张口："我是……"

宝宁还没说完，裴原抓起床头的杯子就砸了过来："滚！"

宝宁听见破空之声，下意识地往旁边侧了侧身子，眼睁睁地看着杯子砸破窗纸，又擦过她鼻尖前一寸的地方，掠出一条漂亮的弧线，落进了雪里。

宝宁呆在原地。

屋子里没声音了。

过了好一会儿，宝宁终于鼓起勇气，从被砸开的窗户洞往里面瞄了一眼，正好对上裴原冷厉的眼睛，那眼神充满防备与厌恶。

"再不滚，信不信老子一掌拍死你？"

宝宁被吓得又将脖子缩了回去。

她已经做好了嫁给一个残废的准备，也知道裴原的脾气一向不好，但没想到他竟然恶劣成这样。这么看来，窗纸上原来的洞，或许就是被他用什么东西砸破的。

怪不得刚刚翠芙离开的时候，神情如蒙大赦。

宝宁抬头看了看天色，约莫未时了。她只在早上起来时吃了半个包子，早就饿得不行了。

要不她先去做饭？

裴原再凶，总归是要吃饭的，等待会儿送饭的时候，她再和他好好聊聊，或许那时他就不会这么抵触了。

但是厨房在哪儿呢？

宝宁在原地转了个圈，没看出来哪里像厨房，空荡荡的院子里只有两间茅草屋，院角处还有一间低矮的小房子，应该是茅房。这个院子太空旷了，冷风吹过来，一点儿遮挡都没有，宝宁被冻得打了个喷嚏，朝着另一间茅草屋走去。

她本以为这是翠芙的房间，没想到进去后别有洞天。

约莫七步长、八步宽的小地方，一半是土炕，另一半竟是个简易的小厨房！

屋子里没什么像样的家具，只有一张瘸了腿的桌子、一把摇晃的椅子，还有灶台上的一个锅。

但即便如此，屋子里还是显得拥挤不堪，不仅黑暗潮湿，还有一股很大的煤烟味。

炕上是胡乱堆叠的被子，枕头掉在了地上，还有几件女子穿的衣裳，肚兜和襦裙被扔得到处都是。

宝宁想，许是翠芙走得太急，从被子里爬出来，穿上衣裳就走了，剩下的东西全都没要，虽然也并没有什么值钱的东西。

宝宁抬手在鼻子下扇了扇，这味道太呛人，她也顾不得冷了，将门窗都打开通风。

午后的阳光洒进来，屋子里一下子就明媚了些。

宝宁长舒了一口气，觉得舒服了许多，着手整理东西。屋子里并没有什么好收拾的，不过是翠芙丢下的那些衣裳杂物，很快就被她归拢到了一起，放到了洗衣篮子里。宝宁的嫁妆箱子还在院外，她想等到晚上再整理那个，先将饭做好，给裴原送过去再说。

翠芙许是知道她今天要来，连午饭都没做，炕也没烧。

灶里一点儿火星都没有，锅里还残留着上顿吃剩的残渣，看样子像是玉米糊糊之类的东西，黏在锅上，散发着一股不太好闻的腥味。

宝宁弯腰闻了闻，皱起鼻子。锅里的东西已经馊了，不知放了几天。

宝宁有点儿讶异，这两人平时到底吃的是什么呀？

她要想做饭，就得生火、刷锅。

柴火堆在门口不远处，虽然不多，但也够用，而且林子外有那么多枯枝，总会烧着火的。

可问题是，菜和米在哪儿？水在哪儿？

宝宁在屋子里转了一圈，只看到了一个木桶，里头装了约莫一个指节那么高的水，连喝两口都不够，更别说做饭了。

院子里也没有水井。

宝宁愣怔着站在门口，一时失语。这两人这些日子到底是怎么生活的？饭不吃，连水都不喝吗？

她思忖了半晌，还是决定问问裴原，他在这里也住了一段时间了，应该知道这些事。

茅草屋很破，门是一块坑坑洼洼的破木板，门闩也烂了，门锁不上，也关不严，风一吹就开了。门和窗都坏了，灶火也没烧，不用猜都知道裴原住的这个屋子有多冷，他本就身体不好，是怎么熬过来的？

宝宁叹了口气，抬手敲了敲门："四皇子，我进来了？"

屋子里没有声音。她等了一会儿，又敲了一遍门，还是没有声音。

宝宁心中奇怪，怕裴原出了什么事，没再等他回应，推门进去了。

一进门，宝宁便被呛得咳嗽了起来。这屋子里的味道比刚才那个屋子里的还要难闻，苦涩的药味混合着一种难以言喻的酸臭味，仔细闻，还能闻出一股淡淡的血腥味。

不大的火炕上，裴原正侧卧着睡觉。

他睡得不太踏实，眉毛紧紧地拧起来，唇边有一圈胡楂，头发半束半散，乱糟糟的，裹着的被子也不干净，上面的一大片污渍都干了，有的地方还露出了棉花。

许是因为疼痛，裴原放在枕边的手攥成了拳，手背上青筋暴起，骨节都有些泛白。

这副邋遢落魄的模样，活像一个流浪汉，根本不能和原本高高在上、肆意张扬的四皇子联系在一起。

宝宁怔在原地，忽然觉得有些心酸。

裴原被她的咳嗽声吵醒，艰难地转了转眼珠。醒着的时候比睡着的时候难受很多，他睡着的时候感觉不到冷和饿，也不会疼，而一旦神志恢复清明，那些难以忍受的感觉又会卷土重来。伤口还很痛，他咬牙忍着才没有叫出声来，伤口无休止的溃烂和痛痒感快要将他逼疯了。

许是发烧了的原因，裴原觉得嘴里干得厉害，连带着整个嗓子都火辣辣地疼。

他想喝水。

裴原撑着胳膊坐了起来，抬手按了按额角，半闭着眼去桌边摸杯子。他摸了半晌，只摸到了一手灰。

宝宁实在看不下去了，拎着茶壶放到他的手边："杯子刚刚被你扔出去了，壶里的水也冷了，你知道附近哪里有水井或小河吗？我去打些水来，烧给你喝。"

陌生的女声传进耳朵，轻轻柔柔的，带着一股暖意，与这冰冷的环境格格不入。

裴原心中一惊，猛地睁开眼睛。

入目的是一张清丽漂亮的脸，柳叶眉，杏仁眼，皮肤白皙。他面前的人看起来年龄不大，还没长开，但容貌极为出色，不是那种令人惊艳或者魅惑的美。相反，她给人的感觉很舒服，她长相毫无攻击力，唇角有对很浅的梨涡。

她不像是来找事的。

得出了这个结论，裴原脑子里紧绷的弦松了些许，已经运了三分内力的手掌也卸了力。

裴原将视线往下移，看见宝宁那身大红色的喜服时，瞳仁一缩。他骤然想起来，早上翠芙说今日是他成亲的日子，新娘子约莫中午到，那时她便回京城去了，由他的皇子妃继续伺候他。

翠芙说那些话的时候语气中带了几分怜悯："听说您跟皇子妃是指腹为婚，皇子妃还是荣国公家的女儿呢，那样的千金小姐，怎么甘心到这样的地方来？以后还不知道她会怎么对您呢，真是可怜见儿的。"

裴原不知道翠芙是在可怜谁，是可怜他，还是可怜那个要嫁过来的皇子妃？

思及此，裴原露出一丝讽刺的笑容。她说得也对，就凭他现在这样的处境，哪儿会有傻子来伺候他，一个个都巴不得他快点儿死吧？就连少府监派来的丫鬟都敢对他颐指气使，何况是荣国公府的小姐？他用脚指头想都能想到，面前这位肯定是被逼着嫁来的倒霉庶女，一路上不知道哭了多少次了，说不定现在正在算计着怎么脱身，先来他的房里打探一下情况。

她应该很高兴吧？瞧他一副半死不活的样子，不知什么时候咽了气，她就自由了。

裴原看着宝宁的裙子呆住了。宝宁不知道他在想什么，想得这么出神，连被子滑下去了都不知道。

她怕裴原着凉，病得更重，伸手将被子扯了回来，围在他的颈边，又问了一遍："你很渴吗？你若是还能忍的话，就等一下吧，喝冷水总归是不好的。你告诉我哪里可以打水，我烧热了给你喝。"

这个人真能装。裴原回过神，厌恶地皱着眉头，侧身躲开宝宁的手，仰头将茶壶里的水喝了个精光。

裴原许是手抖得厉害，最开始时，茶壶嘴儿没对准，不少凉水洒出来，灌了一脖子。他像是感觉不到一样，将茶壶扔回桌面上，随便抹了下嘴，又钻回被窝。

宝宁有些尴尬，因为她自始至终都被裴原忽略，于是抬手摸了摸鼻子，缓解尴尬。站了一会儿，她又觉得这样僵持下去不是办法，还是决定先说话，和他搞好关系。

宝宁蹲下身子，让视线与躺下的裴原齐平，尽量用最温和的声音道："四皇子，我是你……"

她的话还没说完，裴原忽然睁开眼，不耐烦地道："你怎么还不滚？"

宝宁被骂得愣了一下，有些委屈。她抿抿唇，很快调整好心情。

她早就知道裴原是这样的脾气，如今又跌落泥潭，身陷这样的处境，心情差一些也正常。她让着他些，没必要因为这个生气。

宝宁想通了，又笑盈盈地对他介绍自己："我姓季，名字叫宝宁，你听说过我吗？季宝宁。"

裴原神情古怪地看着她，眼神复杂，也没回答她的问题。

宝宁想，裴原应该是不认识自己的。他原来是四皇子，那般高贵的人物，又生性纨绔，平日里结交的也都是些纨绔公子，整日骑马、射箭，许是连季嘉盈都不认识，又怎么会听说过她。不过那都不重要，以前的事都过去了，他把以后的日子过好就行了。

"以后我们俩就要一起生活了。"宝宁给裴原披了披被子，撑着下巴看他，眼睛弯弯，"你放心，我会好好照顾你的，你待会儿想吃什么？我给你做。"

裴原冷笑一声，闭了眼，不再看她。

他的左腿有伤，因为一直没有好好地清理伤口并上药，深可见骨的伤口已经化脓了，稍微碰到便会疼，所以裴原平日都是向右侧躺着睡的，脸正好面向宝宁，躲都躲不开。

他懒得理她，干脆闭上眼，眼不见心不烦。

宝宁看裴原不理自己，叹了口气，站起身走了。

裴原听见关门的声音，终于睁开了眼，眼中有一闪而过的嘲讽之色。

他心想，这个女人的段位很高明，她以为自己说了那番虚情假意的话，他听了就会感激涕零吗？

裴原正想着，肚子突然发出"咕咕"的叫声。他伸手往身后摸了摸，掏出一个油纸包，拆开后，里面是半张葱花饼。葱花饼放了太久，冬日又冷，饼上的油已经凝固了，看起来腻得很。

翠芙对他不上心，做饭也难吃，每日只做玉米糊糊，里头拌上点儿苦盐，凑合着就是一顿饭。裴原咽不下去，靠着裴扬隔几日送来的饭食充饥。

裴扬是他的五弟，今年十三岁，是圣上最小的儿子，自小备受宠爱。

裴原对这个弟弟一向不错，裴扬的拳法和剑术都是他亲自教的，裴扬对他也极为亲近。后来他出了事，原先的那些酒肉朋友跑得无影无踪，一个个急着和他撇清干系，只有裴扬还记着他，每隔三五日就来看看他，再送些东西。

算起来，裴扬也有五日没来了，大雪封路，这里又偏远，他来一趟也不容易。

裴原咬了一口葱花饼，在心里琢磨着，待会儿自己去做些饭，好留着明日吃。至于刚才那个女人，他是不相信也不指望的。她说得倒是好听——等着吧，不出三日，她便哭着喊着要回去了。

想到这儿，裴原神色又冷了几分。

这个女人最好赶紧走，省得扰了他的清静。


宝宁将院外的嫁妆箱子拉回了屋子，她的嫁妆并不丰厚，满打满算就两个大箱子，其中一个还是许氏心疼她，花私房钱置办的。

此外，宝宁自己还带了个小箱子。

那日看到少府监给裴原准备的聘礼，宝宁便对他当下的处境有了数，怕此处连生活必需品都没有，自己便带来了一些。小箱子里有几斤猪肉、一袋白面、一袋精米，还有些零零碎碎的菜和药。因为这些东西，她被季嘉盈和季留湘嘲笑了好久。

宝宁原本还觉得自己多虑了，现在看来，多亏她想得周全，要不然今晚吃什么都不知道。

喜服太累赘了，宝宁从箱子里翻了套常服出来换上，瞬间轻松了许多。

她想了想，又翻出一条布巾来，将裴原那个屋子窗户上的洞堵上了。

这个人脾气暴躁，做事还不计后果，发火便发火呗，砸窗子做什么？砸坏了，冻的还不是他自己？

宝宁摇摇头，转身继续去找水源，心情再不好，饭总是要吃的。

宝宁一回头，忽然发现裴原所住的茅草屋的东侧，屋子和篱笆墙之间有一条窄窄的过道，约莫一尺宽。她走过去看了一眼，那边竟然也是个小院子。宝宁惊喜万分，提起裙摆挤过去，瞧见院子中间有口辘轳井，井的东侧有个菜窖，被木板挡着，西侧是一片被开垦过的菜地，不过现在已经没有菜了，只剩一行行土垄。

宝宁这才知道，这个院子是个"日"字结构，篱笆墙围成一个大院子，两间小茅草屋在正中间，左右两边留出过道来，通向后面的小院子。

这里有井，有菜窖，还有菜地，等到春天，这日子就好过多了。

宝宁转眼就将裴原冲她发火带来的那点儿不高兴忘记了，回西厢取了根蜡烛点上，想去菜窖底下看看有多少存粮。

她掀开木板，扑面而来的是一股阴暗潮湿的味道，混合着白菜和萝卜的特殊气味，倒也不算难闻。

宝宁把裙摆系在腰上，拿着蜡烛小心翼翼地顺着梯子爬下去，蜡烛一直没灭，她放心了许多。等到了底下，宝宁满怀希望地转头看过去，只见角落里放着几颗大白菜，旁边放着一根被切了一半的胡萝卜。这些菜孤零零地躺在那里，她想象中的存粮、风干腊肉都没有。

宝宁有些失望，叹了口气，但转念又想，至少还有几颗白菜，也挺好的，今晚做疙瘩汤吃，热乎乎的，也很不错。

她从小就会安慰自己，擅长苦中作乐，不高兴的事情，转眼就会忘记。陶氏说她没出息，她不知道什么叫有出息，只觉得自己这样很好，心情总是愉快的，生活也有滋有味。

宝宁抱了一颗大白菜，将蜡烛吹灭，顺着梯子往上爬。

厨房太小，还挨着宝宁的床铺，在那里洗菜不方便，她干脆打了水上来，蹲在井边洗。

现在是冬末春初，春寒料峭，井水冷得刺骨，宝宁的手被冻得通红，她洗了一会儿，觉得冷，就甩了甩手上的水，边将手缩进衣服里取暖，边打量这个小院子，琢磨着等过半个月土化冻时，她要种什么菜。葱是肯定要种的，还有韭菜也要种，炒鸡蛋很好吃，那她就再养几只鸡吧，还要种白菜、小辣椒、茴香等。对了，她要再种些黄瓜，夏天可以解渴。说到解渴，葡萄也是可以种的，她还能搭葡萄架子，好乘凉……

二月中旬，天黑得早，申时还未过，天色已经有些暗了。

裴原伸手抓了件外衣披在肩上，艰难地站起身，准备去厨房做点儿饭。

因为那次意外，裴原的左腿不能动了，虽然有痛感，但是完全使不上力，为了能站起来，他只能拄着木棍行走。从东厢到西厢，短短几步路，裴原走得满头大汗。许是因为用力过度，他能感觉到刚愈合的伤口似乎又崩开了，一阵阵的疼痛感顺着脊背爬上来。裴原低下头，厌恶地盯着自己的双腿，眼中一片阴霾。

这么无能的自己，连他自己都嫌弃，又指望谁来喜欢呢？

推开西厢的门之前，裴原有过一瞬间的犹豫。他想过，万一她没走，还在屋子里……

裴原在门口站了一会儿，没听见里头的动静，便伸手推开门。

屋子里果真空无一人。

裴原自嘲地笑了一下。他果真是想得太多了。火石就放在桌上，裴原拿起来，抓在手里，艰难地蹲下身，准备把火生起来。

蹲身这个看起来极为简单的动作，对于裴原来说却无比困难。他的腿上有伤，连弯曲都费力，为了能蹲下，他必须死死地握住棍子以保持平衡，才不至于摔倒。棍子是粗一些的枯柴，并不结实，承受这么大的力，感觉随时要裂开。裴原额上满是细汗，喘了口粗气，将棍子扔开，转而扶着灶台，但他的手一滑，人还是摔在了地上。

伤口彻底崩开，剧烈的疼痛感让裴原觉得眼前一黑，他仰起头，喉间溢出一丝闷哼。

宝宁端着洗好的菜推门进来时，就看到裴原正在努力地想要站起来。

听见身后的响动，裴原心中一惊，立刻回头看去。

宝宁也正惊讶地看着他："四皇子，你怎么出来了……"

她的视线下滑，落在裴原无力支撑的左腿上，那条腿瘫软无力，让他现在的姿势显得颇为怪异。

裴原来不及为她的出现感到高兴，瞧见她的视线落向的位置，脸色猛地一沉。

抓着棍子的手泛着青白之色，他红着眼喝道："再看，挖了你的眼！"

一阵风吹来，门"啪"的一声被关上了。屋子里更暗了。

从窗户透进来微弱的光，裴原背光站着，五官模糊得像是罩了一层阴影。他生得高大，又常年练武，肩膀宽阔。屋子本就小，他站在那里，好似一堵墙，周身散发着阵阵寒意。

宝宁局促地站在门口，眼神不知道放在哪里，手指紧紧地抠着手中的菜盆。

有那么一瞬间，裴原生出了杀意，宝宁感觉得出来。

屋子里极为安静，只能听到裴原越来越重的呼吸声。

说不害怕是假的，她心脏"怦怦"直跳，过了好半晌才缓过来，赶紧推门走出去。

冷风吹过来，宝宁打了个激灵，这才发现自己满手都是汗。

最不堪的一面被一个刚见了一面的女人见到了，裴原闭了闭眼，艰难地咽了口唾沫。

那个女人一定会觉得他恶心吧？

裴原知道现在的自己是什么样子的，肮脏邋遢，一身怪味，比街上的乞丐都令人作呕。至少乞丐是身体健全的，有一双能正常行走的腿，而他一身伤口，不知道落下了多少疤，残疾的左腿更是绵软无力。

他早就告诉过自己，不要在意别人的目光，但是等到真的面临这样的情景时，又难以控制地胡思乱想。他厌恶别人看他的目光，怕看到别人目光里的同情和怜悯。那种自尊被踩进泥里践踏的感觉，比刀剑砍在身上更刻骨，更让人难以忍受。

木棍上有倒刺，刺进掌心时有一股钻心的痛，裴原却像是感觉不到一样，拖着左腿，木然地离开。

经过宝宁面前时，他连看一眼对方的勇气都没有，径直走回了自己的屋子。

宝宁的睫毛颤了颤，她叹了口气，抱着白菜走向厨房。

生火、烧水、刷锅、调面糊。疙瘩汤算是最简单的面食，只需要一盆面、一瓢水。

宝宁拿着水瓢，一边将水倒在面粉里，一边用筷子不停地搅拌，不一会儿就得到了大小均匀的面疙瘩。

灶里的火烧得旺了些，红彤彤的火舌探出来，屋子里有了些暖意。

宝宁将油倒进锅里，待油热了，将刚切好的葱花倒进去，油爆葱花的香味瞬间扑鼻而来，接着将白菜也倒进去，拿铲子翻炒两下，加入清水，没过菜，再加盐和酒调味，盖上锅盖等水开。

就过了这么一会儿，天已经完全黑了，宝宁将蜡烛点上，坐在凳子上盯着锅盖发呆。

热气从锅盖的缝隙中钻出，带着食物特有的香味。屋子仍旧狭小逼仄，但充满了烟火气，一下子就像个家了。

宝宁想起了裴原，他刚才真的吓到她了。

裴原讨厌她，想赶她走，这些她都感受得到。她能理解，也不介意。说起来有点儿不可思议，但是在她的心里，从嫁给裴原的那一刻开始，她就将他当成了家人。

他们没有感情，但也是名义上的妻子和丈夫，就算以后不像别的夫妻那样恩恩爱爱、琴瑟和鸣，那也是亲人，要比陌生人亲近得多。

裴原的脾气不好，他现在正处于人生低谷，敏感脆弱，会出口伤人，这些宝宁都可以谅解。

她能做的也就是待他好一点儿，给他温暖和鼓励，陪着他一起向前走。

在以后的日子里，他们能愉快地相处，养养花、喝喝茶，做个伴儿就好了。这就是她期待的日子。

锅里"咕嘟咕嘟"地响，水开了。

宝宁拍了拍自己的脸，不再胡思乱想，赶紧去揭开锅盖，拿起筷子将准备好的面疙瘩拨到锅里，并快速搅散，不让它们粘在一起。她想了想，又去拿了两个鸡蛋，一并将其打散下锅，做成蛋花。

裴原现在身体不好，要多补充营养，只可惜她带来的蛋和肉不多，只够吃两三天的。

宝宁寄希望于三天后的回门，到时候她可以趁机去街上多采购些菜和肉，再买一些药。

又煮了一会儿，疙瘩汤好了，可以出锅了。

一粒粒小疙瘩散在汤里，白菜点缀在面疙瘩之间，仿若柔弱无骨的美人，汤汁黏稠鲜香，令人食指大动。

宝宁闻了闻，手艺没退步，便弯眼笑了。

她取了个大些的碗来，盛上满满一碗，给裴原送过去。

宝宁想着裴原一天都没吃上热乎的饭菜了，又放下碗，起锅烧油，给他煎了个鸡蛋，盖在汤上。

宝宁端着碗，站在裴原的屋子门口，突然犹豫了。她想起裴原之前的恐怖神情，心里打鼓。

宝宁深吸一口气，小心翼翼地敲了两下门："四皇子，我进来啦？"

里头静默了一会儿，裴原声音沙哑地开口："进。"

宝宁松了一口气，推门进去。

屋里很暗，裴原靠着墙壁坐着，面前有一张小炕桌，上头笔墨纸砚齐全，还点着一根小蜡烛，微弱的烛光是屋子里唯一的光亮。

裴原低着头，不知道在写什么。

宝宁将碗放在桌上，没去看他面前的纸，轻声道："四皇子，吃饭了。"

裴原瞥见面前的汤食，眼里闪过惊讶之色。他早就闻到了西厢做菜的味道，但没想到宝宁会给他送过来。那会儿他的态度那样恶劣，他本以为宝宁会记恨他，就算不记恨他，至少也会嫌弃他，就像最开始被派来伺候他的翠芙那样。

思及此，裴原抬起头，看了宝宁一眼。

她穿了一身淡蓝色的常服，脸上的妆未卸，精致漂亮，但稚气未脱，正垂着眼在啃指甲。

宝宁被碗烫着了，手指火辣辣地疼。她下意识地将手指含进嘴里，看见裴原在看她，有些不好意思，赶紧把手放下，转身欲走："四皇子，你慢慢吃，我先走了……"

裴原道："我们谈谈吧。"

宝宁停下脚步，瞧着裴原淡漠的神情，心中觉得怪异。她不知裴原要说什么，但直觉告诉她不是什么好话。

宝宁说："好。"

裴原放下笔，手腕搭在桌沿上，面无表情地看着她："你是被逼着嫁给我的吗？"

宝宁愣了瞬，思忖一下，摇摇头。

嫁给他确实是个巧合，但她心里并没有什么不满，不算被逼着嫁的。

裴原拧眉，狐疑道："你是自愿的？"

宝宁点点头。

裴原的嘴角抽了抽，他道："可笑。"

宝宁无语。

"你多大了？"

宝宁答："十五岁。"

其实她还不到十五岁，差一个月才及笄，只是婚事匆忙，荣国公府对外隐瞒了她的年龄。不过这些小细节她似乎也没必要和裴原说。

裴原冷哼一声："不谙世事。"

他的指尖在桌上点了点，眼中闪过一抹嘲讽之色，他又道："你知不知道嫁给我意味着什么？我与你挑明了说，我身上没有任何可供你利用的东西，皇子之名只是个空壳子，如果你想借着我上位，趁早死了这条心。和离书我已写好，凭你荣国公之女的身份，再嫁不是难事，你爱上哪儿去哪儿，明早便走，少在这里惹我心烦！"

裴原说完，抽出压在砚台下的那张纸，甩到宝宁面前，眯着眼道："滚。"

宝宁垂着眼，没接过来，低声道："你吃饭吧，汤待会儿就凉了。"

说罢，她便走了。

裴原想过可能会得到的回应，她或是欣喜若狂，或是假意落几滴泪，恳求两句，做足面子再走，或是愤然而去。但裴原没想到，宝宁像是什么事都没发生一样，就轻飘飘地说了句"你吃饭吧"，没哭也没笑，事不关己般走了。

面前的疙瘩汤散发着阵阵香味，他即便心里仍旧很乱，但腹中的馋虫还是被勾了出来。

裴原没忍住,端起碗咬了一口煎蛋,又喝了一勺汤,发现这疙瘩汤出乎意料地美味。

他看得出来,晚饭她是用心做的,还考虑到了他的身体和食量。

这种久违的体贴让裴原的心中有了一丝异样的感觉,他看着那碗汤,眼神复杂,但很快便将这感觉抛在脑后。

如果这份关心早晚会消失,那他从一开始就不要,省得最后难以割舍。

裴原快速地将汤喝完,收拾好床铺,吹了灯,合眼躺下。

宝宁吃完了饭,将灶台擦干净,又简单收拾了一下屋子里的东西,抱着膝坐在炕头上出神。裴原的态度让她有些伤心和气馁。

宝宁能够劝服自己原谅他,但心里多少还是难受的。

她眨了眨眼,给自己打气,住了人家的院子,喝了人家的水,怎么连几句话都要耿耿于怀呢?况且她还是沾着裴原的光才离开国公府的,比起季嘉盈的暗中使坏和国公夫人的阴阳怪气,裴原这种直来直去的性子,好像也没那么讨厌了。

她这么想着,心头那种酸涩的情绪散了很多。

这里什么都缺,就是不缺柴火,生火时不用吝啬,炕一直暖融融的,舒服极了。

宝宁吹熄蜡烛,钻进被子里,打了个哈欠。白日累了太久,她沾了枕头,很快就睡着了。

第二天,宝宁早早地起来,精神很好。她洗漱干净,做好饭,去敲裴原的门。

裴原早就醒了,正靠在墙上看书,听见叩门声,有些意外:"进。"

宝宁打开门,探头进来,不施粉黛的脸白皙莹润,肌肤吹弹可破,一对梨涡看起来又可爱又甜。

裴原看得愣住了。

宝宁笑盈盈地问他:"四皇子,我包了包子,还烧了热水,你吃完饭后要不要洗个澡呀?"

包子是猪肉大葱馅儿的,白胖胖,香喷喷。

得到裴原的允许后,宝宁从厨房将包子、蒜碟、新做的凉拌萝卜丝一样样端过来,摆在小炕桌上,最后放上一壶热茶。

这丰盛的早饭看得裴原目瞪口呆。

对昨晚的疙瘩汤他还能理解,那东西的做法简单,学一学也就会了,但今日这一样样的……

裴原觉得不可置信,问:"这是你做的?"

宝宁颔首,听出了这话里隐含的赞美之意,笑容更灿烂了。她突然想起了什么,

"啊"了一声，冲裴原道："四皇子，你等一下，还有一样东西。"

裴原看着她提着裙摆小跑出门。她穿了件和昨日不一样的粉色裙子，勾勒出细细的腰肢，身形纤细婀娜，发上簪了根桃花步摇，仔细看的话，耳上还戴了对银坠子。她整个人打扮得娇美可爱。

裴原讶异于她还有心情梳妆打扮。

裴原正想着，宝宁从门外进来了。只见她手里捧着个鸡蛋，许是太烫，鸡蛋在她的两只手上倒换，直到将鸡蛋放到桌上，她才松了口气。

门还没来得及关，阳光洒进来，裴原忽然觉得一直以来阴暗破败的屋子变得明亮了起来，他的心似乎也变得明亮了起来。

宝宁冲他笑："四皇子，我给你煮了个蛋，以后每天早上都煮一个，吃了补身子。"

裴原已经忘了他多久没吃过这样一顿饭了，也忘了多久没有人用这样的语气和他说话了。但今天，借着这个新来的小妻子的光，他竟然什么都有了。小妻子的性格很好，不记仇，他原本将她想象成豺狼虎豹，现在看来，她或许真的没有恶意。

不知她是城府太深，善于伪装，还是根本没有城府，就是个单纯的小呆子。

裴原不再想那些，拿筷子夹了一个包子，在蒜碟里蘸了下，送进嘴里。

包子皮很松软，他轻轻一咬，包子里的汁水便流了出来，唇齿间都是肉香，鲜而不腻，真是好手艺。裴原的眼睛亮了一下。

宝宁问："好吃吗？"

裴原点了点头。

宝宁弯着眼睛笑："那我以后天天做给你吃。"

这话真是……

裴原手里的筷子顿在半空，他的呼吸滞了一瞬，他不知道该怎么回答，只能去夹旁边的萝卜丝。

宝宁沉默地看了他半晌，忽然开口道："四皇子……"

她就说了半句，而后便不说了，裴原看了她一眼，示意她继续往下说。

宝宁脸颊有些红，眼睛亮晶晶的，一副不好意思的样子。

"四皇子，我很会做饭，我们交换一下好不好？以后你想吃什么，我都给你做，你能不能别再对我那么凶啊？"

直到宝宁走出去，裴原都没缓过神来。

他忘了刚才自己是如何回答的，好似随意地点了点头。宝宁得到回应，看上去很高兴，说过一会儿给他送热水来，便走了。

她这么容易满足吗？

裴原心烦意乱，不知道宝宁心里是怎么想的，为什么对他这样好，也不知道自己的心里是怎么想的，为什么乱成一团麻。

按照他原本的设想，他应该早早地把宝宁赶出去。不管她是好心还是假意，他都不想要。但现在事情怎么发展成这样了？

桌上的包子散发着一阵又一阵的香味，裴原告诉自己不要再胡思乱想，过了今日，还是要将她赶出去。

他的人生已经毁了，没有人会心甘情愿地一直陪着他，宝宁对他的好只是暂时的，她才十五岁，什么都不懂。等过几年，或者只过几个月，她便会意识到嫁给一个残废是件多么悲哀的事。她会后悔，会离开。哪个女人不喜欢荣华富贵？谁会甘愿在这荒郊野岭过一辈子？

她早晚会想通的。

裴原很快将包子吃完，想着等待会儿洗完澡，便再跟她谈一次。

这里没有浴桶，就算有，裴原也用不了，只能用帕子擦。

厨房有一个桶，宝宁怕水不够，裴原沐浴时，她又不好意思进去，便让裴原去西厢洗，那里有满满一锅热水，还有灶火，很暖和。

她把自己的香胰子拿给裴原，又拿了换洗衣物和两条布巾。安顿好后，她红着脸匆匆出去了。

宝宁不想脸红的，但这件事实在是有点儿私密，她和裴原又真的不熟。

太阳很大，今天是难得的好天气，宝宁站在门口晒了一会儿太阳，听见屋子里传来"哗哗"的水声。

趁着裴原洗澡，她正好收拾一下东厢，通风擦地，最重要的是换洗被子，把旧被子拆开洗一洗，晾起来。

裴原想好好养病的话，吃得好是一方面，也要尽量住得舒适些，住所不华贵没关系，重要的是清爽干净。宝宁想，以后每隔五六天就要帮裴原晒一晒被子，要不然被子又湿又凉，对伤口不好。

走到东厢门口时，宝宁又回头看了一眼亮堂的院子，心里想，她一定要栽一片葡萄，再弄张躺椅来，夏天坐在底下乘凉。

听见门关上的声音，裴原坐下来，一件件地脱下衣物。

他出事之后就没洗过澡了，穿的也一直是这件衣裳，沾了土和血，灰扑扑的，已经看不出原本的颜色。

腿上有伤，手臂上、背上也有伤，衣服和伤口黏在一起，都脱不下来了。

裴原咬着牙将衣服往下一扯！皮肉崩裂开来，他喘了几口粗气，把那些脏衣裳揉成一团，扔在地上。

结实的肌肉露出来，上面有很多伤口，有的很浅，已经长好了，成了一条淡红色的疤；有的很深，经过刚才的暴力拉扯，在往下淌血。

裴原的眼中露出一抹厉色。

宝宁已经将水兑好了，水是温热的，正合适。裴原舀了一瓢水从头上淋下去，舒服地叹了口气。

他转身去拿香胰子，正欲往头上抹，忽然发现不对。他将胰子放到鼻子下闻了闻，脸色变得诡异。

这东西是茉莉味的。

他一个大男人，怎么能用茉莉味的胰子洗澡，一身怪异的香气，像什么样子？

裴原将胰子扔回原地。但他不用这个又洗不干净。

裴原纠结了一瞬，又把胰子拿了回来，心想，算了，就用这一次。


裴原洗好了回屋的时候，看到宝宁正跪在炕上铺床。

嫁妆里有两套新被子，她自己用一套，正好还剩一套给裴原用，因为是嫁妆，所以被面红艳艳的，很喜庆，上头还绣着戏水鸳鸯图。

许氏用了最好的棉花和布料，被子摸起来柔软无比，宝宁趴下来用脸贴了贴被面，恨不得现在就躺下来睡一觉。

屋子里焕然一新，变了个样，桌子、椅子都干干净净的，好像泛着光，就连窗棂都被擦过一遍。桌上摆了一个小香炉，袅袅的香气飘来，是很清淡的味道。

裴原愣在门口。他恍然发现，自从宝宁来了之后，他已经愣过许多次了。

裴原太高，往那儿一站，门口的光被挡住了大半，宝宁抱着枕头转过头，就瞧见了他眼中的震惊之色。

裴原洗干净脸后，宝宁才看到他原本的样子，鼻梁挺直，眼睛狭长，眼尾处像喝醉了酒似的，有淡淡的红晕，一身浑然天成的匪气，整个人锋芒毕露。

如果唇边没有胡楂，他就更好看了。

宝宁想帮他刮刮胡子，但转念一想，裴原肯定不乐意，便算了。

裴原穿了身白色的亵衣，头发还湿着，正在往下淌水。

宝宁猛地回过神来，想起裴原还在病中，受不得风，赶紧冲他招手："四皇子，你快进来，小心冻着。"

她跳下去，想扶裴原一把，但想到他不喜欢这样，手停在半空中，又放了下来。

他身上散发着淡淡的香气，宝宁闻出那是胰子的味道。

裴原心乱如麻，比早上的时候更乱。

他本来想好了，洗完澡就找宝宁谈谈，让她走。但是现在她就站在自己的面前，他张着嘴，一句话都说不出来。

他明明不是个心软的人。

裴原握着棍子的手紧了紧，他绕过宝宁，径直走到屋子里，坐到炕上，面色沉沉地看着她。

宝宁的心一紧。她知道，裴原这是让她走。

明明早上的时候，他还吃了她做的饭，那时他的态度还好好的，怎么一转眼又变回去了？

宝宁试探道："四皇子，那我走了？"

裴原没说话。宝宁叹了口气，抱着换下来的脏被子出去并关上了门。

裴原躺在炕上，心烦意乱，又忍不住侧耳听着外头的声音。

她像是在洗衣裳。

裴原闭了闭眼。虽不想承认，可他真的有些感动，想亲近她，又怕是场骗局。他并非儿女情长之人，此刻却莫名其妙地陷入了这短暂的体贴与温暖之中。

等等看吧，即便他不说，说不定过几日，她自己就后悔了。

两人的关系陷入了微妙的尴尬境地。

一直到第三天晚上，裴原也不愿和宝宁多交流，她送过来的饭菜，他吃，但在吃饭以外的时间，就一点儿也不理她了。

烛光微弱，宝宁强撑着做了一会儿针线活儿，便觉得眼睛疼。她心里想着裴原，干活儿也心不在焉，索性不做了。

宝宁忽然想起，明日是回门的时候了。想起弟弟和姨娘，她心"怦怦"地跳了起来。

但是她要怎么回去呢？

这里离京城那么远，她又不认识路，少府监应该不会派人来接她。想到这里，宝宁眼神黯淡了下来。

她趴在桌子上，想着姨娘和季蕴。如果明日她回不去，姨娘肯定会很难过的。

她正想着，耳边传来一阵"窸窸窣窣"的声音。宝宁循声望去，正对上一只大灰耗子黑溜溜的眼。她呼吸一滞，手脚都麻了，失声尖叫。

她在西厢叫，东厢的裴原听得清清楚楚，被吓得一哆嗦。

他本来不想理会，但想了想，还是皱着眉喊道："怎么了？"

宝宁被吓得眼泪汪汪，不敢再待下去，趿着鞋子跑到裴原屋子的门前，哭着道："有一只大灰耗子在我的屋子里！"

裴原一时无言以对，最后还是说："你进来。"

听见裴原的声音，宝宁吸了一下鼻子，忙不迭地钻进了他的屋子。

推开门的前一刻，她还在想那只老鼠，不知道那只老鼠是吃什么东西长大的，又肥又大，明明这里没什么供它吃的！

姨娘以前说过，如果一个屋子里出现了一只大老鼠，那屋子里应该还有一窝小老鼠，脑子里出现这样的画面，宝宁打了个冷战。

比起钻来钻去的耗子，冷冰冰的裴原也没那么可怕了。

屋子里满是酒味。

宝宁定了定神，这才看见裴原在做什么。

他肩上披着一件薄外套，靠着墙坐着，修长的右腿曲起，左腿平放在炕上，裤腿挽到大腿根处，在用酒给伤口消毒。

这是宝宁第一次见到裴原的腿。她一直以为裴原的左腿只是普通的瘫痪而已，没想到竟然伤成这样。腿上最明显的是一道巴掌长的刀伤，深可见骨，许是一直没有好好处理的原因，伤口愈合得并不好，有些地方化了脓。

除此之外，整条腿也没什么别的好地方，一道道或深或浅的伤口蜿蜒可怖，像是爬行的蜈蚣。

宝宁倒吸了一口凉气。她是怕疼的，也怕血。这伤虽在裴原的身上，但她看到这样的裴原，觉得自己的身上好像也疼了起来，背上刮过一阵凉风。

裴原盯着她看，意料之中地瞧见了她眼中的害怕之色。他用舌抵着上颚，垂下眼，露出一个嘲讽的笑。

他低下头，借着桌上蜡烛微弱的光，宝宁看见他的脸上也有伤，一道一寸长的疤从眉角划过额头。

裴原的声音低低的，他好似漫不经心地问："怕吗？"

宝宁的双手紧紧地攥着裙摆，她点了点头。

裴原沉默了一瞬，心中有些不知名的滋味，有些酸涩，又有些轻松。明明他早就知道是这个答案。谁看见了会不怕？她怕了也好，早点儿看清楚他真实的样子，早点儿离开。

他"嗯"了一声，去拿桌上的酒。

宝宁走到他的身边，盯着他的伤看了一会儿，小声地问："很疼吗？"

"不疼啊。"裴原说着，把酒往腿上一泼。混浊的黄色酒液混合着脓血，顺着小腿往下淌，裴原闭着眼靠在墙上，因为疼痛，手臂上青筋暴起。他咬牙忍着，没出声。

宝宁被他的动作吓了一跳，下意识地合上眼，过了好一会儿才睁开，看见了裴原额上细密的汗。

宝宁叹了口气，把腰间的帕子抽出来，给他擦了擦汗："明明就很疼，为何非要逞强呢？"

裴原猛地睁开眼，古怪地盯着她看："你说什么？"

宝宁坐下来，视线落在他的腿上，缓声道："男人是不是都这样？我弟弟也是，每日舞刀弄枪的，老是把自己弄出几道口子，我问他疼不疼，他说不疼，我便以为他真的不疼。结果有一次我去叫他吃饭，看见他抱着膝盖坐在床上，一边上药一边红着眼睛哭。"

宝宁摇摇头："装什么呢？疼就说出来嘛，和亲近的人撒撒娇，也不丢人，不是吗？非要逞强，累的还是自己，又没人知道。"

裴原被她的歪理说得头晕目眩，看她的眼神像是在看什么怪物。

宝宁没注意到裴原的眼神，只顾着他腿上的伤，在心里琢磨着待会儿要弄些药。

宝宁会一些简单的医术。

荣国公府的明姨娘的父亲是个大夫，在京中赫赫有名。后来明大夫病故，明家家道中落，明姨娘才嫁到国公府做了侧夫人。她的父亲受人敬重，她在府里的地位也不低，又生了个独女，府中排行第二，名叫季彤初，三年前嫁给了崇远侯的庶子做正妻。

明姨娘和许氏关系好，宝宁自小和她亲近，耳濡目染，读了不少医书，大多数方子都背得下来，针灸之术也略懂一些，不过没医治过人，只治过府里的狗。

裴原的伤乍一看很可怕，但她看习惯了，就好多了。

宝宁拿过他的酒闻了闻，是高粱酒，还是比较劣质的那种，渣都没过滤掉，闻起来很辛辣。

"四皇子，你这样不行的，只会越弄越糟。"宝宁站起来拍了拍裙子，冲他道，"你等我一下，我给你拿药。"

宝宁说完，匆匆地跑出去了。

裴原看着她的背影，嘴巴张了张，说不出话。这和他想象中的结果完全不同。

他都做好她要走的准备了，但是她没有走，反而留了下来，关心他的伤口，要帮他上药。这个女人简直就是个小呆子。

她到底懂不懂得好坏？整日傻乎乎的，就知道笑，把那么多精力和热情都投在他的身上，但是她知不知道，他根本没办法回报她什么。

约莫过了小半个时辰，宝宁回来了，拿着一小瓶药粉和一碗汤药。

她把药递给裴原："趁热喝，我按照方子配的，清热止血，安神止疼。"

裴原接过来闻了闻，不由得皱了皱眉。

宝宁把右手背在身后，笑着道："我就知道你会觉得苦，猜猜我给你带来了什么？"

裴原抬起头看她，没说话。

宝宁早就习惯了他这副惜字如金的样子，也不生气，仍旧笑着："你先闭上眼。"

裴原抿抿唇，不配合她的小把戏。

"不闭就算了。"宝宁有些失望，把右手伸出来，掌心朝上，上面躺着一个巴掌大的油纸包。她拆开后，往裴原那儿递了递，弯眼道："金丝蜜枣。"

裴原看了过去，琥珀一样的蜜枣晶莹剔透，甜蜜的香味散开来，中和了空气中药的苦味。

裴原的心颤了一下。他没想到，她会细心到这个地步。

他从小习武，身上伤痕不少，小时又爱和人逞凶斗狠，见血是常有的事，苦药也喝过不少，但从未有人问过他伤口疼不疼，药苦不苦，也没人给他糖吃。

裴原没接她的枣，端起药碗一饮而尽。

宝宁眨了眨眼，拈起一颗枣自己吃了。舌尖上的甜中和了那些不太好的情绪，宝宁又吃了一颗，心情好了许多。她不和裴原计较，他是个病人，有时意气用事，给人甩脸子，挺正常的。等以后他的病好了，她估计他就没有现在这么暴躁了。

宝宁把叠好的布巾拿来，冲裴原道："四皇子，我给你上药，可能会有些疼，你忍着些。"

布巾是从给裴原缝的亵衣上剪下的，那只肥耗子出现之前，她在给裴原缝亵衣。裴原的衣裳不多，外衣没有倒还好说，反正他总是窝在屋子里，要是没有亵衣就难办了，而且亵衣贴着伤口，要常换才行。宝宁也是操碎了心。

宝宁想着，人心换人心，她待裴原好，他嘴上不说，心里应该也是知道的。水滴石穿，她不求裴原待她多好，他们能够相敬如宾，她就知足了。

裴原静静地看着宝宁给自己上药、包扎伤口。她手法熟练，垂着头的样子很认真，脸颊白皙莹润，像玉一样，睫毛纤长浓密，像蝶翅一样。

裴原不知怎么地就想到了这些。他从小生活在皇宫中，妃嫔见得多了，美人也见得多了，温婉的、妖媚的、凌厉的、娇柔的，但没有宝宁这样的，她一脸纯真，看起来很害羞，但是又热情顽强。

宝宁像一束光，而他像墙角腐烂的泥，光照在泥上，会驱散阴霾，但也会让泥巴的丑恶和腐烂无法隐藏，只能赤裸裸地暴露在阳光下。

裴原从未像今日这般厌恶自己残废的身体，宝宁愈好，就衬得他愈差。

如果以后宝宁要走,裴原根本没理由让她留下。思及此,他有一瞬的错愕——他为什么想要让她留下?

裴原心乱如麻。这不像他。裴原抗拒这样的情感,迫切地想要寻找一个发泄的出口。

宝宁察觉到裴原灼热的视线,抬头看他,以为他在好奇她为什么会做这些,笑着道:"府里的嬷嬷养了狗,狗有时乱跑,会受伤,嬷嬷来找我,我给它们包扎过。"

裴原盯着她,脱口而出:"你对所有人都这样烂好心吗?"

宝宁愣住了。

裴原看见她的笑一下子就没了,眼圈渐渐泛红。

裴原的手在身侧握紧,他心情更加焦躁。

话一出口,裴原便后悔了,张了张口,还是什么都没说出。

宝宁问:"你就是这么想我的?"

她的声音中带着哭腔,问完后,她也没等裴原答复,用袖子擦了擦眼睛,哭着跑了出去。

裴原的嗓子干得发紧,他想道歉,但又说不出口。他倨傲惯了,现在就算知道自己做错了,也拉不下面子去哄人。

裴原按了按额角,端起桌上的酒坛子猛地灌了两口。胃中酸疼,他喘了两声,难受地弯下了腰。

宝宁是真的被伤到了心。这几日,裴原再怎么坏脾气,她都笑着说没事,因为她知道裴原是无心的。但今晚,她不知道该怎么说服自己。

宝宁甚至想,要不算了吧,她没必要掏心掏肺地对裴原好,反正他也不领情,以后的日子,大家井水不犯河水,就当普通邻居算了。

她趴在枕头上难受到了后半夜,不知什么时候才迷迷糊糊地睡着的。

第二日,宝宁是被人叫醒的。她听到院外有人"姐、姐"地唤,本以为是在做梦,睁眼仔细听,真的有人在唤她,间或有两声微弱的狗叫。

是季蕴!

宝宁扯了外套披在肩上,急忙冲出门。

阳光大好,季蕴穿了件藏蓝色的锦袍站在门口,剑眉星目,一身少年意气,正翘首望着。

见宝宁出来,他面上一喜,连忙奔过去,抱起她转了一圈。

"姐,你过得好不好?"

季蕴今年才十二岁,但长得高,个头几乎和宝宁齐平。他打量着宝宁的脸色,见她眼睛红红的，面色一沉，道："他欺负你了？"

宝宁皱了皱鼻子："没有。"

她不会撒谎，这两个字说得很没底气。

季蕴眼中满含怒气，宝宁怕季蕴真的发火，赶紧转移话题，问："你怎么来了？是姨娘让你来的吗？给我带了什么好吃的？"

"别说了！"

季蕴陪着她长大，怎么会不知道她的性格，他的姐姐是世上性子最好的人，成婚时受了那般大的委屈都没哭过，如今却哭了，那个四皇子定然难辞其咎。

他又心疼又气恼，但出门前，姨娘千叮咛万嘱咐，让他切不可给姐姐添麻烦，他当下只能忍着。

宝宁出来得仓促，穿得单薄，季蕴怕她着凉，将外衣脱下来，披在她的肩上，道："放心吧，我不揍他。"

宝宁松了口气。

季蕴问："那个人呢？"

他不喜欢裴原，自然不肯称他姐夫。

宝宁恍惚了一下才听懂他问的是谁，看了一眼东厢的方向："许是在睡觉吧。"

季蕴咬牙切齿地说："他睡死才好，不要再醒了。"

宝宁听了，急忙去捂他的嘴："说什么呢……"

季蕴道："即便我说了，他能奈我何，还能起来打我不成？我姐姐那般好，嫁了他，是他几辈子修来的福气，他倒好，不知道珍惜，还敢让你受委屈，不知道是有眼无珠，还是被猪油蒙了心。姐，你再等我几年，我带你走，让他肠子都悔青了才好！"

宝宁知道他是为自己抱不平，心中又甜又酸，哭笑不得："好啦，别说了，快进屋去，姐姐给你做好吃的。"

"我小声说，解解气，反正他也听不到，不会给你添乱的。"

季蕴皱了皱眉，这才想起自己还带了狗来。本来他把狗抱在怀里，但它乱动，他就把它放在地上了，现在狗却不见了。

季蕴"咝"了一声，弓着身子在地上四处看："姐，狗呢？刚才还在这儿的，你瞧见了吗？"

宝宁摇摇头："没见到。"

季蕴着急地道："快找找，小狗才满月，冻病了就麻烦了。"

宝宁赶紧跟着找。他们俩在院子门口说话，往外一步就是树林，季蕴怕狗跑出去，刚想去外面看看，忽然被宝宁扯了一下袖子。

"怎么了？"他直起腰，顺着宝宁的视线看过去，正对上裴原的眼睛。

裴原靠在门框上，没什么表情地看着他，衣摆被风吹得扬起。季蕴也不知道他在那里站了多久，听见了多少话。

而那只小奶狗正在裴原脚边，一边扒着人家的裤脚，一边讨好地舔舐，一脸谄媚的样子。

季蕴愣了一瞬。等看见奶狗的动作，他怒火中烧，几步上前将它拎起来抱到怀里，又白了裴原一眼，冷哼一声，进了西厢。

裴原看向宝宁，声音沙哑地问："你弟弟？"

这是他第一次主动开口，宝宁想起昨晚的事，心里仍难受着，不知道该怎么面对他，随意"嗯"了一声，便拎着裙摆跑进了屋。

裴原盯着她的身影，直到她"砰"的一下关上了门，才把视线转回来。

她从来没有对他这么冷淡过。不知怎么的，他忽然想起了"自作自受"这个词，嘲讽地笑了一下，转身也关上了门。

他自己都不知道他出来是想做什么，简直是有病。

小狗是宝宁出嫁前救的那只。它似乎还记得宝宁的味道，亲昵地舔她的脸。宝宁被它舔得痒，双手捧着它，把它放得远了点儿。

小狗不让，奶声奶气地叫了两声。宝宁学它叫，心软得一塌糊涂，赶紧对着它的脑门儿亲了两口，又抱着它躺到床上，轻轻地咬它的耳朵，逗它玩。

一人一狗闹得高兴，季蕴却一点儿也高兴不起来。他绕着不大的屋子转了一圈，眉头拧得死紧，冲宝宁道："姐，我带你回家，咱们不在这儿住了。"

宝宁蹙眉："说什么傻话。"

季蕴道："我舍不得你吃这样的苦。我刚来的时候瞧见这个院子，心里就不高兴。我心里想着，或许屋子里好一些呢，现在一看，屋子里还不如外头呢，连件像样的摆件都没有！"

"生活上的苦比心里的苦要好。"宝宁笑着说，"你都不知道我这几日过得有多舒坦，想做什么就做什么，一点儿束缚都没有。再说了，我又不缺钱，什么苦能苦得到我？正好今日你来了，咱们回城里一趟，买点儿吃的用的回来，姐姐就能过上梦里的好日子了。"

季蕴伸手去拉她："那咱们现在就去买。"

宝宁说："不急，吃了饭再说，我还要列张单子。"

"在哪里吃都一样，不用非得在家做……"季蕴话说了一半，突然明白了，"你是不是想给他留饭？"

宝宁道："总不能让他饿着。"

季蕴气鼓鼓地说："饿死他才好！"

"又说傻话。"宝宁点了他的脑门儿一下，让他老实地在炕上坐着，自己去和面做饭。

饭菜容易冷，裴原的腿不好，生火热菜很麻烦，宝宁便炸了丸子，有肉丸子、菜丸子、粉丝丸子。

她想过不给裴原做饭气气他，但转念一想，没必要。裴原过分是他的事，她只要做好自己就够了，问心无愧，不再用热脸去贴他的冷屁股。

宝宁干活儿很利索，很快就弄好了。她让季蕴先吃着，自己则去给裴原送了一份。

裴原一直在等着宝宁，她刚敲门，他便立刻望了过去。

宝宁没看他，把盆放到旁边的小桌上，一句话都没说就要走。

裴原心里不是滋味。就在刚刚，他还听见宝宁和季蕴说笑的声音，她那时还是很高兴的，现在见了他，就一点儿笑容都没了。

裴原撑着胳膊坐起来，眼看着宝宁要踏出门了，没忍住唤了声："你……"

宝宁回头。

裴原的喉结动了一下，他还是没说出口，摆了摆手，道："没事。"

宝宁颔首，出了门。裴原靠回墙上。

房子的隔音不好，西厢的人说的话，裴原模糊地听到了一点儿。季蕴不喜欢他，对他的敌意他也都知道。

他听见季蕴说要带宝宁走。

这是裴原一直以来都想看到的结果，但现在真的要走到这一步了，他又觉得心里像堵了团棉花。

裴原闭上眼，脑海中胡思乱想，一会儿想到宝宁趴在门口冲他笑，一会儿又想起昨天她难过时通红的眼。各种情绪交织在一起，裴原只觉得头痛欲裂。

宝宁刚才送来的饭散发着阵阵香味，裴原忽然想到，这或许是宝宁给他做的最后一顿饭了。

她马上就要走了吧？谁会三番五次地忍受他的脾气？若是换成别人，只怕在他第一次发火时就扬长而去了。

她是国公府的姑娘，有个疼她的弟弟，本就不该在这里和他吃苦受罪，能陪他过这三天已经极为难得了，他又凭什么要求更多？

他正想着，院外传来马的嘶鸣声。

裴原猛地抬头。

季蕴跨坐在马上,将手伸向宝宁,笑着问她:"姐,你不是怕吧?我这马很温驯的,快上来。"

宝宁回头看了看裴原的屋子,心中想着要不要和他说一声,但又想到说了他也不会在意,她何必多此一举……

季蕴看出了她的想法,手中转着马鞭,冷哼一声,道:"就该让他尝尝这种滋味,让他以为你走了,看他后不后悔!"

宝宁摇摇头。她不信裴原会后悔,他那个人,又孤又傲,眼里什么都没有。

"走吧。"宝宁拽着季蕴的手上马,坐在他的背后。季蕴扬鞭喝了声"驾",马儿仰头嘶鸣一声,扬蹄远去了。

她果真走了,走便走了吧。

裴原面无表情地坐了许久,忽然下地,去角落里拿了两坛酒来。他打开塞子,仰头喝了一大口。

宝宁回来的时候已经入夜了,是季蕴送她回来的。她买了许多东西,找了个车夫,约好明日天亮后把东西送来。

她又累又困,心中还惦念着刚来的小狗,和季蕴道了别,便疾步走回了西厢。

进门时,宝宁瞥了一眼裴原屋子的窗户,瞧灯灭了,以为他睡了。

裴原的屋子里散发着若有若无的酒味,宝宁闻到了,皱了皱眉,以为他在给伤口消毒,没有细想。

她烧了热水洗漱,又喂小狗吃了点儿东西,脱了衣裳便睡了。

迷迷糊糊间,宝宁忽然听见那边传来一声脆响,像是有什么东西被摔破了。宝宁一惊,赶忙坐起来。她担心裴原出事,思忖片刻,还是决定去看看。

敲门没人应,闻着酒味愈发浓重,宝宁咬了咬唇,直接推开门,看见屋子里的情景,倒吸了一口冷气。

裴原喝醉了。身子趴在炕沿上,右腿搭在地上,他好像睡着了。

## 第二章
## 裴原醉酒装可怜

宝宁费了好大力气才把裴原拽回炕上,他身高肩阔,沉得像头牛,宝宁又怕碰到他腿上的伤,前后折腾了半刻钟。

等裴原又好好地躺着了,宝宁已经累得满头大汗,坐在一边喘粗气。

她歇了一会儿,起身去点灯。

酒坛子摔破了,满地都是碎瓷片,浓烈的酒味钻进她的鼻子里,熏得人一阵恶心。

这个人就一点儿都不爱惜自己的身体吗?

她每日好吃好喝地伺候着他,就盼着他的伤好得快一些,赶紧康复起来,这一顿酒下去,她之前的努力算是白费了。

宝宁有些气恼。他刚才差点儿掉到地上,不知道有没有伤到腿。

烛光照在裴原的脸上,宝宁心中"咯噔"一声。他脸色惨白,额头上有豆大的汗珠,许是因为喝了太多酒,嘴唇干得脱皮,往外渗着血。

她就出去了一天而已,这个人怎么把自己折腾成这样?

宝宁怕裴原真的有个三长两短,半跪在他的面前,低声唤他:"四皇子?四皇子?"

裴原没动静,宝宁更着急了,也顾不得别的了,伸手扒开他的眼睛,大喊道:"裴原,你醒醒!你别吓我呀!"

"疼……"裴原终于睁开了眼,眼珠动了动,呢喃出声。

宝宁差点儿哭出声,赶紧把手收了回来:"好,我不碰你了,你哪里疼?告诉我。"

裴原的意识渐渐清醒，他只听见耳边"嗡嗡"作响，分不清是什么声音。他以为是自己的幻觉，难受地皱了皱眉，翻了个身，蜷起身子，一句话也不说了。

宝宁看他这副可怜的样子，再大的气也散得差不多了。

宝宁把蜡烛放到桌上，坐到他身边，用帕子擦了擦他脸上的汗，小声地问："腿疼？"

裴原紧抿着唇，还是不肯说话。

宝宁看他的姿势，蹙了蹙眉，去摸他的腹部："是肚子难受吗？"

因为裴原面向里侧躺着，因此宝宁的胳膊得从裴原的腰侧绕过去，探身的时候压住了裙摆，宝宁跟跄了一下，指尖擦过裴原的腰。

宝宁没碰到他的皮肉，就是碰了一下衣摆，裴原却忽然有了反应，猛地睁开了眼，一把抓住她的手腕，往下用力一按。

宝宁被他扯得摔倒，脸颊磕在他的胯骨上，疼得眼泪一下子就出来了。

裴原坐起身，反手掐住她的脖子，厉声道："谁？"

这套动作如行云流水，裴原以为遇到了偷袭他的敌人，用了全力。

宝宁手腕疼、脸疼、脖子也疼。她力气小，挣不脱，像只猫儿似的被裴原按在褥子上，不住地咳嗽，连句完整的话都说不出来。

靠着烛光，宝宁瞧见了裴原的眼神，凶狠阴鸷，像狼的眼神。

裴原终于看清了宝宁的脸，只见宝宁的眼睛红彤彤的，她泪流满面，一截细细的脖颈握在他的手里，他的手心传来细腻的触感。

他瞬间清醒过来，赶紧松开手，将她拽了起来，试探地问："宝宁？"

宝宁终于喘过气来，胡乱地抹了两把脸上的泪，嘀咕道："我果真是烂好心。"

她起身便要走。

"等会儿。"裴原下意识地去拉她的袖子，不小心扯到了胃部，脊背上顿时出了一层冷汗，手上也失去了劲儿，人摔了下去。

宝宁站住脚，本来生了不管裴原的心，但听到他的喘息声，终究还是心软了，又回去扶他。

裴原人醒了，酒还没醒，刚才的那些动作完全是本能反应。此刻他被宝宁扶着靠在墙上，人还是软得像摊泥。

折腾了几次，他仍旧往下滑。宝宁生气了，小声地呵斥他："坐起来，要不然我不管你了！"

裴原掀开眼皮瞧了她一眼，好像听懂了，便用胳膊撑住身体，总算是坐稳了。

宝宁气道："早这样不就好了，非要人骂你。"

裴原低头咳了两声，皱了皱眉，打了个酒嗝儿。

宝宁叹气，在鼻子前扇了扇，问他："你到底喝了多少？"

裴原伸手比了个二。

宝宁问："两斤？"

裴原摇摇头："两坛。"

宝宁气得瞪大眼睛："你不要命了？"

"你别骂我。"裴原闭着眼睛，"我难受。"

他喝醉的时候比醒着时要可爱许多，至少现在爱说话了，不似原来那般总是冷冰冰的，也不说话。

宝宁告诉自己不和醉鬼计较，抚着胸顺气，耐着性子问他："哪儿难受？告诉我好不好？"

她的语调很温柔，裴原很吃这一套，低低地回答："我胃疼，一日没吃饭了。"

"我不是给你留了吗？"宝宁说着，去找早上送来的盆，一掀开盖子，果真是一口未动。

宝宁饶是脾气再好，此刻也受不了了。她气得心口疼，冲裴原道："你若是季蕴，我就要打你了。"

裴原闭着嘴巴，不说话。

宝宁叹了口气，哄他："好啦，你听话，先躺下，我给你煮粥好不好？"

裴原点点头，像个木头人一样。宝宁皱了皱鼻子，认命地去扶他，他顺从地躺好，宝宁给他披上被子，转身要走。

她还未迈开步子，裴原忽然又伸手抓住她的袖子："你做什么去？"

"我……我去做饭！"宝宁跺了跺脚，去掰他的手指，"你松开。"

裴原说："我不。"

宝宁打了一下他的手背，气道："你这个人怎么这么无赖？"

裴原还是道："我不。"

他躺在那儿，梗着脖子，一副你奈我何的样子，眼睛微微睁开一条缝，露出黑得发亮的瞳仁，此时正盯着她看。

裴原是内双眼皮，眼睛狭长，眼尾微微往上翘，平日里不正眼看人，总是一副生人勿近的冷漠样子。现在一看，他还是个臭无赖，幼稚又无聊，黏人得让人烦。

宝宁将外衣脱下，塞到他的手里："你不是要袖子吗？给你了。"

她就穿着一身裹衣，冻得打了个哆嗦，抱着手臂往外走。

裴原看着手里的外衣，没反应过来，眼看着宝宁就要走出门了，这才想起什么，又唤了一声："宝宁。"

宝宁回头瞪他："你再缠着我，我真的要打你了！"

裴原说："我和你商量一件事呗。"

宝宁看了他一眼，见他神色认真，问："什么事？"

裴原说："商量一件事呗，你别走了。"

宝宁愣住了。她忽然想到，裴原今天把自己弄成这个样子，难道是以为她要走了？他以为她不管他了，所以自暴自弃？

裴原却以为她在犹豫，用拇指按了按太阳穴，伸出三根手指头发誓："我和你保证，以后我要是再凶你，我就……"

宝宁笑着问："你就怎么？"

裴原说："我就三天不喝酒。"

宝宁的笑容没了，她不再看他，垂着眼抠手指。

裴原低声道："你生气了？"

宝宁反问："我不该生气吗？"

"你别生气了，"裴原说，"我请你喝酒。"

宝宁道："谁要喝你的臭酒？！"

裴原低头闻了闻自己："不臭啊，茉莉味的。"

宝宁被他逗笑了，又敛起笑容，上前两步，将自己的外套扯回来："我给你煮粥去。"

裴原问："那你还走不走？"

"你的话怎么这么多？"宝宁无奈地道，"我本来就没想走，白日出门是去买东西的。"

裴原"哦"了一声，不说话了，扯过被子蒙住头，露出一双眼睛在外头，困意上来，眼睛一闭，很快又睡着了。

宝宁失笑，紧了紧领口，推门出去。

宝宁将粥送过去的时候，裴原已经睡熟了。被强行叫起来喝了粥，他还不乐意。

宝宁有些恼火，悄悄地掐了他的胳膊一把。她喂完了粥，又给他擦了脸和手脚，给腿上的伤口换了药，才回自己的屋子。

奶狗缩在被子里，仰着脑袋看宝宁，她笑了一下，揉了揉它的脑袋。

折腾了大半宿，宝宁睡不着了，心里想着裴原腿上的伤。

其实从一开始的时候，她便觉得奇怪，裴原腿上的伤是怎么弄成那样的？他应该不是瘫了，如果瘫了，不会觉得疼。他的腿上有很多刀伤，但那也不是腿残了的原因，刀伤疼，却不会让他的整条左腿都无法动弹。

宝宁想来想去，想不出结果。但她心中是有些幻想的。她想着，万一裴原的腿以后能好呢？

她从小跟着明姨娘学了些医术，知道明姨娘的爹爹会治这样的病。

有些老人年纪大了，得了脑卒中，会偏瘫，手不能拿东西，也走不了路。明姨娘说，很多时候，这样的病是可以医治的，内服汤药，外敷四肢，经常按摩、走路，一些轻症的患者可以恢复七八成，重症的患者也可以恢复二三成。

裴原还那么年轻，身体的底子也好，若是坚持治疗，应该也会有效果。

但他肯定不会同意。宝宁都能想象到，她若到裴原的面前去说，用治那些得了脑卒中的老人的方法去治他，他定会生气，对她甩脸子，说不准还会骂她一顿，甚至将她赶出去。

那个人的脸多变得很，像六月的天一样，说变就变，他这会儿对你笑呢，下一瞬就有可能翻脸。

宝宁不敢去触他的霉头。况且，抓药是要对症下药的，裴原的腿到底是怎么变成现在这样的，他不肯说，这药便没法抓。

宝宁叹了口气，想着等她与裴原的关系亲近些，再想办法说服他，现在还是从饮食上好好调理，每日换药，让他的伤口先愈合了再说。还有就是，她一定要让他戒酒！

小奶狗不知道宝宁坐在那里想什么，耐不住寂寞，上前去咬她的手指。

它正在长牙，嘴巴里痒，两只爪子抱着宝宁的腕子不松开，用小嘴含着宝宁的指头，舌上的倒刺刮得宝宁的指头麻酥酥的。

"我还没给你取名字是不是？"宝宁挠了挠它的下巴，思索了一会儿，"你那么喜欢舔人，就叫甜甜吧。"

奶狗眨着眼睛看宝宁。她亲了它一口，笑着问："甜甜，你喜不喜欢这个名字呀？"

奶狗继续眨着眼睛看她。

宝宁觉得心都要化了，捧着它的小脑袋搓了搓，随后将它按进怀里，吹熄了灯："睡觉。"

第二日，宝宁是被疼醒的，脖子和手腕均火辣辣地疼。她睁开了眼睛一看，才发现手腕上昨日被裴原攥的那一圈已经青紫了。

宝宁心中一惊，赶紧去找镜子。脖子没手腕那样严重，只是微微泛红，但她肤色白，乍一看，还是骇人。

宝宁扑了层粉在脖子上面，又翻了条纱巾出来系上，总算挡住了伤痕。

手腕上的痕迹就没办法了,她只能将袖子往下扯了扯,尽量挡住那圈青紫色。

这个人真是……下手没轻没重的。

宝宁再也不敢近他的身了。她心里想,以后定要离裴原三步远,不管他醒着还是睡着,省得他再发疯。

她给手腕上了药,还是疼,许是伤到筋了,做不了大动作。宝宁便简单做了个早饭,就做了菠菜丸子汤,用昨日剩下的丸子煮,简单方便又好吃,再做几个葱油花卷,吃起来更香。

她将汤煮到一半时,昨日买的东西送来了:两套崭新的梨木家具、几匹布,还有米面粮油,风干的猪腿肉,最重要的是一些家禽崽儿。

季蕴给足了钱,来送货的几个车夫的态度也十分亲切,帮宝宁把东西都搬进了院子里,还和她搭话:"小夫人,你们住的地方真是朴实,昨日那个小公子叫我把东西送到这儿时,我都以为自己听错了。"

第一次被人唤"小夫人",宝宁蒙了一瞬,不知道他唤的是谁。

另一人道:"你懂什么?现在的有钱人就喜欢住在这样清静的地方,这叫返璞归真。"

宝宁听得怪不好意思的。

她道了谢,将车夫们送出去,往回走的时候,还在回味那声"小夫人",觉得有点儿羞涩,又有点儿陌生。

和裴原一起生活也有好几日了,宝宁将他当成了伴儿,都忘了他们之间还有这样一层关系。

按理来说,裴原是她的丈夫,她是裴原的妻子,但他们的关系实在特殊。宝宁心想,不光是她,裴原应该也没往这方面想过。

要不然,他前些日子也不会赶她走,昨晚更不会对她下那么重的手。

不过,他们就像现在这样也挺好的,和和气气的,她做饭,他吃——只要他不再乱发脾气就成了。

宝宁胡思乱想,走到一半才想起锅里还烧着菜,赶紧往回跑。

还好,菜没烧煳。宝宁往里面添了点儿水,搅拌了几下,去看她昨日买的那些崽儿:十只鸡、五只鸭,还有两只鹅。

这些都是只有半个巴掌那么大的幼崽,毛茸茸的,像一个个球,群体意识倒是很分明,分成了三堆,和自己的同类小伙伴挤在一起睡大觉。

有几个幼崽精神很好,正醒着,一双双眼睛黑溜溜的,小嘴时不时叫一声,声音细细软软的。

宝宁幻想着这些崽儿们长大后的样子,它们满院子热热闹闹地跑,还会下蛋,真好啊!

崽儿们都装在一个大篮子里面,篮子放在暖炕上,里面铺着干草和碎棉花。

甜甜趴在篮子边上,一边啃木头,一边盯着那些毛茸茸的小球看。

许是狗的天性,宝宁总觉得它的眼神中带着一股凶气。

她要去做饭,不能一直在旁边看着,不放心地叮嘱它:"甜甜,你要乖乖的,不能乱咬,知不知道?"

奶狗不理宝宁,她蹙了蹙眉,既急着去干活儿,又担心它闯祸。想了想,她把甜甜放在了炕里头远离篮子的地方,又拿了床被子挡在中间,这才放心地离开。

面已经发好了,宝宁擀成片儿,抹油,撒上香料和葱花,卷成一卷,再切段儿,筷子一压一挑,一个花卷便做好了。

宝宁专注着手里的东西,也没往炕头看,直到听见那边此起彼伏的叫声才意识到不妙。

她看过去,只见甜甜已经爬了过去,坐在崽儿们中间,一副山大王的架势,嘴里叼着一只小鹅的脖子,正在晃着头来回甩。

"你在做什么?"宝宁的心都提了起来,她也顾不上满手的面粉,走过去将小鹅救了下来。

甜甜的嘴里没几颗牙,因此小鹅没受伤,只是被吓着了,缩在一旁发抖。宝宁气得打了甜甜的屁股几下,它浑然不觉得自己有错,歪着脖子瞧她,一副理直气壮的样子。

宝宁恍然觉得,它这副模样像极了昨晚的裴原。

"你以为我收拾不了你吗?"宝宁捏了捏它的耳朵,"我带你去找能制服你的人,看你们俩谁凶得过谁!"

东厢里,裴原还在睡觉。

宝宁悄悄地将甜甜放在他的枕边,推了一下奶狗的屁股。

甜甜很聪明,顺势往裴原的脸上爬,一身软毛蹭在裴原的脸颊上,小屁股晃来晃去的。

裴原觉得脸上痒,好像有什么东西,伸手去拽,那东西却死死地抱住他,拽不下来。

裴原恼怒地睁眼,对上了一张正在吐着舌头要啃他的鼻尖的狗脸。

他手一抖:"什么东西?"

"它叫甜甜。"宝宁笑盈盈地给裴原介绍,"你昨天见过它的。"

"我见过吗?"裴原提着奶狗的后脖子,将它扔到一边去,揉了揉眉头。

昨天的事,裴原已经没什么印象了,只记得自己喝了很多酒,胃疼,疼得要死要活。他趴在炕上暖胃，不知不觉就睡了过去。

晚上的时候，他似乎醒过一次，说了些胡话，吃了点儿东西，就睡到现在了。

他喝断片儿了，真的不记得自己见过这只狗。

甜甜睁着一双圆眼睛看裴原，伸出粉舌，要舔他的手，他哆嗦了一下，将它拨到了更远的地方。

他看向宝宁，语气不太好："你把它带到我房里做什么？"

宝宁抿了抿唇，心想，这人还真是个坏脾气。他明明昨晚还拉着她的袖子求她不要走，今儿个一醒，就如同什么事都没发生过一样，还是那副臭脸，好像她欠了他多少钱一样。

宝宁说："我在屋子里养了些鸡、鸭、鹅，它们还很小，甜甜淘气，我怕它闯祸，想请你帮忙看一下。"

裴原这才注意到宝宁颈上围着的丝巾，他的眼中闪过一丝诧异之色："你不热吗？"

宝宁失语，过了好半晌才缓过神来，惊疑不定地问他："你什么都不记得了？"

"你等等，我再想想。"裴原捏了捏眉心，努力地把昨日的记忆拼凑起来。

他想起来了一些，夜里有人来过他的房里，不会是别人，只能是宝宁。对了，白日的时候宝宁的弟弟来过。那个小孩似乎很不喜欢他的样子，说要带他的姐姐走，走就走呗，裴原不在乎，但是心里又闷得慌，就想喝点儿酒。

他一不小心喝多了，胃病犯了，疼得差点儿晕过去，然后有人进来了，陪他说了一会儿话，还给他擦了脸，煮了粥给他喝。

自己有什么习惯，裴原心里清楚。他早年在军营中待惯了，夜里总是保持着警惕，若有人近他的身，八成是要吃些苦头的。

裴原再看向宝宁时，有些心虚："我弄的？"

宝宁既生气，又委屈："你真的不记得了？白眼狼！"

"让我看看弄成什么样子了。"裴原冲宝宁招招手，探身想去解她颈上系的丝巾。这动作十分暧昧，她心一跳，往后退了两步，用手挡着，不让他看。

这时，她手腕上的青紫色痕迹也露出来了，裴原看得心里一揪，一个头两个大。

他觉得嗓子有点儿干，拧眉问："疼不疼？"

宝宁看着他，不说话。她的情绪都写在脸上，裴原瞧得出来，她不仅不高兴，还有点儿失望和难过。但他不知道怎么哄，道歉的话总是很难说出口。他本来也不是个会认错的人，尤其是对着一个女人。

裴原憋了半晌才憋出一句："是我不好，你回去搽点儿药，别生气了。"

宝宁心中难受。他要是不说还好，这么轻描淡写地说，倒是让她的心里很不是滋味。

宝宁问:"你哪里不好?"

裴原一脸茫然地看着她,过了一会儿,恼羞成怒地道:"你差不多就得了,还蹬鼻子上脸了。"

这个人真是恶劣。宝宁本是个好脾气的人,最擅长自我安慰,但到了裴原面前,她才知道自己那点儿功力在他的面前还差得远。

他就是有那种能力,不管是说话还是沉默,不管是眼神还是语气,都能将人气个半死。

宝宁低声道:"我不和你计较。"

说完,她就弯腰去抱甜甜,想要走。

裴原自觉理亏,犹豫了一瞬,忽然又道:"狗留下吧,我给你看着。"

宝宁说:"不用了。"

裴原道:"让你留下便留下,废话怎么那么多?"

宝宁看着裴原的眼睛,气得心口疼,抚了抚胸口,让自己平静下来。

虽然裴原不记得了,但经过昨晚之事,他的变化还是挺大的。

若是以往,他绝不会说这么多话,多半是掀着眼皮看她,摆摆手,说个"滚"字,或者一个字都不说,只抬抬下巴,示意她出去。

宝宁开始怀念从前的裴原了,他还不如不说话,永远闭着那张金口。

她不知哪样才是他的真性情。

甜甜在宝宁的怀里拱来拱去,非要下去,宝宁的手腕被它蹬得生疼,她一松手,它便扑下去,落在了裴原的怀里。裴原嫌弃地将它推远。

"这只狗叫什么?"

宝宁答:"甜甜。"

"什么破名字。"裴原神色古怪地抬起甜甜的一条后腿,"这不是公狗吗?"

甜甜害羞地并上腿趴下。

宝宁不想和他吵,顺着他的话说:"那你说叫什么?"

裴原拨了拨它的耳朵:"一身黄毛,小土狗,就叫阿黄吧。"

好像你起的名字有多好听似的,宝宁腹诽,但表面上不显露出来,只点点头:"好。"

裴原不再说话了。宝宁拍了拍裙摆,低头道:"那我去做饭了。"

她的情绪还是不高,裴原瞟了她一眼,"嗯"了一声,心情有些怪异。

眼看宝宁要踏出门了,裴原又开口道:"那什么,你自己先搽点儿药,待会儿拿着药酒到我这儿来,我给你揉一揉,好得快。"

宝宁回头看了他一眼，点点头，没往心里去。

她的背影消失在门口。裴原望着，怅然若失，说不清心里是什么滋味。

这是他第一次放下面子去哄人，因为他的确做错了。

阿黄又晃着屁股蹭过来，巴巴地要去咬裴原的手。裴原按着它的脑门儿将其推远，不耐烦地道："能不能爷们儿一点儿？整日在那里黏黏腻腻的，像什么样子？！"

阿黄不知道他在说什么，歪着脑袋看他。

裴原用手指着炕尾，敛着眉喝道："坐那儿去，别烦我！"

他是真的觉得这只狗烦，说它它不听，打又打不得。它长得圆滚滚的，裴原估计自己两根手指头就能将它掐死。

但他又不敢真的动粗，不然宝宁肯定会生气。

裴原现在想和她好好相处，不想惹她生气。

虽然她生起气来也不吓人，顶多就是不说话了，垂着脑袋，像只吃草的兔子。

过了两刻钟，宝宁过来送饭。热腾腾的丸子汤和葱油花卷，散发着诱人的香气。

裴原在一旁吃饭，她逗弄小狗，眼睛亮亮的，好像忘了那时候的不愉快。

裴原一直在暗中打量着她的神色，见状，放心了许多。

在他的印象中，宝宁一直都是很温和的性子，就算不高兴，也从来不会超过一天。

裴原把花卷掰下一半，放进丸子汤里，泡软了吃。

"四皇子，你慢慢吃，不够了唤我。"宝宁抱着阿黄站起身，冲裴原笑了笑，"我先走了。"

这声"四皇子"听得裴原心里怪怪的，虽然她以前一直也是这么叫的，但现在听起来就是让他不舒服，有一种很疏离的感觉。

裴原想和她缓和关系，指了指对面的位置："坐下一起吃点儿吧。"

宝宁说："我吃过了。"

裴原道："那就再吃一点儿。"

宝宁不知道他怎么了，蹙眉道："四皇子，你的酒还没醒吗？"

裴原愣住，心想，算了，他就不该多那句嘴。他指着门外说："出去。"

宝宁就真的抱着阿黄走了，欢声笑语的，一会儿挠挠狗脖子，一会儿摸摸狗尾巴。

她和阿黄那么亲近，有必要吗？她反倒对他客客气气的了。

裴原摇摇头，甩掉心中那丝莫名其妙的情绪，继续吃饭。

日子就这么平平淡淡地过下去了，一晃，春天便来了。

阿黄长大了许多，裴原腿上的伤也快要愈合了。

两人的相处仍旧保持着原来的样子，宝宁觉得挺好的。裴原大部分时候都在屋子里待着，只有极少数的情况下才会去晒晒太阳。他基本不出门，就坐在窗边的凳子上。他许是阳光见得太少，心情也阴郁，脾气好一阵坏一阵，像只酸脸猴子。

他心情好的时候，会和你亲切温和地说几句话，但没说几句就不高兴了，冷着脸，不定说你点儿什么。

宝宁也习惯了，让着他。

她曾试探地问过裴原关于他的腿的问题，但他一直不肯说。她想过给裴原按摩，但他不愿意，被逼急了就甩脸子。

春分这日，宝宁在厨房里忙着做春饼。

她心里想着，待会儿给裴原吃点儿好的，再给他喝点儿酒，说不定他高兴了，就愿意说腿的事了。

不能一直这么拖下去，他还那么年轻，总要站起来的。

裴原在屋子里玩着玉米粒，食指一弹，玉米粒就像箭一样飞了出去，打在门上，陷进去大半颗。

宝宁养的那些鸡也长得挺大了，散养在院子里，见到门上的玉米粒，三五成群地去啄。

裴原看得烦，又弹了几颗出去，才把那些鸡轰散。

他的功力不如从前了。裴原的眼里闪过一丝阴沉之色。

午后的小院子异常宁静，鸡、鸭偶尔发出些声音，还有宝宁在西厢的切菜声。

少府监的马车过来时，阿黄听见声音，从睡梦中惊醒，叫着奔出去。裴原也听见了，向外瞧。

从车上下来一个大太监，嫌弃地用拂尘将阿黄赶走，又打量了一下小院子，眼中讶异。

有人在外头喊："黄公公到！还不速速出来见客？"

宝宁听到声音，放下了手里的活儿，站在窗前茫然地瞧着外头。

不大的院子里浩浩荡荡地站了十几个人，均是带刀侍卫，中间簇拥着一个油头粉面的老太监。

老太监四五十岁的样子，穿着一身深紫色的袍子，脸上搽脂抹粉，宝宁隔老远就闻到了一股香味。

宝宁认识他的袍子，上头绣着少府监特有的花纹，看那个老太监的行头气派，官品应该不低。

这就奇怪了，少府监那帮人最势利了，当初她回门的时候，都没有一个人来，现在这不过年不过节的，怎么一下子来了这么多人？

宝宁的心提了起来，她想，准没好事。她不敢贸然出去。

"人呢，人都死哪儿去了？"一个有络腮胡子的侍卫扯着嗓子吼，"再不出来，老子一把火把房子烧了！"

阿黄察觉到来者不善，弓着脊背拦在他的前面，喉咙里发出低低的怒吼声。

"哪儿来的野狗？！"老太监睨着它，冷声道，"敢在本官面前狂吠，来人，给我拖出去打死！"

他话音刚落，旁边立刻有人应道："是！"

而后那人便拔了刀，要刺向阿黄。

阿黄转身往回跑，宝宁也被吓了一跳，赶紧走出来，厉声道："知道这是哪里吗？如此放肆，你们来做什么的？"

"哟，终于出来人了。"老太监转头看着她，笑眯眯的，转动眼珠，上下打量了她一遍，"奴才给四皇子妃请安了。"

他嘴上说着"请安"，却一点儿动作都没有，抱着拂尘，歪着身子站着，目光放肆又张狂。

宝宁蹙眉问："你是何人？"

老太监恍然大悟："啊，忘了自我介绍了。在下黄吉，现任少府监副总管。"他拱了拱手，笑着道，"皇子妃娘娘，咱们是老相识了，您和四皇子的婚事就是本监操办的，不知您还满意否？"

他这话说得阴阳怪气。

宝宁警惕地看着他，往后退了一步："黄总管，不知您大驾光临，所为何事？"

黄吉道："本监奉三皇子之命前来探望，送点儿东西，顺便来看看四皇子的情况。若是不行了，我们少府监就得早做准备！"

宝宁的脸色瞬间变了，她又惊又气，正想说些什么，忽然听见裴原唤她。

"宝宁，回来。"

宝宁回头看，裴原不知何时站在了门口，肩上披了件黑色的外衣，正冲她招手。

他看起来倒也不生气，表情淡淡的，左手拄着拐杖，瞟了黄吉一眼，视线没有半点儿停留，又看向宝宁，说："抱着你的狗。"

裴原很少叫宝宁的名字。今日这两个字听在耳里，她忽然觉得安心了许多，向裴原走了两步，听见他的话，才想起来忘了阿黄，急忙抱起阿黄，小跑几步来到裴原的身边。

她身后的络腮胡子"哈哈"大笑："胆子这么小，说两句就跑了，留下来陪哥哥们说几句话啊……"

裴原把手搭在宝宁的肩上,冷眼望过去。他眼神像是淬了毒,眼中有杀意一闪而过,络腮胡子瞧得心中一凛,剩下的半句话说不出来了。

他捏了捏刀柄,掩饰性地哼了一声,嘴里嘟囔道:"一个残废而已,还真以为自己是从前的四皇子呢,我呸!"

宝宁心惊肉跳。她没见过这样的阵仗,那些人满脸恶意,她不知道该怎么对付。

裴原看出了她的害怕,低声道:"扶我进屋子。"

"好。"宝宁有了主心骨,点点头,用手扶着裴原的胳膊,带他往回走。

裴原回头,冲黄吉道:"你们也进来。"

他说得云淡风轻,好像对刚才那些讥讽他的话全都没听见一般,仍旧是上位者的姿态,发号施令,坦然自若。

黄吉愣住了,裴原和他想象中的完全不一样。

裴原刚出狱来这儿的时候,他是见过的,那时候裴原一身血,看起来人不人鬼不鬼的,眼看着就要死了。黄吉来的时候想,就算裴原现在没死,也应该是一副邋遢的样子,那个什么皇子妃也应该愤愤不平,不是对他非打即骂,就是已经卷铺盖跑了,留他一人在这里自生自灭。

谁能想到,裴原现在竟然还活得好好的,体体面面的。

没看到想看的笑话,黄吉觉得不悦,所以才说了那一席话,就是为了刺激裴原,想看他愤怒而又没办法的样子。四皇子行事向来嚣张乖戾,黄吉料想他忍不下这口气,定会发作。但裴原竟然像是聋了一样,还敢用命令的语气与他说话。

黄吉的脸色很阴沉。他是来看裴原的丑态的,不是来听裴原对他发号施令的。

络腮胡子皱了皱眉,贴在黄吉耳边问:"大人,咱们真的进去吗?"

黄吉一甩袖子,冷哼道:"进!一个瘫子,我还奈何不了他?"

宝宁站在裴原的旁边,听着外头的动静,手心冰凉。

裴原掏出帕子给她擦了擦汗:"你带着阿黄回屋去,锁上门,我不叫你,你不要出来。"

宝宁有些犹豫:"那你……"

裴原冷哼一声,道:"一群阉狗,能奈我何?"

他这么大的口气。

宝宁抿了抿唇,小声地对他道:"你别冲动。"

她这胆小鬼。

裴原笑了一下,难得地耐着性子哄她:"爷当年提着刀砍人时,你还在后院踢毽子呢!瞧你那样子,怕什么?!"

宝宁笑不出来。但她在这里帮不上忙，只会碍裴原的事，还不如回屋子。

于是她抱起阿黄，担忧地看了一眼裴原，在黄吉带着络腮胡子进来前回了西厢。

络腮胡子看着宝宁的背影，和黄吉对视一眼，露出不怀好意的表情，随即收回眼神，大步跨进屋子。

裴原歪靠在椅子上，手指敲击着扶手，正在等人进来。

黄吉扯了扯嘴角，皮笑肉不笑地道："四皇子，真让人意外，您还没死啊？"

裴原道："狗都没死，我这个大活人能死吗？"

黄吉脸冷了下去："不知四皇子此话何意？"

"说的就是你啊！"裴原盯着他，抚着下巴笑，"当年巴结我，就差跪下来给我舔鞋的是你；现在变了脸，拿着裴霄的金牌令箭到我这儿耍威风的也是你！黄吉啊黄吉，你可真是条见风使舵的好狗啊！"

"放肆！"络腮胡子大喝一声，拔出刀来，"再敢出言不逊，我当场斩杀你。"

裴原瞟了他一眼，摇头道："黄吉，我原本以为你是个聪明人，怎么选了这么个傻子当副手？"

他冲二人道："不过你们谁也别嫌弃谁。"他伸出两根手指，晃了晃，"两条傻狗。"

"你！"黄吉再也沉不住气了，上前一步，指着裴原的鼻子就要开骂，但一个字都没说出口，便被裴原就势按住了手指头，用力一掰。

"咔嚓"一声脆响，黄吉大叫。裴原攥着他的衣领，把他揪了过来，反手一别，用手肘夹住黄吉的脖子，将他仰面按在了自己的腿上。

裴原用了全力，勒得黄吉喘不上气，两腿乱蹬，一张脸又红又紫。

络腮胡子一时愣住了，反应过来后，立即大喝："来人！"

"是！"门外站着的侍卫瞬间拥入，黑压压一片，均拔了刀，明晃晃的刀锋对着裴原的脸。

"看见了吗？他们这是在催你死呢。"裴原手下的劲儿又重了三分，面色阴沉，"黄吉啊，你像只狗一样地跟了我那么多年，怎么还没明白呢？别说我残了一条腿，就算我两条腿都废了，我要弄死你，也就是弹弹手指的事。"

"我……我……"黄吉喘不上气，眼角憋出了泪，把脸上的脂粉都冲花了，他左手的食指不自然地向上翘着，像是断了，疼得眼睛一片红，"我错了，四皇子，你饶……饶了我吧。"

裴原道："让他们滚。"

黄吉摆摆手，吃力地道："都出去！"

络腮胡子一脸不忿之色，但不敢违抗，摆手道："撤！"

屋子里很快又安静下来。

裴原慢慢地松开黄吉的脖子，拿茶水冲了冲手，冷声道："你回去告诉裴霄，要找我的麻烦，让他自己来，别随便弄些猫猫狗狗过来，扰我清静。"

黄吉唯唯诺诺地应着，干咳几声，便急匆匆地跑了，连拂尘都忘了拿。

络腮胡子在院外焦急地等着，见黄吉出来，赶紧迎上去："大人，您没事吧？"

黄吉咬牙切齿地道："你还有脸说，连个瘫子都对付不了，我要你有何用？！"

他说完，抬手便是一巴掌。

络腮胡子的脸都被打歪了，他弯腰认错，又道："大人，这口气，咱们便忍了吗？"

黄吉道："不忍又如何？还真的杀了他不成？圣上嘴上不饶人，但心里还惦记着他，那个瘫子要是真的死了，你我都得跟着去见阎王！"

黄吉又疼又怒，站在门口看着裴原那个屋子的窗子半晌，咬牙道："把车上的东西卸下来，抬到那个瘫子门前去。"

络腮胡子应了一句，随即指挥着侍卫从车上抬下两个布袋子，放到了裴原的屋门口。

一个人夯着胆子敲了敲门："四皇子，少府监给您送的吃用之物放在门口了。"

随后，侍卫都没等裴原回答，便转身跑了。

黄吉勾起嘴角，低声道："我看你还能神气到几时。"说完，他朝手下道："走！"

马车慢慢远去，宝宁的心才慢慢地放下来，她惦记着裴原，开了门，奔去东厢。

裴原在屋子里安静地坐着，低着头，不知道在想什么。

宝宁刚才听见了东厢的动静，再看裴原衣衫整洁，不像是受了欺负的样子，这才彻底放下了心。

黄吉的拂尘歪歪扭扭地躺在地上，宝宁用脚尖把它踢到屋外去，一群鸡鸭立刻奔上来把拂尘啄得稀巴烂。

宝宁这才看见门口摆着的两个布袋子。

她走过去看了看，两个布袋子都鼓鼓囊囊的，其中一个开了个口，可以看到里面是白菜、萝卜等东西，另一个紧紧地扎着，不知道里头放着什么。

宝宁觉得奇怪，伸手摸了摸那个没开口的袋子，里头的东西是长条形的，光滑粗壮，有种令人恶心的凉意。

宝宁打了个哆嗦，急忙缩回手，在裙摆上擦了擦。

她回头问裴原："四皇子，这两个布袋里是什么？"

"不知道。"裴原没抬眼，哑声答道，"肯定不是好东西，待会儿扔出去，别碰。"

宝宁"噢"了一声，离那两袋东西远了一些，坐到裴原身边去。她抿了抿唇，本想问裴原些什么，但看着他的神情，又不敢开口。

她想不通少府监为什么要跑来找裴原的麻烦。

裴原的过去，宝宁并不十分了解。她只知道他是四皇子，生母早亡，故他自小养在皇后娘娘膝下，与年长他七岁的太子裴澈亲如手足。据说裴原的生母是个极出众的美人，深得圣上喜爱，圣上对裴原也爱屋及乌，很是疼爱，在他很小的时候，便封他为济北王。

裴原从小就性格乖戾，名声不太好，为了磨炼他的心性，圣上在他七八岁时就将他送进了军营，让大将军邱明山管管他。

后来裴原练了一身好功夫，但还是那样的性子，当街走马，仗剑行凶，一身土匪气，圣上便懒得管他了。

京城里传言，四皇子裴原是最惹不得的人。他是个疯子，谁若是惹到他，他杀人放火，什么都敢干。他箭术尤其好，百步之外，可一箭穿心。

不过这些也都是道听途说的，是真是假，宝宁不知道。

她只知道，后来，小年的宫宴上出了件大案子。太子裴澈与四皇子裴原一起，打算弑君篡位。

太子裴澈是个温和的人，治兵理政都用怀柔政策，与生性敢闯敢干的圣上截然不同，父子俩为此争执了多次，最近的一次，圣上甚至动了废太子的心思。

传言，太子是被逼急了，才想用一种无色无味的毒毒死圣上，险些就得手了，三皇子裴霄发现了异常，以身试毒，才避免了大祸。

后来裴霄一病不起，足足躺了一个月才醒来，圣上大为感动。

那件事后，裴澈和裴原双双入狱，不久后，裴澈重病失踪，圣上心软，放过了裴原，让他搬到这个小院子疗养，宝宁才嫁了过来。

按理说，即便裴霄要争皇位，裴原也不会对他产生什么影响，他为何要多此一举，让少府监的人来跑这一趟？

宝宁托着腮，眼神茫然地望向窗外，心里在胡思乱想，不知道裴原已看了她许久。

宝宁的额上忽然挨了一下，她恍然回神，对上裴原似笑非笑的眼睛，他问："想什么呢？"

她当然不能把心中想的事说出来，便眨眨眼，冲裴原道："我去做饭，今儿个是春分，要吃春饼卷豆芽。"

裴原说："不着急，陪我待会儿。"

宝宁又坐下来。

裴原冲她勾了勾手指："过来。"

宝宁不解，但还是往他那里又挪了一步："做什么？"

春日到了，天气没那么冷了，宝宁穿了件海棠色的裙子，更显得脸颊白皙粉嫩，长睫轻颤，像一对小蝴蝶。

裴原说："再近点儿。"

宝宁听话地往前探了探身："到底怎么了？"

她一动，精致纤细的锁骨露了出来，裴原瞧见她左侧锁骨的上方有一颗粉红色的小痣。

裴原的眼神沉了沉。

宝宁说："你再拦着我，我的饼子就要蒸烂了。"

"笨得像只狗儿一样。"裴原忽然抬手，用粗糙的拇指抹过她的眉梢，将指肚上的面粉印子给她看，"弄到脸上了。"

他的指腹的触感似乎还留在她脸上，他突然的亲近让宝宁愣了一瞬，也后知后觉地摸了一下。

裴原笑出声来："季宝宁，你是不是有点儿傻？"

宝宁反应过来，脸一下子变得通红。她往后躲了一下，支支吾吾地说不出话。

"你那么紧张干什么？"裴原笑着逗她，"不就是摸了一下，我又不会吃了你。"

宝宁被气到，小声地骂他："不害臊。"

说完，她绕开裴原往外走。

"宝宁。"裴原忽然在她身后叫她。

宝宁本来不想理他，想了想，还是停住脚步回头瞧他："又做什么？"

裴原已经收敛了笑容，又成了原来的样子，手抚在下颌上，漆黑的眸子看着她，沉声道："你刚才护着我，我很高兴。"

宝宁不知道该怎么回答他。这个人今儿个奇怪得很，总说一些奇怪的话，她都接不上。

宝宁有些不好意思，局促地撩了一下耳后的头发："啊，我给你做饼去。"

说完，她便匆忙走了。

裴原盯着她的背影，眼里闪过一丝淡淡的笑意。

春饼本来应该是早饭的，被黄吉这么一折腾，成了午饭。等二人吃完后，已经未时过半，太阳高悬，是一天里最热的时候。

宝宁洗好碗筷，又按着阿黄，给它洗了个澡，然后抱着它坐在房檐底下晒太阳，连带着把毛晾干。

鸡、鸭也要午休，三五成群地聚成一团，睡得正香。

裴原在屋子里侧躺着看书，用一只手撑着头，不时地抬头往外看一眼。他从这里能瞧见宝宁的背影，她纤细的腰似乎用一只手就能折断。

裴原又想起了她的锁骨上那颗粉色的小痣，捏着书页的手难耐地搓了搓。

宝宁动了动肩膀，将阿黄放到地上，站了起来。

裴原收回目光，视线又落回手里的书上，但一个字都看不进去。

宝宁轻手轻脚地进来，裴原的余光瞟见她小心翼翼的样子，他有些想笑。

他忍住笑，将拳头放在唇下，咳了一声。宝宁被吓了一跳，呆站在那里。

裴原把书放下，似笑非笑地看着她："干什么，想偷我的东西？"

"你穷得'叮当'响，有什么好偷的？"宝宁嘀咕了一句，又往前走了几步，蹲在裴原身前，犹豫着道，"四皇子……"

裴原颔首："嗯？"

宝宁道："四皇子，你的腿……"

裴原的脸色一瞬间就沉了下去，宝宁被吓得不敢说话了。过了半晌，裴原抬手按了按眉心，低声道："这件事以后别说了。"

宝宁着急了，用双手扒着炕沿："为什么？你还那么年轻，以后还有那么多年呢，不可以一直这样。四皇子，我陪着你，咱们慢慢努力，总有一天会好的……"

裴原打断她："好不了。"

宝宁愣住了。她看裴原不像在开玩笑的样子，心里渐渐慌了起来。

她的脑中闪过一个猜测。

裴原再怎么说也是皇子，就算入狱，也不可能被人欺负成这样，遍体鳞伤，没有一处好地方。宝宁不敢继续往下想……

裴原紧紧地盯着她，想要捕捉她脸上的每一丝神情，状似不经意地道："若我的腿真的好不了，你怎么办？"不等宝宁回答，裴原冷笑一声，垂下眼皮，"若你嫌弃我是个残废，想改嫁，那可要趁早。"

"我不嫌弃你。无论你是好的还是坏的，我都不走。"宝宁咬咬牙，给他披了披被子，"但是，我还是希望你能更好一点儿。"

裴原听了她的回答，握紧的右拳骤然松开。他忽然觉得眼睛有些酸，许是看书看得太久，疲了。

裴原正了正身子，仰躺着，闭眼道："你出去吧，我睡会儿。"

宝宁失望地"嗯"了一声，慢慢地站起身，往外走。

阿黄从方才便在撕扯着那两个布袋子。

其中一个袋子已经被扯开，散落了一地的白菜、萝卜，乱糟糟的。此时，它正在撕扯另一个被麻绳系着口的袋子。

阿黄有些迟疑，好像在怕什么，上前咬了两下，又松开，后退两步，警惕地看着。

"阿黄，你太淘气了！"宝宁上前去抱它，拍打着它身上沾的烂菜叶，蹙着眉道，"刚洗的澡，被你一弄，白洗了。"

阿黄的眼睛一眨不眨地盯着那个袋子，它猛然挣脱起来："汪！"

"嘘，他在睡觉呢，别吵。"宝宁冲它比了个手势，"好了，我带你回屋，咱们也睡会儿去。"

阿黄不愿意，仍旧挣扎，叫声越来越大："汪！汪！"

宝宁终于意识到了不对劲儿，往地上看去，赫然发现那个布袋竟然动了起来！

宝宁往后退了一步，以为自己眼花了，仔细地瞧。布袋越动越剧烈，在地上翻滚了一圈，蹭到了石头，"刺啦"一声，裂了个洞。

下一瞬，布袋里头探出一个吐着芯子的尖角蛇头。

宝宁尖叫一声，一把抱起阿黄，转身跑进屋子里。

她"砰"的一声关上了门，倚在门板上喘着粗气，脑海里，那双蛇眼挥之不去，变成几十上百双，围着她转圈圈。

宝宁抹了把泪，带着哭腔喊裴原："四皇子，你醒醒，外头有蛇！蛇！！"

裴原没睡，一直侧耳听着外头的动静。听到宝宁的话，他一瞬间就明白过来，黄吉送来的那袋东西，是蛇。

他想起裴霄一直以来在暗中干的那些勾当，心中一沉。

他大意了。

"把门关紧！"裴原的眼神骤冷，他坐起身，从枕下抽出一把短刀，冲宝宁道，"到我身边来！别倚着门。"

"门锁是坏的！"宝宁觉得嗓子干，手也抖。她背靠着门，慢慢地滑坐下来："我顶着，过一会儿，它就会走了吧？"

宝宁红着眼看向裴原，想得到他的肯定，颤声道："蛇不是最怕人吗？"

"那是普通的蛇。"裴原脸色很不好看，"这种蛇受过专业训练，性情刚猛，最擅长攻击人，会循着人的味道找过来，躲不过去。"

宝宁的脑子晕着，她一时间没听懂裴原的意思，她的腿软了，想站都站不起来，阿黄从她身上跳下去，扯她的衣角。

宝宁用一只手扶着门，刚使力要起身，身后忽然传来一股大力！她踉跄了一下，一下子扑在地上，手心蹭在地上，划出了血痕，疼痛让她瞬间清醒过来。

裴原大喝："快起来，到我这儿来！"

他话音刚落，宝宁听见耳边"嗖嗖"两声，两粒明黄色的玉米粒从她的身边急速飞过,而后蛇发出"嗞嗞"声。

"汪!"阿黄大叫,随即扑上去,一口叼住蛇颈,死咬着不肯松口。

它还小,但吃得好,力气大,那条蛇被咬得尾巴乱甩,打在门板上,发出"啪啪"的声音,一时间挣脱不开。

裴原吼道:"阿黄,别碰它!"

宝宁趁机站了起来,几步跑到裴原的身边,被他握着腕子往后一甩甩到了身后。

她这才敢参着胆子看过去,门口立着一条黑色的大蛇,蛇身有成人小臂般粗细。蛇头是骇人的红色,上有一双阴狠机警的竖瞳小眼,其中一只被玉米粒打烂了,血流不止。大蛇遭到袭击,已然发怒,长长的身子正随着阿黄的动作剧烈地左右摆动。

宝宁看得眼前一黑,差点儿晕过去:"阿黄,快下来!"

"躲在我身后。"裴原察觉到她身体的战栗,反手握住她的肩,让她坐下,低声道,"别慌……都是汗。"裴原手往下滑到宝宁的手腕处,捏着她的手在自己衣摆上擦了擦。他道:"别憋着,呼吸,把气喘出来。"

他的掌心干燥温暖,宝宁的额头抵着裴原的肩,她慢慢地呼气,猛烈跳动的心渐渐平静下来。

阿黄听见宝宁的声音,迟疑了一会儿便松了口,一个猛子蹿到了宝宁身边。

地上那条蛇立刻伸长脖子咬了过去,但扑了个空。它迟疑了一瞬,随即放弃追踪阿黄,将头转向裴原的方向,飞速移动过来。

宝宁忽然想起裴原刚才的话:这种蛇受过专业的训练,会循着人的味道找过来,躲不过去。

屋子不大,不到一个喘息的工夫,那条红头蛇便游到了裴原面前,脑袋是血一样的红色,舌头分叉,"嗞嗞"地吐着气。

裴原右手握着短刀,拇指摩挲着刀鞘。就在红头蛇露出尖牙飞扑过来的一瞬间,裴原抬手,沉重的刀鞘飞出去,砸在墙面上,发出"嘭"的一声响。

蛇被吸引,立刻转头望了过去,裴原眯起眼睛,持刀袭向它的七寸。

红头蛇回过神来,偏头一挡,张嘴咬住刀刃,黑色的毒液喷出,混着嘴角的血溅到被子上,留下一朵朵颜色混浊的花。

蛇吃痛,报复心起来,后退一步,又要袭击,却被裴原一把抓住颈部,持刀割下了头。

黑亮的蛇身"嘭"的一声摔在地上,蜷到一起,它粗糙的鳞片在地上蹭出了一道道刮痕。

屋子里安静下来,只剩下"窸窸窣窣"的摩擦声。

宝宁提着的心缓缓地落了下来。

"你若是再抓下去,我的手就要断了。"

裴原的声音传到耳边,宝宁茫然地抬起头,对上裴原似笑非笑的眼神。

他挑眉,用下巴示意她的手:"到那时候,我不仅腿动不了,手也动不了,你可得好好伺候我。"

宝宁向裴原示意的地方看过去——原来她一直紧紧地攥着裴原的手腕,她的指甲长,硬生生地把裴原的手腕抠破了一层皮,破皮处往外渗着血。

难为他一直不吭声。

宝宁急忙松开手,觉得不好意思,又用指腹轻轻地给他揉了揉,有些讨好地道:"是我错了,你别生气,晚上我给你做好吃的。"

她指尖有点儿凉,但是很柔软,一点儿茧子都没有,指骨纤细脆弱,和他拿惯了刀剑的手完全不一样。

"我没生气啊!"裴原的喉咙有些干涩,他舔了舔唇,刚想再说些什么,看见宝宁脸色骤变!

"裴原!"

阿黄也有了动作,猛地冲了过去,想要一巴掌将蛇头拍走,但还是晚了一步。

那血淋淋的蛇头忽然动了起来,往前移动了一尺余远,而后张开大嘴,一口咬上了裴原的左腿。

宝宁心惊肉跳,也顾不得怕了,扑上去揪住蛇头,用力地掰开它的嘴,一把将蛇头甩到了地上。

裴原的脚腕上方一寸处赫然出现了两个血窟窿,往外"汩汩"地流着黑色的污血。

宝宁眼泪一下子就涌了出来:"裴原……"

她慌得手都不知道该往何处放,心跳都慢了半拍,心里想着明姨娘教她的被毒蛇咬伤后要怎么处理,用布带绑住伤口前端,再在伤口处划开一个十字小口,将毒血吸出来,处理得越快,被咬者活命的概率越高。

没有布带,撕衣裳太麻烦,宝宁干脆把腰带解了下来,绑在裴原的小腿处。

唯一的刀上沾了毒血,也没空去厨房拿了,宝宁按着伤口处挤了挤,而后深吸一口气,低头吮住伤口处,猛吸了一口,将毒血吐到地上。

吐出的血是黑色的,宝宁更慌了——她真的怕裴原会死。

宝宁抹了一把嘴唇,刚想再去吸第二口,被裴原拦住了。

"不用了。"他捏着宝宁的肩,将她抱入怀里,抚摸着她的眼角,把她的眼泪擦掉,皱着眉道,"你为什么总是哭?"

裴原的眼神很柔和,语气也难得地温柔,他轻轻笑了声:"小哭包。"

宝宁笑不出来。她眼睛红红的，像只受惊的兔子。她没空去理会裴原，推开他，还想去处理毒血。

在她的印象里，像刚才那种颜色鲜艳、头很尖的蛇，应该是有剧毒的。

她不知道裴原为什么表现得这么云淡风轻，是对自己的身体太自信，还是不想活了。但不管他是因为什么，她都不敢停下动作，若晚了，裴原很可能会死。

"真的不用。"裴原叹了口气，一把抓住宝宁的手腕，"被咬的是左腿，我死不了。"

宝宁不明白，哭着问道："为什么？"

"你不是一直想知道我的腿是怎么回事吗？"裴原拉着她坐下，神色有些凝重，"我现在告诉你，你想不想听？"

宝宁点了点头。

裴原道："我就是中了这种毒。"

宝宁大惊失色："你以前也被这样的蛇咬过吗？"

"不是蛇，"裴原顿了顿，"是毒鼠。我本来不想告诉你这些的。"

裴原抬手整了整宝宁的衣襟，她腰带散了，外衣敞开着，露出淡粉色的里衣。裴原将腿上的腰带解开，给她系上。

宝宁愣住了，连害羞都忘了，任他摆弄。

裴原系好了腰带才抬头，看着宝宁的眼睛："有些事肮脏、私密，见不得光，越少的人知道越好，一是怕传出去，二是那个人知道了就逃不掉了。"

宝宁迟疑着摇头："我听不懂。"

裴原慢慢地道："我的左腿就是在狱中被毒鼠咬伤的。

"这种毒毒性剧烈，我的左腿被咬后，我要么丢腿，要么丢命。我只能将左腿的大穴封住，这样毒素就留在了腿上，虽然左腿动不了，但性命无虞。你见过我身上的伤吧？那是为了解毒，用刀割的，腿上的伤也一样。

"那次的毒鼠，今日的毒蛇，都是裴霄所养。他手下有一个叫公孙竹的人，专攻毒术，擅长用药调教那些生猛之物，让它们既有毒素，又喜欢攻击人，从而能神不知鬼不觉地杀了他想杀的人。

"不过培养毒物需要漫长的时间，养一只毒物，要失败许多次，花费许多年。我挺荣幸的，这么珍贵的东西，他献给了我两次。"

宝宁震惊地看着他。

她想起裴原遍布全身的疤痕，不敢想象，他得下多大的狠心才下得去手。那是他自己的肉呀！

还有裴霄！对于兄弟手足，他怎么下得去这样的狠手？

裴原摸了摸她的眼皮，低声道："你以前是不是以为，我赶你走是因为不喜欢你？"

宝宁的睫毛颤动了一下,她点了点头。

"嗯,确实是这样的,"裴原道,"但还有另一层原因。夫妻一体,若裴霄想对付我,你猜,他会放过你吗?我不想有更多的人掺和进来,怕对方后悔了会怪我,也怕对方反咬我一口,落井下石。"

裴原轻笑了一下:"宝宁啊,遇见我,你可真够倒霉的。我这个人太自私了,我不想要的东西,就算别人塞到我的手里,我也要扔出去;但我想要的东西,天王老子来抢,我都要剥他一层皮。我已经给过你很多次机会了,现在改变主意了,今后你就算想走,也走不掉了。"

宝宁的脸上还挂着泪,鼻头红红的,眼神懵懂,她像是听不懂他在说什么。

今日她受到的刺激太多了。

裴原轻弹了一下她的脑门儿,叹道:"不说了。我饿了,你做饭去。"

宝宁缓过神来,发现面前的裴原还是原来的样子,用一双漂亮狭长的眼睛看着她,人懒散地坐着,前襟敞开了一些,露出一截分明的锁骨。

但他又不一样了,眼睛里有了一些神采,没有了以往看着她时的冷漠。

宝宁不知道自己该不该高兴。

"傻了?"裴原皱了皱眉,抬手在她的眼前晃了晃。

宝宁立刻道:"没有。"她用袖子抹了一把眼睛,逃也似的离开,"我去做晚饭。"

她眼睛一瞟,又瞧见了地上那个血淋淋的红色蛇头,那东西仍大张着嘴,露出两颗尖利的牙齿。宝宁倒吸了一口气,刚才的可怕记忆又涌了上来。

"别看。"裴原从她身后蒙住她的眼睛,"死都死了,怕它干什么?"

他的掌心很热,烫得宝宁的心一缩,她急忙推开他的手。

裴原的脸色渐渐沉了下来。宝宁回头,瞥见他不善的目光,心中的惊惧愈深,不待他开口,便拎着裙摆匆匆跑了出去。

阿黄叫了两声,跟在她的身后。

屋子里又安静了下来。

裴原垂眼,搓了搓手指,上头似乎还残留着温而软的触感,湿湿的,沾着她的眼泪。算了,他暂且放她一马。


宝宁蹲在灶边点火,手里拿着柴,看着灶里星星点点的暗红色火光,魂儿都不知道飞到了何处。

对于裴原,她不知道自己该作何反应,也不明白他说的是什么意思。只是面对他偶尔的亲近和接触,宝宁觉得无措,有些不好意思,想要躲开。

裴原一开始太冷淡了,她早已习惯了那样的相处模式,更没想过要改变。

宝宁回忆着她嫁给裴原的初衷：她想远离充满钩心斗角的国公府，寻一处僻静的地方，过清静的日子。所以当初裴原落魄与否，脾气如何，她都不在乎。她用心地照顾他，容忍他，就是希望他能快些好起来，以后和她做个伴儿。

她这样做，一是出于善良，二是出于私心，还有一部分是出于责任。他们是夫妻，不管有没有感情，对宝宁来讲，裴原就是她的责任。

让他吃不饱、穿不暖，或者伤口溃烂，宝宁做不到。

即便现在知道了裴原与裴霄的恩怨纠葛，知道了自己以后可能会有的麻烦，她还是没法狠心扔下裴原不管。

或许裴原那次说得对，她确实是有些烂好心。

灶里的火眼看着要灭了，宝宁赶紧去抓了把干柴草，往里面一塞，"呼"的一声，火又燃了起来。

门没关，有风吹进来，一冷一热间，宝宁哆嗦了一下，忽然觉得身上阵阵发凉。她打了个喷嚏，以为是穿少了，又起来披了件衣裳，继续做饭。

白日出了那样的事，她也没心情吃东西。正好昨晚有些剩饭，宝宁打了几个鸡蛋，准备做蛋炒饭。

搅鸡蛋的工夫，她又开始东想西想，回味着裴原刚刚说的话。

裴霄手下有个叫公孙竹的人，专攻毒术……公孙竹，宝宁觉得这个名字分外熟悉。

她愣了好一会儿，才忽然想起来，明姨娘以前曾和自己提过，说她以前有个叔父，名叫公孙兰，和她爹爹师从同门，都是大夫。

只不过明姨娘的爹爹明和豫专攻脑卒中、偏瘫之类的病症，公孙兰更擅长清热、祛寒的内症，对药材功效很有研究，还著过一本医书，叫《药理毒清》。

公孙兰先生去世前，将这本书送给了明和豫，明和豫病逝前，将它传给了明姨娘，后来明姨娘又把它送给了宝宁。

公孙兰和公孙竹，那么罕见的姓氏，怎么会那么巧？

宝宁的心"怦怦"地跳了起来，她把装着鸡蛋的碗往桌上一扔，赶紧去翻自己的嫁妆箱子。

那本书，她记得自己带来了。因为它太晦涩，她看不懂，当初读的时候只读了一半，但记得书里花了极大的篇幅写一般毒物的解毒药方，也不知道对裴原的腿有没有用。但她还是要找一找的！万一那上头就写着解毒的方子呢？

宝宁的嫁妆不多，摆放得整整齐齐的，一摞书叠放在角落，她抱出来，坐在炕上，一本本地翻过去。

她真的找到了。那是一个又薄又旧的小本子，书页已经很脆了，泛着黄，封面上有四个草书大字——《药理毒清》。

宝宁深吸了一口气,小心翼翼地翻开。

书的前半部分讲的都是些日常的解毒药物,还有被毒蛇、蝎子、蜈蚣、蜘蛛等各类毒物咬伤后的治疗方子,方子前配了图,宝宁一行行地看过去,生怕漏看了什么。

没有,没有,根本没有那条红头蛇。

宝宁的心越来越凉,眼看着就到了最后几页,她几欲放弃,但手指翻到下一页,她的心突然一颤,书上那张图上赫然就是今日遇到的红头蛇!

裴原有救了!

宝宁把指腹上的汗在裙上蹭了蹭,捧着书,近乎虔诚地逐字阅读。

"此蛇野外不可见,需取黑颈蝮蛇自小培育,以数种毒物浸泡可得,十蛇九死,所剩唯一为极毒之物,红头顶,冬眠初醒时毒性最烈……

"遇袭者至今无人生还。"

宝宁看到这行字,心沉进谷底。

她的手腕发抖,比白天她瞧见那条蛇时还要抖得厉害。她迟疑着去看最后一行字。

"幸有药可医。"

宝宁骤然松了口气,着急地去翻下一页,却瞧见那一页已被老鼠啃坏了,许是受了潮,仅剩的一点儿残页字迹也模糊不清,墨迹融成一团。

"怎么就烂了呢?"宝宁明知徒劳无功,却还是用手指去蹭了蹭那团墨。

失望之情像潮水一样袭来,宝宁觉得自己当初要是好好地保护这本书,裴原现在肯定有救了。她呆呆地坐在炕沿上,眼睛酸得厉害。

但还是有好事的,至少这种毒有药可医,不是吗?

宝宁吸了吸鼻子,捧着那本书去找裴原。她门也没敲,直奔他的身边,用手指着书道:"四皇子,你快看!这本书上说这种毒是能解的,你千万别放弃呀!"

裴原接过来,扫了一眼,疑惑地问:"你怎么会有这样的书?"

"这个不重要。"宝宁一脸严肃,"重要的是,你的腿是能治好的,我们不能放弃。"

裴原笑了:"但是公孙兰已经死了。"

宝宁沉默了一瞬,又道:"等过几日季蕴来了,我便回去找明姨娘,明姨娘的爹爹原先是公孙先生的好友,她或许会知道。"

裴原问:"你觉得有几分可能?"

宝宁看着他的眼。

他像是在开玩笑的样子,神色却是认真的:"宝宁,不用白费力气了。"

"我……"

宝宁正欲开口,裴原却打断她:"其实我想过另一个办法。"

宝宁眼睛一亮:"什么?"

裴原将手掌比作刀的样子,在腿根处比画了一下,凉凉地吐出两个字:"砍掉。"

宝宁大惊失色:"你说的是什么傻话?!"

"反正这截腿是救不活的,留着它,反倒碍事。"裴原垂着眼皮比画,真的在认真地思量,"砍了它,我反倒能正常行走了……"

"裴原,我讨厌你的性格。"宝宁抿了下唇,生气地道,"你为什么总是把所有的事都往最坏的方向想?你在心里承认自己是个残废的人,觉得自己的腿治不好了,可有那么多的方法你明明都没有试过。裴原,你不要总是把自己放在那么低的位置,往好处看,好不好?"

裴原仍旧低着头,宝宁去掰他的下巴,让他正视自己。

"我想陪着你往上走呀,但你总是把我向下扯。你自己想想,你这样做是不是很不对?"

裴原看着她,发现她的脸颊气得通红,眼睛又黑又亮,人重重地喘着气。

他们离得很近,她呼出的气喷在裴原的脸上,带着不正常的温度,烫得惊人。

裴原意识到不对劲儿,伸手去碰她的额头。

宝宁往后躲,裴原拧眉,一把抓住她的手腕,将她拉过来,并把她扣在怀里。

他将指腹触上她的额头,发现那里果真是热的。

裴原怕不准,按着她的肩,又用唇去贴了贴她的额头。

宝宁又惊又怕,拼命挣脱:"你做什么呢?"

"别乱动!"裴原喝了她一声,扯了被子裹在她的身上,把她包得像一只严实的茧蛹。

裴原恨铁不成钢,掐了她的脸颊一下,斥道:"刚听你在这儿编派我,我还以为你有多厉害,讲得头头是道的,自己烧成这样都不知道,还有脸说我?"

"我生病了吗?"宝宁迷茫地眨眨眼,随即又道,"这不一样的,你是……"

"我怎么了?"裴原眯着眼睛看她,"你再多说一句,我现在就将你扔出去,别看我的腿不好,收拾你还是绰绰有余的。"

这个人怎么这样?他刚刚还是温和的,一转眼,又变回去了。

宝宁许是烧糊涂了,胆子也大了,与他顶嘴:"你这样不对!你不讲理!"

裴原不搭理她,撑着炕沿下地穿鞋。

他不说话了,宝宁的气焰渐渐弱了下去。她盯着他的动作,小声地问:"你做什么去呀?"

"我烧水煎药去。"裴原回头,咬着牙看她,"我得伺候你,小烦人精!"

宝宁裹着被子，被裴原一路推回西厢。

她受了惊吓，早就病了，之前是靠意志力强撑着，现在病来如山倒，很快就觉得头重脚轻，衣裳像漏风一样，自己浑身泛着冷意。

裴原铺了被子，安顿好她，转头去烧火。他腿上的伤已基本痊愈，他蹲下时不觉得疼了，但还是费力，强撑着把火烧旺。

炕慢慢地暖和了，但宝宁还是觉得难受。她裹紧被子，觉得身上哪儿都酸疼，睡不着，头也开始疼了起来，难受得想哭。

裴原过去看她，坐在一旁问："还冷？"

宝宁点头。

裴原四处看了看，问："家里有药吗？"

宝宁摇头。

"没药可不行，得想办法退烧。"裴原想了想，冲宝宁道，"好好躺着，等我一会儿。"

裴原去东厢取了坛酒。阿黄一直围在宝宁的身边叫，裴原嫌它烦人，把它关到了东厢。

宝宁看着裴原将酒热了热，又拿了个碗出来，倒了一碗酒，不解地问他："你在做什么？"

裴原瞟了她一眼："给你喝。"

他的手掌很宽大，酒碗在他的手中显得分外袖珍。他一只手稳稳地端着碗，一只手去扶她的背，让她坐起来："听话，喝两口就暖和了。待会儿我再给你擦擦身子，熬点儿稀粥给你喝，睡一宿，明天就好了。"

听说要喝酒，宝宁本能地抗拒，裴原又说要给她擦身子，宝宁更抗拒了，推开他的手："我不要！"

"别动，弄洒了！"裴原皱眉，把碗递到她的唇边，干脆地命令她，"喝。"

宝宁摇头往后躲，裴原从后面捏住了她的脖子："药酒，不浓的，就一点点酒味，不信你闻。"

宝宁嗅了一下，果真没什么酒味，麻黄的味道倒是很浓，像是发汗用的。

但她还是不想喝。她酒量差，喝醉了不知会闹出什么笑话来。

宝宁不配合，裴原哄了她几句便耐心告罄，厉声道："喝不喝？"

"不要……"宝宁话还未说完，便被裴原捏着下巴往下灌。

裴原怕她呛着，从后面边拍着她的背，边诱哄道："味道不错，是不是？"

药酒入口苦涩辛辣，宝宁"哕"了一声，差点儿吐出来。裴原捏住她的鼻子，将碗端到她的面前："你自己来，我不动粗。"

宝宁没办法，闭着眼，一口气喝了下去。裴原很满意。

"等汗发出来就好了。"他说着，又探身取了条布巾子，在温水里洗了一遍，扯下宝宁的被子，"趴在那儿，将衣裳撩起来，我给你擦身子降降温。"

"不要，真的不要。"宝宁往后躲着他，哀求道，"裴原，你离我远点儿，真的用不着。"

裴原拉着她的手腕把她扯回来："有病就治病，想什么有的没的？"

"我不治了！"宝宁抱着手臂，快要哭出来了，"你出去好不好？"

看她真的不愿，裴原也不能强行扒了她的衣裳，二人僵持了一会儿，他妥协："行，擦擦脸。"

宝宁也没力气了，顺从地躺下。裴原到底是个男人，即便收了劲儿，下手还是重，搓了两把脸，宝宁就疼得叫出了声，他便换了个位置，擦了擦她的脖颈，又去擦她的手心。

把她露在外面的皮肤擦了好几遍，摸上去不太烫了，裴原将手伸到宝宁的脚边，一把扯下她的罗袜，擦了一遍她的脚。

宝宁惊恐地缩起腿，一双鹿眼含泪看着他："你做什么？"

裴原这时候真的没想其他的事。再说了，她衣裳都穿着，他就算想往别的地方想，也没素材。

他的腿脚不方便，为了伺候她，他来来回回几趟，已经累得不行了。见宝宁这副样子，他脸色当即沉了下来："把腿伸直，别让我说第二遍。"

宝宁道："我不！"

裴原终于意识到了不对劲儿。她将被子拉到鼻尖，眼睛水润，亮得惊人，露出的一点点脸颊红扑扑的。

裴原讶异："你喝醉了？"他不知道该做出什么表情，"你喝两口药酒就醉了？"

宝宁道："我想回家。"

裴原拧眉："回家做什么？"

"我要回去找明姨娘。"宝宁的声音从被子里传出来，闷闷的，她说，"我跟你讲，明姨娘可厉害了，我小时候有一次落水，差点儿就死了，明姨娘给了我一服汤药，我很快就好了。我这次生病，喝她的一服药，肯定也能好。还有你的腿……"

"用不着你的明姨娘，我也能治好你。"裴原没听下半句便开口打断她，又用手去扯她的被子，"往下拉点儿，别憋死了。"

"憋不死。"宝宁去推他的手，"你不要动我，我喜欢这样，这样暖和。"

"冷吗？"裴原把手伸进被子里，感受了一下她的体温，"挺热的啊，还烧着？"

说完，他又去摸宝宁的额头，被她躲开。

裴原的脸色很不好，他刚要发火凶宝宁，就听她道："你不要动来动去的，听我说话。"

　　酒壮尿人胆，这话还真没错。宝宁平时瞧着乖巧，现在都敢训斥他了。

　　裴原抿唇，冷声道："说。"

　　宝宁眨巴着眼睛："你的态度不好。"

　　裴原气得笑出声来，隔着被子去捏她的脖子："我掐死你算了。"

　　他开玩笑，也没用力，纯粹是在逗她。

　　宝宁却当了真。她脑子此刻稀里糊涂的，分不清好赖话，闻言，眼圈慢慢泛红："不可以的。"

　　裴原心中一慌，跟不上宝宁的思路，听不懂她在说什么，只看到她忽然就哭了，连忙问："怎么了？什么不可以？"

　　宝宁不回答，泪水越聚越多，似乎马上就要决堤。

　　裴原低骂了一声，拿手背去擦她的眼泪："得了，别哭了，一天天就知道哭，哭个屁。"

　　"你不可以！"宝宁在被子里呜咽，"不可以掐死我。"

　　她抽噎了几声，又道："那样犯法。"

　　裴原深吸了一口气："我说过这句话吗？"

　　宝宁道："你说了。"

　　裴原仔细回忆，这才想起来，他还真的说过。

　　"我逗你玩儿的，不掐你！"裴原咬着牙骂她，"我哪天要是死了，肯定是被你气死的。得了，别哭了，蹭我一手鼻涕。"

　　话题被他转移了，宝宁眼睛也跟着转，去看他的手背，果真水润润的，不知道是水还是什么。

　　她将屁股往下挪，脸也埋进被子里，就留了一撮头发在外头："我不知道，不是我的鼻涕。"

　　裴原顺着她的话说："嗯，不是你的，是狗的。"

　　"不要骂我。"宝宁又钻出来，认真地道，"是我的。"

　　"你是不是有病？"裴原被她弄得晕头转向，不再惯着她，一把将被子扯下来，喝道，"脑袋露在外面，不许再动了，要不然把你扔出去，外头有狼，会吃了你，听见了没？"

　　宝宁震惊地盯着他，不满于他的语气，嘴巴一撇，又要哭了。

　　裴原眼睛一瞪："把眼泪憋回去！"

　　宝宁抽抽噎噎地道："好的……"

他早知道就早这样了,顺着她不行,得倒着来。他吼两嗓子比什么都管用。

没一会儿,宝宁便睡着了。裴原趁着空当,去煮了碗粥,等粥放凉一些,回去叫醒她吃。

她睡眼惺忪,酒也没醒,吃了两口便不吃了。裴原勉强又喂了一口,见她真的不要,剩下的全进了自己的嘴里。

吃了饭,宝宁精神好了许多,又道:"过几日,我想回家一趟,你和我一起回去好不好?"

裴原无奈地道:"去做什么?"

宝宁道:"明姨娘可厉害了,知道许多古方和偏方,都很有用。明姨娘生的二姐姐嫁给了崇远侯家的三少爷,第二年就生了一个儿子。主母生的大姐姐嫁给了崇远侯家的世子爷,已经嫁了三年了,还是没有孩子。听下人说,大姐姐现在在侯府抬不起头来。"

宝宁浑然不觉话题已经偏了,很认真地思考自己刚才的话,问:"生儿子很重要吗?"

裴原说:"崇远侯世子想要的是儿子,不是你大姐姐,所以儿子很重要。"

"噢。"宝宁没听懂,但还是点了点头,装作听懂了的样子。

裴原问:"你还有问题吗?"

宝宁又想起那件事:"我想回家。"

裴原觉得头疼,伸手揉了揉额角:"嗯,好,怎么回去?"

宝宁想了想:"坐马车。"

裴原问:"马车在哪儿?"

宝宁被难住了,蹙着眉头认真地想了想:"我给季蕴写信,让他驾着马车来。"

裴原问:"信怎么送过去?"

"天哪!"宝宁惊讶了,脸颊红扑扑地看着他,"你怎么这么聪明?"

她努努唇:"但是我更聪明,可以让鸽子去送。"

裴原的心里憋着一股火,他强压着火气问:"鸽子呢?"

"我没有鸽子。"宝宁摇摇头,仰着头看裴原,去扯他的衣角,小声地道,"裴原,我以后可以养鸽子吗?"

"闭嘴!"裴原的额上青筋直蹦,他伸出两指捏她的腮,"我真后悔!我脑子一定是被门挤了,才给你灌那两口酒!你本来就傻,喝了点儿酒,说的是什么狗屁话?季宝宁,你给我听着,从现在开始,乖乖闭嘴,要不然……"

裴原俯下身子,在她耳边恶狠狠地道:"我就把你的阿黄扔出去。"

宝宁害怕了,赶紧乖乖地闭上眼。

灯光很亮,晃得眼睛难受,她悄悄掀开眼皮去瞄裴原。

裴原正盯着她看:"要吹灯是不是?"

宝宁点点头。

裴原"呼"的一声将灯吹灭，和衣躺下："睡觉！"

他想了想，转身威胁："不许再说话了……"

他还没说完，就听见身边响起了浅浅的呼吸声，她这么快就睡着了！

裴原仰头看着天花板，深深地吐出一口气，只觉得心里堵得很，但转头看了看身旁锦被下的小小背影，又觉得……好像也不是那么糟。

第二日早上，裴原醒来时，天已大亮，宝宁还睡着，像虾米一样弓着身子，缩在他的身边。

她的长头发弄得他很痒，他闭着眼揉了她的头发一把，把人往旁边推了推。

忽然，他的耳边响起一个轻轻的、有些委屈的少年音："四哥，你都没有这样抱过我。"

裴原猛地睁开了眼。他没听出这个人是谁，只知道有人闯了进来，眼神一凛，以手作刀，就要朝来人砍去。

"啊！"裴扬蹲下身，抱住头，当场求饶，"四哥别打我！"

阿黄本来在裴扬的怀里，他一蹲下，阿黄被挤到，将脑袋探出来，叫得声嘶力竭。

裴原清醒了过来，认出了裴扬腰间的玉佩，收回手。

裴原这才注意到裴扬的穿着打扮。他不知怎么的，弄了一头红毛，穿了一身银丝绣线的紫袍，脚踩的黑靴上挂了两条锃亮的金色流苏，要多丑有多丑。

裴原的耳边"嗡嗡"响，他抓起裴扬的领子，将裴扬提起来，在裴扬的耳边低喝："给我滚出去，带着那只蠢狗！"

"噢噢，好的好的。"裴扬站起来，不敢再多说话，抱着阿黄就走。

两人的动静吵醒了宝宁。

她觉得头晕，没睡饱，脸颊贴着枕头蹭了蹭，慢吞吞地睁开了眼。

已经日上三竿了，艳阳高照，在她旁边一尺远的地方，裴原正低着头系腰带。

宝宁以为自己眼花了，可揉了揉眼睛，他还在。

宝宁震惊地坐了起来，长发贴在脸上，狼狈又好笑。

裴原回过头看宝宁，发现她的气色看起来好多了，就是嘴唇有点儿干。裴原打量了一会儿，满意地捏了捏她的脸："身板不错，一晚上就好了。"

他弯腰提起鞋，又伸长手臂把茶壶拿过来，倒了一杯水递给她："喝点儿水清醒清醒，再去洗把脸，跟猫似的。"

宝宁捧着杯子，冰凉的触感让她的意识逐渐清醒。

她记得自己昨晚生病了，裴原非要她喝药酒，她醉了，说胡话，裴原生气地骂了她。

他们这是在一起睡了一夜？虽然看起来什么事都没发生，可她还是觉得怪尴尬的。

宝宁呆呆地坐在那儿，脑子还是木的，眼珠随着裴原的动作转动，看他又调整了一下腰带，将挽起的袖子放下，去摸放在角落里的拐杖。

"看着我干什么？"裴原察觉到她的视线，回过身，用手指点了点她的手腕，语调低沉，"快点儿喝，然后去洗漱，家里今天有客人。"

宝宁茫然地道："什么客人？"

裴原还未开口，忽然听见院里一声大叫："哥，哥……你家的篱笆里怎么有鹅啊？它追我，我要死了！你快出来救我！"

裴原低骂了一声，随即往外走，走两步后又看向宝宁："衣服穿整齐了再出来。"

他说完就出去了，并反手带上了门。

院子里吵吵嚷嚷的。

为了养那些鸡、鸭、鹅，宝宁在院子里围了道篱笆墙，里头用木板搭了几个简易的小窝。

裴原不知道裴扬干什么去了，把篱笆门打开了，一只鹅出来闲逛，一边"嘎嘎"叫，一边追着裴扬的屁股咬。

裴原恨铁不成钢地骂："你惹它干什么？你真是没胆子，还会惹祸。你别跑了，越跑它越追你！你停下，反手拧它的脖子！"

裴扬满院子乱窜："我不敢啊哥！我不敢！你看它多凶！"

裴原吼他："不到一个月大的鹅，还没你的脚大，你能不能冷静点儿？裴扬，你是不是个废物？"

眼看着裴扬越发慌不择路，想要去抓房檐底下的木盆做武器，裴原眉心"突突"地跳："那个盆里是苞米糠，喂鸡的东西，碰撒了，它更会追你！站在那儿别动！"

但他这话为时已晚，裴扬已经抓着那只盆砸了过去，苞米糠不仅撒了鹅一身，也撒了他一身。

宝宁一般都是早上醒了喂食，今日起晚了，鸡、鸭、鹅还饿着，现在闻着香味，一只接一只地跑了过来，围着裴扬上蹿下跳，翅膀扇起了地上的尘土。

裴扬一边跳脚一边号："哥，你这个篱笆里怎么还有鸡和鸭？天哪！竟然有两只鹅！！

"哥，你何时这么喜欢小动物了？我的天哪，啊啊啊！"

阿黄在旁边看了一会儿，兴奋得两眼放光，也冲进去参战。一时间，不大的院子里鸡飞狗跳，吵得方圆五里都能听见。

裴原懒得理他，冷着脸靠墙站着，不管也不问。

宝宁收拾好出来时，裴扬的衣裳已经破了好几个洞，他浑身脏兮兮的，像个叫花子，要哭不哭的样子。听见开门的声音，裴扬用祈求的眼神望过去。

宝宁拍了拍手："都别闹了。"

鸡、鸭、鹅们听见她的声音，竟然真的安静了下来，站在原地回头看她。

宝宁指着篱笆门，声音不大不小："都进去吧，待会儿加饭，不听话的晚上不给饭吃。"

裴扬惊诧地发现，那些刚才还对他张牙舞爪的小东西，一个个都跟被下了迷魂药似的，乖巧地排成一队，秩序井然地进去了。

宝宁走过去，关上了篱笆门。

阿黄甩了甩身上的脏东西，一言不发地跟在她的身后。

裴扬不可置信地道："我的天哪！"

宝宁把手搭在篱笆上，不好意思地回头看他。因为起得匆忙，她只洗了把脸，粉黛未施，只用一支素净的簪子绾着头发。

宝宁想起刚刚的事，裴扬应该是闯进了屋子，看见了她和裴原睡在一起。她跟裴原虽然名义上是夫妻，但这样的事被外人看见，她还是很羞恼。

裴扬完全没察觉到宝宁的尴尬，只觉得宝宁笑着站在那儿，好看极了，比后宫里的妃子都好看。

裴扬夸赞她："你在发光，像个仙子。"

裴原不知何时走到了他的身边，照着他的屁股踹了一脚："你像个傻子。"

裴原脸色很不好看："跟我进屋。"

裴扬"噢"了一声，回头和宝宁挥了挥手，随着裴原走进了屋子。

进门后，他又扒着门框往外探头道："我带了好吃的，待会儿一起吃啊……"

还没说完，他就被裴原扯进了屋子。

宝宁愣愣地站在原地。她认出来了，那是裴扬，当今圣上的第五子。

这位五皇子还真是……不同凡响。

宝宁扫了一眼已经乱成一团的院子，叹了口气，认命地去收拾。

屋子里，裴原坐在凳子上，裴扬则站在距离他一步远的地方，垂着头。

裴原问："为什么不敲门就闯进来？"

"我敲门了。"裴扬有些委屈，"你没听见，我就进来了，没想到嫂子也在。我刚说了一句话，你就醒了，还要打我。"

他说"嫂子"，裴原听在耳里，觉得舒服了许多，"嗯"了一声："以后敲门，没得到允许不要进。"

裴扬道："我知道了。"

面对裴原，他一直都这般乖巧。裴原年长他六岁，是个很合格的哥哥。裴扬的功夫都是裴原所授。有一次围猎,他险些为野狼所伤,是裴原救了他的命。裴扬从小就习惯了依赖和信任裴原。

"罢了。"裴原不再提那件事,伸手去拨弄他的头发,皱眉道,"怎么弄成了这个颜色?红不红黑不黑的,丑死了。"

裴扬反倒有些骄傲:"不丑啊!我用凤仙花染的,就染指甲的那个,你知道吗?"

"不知道。"裴原冲他招手,"过来坐下。"

在裴扬面前,裴原一直是有些严厉的。他说话,裴扬不敢不听。

看着裴原的脸色,他便知道,裴原不会和他插科打诨了,要说正事。

"这段日子,你怎么一直没来?"裴原看着他,"宫里出了什么事吗?"

裴扬抿了抿唇:"父皇立了三哥做太子。"

裴霄成了太子,是他意料之中的事。

裴原的眼神黯了黯,他没接这个话题:"皇后娘娘的身体怎么样?"

"不太好。"裴扬摇摇头,"自从大哥失踪后,娘娘便一病不起了,说胡话的时候也越来越多,太医也诊不出她得了什么病。"

他顿了顿,又接了一句:"现在凤印在高贵妃手里,她统领六宫。"

高贵妃是裴霄的母亲。

裴原搓了搓手指,眸色愈发幽深:"你的母亲如何?"

裴扬有些迷茫,不明白他为什么问自己的母亲:"我母亲挺好的。"

"嗯。"裴原点点头,"你在宫里,万事小心些。"

他言尽于此,不再多说。

裴扬今年十三岁,还有两年满十五岁,圣上只要能撑过这两年,裴扬便可以封王,带着他的母亲赵贵嫔去封地,做个自由自在的闲散王爷。

私心里,裴原不想让裴扬接触太多政治上的腌臜事,他还小,在万千宠爱中长大,十分单纯,裴原希望他可以永远这样。

权力可以吞噬人心,善良的人会因此坠入深渊,他不想看见裴扬落到那样的下场。

裴原忽然想起了宝宁。她和裴扬很像,生于淤泥中,偏偏有一颗不染纤尘的心,干净剔透,惹人心疼。

这样的宝宁,是不可以跌入尘埃的。她就该永远像现在这样,被呵护,被疼爱。

裴扬看着裴原坐在那儿发呆。过了好一会儿,裴原摆摆手:"出去吧。"

裴扬巴不得出去,赶紧钻出门,没想到宝宁正在门口等他。

"五皇子。"宝宁小声地叫他,怕裴原听见,"待会儿,你能不能将马车借给我呀?"

## 第三章
## 宝宁回娘家探亲

　　裴扬的个子和季蕴差不多，他又穿了靴子，挺直腰站在那儿，比宝宁高一点儿。
　　他学着宝宁的低音："干什么去？"
　　宝宁这才注意到他的头发，在阳光下红得耀眼。她不由得愣住了。
　　裴扬顺着她的视线，拨了拨额发，挑眉问："好看不？"
　　宝宁真心赞叹："好看！"
　　裴扬满足了。他低头整理了一下衣摆，想起刚才的话题："你要马车做什么？"
　　宝宁蹙眉，拉着裴扬往旁边站了站，离门口稍远一些，将明姨娘与公孙竹的渊源说了一遍。
　　"我不知道有没有用，但还是想试一试，你哥哥的腿……"
　　她话没说完，手背忽然感到一阵灼烫。宝宁诧异地抬头，见裴扬竟然哭了，大颗大颗的泪珠滴在她的手背上。
　　宝宁慌了。她不是故意的。再说了，她也没惹他呀，他怎么忽然就哭了？
　　裴扬哽咽着拉住她的手："嫂子，我真没想到，你能这么细心，还对我哥这么好。他脾气差，身体也不好，但是个好人。嫂子，我真的特别感动，无以为报，给你唱首曲儿吧。"
　　宝宁害怕极了。她以为裴扬魔怔了，或者吃坏了什么东西，反正他看起来特别不正常。
　　"五皇子，你放开我好不好？"宝宁着急地往外拽自己的手，"我现在不太想听曲儿。我饿了，想吃饭。你饿不饿？咱们别拉扯了，去吃点儿东西吧？我给你做好吃的。"

宝宁语无伦次地哄裴扬,但他还是泪眼汪汪的样子,看得宝宁都不知道怎么哄了。

裴原这个弟弟是怎么回事,怎么这般爱哭?她未曾见过这般爱哭的男孩子。季蕴不爱哭,性子很倔,喜欢吹牛,被戳穿后会打人,但不会哭。裴原更不会哭了,又孤又傲,死要脸皮,疼得要死也不肯落一滴泪。

裴扬已经超出了宝宁对男孩子的认知范围。

宝宁又不会哄人,想了一会儿,匆匆回了屋,取了一盒金丝蜜枣出来,递给裴扬:"你吃糖吧,别哭了。"

裴扬拈了一颗蜜枣放在嘴里,咂巴了几下嘴,道:"真甜啊!"

"你若喜欢,都给你,我自己做的,要多少有多少。"宝宁趁机道,"那马车的事……"

裴扬道:"那算什么事,一辆马车而已,要八百辆也是有的。"他一挥手,道:"送你了。"

这个弟弟真是阔绰,阔绰得怪可爱的……

中午,裴扬留下来吃饭。他带了许多食物,宝宁又回锅热了一遍,最后摆了足足一桌子菜。

宝宁原本和裴原分桌而食,本以为这次也一样,便留出自己的那份,想在西厢里慢慢吃,裴原却将她叫了过去。

裴原说:"有人来做客,主人不上桌,没有这样的道理。"

宝宁原本没想那么多。她是有些呆的,不爱计较,也没觉得在哪里吃饭有什么讲究。裴原一提,她才想到,他是在给她撑场面,不想让裴扬看轻她。

而且她换一个角度想,裴原这是将她当作家人。这个认知让宝宁一整日都很高兴。

兄弟俩好久不见,裴原和裴扬在一块儿喝些小酒,随意聊天,宝宁听不懂,觉得困,待了一会儿便回屋子睡觉了。

她再醒来时,天已经黑了,裴原在她身边,伸手拍她的脸。

早上起来的时候,宝宁头还有些晕,再睡了一下午,已经好得差不多了。

屋子里没点灯,裴原高大的身影立在暗夜里,像一堵墙。

他屈起手指,弹她的脑门儿,声音有些哑:"醒醒神,白日睡那么久,晚上怎么办?还睡不睡了?"

宝宁抱着被子扭了两下,揉了揉眼睛,坐了起来:"什么时辰了?"

"不知道。"裴原顿了顿,伸手去抹她的腮边,皱眉道,"睡得一脸口水,恶不恶心？"

宝宁连忙躲避，用手背去抹，发现是干的。

她小声地道："骗子。"

裴原轻笑了一声，没说话。

宝宁绕开裴原，去摸蜡烛："进来了怎么不点灯？怪黑的。"

裴原语速很慢："我是来睡觉的，点什么灯？"

宝宁的手一抖，她惊诧地抬起头："你是来干什么的？"

裴原自幼习武，耳聪目明，在暗夜里也能将她的神情看得清清楚楚。

宝宁不行，看不清裴原的脸，只看见一团黑乎乎的影子。她心慌，将屁股往后挪了一下，用被子把自己裹住，又问了一遍："你是来干什么的？"

"学坏了。"裴原伸手挠了挠她的下巴，"你以前可不这么说话，恭恭敬敬，很有礼貌，称呼我时用的是'您'。"

宝宁咬咬唇，顺着他的话说："四皇子，您是来做什么的？"

她脑子里乱成了一锅粥，就想要让他快点儿走。

黑夜最容易让人没有安全感，裴原像山一样地站在她的面前，她的鼻端都是他的味道，清冽但浓厚，混着淡淡的酒香和属于他自己的味道，难以形容。

宝宁憋住气，不再闻。

裴原道："你不是要回娘家？"

宝宁点点头。

"裴扬说他要送你。"裴原笑着道，"你可真有能耐，连那个小子都能笼络住。"

宝宁意外。她没觉得裴扬不好相处呀。

裴原看出了她的疑惑，慢悠悠地解释道："那个小子像只狗一样，喜欢划领地，在他的心里，对方要么是敌人，要么是亲人。你倒是挺厉害的，第一次见面就得了他的认可，我当初收拢他的时候，可是花了不少心思。你没见过他发疯时的样子，啧……"

宝宁在心里默默地想，他们兄弟俩真像，都很像狗，还都会发疯。裴原怎么好意思说别人的呢？他当初怎么对她的？他一转眼就忘啦？

"你撇嘴干什么？以为我看不见？"裴原的话说到一半，他瞧见宝宁的表情，不满地去按她的唇角。摸到梨涡处的小坑，他起了坏心，重重地揉了揉。

宝宁惊叫，差点儿咬到裴原的手指。

"你属狗的？"裴原"嘘"了一声，往后躲，"小声点儿，裴扬在那个屋子睡觉，你又吼又叫的，容易惹人误会。"

宝宁被吓了一跳，赶紧捂住嘴，小声地问："五皇子怎么没走？宫里不会来人找他吗？"

"他走了，你会驾车吗？他是偷跑出来的，没人知道，没事。"裴原用两句话回答了她的疑问，说罢就站起身，去摸拐杖。

他似乎有些疲倦，揉了揉额角，道："得了，不逗你了，我就是来知会你一声，明日我陪你一起回去。你早点儿起，收拾得漂亮点儿，省得人家以为我虐待你了。"

宝宁觉得很惊喜。她昨日与他说时，他还不愿，怎么一转眼就转了性子？

"回门的那天，我没陪你，你也没去成，是我欠你的。"裴原探身，揉了一把她的头发，"明儿个补上。"

因为裴原的那句话，宝宁高兴得一晚上都没睡着，一会儿想着要给姨娘带些什么东西，一会儿想着明日要穿什么衣裳。

宝宁还想，她得给裴原弄个轮椅来，他现在腿没以前疼了，但走路还是慢，她推着他走，会方便许多。

阿黄不知道她为何这么兴奋，也跟着在炕上乱跳。宝宁抱着它亲了两口，眼睛弯成月牙儿了。

除了帮裴原治腿，宝宁也是有些私心的。她很想念姨娘，自小到大从没离开过姨娘这么久，还有季蕴，不知道他长高了没有，学业精进了没有。

其实今日一看到裴扬，宝宁就想起季蕴了，一想到明日就能见到他，心中更开心了。

宝宁想东想西的，直到天色蒙蒙亮才睡着，没过多久，院子里的公鸡就开始打鸣。她翻了个身，赶紧起来洗漱。

把自己收拾利落了，宝宁踌躇了一下，还是从柜子里拿了一套男子的长袍出来，到裴原门前，去敲他的门。

裴扬早早地起来了，到外头遛马去了，屋子里就裴原一个人。门半敞着，裴原立在墙角，弯着腰，在洗脸。

因为左腿不能受力，他得用一只手撑着，用另一只手洗，不太方便，不少水珠顺着脖子流进了领口里，前襟湿了一大片。

宝宁见状，赶紧将衣裳放下，取了块帕子在手里，上前去扶他的胳膊："四皇子，我帮你吧。"

"你走路怎么都没声音？"裴原顺着宝宁的力道直起腰，视线落在她的发间。

许是为了回门，她今日梳了个妇人螺髻，头发盘得高高的，中间插了一支珍珠钗，和以往很不一样。平常宝宁不会梳这么繁复的发式，大多数时候都披散着大半长发，或者编个辫子，活泼灵动，像个未出阁的少女。如今这般打扮，显得宝宁更加端庄婉约，却也老成了不少。

她的眼神还是清澈羞涩的，如少女一般，衬着珍珠钗，不太合适。

裴原在心中想，宝宁还是更适合那些配色明艳的首饰。她年纪小，不应该被身份束缚。

宝宁不知道裴原在琢磨什么，踮着脚给他擦干净脸，洗了洗帕子，顺便将他的脖子也擦了擦，然后去拿她新做的那身衣裳。

裴原看着宝宁站在他的面前，比他矮了一个头，最开始时还扭扭捏捏，有些不好意思，不知做了什么心理建设，忽然抬起头，有些骄傲。

"四皇子，我给你做了身衣裳，很好看的，你试试？"宝宁怕裴原以为她是因为今日回门才巴结讨好他，紧接着又解释道，"衣裳我早就做好了，今天才想起来要给你。"

衣裳她确实是早就做好了，但是前段时间，裴原对她爱搭不理的，她不敢给他。

她用了心思做的东西，就怕裴原冷嘲热讽，她听了心里会难受。

这几日，裴原的态度好转了许多，又正赶上今日回门，宝宁便拿出来送给他。他好不容易出一次门，穿得体体面面的，让人瞧着好看，自己的心里也高兴不是？

裴原一愣，伸手把衣裳接过来，用手指摩挲了一下。衣裳用了很好的料子，针脚也密，是用了心的。

裴原的心中有了点儿暖意，面上却不显，他只"嗯"了一声。

他连句"谢谢"都没说，好听的话也没有，宝宁有一瞬间的失望。

裴原明明昨儿个还与她说笑，过了一晚上，又是这副自己欠了他钱的样子。

宝宁轻呼一口气，调整好心情，又冲他扬起笑容："四皇子，我帮你穿上？"

裴原没说话，面无表情地站着，但冲她展开了手臂。

宝宁抿了抿唇，心中叹了口气，认命地给他穿好衣裳。

洗衣裳时，宝宁用手量过裴原的尺寸。她手巧，做出来的衣裳刚刚好，不大不小，连腰带留出的长短都很合适。

裴原身高腿长，是个衣架子，穿什么都好看。宝宁退后一步打量他，眼睛亮亮的，觉得裴原就像变了个人似的。

这段时间，他总是待在屋里，也不出去走动，外衣都很少穿，总是穿着一身素色裹衣，衬得脸色都不太好。

人靠衣装马靠鞍，再加上他本来就长得俊俏，一时间像是又变成了原来那个恣意骄纵的四皇子。宝宁看着裴原，眼前的人与记忆中的裴原渐渐重合。她记得上元节时，自己在楼上看着，裴原穿着一身黑衣，手持银色长鞭，打马从街上经过，背影笔直挺拔。

若说裴原现在与那时相比有什么变化,就是他的眼神变了,变得更深,更黯,更锋利,人也更难以接近,没了当初那种少年人的意气风发。

裴原对着镜子整理了一下领口,下颌微扬,从镜中瞧见了宝宁的神情。

裴原的手指微顿,他问:"你怎么这么看我?"

宝宁道:"再等半年,中秋节,咱们一起去街上看花灯好不好?"

裴原的喉结动了动,他本想要拒绝,但看着宝宁的眼睛,拒绝的话到底是咽了下去。他最终只道:"再说吧。"

而后,直到出门坐上马车,裴原都没再和她说过一句话。

宝宁不知道自己哪里惹了他,只见他面色沉沉,靠在软椅上闭着眼,一副不愿开口的样子。

宝宁掀开车帘往外看,路边的杨树已经发芽了,郁郁葱葱的,田间的油菜花也开了,黄灿灿一片,几个戴着草帽的农户正在挑水浇田。

宝宁这才知道,这附近不是没有人家,只是离得远了一些。

春景一片烂漫,看得人的心情也好了起来。宝宁歪着头看向裴原,惊讶地发现他不知何时睁开了眼,顺着她这边的车窗往外看。

他的目光呆呆的。

宝宁忽然想起,他似乎已经很久没有出过那个小院了,也很久没见过外面的景色了。算上当初在牢狱中的时间,他已经与世隔绝了很久。

她这样一想,他那时好时坏的古怪性子也并非不能原谅了。

花的香气涌了进来。

裴原转过脸看向她,缓缓地道:"过几日,你采些柳枝回来,我给你编个花环吧。"

宝宁又惊又喜:"真的吗?"

裴原抬手碰了碰她的珍珠钗,皱眉道:"这个不好看。"

宝宁有些羞涩:"是我姨娘送我的。"

裴原道:"怪不得这般老气。"

"我……"宝宁刚开口,又把话咽了回去,安慰自己,不和他置气。

她看了一会儿窗外的景色,又转头看向裴原:"四皇子,刚才您说的话是真的吗?"

裴原似乎有些不耐烦:"什么真的假的?"

宝宁指了指自己的头发:"编花环那个……"

他语气又变得不好起来:"假的。"

宝宁觉得这个人真是不可理喻,心情的好坏就在一念之间。她闭上了嘴,不再和裴原说话。

进了城,宝宁按照原定的计划,先去和裴扬买了个轮椅,又买了些补品、首饰之类的东西,当作回门礼。

宝宁本欲自己付钱,但被裴原拦下了。他面无表情地从袖子里掏出一锭金子,递到她的面前。

宝宁出身不低,自小不愁吃穿,但荣国公府到底是在走下坡路的,她不缺钱,这么多钱却也少见。

她手背在身后,一时间忘了去接。裴原语气不善地说:"给你你就拿着。"

宝宁这才敢把金子接过来。她不是贪财的人,但谁见了钱不高兴呀?她不计较裴原在马车上对她的态度了,面对裴原时,也更亲昵了一些。

他们所在的青竹巷是条富贵街,里头的东西很昂贵,大多是达官显贵们来买,这里离荣国公府的府邸也很近。

街道狭窄,马车通行也不方便,裴扬找了个地方拴好马,宝宁一路推着裴原走过去。没过一刻钟,他们便见到了两座石狮子护着的朱红大门。

轮椅这东西终究是少见的,何况上头坐着的还是个年轻男子,由一个年轻漂亮的姑娘推着,引得众人纷纷注目。

宝宁的耳力没有裴原好,但她也能听到身后的议论声。

有人似乎认出了裴原,交头接耳的声音更大了。宝宁瞥见有两个人在街边指着他们,与这两个人擦肩而过的时候,听到一个人小声地道:"那个坐着的人是谁啊?怎么瞧着那么眼熟?"

"四皇子吧?面相瞧着像,但不能啊,他怎么说瘫就瘫了?以前多厉害的人物……"

"不知道,听人说四皇子的名声不好,他恶事做得多了,许是天道轮回吧。活该咯。"

又有人问:"他身后的那个姑娘是谁啊?穿戴都是好的,难不成是四皇子妃?"

"得了吧,谁会嫁给他啊,脑子有病?"

宝宁攥着轮椅扶手的手指渐渐发白,她终究还是忍不住,回头瞪了那俩人一眼。她也知道自己刚才的举动有些小家子气。她本来不该理那些嚼舌根的人,但心中焦躁,好似憋着一股火。

这些议论是她没想到的。

裴原淡淡地开口:"别理他们,人的嘴是堵不住的。"

宝宁回过神,垂眼看着裴原的神情,他好似早就料到了似的,眼神没有丝毫波动,直直地盯着前方。

宝宁的心沉了下去。她一瞬间就明白了，明白了裴原为什么不爱出门。他这个人那么高傲，怎么忍受得了这样的议论？越是自尊心强的人，面对缺陷就越敏感，裴原不愿让人看到他的敏感，所以伪装。

答应陪她回门，对裴原来说应该是个分外艰难的决定。

她一直想对裴原好，让他吃好穿好，帮他治腿，却忘了，裴原缺少的不止这些。

宝宁张了张嘴，忽然想到，自己是不是一直以来都努力错了方向？

不知过了多久，宝宁再回过神来，已经到了国公府的大门前。她愣在那儿站了许久，忘了动弹。

"宝宁。"裴原忽然唤她，声音有些哑。

宝宁低头，凑到他的脸旁，小声地问："怎么啦？"

裴原皱了皱眉："我是不是给你丢人了？"

宝宁心中突然一酸。

"怎么会？！"宝宁深吸一口气，挺直脊背道，"你可是裴原呀，就算坐在那儿，也比旁人高一大截，怎么就丢人了？"

她神色认真地说："你不要看轻自己。"

裴原看着宝宁挽了挽袖子，款款地走过去，敲了三声门。

裴原恍然觉得，她站在那儿，好像没有了在家时的害羞样子，昂首挺胸，像个大人。

来开门的是季嘉盈。

季嘉盈好似早就在等着宝宁了，笑嘻嘻地看着她："五妹妹，回门怎么也不提前知会一声？还在门口站了那么长时间，不知道的人，还以为是我们将你赶出去的，传出去多不好听呀！"

宝宁望向她的身后，发现家里人竟然都在。

荣国公站在季嘉盈的身后，尴尬地笑着。陶氏由丫鬟搀扶着，一只手摸着肚子，容光焕发，看着倒是很高兴。

季蕴一脸焦急地站在许氏旁边，见到宝宁，抬步想要过去，却被许氏一把拉住。

还有几个少府监的太监，穿着喜庆的衣裳——他们之前来给宝宁送聘礼时好像也是这样的打扮。

女儿这样说话，荣国公也觉得脸上无光，皱眉道："盈儿，不要胡说。"

再多的话他也不敢说了。在这府里，他虽是男主人，但没什么地位，如今季嘉盈攀上了陶氏哥哥的关系高嫁，他更没什么话语权了。

几个太监一副见怪不怪的样子，冲几人施了一礼，绕开宝宁和裴原便要往外走。也不知他们是没认出宝宁和裴原，还是无视了他们。

季嘉盈弯了弯唇角，刚欲转身往回走，季蕴忽然往前迈了一步，大声道："见过四皇子！"

说完，他弯身拱手，行了一礼。

那几个小太监停住脚步，一时也不知道该不该走，尴尬地面面相觑。

但面子功夫他们还是要做足的。领头的那个太监干咳两声，跪下道："小人有眼不识泰山，不识四皇子真面目，请四皇子恕罪！"

领头的小太监刚说完，荣国公也赶紧开口道："四皇子大驾光临，有失远迎，快请进，请进！"

荣国公不是故意将宝宁和裴原晾在那里的，只是不敢违背陶氏的意思，陶氏无子，不喜欢宝宁的生母许氏，连带着对宝宁也不喜欢。

而裴原空有皇子的名头，无权无势，谁都敢得罪他，陶氏势利，自然看轻他。

宝宁的心原本都提了起来，幸好季蕴那一嗓子替她解了围。

裴原颔首，低声道："岳丈不必多礼。"

裴原给了个台阶下，荣国公很高兴，抹了抹额上的汗，摆手示意旁边站着的仆妇上前接替宝宁推裴原进门。

季嘉盈蹙眉。她不甘心，眼睛扫过刚才的领头太监，做了个口型："去。"

领头太监会意，装作没跪稳的样子，口中"哎哟"一声，往前扑去，正好扑在裴原的轮椅上。

一个仆妇正好要来接替宝宁，宝宁松了手，轮椅没人扶着，又被大力一撞，失控地往前急速滑去，眼看着就要撞上门口的影壁。

宝宁惊呼一声，欲伸手去拦，却没抓住。

院内一片此起彼伏的惊叫声，众人都怕裴原被甩出去，或者直接撞到墙上。宝宁心焦，也顾不得礼节了，小跑着去追。

季嘉盈扯了扯嘴角，睨着裴原，轻声道："不过是一个落魄皇子，神气什么？"

看到宝宁跑过来，季嘉盈轻轻地撩了一下裙摆，挡住稍稍抬起的脚，想要暗中绊倒她，却不料已经滑走的裴原忽然拐了个方向，直直地冲着自己而来！她瞪大眼睛，未反应过来是怎么回事，赶紧将脚收了回去，由丫鬟簇拥着踉跄后退了几步。

陶氏站在她的旁边，被波及，一时没站稳，险些摔倒，赶紧拽住旁边婆子的衣裳："肚子，护着我的肚子！"

荣国公站在一旁，不知道要扶哪一个，看着面前的一群人乱成一团。

裴原稳住轮椅，稳稳地停在了宝宁面前。他眼睛微眯，看着那边的闹剧。

宝宁被吓得心跳都慢了半拍，蹲下来去摸裴原的腿，着急地问："怎么样？没事吧？疼的话你告诉我。"

裴原抓着她的手，拉着她站起来："我没事。"

"怎么就滑出去了呢？这事闹的。"许氏也赶忙奔过来。她心疼宝宁，转过头去看那个已经被吓傻了的领头太监，厉声道："你们少府监的人做事这般毛躁？冲撞了四皇子，还不快赔礼！"

那个领头太监也没想到事情会变成这样。他是陶氏的哥哥陶茂兵手下的人，被选拔出来打点季嘉盈的婚事，自然听从她的吩咐。

裴原的事，他早有耳闻，传言说四皇子已经废了，连动都不能动，日日在床上瘫着，还不得圣上喜欢。他不惧怕这样一个落魄皇子，想着撞一下就撞一下，哄得季嘉盈高兴了，还能多领些赏钱。

他现在一看，裴原哪里是个废人？他用手控制住了失控的轮椅，还能稳稳地操控方向，就算是有些武力的正常男人都难以做到。

原先裴原是一副人不人鬼不鬼的要死的样子，他敢上前欺辱，那是因为知道裴原无力还手，如今……

小太监后悔极了。皇子到底是皇子，就算落魄了，也不是他这个奴才能打压的，他干吗要去触这样的霉头呢？

"四皇子，奴才一时没跪稳，惊了您，请您恕罪！"小太监磕着头，流泪求饶。

宝宁很生气。她脾气好，可并不瞎，季嘉盈的那些小动作，她都瞧见了。原先她未出阁时，季嘉盈就针对她，如今还连带针对裴原。

宝宁心中觉得愧疚，今日裴原受了不少委屈，皆是因为她。

"咱们别理她们，我带你回院子。"宝宁整理了裴原腿上盖着的小毯子，推着他往许氏的院子去。

事已至此，她选择忍让，季嘉盈和陶氏也不会记着她的好，况且她现在嫁的好歹是四皇子，硬气一些又何妨？

如此想着，宝宁把背又挺直了几分，许氏和季蕴也跟了上来。明姨娘在一旁冷眼瞧了一会儿陶氏要晕过去的模样，拍拍袖子，也走了。

此处就剩下六姑娘季留湘和她那软弱、好巴结人的叶姨娘，娘儿俩尴尬地站在原地。

回屋后，许氏把之前发生的事给宝宁讲了一遍。

"前几日，三皇子裴霄请人来提亲，许了四姑娘太子侧妃之位，今日少府监的人来送聘礼。刚才大家送少府监的人出门，正站在影壁那儿话别呢，门房贴着夫人的耳根子说了一些话，夫人又和四姑娘说了几句，我当时还不知道她们悄悄地说了一些什么，现在一想，应该是门房来报信，说你们回来了。"

不用许氏说，宝宁也能想明白这件事。

季嘉盈从小便这样——出了府，她是端庄温婉的国公府四姑娘，但不出门就是另一个人，蛮横又刁钻，最见不得他们娘儿仨好。

虽不知道别的府里的姐妹是不是也这样钩心斗角，但宝宁是厌倦了这样的生活，因此当初才那么盼望着嫁人出府。

她忽然想起陶氏紧紧护着的肚子，问道："主母是怎么了？"

许氏道："她有孕了。"

宝宁愣住了。

许氏拍了拍她的手："你嫁出去了，对府里的事便不要操心了，以后若是没什么要紧的事，也少回来，安静地过你们自己的小日子就行。"

宝宁听得心里难受。

许氏也觉得有些酸涩："唉，也是姨娘无能，护不住你，才让你……但你也不用担心姨娘，有季蕴陪着我，我不会受委屈。"

许氏说到这儿，忽然想起裴原还在一旁，猛地抬起头，有些尴尬。

裴原像是没听见一般，他的视线落在窗外，许氏暗暗压下急促的心跳，转移了话题："宝宁啊，怎么挑了这么个日子回来？你们也没提前知会一声，饿不饿？姨娘让小厨房的人去给你们做饭。"

"我们没挑日子。"宝宁道，"我们住得远，出门不太方便，正好昨儿个遇见马车了，就顺路来了。"

听裴原说，裴扬是偷偷跑出来的，宝宁不敢将他抖出去。

许氏笑道："那可真好，姨娘都想你了，不用厨房做了，你想吃什么，告诉我，我亲自给你做。"

"我们刚吃完不久，还不饿。"宝宁乖巧地应着，心里却有些焦急。她想现在去找明姨娘，但是裴原在这儿，许氏也在，她不知道怎么开口。

裴原不愿将伤疤外露，也不愿有人提起，宝宁踌躇了一会儿，还未想好对策，就听到丫鬟进来通禀："明姨娘来了。"

宝宁心中一喜，赶紧迎了上去："明姨娘，您来了。"

裴原也看了过去。一个看上去很利落的妇人站在门口，身着青色长裙，发髻梳得一丝不苟，丹凤眼上挑，透着精明。但她面相和善，不似坏心眼的人。

明氏对裴原行了一礼，问安后，瞧向他的腿，但视线一扫便过去了。她笑着道："我来得不是时候，打扰你们团聚了，但宝宁难得回来一次，我想念她，还是来看一眼。现在我看到了，心安了，便不多留了，礼节不周之处，还请四皇子勿怪。"

她好像真的是打算看一眼就走，说完，微笑着看向裴原，等他的答复。

宝宁一愣："明姨娘才来，怎么就要走？"她上前挽留，撒着娇央求，"明姨娘多待一会儿吧，喝喝茶再走，四皇子也很高兴您留下的。"

许氏不明所以，小心翼翼地看了裴原一眼，见他的脸上并无不悦之色，便放下心来，也跟着道："对，留下来待会儿，一起说说话。"

许氏容貌美丽，性情温柔，但出身普通。她在这大宅院里生活了十多年，见过的地位最高的人就是丈夫荣国公，裴原是许氏以前做梦也想不到会有接触的人。

虽然裴原现在不似以前那般位高权重，又是女儿的夫君，但许氏仍认为他是高不可攀的人，他只是坐在那儿就会让她觉得拘束。

许氏最怕的事就是宝宁过得不好，所以在裴原面前小心谨慎，担心惹得他不悦，给宝宁添麻烦。

裴原比了个请的手势："请坐。"

宝宁和许氏都松了口气。明姨娘道了谢，坐下。没人开口，屋子里一时安静得过分。

许氏左右望了望，见宝宁一副欲言又止的样子，又见明姨娘只顾低头喝茶，心中便有了猜测，他们许是有事要谈，又不好意思让她回避。

许氏是了解宝宁的，宝宁今日的种种举动都有些反常，而明姨娘这个人极为聪慧，按她的性子，绝不会像今日这般，如此鲁莽地登门。

许氏越琢磨越觉得似乎真的有点儿什么她不知道的事，便试探地道："我刚想起来，早上厨房新做了些小点心，现在还在锅里，我去取来。"

宝宁就等着这个机会，连忙点头道："姨娘，我还想喝你煮的糖水，熬一些来好不好？"

许氏更坚定了心中的猜测，笑着点点头，出了门，顺便将屋子里的两个伺候的小丫鬟也带了出去。

见屋子里只剩下三个人了，宝宁侧身抓着明氏的手，语气中隐隐带着期待："姨娘，您看出些什么了，是吗？"

明氏道："宝宁，我不是个拐弯抹角的人，既然来了，我就与你说实话。四皇子中了毒，是吗？"

她一语道破，裴原动了动眼珠，终于看向她，神色变得认真了一些。

宝宁颔首："对的。"她手心都是汗，"姨娘，在您给我的书里，我见过这种毒，有解毒方子，是不是？"

明氏道："但那书上还写着，中此毒后至今无人生还。"

宝宁的心一下子沉了下去。

明氏伸出手，看向裴原："四皇子，请伸手。"

裴原顿了一下，将右手手腕放在明氏的手上。明氏将裴原的袖子撩开，宝宁一惊，只见裴原的手腕上不知何时出现了一个血红色的小点，黄豆般大小，内里掺杂着黑丝，像蛛网一般纵横交错，瞧着极为可怖。

明氏面容严肃地说："这种毒叫赤丹，作用时间绵长，存于毒蛇和毒鼠体内，一般情况下，被咬的人十二个时辰内就会死，除非割肉放血，再将毒素封在体内某个部位，方可侥幸活命。但若第二次中毒，就封不住了。若我没猜错的话，四皇子前不久刚中了第二次毒。

"赤丹的可怕之处在于，被封的毒素也会在体内缓慢地扩散，且有标记显现在人的手腕上，最开始是一小点，然后渐渐变大，蔓延到整条胳膊，而后是躯干、全身，人会越来越无力、疼痛，最后整个身体都会变成红色，并布满蛛网般的黑线，直到死去。

"我来找你，就是因为刚刚在四皇子的手腕上见到了那个红点。"

宝宁的面色渐渐变白，她直愣愣地盯着明氏，过了好一会儿才找回自己的声音："姨娘，是有解药方子的，对不对？"

明氏叹气，缓缓地摇头："那个方子已经被毁了，除了制毒的人手中有，世上再无解毒药方。"

宝宁艰难地咽了一口唾沫，转身去抓裴原的手。她用指甲去抠那个红点，但那个红点丝毫不见褪色。

宝宁想不明白事情怎么就变成这样了。她来时高高兴兴的，还想帮裴原治腿，但怎么一转眼，他就被判了死刑？

宝宁听得迷迷糊糊的，鼻子也发酸。她抬头去看裴原的神情，他还是那副板着脸的样子，伸手去擦她的眼泪："哭什么，别哭。"

宝宁摸了摸脸颊，是湿的，这才知道自己竟然哭了。她越想越觉得难受，坐在那儿捧着裴原的手，眼泪掉个不停。

"得了。"裴原用掌心蹭了蹭她的脸，逗她，"哭早了，我现在还没死呢，你把眼泪先攒一攒，到时候哭一场痛快的，让人家都以为我娶了个贤惠又爱我的妻子，我死也死得体面。"

"你说什么呢……"宝宁气得推了他一把，又想到他的身体渐渐变得虚弱，说不定命不久矣，推完就后悔了，又过去拉他。

这样的结果，裴原也想过，算是意料之中。他也觉得难以接受，但宝宁在这儿，他不能做出崩溃或出格的举动，要不然，宝宁会更加崩溃。

说实话，看着宝宁这样关心他，他还是有些愉悦的。

明姨娘的面色有些为难，她似是极为纠结，想了想，还是开口道："宝宁，你先别哭，事情没那么糟，还是有一线生机的。"

宝宁回头。泪眼蒙眬的她面上泛出喜色："什么办法？"

明氏道："有两个办法。第一个是用金丝水蛭解毒，我原先听我的父亲说过，可以用那东西吸毒血，等它吸饱了便死了。金丝水蛭的唾液本就是清毒良药，应该是有用的。"

宝宁眼前一亮，还未开口，又听明氏道："但这种方法福祸相依，水蛭体内含有另一种毒素，这种毒素进入血液中，阴雨天便会使人关节疼痛，生不如死。"

宝宁迟疑地问："另一个办法呢？"

明氏抿了抿唇，道："换血，把毒血都换掉，人就能活。"

话是这么讲，但是他们去哪里找可以换血的人呢？只有第一种办法是可行的。

宝宁看向裴原，神情有些紧张。她不知道裴原是怎么想的，死去痛苦，活着也痛苦。若是换成她经受这些，她该有多绝望？

命运对裴原太不公了！

明氏叹气道："宝宁，姨娘学艺不精，只能帮你到这里，你们商量着，姨娘先回去了。"

明氏说完，就起身走了。

宝宁道了谢，送她走了几步，便回去找裴原。

他转着轮椅换了个方向，行至窗边，正仰头看着外头的云。

宝宁站在他的身旁，陪着他看了一会儿，低声问："好看吗？"

裴原"嗯"了一声，偏头看她，不知怎么的，忽然笑了："出了那件事之后，我一直以为，作为废人活着，和死了没什么差别，但现在，又不那么想了。"

宝宁问："为什么？"

裴原道："我活着，你是有丈夫的人；我死了，你就成小寡妇了。"

宝宁不知道该作何表情。她本想笑，但又笑不出来，只觉得心情沉重，眼睛又酸。她抬手去抹泪，哽咽着道："裴原，我真的没觉得你丢人，也没觉得你是累赘，我们是家人。你好好的，我们以后做个伴儿，你若是疼，我帮你揉揉，等你好了，咱们一起去看花灯。"

裴原看了她半晌，点头，低低应了一声。

宝宁在府里待了小半天，陶氏一直没有来找过她，不用去请安，她乐得自在，陪着许氏和季蕴吃了饭，说了一会儿话，约莫傍晚的时候，两人就要走了。

因为许氏在旁边，季蕴不敢放肆，即便对裴原不满也只能憋着。除了面对宝宁，季蕴少有笑容。

京郊太远,所以宝宁即便不舍,也该回去了。许氏和季蕴送他们出门。

马车停在门口,许氏拉着宝宁的手,眼睛红红的。

白日的事,她猜到了一些,知道宝宁和裴原现在的境遇不是很好,但两个孩子不和她说,她也没办法。

许氏道:"宝宁,姨娘没什么本事,帮不了你别的,但有一个道理伴着姨娘走了半生,现在姨娘送给你。"

宝宁仰起脸,许氏慈爱地笑了笑,摸了摸她的脸颊,温和地说:"世上很多事,福祸总是相依的,得到一些,就会失去一些。有时候你觉得难熬,千万别放弃,再撑一撑,心善的人会有福报的,熬过那道坎,未来有好运等着你们。"

宝宁的鼻子一酸,她又想哭了。

许氏道:"你们快走吧,天黑了就不好走了。"

她催促着,宝宁和裴原上了马车,回头挥挥手,马车便走了。

一路上,宝宁都闷闷的,裴原看在眼里,没说话。

眼看着要出城门了,裴原忽然开口:"你想不想经常回来看看?"

宝宁点点头。

裴原道:"我带你去个好地方。"

裴扬早就回宫了,留了马车和车夫给他们,裴原探出头对车夫说了几句话,车夫应了一声,掉转马头,又走了小半个时辰,到了一处农庄。

天色渐黑,暮色笼罩,宝宁撩起车帘往外看,这里是个很大的马场,初春的草还没长起来,地上一片淡绿色,透过栏杆,能瞧见几匹高头大马正在低头啃草。

最里侧是一排瓦房,此刻正是做饭的时候,炊烟袅袅,今晚没有风,烟是笔直向上的。一轮巨大的夕阳在瓦房后头,衬得烟也成了金色的。

一阵马儿奔腾声传来,宝宁歪头,看见一群穿着华服的年轻人骑在马上,欢呼着奔跑。宝宁很少出门,更没去过马场,头一次见到这样的场景,视线都移不开,目光随着那些人移动。直到人家不见踪影了,她才回过神来。

她也被那些人的激情感染了,有些兴奋,但又有些迷惑。她转头看裴原:"咱们是来做什么的?"

裴原把手伸给她:"先扶我下去。"

宝宁应了一声,先下车,和车夫一起将轮椅搬下来,再去扶裴原。

裴原按着她的胳膊,眯眼朝远方看过去,脸上是宝宁看不懂的情绪。他在那里站了好一会儿才坐下,缓声开口:"进去吧。"

宝宁不知道裴原是怎么想的,猜测他白日听了明姨娘的话,心里不爽快,想来兜兜风,或许还有些怀念旧日生活的意思。

裴原从前应该是个很好的骑手，但现在腿不好了，不知道以后还能不能骑马。

宝宁理解他，但有些迟疑："人家会让咱们进吗？"她伸手去掏袖子里的钱，放在手心里数了数，"没剩下多少了，怕是不够。"

裴原静静地看着宝宁，她又把钱数了一遍，问："四皇子，你还有多少钱？"

她开始后悔白日花得太多，早上也没带那么多钱出门。

"咱们要赊账吗？我有点儿不好意思。"宝宁愁眉苦脸，试探着劝他，"要不，咱们过两天再来？"

裴原用舌尖顶了顶左腮，半晌才开口："在你心里，我是不是个穷光蛋？"

宝宁局促地搓了搓手，不知该怎么回答。

或许第一印象真的很重要，宝宁嫁给裴原的第一天，他住在小破房子里，盖着破棉被，邋里邋遢的，所以在她的心里，裴原应该是一无所有的。

但白日，他分明那么爽快地给了她一锭金子。

裴原等了一会儿，不见她说话，也不等了，指了指大门口："进去吧。"

宝宁推着他进去，庆幸的是，一路上无人阻拦。

刚才那群骑马玩乐的公子哥许是累了，下了马，成群结队地往外走，一路说笑打闹，眼看要经过两人身旁。宝宁想起在青竹巷被人议论的场景，蹙了蹙眉，将轮椅掉转了个方向，用背挡住裴原的身影，不让人看见他。

一个简单的保护动作，裴原看得清清楚楚，无声地笑了一下，用手指向那排瓦房背后，指挥道："去那里。"

宝宁应了一声，推着他往那边走。裴原好像对这里很熟悉，她觉得心里放松了许多，心想着，裴原许是认识这家马场的掌柜，不会被赶出去。

她还是挺要面子的，丢人的事情不太想做。

他们绕过瓦房，面前的一切让宝宁怔住了。这是一片几乎望不到边的草场，似是与前方的大山接壤，马厩在两侧，估计有上百匹马，有人拎着草料筐子在喂食，马太多了，风吹过来，空气中是浓厚且带着点儿草腥气的马粪味。

宝宁皱了皱鼻子，没忍住，"哟"了一声。

裴原轻笑，抬眼看她，用口型道："没出息。"

宝宁用手轻轻地掐了他颈后的衣裳一把，当作出气。她踮着脚望向远处，觉得新奇漂亮，看了一会儿，低头问："咱们是来欣赏风景的？"

裴原说："我送你一匹马。"

宝宁惊讶："我不会骑。"

裴原道："它很乖的，又聪明，会听你的话。"

他说得玄乎。宝宁不信："你认识它？"

裴原没回答，把手放在唇边，吹了一声口哨，声音太响，宝宁捂住耳朵，裴原又吹了一声，连那些喂马的人都看了过来。

有人发现马场进来了外人，放下筐，往这边走，面色不善的样子。

宝宁紧张地抓住了裴原轮椅的扶手，想着万一那人来驱赶，她就道个歉，赶紧带着裴原走。

忽然，远处传来一阵轻快的马蹄声，越来越近，宝宁循声望去，只见一匹极为高大的黑色骏马奔了过来，速度极快，落日余晖给它的周身勾勒出金色轮廓。

那个本来想赶人的伙计听见声音，急忙往旁边躲，但还是被波及了，跟跄了一下，摔倒在地。

也就几个喘息的工夫，那匹马风一样地过来，已经到了裴原的面前，宝宁惊愕地张着嘴，仰头看它的眼睛。它的眼睛黑溜溜的，如铜铃般大，马鼻子里喷出的气尽数喷在宝宁的脸上，宝宁的额发都被吹了起来，它的气息十分潮湿，还有点儿臭。

宝宁这时才感觉害怕，惊叫一声，躲到裴原的另一侧。那马却不再理她，低了头，凑到裴原的脸旁，让他摸。

裴原刮了一下它的鼻子，黑马仰头打了个响鼻，又低头去蹭他的手。

那么高大的马，到了裴原身边却温驯乖巧得像个孩子，宝宁觉得违和，又觉得温情。她是个感性的人，瞧见这一幕，又受不了了，想哭。但她努力地憋了回去，小声问裴原："这是你的马吗？"

裴原道："它叫赛风。"他去拉宝宁的手腕，带着她去摸，"别害怕，它对外人凶，对亲人很乖的。"

宝宁想躲，但又好奇，裴原的手既干燥，又温暖，让人感到安全。宝宁败给了好奇心，放轻松了一些，摸了马一下。

粗糙的短毛有些扎人，赛风盯着她看，没有要攻击她的意思。

宝宁也不怕了，笑起来，甜甜地叫它的名字："赛风？"

裴原说："它以前可是我的命，我待它比待亲儿子还要亲。"

"哪有你这样说话的，怎么把马和孩子比？"宝宁的眼睛弯弯的，她顺嘴问，"你那么喜欢它，怎么不带它走？"

裴原道："我本以为自己配不上它了。"

宝宁意识到自己说了错话，张了张口，想说些什么，又听裴原道："现在它是你的了。"

微风把裴原的声音送到宝宁的耳朵里，宝宁觉得他话中有话，心中有一股触动一闪而过，转眼又抓不到了。

宝宁眨了眨眼："这不好吧……"

她话未说完，他们的身后传来一声老者的呼唤："四皇子？"

宝宁带着裴原转过身，来人是一位身着褐色短袍的老人，约莫五六十岁的样子，满面沧桑。他原本只是试探，见到裴原的真容后，眼泪一下子就流了出来。

老人说哭就哭，吓了宝宁一跳。老人跪下来行了个礼，哭着道："四皇子，您可算来了，我还以为您……"

"祥叔请起。"裴原伸手想去扶祥叔。他坐在轮椅上，够不到，宝宁替他去扶。

老者问："这位是？"

裴原看了宝宁一眼，淡淡地道："是我的夫人。"

冯祥叫了一声"四皇子妃"，宝宁怪不好意思的，羞涩地笑了笑。

冯祥赞叹道："四皇子妃真漂亮，瞧着就是好面相。"

裴原道："我是来接赛风回家的，你这段时间照顾它，辛苦了。现在接到它了，我就走了。"

"您不多坐一会儿？家里刚做了饭。"冯祥惶惶，又道，"四皇子，这个马场本来就是您托付给我的，现在您好好地回来了，是时候物归原主了……"

裴原打断他："不必。"

他拍了拍宝宁的手背，示意要走，赛风踢了踢马蹄，在后跟着。

云里雾里的对话，宝宁没听懂几句，裴原要走，她便推轮椅。

冯祥追了几步："四皇子，您等会儿，我叫我儿子送您回去。"

裴原皱眉，刚想拒绝，冯祥冲他摆了摆手："不麻烦的，天黑路远，我儿子现在也没事，让他送您。"

他往瓦房跑，口中唤着："永嘉，永嘉，来贵客了，你去送一送！"

最里侧的房子里，冯永嘉双手缩在袖子里，有些畏缩地看着眼前的络腮胡子男人。听见父亲叫，他伸了伸脖子，想答应，但看着面前的男人，瑟缩了一下，没敢出声。

"你那没用的死爹又找你干什么？"络腮胡子徐广喝了口酒，脚踩在凳子上，啐了一口，厉声喝道，"我再给你三天时间，要么你卖了马场还钱，要么我宰了你全家！"

门被推开，冯祥站在门口，眯着眼往里看。

他老了，眼睛不好使，只瞧见了徐广魁梧的身材，没看清他凶煞的表情，"噢"了一声，道："永嘉，叫你半晌也不答应，原来是有客人啊。"

冯永嘉敷衍地应着，小心地瞄着徐广的神色，怕他在父亲面前说出什么话，着急地要赶冯祥走："爹，有啥事不能明日再说？我这儿有贵客。"

"我的更是贵客。"冯祥道，"永嘉啊，那是咱们家的恩人！他要走了，腿脚不便，你去送一送。"

冯永嘉有些许不耐烦，压着嗓子道："咱们家有那么多下人，让他们去送，我忙着呢。"

"不孝子！"冯祥斥责他。但老来子是掌心宝，他舍不得，声音又软了下来："你现在衣食无忧，全靠那位贵人，不要无礼，快去。"

说完，他转向徐广，拱手行了个礼："这位客人，我们招待不周，还望您见谅啊！"

徐广嗤笑一声，转头对冯永嘉道："你这老爹还是个好心肠，怎么就养了你这么个败家子。"

冯永嘉低头唯唯诺诺地应着。冯祥听清了那句话，但是没懂。他刚想问，冯永嘉忽然站起来，三两下将他推了出去："爹，你稍等，我说两句话，马上就去送。"

冯祥出去了，冯永嘉赶忙关上门。单独面向徐广时，他又换了一副表情，艰难地咽了口唾沫，祈求道："大人，您缓我两天……五天，最多五天，我定把钱凑齐了给您。"

徐广靠在椅背上，用马鞭点了两下膝弯，挑眉道："行吧。"他站起身，贴近冯永嘉的脸，嘴里的气息扑在他的耳边，"凑不够钱，我割了你的东西泡酒喝。"

冯永嘉脸色霎时变白，腿软得险些摔下去。

徐广提着他的后领，道："走吧，带我去看看你爹的那位恩人。"

宝宁和裴原坐在马车上，车门开着，能看见外头的景象。

拉车的是一匹棕色牝马，赛风站在离它两步远的地方，不耐烦地甩着尾巴。牝马往赛风那边探脑袋，想亲近赛风，赛风瞥了它一眼，扭头走了。

牝马的眼睛跟着赛风转，它似乎有些失望。

宝宁心想，什么样的主人驯出什么样的马，主人和马都是又孤又傲的臭脾气。

她忽然想起刚刚冯祥说的话，他说这马场是帮着裴原照看的。宝宁好奇，凑过去问他："那个叫冯祥的老人是你的旧友吗？"

裴原低头看着自己的指甲："算是吧。"他顿了顿，又说，"冯祥是我的老马夫。"

宝宁惊讶："那马场……"

"是我送给他的。"裴原依旧低着头。宝宁看不清他的神情，听他继续道："我的府邸被抄时，他护住了我一样很重要的东西，还因此受了伤。我没别的东西能给他，他喜欢马，我就把马场给了他，希望他能安度晚年。"

是什么重要的东西？也许是很私密的东西，裴原不说，宝宁也没问，只笑道："没想到你还挺重情义的。"

裴原屈指放在唇下吹了吹："你没想到的事多着呢！"

他突然想起了什么，偏头道："我的名声是不是挺不好的，你嫁过来时不怕？"

"你还知道你的名声差呢。"宝宁"咯咯"地笑，捧着脸看他，认真地道，"我有点儿怕呀，但是又不太怕。我那时候想，你顶多骂我两句，又伤不到我。这样想，我就不怕了。至于你以前的事，那是以前了，就像翻书一样，一页过去是下一页，我不计较，我们往前看。"

裴原微微扬起下巴，垂眼看她："缺个心眼儿似的。"

宝宁不高兴，他怎么随随便便就骂人。

下一瞬，裴原的手覆过来，在她的颈后揉了一把，他低声道："挺好的，傻姑娘招人疼。"

他的气息拂在宝宁的脸上，宝宁呼吸一滞，脑子晕晕的，没听清他说什么。

宝宁别扭地动了动腰，离裴原远了点儿，再把他的手抓下来。她看见了裴原的指甲，不好看，长得很长了。

宝宁急于摆脱这种暧昧又尴尬的氛围，冲裴原道："回家后我帮你剪。"

裴原接道："脚上的指甲也长了。"

宝宁的脸蛋憋得通红，过了好半响，她才说："你有点儿过分。"

裴原笑了起来。

他们闲聊着，冯永嘉已经过来了，旁边还跟着络腮胡子徐广。

冯祥没对冯永嘉说过裴原的事，裴原的身份到底有些特殊，他是皇子，但曾被降过罪，冯祥知道自己这个小儿子的心性有些幼稚，不愿和他提及裴原的身份，只说那是恩人。

冯祥教导冯永嘉勤俭朴素，多干活儿，少说话，但冯永嘉许是没听进去多少。他穿着一身蚕丝料子，站在冯祥的身边，像是富家少爷和老仆人。

冯祥敲了敲车窗，道："大人，我儿子来了，让我儿子骑着赛风送您回去？"

裴原点了点宝宁的手背："你的马，你决定。"

宝宁有些惊讶。裴原说将赛风送给她，她本来没太在意，现在再听裴原的话，心中有了些异样的感觉。

裴原的性子不好，有时候匪里匪气的，但他是个很守诺的人。

宝宁笑了起来："听祥叔的吧。"

冯祥也很高兴，回身冲着冯永嘉挥手："永嘉，走，起程吧。"

冯永嘉应了一声，小声地和徐广道别："大人，那我先走了。"

徐广抱着刀站着，身后有三个侍从。他轻哼一声："嗯。"

冯永嘉这才放心，走向赛风，心里有些怵，这匹马太野，不服管教，他怕自己降不住。

果真，冯永嘉的手刚碰到缰绳，赛风便恼了，扬蹄欲踢他，他急忙往后躲，徐广看见了，"哈哈"大笑。

裴原听到外头的动静，伸手挑开帘子，沉声道："赛风，听话。"

徐广闻声看了过去。他本来只是随意一瞟，但瞧见窗边宝宁的侧脸，心猛地一沉。

他认出了宝宁，怕看错了，眼睛微眯，又往前走了一步，想看得更仔细一些。

宝宁察觉到了对方灼热的视线，也侧头看过去。外头的天已经很暗了，她瞧不清徐广的脸，便没在意，别过了头。裴原将帘子放下。

赛风听了裴原的话，果真安分了。冯永嘉提心吊胆地上了马，车夫喝了声"驾"，马车缓缓地走了起来，冯永嘉也控马走了起来。

徐广盯着马车，视线如剑，想把车厢盯出一个窟窿。

侍从问他："大人，您在瞧什么呢？"

徐广冷笑道："在瞧仇人家的美人。"

那次随黄吉去找裴原，他算是丢了大脸，故而一直对裴原怀恨在心，想着何时把这个面子找回来，却一直找不到合适的下手机会。

现如今，机会得来全不费工夫。

他挥了挥手，冲身后道："走！"

宝宁他们到家的时候，已过酉时了，漫天星斗。

冯永嘉掀开帘子，请宝宁下车。抛开其他的不谈，冯永嘉是个很清秀的男子，有些书生气，说话也彬彬有礼的。

"小夫人，您搭着我的手臂，我扶您。"光线昏暗，冯永嘉只瞥见了宝宁的轮廓，看她身量娇小，年纪不大，下意识地在夫人前加了个"小"字。

宝宁往前探了探身，冯永嘉才看清她的脸。

娇养着长大的姑娘，脸颊白皙柔嫩，泛着健康的粉色，睫毛纤长，眼神清澈，是他没见过的美人。

冯永嘉不由得愣了愣。

"谢谢，不用啦。"宝宁没搭他的手臂，用手扶住车门，轻轻一跳，便稳稳地落在了地上。

冯永嘉有些失望，将手收回来，垂在身侧，手指搓了搓。余光扫见车夫将裴原的轮椅往下搬，他反应过来，又急匆匆地去帮忙。

轮椅落地，冯永嘉正在纳闷老爹说的恩人到底是谁，怎么用这种东西，难不成是个老头子……他正想着，就见宝宁朝车里伸出手。

很快，里头伸出一双骨节分明的大掌，那人握住宝宁的手，借着力道缓缓地下了车，坐在了轮椅上。

冯永嘉的目光落在了那双交叠的手上，他愣怔了片刻，心里发酸，有些惋惜，又有些愤愤不平。

那么好、那么年轻漂亮的人，怎么就嫁了个瘫子呢？看这破院子，不说家徒四壁，也差不了多少，怎么有的男人那般命好？老天爷属实不公，他为什么就碰不到这样的好事？

宝宁蹲下身子，帮裴原整理好腿上的毯子，正想向车夫道谢后回院子，就瞧见了裴原不善的脸色。

裴原皱着眉，不耐烦地敲了敲扶手，厉声喝道："你看够了没有？"

冯永嘉被这一声吓得一哆嗦，缓过神来，对上裴原凌厉的眼神。

冯永嘉愣了一下，没想到轮椅上坐的是个这么年轻的男子，对方容貌上乘，气势非凡，明明是坐着的，却如同居高临下般看着冯永嘉，看得他心里发怵。

可这人不过是个残废，还是个穷鬼……这么一想，冯永嘉又振奋了起来。

冯永嘉想起了老爹说的，面前这位是他们家的恩人。他心中想，这个人或许以前是有钱的，帮过他的老爹，现在穷了，他们帮扶一下也是应该的。但是这个人不应该有个这么漂亮的小娘子！这个人怎么配得上呢？命运如此不公！

冯永嘉心中不平，又不能做什么，只能闷着一口气，装作看不见裴原的不悦之色，转头向宝宁献殷勤。

他面容和蔼，自我介绍道："小夫人，我名叫冯永嘉，是山阳马场的少东家，若您有什么需要帮忙的，直接找我就行，到了马场，报我的名号。"

裴原嗤笑了一声，似笑非笑地看了他一会儿，露出不屑的眼神。

冯永嘉藏着什么心思，都是男人，裴原怎么会不知道？卑鄙小人，不足挂齿，裴原对付他简直脏了自己的手。

裴原都懒得理他，移开了目光，冲宝宁道："回去吧。"

宝宁应了一声。

冯永嘉站在原地，看着宝宁拉开篱笆门，将裴原推了进去。她往后招了招手，赛风也跟了上来。银色月光下，宝宁的背影仿佛带着光，迷了他的眼。

一只土黄色小狗听见声音，从屋子里冲了出来，围在她的脚边转圈圈，裴原伸手，小狗一跃跳到他的膝上。

院子里一片和美安乐的景象。

又过了一会儿，两人进了屋子，门关了，灯开了，冯永嘉仍旧在那里痴痴地望着。

车夫看不下去了，下去拍他的肩："哎，我说小郎君，你到底走不走？在这儿看什么呢？"

冯永嘉失魂落魄的，嘴里喃喃地念叨着："命运不公，不公，怎么就配得上呢……"

车夫听不懂他在说什么，不耐烦地道："再不走，你就自己跑回去吧，我要回京了。"

冯永嘉忽然长叹一声，双手握拳，跺了跺脚，爬上了车。

车夫愣愣地看着他，嘀咕了一句："有病。"

说罢，车夫也上马走了。

屋子里，宝宁跪坐在炕上铺被子，一整天没回来，灶里的火都熄了，屋子里有点儿冷。她将手伸进被子里，也是冰凉的。

宝宁让裴原坐在凳子上，又往他的肩上披了件衣裳，嘱咐道："四皇子，您在这里坐会儿，我去烧水，洗漱完再睡。"

她在裙摆上拍了拍手，便要往外走。

裴原喊住她，招招手："过来。"

"怎么啦？"宝宁走到裴原的身边。

他个子高，坐下来也不比她矮多少，一抬手就碰到了她的肩。

他往下轻轻地用劲儿，道："蹲下。"

宝宁不明所以，将裙摆收起来，叠在腹前，听话地蹲下，仰起脸笑着问："到底怎么了？"

阿黄围着宝宁转来转去，此时也停了下来，跳了一下，两只前爪搭上裴原的膝头。

裴原看着面前的两双黑眼睛，不由得笑出了声。屋子不大，两人一狗平静地对视，裴原觉得心中难得地踏实。

他伸手将宝宁发上的簪子取了下来。

宝宁茫然，只觉得头上一轻，伸手去摸，没了簪子固定，头发已经松了。

裴原伸手又抓了几把，将她的发髻全都拆散了，把头发从上捋到下，低声道："这样好看。"

"你拿走我的簪子做什么？"宝宁嗔怪，将头发捞起来，拍了拍发尾，心疼地道，"都挨着地了。"

裴原用手托着下巴，又看了宝宁一会儿。他喜欢她把长发披散在肩头，衬得她的肤色更白，面庞也更柔和，温柔中带了些许妩媚。

裴原将阿黄捞上来，抱在怀里，冲宝宁道："你以后换个称呼，别那样叫我，听着不生分吗？"

宝宁愣了一会儿，才反应过来他说的是刚才自己叫他"四皇子"。

宝宁笑盈盈地问："那我叫你什么？"

裴原说："我又不是没有名字。"

宝宁便唤他："裴原？"

她小心翼翼的，带了一些试探的味道，裴原听在耳里，觉得舒心。

他挑逗地去勾她的下巴："叫哥哥。"

宝宁的脸颊泛红，她打了他的手背一下，小声地道："真烦人。"

她揉了揉发烫的耳垂，站起身往外走："我烧水去。"

回家太晚，两人都累了，宝宁把裴原洗漱用的水送了过去，思忖片刻，又灌了个汤婆子放在他的被窝里。

宝宁想起明姨娘说的话，担心裴原的身子，怕他着凉后病上加病，想更妥帖些。

裴原对这种物件嗤之以鼻。他一身阳气，穿着单衣都觉得热，宝宁偏要把他当成月子里的妇人一样伺候着。他本欲拒绝，但看着宝宁担忧的目光，还是松了口。

宝宁放心地出门，勾了勾小指，阿黄摇着尾巴跟着她跑了出去。临走时，她吹灭了灯。

裴原躺下，将汤婆子踹到脚底，合上眼。

白天疲惫，现在他却睡不着，睁眼看着房顶，思考起以后的事。

原先他是一个人，随便怎么折腾都无所谓，死了活了都是他自己的事。现在不一样了，他身边多了个小累赘，多了份牵挂。


西厢里，宝宁洗漱好，裹着被子，去看明姨娘拿给她的那罐水蛭。

她是怕虫子的，犹豫了半晌也不敢打开。她屏了屏气，终于下定决心，打开盖子，开了条缝儿，往里面瞄了一眼。

瓦罐里盖着一层淤泥，约莫一个指节那般厚，浓郁的药味从缝隙中透了出来，苦涩难闻。

宝宁取了一根小木棍，定了定心，把盖子整个掀开。

泥巴上有一个小洞，宝宁拿着木棍在里头挑了挑，过了一会儿，一只胖虫探出头来。浅蓝色的脑袋有半个小指粗，它慢悠悠地爬了出来，身子有两寸长，背是透明的，能看见身体里细小的血管，体侧有两道金丝。

比起稻田里常见的水蛭，金丝水蛭看起来更纤小，更精致。但它到底是条蠕动的虫子，宝宁盯着它看了一会儿，胃里一阵阵往上泛酸，觉得恶心。

她合上盖子，端起水喝了一口，压下心中的不适之感。

这是明姨娘找到的唯一一条金丝水蛭，它快要产卵了，宝宁得好好养着。若是这条水蛭死了，或者产的卵成活得太少，事情将会变得更加麻烦。

这东西是有钱也买不到的。

明姨娘手里有一条纯粹是运气好。她的女儿季彤初嫁给了崇远侯府的庶次子贾献，并育有两子，小儿子去年夏天中暑了，中了热毒，浑身都是小疹子，眼看着就要不行了。崇远侯世子许是有隐疾，成婚五年，一个孩子都没有，这个小孙子是侯爷的心头宝，他们正一筹莫展时，有人拿了一对金丝水蛭来献殷勤，正好解了小公子的热毒。

二姑娘知道姨娘喜欢这种东西，也会侍弄，待小公子病愈后，便交给她养着。

当时用来解毒的是公水蛭，被用来解完毒后差点儿死了，被明姨娘用药吊着，熬了一冬，今年开春的时候还是死了。

好在那条母水蛭成功受孕，若能顺利生产，也算是后继有蛭。

母水蛭若是死了，再想找下一条就难了，而且裴原的毒也拖不了那么久。

这东西靠吸血存活，要不停地往里面丢活物供着它，尤其是要产卵的母水蛭，一天可以吸食半茶杯的动物血。

宝宁有些犯愁，不知道去哪里弄东西喂它！

明姨娘说，若实在没吃的，可以喂它一些熟蛋黄，但总吃这些终究是不行的。宝宁琢磨着，她明日做个小网兜出来，去小河边看看能不能网来新鲜的田螺。若实在不行，她就去集市上买田螺，在家养一小缸，等以后这只母水蛭产了卵，还能供它的孩子吃。

临睡前，宝宁往罐子里放了个捣碎的蛋黄，再把罐子封好，捅了捅出气口，然后摆在架子的最高层。

她在心里默念着：母水蛭呀母水蛭，你可一定要争气啊！


冯永嘉离开后没回马场，而是去了自己在京城东郊的别院。

这个别院是他背着冯祥偷偷买的。这个地方隐蔽，他在此处养了几个娇柔的外室，没人知道。

冯永嘉一进门，便有一个女人迎了上来，撒娇般挽上他的胳膊，往他的耳朵眼儿里吹气："爷怎么好几日不来？奴家还以为你不要青青了。"

青青是冯永嘉半月前从勾栏院里赎回来的，腰肢纤细，胸脯丰满，一双如丝媚眼格外勾人，他一直爱得不行。今日再看见她，他却觉得烦了。

他推开女人，鄙夷地道："一身风尘气。"

青青被他骂得一愣。

"回你自己的屋子去，休要烦我。"冯永嘉一甩袖子，大步流星地往正房走，"砰"的一声关上了房门。

青青恨恨地望着他的背影，咬牙道："穷酸东西，真把自己当个人物了。"

她一撇嘴，扭腰走开。

冯永嘉坐在屋子里借酒浇愁。

他自幼天资聪颖，十岁出头就中了秀才，奈何老爹只是个没钱没势的马夫。他想再往上考，却因为送不上礼而被贪官死死地压着，一直不得志。久而久之，冯永嘉的心性就变了，他原先想靠功名出人头地，现在明白过来，满腹才华有何用，没钱寸步难行！要不然，他也不会直到现在连个媳妇都娶不上。

不久前，老爹忽然得了个马场，他跟着借光，从穷秀才一跃成了公子哥，本以为从此不用再过以前的苦日子了，老爹却跟个守财奴一样，多一文都不让他花。

冯永嘉心中郁闷，比从前不得志时更甚。他想到了一个法子，偷钱出去赌。赌博来钱快，不过几日工夫，他便有了大把银子。他不用再看老爹的眼色了，偷偷置办了个院子，买了外室，逍遥快活了一个月。可天降横祸，三日前，他因为一场赌局输给徐广，赔了个精光不说，还欠了两千两银子。

徐广是少府监副总管黄吉手下的红人，他打不得，骂不得，被人家推一下就得乖乖地跪下，只能咬着牙还钱。

可是他哪里凑得到钱呢？

冯永嘉又哀叹起自己的命运来。

他喝了两口酒，捶胸顿足时，忽然又想起宝宁，心中苦涩。他原本想娶的就是宝宁那样的女子，知书达理又温柔，奈何命运不公，他苦求不得。那个残废凭什么命那么好？若他能娶到这样的妻子，也不至于踏上现在的歪路！

冯永嘉觉得不平，咬牙切齿，妒意里生出恨来，又喝了一口酒，伏在桌子上"呜呜"痛哭。

门忽然被踹开。

冷风"呼"地涌了进来，冯永嘉打了个激灵，一抬头，对上了徐广凶神恶煞的脸。

冯永嘉心中"咯噔"一声，瞪大眼，刚欲呼救，就被徐广用刀柄堵住了嘴。他一缩舌头，不敢出声了。

徐广弯腰看他，咧嘴一笑："小秀才，我不要你的钱了，咱们做个交易吧。"

冯永嘉畏缩地看着他。

徐广眯着眼道："你帮我杀个男人，我帮你搞个女人。如何？"

第二日，宝宁早早地起来，先去看了看那只水蛭。看到它活得好好的，她放下心来。

宝宁拿棍子搅了搅,看见昨晚放的蛋黄都没了,暗道一句"真能吃"。她坐在炕上,又剥了颗蛋,把蛋白给阿黄吃,蛋黄继续扔到罐子里,蛋壳留着,待会儿捣碎了喂鸡。

宝宁拿帕子擦了擦指尖,穿衣梳发,起来做饭。她牢记着明姨娘的嘱咐,对裴原的餐食更上心了。她也不嫌麻烦了,煎了一碟包子,又炖了碗红枣枸杞汤。裴原不爱吃甜的,她怕裴原不爱喝,想了想,又炖了碗萝卜汤,里头放了几块牛肉,炖得软软烂烂的。

汤食好,补气血,适合养病的人。

宝宁起床的时候,天还没完全亮。她忙活了一个时辰,才刚过卯时。

她把饭菜放在食盒里,端去给裴原。敲了两下门,里头应了一声"进",宝宁才推门进去。

裴原坐在那儿换衣裳,没一点儿害臊的样子,大大方方地给她看,对着门,头也不抬地道:"我闻到香味了,你早上做的是什么?"

宝宁一愣,慌忙别开头。她不是有意看的,但刚才的景象还是落入了眼中。

裴原上身裸着,手臂上的肌肉穿着衣裳时还不显,现在衣裳脱了她才看见,他的胳膊竟有她的小腿那么粗。他小腹上板正的八块肌肉比她用刀切出的馍馍还规整,他小麦色的肌肤上横亘着几道疤。

宝宁是个极护短的人。许是接纳了裴原,她如今看他怎么样都是好的,会不自觉地在心中美化他,疤痕也透出了阳刚气。

但她看见了还是很尴尬。

"在换衣裳也不说一声。"宝宁转过身,语气有些埋怨。

她身后一阵"窸窸窣窣"的声音,裴原抓了外衣穿好,语气严肃地道:"没那个必要。"

宝宁仰头看着房顶与墙壁的交界,无声地说:"不知羞。"

"我换完了,你转过来吧。"

宝宁摸了摸泛红的脸,提着食盒走过去。裴原不怎么整洁,把被子揉成一团,扔到角落,宝宁看不过眼,将食盒放在一边,过去把被子铺开叠好,再去把炕桌搬过来,将菜一样样地摆上去。

裴原把手撑在身后,静静地看她做着这一切,眼睛眯起,有些享受。

他从前不知道,看姑娘家忙家事,琐琐碎碎的,竟然这么有意思。

一桌丰盛的早饭,有一碟香喷喷的煎包子,一碟酸黄瓜,两盅汤——一盅咸、一盅甜,还有一小碗鸡肉粥。

裴原讶异道:"怎么弄这么多?"他搅了搅粥,香味扑鼻,不由得笑道,"皇帝早上都没我吃得好。"

宝宁撑着下巴笑:"明天给你做鱼,神仙鱼,特别香。"

宝宁今日梳了一条辫子，自然地垂在胸前。她的手不老实，不自觉地去勾发尾，发尾上系着铃铛发绳，被她一碰，"丁零丁零"地响。

裴原盯着她细嫩的手指，看了一会儿，眼神渐沉，视线往上瞟，停在她锁骨处的粉红小痣上。

宝宁浑然不觉，探身给他盛汤，嘴里嘀咕："你多吃点儿，不要浪费我的一片心血。"

裴原回过神来，就着她的手，低头喝了口汤。宝宁的姿势很别扭，她手里捧着碗，手背被他按着，上身前倾。她睁大眼看着裴原垂眼喝汤的样子，不知道他为什么突然做出这样奇怪的举动。

裴原放下碗，用食指抹去唇边的汤渍，看着宝宁的脸颊一点点地变得粉红。

她急匆匆地甩开手，将手背往裙摆上抹了一下。裴原见此，脸色渐渐沉了下去。

宝宁察觉出他不高兴了，但又不知道为什么。

屋子里气氛压抑，阿黄吃饱饭，跑进来，低低地"嗷呜"了两声。宝宁伸手捞起它，躲避似的往外走："我想起来了，赛风还没喂。我拌草料去。"

裴原叫住她："一起吃点儿。"

宝宁道："我吃过了。"

裴原不再说话。宝宁又等了一会儿，见他真的没话说了，便抱着阿黄走了。

她的背影消失在门口，门没关，大片晨光洒了进来，能看见细微的尘土在空中跳跃。篱笆门被打开，鸡、鸭跑了出来，满院子乱窜，发出嘈杂的叫声。

裴原回想宝宁刚才的动作，心中越想越气，"啪"的一声把筷子撂在桌上。

她怎么就这么不开窍？

裴原深呼吸几次，又把筷子拿起来，夹了块黄瓜扔到嘴里，无奈地叹气，罢了，慢慢来吧。

宝宁搬了个马扎，坐在房檐底下做网兜。

赛风来了后，这院子里更热闹了。高头大马站在院中央，乖得很，不用拴也不会乱跑，稳重有气势。阿黄谄媚，许是喜欢这样的伙伴，跑前跑后地围着赛风转，还跳起来去咬人家的尾巴，态度亲昵。

宝宁刚开始看见的时候被吓了一跳，怕赛风一个不高兴，尥蹶子将阿黄踢飞。

好在赛风是真的稳重，不愿和阿黄计较，只顾低头吃草料，眼皮都不抬一下。宝宁便也随着阿黄去了。

她在柴火堆里挑了一根合适的细木头，用小刀把木头削得光滑圆润，放到一旁做手柄备用，又取了碎布条准备织网兜。

宝宁把布条裁细，拧成一股细绳，又将三股细绳编在一起拧成一条大细绳，两端缝紧，把这样的大细绳做上七八根，便能织出一个结实的网兜。

宝宁低头认真地做着，对裴原是什么时候出来的都不知道。直到面前落下一片阴影，挡着光了，她才迷茫地仰起头。

裴原摸了摸她的鼻尖，发现都出汗了。他皱眉问："热不热？"

宝宁笑着回答："不热。"她想了想，又道，"晒太阳好，我给你搬个凳子，你坐在我身边，咱们一起晒。"

裴原道："我不坐了，慢慢走走。"

这是这么长时间以来，裴原第一次说要绕着院子走走，宝宁惊喜万分，他终于不那么消极了。宝宁现在的心情，就像季蕴第一次给她背《三字经》时，有一种"我家弟弟终于长大了、学乖了"的感觉。

宝宁坐不住了，想要为裴原做点儿什么。

裴原按住她的肩，腋下夹着拐杖，低声道："你做你的东西，不用陪我。"

宝宁"噢"了一声，心中还是止不住地高兴，裴原看着她笑盈盈的样子，眼里也闪过一丝笑意。

阿黄哪里有动静就往哪里去，见裴原出来，也不围着赛风要了，跑来凑热闹。裴原在前头走，阿黄在后面跟着。

裴原的左腿还是不行，软绵绵的，人走不快。一人一狗慢悠悠地走了两圈，裴原累了，回到宝宁身边。

宝宁在捣鼓那根细木头，想要打个洞，但找不到办法。她手巧，力气却小。这种活儿，她干不来。

裴原看了一会儿，伸手道："给我。"

宝宁把木头和刻刀递给裴原，他接过来，将背抵在墙上支撑住身体，宝宁担心他摔倒，走到他身侧扶着他。

裴原瞟了她一眼，不知道想到了什么，低低地笑出了声。

木头约有他的拇指粗，宝宁费了半天力，才把刻刀捅进去三分之一，裴原拿在手里，不过一眨眼的工夫就穿透了木头。

宝宁赞叹道："你真厉害！"

裴原道："这本来就是男人干的活儿，下次再遇到，你直接找我。"

他难得说几句中听的话。宝宁心中雀跃，应了声"好"。

裴原由上往下地看她。她肤若凝脂，下巴尖尖，乖巧地挨着他，裴原忽然觉得心软了下来，将手移到她的颈后捏了捏。

"做这个东西干什么？"

宝宁说："抓田螺，喂水蛭。"

裴原道:"昨日你怎么不在集市上买一些?"

"你不懂。"宝宁忙着系绳扣,眼皮也不抬,"自己捕的才放心,不知道集市上卖的新不新鲜。"

裴原没搭话。

他原本不喜欢这些家长里短、鸡毛蒜皮的事,有那个时间,宁愿出去骑马跑几圈,也不乐意在家里闲坐。

可现在不一样了,许是年纪渐长,许是有人陪伴,他竟有些享受这样的安宁。

眼看到了晌午,太阳愈发大了,宝宁觉得热,不再待在外头,拉着裴原回去睡晌午觉。

她作息很规律,午间必定要睡一会儿,两刻钟就起,今天许是乏了,不小心睡久了一些,再一睁眼,日头已经没了,外头"淅淅沥沥"地下着雨。

宝宁心中暗道一声"不好"。下着雨,她不能冒雨去河边呀,雨不知道什么时候能停,今日的田螺怕是捞不成了。

她坐在炕上待了一会儿,忽然想起赛风来。她还没来得及搭马棚,它在外面淋着雨,病了怎么办?

宝宁坐不住了,打了把伞急匆匆地出去。

院子里哪里还有赛风的身影,宝宁焦急地找了一圈,前院后院看了个遍,本以为它自己跑了,路过鸡棚的时候往里面瞟了一眼,心才定下来。

赛风聪明,自己躲进了鸡棚底下,蜷着腿卧着,像要睡觉的样子。

宝宁第一次见到马趴着,觉得新奇,不由得多看了两眼,赛风的前腿向前伸着,膝盖不打弯儿。

宝宁看着它的腿,干干瘦瘦的,像芦柴棒一样,她的脑子里蓦然闪过一个念头。

裴原走路艰难,是因为左腿使不上力,她若用什么方法将他的左腿固定住,起一个支撑的作用,他是不是就没有现在这么费力了?

宝宁越想越觉得这个方法可行。她伞也不打了,收起来,着急地往屋子里跑,想赶紧找东西做出来,拿给裴原试一试。

万一有用呢?

不远处的树林里,徐广倚在柳树上,用舌尖顶着牙,眼睛盯着宝宁进屋的背影,眼里的欲望不加掩饰。

直到门"嘭"的一声关上,他才移开眼,冲旁边的冯永嘉勾了勾手指:"东西准备好了吗?"

冯永嘉被淋得如落汤鸡一样，哆哆嗦嗦地道："准……准备好了。"

徐广道："迷香发挥作用的时间也就一刻钟，你在外头算准时间。等那个残废的手脚都软了，你进去弄死他，听懂了吗？"

冯永嘉有些害怕，舌头打战，不敢应声。

徐广将刀尖对准他的脖子，低声威胁："事情办成了，女人有，钱也有，若不成，我就用这把刀宰了你和你那个要死的老爹！"

冯永嘉被吓得面无血色，攥紧衣袖，连声道："听……听懂了。"

徐广收起刀，冷笑一声，道："这场雨来得可真是时候。"

他拍了拍冯永嘉的肩："去吧，小秀才，好好干。"

冯永嘉点头，不敢动，被徐广的下属推了一把，才慢吞吞地走了两步。下属拔剑出来，他抖了一下，咬了咬牙，跑进雨帘中。

"孬种。"徐广的下属啐了一口，冲徐广道："大人，为何非得让那个孬种去？您吩咐一声，属下闯进去，不出三招就可以解决。"

"三招？不出两招——"徐广勾了勾唇。

下属以为他在夸奖自己，面色一喜，又听徐广道："他便可让你人头落地！"

下属赵立不可置信地道："不过是个残废，怎么可能？"

徐广道："我前些天与裴原交过手，他现在虽然体弱，但功夫并不比以前逊色。他凭从前的武艺，太子殿下都无法近其身，何况你我？"

赵立还是有些不服："那也用不着那个冯秀才，迷香一点，属下也可以得手！"

徐广皱眉："亲自去杀他，留下把柄，你疯了？"

赵立道："圣上又不喜欢他，他死就死了，还能翻出天来不成？权力在咱们的手里，太子殿下也站在咱们这边，稍加掩饰，那残废死得不明不白，太子少个心腹大患，咱们也算是立了大功！"

徐广睨着他道："就凭你这莽撞的心性，混一辈子也就是个八品带刀侍卫，成不了气候。"

赵立自知说错了话，咽了口唾沫，躬身请教道："大人，还请您指点一二。"

徐广垂下眼皮，用手指敲了敲刀柄，轻声道："护国大将军从北疆回来了，估计两三日后就能到达京城。"

赵立神色一变："邱明山？"

徐广眼神变得凌厉："那个老东西的手里握着兵权，他又是那个残废的师傅，圣上都要顾忌他三分，他一回来，那个残废若死了，能查不出你我？"

赵立唯唯诺诺地说："大人说的是……"

"所以得借刀杀人。"徐广冷哼一声，继续道，"冯永嘉和那个残废刚见过面，他对那个残废嫉恨不满，那日的车夫也可证明，何况他又重债压身，一时被冲昏头脑，想要劫财劫色也说得过去。到时候事发，大理寺那边去查案，咱们掺和一脚，将责任推到那个姓冯的身上，再悄悄地弄死他，不就天衣无缝了？"

赵立眼前一亮，深深地弯腰拜服："大人明智！"

冯永嘉蹲在裴原屋子外的窗下，瓢泼大雨浇在他的头上，因为害怕，他牙齿都在打战。

他的怀里揣着一柄匕首，袖子里揣着迷香，他边扯着衣摆挡风，边将迷香掏出来用火折子点燃。看到香的顶端被点燃，冯永嘉呼出一口气，稍微放下心来。

他踮着脚，用手举着香将窗纸烫开一个小洞，插了半截进去。他怕一炷香迷不晕裴原，如法炮制，又插进去三炷香。

雨声掩盖了所有的声音，冯永嘉轻手轻脚地做完这些，蹲下来仰头算着时间。

他心乱如麻，眼睛直勾勾地盯着窗口，心思不知飞到哪里去了。直到过了小半刻钟，他才察觉出一丝不对劲儿。

他忽然想起，迷香的底部是黄色的，他点的那炷香的底部却是红色的。

冯永嘉心中"咯噔"一声。难道他弄错了？

红色的香是青青进他的院子前从勾栏院里带出来的，说是有妙用，一直缠着他想试一试。冯永嘉爱美人，但对这种东西从心底里抵触和厌恶，一直没用过，随手放在匣子里了。

昨晚徐广让他去买迷香，他回家后心不在焉，好像将迷香也放在那个匣子里了。

难道他真的弄错了？

冯永嘉的心脏"怦怦"直跳，他紧张得手脚都麻了，恨不得扇自己两巴掌。他急匆匆地站起来，想把那炷香抽出来看个仔细，忽然听西厢处传来开门声。

宝宁抱着东西出门，一抬头就瞧见裴原的窗下有个人。

雨太大，天色阴沉，她没看清对方是谁，被吓了一跳，张口欲喊裴原，还未出声，就见一道亮光破窗而出，冲着那个人的脖颈狠狠地划过去。

那个人惨叫了一声，捂着脖子逃走了。

宝宁愣了一会儿，猛地回过神来，往裴原的屋子跑。

推开门，屋子里有一股淡淡的香气，不细闻是察觉不出来的。宝宁的鼻子灵敏，她察觉出不对劲儿，心中一紧，着急地问裴原："你有没有事？"

黑暗里，裴原攥着破碎的茶盏坐在炕沿处，手指正在往下滴血。

他察觉不出疼似的，视线狠狠地盯着她，像匹狼。

## 第四章
## 裴原不慎中迷香

"你的手怎么了？"宝宁的心颤了一下，她急忙去点灯。

外头狂风呼啸，大雨拍在窗棂上，声音可怖，一道亮白的闪电划破天空，整个屋子瞬间亮如白昼。

宝宁看见了裴原苍白的脸。

她的手一颤，火苗歪了，她赶紧用手圈起来护着，往裴原那边走，忽然听到他喝道："站住！"

宝宁被他这一声喊蒙了。

裴原把手里的茶盏掷在地上，抬手按住额头，狠狠地闭了闭眼，试图让神志回归。

他的虎口处被茶盏割破了，红色的血被他抹在额上，宝宁看得心惊胆战，不顾他的阻拦，连忙到他身前蹲下。

"怎么弄的？"宝宁捧着他的手查看，只见一道深可见骨的伤口，边缘整齐，应是刚才捏碎茶盏时被伤到了，血止不住地往外流。

"你在这儿等着，我回去取药，给你包扎一下。"宝宁站起身，匆忙往外跑。

裴原流了太多血，宝宁担忧，没注意看他的神情，更没注意到他逐渐变得粗重的呼吸，以及他发红的双眼。

踏出门的时候，宝宁犹豫了一瞬，忽然想起刚才跑掉的黑色人影，脊背一凉。她不知道那个人是谁，也不知道那个人是来做什么的，更不知道那个人还会不会回来。她意识到那个人危险，但现在不是考虑那些的时候，最关键的还是裴原的伤。

血流不止会死的,他割到了要害之处,必须尽快止血。

伞被丢在了一边,风很大,把伞吹得越来越远。阿黄跑出来围着宝宁转,她没空理它,在箱子里翻了一通,把止血药和白布都拿在手上,又淋着雨跑回东厢。

她还未踏进门,门就"砰"的一声被关上了。

里头传来裴原的声音,他哑得厉害:"滚出去,越远越好!"

宝宁呆呆地站在原地,不明白他怎么突然反常成这样。

大雨倾盆,从头淋到脚,让人睁不开眼,宝宁用袖子抹了把脸,不用照镜子也知道自己现在就是只落汤鸡。

她来不及因为裴原转变态度而感到难过,用力地推他的门:"裴原,你在做什么?让我进去!"

他许是用背抵着门,宝宁推不开。她在原地转了一圈,瞄见悬在墙边的斧子,威胁道:"你若还这样,我便砍门了!"

屋子里传来刺耳的摩擦声,宝宁把耳朵贴在门板上,能听到柜子挪动的声音,裴原把柜子拖过来堵在门口,宝宁更推不动了。

他的腿不好,宝宁又担心他手上的伤,这么大的动作,他伤口要是崩裂了,血肯定会流得更多。

宝宁又气又急,狠狠地捶了一下门,高声道:"裴原,你疯了?"

她深吸了一口气,耐住性子哄他:"裴原,你听我的话,把门打开,好不好?"

裴原暴喝一声:"让你滚,听不到吗?"

宝宁被他骂得眼圈泛红。

她深吸一口气,调整好心情。

她不敢说自己已有多了解裴原,但总还是有几分了解的。这些举动不像平日里的他会做出来的,不知道到底发生了什么事情,她不敢贸然离开。她打不开门,将目光投向窗子,裴原若实在不听劝,她就只能破窗进去了。

视线掠过窗户,宝宁忽然发现了异常,窗前的地面上赫然躺着三炷香,已经被雨浇灭了。

宝宁恍然间明白了什么,震惊地捂住了唇。


裴原觉得自己可能真的疯了。

他压不住心中的烦躁和欲望,只觉得浑身滚烫,热血直冲脑门儿,掩埋在心底的暴力因子蠢蠢欲动起来,不停地刺激着他。

他想杀人,有种想要摧毁一切的冲动。

除了见到母亲尸骨的那一年,裴原再也没有这么疯狂过。

但这次又与那次不一样，这次有另外一种奇怪的感觉席卷了他，除了焦躁愤怒外，还有一种难以压制的酥痒感，从下往上，顺着经脉往上爬，血管里似有无数只小虫子在啃噬他。

他是男人，了解自己的身体，自然明白这意味着什么。裴原的额上青筋直跳，他转瞬联想到了刚才窗外的鬼祟身影，顿时勃然大怒，一拳捶向那个抵住门的木柜，力道巨大，红木立刻凹陷进去一大块，连屋子都跟着颤了颤。

他被那个人暗算了！

手上的疼痛感很强烈，裴原清醒过来一瞬，意识到要开窗通风。他喘着粗气走到窗边，没有耐心按部就班地打开，用手按着窗棂，往里狠狠地一掰，将整个窗子都卸了一下来。

木头断裂，冷风呼啸而至。

裴原闭着眼，感受着雨水冲击在脸上的感觉。

虎口处的伤口仍旧往外流着血，他察觉不到疼痛了，只觉得流出的血液可以带走身体里的燥热。

裴原的下颌紧绷，牙齿咬得"咯咯"作响，他努力克制着体内的异样感觉，脑子却不受控制。

他不可避免地想起宝宁来。

他回忆着白日时宝宁挨着他的情景。他想起宝宁若雪的肤色，纤细的脖颈，她身上还有一股若有若无的幽香，整个人娇小温顺得像只猫。

他似乎又闻到了她身上的味道。

宝宁不可置信地看着他，颤声道："裴原，你到底怎么了……"

裴原猛地睁开眼，对上了宝宁惊恐的眼眸。

她不知道是什么时候站到这里的，衣裳已经被雨打湿了，贴在身上，勾勒出玲珑的线条。娇柔的她站在那里，伸出手想要碰他。

她碰到了，指尖触到了裴原滚烫的肌肤，他不自觉地吞咽了一下，感觉像行走在干涸沙漠的人饮下了一口冷水。

只是这样还不够。

裴原眼睛一眨不眨地盯着她，眼神凶狠，眼中赤红一片。

"裴原……"宝宁僵住了。她后悔起自己的莽撞来。她不该出现在这儿的，裴原的反常行为让她害怕。她往后退了半步，转身想逃，却被裴原一把捏住了肩膀。

宝宁感到疼痛，还来不及挣脱，裴原的手就来到她的腋下，而后她的身体骤然一轻，裴原已将她整个人提了起来。

他一只手撑着窗沿以支撑身体，另一只手来到她的胸下，凭着一股蛮力，硬生生地将她从外头拽了进来。

裴原的身形不稳，宝宁尖叫着抱住他的臂膀，两人一起跌落。裴原用左手拉来墙角的轮椅，把她搂在胸前，旋转一圈，稳稳地坐好。

轮椅受力滑向另一侧，狠狠地撞在墙壁上，宝宁没控制好平衡，牙齿狠狠地磕上裴原的锁骨，也划破了自己的唇。血腥味在舌尖蔓延开来，她不知道那是谁的血。

一切都发生在电光石火间，宝宁浑身湿透了，又惊又怕，在裴原的怀里打着冷战。

裴原把头埋在宝宁的颈窝，用手狠狠地扣住她的腰，她喘不上气，觉得腰要断了。

她捶打着裴原的肩："你放开我！"

她在惊惧中生出力量，再次猛推了裴原一把。裴原向后仰，宝宁慌忙站起后退了几大步，靠在裴原对面的墙上。

两人相隔两丈宽，风卷着雨进来，烛火被吹得不停晃动，最终熄灭了。

屋子骤然陷入黑暗中。

外头风雨交加，电闪雷鸣，宝宁的心脏"怦怦"直跳，手脚脱力，她半晌缓不过来。裴原的手指死死地抠着扶手，有血"滴答滴答"地淌了下来。

他极力隐忍着。

宝宁不敢和他对视。门被堵住了，她跑去窗户边，想从那里逃走。

她再单纯也猜到了几分，裴原这个反应，根本就是因为中了那种药。她以往只听下人们打趣，说勾栏院里的人爱用那种东西，怎么裴原也中了那种药？宝宁没心思去细想前因后果，双手扒着窗框，想往外爬。

她的身后传来裴原低低的声音："宝宁。"

宝宁不知道自己是不是听错了，回头看了裴原一眼，他高大的身影隐在黑暗中，很痛苦的样子。

他又唤了她一声："宝宁。"

他嗓音很低哑："帮帮我。"

他顿了顿，又补充道："我的手很疼。"

宝宁脸上的泪痕未干，她踌躇了片刻，到底是不忍，又折了回去，在离裴原一步远的地方带着哭腔道："我不会……"

"我教你。"他说着，探身抓住她的手。

宝宁羞愤欲绝，裴原筋疲力尽，躺在炕上睡着了。

幸好是在黑暗中，她没见到裴原的表情，但光是触摸也让她羞愤不已，难受得要命。

手酸，腕疼，宝宁哼唧着，想哭，又觉得矫情，想了想，还是算了。

她用手背碰了碰脸，果真已经烫得不行。宝宁苦下脸来，在裴原的衣服上狠狠地擦了一把，就去洗手了。

外头的雨已经停了，天黑得彻底，宝宁爬窗子出去，恨不得把手洗掉两层皮。直到闻起来都是茉莉胰子的味道，她心里才好受了些。

宝宁换了身衣裳，坐在自己的屋子里发了一会儿呆，认命地拿了药去伺候裴原。

宝宁给裴原上了药，包扎好。瞧着地上的血，又想起屋子里的那只母水蛭，宝宁有些心疼。这些血还不如用来喂那只水蛭，好浪费！

裴原睡得极香，发出轻微的呼噜声。宝宁知道今日这件事不能怪他，但是难免迁怒于他，还是拧了一把他的胳膊。

裴原皱了皱眉，反手握住她的腕子，攥在手心。

宝宁把手抽了出来。

她现在不敢看裴原，看一眼，心就狂跳，脸颊发烫，脑子里尽是些不好的事，尴尬又羞恼。

他倒好，睡得香！

宝宁抿了抿唇，裁了一块结实的麻布挂在窗户上，挡住入侵的冷风，搓了搓手臂，在炕上远离裴原的地方闭眼歇息。

宝宁心中还是害怕的。燃香的那个人还会不会来，她不知道，也不敢自己睡，只能和裴原凑合着挤一宿。

屋子里一片狼藉，她没有精力去收拾，心里想着明日早点儿起来收拾，便睡着了。

麻布遮光，清晨，阳光洒进来，屋子里不像以往那么明亮。

裴原醒得比宝宁早，用手指捏了捏鼻梁，缓慢地睁开了眼。

他的脑子不甚清醒，他乍一看到屋内一片狼藉，不自觉地皱眉，又瞧见倚着墙壁睡觉的宝宁，昨日的记忆被唤醒了。

裴原眉梢一动，眼中杀意毕露。

昨日之事，实属意外，若放在平常的日子，他不会让人轻易得手。只是昨日不知怎的，许是阴雨天的缘故，他觉得体内的毒素似乎发作了起来，以往只是左腿疼痛，但因为毒素已经蔓延，全身似乎都有些疼痛起来，隐隐的痛楚藏在皮肤下，跳跃着，叫嚣着。

这点儿疼痛不至于让他受不住，但还是让他分了神，加上雨声，他没注意到窗外有人。

　　直到后来，他隐约闻见香味，才骤然惊醒。身边没有武器，于是他捏碎茶盏打了过去，那人被击中，逃了。

　　但他发现得太晚了。那种药性剧烈，他当时便觉得已经控制不住，所以想将宝宁赶走。他深知自己是什么德行，若是真的疯起来，十个宝宁也拉不住。

　　他不想伤到她，更不想让她看到自己的丑态。

　　但后来发生之事……

　　裴原转头看向宝宁。

　　宝宁的面容十分倦怠，她坐着，睡得不太安稳，脑袋歪着，很不舒服的样子，薄被只盖到膝盖处。许是冷，她可怜巴巴地蜷缩着，两只手交叠在腹前，缩在袖子里。

　　裴原的视线落在她的手上，细白的手，指骨脆弱，他都不敢重按，像是一碰就会折。

　　裴原的心一软，他将手伸到被子下去摸她的脚，有些凉。

　　他挪过去一点儿，一只手揽着宝宁的后腰，一只手穿过她的膝弯，轻轻地将她抱进怀里。

　　裴原一只手扶着宝宁的背，另一只手握住她的双脚，揉搓着，给她暖脚。

　　宝转醒来。她觉得眼皮沉重，难以睁开，浑身都疼，尤其是脖子处，似乎落枕了。

　　她不敢动，又难受，伸手去捶，倒抽了好几口气，耳边有人道："不好好躺着，却坐在那儿睡，肩膀疼了吧？"

　　下一瞬，她肩膀被人接管，裴原一边用有力的手按揉她的肩颈处，一边低声问："我再按重点儿，受得了不？"

　　宝宁彻底醒过神来。

　　裴原的脸就在她的眼前，他用一双狭长的眼盯着她，目光清明，隐含笑意。不知是否错觉，宝宁觉得今日的裴原比以往温柔许多。

　　"问你话呢。"裴原多用了一分力道，宝宁"哎呀"了一声，伸手护着脖子，眼泪都疼出来了。

　　她这才意识到自己的姿势有多别扭。她缩在裴原的臂弯里，像只弯腰弓背的虾米，怪不得刚才还觉得冷，现在又觉得热了。

　　宝宁缓过神来，急忙往外爬，裴原用两指捏着她的脚腕，不让她动："上哪儿去？"

　　宝宁不知道要和他说什么。她觉得尴尬，裴原却像是无事发生一样，一脸坦然之色。

他拽着宝宁的脚腕,把她往回拖,说道:"你别挣扎,骨头脆,折了可不怪我。"

宝宁急于逃离,没听裴原的话,他越拽她,她心里越慌。昨夜的记忆涌上来,宝宁觉得羞赧万分,想也没想,抬腿踹了他一脚。

裴原的虎口处有伤,被宝宁一踹,他倒吸了一口气,稍微松手,宝宁就像泥鳅一样滑了出去。她受了惊,盘腿坐在他的对面,紧紧地抱着自己的小腿,生怕他再来拽她。

裴原知道,自己昨天吓到她了。

裴原想到这儿,语气软了一些,冲她招手:"坐到我前面来,我给你捏捏脖子,那里不揉开的话,你还得疼个三四天。"

宝宁立即道:"我不疼!"

宝宁的目光闪躲着,她不敢看裴原的眼睛,想要穿鞋下地。

地上乱糟糟的,她忘了自己昨晚把鞋子放到哪里去了,一时间找不到,干脆不找了,赤着脚踩在地上,就要往外走。

"地上有瓷片,扎到脚怎么办?"裴原皱了皱眉,喝道,"回来!"

宝宁被他喊得一个激灵,立在那里不动了。

裴原知道自己的语气太重,叹了口气,挪到炕沿,去抓宝宁的手,拉她坐到自己的身边,低声问:"你总跑,跑什么呢?嗯?"他轻轻地摩挲着宝宁柔软的手心,耐心地哄她,"我不会伤害你的。"

宝宁抬起眼,扫视了一圈屋内凌乱残破的摆设,那扇被他拽下来的窗子就扔在地上,门口坚实的红木柜破了个大洞。

宝宁打了个哆嗦。

刚醒的时候,她心里只有昨日替裴原做那种事时的羞窘,现在还多了一丝淡淡的惧意。

她想起裴原昨日的样子,瞳仁里卷着风暴,像是要撕碎她,他把她从窗外一把扯进来,整个动作那么轻松,就像拎起一只小鸡崽一样。

宝宁终于意识到,裴原是个男人,武力强悍,具有攻击性。

他不再是刚见面时那个恹恹地躺在床上,可以随她摆弄,她说吃什么就吃什么,她让穿什么就穿什么的腿脚不便的裴原。

事实应该是,她是可以随便被他摆弄的。

宝宁不由得胡思乱想起来,昨日的事是个意外,但是谁又能保证以后不会再发生这样的意外呢?这一次裴原克制住了,若有下一次怎么办?宝宁不知道他会不会伤害她,他本就是个喜怒无常的人,一会儿觉得这样好,一会儿觉得那样好。

他高兴时会和颜悦色地待她，万一不高兴了，谁知道会发生什么？

裴原并没有给她足够的安全感。

就像现在，裴原坐在宝宁的面前，她甚至无法预判他的下一句话是夸她还是凶她，又或者是他会冷淡地指着门口，让她去做饭。

宝宁感到沮丧。

"你在想什么？"裴原看了她半晌，见她就那样低眉顺眼地坐着，一句话也不说，实在忍不住，动手去抬她的下巴。

宝宁张张嘴，说不出话来。

裴原笑了一下："就过了一夜，你怎么变成小哑巴了？"

"没有……"

宝宁抿了抿唇，忽然想起一件更重要的事：昨日那个人到底是谁？

虽然过了一夜，她毫发无损，但想起来还是后怕，拉住裴原的袖子问："你有什么仇家吗？"

裴原立即反应过来她在说什么，面色也变得严肃。

他淡淡地道："若真的要数我的仇家，三天三夜也数不完。"

宝宁思及他的过往，沉默了。

裴原道："我的仇家虽多，但真的敢下手对付我的没有几个，何况还是用这种下三烂的手段。"

宝宁蹙眉道："我不明白，就算那个人要害你，为什么要用那种东西……"

"若我没猜错的话，他想用的是软筋散。黑市上流通的熏香一共就这么两种，一种是催情香，烟花地常用；另一种是软筋散，黑店常用。要么他是被骗了，买错了香；要么是他自己手脚笨，拿错了香。但无论是哪一种，这人都是个傻子。"

宝宁愣愣地听裴原分析，觉得他说得似乎有道理。

她问："你觉得你认识的那些人中，谁做得出来这样的事呢？"

裴原冷冷地道："我不与傻子打交道。"

他以一句话让宝宁把剩下的话都憋了回去。

"而且，这个人反应并不迅速，应该不是专业杀手。"裴原用手指敲了敲膝盖，忽然抛出一个问题，"若是你遇到昨夜的差错，燃错了香，要怎么杀我？"

他循循善诱："大胆说，别害怕。"

宝宁道："趁你睡着的时候下手，最好得手。"

裴原问："你为什么不选择逃走？"

"因为我要杀你呀。"宝宁讶异，"经过这件事，你肯定有了警惕心，以后再想成事就不容易了，我还是选择昨晚下手最好。"

裴原笑了起来，赞赏地摸了摸她的头发："你都能想明白的道理，那个人却不明白，可想而知，那人有多蠢笨。要么是他临时乱了阵脚，要么是想杀我的心不诚。若再细细分析的话，我以往的仇家想要杀我，为何不选择我最弱之时，非要选现在？"

宝宁似懂非懂，仔细回想着最近她和裴原遇到的人。他们就待在这个院子里，除了她的家人和裴扬，他们并没有和谁过多地接触，除了……

宝宁震惊不已："难道是冯公子？可是他为什么要这么做？"

裴原道："防人之心不可无，不管他的动机是什么，现在他的嫌疑最大，要提防他。"

宝宁懵懂地点头，仍然觉得不可置信。裴原拉过她的手捏了捏，说："宝宁，人心比鬼可怕，你永远不知道一个人的表皮下藏着什么心，他会受什么力量的驱使，去做什么事。所以，你千万不要轻信旁人。"

裴原忽然语重心长，宝宁觉得不习惯。听到他的话，她下意识地问："那我可以相信你吗？"

艳阳透过小木窗照进来，灶台上一片光亮，锅里炖着鲫鱼豆腐汤，往外冒着白气，空气中有股扑鼻的鲜味。

宝宁坐在灶台边，脚边趴着阿黄。她拿小木棍逗弄罐里的水蛭。刚杀鱼的时候，她攒了点儿血，用勺子舀了一点儿进去，那条水蛭探出头来，屁股一扭，将那点儿血吸了个精光。

经过一夜，水蛭吃了两个蛋黄，肚子似乎胀大了许多，宝宁现在见到它已经不像之前那样发怵，还有心情逗弄它两下。

水蛭没吃饱，仰起头，张着嘴，还想要更多的血。

它的嘴像一个圆盘，里头是一圈锯齿一样的牙齿。宝宁又滴了两滴血进去，血就像滴进了一个大缸里，转眼就没了。

宝宁心疼地看着所剩不多的鱼血，哄它道："省着点儿吃，下一顿再给你。"

它不愿意，仍然张大嘴等着。宝宁犹豫了一瞬，思及它怀孕了，还是把血都给了它。水蛭满足地闭上嘴，胖身子一转，再次钻进泥里。

宝宁扣上盖子。

此时，外头传来"咔嚓咔嚓"的砍柴声。

宝宁走出去，靠在门边，看见了裴原的背影。他赤着上身，坐在那里劈柴，今日日头好，被太阳晒着，他出了汗，健硕的肩背上泛着亮光，像抹了一层油。他的背肌随着动作收缩、伸展，充满了力量。

宝宁想起那会儿裴原回复她的话："你可以相信我，任何时候都可以。"

她真的是个容易心软的人，裴原这么一说，她就感动了，觉得心里酥酥麻麻的。

但过了一会儿,她冷静下来,又想起了别的事。

裴原待她好不好?她说不出来,若说他待她好,倒也没有。

他那脾气,出口伤人不是一次两次了,平日里也没有多关怀她,高兴时逗弄两下,不高兴时理都不理她。

但遇到危险时,他会护着她,这种被人保护着的感觉是她从未体验过的。季蕴太小,护不住她;父亲弱势,更护不住她;而裴原是个例外。

宝宁回忆自己嫁给裴原的初衷究竟是什么——她希望有个僻静的小地方,养养鸡,种种菜,过点儿舒心的小日子。

但裴原一次又一次将她带进风暴里,她所期待的平静其实早就已经被打破了。但是她没想过要离开,这或许是她心中隐藏的责任感在作祟。

宝宁一直觉得,她既然接受了这门亲事,接受了裴原,那就应该好的坏的都接受。她会陪伴他,让他变成他想要变成的样子。她希望裴原健健康康的,腿伤快点儿好起来,他们互相扶持,安安稳稳地过日子。

那时候,她没想过索取更多的东西。她从没思考过裴原会不会成为她的依靠,成为一个可以信赖的存在。就像姨娘和季蕴,她可以毫无保留地相信他们会对她好,永远坚定地站在她的身边。

但是现在,她变得贪心了,希望裴原也能这样待她。

宝宁一直想要活得清醒,现在却越来越糊涂。她不知道要怎么做了。

院子里的鸡跑来跑去,宝宁的目光被吸引。一只红毛公鸡在吃花生,用嘴轻轻地捣两下,花生壳就开了,但它不吃,扇了扇翅膀,"咯咯"地叫了一声。一眨眼的工夫,从鸡棚里钻出一只灰毛小母鸡。小母鸡跑到公鸡的身边,它们亲昵地挨着脑袋,吃掉了地上的两颗花生。

宝宁看得心里发酸。她羡慕,也想吃。

"汤煳了。"裴原不知道什么时候走到了她的身边,揉了一把她的头发,拧眉道,"又发什么呆?"

宝宁被吓了一跳,这才闻见隐隐约约的焦味,慌忙往屋子里跑。

阿黄在原地乱转,追着自己的尾巴舔。它刚刚打瞌睡,将尾巴尖塞进灶膛里,烧焦了一撮毛。阿黄是那种最普通的小土狗,一身黄毛,只有四只小爪子和尾巴尖是白的,现在尾巴被烤焦了,黑乎乎一片。

它眼巴巴地盯着宝宁看,委屈得很。

宝宁心疼,弯下身子抱着它,贴着它的脸低声哄:"不哭不哭,待会儿给你加一碗饭。"

阿黄冲她摇尾巴。

裴原道："别对它太好了，你这么惯着它，它以后会不服你。狗有领地意识，在它小的时候你就得告诉它，你是主人。"

他说这样的话，宝宁知道有道理，但就是不爱听。她没搭话，把阿黄放下去，洗了洗手，去看锅里的鲫鱼。

"歇会儿吧，再过一刻钟就吃饭。"

裴原道："我不累。"

"还是静养着好……"宝宁没回头，舀了一勺汤试咸淡，"那条水蛭要生了，最多再过一个月，咱们就可以试试到底能不能解毒。"

她顿了顿，往好的方面想："肯定可以的。"

裴原从身侧环住她的腰，低语道："万一不行怎么办？"

宝宁一滞，一半是因为他问的话，另一半是因为这个亲密的举动。宝宁因为耳朵贴在他的肩膀上，能感受到他的体温。

他没穿衣裳……

宝宁强行按下心中的异样之感，低语："不要说丧气话。"

裴原轻笑，不再提那个话题，转头去看她的汤："咸不咸？"

"正好。"宝宁吹了吹勺子里剩的汤，问，"你要尝尝吗？"

裴原"嗯"了一声，接过她手里的勺子喝了一口，夸她："好喝。"

宝宁露出一个笑容，转身去架子上拿碗碟。

裴原用舌尖舔了舔唇，她发上的香气似乎还萦绕在他的鼻端。裴原盯着她娇小的身影忙来忙去，走上前去接过她手上的碗："要洗一洗吗？"

"用水冲一下就行。"宝宁讶异，裴原今日很反常。他以前从来不管这些的，今日竟然要帮她做这些琐碎的活儿。

裴原将洗好的碗放在灶上，在一旁看着宝宁盛汤，盛饭，取食盒。

他拦住她："取那坑意儿做什么？"

宝宁道："碗太烫了，我拿不住，用那个方便。"

"不要。"裴原皱眉，"弄得跟御膳房上菜一样。"

他去搬了炕桌放好，回头对上宝宁呆呆的目光，挑眉道："这么看着我干什么？"

宝宁问："你要在我的房里吃吗？"

"不然呢？"裴原靠近宝宁，趁她不注意，捏了她的耳垂一下。她"呀"了一声，急忙闪躲，结果扭了脖子，疼得直吸气。

裴原给她按了按："等吃完饭，我再给你揉揉。"

宝宁疼得厉害，答应了。

这是他们第一次同桌而食。

裴原今天和以往很不一样，光着膀子坐在宝宁对面埋头吃菜，她给他盛汤，他也不嫌烫，吹了两口就"呼噜呼噜"地灌进肚子里。

"哎，有刺！"宝宁拦他，没拦住。

裴原动了动舌头，吐出一根刺来："剩下的都咽了。"他抬眼，"死不了吧？"

宝宁问："嗓子被卡住了吗？"

"没有。"他夹了一筷子豆腐给她，"多吃点儿，瘦得像猫崽子一样。"

"噢。"宝宁低头看着碗里的嫩豆腐，再抬眼看裴原的脸。

他吃得急，额上渗出汗来，一副随意自然的样子，像个普通人在吃家常菜。

恍惚间，宝宁觉得他不再那么高高在上了，仿若跌落凡尘，沾染上了烟火气。在以前，他们相处密切，却总有隔阂。

裴原很快就吃完了，要去添饭。

宝宁伸手道："我帮你。"

"你吃你的。"裴原去摸拐杖，"我去取件衣裳。"

他走了两步，又回头，神情有些茫然："我的衣裳脱在哪儿了？"

宝宁道："柴火堆那儿，挂在墙上的那个钩子上。"

裴原应了一声，出门，不一会儿回来，衣裳已经穿好了。他手里拿了个东西，木板和布带连接在一起，奇形怪状的，不知道是什么。

"这是什么东西？"裴原问。

宝宁望了过去，这才想起给裴原做助行器的事。她昨日弄了一半，给木板打孔的时候穿不透，本想去找裴原帮忙，却碰见了那个贼人。

她一着急，把东西扔在地上，一夜过去，今日就忘了。

"好东西。"宝宁咽下嘴里的菜，一时找不出词语形容，就含糊道，"明日就做好了，到时候给你看，说不定是个惊喜。"

对于这个东西，她其实也没什么自信，不敢承诺裴原太多，怕他到时候失望。

裴原没多想，把东西给她放到一边，坐下来继续吃饭。

宝宁慢条斯理地给阿黄剔鱼刺，鲫鱼刺又软又细，难弄得很，但想到阿黄那会儿受到惊吓，宝宁还是想给它弄点儿好吃的。

她正忙活着，听到对面传来声音："你都没有这样对过我……"

宝宁一噎，问他："我待你不好吗？"

裴原想了想："很好。"

宝宁抿唇。

"但是我待你不够好。"

宝宁诧异，抬头看裴原。他用手撑着桌子，斜坐着，一双黑眼盯着她。宝宁心一缩，听他道："宝宁，我知道你在想什么。"

裴原顿了顿："那样的生活我没过过。我没见过平凡夫妻相处，不知道该如何与你相处，你教教我，可以吗？"

他拉过她的手放在唇上，轻轻亲了亲。

夜幕降临，寒风乍起。

宝宁将鸡、鸭都赶回圈里，锁好篱笆门，又给赛风的草料袋子里添了点儿食，才往屋子里走。阿黄此时蹲坐在门口等她。

屋子里亮着灯，隔着薄薄的窗纸，能看见一个高大的身影背对着窗坐在屋子里，埋着头，不知道在做些什么。

宝宁站在门口待了一会儿，整理了一下思绪，踏进屋子。

炕桌上点着灯，裴原坐在那里写写画画，听见声音，头也没抬，道："回来了。"

他的声音沉稳，让人安心。这样一句简单的话听在耳中，竟让宝宁有种风雪夜归人般的安心感。

宝宁弯唇应了一声，转身锁好房门。

裴原今日与她一起住。一是因为那间屋子还没收拾好，窗户也坏了，住起来不便；二是因为敌人在暗处，不知何时还会来，裴原不放心让她独自睡。

他执意要搬过来。宝宁不好拒绝，也没有理由拒绝。

午饭时，她还答应裴原要好好地过日子，现在就将他赶出去，着实太矫情了。

虽然夜里谁也看不见谁，但她是真的有些害羞。

宝宁不想现在就到炕上去，在屋子里走来走去，把已经一尘不染的家具又擦了一遍，实在无事可做了，最后坐在凳子上，看着那条水蛭吃田螺。

下午，她和裴原一起捞了很多田螺，田螺又大又肥，宝宁挑出一部分最好的喂水蛭吃，剩下一些明天用辣椒炒着吃。光是想想那个味道，宝宁都忍不住吞口水。

那条水蛭是真的能吃，胖胖的身躯圈住田螺，带着吸盘的脑袋用力地顶那层薄壳，动作迅猛，"嗖"的一下就钻进了螺壳里，紧接着，宝宁便看见它透明的身体中出现淡淡的红线，它在吸血。

宝宁打了个寒战，不由得想，这个东西若是钻进裴原的身体里，该有多疼……

裴原从书案上抬起头，看向她。

暖黄色的灯光下，宝宁托着腮，盯着面前的小罐子，目光呆呆的。他忍不住叫她："还不上来？"

宝宁回过神，"噢"了一声，将装水蛭的小罐子收起来，踮脚放到柜子上，才来到裴原的身边。

屋子小，炕也小，裴原身高腿长，往那儿一坐，便占据了多半江山，为了不碰到他，宝宁只能蜷着腿，缩在墙角。

她上来，阿黄也跟着一起跳上炕头，钻进裴原的怀里。它谄媚地撒娇，仰头舔裴原的脖子，裴原嫌弃这湿漉漉的触感，捏着阿黄的后颈，将它扔开。

阿黄又摇头摆尾地冲过来，不停地蹭他。

"你恶不恶心？"裴原撂下笔，骂它。

宝宁见状，赶紧把阿黄抱进怀里，冲裴原道："它还小，不要总是训它。"

"你就护着它吧。"裴原拧眉，"我迟早逮着机会揍它一顿！"

他说完，瞟见宝宁的腿："你那么弯着腿，难不难受？"

宝宁还未回答，裴原便拽住她的脚腕，把她的腿掰直。他撩起上衣，自然地将她的脚贴在肚皮上，左手按着，右手去拿笔。

"下次早点儿上来，你整日左擦擦右擦擦，不知道弄那么干净干什么，反倒把脚冻得冰凉。"

肌肤相触，这暧昧的感觉让宝宁的脚趾都蜷缩了起来，她别扭地道："不用……我在被子底下暖暖就好。"

裴原拿笔蘸墨，没看她："我手上有伤，若是因为你动弹，让我的伤口崩裂了，你自己看着办。"

宝宁摸了摸阿黄的毛，垂下眼皮，到底没将腿抽出来。脚底慢慢地传来热度，她偷偷看了裴原一眼，眼里流露出一丝欢欣。

宝宁伸长胳膊，把白日做了一半的那个助行器拿了过来，继续鼓捣。

房间里很安静，阿黄睡觉，裴原写字，她拿着布条在木板上缠缠裹裹，"窸窸窣窣"的声音显得房间里静谧，气氛难得这么温馨。

宝宁做着做着，就沉浸了进去。不知过了多久，她忽然听到裴原说："我给你买个丫鬟回来吧。"

他写好信，拿起来吹了吹，继续道："丫鬟能帮衬你，你就不用忙忙碌碌的，舒服地躺着不是更好？"

宝宁猛地抬头，瞪大眼："我不要！"

她不知道裴原怎么想起了这件事，但一想到家里多了个外人，便觉得不舒服。

她直起腰，蹙眉道："我不想有人进我的房间，动我的东西！我不喜欢！"

裴原讶异于她的反应，安抚地拍了拍她的小腿："那就不要。我就随便提一句，你不喜欢就算了。"

宝宁慢慢地靠到墙上。她过激了，但是这个话题触到了她心底的弦，她没忍住。

宝宁两手交握,用指甲抠着手心。

她低垂着眼皮,裴原没发现她的异样。

沉默被打破,裴原的话也多了起来,手头的事做完,他有了时间就逗弄她:"明日吃完饭,天气好的话,我带你出去骑马。"

"我不敢。"宝宁情绪缓了过来,"赛风太高了,我害怕,要是摔了怎么办?"

"有我在呢,它不敢冲你耍性子。"裴原道。

宝宁说:"我明日有更重要的事。"

"你要做什么?能带上我吗?"裴原问。

裴原把桌子收到一边,有一句没一句地和她闲聊。宝宁抱紧怀里的东西,惦记着要给他个惊喜,只道:"带你,明日你就知道了。"

"故弄玄虚。"裴原瞥了她一眼,将信纸叠好,压在砚台底下,"我吹灯了?"

"等会儿,我要铺床。"宝宁站起来,三两下把被子铺好,把枕头也拍平整了,才道,"熄吧。"

裴原一口气吹过去,屋子里暗了下来。

两人不是头一回同床共枕,却是头一回神志清醒地同床共枕,宝宁有些无措。她摸了摸鼻子,挨着墙躺下,眼睛却在盯着他的动作。

"放心,我没打算碰你。"裴原闭眼躺下,将手往旁边伸,准确地抓住她的耳垂,轻轻地捏了捏,"睡吧。"

宝宁睡不着,想起他写了一晚上的那封信。她早就想问了,但是犹豫着,问不出口。

宝宁觉得她是有权过问的,因为裴原说他们是夫妻,夫妻之间荣辱与共,他做出的每一个决定对她都有影响。裴原给谁写信,她应该知道。

趁着黑暗,宝宁的胆子大了一些,她捅了捅裴原的胳膊,小声地唤他。

"怎么了?"裴原将一只手搭在额头上,另一只手捉住她的手,揉捏了一番。

"今晚你在给谁写信?"

裴原顿了顿,道:"邱明山。"

宝宁惊讶。她成长于深闺中,足不出户,但护国大将军的名字她还是知晓的。她亦知晓,裴原当初去塞北军营历练了将近八年,一直在邱明山的麾下,二人情同父子。只是后来,传说两人谈崩了,大打出手,险些以刀搏命。

裴原道:"算着时间,以往每年他都是这个时候回京面圣,过两天,我预备约他出来见一面。"

他言至于此,再深入的话就不多说了,宝宁也没再问。但她知道,他们肯定不是单纯见一面那样简单。

有些她不知道的事在发生。

宝宁睁大眼睛看着屋顶，过了好一会儿，眼睛发酸了才合上。

阿黄在宝宁的怀里睡得香甜，她把它搂在臂弯里，用额头抵着它的背。随着它的呼吸起伏，她也慢慢地睡着了。

宝宁不知道，黑夜中，裴原侧着头看了她许久。

第二日，宝宁早早地醒来了。她习惯了早起，早起可以多做几道菜。她喜欢做菜的过程和最后看到成品时的成就感。

这种忙碌对她而言并不是负担，反倒是种精致的幸福。

裴原还在睡。屋子里的灯光很暗，柴火燃烧发出"噼啪"的声响，锅里的包子散发出诱人的香气。

裴原中途醒来了一次，和宝宁说了两句话，想起来帮忙，被她劝住了。

她希望裴原多休息一会儿，养好身子最重要，等日后他的身体好了，再帮她干活儿也不迟，来日方长……

许是屋子里的氛围太适合睡觉了，阿黄趴在裴原的枕边，一人一狗睡得死沉。

宝宁就着微弱的光，继续弄她手里的东西。包子熟了，天亮了，她正好缝完最后一针，用牙齿咬断线。

宝宁满意地看着自己的成果，先将其藏起来，放在柜子里，把包子盛出来，叫醒裴原吃饭。

三鲜馅儿的包子，咬开松软的皮，会有鲜甜的肉汁流出来。裴原一口气吃了四个，阿黄也吃了一个半。

整顿早饭，裴原都在观察宝宁的神情，见她一会儿高兴，一会儿担忧，一会儿又跃跃欲试。

他没开口问，等着宝宁自己说。吃完饭，宝宁又端了两碗红枣枸杞汤来，两人一人一碗。她说这汤补气血，逮着裴原一起补。

裴原拧着眉头喝了下去。

宝宁又去洗碗了。

她明明有话说，非得憋着。裴原在心中想，这小呆子还真是沉得住气。

又过了半个时辰，宝宁喂好了鸡、鸭、鹅，喂好了马，喂好了水蛭，又去后院的菜园逛了一圈，终于回了屋子。

裴原已经等得有些不耐烦了。

宝宁冲他不好意思地笑了笑，将做好的助行器拿了出来，站在他的面前，比画着往自己的身上戴："我自己做的。我觉得这东西或许有用，你走路慢，主要是因为左腿使不上力，那如果将左腿固定住，是不是就能使上力了？行走会不会方便许多？"宝宁继续说，"你把这根带子系在腰上，将这些小木板绕在腿上，木板很硬，像拐杖一样，能够给你支撑。我在膝盖这里做了别的设计，你还可以蹲下！"

宝宁欢喜地演示给他看："是不是很神奇？"

裴原一直没说话，宝宁抬头看着他的神情，声音渐渐低了下去。

她怕裴原多心，裴原这个人很敏感，自尊心还强，宝宁担心裴原以为自己嫌弃他，或者这种行为会刺痛他的心。所以她犹犹豫豫地拖到现在才把东西给他。

难道她还是让他觉得不舒服了吗？

宝宁看见裴原的眼睛有些泛红。

"你怎么没早点儿告诉我？"裴原声音很喑哑，"你昨天在那里弄了半天，就是为了做这个？"

宝宁听不出他的语气里到底藏着什么情绪，站在那里，有些无措。

"要不然，就算了？"她尝试着问，有些许失望，"你不试也没关系，反正也不一定会成功……"

宝宁的话还没说完，就被裴原打断了："拿过来，我看看。"

宝宁露出笑容。

"我帮你弄。"她上前一步，把手里的东西放在炕上，想去扶裴原起来，手刚碰到他的胳膊，就被他狠狠地攥住。

裴原用力拉宝宁，宝宁惊叫一声，一个天旋地转，就已坐在裴原的腿上了，腰被他扣住，下巴抵在他的颈窝上，两人的身体紧密贴合在一起。

他身上的男性气味钻进宝宁的鼻端，宝宁屏住了呼吸。

裴原咬着牙，贴在她的耳边，一字一顿地道："你总是有那种本事，让老子想把命都给你。"

宝宁扶着裴原在院子里走，他没拄拐杖，最开始时有些不习惯，多走两圈便不用人扶了。

"挺好的。"宝宁高兴地看着他，比画道，"就是腰上的带子紧了点儿，我按照你以前的尺寸做的，你这两天胖了点儿，我待会儿改一改。"

"不是胖，"裴原瞥了她一眼，"是健壮了一些。"

宝宁不和他争，附和道："对的，健壮，健壮。"

这个东西比拐杖好用得多，而且被裤子遮住后，根本看不出来，裴原掌握技巧后，走路速度只比常人慢了一点儿，瞧着有些跛而已。

宝宁静静地看着裴原在院子里转来转去，他似是觉得不过瘾，又牵了赛风来，想要上马。

宝宁一惊，赶紧拦住他："你要做什么？"

裴原道："兜兜风。"

宝宁摇头："那怎么能行？你还是再适应两天，万一骑不稳，摔下来怎么办？而且那日明姨娘嘱咐我了，说你最好不要剧烈运动，得静养。"

她想了想，道："你在这里晒晒太阳吧，我给你炒田螺吃。"她往回走，"你要辣一点儿的还是淡一点儿的？"

裴原的手还拉着缰绳，他不可置信地问："你在吩咐我？"

宝宁站定，这才发现自己刚才絮絮叨叨地对裴原说话的样子像个老妈子，他应该不喜欢这样。

宝宁垂下眼皮，换了个说法，冲他笑了一下："咱们先别骑马了吧？改天行吗？"

她声音轻轻的，不似刚才那么放松。

裴原定定地看着她，心里忽然觉得不是滋味。

他刚才只是随口一问，并没有指责或其他的意思，只是觉得刚才的宝宁和以往的她不一样。

现在他知道哪里不一样了，宝宁以前与他说话，大多数时候用的是询问语气，带着试探之意，从未这样斩钉截铁地对他说过我要你做什么。

她态度总是很温和，不会明确地表现出自己的喜欢或不喜欢。有些东西，她或许是喜欢的，但他如果表现出拒绝的意思，她很快便会放弃。

除了昨晚，宝宁对他说，她不喜欢房里有丫鬟。

裴原觉得她像只兔子，小心谨慎，不停地试探。

这样的宝宁让他觉得心疼。

"都听你的。"裴原松开缰绳，朝她走了过去，自然地揽过她的肩膀。

裴原低头，用手拨弄了一下她卷翘的睫毛："吃完饭出去溜达溜达吧，你想去哪儿？"

宝宁惊讶地看了他一眼，觉得不习惯。

她想了想，道："去河边行吗？对面山上的杜鹃花开了，我想去看看。"

"嗯，我也想看。"裴原揽着她往厨房走，沉默了一瞬，状似随意地道，"你以后想做什么就跟我直说，别总是藏着掖着，我又不是老虎。"

宝宁又看了他一眼，没说话。

她心里想，裴原虽然不是老虎，但也差不多，谁知道什么时候就兽性大发了。

裴原等了半天，没听见回答，去捏她的耳垂，语气不太好："我和你说话呢，听没听见?"

"听见了,听见了!疼!"宝宁应和着他,抬手去摸自己的耳朵。看吧,他还说自己不是老虎。

走到门口的时候,宝宁从裴原的怀里钻了出去,先一步迈进屋子。

"傻样儿。"裴原从后头揉了她的头发一把。

田螺是用小红辣椒炒的,裹了一层红油,又鲜又香,宝宁先尝了一个,辣得眼睛都眯了起来,但是赞叹极好吃。

还没到饭点,这只是顿零嘴,宝宁用油纸把田螺包了起来,又洗了两个梨,准备带出去吃。

裴原还是坐着轮椅。宝宁怕他走路太久,会觉得不舒服,态度坚决地要他坐轮椅。裴原顺着她。他不是个温柔和善的人,想改变的话,要慢慢来。

宝宁在河边铺了一块布,两人坐在上头看风景。

小河离院子不远,又长又宽,水不怎么清澈。开春了,能看见水鸟,鸟嘴又尖又长,爪子尖利。水鸟像风一样掠过水面,将脑袋插进水里,再抬头时,嘴里就叼着一条大鱼。宝宁吃着田螺,看得出神。

裴原打破了平静:"明天出趟门吧。"

宝宁反应过来他说的是邱明山的事,应道:"好。"

裴原道:"你就不问点儿别的什么?"

"问什么?"宝宁侧头看他,迷惑不解。

"我的意思是,"裴原整理了一下措辞,"你要是有什么意见,提出来,和我说。"

宝宁摇摇头:"我没有呀。"

"别和我生分。"裴原道,"你看别的小夫妻,不都吵吵闹闹的?你不用顾虑说什么话会惹我生气,嘴皮子上闹两句不算什么事,牙齿和嘴唇还会碰出血,何况是两口子?"

宝宁说:"我没见过别的小夫妻是什么样的。"

裴原被她噎了回去,剩下的话也说不出来了。

别的小夫妻是什么样的,他其实也没见过,刚才那些是乱编的。

他把玩着旁边的狗尾巴草,叼在嘴里,耷拉着眼皮,没再开口。

宝宁继续看天上的鸟。在院子里待久了,觉得普通的自然美景都是奢侈品,她看不够。

过了小半个时辰,带来的吃的都吃完了,宝宁扶裴原起来,准备回去。两人一路闲聊,说着没营养的话,也不寂寞。

两人走到半路，忽然听见身后传来马蹄声。

这么偏僻的地方，怎么会有人路过？宝宁有些意外，急忙推着裴原往路边走，给人让道，没想到这些人竟然在他们的身后停下了。

宝宁回头看，来人有七八个，均穿着黑衣，腰间佩刀，目光不善。

最前方的是个面如冠玉的儒雅男子，穿着一身紫袍，肤色白净，笑容温和。

他开口，嗓音温润："四弟，许久不见，是否忘了我这个哥哥了？"

闻言，裴原瞳孔猛地一缩。

裴原和裴霄在屋子里说话。宝宁抱着阿黄在外头，不知何去何从。

院子里挤满了人，裴霄带来的人七扭八歪地站着，窃窃私语，看向她的目光不怀好意。那些目光让她感到危险。

宝宁待不下去，抱着阿黄往外走。

她没走远，来到一片杏林里，院子里的人看不见这个地方。远离那些放肆的目光，宝宁觉得轻松了许多。

阿黄卧在她的脚边。小黄狗长大了许多，又吃得胖，四肢粗壮有力，爪子有一搭没一搭地去拍草间的小蚂蚱。

宝宁撩起裙子坐在树下，望向院子的方向，心里琢磨着裴霄为何要来，裴原又该如何应付……她心里担心，对身后的情况毫无察觉。

"汪！"阿黄最先察觉到动静，耳朵微动。它忽然站起身，冲她身后狂吠。它夹起尾巴，身子弓起，做出攻击的姿势。

宝宁猛地回头。

冯永嘉站在离她五步远的树后面，一半身子藏了起来，偷偷地往这边看。他被抓了个现行，脸色涨红，有些尴尬，最终还是缓慢地走了过来。

冯永嘉心虚，因此声音便带着一丝讨好之意："宝宁。"

宝宁打了个哆嗦。她想起裴原那日与她说的话，这个姓冯的嫌疑很大，可能不是个好人。宝宁原本还在怀疑，现在一看，他可能真的不是个好人。哪个正常人没事会跑到她家附近躲躲藏藏？他这鬼祟的样子，好像就想逮着她落单的机会似的。

宝宁警惕地站起身，连句话都不想和冯永嘉说，掉头就往回跑。

"哎，你做什么去？"冯永嘉着急，撩起衣摆就要追，阿黄龇牙咧嘴地一口咬在他的腿上。

"你这要死的狗！"冯永嘉痛得大叫，害怕宝宁跑了，心一横，一脚踹在阿黄的身上，将阿黄踢飞了出去，而后大步跑过去拉住宝宁的胳膊："你别走！"

宝宁离院子已经很近了，能看见裴霄带来的那些人。那些人也不是好人，但至少现在不会对她做什么。

这个冯永嘉却不一样。

宝宁想要求救。

"救命……"宝宁一边挣脱冯永嘉的桎梏,一边大喊"救命",喊到一半,就被惊慌失措的冯永嘉用手捂住了嘴。

"你叫什么?"冯永嘉焦急地道,"我是来救你的!"

他放低声音:"有人要杀你的男人。"说到"你的男人"的时候,冯永嘉心中难受,改口道,"杀那个残废!你想和他一起丢命吗?"

宝宁睁大了眼睛,探究地看着冯永嘉的神色。

他怕她叫,不敢放手,仍旧维持着那个姿势,继续诱导她:"那是个大人物,是少府监的大人,神通广大,谁能逃脱他的手?你年轻貌美,我知道你嫁给那个瘸子是迫不得已的,何苦陪他一起死?我心里有你,才冒着风险求那个大人,要救你一命。你听明白了吗?"

宝宁的心脏狂跳,指甲快要抠破手心了,她点了点头。

冯永嘉神色稍霁:"我若放手,你可不许喊。"

他观察着宝宁的神情,见她仍旧一副乖顺的样子,慢慢地放开手,没想到放开的那一瞬,宝宁抬手便给了他一巴掌!

她指甲长,一巴掌在冯永嘉的脸上挠出了三道血痕。宝宁转身便跑,冯永嘉气急败坏地去追。这时候他也顾不得怜香惜玉了,将她扑倒在地,掏出徐广给他的沾染了迷药的帕子,用力地捂住宝宁的口鼻,低喝道:"我不想对你动粗的,是你自己不听话!"

宝宁只觉得闻到了一股刺鼻的香味,而后身体渐渐变软,很快便没了知觉。

失去意识的前一瞬,宝宁想起了裴原。她幻想着裴原能知道这里发生的事,快些来救她。

冯永嘉看见宝宁眼角的泪,心脏一疼。他把帕子移开,低声道:"宝宁啊,我现在对不起你,但以后你一定会感激我的。"

阿黄在三步之外恶狠狠地盯着冯永嘉,看他将宝宁抱起来,喉咙中溢出低低的吼叫声,随后一瘸一拐地奔向小院。

"你应该知道我会来找你。"裴霄坐在桌边,平静地看着对面轮椅上的裴原,上下打量后,略微有些难过地道,"四弟,你看起来不是很好。"

他顿了顿,又道:"不过你比我想象中的好得多。"

裴原将手肘撑在轮椅的扶手上,用手托着下巴,眸中全是嘲讽之色:"在太子殿下的心中，我现在应该是什么样的？"

裴霄道："你应该已经死了。"

裴原眯起眼睛。半晌，他勾唇一笑，低头看着自己的手指，淡淡地道："托您的洪福。"

裴霄不语。裴原抬眼，看向自己这个名义上的兄长，他的眼神很冷静，不露一丝情绪。

"你长进了许多，不再像以前那样，一看见我就发疯，恨不得撕了我。"裴霄忽然笑了起来，"刚才碰见的是你的皇子妃吗？很漂亮的小姑娘，看来她把你照顾得很好，你们的关系也很好，比我和你嫂子的关系要好。夫妻嘛，确实应该亲密一点儿，我不喜欢相敬如宾，但是很遗憾，生在皇室，一切都被权力和利益束缚，总是身不由己。"

他说话时温和平静，像是在唠家常。

裴原的腰背逐渐挺直，眼睛盯着他，裴原一字一顿地道："你别碰她。否则，我做鬼也要杀了你，说到做到。"

"我还没有那么下流无耻。"裴霄道，"何况，我就要迎娶她的姐姐了，她算是我的妻妹，我们亲上加亲。"

"你简直是有病。"裴原扯了扯唇角，往后靠在椅背上，态度懒散且不耐烦，"我没工夫和你攀交情，你到底是来做什么的？你若是要杀我，就快些动手，看看是你死还是我亡，老子没时间和你在这里聊天。"

"好吧，说些别的。"裴霄并不生气，"邱将军昨晚回来了。今日早朝，他向父皇请旨重查你的案子，说找到了证据，想为你翻案。你猜父皇是怎么说的？"

裴原冷淡地看着裴霄，听他继续道："父皇拒绝了。"

他笑了笑："说来也是，两个儿子都这么让父皇伤心，他当然不想再提及当时之事，可惜白白辜负了邱将军的一片苦心。四弟啊，但我也是真的很疑惑，你到底有什么魅力，这些人一个两个为了你连命都不要了，裴澈是，邱明山也是，即便你提着刀想杀了邱明山，他还是待你如此好。你教教我，成不成？"

"你的屁话怎么这么多。"裴原抿唇，扬起下巴，不耐烦地道，"说正事，然后赶紧滚。"

裴霄道："我希望你能离开京城，不要再见邱明山。"他停顿了一瞬，又道，"你最好主动一些，否则我只能用我的方法让你走，我们两败俱伤，很不划算。"

裴原"呵"了一声，手攥紧扶手："我凭什么听你的？"

"我只是告知你。"裴霄站起身，拂去衣摆上并不存在的灰尘，面带笑意，"四弟，你知道我的手段，那个位子我非要不可，所有阻挡我的人只有死路一条。你我是兄弟，我并不想赶尽杀绝。我希望你成为曹植，而不是曹冲。"

裴原笑了笑，不屑地扬了扬下巴："滚。"

裴霄深深地看了他一眼，将手攥拳，抵着下唇，轻咳了两声。

这是那次出事时，他为圣上试毒酒留下的后遗症，他的身子还没好利索，一动气就会咳。

裴霄回头，刚想说些什么，忽然听见院子里一阵嘈杂之声，一阵狗叫声由远及近，侍卫们呵斥阻拦，没拦住，阿黄破门而入，一跃跳到裴原的膝头，舔他的脸。

阿黄表现得很急躁，喘息声很大，并非平时撒娇的模样。它舔两下，又跳下去，用力地扯裴原的裤脚，喉中呜咽不止。

"怎么回事？"裴原脸色凝重，拽起阿黄的前腿，"宝宁呢？"

"汪！汪！"阿黄又叫了两声，挣开裴原的手往门外跑，又去拉他的裤脚，想将他往外头拽。

裴原心头浮现出不好的预感。他转动轮椅，跟着阿黄往外走，路过裴霄身边时，他的心一跳。他拽住裴霄的衣领，狠狠地道："你动她了？"

两人的面颊几乎相贴，裴霄的面色带着因体弱而导致的苍白，他眼睛微眯："不是我。"

"你最好别骗我。"裴原的眼角抽动了一下，他甩开裴霄的衣领，咬牙道，"别以为我真的动不了你。"

裴原说完就出门了。

裴霄看着他的背影，抬手整理了一下被扯乱的衣裳，目光阴沉。

他身边的侍卫上前抱拳道："殿下，是否要属下派人跟上去瞧瞧？"

"嗯。"裴霄又咳了两声，垂目往外走，"盯紧点儿。"


裴原到了那片树林，只见到一片凌乱的草地。草上有被什么东西压过的痕迹，裴原的瞳仁猛地一缩，他急忙上前查探。

在杂乱的草叶底下，他捡到了宝宁的一只耳坠。

裴原把耳坠握在手里，不由得联想到了那个雨夜的贼人。坚硬的银质耳坠硌得裴原的手心发疼，他沉默了一瞬，眼里霎时凶光毕现，一拳捶向身旁粗壮的树干。

杏树晃了几晃，树叶扑簌簌地落下，裴原掉转轮椅，回到院子，阿黄在他的身后跟着。

裴原找到宝宁为他做的助行器，按照早上的方法穿戴好。他站起来走了两步，觉得还算适应，吹了个呼哨。赛风闻声，跑了过来。裴原将马鞭拿在手里，左手握住缰绳，右手将左腿搬上马镫，借着腰腹的力量翻身上马。

阿黄焦急地围着赛风转圈，冲着裴原吠叫，裴原看了它一眼："好好看家。"

阿黄听懂了，不再转了，一屁股坐在地上。

裴原掉转马头，扬手甩了一鞭，喝道："驾！"

赛风仰头嘶鸣，风驰电掣般奔出，只留下飞扬的烟尘。

裴霄留下的下属正躲在暗处观察，见状，不可置信地道："四皇子的腿不是废了吗？他什么时候好了？还能骑马？"

"你问我，我怎么知道？"另一人把握着刀柄的手紧了紧，"你继续跟着，我回去禀报殿下！"

"好！"

裴原骑马进城。赛风脚程快，他骑术也高超，原本两个时辰的路程，不过一个多时辰就到了。

街上熙熙攘攘，人头攒动，想找人连个方向都没有，裴原犹豫了一瞬，踏上了去护国将军府的路。

朱红色的大门有一丈多高，两侧立着口衔铜球的石狮子，威风飒爽。

门上有一块横匾，上面御笔亲题了五个镏金大字：护国将军府。

门开着，路人能看见里头高大的影壁，十个侍卫身穿铠甲，手持长矛，立于朱门两侧。

裴原骑马而来，直奔大门，丝毫未见减速，侍卫们大惊，想要制服他，长矛交错着往前刺，领头的人大喝："来者何人？"

裴原抽出背后的长刀，横在胸前挡住长矛，铁器相撞，声音刺耳。领头的人见抵挡不住，矛尖一抬，要刺裴原的面门！裴原身体后仰躲开，随后一抖袖子，冷着脸甩出一块玉佩，两指捏着挂绳，悬在领头侍卫的面前："看好了！"

淡绿色的玉佩晶莹剔透，上面雕刻着九蟒五爪图案，栩栩如生，中间赫然有一个"肆"字。

领头的侍卫大惊，单膝跪地道："四皇子恕罪，属下有眼不识泰山。"

其余侍卫也收起长矛，让出过道，跪地请罪。

裴原道："我要进去，可需通报？"

领头的侍卫忙道："不敢！将军早已下令，若四皇子来，直接进去便可，将军在书房等着您。"

裴原不再多说，喝了声"驾"，赛风一跃跨过门槛，载着裴原奔向里院，留下外头的侍卫面面相觑。

将军府极为宽敞，亭台楼阁、山水花园一应俱全。邱明山的妻妾不少，儿女众多，府邸建这么大，也是为了方便后人。

裴原小时候常来这个地方。他八岁就跟着邱明山驻边，一年能回京待两个月。他不常回宫，更多的时候就住在这儿。母妃早亡，宫里有他的宫殿，但那儿不是他的家。皇后待他很好，经常对他嘘寒问暖，但两个人到底不是亲母子，亲情间隔了道屏障，他心怀感激，但没法真正融入。

于他而言，这里最自在，也最让他习惯。

如果没出那件事的话，裴原想，他或许会一直将邱明山当作父亲来敬重……

"吁——"赛风停在书房门口，裴原下马，把缰绳交给小厮，另一个小厮认出了裴原腰间的玉佩，急忙跑进屋子里通报。

裴原要进门时，邱明山急匆匆地出来，两人于门口相见，别开眼，都没说话。

邱明山双目泛红，常年提刀的手颤抖着。他想去抓裴原，又硬生生地忍住了。他的皮肤是常年风吹日晒后的古铜色，他唇线绷直，严肃正经，除了他自己，没人看出他的异样。他张张嘴，想说话："你……"

"我……"裴原也开口，两人异口同声地说了一个字，又同时闭嘴。

沉默了一会儿，邱明山率先道："进屋里说吧。"

裴原摆手："没时间。"

邱明山略微有些尴尬，问："你怎么有空过来？"话一出口，邱明山又觉得不对，连忙解释道，"我不是不欢迎你，这儿就是你的家，你随时可以来。只是你现在……"

他小心翼翼地继续道："那件事你是否已经放下，原谅我了？"

裴原立刻道："没有。"

他的语气冷硬，邱明山的眼中有一丝难过之色一闪而过。

裴原继续道："但你提出的那个想法，我可以陪你一起实行。"

邱明山震惊地看着裴原。裴原眯起眼："你不是想要这个江山吗？我陪你夺。前提是圣上已经退位，还有，你今日帮我一个忙。"

他这样说，邱明山已经足够惊喜："什么忙？只要我能做到，随便你提。"

"找一个人，"裴原顿了顿，"我的妻子。"

宝宁醒来的时候，发现自己的手腕被绑在身后，她正蜷缩着躺在床上，冯永嘉坐在她身旁不远的地方，正直勾勾地盯着她看。

宝宁被吓了一跳，猛地坐起来，身子往后挪。

冯永嘉痴痴地看着她，口中呢喃："宝宁，你可真好看。"

"疯子……"宝宁道。这种眼神和语气让宝宁觉得恶心，但她的身上还是无力，脑子也晕，她闭了闭眼，缓了一阵，才开口道："你把我带到了哪里？"

冯永嘉道："我家。"他抿了抿唇，"宝宁，你信我，我真的不会伤害你。"

"那你为什么绑着我？"宝宁问。

"我怕你跑。"冯永嘉凑近她，哀求道，"宝宁，真的，你信我，等这件事过去，咱们就安全了。我带你去一个没人知道的地方，咱们过好日子去，行不行？"

他脸上还挂着巴掌印，原本清俊的脸破了相，添了几分猥琐。

宝宁气急："我根本不认识你！"

"但我喜欢你。"冯永嘉道，"我是来救你出苦海的，等过了这阵子，你就会感谢我的。"

宝宁觉得心累，又疲惫又害怕。她强迫自己打起精神来，和冯永嘉周旋："下雨那天闯进我家院子的人，是不是你？"

"不是我……"冯永嘉面色为难。他看着宝宁的眼睛，咬咬牙，还是改了口："我是被逼的。"

提及那件事，他仍然觉得堵心。那种香浓烈无比，他知道裴原定然无法自行解决，打量了宝宁两眼，遗憾她已非完璧之身，但再看她的脸，又沉醉于她的美貌。

宝宁问："是谁逼的你？"

"我不能说……"冯永嘉先是拒绝回答，后来想了想，觉得也没必要瞒着她，"说了你也不认识，是徐广大人——黄吉公公手下最红的人。是他要杀你的男人。"

他又改口："要杀那个瘸子！"

宝宁的心一凉。她不知道徐广是谁，但知道黄吉。

"他为什么找上了你？"宝宁问，"你欠了他们钱吗？"

"我没有！"冯永嘉不敢看宝宁的眼睛，"你是怎么知道的……"

他又抬起头，目光坚定："徐大人说了，只要这件事办成了，便不要我还钱了，事后我可以带你走！"

宝宁直起腰，难以置信地看着他："你在做什么梦呀？你欠了徐广的钱，还帮着他杀人，他怎么可能会放你走？这人若是个嗜杀之人，凭着黄吉的势力，为何还需要你？他们如果需要你，说明是在借你的力，根本就没打算让你活下去！"

冯永嘉惊愕地看着她，心中悚然一惊。但他很快平静下来，摇头道："不可能的，不可能的，徐大人已经应允了我……"

宝宁忽然想起一件极为重要的事："徐广让你杀我的夫君，你为何要掳走我？徐广想怎么杀他？"

她很自然地说出"夫君"二字，冯永嘉受了刺激，当即站了起来："那不是你的夫君，命运不公，他配不上你！"

宝宁很少动怒，但面对这个人，脾气再好也按捺不住了，也站起身："徐广想怎么杀他？"

冯永嘉被宝宁吓了一跳。他本以为她这样的姑娘娇小软弱，是不会生气的。

"具体的我也不知道。"他讪讪地道，"大概就是我将你带走后，他肯定会来寻你，徐大人会将他引到这个院子里，设埋伏除掉他。"

冯永嘉说到这儿，眼睛又亮了起来："这样一箭双雕，那个瘸子死了，徐大人除掉了心头大患，我也可以带你走……"

宝宁问："你有没有想过，为什么他们要把他引到你的院子里？"

冯永嘉的眼里闪过一丝迷茫之色。

宝宁道："你知道徐广要杀的人是谁吗？是当今圣上的第四子，你若是不得手还好，若得手了，诛了你的九族也不够偿命！"

"那个瘸子……"冯永嘉腿一软，跌坐在地上，"不，四皇子为什么会住在那种鬼地方？我以为……"

他哆嗦了一阵，又去扯宝宁的袖子："那现在怎么办？我不想杀人了！我不想了！宝宁，我现在该怎么办？"

宝宁看着他的眼睛："谁给你的胆子直呼我的名字？"

"我……我……"冯永嘉快哭出来了，"四皇子妃，皇子妃，我知错了。"

他正在哭，外头忽然传来踹门声，对方踹了几脚，见没人开门，便骂道："哭哭哭，你爹死了吗？小声点儿，别打扰老子睡觉，要不然老子现在就宰了你！"

他转了个身，不知对谁喊："锁呢？拿来没有？赶紧把门锁上，省得那个小子跑了，也省得咱们在这儿看着了，回去睡觉。"

另一人道："锁拿来了。赵大人，徐大人应该马上就要回来了，想必那个残废也已经收到消息，马上就来了。"他迟疑了一瞬，问，"把那个小白脸儿和小娘们儿关在一起，不会出什么事吧？"

赵立边锁门边道："能出什么事？就姓冯的那个小子，硬不硬得起来还是两说。再说了，徐大人也好男风，今日干成这件事，他也能高兴高兴。"

外头传来一阵大笑。

冯永嘉面红耳赤，不知哪儿来的勇气，冲到门口叫嚷："你们怎么能这样做？还有没有良心？"

赵立冷笑一声，一脚踹在门上："滚！"

冯永嘉立刻熄了火。

宝宁靠在床头，垂眼不语。她很慌，手心俱是冷汗。宝宁想，如果现在姨娘在，季蕴在，或者裴原在，她肯定控制不住，当场就会哭出来。但是现在她不能哭，她身边没有可以依靠的人，所以自己必须冷静。

门口的人说说笑笑，不一会儿便散了。

冯永嘉像被人敲傻了一样，呆呆地立在原地。过了好一会儿，他福至心灵一般，猛地一拍大腿，道："密道，密道，我想起来了，这个屋子里有密道！"

宝宁惊喜地抬头："在哪里？"

冯永嘉道："柜门后头！"

宝宁从来没想过，她有一天会走这种路。密道只有半人高，弯着腰才能过，一路上都是蛛网，霉味浓重。

但她好歹保住命了不是？

冯永嘉跟在她的后头，战战兢兢的，不时地尖叫一声。宝宁抿唇不理他，在心里盘算着她待会儿该去哪里。

冯永嘉说这间院子在西郊，离城门只有五里路。宝宁想起她的三姐姐季安露就住在西城门附近。季安露嫁了个小商人，对方穷不穷，说富不富，但是待她很好，在西城门那条街上开了家叫古井食楼的酒楼。

现在天还没黑，城门未关，只要能坚持跑完这五里路，混进人群中，宝宁就安全了。

如果她能找到三姐夫的酒楼就更稳妥了。

迷药的劲儿还没过去，宝宁觉得腿软，靠着心里的一股劲儿强撑着在走。

前面就是密道的出口了！出口被一块木板挡住了。冯永嘉亦步亦趋地跟在她的身后。他害怕这种潮湿阴暗的环境，更怕随时可能会出现的小虫子和老鼠，战战兢兢的，一句话都说不出来。

宝宁移开木板，爬了出去。在黑暗中待久了，乍一看到阳光便觉得分外刺眼，她眨了眨眼，脚刚踩到地面上，忽然见到约莫五丈外的墙根处，有两个准备小便的男人。

那两人也看到了她，脸上露出调笑的神情。直到冯永嘉也跟着爬了出来，那两人脸色大变，吼道："人跑出来了！快追！"

说罢，他们提上裤子就朝宝宁的方向赶来，手中提着长刀。

是徐广的人！

宝宁心一紧，拔腿就跑。她不认识方向，凭着感觉跑。冯永嘉被吓得连滚带爬，跟在她的后面。徐广的属下紧追而来："他们往东跑了，去了西城门的方向！"

他一嗓子喊完，徐广的那些属下全都出来了，浩浩荡荡地来追人。

徐广刚回来，还没来得及歇脚就听到了这个消息，怒喝一声，也提刀骑马来追人。

宝宁到底是个姑娘，跑不过那些男人和徐广的马，眼瞧着就要被追上了，万念俱灰之际，忽然见到西方来了一队人马，均穿戴铠甲，面露煞气。

宝宁瞧见来人，决心赌一把，转了个弯，躲进一处胡同里，冯永嘉跟上了她。

徐广怒骂了一声"小娘们儿"，一鞭子抽在马屁股上，也要往胡同去，这时那队人马已经到了眼前，一个士兵伸剑拦住他，喝道："跑什么呢？！"

徐广一刀挥下，击飞他的剑："你可知道爷爷我是谁？如此大呼小叫，找死！"

士兵被震得虎口发麻，亦大怒道："我等奉护国将军之命前来查人，你是什么东西，竟连大将军的命令也不顾吗？"

徐广心中一惊："查什么人？"

士兵从袖中掏出一个画卷，抖开给他看："你可曾见过这个姑娘？"

徐广的脑子"嗡"的一声。他怎么也没想到，裴原竟然会去找邱明山，那两人分明早已决裂，什么时候又搞到了一起？

徐广心中慌乱，但面上不显，凶悍地道："未曾见过！我刚丢了家奴，正要去寻，你拦我的路，我的家奴找不到，你来赔吗？！"

"这……"士兵勒马往后退了一步，正犹豫着要不要放过他，忽然身后有单骑飞奔而来，随后利箭破空，射中了徐广的左眼。

变故发生得太快，谁都没反应过来，徐广闪躲不及，大叫一声，捂住流血的左眼，跌下马来。

众人哗然。

一个喘息的工夫，黑马载着一个高大的黑衣身影奔至徐广的眼前。裴原的长刀上装了铁环，他长臂一挥，银亮的刀锋对准了徐广的鼻尖。

他双目赤红，咬牙道："贼人，你把我的妻子藏到哪里去了？"

徐广跪伏在地上，难以置信地看着裴原。

他的眼睛仍在流血，不多时，地面就多了一摊鲜红的血液。他身后的喽啰被吓得瑟瑟发抖，有一个尖叫一声，跑掉了，剩下的见状，也都扔掉武器逃走了，如鸟兽散。徐广的身边就剩下赵立一人站着，但他也已经被吓傻了。

骑马的士兵命令随从去追。

"你到底说不说？"裴原满身煞气，翻身下马，长刀一横，架在徐广的颈边，怒喝道，"现在开口，我留你一个全尸，否则老子活剐了你！"

徐广的脸色惨白，嘴唇抽搐，他忽然大笑起来，面容可怖："你毁我前程，如同杀我父母，老子一条烂命，死不足惜，偏要和你反抗到底！既然你那么在意那个女人，那我就让你永远也找不到她，裴原小儿，你可后悔？"

"你找死!"

裴原皱眉,忽然一把拔下徐广眼中的箭,鲜血顿时喷溅出来,徐广"啊"了一声,瘫软在地,翻滚着大叫:"我的眼!我的眼!"

裴原冷眼扫向他身旁的赵立,赵立已被吓得尿了裤子,双手颤抖着站在那儿。裴原走过去,提起赵立的后颈,将他按在墙上,眼神凶狠:"我妻子在哪儿?"

赵立咽了口唾沫,刚想开口,就听到徐广大声地道:"你若说一个字,我杀你全家!"

赵立"哇"的一声哭了出来:"我不知道,我不知道……"

裴原额上的青筋暴起,手下的力道也越发大,他已经在失控的边缘,心中只想着一件事:杀了他们,杀了他们,若宝宁出事,他们都得死,全都得死!

赵立的脖颈被扼住了,他双腿乱蹬,两眼翻白,眼看就要咽气了。徐广缓缓地站起身,扯动唇角道:"你不是想找那个女人吗?我告诉你我把她弄到哪里去了。"

裴原松开手。他转过身,双眼紧盯着徐广,声音沙哑地问道:"她在哪里?"

徐广目露挑衅之色,得意地对裴原道:"她死了。"他猖狂地大笑起来,"裴原,没想到吧?你威风了那么多年,最后连个女人都护不住!你想知道她是怎么死的吗?"

裴原捏着刀柄的指尖泛白,他盯着徐广的眼神像是要吃了对方。

徐广仍在不知死活地大放厥词。

裴原发出一声野兽般的怒吼,随即长刀一挥,一道银光闪过,徐广睁大眼睛,连声音都发不出,倒在了血泊中。

先前来的那队士兵也没想到会发生这样的事,面对眼前的惨状,俱倒吸了一口凉气。

裴原拖着带血的长刀走到赵立的面前,挥臂又是一刀!

"四皇子!"打头的士兵脸都白了,急忙下马劝阻,"这里是百姓的住所,常有人来往,您不可……不可如此……唉!"

"我不管这里是谁的住所。"他指着身后的巷子,咬牙道,"你们就算把这些房子都拆了,也得给我把人找出来!我活要见人,死要见尸!"

宝宁赶在城门关闭的前一刻进了城。她已经累得不行了,浑身都是虚汗,每走一步都是飘的。

好在后方无人追赶。宝宁想,或许是那队官兵绊住了徐广的脚,又或者是他们跟丢了。宝宁现在暂时是安全的,但还是不放心,想快点儿找到她的三姐季安露。

冯永嘉仍在后面跟着她。

宝宁仰头看着路边的招牌,找"古井食楼"四个字。她以前去过那里,印象中那个酒楼是栋不太高的二层小楼,主要卖面点。三姐夫叫张和裕,以前是国公府的厨子,早就对三姐倾慕有加,但因身份有别,未能成好事。

后来季安露定亲、成婚,嫁了个破落高门里的庶子,婚姻不顺,没过一年就和离了。那时张和裕仍旧在痴心地等待,季安露感动下嫁,二人终成眷属。荣国公大发雷霆,放话要与她断绝关系,但也未能阻止这场婚事。

季安露的姨娘柳氏早亡,她没亲人,嫁妆也微薄,找几个姐妹东拼西凑地借了点儿钱,与张和裕一起开了这家酒楼,据说生意不错,两人也很恩爱。

宝宁找人问了路,按照路人所指的方向专心找着,没注意身后的冯永嘉的举动。

冯永嘉忽然扑了上来,要从后面搂宝宁的腰,宝宁听见他的脚步声,下意识地往旁边一躲,冯永嘉扑了个空。

宝宁惊魂未定,看着冯永嘉汗涔涔的脸,大声地问:"你做什么?"

"我后悔了。"冯永嘉双手攥成拳,"我真的后悔了,我从一开始就不该赌,否则也不会中了徐广的计,落到现在的地步。我不知道自己现在该怎么办。我还不上钱,也不敢回家,我的老爹还在等着我,我怕徐广报复他。我死了无所谓,我怕我的老爹也会因为我……"

他语无伦次,面露悲哀之色:"我没法再在京城待下去了。我害怕,我得走了,你让我抱一下,我就走……"

宝宁已经不想和冯永嘉废话了。她边往后退,边防备他的动作。眼看着他又要扑上来,宝宁尖叫一声,转身往人多的地方跑。

街上的人都看了过来。

"宝宁!"宝宁忽然听见一个女声唤她,猛地转过头,循声望去,见到了从二楼窗口探出头的季安露。

"宝宁,快到姐姐这儿来!"季安露焦急地唤她,又惊恐地望向她的身后,"小心后面!"

宝宁先于冯永嘉一步钻进酒楼。随即酒楼里冲出一群拿着棍棒的伙计,一人一棒去捶冯永嘉的后背,他惨叫几声,软软地倒下了。

张和裕道:"把这小子拉到后院的石磨上,捆起来!"

宝宁进屋,边抹泪边哭着道:"三姐!"

"姐姐在这儿呢!"季安露已经从楼上下来了,见到宝宁满脸泪痕的样子,心疼得不得了,一把抱住她,抚背宽慰,"好了宝宁,不哭了,到家了,你怎么把自己弄成这样了?"

宝宁洗了澡，抱着手臂坐在房里发呆。她吃不下饭，满脑子都是冯永嘉的脸和他猥琐的样子，想到就想吐。

今日的经历太过危险，她身处其中的时候还能说服自己冷静下来，现在到了安全的地方，反倒后怕不已。

季安露和宝宁的关系很好，但是到底多年未见，宝宁面子薄，不好意思对着季安露哭，只能忍着。

她尝试着睡觉，但有一点儿风吹草动就会被惊醒，满身都是冷汗，就算睡着了，也一直做噩梦。她不敢睡了，就点着灯坐着，一动不动地出神。

宝宁不知道裴原现在在干什么。

他应该早就发现她不见了吧？他是不是在满城找她呢？听冯永嘉的意思，徐广是想引他过来，再杀掉他。

宝宁担心裴原出事。

这个想法一冒出来，宝宁的心便"怦怦"地跳，她不敢想象裴原出事的样子。裴原腿不好，行动受限。他就算武功高强，也难敌众手，万一真的……

宝宁心慌意乱，十分害怕。明明中午还在和她说笑的人，她现在还能感受得到他手心的温度，他不会出事的！

宝宁忽然又想起另一件事。

裴原会看不出来这是个骗局吗？他那么聪明。

宝宁想到这里，揪紧了衣摆，心想，裴原会不会根本就不想来救她……

他会以身涉险吗？说不定在裴原的心里，她根本就没有那么重要。

这个认知同样让宝宁心中酸涩不已。

宝宁将额头抵在膝上，一会儿这样想，一会儿那样想，头疼得难受，胳膊和腿也难受，哪里都难受。

"宝宁，怎么还不睡？"季安露推门进来，坐在她的身边，"在想什么呢？"

宝宁抬起头，眼睛红红的："我想回家。"

季安露怜惜地拍了拍她的背："明日一早，我就让你姐夫送你回去。"

"谢谢三姐。"

季安露道："好了，你早点儿睡，养足精神，要不然明日你夫君见到你该心疼了。"

宝宁抿唇笑了一下。季安露又和宝宁说了几句话。她本想和宝宁一起睡，但被宝宁婉拒了。她也没勉强，关门走了。

宝宁吹了灯躺下，心中想，裴原说不定正好好地在家里呢，她明日一早回去，就能见到他了。

她控制自己不去想那些有的没的,睁着眼看屋顶。过了一会儿,困意袭来,她睡着了。

宝宁不知道的是,在她睡着的时候,有个人为了找到她,拆了几乎半条街巷。

第二日清早,宝宁是被街上的嘈杂声惊醒的。她揉了揉眼睛,起来打开窗户,听见了楼下的议论声。

"你听说没?四皇子又疯啦,提着刀满街找人,也不知道是哪个倒霉鬼惹了他……那一年的事不会重演吧?"

## 第五章
## 宝宁和裴原重逢

裴原一夜没睡，下巴上已经冒出了青色的胡楂，他眼里满是血丝，一身煞气。

他拖着刀走在路上，刀锋摩擦着地面，在路上留下一道蜿蜒的痕迹。他路过之处无人敢近身，路人都在一旁指指点点。

有人小声地道："六年前的事是不是他做的？大半夜跑到人家家里，一把火把人家的房子烧了，他自己则拿着剑堵在门口，有人跑出来，他见一个捅一个……血溅了满墙，那时候他才十二岁啊！"

年轻些的不知道当年的事，瞧着裴原的背影，瑟缩着往屋子里躲："他这次又要杀谁？他的脸上还沾着血。"

"谁知道啊……躲远点儿就好，他看不见你，你就没事了。"

"我怕他返回来找我啊，万一他看我不顺眼，一刀把我砍死，我找谁说理去？他是皇子，杀人就杀了……他前段时间是不是差点儿杀了他爹？"

有人怒道："衣冠禽兽！"

"话也不能这么说。"一位年龄稍长的男子瞧着裴原的背影，叹息道，"我妹妹原先在宫里当差，说四皇子现在这样和他的母亲有关。他的母亲死了，死得可惨了，如花似玉的大美人，拥有绝世姿容。宫里那么多嫔妃，没有一个比得上她……四皇子原本挺好的，就是性子乖戾了些，但那次见到他母亲的尸体后疯了。罗家灭门一案，就是那段时间发生的。圣上对四皇子有愧，一直宠着他，所以四皇子即使前段时间谋逆，也还好好的。"

周围的人沉默了一瞬，忽然有人问："听说四皇子娶妻了？"

"是啊……"人群中有人发出咂嘴的声音,"啧啧,也不知是哪家的女儿这么倒霉,就四皇子那个古怪的性子,指不定哪天心情不好,小姑娘拧不过他,还不得被卸成八块?"

此人话音刚落,忽然一阵骚动,人们看向裴原的眼神也露出精光。

看热闹的人不嫌事大,不少人开始暗暗期待四皇子妃出现。

身后的那些议论声,裴原听得见。他不置可否,因为他确实是个疯子。

是徐广让他疯的。

徐广说的每个字、每句话,都像钢针一样扎进了他的心里。即便后来拆了那座屋子也没找到宝宁的踪迹,即便抓回来的徐广的属下说见到宝宁逃走了,裴原还是觉得心口疼。

他控制不住自己的思绪,情不自禁地去想徐广说的话。

他的宝宁怎么可以经受那些?就算那些话是假的,他也无法接受。

裴原想,如果今日还寻不到宝宁,他不知道还能不能管住自己的双手。他可能会到少府监去,将黄吉一刀刀片成肉片,再到东宫去,将裴霄的心挖出来,剁成肉泥。

所有可能害了宝宁的人,都别想活!

他的人生里就那么一点点希望了,如果被人毁了,他觉得活着也没什么意思了,大不了大家一起死,黄泉路上再争个胜负!

暴力因子在裴原的心中蠢蠢欲动,他转过身,眼神扫过街上的每一个人。他内心阴暗地想,如果他们都死了,风一吹来都是血腥味,是不是也很好闻……

毕竟他是个疯子,所有人都觉得他疯,那他就疯给他们看!

裴原用拇指摩挲着粗糙的刀柄,略微歪了歪头,嘴角忽然咧开,露出一个古怪的笑。

他长得好看,凤眼狭长,鼻梁高挺,带着一身浑然天成的匪气,若是平常,街上的小姑娘见到他定会脸红。

但现在他这么一笑,所有看到的人都觉得毛骨悚然。突然有人尖叫一声,众人四散逃走。

裴原是个疯子,简直是从地狱里爬出来吃人的恶鬼!

"宝宁!"季安露推开门冲了进来,面露惧色,"你看到了吗?四皇子……四皇子就在楼下!"

她攥紧了手里的帕子,手腕颤抖:"宝宁,怎么办?你听说过那些传言吗?他会不会真的杀人?"

"不会!"宝宁回过头,掷地有声地说。

她眼睛有些红,不知是开窗时被沙子眯了眼,还是因为看到了裴原的那个笑容。

不过一晚上没见,他怎么把自己弄成了那个样子,还笑得那么丑?

宝宁的心里酸酸的。她摸着衣裳往身上套:"我现在就下去找他。"

"你疯了?"季安露大惊失色地拉住她,"他若是伤到你怎么办?谁知道他怎么会变成这个样子?!谁知道他的脑子还清不清醒?!不行!我不能让你去!"

宝宁鼻子堵着,带着哭腔道:"他肯定是因为找我才这样的。他着急了,我现在下去,他看到我就好了。"

季安露道:"万一不是这样呢?宝宁,你别那么自信,你看看四皇子现在的样子,你不害怕吗?"

宝宁垂下头。她看着自己的鞋尖问自己,害怕吗?她若说一点儿都不怕,那是骗人的,但是她的心里有个声音告诉她,裴原不会伤害她。

裴原在那次雨夜之后对宝宁说:"我不会伤害你的。"

裴原还说:"你可以相信我,任何时候都可以。"

宝宁想,裴原那么重信义的一个人,那么看重尊严的一个人,定然不会骗她。

宝宁抬头看向季安露:"我想赌一把。"

"你别犯傻……"

宝宁迅速把衣裳穿好,没等季安露把话说完,就绕开她跑下楼了。

季安露也跟着跑了出去,着急地撑在栏杆上叫她:"宝宁,你小心些!"

"好了,别操心。"张和裕走近,拍了拍季安露的背,安慰道,"宝宁看着呆呆的,心里聪明着呢,她有分寸。"

街上的人都看见古井食楼的大门口忽然冲出来一个女子。

这个女子穿着嫩粉的裙子,长辫垂在肩侧,白皙纤弱,气质清丽,是那种一眼看上去就没什么攻击力的女孩子。

她朝着裴原跑了过去。

所有人都倒吸了一口凉气,眼都不眨地盯着她,等着接下来发生的事。

裴原就站在她面前五步远的地方。

宝宁望着他的背影,肩膀宽阔,人依旧高大。但不知道是不是她的错觉,裴原原本总是挺直的脊背,现在看起来有点儿弯。

宝宁的指甲抠着手心,她深吸了一口气,大声喊道:"裴原!"

现场一片哗然。有人小声唤她:"姑娘,姑娘,你疯了?快回来,离他远点儿,你就不怕他对你动手？"

宝宁未动。

裴原也没动。

风吹过来，传来淡淡的血腥味，宝宁浑然不觉般又喊了一声："裴原！你回头看看我，我是宝宁呀！"

裴原的手腕转了转，他似是终于听见了，僵硬地、一点点地转过身来。

宝宁抹了把眼泪，跑到裴原跟前，伸手拽着他的袖子，哑声道："你怎么了啊？怎么把自己弄成这样？你穿得破破烂烂的，哪里都脏……大白天提着刀满街乱走，你是真的要砍人还是怎样？人家瞧见了，还以为我没有照顾好你……"

宝宁控制不住自己，啰啰唆唆地说个没完。

裴原低头看着她，目光深沉，没说话。

宝宁瞧见他脸上的血，蹙眉，踮脚去擦，但血已经干了，擦不掉。

宝宁慌了，伸手去摸他的脸，没见到伤口，又去检查他的胸前和胳膊："怎么回事？这是谁的血？徐广伤到你了？"

裴原仍旧保持着那个姿势，也不开口，只盯着她看。

宝宁忍不住，捶了他一下："你说话啊！"

"宝宁……"裴原抬手抓住她的肩膀，咬牙切齿地道，"你到底跑去哪里了？"

他松开了一只手，按着宝宁的后背，把人死死地搂住，似是想要将她按进他的身体里，力道大得她喘不上气来。

她偏过头，看见了裴原的手腕，袖子滑下来，露出了一片皮肤，上面是密密麻麻的黑色网状细线，那原本只有黄豆大小的红点，已经长到了拳头般大小。

宝宁颤声叫他："裴原……"

裴原忽然松开桎梏她的手，撑着刀，单膝跪在地上，急促地喘息了几口，"哇"的一声，喷出一大口毒血，血喷到了宝宁的脚上。

"这是怎么回事？"季安露冲了出来，担忧地问，"他怎么吐血了？"

"他身上有伤……"宝宁吸了一下鼻子，伸手去扶他。

裴原太重了，宝宁扶不动，季安露情急之下想帮忙，可还未碰到裴原的手臂，便被他一把挥开，险些摔出去，还好张和裕在身后抱住了她。

宝宁面带歉意地看向季安露，小声地问裴原："去三姐的店里歇一歇，好不好？"

"我哪里也不去。"裴原抬起头，耗光了体力，脸色像死人一样惨白，唇角有血迹，一副有气无力的样子，"我想回家。"

路太远了，宝宁想再劝，裴原皱眉，再次重复："我哪里也不去！我想回我的家！"

"嗯嗯，好！"宝宁跪在地上，捧着他的脸，眼泪涌了出来，"你听话，咱们现在就回家。"

两个人到家的时候，已经繁星初上。

阿黄在院子里等得急了。它的耳朵灵敏，马车还在距离家很远的地方，它就听到了动静，冲过去扒着篱笆门乱叫。直到宝宁掀开车帘唤了它一声，它才安静下来。

是三姐夫张和裕将他们送回来的，后面跟着邱明山麾下的兵。许是得到吩咐，那些士兵不敢离得太近，远远地跟着，只为保护他们的安全。

"吁——"张和裕喊了一声，马车稳稳地停下。

裴原醒了。额头在宝宁的小腹处蹭了蹭，他低声问："到了？"

他是真的虚弱，一路上都闭着眼，最开始时，还能强撑着靠在椅背上，后来受不住了，侧卧着，将头枕在宝宁的大腿上，迷迷糊糊地睡了一路。

宝宁怕他摔下去，一只手护着他的后脑勺，一只手揽着他的肩膀。她"嗯"了一声，很轻柔地问他："你饿了没有？"

裴原皱眉："我不想吃芙蓉糕，噎嗓子。"

在路上的时候，宝宁喂了裴原一点儿水，还有半块点心，他勉强咽下，颠簸中，差点儿吐出来。

宝宁心疼地去揉他的眉："我在这儿呢，不给你吃那些，你想吃什么，我给你做。"

裴原道："我想吃酱骨头。"

宝宁摇头："你病着，不能吃那么油腻的东西。"

裴原微微抬起上半身，对上她的眼，有些不悦地道："你说了的，我想吃什么就给我做什么。"

宝宁笑出了声，觉得这样的裴原意外地可爱，耍脾气的样子像个孩子。

宝宁哄他："你乖一点儿，晚上吃点儿清淡的，等明日，你说什么我都依着你。"

裴原不出声了。

宝宁知道他这样就是同意了，挠了挠他的下巴："好了，到家了，坐起来，我们下车。"

张和裕在车外听着这一切，十分震惊。

他还记得四皇子那时拖着刀一脸杀意的样子，和现在简直判若两人。宝宁竟然有这样的魔力，只需要几句话，就能让裴原怒意消融，服帖得像只小猫。

宝宁推开车门,扶着裴原下车,张和裕想搭把手,宝宁轻轻地摇了摇头。

裴原不愿意被外人碰。她也是今日才发现,他竟然有这样的怪癖。

张和裕收回手,指了指跟着的另一辆马车,和气地道:"宝宁,你三姐给你带了一些东西,有衣裳、吃的,还有一些药,我让人给你搬到院子里。"

宝宁回头道谢。

张和裕憨厚地笑了笑。与裴原比起来,他是个很普通的男人,没多俊,但也不丑,一身腱子肉,眼睛很明亮,宝宁挺喜欢这个沉默温和的三姐夫的,他对三姐很好。他们能修到这样的姻缘,也算是福气。

两人在院子里礼貌地聊了几句,也就说了两句话,裴原就开始扯她的袖子。

他语气不耐烦地问:"还回家不?"

宝宁冲张和裕抱歉地笑了笑,安抚地拍了拍裴原的背:"马上就进去,你冷了吗?咱们先进屋子,你躺一会儿,我去送送三姐夫。"

裴原冷冷地道:"我都要死了,你不管我,还在这里说什么废话。"

宝宁大惊:"你说什么呢?"

这个人又开始发疯了。和气的时候就那么一会儿,而后他就翻脸,说的话也不管你听着高不高兴,自己舒服就好。

"没事,不用送,我认识路。"张和裕连忙摆手,往后看了看,"车上的东西都卸得差不多了,我也不留了,你们快进去吧,我这就带人走了。以后若是有空,你常来酒楼看看,你的三姐很想你。"

张和裕脸色有些为难:"你也知道,岳丈不同意我和你三姐的亲事,他们这些年闹得很僵……"

宝宁颔首道:"好……"

裴原拧着眉,打断她:"还有完没完了?"

张和裕见状,也不再多说什么,向两人简短地道了别,转身就往外走。

宝宁看着裴原的脸,气得心口疼,想掐他的胳膊一把,又想起他那会儿吐了血,身子虚,到底没舍得,沉默地扶着他进门。

"好啦,这下高兴了没?"宝宁让裴原坐在炕沿上,自己则去烧火。马车渐渐远去,她在门口望了一眼,关上了门。

阿黄擦着门缝挤了进来,跳到裴原的旁边。

裴原沉着脸将阿黄推走,它委屈地呜咽了一声,自己寻了个角落趴下。

宝宁往灶里塞了把干草,引着火,回头看了一眼裴原:"你怎么还不脱衣裳?"

她直起腰去搬浴桶:"你先吃饭还是先洗澡?还是先吃饭吧,一整日没好好吃东西,都饿坏了,有没有想吃的东西?"

裴原用两只手撑着炕沿，眼皮微垂，不说话。

宝宁叹了口气，拿干布擦了擦手，坐到他身旁，拨弄他额边的碎发，轻声道："又在闹什么脾气？"

裴原终于开口了，声音哑哑的："我找了你一整夜，没吃饭，没喝水，还吐血了，但你都不管我，只顾着和野男人聊天。你都不知道……"

裴原想说"你都不知道心疼我"，但是没说出口，觉得这话太娘气了。

宝宁又气又心疼："什么野男人，你说的是什么话？我怎么就没有管你了？你要性子归耍性子，不能什么气话都说。"

裴原沉默了一会儿，而后冷哼一声。

宝宁想，如果裴原这次没生病，就凭他这几句话，她定然是几日都不会搭理他的，但是现在他面色苍白，她又不能丢下他不管。

"好啦，是我不对，我不该让你站在外头吹风。我向你道歉，好不好？"宝宁耐着性子哄他，"我下次不会这样了。"

裴原道："没有下次。"

宝宁安慰自己，他是病人，自己和病人置什么气呢？没必要。她点头："好，没有下次了，以后无论发生什么，我都先顾着你。"

裴原的脸色稍霁。

宝宁道："你先脱衣裳，躺着歇一会儿再吃饭，然后洗个澡，好好睡一觉，好不好？"

裴原道："我难受，脱不了。"

宝宁无奈地道："伸胳膊。"

裴原乖乖地伸长胳膊，由着宝宁帮他解开腰带，褪下外衣和中衣，只留一层里衣。

"出了汗，不舒服。"

宝宁抿了抿唇，又将他的里衣脱了下来。

"这下好了没有？"

裴原"嗯"了一声，看了她一眼，忽然笑了。

宝宁看他这副样子，像个终于要到糖吃的小孩。她心里本来还有气，现在散了不少。她捏了他的耳垂一下："你是怎么回事？闹脾气之前，能不能先看看自己多大岁数了？若传出去，丢人的可是你。"

裴原忽然攥住她的手腕，把她扯了过来，然后用力地含住她的指尖。他边用唇舌去吸吮，边抬眼看她。

指尖湿漉漉的触感让宝宁的心哆嗦了一下，她只觉得从脊背往上都开始酥麻。

裴原低声道："你不对别人讲,谁会知道?"

"你真烦人……"宝宁缩回自己的手,背在身后,脸上渐渐泛起红晕。

她用手指头在裴原的胳膊上抹了一下,转头走开:"我去做饭了。"

裴原的视线追着她的背影,看着她洗菜下锅、淘米煮饭,又拌了米糠出门喂鸡,直到她的裙摆消失在他的视线里,他才合上眼。

其实刚才在院子里,他察觉到宝宁生气了。他有些后悔和慌乱,但理性还是屈服于感性——他继续口不择言。

他觉得自己没受到足够的重视。或许他受到的重视已经很多了,但他还是觉得不够。如果宝宁手里有一百颗糖,给了他九十九颗,剩下的一颗给了别人,他都会生气。

换句话说,裴原认为如果宝宁有糖,那所有的糖都应该给他。

裴原知道自己偏执,可控制不住。他可能平时表现得好好的,但一遇到宝宁,就恨不得占据她全部的心。

裴原可以把一切都交给宝宁。他像一匹狼,总是一副防备的姿态,但愿意将自己最柔软、最脆弱的部位暴露在她的面前。他给予宝宁全部的信任,并希望得到同等的对待。他敏感又自私,只要感受到她的好给了旁人一点儿,就会忌妒得发狂。

但他又是个死要面子的人。他不说,期盼着她能懂,能领会。

晚饭吃的是红烧狮子头和冬瓜粉丝汤,宝宁一直没怎么说话,气氛有些压抑。

裴原偷偷地扫了她几眼,最终还是没能放下面子,主动开口,只草草地扒了两碗饭。

吃完饭,体力恢复了不少,裴原脸色看起来好了许多,宝宁打好水,放在浴桶里,拿来换洗的衣物,嘱咐几句便出去了。

裴原看着冒着热气的浴桶,略微有些失望地按了按眉头。他本以为宝宁会和他一起,至少该帮他搓搓背,但她就这么出去了。

宝宁抱着阿黄坐在屋外,仰头看着星星。她想给裴原一点儿颜色瞧瞧,他那会儿实在是过分。

宝宁不敢奢求太多。许是藏在心底的自卑心在作祟,她在裴原面前一直是弱势的,这或许和她的出身有关。因为姨娘在父亲的面前是弱势的,潜移默化,她也变成了这样。

就算现在很明显是他的错,她要表达自己的不高兴,也要小心翼翼,尽量控制情绪。

裴原那日和她说,想和她做一对平常的夫妻,宝宁想,平常的夫妻闹别扭了,丈夫总要来哄哄妻子吧。

但是他没有，连句软话都没有。

宝宁就想让裴原哄一哄她。

屋子里的水声停了。宝宁整理好思绪，拍了拍裙上的土，转身进屋。裴原已经躺下了，背对着她。

被子盖到了裴原的肘弯处，露出肩胛骨硬朗流畅的线条。宝宁盯着裴原看了好一会儿，裴原或许感受到了她的视线，但没有任何反应。

宝宁快速收拾好屋子，洗漱好后，躺到他的身侧。

两个人一夜无话。

第二日一早，宝宁早早地起床，去看那罐水蛭。她离开前，在罐子里放了好多田螺，也不担心它饿。昨晚她睡前瞟了一眼，见那条水蛭的肚子已经大到一定的程度，像是马上要撑破一样，便惦记着，醒了就来看。

打开盖子，宝宁惊喜地收获了这么长时间以来的第一个好消息。

淤泥上赫然有几个指甲盖大小的卵，上面覆盖了一层绒毛样的浅褐色东西。那只母水蛭已经不见了，缩在泥土深处，似是在休养。

宝宁第一次见到水蛭产卵。以前她一直以为水蛭产的卵像鱼卵或蛙卵那样，是密密麻麻的一团，听明姨娘解释，才知道是卵茧。

即便她已经有了心理准备，还是觉得新奇。

卵茧一共有五个，形状奇特，宛如小花生。宝宁将卵茧小心翼翼地拿了出来，放在手心上。

她中途一直担心那只母水蛭护子心切，钻出来咬她一口，但它似乎根本不关心，一点儿动静都没有。

宝宁轻呼一口气，捧着凉丝丝的卵茧，放到准备好的瓷缸里。

裴原不知道什么时候起来了，靠在墙壁上看着她。

宝宁对此一无所觉，现在眼里只有那几个卵茧。瓷缸比装母水蛭的罐子要大一些，里头已经铺上了一层潮湿松软的泥土。

许是宝宁喂养得好，卵茧的质量都很不错。宝宁捏着每个卵茧分辨，将有小通气孔的一端朝上，放在泥土里，再覆上一层潮湿的细土，最后在上头盖一层湿润的棉布。

每个卵茧可以孵化出十几条，甚至二十多条小水蛭，若她运气好的话，半个月后会得到一百多条小水蛭。

宝宁想，到时候她就得换一个大点儿的瓷缸了，而裴原的毒很快便能解了。

"你起来就鼓捣这些东西，都没和我说一句话。"

宝宁正在出神，身后忽然传来低哑的男声，离她极近，他呼出的气都吹在了宝宁的耳根处。宝宁一怔，刚想回头，便觉得腰间一紧。

她低头看，裴原粗壮赤裸的胳膊正环在她的小腹上。

没得到回答，他又问："你一晚上没和我说话，在想什么？"

突如其来的亲密让宝宁有些无措，鼻端都是他身上特有的味道。

宝宁的手下意识地搭上裴原的小臂，她小声地道："我以为你没醒。"

"我一晚上都没睡。"裴原微微躬身，低下头，将唇贴在她的耳边，这是个很暧昧的姿势。

他微微叹了口气："我就等着你和我说句话，但你又不肯。"

宝宁的心咯噔了一下。她一早上都沉浸在喜悦中，刻意忘掉昨晚的不愉快，裴原又提起，那股将要消散的委屈感又涌了上来。

她觉得自己矫情，可又忍不住鼻尖的酸意，说话的语气也带了点儿撒娇的意味："凭什么要我先开口？总要我用热脸去贴你的冷屁股，这样不公平。"

宝宁盯着桌面上的小瓷缸，强行把泪憋了回去。气氛压抑，她后悔刚才说话不得体，觉得尴尬，就掩饰性地瞎忙，用小签子在泥土上瞎戳。

"你再睡会儿吧，饭还没做，好了叫你……"她说到最后，声音已经小到听不清了。

裴原察觉到她的情绪不对，掰着她的肩膀，将人转过来，果然见到她的眼睛泪汪汪的。

他吸了一口凉气，皱眉，用手背去抹她的泪："刚才还好好的，怎么说哭就哭！"

宝宁抿了抿唇，别开头："才没有。"她嘟囔着，"我才不那么矫情。"

"没人说你不好。"裴原伸手将她的脑袋扳正，用额头抵着她的额头。两人目光相对，好半晌，他终于开口了："有那么委屈吗？"

宝宁把嘴唇抿起来，像鸭子一样，眼里的泪越聚越多。

委屈感蔓延成灾，她的心理防线彻底崩塌，宝宁吸了两下鼻子，终于哭了出来："你根本就不懂我。"

"别做这个表情，贼丑。"裴原心里不是滋味，刻意地逗她笑，声音轻柔，"有话好好说，哭哭啼啼的，像个女人一样。"

宝宁道："我本来就是个女人！"

裴原盯着她，没说话。

宝宁道："我已经忍你很久了……"

她个子不算高，挺直腰背站在那里，还不到他的耳根。裴原觉得低头说话太累，抱住她的腰，将她放在桌面上坐好。

宝宁坐在高处，气势上强了几分，控诉的声音更大了，还混着哭腔："你心里就只有你自己，都不管我。"

裴原去亲她的眼睛："我怎么不管你了？我管你，心里都是你。"

他难得说情话，但宝宁在气头上，根本听不出来，她的胸脯剧烈地起伏："你没有，大骗子！你就只顾着自己高兴，我心里是怎么想的，你根本不在意。就拿昨晚来说，你想到什么就说什么——你是痛快了，我多尴尬！多难过！"

裴原的喉头动了动，他握着她的手指，放在唇上亲吻："是我的错。"

"还有，你都不在意我的情绪！出了那种事，我多害怕，徐广那么吓人，冯永嘉那么吓人，我好不容易跑出来的！这两晚我都睡不好，总是做噩梦……还有，你也很吓人……但是，你都不管我。昨天一整日，你连句安慰的话都没有，就知道冲我发脾气。"

"好了，宁宁。"裴原去搂她的肩，闭着眼，声音温和，"是我的错，我没想到这些。"

宝宁哭着，眼泪、鼻涕都往他的肩上擦："你总是冲我发脾气，但是从来不道歉，我也会难过的，但都不敢和你说。"

裴原问："为什么不敢？"

宝宁的情绪彻底失控，她只顾着发泄，把以往藏在心里的话都说了出来。她冲他道："你怎么好意思问的，可不可以有点儿自知之明？！"

"嗯，我的错。"裴原抚着她的背，"我会改的，给我点儿时间，好不好？"

"我那天收拾你的屋子，翻出了你写给我的休书。"宝宁赌气道，"你若再对我不好，我便走了，你求我我也不回来，我们一别两宽，好聚好散！"

裴原起初以为自己听错了，反应过来后，脸色瞬间沉了下来。他捏着宝宁的肩膀与她对视，咬牙切齿地道："你再说一遍！"

"我疼……"宝宁捶他的胳膊，呜咽着道，"我就知道你是个骗子，你说的话都是假的，你根本就没想改。"

裴原这才意识到自己手上的力道重了，赶紧松开，轻轻揉了揉她的肩膀，但眉毛仍然皱着："下次别说这样的话。"

经过刚才这一闹，宝宁情绪稳定了许多。她想起自己刚才说的那些话，有点儿后悔，又觉得痛快，心里乱糟糟的，垂着眸，没回答。

裴原冲着她放狠话："你是爷明媒正娶的。按照祖宗的规矩，你活着的时候是我的人，死了也是我的鬼，死后也得埋在我的墓里，魂飞魄散也跑不掉。"

宝宁仰头看着他，手指抠着桌沿："你也是念过书的人，怎么能说出这么粗鲁的话？"

裴原扯了扯唇角，贴近她的耳朵，往她的耳洞里吹气："我还能干出更粗鲁的事呢，你想体验吗？"

"你说着说着就不正经了……"宝宁想躲开裴原，偏头就要跳下去，但被他一把扯住。

裴原道："我的腿伤着，昨日我还吐了血，你若是想让我早点儿死，就继续气我。"

"你能不能别总把'死'字挂在嘴边？"宝宁瞪大眼看他，"很不吉利。"

"能。"裴原顿了一下，眼神沉了下去，盯着她粉嫩的唇瓣，头微微低下，凑近，"让我亲一口。"

"别呀……"宝宁羞赧，下意识地往后仰。结果腰带被蹭开，外衣滑落，露出了白皙的锁骨。裴原不放过机会，用手按着她的背，将嘴唇凑过去，吻上了她锁骨上的粉色小痣。

宝宁颤抖着，不敢动。

裴原抱着宝宁，磨蹭了好久才抬起头。宝宁的指尖酥麻发软，裴原凑到她的耳边，低声道："宁宁，你得记住了，我是你的男人。

"你年纪小，我不动你，咱们再好好养两年。

"还有，我会对你好，我的心思不细腻，若哪里让你不满意，你与我说，我慢慢地学。"

裴原吻她的眼皮："我最怕的就是你和我生分。"

宝宁坐在炕沿上，看着裴原在那儿做饭。

宝宁刚刚和他吵架是因为情绪到了，话赶着话就成了那样。现在她冷静下来，回想起刚才自己掉的那几滴泪，一脸羞愤。

她现在觉得尴尬了，但刚刚不觉得，说着说着，还抹了裴原一身的眼泪和鼻涕，还好他不嫌弃，用干布随便擦了擦，再套件衣裳，像是无事发生一样。

她在委屈什么呢？她也说不出个所以然来，或许是裴原难得这么温柔，给了她放肆的资本。

这种如小女儿家一般矫情的事，宝宁原本不会做，这是第一次。这件事虽然过程难堪了一些，但不得不说，还是有些效果的，她和裴原的关系似乎更近了一步。

窗户大开着，吹进来一股好闻的味道，混杂着迎春花的淡淡香气。

天气暖了，宝宁穿的罗裙布料轻薄，风吹过来，裙摆扬起，她赤着脚，踩着阿黄柔软的毛。

阿黄乖顺地趴在地面上，那里有阳光洒过来，亮堂温暖，它半闭着眼打瞌睡。

裴原执意要给她做饭。

宝宁本是不愿的。

裴原昨日走了太多路。虽然有了助行器，他能走，但是坚硬的木板和皮肤摩擦，他的腿肯定会不舒服，宝宁昨天拆开木板看的时候，他的腿上已经被磨出了好几个血泡，最大的有指甲盖那么大。

裴原能忍，连眉头都没皱一下。但他又不是机器，怎么会不疼？

"哪个是酱油，哪个是醋？"宝宁正在出神，被裴原叫回了神。

他手里拿着两个小壶，掀开盖子，对着阳光眯眼看："都是黑的，怎么区分啊？"

宝宁道："你可以闻一下。"

裴原意外地看了她一眼，挑眉赞许："好主意。"

宝宁蹙着眉头，越发后悔答应让他做饭，他养尊处优的，怕是连盐和糖都分不清。

果不其然，下一瞬，裴原又问："哪个是盐？"

他看着两罐白花花的东西，眉头拧成结："怎么长得一个样子？"

但有了前车之鉴，裴原学聪明了一点儿，舀了一点儿放在手上，伸舌头去舔："我尝一下。"

宝宁无语地看着他。

裴原"啰"了一声，往地上吐口水："真咸。"

"算了吧……"宝宁弯腰穿鞋子，"你在旁边看着，我来弄。"

"不用，不就是做个饭，有那么难吗？"裴原说罢，自信地拿起菜刀，把白菜往案板上一放，"对这玩意儿我无师自通，只是第一次做，不太熟悉，你就看着吧，一回生二回熟，我保准让你惊艳。"

宝宁沉默地听着他吹嘘。

裴原继续道："不说别的，就说这刀，爷开始玩刀的时候，你还没出生呢，剁棵菜还不是轻而易举？我以前见过宫里的厨子切菜，学了一点儿皮毛，瞧着吧，让你见识见识什么叫好刀法。"

宝宁看他拿着白菜在手里掂，一副跃跃欲试的样子，心里打了个突："你别乱来……"

裴原左手把白菜放在案板上，右手稍微活动了一下，运足力气，提刀便砍。

宝宁被吓得闭上眼睛。只听见"咔"的一声，随后"嘭"的一声巨响，宝宁再睁眼，就看到半截白菜和半截案板已经一起掉在了地上。

宝宁心疼不已："我的案板是梨花木的。"

裴原撇了撇嘴："不结实，明儿个用石头给你弄一个。"

"你别添乱啦！"宝宁穿鞋下地，把他手里的刀夺了过来，推着他到一边坐好，"我可没有第二块案板供你折腾。"

阿黄被刚才的声音吓精神了，也不睡了，抱着地上的半棵白菜舔，用两只前爪抱着，和白菜一起在地上翻滚。

外头的鸡、鸭瞧见，觉得有趣，冲进来和它抢。

本就不大的屋子被弄得乌烟瘴气，一地狼藉，宝宁看向裴原，见他一脸无辜的样子，批评的话也说不出来了。

"出去闹。"裴原拿着拐杖戳了阿黄的屁股一下，"没看见主子生气了吗？再折腾，一个个都没好果子吃，别让爷也跟着吃挂落儿（吃挂落儿，方言，因某事使自己受牵连）。"

阿黄"嗷呜"了一声，屁股往前一缩，推着白菜滚了出去。鸡、鸭一拥而上，不多时，外头传来惨叫声。

宝宁往外看了一眼，阿黄已经落败了，白菜也不要了，夹着尾巴往后院逃去。那里有一小片黄瓜地，黄瓜架底下又清凉又安静，它平常就爱往那儿钻，现在许是去疗伤了。

裴原拿了个碗，站在宝宁的身边："我帮你打鸡蛋。"

宝宁回头看他，指了指角落里的小坛子："鸡蛋在那里。"

她不想打击裴原做饭的积极性，他愿意帮忙是好事，她虽然喜欢忙来忙去，但也希望裴原能陪她一起，他们一起努力经营，家才更像家。

前提是他别再祸害她的东西。

宝宁把鸡蛋和碗都放在炕桌上，扶着裴原到一边坐好，让他歇歇腿。

她教他："你就捏着鸡蛋，在碗边轻轻地磕一下，然后这么一掰，就可以了。是不是很简单？"

"我还以为有多难。"裴原又开始吹嘘。他就没谦虚过几次。

宝宁无奈地道："你先试试。"

裴原下一秒就捏碎了一个蛋。

他并不觉得尴尬，把蛋壳往地上一丢，将手上黏稠的蛋液都抹进碗里："别嫌弃，不干不净，吃了没病，我再给你弄几个。"

宝宁一个头两个大。她觉得裴原是真的没有这方面的天赋，他的手指像擀面杖一样硬。

"不能吃，脏死了。"宝宁端着碗到外头去，把蛋液倒在鸡食盆里，那边抢白菜的鸡瞧见动静，又飞奔过来啄。

裴原看着她的举动:"啧啧,让鸡吃鸡蛋,你好残忍。"

宝宁无言以对,看了他半晌,憋出一句:"你没常识,还很自得呢。"

裴原趴在桌上笑,脑袋侧枕着胳膊,偏头看她。

宝宁很难见到他这么高兴,以往他就算笑,也只是稍微勾一下唇角,不像现在这样,鼻子、眼睛和眉毛,每一个部分都活了起来。

宝宁不自觉地跟着他笑。

裴原又连着捏碎了五个鸡蛋,觉得问题出在鸡蛋上,怪鸡蛋壳太脆,又去拿鹅蛋练手。鹅是宝宁新买的,就看中它的个头大,没想到它中看不中用,下蛋特别费劲儿,半个月才下一个,还疼得"嗷嗷"叫。

宝宁心疼,不让裴原弄,但他执着劲儿犯了,偏要弄。

鹅蛋最后还是被裴原捏得粉碎。

鹅蛋多金贵呀!宝宁舍不得喂鸡,狠了狠心,炒着吃了。

这顿早午饭一共有两个菜,一个蒜苗炒鹅蛋,一个干炸小丸子,还有一碗雷打不动的红枣枸杞汤。

裴原一边吃一边笑话宝宁:"你还嫌弃我的手脏呢,不也吃得喷香,还跟我装干净?"

他长了一张损嘴,不高兴的时候出口伤人,现在高兴了,说话也不中听。宝宁觉得自己早上和他哭闹一场,力气都白费了。

宝宁瞪了他一眼,将菜碗往自己这边挪:"爱吃不吃!"

"我错了,错了,你别生气。"裴原去哄她,用手指抹去她唇角的饭粒,顺便送到自己的嘴里。

宝宁脸皱成了一团:"你恶不恶心呀!"

"不恶心。"裴原冲她挤眼睛,"是甜的。"

宝宁被裴原带坏了,也学会了挤对人:"瞧你的样子,还皇子呢,一点儿都不端庄矜持。"

"身份是给外人看的。"裴原夹了一个丸子送进她的嘴里,语调暧昧,"在你的面前,我就是你的爷们儿。"

不知道他从哪里学来的村野土话。

宝宁的段位太低,丸子的咸香滋味化在嘴里,她眼睛眨了眨,脸颊也红了。

裴原看着她肩头的辫子,她很喜欢这样梳,简单又好看,头发蹭在脖颈处的感觉也很好,酥酥痒痒的。她在发尾处系了根红色的发绳,发梢被风吹得飞起来。

宝宁坐在那里,娇羞可爱,一副小女儿情态。

裴原没想过自己会有今天,不需要大富大贵,生活中只有简单的柴米油盐,碗碟碰撞间不乏情趣。

他很自负,也高高在上惯了,即使做错事,也没和谁道过歉。

他昨晚本想和宝宁僵持到底的,但早上睁眼后,瞧见宝宁忙碌的背影,才忽然觉得自己不对。

她那么瘦,那么轻,腰那么细,怕是他用两根手指就能折断。他一个大男人,体格上已经占尽优势,性格上怎么就不能低一下头?

他本以为道歉很艰难,可话出口才知道,其实挺容易的,她也很容易满足。

这样的日子也挺好的。

两人吃了饭,鸡、鸭、鹅都喂好,到了休息的时候。宝宁拉着裴原去后院的菜园子歇凉。

菜园子不大,但里头种的菜种类丰富,东边种了两垄小葱,隔壁是白菜、韭菜和小柿子,再往西去,是阿黄最喜欢的黄瓜架。

北院背阴,没有南院那么暖和,但也不冷,风吹过来,凉飕飕的,很舒服。

宝宁垂着眼给自己修指甲。

裴原躺在躺椅上,胳膊底下夹着软乎乎的狗。他捻着它的胡须,揪起一根往阿黄的鼻子上蹭。阿黄边躲边打喷嚏,由于被裴原桎梏着,逃也逃不掉,羞恼地低吼。

"别闹了,把手伸给我。"宝宁用胳膊肘碰了裴原一下,手心朝上,等着他的手,"我帮你也剪剪。"

"终于轮到我了,等了你好半晌。"裴原把左手搭到她的手心上,嘱咐道,"使劲儿剪,光秃秃的最好,我最烦长指甲了。"

宝宁拿着大剪子"咔嚓咔嚓"空剪两下,抿唇笑了下:"你自己说的,剪狠了可别怪我。"

裴原扬起眉梢:"我是那样的人吗?男子汉大丈夫,一口唾沫一个钉。"

他勾着阿黄的下巴:"小狗儿,你说是不是?"

阿黄不喜欢这个称呼,扭着屁股,不理裴原,裴原去揪它的毛,微微勾唇。

宝宁捋顺他的手指头:"又说土话,不知道在哪里学的。"

"在军营里啊,以前在北疆军营的时候,那些兵来自天南海北,说的话比这个还浑。我最开始还不屑,后来习惯了,觉得这么说话也挺舒服的。"裴原侧头和她唠家常,"你听着舒服不?"

宝宁只顾着手上的活儿,没空理他,附和着:"舒服,舒服。"

裴原摸了摸鼻子,不再自讨没趣,将视线转向宝宁的菜园子。这里他以前没来过几次,不知不觉间,那些菜苗已经长得挺高了,一眼望去绿油油的,赏心悦目。就是墙角有一丛不知名的野草，他看着碍眼。

裴原问："那是什么，怎么不铲掉？"

"果子，秋天熟了后能吃。"宝宁瞟了一眼，低声应着，又抱怨道，"你的指甲真难剪，好硬，以后还是你自己剪吧。"

裴原自动忽略掉后半句："什么果子？有名字吗？"

"叫菇娘，没熟的时候是青色的，摘下来慢慢地挤出里头的瓤，可以做成小哨子，吹起来很响亮。果实熟了之后，像柿子一样，是橙黄色的，个头很大，又酸又甜。"宝宁心思在他的指甲上，"你的指甲以后还是要用温水泡一泡，软一点儿才好剪。"

她一只手抓着裴原的手指，另一只手用力一剪。

"疼疼疼！"裴原"哒"了一声，缩回手，仔细看了看，没出血，偏头去抓宝宁的耳垂，"真的下狠手啊你！你这是要杀夫吗？"

宝宁的眼睫颤了颤，她有点儿心虚："你自己说的……"

"嘴硬？"裴原把剪子扔到地上，一把将宝宁抱过来放在腿上，两指捏她的腮。宝宁的嘴唇嘟起来，裴原眯着眼笑，轻轻地咬她的下唇："还敢不敢？"

邱明山来的时候，正好看见这一幕。

前院空荡荡的，没有人影，他喊了几声。无人应，他心里着急，怕裴原出事，往后院来找，就看见人家小两口儿在玩闹。

邱明山尴尬地站在原地，想悄无声息地走开，却已被阿黄发现。

"汪！"

裴原和宝宁同时回头。

宝宁又惊又羞，赶忙从裴原的腿上下来，不安地抚平裙摆，手足无措地站在那儿。

裴原则瞬间沉下了脸，眼里闪过一丝厌烦之色。

"我……"邱明山张了张嘴，握着剑鞘的指尖不自然地收紧，"我先出去，等会儿再来。"

"不用了。"裴原冷淡地开口，"有事就在这里说吧。"

"这……好。"邱明山迟疑了一瞬，不过裴原肯和他好好说话已经相当难得，他非常知足，配合地走到裴原的身边，宝宁给他让座。

裴原给宝宁介绍："护国将军——邱明山。"

宝宁弯唇笑了笑。

"我的夫人——季宝宁。"

裴原介绍宝宁的时候，她分明看到邱明山的眼睛亮了一下，他搓了搓手掌，不住地说："好孩子，好孩子……"

他去摸自己的口袋，有些拘谨："我来得急，没带什么见面礼，以后给你补上，宝宁，你不要见怪。"

他摸出一块玉佩。

"你若不嫌弃的话……"邱明山笑着将玉佩递给宝宁，"便收着。"

传闻中，护国大将军杀伐果决，征战沙场二十余年，立下战功无数，与匈奴对战，从无败绩，是个威名赫赫的人物。宝宁本以为他应该是严肃的、不苟言笑的，一身威严气派，没想到他竟然如此和气，这让她惊讶不已。

只是这块玉佩她不知道该不该收，就看向裴原。裴原本来面无表情，待瞧见那块玉佩上的花纹后，眉心一皱，替她做了决定："传给你家儿媳妇的东西，你让宝宁怎么收？多谢将军，心意我们领了，但东西请你收回去。"

邱明山的心思被戳穿，手攥成拳，他将玉佩藏在手心里，冲宝宁笑了一下："行，下次……下次伯父寻个更好的礼物送给你。"

他笑得有点儿勉强。宝宁察觉出气氛古怪，不敢多留，应和了几句，便寻了个由头要走："我去沏茶。"

她刚走两步，裴原忽然抓住她的手腕："将军带了兵来吗？"

邱明山颔首："带了一小队人马。"

裴原的神情放松了一些，他侧身看向宝宁，低声道："在院子里待着，别走远。"

宝宁这才明白过来，他是怕那日之事再次发生，在确保她的安全。她心一暖，笑着应了句"好"，便福身告退。

邱明山看着她走远，将手腕放在膝盖上，轻声道："是个好姑娘……"

"不劳将军费心了。"裴原打断他的话，脸上笑着，眼里却没什么情绪，"将军这次来，是有什么事吗？"

裴原仍在抵触邱明山。邱明山眼睛有些湿润，自从那件事被撞破后，裴原和他大打出手，随后不顾天未亮，独自骑马回京，连句道别的话都没和他说。

他们再次见面就是几天前，裴原求他帮忙找人。

今日这块玉佩，若是放在以前，裴原定会大笑着让宝宁收下，他们本就亲如父子，如今却连笑脸相迎都成了假象。

邱明山收敛情绪，提起今日的正事："巴蜀军的虎符丢了。"

裴原猛地坐直腰。

巴蜀军原本归裴澈掌控，虎符也在裴澈的手中。一年前，南方有战事，裴澈携虎符去监军，于战事平息后就回京了，虎符仍然留在军中，交由副将周江成保管。后来裴澈犯错入狱，接着失踪，巴蜀军换将，新任将领就是周江成。按理来说，虎符应该就在周江成手中，如今怎么不见了？

邱明山道："前太子回京的那日，虎符便没了，但周江成不敢上报，自己将这件事情压了下来。几天前有人来报，说南蛮又要进犯，周江成瞒不住了，才传密信告诉我。"

裴原咬牙道："简直是个废物！"

"我来的路上思前想后，若真的有贼人偷虎符，是为了什么？虎符一分为二，一半在主将手中，一半在圣上手中，就算那人手中有一半虎符，也无法调动军队。"

裴原道："除非边境骚乱，朝廷需要出兵进攻，圣上将另一半虎符也赐下。"

邱明山摇头："但这样也说不通，他就算能够调动军队，也只能迎敌。巴蜀军是前太子一手带起来的，就算那个贼人真的存了篡位的心，想带兵攻打京城造反，那些副将没有一个会任由他调遣。"

裴原眯起眼睛："虎符丢了，周江成定会被问责，那些原本服从于前太子的副将也会被问责，不出意外，巴蜀军的将领将会大换血。所以贼人的真实目的就是……"

两人异口同声地道："夺兵权。"

裴原问："周江成有怀疑的对象吗？"

"他不确定。"邱明山叹气，"前太子返京的那晚，军中欢聚，他酩酊大醉，不记得谁进了他的营帐。"

"成事不足，败事有余！"裴原眼中满是怒火。

邱明山皱眉道："但有一人过分可疑。"

裴原问："谁？"

"周江成的姿室，名叫绿云。听他说，绿云在虎符丢了后的第三天就得病死了，怎么会如此蹊跷？但周江成极喜爱绿云，拿人头向我保证，绿云不会做背叛他的事。我也只是猜测而已。"

裴原抓住了邱明山话中的重点："他回京了？"

邱明山点头："就在我的府里。"

裴原还未开口，邱明山继续道："原儿，我知道你与我有隔阂，但裴霄已经有了动作，我怕你再居于此处，他会对你不利。这荒山野岭，连人烟都没有，他若真的想下手，你武功虽强，但双拳难敌四手。何况，你已经成婚了。"

邱明山劝他，心中带着希冀："不如就和以往一样，你暂且借住在我的府邸如何？"

邱明山是傍晚才走的，宝宁不知道他和裴原说了什么，竟然说了那么久，见天色晚了，想留他吃晚饭，但他婉拒了。

裴原的神色一直很平淡。

已经到了掌灯时分，宝宁的饭早就做好了，闷在锅里。菜也已经洗好、切好，就差下锅炒了。

阿黄围在她的身边上蹿下跳，把放葱的碟子都打翻了，宝宁拍了它的屁股一下，去后院里拔小葱，回来就看见裴原坐在炕上，手里摆弄着一个盒子。

盒子带锁，他拿着一把小钥匙，在那儿又戳又捅，就是不把盒子打开。

宝宁本来没想管他，洗了手就开始切葱花，屋子里响起刀刃与案板碰撞的声音。裴原看了她一眼，放下手里的东西，朝她走了过去。

宝宁先他一步躲开："哎，别碰我，刀刃会伤到手，我害怕。"

"就让我闻一闻。"裴原把她手里的刀拿走，从身后环住她，鼻子贴在她的脖颈间，深深地嗅了一口。

宝宁笑着挣扎："痒死了……快放手。"

裴原低低地笑，宝宁转身，将手指放在他的鼻子底下："让你闻个够。"

裴原皱着眉偏头："葱味的，真辣。"

"那还不赶紧走。"宝宁把手缩了回来，眼睛亮亮的，耳根泛红。

她和裴原已经很熟悉了，但对于这种过分亲近的肢体接触，她仍感觉有些不适。

她抓起小铲子赶人："你再在这里讨人嫌，晚上就没饭吃了。"

"你喜欢这里吗？"裴原忽然换了个话题，"这个地方挺偏的，荒郊野岭，人影没几个，蛇虫鼠蚁倒是不少，昨晚大梁上有耗子跑，你听见声音没有？"

宝宁打了个哆嗦："要吃饭了，你说这些干什么？怪硌硬人的。"

裴原正色道："我就是觉得，这个地方不太适合人住。"

"我们这几个月不也住得好好的？"宝宁意识到他话里有话，"你想搬走吗？"

裴原"嗯"了一声："其实刚来的时候，我瞧着这个地方就不太满意。只是我当时心灰意冷，想着就这么凑合着过算了。现在不行了，我好得差不多了，咱们也不是没条件住更好的地方，为什么要在这儿受委屈？"裴原冲她打温情牌，用鼻尖去蹭她的额头，"我带你去更好的地方，带你享福去。"

宝宁用双手抵住他的肩膀，与他拉开距离："我不觉得住在这里委屈，咱们不是过得挺好的？这里什么也不缺，什么都有……你为什么突然说要搬走？裴原，你是不是没和我说实话？还是刚刚邱将军与你说什么了？"

裴原道："这里不安全。"

宝宁的眉头拧了起来，她想起了之前遇见的徐广、冯永嘉、裴霄。纵使不愿，但宝宁还是得承认，这里确实危险，若真的出了事，没有人可以帮他们。

宝宁看着裴原，心里残存着一丝希冀。她其实早就想说了，他们可以一起远离京师，到一个偏僻些的小村子，隐姓埋名，做一对普通夫妻。他们可以日出而作，日落而息，不去想那些争权夺位之事，平淡而自在地过日子。

这是她的愿望，她一直没对裴原说，是怕他不愿。裴原出身高贵，过惯了富足的生活，让他舍弃一切陪她走，未免太强人所难，她一直在等一个机会。

现在她好像等到了。

宝宁小心翼翼地问："你想搬去哪里？"

裴原道："将军府如何？"

宝宁大惊失色："我们自己有家，为何要寄居在别人的府邸里？这未免太过荒谬！"

期望与现实的落差太大，宝宁的心跳得厉害，她垂着眼皮，压下心头的不悦："我不想去。"

裴原安抚地拍了拍她的背："只是借住而已，等以后局势稳定了，我们就走。"

"裴原……你想做什么？"宝宁有些慌神，"我们为什么要去将军府？我们离开京城不好吗？天大地大，哪里不能安家，为什么偏偏要和将军府扯上关系？你比我懂，你这是在往火坑里扑……"

宝宁直愣愣地看着他："难道你想要那个位子吗？"

"没有。"裴原回答得斩钉截铁，宝宁听了，稍微放松了一些。

裴原察觉到宝宁的慌乱，叹了口气，将她按到自己的怀里："有些事一定要解决，我不能就这么带着你走，不然后患无穷。"

宝宁眼圈红了："我不想走。我不想住在别人的家里，我的菜园子怎么办？还有我的鸡、鸭、鹅、狗。"

"我们会回来的。"裴原捧着她的脸，"而且我们只是换个地方住而已，你就当进城转了一圈，什么事都不要操心，该吃吃，该喝喝，最多半年。之后你想去哪里，我都陪着你。"

宝宁说："我想看雪，鹅毛大雪，听说西北的雪能埋到膝弯处。"

"塞北我熟啊！以后咱们就在那里安家，我带你滚雪球，好不好？"裴原哄着她，声音轻柔。他又道："你若喜欢，咱们在后院养狍子，那玩意儿可傻了，让它陪你玩，一跳一跳，又呆又笨，"裴原贴着她的脸，"就像你一样。"

"我才没有。"宝宁破涕为笑。

她心里仍然有些难受，但接受了裴原的提议："我们什么时候走？"

裴原直起腰："明天。"

宝宁低声道："那么快啊……"

这顿晚饭两人吃得食不知味，吃完饭，宝宁洗好碗筷，检查了一遍鸡舍的篱笆，给赛风添了一些草料，抱着阿黄回了屋子，再去看她的那缸水蛭。

水蛭的卵茧颜色仍旧正常。宝宁叹了口气，有些担心。以后若是离开了这个小院子，没了那条小河，她去哪里给这些小水蛭挖塘泥、捞田螺呀？

院子虽小，但也是她一点点地经营起来的，突然要离开，她很舍不得。

裴原看着她那副怏怏的样子，给她讲笑话。可他讲得并不好笑，宝宁听不懂，坐在一旁嗑瓜子。裴原自讨没趣，也不说了，陪着她一起嗑。

快子时的时候，两斤瓜子终于嗑完了，留下了不少瓜子皮。宝宁把瓜子皮都塞进了灶膛里。

看着火苗蹿起，宝宁拍了拍手上的碎屑，觉得心里舒服多了。

裴原笑着看她："你这是什么怪癖？"

宝宁说："瓜子是我自己炒的，但是带一大兜瓜子走显得丢人，我又舍不得扔，干脆今天都吃了。"

"等过几天上火，你可别后悔。"裴原拽着她的手，拉她上床，偏头吹熄了灯，"好了，睡吧。"


第二天，邱明山早早地派人来接。

宝宁收拾屋子，大件的东西带不走，零碎的东西也无须带走，邱明山那里什么都有。收拾到最后，宝宁只拿走了几件衣裳，以及她的水蛭，还有一只狗。

宝宁忽然想起，当初她嫁给裴原的时候，也像现在这样孑然一身。

两人坐在马车上，宝宁看着裴原，神情颓丧："我的小柿子要烂在地里了，还有我的鸡，不知道会被谁吃了。"

"不会的，我托人把你的那些鸡、鸭、鹅都接走了，好生伺候着，给它们养老送终。"裴原揉搓着她的指尖，"你若是想看，随时可以去看。"

宝宁沉默了片刻："倒也不至于……"

宝宁掀开帘子看外头的风景，一路走过来，车外是很纯粹的山间景色。她贪恋地看着，记着裴原答应她的话——不出半年，他会解决这里的事，带她到塞北去看雪。

因为不想引起太多人的注意，所以他们从将军府后的小门进了府。邱明山子女多，府邸大，有许多空余居所，宝宁选了个偏僻的院子，叫清香阁。为了照顾她，裴原给她寻了个年长的仆妇，姓刘，宝宁叫她刘嬷嬷。

清香阁中间有一棵大石榴树，已经开花了。这里没什么人经过，很安静。

住在这里也有好处，离她的娘家很近，虽然很难见到姨娘，但她可以时常看见季蕴。

将军府的生活虽然不差，宝宁每天衣来伸手，饭来张口，很清闲，但也失去了许多乐趣。

裴原骤然变得忙碌了起来，宝宁不知道他在忙些什么，他不肯说，她也不好追问。宝宁担心裴原的身体，他却停不下来，看着他眼下的乌青越发浓重，宝宁很着急。但两人说话的时间变得很少，前段日子短暂的柔情蜜意似乎已成为过去，日子变得枯燥起来。

太阳从屋脊处露了个头，地面被镀了一层金光。

宝宁和裴原坐在屋中吃早饭。

刘嬷嬷备的膳，许是受过嘱托，她尽心尽力，知道宝宁喜欢吃河鲜，裴原爱吃肉，不过是早饭而已，还是弄了满满一大桌子，很丰盛。

宝宁看着裴原埋头扒饭，他舀了一勺肉汤浇在白饭上，用筷子戳几下，连带着肉块一起往嘴里扒。

"好吃吗？"宝宁轻声问他。

裴原顿了一下："一般般，比起你做的差远了。"

他这么说，宝宁心里高兴了不少："院子里没有小厨房，主厨房又离得太远，不方便去，等以后有机会了，我再给你做。"

连着七八日，裴原都是天蒙蒙亮就走，夜深了才回，他们一整日也说不上两句话。来邱府这么久，还是头一次，两人这么不急不缓地一起吃早饭。

生疏了几天，宝宁一时间不知道该和他说什么了。

她本就是个不太会说话的人，原先裴原主动，她可以配合，现在他忙起来，两人之间或多或少变得生疏了一些，不如以往亲近了。

"我最近有点儿事，冷落了你。"裴原好似看出了她眼中的疑虑，放下筷子去抓她的手，"等过了这阵子，我带你回娘家一趟，见见你的姨娘，好不好？"

宝宁笑了一下。

"我今晚尽量早点儿回来。"裴原给她剥虾。他的手法娴熟，虾尾巴皆完好无损，他又蘸了酱料喂到她的嘴里。

看着宝宁咽了下去，裴原站起身："我走了。"

"这么快啊！"宝宁有些失望，起身去送。

看到院外已有人来接，她忽然想起了什么，唤一声："裴原……"

裴原向后挥了挥手，与那人会合，转了个弯，不见了。

刘嬷嬷上前低声问："小夫人，厨房炖的补汤还送不送？"

宝宁摇头："不用了。"

她站在门口，又看了一眼裴原离开的方向，随即走回屋子。

其实，这样的状况宝宁早就料到了。

裴原不可能一辈子寸步不离地陪在她的身边，不可能一辈子陪着她鼓捣那些没什么意义的、只有姑娘家喜欢的琐碎东西。他是个男人，有自己的追求和事业，他们生来就是背道而驰的。

只是她没想到这一天来得这么快。明明前几日，他们还会腻在一起说些家常话，可是现在，他连跟她吃饭都只匆匆扒几口。

宝宁知晓，这是一个她必须去平衡，又很难平衡的问题。

她如今更担忧裴原的身体。他对他的身体似乎毫不在意，毒没发作时，不疼不痒的，仿若没事人。但依照裴原现在的状态，何时毒发，谁又能说得准呢？况且他的腿也不适宜长时间地走动。

另外，宝宁心底更深处还隐匿着某些想忽略掉的情绪，那就是裴原现在没那么需要她了，他们不再如最开始那样相濡以沫、唇齿相依。宝宁懂得男人的劣根性，就像她的父亲一样。她不敢确定裴原以后会不会也变成那样，如果他真的想纳妾，她要怎么拒绝？她拒绝得了吗？

如果真的有那一天……宝宁想，她不会再留在裴原的身边。

阿黄低低的叫声打断了宝宁的思绪，她低头，对上了它那双湿漉漉的眼睛。

"吃饱了吗？"宝宁弯唇笑，俯身将它抱在怀里，鼻尖贴着它的额头。

刘嬷嬷道："今早阿黄吃的是肉糜粥，里头还加了熟鸡肝和鸡蛋，它吃了一大碗呢！"

"吃得这么好啊！"宝宁揉了揉阿黄的脑袋，"高不高兴？"

阿黄叫了两声。

宝宁没再说话。

她来到这里后，情绪一直不高。许是像裴原说的那样，她临走前嗑了太多瓜子，有些上火。离开了她的宝贝院子，她做什么事都提不起劲儿来。

况且这里也没什么要她做的，邱明山生怕怠慢了他们，每日都有人来洒扫、送饭，她除了吃就是睡。

刘嬷嬷站在一旁，想和宝宁说说话。裴原嘱咐过她，让她陪宝宁解闷，但是宝宁明显不愿开口，她便也就作罢了。

宝宁抱着阿黄在小院里转了一圈，看了一会儿石榴花，仍觉得兴致不高。

直到路过柴房时，看到堆得高高的木柴，宝宁才终于找到事情做。她遣了刘嬷嬷出去，自己一个人待在房里刻木雕。

宝宁是有些手艺在身上的，原先在国公府时，在厨房干活儿的张嬷嬷家的男人是个木匠，一手木工活儿做得出神入化，宝宁背着姨娘跟他学过好几年。

而且她本来就手巧，画得一手好画，还喜欢琢磨，很快便出师了。

张嬷嬷说，可惜她是个女儿身，若是个生在村野的男子，靠着这手艺，肯定能赚大钱，说不定还能讨三四房妾室。

宝宁专注于手里的活儿。她没什么想刻的东西，随心所欲，一刀下去，凭着感觉刻下一刀。

一晃两刻钟过去了，宝宁手里的木头有了雏形，是个男子的背影，宽肩窄腰，着一身玄色长袍，手里提着剑。宝宁本来没认出这是谁，仔细地瞧了瞧，木雕渐渐与早上裴原离开时的身影重合。宝宁一滞，忽然觉得脸上一阵发热。她怎么又想起他来了？

她定然是闲的！

宝宁将木雕从窗户扔了出去，又挑选了另外一块不错的木头。这一次她想好要刻的东西了——她要刻一个阿黄。

阿黄趴在窗台上睡觉，懒洋洋的，倒是很配合，宝宁把它和院里的石榴树刻在一起，过了半个时辰，终于刻好了。

画面很唯美，石榴树下有一条睡着的狗儿。

宝宁满意地笑了，把成品放在手心，正端详着，忽然听见身后传来小女孩惊喜的叫声："姐姐，你好厉害呀！"

宝宁被吓了一跳，赶紧回头，就见刘嬷嬷在捂小女孩的嘴："七姑娘，让你不要说话，安分地看着便好，瞧你，打扰了夫人！"

七姑娘表情怯生生的："嬷嬷，我不是有意的……"

刘嬷嬷连忙向宝宁道歉："夫人，奴婢曾是七姑娘的乳娘，她经常来找奴婢玩。今日瞧见您在做木雕，七姑娘好奇，奴婢就做主留她看了一会儿，还请您恕罪，我们这就走。"

宝宁笑着说了句"无事"，刘嬷嬷松了口气，护着怀里的小姑娘往外走。

宝宁没有留客，对将军府的人还是有些戒备。其实也算不上戒备，她只是不想接触对方。她是个谨慎小心的人，最怕麻烦，与邱将军的女儿交好，并不是一件多么有益处的事。

七姑娘看起来很难过，但是并没有多说什么，小声地对宝宁告了辞，跟着刘嬷嬷往外走。

七姑娘转头的瞬间，宝宁注意到了她的脸。刘嬷嬷一直用宽大的袖子挡着她的脸，刚才刘嬷嬷的手放下，宝宁才发现，她的右脸上竟然有一块很大的鲜红色胎记。

她是个很漂亮的女孩子，看起来只有八九岁，但这块胎记把整张脸毁了，也把她的自信毁了。

"哎，等一下。"宝宁鬼使神差地开口唤住了她们。

她果真是个心软的人，瞧见女孩可怜的一面，就动了恻隐之心，把刚才的思虑都甩在脑后了。

七姑娘看向她，眼睛亮了一下："姐姐？"

宝宁冲她招手："你喜欢这个小玩意儿吗？你若喜欢，我便送给你。"

七姑娘和刘嬷嬷欣喜地对视了一眼，朝着宝宁跑了过来。

有了七姑娘的陪伴，宝宁的这个下午过得很轻松。七姑娘名叫邱灵雁，是邱将军正妻的小女儿，性子很好，只是因为脸上的胎记有些自卑，笑起来有些羞怯。

相邻而坐时，她会坐在宝宁的右侧，把左脸对着宝宁，脖颈也总是稍稍往右偏。

宝宁与她说过很多次不用在意，但她仍然那样，习惯成自然。

许是因为容貌有瑕疵，她虽然是嫡女，但在府里并没那么受宠。

宝宁觉得，她们之间或多或少有一点儿相似之处。

"姐姐，我的小镯子坏了，你可以帮我修一修吗？"

吃过晚饭，邱灵雁仍然舍不得走。她在一旁看着宝宁收拾桌案上的木头碎屑，踌躇了半晌，小心翼翼地提出了这个请求。

"什么样的小镯子呢？"对待这个小女孩，宝宁很有耐心，"若是玉的，怕是不行。"

"金的，可以吗？"邱灵雁睁大眼睛，"是我刚满月时爹爹送的，但是前段时间被姐姐刮花了。"

宝宁讶异："这么重要的东西，你姐姐为什么要弄坏？"

"是我先弄坏了她的东西……"邱灵雁委屈地吸了吸鼻子，"前段时间，圣上赐婚，六姐姐不太喜欢那个人，但又没办法，心情很不好。我手笨，去找她玩的时候，打碎了她房里的瓷瓶，六姐姐生气了，就刮花了我的镯子。"

宝宁叹气，但这是邱明山的家事，她不好评论什么，摸了摸邱灵雁的脑袋："你拿过来，姐姐给你看看。"

镯子果真被刮花得很严重，像是被按在石头上磨过，花纹已经模糊不清，但可以看得出是很奇特的花纹，像是大雁，市面上难以买到。

宝宁拿着看了半晌，蹙眉道："只能把镯子熔了重新打造。"

邱灵雁有些无措："如果这样的话，镯子还能恢复原样吗？爹爹已经回来了，我怕他问起这件事。"

"可以将花纹誊到纸上，再刻上去，但我只有八成把握。"宝宁问，"你想试试吗？"

邱明山的书房里,裴原手里掂量着周江成花了半个月时间找人锻造的虎符,冷笑着掷在地上。

"你当我是傻子,还是当圣上是傻子?这种粗劣的东西,就算是个瞎子也能摸出是假的!我劝你还是自己向圣上请罪,丢了虎符,罪名还只是玩忽职守,若让人看出你弄了个假的来,那就是欺君之罪,诛了你的九族都不够。"

虎符丢了,南蛮又筹划着进犯,事情已迫在眉睫。周江成在追踪虎符下落的同时,也要考虑退路,若真的找不到,最好的办法就是重新锻造一个,能瞒天过海最好,瞒不了,也能撑上一时。

只是这件事太私密,京中的能工巧匠虽多,却不可随便请人,若泄了密,事情会更麻烦。

周江成听了裴原的话,脖子一梗:"我死便死了,大丈夫不怕那一刀,只是可惜了巴蜀军,前太子培养了七年的心血,若换了将领,相当于拱手让人!"

邱明山道:"事到如今,说气话也没用,还是尽快想对策为好。"

周江成眉头紧锁,将手指插进发间:"问题是,要去哪里找既信得过,又能锻造一个逼真的虎符的工匠?"

今晚,宝宁等到快子时,裴原也没回来。

等他的这段工夫,宝宁把白日扔到窗外的木雕又捡了回来,将其正脸也刻好了。她下了不少功夫,成品惟妙惟肖,就像个缩小版的裴原。

对于裴原这段时间的忙碌,宝宁虽有些不自在与失望,但还是支持的。裴原有自己的追求,她作为妻子,理应支持。

所以宝宁一直等着他,给他准备了这个小惊喜,就是希望他回家后能高兴一点儿,觉得自己并不是在孤军奋战。

她想得挺好的,但是裴原没回来。

他夜不归宿,甚至都不告诉她一声。

说不在意、不难过是假的,宝宁胡思乱想了一整夜,第二天早上醒过来的时候,脑子还是晕的。

刘嬷嬷给她送来洗漱用的水,瞧见她的面色不太好,关切地问:"夫人昨晚没睡好吗?"

宝宁去摸裴原那一侧的被褥,一片冰凉,一丝褶皱都没有。她虽然已经确信他没回来,但心里还是存了一丝希冀:"四皇子今天出去得很早吗?"

"没有。"刘嬷嬷茫然地摇摇头,"奴婢今早没见到四皇子。"

宝宁的心沉了下去。

她轻轻叹了一口气，不再想那些，将头发松松地绾起，穿衣起床。

在经过梳妆台时，宝宁看到了自己昨晚为裴原刻的小木雕。她抿了抿唇，抓起它丢到妆奁的最底层，上了锁。

她过着按部就班的生活，先查看了小水蛭的情况，喂了它们一些吃的。水蛭已经孵出很多了，虽然死了不少，但活着的精神很好。

宝宁挨个儿数了一遍，只有二十六条，比她预想的少很多。

吃过早饭，邱灵雁很早就来找宝宁玩。她在府里没什么朋友，宝宁正好也孤单，她们刚好做伴儿。

镯子已经熔好了，模具是刘嬷嬷从铁器店里买回来的，由两块很简单的铁块拼接而成，中间留出镯子一般宽的缝隙，熔好的金子倒进去就成了长长的柱形。

宝宁拿着小锤子将它敲得更圆润精致些，再将誊了花纹的纸沾湿后覆盖在上头，用刻刀慢慢地雕。

这种工艺对她来说并不难，花纹是重复的，她只有最开始的时候有些生疏，之后便越来越容易。

邱灵雁在一旁和她聊天："姐姐，你的夫君对你好不好呀？"

宝宁轻笑着道："挺好的。"

"他白日是不是很忙？我很想见见他呢，姐姐这么好看，又手巧，夫君一定也很好看，很温柔。"

宝宁手中的活儿顿了一下，她道："嗯，他是挺好看的。"

许是因为昨晚的事，宝宁现在不想提起裴原，一想起他，她的心中就有种淡淡的恐慌和抵触之感。

她介意的不是裴原晚上不回来，他可能忙，或者有其他的原因，她可以理解。但他都没有告诉她一声，这说明他不在乎她，他的心里没有她。

这是最让宝宁伤心的地方。

邱灵雁看出宝宁不愿继续这个话题，揪了揪指甲，另起了个话头："姐姐，你知道我父亲有多少个孩子吗？"

宝宁问："多少个呀？"

邱灵雁说："有十六个呢。我是父亲最小的孩子，也不知为何，在我之后，父亲再也没有要过小孩子了。"

宝宁惊愕。她早就知道邱将军是个多情之人，但没想到竟然如此多情。

邱灵雁继续道："听说是因为父亲最爱的女人去世了，就在我出生的那年。在那之后，他再也没踏足过后院，连母亲的房间都没去过，为此，母亲和父亲吵了好久。"

她补充道:"我是听母亲院子里的丫鬟说的,偷偷告诉姐姐,你要保密的。"

宝宁仍处在震惊的情绪中,点了点头,道了声"好"。

理智上,宝宁知道她不该继续问下去,这是邱明山的家事,她不能掺和,最好也不要知道,但好奇心还是胜了一筹。

宝宁试探地问:"雁子知道那个女人是谁吗?"

邱灵雁摇头道:"我不知道,那是个秘密,我们这些小辈都不知道。只是听说父亲的书房里藏着那个姨姨的画像,他很宝贝,从来不给旁人看。但是他每次从北疆回来后,都会在书房里待上一整晚,把画像拿出来看,还会哭。"

宝宁"啊"了一声,没再问下去了。

她就是觉得奇怪。邱将军这是何种心态呢?他那般喜欢那个女人,却还要纳那么多姨娘,生那么多孩子。等到人家不在了,他反倒守起了清白。

可是这样对那个女人不公平,对那些姨娘也不公平呀!这件事真奇怪。

宝宁又联想到了裴原,等到他功成名就了,会不会也做同样的事?这是男人的劣根性。

宝宁不愿再想了。她把心思收回来,专注于手上的镯子。又过了一个多时辰,她终于雕好了镯子。

宝宁取了一根粗细适中的圆木来,将雕好花纹的柱形金条折弯,捶打了接口几下,镯子就成型了。

成品和邱灵雁原本的那只镯子相差无几。她高兴坏了,跑回自己的院里,把自己舍不得吃的糖果都送给了宝宁,不住地道谢。

宝宁与她一同吃了顿午饭。

裴原依旧没回来。宝宁已不再失望,变得有些麻木。

邱灵雁告诉她,后院厨房的下人们养了一群小奶羊。

"姐姐,我前几天偷偷去看了,那些小羊都好可爱呀,厨房的下人说是养着吃的,等到过年的时候,羊羔们长得肥肥的,就杀掉。"邱灵雁皱了皱鼻子,"太可惜了,有一只小羊还是半个月前刚出生的,眼睛特别好看,就是蔫蔫的,厨房的嬷嬷说它快要死了。"

听到这个,宝宁有了一些兴趣,问:"在哪里呢?"

"就在后院的厨房那儿呀。"邱灵雁邀请她,"姐姐,吃过饭,我们可以一起去看。"

宝宁笑着答应,只是饭还没吃完,就有丫鬟来找邱灵雁。

"七姑娘,六姑娘从庙里回来了,找不到你,正在生气呢,要你回去。"

邱灵雁的肩膀缩了一下,她紧张地放下筷子:"我能再待一会儿吗?"

那个丫鬟语气很和气,但也很坚决:"不可以呀,七姑娘,你知道六姑娘的脾气，若你去得迟了，她会亲自来找你，你想这样吗？"

邱灵雁立刻站起身。

"姐姐，我得先走了……"她冲宝宁道歉，怯懦地问，"我……我明日还可以再来吗？"

宝宁也起身，送她出去，笑着道："当然可以。"

邱灵雁松了口气，转身冲宝宁挥手道别，跟着那个丫鬟离开了。宝宁站在门口，看着她们的背影消失在拐角。

宝宁再回到桌边的时候，满桌子的菜已经凉了。宝宁吃不下去，便算了。

她去洗了把脸，小睡了一会儿，就带着阿黄去看邱灵雁说的小羊。

小羊果真是弱不禁风的模样，也就一尺高。宝宁将小羊抱了起来，小羊软绵绵的，脑袋靠在宝宁的肩上喘着粗气，关节处肿得很大，小腿一颤一颤地抽动。

"这是跛行病，娘胎里带来的毛病。"厨房里的嬷嬷很热络地对宝宁介绍，"它估计活不了几天了，东西也吃不下去，没人有那个精力照顾它，挺可惜的。"

嬷嬷又补了句："而且它还太瘦，就算现在宰了，也不好吃，全是骨头。"

阿黄将前爪扑在宝宁的膝上，脖子高高上扬，凑过去嗅小羊羔的屁股。

小羊冲它晃了晃尾巴，也不知道是痒，还是在打招呼。

那嬷嬷瞧见了，笑着道："这只羊崽除了体弱，倒是没其他毛病，很聪明，聪明得像只狗，也很活泼。"

宝宁摸了摸小羊的耳朵，它的耳朵又长又软，毛茸茸的。

"嬷嬷，这只羊多少钱？我买了，带回去养着。"宝宁让刘嬷嬷拿钱。

厨房里的嬷嬷很惊讶，连忙摆手："不过是一只羊崽子，要什么钱？小夫人若是喜欢，抱走就好了，就算现在想吃也没问题。将军嘱咐过的，让我们尽量照顾好您。"

"还是要给钱的，咱们钱物两清，以后无论这只羊是死是活，你们都不能再找我要啦。"宝宁开玩笑似的，执意付了钱，"但以后还是要拜托嬷嬷，每天给我们送一些羊奶。"

那个嬷嬷很高兴，连声应着："那是自然的，我们以后每日一早就给您送羊奶，保准是最新鲜的！"

宝宁笑着道谢，抱着小羊羔回了院子。

一整个下午，宝宁都和一羊一狗度过。小羊是真的温驯又聪明，带给她很多新鲜感，她连裴原带来的不愉快都忘记了。

屋子里的床是拔步床，就像一个独立的小房间，四面都用镂空的木板封起来，用来上床的那一面还有一扇小木门。床四周挂着床幔和纱帘，外头看不见里面的景象，且木门能上锁。

这是一张让人很有安全感的床，宝宁很喜欢。

吃过晚膳后，宝宁给阿黄洗了澡，用干布擦干，又给小羊擦了蹄子，抱着它们在床上玩。

跛行病大多是由于骨头还没长好，宝宁给了些钱，托厨房的人弄了些骨粉来，掺在小羊喝的奶里，一勺勺地喂给它喝。

羊奶很香，阿黄也想喝，宝宁舍不得，只用手指蘸了点儿，在它的嘴唇上抹了一下。

阿黄生气地呜咽，宝宁把它拨到一边去，专注地喂小羊。小羊喝完了大半碗奶，有了睡意，伏在宝宁的怀里睡着了。

即便心里说着不等不等，但夜晚真的来临时，宝宁心中还是惦念着裴原。

拔步床的门大开着，她坐在床头，能看见桌上的烛火。

蜡烛燃了大半，外头约莫已过亥时了，宝宁困得上下眼皮粘在一起，阿黄已经睡了三觉。

"不等他了！"宝宁抿了抿唇，"嘭"的一声关上了拔步床的门，将被子盖到鼻尖处，闭眼睡觉。

裴原回来的时候，宝宁正迷迷糊糊地睡着。隐约听到响动，她猛地睁开眼，看见了裴原的身影。

她一时没反应过来，以为遇见了贼人，被吓得心脏"怦怦"直跳，一把将裴原推了下去，"哐当"一声锁上了门。

小羊也被惊醒，开始"咩咩"叫。

宝宁刚才用的是全力，裴原本就没有准备，被这么一推，直接从床上摔了下去，四仰八叉地躺在地上。

裴原整个人都是蒙的，过了好半晌才勉强坐起来，咬牙切齿地道："季宝宁，你在发什么疯？！"

他这辈子没被谁推得栽过这样一个大跟头，无论是身体还是自尊，都有些受不了。

裴原坐在地上，狠狠地捶打拔步床的门："季宝宁，你还不给我开门，是不是有点儿过分了？！"

"汪！"

"咩！"

他闹出的动静太大，床上的一羊一狗都醒了，接连出声。

裴原只听出了狗叫，另一种声音听不出来，也联想不到。

宝宁听见他在外头吼："你在床上藏了什么东西？！"

## 第六章
## 裴原犯错哄宝宁

裴原进来时没点灯,整个屋子里黑漆漆的,宝宁坐在床的里侧,听着裴原在外面大吼大叫。

"季宝宁,我数三个数,你赶紧给我把门打开!

"三!

"二!"

数到二后,裴原刻意等了一会儿。听一点儿动静都没有,他有点儿慌。

但他又放不下面子服软,强撑着又拍了拍门,声音更大了几分:"你的胆子肥了是不是?我的话你都敢不听了?我再给你一次机会。"

裴原"嗯"了一声,也不知道是在给谁台阶下,他的手指在空中点了点:"我重新数,三个数数完,你要是还不开门,季宝宁,你给我掂量着办!

"三……

"三,我要数二了。

"二!"

木门突然被拉开,宝宁站在拔步床的脚踏上,居高临下地看着他,眼睛睁得圆圆的:"裴原,你幼稚得像只小狗!"

"你给我注意一点儿说话方式,对谁放肆呢?!"

裴原瞪了过去,面色沉沉地看着她,心里却松了一口气。

幸好她开了门,要不然他还真的不知道该怎么办。他总不能真的将门破开,那样的话,宝宁会有好几日不肯理他,但他又不能低声下气地去求。最好的办法就是让她自己乖乖地把门打开。

裴原不知道宝宁为什么会生气，又为什么将他关在外头。但现在有比这个更重要的事，她到底在床上藏了什么东西？

"让开。"裴原皱着眉站起来，将宝宁拨到一边去，在她的被褥里翻来翻去。那里头什么都没有，裴原心中更疑惑了。

他刚刚明明听见了奇怪的声音，于是又翻了一遍。

宝宁抱着手臂站在一旁，抿唇看着他，一句话也不想多说。

这个人实在是太过分了。夜不归宿，他一句解释都没有，大半夜突然回来，又是捶门，又是骂人，现在还跑到她的床上乱翻。

他还不如别回来，赶紧走才好！

阿黄趴在她的脚边，圆溜溜的眼睛盯着裴原看。

拔步床是一个小房间的结构，里头是床，外头是半步宽的脚踏，还配了小桌子和小柜子，中间是碧纱橱，也就是隔断门。

裴原站在脚踏上，看着被他弄得乱糟糟的床铺沉思了半响，终于觉得自己好像做错了什么。

他其实刚开始也没怀疑宝宁背着他做坏事。他本来是想和和气气地问一句的，是宝宁先甩脸子，把他踹下去不说，还不让他进来，他也只能板着脸，强撑着不低头。

事到如今，裴原有些不自在，心中有类似于后悔的情绪在发酵。但他不肯承认，转过身，冷声掩饰道："怎么还不点灯？"

宝宁不可置信地看着他："这种话你是怎么说出口的呀？未免也太不讲道理了！"

她想起半月前，还在那个小院子里时，裴原和气地抱着她，与她说了很长一段话。大意是他向她道歉，还承诺以后会像平常夫妻一般与她相处，若他有做得不对的地方，他会改。

那时宝宁感动得不行，还以为裴原真的悟了，但瞧瞧他现在的样子，人模人样没两天，又成了酸脸猴子。

"我有什么说不出口的？"裴原正色道，"夫为妻纲，我说话，你就得听。"

宝宁气得指尖发凉。

宝宁原本还会惧怕裴原，今日许是胆子大了，又或者是真的被裴原气到了，连场面话都不和他说了，赤着脚绕开他，一屁股坐在床沿上，用手指着外面："随便你，若是要发疯，到外头去，少在这里烦我。"

裴原冷哼了一声。

又僵持了一会儿，裴原败下阵来，自己去找火石点了灯。

屋子里骤然亮了起来。

碧纱橱后面，小羊将半个脑袋探了出来。它迷茫地看着裴原的背影，裴原转过身，对上它的眼睛。

"我的天，那是什么东西？"

小羊叫了一声："咩——"

裴原半晌没回过神来，眉梢跳动："季宝宁，你最好给我解释一下。"

宝宁红着眼睛看着他："裴原，你不要总是连名带姓地叫我，我很不喜欢！"

她敢和他呛声了。

裴原愣了一瞬，手在身侧攥了攥拳头。他到底还是改了口："宝宁。"

宝宁"嗯"了一声。

她低着头，头发很柔顺地散了下来，披散在肩上。裴原从他的角度，只能看到她光洁饱满的额头，还有略微有些泛红的鼻尖。

她一哭，最先红眼睛，然后红鼻子，裴原领教过许多次，见她这样，心中郁结的火气散得精光，一下变得慌乱和心虚。

"不是，话说得好好的，你怎么又开始哭了？"裴原朝她走过去，坐在她的身边，语气软了不少，"是你先把我踹到地上的，怎么好意思恶人先告状？"

宝宁仍旧垂着头："我不是故意的。我就瞧见一个黑影，还以为是坏人。"

裴原掐着她的下巴，让她仰起脸，瞧她只是眼睛红了，没有泪水，心里的一块大石落了地。

"将军府层层守卫，一只陌生的鸟儿都飞不进来，不会有坏人的。"他已不像刚开始那般咄咄逼人，语气里带着些诱哄之意，"好了，是我不对。下次再这般晚回来，我先敲门，就不会惊到你了。"

宝宁心中想，她果真赌对了，裴原这个人吃软不吃硬，越逆着跟他倔，他的蹄子扬得就越高，不知道会冲你发什么疯。但你若不理他，再掉两滴泪，他便立刻服软。

宝宁低声道："我昨天等了你一夜。"

裴原的注意力被那只小羊吸引了，他没听清宝宁的话，问："什么？"

"你昨晚到底去哪里了？连句口信都不给我带，那么忙吗？"宝宁看着他，"我不知道你在做什么，很担心，等了你一夜，但你就是不回来。"

宝宁问："你觉不觉得自己很过分？"

裴原哑口无言。

他昨天与人商讨要事到很晚，实在疲惫，就没回来，在邱明山的书房里凑合着睡了一宿，忘了知会宝宁。他也想过要不要找人去送个信儿，但没放在心上，一半是因为麻烦，另一半是觉得没那个必要。他没想过宝宁会等他。

裴原更心虚了。他现在冷静下来了，想起自己刚才的举动，搓着手指，不知如何做才能挽回。

宝宁本来也没想着他能有什么悔过之心，就是不吐不快。如果裴原愿意的话，下次再出现这样的事，能告诉她一声，她便知足了。

"你折腾这么久，也累了吧？"宝宁叹了口气，转身铺床，"早点儿歇着吧，明儿个是不是还要早起？"

裴原定定地看着她的背影，忽然伸手抓住她的胳膊："先等一下。"

宝宁已经平静下来了，把枕头拍平，没回头："怎么了？"

"你先把眼睛闭上。"裴原道，"把眼睛闭上，我让你做什么你就做什么，给你看个好东西。"

"故弄玄虚，你直接拿出来就好了。"宝宁弄好床铺，跪坐着看向裴原，"你不累吗？"

裴原唇角绷着："你先听话。"

宝宁无奈地闭上眼："那你快些。"

裴原不自在地咳了一声，背对着她坐下，指了指自己的头顶："你把手搭上来。"

宝宁照做。裴原又去摸她的大腿，宝宁惊呼一声："你做什么？"

"你照做就行，"裴原没好气地道，"别睁眼，跟着我的动作走。"

宝宁抿着唇，放松下来，由着裴原把她的腿往上抬。她闭着眼，不知道裴原要做什么，只是感觉自己的腿好像搭在了他的肩上。

"你到底想干什么呀……"宝宁有些慌神，"你别闹，我害怕。"

"放心吧，摔不着你。"裴原道，"你扶稳了？"

宝宁颤抖地"嗯"了一声。她有些后悔刚才和裴原对着干了。在武力上，她根本没有优势，逞什么能呢？现在她又被裴原骗了。

裴原又去摸她另一侧的大腿，抓住大腿根的位置，把人猛地往上一提。

宝宁惊呼一声，再睁开了眼，发现她正以一个极其尴尬的姿势坐在裴原的肩上，两条腿垂在他的胸前，手指下意识地扒住他的下颌。

她骑在裴原的肩上，像小孩子在父亲的肩上骑大马。

"你再这么挠我，我就把你扔出去！"裴原倒抽一口凉气，"爪子收一收。"

宝宁已经蒙了。裴原说什么，她就做什么，改成用指腹触碰他的皮肤。

裴原用两只手拽着她的腿，保持平衡，稳稳地站了起来。

宝宁的视线骤然开阔，她此刻拥有了巨人的视角，房间里的一切尽收眼底，眼睛向下看，阿黄和小羊正惊讶地望着她。

"我……"宝宁有点儿害怕，但又想笑。颓丧的心情一扫而空，她去摸裴原的脸，不由得笑出了声："你这是干什么呀……"

"老子不是做错了事？在哄你呢。"裴原手向下滑，握住她的脚腕，"你就好好地享受吧，这辈子就这一次，能骑到我头上的人，季宝宁，你还是第一个。"

"又不是我逼你的……"宝宁努努嘴，"再说了，我也不是很生气。"

裴原哼了一声："生不生气，你自己心里有数。"

宝宁更高兴了。

但是宝宁记挂着裴原的腿，不敢多折腾他，赶紧要求下来。

裴原倒是没觉得累，就是觉得有点儿丢人，直到"卸完货"，他的脸还是紧绷着的。

刚才的举动纯粹是一时冲动，他见不得宝宁委屈的样子，奈何嘴拙，说几句甜言蜜语比登天还难，只能出此下策。

他也没心情去管那只羊了，把灯一熄，脸不洗，脚也不洗，往床上一躺，冷声道："睡觉。"

宝宁凑到他的旁边，试探着问："我给你捶捶腿？"

"让你睡觉，听不见吗？"裴原恼怒地拍了一下床，"明日还得早起，再敢出声，我就把你丢出去。"

宝宁习惯了他这副样子，也不在意了，抿唇笑着给他披了披被子，躺到另一侧。

裴原似是真的累了，很快就睡着了，发出轻微的鼾声。

宝宁侧卧着，偷偷地揪着裴原的头发，心想，他们之间还真是奇怪，很长时间没有好好说句话，好不容易见了，不像人家那样浓情蜜意的，竟然吵了一架。

但这也有些好处，他们之间那股淡淡的疏离感没了，像是又回到了在小院时那样的状态，更重要的是，她敢对他说真心话了。

而裴原也确实在一点点地转变。

第二天，宝宁很早就起来了。她与厨房里的嬷嬷算是熟络了，厚着脸皮借了口锅，给裴原做了丰盛的早饭，算是犒劳他这些日子的辛苦。

裴原还在睡，屋子里静悄悄的，宝宁盯了他一会儿，忽然想起了什么，心里"咯噔"一声。

她悄悄地撸起他的袖子，看他手腕上的毒。

果不其然，毒素又蔓延了。

她上次看的时候，有黑线的地方还是拳头般大小，现在已经覆盖了整条小臂，网状的黑线像是有生命一般生长、蔓延。

宝宁的心蓦地一缩,她有种深深的无力感。

她忽然觉得,他们现在像是在粉饰太平,每天像正常人一样生活、忙碌、争吵、和解,但裴原明明就不是个正常人。宝宁不敢想象,如果金丝水蛭没有起到预料中的作用,他们要怎么办……裴原会死吗?

或者,万幸的话,水蛭有用,那他以后会永远笼罩在不知何时会袭来的痛苦中吗?

宝宁忽然觉得喉咙干涩。她抬起手,指尖缓缓地覆盖在裴原的手臂上,想碰触那些可怖的黑色线条。

"别动。"

裴原不知何时醒来了,睁眼瞧了宝宁一会儿,又合上眼睛,扯住她的手腕,将她往怀里拽:"别碰,很丑。"

宝宁侧身伏在裴原的胸前,还是呆呆的样子,裴原将下巴轻轻地搭在她的额头上,叹气般问:"什么时辰了?"

"辰时快过了。"宝宁轻声回答。

两人都刻意地不再提起那个有些沉重的话题,宝宁说:"我给你煎了小黄鱼,熬了稀米粥,快起来吃吧。"

裴原哼了两声,哑着声音道:"不吃粥,吃不饱。"

"还有包子和虾饺。"宝宁笑了,扯着他的胳膊,将人拽了起来,"快起来,别犯懒了,你以前都没这么懒,饭菜要凉了。"

裴原借着宝宁的力道坐了起来,她给他取来衣裳。他利落地穿好,又去拿夹板固定住左腿。

原先的木质夹板很轻薄,但是支撑力不够,裴原另外找人锻造了一套纯铁的,约有七斤重。他的左腿无力,但是靠着这套夹板,面对敌方的攻击时,他可以稳住下盘,至少能抵抗住对方三脚。

他戴着这个,走路的速度慢下来了,但是因为毒素正在慢慢地冲破他封印的穴位,他的左腿恢复了一些。他若勤加练习,还是能达到常人的步速。

宝宁掀开他的裤腿看了一眼,原先磨出的血泡已经破了,结成了厚厚的痂。她看得心疼,问:"疼不疼?"

"一点点疼,感觉不出来。"裴原很快将夹板穿戴好,手摸上自己的腰间,"嗯?我的腰带呢?"

"昨日你的腰带都要断了,你感觉不出来吗?"宝宁取了一条新的来,"早上备好的,我忘记拿到床边了。"

她把腰带在手里扯了扯:"你站起来,我给你系。"

裴原低笑一声，顺从地站了起来，低头看着宝宁的动作。

她很认真，歪着头，两片红唇抿在一起。裴原捏了捏她的脸，声音轻柔地道："嗯，没白疼你。"

宝宁动作一顿："你脸皮倒是越来越厚了，什么话都好意思往外讲。"

她把腰带系好，又捋了一把腰坠上的流苏，抬起头，欲言又止。

裴原揉了一把她的头发，往饭桌边走："想说什么就说。"

宝宁小心翼翼地问："你能不能歇一天？一天就行，你不应该这么操劳，对身体没好处。"

宝宁咬了咬唇："还有最多半个月，小水蛭就长大了，咱们就能试试了。"她试探着问，"行不行？"

裴原沉默了一瞬，颔首："等我办完手头上这件事，就陪你出去玩。"

"我不是想去哪里玩。我是……"宝宁转到裴原的面前，踮起脚，尽量与裴原平视，"或者，我有哪里能帮到你吗？"

裴原笑了，一把搂住她的腰，把她抱在怀里："你没用。"

宝宁的视线一晃，人转眼就坐在他的手臂上了。

她已经习惯了他这样的动作，他总是喜欢把她拎起来举高，像是在炫耀自己有力量一样。他也是真的有力量，手里抱着她，像她抱着阿黄一样轻松。

但被举得太高，宝宁还是有点儿害怕，手紧张地揪住裴原的耳朵："你都不说，怎么知道我没用？"

裴原就这么抱着她走到桌边，拉开椅子，将她塞到座位上："男人的事，女人少管。"

宝宁垂眸，嘟囔道："真自大。"她问，"若是我有用怎么办？"

裴原剥着鸡蛋，随意地道："那我给你当一个月的大马骑，你说往哪儿就往哪儿，给你条鞭子，随便你抽。"

宝宁笑了："大马倒是不必，你听我的话就好，一个月的时间，言听计从，妻为夫纲。"

裴原哼了一声："你就继续做你的美梦吧。"他勾唇笑了一下，没抬眼，手里白嫩的鸡蛋滑进了宝宁的碗里，"吃吧。"

裴原去了将军府西苑的练武场。

这段日子，他每日晨起后，首先来的地方便是这里。他需要尽快恢复功力，甚至要比之前更强。

虎符一事陷入了僵局，裴原排查了周江成身边的所有人，并没有找到疑点，包括周江成——他像是对那晚的事情毫无印象,虎符如同凭空消失了一般。

唯一可疑的人是那个死了的绿云。她死了,尸骨却不翼而飞。但就算这一怀疑成立,裴原想要找到真正的绿云,也无异于大海捞针。

练武场的地面由青色石砖铺成,最中间有一个宽三丈,长三丈的木台,四周摆放着各式兵器。

裴原将上衣扯下来,随意地搭在架子上。他揉了揉脖颈,拎了一把重剑在手,走上木台。

练武不为伤人,剑没开刃,底下站岗的士兵朝着裴原笑,裴原勾了勾手指:"上来玩一玩。"

那个士兵笑不出来了,他身旁的人笑了起来。

裴原道:"都上来。"

那四个人磨磨蹭蹭地上来,各自选了件称手的兵器,两人选长矛,一人选了一对双股剑,一人挑了把弯月刀。

五人对垒。

裴原手下的悍将很多,他在北疆混了十年,现在北疆军里叫得出名号的将领都与他相识。他身上有股野劲儿,打起仗来不要命,不服输。邱明山委他以重任,从重刑犯中抽调人组成一支奔狼军做前锋,由当年只有十四岁的裴原做统帅,这支奔狼军犹如一支利箭,战无不胜。

这一任命是裴原跪在邱明山的营帐门口求来的。

沙场上九死一生,但后来他得到的是一众经历过生死、对他唯命是从的兄弟,还有一身不亚于邱明山的武艺。

裴原招招都奔着取命而去,幸亏重剑未开刃,否则那四人的头颅已被削掉好几次了。

前三人已经被击飞出去,还剩下一人,是持弯月刀的武艺精湛的校尉。

校尉发现了裴原腿上的弱点,准备虚晃一枪,砍他的上臂,趁他闪躲分心时,再袭击他的左腿。

校尉使足了力气挥刀,本以为裴原会惊慌地闪躲,暴露下盘的破绽,没承想,他竟然眼睛都不眨地等在那儿。

校尉只能就势继续劈下去,手上的刀重重地击中裴原的左肩,一声生铁与皮肉相撞的闷响传来,同时,他的弱点也暴露在裴原的眼前。裴原一拳击在校尉的胸口,他"哇"地痛叫一声,向后踉跄了四五步,摔下木台。

裴原眯起眼睛,活动了一下左肩,上面已经青紫流血,片刻工夫就肿得老高。

他的身后传来一个雄浑的声音,语气略带焦急:"原儿,你怎么不躲?若是在战场上，你手臂就废了！"

"一条胳膊换他一命，也算值得。"裴原转身看向邱明山，下颌微扬，"将军，可有意来切磋一番？"

邱明山双手攥拳，许久后，叹了一声："你的命是命，不是儿戏，你怎可如此莽撞？"他又道，"我最后悔的事就是带你入军营，让你养成这样的性子，古怪，古怪！"

裴原眼神冷了下来："将军未免过于高看自己，我变成什么样子，与你无关。"

他把重剑扔回武器架上，没心情再比试，下台穿衣。

今日不算好天气，乌云盖顶。裴原的背上出了不少汗，他拿衣裳随便抹了一把，再利落地穿上衣裳。

邱明山跟着他："奔狼军已经抵达巴蜀，南蛮有意进犯，被击退了三次，伤了元气，短时间内不会再犯，为我们寻找虎符争得了时间。"

裴原"嗯"了一声。

邱明山对他的冷淡态度感到无奈。

他忽然开口："我做这一切都是为了你。"

裴原皱眉："关我屁事？"

"我……"邱明山还欲开口，被裴原打断了。

"那我今日明确告诉你，我不是为了你，也不是为了那个位子。"裴原转头看着他，"我只是想知道我母亲当年离世的真相，望你知晓。"

有雨水滴在他的额头上。

裴原抬头看，原来下雨了。

许是为了应景，他瞬间便觉得肌肉下的筋脉隐隐地痛了起来，而赤丹毒多在下雨天发作。

裴原的眉心拧起，他加快了往书房走的脚步，还未走几步，便见周江成的下属仓皇奔来，急声道："将军、四皇子，刚接到密报，圣上派遣三皇子前往巴蜀军监军，三日后启程，虎符的事，怕是瞒不住了！"

邱明山倒吸了一口凉气。

宝宁站在门口，看着外头的瓢泼大雨，越发担心裴原。

她本以为裴原今日能早点儿回来，但一直等到快傍晚，裴原也没有消息。

宝宁心中焦急。她知道裴原雨天会难受，又等了一刻钟，实在是放心不下，便找刘嬷嬷要了伞，两人一起去了邱明山的书房。

她就算不能将裴原找回来，看一眼也能放心点儿。

宝宁穿了件淡绿色的裙子，细腰不盈一握。她步子小，紧赶慢赶到了书房门口，风大雨大，将她的半边身子都淋湿了，天也彻底黑了下来。

有两个士兵在门口站岗，一人认出了宝宁，进去通报。

门打开的时候，宝宁听见屋子里传来裴原的咳嗽声，心一缩，忍不住侧身顺着门缝往里望，只听邱明山道："周江成，你怕不是疯了，绿云到底给你灌了什么迷魂汤，你竟然这么迷恋她，铁证如山都不认？你若再放肆，我立刻斩杀你！"

周江成疯疯癫癫，什么话都听不进的样子，嘴里念叨着什么。他突然站起身，径直迷蒙地往外冲。

宝宁站在门口，被周江成吓了一跳，却见他的眼睛忽然亮了起来。他张开双臂，朝着宝宁扑过去，口中唤着："绿云……"

周江成是个剽悍的将领，不太聪明，但武力高强，有着一身腱子肉，横行军中，无人可挡。

宝宁蓦地见到一个彪形大汉冲自己扑过来，险些被吓傻。周江成到了她的眼前，她才反应过来，下意识地往后一躲。

周江成踉踉跄跄，闭着眼，顺势扑倒了给宝宁打伞的刘嬷嬷，死死地抱住她的肩膀。

他神情古怪，起初满脸甜蜜地唤"绿云"，叫了两声，不知怎么的，又狂性大发，忽然掐住了刘嬷嬷的脖子："绿云，是你欺骗我吗？是你欺骗我吗？是你偷了虎符吗？你告诉我不是你，好不好？"

刘嬷嬷失声尖叫，她手里的伞被周江成扯烂了，露出尖锐的伞骨。刘嬷嬷一边大叫，一边用伞骨扎周江成的腿。

周江成痛得睁开了眼，这才发现自己抱错了人，猛地抬头看向不远处的宝宁。

宝宁淋着雨，站在那儿，不知所措。

"绿云？"周江成如野兽般喘了几口气，骤然起身，朝宝宁扑了过去。他速度极快，力量又大，一把撕烂了宝宁的一只袖子。

一切发生在电光石火间，从他冲出门到现在，也就两个喘息的工夫。

守门的侍卫被吓傻了，一动也不敢动，邱明山大喝一声："还不快将他按住！"

几人这才纷纷行动起来，去扯周江成的臂膀。

宝宁回过神来，扶起惊魂未定的刘嬷嬷，钻进屋子里。

裴原正好从屋子里出来，见到她狼狈的样子，眉头狠狠地一皱："谁弄的？"

宝宁泪眼蒙眬，浑身都湿透了，右侧的袖子破破烂烂的，露出一片白皙的肌肤。她还未开口，刘嬷嬷便惊叫道："疯子，外头那个武疯子！"

裴原的眼中怒火熊熊，他脱了衣裳，盖在宝宁的肩头，"唰"地拔出悬在墙上的宝剑，便要出门。

宝宁死死地拉住他："裴原，你别冲动呀！"

外头，周江成已被邱明山一掌拍晕，软绵绵地倒在雨里，几个侍卫都被他打得脸上挂了彩。周江成半醒未醒，还是疯疯癫癫的样子，将手朝着宝宁的方向伸过去，口中喃喃，忽然又笑起来，他的笑容没有多好看，吓得宝宁一哆嗦。

"蠢货！"裴原盛怒，一把将剑掷了出去。利剑擦过周江成的脸颊，深深地插进地里，他的脸被划出了血，鲜血混着雨水往下淌。

刘嬷嬷尖叫一声，跌坐在地上。

宝宁也被吓得够呛，扯着裴原进了屋。

她不是没见过血，但头一次见到这样的裴原，觉得心惊肉跳。那把剑若是再偏一寸，就要钉住周江成的脖子了。宝宁想到那个画面，艰难地咽了一口唾沫。她此时很害怕，比周江成冲她扑过来时还要怕。

宝宁抬手抹了把泪，湿衣裳贴在身上，冷飕飕的。她面向裴原，想要求得一些安慰，但抬起头就对上了裴原冷淡的眼神。

他语气同样冷淡："你无缘无故地跑到这儿来做什么？"

宝宁不敢相信地看着裴原："你说什么？"

裴原拧着眉道："书房重地，未经允许，不得入内，尤其是女眷，你不知道吗？"

宝宁觉得自己像是被人兜头泼了一盆凉水。她看着裴原阴沉的脸，急促地喘了几口气，眼眶慢慢地变红。

裴原注视着她的神情，拳头在身侧攥紧，又骤然卸力。他无奈地抬手覆上宝宁的脸，用拇指揉了揉她的眼眶："好了，别哭了。"

宝宁一把挥开他的手："不要你管，狼心狗肺。"

"好，我收回刚才的话。"裴原意识到自己说了重话，攥着宝宁的手腕，轻柔地将她抱进怀里，"我只是一时冲动，口不择言。"

宝宁却不愿在他的怀里待了，挣扎着要离开。裴原按住她的后背，使她贴着自己的胸口："乱动什么？"

宝宁气得肩膀直颤："裴原，你是不是过于蛮横了一些？"

"是我的错。"裴原叹了口气。

他心疼宝宁，也愧疚自己刚才没有保护好她，但他的情绪表达得过于隐忍。他从来不是个温柔的人。到了现在，即便他想表达对宝宁的疼惜，话到嘴边，也成了对下属的训斥一般。

宝宁一把推开裴原，手掌按在裴原白日受伤的地方，他疼得倒抽了一口凉气。

其实并没有那么疼，他是为了博取宝宁的关爱，故意拉长了声音。宝宁果真注意到了，但冷哼一声，没说话，转身就往外走。

裴原见这招没用，疾走两步，拦在她的跟前："我送你回去。"

"用不着您。"宝宁拢紧了衣襟，声音冷淡疏离，"您忙您的军机大事吧，我是女眷，不该出现在这里。"

这才多久，两人又吵架了，但这次宝宁是真的生气了，不肯服软。

两人僵持了一会儿。

裴原率先低头："是我不对，不该说那样的话。"

宝宁嘲讽他："哪里呀，您说的都是对的，您是男人，夫为妻纲，不管您说什么，我都会听的。"

裴原将大掌覆在宝宁的额上，耐着性子哄她："我送你回去，你刚淋了雨，得喝碗姜汤，别发烧了。"

宝宁道："是我无缘无故跑来这里的，发烧了也是我自己活该。"

裴原失语。

宝宁不知道哪里来的底气。若是平日，她早顺着裴原的话妥协了，况且今日裴原的身体不适，她是心疼的。

但她的心里憋着一股火，她觉得要是再这般忍下去，如此惯着裴原，他是不会往好的方向发展的。

就像当初在国公府时，陶氏骂荣国公，说男人都是贱骨头，给三分颜色，他便能开染坊，自己非得板起脸来，他才知道怕。

宝宁一直觉得这话不中听，但现在看来，或许还真的就是这么回事。

裴原拽着宝宁的袖子，不让她走。宝宁别过脸，不理他，转头的时候，视线正好落在桌上，瞧见案台上放着两块伏虎一样的精致物件，组合起来正好拼成一整块。

宝宁喜欢这些东西，不由得多看了两眼。

两块东西都很精致，乍一看过去还挺像的，但仔细看就能看出不同，虎的神态、颜色，均有细微的差别。

宝宁忽然想起刚才周江成按着刘嬷嬷时嘴里喊的话，难道虎符丢了？

宝宁几乎一瞬间明白过来，虎符丢了一半，桌上的两块虎符中，有一块是伪造的，所以两块合不上。

宝宁的心"咯噔"了一下。

裴原垂着眼，仔细打量着她的神色，似乎有些焦急。

他没遇到过这种情况，脸色仍旧严肃，但眼神中不自觉地流露出一丝讨好之色。

他掰过宝宁的脸，轻轻地碰她的脸颊："好了，别生气了，你先回去，我今晚也早些回去陪你。"

宝宁轻启唇："你……"

外头传来邱明山的声音："周江成已经被我拉下去绑到柴房里了，我看他的神色很奇怪，担心他中了什么毒，已经派人去查了。还有虎符的事，工匠……"

他一边说，一边往里走，走到屋子里时，正好瞧见裴原搂着宝宁，便很快住了口。

裴原立刻抬起头，不着痕迹地和宝宁拉开了一些距离。

宝宁的心沉了下去。

"宝宁也在啊。"邱明山先是关切地询问她是否受到惊吓，见她的精神还好，放下心，又解释道，"我刚见你身边的嬷嬷走了，以为你也走了，才贸然进来的。

"那你们先说话，我待会儿再进来。"

邱明山很有眼色地将空间留给他们，转身往外走。

裴原的神色冷淡，他用手贴着宝宁的后背，推着她往前走了一步："我送你回去。"

宝宁道："我先不……"

裴原呵斥她："废话那么多，这里不是你该待的地方。"

宝宁用指甲抠了抠手心，忽然仰头道："我可以帮你。"

裴原诧异地问："什么？"

宝宁一字一顿地道："如果你要锻造虎符，我可以帮你。"

不止裴原不相信，邱明山也是一脸迟疑的神色："宝宁，你真的会吗？"

宝宁道："至少比桌上的那半块像一些。"

邱明山仍然不信，宝宁也没有多说，但此事已经迫在眉睫，只有三天的时间了，只能死马当作活马医。

邱明山咬牙道："宝宁，若你真的能做成，无论你要什么，伯父都可寻来给你。"

宝宁看了裴原一眼，冲邱明山笑道："将军，我不要什么东西，只需要裴原答应我三件事，至于是什么事，我们回去后自行商量。"

裴原挑眉看宝宁，她察觉到了他的视线，没说话。

第二日一早，宝宁随裴原到了京郊一处炼金的小屋子，里头工具齐全。

有一个金匠等在那里，周江成寻来的那半块虎符就是他锻造出来的。

宝宁昨天一整晚都没和裴原说话，如今到了这个地方，下马车也是自己下，都不让他扶。裴原摸了摸鼻子，跟在她的身后。

到了门口，宝宁忽然停住脚步，回头道："在将军府的书房里，我说的那三个约定还作数吗？"

裴原正色道："当然。"

"第一，"宝宁道，"我要你为你昨日的态度向我道歉，你要写一份悔过书，五百个字以上，还要背下来，声情并茂地背给我听。"

裴原的脸色渐渐黑了，他耐着性子问："然后呢？"

宝宁抿了抿唇："你还要为我洗一个月的脚，并且这一个月里，每天都要伺候我穿衣、吃饭，生活上的事，我要你做什么你就得做什么。"

这个要求他能接受，至少比悔过书更容易接受一点儿，但也只是一点儿而已。

裴原唇线绷紧："还有一个是什么？"

"我还没想好，"宝宁垂下眼皮，"到时候再说。"

她不再搭理裴原，撩起裙子，跨过门槛，走进屋内。

裴原跟上她。

金匠叫孟凡，昨天深夜就得到了消息。听说有一个女子要来接他的班，他觉得受辱，一夜未睡，就等着宝宁上门。

宝宁在桌边坐下，与孟凡商讨。他们话不投机，孟凡说话夹枪带棒，几次出言不逊，裴原心中向着宝宁，好几次想发火，都被宝宁拦下了。

孟凡说到最后，冷哼一声："两半虎符，犹如人的左手与右手，如今只剩下左手，任凭你有再精细的模具，也复刻不出右手。而且剩下的那半块虎符已经变得陈旧，上面的色泽已变，还有磨损的痕迹，即便你有通天的本领，也无法做出一模一样的东西。我学艺十年，尚且只能做到如此，你一个未经世事的小丫头，不如赶紧回家算了。"

裴原紧张地看向宝宁。他不希望宝宁受打击，有意维护，贴近她的耳朵道："若是不成，我们现在就回去，我就当那件事未发生过，你不用觉得不好意思。"

宝宁忽然弯唇笑了："我可以。"

孟凡也笑了："年纪轻轻的，口气倒是不小，你知道我是谁吗？"

宝宁看向面前的男人，对方约莫二十多岁，长相很端正，许是因为常年与炉火为伴，脸是古铜色的，眼神里有几分狂妄之色。

宝宁想，这或许是一些事业较为成功的男人的通病，总是目中无人。

她问："你是谁？"

孟凡眯着眼道："京城的连恒轩，你可知晓？这是本朝最大的金店，宫中娘娘所戴的发簪等首饰也多为我店打造，由我画图设计。我六岁便入门，十五岁出师，到如今，干这行已经有十九年。整个大周朝，若你能找出哪个强于我的人，我叫你一声'祖奶奶'。"

宝宁笑着摇头:"那怕是找不出的。"

孟凡的眉梢挑了挑。

裴原坐不住了,觉得自己简直是有病,跟宝宁较这个真儿干什么?

她昨晚不高兴了,要耍脾气,那他就由着她耍,等她过了劲儿就好了,怎么还真的带着她来做什么虎符?他明知道这是没可能的事,反倒让她在外人的面前平白受了委屈。

裴原站起身,拉着宝宁的手腕要往外走,低声道:"咱们不弄这个了,回家,我带你买好吃的去。"

宝宁没动,反问裴原:"这虎符是用来做什么的?"

孟凡"哈哈"大笑起来:"果真是个无知女眷,此物自然是作为领兵之用!虎符本是一块,一刀砍下分为两块,一半在圣上手中,另一半在将领手中。若有敌情,两块虎符合二为一,便可调动数万大军。"他继续道,"但为了防止伪造,虎符的制造过程一向有玄机,其原浆由金与青铜混合而成,比例稍有调整,做出的虎符成色便大不一样。再加上上头的符文与刻意的磨损,使得每块虎符都是独一无二的,一旦丢失,再难造出一模一样的。"

孟凡皱眉:"我已用尽毕生所学,但仿造之物,毕竟做不得真。"

屋子内静默了一瞬,宝宁忽然开口:"既然每块虎符都是独一无二的,自然就不会有人记得未丢失的虎符是什么样子的,我们为什么非要做出另一半来与其配对呢?"

孟凡愣住了,裴原也愣住了,两人都看向她。

宝宁道:"把圣上赐下的那半块虎符藏起来,我们重新打一对就好了呀,两天就可以做好吧?"

她说完,孟凡露出不可置信的神情。

裴原猛地缓过神来,眼睛亮起,目光灼灼地看向宝宁。

一直以来,他们想的都是要锻造一块与丢失的那块一样的虎符,这就像一个怪圈,他们被困在里面,用尽了各种各样的方法,却没想到如果跳出这个圈,事情会变得这么容易。

所有人都在焦躁中努力了大半个月,到了最后关头,只有宝宁用一眨眼的工夫想到了解决之法。

宝宁的手腕还被裴原拽着,她踌躇了一下,问:"这么简单的方法,你们从未想过吗?"

裴原看向孟凡,见他脸色涨红,表情不似刚才那般神气,神色很尴尬。裴原忽然笑了,上前一步,用拳头狠狠地捶了一下孟凡的肩头,冷声道:"快叫人。"

孟凡疑惑道："叫什么人？"

裴原不语。

孟凡骤然明白过来，裴原指的是刚刚他口出狂言，说宝宁若能找出强于他的人，他叫她一声"祖奶奶"。

孟凡只比裴原矮一点儿，站在那里，魁梧得像座山，宝宁得仰头看他。

"祖……"孟凡咬着牙，好半响，才极不情愿地憋出几个字，"祖奶奶，我错了！"

宝宁笑了起来，觉得昨晚被裴原气出的那团火消散了不少。

裴原的眼神很温柔，他垂着眼看宝宁，伸出手指想碰她的脸颊。宝宁注意到了，闪身躲开。

她低声威胁："回家后再和你算账。"

裴原哑然。

宝宁在这间小屋子里待到了晚上，孟凡手艺精湛，后期根本用不到她，她心里惦记着家里的那窝活物，天黑后便回了家。

裴原寸步不离地跟着她。

宝宁从来没和裴原生过这么长时间的气，他最开始还气定神闲，但到了后面，发现宝宁还是基本不和他讲话，才真的慌了。

马车就停在外头，宝宁用手扶着横木，想上去。她累了一天，胳膊有些软，险些没抓住，跟跄了一下。

裴原从后面扶住她的腰："慢点儿。"

宝宁扭动着挣扎："你不要碰我。"

"你自己不好上去。"裴原哄她，"我抱着你上去。"

宝宁嘟囔道："用不着，我以往也是自己上马车的。"

裴原没说话。过了一会儿，他低声道："怪我，我对你照顾不周。"

宝宁有些意外。她说这话与裴原无关，本是想说，从小到大，她都是自己上马车的。

裴原今天好似有点儿草木皆兵。无论宝宁说点儿什么，他都往反省的方面去想，有种刻意讨好宝宁的意思。

宝宁抿唇笑了一下，觉得这样甚好，男人果真不能太惯着。

"那我不抱了。"裴原蹲下身子，拉着她的脚踩在自己的肩上，"你拿我当梯子，这样行不行？"

宝宁垂眼看着他，心中闪过一丝异样的感觉。

她狠狠心，踩了上去，到车厢里稳稳地坐好。裴原很快也上来了，坐在她的旁边。

车里黑漆漆的，宝宁靠着墙角闭目养神。她能听见裴原的呼吸声，他应该一直在盯着她看。

宝宁决定给裴原一点儿教训。

"宁宁。"裴原轻声唤她，带着一点儿试探的意味，手也伸过去，要揽她的脖子，"别靠在那里，很累，你靠在我身上。"

宝宁睁开了眼。裴原的手停在半空不动了，他缩回去，摸了摸鼻子。

过了一会儿，裴原又觉得这样畏畏缩缩的不像他。自己的女人，他搂搂抱抱怎么就不行了呢？裴原心一横，觍着脸凑过去，一把将宝宁揽进怀里。

宝宁偏头，狠狠地咬住裴原的肩膀，他忍着没松手。

宝宁这一口咬得实在。她气裴原总是只想着他自己，不知道考虑她。这个人脾气又硬又倔，像块臭石头，宝宁忍了他许久，终于逮着机会好好地教训他一顿。

她不松口，虎牙扎进了裴原的皮肉里。直到尝到淡淡的血腥味，她才抬起头。

"疼吗？"

裴原面无表情地看着前方，一只手还按着她的后脑勺儿，语气平淡地说："不疼。"

宝宁磨了磨牙齿，心中那点儿对裴原的心疼之感也随之散去，还想再咬一口，却被他掐住了下巴。

"你是这世上第一个敢咬我的人。"

宝宁问："然后呢？"

裴原看着她的眼睛，清澈明亮，瞳仁里倒映着他的小小的影子。

裴原心软了，道了句："算了。"他托着宝宁的膝弯，将她从自己的左边抱到了右边，又把肩膀凑过去，"你若是喜欢，换一边咬。"

宝宁无话可说。

裴原这人，作为丈夫，缺点太多。他不够贴心，脾气急躁，不够温柔，一旦发起火来，训人像是训他手底下的兵。

但他的优点也很明显。在他圈起的领地里，他任由你胡闹。他也会低头，但只在行动上低头，嘴硬得像只鸭子，顽强地守着他身为男人的尊严。

宝宁只是想听几句姑娘家都爱听的软话。

裴原看着宝宁，见她垂着脑袋，一声不吭，慌了："你不想咬我的肩膀了？"他把脸凑过去，难得主动地做这种对他来说有些羞耻的举动，"要不你换个地方咬？"

裴原亲了亲她的唇角："这里软，不费你的力。"

宝宁推开他的脸，羞恼地道："你现在不觉得与我亲近丢人了？昨日在书房，你不是还刻意与我拉开距离吗？"

"你都罚过我了，冷落了我这么长时间，我的心受伤了。"裴原蹭她的脸，恬不知耻，像只讨嫌的狗。

"我只是怕你不长记性。"宝宁板着脸道。

"我长记性了，以后再也不会了。"裴原道，"你再给我一次机会。"

宝宁身材娇小，被裴原揉搓着抱在怀里，他力气大，一只手就按得住她。他存心要哄她，不住地亲吻她的脸颊，从下巴往上，顺着鼻梁亲到眼皮。他的嘴唇糙，宝宁的皮肤嫩，被刮得生疼，但她推不开，情急之下把手伸到他的腰间去挠痒。

裴原的身形果真一顿，他松开手，宝宁已经被他亲得满脸都是口水，赶紧从他的身上跳下来，用袖子抹了一把脸。

"你可真讨厌。"

"我又被讨厌了。"裴原重复了一遍她的话，有些焦躁，更多的是无措。

面对宝宁，他没办法了，只能小心地哄："那我怎么做才是对的呢？"

他说完，又觉得这句话有损男人的威严，面色一沉，试图通过恐吓的方式达到目的，语气严厉地说："你听话，不要再闹了。"

宝宁瞪大眼："你还说你长记性了，忘了早上的约定了吗？"

裴原闭嘴。

宝宁学着裴原教训她的样子，呵斥道："收起你那副令人讨厌的做派，从现在开始，这个家里，我才是最大的那个，你要无条件地听我的话！"

裴原一脸震惊。

马车停下。车夫听见里头的动静，知晓裴原的脾气，不敢让裴原知道有外人见到他出丑，没敢开门，只敲了敲车门："四皇子、皇子妃，到了。"

宝宁指了指车门，冲裴原道："你快去开门，扶我回屋子。然后你去厨房做饭，我饿了，阿黄也饿了，还有小羊。我要吃素馅儿包子和水晶虾饺，阿黄要吃鸡肝粥，小羊要喝加了骨粉的奶。对了，还有瓷缸里的小水蛭，它们要吃田螺。睡前我要吃一百颗瓜子仁，你来剥。我还要漱口、洗脸、洗脚，洗脚水里要有玫瑰花瓣，还要加茉莉精油。嗯，铺床也是你的活儿，你睡前记得擦一遍地，我不喜欢别人进我的屋子，所以要你来擦。"

裴原的手搭在膝上，已经攥成了拳。

宝宁眼睛弯了弯："还不快去！"

宝宁悠闲地坐在床上，左胳膊搂着阿黄，右手拿着一本书，看两个字就抬头扫一眼裴原,看他撅着屁股在那里扫地。

他在糊弄人,敷衍得很明显,这边扫两下,那边扫两下,拖着椅子腿儿在地上摩擦,声音刺耳。

宝宁看不下去了,出声指示:"你扫慢一些呀,这样能扫出什么东西?"

"本来就没有东西可扫。"裴原把扫把往地上一扔,气急败坏地道,"我真的不知道你在穷干净个什么劲儿,这地板都亮得反光了,非要扫!"

"怎么没有?"宝宁指着他的脚下,"那儿就有一根头发。"

裴原狐疑地低头,果真看到一根长发。他捡起来对着光瞧,又冲宝宁道:"是你的。"

宝宁道:"愿赌服输,你干活儿就好好干,不要不服气。"

她拍了拍阿黄的屁股:"你说是不是?"

阿黄"汪"了一声。裴原恨铁不成钢地指着它的鼻子:"蠢狗,你最好认清形势,今晚伺候你的人是我,你再放肆,我就把你丢出去。"

阿黄弓起后背,冲着裴原又叫了一声。他气得吸了口气,捡起扫把,要用木棍那头打它的屁股,被宝宁瞪着眼睛拦下。

"好好干活儿去!"

裴原自知躲不过去,认命地将凳子挪开,仔细打扫了一遍。

说是仔细,其实只是不那么明显地糊弄,他装模作样地扫了一刻钟,将垃圾扫到簸箕里,然后扔了出去。

宝宁看着他出去的背影,抱着阿黄偷笑。

等裴原回来,她立刻正色,将手上的书轻轻翻过一页,好像刚才偷笑的人根本不是她。最后她淡淡地道:"辛苦了。"

"别在那儿和我装蒜,我还不知道你的那点儿心眼儿?"裴原被气笑了,靠在门上,用指节叩了叩门板,"还有什么活儿?快点儿说,爷现在都迫不及待了。"

宝宁道:"我们都饿了,你去做饭。"

裴原笑容一滞:"我以为你刚才是说着玩的。"

宝宁问:"什么?"

"我倒是敢做,你敢吃吗?"裴原抬手摸了摸眉毛,"非要吃我做的?"

宝宁笑盈盈地道:"我就要吃你做的,别人做的我不吃。"

"我真是作了孽,欠了你的账。"裴原咬着牙,"我那次做饭,你不是怕我弄坏你的案板吗?"

宝宁道:"这次就算你弄坏案板了,也不是我的案板,是别人的,你赔钱就行。我之前是因为不好意思要你的钱才心疼的。"她换了个姿势趴在床上,两只脚交叠着翘起来，笑容俏丽，"快去，不然我用小鞭子抽你。"

裴原扬着下颌问她："你哪儿来的小鞭子？"

宝宁抓过阿黄毛茸茸的大尾巴："这个就是。"她今日心情好，罕见地活泼，松开阿黄的尾巴，又去抓自己的头发，"还有小辫子！"

"德行！"裴原笑着骂她，走过去捏住她的鼻子左右晃了晃，"你这不是在为难你的好哥哥吗？"

"你可别往自己的脸上贴金了。"宝宁翻身坐起来，沉下脸，学着裴原昨日在书房时的冷漠样子，把他的话又重复了一遍，"你无缘无故跑到这儿来做什么？"

裴原动作一滞："我有那么凶？"

宝宁冷哼一声，眉心蹙起："书房重地，未经允许，不得入内，尤其是女眷，你不知道吗？"

裴原的脸上浮现出一丝尴尬之色，他狐疑地问："我有这么令人讨厌？"

"你比我刚才模仿的样子还要令人讨厌一百倍。"宝宁揪了揪小羊的尾巴，"你说是不是？"

小羊"咩咩"地叫。

裴原唇角抽了抽："你养了一群好跟班。"

宝宁垂着眼笑，下巴在阿黄的头顶上蹭来蹭去："我们家的小跟班都可好了，又听话，不像某人，是一只酸脸大猴子。"

裴原指着自己的鼻子问："你说我是猴子？"

"说谁谁知道。"宝宁舒服地闭上了眼。她现在手里有金牌令箭，不怕裴原不服管教。她想说什么就说什么，看他吃瘪的样子，她的心里高兴得不得了。

酸脸猴子默默地咽下了那口气，坐到宝宁的身边，试探地和她商量："你说的那几样太难了，又是素馅儿包子，又是水晶虾饺，等我做出来，天都亮了。"

宝宁耷拉着眼皮看他。

"换个简单点儿的。"裴原亲了亲她的耳垂，往她的耳朵里吹气，"弄点儿我会做的。"

"嗯……行吧。"宝宁指了指门口方向，"刘嬷嬷的房里有个小铁锅，你去借来，再去厨房取些菜和肉，有饺子的话也要一些，记得拿些调味料来，咱们吃清汤涮锅子。"

"就是把水煮开，然后把那些东西放里头涮是吧？"裴原听明白了，"我知道，以前在北疆的时候也这么吃过。"

宝宁动了动手指，不耐烦地道："啰唆，快去吧。"

裴原冷笑一声，抓住她的指尖含在嘴里，狠狠地咬了一口："任你狂两天，以后有你的好果子吃。"

他披了外衣在肩上，往外走，"嘭"的一声关上门。

宝宁把裴原的口水往阿黄身上抹，低着头笑："他生气了，你瞧见没？他生气啦。"

宝宁努努唇："活该。"

裴原是一刻钟之后回来的，手里的东西很齐全。

厨房里养羊的张嬷嬷分外热情，拿了个小筐子给他，里头装着一瓶羊奶、六七样时令蔬菜，还有片好的羊肉片。

他的脸色不太好看，宝宁猜想，许是在厨房的时候被人询问了，他觉得没面子。

宝宁坐在床上，小腿荡来荡去，看着裴原在那里整理东西。

刘嬷嬷的小铁锅是用煤油炉子点的，架在桌上太危险，怕失火，裴原将它放在地上，又搬了两个小马扎放在一旁。

他用火折子点上火，往锅里倒水，把盖子一扣，看向宝宁："还不下来？等着我请你？"

宝宁问："你拿碗了吗？"

裴原低骂一声，站起来，穿好衣裳往外走，去取碗筷。

等他回来的时候，水已经沸了，宝宁正在往里头放菜叶。浓郁的香味传来，裴原走近一看，锅里不是清水，有些浑浊，不知道宝宁往里头放了什么东西，应该放了盐和辣椒粉，闻起来有些咸辣味。

他本来没那么饿，但闻到香味，便觉得有些饿了。

阿黄和小羊在三步远的地方，探头探脑地往这边看，就是不敢过来，应该是刚才被训了。

看着它们蔫头耷脑的样子，裴原竟奇异地舒了一口气，有种幸灾乐祸的感觉。

菜叶很快就煮熟了，缩水成不太好看的模样，在锅边漂浮。裴原动了动筷子，想去夹，被宝宁一把拍掉："洗手了吗？"

"哪儿来那么多的讲究？"裴原皱眉，"我吃一片再去洗。"

宝宁不说话，盯着他看。

"洗洗洗。"裴原把筷子放下，到墙角的脸盆那里洗了手，想了想，又从柜子里拿了坛酒出来。

宝宁吮着筷子尖，诧异地看着他："你什么时候藏的酒？"

"这能叫藏吗？我就是放在那里，你没看见而已。"裴原坐下，叉开两腿，拔出酒塞，给自己和宝宁分别倒了一碗。

酒香蔓延，整个屋子都充斥着一股辛辣味。宝宁捂着鼻子："我不喝。"

"来尝一口，你肯定会喜欢。"裴原端着碗诱哄她。

宝宁往后躲："我不要。我喝了酒会耍酒疯，你又不是不知道……"

她的声音逐渐变小。

裴原一下子就想起了那一晚的事，笑了起来。他自己干了一碗酒，手腕枕在膝盖上歇了歇，然后去夹菜。

两人围着小炉子吃了顿晚饭，涮锅子热气腾腾，熏得两人都出了一身热汗。裴原喝了两碗酒，想要再喝，被宝宁拦下了。他酒量其实很好，而且今晚心里没有藏事，小酌而已。他神志清醒，一点儿也没醉。

宝宁脸颊酡红，打了个小饱嗝儿，裴原轻笑。

他又喝了口酒，没咽下，含在嘴里，把煤炉的火熄掉，而后起身将宝宁也拉起来，环着她的腰身往床边走。

宝宁揪着自己的衣裳，有些苦恼："不该吃这个东西的，身上太黏了，晚上睡觉会不舒服的。"

裴原没说话，也没法说话，一双眼盯着宝宁瞧。他居高临下，能看见宝宁胸前的弧度，眼神一沉，不由得想到初见时她的模样。

不过几个月而已，宝宁的身形变了许多，原先的她分外纤瘦，现在则多了一些肉，显得娇媚成熟。可她不自知，仍然娇憨得像个孩子。

宝宁终于注意到了裴原灼烫的视线。她抬起头，惊讶地问："你为什么这样瞧着我？"她突然想起了什么，羞恼地捂住胸，"臭流氓！"

裴原俯身凑近宝宁，她正要躲，忽然被裴原按住了后脑勺儿。他将嘴唇贴上来，空出一只手，捏住她的下颌，使了点儿巧劲儿，她便被迫张开了口。

一股带着辛辣味道的液体涌了进来，宝宁睁大眼，不住地捶打裴原的胸膛，他也不躲，执着地将口中的东西全都渡给她。

"好喝吗？"裴原冲她笑，"我说过，你肯定会喜欢。"

"没脸没皮！"宝宁羞臊无比，手足无措地站在那儿，不知道该说什么，尤其是看见裴原那副自得的样子，更觉得无话可说。

这个人怎么能这样，不要脸，不害臊，还不嫌弃自己脏。

宝宁用袖子拼命地擦嘴唇，裴原凑过来，低声冲她道："宁宁，我也是个血气方刚的男人，有些需求避免不了。你不让我吃肉，我总要喝点儿汤，否则不是把我往和尚的路上逼吗？"他暧昧地用鼻尖蹭她的额头，"你说是不是？"

宝宁愣怔着，还未开口，忽然听见外头传来重重的脚步声，而后是邱明山的声音。

他一边敲门，一边焦急地问："原儿，你睡了吗？你做出这样的决定，为何不与我商量？"

裴原低骂一声，不想理邱明山，贴着宝宁，靠在床柱上，欲更进一步。

邱明山愈发着急地拍门："原儿，我知道你在里面，怎么不回话？"

"将军叫你呢。"宝宁推了推裴原的胸脯，松了一口气，"他肯定是有重要的事，你快去。"

她酒劲儿上来了不少，脸颊开始发烫，呼出的气息里都带着酒香。

裴原咬了咬牙，手掌恋恋不舍地钻进宝宁的衣服，在她的腰上狠狠地捏了一下，又咬了她的脸一口，披了件外衣往外走。

宝宁看着他的背影，暗道一声"好险"。

她习惯了与裴原偶尔的搂抱和亲吻，但对这种更深一步的接触，虽说不上抗拒，但终究是感到紧张的，而且刚才裴原弄疼她了。

宝宁的脑子稀里糊涂地想着事，吃饱喝足，她又有点儿酒意上头的困倦，坐在床上发了一会儿呆，不多时就睡了过去。

她睡着前的最后一个念头是：裴原还没给她洗脚呢！

她还有点儿生气，明日不能就这样轻易地放过他。


裴原轻轻地带上了门。他里头就穿了一件白色中衣，衣服有些褶皱，上面还有酒渍，是喂宝宁喝酒时留下来的，黑色的外套松松垮垮地搭在肩上，他眼中的情欲还未消散。

裴原揉了揉眉头，哑声问："什么事？"

"你……你刚才去牢里斩了周江成的右手？"邱明山在原地乱转，并没有注意到裴原的异常。他捶了门柱一下："你怎么也不和我商量商量？"

"就这件事也值得你跑一趟？"裴原冷笑一声，"他疯疯癫癫地朝我夫人跑过去吓她时，与你商量了吗？"

"他好歹是个统帅！你怎么能随便就这么……这么处罚了？原儿，你做事过于狠辣残忍了，怎么可以这样不计后果？"邱明山哀叹一声，"你母亲那样柔和的性子，半点儿没遗传给你……"

说到一半，他意识到说错了，顿时住嘴，抬头望向裴原。

裴原脸上的笑意果真消失了，他整个人变得冷漠。

邱明山想解释："我不是是说你不好……"

裴原盯着他的眼睛，眼中有失望和怨恨之色。他一字一顿地冲他道："你对她做出那样不敬的事，怎么还好意思提起她？还是在她的儿子面前！"

邱明山的眼里有愧疚之色一闪而过，他张口，还想说什么，被裴原挡了回去。

"周江成本就不堪重用。他练兵尚可，但有勇无谋，是如张飞一样的角色，让他为帅，定会出大事，从虎符一事便可见一斑。将军，您十年前叱咤风云，怎么现在竟然如此恋旧？周江成早就该死了，何况我没有取他的性命，只是砍了他碰我夫人的那只手而已。"

邱明山哑口无言。

两人在门口僵持了片刻，裴原转身："如果没别的事，就回去睡吧。"

邱明山急道："你怎么就不能和我好好地说几句话？"

"不能。"裴原的目光扫了过去，他厌烦地道，"你坏了我的好事。"

邱明山这才注意到裴原衣衫不整，身上还有若有若无的酒气。他尴尬了，往后退了一步："我……"

裴原没等他说完，就在他的面前甩上门，进了屋子。

门口一声巨响，宝宁的眉头一皱，她被惊醒了，翻了个身，看到裴原正走过来。

他先去了柜子旁边，像是要取什么东西，看到她的动作后，换了个方向，走过来坐在她身边："吵醒你了？"

"嗯。"宝宁含糊地答应了一声。她头晕，把手腕挡在眼前遮光，用撒娇的语气说："我要睡觉。"

裴原走过去把灯吹灭，摸黑取了个小匣子，又坐在她身边。

他鼓捣那个小匣子，锁扣"哗啦啦"地响，但是他又不肯打开。宝宁掀开眼皮看他的表情，他好像很严肃的样子。

恍惚中，宝宁想了起来，当时在小院里第一次见到邱明山后，裴原也将这个小匣子拿了出来，坐在炕上看了半天。那里头好像有他的秘密。

宝宁哼哼唧唧地出声："你在干什么呢？"

裴原停了手，把匣子放在一边，换成趴在宝宁身上的姿势，用手抚摸她的脸："宁宁，和我说说话吧。"

宝宁觉得痒，又觉得他烦，扯过被子盖住头："明儿个再说，我要睡觉。"

裴原扯下她的被子，用手戳她柔软的脸："你是不是醉了？"

"你好烦呀。"宝宁的声音软软的，她抗拒地推开裴原，"你若睡不着，就去院子里转，别打扰我。"

裴原沉默了半响，宝宁以为他要睡了，他忽然又将脸凑过来，在她的耳边低声问："如果你知道了我到底是怎样的一个人，还会不会继续陪着我？"

宝宁听不清，敷衍地应付着。

"我杀过人，很多人，好的杀过，坏的也杀过。你是不是都不知道？"裴原继续道，"其实今晚我出去不只是取菜，中途还去了一趟别的地方。我杀了周江成，把他扔到了乱葬岗。

"周江成的死法和冯永嘉差不多。冯永嘉，你还记得他吗？我把他扔到了荒坟堆里。我不觉得他可怜，他该死，但你应该会可怜他吧？

"还有徐广，我一把火将他的尸体烧了。"

裴原的声音很小，他想让她听见，又怕她听见。

在他缓慢的叙述中，宝宁睡着了，呼吸平稳。裴原观察着她胸口的起伏，笑了一下，放下心来。

他其实还是不想让宝宁知道自己是什么样的人。

他这样的人，很容易收到旁人厌恶的目光。疯子、阎罗、恶鬼转世，裴原早就习惯了这样的称呼，但害怕宝宁也这样看他。

裴原想起那天晚上，周江成倒在地上后，他将剑掷出去划破周江成的脸时，宝宁一脸恐慌之色。她应该会害怕这样的他。

可他又不想一直这样伪装。

裴原用食指缠绕着宝宁的头发，低语："我是个残忍的人吗？我的母亲死了，在我还没有能力保护她的时候。"裴原亲吻着宝宁的脸颊，"我不能再看着这样的事发生。所以，任何妄想伤害我的珍贵东西的人，我都得先他们一步杀掉他们，并且用最痛苦的方式让他们受到惩罚。

"这个世界本就是人善被人欺，做错事就该付出代价，强者才是能决定生死的那个人。

"宝宁，如果有一天你发现外头的那些传言都是真的，我的手上沾满了鲜血，我是个疯子，根本不是你期待的那种温柔和善的人……你别觉得我做的那些事恶心……别走。"

裴原轻轻地咬她的耳垂："我说过的，我永远不会伤害你。"

他自言自语地说了这么多，宝宁睡得安稳，只有一只半睡不睡的羊和一只醒着的狗在听。

裴原觉得自己挺好笑的，这么矫情，根本不像他。

但有的时候，情绪就是来得莫名其妙，压抑着的淡淡恐慌感被点燃也就是一瞬间的事。他本就不是个正常人，偏激执着，对善恶感到麻木，对生死也看得淡。他有时好，有时坏，浑身都流着令人恶心的血液，即便没残废，也注定是个活在深渊里的人。

但现在他想从深渊出来了。

第二天早上，宝宁醒得晚。她果真是一滴酒都沾不得，起来后仍然觉得昏昏沉沉，也可能是昨晚没睡好。

裴原喋喋不休了小半宿，她一个字都没听清，好不容易睡着了，梦里都是一群和尚在念经。

天色大亮，阳光透过薄薄的窗纸洒了进来，照在宝宁的脸上。阿黄已经吃饱饭，撅着屁股在她的脖子处拱来拱去。

宝宁下意识地往旁边伸手去摸裴原，惊觉被褥已经凉了，他走了许久。

宝宁的心一跳，她连忙坐了起来，神情委屈不解。他昨日还说得好好的，这几天都没事，会好好地陪她，一转眼又说话不算数，不知跑到哪里去了。

一股甜腻的奶香味传来，阿黄率先闻到，仰起脖子往外瞧。小羊在门口"咩咩"地叫，那是它的吃食。

宝宁疑惑地下床，扒着门柱往外看，瞧见了裴原高大的背影。他搬了个凳子在门口，背对着她坐着，怀里是那只小羊——他在动作僵硬地喂奶。

刘嬷嬷在一旁小声地道："四皇子，您慢点儿，别伤了它的舌头。"

"它怎么那么娇气。"裴原不耐烦了，"你去厨房取个油漏子过来，塞到它的嘴里，一碗奶往里面一倒不就得了。"

"哎哟，使不得使不得。"刘嬷嬷连连摆手，"这是没满月的小羊崽，况且还生着病，怎么能用那种喂鸭子的办法。"

裴原道："这么一勺勺地喂，得喂到什么时候去？！"

"一刻钟就喂完了，夫人一直都是这么喂的。"刘嬷嬷小心地哄他，"四皇子，您耐心一点儿，待会儿夫人看见了也高兴不是？"

裴原"嗯"了一声，拍了拍小羊的脸："来，张嘴，再来一口。"

宝宁没忍住笑出了声，阿黄"汪"地叫了一声，冲到裴原面前，两只爪子扒着他的膝盖，脑袋高高地扬起，也要吃。

裴原让刘嬷嬷将它抱走，怀里揽着小羊转了个身，看向宝宁，下巴微微扬起，有些嫌弃地道："看你给我派的好活计，大早上饭都没吃，还得先喂它。"

宝宁的半张脸藏在床幔后头，她冲他笑："你看它多可爱呀！"

裴原低头，用手摸了摸小羊的耳朵："也就那样吧。"

他又抬头："没你可爱。"

宝宁笑得更高兴了。刘嬷嬷还没见过他们这样光明正大地调情，羞得老脸一红，赶紧退了下去。

"别傻乐了，赶紧出来洗脸、梳头发。"裴原冲她挑了挑眉毛，"吃了饭，我带你出去玩。"

早饭已经端了上来,热气腾腾的,厨房的人怕冷得太快,将精致的小碗扣在上头。

等宝宁洗漱好,换完衣裳,裴原的喂奶任务也终于完成了。小羊被他桎梏太久,好不容易解脱,撒着欢儿地往外头跑,阿黄去追,一羊一狗在石榴树下啃草玩。

裴原往外看:"这只羊哪里像是有病的样子?"

"你仔细瞧,它腿是跛的,骨头长得不太好。"宝宁一只手挽着袖子,一只手将菜上罩的碗一个个地拿了下来,"也可能是换了个居所的缘故,原先它在草棚里,吃不好,睡不好,现在换了地方,心情肯定也变好啦。"

裴原走到她的身后,胳膊搭上她的肩,懒散地问她:"那你现在的心情好不好?"

"嗯……还行吧。"宝宁抿唇笑,拿筷子戳了戳盘里的水晶虾饺。

她还是挺高兴的,裴原记得她想吃什么,虽然只是一点儿微不足道的小事。

她从小到大,得到的来自姨娘和季蕴之外的关爱太少,养成了这样的性子,受到一点儿恩惠,就能高兴半天。

宝宁瞄了一眼裴原的方向,心里想,裴原是她的丈夫,他们是如此亲密的关系,所以她还可以索取更多,裴原还可以做得更好,这样的想法不是很过分吧……

"你不喜欢吗?"裴原盯着她的表情,眉心皱起,"我按照你的喜好安排的,虾饺、素馅儿包子、河虾、炸小黄鱼,还有疙瘩汤。我记错了吗?"

"你没记错。"宝宁坐下来,仰头望着他,小腿荡来荡去,眼睛里满是笑意,"但我还喜欢什么,你知道吗?"

裴原愣住了,回想半天,摇摇头。

"我可记得你的喜好。"宝宁掰着手指头对他数,"我知道你喜欢吃肉,不喜欢吃青菜,非要吃青菜的话,喜欢吃豆芽。肉的话,比起小炒肉,你更喜欢排骨,比起排骨,更喜欢猪大骨,尤其是酱香的。嗯,你还喜欢汤拌饭,吃相不是很好看,喜欢土豆蘑菇汤和冬瓜丸子粉条汤,最讨厌红枣莲子汤,对不对?"

裴原看着她认真的样子,蹲下身与她平视。

"所以你也得记得我的喜好。"宝宁正襟危坐,"我喜欢吃河鲜,喜欢吃小圆子,玫瑰馅儿、芝麻馅儿和花生馅儿的都喜欢,最讨厌五仁馅儿的东西,五仁月饼也讨厌。所以以后你惹我生气了,千万不要拿五仁馅儿的东西讨好我。我还喜欢吃面,喜欢山西的面,以前国公府的主厨是山西吕梁人,酿的醋特别好,刀削面也做得好,做得最好吃的是碗团。"

宝宁问:"你吃过碗团吗?"

裴原听她唠唠叨叨，眼睛笑得眯成了一条缝："没吃过。"

"我就知道。"宝宁端起小碟子，一口咬掉半个饺子，有些得意，"我的三姐夫也是山西人，会做，但没我做得好吃，我有秘方的。改天我也做给你尝尝鲜。"

裴原应了一声"好"。

他伸手将宝宁额角的碎发撩到她的耳后，低声笑："以前不知道，你竟然这么啰唆。"

"我与你说的都是正经的事，你不要不往心里去。"宝宁把剩下的半个饺子也吃掉，去喝疙瘩汤，突然想起了什么，抬头问，"你昨晚对我说了一些什么？我半梦半醒，只知道你在说，一句都没听清。"

"没什么。"裴原一句话带过，坐在她的对面，也端起碗。

他转移了话题："待会儿我们去小凌河那边转转如何？我打听过了，听说那边今天有戏班子，我带你去看看。"

宝宁的注意力果真被转移了，她很少有外出的机会，听到这个计划，极为高兴。但喝掉小半碗汤后，她忽然又想起了什么，动作顿住了，看了裴原一眼。

裴原把剥好的虾扔进她的碗里，问："怎么了？"

"我可以见见我的弟弟吗？"宝宁试探地问，用手指捏紧了筷子，"我想他了。"

裴原不太高兴："我与你出去玩，见外人做什么？"

"那不是外人。"宝宁睁圆了眼睛，"那是我的弟弟——你的妻弟，你要叫他一声'小舅子'，听听你说的是什么话！"

裴原笑了一声。他仍记着季蕴的仇，知道这个小舅子不待见他，当初宝宁刚嫁过来的时候，季蕴还有了想将她带走的心思。裴原不愿让宝宁与季蕴接触，就是怕她心性不定，被季蕴三言两语哄服帖了，回来与他闹和离。

但宝宁话里的某个字眼取悦了他。

"不是昨儿个你说的，我是老大，你是老二，我想干什么就干，不用问你？"

裴原夹了颗花生米放到嘴里："叫他出来也行，我跟他没正经见过面，上次我去国公府也匆匆忙忙的，今天一起喝顿酒。"

"你的腿还没好呢，那种东西，少喝为好。"宝宁托着腮，有些担忧地去看裴原袖子底下的手腕。他挡着，宝宁看不见。

宝宁道："那待会儿你去国公府递拜帖吧，算算日子，今儿个是月底，季蕴应该没去书院，我们一起乘马车去小凌河。"

裴原垂着头搅碗里的粥，三两下倒进嘴里："让他自己骑马去，哪儿来的脸与咱们一起凑热闹。"

"你……"宝宁咽下嘴里的东西，"今天是个好日子，我不与你置气，只是想提醒你一句，你还欠我五百个字的悔过书，外加一个小愿望。"

裴原愣怔地抬起头："真的要写？"

"你以为我在跟你闹着玩？我的气还没消，你说话做事最好注意分寸，"宝宁站起身拍了拍裙子，冲他浅笑了一下，"不然我的小愿望就是让你睡半年的地铺。"

裴原连炒花生米也吃不下去了。

阿黄围着裴原的脚转圈，他踢了踢它的屁股，刚把它赶走，它不长记性，又来。

裴原没好气地道："刚才不是喂你吃东西了？屁用都没有，就知道吃，馋鬼。"

他往地上扔了一块剔了肉的蒜香排骨。

阿黄美滋滋地抱着排骨往墙角跑，歪着脑袋，撅着屁股啃。

宝宁看了它一眼，无奈地摇摇头，踮脚将装着水蛭的瓷坛子取了下来。

裴原早上刚投过食，它们吃饱喝足，钻进泥里正在休息，露出一点儿浅蓝色的脑袋。

那五个卵茧一共孵出了二十六条小水蛭，死了两条，一条是因为没食吃被饿死的，它的食物都被一条个头相当大的水蛭抢过去吃了；另一条是直接被那条大水蛭吃了。宝宁看见时，它已被吃了一半，半个坛子都被它的身体里流出的血和黏稠体液弄脏了。

宝宁那时才理解，弱肉强食这个道理在哪里都适用。

宝宁把视线投向那条已经长得极为壮硕肥大的水蛭，它似是有先天优势，极其凶猛，已经有小拇指般粗，这样的生长速度超出了宝宁的预期。

按照这样算的话，再过两三天，她就可以用它来吸第一次毒血了。

宝宁偏头看了裴原一眼。阿黄又跑到了他的身边，小羊也去了，都围着他转。裴原轰走这个，轰不走那个，气得摔了筷子。

他现在还生龙活虎的，纯粹是因为身体底子好。这毒越拖，蔓延得越快。宝宁不敢想象，再过半个月或一个月，裴原会不会还是现在这个样子。

最迟后天，她必须得试一试这水蛭到底有没有用。

约莫午时，宝宁和裴原到了小凌河的旁边。那里有茶摊子，很简陋，就搭了个棚子，是挑夫歇脚的地方，茶是大碗茶，冲了不知道多少遍水，淡得和白开水一样，且回味有点儿涩。

季蕴在那里等着他们。

裴原到后，便皱起了眉头。桌子满是油光，凳子上的木板也有缺口，他不想让宝宁坐，但放眼望了望周围，又没有别的好地方，就一座在建的小楼。

季蕴先发制人："是你选的地方。"

宝宁不在乎地方简陋。她许久没看见弟弟，真的想他了。见他像树枝抽条似的长高了不少，人看起来也稳重了许多，宝宁心里很高兴，不住地盯着他瞧。

老板娘送来擦桌布，裴原拧着眉丢在一边，用袖子将宝宁的座位擦了个遍，这才让她坐下。

季蕴盯着他的举动，见状，心中放松了一点儿。

"我记得这个地方原来是家很大的酒楼。"裴原也坐好，起了个较家常的话头，与季蕴聊天。

"后来被左相的公子强拆了，现在新建了一家酒楼。"季蕴给他斟茶，又给宝宁斟茶，笑容妥帖。

宝宁觉得季蕴好像真的长大了不少，不知是因为她出嫁，还是因为陶氏有孕，导致他在府中的地位不如以前。她嫁得是不太体面——即便现在的生活她已足够满意，但在外人看来，还是不那么体面，季蕴当初为此伤神了许久。

以前，季蕴年轻气盛，藏不住锋芒，现在竟然学会与人寒暄了。

裴原"嗯"了一声，两人对坐着喝茶，相看两相厌，没人再说话。

宝宁悄悄地踩了裴原一下，想让他说句话，裴原领会到了这层意思，但没说话。在他心里，女人家的心思就是弯弯绕绕的，季蕴明显就不喜欢他，当然，他也不喜欢季蕴，强迫他们聊天有意思吗？弄得两人都尴尬。

裴原站起身，冲季蕴笑了一下："失陪一下，我去解个手。"

裴原不想解手，只是寻个借口出去避一避。等宝宁和季蕴说完话，他再回来。

裴原心想，他已经够客气了，这还是看在宝宁的面子上，能得到他的这种礼遇的人不多。

季蕴站起身，冲裴原拱手行了一礼，两人都微笑着道别。

待他走远，季蕴换了一副神情，一屁股坐在宝宁的跟前，紧张地打量她："姐，他对你好不好？我早就想去看你了，但被一些事情耽搁了，没去成，后来到了你住的地方，才发现你早就走了。"

宝宁笑着道："他对我挺好的，我们换了个地方住。"

她关切地问："发生什么事了？竟然让你这么忙！"

季蕴没回答。

他的脑子里想起了刚才裴原的动作，他对这个姐夫仍旧感到不满意。宝宁不记仇，能原谅裴原最开始的恶劣态度，他却放不下，到现在还耿耿于怀。而且，宝宁本就是被逼着嫁给裴原的，在季蕴心里，是宝宁受了委屈，这与他父亲的不作为有关，与他的软弱无能也有关。

总而言之，就一句话，裴原配不上他的姐姐，哪怕裴原的身份是皇子。

再者说，以裴原那样的性子，那样的身份，他哪里会是个好丈夫呢？

季蕴最怕的事就是宝宁受他的气，或者因为他的行事作为陷入附带的危险之中。

季蕴不能明着劝宝宁和离，许氏不允，对宝宁也不公，他希望她能自己想明白。作为弟弟，他给她留了退路。

"姐，我给你买了个庄子，离京城不太远，在溧湖。"

"庄子？"宝宁惊讶地看向季蕴，"你哪里来的那么多钱？"

"这几个月我做了一些小生意。"季蕴皱着眉头，在心里措辞，却又想不出合适的表达，干脆不说了，"姐，你放心，都是正经的小买卖，我没做不好的事。"

宝宁还是觉得难以置信："你才多大呀，赚了多少钱，够买庄子？"

"我与二姐夫一起做生意，他出钱，我出力，鼓捣一些地契上的生意。"季蕴不肯多说了，糊弄她，"姐，有志不在年高。"

二姐夫是崇远侯府的庶子，叫贾献，宝宁见过他一面，知道他是个很有修养的儒雅男子。听到季蕴这样解释，她觉得合理了许多。她虽然仍有疑问，但也不好多问，季蕴是个有主见的人，况且也该慢慢地接受历练。

"只有一条，你不许沾染上赌，也不许和那些花柳之事沾上关系。还有，贪赃枉法、伤人性命的事，你也不许做。"宝宁威胁他，"要不然，我就告诉姨娘，打断你的腿！"

"花柳之事"指的是什么，季蕴听得懂，宝宁不好意思说，便用这个词替代。

季蕴笑着答应了，用探究的目光盯着宝宁看。他心中想，裴原少年时做的那些买卖，他姐姐许是还不知道吧……

与贾献在一起久了，皇室贵族的那些野史，季蕴听了不少。对裴原的过往，他也有所耳闻。秉性这些不谈，裴原臭名昭著，世人皆知。他武力强悍，随护国大将军征战沙场多年，有些战功。还有就是，裴原很有钱。

季蕴不知道最开始见到裴原时，裴原为什么会落魄成那个样子，但根据他了解到的情况，裴原的身家远不止这些。

裴原常年驻守北疆，偶尔回京，喜欢玩乐，做那些阴暗的生意似乎很有一套。宝宁讨厌的东西他都沾染过，有些甚至做得很出彩。

只是听姐姐的话，季蕴发觉他的傻姐姐对此似乎还不知情。

季蕴垂眸片刻，用手指摩挲着茶杯的把儿，又看了宝宁一眼。

她确实没心没肺，已经不提他的钱的事了，正托着下巴望向河堤，那边有几个小孩跑着放风筝。河里有几艘画舫游船，她来兴致了，邀请季蕴待会儿一起去看风景。

"姐夫会不高兴的。"季蕴摇头,"我就是来看看你,将地契给你。见你过得好,我放心了,待会儿就走。"

"就待这么一会儿?"宝宁有些失望,偏头去寻裴原的身影,找不着,又转头看向季蕴,"连饭都不吃吗?"

"不了。"季蕴抿唇,欲言又止,终于还是出声,"姐,我希望你过得幸福一点儿。"

宝宁笑了:"我当然知道呀!我现在过得很好。"

"但是防人之心不可无。"季蕴正色道,"你不要总是那么傻,对谁都相信,要给自己留条退路,有些人知人知面不知心。"

宝宁有点儿蒙了。

季蕴发觉自己说重了话,便不再说这个。他轻呼一口气,从袖中拿出一张纸,在桌上一滑,递给宝宁:"上面是庄子的位置,你记牢了。里头一直有下人在,你想散心了就可以去住。"

宝宁拿着纸左看右看,高兴得不得了,瞄了季蕴一眼,笑着道:"我弟弟长大了,有出息了。"

"瞧你那样,傻不傻。"季蕴轻笑一声。

宝宁瞪他一眼,又逮着他问了许氏的近况,听说她很好,便放下心来。

就是国公府里最近有些乱。陶氏快临盆了,季嘉盈也要出嫁了。

她做太子侧妃,虽是妾,但也高贵,最重要的是,国师算过了,说季嘉盈与裴霄的八字极合,还有利于国运。圣上很高兴,特赐了大肆操办婚礼的恩典,说到时晚宴会请许多贵客,季家女眷也会出席。

姐弟重逢,话很多。二人说了一刻钟,裴原仍旧连个影子都没看见。

季蕴站起身,笑着道:"姐,我先走了。我若再待下去,就算天黑了,姐夫也不会回来的。"

宝宁的心里忽然有些难受。季蕴拍了拍她的肩以示安慰,又抱了她一下,转身走了。

宝宁远远地望着季蕴的背影,他身形还是有些单薄的,不似裴原那样结实,但背影挺拔,有少年英气。他转了个弯,钻进人群里,再也看不见了,宝宁才舍得低下头,眼眶有些湿润。

"人走了?"裴原不知何时回来的,坐在她身边,见到她红彤彤的眼睛,眉毛一皱,伸手为她抹眼泪,"你刚才不是挺高兴的吗?怎么一转眼又哭了?"

"你懂什么,那可是我的亲弟弟,我就是想念他,怎么了?"宝宁推开他的手,故意气他。

裴原的脸果真沉了下来。他不喜欢宝宁把心分出去，尤其是分给其他男人，亲弟弟不行，亲爹爹也不行。

"你刚才做什么去了？解手竟然要那么长时间。"宝宁看着裴原的眼，注意到了他的情绪，但没打算哄，有些咄咄逼人地继续问，"你是不是在故意躲着我们？"

裴原别开眼："没有。"

宝宁心里藏着委屈，说话的语气也不太好："裴原，我觉得你对我家人的态度有问题。"

"好了，宁宁。"裴原率先服软，捏了捏宝宁的后颈，像哄猫儿一样，"我知道你在意家人，等过几日，我买些礼物，带你去探望你的姨娘可好？"

宝宁不打算和他谈论这些事了。她心中想，许是因为自幼丧母，又常年在外，连父爱也缺失了，还有那样一个心机叵测的哥哥，裴原亲情缘淡薄，不将家人当回事，也说得过去。这些不是她一时能纠正过来的，只能慢慢来。

裴原看她的脸色稍霁，放松了一些。他从袖子里掏出一个油纸包，逗她："看看我给你买了什么？"

宝宁接过来拆开，里面是一串油光红亮的大糖葫芦，上面还撒着白芝麻，散发着酸酸甜甜的味道。

"算你有心。"宝宁恨恨地咬了一大口，站起身往外头走，"你的悔过书准备得如何了？"

"有腹稿了。"裴原拉住宝宁，学会了卖可怜，知道宝宁最惦记他的腿，拿这个博同情，"我的腿难受了，你走慢点儿，等等我。"

宝宁急忙看向裴原，见他面露痛苦之色，赶紧去扶："你很难受吗？要不咱们现在就回去？"

"没什么大事，就是这个悔过书……"裴原瞟了宝宁一眼。

他眼中的算计之色被宝宁捕捉到了，她稍一思索，便明白过来裴原在诓她。

"你可真幼稚，拿这样的事开玩笑！"宝宁恼怒地甩开他，咬了一颗糖葫芦，嚼得"咔嚓咔嚓"响，"我再也不相信你了。"

"别啊，我给你念，给你念还不行吗？"裴原哄她，将胳膊横在她的胸前，用鼻尖蹭她的脖子，"我现在就给你念。"

这种动作太亲昵，许多路人看了过来，偷偷地瞧着他们。

宝宁又羞又恼，踩了裴原一脚。他换了个姿势，拉着她的手腕，寻了一个偏僻人少的断桥。

桥的两侧有石墩子，不远处停靠了一艘船，船帆高高地挂起，像是准备远行。

裴原让宝宁坐在石墩子上。他将手背在身后,在她面前转来转去,很为难的样子,面色发黑,半晌才憋出第一句:"我叫裴原。"

宝宁笑了。

"我为那天自己的冲动言行,郑重地向季宝宁道歉。"裴原又转了好几圈,还是说不出下一句话。

宝宁吃光了糖葫芦,手里拿着长竹签,笑眯眯地看着他:"然后呢?"

"以后再也不会有这样的事发生,否则……"见宝宁等着他的下一句,裴原咬咬牙,狠心道,"我就当众学三声小狗叫!"

宝宁道:"一共五十个字,你还欠我四百五十个字。"

裴原愣住了。

风吹过来,带来一片树叶,落在他的肩上。宝宁站起身,给他拈下来,将树叶放在手心里,鼓腮吹了一口气,瞧着叶子落进水里。

她玩够了,看向裴原,见他还是直愣愣地在那里站着,抱着胸道:"说好了五百字,一个字也不能少。"

"你不要逼我。"裴原眯起眼,"那我可要说了,你数好了。"

他用两手按住宝宁的肩,深吸一口气,大声地开口道:"我错了,我错了,我错了,我错了,我错了……"

宝宁彻底蒙了。


"殿下,您说四皇子和四皇子妃在说什么呢?"

近侍太监常安站在裴霄的跟前,随他的视线一起朝断桥望过去,那边有一双人影,亲密地站在一起,像是在吵架。

裴霄的拳抵着唇,他轻咳两声:"不知。"

"他们的感情看起来很好。"常安有些感叹。他突然想起了什么,叹了口气:"若早知如此,当初在京郊别院的时候,就该下手杀了他。谁能想到,中了那样的毒,他竟然还站起来了,如今似乎与正常人无异。"

"别着急,他就快死了。"裴霄神色渐渐变冷,"你猜错了,当初我不杀他,不是因为下不了狠手,是因为前段时间奔狼军的魏濛在京中。裴原的手里还剩一支烽烟,若贸然动他,烽烟一起,魏濛知道,我怕引起反扑。"

常安想了想,问:"烽烟是什么?"

裴原道:"是奔狼军内部用来联系的信号烟。烟起后经久不散,在危险时,可以集结附近所有的兵力。他们的烟是黄色的,与其他烟的颜色不同。"

常安恍然大悟:"听说魏濛原先是祁连山上的土匪头子,怎么忽然就从了军,还和四皇子搞在了一起？"

"物以类聚，人以群分。"裴霄垂眼啜了口茶水，"疯子自然喜欢和疯子交朋友。"

许久后，他抬起头，那边的一双人影已经不见了，他的视线锁定在宝宁曾停留过的那方石墩处。

裴霄忽然想起了宝宁往水里吹叶子的样子，她的眉眼灵动娇俏，让人看着轻松愉悦。那是他没体会过的感觉。

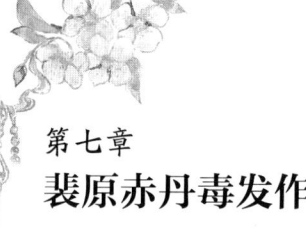

## 第七章
## 裴原赤丹毒发作

　　裴原连着喊了一百五十遍"我错了"。听到最后，宝宁都觉得烦了，想堵住他的嘴，他却上了瘾，偏要喊完。

　　足足念了一刻钟，裴原问："你满意了吗？"

　　宝宁不理他，扭头往桥下走，裴原拉住她："不是数了吗？正好五百个字，按照你的心意来的。"

　　宝宁甩开他的手，羞恼地道："真不知道你这套坑蒙拐骗的手段是从哪里学来的，嘴里说不出几句正经话，全是骗人的话，大骗子。"

　　裴原正色道："我待你的心是真的。"

　　宝宁诧异地看着他，觉得这个人真的变了。经过这几日的事，裴原比起从前改变了许多，只是不往正道走，变得更加油嘴滑舌，什么话都敢往外说。

　　或许这就是他的本性，土匪流氓，没个正形。

　　裴原不待宝宁反应，往前一步，一把抱起她，往不远处的马车走："不说这些了，咱们换个地方，带你玩去。"

　　宝宁被他的动作吓了一跳。旁边有人在看，宝宁没他那么大胆，拍他的手臂挣扎："你做什么？放我下来！"

　　裴原不松手："我们是正经夫妻，怕什么？！"

　　他们走的是小路，但难免会遇上零散的路人，路人们瞧见这架势，都窃窃私语。宝宁害羞，把脸埋进了裴原的颈窝里。

　　二人好不容易走到马车旁，车夫将门打开，没待裴原反应过来，宝宁便像兔子一样钻了进去。她的脸颊已经红透了，她坐好后，怒气冲冲地看着裴原。

裴原神色自若地坐到她的旁边，两腿叉开，脊背放松地往后靠。

宝宁怕外头的人听见，压低声音道："你未免过于豪放了一些，大庭广众之下就做这样的事。"

裴原"嗯"了一声，没说话。

车夫扬鞭，马儿跑了起来，除了轮子与地面摩擦的声音，车厢里一片寂静。

宝宁一直等着裴原出声，过了好久都没等到，朝他看了过去，这才发现裴原的脸色不知何时有些泛白，他唇上也失去了血色。

宝宁没心思再计较刚才那件事，赶紧撸起他的袖子看。果不其然，手腕上的毒素扩散得更加厉害了，尤其是最开始出现赤丹的地方已经凸了起来。凸起处有黄豆般大小，正在起伏鼓动，形状可怖，像有了生命。

"别看。"裴原闭着眼，将袖子拉了下来，声音有点儿虚。

宝宁没见过这样的情景，只觉得裴原一瞬间就病入膏肓似的，刚才生龙活虎的样子一去不返。她着急地去探裴原的额头，一片冰凉。

"这是怎么回事？"宝宁的声音发颤，她不由自主地往不好的方面想，"怎么突然发作了？以往没这么厉害的……"

宝宁想起了什么，赶紧拉开车帘往外看了一眼，瞧见低飞的燕子，一刻钟前的灿烂阳光消失不见，被乌云挡住了，像是要下雨。

裴原在她的身后轻笑了一下："这毒还挺准的。"

宝宁笑不出来。她想起几日前的那个雨天，裴原明明一整晚都表现得很好，怎么今天就变成这样了？难道是毒素累积到一定程度后会突然爆发？

"别担心。"裴原探身过去将她搂住，下颌抵在她的发旋处，低声安慰，"我厉害着呢，过了这阵子就好了。"

宝宁背对着他，不敢动。她能感觉到裴原身上筋脉的跳动，像是有许多细小的虫子在他的身体里乱窜。

裴原深吸了一口气，把她搂得更紧了一点儿。

宝宁张嘴，小声地问："疼不疼啊？"

裴原半晌没回答，宝宁本以为他睡着了，过了一会儿，耳边响起了他的声音："疼。"

宝宁一下子就受不了了，鼻子也开始泛酸。

他们相处了这么久，裴原的性子太野，他不知道爱惜自己的身体，大伤小伤受遍了，流过那么多血，几乎不怎么说疼。

"我们去错地方了。"裴原忽然说了句这样的话。

宝宁没反应过来："什么？"

"我们不该去断桥边的，站在那里的时候，游船的方向有人盯着我们看。"

宝宁打了个哆嗦："是谁？"

"不知道。"裴原合着眼，"我也是最后才发觉的，就知道你会害怕，所以没敢告诉你，便匆匆走了。"

宝宁恍然明白过来，他是在说那会儿抱她回来的原因。

宝宁呼吸一滞："你牵着我走便好，为什么选么费力的方式？你明知道要下雨了，身体会不舒服！"

"我脑子一热，就忘了。"裴原捧着宝宁的脸转向自己，唇往下滑，吮了一下她的眼皮，"我害怕啊，你太美，太讨人喜欢了，总有人惦念着你，要与我抢。姓冯的、姓徐的、姓周的……"

裴原的神志有些不清楚了，他在宝宁的耳边念叨："我真的想杀了他们。"

宝宁只听见了一个"杀"字。

她没往心里去，抱着裴原的头，帮他换了个姿势，让裴原枕在她的大腿上，哄他："好了，别说了，你养养神，咱们这就回家去。"

宝宁将手搭在他的额上，他的唇色已经白得吓人，她轻轻地呼出一口气，告诉自己不要慌。

她不能再等以后了，就今晚！水蛭能不能解毒，她今晚就要拼一把！

到邱府时，大雨已呈瓢泼之势，此时正值初夏，雨水多，这场雨还不知道要下到什么时候。

裴原已经挺过了最初那段难熬的时间。其实他早有预料。上次的毒是被他硬压下去的，周江成做出出格的举动，他一时动了气，没管后果，伤了身子。他这一次毒发，痛苦程度是以往的双倍。

车厢里有伞，宝宁本想先下车，再撑伞等裴原下来，没想到他竟忽然站了起来，像以往一样先跳下去，将手伸过来接应她。

雨幕下，他神色如常，若不是撑伞的手在颤抖，几乎看不出毒性正在发作。

车夫在一旁笑盈盈地看着他们，宝宁知道，裴原这是在硬撑。一是因为自尊心，他不愿在外人面前露怯；二是为了安全，他必须在所有人的面前伪装得强大，这样才能不让人以为他软弱，才能不被人随意欺凌。

宝宁扶着裴原的手跳下来，落地的一瞬间，裴原抱了她一下，将唇抵在她的后颈处，给她带来濡湿的触感。

有水一样的东西顺着她的脖子往下流。

宝宁抬头看了一眼裴原，他用拇指把嘴角的血拭掉，手很自然地搭在她的肩上："走吧。"

宝宁心酸得不行。她意识到，裴原的身体这次是真的不太好了，比以往任何一次的情况都要糟。

"我扶着你。"宝宁把他的胳膊拿下来，扣住他的肘弯处。

裴原没拒绝，偏头在宝宁的脸颊上轻轻地贴了一下，像是奖赏和鼓励。

宝宁的眼眶有些红，她看着裴原，觉得此刻的他格外脆弱。人在脆弱的时候，心思是不是也会变得柔软一些？就像他现在这样。

"裴原，你坚持一下。"宝宁垂着眼，拽着他往前走。她看着自己的脚尖："我不生你的气了，你糊弄我的那个悔过书，我也原谅你，你好好的就行，明早我给你做碗团吃。"

"傻不傻啊？"裴原笑了，还有力气开玩笑，"你要庆幸遇到的是我，要不然，就你这道行，真的遇到骗子，转眼就把你卖了。"

宝宁今天第二次被骂"傻"，那会儿季蕴也说过她，还告诫她要警醒些，知人知面不知心。

她抬起头看向裴原，他用手撑着伞，手指像伞骨一样好看。

他看起来在笑，指尖却越捏越紧，终于咳了一声，痛苦地弯腰，吐出的血喷溅在宝宁的肩上。

裴原哄她："可别嫌我脏啊！等明儿个好了，我给你洗衣裳。"

宝宁忽然哭了起来。她心里又堵又闷，一边抹眼泪一边拽着裴原往院子里走。风太大，打伞也没用，宝宁知道他们俩现在的样子肯定狼狈极了。裴原很难得地善解人意，知道她的心情不好，一路讲笑话逗她笑，一边说，一边咳。

宝宁觉得这样的裴原还不如以前那个讨人嫌的裴原可爱。

讨人嫌的裴原惹人生气，现在的裴原惹人心疼，她宁愿气，也不想疼。


一棵枝繁叶茂的海棠树下站着一对姐妹。

年长的那个穿着一身胭脂色的裙装，妆容精致华丽，吊梢眉，红唇鲜艳欲滴。她视线追随着裴原离开的方向，一双秀眉紧紧地蹙起。

"你不是和那个女人玩得很好吗？"邱灵珺看向妹妹，"四皇子是怎么回事？他生病了吗？"

邱灵雁一脸惊慌失措："我……我不知道。"

"你可不要骗我。"邱灵珺蹲下来，笑着揉了揉她肉嘟嘟的脸颊，忽然变脸，狠狠地掐了她一把，"没有我护着，你出生那天就被扔了，还能好好地活到现在？看看你那张脸,鬼瞧见了都要被吓哭。你的命是我救的,你得乖乖听我的话!"

"我知道了,知道了,姐姐。"邱灵雁哭出了声。她不敢大声哭,只能拼命地捂着唇。

"真乖。"邱灵珺诱哄她,"我可是你的姐姐,害谁也不会害你的,你也会保护我的,对不对?"

邱灵雁迷茫地点点头,邱灵珺突然又变成泫然欲泣的样子,冲她道:"雁子,你舍得姐姐嫁给那个傻子二皇子吗?"

"不……"

邱灵珺诱哄她:"所以,你现在把你知道的那些事,一字不落地全都告诉我。听懂了吗?"

进门的时候,两人全身已经湿透了,裴原走路都有些趔趄,高大的身子倚靠在宝宁的肩上,宝宁的脸上湿漉漉的,分不清是汗,是泪,还是雨水。

刘嬷嬷本以为他们要晚上才能回来,没想到竟然回得这么早,瞧见两人狼狈的样子,更是吃了一惊:"这……这是怎么了?"

"他喝醉了酒,我扶他回去就好。"宝宁冲刘嬷嬷笑了一下,"你回去歇着吧。"

刘嬷嬷将信将疑,但不敢再问,只道:"奴婢待会儿送两碗姜汤来。"

"不用。"宝宁拒绝了,"我自己去熬。"

裴原这会儿定然谁都不想见。

刘嬷嬷应了一声,目送他们进门,退下了。

阿黄和小羊听见外头的声音,正眼巴巴地望着,见他们进来,赶忙围上去转。宝宁没空理它们,吃力地将裴原扶到床上,将他身上的湿衣裳都扒下来,用干布潦草地擦拭了一遍,再给他盖好被子。

裴原好似昏睡过去了,宝宁也顾不得羞,将他扒得只剩下一条亵裤,露出结实的胸膛和腹部。

裴原身上刀疤密布,有的很浅,成了淡粉色,有的凸出来,像一条硕大的蜈蚣。他左臂处的网状毒素正在以肉眼可见的速度蔓延。

宝宁愣了一下,心头涌上酸涩之感。这个男人现在怎么脆弱成这样?

她怕裴原着凉,又从柜子里翻出一床冬用的鹅绒厚被盖在他的身上,自己也快速换了衣裳。

她再回头时,裴原已经醒了,正盯着她看。他的眼中血丝密布,看起来有些瘆人,他温柔地笑了一下。

"真好看。"裴原"嗯"了一声,"想亲。"

"都什么时候了,你能不能正经一些?"宝宁想骂他,但看到他那副样子,又舍不得,转头去柜子里取装水蛭的瓷坛,又去拿药。

阿黄和小羊似乎知道现在不是玩闹的时候,不再放肆了,安静地趴在一旁。

宝宁打开瓷坛看了一眼,忍住心头的抵触和害怕,吩咐阿黄:"守住门,谁都不许进。"

阿黄叫了一声。宝宁取了针灸袋就往床边走。她坐下来,将他左腿的裤腿挽了上去。

即便早有心理准备,但她瞧见裴原的腿时还是有些犯怵。每一条血管都好像有了生命,成了深紫色,鼓胀起来,上头布满了密密麻麻地跳动的小点。宝宁深吸一口气,不再看,挖出一勺早就调配好的药膏,看向裴原,轻声道:"我开始了?"

宝宁抿了抿唇:"可能会有点儿疼。"

裴原躺在那儿,偏头看她,忽然开口道:"宁宁,我刚才想,我真的挺对不起你的。"

"说这些干什么?"宝宁动作一滞,手指屈了屈,"你哪里对不起我?"

"现在回想一下,你为我做了那么多。"裴原声音低沉,"若没有你,我现在许是还在那个小院里,像个废人一般。你知道的,我这个人死心眼儿,又要面子。我真的觉得,如果腿废了,这辈子就完了,死了也罢。"

宝宁看着他的眼睛,觉得自己的下颌发紧,很想掉几滴眼泪。她不知道裴原为何忽然说这些,他明明不是个感性的人。

"比起光鲜亮丽地活着,被人指指点点叫瘫子,我宁愿随便找个角落,在没人知晓的时候死了算了。但我又不甘心。"裴原笑了,"我还有那么多事没做,仇也没报,随随便便死了,那不是我的性格。但我又活不下去。

"我是不信鬼神的。但那段时间我天天盼着,若是世上真的有菩萨,那该有多好。"

裴原去拉她的手指,轻轻地揉搓:"后来我就等到了你。"

宝宁垂下眼皮,鼻子似是被堵住了一般。她用手背狠狠地擦了擦眼睛。

她一直想听裴原说几句好听的话,如今终于等到了,却又觉得一点儿都高兴不起来。他说得那般一本正经,像是临终遗言,听得她想哭。他们还不如往昔,即便打闹生气,氛围也是轻松的。

"你是不是嫌我啰唆了?"裴原的眼神变得黯淡,他叹了口气,"我现在与你说这么多话,是怕以后没机会了。"

宝宁猛地抬起头:"你什么意思?"

"万一我死了。"裴原顿了顿,看着宝宁瞬间瞪大的眼睛,轻笑了一下,"你急什么？我是说万一。"

他语速很缓慢："万一我死了，但你还这么小，你以后的路还长着，我怕你忘了我。我怕你以后想起我时，念的都是我不好的地方，毕竟我真的对你没那么好。

"我这个人本性不好，天生不是个合格的丈夫。但我也有优点，打骂不还手，以后还要辛苦你慢慢地教。

"如果还有机会的话。"

宝宁抽了抽鼻子，赌气地对他道："若是没有机会呢？若你死了，我立刻改嫁。我有了新生活，一天也不会记起你。"

"做你的美梦。"裴原眯眼道，"谁若敢娶你，我就算死了，变成厉鬼，也要刨了他家的祖坟。你就乖乖地给我守一辈子的寡。"

宝宁被他的话气笑了："死皮赖脸不讲理，不与你说了。"

但经过这么一闹腾，宝宁刚才的恐慌心情散去了不少，她又用勺子在药膏里搅了搅，看了裴原一眼，狠心把药抹在他的小腿上。

这药是为了吸引水蛭钻进皮肤的。水蛭馋血，但不傻，血里有毒，它感受得到，肯定不会乖乖就范。这种药膏有一种特殊的气味，能骗过水蛭的感官，让它顺利地钻进皮肤中，但代价就是人会很疼。

明姨娘当初与她描述的时候说的是，像是有几百根针一起扎进指甲肉中。

宝宁看向裴原，他额上已经渗出了细汗，手指紧紧地攥着被面，宝宁的心也跟着一缩。她不再问"疼不疼"这种毫无意义的话了，裴原肯定疼，但长痛不如短痛，宝宁用筷子将那条肥胖的水蛭夹了出来，用棉布擦拭掉它身上的淤泥。

水蛭冰凉滑腻，宝宁又看了一眼裴原，他也正看向这边，冲她点了点头。

宝宁轻轻地将水蛭放到方才涂抹的药膏上，它原本蔫蔫的，不怎么精神的样子，但一闻到这味道，立刻就活跃了起来，摇头摆尾，迅速叮在了皮肤上。

很快，水蛭透明的身体就出现了变化，它从头部开始有一条细细的血线流进腹部，腹部也逐渐胀大。宝宁见过它吸食田螺的样子，流进去的是鲜红的血，但现在，血是紫黑色的，还泛着淡淡的荧光，看起来阴森可怖。

宝宁坐在裴原的身边，捧着他的手腕，观察赤丹的变化。

最开始的时候毫无效果，但随着水蛭的吸食，那处跳跃着的凸起渐渐平息了下去，毒素也停止蔓延，甚至有回缩之势。

宝宁惊喜地看向裴原："你瞧，是有用的！"

裴原揽过她的肩，将脸埋在她的颈后，没有说话。

他的呼吸由最开始的急促粗重渐渐变得平缓，宝宁一直狂跳的心也逐渐平复了，她捏了捏自己的手心，全是汗水，蓦地有种劫后余生的感觉。

虽然这才刚刚开始，他们以后还有很长的路要走，水蛭解毒十五日一次，不能停，也就是说，每隔半个月，裴原就要承受一遍这样的痛苦，且要持续至少三年。

宝宁盯着裴原腿上那条肥大的水蛭，它吃饱喝足后，掉落了下来，而后在床铺上扭动了几下，身体变得僵直。

裴原伏在宝宁的肩上睡着了。宝宁捏了捏他的手指，他没反应。她轻轻地转身，将裴原的身体放平。他现在极为乖顺，任她搓圆捏扁，像只大狗。

宝宁抿唇笑了一下，想起裴原刚才的话，他说自己任打任骂，绝不还手，也不知道是不是真的。

宝宁伸手拨弄了一下裴原的睫毛，他的睫毛像他这个人一样，又直又硬。宝宁又摸了摸自己的睫毛，纤长柔软，摸起来很舒适。

宝宁收拾好床铺，把罐子都归拢好，躺在裴原的身边。她翻来覆去，睡不着，想着裴原刚刚说的话。

他倒是很清醒地知道自己的缺点，总说着让她教，也没问过她愿不愿意。他连学费都没交过，人又笨，这样的学生，她还不肯收呢。

宝宁胡思乱想着，又想到裴原上次惹她生气，说要给她洗脚。他拖着拖着，到现在也没洗成，还要她反过来伺候他。宝宁盯着裴原看，想了想，还是气不过，抬脚踹了一下他的脸，一下不够，忍不住又踹了几下，赶紧收回脚，慌张地看了一下裴原的神情。

他仍然熟睡着，没有要醒的意思。

宝宁放下心，给自己找借口。是裴原自己说的，任打任骂，绝不还手，她就踹了他两下，他应该不会介意的。

宝宁紧张了半天，现在一切尘埃落定，没有烦心事了，困意席卷而来。

宝宁把被子往上扯，盖住口鼻，就那么昏昏沉沉地睡了过去。她再醒来时，天已黑得彻底。被子太厚，她一身都是汗，不舒服地扭了扭，睁开眼，对上了裴原的视线。

他好像已经醒了很久，揪着她的头发，低声调笑："乘人之危有意思吗？"

裴原捏着宝宁的发梢，轻轻地撩她的眼皮，她眨了眨眼，痒得往后躲，靠在身后的墙上。

"你在说什么呢？我听不懂。"宝宁嘴在被子底下，声音闷闷的。

"装傻？"裴原欺身过去。他的脸色还是有些白，但有了一丝气色，他挑着眉笑道："现在知道害怕了？那会儿拿你的脚丫子往我的脸上贴的时候，胆子不是挺大？"

"你记错了。"宝宁争辩，翻了个身，面向墙壁，装作打哈欠的样子，"我还困着，你不要来烦我。"

"熊样儿。"裴原把宝宁的被子往下扯了扯,"别总捂着脸,一身汗味,也不嫌闷。"

他将长臂搭在宝宁的胸口下方,下巴抵在她的发旋上,她被硌得不舒服,扭动了几下。

"消停点儿。"裴原轻轻地咬了她的耳垂一下,闭着眼,"乖,让我抱抱。"

宝宁不动了。她将小腿蜷缩起来,像婴儿的姿势,背贴在裴原的胸前,外头小雨绵绵,更显得静谧。

"你疼不疼呀?"宝宁轻声问。

"能忍。"裴原低头去寻她的小耳朵,用齿尖轻轻地磨,"你看,我都不嫌弃你脏,你都几天没洗澡了,我还肯亲你。"

宝宁羞恼地用肘弯撞他:"是我逼你的不成?"

"我乐意。"裴原笑了,"我一身贱骨头,就爱往你的身上贴。"

"你还说!"宝宁用指甲抠他的胳膊,脸色羞红,"我以前怎么不知道你是这样的人,油腔滑调。"

裴原问:"那以前的我在你的心里是什么样的?"

"傲慢、自大、不讲理……"宝宁仰头靠在他的怀里,慢悠悠地数他的缺点,"很讨厌就是了。"

"就没点儿好词?"裴原皱眉,掰着宝宁的肩膀,将她翻了个面,正对着她的脸,暧昧地去啃她的鼻尖,"你不喜欢我?"

"什么喜欢不喜欢的……"宝宁更羞了,推开裴原的脸,抬手抹掉鼻子上的口水,"你怎么总是喜欢咬人?"

"就咬你。"裴原的声音低低的,他精力恢复了不少,又变回了原先的样子,眼珠黑亮。

宝宁不和他犟嘴了。她想去洗个澡,但又觉得乏,被窝暖和,她懒得起来。裴原的上身仍旧裸着,他平躺着,用臂弯圈着宝宁的脖颈,另一只手搭在她的小腹处,一点一点地打着拍子。

宝宁闭眼小憩了一会儿,笑了一下,戳了戳裴原的腰眼:"你听,阿黄是不是在打呼噜?"

裴原侧耳去听,果真是。他笑了一下:"它睡得倒是挺舒服的。"

宝宁坐起身:"我去把它弄醒。"

裴原"啧"了一声,拉住她的手腕:"你干什么,那么讨人嫌?"

宝宁吐了吐舌头。

"那我要去洗澡，"她将头发从脖颈上抓起来，取过小几上的簪子，几下绾成一个髻，"身上黏死啦。"

"我陪你一起去。"裴原也坐了起来。

他的腿上有水蛭留下的伤口，半个指甲大的小洞，被宝宁敷过药。他一动，剩余的药粉扑簌簌地落了下来，露出的那块伤口已经结了薄薄的痂。

"你胡闹什么！"宝宁瞪了他一眼，"你继续坐着吧，我待会儿给你打些热水，随意擦擦好了。"

她穿好鞋子，去点了灯，小火苗将整个屋子都照得亮了起来。

雨停了，小羊和阿黄都睡在窗子下，宝宁将它们赶走，踮着脚将窗户推开。清凉的晚风吹进屋子，十分凉爽，将身上的黏腻燥热感都吹走了。宝宁看了一会儿外头那棵石榴树黑黢黢的影子，伸了个懒腰。

裴原靠着墙壁，就这样看着宝宁。宝宁穿着一身淡粉色的亵衣，露出一截细白的脚踝，他不由得伸手比量了一下，她的脚踝没比他的手腕粗多少。

阿黄睡觉之处被占据，它扭着屁股撞了宝宁的小腿一下，"噌噌"地往床上跑，想要跳到裴原的身上去。

裴原飞了一个眼刀过去，它退缩了，带着小羊窝在脚踏处，头挨着头继续睡。

气氛很好，是个温馨小家的样子，宝宁的心情也变得很好。她这一日的心情真是大起大落。

"这几天若是没事，你就在家好好歇着吧。"宝宁回头看裴原。

她抿了抿唇，想了想，还是隐晦地表达出了自己的意思："邱将军每次回京，也就待上几个月，咱们到底是外人，长久地住在人家家里总是不好的，是不是该考虑在外头买一套宅子了？你若是没钱的话，"宝宁打量着裴原的神色，"我的手头有一些，买大宅子许是有些吃力，小宅子倒是没问题。如果可以的话，咱们到别的地方去，一个没人认识咱们的地方。我们做些小买卖……"

虽然知晓裴原留在将军府必定有他的缘由，但是宝宁着实不喜欢这里，这里虽好，却不是她的家。

她忽然觉得自己的语言很苍白，不再说下去了，又转过头看院子里的树。她什么也看不清，那就是一团黑影子。

"过几日魏濛会来。"裴原忽然出声。

宝宁迷茫："魏濛是谁？"

"他是我手下最得力的副将，也是我的兄弟。"裴原道，"我的一些生意是他在打理，有些房契、地契，等他来了，我将东西都转交给你。"

他补充了一句："我不缺钱。"

宝宁小声嘀咕:"男人的面子真是古怪,我说的明明不是这件事。"

裴原以为她不愿意,挺直腰道:"宁宁,你得学这些,家里的田宅不能总是交给外人打理,你才是主母夫人。以往是我心思粗,忘记了这件事,现在想起来,还是应该交给你,我的钱本就都该归你管。"

听他这么说话,宝宁心里忽然生出几分怪异的感觉,说不上高兴还是不高兴。

他们的情况太特殊了,裴原的身份很尊贵,但宝宁嫁过来的时候,他又是那样的处境。他的身边一个下人都没有,他们两个人一起生活了那么久,让宝宁有了这样的意识——他们的小家就只有夫妻二人。

可刚才裴原又说什么田宅和主母夫人,这么一来,他们两个人的小家就要被打破了,一下子就成了大家。

宝宁承认自己小气又别扭。谁不爱钱呢?裴原若是有钱,她肯定高兴。但如果代价是裴原变成她的父亲荣国公那样的人,有一个偌大的宅子以及数不清的妻妾姨娘,她的身份确实变得显赫尊贵了,不止管一只羊、一只狗,而是管一大家子人,她又高兴不起来了。

"你……"宝宁心一紧,又想起了那个她一直回避的话题——裴原会不会纳妾?

她鼓足勇气,刚想问出口,窗外忽然传来一阵沉重的脚步声,裴原的视线转移了,宝宁心里的那股气也跟着一下子泄了。

她转身往外看,不出所料,是邱明山。

邱明山看见站在窗口的宝宁,冲她和气地笑了一下,走到离她一步远的地方:"宝宁,原儿在吗?"

"在的。"宝宁勉强笑了一下,冲他福身行了个半礼。她往裴原的方向看了一眼,他已经有了动作,正在往腿上装夹板。

裴原的动作很快,他弄好后,随意往身上披了件衣裳,朝门口走。

路过宝宁的时候,他伸手抚了一下她的额头:"别想太多,我就说几句话,很快回来。我若是回来得晚了,你自己洗个澡,早点儿睡。"

"噢。"宝宁迟疑地点了一下头,看着裴原出门。

他总是神神秘秘的,做一些与她的生活格格不入的事。

宝宁关上窗子,去柜子里拿换洗的衣裳,按部就班地去洗澡。

她心不在焉,挑一件亵衣就挑了好久,回过神才忽然发现,她刚才心里想的都是裴原。担心惦记是一部分,还有就是,她现在除了裴原,已经没别的东西了,大事小事都围着他转。

宝宁恍然一惊,觉得自己现在所处的境地简直可怕。

她的情绪皆由裴原决定,她哭因为他,笑也因为他。裴原现在待她好,那自然是百般好的，万一以后待她不好了呢？男人这种动物……到底有几分靠得住？

宝宁忽然想起了小时候听先生讲的三国故事，里头的曹丕和甄宓。甄宓美丽又柔弱，曹丕不爱她后，她又是那么悲惨。

阿黄睡饱了，蹬蹬腿，站了起来，张大嘴巴打了个哈欠。

宝宁的视线移动，最后落在它粉红的小舌头上，她心想，她真的该找一些她喜欢的事情做了。就算以后真的和裴原走到了不可挽回的那一步，她也能快乐地活下去。

外头，邱明山神色郑重地从袖中抖出一个小包，打开一看，里头是白色的粉剂。

他看着裴原，拧眉道："我怀疑，周江成当时发疯病是中了毒。这种粉是从他常喝的茶叶上刮下来的，茶是绿云亲手采摘、炒制的，所以，那个绿云到底是什么人？"

裴原的面色一凝。他接过纸包，用手指捻了捻里头的粉剂，有一股浓郁的茶香。

邱明山道："最开始没人怀疑过这茶，周江成爱喝茶，常喝普洱，普洱茶本上就有白霜。昨天，他自己偷偷地泡了一盏茶，喝了两口，又犯了和那天一样的疯病，拿脑袋往墙上撞，被人拦下盘问后，才想到这个。"

"你来看。"邱明山将纸包好，走到石榴树后的大水缸旁。

这水缸本是废弃了的，宝宁来后，觉得水缸漂亮，不舍得扔，养了两尾鲤鱼，它们现在正酣睡着。邱明山将粉剂抖进水里，不多时，两尾鱼就像疯了一样，忽然闹腾起来，互相乱撞，没一会儿，竟然撞出血来。

裴原盯着缸里缓缓洇开的血，一个念头忽然闪过脑海。他想起了公孙竹——裴霄手下最得力的那个毒医。

"还有这个。"邱明山拿出一卷布帛，布帛上满是褶皱，上头沾着泥土，"这是魏濛从巴蜀军的营地里挖出来的，他们要开灶生火，砍了东北方向的一棵槐树，砍了之后，挖出了这个。"

他语气有些迟疑："你……你看了之后不要怕。"

裴原接过来，抖开，借着邱明山手中的火折子看布帛，心中"咯噔"一声。满满一面的血书，写得凌乱无比，全都是"恨"字，写字之人的彻骨恨意都通过"恨"字发泄了出来，右下角是一个硕大无比的"季"字。

"那边的山里有风俗，用指尖血写仇恨之人的姓氏，埋在槐树底下，可以诅咒其全家。"邱明山继续道，"周江成说，这是绿云的字迹。"

裴原闭了闭眼，觉得这一桩桩的事繁乱无比，但似乎又有一根线把一切连接到一起。

尤其是那个"季"字，让裴原一下子乱了阵脚。这世上姓季的人很多，绿云恨的是谁，他根本猜不到。但裴原还是不由自主地去想，这件事到底和宝宁有没有关系，会不会波及她。

裴原在心里将这些线索捋顺：虎符、绿云、毒、裴霄、公孙竹、季和恨。

一团乱麻，他有点儿思路，但又抓不住。

裴原心中隐隐有这样的预感，这错综复杂的线索背后，藏着一个对他有利的秘密。

"原儿，我们不能再等了。"邱明山语气很焦急，"敌人在暗，我们在明，裴霄今日能算计巴蜀军的虎符，明日说不定就要算计我们的人头。我们现在手里有二十万军队，过两个月就是盛夏，圣上定会到行宫避暑，若你能下定决心，带着奔狼军俘虏圣上，改掉立太子的圣旨，又何必担心夜长梦多？"

"你怎么那么想要那个位子？"裴原眯着眼看他，"你辱我的母亲不够，竟然还要杀我的父亲吗？"

"你……"邱明山后退两步，大惊失色，"我一心为你，你竟然如此看我？"

"那就麻烦你收回这份好意。"裴原冷眼看着他，"我们从一开始就说好了，我要帮你杀的人是裴霄，不是圣上。我虽然无耻，但谋朝篡位的事做不出来。到时候你功成名就，我查清我母亲的事，也不贪你的功劳，咱们一拍两散。"

邱明山面色有些发白，手垂在身侧，攥着拳，一些话几欲脱口而出，但又硬生生地忍了下来。

裴原再进屋子的时候，宝宁已经睡了。

他与邱明山似乎很难回到往日的和谐局面。他们立场不同，政见不同，又有嫌隙，现在合作也是迫不得已，各怀心思。

邱明山急于向他示好，向他灌输那些他根本不愿接受的东西，这也使得两人的隔阂更深，每次见面都不欢而散。

宝宁洗好了澡，屋子里还残留着茉莉胰子的味道。桌上的烛火调暗了，昏黄的光照亮了一小片地方。

阿黄和小羊抱成一团，蜷缩在床底下，看过去毛茸茸的一大团，裴原对它们俩说不上喜欢，但听着它们浅浅的呼吸声，也忍不住上前摸了一把毛。阿黄的耳朵动了动，它扫了他一眼，没理会，继续闷头睡了。

这是很容易让人放松的氛围。

进门之前，裴原一颗心还紧绷着，满脑子想的都是那些权力争斗之事。门一合上，到了这个由宝宁经营着的小空间，他心情骤然就松快了起来。

裴原坐在床沿上，慢悠悠地脱了靴子，整齐地摆在宝宁的白色绣鞋旁边。

热水已经备好，放在屏风后头，过了这么久，已经成了温水，正好用来洗漱。裴原将衣裳随意地搭在屏风上，捧水洗了把脸，又冲了一遍脚，拎着布巾往床边走。

"你出去了好久。"宝宁被吵醒了，揉着眼睛坐了起来，声音带有久睡后的沙哑。

"好邋遢呀——"宝宁拉着长声，"你都不好好洗脚，脏死了，不要上我的床。"

裴原看了一眼蜡烛。它就剩指甲那么长，他也懒得熄了，等着它自己灭。

"我明天就洗澡。"裴原躺到床上，声音慵懒，"你再缓我一天。"

"还是个皇子呢，不爱洗澡，不知羞。"宝宁哼了一声，也跟着躺下，嘀咕着，"猫都知道给自己舔毛。"

裴原"啧"了一声："三天洗一次澡怎么了？我以前驻边的时候，水珍贵，半个月洗一次澡也是常事。总拿自己和我比，谁像你？一日不洗澡，就像浑身爬满了跳蚤似的，我不嫌弃你穷干净，你还嫌我邋遢了。"

宝宁悄悄地踢了他一下："说你一句，你反驳三句，就你废话多。"

"那你也得忍着。"裴原偏头看了宝宁一眼，忽然勾唇一笑，将她连人带被子都搂进怀里，按着她的后脑勺儿，对着她的脸一顿乱啃，"老子是你的男人，这辈子你都摆脱不掉，不忍着，想造反？"

宝宁挣扎着，小声尖叫，终于推开了他，捏着被角擦干净脸上的口水，一脸嫌弃的样子。

她本想和裴原说说她以后的打算，但他这么一闹，脑子里想好的措辞，她忘了个精光，只觉得这个人像只狗，狗都没他这么爱舔人。

裴原看着她狼狈的样子，将手臂搭在额头上，不禁"哈哈"大笑，心头的阴霾全都散去了。

"真烦人，我不和你一起睡了。"宝宁抱着枕头瞪了他一眼，转头爬到床尾，拍了拍枕头，躺下来。

阿黄被惊醒了，打了个哈欠，也蹿到床上来，趴到宝宁的旁边。一人一狗蜷着身子，缩在墙角，没一会儿就都睡着了，蜡烛也灭了。

裴原睁着眼看了一会儿屋顶，心中又琢磨起刚才邱明山与他说的事。

现在他心情平静，思路也清晰，理顺这些事简单了很多。

最开始，裴原怀疑过绿云是否和季家有关系。宝宁的父亲荣国公不是个专情的人，或许偷偷养了外室，对方生了个女儿，被他抛弃不要了。

但裴原细想，这几乎没有可能。荣国公这个人滥情懦弱，但不至于这么无耻，而且这么多年来从未有过这样的传闻。再者说，凭借陶氏的手腕，若他真的有个外室女，此人恐怕早就被偷偷地除掉了。

绿云、裴霄、季家……

裴原闭着眼，反复念叨着这几个词，忽然想起了什么，猛地睁开了眼。再过半个月，裴霄就要迎娶季家的嫡四姑娘季嘉盈。

或许绿云其实与裴霄有关系？裴霄承诺过她什么，但又毁约了？绿云便将仇恨转嫁给了他即将要迎娶的太子侧妃季嘉盈？

这个想法有些离谱，但又合情合理。

裴原觉得头有些晕。他厌恶这些后宅的阴私之事。如果这个推断是真的，他更瞧不起裴霄这样用女人做棋子的男人了。裴原暗自猜测，若真是如此的话，绿云现在应该就在裴霄的府邸。她恨意浓重，或许正等着裴霄大婚那日，一举除掉季嘉盈。

大婚当日，新娘子若是出了什么错处，场面定然混乱不堪，他或许可以借机做些什么，比如找到公孙竹。

裴原的手指摩挲着床沿，他回想着裴霄府邸的布局。虽然这件事未必会发生，但他必须早做打算，不能错过任何可能给裴霄造成伤害的机会。尤其是裴霄手下还有公孙竹，那是裴霄的暗器，杀人于无形，他必须尽早除掉此人。

夜已经很深了，宝宁睡得熟，呢喃着说梦话。

裴原的思路被打断了。他好奇宝宁在说什么，坐起来，将耳朵凑到她的唇边。

宝宁的半边脸埋在枕头里，她做着梦，还笑着，拉着长音道："阿蕴，你给姐姐买的大庄子，姐姐好喜欢呀——"

裴原疑惑地皱了皱眉头。什么庄子？哪里来的庄子？

"看你那个财迷的样子，睡觉还不忘数钱。"裴原点了宝宁的脑门儿一下，觉得无奈，给她掖了掖被子，又躺了回去。

裴原忽然想起了另一件事。季嘉盈现在或许有危险，他该不该告诉宝宁？

如果他说了，或许会打乱他的计划。但如果他不说，季嘉盈万一真的有个三长两短，他却从中获益，宝宁会不会怪他？

这个姐姐虽然待宝宁不好，但宝宁这种看重家庭的人会坐视不管吗？换一个角度讲，宝宁会不会觉得他对她不重视？

裴原这次是真的睡不着了。

若是以往，这根本不能算是顾虑，他做事直奔利益最大化，自己愉快与否都很少考虑。

但现在不行，裴原不由自主地去想，他该怎么做，才能不让宝宁对他失望。

第二天，宝宁醒过来的时候，裴原仍然睁着眼睛，盯着床顶的幔帐，像是一夜未睡的样子。

"你醒来很久了吗？"宝宁将阿黄推到地上，一觉睡醒，发现她的裤腿被蹭到了膝弯处，便磨磨蹭蹭地往下拽。

"天都亮了。"宝宁打了个哈欠，跨过裴原的腿下床，"早上想吃点儿什么？"

"你不是说做碗团吗？"裴原眨了眨酸涩的眼睛，也跟着坐了起来，"你那个羊奶给我也弄点儿，别加糖，我也想喝。"

"你这个人可真幼稚。"宝宁坐到梳妆台前，笑了一下，将缠在一起的长发慢慢地梳开，"和阿绵抢吃的！"

裴原靠在墙壁上，半掀着眼皮看她。梳妆台后面是小轩窗，晨光洒进来，在宝宁的身上镀上了一层金光，她垂着眼睛梳头发，姿态柔美温和。

裴原露出一个笑容，心不由得软了下来："阿绵是谁？"

"小羊呀。它一直没有名字，昨晚等你的时候，我给它取了个名字。"宝宁眨了眨眼，学着小羊的样子叫，"咩——"

裴原道："最幼稚的人还是你，大早上的，学什么羊叫，小孩似的。"

"你懂什么呀，真没意思。"宝宁不搭理他了，站起身，去取柜子里的衫裙，到屏风后头换。

她心情很好，换衣裳的时候还哼着曲儿，"咿咿呀呀"的小调，听唱词，像是《牡丹亭》。

裴原琢磨了一晚上的事忽然有了答案。其实现在摆在他面前的就是两个选择，他预判季嘉盈或许有危险，要在救她和谋利之间选择其一。他想选择后者，又担心宝宁会对此感到不悦，这个决定毕竟是不近人情的。

裴原想，与其事后再为结果争论，不如事前就与宝宁说明白，询问她的意见。

宝宁从屏风后面出来了，对着镜子整理自己的衣襟，瞧见裴原正在看她。

"你是不是特别饿？"宝宁回头冲他笑，"但你还要等我一下，我还没绾发，等我弄好了就出去。"

她没心没肺的，在那里嘀嘀咕咕："做饭也得漂漂亮亮的，让厨房里的那些嬷嬷背地里都夸我，那多舒坦。我是不是要多做几份碗团，给她们分一些？平白被夸，多不好意思……"

裴原又觉得自己好像太残忍了。

宝宁就像一张白纸，但他偏要把她拉进自己的世界里，那些肮脏的、不好的纷争，她明明可以远离的，但因为他，又不得不参与。

裴原狠了狠心。他们是夫妻，荣辱与共，有些事，宝宁终究是避不开的。

"宁宁。"裴原正襟危坐，叫了一声她的名字，"我有件事要告诉你。"

"怎么这般严肃？"宝宁被他吓了一跳，将簪子插进发间，笑盈盈地道，"其实我也有件事要告诉你。"

"我要说的事和你姐姐有关。"裴原招手让她过来,略微思忖了一下,把前因后果以及他的推测和盘托出。

宝宁的笑渐渐消失,她搭在膝盖上的手也逐渐攥紧,裴原感受到了她内心的波澜。

"我不想瞒着你。"裴原握着她的手,放在唇边吻了一下。

宝宁直愣愣地看着他。对于裴原的事,她一直都是好奇的,想要知道,但今天终于知道了,又觉得后悔。

原先在国公府时,姨娘就与她讲,朝堂的角落里充斥着腌臜之事,史书的每一页都是用血染成的。以前听人家口头上讲,她只觉得有趣,事情真的落到自己的头上,她才知道每一个决定都万分艰难。

"你想让我怎么办?"宝宁声音有些哑,带着哭腔,"你这不是为难我吗?!"

宝宁还是蒙的。她每日在家里养养花、种种菜,过自己的小日子,季嘉盈怎么就要死了?太子又怎么了?绿云是谁?这些和她有什么关系?她理都不想理,但裴原逼着她,非要让她做出选择。

宝宁下意识地选择了逃避。她哭闹着,裴原心疼,把她按在怀里,拍着她的背哄她。

裴原想,要不然就算了。他非逼着她做什么?最后的结果如何,他自己承担就好,宝宁若是生气,就打他一顿,何必现在让她纠结地哭成这样。

但他转念一想,这样不行,所有纷争,现在才只是个开始,宝宁注定要成长起来。她不必有雷霆手腕,不必独当一面,还做他的宝宁就好,但一定得学会……接受他,接受一个并不是黑白分明、会取人性命的他。他们得站在一起。

裴原吻着她的脸颊。

过了好久,宝宁的情绪才平复。她趴在裴原的肩上掉眼泪,呢喃道:"你原本计划要做什么就去做,别管我。我就当不知道这件事。"

她说这样的话,裴原感到惊讶。在他的心里,宝宁是最重情谊的,他甚至做好了放弃这次行动的准备,即便万般不甘心。

"她对我一点儿都不好,不值得我付出那么多。"宝宁抹了抹眼泪。

裴原知道,她在说季嘉盈。

"当初她让我替婚的时候,也没有考虑过我的感受。她觉得那是个火坑,就将我往里推……"宝宁看了一眼裴原,他果真黑了脸。宝宁没理会他的不高兴,继续往下说:"她没拿我当妹妹,我也没办法拿她当姐姐……"

宝宁眼睛都哭肿了:"其实我还是在意她的,不过在我的心里,她的分量太轻了,若要怪,就怪她自己吧。我小心眼儿,记了她的仇,关键时刻不想帮她了。"

裴原听懂了宝宁的意思，她是在说，他的分量更重一些。

这个认知让裴原咧开了嘴角。

"我觉得我是个恶人。"宝宁捂着脸，"呜呜"地哭。

过了一会儿，她擤了一把鼻涕，重重地点了点头："但我做的是对的。或许它不对，但我认为它是对的。"

"宁宁……"裴原笑着叹气，把宝宁刚绾好的发髻揉得一团乱，又去亲她的嘴角。

"但你做得不对！你明知道我不喜欢这些事。"裴原的心情逐渐云开月明，宝宁却将怒火掉转向他。宝宁想起了裴原说过自己任打任骂的话，退后一步，用脚踹他的肚子："你爱做什么，那是你的事！你要杀谁，自己去杀，非得扯上我干什么？我不喜欢那样的日子！我和你说过很多次了，我不喜欢！我胸无大志，没本领，也没远见，就想安稳地活着，你非得扯上我！"

她说着说着，又开始哭。

她踹裴原的那几下根本没怎么用力，像挠痒痒一样，裴原握着她的脚往肚子上贴："你踹吧，踹吧，高兴就行，别哭了。"

宝宁狠狠地踹了裴原一脚，本想将脚收回来，却被他扯住了。他讨好地笑了笑，去亲她的脚背，宝宁急了，挠他的脸。

裴原这次真的做到了不还手。脖子上被宝宁挠出了一道血印子，他在那儿稳当地坐着，连眉头都没皱。

"我都要烦死你啦！"宝宁吼他，从他的身上跳下去。鞋子刚才弄掉了，她又没穿罗袜，赤着脚在梳妆台边上走。

裴原掐着她的腰，把她抓了回来，给她穿好罗袜，穿上鞋，把她的裙子拍得一丝褶皱都没有，又握住她的头发，道："你绾发吗？我帮你？"

宝宁的眼睛红红的，她把自己的头发抢回来："用不到你。"

"我会。我给你弄。"裴原蹭她的脸颊，轻声地哄着。他把宝宁的发髻都拆掉，笨拙地梳了一条辫子，用红发绳系好。他又从妆奁里精挑细选出一支蝴蝶簪插上去。他手指头又粗又硬，姿势别扭，试了好几次才成功。

宝宁在镜子里看着他小心翼翼地讨好自己的样子，仍旧一肚子委屈，但也好受了不少。

裴原蹲在地上夸她："我们家宁宁最好看，像是天上掉下来的小仙女。"

"你在夸我还是骂我？"宝宁踩他一脚，揉了揉眼睛，露出一丝笑容，很快又收敛了。

"笑一笑吧，笑一笑吧。"裴原用手指头勾她的下巴逗弄她。

宝宁别开眼，不理他，裴原去抱了小羊来。小羊瑟缩地窝在裴原的怀里，被他抓着蹄子，跳舞一样在宝宁的面前扭来扭去。裴原说："你看它，在逗你开心呢。"

宝宁仍旧板着脸，裴原无奈地放下小羊，去抓阿黄。

阿黄早就看到了这一幕，惊恐万分地后退，"汪"了一声，冲出门跑了。

裴原干脆坐在地上，用手抓着宝宁的小腿往自己的身上比画："不然你再踹我一脚？"

宝宁真的踹了裴原一脚，他"啊"了一声，配合地躺在地上。过了一会儿，他又自己坐起来："欸，你看，不倒翁。"

"你有毛病吧！"宝宁破涕为笑，擦了一把眼睛，站起身，"不和你闹了，我好饿，去吃饭。"

"我陪你去。"裴原也站起来，跟在她的身后。

宝宁觉得他这副黏人精的样子讨厌极了："我不做碗团了，你要是想吃，去街上买，别跟着我。"

"和吃的没关系。"裴原给她拉开门，像奴才扶娘娘似的扶着她的胳膊，"要不你在屋子里等着？我找刘嬷嬷去，把饭端到你的床上？"

宝宁低着头跨门槛，刚想说句什么来训他，抬头就瞧见了院门口站着的刘嬷嬷和邱灵雁。

她们似乎在那里站了好久了，脸色有些尴尬，宝宁想，他们俩刚才在屋子里打闹，肯定被听见了。

宝宁动了动胳膊，想从裴原的手里抽出来。他没松手，执意挽着她，又给她整理了一下袖口。

邱灵雁的目光落在裴原的手上，她咬了咬唇，不知在想些什么。

"夫人，七姑娘一早就来了，说是想您了。"刘嬷嬷笑了笑，"我说今日四皇子也在，不好打扰你们团聚，正在劝她走呢。"

宝宁是喜欢这个小姑娘的，不在意地笑了笑："这有什么大不了的，既然来了，就坐一会儿，不打扰的。一起吃个早饭吧？"

邱灵雁的手攥着衣摆，她小声地答了声"好"。

宝宁看着她拘谨的样子，觉得这个孩子今儿个真奇怪，是裴原的气势太强，吓到她了吗？

刘嬷嬷去准备早膳，宝宁带着邱灵雁进了屋子。

裴原在院子里逗阿黄玩了一会儿，等刘嬷嬷端着食盒回来，拿了一份到别处去吃了，没进屋。

"雁子今天怎么了？心不在焉的。"宝宁给她夹了一些黄瓜，"有心事吗？"

邱灵雁勉强笑了一下，往窗外看："四皇子不和我们一起吃吗？"

"他就是这样的习惯，不喜欢与人同桌吃饭。"宝宁安抚她，"和你没关系，别往心里去。"

邱灵雁笑着应了一声。她心中想着临出门前姐姐吩咐她的事情，心弦绷得紧紧的，再看到宝宁的笑脸，满脑子都是愧疚，一粒一粒地往嘴里送米饭。

那次在雨中见到裴原和宝宁，邱灵珺动了心思，让邱灵雁将自己了解到的事都告知她，但邱灵雁根本没见过裴原。她虽然一五一十地将自己知道的事都说了，可邱灵珺并不满意，趁着这次裴原在家，让她来打探消息。

还有一件重要的事，邱灵珺让她偷一件裴原的随身物件，最好是腰坠之类的显眼的东西。

邱灵雁不知道姐姐要做什么。直觉告诉她不是什么好事，但她又违抗不了姐姐的命令。想起姐姐狠狠地瞪着她，逐条讲述自己当初为了留下她这个丧门星而做出的努力，她就想哭。

宝宁叫她："雁子，你怎么了？"

"我没事，姐姐。"邱灵雁抬起头，声音如蚊蚋。

宝宁心疼地看着邱灵雁，想到她的敏感与自卑，猜想可能是裴原的回避举动让她误会了。她不过是一个不到十岁的孩子罢了。

宝宁让阿黄去把裴原叫回来。

她见邱灵雁也没心情吃饭了，在那儿憋着也不好，便让刘嬷嬷把碗碟收下去，与邱灵雁坐着闲聊。

宝宁想起了她那个重铸的镯子，问："你姐姐还生你的气吗？"她往手腕上比画，"镯子的事。"

听她提起姐姐，邱灵雁像被点了穴似的，僵直地坐在那里："不……不生气了。"

"那就好。"宝宁笑了，"听说你六姐姐被赐婚给二皇子了是吗，什么时候成婚呢？等她成婚后，我们也算是妯娌了。"

"不知……"邱灵雁摇了摇头，"聘礼还未送过来。"

邱灵雁咽了口唾沫，试探地对宝宁道："姐姐，你知道吗？二皇子裴书，这里……"她点了点额头的位置，"有点儿问题。"

宝宁的笑容一下子收敛起来，她说："这些话是谁教给你的？直呼皇子名讳便是不敬，你还说他……"宝宁压低声音，"雁子，以后别说这样的话，被有心人听见了，会连累你的家里人的。"

邱灵雁的眼圈慢慢地红了。

宝宁意识到自己的话说重了，叹了口气，去取了糖枣给她，笑着道："吃些甜的，缓缓神。"

裴原回来的时候，屋子里的氛围已经自然了不少。他吃了饭后待不住，在府里到处闲逛消食，阿黄为了找他累得直喘气。邱灵雁站起来恭恭敬敬地给裴原行了个礼，又坐下来，像是鼓足了勇气似的，问："四皇子记得我的六姐姐吗？她叫邱灵珺。"

宝宁奇怪地看了她一眼，不明白她为什么要问这样的话。

但邱灵珺就要嫁给二皇子裴书了，邱灵雁还是个孩子，这话宝宁并没有往心里去。她看向裴原，想听他的回答。

"不认识。"裴原淡淡地答了一句，背着手往内室走。

是宝宁执意要求，裴原才回来的。他对哄孩子这种事没兴趣，走个过场，就要回床上躺着。

邱灵雁觉得心里更难受了。她既觉得尴尬，又觉得对不起宝宁，踌躇片刻，站起身要道歉。刘嬷嬷拿着一个匣子进来，打断了她。

"夫人，是府外头有人送来的，说是赔礼。"刘嬷嬷把匣子放到桌上给宝宁，补充道，"送礼的是一个叫孟凡的人。"

宝宁诧异地接过来。这是一个非常精致漂亮的楠木匣子，有两个巴掌那么大，她刚想打开锁扣看看里头的东西，裴原就冷着脸从内室出来了。

他听见动静，面色不是很好，重复了一遍："孟凡？"

孟凡是他们那次铸虎符时碰到的连恒轩的少掌柜，铸金的手艺极好。

宝宁也想起了他，点了点头，道："许是那次他觉得冒犯了，送礼来道个歉。"宝宁笑了一下，"他还挺有心的。"

她想打开匣子看看。

裴原哼了一声，把匣子夺了过来："有什么稀罕的！俗物而已。"

说完，他掉头就往回走，用手摇着匣子，泄愤般把里头的东西摇得"哗啦啦"地响。

宝宁叹了口气，不知道他怎么如此小题大做，想与他争辩几句，但看在有外人在，便忍了下来。

邱灵雁局促地看着这一幕。

"没事。"宝宁拍了拍她的背，"你别害怕。"

"姐姐，那我先走吧。"邱灵雁扭捏地笑了笑，"过几日我再来和你玩。"

宝宁安抚了几句，就将她送走了，本想将她送到院门外，但走到门口就听见内室传来裴原折腾匣子的声音。他似乎对那个匣子有什么意见，像对待一件脏东西似的，直接将其丢到墙角，宝宁心头的火顿时烧了起来。

邱灵雁道："姐姐，不用送我了，我认识路的，你去忙你的吧。"

宝宁迟疑了一下："行，那你慢些走，什么时候想过来了就来。"

邱灵雁应了一声，宝宁向她摆摆手，转身往内室走去。宝宁憋着气，没往后看，不知道邱灵雁又偷偷地折了回来，拿走了桌上的一枚玉扣。那是裴原的，系带磨损了，宝宁本想给他换一条，刚做好一半，玉扣就那么放在桌子上。

邱灵雁歉意地看了宝宁的背影一眼，急匆匆地走了。

孟凡送来的那个小匣子孤零零地躺在墙角，裴原仰躺在床上，听到宝宁进来的声音，翻了个身，面向床的里侧睡。

宝宁把匣子捡了起来，打开一看，里头是一套精美的头面。她看得出这套头面是用心做的，样式很时髦，奢侈地镶着红珊瑚，漂亮极了。

裴原坐起来，大声地道："扔掉！"

"为什么？"宝宁淡淡地看了他一眼，把匣子收好，"人家送给我的，凭什么你说扔就扔？"

"不过是一套首饰而已，你若喜欢，我给你买，一百套也没问题。"裴原抿了抿唇，"不许收野男人的东西。"

他刻意将"野男人"三个字读得很重。

宝宁生气了，将匣子砸了过去："你说话怎么这么浑！"

匣子砸中了裴原的肩，骨碌碌地滚到床沿。裴原一声也没吭，默默地将匣子捡了起来。

他从床边的小柜子里翻出了一把新锁，"咔嗒"一声锁上匣子，紧接着把钥匙扔到床底下。

一套动作行云流水，做完这些，裴原有些得意："这下我看你怎么戴。"

"无比幼稚！"宝宁像一拳打在了棉花上，气都气不起来了。

宝宁不再计较这件事，去把自己的小箱子搬出来，坐在马扎上鼓捣。

宝宁一边翻着里头的零碎东西，一边思考，裴原的那些部下到底是怎么忍受得了他的——什么人呀！

阿黄和阿绵搞不懂发生了什么，前一刻屋子里还剑拔弩张的，现在又变得和谐了。但和谐是好事，两只小家伙互相顶了一下脑袋，跑去院子里玩了。

小羊现在还不太高，只到宝宁的膝盖往上一点儿的地方，和阿黄还能玩到一块儿去。

阿黄一边跑一边跳，用自己的屁股去撞小羊的屁股，最后一跃跳到小羊身上，咬着毛，不肯下来。

裴原看着它们玩闹，乐得拍床，朗声大笑。

宝宁瞟了裴原一眼，觉得他现在笑的时候比以前多了很多，他脸皮也更厚了，从讨厌的裴原变成了更讨厌但有点儿可爱的裴原。

虽然他的可爱只有一点点。

宝宁把自己做的小木马拿了出来，放到地上。

小木马四肢修长，昂着脑袋，是照着赛风的样子雕的。宝宁忽然想起，她好久都没去看赛风了。

小木马的尾巴可以摇动，像辘轳井的辘轳一样，它肚子里是拧紧的钢条和齿轮。她将它的尾巴转几圈，能听见它肚子里的钢条收紧的声音，转到拧不动了，松开手，小木马就摇摇晃晃地在地上走了起来，尾巴转着圈地晃，像小风车一样。

宝宁盯着它看。她试了很多次，这是第一次成功，但还是有瑕疵。

小木马的步伐僵硬无比，这就罢了，尾巴还在转圈，太怪异了。小孩子看见了，估计没被逗笑，反倒被吓哭了。

裴原被吸引过来，问："这是什么？"

"我的小手艺。"宝宁把小木马放在手上，思考着要怎么改。

裴原忽然想起宝宁早上说有事要告诉他，来了兴致，问道："你是不是有话还没对我讲？"

"有吗？"宝宁垂着眸子鼓捣，过了一会儿，也想了起来，仰着头笑了一下，"确实是有的。"

裴原坐在她的旁边："你说。"

"我喜欢小孩，"宝宁托着腮，"也喜欢玩。"

"过两年再说，你现在太小了，生孩子危险。"裴原自以为听懂了，欣慰地摸了摸宝宁的头发，柔和地笑，"过两年，咱们就要个孩子。"

"你说什么呢？！"宝宁被他的这番话羞红了脸，"我是说，我想做耍货卖给小孩子。风筝、花灯、泥人儿这些东西太无趣了，你看这个小木马，是不是就很有意思？"

宝宁想到了未来："我想开一间小铺子，每日就弄些这样的东西，会动的小马、小驴……我想有一家整个大周朝最大的耍货铺子！"

裴原脸色渐黑："你想和我说的就是这个？"

邱灵珺坐在桌边，摩挲着手里的玉扣，神色不快："他真的不记得我了？"

邱灵雁垂着脑袋，点了点头。

"明明小时候也一起玩过的，几年不见而已，他怎么说忘就忘了……"邱灵珺喃喃着，出了一会儿神，"罢了。"

她摸了摸邱灵雁的小脸，露出个笑容："雁子，你今天做得很好，姐姐会记住你的好的。"

邱灵雁却高兴不起来，仍然垂着脑袋，手指绞在一起。

邱灵珺问："那个送匣子来的人叫孟凡，是吗？"

裴原对宝宁的喜好不太赞同，她早就料到了。

但他也不是完全不同意。她没事的时候自己在家里做着玩玩，裴原是支持的，但她若是真的想拿这个当营生做，他就反对了。

不知道为什么，一听到宝宁有这样的想法，裴原心就有些慌。

"你为什么突然想做这个？是钱不够花？"裴原眉头拧成了一个死结，"你不要担心钱的事，我有的是钱，你随意花，想买什么就买什么，不用跟我打招呼。"

"不是钱的问题。"宝宁道，"我就是觉得，每天这样守着宅院过日子，很没意思。"

"我可以多抽出一些时间回来陪你，就像今天这样。"裴原去拉她的手，企图把她手里的小木马拿走，"你想做什么，想去哪里，我都陪你。你没必要做那些吃力不讨好、抛头露面的事。"

宝宁不知道该如何跟他解释："也不是你的问题。"

"那到底是哪里出了问题？"裴原着急了，把宝宁搂进怀里，搂着她的腰。他希望宝宁围着他转，最好时时刻刻都想着他才好，现在竟然有别的东西想分散她的注意力。即便那就是些木头棒子，裴原也接受不了。他有了危机感。

宝宁和裴原说不明白，裴原也讲不出自己的想法，僵持了半晌，宝宁道："算了。"

裴原以为她放弃了，松了口气，奖励地去亲她的脸。

"别舔我啦。"宝宁推开他，"湿答答的，好难受。"

"宁宁，你乖。"裴原坐在地上，将右腿曲起，把宝宁放在他的大腿和胸腹之间，紧紧地搂着她。

他去咬宝宁的鼻尖，含糊地道："你乖乖地陪着我，我把所有的好东西都给你。你想要什么，我都给你。"

如宝宁希望的那样，裴原陪了她半个月。

他每天在家中喂狗、喂羊，在院角支了个小帐篷，里头放了个锅，勤恳练习了好几日，竟然学会了做蛋炒饭。

只是他每次都放不准盐，不是咸了就是淡了，饭里头还尽是鸡蛋壳，他做的饭，狗都不吃。宝宁节俭，不许裴原扔，他只得强行咽下去。

休养半个月，又解了一次毒，裴原身体似乎越来越好，有了长胖的迹象。

季嘉盈与裴霄大婚的请帖总算送来了，宴会隆重，宾客众多，不但宝宁收到了请帖，裴原也收到了。

季蕴从府外递消息来，说国公府的女眷都会出席，许姨娘也会去。

终于有机会见到自己的姨娘，宝宁高兴得在院子里四处转圈，把早就给姨娘做好的衣裳翻出来看。国公府里不愁吃不愁穿，缺的就是点儿心意，她一针一线绣出来的东西，不贵重，但姨娘穿在身上肯定会很高兴。

裴原躺在石榴树下的凉椅上，手里拿着研究了许多遍的地图，用炭笔在上头写写画画，不时看宝宁一眼。

她和他在一起的时候，就没乐成这样过。她左手搂着羊，右手抱着狗，这边亲一口，那边亲一口。

裴原的心里酸溜溜的。他用手转着炭笔，脑子里琢磨着，早晚有一天，他要把这俩祸害全都丢出去。

他难道是养它们来争宠的？

裴原忽然又想起那个孟凡来，还有他送来的匣子。前几日，趁宝宁不注意的时候，裴原把那个上了锁的匣子藏起来了，宝宁找了半天没找到，也没说什么。还有宝宁的那只小木马，也被他藏起来了。

他要把会分走宝宁的注意力的东西全都藏起来。

"阿原，你看，我穿这件衣裳好不好看？"宝宁唤了他一声，打断了他的思路。

裴原抬眼看过去，宝宁穿了件宝蓝色的纱裙，正提着裙摆转圈。她本就生得白皙，这颜色更衬得她肤白若雪，裴原眯着眼，觉得她好像在那里发光。

"好看。"裴原认真地赞美。

宝宁心满意足。她又低头看了看裙上的花纹，觉得哪里都恰到好处，不用再改了，忽然想起了什么，冲裴原道："我也给你做了一件。"

她匆匆回房间取衣服，很快回来，手里拿着一件藏蓝色的锦袍，抖开后，冲他招手："过来试试？"

裴原这才想起来，他忘记告诉宝宁了，他没办法陪她一起去。

看着宝宁笑着的样子，裴原皱了皱眉，还是说出了口："宁宁，过几日的晚宴，恐怕只能你自己去了。"

宝宁迷茫了一瞬，很快反应过来他是什么意思。这段日子以来，她一直刻意回避那天裴原对她说的话，现在突然提起来，心情又变得沉重。

她把手里的衣裳收起来，抱在胸前，没了刚才的高兴劲儿，垂着头道："行……那我也不去了。"

"与你没关系。"裴原站起身，走到她的身边，低声安抚她，"我会在暗中陪着你，你与你的姨娘相见即可，其他事无须管，会有人保护你的。"

"但是你……"宝宁抬头看了裴原一眼，没在院内继续说，抱着手里的东西往屋子里走。

裴原跟着宝宁往屋里去。宝宁坐在桌边，出了一会儿神，忽然抬头道："如果太子府真的大乱，公孙竹会出现吗？"

裴原道："他这个人很爱喝酒，不会错过这次机会。而且圣上很看重裴霄的这门婚事，遣了许多羽林卫来，由虎威将军陶茂兵统领，这个人是裴霄的亲信。对公孙竹来说，参加晚宴是极为安全的。他定会出现。"

"若是活捉了他，会有解药吗？"宝宁眼里闪过一丝希冀之色。

"或许吧。"裴原道，"若有最好，没有也要杀了他，以绝后患。"

宝宁没再说话了。

婚礼在三天后的晚上举行。邱夫人邀请宝宁她们同乘一辆马车，宝宁拒绝了。

她这一整日情绪都不高，裴原亲自下厨给她做了一些小点心，其中有甜腻的桂花糕。刘嬷嬷在旁边指导，裴原做出来的东西卖相不太好，但好歹能入口。宝宁把点心装在油纸包里，随身带着。

裴原钻进车里叮嘱她："你若饿了，就吃两块。你若实在吃不下去，看着它就想起我，在你看不见的地方，我一直在陪着你。"

宝宁笑了一下。裴原抱了她一下，放低了声音："宁宁，我答应你，等这件事完了，我就带你搬出去。"

"你这几日很啰唆，做事说话都很黏糊，"宝宁窝在他的怀里笑，"都不像你了。"

"你找打呢。"裴原笑了一声，咬她的脖子，"看你跟蔫茄子似的，爷放低了姿态哄你，你倒还嫌弃上了。也不知道你事怎么那么多，这也不行那也不行，过几天非得狠狠地收拾你一顿不可。"

宝宁努努唇，不可否认的是，因为这一闹，她的心里松快了不少。

她说："如果我们真的搬出去了，就还像以前那样，我做饭给你吃，我们不要其他的下人。"

裴原点头微笑。宝宁想象着以后的日子，唇角也弯了起来。她抱了一下裴原的腰，小声地说："我这几日对你的态度不好，等我的心情缓过来，我会补偿你的。"

"怎么补偿？"裴原的眉梢一挑，他又变成了往日那种不正经的样子，用手搂着她的腰，暧昧地摩挲几下，忽然狠狠地掐了一把，"这样？"

宝宁惊叫一声，耳朵瞬间红透，难以置信地看着他："你做什么呢！"

裴原贴着她的耳朵："我没跟你说过，我其实忍了很久了，这次回来，你得给我解解馋。"

宝宁痒得往后躲，裴原按住她的肩膀，吮了她的下唇一下："做媳妇的，别太吝啬，我会学着做个好丈夫，你也得学着……"裴原盯着她的眼睛，促狭地笑了，"给我败火。"

宝宁被欺负得在角落缩成一团，衫裙也被揉皱了。裴原闹够了，又恢复以往的高冷神情，直起腰，道："我走了。"

话音刚落，他也不等宝宁回答，转身跳下了车。

裴原摆摆手，刘嬷嬷跟了上去。车夫招呼一声，扬鞭驾马，马车一溜烟地向西奔去。

裴原将双手背在身后，微扬下颌，看着远去的马车，久久出神。

"小将军。"身后有人叫了他一声，语气中带着调笑之意。

"还记得三年前我们在一起喝酒，你对我说了什么来着？你说往后只顾驰骋沙场，放歌纵马，定不会被这些俗事烦心。如今不过半年未见，你就把自己弄成了以前最嫌恶的样子，活脱脱像尊望妻石。"魏濛摇摇头，"你有了软肋。"

裴原回头，对上了魏濛蓝色的眼睛。

他刚从巴蜀回来，风尘仆仆，眼睛倒是很亮，闪着兴奋的光芒。不似中原人那般大多身材单薄，魏濛肩背肌肉很厚实，整个人看起来比周江成还要魁梧几分，面容粗犷。

兄弟俩阔别已久，再见面难免都有几分动容之色。裴原的手指摩挲着银色鞭柄，过了半晌，他哑声道："我请你回来，是助我一臂之力，而不是冷嘲热讽的。"

"我只是觉得新奇，嫂夫人到底有多大的魅力，让小将军如此神魂颠倒？"魏濛笑起来声如洪钟，"还记得半年前事发时，我去寻你，是被你打出来的，你那时如同丧家之犬一般。现在，你又像是草原上的雄鹰了，只不过是只即将入巢孵卵的雄鹰。"

魏濛冲裴原指了指嘴唇。

裴原抬手一抹，指腹上有一抹嫣红，是刚才宝宁唇上的胭脂的颜色。

裴原看向魏濛，哼了一声，手肘忽然击向他的肚子："你懂个屁！两刻钟后太子府见，若事成，我请你喝酒。"

裴原说完，一声呼哨，将赛风喊来，提鞭上马，追着西行的马车而去。

季家的女眷众多，太子府的宴会厅里，季家女眷正好坐满了一张桌子。

许氏正翘首盼着宝宁。陶氏已经快要临盆，肚大如鼓，六姑娘季留湘在一旁侍奉她。

陶氏边啜着茶，边留意大门处的动静。待终于见到宝宁，她冷哼一声，放下茶盏，露出扬眉吐气的神色。

她看向许氏，声音不大不小，带着几分讽刺之意："嫁过去半年了，宝宁这肚子为何还是没有动静？"

## 第八章
## 宝宁被挑拨离间

陶氏的话音刚落,隔壁桌的女眷也纷纷看了过来,眼里露出探究的神色。

许氏的面色不太好,她向来温和平静,这次按捺不住了,顶撞回去:"这种事要看缘分的,大姑娘嫁到崇远侯府三年半了,不也无所出?有的人更久一些,等上二十年也说不准,无须着急。"

许氏这话意有所指。陶氏的大姑娘季向真是崇远侯世子的嫡妻,但许是这个世子身有隐疾,无论是正妻还是姨娘,至今一个孩子都没有,为外人所诟病,连带着他的母亲也跟着焦急。

许氏后一句话说的则是陶氏。陶氏无子,仗着兄长的权势在府里说一不二,但底气到底不足,府里没有嫡长子,世子就只能是季蕴,若日后荣国公故去,她的好日子也就到头了。

好在努力终有成效,生了第二个孩子的十七年后,她终于又有了一个孩子,肚皮尖尖的,大家都说是个儿子。

陶氏"砰"的一声将杯子砸在桌面上,皮笑肉不笑地道了声"对",垂下眼皮,去摸自己的肚子。

宝宁全都听见了,没说别的,如无事发生一般在桌边落座,笑着和陶氏打了个招呼。

陶氏扯扯嘴角,道:"做了皇子妃可真是了不起,也不管皇子有没有前途,好歹地位上去了不是。这叫什么?表面风光地衣锦还乡,背地里打碎牙齿往肚里咽,宝宁,你说是不是?我看你还是使几分手段笼络住四皇子的好,骆驼再瘦也比马大,若

· 226 ·

这瘦骆驼也出个三长两短，你就没人要了。"

宝宁笑了笑，别开眼，没看她。

陶氏这个人说话是难听了点儿，很刻薄，但嫁了人后，宝宁也能理解她几分。

好好的家里，一个姨娘一个姨娘地抬进来，陶氏心里不好受也是正常的。怪只怪宝宁的父亲多情且无能，处理不好内宅之事，让妻女都跟着受连累，面和心不和。宝宁能理解她的刻薄，但不能理解她的恶毒。

连着两拳都打在了棉花上，陶氏觉得浑身不自在，生了一会儿闷气，又觉得不甘心。她想方设法地给宝宁添堵，认准了宝宁肯定对嫁给四皇子之事感到不满，换了个角度，去攻击裴原，借此敲打她。

陶氏的手摸着茶杯，她笑着问："宝宁啊，你们准备什么时候离京？"

宝宁没反应过来，不禁看了她一眼。

"你也知道，四皇子是戴罪之身。他已经没什么本事了，但留在京城到底是根扎人的钉子。"陶氏拍了拍她的手，状似宽慰道，"母亲劝你一句，你们别贪恋这荣华富贵了，还是早些离开，去寻个僻静的乡下度日就好。你也是，心思摆正一点儿，别以为飞上高枝就成凤凰了。你呀，没那个命。"

宝宁看着她，有些愣神。

陶氏以为戳到了她的痛处，笑容变得更大了："不说别的，母亲是看着你长大的，就说你小时候做的那些事，人家好姑娘都喜欢赏花品茶、刺绣抚琴，你呢，整日和厨房的那些嬷嬷下人混在一起，招猫逗狗，哪里像个富贵命？人啊，还是得认命，有些机缘挡不住的。就像你四姐姐，原本以为失去了和四皇子的婚事，还遗憾着，谁想到一转眼，太子殿下竟然登了门，现在她是太子侧妃了。"

陶氏还顾着脸面，声音压低了，只有国公府的家眷们听得到："不说别的，你当了这么长时间皇子妃，那些体面的人物，你见过几个？谁又愿意和你成为闺中密友？别人还不是都瞧不上你，瞧不上你的丈夫，你到底是不入流的，晓得了吗？"

陶氏扫了一眼被气得嘴唇青紫的许氏，觉得目的已达成。

她直起腰板，怡然自得地端起茶杯，正要抿口茶，突然听到一阵清朗的少年笑声。

"四嫂，你竟然坐在这里。"裴扬走了过来，拱手与宝宁行了个礼，"我刚路过邱夫人那桌，她还向我问起你在哪儿，想请你过去一起饮茶说话呢。"

周围的人认出了五皇子，纷纷起身行礼，陶氏蒙了一瞬，也跟着站了起来，福了一礼，尴尬地站着。

"没想到会在这里遇见你。"宝宁冲裴扬笑了笑，"我就不去邱夫人那儿了。难得见到娘家人，一起说说话，回去后我再向邱夫人赔个不是。"

裴扬看了陶氏一眼，声音冷了一些："若说得不痛快，嫂子也不必委屈自己，你是什么身份，无须忍受某些人的气。"

陶氏脸色发白，不知是被气的还是被吓的。

宝宁笑着摇头，又和五皇子说了几句，裴扬告辞："我过些日子去府上叨扰，嫂子可别嫌我烦。"

宝宁道："怎会？"

裴扬又笑了，冲她挤挤眼睛，负手走了。

周围的人纷纷落座，看向陶氏的眼神也带上了几分看笑话的意思。四周安静了一会儿，又恢复成之前吵闹的样子。

陶氏深深地呼出一口气，不再说话了，闷头坐在那里喝茶，眼神不时扫向别的方向。

等那抹身影终于进入视线，她松了口气，嘴角的笑又浮了上来，手腕忽然一转，茶盏里的水都洒了出来，泼在宝宁的裙上。

宝宁正在和许氏说话，突然觉得腿上烫，低头一看，裙子全都湿了。

陶氏"歉意"地笑了笑："我年纪大了，有些老毛病，手腕总是酸疼，一不小心把水泼到了你的裙子上。宝宁，你不会介意吧？"

"呀，这是怎么弄的？"宝宁还没答话，一个女声插了进来，那人有些惋惜地道，"这么好的裙子，弄脏了怪可惜的，况且还是参加宴会，穿着脏裙子也不好。四皇子妃，我和太子妃是旧友，以前常来太子府玩，对路也熟，我找人带你去换一套衣裳吧？"

宝宁蹙了蹙眉，回头看去，对上了一双漂亮的狐狸眼。这一串巧合像是意外，但直觉让宝宁心中生疑。

邱灵珺抹掉了她的裙摆上的茶叶，笑道："我是邱将军的六女儿，雁子的姐姐，您还没见过我吧？"

她提起雁子，宝宁稍微放下心来，算是熟人。宝宁以为陶氏是觉得刚才受了气，非要找她的碴儿。她有点儿生气，但没往心里去，大庭广众之下争执起来反倒丢脸，还是快点儿解决问题比较好。

"那就麻烦你了。"宝宁站起身，不好意思地笑了笑，"我过两天再登门致谢。"

"您太客气了。"邱灵珺摆手将她的小丫鬟招了过来："菘兰，你去和太子妃打个招呼，带四皇子妃寻个屋子换身衣裳。"

许氏担忧地看向宝宁，宝宁摇摇头，示意她别担心，跟着那个叫菘兰的丫鬟走了。

邱灵珺坐在陶氏的身边，寒暄着给她敬茶："伯母，真是恭喜您和嘉盈了，寻到这样的好亲事，灵珺也跟着高兴……"

她们相视一笑。

出门前，蒁兰让宝宁在门口稍等一会儿，说她去禀报太子妃。宝宁等了一会儿，蒁兰很快回来，带着宝宁向后院走。

她很热情，与宝宁搭话，笑着说："我家六姑娘性子爽朗，喜欢交朋友，太子妃是她的密友，新嫁来的侧妃娘娘也是。赶巧了，您与侧妃娘娘是亲姐妹，与我家姑娘以后还会是妯娌，以后常聚聚，也不寂寞。"

她们沿着悠长的画廊走，脚底下是湖，湖里的荷花吐苞了。宝宁心不在焉地看着景色，不想与蒁兰说太多，用微笑回应。

她们又走几步，到了月亮门，前面树影婆娑，几个男子在树后说笑搭话，各自搂着娇美的侍妾。

一人道："原兄，别来无恙啊，许久未见你，竟然这般好气色了。前些日子娶了个美艳娇娘，许是把你惯坏了吧，趁着这个喜庆日子，正好脱离她，你也能好好玩玩。"

被称作"原兄"的那个人朗声大笑，听在宝宁的耳里，这个笑声有些熟悉，但又有点儿不对劲儿。

蒁兰的眼神一闪，她带宝宁拐了个弯，这个角度正好能瞥见那些男子的背影。其中一个身着黑衣黑裤，劲瘦的腰间悬挂着一枚翠色的玉扣，宝宁的瞳仁一缩，她一眼就认出这是裴原的那枚玉扣。

那日她给裴原修玉扣上的系带，弄到一半，放在那儿，本想等晚上有空再弄完，没想到一转眼就不见了。

蒁兰轻咳一声，小声道："男人真是恶劣，总爱左拥右抱，三妻四妾。他们嘴上与你甜言蜜语，心里想的不知道是什么，新婚宴尔，黏腻劲儿还没过呢，就出来偷腥了。我若是那个人的妻子，定要与他大吵一架，让他吃个教训！"

"你的话未免也太多了些。"宝宁停住脚步，转头看向她，冷声道，"你家六姑娘就是这样教导你的？嚼人舌根子，也不怕烂了你的红口白牙。"

蒁兰没想到自己会被骂，怔住了。她以为宝宁是个软性子，所以按照邱灵珺教她的话一字不落地说的，没想到宝宁竟然没觉得难过与心酸，反而骂了她一顿。

宝宁眯着眼看她："收起你的小心思！"

她与裴原待久了，耳濡目染，裴原那股冷硬狠辣的气势学不全，也浸染了一二分，足够唬住蒁兰了。

蒁兰哆嗦着向宝宁道歉，闭上嘴，一路无话，带着宝宁往安排好的屋子走。

不远处一棵榆树的繁茂枝丫间，裴原叼着一片叶子，盯着宝宁的背影看。

魏濛挑眉道："你听清楚刚才她们俩说了什么吗？"

裴原道："大概知道。"

"没想到嫂夫人还有这一手。"魏濛轻笑，"你媳妇的脾气不太好啊，小将军，你的日子过得很辛苦吧？"

"她的脾气好着呢。"裴原看着宝宁进了房间，关上门，心思不在与魏濛的对话上，听他问，随口回答。裴原忽然缓过神来，肘击了魏濛的肩头一下："你的屁话怎么那么多，问问问，关你屁事？"

魏濛抬手揉了揉肩膀，不提这件事了，问："邱将军知道今日的计划吗？"

"知道。"裴原转了转脖子，"我没让他管。"

"我总觉得，当初你们之间那件事许是有隐情。"魏濛想了想，还是开口，"将军怎么会对贤妃娘娘的画像做出那种逾矩的事？莫不是你看错了？或者这其中有别的什么误会？"

"他对我的亡母不敬，对我的生父不忠，什么误会能将这两桩事抹平？"裴原淡淡地道，"我现在帮他，也将陷于不忠不义的境地，我为的是报我的私仇。"

魏濛用鼻孔喷气，哼了一声："你的生父也不是什么好货色，裴霄诬陷你下毒害他，他就信了，之后对你不闻不问。不过话说回来，他倒是也没有太过分，出了这种事，还肯放你一条生路。只是不知前太子现在何方……"

魏濛问："小将军，你真的就打算一辈子背着这弑父的污名吗？"

"污名背就背，我无所谓，骂我的人多了，不差这一条理由。"裴原扬起下巴，"但属于我的东西，我得夺回来！"


偏房里，衣裳已经备好，莳兰殷勤地想要服侍宝宁更衣。

"不用你。"宝宁道，"你出去吧。"

莳兰眼里闪过一丝无措之色："皇子妃娘娘，还是我来帮您吧……"

"不用了。"宝宁再次拒绝。莳兰不依不饶，上手帮她，拉扯间，宝宁的簪子被莳兰碰掉了。玉簪落在地上，成了两截。

莳兰慌忙跪下来赔罪，垂眼时，眼中闪过一抹得意之色。

"你……"宝宁的头发散下来一半，她看看地上的两截簪子，再看看低眉顺眼的莳兰，不知道说什么好。

她心中的不安感更多了些。

宝宁道："算了，你出去吧，在外边等我，我很快就好。"

莳兰是邱灵珺的丫鬟。她做事不合宝宁的心意，宝宁顶多指责她两句，不能为了几句嚼舌的话和一根簪子就打骂她，与邱灵珺弄僵关系。他们毕竟还暂住在邱家，寄人篱下，总得小心谨慎些。

但是，今日这一连串的事真的就是巧合吗？

宝宁拿起衣裳往屏风后面走，垂眸思索着。

莐兰这次没再阻拦宝宁，从地上站了起来，仍旧是低眉顺眼的样子。

宝宁想起了刚刚在月亮门处遇到的男子。那个人被称作"原哥"，还戴着裴原的玉扣，但是宝宁可以肯定，那个人绝不是裴原。虽然他们的身形极像，但裴原更壮硕些，那个人的脖子微微向前倾，而裴原的脊背永远挺直。

而且，裴原不会在这种事上骗她。他那样倨傲的性格，偷情这样的事，绝对干不出来。

莐兰那时说的话是什么意思？他真的是随口一说吗？仿佛早有预谋，莐兰在故意引导什么？

宝宁忽然想起了邱灵珺的那双狐狸眼，脑子里闪过四个字：挑拨离间。

宝宁不想换衣裳了，湿点儿就湿点儿，莐兰那个丫鬟可比穿一条脏裙子可怕多了。谁知道这主仆俩打的是什么主意？

宝宁拿起衣裳里早就准备好的备用簪子，利落地绾好发，准备寻个借口离开。偏头的瞬间，她看见了屏风上的影子，顿时瞪大眼睛。莐兰手里拿着一方帕子，正蹑手蹑脚地接近她，只差一步，就要朝她扑过来了！

"你做什么？！"

宝宁呵斥一声，闪身躲开。莐兰被宝宁吓了一跳，趁着这个工夫，宝宁当即将她手上的帕子打掉了。

这个套路她见过，当初冯永嘉劫走她时，便是用的这个方法——帕子上染了迷香。宝宁心中警铃大作。她这下已经确定莐兰不怀好意了，也不再与莐兰客气，四处寻趁手的武器。宝宁一眼瞧见桌边的一张方凳，几步冲了过去，拎着凳子朝莐兰的头砸了过去。

"哎哟！"莐兰惨叫着倒地。宝宁往外跑，莐兰去抓她的裙子："四皇子妃，您这是干什么？奴婢没有恶意。"

"你在骗鬼！"宝宁用力地将裙摆抽了出来，拔腿往门口跑。

还差几步的时候，门从外面被推开，又有一个丫鬟进来，冷声道："皇子妃这是要去哪儿啊？"

"芍兰！暴露了！"莐兰满头是血，爬了起来，去拿地上的那块帕子，"别与她废话了，赶紧把她弄晕，再将人找过来。你拦住她，千万别让她跑了！"

芍兰眯起眼，跨过门槛，想反手把门关上，宝宁也不知道哪儿来的力气，一把推开她,跑到了门外。

"你别敬酒不吃吃罚酒!"芍兰抓住宝宁的袖口,厉声喝道。

菘兰急着跑出去找人。

宝宁这下明白她们打的是什么算盘了。这两个丫鬟是想演一出捉奸在床的俗套戏码,先将她迷晕,再找个男人来。今日裴霄大婚,府里最不缺的就是看客,到时候她们随便寻个由头将人引过来,她的脸就丢大了。

宝宁大声呼救,芍兰一把捂住她的嘴,用尖刀抵在她的脖子上:"再叫就杀了你!"

不远处的树上,裴原发现这边不对劲儿,低骂一声,想跳下去,被魏濛拦住了。

"府里的羽林卫那么多,你疯了吗?你下去了反倒不好。"

裴原顿住动作,思忖了一瞬,折下一截树枝,搭在弓上,朝芍兰射过去。

芍兰习过武,力气不是宝宁能比的。眼看着就要被她得手,忽然听见身后传来一阵破空的风声,宝宁心念一动,立即想到了裴原。芍兰也听见了,警觉地偏头去看,树枝像一支利箭,正中她的右眼!

鲜血喷溅出来,宝宁只觉得脸上一阵温热,芍兰尖叫着倒地。

"我的眼睛,我的眼睛……"芍兰颤抖着去摸那截树枝。她满脸都是血,哭声瘆人。宝宁的心也跟着颤抖,她急促地喘了两口气,转身往后跑。

"赵成,抓住她!"菘兰已经带着人赶到了,见到门口的惨状,倒吸一口冷气,"羽林卫肯定马上就要到了,我将芍兰带走,你快去抓那个女人!"

裴原又折了一根树枝,拉满弓,对准赵成的眼睛,正要放箭,忽然听到前院一阵喧闹声。

有人大叫:"着火了!侧妃娘娘房里着火了,快来救火啊!"

那个叫赵成的男人一愣,裴原利落地松手,树枝射中了他的左眼。赵成像被杀的猪一样哀号,扑倒在地上。

菘兰当场被吓呆了,不知道发生了什么,只见芍兰和赵成都被飞来的树枝射瞎了眼,附近又没有人。她做了亏心事,本就害怕,身体抖如筛糠。过了一会儿,她终于回过神来,大叫道:"鬼!鬼,有鬼啊!"她连滚带爬地跑了。

魏濛把手按在腰间的长刀上,低声道:"我猜得没错,绿云果真动手了!"

他眯着眼望向远处的火光,今夜有风,火借风势,不多时便会蔓延开来。但仅有风也不至于烧成这样,魏濛观察火势,瞧出了端倪:"屋顶上洒了油,怕是早就预谋好了。那个女人心够狠的啊,正好帮了咱们!

"兄弟们已经准备好了,我已将公孙竹的画像发了下去,让他们找人。我趁乱去搜裴霄的书房，你……"

魏濛终于发觉了不对劲儿，裴原一直没回答他的话，眼睛四处搜寻，不知道在寻找什么。

"你在看什么呢？"

"宝宁丢了。"裴原握着弓的手指发白，他道，"府里现在乱成这样，她有危险，我得去找她。"

魏濛大惊："你疯了？等了多久才等到这个机会，你不趁机做点儿什么，要去找女人？"

"这件事你办得好吗？"裴原把弓扔下，抽出腰间的软剑，回头问。

魏濛不可置信地看着他，要去拉他："小将军，你喝了什么迷魂药？都什么时候了，你还想着这件事。小夫人说不定回去找她的姨娘了，你别跟着瞎操心了。"

裴原心中不安："她不认识路！"

魏濛还想再说些什么，裴原没等他说完，纵身跳下树，头也不回地往宝宁失踪的方向奔去，留下一句："谢了，我回头请你喝酒。"

魏濛探出半个脑袋，气急败坏地道："你……女人真是误事！"

宴会厅里有些热，陶氏与邱灵珺去外头凭栏吹风。

宫人忙忙碌碌的，端着碟盏走过，认出陶氏是太子侧妃的母亲，均屈膝行礼。陶氏点头回应，瞧着雍容得体。

邱灵珺瞥了她一眼，露出一个不屑的笑容。

"我说，你挑拨离间一下就好，没做别的事吧？"陶氏一手扶着栏杆，一手摸着肚子，"那个死丫头是让人瞧着不顺眼，但到底是我荣国公府的姑娘，闹大了，不愉快，我也会跟着丢脸。灵珺，你做事要有分寸，只要让他们夫妻产生隔阂就行。"

"伯母，您多心了，灵珺自然是遵照您的嘱咐做的。"邱灵珺冲她笑了一下，装作不经意地回头，去寻菘兰的身影。

菘兰怎么还不回来？邱灵珺眉头微蹙。

她为这件事筹划了许多天，这个节骨眼儿上可不能出什么岔子。否则，她就真的要嫁给那个傻子二皇子了！

圣上共有五子，裴澈失踪，裴扬年幼，裴霄正妃、侧妃均有，就剩下二皇子与裴原。旁人都觉得这个四皇子没有前途了，可邱灵珺不这么认为。她不止一次听父亲说起裴原，少年将领，有肝胆，不是池中物。而且，她远远地见过裴原几次。见他形貌俊朗，肩宽体阔，一身阳刚男子气，她早就动心了。

最关键的是，他那个名不正言不顺的替婚皇子妃长得像朵小白兰似的，漂亮是漂亮，但一看就是个软柿子，好拿捏。

邱灵珺设下了一环套一环的计策，不信宝宁不中招。只要裴原动怒休妻，以后的事就好办多了，凭手腕，她怎么会嫁不了他？

陶氏与邱灵珺相对站着，各自心怀鬼胎，一时无话。

邱灵珺渐渐等不及了，刚想寻个借口向陶氏告辞，亲自去找蓣兰和芍兰，就见远处一个小太监连滚带爬地跑了过来："着火了！侧妃娘娘的房里着火了，火势太大，根本控制不住！眼瞧着火要烧过来了，太子殿下请各位移步到安全的地方，快跟我走！"

现场一片哗然。

陶氏先是蒙了一瞬，很快反应过来，大声哀号："我的嘉盈啊！"

她护女心切，挤过喧嚷的人群，要往失火的地方去。邱灵珺拉了陶氏一把，陶氏着急，反倒甩了她一巴掌。

邱灵珺捂着脸，恨恨地放开手："你去吧，去找你的那个死鬼女儿，一起死了算了！"

人们急着逃命，这时候也顾不得什么礼仪尊卑了，一股脑儿地往外冲。陶氏挺着大肚子，被连着撞了几下，终于失去平衡，倒在地上。她大叫一声，腿间渗出血来，染红了裙子，她的面色变得惨白。

她知道害怕了，伸着手到处拽人，哭着道："我要生了，要生了，谁来救救我呀……"

邱灵珺看了她一眼，咬牙跺跺脚，没管她，随着人群走了。


后院，宝宁果真迷路了。

她自幼长在国公府里，没去过陌生的地方，太子府邸极大，有三个国公府那样大，回廊交错，到处都是郁郁葱葱的树。宝宁走着走着就迷糊了，走到了一处偏僻的角落里，怎么都找不到回正院的道。

周围一个人影都没有，只有小虫子在"唧唧"地叫，宝宁打了个哆嗦。

她捏紧了袖子里的生石灰粉。出门前怕遇到危险，她随身带了包，刚才没来得及用。这玩意儿遇水发热，可灼人皮肤，关键时刻往敌人的眼睛里撒，兴许能救命。

宝宁又想，裴原或许就在她的身边暗中看着呢。思及此，她心里安稳了许多。

她拨开一处树丛，远远地能看见漫天的火光。那是她该去的方向，她朝着火光的方向走，准没错。

宝宁定了定心，正准备跨过前面半人高的小灌木丛，忽然听见一阵"咿咿呀呀"的声音。宝宁紧张地抓紧了衣摆。她似乎撞见了什么不得了又不该看的事情……

只见一个老头搂着一个姑娘的腰，嗓音低哑难听："绿云啊，我教你的方法不错吧。白磷化了，融进蜡烛里，等蜡烛烧到有白磷的地方，火势一起，就能把你讨厌的那个小贱人烧成灰烬……"

"大人，正房都找过了，没瞧见公孙竹的身影。"
"大人，宴会厅里的人也都查过了，公孙竹不在里面。"
"大人，几处偏院找过了，没有人。"
下属们一个接一个地来禀报，没有好消息。魏濛咬紧牙，一拳砸在旁边的树上："这个死老头跑到哪里去了！"

他看了一眼火势，府里的羽林卫很多，加上宫人，足有二百号人，火情虽急，但也快要被控制住了，留给他们的时间不多了。

魏濛脑子里灵光一闪，想起来一个一直被他忽视的地方："后院西南角的梅树林找过没有？去那里看看！"

宝宁怕被那两个人发现，捂着嘴蹲在地上，心脏"怦怦"直跳。

绿云。宝宁在裴原的口中听过这个名字，按照裴原的推测，这个绿云是裴霄的侍妾，后来被当作营妓送给了周江成，为的是骗取他手中的虎符。绿云爱着裴霄，期望事成后能在府中有一席之地，但裴霄立马迎娶了季嘉盈。她觉得不公，用血书写下几百个"恨"字，埋在槐树底下诅咒季嘉盈。

裴原说，绿云这次回来，很可能会对季嘉盈下手。

看目前的情况，再想到刚才听见的话，宝宁确定了心中的猜测。

绿云勾搭上了公孙竹，向公孙竹讨要了能杀死季嘉盈的法子。

宝宁转身想跑。她还未起身，忽然又想到裴原正在找这个人，而且公孙竹的手里很有可能有裴原体内的赤丹毒的解药。

宝宁回头看了一眼，那两个人还靠在树上缠绵。宝宁别开眼，脸颊跟火烧一样。她又舍不得走了。裴原他们还没找到公孙竹，她若不在这儿盯着，万一让这个人跑掉了，裴原这么多日以来的工夫岂不是都白费了？

宝宁揪了一把叶子放在手心上，还是决定先在这里等着，等裴原找到她。

宝宁惴惴不安地等着，心中想着事，没注意到有一条葱绿色的小蛇从她的身后游了过来。小蛇"咝咝"地吐着芯子，约莫两指粗，有小臂那样长。它慢慢地爬上了宝宁的脚面。宝宁觉得痒，起初没在意，可越来越痒，一低头，对上了小蛇明亮的眼睛。

"啊！"宝宁失声尖叫，猛地跳了起来，将那条小绿蛇甩了下去。

"谁？！"公孙竹立刻望了过来，眼神阴毒。他浑身赤条条的，好在知晓羞耻，见有人来，扯了外衣，在腰间系上一圈。

绿云心中亦是一惊，快速穿上衣裳，瞟见宝宁所在的位置，大喝一声就要追上来。

公孙竹比绿云更快一步，纵身跃过树丛，伸长手臂，要抓宝宁的胳膊。宝宁想将石灰包扔出去，紧张之下举错了手，扔出去一把树叶。公孙竹早有预料，歪身一躲，声音阴冷地道："小姑娘，是谁让你来的，你听见了什么……"

未等公孙竹说完，宝宁站定，这次看准了他的脸，打开纸包，对着他的眼睛，将生石灰扬了出去。

公孙竹没想到她还有后手，闪躲不及，被泼了个正着。他脸上身上都是汗，遇见这遇水发热的东西，立刻被灼伤，眼睛像是要炸了一样，脸上的皮肤也灼痛异常。

他惨叫一声，往后退了两步，拼命拍打自己的脸，口中叫着："我看不见了！我瞎了！"

绿云被这个情景弄得一愣。她很快反应过来，拢紧胸前的衣襟，眯眼盯着宝宁。

绿云怕宝宁手里还有东西，不敢立即上前，赤脚缓步走来，手里捏着一柄长剑。

宝宁将脸朝向她，一步步往后退，眼瞧着身后就没路了，她的手心里渗出了汗。宝宁再往后一步就是围墙，绿云看准机会，圆眸一瞪，提剑就要刺来，宝宁侧身躲开第一剑，剑尖划开了她的袖子，雪白的肌肤露了出来。

绿云马上要刺第二剑，银剑上的寒光闪了宝宁的眼，宝宁的瞳仁骤缩，正当她避无可避时，一颗石子从远处飞速射来，正中绿云的手腕。

她惊叫一声，手抖剑落，愤怒地抬眼望去，只见裴霄负手而立，站在离她两丈远的地方。

绿云大惊失色。她先是惊惶地看了一眼宝宁，又看了一眼仍在地上打滚的公孙竹，踉跄着后退两步，自觉死期将至。

"太子……我没有……"绿云嗫嚅着，方才的气焰尽失。她不知道该如何解释，转头欲跑。

裴霄捡起地上的利剑，抬手掷出，一剑穿过她的后背！

宝宁眼睁睁地看着这一切在她的眼前发生，绿云往前扑倒在地，溅出的血喷在她的裙子和脸上。绿云连惨叫声都未发出，手指紧紧地抠着地面，抓出两道深深的痕迹，转瞬咽了气。

有人在她的面前死了。

宝宁的心脏紧缩，手脚发软，她站都站不起来。

裴霄紧抿薄唇，几乎是从牙缝里挤出两个字："贱人！"

他一把将剑从绿云的背后抽出，转头欲杀公孙竹，但又狠不下心，面目狰狞。片刻后，他狠狠地将剑摔在地上。

随着"哐当"一声响，宝宁的心也跟着一缩，她看着裴霄转过身，然后朝她走来。他真的动了气，咳疾又犯了，用拳抵着唇咳了两声，月光下，他的脸色一片惨白。

宝宁坐在地上，呼吸急促，头发凌乱。她抓着破碎的衣袖，唇上失了血色。

裴霄看着她，神色竟然柔和了几分。他伸出手，放到她的眼前，声音温和地说："别害怕。"

宝宁往后躲，她的嘴唇都在颤抖。方才她有勇气是为了保命，现在那股劲儿过去了，巨大的恐慌感瞬间袭来。

她想起了裴霄刚才杀绿云时的狠厉，他的手指上还沾着血，宝宁忽然又想起，她身上也沾到血了，芍兰的、绿云的。腥味浓重，恶心感与不适感瞬间袭来，宝宁捂着唇，干呕了一声。

裴霄的动作顿住了。

就在裴霄迟疑的瞬间，一阵风声从后面袭来，伴随着一声尖利的呼哨。裴霄悚然回头，只看到一道黑影从眼前闪过。他再转身看向宝宁时，她已经被人抱起，两条胳膊柔软地搭在那个人的脖颈上，脸贴在对方的胸前。裴霄觉得自己的眼睛像是被刺了一样。

"四弟，你夜闯兄长的府邸，是何道理？"裴霄看向裴原的眼睛，质问道。

裴原脸上蒙着黑色面罩，只露出一双眼，眼中满是鄙夷之色："你先管好你自己的女人再说。"

裴霄大怒，拾起地上的剑，大喝一声，引羽林卫出来，而后提剑要刺向裴原。

裴原闪避了两下，并不恋战，欲带着宝宁脱身。裴霄正欲追过去，突然听到身后的喧嚣声，魏濛已经带人赶来。他用手提着公孙竹的后领，将人甩在背上，其余的属下已然摆好阵型，将裴霄围在了中间，双方剑拔弩张。

羽林卫也赶来了，裴原吼了一声："撤！"

魏濛领命，大手一挥，原本黑压压的十几个黑衣人四散离去，他自己也背着已经晕厥的公孙竹飞速离开。裴霄独自一人站在原地，手上是还在滴血的剑，绿云的尸体在他的脚边。他怒极，将剑撑在地上，喘了几口气，"哇"的一声吐出一大口血来。

近侍太监常安飞奔而来，急忙扶住他："殿下，殿下……"

闻声赶来的羽林卫瞧着这一地狼藉，面面相觑。

裴原抱着宝宁径直回了住处，宝宁一路上都伏在他的肩上"呜呜"地哭，裴原心疼得要死，一脚将房门踹开，将宝宁轻轻地放在了床上。

他半跪着，用手去蹭宝宁的脸，低声哄她："别怕，回家了，我在你的身边呢。"

"我想吐。"宝宁蜷缩在床上，看见裙摆上的血迹，又"哕"了一声，撑着胳膊坐起来，将裙子扯下来，扔在地上。

她愣了一会儿，又扑到裴原的怀里，边哭边道："太恶心了，我好难受。"

"嗯，我知道，都知道。"裴原抱着她的肩膀，亲了亲她的脸颊，"宁宁今天特别厉害，特别特别厉害。"

裴原捂住她的眼睛："不要想那些事了，都过去了，你以后再也看不到这些了，我向你发誓，以后再也不让你接触这些事。"

宝宁泪眼迷蒙地看向他。

裴原抓着她的手，轻轻地咬她的指尖："饿不饿？"

"不饿……"

"洗个澡，睡一觉好不好？"裴原贴着她的脸颊，"我看着你睡，一觉过去，什么都忘了，我陪着你。"

宝宁道："我又想吃东西了，想吃猪肉白菜馅儿的饺子。"

裴原笑了："我去给你弄，咱们吃点儿东西，洗个澡，然后睡觉，这样好不好？"

他的语调很轻柔，宝宁心中残存的恐慌感慢慢消散，她盘腿坐在床上，裴原将被子裹在她的身上，把脸凑过去，想逗她笑。

"亲我一口。"

宝宁犹豫了一下，还是将唇凑了过去，贴上他的唇角。

熟悉的气息涌进鼻端，宝宁飘了半天的心神终于被拉回来了，她整颗心安定下来，有种脚踏实地的感觉。

裴原捧着她的脸，轻咬了一下她的下唇，低声道："我先为你拆头发，好不好？让阿黄陪你玩，我给你下饺子去。"

宝宁小声地答应了。裴原动手，将她发上的簪子都取下来。

青丝如瀑，裴原揉了宝宁的头发一把，她看了他一眼，略微弯唇笑了。

裴原却发现这根簪子有点儿不对劲儿。小指那么粗的木簪，上头的花纹很精致。木簪掂在手里却一点儿分量都没有，太轻了。

裴原下意识地用手指弹了弹簪子，有回声，它里头是空心的。

宝宁节俭是节俭，但对待首饰衣裳这些东西还是大方的。她什么时候买了个这样的便宜东西？

裴原觉得奇怪，但也没往心里去。

宝宁的头垂着，脸色还是苍白的，她真的被吓着了。阿黄扒着床沿看宝宁。

裴原把簪子随手放在床边的小桌上，轻声哄宝宁："你乖一些，灯都亮着，我很快就回来，好吗？"

宝宁应了一声。裴原稍微放下心来，提着阿黄的后颈，将它放到宝宁的枕边，匆匆去厨房取东西。

裴原走后，屋子里一下子变得安静。

桌上的烛火有些暗，小羊安静地卧在床下，阿黄伏在宝宁的颈边，呼吸浅浅。不久前那个惊心动魄的场景仿若一场梦。

宝宁伸手将幔帐展开，光线穿过樱粉色的纱帐，落在她的眼睑上，很柔和。

宝宁轻轻地叹了口气，情绪总算稳定下来了。她不再去想刚才发生的那些事，合上眼，迷迷糊糊地睡着了。

裴原刚出门就被魏濛拦下了，门还没合上，魏濛侧着身子往里面瞟了一眼，小声问："小夫人睡着了？"

"歇着呢。"裴原将袖子挽了起来。他仍然穿着那身黑色的劲装，腰带因为刚才的动作有些松了，衣摆上有褶皱。

魏濛在他的身上闻到了若有若无的女子香气，再看他衣衫不整的样子，咧开嘴，暧昧地笑了一下。

"我急着去做饭，你有何事？"裴原皱着眉看向他，"快说。"

魏濛正色道："我是来向你道歉的，也向小夫人道个歉。我不该瞧不起她，说女人误事。"

魏濛顿了顿，又说："若是没有小夫人，公孙竹怕是早就跑了，我们的任务也会失败。我这个人公事公办，赏罚分明。我得面见她，向她道声谢。"

魏濛说完，抬步就要往屋子里去，裴原"啐"了一声，抓住他的衣领，把他甩开。

"你在军营里混久了，脑子有毛病？"裴原破口大骂，"闺房是你想进就能进的？我告诉你，以后这个院子，未经我的允许，你别踏进来半步，一身臭味，扰人清静！"

魏濛被他骂得蒙了。

裴原想起屋子里的宝宁还睡着，声音压低，严肃地道："她被吓着了，以后不要在她的面前提这件事。"

魏濛"哦"了一声，裴原动身往外走，魏濛也跟上。他刚才本有许多话要说，被裴原一打岔，现在想不起来了。

239

他顺嘴道："以后有机会，叫上小夫人，咱们几个一起吃顿饭。"

"你有毛病吧？"裴原拧着眉看了他一眼，觉得自己与这个没读过几日书的土匪头子实在无话可说，遂闭了嘴，加紧步子往厨房走。

魏濛终于想起了自己要与裴原禀报什么，拦下他道："我是来与你说裴霄的事的。"

裴原的脚步顿了一下，但没停。

魏濛继续道："我潜进了裴霄的书房，在他的桌上瞧见了溧湖的地势图，还有一封密信。马上要入伏了，按照惯例，圣上下个月要前往行宫避暑，那张地势图画的是去行宫的必经之地，那个地方倚靠高山，易攻难守。我怀疑，他许是要在那里搞些大动作。"魏濛面向裴原，倒退着走，"我怕裴霄起疑，没敢偷图，但已经记住了，今晚画出来给你，我们再商议。"

"我今晚没时间。"裴原道，"这几日都没时间，我得陪陪她。"

"小将军，你又儿女情长了！"魏濛扯住他的袖子，"你这样怎么做大事？"

"我不知道该如何做大事，只知道若是今晚没有她，你连个屁都不是。"裴原眯着眼，"我已对你千叮咛万嘱咐，留人看守，务必护她周全，看看你办的是什么事？竟把人跟丢，让她跑到梅林里去了。若非她机警，平安无事，我定要扒了你的皮！"

魏濛沉默片刻，讪讪地道："我怎么知道那个公孙竹竟然藏在那里，小夫人竟然也跑去了那里……"

裴原甩开他，大步往前走："总之，你这几日别来烦我！"

厨房里有现成的饺子，摆在碗橱里。裴原前段时间学着做饭，技艺不精，但蒸个饺子不成问题。

大晚上的，厨房没人，裴原自己动手，生火烧水，将饺子放到笼屉里，趁着这个工夫，还拍了个黄瓜，蒸了碗鸡蛋，蒜汁儿也调好了。

魏濛倚在门上，看得目瞪口呆，连连道裴原这是转了性，半年未见，已经变成了贤夫。

裴原忙着干活儿，懒得理他，饺子出锅后，赏了他两个，让他闭嘴滚蛋，自己则提着食盒匆匆往院子里赶。

宝宁正酣睡着，阿黄缩在她的臂弯里，睁着一双大眼睛，不敢动。

见裴原过来，它喉咙里发出低吼声，想来是它被桎梏久了，觉得不舒服。

裴原冲阿黄比了个噤声的手势，让它安静下来。

裴原将食盒放在一旁的桌案上，坐到宝宁身边，轻轻地刮她的眉毛，声音轻柔："起来了，懒猪崽，起来吃点儿东西。"

宝宁嘤咛一声，裴原拍了拍她的脸颊，给她时间缓一缓，接着掀开被子，将她从里头抱了出来，放在大腿上。

"你晚上在宴会厅吃饭了吗？"

宝宁还不清醒，闭着眼睛道："没有，我出去的时候，菜还没上呢。"

"饺子给你蒸好了。"裴原亲吻她的眼皮，"我喂你？"

今日这件事本与宝宁没什么关系。见到那么残忍的场面，宝宁身体虽无恙，但心里难免会留下阴影。裴原感到歉疚和自责，认为是他考虑不周，没有保护好她。

许是出于这样的原因，加上怜爱与对她今日的勇敢行为的骄傲，裴原今日格外温柔与纵容。宝宁从未见过他如此体贴，他的动作小心谨慎，像是在哄一个孩子。

阿黄又爬到了小羊的身上，小羊长得愈发快了，它们两个叠在一起，探头去闻食盒里的饺子。

裴原挥手将它们赶走。

宝宁道："你衣服上有味道，不好闻。"

裴原低头闻了闻，没感觉有什么味道。但看着宝宁的神情，他立刻明白了，宝宁说的是血腥味。

他今日手上并未直接沾血，味道微乎其微。他自己已经习惯了那种场面，定然察觉不出，但宝宁格外敏感，觉得不舒服了。

裴原单手将衣裳脱了下来，扔到一边，露出赤裸精壮的胸膛。

"现在行不行？"

宝宁扑到他的怀里，小声道："行了。"

她主动投怀送抱，尚属首次，裴原笑了，捏她的鼻尖："学乖了，有进步。"

宝宁笑了。她眼睛依旧闭着，手臂挂在裴原的脖子上。若是从前，这样的接触会让她觉得难为情和别扭，但今日不同，裴原身上的味道令她格外安心。

裴原一只手搂着她的腰，以防她掉下去，另一只手将食盒拿过来，掀开盖子。

食盒里头的香味扑鼻而来，宝宁掀起眼皮看，很惊讶，裴原竟然还炖了蛋羹，黄澄澄的，上面撒了碧绿的葱花。

裴原把小碗取出，先舀了一勺蛋羹给她，邀功般冲她扬了扬下巴："好吃吗？"

宝宁点头："好吃。"

"嗯。"裴原勾唇，"我就说我还是有些天赋的，只是你总打击我。你瞧，现在我的天赋不是显露出来了？你给我一年半载，以后我肯定比御膳房的那些大师傅还要厉害，让你感觉天天都在下馆子。"

宝宁应和着裴原，屁股坐在他的大腿上，小腿晃荡来荡去，阿黄从小羊的背上跳了下来，追着她的脚趾啃。它轻轻地咬，她一点儿都不疼，只有些痒。宝宁逗弄了阿黄一会儿，干脆将脚踩在它的背上，感受它柔软的毛发。

"吃饭的时候别总想着玩。"裴原夹起一个蒸饺，用勺子切成两半。饺子里头鲜香四溢的馅儿露了出来，他再蘸一点儿醋和蒜汁儿，送到宝宁的唇边。

宝宁歪头拒绝："太大了，不吃。"

"大的肉多，肉多香啊！"裴原哄她。他像个说书人，先将勺子伸到一臂远的地方，嘴里念念有词："你瞧，我的勺子就是一辆马车。它从那头驶过来了，里头装着粮草物资，马上就要进关口了。"裴原把勺子送到宝宁的唇边，"将军，请开城门放行！"

宝宁大笑起来，裴原看着她弯成月牙的眼睛，悬着的那颗心终于放下了："你可真难逗，哄了你那么久，现在才真的高兴了。"

宝宁哼了一声，从他的身上下来，坐到床沿上："我自己吃。"

裴原笑着看她，碗里一共有十二个饺子，宝宁吃了六个，给了阿黄两个，剩下的进了裴原的肚子。

她吃饱了，觉得有精神了，便去洗澡。

裴原已经把水和衣物备好，跟着宝宁到屏风后头闹了一阵，说要和她一起洗。宝宁羞得脖子都红了，裴原只好作罢，出去了。

屏风后头响起"哗啦啦"的水声，阿黄是个黏人精，宝宁到哪里，它都跟着，她洗澡，它也蹲在一旁瞧。阿绵稳重一些，往床脚一趴，不是吃就是睡，想方便了，就用屁股拱开门出去。它聪明，会拉门闩，自己能开门。

裴原脱掉靴子，双腿叉开，躺在床上，将两手枕在脑后。

他现在心情愉悦，今日是个好日子，无论是任务还是与宝宁的感情，皆有重大进展。尤其是想起那会儿宝宁下意识地亲近他，他嘴角上扬得更厉害了。

阿绵刚才吃了点儿草，吃饱了出去方便，站起身的时候，碰到了床头的柜子，有什么东西"啪"的一声掉下去了。

裴原坐起来看，掉的是那支簪子。他没在意，弯腰捡了起来，正要放到桌上，手指摸到簪子的中间部分，发现好像有裂痕。裴原拧着眉，将簪子拿近了看，这才发现它是可以拆开的。他抓住两头，使劲儿一拔，簪子裂开，果真是空心的，里面放着一张字条。

裴原的心"咯噔"一下。他抬眼扫向屏风后头，宝宁浑然不觉，仍在洗澡。

裴原拿着那张字条，思量再三，还是决定打开看看。

裴原瞧见里头的字，脸上的最后一丝笑容也消失了。

"送你的匣子喜欢否？许久未见，相思意浓，两日后，将军府南角门见。"

落款是"孟凡"。

裴原的眼神渐渐变冷，他凝视着那支簪子，攥起拳头，真想立刻将它摔碎。

屏风后的水声停了，宝宁开始擦身穿衣。裴原闭着眼，呼出那口郁气，耐着性子，将那支簪子里的字条装了回去。

宝宁一边从屏风后的浴房里出来，一边拿着布巾擦头发。

她换了身淡蓝色的绸质寝衣，赤着脚走了出来。地上铺的是光滑的砖石，她走过的地方留下湿漉漉的小脚印。阿黄踩着水，摇头摆尾地出来。

"怎么没穿鞋？"裴原朝她走了过去，面色如常，笑着将她抱了起来，放到床上。

宝宁道："湿的，不舒服。"

"下次别这样了，地上寒气重，对身子不好。"裴原也将衣裳脱得差不多了，留着一条白色亵裤，松松垮垮地系在腰上，露出精瘦的腰线。

宝宁注视着他的脊背，中间凹陷下去的一条线延伸向下，被裤腰挡住了。裴原虽然瘦，但很壮，肌肉紧实，线条流畅，身材很好。

宝宁看着看着，忽然想起那时看见的公孙竹和绿云。宝宁打了个哆嗦，觉得眼睛、耳朵都不舒服了。

但她再看向裴原时，又慢慢地红了脸。

"头发擦干了？"裴原看了宝宁一眼，将她手里的布巾接过来，往脚上抹了两把，再把她的腿塞到被子里。

裴原弯起唇角，用食指弹她的额头："在想什么呢，那么出神？"

"没什么。"宝宁自然不能将心中想的事告诉他，指了指浴房的方向，"还有热水，你也去洗一洗，满身的汗和灰。"

裴原道："不急。"

宝宁这才发现裴原的不对劲儿。她只是洗了个澡的工夫，裴原就像是换了个人。他虽然还笑着，可宝宁能感觉到他已没什么喜悦的情绪了。他有些阴沉，像是一块将要熄灭的炭，看着像是冷掉了，但只要给一点儿风，马上就能烧起来。

"出什么事了吗？"宝宁的第一反应就是今晚他们的行动出事了，她试探地问他。

裴原摇头，宝宁又想起了什么："公孙竹，公孙竹不是被抓到了？你要不要去看看？"

裴原道："魏濛在审了，不用我到场。"

她问一句，他答一句，不用油嘴滑舌。

宝宁的心也渐渐沉了下来。她觉得裴原有事瞒着她，但这个人像只死鸭子。他若不肯说，她是什么都问不出的。

宝宁叹了口气，穿鞋子下地："你去冲个澡吧，我给你找衣裳。"

宝宁的身后传来裴原的声音，他好像很随意地问："你今晚见过别人吗？"

"我今晚见了好多人。"宝宁回头看他，手里拿着一件崭新的寝衣，一边抖开一边念叨，"见了我家姨娘、主母、邱六姑娘……"

宝宁忽然想起邱灵珺对她做的那些事。裴原已经都知道了，应该在处理，宝宁并不担心裴原会对邱灵珺心慈手软，但邱灵珺到底是邱将军的女儿，还是未来的二皇子妃，他们闹得太过似乎也不好。

宝宁想了想，还是决定不管了。她是个甩手掌柜的性子，最不爱操心，裴原爱怎么样就怎么样吧，宝宁相信他会做得很好。

宝宁抱着衣裳走来，一件件地搭在屏风后面的置衣架上："你怎么突然想起问这个？"

"随口一问。"裴原走到宝宁身边，从身后环着她，将下巴抵在宝宁的发旋上，声音低沉，"宁宁，我这个人心眼儿小，你千万别骗我。"

"你今天真的有点儿奇怪。"宝宁疑惑地看了裴原一眼，见他的眼神十分深沉，踮起脚，笑着搓了搓他的脸，"快去洗澡吧，我前几日给你买了新胰子，松香味道的，你肯定喜欢。"

裴原轻轻亲了一下她的唇角，应了一声。

宝宁离开了浴房。

对于裴原的反常行为，她并未往心里去。他这个人心思重，谁知道他忽然想起了什么，就不高兴了。

裴原的情绪需要他自己去调整，宝宁给他时间与空间，只要裴原不做出伤害她的举动就好了。宝宁相信裴原不会伤害她。

阿黄和阿绵都到了要睡觉的时候。它们喜欢在床上蹭，所以每天都得洗得干干净净的。宝宁给它们擦了脸和爪子，又擦了小屁股，梳了一遍毛，放它们各自睡觉。她自己也洗了手，躺到床上去，鼓捣她这段日子准备做的竹蜻蜓。

裴原赤着身，站在屏风后头，舀了一勺水，闭眼从头往下浇。

屏风外头，宝宁和阿黄在嬉闹，宝宁的笑声很动听，裴原的脑子里不住地回想着那支簪子和里头的字条。

孟凡——裴原默默地咀嚼着这个名字。

半个月前，这个叫孟凡的人送来了一个匣子，里面是一套头面，说是给宝宁的赔礼。裴原回忆着宝宁当时的神态与言语，她好像也没多惊喜的样子，就像收到了一份再平常不过的礼物。后来他将匣子藏了起来，宝宁也什么都没说，像什么都没发生过一样。

难道他们一直在悄悄联系吗？

裴原捏着舀子的手指泛白，他极力忍住从心底喷涌而出的酸涩与愤怒。

裴原告诉自己，宝宁不会做那样的事，绝对不会。

但是那根簪子那样精巧，孟凡自小学习雕刻工艺，做得出。还有那张字条上写着的那个匣子的事，裴原从未与任何人提起过，宝宁肯定也没有。她喜静，每日待在院子里，都不与外人说话。知道这个匣子的人应该只有他、宝宁、刘嬷嬷和孟凡。

就算有人挑拨，又怎么会将细节说得如此清晰？

宝宁真的背叛了他吗？她真的在与外人私通苟合吗？她一直在伪装，在骗他吗？

裴原的呼吸声愈发沉重，他快要被这个念头折磨疯了。

裴原想要相信宝宁，但是在有关宝宁的事上，又无法保持理智。

他敏感、多疑、偏执，他自己都知道。宝宁对他太过重要，他恨不得将她锁在屋子里藏起来，旁人看一眼，他都忌妒得要发疯。

温热的水浇在皮肤上，使他心中的那团火燃得更旺了。

宝宁的笑脸、那根簪子、那张字条，接连在他的脑海里浮现。裴原紧抿着唇，终于克制不住内心的焦躁，扬手将手里的舀子砸了下去。

坚硬的木头落在地上，发出"哐"的一声！

宝宁坐在床上专心弄着手里的东西，屏风后蓦地传来一声巨响，把她吓了一跳。

宝宁以为裴原腿疾又犯了，摔倒了，着急地要过去："怎么了？出什么事了？"

"东西没拿稳，别担心。"

里头静默了一瞬，而后传来裴原平稳的声音。

宝宁顿住了脚步，往回走，但心中的那一丝不安感更强烈了。他太反常了。

身后传来"窸窸窣窣"的声响，宝宁转身，裴原已经出来了，身上的水珠没擦，顺着臂膀往下淌。他只穿了一条白色的亵裤，布料贴在腿上。

他直接走到桌子旁吹灭了灯，回去牵着宝宁往床边走："别玩了，睡吧。"

"你怎么都不擦一擦？会把被子弄湿的。"宝宁随着他走，勉强笑了一下，"洗澡之前，你不是还挺精神的吗？怎么一下子困成这样？说吹灯就吹灯了。我在床上摆了好多小物件，还没收拾呢……"

宝宁喋喋不休，想要化解屋子里忽然变得尴尬的氛围，裴原听了几句，猛地站定，扯着她的胳膊，将她拉到身前。

两人对视了一会儿，裴原忽然俯身吻住她的唇。

宝宁惊愕地睁大眼。

裴原以往也不是没有亲过她，但都是浅浅地吻，从来没像现在这样，几乎是在咬她。他用牙齿咬住她的下唇，大力地吮吸，又掰正她的头，想要吞她的舌。他的力气大到可怕，宝宁觉得自己的舌根都酸了，他却仍然觉得不够似的，将唇往下移，去吸吮她的锁骨。

宝宁被吓坏了。她觉得疼，扭动着挣扎。裴原不肯松手，抱着她倒在床上，两只手按住她的肩，灼烫的气息吹拂在她的耳朵上。

裴原对准她锁骨上的那颗粉色小痣，狠狠地咬了一口。宝宁尖叫，他后悔了，又轻轻地舔，慢慢地吻。

"裴原，你到底想干什么啊……"宝宁恐惧于他突如其来的疯狂，又疼又慌，泪在眼眶里打转。

"疼你。"裴原低声说。

他克制着，止住了动作，只紧紧地搂着她，将头埋在她的颈窝。

宝宁惊魂未定。她察觉到裴原此刻的脆弱，虽然不知道为什么，但犹豫了一瞬，还是搂住了他的肩，小声地安抚他："裴原，你到底怎么了？发生了什么事？你与我说好不好？"

裴原几乎是喟叹般唤了一声她的名字："宝儿……"

宝宁的心一动，她柔声答应了。

裴原说："我什么都给你，你可千万千万别骗我。"

宝宁愣住了。

第二日早上，一切都和往常一样。

裴原昨晚的怪异举动统统消失了，他依旧与她插科打诨，拿着肉包子逗狗玩，没个正经模样。

宝宁问他昨晚说的那句话是什么意思，什么骗不骗的。裴原闭口不提，宝宁也只好作罢。

中午时分，魏濛来了一次，裴原出去，他们在院门口说了半天话，宝宁听了一耳朵，说的大概是公孙竹的事。那个死老头倔得很，魏濛说他三棍子打不出一个屁来。最后魏濛亲自动了刑，几鞭子下去，差点儿将他抽死，公孙竹这才开口了。

他说自己宁可死，也无可奉告。因为他唯一的孙儿在裴霄的手里，若他真的说了什么，最后受苦的人会是他的孙儿。

至于赤丹毒的解药，他是真的没有，打死他也交不出来。

这算不上好消息。

裴原却早已料到了似的，没说什么，问了几句宝宁娘家的事。

魏濛说，许姨娘挺好的，未受昨日波折的影响，季嘉盈被烧了腿，受了一些罪，但好好养着就行，也死不了。陶氏昨日在太子府生了，是个女孩，活泼健康，但与她长久以来的期望相悖。陶氏当场情绪崩溃，撒泼耍脾气，被裴霄遣人送回国公府了。

魏濛最后问起邱灵珺要怎么处置。

裴原淡淡地道："先关着，饿她三天，别给她水，不许她睡觉，邱将军求情也不行。盘问她到底做了什么事，让她把脑子里的那些腌臜想法一个一个地给我吐出来，我倒要看看，她到底想玩什么花样。"

魏濛领命离开。

宝宁仍旧过着按部就班的生活。她摆弄自己的小玩具，伺候家里的两个小祖宗。窗下新种了两丛花，她浇浇水，玩腻了就去找裴原说话。

一切都很正常。

那根簪子就摆在床头一个很显眼的位置。裴原时不时瞄上两眼，见宝宁根本没在意那根簪子，心中悬着的那块石头渐渐落了地。

字条上写的是，明日将军府南角门见。她到底会不会去呢？裴原想，宝宁不会去的。

她好像根本不知晓有这回事，一点儿紧张的情绪都没有。而且，他的宝宁怎么会背着他做出那样的事呢？

裴原庆幸自己没有对宝宁发火，觉得是他太多疑了。他应该给宝宁更多的信任。她那么好，又乖。

所以第二日中午，魏濛又来找裴原，说有要事与他协商，裴原就随魏濛出去了。

宝宁坐在门口给阿绵梳毛，裴原刚走，刘嬷嬷便来通禀，说"七姑娘到了"。

宝宁抬眼望去。邱灵雁站在刘嬷嬷的旁边，还是那副羞怯的样子，宝宁却生不出怜惜之情了，只觉得古怪。

邱灵雁见宝宁没有以往的欢笑模样，慌了一瞬，唤她："姐姐。"

"进来吧。"宝宁拍了拍小羊的屁股，让它去玩，将刷子上的白毛摘掉，起身往屋子里走。

刘嬷嬷不知内情。她记得宝宁是很喜欢七姑娘的，今日怎么这般冷淡。她以为宝宁心情不好，嘱咐邱灵雁待会儿谨言慎行，不要惹宝宁生气。邱灵雁心不在焉地应了一声，垂着脑袋跟上宝宁。

宝宁在桌边坐下，尽量不让语气显得生硬："雁子，姐姐想问你一件事。"

"您……您说。"

宝宁用手指点了点桌面："你有没有在这张桌子上拿走过什么东西？"

"我……"邱灵雁像是被踩中了尾巴的动物一样抬起头,目光闪躲。她还没坏到根上,对于自己做过的错事感到愧疚,不知如何掩饰。

宝宁什么都明白了,眼里掠过浓重的失望。

那日在太子府,那个叫"原哥"的人腰上系着一枚裴原的玉扣。宝宁一直疑惑那枚玉扣到底是怎么落入他人之手的,今早突然想明白了,唯一可疑的人就是邱灵雁。但怀疑归怀疑,现在真的被证实了,宝宁还是觉得难过。

她真心待邱灵雁,怎么就得到了这样的结果呢?

"姐姐……"邱灵雁的手指抓着桌面,眼眶渐渐发红,她忽然跪在了宝宁的脚边,痛哭出声,"我对不起你,是六姐姐让我这样做的。我不敢不听她的,真的不敢。她会打我的……我不知道她想做什么,她只让我拿一件四皇子的东西,我觉得没关系的,就拿了。"

"算了,你不用解释了。"宝宁抿着唇,别开眼,"我不想听。"

邱灵雁跪在地上,仰着头,惊惶地看着她:"我发誓,我说的每个字都是真的,若有一句假话,我……"

"无论你说的是真还是假,我都不想听了。"宝宁站起来,背对着她,语气冷了下来,"你做的事情到底是对是错,你心里清楚,不需要我来教。你年纪小,受人蛊惑,身不由己,你有你的理由,我理解,但不原谅。我狠不下那个心处罚你,就当我真情错付,你也不必恳求我什么,以后我们井水不犯河水,你别再来见我就行了。你走吧。"

"姐姐……"邱灵雁捂着脸哭,"姐姐,我真的有苦衷。"

她挽起袖子,站起来跑到宝宁的面前,给宝宁看她的手臂:"六姐姐真的会责骂我。如果我不听她的话,她会打我的……"

宝宁垂眼扫了过去,邱灵雁细白的胳膊上果真布满了瘀青,都是掐痕,有的地方已经紫了,看起来分外可怖。

宝宁狠狠心,不再看:"所以你更要离我远一些,要不然,你六姐姐再让你对我做什么事,你做还是不做?"

宝宁道:"你赶紧滚吧!"

宝宁说完,推着邱灵雁的后背,将她推了出去,又唤刘嬷嬷来将她带走,自己则转身进了屋子,关上门。

邱灵雁满眼受伤之色,不可置信地看着被关上的门,蹲在地上大哭出声。

宝宁心里也不好受。她深呼了一口气,转头往内间走,不再理会外头的事。

刘嬷嬷一脸无措,心疼地扶起邱灵雁。刘嬷嬷不知该怎么安慰邱灵雁,不敢再留她,哄了几句,帮她擦了擦泪,还是将她送走了。

邱灵雁走在后院的小路上，一路都在落泪。她知道自己对不起宝宁，但是又真的没有办法。她想从邱灵珺口中得知一些有用的东西，偷偷告诉宝宁，但是邱灵珺不肯对她说，只吩咐她做这做那。若她做得不好，邱灵珺就打她。

半个月前，邱灵珺让她拿了四皇子的玉扣，打听一个叫孟凡的人的消息。

前两天，太子迎娶侧妃，六姐姐走之前又吩咐她，让她在今天未时将宝宁引到南角门。

就是现在了。

但是宝宁不相信她了，不肯来。

六姐姐没有回来，她身边的两个大丫鬟菘兰和芍兰也没有回来，邱灵雁不知道她们做什么去了，只知道将宝宁引去南角门这件事很重要。如果她做不好，邱灵珺回来肯定会打死她的！

邱灵雁又愧疚又急迫，在南角门转了好多圈，目光落在不远处的荷花池上，牙一咬，有了算计。

宝宁在内室午睡，半梦半醒间，听见院里传来急切的交谈声。

接着，刘嬷嬷哀号着拍了几下大腿，奔到房门前，急促地敲门："夫人，不好了，七姑娘落水了！"

宝宁蹙了蹙眉，起初没听见，刘嬷嬷又喊了几声，她猛地回过神来，披了衣裳往外跑。

宝宁震惊地问："七姑娘怎么会落水的？"

"不知道，来找人的丫鬟说看见七姑娘心情抑郁地在湖边走，许是失了足，一下子就掉进去了。"刘嬷嬷急得长吁短叹，"那个丫鬟不会水，赶紧来找人帮忙，咱们这儿离南角门那边的湖岸最近，就先来咱们这儿找人帮忙。我说没人，那个丫鬟又急匆匆地去别的地方找人了。"

听了这样的解释，宝宁又自责起来。宝宁开始怀疑，她是不是将话说得太重了。对待一个九岁的孩子，她用了"滚"字，难不成伤了邱灵雁的心？

宝宁没法说服自己不管不问。她叹了口气，去屋子里快速整理好了着装，冲刘嬷嬷道："去南角门瞧瞧。"

刘嬷嬷应了一声，两人急匆匆地朝那边走去，可越走越觉得不对劲儿。按理说，那个找人帮忙的丫鬟应该找到了人帮忙，但两人过去的一路上空荡荡的，什么动静都没有。宝宁心中疑惑，可人命关天，她压下疑虑，还是走了过去。

湖边也静悄悄的，湖里亦静悄悄的。

宝宁心中"咯噔"一声，难道那个丫鬟在骗她？还是邱灵雁在耍什么小把戏？

刘嬷嬷也蒙了："这……这是怎么回事？"

"你绕着湖再瞧瞧，若是没动静，咱们就回去。"宝宁脸沉了下来。

刘嬷嬷应了一声，赶忙小跑着去查看。

宝宁站在原地，心中五味杂陈。

身后忽然传来响动，宝宁回头。正对着南角门的方向，她瞧见一棵高大的合欢树后头闪过一个人影，不太高，和邱灵雁很像。

宝宁的眼睛微眯，她边走过去边扬声呼唤："七姑娘？"

没人回应。

宝宁又走了几步。眼看着到了门边，她又唤了一声："七姑娘，你在吗？"

身后的角门忽然"吱呀"一声被拉开了，宝宁回头看，对上了孟凡的脸。一个老奴在旁边为他推门，笑着道："孟公子，就是这里了。"

宝宁和孟凡面面相觑，均露出诧异的表情。

宝宁问："孟公子是来做什么的？"

孟凡答："我受邀而来，是将军府中一位姑娘下的请帖，说想让我帮忙做一套新颖的头面。她腿脚不便，不方便到店里去，我就亲自来跑这一趟，约的地方是南角门。"

怎么就这么巧？

宝宁呆滞了片刻，忽然察觉出不对劲儿来。她扭身想走，抬头却看见裴原站在离她几步远的地方。他攥着拳头，愤怒地看着她。

魏濛忽然找裴原，是因为公孙竹趁人不备撞柱自尽了。他匆匆地赶了过去，处理好后，又匆匆地赶了回来。

可他进了屋，里头安安静静的，半个人影都没有。他立刻想起了簪子中的那张字条，心中掀起惊涛骇浪，马不停蹄地赶往信中约定的地方。

裴原到了地方，瞧见宝宁与那个叫孟凡的人相对而立，一脸情真意切，不知道在说些什么。

那一瞬，裴原觉得自己的心都绞在了一起，耳边"嗡嗡"作响。宝宁慌张地跑到他的面前，像是在解释什么，但他一个字都听不进去。

# 宁来一梦

李寂 著

中册

青岛出版集团 | 青岛出版社

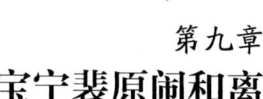

## 第九章
## 宝宁裴原闹和离

孟凡瞧见这个情景,自知是被算计了,一刻也不敢多待,赶紧偷偷地溜走。

"这是怎么回事?"刘嬷嬷跑了过来。她感受到了宝宁与裴原之间僵滞的气氛,焦急地摆手:"四皇子,有话好好说,不要动气,不要吵架。"

裴原伸手将刘嬷嬷挥开,往前踏出一步,低头对上宝宁的眼睛。他的眼神冷得像冰刀。

宝宁怕裴原误会,急于解释。她的心中存着不知道从哪里来的自信,她觉得她与裴原一起生活了这么久,他应该了解她是个怎样的人,话说开了就好了。但她看着裴原冷漠的神情,又突然像被人兜头泼了一盆冷水,喉咙哽住,一个字也说不出了。

裴原咬着牙,一字一句地道:"你骗了我。"

宝宁费力地找回自己的声音:"我没有。"

裴原冷笑一声,抬起手,钳住宝宁的下巴:"你当我是瞎子吗?"

"裴原,你能不能冷静一点儿?"袖子底下,宝宁用指甲掐住自己的手心。她克制住心中翻涌的酸涩感,尽量语气平和地道:"你现在应该做的是听我解释,因为你看到的不一定是真的。你既然有怀疑,就应该来问我,让我解答,而不是自己在那里凭空臆想。"

裴原的理智已经被妒忌蒙蔽了。他将手往下,放在宝宁雪白的脖子上,心头翻腾着熊熊怒火。

他一想到刚才的画面,就恨不得将她掐死。他们干脆一起死在这里算了!

裴原愤怒地道:"我听你解释什么?听你如何狡辩,听你如何悄无声息地去见野男人吗?"

宝宁望着他通红的眼睛,缓缓地摇头,喃喃道:"你疯了吗?"

"我就算是疯了,也是被你们这对狗男女给逼疯的!"裴原将脸凑近宝宁,声音压得很低,语气却很狠。他有满腔愤怒急于发泄,只是到底舍不得伤害宝宁。于是他把手掌从她的颈部拿开,搭在她的肩上。最后,他攥起拳,"呵"了一声,咬牙切齿地重复:"狗——男——女!"

这三个字让宝宁的心跌到了谷底。她看着裴原的脸,像在看一个陌生人。现在她只觉得手脚冰凉,连头发丝都透着寒意。

"你到底知不知道你在说什么?"

裴原的鼻息很沉重,他还在恶狠狠地盯着宝宁。他脸上的每一块肌肉都像僵硬了一般,因而他做不出其他表情。

宝宁难以置信,裴原竟然对她说出那样不堪入耳的三个字——他怎么说得出口?她忽然觉得自己刚才急于解释的样子简直可笑:相信她的人,不用她解释,也会相信她;不相信她的人,即使她说破了天,对方也觉得她是在狡辩。

宝宁觉得自己的喉咙里像是塞了团棉花,鼻子酸涩,眼睛也酸。她心里有很多话,但不知从何说起,而现在好像也没有必要说了。

四周一时间安静得可怕。

裴原看着宝宁的神情,看她从一开始的急迫慌张到诧异受伤,再到现在的木然冷漠。他的心像是被刀子扎了一下,淡淡的恐慌感袭上他的心头。

裴原不知道自己为什么恐慌,做错事的人明明不是他,但看到宝宁现在的漠然神情,他害怕了。

"你……"

宝宁狠狠地瞪了裴原一眼,甩开他的手:"你给我滚!"

她生气了。

她凭什么生气?

裴原倒吸了一口凉气,见宝宁转身要走,条件反射般伸手去抓她的腕子。宝宁冷着脸甩开他的手,直直地朝院子里走去。裴原一拳捶在旁边的树上,树叶扑簌簌地掉落,然后他咬紧牙关,脚步急促地跟上宝宁。

他要向她问个清楚!

院子里,阿黄和阿绵在玩闹,正高兴着,突然瞧见宝宁满面泪痕地进来,一下子停住了动作。

裴原的脸上挂着冰霜,他跟在宝宁的身后。宝宁踏进屋子,裴原继续跟上,反手"哐"的一声带上门。他气急败坏地道:"你跑什么?!"

宝宁站定，抹了一把脸，原本焦躁的情绪已经平复了。她现在心情很平静，语气也很平静："我懒得瞧你那令人讨厌的样子。"

裴原觉得讽刺，嘴角一撇："呵，我讨厌？你哪儿来的脸……"

宝宁打断他："我要和离，或者你休了我，都可以。"

裴原只觉得脑子里"嗡"的一声。

他没想过要和离啊！

亲眼看见宝宁和孟凡在一起，他心酸难过，委屈愤怒，恨不得阉了那个男人，将那个男人剁碎了喂狗，甚至想把宝宁藏在屋子里锁起来……但他从没想过要和离啊！他也不想休妻！他还是想和宝宁在一起的，不想离开她。

出了这么大的事，他连动她一根手指头都不舍得，可她倒好，转头就要与他和离了！

"你想都别想！"裴原气得晕头转向，在原地转了两圈，飞起一脚踹向凳子。那凳子飞起来撞到墙上，顿时四分五裂，发出巨大的声响。他回过头，看向宝宁，声音嘶哑，像只野兽："除非我死了，或者你死了，否则你绑也得和我绑在一起！"

"你不是认定我背叛了你吗？"宝宁仰头看着裴原，她的鼻头红红的，"我们是狗男女，你瞧着我，不觉得恶心吗？你又何必为难自己，非要自讨苦吃！"

裴原的太阳穴"突突"地跳，胸口不停地起伏，他把手负在身后，臂上青筋暴起。他盯着宝宁的唇，那张嫣红的唇一开一合，说出来的却没有一句是他想听的话。

裴原向前走了几步，将宝宁逼到墙角，然后将手臂撑在她的脸侧。现在他说不出狠话了，只能无力地威胁她："你最好乖一点儿，不要逼我！"

"你想怎么样，难道还想打我吗？"宝宁一点儿都不怕他了，高声反问。

"你别逼我将你关起来！"

"裴原，你这样有意思吗？"宝宁睁大眼睛看着他，"你不信任我，我们还有必要在一起吗？你心里存疑，这是第一次，可谁知道以后还会有多少次，又有多少感情经得起这样的疑神疑鬼？我们是夫妻，是一家人，连相互信任都做不到，还有什么共同生活下去的必要？！你的猜忌只会一次比一次重。若以后有人挑拨，只怕你动怒了，还要向我拔剑！"

裴原心慌意乱，觉得自己摸不准宝宁的心思了。现在宝宁明明就站在他的面前，但他抓不住她。

事情一开始不是他在质问吗，怎么变成这样了？她耍小脾气了，凶得很。他已经节节败退了。

裴原咽了口唾沫："你想说什么？"

宝宁道："我要和离。"

"我最后说一遍，你想都别想！"裴原蓦地松开禁锢宝宁的手。他站在原地，直直地看了她一会儿，突然吼了一声，转身落荒而逃。

裴原摔上了门。门板撞在门框上，发出一声巨响，又弹起来撞在墙上。宝宁听得心头一颤，压抑已久的情绪像是有了突破口。她抱膝蹲在地上，将头埋在臂弯里，泪无声地流了下来。

刘嬷嬷小心翼翼地走进来。她心疼地看了看宝宁，又看了看裴原离开的方向，叹气道："夫人，何必吵得这么厉害？刚才四皇子明明已经服软了，您趁机将事情说清楚不就成了？这是个误会，哪里有必要闹到和离那个地步？"

"有必要的。"宝宁擦了擦眼角，"如果他连最基本的信任都不给我，这日子就没法过下去了，我也不想和他过了。"

刘嬷嬷道："这……这就是个误会啊！"

"若是没有这个误会，我还天真地以为我们的感情有多坚不可摧呢。"宝宁站起身，"他心思重，有话憋在心里，这个毛病若改不掉，我们一辈子都消停不了。若他愿意改，这次就当让他吃个教训；若他不愿……"

她说不下去了。

宝宁定了定神，冲刘嬷嬷道："打水来吧，我洗洗脸。"

刘嬷嬷"唉"了一声，不敢再问了，急忙去打水。

接下来一整个下午，宝宁都和往常一样度过，饭没少吃，水没少喝，看花品茶，悠闲自在。若不是她的脸上一点儿笑意都没有，中午那件事就好像根本没发生过。

裴原出去后，一直没回来。

入夜，宝宁没睡，坐在桌边等他。她心里还存着一丝幻想，想着裴原只是一时气糊涂了，等他冷静下来就好了。她还是要再给裴原一个机会，与他好好说说。

等到快子时，月亮挂在最高空的时候，裴原才醉醺醺地踹开了门。隔着老远，宝宁就闻到了一股浓重的酒气，她的心沉了下去。

"还没睡啊？"裴原摇摇晃晃地走进来。瞧见灯亮着，宝宁坐在桌边看着他，他咧开嘴笑了一下，然后屁股一歪，坐在桌沿上，看起来匪里匪气的。

裴原跷着腿，用手指去勾宝宁的下巴，被她一巴掌甩开。他"哟"了一声，道："还敢和我动手？"

宝宁冷冷地看着他。

裴原梗着脖子道："你别以为你吓唬我几句，我就怕你了，谁怕谁啊？！"

宝宁没说话。

裴原有酒壮胆，先伸手摸了摸自己的额头，忽地把手一挥，将桌上的茶盏都扫到了地上。在"噼里啪啦"的声音中，他躺到桌面上，挑衅地看向宝宁。

宝宁问:"你是回来对我耍酒疯的吗?"

"我告诉你!"裴原伸长胳膊,指着她的鼻子。他不知道喝了多少酒,现在眼白泛红,说话的音调也有点儿飘:"我告诉你!和离,老子根本不怕!老子是谁?你去打听打听,你去问问!我怕和离吗?我缺女人吗?哈哈,这真是老子今年听过的最好笑的笑话!老子告诉你,你别把自己看得太重,老子难道非你不可了?你这个人,呵,小姑娘家家的,真有意思。"

宝宁气得心脏疼。她闭着眼呼出一口气,抬手抚了抚心口,想把气理顺。

裴原冷笑一声,又狠狠地拍了拍桌子,道:"要是想滚,你就赶紧滚,别在这儿碍老子的眼,挡着老子纳妾!"

宝宁愣住了,她的手指紧紧地抠住桌沿。顿了顿,她问他:"你再说一遍?"

"我再说两遍好不好?"裴原的脑子根本不听使唤,他现在一心觉得自己白天丢了面子、憋屈、难受,所以想尽办法要找补回来,想要说话刺激她,"要滚就赶紧滚,别挡着老子纳妾!就许你不知廉耻地勾搭野男人,不许我纳妾?呵,真以为老子怕你……"

宝宁尽量让自己的语气听上去平稳:"裴原,你坐起来。"

"我坐起来……我坐起来怎么了?"裴原用手撑着桌面,晃晃悠悠地坐了起来,眼皮半睁不睁的,神色颇不耐烦,"老子……"

宝宁站起身,抿唇看了裴原一会儿,不等他将话说完,就一巴掌对着他的脸扇了过去。"啪"的一声脆响,声音回荡在室内。裴原被打蒙了。

"你打我?"

宝宁道:"我打的就是你!"

裴原的酒醒了大半。他不可置信地捂着半边脸重复道:"你打我?"

宝宁拽着裴原的胳膊,将他扯到地上去,愤怒地道:"你给我滚!我不想再看见你,滚!"

"是你让我滚的!"裴原攥紧拳头。他四处看了看,盯准了桌子,上前一步,泄愤般地把它掀翻,随后头也不回地往门外走去:"季宝宁,我再回来找你,就是条狗!"

裴原就这么气冲冲地走了。

刘嬷嬷被惊醒了。她看着裴原的背影融进夜色,才颤颤巍巍地去找宝宁,然后便惊讶地瞧见宝宁正在收拾东西。

"夫人,您干什么去啊?"

宝宁道:"我不和他过了。"

宝宁用了两个时辰将细软都收拾好,带着一羊一狗和刘嬷嬷,动身去了溧湖那里的庄子。

刘嬷嬷的卖身契就在宝宁的手里。宝宁本来不想带她的，但想了想，觉得路途不近，自己一个人走也危险，多个人就多一份保障，最后还是让她跟上了。

宝宁没叫将军府的马车，而是在天刚蒙蒙亮时从后门出去，随后让刘嬷嬷找了一个相熟的车夫。一行人走得悄无声息，没有人知道。

裴原这一夜睡在魏濛那里。

两个大男人挤在一张小床上，裴原根本睡不着。裴原本就心里有事，难以入睡，魏濛又打呼噜，把裴原搅得更睡不着了。辗转反侧半宿，裴原终于忍不住，一脚将魏濛踹到了地上。

"有敌人！"魏濛立刻惊醒，抽出枕下的剑，警惕地望向周围。

裴原目光沉沉地看着魏濛。

过了半晌，魏濛才反应过来刚才发生了什么。他打了个哈欠，想抱怨两句，但看到裴原那副烦躁的样子，就不敢多说了，最后只得闷闷地抱起被子铺到地上，劝道："赶紧睡吧，一会儿天就亮了。"

裴原道："我睡不着。"

魏濛正困着，随口敷衍道："那你就再喝点儿酒，那玩意儿助眠。"

裴原的面色不是很好看。

魏濛忽然想起来一件事：裴原就是喝了酒，回了家一趟，然后被人赶出来，这才和他睡到一起的。

魏濛叹了一口气，坐起来问："那你倒是说说，到底出什么事了？"

裴原也坐起来，将手攥成拳，放在膝上，道："我说不出口。"

这让裴原怎么说？说他看见自己的妻子与别人幽会，他去质问，反而被甩了一巴掌？简直是奇耻大辱！

裴原越想心里越冒火。他忽然跳起来，抓起魏濛的剑就要往外走："我去杀了他！"

"小将军，这大半夜的，你杀谁去？"魏濛大惊失色，赶紧拦腰抱住裴原，"你冷静一点儿！"

裴原眼里凶光毕露："我冷静？我没法冷静！我今晚一定要宰了那个畜生！"

"得了得了，到底出了什么事？"魏濛哀叹一声，知道今晚的觉肯定是睡不成了。他拉着裴原坐在地上，又去开了两坛酒，道："你说句话行吗？兄弟也好开导开导你。"

裴原脸色青黑，咬牙坐着，仍旧是一句话都没有。

魏濛小声嘀咕："瘦驴拉硬屎——真费劲儿。不知道你媳妇怎么忍得了你，要是老子，早就一巴掌甩过去了！"

这句话裴原听清楚了。他"唰"的一下扭过头，看向魏濛，眼中一片森然之色。

魏濛被他盯得打了个哆嗦。他觉得只要自己再多说一句话，裴原肯定会冲过来撕了他。

就这么等了一会儿,魏濛叹了一口气,刚想说些什么,忽然瞧见裴原的脸,又把话硬生生地憋了回去——他这时候才借着月光看清了裴原脸上的伤。

裴原半边脸肿得挺高,应该是被宝宁扇的,脸上还带着指甲刮擦的血痕,看得出来,宝宁下了狠手。魏濛瞧得倒吸一口凉气:"你媳妇真的打你了?"

他回忆着宝宁娇弱的样子,越发觉得不可思议。

瞧着弱不禁风的一个姑娘,脾气也挺好的,怎么下手这么重?

到了这一步,裴原再也忍不住了。他一拳捶在床柱上,捶得整张床都晃了几下,大喝一声:"奇耻大辱!"

然后他豁出去了,脸也不要了,跟魏濛复述了白日发生的事,只略过了宝宁打人的部分。

"之后我就摔门出去了。我立誓,除非她来求我,否则我不会再踏进她的房门半步!我就是想不通,我待她那样好,出了这种事,我也没怎么着她。也就是她,若是换成别人,不知道死了多少次了!但她根本不念着我的好。她就算是对我掉两滴泪,讨饶两句,我也不至于如此——她在我心里的分量那样重!无论她做什么事,我都不会对她怎么样的!可她偏偏那么硬气……"

裴原的酒意仍在,他絮絮叨叨的,话匣子一打开就收不住了,一晚上说的话比平时一个月说的都多。魏濛实在听不下去了,打断他:"小将军,我就问你一句,你怎么认定小夫人一定做了那种事?"

裴原愣住了。

魏濛道:"我活了快三十年,也算是阅人无数,依我对小夫人的了解,她不是那样的人。你是不是误会了什么?你问过她吗?"

裴原抿紧了唇。

他没问过。

他没敢问。

他害怕从宝宁口中听到自己不想听的话。

其实,从事情发生的那一刻开始,他就没想过要去问问宝宁这究竟是怎么一回事。他过于相信自己的眼睛和判断了,又或者说,他是不自信的,不是对宝宁不自信,而是对他自己不自信。他在刻意逃避。

有时候他也会想,宝宁凭什么就认定了他呢——宝宁是那么好的姑娘,他有什么配得上她的地方?她当初嫁给他,其实名不正言不顺,是被逼的。所以如果哪天她不愿意再这样了,想走了,似乎也情有可原。

孟凡的出现恰巧击中了他心中的这个弱点,只需一个画面就足够令他方寸大乱、溃不成军。于是，他犯了浑。直到魏濛说起，他才忽然想到，若宝宁真的没做过，若一直是他冤枉了她，那该怎么办？

裴原觉得自己要疯了。

魏濛喝了口酒，拍拍裴原的肩，道："我觉得小夫人说得挺对的，夫妻间要相互信任，要坦诚，有话直说就行了。小将军，你一直都是个雷厉风行的性子啊，怎么一到这种事上，就婆妈成这样？说白了，不就是一句话的事，你看你……没出息，还到人家面前去撒泼。"

裴原的视线落在魏濛的酒碗上，魏濛被看得发毛，于是把碗往裴原的嘴边递了递："想来一口？"

裴原呆滞了半晌，忽然道："我后悔了。"

"你后悔什么？"

"那天晚上，见到那根簪子的时候，我就该直接问她的。"裴原喃喃自语，"是我疑神疑鬼。宝宁说得没错，我心眼儿小，心思重，几棍子打不出一个闷屁来……"

魏濛听了，差点儿一口酒喷出来。

"小夫人说你打不出屁来？"他咂咂嘴，又问，"不可能吧？小夫人看起来是读过书的，哪儿能说出这么粗俗的话？"

裴原夺过魏濛身边的酒坛子，仰着脖子往嘴里灌。喝完了，他抹抹嘴，眼睛却越发清亮了。他重复道："我就该直接问她的！不对，我就不该不信她！宝宁是什么样的人，我还不清楚吗？有什么可怀疑的！简简单单的一件破事，不堪入目的小伎俩，把我们折腾成这个样子！我是关心则乱！我早就该想明白的！"

"这不就对了！"魏濛拍了一下大腿，"你想明白了就好。"

外头的天色已经蒙蒙亮，太阳快出来了。魏濛困得眼皮都要黏在一起了，就想快点儿将裴原赶走，好睡一个回笼觉。于是他指着门口道："小将军，你快回家去，和小夫人好好把话说明白。小夫人脾气好，你道个歉，再哄一哄，她一高兴，立马就原谅你了。"

裴原把空坛子甩到一边去，兴奋地站起身，可刚迈开步子，蓦地又想起自己对宝宁说的那些浑话。

他说什么来着？他说狗男女、野男人。后来他喝多了，还跑到宝宁面前说要纳妾。

裴原顿时觉得心如死灰。

魏濛见裴原站了一会儿，却没往门口走，反而回到床上又躺下了，不由得大惊，问道："你怎么还不走？"

"我喝多了，脑子不清醒，你让我睡一觉缓缓。"裴原躺在床上，合上双眼。他不会告诉魏濛，他不敢回去，那太丢人了。宝宁平时脾气是好，但生起气来，他也不得不害怕。

一想起自己那会儿被甩的那一巴掌，裴原就觉得自己的心肝脾肺都开始疼了。

他说的那些混账话，要怎么圆回来啊？

他会再次被打吗？

他是不是还说，若回去找她，他就是狗来着？

裴原退缩了。他开始在心里琢磨，怎么才能在宝宁面前稍微扳回一局。

他现在相信那是个误会了，但宝宁又没有向他证明，他可以借此稍微拿捏宝宁一下，摆一个姿态出来，然后到宝宁面前去说一些宽容大度的话，再表明一下忠心。他大概说些什么呢？"就算你无法证明你没做过这件事，我还是选择相信你"之类的吧。

宝宁会感动吧？她那么心软的一个人。

裴原胡思乱想，自我安慰。他不知道，就在他踌躇的这段时间里，宝宁早就带着家当离开将军府，到别的地方去了。

裴原和魏濛喝了半宿的酒。第二天，两人皆宿醉，等他们被一阵猛烈的敲门声唤醒时，已经日上三竿了。

一道细弱的女声在外头呼唤："四皇子，四皇子，您在里面吗？"

裴原揉了揉发涨的脑袋，踹了魏濛一脚，让魏濛去开门。魏濛低咒一声，摇摇晃晃地往门口走去，然后握着门把手往回一拉，把门打开了。

邱灵雁眼前突然出现了一个剽悍壮实的身影。她被吓了一跳，往后退了一步，差点儿摔倒。

"七姑娘？"魏濛诧异地看着邱灵雁，"您跑到这儿来做什么？"

邱灵雁没心情给魏濛解释。她踮着脚往屋子里张望，看见在床上睡着的裴原，心一横，推开魏濛跑了过去，"扑通"一声跪下："四皇子，我知错了，您快去找找姐姐吧！"

裴原被邱灵雁凄厉的声音喊得一哆嗦，猛地坐起来，不解地看着这个他只见过一面的小姑娘："你什么意思？"

邱灵雁哭着将昨天的事对裴原说了一遍，最后捂着脸道："是我不好！我不该做那样的错事，害你们变成这样。我昨儿个想了一夜，害怕了。若你们真的因为这件事生出了嫌隙，我该怎么办？我对不起宝宁姐姐……"

裴原耐着性子听邱灵雁把话说完，越听越觉得自己昨日简直是疯了，奇蠢无比，罪无可赦！他怎么能被两个女人的一些连计谋都称不上的小伎俩骗成这样呢？他还对宝宁说了那么多伤她的心的话！

邱灵雁伏在地上"呜呜"地哭。裴原昨夜和衣而睡，现在衣衫上都是褶皱。但他也顾不上整理了，站起身，绕开邱灵雁，疾步往外走："我现在回去找她。"

"可是姐姐已经走了呀！"邱灵雁转身去拽裴原的裤脚，"屋子已经空了，阿黄走了，阿绵也走了，什么都没了，连窗户底下的花儿都没了……她全都带走了！"

裴原大惊失色："什么？"

裴原浑浑噩噩地奔回院子。一路上，他心中还有些幻想：恐怕邱灵雁是宝宁遣来吓唬他的。宝宁怎么可能走呢？她能上哪儿去？她就是不高兴了，要个小性子，唬他一下而已。

直到看见空荡的院子，裴原脑子里才闪过两个大字——完了！

真的完了。

就像邱灵雁说的那样，宝宁这次是狠了心，什么也不想给他留下：连窗底下那两丛红艳艳的花都被连根挖走了，地上就剩下被掘开的土；院子里有个大瓷缸，里头本来养着鱼，如今鱼也被捞走了；还有石榴树下的躺椅，也没了。

裴原走进屋子里，见桌子还是昨晚那个样子，可怜兮兮地翻在地上，茶盏碎了一地，没人收拾。再往里面去，他发现被褥被拿走了一半——宝宁的被子是粉色的，他的是蓝色的，现在就剩下他自己的了。他又打开衣柜，里面只有几件玄色外袍，属于宝宁的那一大半花里胡哨的衫裙统统不见了。

裴原的心拧着，他像游魂一样在屋子里游来荡去。

魏濛站在门口看着屋子里的一切。见裴原这副失魂落魄的样子，饶是他这个从不为情爱之事烦心的汉子也生出一丝不忍来。

裴原自虐般地又去翻宝宁的妆奁，盼望着她是与他玩小孩子的游戏，是在跟他躲猫猫——她只是藏起来了，一定还留下了什么线索给他。可裴原根本没找着宝宁的妆奁。妆台被收拾得干干净净，抽屉也全都空了，就剩下一面黄铜镜子。裴原猜想，若不是妆台上的这面镜子实在难卸，她恐怕也会一起带走。

裴原木着脸绕屋子走了一圈，鞋底踩在碎瓷片上，发出"咯吱咯吱"的响声。现在他确定了，宝宁是真的将属于她的东西都拿走了。她狠下心，从一只猫儿变成了一头小豹子，一点儿念想都不给他留。

裴原残存的那一丝侥幸没了，他心底的恐慌感一点点地扩大。他现在觉得自己的整颗心都揪了起来，满脑子都是杂乱的可怕念头。

宝宁不要我了？她真的不要我了？我知道错了。我没干人事，没说人话，但是宝宁，你就真的，真的不给我机会了吗？

你回来吧！你回来再甩我一巴掌行不行？

要不然我学狗叫给你听吧？我错了！我回来找你了！我兑现诺言！我就是只狗！孟凡不是狗男人，我才是！我不该把你欺负哭的！把你欺负哭了，我还没有立刻去哄你，还和你甩脸子。我不是人，罪该万死。

我这臭脾气！我没脑子！明明我什么也不是，还死要面子。我要是昨天一明白过来就立刻去哄你，你是不是不会这么生气，也就不会走了？

你上哪儿去了呀，宝宁？

裴原知道宝宁走了，一开始的时候还没有多少情绪，只是觉得心里空了一块，脑子也是木的。下意识地，他觉得自己还没醒酒，这是在梦里。但等到翻遍了屋子还找不到宝宁时，他便慢慢回过神来了。

这好像不是梦。

他闯祸了，把宝宁搞丢了。

随后涌上他的心头的是后悔、失落、彷徨，这些情绪几乎要将他淹没了。

裴原从小长在军营里，和魏濛那样的"土匪"混在一起，大口喝酒，大块吃肉。他硬气了半辈子，上刀山下火海的事也不是没干过。他一直觉得自己是条汉子，这些柔弱的词语和他搭不上边。但现在，他是真的服输了。

他想，若是能回到昨晚，他还要什么脸皮！他应该飞奔回来，哪怕抱着宝宁的脚求饶也不能让她走啊！他是真的伤了她的心。

裴原在屋子里像个陀螺一样打转，转着转着，他的眼眶就红了。魏濛看见了，张了张嘴，想劝些什么，又觉得自己的嗓子发哑，说不出话。

魏濛安静了一会儿，抹了一把自己的眼睛，竟然有点儿湿。其实一开始他觉得有点儿好笑，平日里雄赳赳、气昂昂的小将军也遇到对手了，看看，对手将他收拾得多狼狈。但眼看着裴原一点点地疯了起来，魏濛心里开始不好受了。

这间空屋子，谁见了能好受啊？原本好好的一个小家，小两口儿闹了一场，现在家里连人气都没有了。

裴原停不下来，一坐下来就浑身不舒服。他站在妆台前看镜子，见镜子里的自己蓬头垢面、胡子拉碴，一点儿宝宁喜欢的干净样子都不剩，就深吸了一口气，抬起胳膊，用袖子蹭了蹭脸。然后他走回床头的位置，伸手扯幔帐，扯开一看，床上什么东西都没有。他又蹲下来看床底，企图将阿黄找出来，还是什么都没找到。

裴原忽然想起来一件事：还有水蛭啊，宝宁会不会把水蛭也带走了呢？若是她带走了，是不是说明她的心里还是有他的，她还惦记着他的毒？她只是闹了一场小小的脾气，躲出去玩了，心里还是盼着他赶紧去找她的，现在正在哪里等着他呢。

然而，水蛭的罐子整整齐齐地摆在架子上，看起来，宝宁半夜收拾东西的时候，连碰都没碰它。

裴原的手指尖都哆嗦了。

真的完了，他一点儿侥幸都没了，宝宁就是不想要他了。

"小将军,"魏濛终于看不下去了,还是出了声,"你别乱转悠了,有什么用?刚过了半日多,想必人还没走远,咱们盼咐兄弟们去找,说不定能追回来。"

裴原这才反应过来。他刚才理智尽失,竟然忘了先找人。

他在这儿哭哭啼啼的有什么用?他尽快将她找回来才是正经事!到时候要打要骂都随她的便,大不了他再挨几巴掌就是了,反正自己皮糙肉厚的,打不疼。

裴原命令自己冷静下来,尽量捋清思路。

"魏濛,你带奔狼军的兄弟们去城外找。四个城门、八个偏门,共十二条小路,每条路上派出三十人。大家沿路寻找,找不到就继续,谁都不许提前回来!

"城里的任务就交给邱明山,他的两个女儿干出来的好事,他得给我兜底!屁大点儿的京城,一个角落都不许给我放过!

"还有季家,你要派人守着,尤其要看着季蕴。谁给季家递了拜帖,季家的下人去了哪里买菜,包括他们书信交往,都给我查清楚。

"还有……"

裴原的视线扫向一直蹲在角落里的邱灵雁,他咬牙切齿地道:"把她给我关起来,找到宝宁之前,这两姐妹谁都不许跑!"

裴原说完,负手往外疾步而去,边走边嘱咐,声音冷硬如冰:"魏濛,你去告诉邱明山,若是三天内找不到宝宁,我先杀了他的女儿,再烧了他的房子!我不好过,那就谁都别想好过。他要是不信,那就让他看看我能不能做到!"

"疯了,这小子这次是真的疯了……"魏濛看着裴原的背影,重重地叹了口气,随后领命而去。

在裴原心急火燎地到处找人的时候,宝宁正安稳地待在庄子里。

溧湖离京城说远不远,说近也不近,马车跑了大半天才到。季蕴在这里安排了下人,房子时常被打扫,屋子里的衣裳被褥也齐全,所以宝宁一来就能住。宝宁到了后,先洗了个澡。等头发绞干了,她就半合着眼躺在葡萄架子下晒太阳。硕大的葡萄叶子层层叠叠的,恰好挡住刺眼的阳光,绿荫底下清凉舒爽,又有阵阵蝉鸣相伴,宝宁好不惬意,从昨晚开始一直低落的心情渐渐变好。

刘嬷嬷在一旁叹气,絮絮叨叨:"四皇子现在怕是已经知道了,肯定急疯了。小夫人,要不然咱们给四皇子递个信儿?他应该已经知道错了。小两口儿闹别扭是正常的,总不能真的闹到不可挽回的地步吧?"

宝宁睁开了眼看向刘嬷嬷,严肃地道:"谁也不许递信儿!若有人递信儿被我知道了,我就把他们统统打出去!"

刘嬷嬷被宝宁的语气吓了一跳,连连点头称"是"。

宝宁从旁边的小桌子上摸了颗甜枣儿，放到嘴里含着："还有，从现在开始，不要再提关于他的任何一个字，我不想听。"

刘嬷嬷惊讶地瞟了宝宁一眼，见她的神色不似在开玩笑，又叹了一口气，应了下来。

宝宁道："去忙你的吧，我自己待一会儿。"

刘嬷嬷福了福身，转头离去。可刚走出两步，她又忍不住回头看了一眼，并在心里暗暗感叹一声：小夫人已不似从前，瞧这架势，越来越有当家主母的风范了。

宝宁见周围没人了，一直挺直的脊背才慢慢地松了下来。她垂眼盯着自己的手指，眼前又慢慢浮现出裴原的脸来。

宝宁用力地嚼了一颗枣子，逼自己将他忘掉。

她不是个狠心的人。裴原以前做过那么多惹人嫌的事，把她气哭了多少次，可最后她还是原谅了他，对他好，哄着他。她是想要与裴原做一对恩爱夫妻的，一些小缺点，他们互相理解、包容，改正了也就没事了。唯独这次，裴原踩到了她的底线，她找不出宽容他的理由了。

狗男女……纳妾……

宝宁一想起裴原说这些话时的神情，就气得浑身颤抖。

随他去纳吧，她自己一个人在这里待着也挺好的。裴原不是非她不可，难道她没了裴原就不能活了？

宝宁站起身，拍了拍裙摆，往架子外头走。阿黄和阿绵停止打闹，一蹦一跳地跟上她，太阳西斜，它们的影子被拉得长长的。阿黄瞧起来威武雄壮，像条大狗了。

宝宁转身摸了摸两个小脑袋，笑着问："想吃鲜花饼吗？"

阿黄和阿绵都软绵绵地叫。宝宁对裴原的那股怒气散去了，她俯身贴上两张毛茸茸的脸。

"还是你们好，比他强多了。"宝宁提着裙摆往厨房跑，回头冲它们眨眼睛，"最先追上我的有两块哟！"

裴原连着两天没合眼了。

京城太大了，有几十万、上百万的人，他一时半会儿根本找不到宝宁。

裴原问遍了邱府的下人，最后只打听到她们许是天刚亮的时候从南角门出去的，其余的事下人们一概不知。他亲自领了一队人马，从南城门出去走了一百里，还是连宝宁的一根头发都没寻到。

裴原的身体本就有恙，平日里看不出来，现在他着急上火，眼睛便一天比一天肿，脸色也一天比一天白。魏濛不敢再让他出远门，好说歹说才劝他留在京城先睡上一觉。

裴原睡不着，觉得自己肯定是有什么毛病了。离开了宝宁原先和他一起住的那间屋子，他就觉得哪儿都不舒服——这些地方没有她的味道，他根本待不下去。然而回了那间屋子，躺在那张拔步床上，他又满脑子都是宝宁的音容笑貌，一闭眼就好像她还在旁边似的，然而眼睛一睁开，屋子里又黑又空荡。他难受得不行，一样待不下去。

裴原勉强睡了半个时辰，做了一连串的梦。醒来时，他只觉得昏昏沉沉，糊里糊涂，分不清哪个是梦，哪个是现实。

忽然，裴原觉得有人在他的耳旁吹气，温温柔柔的，好像是宝宁。他闭着眼笑，伸手去抓，不料抓到了一手硬得扎人的头发。有人低声地叫唤："疼！"那声音粗哑难听，和宝宁的差了十万八千里。他失望地收回手，把手心在裤子上蹭了蹭，继续睡，盼着睡醒以后有真的宝宁出现。

魏濛看着自己被揪掉的那几根头发，觉得头皮疼得发麻。看来裴原是真的魔怔了，魏濛觉得，要是再找不着小夫人，他怕是会和这个将军府的人同归于尽。可魏濛琢磨着自己刚得到的那个消息，又不知道它算是好还是坏，拿捏不准到底要不要告诉裴原。

魏濛思忖片刻，还是将裴原推醒了："小将军，刚才有人来报，说季家那个小公子也失踪两三天了。"

裴原把手臂搭在额头上，迷迷瞪瞪地睁开了眼。起先他还没听清，哑声问了句："什么？"

"小夫人失踪的那天早上，季小公子出了门，直到现在也没回来。"魏濛道，"我寻思着，这两者之间是不是有什么关系？"

裴原猛地坐起来。

这两天他睡得太少，太阳穴的位置鼓胀着，像要炸了一样疼得厉害。但他顾不上这些，只用力地按了按额头，就抓起枕边的衣裳往身上套："你怎么不早说！"

"当时我们都以为季小公子去书院了，所以没人在意。可好几日没见到他回来，我们才起了疑心。"魏濛叹气，"再说了，起疑心也没用，没人知道季蕴去了哪里，到头来还是没有头绪。"

裴原的动作一下子顿住了，他呆滞地坐在那里，穿到一半的衣裳也不穿了。魏濛看着这样的裴原，不敢再说话。屋子里没点灯，外头没月亮，四处黑漆漆的。大风呼啸而过，窗缝处"呜呜"作响，除此之外，屋子里再也没有其他声音，静得可怕。

就这样静默了一会儿，裴原像是卸了力一样，整个人又萎靡了。他鼻息沉重地呼出一口气，仰面往后躺了回去。喜悦感骤然而来，又骤然消失，他好不容易觉得见着点儿希望，结果还是泡影。他刚才激动得心"怦怦"直跳，现在却只觉得一片茫然。

见裴原拉扯着领子想透口气，魏濛心疼了。他抿了抿唇，劝道："小将军，要不就算了吧？你缓几日再找，说不定小夫人自己想通，就回来了。她一个女人，在外头肯定活得不痛快，等她吃些苦头就念起你的好了。况且，你这身体再奔波下去也吃不消不是？"

"放屁！"裴原瞪眼，一脚踹上魏濛的左肩，把他踹得坐在了地上，"知道她在外头会受苦，你还不快点儿去找？像你这样的男人，一辈子也娶不上媳妇！"

"可你又找不到。"魏濛干脆盘腿坐好，摊着手继续劝，"天下那么大，你跟无头苍蝇似的，再找十年八载也没用。说不准到时候小夫人已经嫁作他人妇了……"

魏濛的话说到半截，裴原已经心头冒火，听到最后直接爬起来，咬着牙，抓起枕头冲魏濛砸了过去："滚，给老子滚！"

魏濛的右肩又挨了一记，他无奈地揉了揉，站起身往外走。

裴原听着魏濛沉重拖沓的脚步声渐渐远去，心里酸得能拧出水来。他重新躺回床上，睁着眼睛望向床顶，思绪纷乱。

就在这一瞬间，裴原忽然想起宝宁有一天晚上好像说过一句梦话。她说："阿蕴，你给姐姐买的大宅子，姐姐好喜欢呀。"他当时还笑她来着，说她是财迷，在梦里都不忘数钱。

难不成，季蕴真的给宝宁买了座宅子？

裴原想到这里，脑子像是被敲了一下，刚才的疲惫混沌感一扫而空。他心里又生出一股劲儿，眼睛也亮了起来。

裴原一边骂自己蠢笨，这么重要的线索到现在才想起来，一边从床上跳下来往外跑。魏濛听见身后有声音，诧异地回头，结果被裴原眼里的诡异亮光吓得一哆嗦。

"小将军，你……"

裴原没工夫和魏濛解释。他自顾自地往外冲，只扔下一句话："备马，天亮后你随我去一趟国公府！"

天刚亮，裴原就带着人来到国公府。他等不及按规矩给荣国公递拜帖，因为知道厨房的嬷嬷一大早要从后门出去买菜，就直接绕去了后门。

没过多久，后门被拉开一条缝。裴原眼尖，瞅准机会，立刻钻了进去，将嬷嬷的菜篮子都撞到了地上。嬷嬷被吓得一哆嗦，刚想叫，就被笑嘻嘻的魏濛用一锭银子堵住了嘴。

"刚才进去的是四皇子——咱们府里的姑爷，有急事。你行个方便，就当没看见。"

嬷嬷拍拍胸口，缓了缓神，拿着银锭子欢天喜地走了。

这时候许氏刚刚起身，正被人伺候着，慢悠悠地洗漱梳妆。听人通禀说姑爷来了，许氏还不信。等把窗户推开一条缝，看见院外果真立着一道高大的身影，她才慌忙打扮起来，匆匆出门来见。

裴原将准备好的礼塞到许氏的手里，有些讨好地叫她："姨娘。"

这句"姨娘"，裴原叫得分外生疏。他心里别扭了一下，这才想起，宝宁都嫁给他半年了，他还没有正式见过她的家人呢。裴原思及此，心中的愧疚感更甚，垂在身侧的拳头也握紧了。

许氏简直受宠若惊。此前，她一共就见过裴原一次，而上回相见的时候，裴原还坐在轮椅里，整个人瞧起来不冷不热的，虽然长得俊，但是不好亲近。他陪着宝宁和她在屋子里待了两个多时辰，一句话也没和她说。等宝宁走了之后，她还和屋子里的丫鬟念叨，说姑爷的脾性一看就不好，虽然他落魄了，但又没从玉牒上除名，依旧是个身份尊贵的皇子，宝宁怕是要受欺负。她没想到现在姑爷居然主动登门了，还给她备了厚礼！

许氏晕乎乎的，但只高兴了一会儿就反应过来："宝宁怎么没一起来呢？"

裴原被问得心里一堵，只能编谎话道："她着凉了，在家睡着呢，说过几日再来拜见您。"他怕许氏不相信，又继续瞎编，"宝宁说今儿个是您的生辰，所以我带了礼物来看看。"

"哦……"许氏觉得莫名其妙。她的生辰在下半年，还早着呢，宝宁怎么可能会记错？

虽然觉得裴原在说谎，但她面对裴原还是有点儿不自在，也不好意思计较这些，便笑着将他往屋子里迎："来了就坐会儿吧，吃个早饭再走。"

裴原一听许氏的话，立刻反应过来，宝宁出走的事她还不知情。裴原心中失望，勉强勾唇笑了一下，道："不了，我就是来看您一眼，这就要走了。"

听裴原这样说，许氏反倒松了一口气。她还真的不太想留人，留外男在屋中会惹闲话是一方面，另一方面嘛，裴原现在虽然对着她笑，可脸上的肌肉是僵硬的，瞧着让人害怕。

许氏心想，和这样的姑爷生活在一起，她的宝宁肯定受苦了。

裴原没察觉到许氏对他的淡淡不满。他心中万分焦急，却不能表露出来，还得装作不经意地问："季蕴去哪里了？"

许氏道："去书院了。他说过几日有个考试，来不及回来，干脆就住在那里。"

季蕴对他娘撒谎了，他们早就查过书院了，现在那里根本没有季蕴这个人。

裴原压下心中的怒意，又问："听说季蕴出息了，都能自己购置宅子了，也不知道他买在哪里？"

许氏摇头："他长大了，这些事情我不知道，也没问。他倒是和他的二姐夫走得很近，就是崇远侯的二儿子贾献，你可以去问问他。"

总算有个方向了，裴原松了一口气。他向许氏拱手致谢，紧接着就拜辞，没等许氏再客套两句，便掉头往崇远侯府奔。

许氏迷茫地看向自己的大丫鬟，叹气道："这个姑爷……"她欲言又止，终究还是不敢议论裴原的不好，只能两掌合在一起拜了一下，又叹了一口气，"我的宝宁啊……"

裴原带着一小队人骑马飞奔，一刻钟后就到了崇远侯府门口。他如法炮制，又从后门钻了进去，然后直奔二房。

贾献还穿着一身裹衣，瞧见四皇子找来，被吓了一跳。待听了裴原的问题后，他露出为难的神色："这……季蕴买庄子用的是他自己的钱，我也不知道他买在了哪里。"

裴原听见这话，咬了咬牙，觉得自己快被这一连串的人气疯了，但又不能动粗，只好忍下火气。裴原听说过贾献的德行，知道他是个爱财如命、肯为五斗米折腰的人，便招呼魏濛过来给贾献打欠条："你若告诉我，我照着季蕴的那个庄子，还三个给你！"

贾献又假意犹豫了半响，终于告诉了裴原一个位置："听说在溧湖。"

裴原提了三天的心总算松缓了片刻。他出了侯府，便带着人马不停蹄地往溧湖奔。

溧湖距京城快二百里，是个挺繁华的小镇子，近山临水，因为镇外有一个叫溧湖的湖泊而得名。从京城去溧湖要翻一座山，叫雁荡山。雁荡山高峻，好在山间有一道窄窄的峡谷，平日里人马可穿峡谷而过。

好巧不巧，裴原一行刚至雁荡山脚下，天空中就响起了干雷。

魏濛担心起裴原的毒来。

裴原的毒只有魏濛与宝宁知晓。水蛭解毒的法子可以让裴原免于遭受生命危险，但一到阴雨天，他还是会骨骼酸痛，生不如死。现在虽然没下雨，但保不准什么时候就下了，到时候裴原怎么办？

魏濛想劝裴原回去，裴原却摆手堵住了他的话。然而，就在裴原用手牵着缰绳要往山谷里冲的时候，前方探路的人急匆匆来报："小将军，前曲有山石被雷击落，堵住了路口！"

"那就清走！"

那人道："怕是一时半刻清不走。石头摞着石头，已经把前路堵死了，若要开出道来，少说也要三天时间。"

裴原面色阴沉。他瞪了前方路口半响，忽然翻身下马，吩咐道："马留下，我们走山路！"

屋子里，宝宁正蹲在火盆旁边做蜜烤红薯。阿绵和阿黄怕热，都懒洋洋地趴在角落里，一边嗅着红薯香甜的味道，一边不时地瞟一眼宝宁的方向。

红薯烤熟了一个，宝宁拿油纸把它包好，塞到季蕴的怀里："你拿着吧，回自己的屋子里吃，吃了睡觉。还有，明日你就赶紧回家去，课业不要耽误了。"

"姐，你不会再和那个人回什么将军府了吧？"季蕴手里捏着纸包，小心翼翼地试探，"你瞧，这里不是挺好的？又舒服，又安全。我知道你喜欢猫猫狗狗，特地托人去外邦买了一只狗来，你养着，能防身。若那个人还不识好歹地纠缠你，你就放狗咬他！"

季蕴已经长得人高马大的了，但心性上还是个少年，这话说得宝宁忍俊不禁。季蕴对裴原的敌意由来已久，她不知道怎么劝解，如今也懒得劝了。

宝宁问："外邦的？是那种褐色的小狗吗？毛发卷卷的，个子小小的，眼睛像豆子一样？"

"那种小狗没意思，"季蕴有些自豪地说，"是我托二姐夫从吐蕃弄来的，獒犬！姐，你听说过吗？"

宝宁摇头。

季蕴道："獒犬雄壮得很，爪子像你的拳头那样大，腿也有你的大腿那样粗，极为凶猛，能猎狼呢！"

宝宁听得惊叹不已。她回头看了看正歪着脑袋睡觉的阿黄，想象不出季蕴口中的獒犬是什么样子。

"我估摸着明日就能送来了。"季蕴站起身，拍了拍袍子上的褶儿，道，"姐，你好好歇着，我先走了。"

宝宁送他出去，转身回屋子里继续烤红薯，却有些心不在焉。刚才和季蕴说话的时候，她就听见外头的雷声了，忽然想起裴原来，不由得有些担忧：若待会儿下雨，裴原的身体不会有问题吧？

宝宁又觉得自己多心。听裴原那日的口气，还用得着她担心这担心那的吗？怕是她走了才正中裴原的下怀，方便他到处寻找美娇娘呢！他现在应该正躲在温柔乡里，不知有多快活。

宝宁这样想着，狠狠地咬了一口红薯。

外头的天越发阴沉了，风很大。宝宁吃完红薯就锁了门，洗漱过后，上床睡觉去了。

约莫子时的时候，裴原一行人终于赶到。他们走了大半日的崎岖山路，饶是再健壮、再有精力的人，现在也觉着腿脚酸软。裴原已疲惫到了极点，眼睛里血丝密布，衣裳被树枝刮得破破烂烂的。若不是有一身气势撑着，他瞧起来就像个要饭的。

裴原揪着一个庄子里的下人打听到了宝宁院落的所在，当即让手下将那个院子团团围住。然后他自己上前，准备敲门。

魏濛打量着裴原的脸色，依他对裴原的了解，现在裴原的怒意已经达到顶峰了。

魏濛怕裴原按捺不住脾气，冲动之下做出更过分的事情，就紧张地劝道："小将军，待会儿见到人了，你千万要好好说……"

裴原语气淡淡地打断他："你站远点儿。"

魏濛住了口，万般不愿地向后退。

此时阴风怒号，一副快要下雨的样子，庄子里树木多，叶子被风吹得"哗哗"作响，怪瘆人的。裴原的心脏狂跳，他先是举起手来重重地敲了一下门，然后很快反应过来声音太大，又放轻了力道，轻轻地叩了两下。

几十个士兵围在外圈，均用眼睛盯着裴原。

裴原有种近乡情怯之感。他在来的路上左思右想，攒了一肚子肺腑之言，但现在一句话都憋不出来。裴原正踌躇着，忽然想到自己的落魄样子，怕被宝宁嫌弃，就急匆匆地后退一步，把袖子撕下来，抹了两把脸，又去旁边的墙根处将靴子上的泥蹭下来，再拍一拍身上的灰。

魏濛目瞪口呆。他本以为裴原会直接破门而入，没想到他不仅乖乖地敲门，现在还跟个大姑娘似的，开始打扮起来了。

魏濛用肘弯碰了碰旁边的士兵："你们头儿在干啥呢？"

那个士兵结结巴巴的："不……不知道啊。"

众人面面相觑。

裴原收拾妥当，终于重拾自信。他往前迈出一步，又敲了敲门，然后把半个身子挨在门板上，嘴冲着门缝小声地道："宁宁，快开门，我回家了！"

只要开了口，下一句就顺溜多了，裴原声音更大了一些："宁宁，我来找你了！你开开门，我回家了！"

屋子里，阿黄"汪汪"地大叫。

裴原面露喜色，看来没找错地方。他清了清嗓子，深吸一口气，继续喊："宁宁，醒醒，你听见我说话了吗？"

宝宁被吵醒了。她头昏脑涨地抱着被子坐起来，眼神仍然有些迷离，等反应过来发生了什么事，才不可置信地看向门口。

裴原的嗓子哑得厉害，阿黄根本没听出来外头是谁，撅着屁股跑到门板前，不断大叫。

裴原声音冷了下来："再叫，提着腿将你丢出去！"

宝宁这下确认了，外头的人肯定是裴原。除了他，再也没有第二个人用这样的语气说这样的话。

他真的不辞辛苦找来了？宝宁惊讶。

要是说她心里一点儿高兴的感觉都没有，那肯定是假的，但她抿了抿唇，还是决意再给裴原一点儿教训,于是把心底的那一丝喜悦之情压了下去。她气还没消呢,得硬气一点儿。裴原做了那么过分的事,若这次自己再轻飘飘地原谅他,就凭裴原那个记吃不记打的性子,只怕会后患无穷!

她得让他知道,夫妻之间不信任是一件很严重的事情,而且她没有那么好哄!

宝宁把被子整理好,重新躺下去——就让他在外头待一宿吧!

渐渐地,屋子里一点儿声音都没有了,宝宁不说话,羊也不叫,狗也不叫。裴原侧耳听了一会儿,心慌了起来。他怕宝宁在里头出什么意外,急于进去探查,用手扯着门框,将木门摇得"咯吱咯吱"地响:"宁宁,你倒是说句话,你别吓唬我!"

宝宁被吵得捂住耳朵,有些烦躁地坐起来,下床去喝了口水。

裴原听见屋子里有声响,知道宝宁没事,这才放下心来。他思考着宝宁不肯给他开门的原因,忽然想起自己说的那句浑话——再回去找她,他就是狗。他的脑门儿上渐渐渗出了冷汗。

他有点儿摸不准宝宁的意思,她不会真的想让他在大庭广众之下学狗叫吧?

这也太羞辱人了!

宝宁润了润嗓子,看了门口一眼,那边已经没动静了。她蹙起眉,以为裴原是知难而退了,心中生出些许不舒服的感觉。

宝宁将杯子放下,拢了拢衣襟,打定主意要再晾裴原两天,抬脚就往床边走。就在这时,门外忽然传来几声微弱的狗叫,那声音别扭又羞涩,不像是阿黄的狂放叫声。宝宁诧异地望过去,阿黄正迷茫地盯着门缝瞧。

安静了片刻,那声音又传来了:"嗷呜,嗷呜。"

裴原无措地在门口转圈。他都不要脸了,宝宁怎么还不说话?

风将声音传了出去,魏濛和士兵们都听见了。但他们不敢笑,只能忍着。裴原没心思理会身后这群人的想法。他怕宝宁睡过去了,没听见,就狠狠地拍了两下门,把嘴凑到门缝处,又"嗷呜"了两声,很快屏息收声。

他静等了一会儿,屋子里头传出了宝宁的笑声,很欢快的样子。裴原听得嘴角翘了起来,刚才的难堪被他转眼忘记。

挺好,她高兴了就成。

裴原压下心中的喜悦之情,倚在门上与宝宁商量:"宁宁,我知道你醒着,快让我进去吧!"

宝宁走到门边来,声音故作冷淡:"大半夜的,你跑来寻我做什么?快去找你的妾室吧,多抬几个,住满院子才好。你今天去这个屋,明儿个去那个屋,沉醉在温柔乡里,少来烦我。"

"哪有,"裴原苦笑,"我那都是气话,是醉话,不算数的。我只要你一个人,打死我也不纳妾。"

宝宁道："你只要我一个人，我还不想只要你一个人呢。你不是很相信你的眼睛吗？又不是没看见，我有野男人的。你还是快走吧。"

听她这么说，裴原心里反倒安定了不少，知道宝宁这是在气头上，正寻着由头与他吵架呢，总比冷冰冰的，不理人强。

"我知错了，给你道歉！"裴原软着声音哄道，"是我眼瞎心盲！我不是人，是狗男人！之前我不该不相信你的。你快开开门，让我进屋去吧，我给你作揖赔礼！"

宝宁道："用不着！夜深了，我这儿不便见客，公子若是有事，明儿个早起再来吧。"

"公子？什么公子？"裴原急了，"我是你的夫君，是你的男人！又不是没在一个被窝里睡过，有什么不方便的！"

宝宁瞪大了眼睛："你知不知羞，说的是什么话！"

"话糙理不糙，哪个字不对了？"裴原下意识把话说出口，而后才反应过来自己还是戴罪之身，得软和点儿，不能这么顶撞宝宁。他试图用软和的方式说话，又得让自己的声音清晰地传到屋子里去，所以只能一边用手指抠着门缝，一边很为难地掐着嗓子道："宁宁，是我不好，你说的都对，让我进去吧。"

"想都别想！"宝宁扭过脸去。她觉得裴原一点儿悔过之心都没有，那些话听得人心头的火更旺了。她顿了顿，冲裴原道："裴公子，你怕是忘记了，我没有夫君。我嫁的人看不上我，新婚第一日就甩给我一封和离书。他在上面签了自己的名字，就差到官府那边留个底子。从律法上讲，你我没什么关系。"

"和离书？"裴原蒙了。他努力回想着，终于想起有这么件事。他确实写过。当初他执意要赶宝宁走，头脑发热，就写了这么一封"孽障书"，但那都是多久前的事情了，她怎么还记得！

宝宁不肯松口，道了一句"公子请回"，就要回去睡觉。裴原在门外急疯了。公子公子，他真的厌恶极了这个称呼！他立刻就想踹门进去，但又不敢，便回头去看魏濛。

魏濛耳力好，把两人的对话听了个大概。但他也不知道这时候该怎么办，所以不敢和裴原对视，移开了眼睛。

裴原心头像有火在烧一样。他今晚必须进去！夜长梦多，他得赶紧和宝宁说明白！要打要骂随她的便，他受不了这种别扭的情绪了。

风越来越大，吹得裴原的袍角"呼啦啦"地响。裴原低头看了一眼，又抬头看了一眼，想出了一个主意。

"宁宁，外头下雨了。"

裴原的声音不似刚才那般高亢了，低低的。他似乎还闷哼了一声。

宝宁的脚步声果然停了。

裴原知道有效，就变本加厉，脚下一个趔趄，摔在门板上，发出"哐当"一声响。然后他唤她："宁宁，我腿疼。"

门外传来的声音里满是痛苦，宝宁听得心一缩，以为裴原的毒真的又犯了。

裴原跌坐在地上，有气无力地敲门，嗓子沙哑："宁宁，你真的不要我了？我都要疼死了……"

他说着，干脆躺在了地上。

外头的一圈士兵都看直了眼，魏濛也看得眼都直了。裴原偏头看到他们，觉得丢人，赶紧瞪着眼睛挥手，用口型无声地道："滚！都给老子滚！"

天很黑，谁也看不清他在说什么，这些人依旧呆呆地站在原地。

宝宁到底是舍不得丢下裴原不管，拉开门，想扶他进来，结果一抬眼就瞧见院子周围黑压压的，都是士兵，而且他们手里刀枪剑戟，什么武器都有，活像是来捉贼的。宝宁再低头瞟向裴原，见他在那里挤眉弄眼，根本没有病重的样子，便知道自己被骗了。

宝宁沉下脸来，退回去就要关门。裴原反应过来，立刻将脚伸过去挡住："别关，别关。"

说着，他一个鲤鱼打挺，跳了起来，强硬地撑开门缝，"嗖"的一下就钻了进去，然后反手合上门板，用背抵住，一套动作行云流水。

裴原松了一口气："总算进来了……"

"你！"宝宁气得心肝疼。她真的想踩他一脚，但想着踩他他又不疼，自己没必要费那个力气，便又推着裴原的肩，想将他推出去。可裴原不动如山，只顾着低头瞧她，眼含笑意。

宝宁被他看得心里毛毛的，黑着脸道："谁让你进来的……"

此时她的眼睛已经适应了黑暗，所以即便外头没什么月光，她还是看清了裴原的脸，动作一滞。

这个人怎么邋遢成这样了？一身衣裳灰扑扑的，全是尘土，他脸上还有划痕，整个人可怜又狼狈。

宝宁垂眼看裴原的鞋子。这鞋还是她做的，用的是最好的料子，她每天都会擦洗，所以鞋面一直都干干净净的。可是现在，鞋上裹满了黄泥，连鞋底都快要掉了。

他干什么去了？他不是骑马来的吗，怎么弄成了这样？宝宁刚才还满肚子气，现在瞧见裴原这副可怜的样子，终究还是心疼了。

"宝儿，你别赶我走了。"裴原伸手去抱宝宁，用自己的脸去蹭她的脸，声音沙哑，"你刚才说的都是什么话？又是和离又是公子的，这不是拿刀子剜我的心吗？明知道我离不开你，你还非得气我。"

"好话赖话都让你说齐全了。"宝宁用手挡住裴原的下巴。他的胡楂很硬，扎得人脸疼。

两人沉默了一会儿。宝宁不想这么快就原谅裴原，所以垂着眼，不看他，话里话外依旧在抵抗："不是你说的？你不是非我不可，还让我去打听打听，你根本不缺女人。"

裴原抓住宝宁的手，一边亲吻她的指尖，一边低声哀求着："我缺，就缺你，你一个就够了！别再说这样的气话，你这不是想杀了我吗？我的命是你给的，你想拿就拿去，但能不能痛快点儿，别这么诛我的心？"

裴原说着，咬住宝宁的指尖，又捏着她的手腕，把她的手按向他腰间的剑鞘："你拔剑吧。"

"你是不是有毛病！"宝宁挣扎着要将手抽出来，裴原死死按着不松开。拉扯了两下，他便抱着她的腰倒在了地上。他用嘴唇去蹭她的脸，又将手臂垫在她的腰下，抱着她在地上打了个滚。

宝宁后悔死了，对裴原的那点儿怜惜之情彻底烟消云散，恨不得把他一口咬死——自己刚才就不该给他开门，就知道这个人没有正形！

裴原的脑袋往下，在宝宁的胸口上蹭来蹭去，蹭了她一身土。他蹭够了，搂够了，又去亲她的锁骨，口中唤着"宝儿，宝儿"。

"谁是你的宝儿！"

裴原粗手粗脚，表达喜爱和想念的方式就是亲近她。只有肌肤足够接近了，他才觉得足够放松，足够满足。宝宁抓着他的手甩开，他死皮赖脸地又蹭回来，摸她的头发，按着她的脸，死命地往自己的怀里塞。

"宝儿，我想死你了，想得要疯了。"

宝宁一直知道裴原有时候没下限，不要脸，却想不到他还会这样做。他这个样子，哪里像个皇子？比地痞流氓还不如，一嘴的荤话！

裴原掐着宝宁的腰，宝宁觉得自己快被掐断了，就抬腿去踹。裴原非但不躲，还把脸埋在她的颈间，深深地吸了一口气，低声地笑了。

"宁宁，咱们和解吧。"

宝宁怒道："你是来和解的，还是来威胁我的？"

"都有。"裴原吻她的眼皮，"你若不原谅我，就是让我死。你舍得吗？"

宝宁觉得自己迟早会被眼前这个人气死。

裴原把嘴凑到宝宁的耳边，又不害臊地学起了狗叫，听得她起了一身的鸡皮疙瘩。阿黄也跑过来凑热闹，和裴原一起叫，院子里顿时热闹起来。

宝宁不胜其烦，一把将裴原推开："都闭嘴！"

四周一下子安静了。

宝宁从地上坐起来。她被裴原弄得够呛，现在也懒得站起来了，干脆就着这个姿势与裴原谈："我们得好好聊聊。"

裴原将外衣脱下来，垫到宝宁的屁股底下，"嗯"了一声："你说。"

宝宁抿了抿唇："你知道我为什么生气吗？"

"我知道，"裴原道，"我没有信任你，说了让你伤心的话，遇到事情只知道自己瞎猜，都不问问你。我会改的，宁宁，你给我一个机会。"

宝宁意外地看着裴原，没想到他竟然还真的想明白了。

裴原目光十分恳诚："宁宁，我好好地与你过日子。我不是皇子，不是将军，就是你的丈夫。你不高兴了，打我骂我都行，咱们有话好商量，就是……就是能不能别再这样一声不吭地走了？我真的受不了。若真的找不到你，我可怎么办啊？我没你活不下去的。我腿是你给的，命也是你给的。你也舍不得离开我的，对不对？"

裴原难得说这么长的一段话，宝宁听了，突然觉得自己的眼睛有点儿酸："谁不想好好过日子，不是你整日讨人嫌吗？明明是你的错，按照你的话，反倒成我的不是了？"

"我这个人不会说话，学不会用甜言蜜语哄你高兴。承诺太假，我承诺了你也不会信。"裴原从袖子里掏出一把短刃来，扯过宝宁的手，把刀塞进她的手里，"这样吧，我送你一把刀，以后你成日压在枕头底下。我睡在你旁边，若我再做错事了，或惹你不高兴，你就一刀捅死我。"

宝宁被气笑了。她抬手抹了抹鼻子，道："你怎么这么讨厌！"

"我学着呢。我在学着讨你喜欢。"裴原伸手捧住她的脸，用拇指在她眼下揉搓，把声音放得轻轻的，"我这个人很好学的。"

宝宁咬唇不语，但她的眼睛是弯的，这说明她心里在笑，裴原看得出来。

"累了吧？"裴原扯过宝宁的小腿，搭在自己的腿上，又把她的鞋子脱下来，"我给你捏捏。"

"别闹了。"宝宁把脚抽回来，然后站起来，拉着裴原往屋子里去，"你找个地方坐着，我弄水去，给你擦一擦。瞧你，这一身脏兮兮的。"

宝宁去找火石。没一会儿，屋子里蜡烛燃起来，油灯也亮了。

院子里有个现成的小厨房，宝宁过去烧水，回来时就见裴原已经脱下外衣，乖乖地在屋子里坐着。他不敢到床上去，于是坐在小板凳上，腰背弓着，两腿伸直，腿中间蹲着阿黄。他学狗叫上了瘾，一边拨弄阿黄的下巴一边叫，逗得阿黄摇头摆尾。等玩够了，他搂着阿黄的肚子，将它抱进怀里，伸出两指扒拉狗嘴，作势要去看它嘴里的白牙。恍惚间，宝宁觉得好像又回到了当初在他们自己的小院里住的时候，那是一种很恬静的日子。

裴原抬头看见宝宁，急忙把手指从阿黄的嘴里抽出来，往裤腰上蹭了两下。

宝宁道:"别愣着了,你得好好洗洗头发,先到厨房抬水去。我烧了好多水,一个人搬不动。"

裴原应了一声,站起来,连衣裳也不披,就要往外走。宝宁叫住他,把外衫递给他:"外面挺冷的,别冻着。"

裴原接过衣服。他眼睛像是黏在她身上了,不住地瞧,仿佛根本看不够。

宝宁去收拾床铺,拍枕头时,看见地上的影子,转身问:"怎么还不去?"

裴原"哦"了一声,勾了勾手指,招呼阿黄:"走,一起抬水去。"

宝宁扬声道:"锅里蒸了糖饼子,还有些我晚上喝剩下的汤,你去的时候看看火,别给烧煳了。"

裴原抖了抖外衣上的尘土,随手往身上一套,提步往外走。阿黄蹦蹦跳跳地跟上,阿绵困了,正躲在角落里睡觉。

院子里,魏濛已经等候多时了。

庄子里的屋子有七八间,魏濛寻来下人,将屋子收拾好,让士兵们各自散去。士兵现在都已经沉沉入眠,可魏濛不敢离开,生怕再出什么岔子——万一裴原和宝宁没商量好,宝宁一个不高兴,要走,到时候他要是没拦住,裴原肯定会杀了他的!还有就是,他忽然想起一件事,迫不及待地想分享给裴原。

外头冷风呼啸,魏濛的胡子被吹得一团乱,他瞧见裴原出来,立刻上前一步。裴原带着狗和他擦肩而过,看起来心情很好,就像重新活过来了一样,还有心思劝他:"胡子该刮刮了,别留那么长,瞧着邋遢。"

被这么一打岔,魏濛差点儿忘记自己要说什么。眼看着裴原就要踏进厨房,他急忙跟上,问:"你和小夫人和好了?"

裴原淡淡地扫了他一眼,闭口不提自己的那些丢脸往事,只挑眉道:"我出马,她能不听吗?"

魏濛不知道该说什么好,只觉得小将军真是分外自信。

裴原寻了个桶,把桶拎到灶台边,掀开锅盖,往桶里舀热水。见魏濛没动静,他问:"你怎么还不走?饿了的话,找人给你做饭去,这里的吃食没你的份儿。"

魏濛压下心头的火气,道:"我不吃你的东西。"

"那最好不过了。"裴原摆手:"阿黄,送客。"

魏濛看了一眼蹲在裴原脚边烤火的小黄狗,心中无奈至极。他伸手拉住裴原的手腕:"我有事想和你说。那日我在裴霄书房里瞧见的地形图,你还记得吗?圣上过些日子要出宫避暑,去的是德安的行宫,会途经溧湖。雁荡山那一带地势险峻,易攻难守,裴霄心中的想法,你还猜不到吗?这是何等的机缘!"

裴原面色郑重了几分:"我记得。"

魏濛松了一口气："那你心中是如何想的？未雨绸缪，咱们要好好计划。"

"我今晚没空，"裴原挣开魏濛的手，继续往桶里舀水，"明日再说。"

"小将军，你还是要上些心！"魏濛焦急地道，"你答应协助邱将军，不就是为了查清当年贤妃娘娘遇害的真相吗？但邱将军不是这么想的！他想夺皇位！你们政见不合，早晚走上殊途，可他掌握塞北边境，手里有数十万雄兵，而咱们现在身边能用得上的不过只有几百人而已，你又是戴罪之身！抓住这次机会，你若能趁机铲除裴霄，那是最好不过；若是不行，你也能重得圣上的青睐，洗脱当年的冤屈。"

裴原的动作顿住了。

魏濛继续道："而且，小将军，我必须得提醒你，咱们和邱将军走得太近了。依你们两人的身份，这不是什么好事。"

裴原道："我知道。"

"那你……"

"明日再说。"裴原打好了热水，又去缸里舀凉水，"你放心，我心里有数，知道我想要的是什么。但饭要一口一口地吃，事要一点儿一点儿地做，以前咱们还是太急了，现在遇见事了，要学乖一点儿。"

裴原说完，顿了顿，抬头看向魏濛："不要急。"

魏濛不说话了。他觉得经过这次的事，裴原好似真的变了一些，变得更加沉稳了，不再像以前那样总是露出尖利的牙齿来——看来是宝宁磨炼了他。

裴原道："我以后就住在这儿了，你明日回去一趟，把该拿的东西都拿来。"

魏濛问："那兄弟们呢？"

"他们不能都安置在这边的庄子里，太显眼了。你让他们留一半人在镇子上，给些钱，让他爱住哪儿住哪儿，剩下的一半人留在将军府。我还不能和邱明山撕破脸，不能让他对我起疑心，"裴原说着，抿了抿唇，"我们现在是拴在一条绳上的蚂蚱。"

魏濛忽然想起了邱明山的两个女儿。他不知道裴原是如何打算的，张嘴想问："那个六姑娘……"

裴原和魏濛想到一处去了。他眼神顿时冷下来，冷冷地道："给我弄死！"

魏濛有些为难："好歹是以后的二皇子妃……"

"你说得对，"裴原咬牙，"不能让她死得这么便宜！她不是喜欢做那些腌臜事吗？那咱们就把她计划的那些烂事，一桩桩一件件地搬到她自己的身上去。那个她安排好的男人，你弄到她的闺房去，让全府的人都过去看，再把这件事给她好好宣扬一番，让全京城的人都知道邱家养出了这么一个不知廉耻的女儿！"

魏濛道："这样也算痛快！"

裴原继续道："等她失势了，没人在乎她的死活了，你给我去割了她的鼻子，再找到她的那个七妹妹，行刑时让她看着。邱明山不会教女儿，我替他教！告诉那个邱灵雁，心肠歹毒的小孩如果不知道改正，以后就是这样的下场。"

魏濛咂舌："小将军，你这样也太狠了些。"

"若太善良，那就不是我了。"裴原瞟了魏濛一眼，甩了甩碗底的水，用筷子将锅里的糖饼夹出来放到碗里。他做这件事的时候神态轻松自如，就像个普通男人，好似刚才下命令的人根本不是他。

魏濛想了想，道："小将军，你对那个小女孩这样，就不怕小夫人以后知道了，和你闹得不痛快？"

"那就闭紧你的嘴，"裴原眯起眼威胁道，"若让她知道了什么不该她知道的事，我就割了你的舌头。"

魏濛悻悻地离开了。

裴原很快收拾好厨房，转身先将水提回屋子里去，又将饭也端回去。阿黄像小尾巴一样跟在他的身后来回跑。

宝宁正在屋子里剪布。裴原瞧见，好奇地问她："你在忙什么呢？"

"我当时生气，你的衣裳，我一件也没带来，现在你没衣服可穿，我给你简单做一身。"宝宁把剪子放在一边，这才看见裴原干的事，顿时无言，"你怎么傻乎乎的？"

裴原正坐在小板凳上脱靴子和裤子，莫名其妙地被骂了一句，觉得有些委屈："我怎么了？"

宝宁道："我让你看着火，又不是让你起锅。你把洗澡水和饭都端来了，那是该先洗澡，还是先吃饭呢？"

裴原把靴子往地上磕："不都一样吗？"

"你若先洗澡，吃的是冷饭；若先吃饭，洗的是冷水澡。"宝宁说着，捂住鼻子，"哎呀，别磕了，满屋子都是烟尘！快扔掉吧，我给你做一双新的。"

裴原听她的话，拎起靴子往门口一扔，靴底撞在门上，发出"哐"的一声响。小羊被这声音吓醒，一边叫，一边往宝宁身边跑。宝宁心疼地摸着羊脑袋，冲裴原怒道："我就不该给你开门，看看，你一进屋就惹事！大半夜的，你不让人睡觉就算了，连羊羔都折腾。"

"我不是故意的。"裴原无辜地看了一眼宝宁，然后站起来，穿着一条短裤满屋子晃荡，打量宝宁的新居所，"再说了，你那个羊已经不是羊羔了。它都老了，再过几个月就可以吃了。"

阿绵被裴原的语气吓着了，"咩咩"地叫起来。宝宁哄它："没事没事，没人要吃你。"

裴原咧嘴，乐了。他从来都是记吃不记打的，这会儿已经忘记刚才自己是怎样可怜地求宝宁原谅了，竟然还语带挑衅地对阿绵说："那可不一定。"

"你还吃不吃饭、洗不洗澡、睡不睡觉了？"宝宁指着门口，脸色沉下来，"再乱说话就出去！"

"我不说了。"裴原一下子就把勾起的嘴角收回来，抬手摸了摸鼻子。

"汤冷了就腥了，快喝吧。"宝宁无奈地叹了口气，站起身，上前帮忙。她想到了一个两全其美的好主意：先在浴桶上放一块板子，再把饭菜放在上头，这样裴原就能一边洗澡一边吃饭了。

裴原浑身浸在热水里，发出舒服的喟叹。他左手搭在浴桶边沿，右手拿起一块糖饼，觉得自己是因祸得福，竟然过起了神仙日子。

眼瞧着再不睡就天亮了，宝宁干脆亲自动手，拿胰子给裴原洗头发。她边洗边问："腿疼了吗？"

"还不疼。"裴原掰下一块饼子，回头喂给宝宁吃，"尝尝，甜的。"

"哎呀，别乱动，你一头的脏沫子，蹭到我的衣裳上啦。"宝宁躲避着，嫌弃地用布巾擦裴原的胸口。

裴原执着地伸着手往前送："你把布巾放在那儿，我明日给你洗衣裳。快来尝一口！我馅儿都舍不得吃，全给你了。"

宝宁道："明明是因为你不爱吃糖。"

"快吃快吃，糖水要流出来了。"裴原扯着宝宁的胳膊，将她拽过来，把一大口饼子塞进她的嘴里，得意地问她，"好吃吧？"

宝宁狠狠地咬了裴原的指尖一口："我做的，当然好吃！你显摆什么？"

"我媳妇做的，不就是我做的？"裴原把胳膊搭在桶沿上，扭头冲宝宁笑。他长得好看，但笑起来的时候不太正经，眼角眉梢透着一股痞气。

宝宁辩不过裴原，看着他的样子，又气不起来，最后只揪着他的头发："不要再闹了，我困了。你快点儿洗完，上床睡觉去。"

待一切都折腾完，天已经蒙蒙亮，蜡烛正好烧到了头。宝宁和裴原躺在床上，各盖一床被子。为了拒绝裴原的亲近，宝宁还往两人中间放了两个枕头挡着，裴原则在宝宁睡着后将枕头都甩到地上去，然后蹭到宝宁的背后，伸手环住了她。

宝宁把被子捂得很严实，所以身上有热气，暖得像个小炭炉。外头许是下起了小雨，有"淅淅沥沥"的声音传来，裴原觉得腿上的骨头开始疼起来。昨天他到底是走了太多路，伤了本就没好全的腿，好在对这点儿疼还能忍受。

宝宁身上的热度传给裴原，裴原舒服地叹了一口气，把宝宁搂得更紧了。

## 第十章
# 季蕴送宝宁獒犬

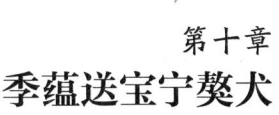

这一觉,两人不知睡到了什么时候,再醒来的时候,外头的天还是阴沉沉的,许是下午了。宝宁正迷蒙间,突然听见院子里传来一阵吵嚷声。

季蕴手持银枪,一边挥舞一边怒喝:"蓝眼狂贼,这是小爷的地界,你怎么敢封锁院子?我姐姐怎么样了?我要去看她,你快放我进去,要不然别怪我不客气!"

魏濛挡住季蕴,却不敢还手,一直在格挡。没一会儿,他的视线就被那只在季蕴脚下乱窜的獒犬吸引住了。魏濛大声喊:"这黑乎乎的动物是什么,怎么这么丑?快抱走,快抱走!"他的话音落下,周围却无人敢动。

听见外头传来雄浑响亮的狗叫声,阿黄抖了抖耳朵,也跟着叫起来。平时家里就它一只狗,它自然是大王,吠叫的时候也精神抖擞的,可现在将它的叫声与外头那只叫声一对比,它的叫声立马就显得软绵绵的了,像受气包一样。阿黄自己也发觉了,所以吼叫了两声就闭了嘴,夹着尾巴跑到床边,看上去十分委屈。

宝宁忽然想起昨日季蕴对她说的话:他要送她一只獒犬。

宝宁听见季蕴和魏濛似乎打起来了,担心季蕴受欺负,不由得在心中着急。她一面赶紧坐起来穿衣裳,一面推搡裴原道:"别睡了,我弟弟来了。"

裴原其实早就清醒了,就是没动,这会儿正仰脸躺在那里看宝宁穿衣。他还记着季蕴的账呢!这小子打得一手好算盘,存心要将宝宁从他的身边哄走,连外面的家都帮她安置好了——这哪里像是小舅子该做的事?

宝宁见状,抿了抿唇。她知道裴原心里在想什么,但现在没空与他分说,系好腰带后就匆匆去开门。

"季蕴，你拿着银枪在那里做什么？快放下！"

季蕴听见宝宁的声音，心里一松，虚晃一枪隔开魏漾，转身往宝宁的方向飞奔："姐，那个贼人没对你怎么样吧？"

季蕴这次是真的恼了，连表面功夫也懒得做，张口闭口喊裴原"贼人"，喊魏漾时则是"蓝眼贼人"。

宝宁宽慰弟弟："我好好的，你别多想……"

她的话还未说完，季蕴就往地上啐了一口："我要与他对战！"

"你要做什么？"宝宁愣住了，反应过来后，急忙去拦，季蕴却已先她一步迈过门槛，进了屋。

季蕴提起枪，把枪柄狠狠地杵在地上，大骂道："无耻贼人，你快滚出来！"

宝宁觉得头晕。她疾步往内室去，想让裴原老实待着，别出来惹麻烦，等她把季蕴劝走就好了。但她还没走到，裴原已经晃晃悠悠地出来了。他还是昨晚睡前的那副样子，下身只穿着一条白色短裤，上身赤裸着，袒露出劲瘦的腰腹。

宝宁的头更晕了。

裴原站定，一只手掐着腰，另一只手按了按额角，然后抬头淡淡地道："你说谁无耻？"

"我骂的就是你！"季蕴咬牙切齿，"光天化日之下衣衫不整，这是一；平白无故欺负我姐姐，这是二；夜半潜来，如同老鼠，锁人院子，不要脸面，这是三！说你无耻都是轻的，你还要辩驳吗？"

裴原"哟嚯"了一声，挑眉看着季蕴，点头道："读过书的臭小子就是不一样，说起话来一套一套的。"

季蕴对裴原怒目而视："你！"

裴原冷冷地道："但你先生就没教过你礼仪尊卑吗？我是你的姐夫，你这满口贼人、无耻的，还觉得自己占理了？"

季蕴冷哼一声，大声道："你是谁的姐夫？谁认你了？自以为是！"

裴原抱着手臂看季蕴："你想怎么样？"

季蕴横枪在前："我要将你赶出去！"

听他们在那里吵架，宝宁太阳穴鼓胀得发疼。这两个人一向不对付，原先中间还隔了层窗户纸，现在纸被捅破了，就都不要脸面了。不过，宝宁心里还是稍微偏向自己的弟弟。弟弟小，打起架来肯定会吃亏，所以她先去劝裴原："阿原，你别和孩子动气，快回去躺着吧。"

季蕴逮着话茬儿，讥讽道："我还以为四皇子名声那般盛，人有多勇猛呢，原来不过是个病秧子啊！"

裴原的眼神顿时冷了下来。

"阿蕴，"宝宁赶紧又去劝季蕴，拉着他的胳膊往外走，"你也消消气，该回家去了，不然书院子里的先生又要去找爹爹了，到时候你要吃苦头的！"

裴原闻言，"哦"了一声，挑眉道："我还以为季小公子小小年纪有这么强的财力购置庄子，得是个多么惊才绝艳的人物，原来还是要读书的，不好好读书还要被打手板。"

季蕴少年心性，本就好胜心强，这会儿被裴原用言语一激，怒发冲冠。他往前踏出一步，举起枪，让枪尖儿对准裴原的鼻子："你有种就来打一架！"

"乳臭未干的小子，和你打，别人会说我欺负你。"裴原慢慢挺直了身子，扬颌道，"我就站在这里不动，给你二十招的机会，你若能碰破我半点儿皮，就算我输。"

宝宁蹙眉："裴原！你这么大的人了，跟着瞎闹什么！"

可她话音未落，季蕴就已经提枪冲出去了。

季蕴是学过武艺的，要论功夫，在同龄人中也算是佼佼者，所以一直有些自负。但他的那些本领或许敌得过地痞流氓，在裴原眼里却无异于花拳绣腿。

季蕴用尽全力攻了裴原十九招，打破了三只花瓶和两个凳子，但裴原仍毫发无损。裴原冲季蕴比了个"一"的手势，挑衅道："小舅子，最后一招了，加把劲儿。"

季蕴咬紧牙，猛冲过去，银枪划过裴原的面门，裴原向后弯身，头顶几乎触及地面，躲过了这一招。季蕴出枪时力气太大，一时收不回来劲儿，被惯性带着向前两步，裴原趁机猛地弹起，抬手攥住枪柄，然后骤然用力，只听见"咔嚓"一声，那柄枪被折成了两截。

枪头"当啷"一声掉在地上，季蕴目瞪口呆。

裴原笑了一下，往前走了两步，拍了拍季蕴的肩："小舅子，以后你常来，想学功夫的话，姐夫教你……"

他话还未说完，眼前忽然一花，身上被撒了一大把牛肉干，原来是季蕴使出了阴招儿。

季蕴扭头大喝："吉祥！"

所有人都随着季蕴的视线朝后看去。

獒犬才两个月，虽然粗壮凶猛，到底是只不及人膝盖高的小狗，早就被魏濛制服了，此时正气喘吁吁地趴在魏濛的怀里。忽然听见季蕴叫它的名字，獒犬立即抬头，闻到了牛肉香味，眼睛一亮，后腿猛蹬，从魏濛的怀里蹿出，其力道之大，连魏濛都被踹得踉跄着后退，差点儿跌坐在地上。

獒犬吉祥向裴原狂奔而去，裴原闪身躲避，虽然躲过了它的牙齿，胳膊上还是被锋利的狗爪子抓了一道口子，立刻见了血。

宝宁刚开始还觉得着急，想上前去拦，却根本拦不住，后来就逐渐麻木了，干脆站在远处看戏。这会儿见裴原受伤,她顿时大惊失色:"季蕴,你干什么!"

季蕴也有点儿蒙。他自知理亏,刚才的举动是情急之下头脑发热做出来的,看见裴原真的受伤了,才觉得自己做得不对。

吉祥还欲攻击,不料刚跳起来,就被裴原一把拎住后颈,甩到了一边。撞在地上的时候,它还没反应过来,正挣扎着,已有下人取来了铁链子,魏濛赶紧趁机把它拴住。收紧手中的链子,魏濛不由得在心中感叹:这种犬的性子可真烈,才两个月大,就有如此强的战斗力!传说它能斗虎,能杀狼,看来所言不虚。这会儿它还没认主,若饲养得当,以后会是一条凶猛的忠犬。

这会儿可不是调教狗的好时候。裴原胳膊上的伤口还在流血,宝宁的脸色也不太好看,魏濛不敢再待下去,把狗拴在窗底下就带着手下的人溜走了。而宝宁翻出伤药,给裴原草草地包扎了一下,也拉着季蕴出去了。

季蕴垂着脑袋站在院子的角落里,宝宁恨铁不成钢地戳他的脑门儿:"你年轻气盛,要打架,打就打了,打不过,认输就是,使什么阴招儿?谁教你的?"

季蕴抬头看了她一眼,又低下头:"二姐夫。"

宝宁皱着眉头:"你与他学经商之道就算了,别的东西别学!"

季蕴声音里尽是委屈之意:"我知道错了。"

宝宁看了季蕴半晌,最终叹了一口气。她上前给他整理领口,把声音也放柔了:"阿蕴,姐姐知道你心里是怎么想的……"

"其实,"季蕴脸还是绷着,"我只是想尽我所能让你过得好一点儿。"

宝宁捧着季蕴的脸,看他眼眶泛红的样子,觉得十分心疼:"我懂得的。"

季蕴和宝宁差不多高,他迟疑了一会儿,还是上前搂住她的肩:"这世上,就你和姨娘待我最好。我小时候就立誓,要保护好你们。"

宝宁笑着看他:"我知道的,阿蕴是个特别好的弟弟。"

季蕴往屋子里瞥了一眼,低声道:"我昨天都要恨死他了。"

宝宁知道他说的是谁,没说话。

季蕴顿了顿,又道:"但今日一看,他也并非罪无可赦,我再给他一次机会。"

宝宁哄他:"嗯,再给他一次机会。"

季蕴咬牙切齿地道:"姐,你记住了,这个庄子是你的,由你做主!若他还敢欺负你,你就放吉祥把他撵走!你好好喂吉祥,再过三个月,等它长大了,别说一个裴原,再来三个它也能打过!"

宝宁听得笑了起来:"好,我记下了。"

季蕴又道:"我永远都是你的靠山,所以你无论做什么决定都不要怕。大不了,我功名爵位都不要,带你和姨娘找个山清水秀的地方过小日子去。咱们有钱,才不理会那个裴原。"

宝宁领首附和："好。"

季蕴抹了抹眼睛，道："我明早就走。"

"回去后要好好念书。"宝宁笑着挽住他的手臂，拉着他往院外走，"我这几日给你备了一些东西，都是吃食和衣物，有些还没准备好，等晚上收拾妥帖了，差人给你送过去。"

季蕴应了一声，刚想说什么，忽然听见后面传来脚步声——裴原不知道什么时候出来了。裴原腿长，几步就走到了季蕴身边。他伸手揽住季蕴的臂膀，接替了宝宁的位置，宝宁被撞开，只能一脸无奈地走到他身侧。

季蕴被裴原搂着，觉得分外别扭，对裴原的看法也因此有了一些改变：原先他以为裴原冷漠倨傲，如今看来，这个人还有几分厚脸皮。刚才这个人还和他大打出手，转眼就跟无事发生似的，可真能演！不就是为了在他姐姐面前装样子？只是装就装了，非搂着他做什么？真是烦人！

裴原送季蕴出了小院子，拍拍他的肩，关切道："慢点儿走，改日我亲自登门，去拜访姨娘。"

季蕴不想再看裴原的虚伪嘴脸，"哦"了一声，随意地拱拱手，便步履匆匆地走了。

裴原觉得自己刚才做得不错。宝宁一直对他对她家人的态度抱有微词，而他刚才去送客了，还说了一些场面话，应该算是改进了不少吧？

宝宁已经回屋去了，裴原也高兴地往回走，不料进门就看见宝宁正弯腰收拾地上的碎瓷片，是刚才他和季蕴动手的时候摔破的。裴原心里"咯噔"一下，这才意识到事情恐怕还没完。

宝宁听见裴原进来的声音，抬手指了指床："你累不累？快坐那儿吧。"

说完，她就去针线篓子里拔针，又点了蜡烛，把针放在火上烤。

裴原问："你这是在做什么？"

"昨晚我就看见你的脚上有两个水泡，但太晚了，没来得及挑，"宝宁吹了吹烧烫的针，"我现在给你挑了。"

宝宁见裴原站在那里没动，笑了："你怕什么？我又不扎你。"

裴原慢吞吞地坐下。宝宁去小厨房里打了一些热水来，把水盆放到裴原的脚边："把靴子脱了，先好好洗洗。"

说着，她也坐在床边，继续缝昨晚的衣裳。

宝宁的脸低垂着，烛光把她的睫毛的影子映得长长的。裴原偷偷地瞄她，一边觉得她这样真好看，一边又觉得屋子里的氛围怪怪的。

"你饿了吗？"宝宁抬头看了他一眼，"晚上想吃点儿什么？这边临湖，鱼很新鲜，吃鱼吗？"

裴原把脚放到热水里，水温正好，只有一点点烫，就是创面碰到热水有些刺痛。他舒服地喟叹了一声，道："吃。"

宝宁问："要吃清蒸的，糖醋的，还是干煎的？"

裴原把裤脚往上挽，让整条小腿都浸进热水里，眯着眼吸气："我想喝汤。吃鲫鱼炖豆腐吧，汤炖得白白的，配馒头吃。"

"哦，"宝宁咬断线头，把断线打了个结，然后低头去翻另一个颜色的线，继续穿针，"我不想吃，你爱吃什么就自己去做。"

裴原被噎了一下，心说女人真不好惹，原来绕来绕去地在这儿等着他呢。他也没心情再舒服地泡脚了，拿胰子随便搓了搓，再涮干净，又用干布一擦，就赶紧往宝宁的身边凑。

裴原低声问："生气了？"

宝宁把针扎回线板里，偏头揪他的耳朵，轻轻地拧了一下："你都多大的人了，和小孩子较什么真儿？还打架！赢了很光彩吗？打架也不知道出去打，在屋子里乱砸，弄碎我那么多花瓶，还不许我生气了？"

"许许许，"裴原拿脑袋蹭她，轻声哄着，"是我不对。亲小舅子，我有什么不能忍的？下次我肯定让着他。"

宝宁问："让着他什么？"

"他爱骂就骂，我听着，给他鼓掌，再请人给他写一篇颂赋。我夸他，说他口吐莲花，连骂人都像他姐姐，招人喜欢，让人恨不得亲两口。"裴原越说越下道儿（下道儿，方言，比喻说话离开正题，说不正经的话），最后竟然真的掰过宝宁的脸，狠狠地在她的脸颊上嘬了一口。

宝宁本来也没真的动气。她和裴原也吵过大架，知道他那烦人的脾气，现在小打小闹已经动不了她的气了，但看见他的黏糊样子，她还是觉得他油嘴滑舌的。

自己当初真是看走了眼，怎么就觉得他高高在上、不好接近呢？他明明纯粹是一个无赖土匪！

裴原看宝宁的唇角弯了，也跟着笑起来，去吸吮她的酒窝："再香一个，亲个嘴。"

宝宁哼了两声，举针吓唬他："再闹就扎你了。"

裴原停了下来。他盘腿坐着，宝宁冲他勾了勾手指："脚。"

裴原伸了一只脚过去。宝宁往自己的腿上垫了一张干净的布巾，再把他的脚放在上边。

裴原看见她这个举动，"咝"了一声："你这是嫌弃我不干净了？"

宝宁看了裴原一眼，冷哼一声："干不干净，你自己心里不知道吗？我能帮你挑就已经很不错、很不嫌弃你了。"

"你怎么就那么看不上我!"裴原万分不服气。他把宝宁的小腿拉到自己的怀里，拽着她的脚腕，一口咬上她的脚踝。紧接着，他偏头道："可真臭。"

"你有毛病吧!"宝宁缩回腿，拿起旁边的枕头敲了他一下，又羞又恼，"你自己弄去，我不管你了!"

"得得得，我错了。"裴原见宝宁气得脸颊都红了，赶紧认错，握着她的脚往自己的怀里塞，"香死了!我给你暖一暖，可别冻着。"

宝宁睁圆了眼睛："你还有完没完!"

"有有有!"裴原又连声道。他把宝宁的脚腕松开，帮她轻轻摆回原来的姿势，又给她整理好裤脚，道："您看这样成了吧?"

宝宁无言，觉得裴原这油嘴滑舌的劲儿好像变本加厉了。她心里还惦记着给季蕴收拾带回家的东西，想早点儿弄完裴原的事，也不和他斗嘴了，利落地将针又在火上烤了一遍，扯过他的脚，两针挑开水泡，又从床边的柜子里拿出药瓶，往伤处上了药，用白布包好。

"腿疼不疼?"宝宁按了按裴原膝盖的位置，又看了一眼外头的天色，"你运气好，这两日没发作。"

"还行。"裴原说着，往后躺下，"我没那么娇气，都能忍。"

"可这样下去也不是个办法。以后你行军打仗，或遇到什么关键的事情，却偏偏赶上阴雨天，那就麻烦了。"宝宁拿起药瓶往柜子里摆，"何况你总有年纪大的一天，不能一直这么拖着。"

宝宁说起这件事，裴原脸上的笑意就散了几分，他忍不住侧过脸去看宝宁的神情。宝宁没看他。她手上动作不停，嘴里继续念叨："公孙竹死了。他的手上没有解药，但他不是有个儿子?叫什么来着?"

裴原道："没人知道，只知道他现在是二十出头的年纪。或许他没和裴霄在一起，我的人从未在裴霄那边见过他。"

宝宁闻言，顿了顿，又道："要不咱们还是用轮椅吧?你的腿现在好多了，但还是要养着，所以你就别总是东奔西走了，没好处。"

在宝宁心里，裴原的腿就像是米缸里的米似的，吃一点儿就少一点儿，用一点儿就耗一点儿。若不是非要走动的情况，她希望裴原整日在屋子里躺着，好好地养他的腿。

"我不坐，跟个残废似的!"宝宁轻飘飘地一说，裴原反应却很激烈。他不想再谈论这个话题，便一个打挺坐起来，指着窗户的方向道："宁宁，你若真的对我好，就赶紧将外头的那只狗送走，老子活了这么多年，头一回让狗给伤了。什么东西，长那个鬼样子，以后长大了不知道得多丑!"

"不能送走,"宝宁还有许多活儿没做完,一边起身忙忙碌碌地在屋子里走来走去,一边抽空和裴原搭话,"我弟弟送给我的,我得好好地养着。待会儿我去找刘嬷嬷,让她到镇上多买几斤牛肉。吉祥得吃牛肉,以后才能长得壮壮的。"

"还吃牛肉……"裴原冷哼一声,"你都没想过给我吃牛肉。"

宝宁站在桌边叠衣服:"我还要给它做个窝呢,等它长大了,肯定不能在屋子里养。你明日有空吗,给我搭把手?钉钉子那些活儿,我一个人做不来。"

"我没空!"裴原气急败坏地说,"你就做吧,我早晚给它拆了!"

"那可不行!"宝宁把收拾出来的衣裳放在包袱皮上,慢悠悠地裹起来,打了个结,"你别忘了,这儿现在是我的庄子,里头的一草一木、一花一果,都是我弟弟花钱买来送给我的,你若强拆,就犯了律法。四皇子,你现在寄人篱下,可要学聪明些。"

宝宁说着,抱起鼓鼓囊囊的包袱,转头冲裴原笑:"若不然,小心我将你赶出去。"

裴原本想和季蕴好好相处,听见宝宁的话,心里又觉得酸溜溜的,很吃味:自从见了季蕴,宝宁开口"弟弟",闭口"弟弟",收拾了半天衣裳,结果都是给她弟弟的,而他一个正牌夫君,如今倒成了"寄人篱下"了!

裴原站起身,面色沉沉地道:"咱们明日就搬走。"

宝宁努了努唇:"为什么?我在这里住得好好的,哪里也不去。"

裴原试图说服她:"我比你弟弟有钱得多。"

宝宁伸手去拍自己的裙子,摇头表示不信:"我整日里净听你吹嘘。你早就说过这件事了,还说等魏濛回来就将房契、地契都给我,让我做当家主母。可魏濛都回来这么久了,地契呢?钱呢?什么都没有。"

宝宁说到这儿,忽然想起了什么,又抬头道:"忘了与你说,我拿了私房钱出来,想在镇上买个铺子……"

裴原被宝宁刚才的话刺激到了,现在听她又这样说,脸色更加铁青。他摆手打断她,道:"你且等着,过几日我就让你见识一下,你男人比你弟弟有钱得多!"

说完,他随手扯了件衣裳披到肩上,步履匆匆地往外走。

宝宁不知道裴原怎么忽然气成这样了,转身趴在窗户处跐着脚问:"你做什么去,不吃晚饭了?"

裴原道:"等我回来再说!"

魏濛刚吃完饭,正躺在床上剔牙,裴原一脚将门踹开,把他吓得一哆嗦。

裴原一进门便劈头盖脸地问:"我昨日吩咐下去,让你今日回京一趟,你怎么没去?"

魏濛把小签子甩到地上,坐起来解释道:"路堵着呢。兄弟们在清路,估摸着明日下午就清好了，到时候我连夜回去。"

"赶紧回去！"裴原道，"还有，你尽快将我名下的田宅、铺子理一遍，把房契、地契都送到我这儿来，急用。"

魏濛道："这个简单，就在我的锁箱里。你怎么忽然想起这个了？"

裴原拧眉："别问。"

事情说完了，因为惦记宝宁那边的情况，裴原转身就想走，忽然又想起那日在裴霄书房里搜出来的密信，于是又转头回来问魏濛："太子府那边，派人盯着了？"

"盯着了。"魏濛冷笑道，"这个小贼还挺机敏的，在信上不敢写收信人的名字，就从这一点看，他肯定有问题。"

裴原"嗯"了一声，嘱咐道："若是查到了，立刻来告诉我。"

魏濛点头。踌躇了一下，他又道："刚才张云来过一趟。"

张云是裴原手下的副尉，常驻将军府。如今路又没通，他跑这一趟做什么？裴原觉得奇怪。

魏濛道："他是来递话儿的，说邱将军想见你。邱灵珺刚被放回去，估计已经不成人形了。我琢磨着，估计他是怕你有后手，来找你求情的。"

裴原果断地转身离开，丢下一句话："若是为了私事，不见！你告诉张云，让他好好带兵，别乱搅和这些事。"

魏濛看着裴原的背影，咋舌，心道裴原真是无情，他们俩不愧是"物以类聚，人以群分"。


第二日，宝宁送走了季蕴，就预备在院子里给吉祥做个窝。木头难弄，她只能先让刘嬷嬷寻人去买，并趁着这个工夫动手将草图画出来。

店家估计三日后才能送来木头。宝宁画完图，做好了给裴原的备用衣裳，闲来无事，便坐到葡萄架子底下做糖葫芦。山楂不应季，她也不爱吃酸的，所以做的是红枣糖葫芦。这次她用的料相当丰富。红枣是对半切开的，里面放了两粒葡萄干，还夹了核桃仁，就算不蘸糖也分外好吃，咬一口，分外醇香。

糖锅就架在葡萄藤底下，两只狗和一只羊卧在旁边晒太阳。宝宁没做过这种东西，正在和刘嬷嬷一起琢磨怎么熬糖浆最好，裴原就在这个时候捏着一沓纸晃晃悠悠地走了过来。他挥挥手，让刘嬷嬷先走，然后坐下，两指捏着纸角，把纸甩在宝宁的面前，挑眉道："瞧瞧吧。"

宝宁笑了："什么东西？"

裴原捏起一颗红枣放进嘴里："让你有能耐挺直腰板儿做主母的东西。"

宝宁点点头，拿着那些纸张一一看过去，心里暗暗高兴。她不贪财，但谁不爱财？看见裴原有如此丰厚的家当，她觉得很放心。

裴原原先是皇子，手里不差钱。他又爱玩爱闹，什么行当都喜欢往里插上一脚，虽然大部分生意都不温不火，但积攒起来也是一笔不菲的家产了。宝宁在心里粗略计算了一下，若把这些宅子、铺子变成银钱，是足够他们衣食无忧地生活一辈子的，还能再荫蔽三代。

裴原一边捏着核桃仁逗狗，一边偷偷地瞟宝宁的神色，心中暗自得意。

宝宁忽然瞧见了什么，慢吞吞地从那一叠纸里抽出一张，念出上面的名字："青罗坊……"

裴原的脸色"唰"的一下就变了。

宝宁问："青罗坊，这是什么铺子？"

这一刻，裴原在心里把魏濛骂了百八十遍。他怎么敢说实话？若他真的告诉宝宁这是个勾栏院，里头养了五六十位扬州瘦马，宝宁会当即将他连包袱带人一起丢出去。

说起来，裴原最开始做这个营生还是因为魏濛。魏濛贪财好色，家中又无妻，在北疆军营里深感寂寞，回了京就忍不住到处拈花惹草。结果他嫌别人家的头牌腰不够细、声音不够甜、要钱还贵，就硬是撺掇着裴原开了一家。

当初这件事被圣上知晓了，裴原差点儿被打死。裴原最初还觉得这个生意丢人，但被圣上搅和了一顿后，有了逆反之心，反倒下了功夫去做，竟真的将这个铺子经营得红红火火的。到最后，京城之中那么多的风月场所，青罗坊能挤进前三，在坊内出入的都是达官显贵，每月账面上的流水能有几百上千万两。

裴原自己是没碰过那些女人的，但这么说给宝宁听，她能信吗？

"你怎么不说话了？"宝宁疑惑地看向裴原，"这个问题很难回答吗？"

"我刚才只是忘记了。"裴原一脸正色。他欺负宝宁养在深闺，没出过几次门，瞎诌骗她："现在想起来了，是个成衣铺子。"

宝宁信了，点点头："名字起得挺好听的。"

宝宁不再提这件事，高兴地将这一叠纸契都收了起来，转头去搂裴原的脖子。刘嬷嬷被支开了，周围没有下人，她心里美滋滋的，怎么看裴原怎么顺眼，举动也就大胆了许多。她将脸贴在他的肩侧，声音甜甜地道："阿原，你真好，真厉害。"

裴原心里明白，这是银子起的作用，但还是被夸得晕乎乎的。

"我以前不好吗？"他搂着宝宁的腰，让她坐到自己的大腿上，往她的耳朵里吹气。

"今天特别好。"宝宁嘴巴跟抹了蜜一样。

听着这甜言蜜语，裴原转瞬间就忘了刚才青罗坊引出的那点儿火星子。他低头瞧着宝宁，觉得她怎么就这么好看！她眼睛也好看，小嘴巴也好看，酒窝更是甜极了，一颦一笑都甜进了他的心坎里。

裴原笑得眼睛都眯了起来。他伸手把宝宁的一只手包在掌心里慢慢地揉捏："我们家宁宁也好。"

宝宁问："你今日上午还有别的事情吗？"

裴原答："没有。"

其实是有的，但他看宝宁的情绪这么高，实在不忍心扫她的兴。而且，他也很想陪她多待一会儿。

宝宁乖乖地给裴原整理衣领，裴原看在眼里，更加觉得心里甜滋滋的。她又开口了，声音温温柔柔的："阿原，你想吃什么东西？我看你早上都没吃几口，你现在饿不饿？你想吃什么就说，我都给你做。"

裴原得寸进尺："我想喝点儿酒。"

宝宁迟疑了一瞬，最后还是笑盈盈地回答："好，我去给你温酒。"

她怎么这么好呢！她不仅长得漂亮，手艺灵巧，声音也好听，整个人就跟仙子下凡似的！

裴原这么想着，声音也变得轻柔许多。他捧着宝宁的脸亲了一口，又抬手揉了揉她的头发，道："快去吧，我在这儿等着你。你想吃糖葫芦吗？我给你蘸糖，等你弄好了回来，咱们一起吃。"

宝宁应着"好"。她是细心又贴心的人，见裴原坐在椅子上，怕他的腿受到风吹，他会觉得冷，便去屋子里给他拿了一方薄毯子盖在腿上，又叫刘嬷嬷过来给他温乳茶，还摆了盘香瓜子在他的手边。裴原被伺候得跟个大爷一样，宝宁又嘱咐了他几句才离开。

刘嬷嬷稍晚一步才来，阿绵饿了，她刚才正在取草料给它吃。瞧见裴原闭眼小憩的样子，刘嬷嬷不由得赞叹一句："四皇子和皇子妃真是琴瑟和鸣啊！"

裴原爱听这种话，虽然他的心里也明白，宝宁今日对他如此殷勤，和钱有着莫大的关系。

刘嬷嬷温好茶，也走了，葡萄藤底下就剩下裴原和一羊两狗。今天日头不错，暖和但不晒，还有点儿小风，吹在脸上，让人觉得十分惬意。阿黄遍地跑，在院子里蹿来蹿去。吉祥被拴在木桩上，此刻正沉稳地坐着，一双眼睛四处扫视。裴原瞟了吉祥一眼，觉得心烦。

裴原被宝宁给惯的，现在有点儿认不清自己的位置了。他往后仰，躺在椅背上，伸出一根指头对吉祥指指点点："你怎么长得那么丑？"

吉祥看过来。

"我就没见过你这么丑的狗，凭你这张丑脸，想留在我们家，你好意思吗？"裴原跷着腿,剥了两颗瓜子扔进嘴里,继续道,"马上入伏了,你那一身毛又脏又厚,多难受。还有你那个腮帮子,垂下来得有三层吧?我真是想不明白,你不是才两个月吗,怎么老得像两百岁一样?还是说你们这种狗天生就是这样,又胖又老,眼睛埋在毛里,都看不出来……"

吉祥狂叫起来。它好像听得懂裴原说的话一样,叫得分外响亮,口水四溅。

"你稍微冷静一下。"裴原仍旧气定神闲的,先抿一口茶,然后"和和气气"地劝狗,"我不是看不上你,只是非常讨厌你。我觉得你对我也没什么好印象,是吧?你非得留在这儿,何必呢?你硌硬我,我也硌硬你。"

裴原顿了顿,又道:"其实我也不怪你,这件事的主要责任在我那个小舅子,就是那个送你来的人,叫季蕴,你记得吧?但是,不管怪谁,事情还是得解决。我好心,给你想了个法子。"

裴原坐直身子,抬手指了指东方,那边有层层叠叠的远山:"看见了吗?那是雁荡山。等再长几个月,能自己活下来的时候,你就去那个山里吧。听说你能猎狼,既然这么勇猛,没事就去猎几只野鸡、兔子,也不至于饿死不是?"

裴原说着,站起身走过去,想要拍吉祥的脑袋:"在山里生活比在这儿好……"

"嗷!"吉祥露出森森白牙,猛地张嘴,差点儿咬掉裴原的手指头。

裴原一甩袖子,冷哼一声:"不识好歹!"

阿黄蹲在一旁,都要看呆了。它不知道裴原在那儿喋喋不休地说些什么。

裴原重新坐下来,突然觉得自己有毛病,竟然和一只狗磨磨叽叽的,这要是让旁人看见,怕是要笑话他。

若是放在以前,裴原打死也干不出这样的事。但和宝宁待久了,他便慢慢地觉得生活变得有意思了起来。一花一草都像是有了生命,他开始能够沉下心来去感受那些琐碎的、从前总是被他忽略的事情了。

这应该不算是件坏事,他乐在其中,不过仔细想想,还是觉得有些丢人。

裴原把刚才的情绪都收起来。他想起刚刚答应宝宁的事,便弯腰给灶点火,继续熬糖浆。可他哪里知道什么样的糖浆是最好的?他只是随便往竹签上扎一串枣子,就在锅里乱贴乱试,结果一扬手,稀糖浆被甩了出去,洒了一地。

吉祥的叫声从被骂开始就没停过,现在瞧见裴原出丑,它叫得更厉害了。裴原听得烦躁,抬手指着它威胁道:"再叫就把你丢出去!"

吉祥不听,依旧狂吠不止。

裴原手里还捏着那串没晾干的糖葫芦,也不知是有意还是无意,刚好将手一甩,糖葫芦飞了出去。糖葫芦粘在吉祥的厚毛上,糖浆和狗毛黏在一起,纠结成一团。吉祥扭着身子使劲儿地甩,但根本甩不掉身上的糖,它的叫声越发惨烈起来。

就在这时，院外传来宝宁和刘嬷嬷的交谈声，声音由远及近。

宝宁问："刚才用的辣椒是在哪儿买的？味道可真正，切开后直冲鼻子。这次的卤鸭掌肯定特别好吃。"

刘嬷嬷说："是厨房里的老张买的，说是从巴蜀那边运来的干辣椒，还挺贵的。这种辣椒用来炸辣椒油特别好，把它切碎了放在碗里，一勺热油浇下去，香极了！但是夫人，您得少吃，婢子记得您的小日子要来了，这段时间需要多注意……"

宝宁应着"好"，随后注意到了吉祥不正常的叫声，道："快过去看看。"

院子里，裴原若无其事地站起身，趁宝宁还没回来，先一步离开了现场，装作刚才他不在这里的样子。走之前，他还将阿黄拎到了他刚才坐的椅子上。

过了约莫半炷香的工夫，裴原回来了。他刚一探头，就见宝宁正拿着一把大剪子蹲在地上着急地给吉祥剪毛。

经过几日的朝夕相处，吉祥对宝宁很亲近。现在它六神无主，一直往她的怀里扑，扑得她越发手忙脚乱。糖葫芦根本扯不下来，吉祥身上的那片长毛只能被剪掉了，而吉祥本就丑陋，缺一块毛显得更丑了，裴原看见，不由得笑出声来。

另一边，刘嬷嬷果真以为是阿黄闯的祸，正在小声地责怪它："你怎么能这么调皮呢？下次可不要这样了！你也不想想，若你刚才没跑掉，糖浆将你们俩黏在一起，现在你岂不是已经被咬死了？"

裴原没去管忙乱的宝宁和刘嬷嬷。他来到小桌边，泰然自若地坐好，夹了一筷子卤鸭掌，放到嘴里嚼了嚼，又啜饮了一口温好的酒。

这简直是神仙日子！他在心里又感叹了一声。

裴原悠闲地眯着眼打量院子里的角角落落，突然看见宝宁昨日种在窗户底下的花儿，那样子和将军府里的一模一样。吉祥还在那边惨叫，裴原却在心里琢磨宝宁怎么这么爱往窗子底下种花儿……

夏天的时候一打开窗户，蜂子岂不是都要飞到屋子里去了？到时候她害怕了，还得他来收拾。

裴原又想，晚上得记着点儿，去找几个人来把院子查一遍，小心犄角旮旯里藏着蜂窝。

魏濛拍着肚子过来的时候，宝宁刚忙完。

吉祥叫得差点儿背过气去。宝宁觉得它现在的样子太过难看，便琢磨着过几天将它的毛都剃了算了。獒犬毛长是因为生在吐蕃，那边气候严寒，需要长毛保温，但它现在到了中原，马上又是盛夏，一身的长毛就成了累赘。不过今日不能再剪了，得让它缓缓。

宝宁和刘嬷嬷一起把吉祥带下去，又罚了阿黄，关了它禁闭。

裴原一直坐在那里自得其乐地喝酒，半点儿愧疚的意思都没有。

魏濛刚从京城回来，跑了两个时辰山路，一身尘土。他回来之前好像喝了不少酒，现在打出的嗝儿里还有酒味。他大大咧咧地在裴原对面坐下，伸长脖子瞧了瞧，问："哟，吃着呢？"

裴原含着筷子尖："你瞎吗，看不见？"

魏濛"嘿嘿"地笑着去拿筷子："我也吃点儿。"

裴原问："裴霄密信的那件事，你查得怎么样了？"

"这不正想和你说？"魏濛挑了一个鸭掌，无骨的，筋肉爽滑。他两口就吞了进去，赞道："真香。"

裴原觉得魏濛的吃相太难看，皱起眉，别开眼，忽然瞧见魏濛的脖子上有一点儿红色印子，于是视线又移了回来，疑惑地盯着红印子看。

魏濛道："我已经查到了，信是送给崇远侯世子贾龄的，你应该熟悉他，就是小夫人的大姐夫。不过他们之间应该没见过，不认识。其余情况，等待会儿邱将军来了，咱们再一起商讨。我在京城的时候见到他了，他心事重重的，问我你在哪里，好像有一肚子话要和你说。"

"吃饭的时候不谈这些糟心事。"裴原低头喝了口酒，抬起筷子点了点魏濛的脖子，"你那儿是怎么弄的？红了一片。被蚊子咬了？"

魏濛咧嘴一乐，压低嗓音道："小将军，这种乐趣你还没体会到呢？那可得加把劲儿了！"

"我没听懂。"裴原摇摇头，"严重吗？痒了别挠。实在不行，我找宝宁给你弄点儿药膏，你涂涂。"

魏濛"啧"了一声，道："青罗坊里带出来的红印子，那可价值千金。这是美人儿的好意，我得好好珍藏！"

宝宁在一旁听裴原他们说了半天，也听得云里雾里的。她偏头小声地问刘嬷嬷："成衣铺子里的蚊子为什么那么值钱？"

刘嬷嬷被问得尴尬极了。她小心翼翼地看着宝宁，问："小夫人，您真的不知道吗？"

宝宁摇头。

刘嬷嬷懂了，他们这是还没行过房中事。许是四皇子觉得小夫人年纪小，怕伤着她。

见魏濛还在那里高谈阔论，刘嬷嬷臊得老脸通红，急忙拉着宝宁走远了一些。刘嬷嬷在大户人家做了大半辈子下人，素来行事谨慎。对这种东西她可不敢和宝宁直说，就想着糊弄过去，于是哄道："婢子也不知。小夫人晚上可以问问四皇子，四皇子见多识广，肯定能讲清楚的。"

宝宁将信将疑："行吧。"

刘嬷嬷松了一口气。

那边，裴原看魏濛眉飞色舞的样子，险些一口酒吐在他的脸上。

裴原嫌恶地皱眉："你有那种闲工夫，去寻个好媒人，娶一房妻室不好吗？流连那样的场所，也不怕染上病。"

魏濛懒得与裴原争论。他仰起脖子喝了一口酒，道："人各有志，我与你讲不通！"

裴原站起身："我也不想听你再说。别吃了，还有事情要忙，快点儿走。"

魏濛的视线落在剩了一半的鸭掌上，他咽了口唾沫："再吃点儿吧？不差这一会儿，扔了多浪费。这么好的手艺，下次再吃不知得什么时候了。你哪儿找来的厨子，借我用两天？"

裴原一巴掌扇在他的头上，咬牙骂道："借你个头！"

魏濛龇摸着嘴："小将军，你不要这么小气，我用两坛二十年的陈酿汾酒来换，你把厨子借我用一个月！"

裴原要被他难缠的样子气死了，抬手还欲再打，一偏头，瞧见了不知道在旁边站了多久的宝宁。他忽然想起来刚才魏濛说的那些话，什么"纤腰玉足，不盈一握"，什么"左边搂一个，右边搂一个"，顿时急出一头冷汗。他不知道宝宁刚才听见了多少，有没有误会什么，恨不得当场掐死魏濛。

裴原僵硬地咳嗽一声，问宝宁："你是什么时候来的？"

宝宁还是笑盈盈的："刚来了一会儿。既然魏将军也在这里，我就不待着了。你们吃，若是不够，我再做。"

裴原仔细打量她的神情，见没什么异常，稍微松了一口气。

魏濛听见声音，赶紧过来打招呼。这是他第一次和宝宁如此近距离地接触。

魏濛抬眼，看见一位女子亭亭玉立，没比裴原的肩膀高多少，样子格外温柔美丽，和青罗坊里的那些姑娘有迥然不同的气质。他难得拘谨起来，也不再嬉皮笑脸了，上前恭敬地行了个礼，唤她一声："小夫人。"

宝宁回礼，客气地道一句："魏将军操劳了。"

魏濛被夸得很高兴，竟"哈哈"大笑起来，连装样子也装不下去了。

宝宁尴尬地站在那儿，心想，怪不得裴原身上有一股土匪气，现在可算是让她找到根源了，就在魏濛这儿。和这样的人朝夕相处那么多年，裴原身上那些仅存的属于皇子的儒雅矜持被磨平，好像也不是什么奇怪的事了。

见魏濛一手叉着腰，一手拍肚皮，裴原眼皮一跳。他赶紧伸手捂住宝宁的眼睛，转身带她回房，并在心中做出决断：以后院门口定要派兵守着，再也不能让这个大字不识几个、一身土匪气质的老匹夫踏进来一步！

魏濛不明所以，在身后唤裴原："小将军，你要干什么去？待会儿咱们在书房议事，你可得早些来，别迟到了！"

说完，他又转头恋恋不舍地看着桌上的鸭掌，叹道："可惜了，可惜了。"

宝宁听不下去了。她唤刘嬷嬷过来，吩咐她道："待会儿你去取一张油纸来，将剩下的鸭掌包起来，给魏将军带走，瓜子也让他带走算了。"

刘嬷嬷应"是"。

裴原眉头简直快要拧成一个疙瘩了："不能这么惯着他。"

宝宁叹气："你别这么小气，他爱吃就都给他吧。"

裴原没再说话，沉着脸，跟着宝宁回房。

两人刚要踏进屋门，忽然听到身后响起魏濛炸雷般的声音："谢小夫人赏！"

宝宁被吓得一哆嗦。裴原彻底黑了脸，一把将宝宁抱起来，带着她跨过门槛，然后反手摔上门。

这个没眼色的老匹夫！

宝宁反倒被逗笑了。她坐在裴原的小臂上，伸出胳膊搂住他的脖子——这是他们惯常用的姿势。裴原力气大，单手就能将她抱起来，还抱得很稳。以往，宝宁也就在这个时候才会觉得嫁给一个练武之人是件挺幸福的事。

宝宁又想起青罗坊的事了，于是抬手揪住裴原的耳朵，在他的耳边轻声问："你那会儿没骗我吧，青罗坊真的是个成衣铺子？"

裴原的心一紧，他装作不经意的样子问道："你刚才听见了多少？"

宝宁道："我就听到魏将军说什么很值钱，然后刘嬷嬷就将我拉走了，后面的话我没听见。"

裴原暗赞刘嬷嬷干得好，然后正色道："真的是个成衣铺子。"他将宝宁放到床上，一边把她的鞋袜都脱下去，抖开被子盖在她的腿上，一边转移话题，"你忙了一上午，睡个午觉吧。我出去一趟，待会儿就回来。"

宝宁屈腿，抱着膝盖，答应了。

看着乖巧的宝宁，裴原觉得自己的心都要化了。他爱极了宝宁这副乖巧又单纯的样子，觉得宝宁简直不能更讨人喜欢了。他忍不住去揉宝宁的脸，又去亲她的唇。温存了一会儿，没法子再拖下去，他这才依依不舍地出了门。

魏濛在书房门口的树下等裴原，嘴里嚼着最后一个鸭掌。

裴原见到他，气不打一处来，抬腿便踹他："你差点儿将我害死！你没事提那个地方做什么？！"

魏濛"啊"了一声，有些不好意思地道："小夫人不知道这件事啊？我还以为你把房契都拿给她看了。"

"我敢告诉她吗？！"裴原冷笑一声，不想再提这件事。他看了一眼书房的方向，脸色变得正经起来，低声问："邱将军怎么有空来？他现在不应该忙得很吗？"

右相蒋春来就要辞官了，若不出意外，过两个月，右相的位置上就得换人。崇远侯府是百年世家，府上一直对圣上忠心耿耿，崇远侯贾道功又一贯是清正廉洁的作风，所以圣上属意他做接班人。裴霄和邱明山对此心知肚明，都铆足了劲儿想要拉拢贾道功，而裴霄求娶季嘉盈就和此事有关。

贾道功的长媳，也就是崇远侯府的世子妃，就是季嘉盈的亲大姐季向真。裴霄娶了季嘉盈，那就与崇远侯世子贾龄成了连襟，与贾道功的关系也就更近一步了。这也是让邱明山着急的地方。他再过一个月就不得不回北疆了，所以迫不及待地要用离京前的这段时间做些事情。

魏濛道："裴霄的那封密信是给崇远侯世子贾龄的，他许以重金和美女，约贾龄到茶楼叙旧。邱将军刚收到消息，据说贾龄即将担任一个极为重要的职位，你猜是什么职位？"

裴原与魏濛一起往书房走，闻言，略微思忖片刻，问："奉车都尉？"

魏濛万分惊诧："你是怎么猜到的？"

裴原道："圣上就要前往行宫避暑了，会途经溧湖。在这个节骨眼儿上，太子的桌面上偏偏摆着与他裴霄八竿子打不着的溧湖地势图，可见他心怀不轨。但天子共有八辆副车，没人知道到时候天子会坐在哪辆车里，所以裴霄就算是想要做些什么，也选不准目标下手。"

魏濛接道："若贾龄做了奉车都尉，车马安排就只有他一人知晓，裴霄笼络了他，便能得知这个消息……"

魏濛话未说完，书房的门"吱呀"一声被拉开，邱明山站在门口。他道："你们所言极是。"

裴原抬眼望过去。不知道是不是错觉，他觉得邱明山好似苍老了许多。他下意识地以为，这或许是因为邱明山的两个女儿闯出了祸事。

三人走到内室。

邱明山坐定。他穿了一身常服——许是人年纪大了，气质也会变得和蔼，他瞧着慈眉善目的。

裴原懒散地靠在椅背上，倒了杯茶，推到邱明山的面前，随后开口问道："对于此事,将军有何见解?"

裴原的话说得很客气,而他的这份客气对邱明山来讲已经十分难得。邱明山本来犹豫着要不要将心中的想法说出来,裴原的态度给了他勇气,于是他道:"古有张良博浪沙刺秦,你们应该知晓。"

魏濛颔首:"老故事了,谁人不知?张良要杀始皇帝,打造了一只一百二十斤重的大铁锤,同时花重金请了个大力士,两人一起守在博浪沙。可惜始皇帝备了多辆副车,所有的车长得一模一样,他们分辨不出哪个里头坐着始皇帝。最后大力士把锤子扔出去,砸错了人,刺杀没成功。您怎么说起这个故事?"

裴原用手支撑着下巴,眼睛眯了起来。他突然意识到了邱明山将要提起什么话题。

邱明山道:"若张良当初砸中了呢?始皇帝若是早早地死了,后面也就没那么多纷争了,天下也不至于生灵涂炭——反正他早晚是要死的。"

魏濛倒吸了一口凉气:"将军这是何意?"

邱明山不敢看裴原。他站起身,负手道:"我知道你们是如何想的。若裴霄与贾龄当真联合了,你们的首要选择是救圣上,杀裴霄,再去夺太子之位。但是何必多此一举呢?裴霄若真要弑君,就让他去弑,等他做完,我们再清君侧,岂不是一举两得?既能落得个好名声,也能不费吹灰之力地坐上那个位子……"

话未说完,邱明山就听到身后"咔嚓"一声。他心头一紧,回头望去,只见裴原手中捏着一支折断了的狼毫笔。裴原见邱明山看过来,把笔狠狠地掷到他的脚下。

邱明山倒退一步,有些后悔自己的莽撞。他知道裴原最在意这个,但是如今的机会千载难逢,他必须尝试说服裴原:"原儿,你不必为此感到愧疚,圣上若死,杀他的人不是你!你……"

裴原冷声道:"我早就知道你是乱臣贼子,但是你就不能稍微掩饰一下你的狼子野心吗?"

邱明山垂在身侧的拳头攥得紧紧的。他咬牙按捺了半晌,终于忍不住道:"原儿,再过一个月就是你母亲的忌日了啊!你真的觉得,你母亲的死和你的好父皇没有一丝关系吗?她死在你父皇的后宫里!"

裴原怒视邱明山:"我知道你对我的母妃有不轨的想法,但是你别忘了我们最初达成一致的条件!"

邱明山的嘴唇颤抖着。他喃喃地问:"你觉得我的想法是不轨的想法?"

"难道不是吗?你不知羞耻,我替你羞耻!"

魏濛察觉到这两人之间剑拔弩张的气氛,却不知道该如何劝。他的心是向着裴原的,所以他看向邱明山的眼神里也带了提防之色,不过他又觉得邱明山有点儿傻。为了上位,当着人家儿子的面,三番五次地说要杀人家的父亲,邱明山不是傻是什么？

魏濛将邱明山这么做的原因归结为追名逐利、上位心切，而裴原也是如此认为的，所以他看向邱明山的眼神越发冷冽起来。

邱明山被裴原的话和神情伤到了。他僵在原地，沉默半晌才开口道："原儿，你真的如此敬重那个人吗？你别忘了，是他误解了你，是他剥夺了你的爵位。他是个刚愎自用的人，而且自私……"

裴原回敬道："你也一样。"

最后，邱明山都不知道自己是怎么离开那间书房的。他浑浑噩噩地往外走，庄子不大，从南到北其实也没几步路，但他废了许多力气。踏出庄子的大门后，他终于忍不住了，用刀撑着身子，坐在门口的椿树底下。他将脸埋在手心里，不多时，有泪水从他的指缝间漏出来。

"阿湘，我是不是真的做错了什么？我记着你的话，没有告诉他。我想护着他的，但怎么就……越走越远了呢？"

"他根本就不认我。

"我该怎么办？"

快到傍晚了，晚风吹拂着，很凉快。宝宁睡醒后，略微吃了点儿东西，便闲不住地拉着刘嬷嬷到庄子门口采椿树叶，准备做椿叶茶。现在的椿叶已经不嫩了，吃起来口感不好，但泡茶还是颇有味道的。

宝宁走到门口，就见到树下有一个高大的身影。她一眼就认出来那是邱明山。

他坐在那里干什么？好像还在哭。

宝宁想掉头离开，但走了两步，还是没忍住回头看了一眼。她小声地问刘嬷嬷："邱将军是不是病了？"

刘嬷嬷摇头："不知道，但瞧着身子好像不太好。"

宝宁道："我们过去看看吧。"

邱明山听见身后传来脚步声，擦了擦眼角，转身去看，正好对上宝宁略带笑意的脸。宝宁的态度和裴原一样，客气里透着疏离。她隔着三步距离问他："将军，您还好吗？"

"好好好。"邱明山笑着应她，有些受宠若惊的样子。随后，他站起来语气温和地道："我就是旧疾犯了，在这儿歇一会儿，已经全好了。"

宝宁迟疑地道："很晚了，您回去怕是要到深夜了，要在庄子里住一晚吗？"

邱明山连连摆手："不用，不用。"

宝宁没再挽留，道："那我送送您吧。"

"不用，风大，你快回去吧。"邱明山说着，低头在袖子里掏，最后掏出一个钱袋子来，递到宝宁的手里。他憨憨地笑着道："好孩子，我见过你好多次了，也没给过你什么像样的东西。这里有点儿钱，你拿去，想吃什么东西自己买着吃。"

宝宁不敢接。她觉得邱明山今日奇奇怪怪的，于是摇头道："不用啦，我有钱，谢谢将军了。"

"拿着吧！"邱明山不由分说，将钱袋子塞进她的手里，冲她挥挥手，"伯父这个人笨拙，挑不出来什么好礼物，只能给你银钱了，你喜欢什么就自己去买。"

没等宝宁再说话，他就往马的那边走去："看见你，我就想起了我的一个没有缘分的孩子。"

宝宁无言。

邱明山回过头冲宝宁笑了一下便离开了。宝宁目送着他显得很落寞的背影，看着他往山中走去了。

宝宁和刘嬷嬷一起采了半布袋子的香椿叶，回去的时候还是没见到裴原的人影。

离晚饭还有一段时间。宝宁嘴挑，吃不惯别人做的东西，就自己下厨炖了个地锅鸡。这道菜要用慢火炖好久，青椒、红椒、土豆和小块的走地鸡焖在一起，鸡肉又嫩又辣，土豆入口即化。汤汁烧滚后，可以在锅边贴上饼子，饼子的一半埋进鸡汤里，也会染上鲜辣的肉香味，到时候菜就着饼吃，饼带着菜香，宝宁光是想想就觉得饿。

裴原掐着点儿进门，地锅鸡已经炖好了，宝宁刚切完最后一道芥菜丝。裴原没顾上感叹扑鼻的香气，而是怒气冲冲地走进厨房，张口便道："我将那个老贼骂了一顿！"

宝宁没反应过来，低头将刀刃上的菜丝抹到碗里，问："你骂谁啦？"

"还能有谁？就是那个姓邱的老贼。"裴原嘴里说着，眼睛直勾勾地盯着宝宁手边的锅。他本来一肚子气，现在见到好吃的东西，气就消了大半，只觉得饿。

裴原转身去拿了一双筷子，伸手就要夹肉。宝宁不乐意了，打他的手腕："洗手了吗？你在外面跑了一天，多脏！"

裴原放下筷子去打水洗手，宝宁掀开锅盖盛饭。盛完一碗，她忽然想起刚才在庄子门口见到的邱明山，当时他好像挺难受的。

宝宁回头问："阿原，你怎么骂的邱将军？你都将他骂哭了。"

裴原动作顿了一下，言语间都带上了迟疑："不至于吧？"裴原又想了想，决定撂下这件事。他站起身，甩了甩手上的水，把鼻子凑到锅前深深地嗅了一下，问道："端回屋去吃？"

"嗯，回屋去吃，厨房太冷了。"宝宁把饭锅的盖子合好，不放心地嘱咐裴原，"连着锅一起端走。你小心些，锅耳朵烫，垫块湿布吧。"

"不用，我皮糙肉厚，不觉得疼。"裴原撸起袖子，稍微一使劲儿就端起了锅，"这菜这么香，你做的这点儿饭够吗？我能吃一盆！"

宝宁把小菜和两碗米饭都放进食盒里，走在裴原身侧："里头不是有饼子？你吃那个就成，饭不是给你吃的。"

裴原诧异："什么意思？"

宝宁道："阿黄和吉祥还没吃晚饭。屋子里还有中午剩下的鸡肝，我待会儿拌在饭里喂给它们吃。"

小厨房就在院子里，离正屋只有十几步路，说话的工夫就到了。宝宁把门推开，阿黄摇头摆尾地冲出来。它闻到了饭菜的香气，直接往裴原的身上扑。裴原还沉浸在自作多情的尴尬里，懒得理这只蠢狗，喝了一声，将它轰走，把锅放在桌面上。宝宁将饭交给刘嬷嬷，让她去伺候那两只小祖宗。

阿绵已经吃饱喝足了，此刻正在外头撒欢儿。这就显示出了在自己家里的悠闲。原来在将军府，阿绵是不敢出小院子的，而现在整个小庄子都是它的，五六个下人围着它转，他们嬉笑玩闹的声音隔了老远都能听得到。

两人相对坐下，裴原把衣领扯开，两口吃掉一个饼子。他饿了半天，吃饭的时候头都不抬，额上都是汗。

宝宁慢条斯理地往嘴里送土豆。她又想起了邱明山。邱明山送了她一个钱袋子，她那会儿数了数，里头都是银票，加在一起足有四五百两。

宝宁戳了戳裴原的肩膀，问："邱将军临走前给了我好多钱，可无功不受禄，我怎么好意思要？你找个日子，给他还回去吧。"

裴原吐出嘴里的鸡骨头："给你你就收着，跟钱过不去干什么？但以后你得离他远点儿，我怕那个老贼心思不纯。"

宝宁"哦"了一声。对于裴原和邱明山的关系，她了解过一点儿，知道他们之间有嫌隙。她是觉得今晚的邱明山有点儿可怜，但也就是感叹一下——她可是个护短又偏心眼儿的人，邱明山再好，她也只会站在裴原的立场上想问题。

这个话题稍微提了一嘴就过去了，两人继续吃饭，中间刘嬷嬷进来点了灯，天已经彻底黑了。

宝宁吃饱了，擦擦嘴，趴在窗边看星星。满天都是星星，她看得花了眼。裴原一个人吃了几乎整只鸡，此时还意犹未尽地捏着饼子擦碗底。他抽空抬头看了看她的背影，忽然道："宁宁，我过三天要出门一趟，去京城。"

宝宁回过头问："去几日？"

裴原道："就一日，头天晚上去，第二天晚上回。"

宝宁没再问了。等了一会儿，她想起了什么，跑回来坐在裴原跟前："阿原，你既然要去京城,给我带点儿东西回来吧?"

"带什么?"

"带个会做匾额的师傅。"宝宁笑眯眯地说,"我的铺子就要开张了,没个像样的匾额怎么行?我找人打听了,溧湖这边没有做得好的师傅,这边的商家也都是到京城做。据说城西那头有个姓龚的师傅,做得特别好,你找人一问就知道了。"

最后一口饼子噎在了裴原的嗓子眼儿。

宝宁前两天也提起了这件事,说她想开店,当时裴原没有细问。他本想着这次不阻拦了,随她折腾,但实在没想到,她竟然折腾得这么快。

裴原惊讶地道:"这才几日工夫,你就弄好了?"

"我已经看好铺面了,也付了定金,正在重装呢。"宝宁看裴原吃好了,就招呼刘嬷嬷进来收拾桌子,然后拉裴原往内室走,给他看自己的图纸。

宝宁靠在裴原的肩膀上,扬起下巴,有些骄傲地道:"我的铺子叫'如意楼',是专门给小孩子开的店,取的是'顺心如意'的意思。这可是京城和京城周围的头一家。"

裴原不解其意:"给小孩开什么店?"

"这你就不懂了吧?"宝宁掰着指头给他数,"小孩子从生下来到长大,需要的东西可多了。小婴儿需要尿布吧?需要软软的小被子吧?需要小衣裳吧?等他稍微长大一点儿,还需要可以玩的东西,小拨浪鼓、小风车、小木马。再长大一点儿,他是不是该嘴馋了?他还得吃小零嘴儿。"

裴原"哦"了一声:"我明白了。那你这个店不是京城的头一家,在整个大周都是头一家。"

宝宁抿着嘴笑:"那是的。我想到的东西,别人可想不到。"

裴原挑眉看她:"你很得意?"

宝宁将拇指和食指捏起来,向裴原比手势,小声道:"一点点。"

"随便你闹吧,"裴原不置可否,"赔就赔了,咱们家也不差那点儿钱,到时候你别太难受就行。"

宝宁"哒"了一声,挺直了腰板:"你刚吃了我的饭,现在就开始说我的坏话了?你自己没什么眼光,可不要阻拦我发财!我仔细想过了,如意楼的生意肯定会很好,说不准以后要在大江南北开分店的。"

"我没拦着你!"裴原拍了拍宝宁的脑袋,笑着哄她,"我过几日一定会将那个龚师傅给你带回来。你还想要什么东西?和我提,我就是下油锅也给你捞回来。"

"油嘴滑舌。"宝宁看了他一眼,神色间难掩心中的雀跃。

宝宁买下的门店是二层的,地方很大,铺子里还留了能住人的客房。即便裴原嘴里没什么好话,她还是坚信自己的判断:她会赚钱的,说不准以后会比裴原还有钱。有钱了就有底气，到时候若裴原再惹她生气，她就不止有一处宅子了，可以随便选一处住，任他找上半年都找不到。

裴原靠在软榻上，懒洋洋地跷起腿。他打量着宝宁的神情，问她："你就这么喜欢孩子？"

"又软又白的，谁不喜欢？季蕴小的时候，我就可喜欢他了，天天带着他玩……"宝宁察觉到裴原的目光中带着不悦之色，想起裴原不喜欢她说与季蕴有关的话题，就住了口，继续翻自己手里的图纸。

裴原道："喜欢孩子简单啊，以后咱们努努力，生上一屋子。"

宝宁瞟了他一眼："你说的这是什么话？还一屋子！你是娶了我，还是娶了只猪？"

"不都一样？"裴原暧昧地捏她的鼻尖，"你不就是我的小猪崽儿吗？"

宝宁被恶心得不行，赶紧推开他的手站起来，手足无措地拍拍裙子，耳朵都红了。

裴原"哈哈"大笑。

宝宁忽然想起她的大姐来。大姐嫁给崇远侯世子快四年了，至今无所出。他们夫妻为此日日争吵，几次都闹到要休妻的地步。

宝宁看着裴原，突然生出几分担心来。她踌躇着，不知该不该将这个问题问出口，最后还是忍不住，状似不经意地问："若是没孩子怎么办？"

裴原把手搭在自己的额头上，勾起唇角看她："什么意思？"

宝宁道："就是没孩子，一个都没有，怎么办？"

裴原问："生不出？"

他怎么这么直白呢？！宝宁憋红了脸："就当是吧。"

裴原眼里满含笑意："那，这是你的问题，还是我的问题？"

宝宁看出来了，他以为她在说笑话逗趣，根本没当回事。她有些着急了，又问道："和这个有什么关系？就是咱们之间没孩子，就是生不出，你也生不出，我也生不出，怎么办？"

裴原伸脚钩住宝宁的小腿，将她绊倒，而后把她拉进自己的怀里，掐着她的脸，低声道："你怎么这么乌鸦嘴呢，这种话是随便说的？嗯？"

宝宁眨了眨眼睛："你……你很在意吗？"

在这个问题上，她确实是有些敏感了，但是又不得不敏感。国公府里的姨娘多，姐妹也多，那么多活生生的例子告诉她，生个儿子是多么重要的事。

就像她的姨娘许氏，因为生下了府里的独子，如今过得多么风光。而陶氏为了生个儿子，努力了快二十年，最后愿望落空，几乎疯了一场。还有大姐，因为没孩子，险些被贾龄休掉。二姐呢？因为三年生了两个儿子，她在崇远侯府的二房几乎说一不二，没有一个姨娘敢到她的面前拱火。

宝宁想着想着，便更担心了。如果自己一直没有孩子，裴原会不会在意？

裴原完全没有察觉到宝宁的焦虑。他吃得挺撑的，这会儿躺得有些热了，就拿起蒲扇来扇风，也给宝宁扇。

"我当然在意啊！若我不能生，传出去，魏濛和那些兵不得笑话死我。但是也不一定。以后咱们多多努力，会有的。"裴原不怀好意地捏着扇子柄点她的小腹，"宁宁，到时候你可得多配合。"

她在和他谈论重要的事情，他却吊儿郎当的！宝宁有些生气了："可你还是没有告诉我，到底该怎么办！"

"什么怎么办，这有什么可办的？"裴原不耐烦地掐她的腰，"大不了上别人家抱一个。唠唠叨叨的，这也算是件事吗？那你想怎么办？我到天上去把女娲娘娘逮下来，掐着她，对她说赶紧给我捏个儿子出来，要不然我杀了你。这样吗？"

宝宁的眼睛本来都红了，听到他这样说，她不由得破涕为笑。

"我真是想不明白，你的脑子里一天天想的到底都是些什么东西，"裴原冷着脸，用拇指蹭掉宝宁的眼泪，"整日都在琢磨那些没影儿的事，你连孩子怎么生都不知道呢！"

宝宁下意识地问："怎么生？"

裴原立马联想到了早上魏濛脖子上的那点儿红印。他伸手将宝宁的衣领扯开了一些，磨了磨牙，目光落到她锁骨处的那颗粉色小痣上。

"爷给你上一课……"

宝宁后悔极了。她就不该给裴原做好吃的，也不该和裴原说什么生孩子的事。她第二天早上起来一摸，嘴唇都是肿的！

裴原的眼睛却比平常亮几分。他心疼地去啄她的唇角："怪我，下手重了。我忘了你那样娇气，下次不咬了。"

宝宁才不信裴原的鬼话。她一脚将他踹开，侧过身，脸冲墙躺着，生气地闭起眼，半句话都不想和他说。

裴原摸了摸鼻子，自觉地起身给她将洗脸水打好，又去小厨房给她弄早饭，十分殷勤。

刘嬷嬷已经开始做饭了，做的是宝宁昨晚定好的菜目，很简单的干菜椿叶拌粥。

做这道干菜椿叶拌粥，需要将昨天采的椿叶的梗摘了，把叶子洗净后用热水焯熟，然后捞出来挤干水分，剁碎，拌上一些盐，再搅进煮好的粥里。这样做出来的粥清香爽口，十分好吃。此外，刘嬷嬷还打算做个多放葱花的煎蛋饼，再加一小碟蒜末茄子，一顿早饭便够了。

裴原帮不上忙。他做的东西宝宁也不喜欢吃,所以他只能在一旁干等着。

早上的小院子生机勃勃,蝉在太阳露头的时候就开始叫。裴原坐在门槛上,盯着不远处的那棵树不住地瞧。他看了一会儿,突然问刘嬷嬷:"再过几天就入伏了。我找几个人把那些知了都逮下来炸了,夫人会不会爱吃?"

刘嬷嬷听得手一抖,犹犹豫豫地道:"夫人不会爱吃吧?那玩意儿挺吓人的。"

裴原"嗯"了一声:"是挺吓人的,但是酥酥脆脆的,味道不错。改天我亲自做,给她尝尝。"

刘嬷嬷看了裴原一眼,觉得现在的裴原变得很奇怪,和她以往印象中的不一样。在她的印象里,四皇子性格强势,总是阴沉沉的,很少笑,一看就不好惹。他们相处也有两三个月了,但裴原和她说的话总共不超过五句,而这五句话不是让她端茶,就是让她倒水。可刚才裴原语气不一样了,虽然也算不上有多温柔,但好歹是温和的,言语间谈论的内容更是温和。他就像一个普通男人,在街上遇到什么好吃的,想要多买一份带回家给妻子尝尝。

刘嬷嬷想到这里,笑了一下,道:"小夫人肯定会很高兴的。"

裴原点点头,不再说话了。

阿黄睡醒了,出来玩。它头一偏,瞧见裴原,跑了过来。裴原屈指逗它。过了一会儿,阿绵也跑过来了,嘴里还叼着一朵宝宁种在窗户底下的月季花。裴原看得心一跳,赶紧拍它的脑门儿:"快快快,放回去!你没事闲的?啃她的花干什么?她醒了还不得赖在我的头上,说是我指使的?"

阿绵叫了一声,把花嚼了嚼,吃了。裴原看得想笑,指着阿绵的鼻子骂道:"你有种!"

刘嬷嬷又看了裴原一眼,唇角弯了弯。她心中想着,四皇子看起来不近人情,私底下竟然还挺会哄人的,说的话也有趣。

裴原端着饭回去的时候,宝宁已经起身了,正坐在妆台前梳头发。一见裴原进门,她连忙拢紧了自己的衣襟,警惕地看着他。

裴原道:"快来吃饭。"

宝宁瞪了他一眼,将信将疑地过去了。

裴原把食盒里的饭菜一样样摆出来,把筷子也放好,任劳任怨得像个老妈子,就差把饭喂到宝宁的嘴里去。宝宁被伺候得舒服,对裴原的态度慢慢地和缓,脸上也露出了笑容。

裴原看宝宁笑了,胆子就壮了起来:"宁宁,你还是要长进一些,就昨晚的那点儿事,有什么好害羞的呢?你还是要多学习,下下功夫。我后日去京城,正好到地摊上买一些画本回来,就是那种画本,你懂我的意思吧?"

宝宁的笑容渐渐收了起来。

裴原喝完粥，继续道："你没事就多看看，咱们慢慢探讨……你踹我干什么？"

"别吃了！出去，出去！"宝宁把裴原手里的碗夺下来，睁圆了眼睛，推着他的肩，要将他撵走，"出去就别回来了！"

"我……"裴原还欲说话，宝宁却不等他说完，十分干脆地退后一步，"砰"的一声关上门，门板差点儿撞上他的鼻尖。裴原也不在意。反正他已经吃饱了，心情也很好，于是理了理衣摆，慢悠悠地往书房的方向走去。

宝宁吃完了饭，按部就班地去喂她养的那些小东西。

吉祥吃肉粥吃不饱，要吃大骨头。阿黄啃不动大骨头，只能喝粥。阿绵吃草，草料里头要拌上一把盐，羊喜欢吃盐。还有水蛭，要吃新鲜的田螺。现在家里的水蛭越生越多，一顿要吃掉一斤田螺。

裴原还是像以前一样，每隔半个月就要用水蛭解一次毒。这个法子倒是卓有成效，如今除了下雨天和解毒的时候，他就和正常人一样。

宝宁原先最喜欢静谧的雨天，现在却最讨厌雨天。可是她也没有别的更好的办法。宝宁突然又想到，裴原后日就要出门了，到时候可千万别碰上一个雨天啊！

话说回来，他出门是去做什么？她根本没问。

她是不是有点儿太不关心他了？

经历了季嘉盈那件事之后，宝宁对待裴原要处理的那些纷争，就一直避之唯恐不及。就像这次，她连问都不敢问，一部分是因为觉得自己肯定帮不上他，更多的还是因为心里想逃避。她喜欢宁静的日子，而裴原的作为有悖于她的期望，所以她干脆不管不问了，就当什么事都没发生。

可是宝宁又想，她是否真的可以逃避。他们是夫妻，是一家人，以后还会有孩子，这辈子都很难分开了，所谓夫妻一体，裴原的每一个打算都会对她有影响。无论是福还是祸，他们都该一起面对的，对吧？这不是她简单地蒙上眼睛、捂住耳朵就可以当作没有的事。

但是，宝宁觉得，自己要迈出这一步还是有些困难的。

喂完水蛭，宝宁上午就没有别的事了。她搬了个凳子到屋外去晒太阳，一边琢磨开店还要准备些什么东西，一边和刘嬷嬷说闲话。

刘嬷嬷在纳鞋底。她想起早上裴原在厨房里说的话，感叹道："小夫人和四皇子的感情可真好。"

宝宁笑了笑，说："还行，是挺好的。"

刘嬷嬷道："婢子有时也在想，我年轻时挑夫郎，怎么没选到个好的。不说他要多有出息，好歹要知冷知热，能安分地过日子。若是那样的话，他也不会那么早死，我也不至于刚生下小儿子就要到将军府做奶嬷嬷，到如今连个家都没有。"

宝宁没想到刘嬷嬷还有这样的过往，有些吃惊，忍不住问道："他怎么年纪轻轻就去世了呢？"

刘嬷嬷叹气道："说起来，我也有过错。当初我若拦他一把，他也不至于落到那样的结果了。"

宝宁更疑惑了："病了？"

刘嬷嬷道："被人打死了。"

宝宁被吓得手里的书都掉了。她捡起来，拍了拍书上的土，不可置信地重复："被人打死了？"

"我嫁给他时，他是个地痞混混，是做赌场生意的。我不喜欢他那个行当，也不喜欢他那个人，但他家中有钱，我就被家里人逼着嫁过去了。"刘嬷嬷说着，摇了摇头，"成了亲之后，日子就那样凑合着过，我还生了几个孩子。最初我也劝过他，让他收手，可他不听，后来我忙着家务事，忙着看孩子，就懒得管他了。"

宝宁问："然后呢？"

"后来，他爹病了，花了很多银子治病，家底都快被掏空了。他没过过穷日子，急了，可能是因为这个才有了不好的打算。我早就注意到了，但没管。我觉得那是他自己的事，和我有什么关系？我是女人家，管好自己的那摊子活儿就够了。"

宝宁问："那……然后呢？"

"后来一个雨天，他要出去。我察觉出他的不对劲儿了，他太兴奋了，而且大半夜的，出去能做什么？肯定不是干好事。但我还是没管。孩子哭了，我忙着去喂孩子，他就走了。我现在回想起来，真是后悔。如果那时候我拦一下，不让他去，是不是他就不会被人打死？或者更早一些，我多关心关心他，是不是他也不至于走到那一步？"

刘嬷嬷陷入沉思。过了一会儿，她把鞋底放到一旁，拿出帕子擦眼泪，不好意思地笑了笑："小夫人，婢子在您面前出丑了。"

宝宁安慰地拍了拍刘嬷嬷的背，轻声道："没事的。"

讲起往事，刘嬷嬷不好受，宝宁的心也跟着她的叙述缩了起来。刘嬷嬷的丈夫和裴原是八竿子打不着的关系，他们的处境也完全不一样，但刘嬷嬷那句"被人打死了"还是让宝宁产生了不好的联想。宝宁感到害怕了。突然之间，她意识到自己对裴原的关心实在有些少。

宝宁想，就算她帮不上忙，至少她应该知道裴原在做什么。

她也许真的该过问一下裴原的事。

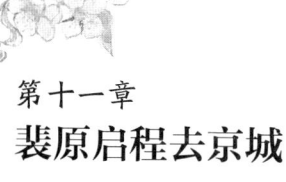

## 第十一章
## 裴原启程去京城

书房里,裴原正在看张云送过来的练兵日札,魏濛则坐在一旁研究溧湖的地势图。他腿跷累了,换了个姿势,随后问裴原:"小将军,我觉得你现在根本就是脱裤子放屁。贾龄是谁?小夫人的大姐夫啊!你若是想知道他的情况,怎么不去问问小夫人?若是小夫人也不知道,你就送个拜帖到崇远侯府,直接问她的大姐季向真。她是贾龄的枕边人,有她旁敲侧击,我们总会得到一些有用的消息。"

裴原头都没抬,淡淡地道:"她不喜欢这些事,别拿这个烦她。"

"你们俩可是夫妻。"魏濛站起来,走到裴原的身旁,急躁地敲桌子,"我说句长远的,万一以后你真的做了皇帝,小夫人不得学着做皇后?或者退一步,你回了塞北,还做你的济北王,那她也得做王妃吧?塞北九镇那么大,王妃不是个空名,她要担起责任来的!"

裴原抬头看魏濛,不悦地皱起眉:"她是个姑娘家,你总逼她干什么?"

魏濛还欲再说什么,被裴原堵住了:"有这个时间,你去做点儿正事去,我们夫妻间的事情,你就别操心了。"

"这怎么就不是正事了?"魏濛急道,"小将军,你真的得考虑一下这条路子……"

裴原突然道:"我记得你的手底下有个叫陈珈的小副尉。"

魏濛愣了一下,被带偏了思路:"啊?是有,刚提拔上来的。小伙子长得跟黑煤球一样,看着木讷,不太会说话,但其实挺机灵的,在带兵打仗上也有些天赋。我准备再观察他一段时间,有机会就提拔他。"

"你先把人借给我用几天。"裴原搁下笔,"我后日要出门,宝宁那边没人照看,我不放心。多少双眼睛在盯着我呢,他们就想逮着这样的岔子。你把那个陈珈给我调过来,做她的护卫。"

魏濛有些犹豫:"换个人行不行?陈珈这个孩子不错,以后说不准还能往上爬,让他做后宅女眷的侍卫,岂不是大材小用?我手底下能干的兵多得很,他们长得好,说话还好听,你换别人……"

裴原神色冷冷的:"我选了他,是他的福气!"

魏濛讪讪地闭上了嘴。

裴原道:"尽快让他过来。"

魏濛不情不愿地领了命,抬腿往外走。

裴原看着魏濛的背影,冷哼一声,掸了掸手里的纸张。

老匹夫没成过亲,什么都不懂。为什么非得选陈珈?我真的看中他聪明了?错了,我看中的就是他长得丑,还不会说话。

找个男人和宝宁朝夕相处,那是没办法的事,但裴原肯定不能选个讨人喜欢的人送过去,得让宝宁连看侍卫一眼都嫌烦。

所以说,这侍卫越丑越好。


晚上,裴原回来的时候,宝宁正在院子里鼓捣她的新玩具。那是个投石器一样的东西,有一个木质的方方的底座,底座上插一柄大勺子,把勺子使劲儿往下一按,松开手,勺子就会立刻弹回,勺子里的东西"嗖"的一下就被投出去了。

刘嬷嬷和两只狗陪着宝宁一起玩。刘嬷嬷在勺子里头放上煮熟的牛肉块,把肉弹飞出去,阿黄和吉祥会飞奔着去吃,而宝宁则在一旁胡乱比画着指挥。

"往东一点儿,往东一点儿!不给吉祥了,它十块吃到九块,太霸道了……阿黄,跑起来呀!你可是六个月的大狗了,怎么连两个月的弟弟都跑不过?你可不能这么弱!对,阿黄,快吃掉!哎,吉祥!吉祥,你不要咬阿黄!你太不讲理了,快把阿黄的尾巴松开,不要咬了!"

裴原隔着老远就听见宝宁在着急地叫,刘嬷嬷也跟着叫:"吉祥,快松口,不许咬人家的尾巴!"

他踏进院子,一眼就瞧见了正在月季花旁边缠斗的两条狗。阿黄和吉祥就像小陀螺一样不停地转圈圈。阿黄急得"嗷嗷"叫,边叫边咽下嘴里的肉,而吉祥低吼着咬阿黄的尾巴,还用黑乎乎的大鼻子使劲儿地顶阿黄的屁股。折腾了一会儿,两只狗终于失去了平衡,都被对方的腿绊倒,双双摔进了花丛里。宝宁见状,生气地喊:"我的花儿,我的花儿!"

裴原面无表情地走上前拉架。他大步来到窗底下，一手提着一只狗的脖颈，把它们拎出来，扔到一旁，转头训斥宝宁："你的脑子里想的都是什么？让两条狗去抢一块肉，你这不是存心要看它们打架吗？要我说，你就不该养两只狗，还是赶紧送走一只吧。"

种的花被撞倒了一片，宝宁心疼得不行。但她来不及扶花，只想赶紧去瞧阿黄的伤势。万幸，阿黄的尾巴上没见血，就是掉了一撮毛，秃了，她回头一看吉祥，毛在它的嘴里。不过吉祥也没好到哪里去。它上午刚剃完毛，现在光溜溜地露着皮肤，阿黄两爪子上去，就把它的屁股抓破了。

刘嬷嬷赶紧喊了两个下人来，把两只狗送到偏屋去养伤。阿绵卧在一旁，依旧歪着嘴嚼草，一副看热闹不嫌事大的样子。

裴原牵起宝宁的手，拉她进屋子。她刚摸过肉，一手的油，裴原嫌弃地拉着她到盆架前面，用胰子给她洗手。

"你都多大的人了，净做些小孩子才干的事，不嫌丢人？"

宝宁的背靠在裴原怀里。她手被他捏着，手上有很多泡沫，散出一股茉莉花香。

"轻点儿，你弄疼我啦。"

裴原哼了一声，掐了一下宝宁的指肚："疼了就好，让你长点儿记性，下回别干蠢事。"

"我再也不干了。"宝宁低声认错。裴原扯了布巾给她擦手，她想了想，又道："但我不蠢。我自己做出了投石器，是按照兵书上画的草图做出来的，研究了好久呢。等以后如意楼开张了，一个投石器，我要卖一两银子。"

裴原问："你吃晚饭了吗？"

"我吃过了，没想到你回来得这么早，就没等你。"宝宁甩了甩半干的手，上前挽住裴原的胳膊，把脸贴在他的上臂处蹭，"不过我给你留了好吃的，牛肉炖萝卜，就在锅里呢。你现在吃吗？"

裴原笑着揉了揉宝宁的头。以前两人的关系不亲密的时候，宝宁像只缩手缩脚的小兔子；现在和他亲近了，她就很黏人，喜欢撒娇。

裴原去把门合上，把窗户也合上，转身大步走到宝宁身边，一把将她抱起来："抓紧了。"

宝宁惊呼一声，就着这个姿势把手挂在裴原的脖子上。她惊恐地问："你干什么？"

裴原坏笑着将宝宁放进柔软的被褥里，就势俯身，鼻尖挨着她的鼻尖，脸上带着似笑非笑的表情："要不然，你也来伺候伺候我？"

宝宁的气都喘不过来了，她没有裴原那样厚脸皮。知道他吃软不吃硬，她轻声道:"阿原,我难受,我的小日子要到了……"

裴原果真住了手。他拧了拧眉,问:"已经来了？"

宝宁摇头:"快了,就这两天。"

"行,你好好歇着,听刘嬷嬷的话,她不让你干的事,你别干。"裴原闭上眼,狠狠地嘬了她一口,又抬起脸问,"是不是不让你碰凉水来着？"

宝宁点点头。

裴原直起身,坐到一旁,将宝宁也拉起来。他把手掌放在她的肚子上,低声问:"你觉得疼吗？"

宝宁细细感受了一下,暗道一声"糟了"。她扯谎是不是遭报应了？刚才她还一点儿感觉都没有,可骗了裴原说难受,就这一会儿的工夫,还真的难受起来了。

宝宁的下腹处像被针扎了一下似的,惹得她的脸都有点儿发白,她说:"好像真的来了。"

裴原暗骂一声,急忙脱了她的鞋子,把她塞进被子里,然后道:"你躺着,等我回来,我给你弄热水去。"

宝宁将半边脸埋进枕头里,看着裴原的背影,眼神中带着歉意,但心里又觉得甜滋滋的。她一直期待的就是这样的生活:有个关心她的丈夫,她会疼爱他,他也会疼爱她,他们依偎着前行,相濡以沫,心心相印,便什么困难都不会害怕了。

宝宁忽然又想起一件事——她还没问裴原后日要去干什么呢！但她的肚子越来越疼了,这让她没有精力去管别的事了。宝宁睡了一会儿,迷迷糊糊地起身去换月事带,换完回来倒头继续睡,那个念头只在她的脑海里存在了一瞬,很快就被她抛到了脑后。

裴原这一晚过得很难受。他也不知道宝宁怎么忽然就疼成了这样。他去找刘嬷嬷要了红枣姜糖水的秘方,熬了一大锅,等他端着糖水回来的时候,宝宁已经疼得连话都说不出来了。裴原强行把她拉起来,给她喂了糖水,又灌了汤婆子,放到她的肚子边上,然后才顺势躺下,把她搂进自己的怀里。

裴原一晚上没怎么睡着,前半夜在听宝宁哼,给她的汤婆子换热水,后半夜又被她吵醒,听她说不舒服,要换亵裤——这时候宝宁不觉得害臊了,干净比一切都重要。裴原不得不披上一件衣裳,迷迷瞪瞪地下床给她找新裤子,还得躲在屏风后面等她换完,才被允许回床上来。

就这么折腾了一宿,第二天起来,宝宁精神十足,裴原满脸疲惫之色。刘嬷嬷瞧了,在心里想,这怎么和昨天早上的状态完全颠倒了——昨天起不来床的是小夫人,今天却换成四皇子了。

裴原是在当日傍晚的时候启程去京城的。

临走前，裴原回院子查看了宝宁的情况，见她好好的，便放下了心。他把那个叫陈珈的侍卫给带了过来，向宝宁简短地介绍了几句，嘱咐她："你千万别自己乱跑，有刘嬷嬷跟着也不行，去哪儿都要带着陈珈。"

宝宁打量着面前这个黑瘦黑瘦的小侍卫，温和地冲他笑了笑。陈珈对宝宁行了个军礼，红着脸，憋了半天，挤出了几个字："夫……夫人好。"

宝宁颇感意外，这不会是个小结巴吧？

裴原对陈珈的相貌和木讷的性子都感到满意。他拉着宝宁到屋里去，又细细吩咐了她不少话。宝宁嫌他唠叨，"嗯嗯啊啊"地应着，最后实在受不了了，将他推出去，道："天色已晚，魏将军在门口等你呢，别磨蹭了。"

裴原摆出难过的表情："我要离开你几乎一整日，你都不想我？"

宝宁巴不得他赶紧走呢！以前还好，从昨晚开始，他就总是动手动脚的，过于讨人嫌了。

宝宁道："我会想念你的，但你还是快些走吧！"

裴原拎着佩剑，一步三回头地出了房门，宝宁很欢欣地冲他摆手，裴原见状，脸都黑了，在心中暗暗骂她没良心、白眼狼。路过陈珈的时候，他低喝道："少说话，多做事，听懂了没有？"

陈珈应声称"是"。

裴原大步往外走，到院门口的时候，忍不住又回头看了一眼，却见宝宁已经没了人影——这是真的盼着他赶紧走呢！他呼哨一声，召来赛风，翻身上马，冷着脸朝庄外而去。

宝宁这一晚过得舒服极了。整张大床都是她的，随便她翻来滚去，也没有人因为睡相不好而拿大腿压她。

第二日早上起来，宝宁给自己做了一碗馄饨。等吃饱了，洗漱完，打扮好，她便带着刘嬷嬷和陈珈一起上街看铺子。

宝宁请来了不少工匠，他们预计再过半个月就能修好如意楼，现在还在拆墙。她站在一旁看那些匠人拿锤子砸墙，这件事听起来挺无趣的，但看着倒是挺有意思的。刘嬷嬷和她闲聊，说哪个匠人的力气最大、技术最精进，他三锤子就能把墙砸漏，而别人要砸七八锤。陈珈像个木头一样在她们的身后站着，用眼睛四处扫视，防备一切可疑的人。

那个脏兮兮的孩子出现在街角的一瞬间，陈珈就注意到他了。

这个孩子也就三四岁的样子，穿着挺华贵的衣裳，手里拿着一个很精致的拨浪鼓。光看衣裳的布料，他像是个出身富贵人家的小少爷。但他脸很脏，衣裳也破烂，人瞧着还不太聪明。有人逗弄他,他都不知道躲,傻乎乎地在那里站着。那个人拉扯他的袖子,像是想带他走,小孩这才着急了,龇着牙,狠狠地咬了那个人一口,然后疯了一样往宝宁所在的方向跑。他慌不择路,小短腿迈得倒是挺快的,瞧见陈珈挡路,脑袋往下一低就要从陈珈的裆下钻过去,被陈珈一把抓住了后领子。

宝宁听见声音,急忙回头,看见陈珈拎着个一脸鼻涕眼泪的小孩,脑子一蒙:"这是谁家的孩子?"

裴原和魏濛点了两壶茶水,闭着眼听隔壁屋子里的谈话。墙壁厚实,他们本来听不太清的,好在因为来得早,使了些小手段,在墙壁上钻了一个洞,那边的声音就能隐隐约约地传过来了。

崇远侯世子贾龄是个饱读诗书的儒生,裴霄也是,两人见面后,先寒暄了半晌,魏濛听得昏昏欲睡,直道他们"酸腐"。约莫过了一刻钟,两人才谈到正事。果真如裴原他们俩之前猜测的那样,裴霄想从贾龄这里知道圣上出行时所乘的副车的位置。

贾龄有明显的弱点:他没有孩子。所以他虽是侯府嫡长子,但世子的地位并不稳。裴霄对贾龄许诺,事成之后会帮他除掉他的弟弟贾献,保住他的世子之位,除此之外,还会赏他千两黄金,外加四个波斯美人。贾龄只犹豫了片刻就答应了,唯一的要求是再加些钱,裴霄自然同意。

两人谈妥了,都显得很高兴的样子,开始举杯庆祝。魏濛听到隔壁的动静,惊诧地瞪大眼睛,小声对裴原道:"这……这就谈完了?我还以为得商量个一天半天的。这么大的事,一拍脑门儿就做了决定?"

裴原道:"贾龄有什么理由不答应?若不抓住这个机会,他早晚得被他的弟弟挤下去。从他拿到奉车都尉的任命,裴霄递信儿给他,请他叙旧的时候,他就知道裴霄要说什么了。大家都是聪明人,他早就打算好了。"

魏濛问:"那咱们还继续听吗?"

"来都来了,听听吧。"裴原用手指叩了叩桌面,问魏濛,"你知道这告诉了咱们什么道理吗?"

魏濛问:"什么?"

"做贼不能太心虚。"裴原道,"裴霄谨慎过了头,不敢邀请贾龄到他的府里去,怕被人看见,所以才选了这个茶楼。谁能想到他聪明反被聪明误,咱们更胜一筹呢?这打洞窃听的本事,可不是谁都能想得出来的。"

魏濛笑了,喝了口茶水,继续听隔壁二人说些杂七杂八的话。

同盟之间也是要套近乎的。贾龄奉承起裴霄来,道:"殿下艳福不浅,正妃美貌,前段时间侧妃又进了门,您府中还有良娣许多、妾室无数,实在是令人钦羡。"

裴霄轻笑道："世子也不差。世子妃雍容婉静，举世无双，实在是良妻。"

贾龄摇头叹道："可惜她一直没个孩子，闹得后宅也不安宁。"

裴霄道："我也正有此困扰。唉，咱们静等良机就是了。"

贾龄不解："殿下不是有一小儿，今年都四岁了？您和我的境遇可不同。"

裴霄垂着眼睛笑了笑，没说话。

贾龄看裴霄的神情不对，忽然想起一件事：那个孩子是裴霄的通房生的，出生时过程坎坷，身体好像不太健康。这可是拍马屁拍到了马腿上，贾龄觉得尴尬，急忙补救："殿下与太子妃夫妻和睦，琴瑟和鸣，早晚会儿女成群的。"

裴霄笑道："世子又不是不知，我们夫妻和睦是做给外人看的。世子的家宅里不是也没闹出过丑事？"

"说得也是。"贾龄叹了口气，"日子不就是凑合着过？琴瑟和不和鸣倒也无所谓，你我都不差女人。说起来，我近日在青罗坊新养了个姑娘，那一手可握的腰肢真细！她还会唱曲儿，像百灵鸟一样婉转动听。殿下若是喜欢，不如咱们晚上移步青罗坊，试一试？"

"做生意做到咱们家头上了？"魏濛听到这里，险些喷出一口茶来，"真没想到，崇远侯世子还有这样的癖好，不硌硬吗？"

裴原踹了他一脚，下颌微扬，示意他继续听。

裴霄婉拒了贾龄，淡然地道："世子尽兴便可，本宫就不参与了。"

贾龄惋惜地点点头，不想放过讨好裴霄的机会。哪个男人不好色呢，要不然皇帝为什么要广开后宫？于是他又凑近裴霄道："太子殿下喜欢什么样的女子？您最近可是乏了，想要解解乏？不是我吹嘘，京中的美貌姑娘，十个里有七个我都知晓，环肥燕瘦，貂蝉西施，无论太子喜欢什么样的，我都能给您找来！"

裴霄低头饮茶。听见贾龄的话，他脑子里忽然浮现出了一张脸。

那日在小凌河的断桥旁，一个清丽素净的姑娘踮着脚，朝河里吹叶子，吹完了，回头弯着眼睛笑。就是很普通的一个画面，但他偏偏记了很久。

还有那夜在太子府，她茫然地坐在地上，要哭不哭的，含泪望向他……

找不到理由，但他就是忘不掉。

本来他的印象已经变淡了，可贾龄一提起这件事，裴霄就又想了起来。他不由得攥紧了茶杯。

贾龄还在等裴霄回答，结果对方一直沉默。他本以为自己不会得到回应了，正绞尽脑汁地想换个话题，却听到裴霄开口了："我每日在外奔波，是挺乏的。"

裴霄说着，把茶杯放下，淡淡地道："我喜欢轻松些的姑娘，能让我回家之后觉得惬意的就好。"

贾龄笑得有点儿僵硬："殿下说笑了，照您这样的描述，我怕是寻不来。"

裴霄顿了顿，握拳抵住唇，轻咳两声，望向窗外。

"没关系。"

贾龄觉得这个太子是真的不好相处，少言寡语的，人又冷淡，不知道他的心里都在想些什么，自己想拍马屁都寻不着方向。

贾龄酝酿了一下，大笑着举杯："殿下不必为此挂怀，等殿下日后坐拥江山，美人自然也就纷至沓来了。我在此以茶代酒，祝殿下得偿所愿！"

"他的脑子肯定有点儿毛病，"等裴霄与贾龄先后离开，裴霄留在茶楼放风的侍卫也离开后，裴原一边和魏濛从后门出去，一边拧眉道，"说的都是什么屁话？听得人直犯恶心。"

魏濛问："小将军，你说的是贾龄还是裴霄？"

"一丘之貉，都差不多。"裴原掸了掸衣摆，偏头问，"后来点的那个猪蹄儿带上了吗？别落下。还有那几碟桂花糕、小甜团儿什么的，我得带回家去。"

魏濛拍了拍手里鼓鼓囊囊的袋子："放心吧，我都带着呢！"

裴原点点头，忽然又想起了什么，道："你说那个裴霄，他是不是快死了？只说了半个时辰的话，我就听到他咳了不下七次。当初那件事发生的时候，是裴霄以身试毒，将圣上救下的，难不成他的毒没解彻底？"

魏濛思忖了一下，也有些不解："不可能吧？毒是公孙竹的，解药肯定也在他的手里，裴霄又不是傻子，怎么会冒着生命危险喝下没解药的毒？"

裴原冷笑一声："倒也不一定。按照他那个性子，他就是死也要爬到高位上去的，要不要命，谁知道？再说了，公孙竹也不一定肯把解药都给他不是？裴霄用人家的孙子威胁人家，又不是谁都肯任人宰割的，公孙竹说不准就谋算着要杀了他。"

魏濛道："我是真的觉得奇怪，裴霄到底把公孙竹的孙子藏到哪里去了？怎么说也是个活人，一点儿风声都没走漏出来，也是厉害。"

裴原道："不急，咱们慢慢地找，总会找到的。"

魏濛不提这个话茬儿了。他抬头看了看天色，笑着道："还早着呢，找个地方喝点儿酒去？我看你平时被管得严，也该馋了，这次我请你喝。"

"我急着回家，你自己去吧。"裴原到马厩牵马，看见赛风的鬃毛打了结，上手捋了一把，心中暗道该给它洗个澡了。

魏濛吹个口哨，阴阳怪气地讥讽裴原："成了亲的人就是不一样，要是放在以前，你不得求着我去喝酒？因为这件事，你好像还和你的大哥吵过一架，将御赐的血珊瑚给摔了，现在倒是改邪归正了。"

裴原听魏濛提起裴澈，上马的动作顿了一下。

魏濛自知失言，摸了摸鼻子："说起来，前太子失踪之事也是个谜，他到底去哪里了？依我猜测，前太子肯定还活着。他不是轻易就会死的人，不联系你，应该是情势所迫。小将军，你不用过于担忧。"

裴原扯着缰绳跃上马："我知道。"

魏濛也不好意思独自去喝酒了，将自己的坐骑牵来，道："我和你一起回去。"

裴原点点头。魏濛上马，两人并肩上路。

出城的路上，魏濛都在心里琢磨着裴澈的事。

和裴原不同，裴澈自小就是个规矩守礼的人，性格温润儒雅，很有皇子的样子，也很有手段。只是裴澈与圣上政见相左，圣上以铁血手腕著称，提倡用重典治世，裴澈则更倾向于无为而治，想要以礼教度化百姓，所以圣上对他一直颇有不满。裴澈曾被贬到蜀地三年，就是因为政见上的分歧与圣上起了口角。

魏濛忽然想起了什么，开口道："前太子失踪大半年了，他原先的府邸被封，现在里面也该长满草了吧？不知道他原先的那些后院女眷都流落到何方了。"

裴原盯着不远处的城门，神色淡淡的："被发卖了吧。"

"那前太子妃呢？"魏濛问，"我有所耳闻，听说前太子妃在事发后就投奔娘家去了，但没待几天就被赶了出来。苏尚书那个老顽固也真是心狠，直接宣布与她断绝关系，现在也不知道她流落到何方了，也许正在露宿街头呢。"

裴原偏过头问："苏尚书为什么把她赶出来？"

"这我怎么知道？反正就是被撵出来了。"魏濛一哂，"前太子妃和前太子的感情还是很好的，万一以后前太子回京，见到跟着他的女人成了现在这样的光景，该有多伤心。"

裴原没再搭话。

城门就在前面了。那边的角落里有许多乞丐正在要饭，他们衣裳破烂，身上的味道也难闻，人们稍微走近点儿就能闻见熏天臭气。守城的士兵嫌烦，拿着矛叉赶人。人群里有个女人叫得实在太惨，魏濛不由得偏头看过去。他本是随意一瞟，待瞧见混在人群中的某个人的脸，一下子瞪大了眼睛。

裴原毫不知情，收腿夹紧马肚子，正欲加速离去，忽然被身后的魏濛扯了一下。

裴原倒吸一口凉气："你有什么毛病？"

魏濛指着其中一个被撵得摔在地上的大肚子女人，不可置信地说："那个人……那个人长得怎么那么像前太子妃？"

裴原顺着他的手指的方向望去，瞳孔一缩。


裴原带着苏明釉回到溧湖的庄子的时候，已经是日暮时分了。

苏明釉有些狼狈，挺着八个月大的肚子。算算时间，她是在裴澈入狱前怀上的。为了照顾她，裴原专门去租了辆马车，而且一路上都走得很慢。

裴原骑马走在车旁，板着脸，听苏明釉"呜呜"地哭了一路。

对这个大嫂，裴原没见过几次，只是隐约记得她的样子，知道她出身书香世家，因为仪容气度出众而被选为太子妃，其余的印象便没了。这次他们能在路上碰见，实属巧合，魏濛那张嘴像开过光似的，但这到底是件好事。裴澈还不知道在哪里，说句难听的话，万一他回不来了，这个大嫂生下的孩子就是他唯一的血脉，裴原于情于理都应该予以照顾，并为此感到高兴。

裴原和苏明釉简短地交谈了几句，知道她被苏家赶出来后曾经下江南去投奔远嫁的妹妹，但又被赶了出来。她一个弱女子，身上的钱又在路上花光了，后来的日子便开始不如人意。约莫上个月，她才挺着肚子回了京，想碰碰运气，再回苏家一趟，结果再次被赶出来，这才在城门口遇见了裴原。

对于苏明釉的说辞，裴原心中产生了一些疑虑。苏尚书仁德廉正，就算觉得苏明釉的身份特殊，可能会给家里带来祸事，也不该对她如此绝情。

到了庄子门口，侍从扶着苏明釉下车。裴原捏着马鞭站在一旁，踌躇了一下，还是冷着脸开口道："大嫂，你可不要有事瞒着我。你若有事瞒着我，就别怪我以后不讲情面。"

苏明釉对裴原早有耳闻，但对上他审视的目光，心头还是一哆嗦——看来这个四弟就像裴澈说的那样，脾气不好，犯起浑来六亲不认。但她很快镇定下来。她又没做过对不起裴原的事，既然不亏心，也就不必害怕。

苏明釉行了个礼，略带疲惫地轻笑道："四弟说笑了，我怎么会有事瞒着你？过往的那些落魄丢人的经历我都如实说了，你大可放心。你若存疑，去查便是。"

裴原颔首道："我会去查的。"

苏明釉被他直白的回答噎住了。

裴原找来仆侍给苏明釉安排房间，然后在她的前方带路："大嫂以后就在庄子里安心住下。想必今天你也累了，就先到房中歇息吧，热水和饭菜很快就能备好。等你明日歇息好了，我再带妻子来看你。"

苏明釉应"是"，一行人慢慢地往庄子里走。

宝宁领回来的那个小孩饿了，但是挑食得很，饭端来也不吃。陈珈受宝宁的盼咐，正蹲在菜园子里摘韭菜，准备待会儿回院子里给孩子烤韭菜吃。这时，他远远地看见裴原领着个女人过来，心中不由得感到疑惑。

裴原也看见陈珈了。他停住脚，让苏明釉先走。

裴原招手让陈珈过来，问道："你怎么自己在这里，没守着夫人？夫人在做什么，睡觉吗？"

陈珈道："夫人在带孩子。"

裴原愣住了："孩子？哪儿来的孩子？谁家的孩子？"

陈珈道："在街上捡来的。"

裴原拧眉："哪条街？"

陈珈回答："不认识。我不认路，不知道。"

裴原觉得陈珈简直就是个傻子。当初他看中的确实是陈珈木讷的性格，但这木讷得有些过分了。

裴原回头看了一眼宝宁院子的方向，摆摆手，赶陈珈走："你去告诉夫人，我一刻钟内就回去。"

陈珈答应了一声，提着一把韭菜回去了。

那个被捡来的孩子跟着刘嬷嬷洗了澡，洗完还是那副蔫蔫的样子，也不说话，就坐在院子里的小马扎上发呆。宝宁靠在墙上看他，小声地和刘嬷嬷抱怨："四皇子怎么还不回来？他答应了今日会早些回来的，可这眼瞧着都要吃晚饭了，我担心他遇到了什么事。"

陈珈回来的时候正好听见这句话。他恭敬地将韭菜递给宝宁，道："四皇子已经回来了。"

宝宁惊喜地问："你瞧见他了？是什么时候回来的？"

"刚刚，"陈珈把自己看到的情况都说了出来，"还带着一个女人。"

宝宁动作一滞："哪儿来的女人？"

陈珈回想起苏明釉那身破烂肮脏的衣服，在心里略微分析了一下，回答道："或许也是捡来的。"


高飞荷是裴霄的嫡妻，出身名门高家，她的祖父是当今圣上封的太傅，姑母正是裴霄的生母高贵妃。她美貌非常，气质雍容，但自小娇生惯养，骄奢成性。现在天还没黑，她就让人在太子府里处处都掌了灯。

高飞荷坐在黄花梨木的雕花妆台前，一边往眉心贴着花钿，一边问身旁伺候的老嬷嬷："那个小孩丢掉了吗？"

嬷嬷垂首道："扔去了百里之外的溧湖镇。他一个五岁的孩子，自己是跑不回来的，过几天多半就饿死了。这件事做得也隐秘，无人知晓，对外我就说是出去玩时乳母疏忽，让他乘错了马车。娘娘放心。"

高飞荷眼里闪过一抹厉色："死了才好！我真是不明白，殿下那样英明的人物，怎么会做出这样儿女情长的事？他还未娶正妃，就任凭一个通房生下儿子！现在我进门了，若我再生一个儿子，到底谁是长子？那个孩子的存在简直就是在侮辱我！"

"娘娘说的是，那个孩子是该死。"嬷嬷附和了一句，接着笑道，"也是赶巧了，侧妃娘娘昨儿个过生日，殿下许诺她可以出府游玩，她自己去不就成了，偏偏还带着那个孩子一起去。现在孩子丢了，殿下要怪也是怪到她的头上。"

高飞荷撇了撇嘴："季嘉盈就是个蠢货，巴结谁不好，偏偏去巴结那个脑子有病的傻孩子。她是真的盼着那个孩子以后做皇帝，给她好处？"

嬷嬷上前为高飞荷捏肩，低声道："还是娘娘明智！如此一来，咱们既除掉了心头刺，又让殿下与侧妃娘娘生了嫌隙。以后啊，咱们可有好戏看了。"

裴霄是在晚上回府后才知道圆子不见了的，等他知道的时候，圆子已经失踪一整日了。

季嘉盈跪在裴霄的脚下"呜呜"地哭。高飞荷面带忧虑地站在一旁，看裴霄脸色骤变，也急忙跪下，哭着道："臣妾照顾不周，竟让小殿下走丢了。侧妃带小殿下出府玩要本是一片好心，后来也是因为担心才瞒报的。是臣妾没及时注意小殿下的行踪，才酿成了这样的祸事……"

听着两个女人哭哭啼啼，裴霄十分烦躁，只觉得胸腔中有火灼烧，喉咙发痒。他背过身，止不住地咳起来。

那个孩子不只是太子庶长子！他太重要了，比这样的身份重要得多！

裴霄不敢想象，若是圆子真的找不到了，他没有了桎梏乐徐的武器，公孙竹的这个儿子还会不会将解药给他。

看着手心里的几滴咳出来的血，裴霄攥起拳头，眼中燃烧着熊熊怒火。他哑声喝道："找！就算掘地三尺，也要把小殿下给本宫找回来！"

圆子坐在宝宁的院子里，低头绞着自己的手指。

宝宁把她的那些小玩具都放在地上，圆子也不去玩。他沉浸在自己的世界里，不停地抠着指甲盖底下的那一小块肉。要是抠出血来，他就把指头放进嘴里吮一吮，然后继续抠，像不知道疼一样。宝宁在一旁看着，觉得自己的指甲也疼起来了。

"陈珈，"宝宁让陈珈过去，"你去抓他的手，让他别抠了。刘嬷嬷，你去取些伤药过来，给他上药。"

圆子缓慢地抬起头看向宝宁。他脸上、身上的脏污痕迹被洗去了，这么看来，他其实是个很白净的孩子，眼睛又黑又亮，睫毛纤长浓密，很好看，就是脑子好像不太正常。现在宝宁知道他叫"圆子"了，但这个名字也是她问了几十次才问出来的。

面对宝宁的追问,他只说了这两个字。这一整个白天,他也就说了这么两个字。

陈珈抓着圆子的手。刘嬷嬷很快取了药过来,轻轻地按着他,给他上药。

"圆子乖,其实一点儿都不疼的,你闭上眼,很快就好了。"刘嬷嬷轻声哄道,"上好了药,嬷嬷给你吃糖。"

"药……"本来安安静静的圆子听见这个字,忽然躁动起来。他大力挣脱刘嬷嬷的手,含糊不清地喊:"不要,不要!"

陈珈急忙按住他的肩膀,但发狂的小孩力道惊人,不好牵制。圆子偏过头,一口咬在陈珈的虎口上,陈珈吃痛,手松了一瞬,圆子便趁机挣脱了,站起来猛地朝着宝宁的方向冲来。

宝宁大惊。刘嬷嬷立刻去抓,但圆子跑得比狗都快,哪儿能让她抓住?他一把就抱住了宝宁的腿。

宝宁被孩子这么一撞,手里的韭菜撒了一地。圆子不肯松手,把鼻涕眼泪都蹭在她的裙摆上,嘴里不住地唤:"娘亲,娘亲……"

刘嬷嬷蒙了,宝宁也蒙了。但这样一个连大人的腰都不到的小孩,长得又白又嫩的,宝宁实在做不到狠心把他推开,何况他还叫她"娘亲"。

圆子不停地唤着"娘亲",宝宁听得心软了,温柔地抚摸他的脸,安抚道:"圆子不怕。你不再抠手指,就没人给你上药了,好不好?"

圆子泪眼婆婆地看着她,轻轻点了点头。

这个小孩长得太漂亮了,性子又乖巧,宝宁面对他时,心都要化了,心底的柔情都被激发了出来。她弯身,想将圆子抱起来哄,可手刚碰到圆子的屁股,就听到门口传来一声暴喝:"哪里来的野孩子?"

宝宁抬眼望过去,只见裴原手里捏着一根鞭子立在门口,神色不快。

裴原进了院子,先朝着陈珈走过去,抬腿就是一脚:"养你干什么的?什么东西都往家里捡,你好大的胆子!"

陈珈手上被咬破的伤口还滴着血,屁股上又挨了裴原一脚,生疼。他觉得自己冤枉极了,但又不敢辩解。

裴原此举意在杀鸡儆猴。收拾完了陈珈,他又沉着脸朝宝宁走过去,一把将圆子从她的怀里扯出来。

"什么人都敢抱!你有那个闲工夫,怎么不知道……"裴原本想说"你怎么不知道多抱抱我"。但院子里外人太多,他说不出这句话,最后只能改口:"你怎么不知道收拾收拾家里,多做几道菜等我?!"

宝宁心道,裴原的老毛病又犯了。不过在下人面前,宝宁愿意给裴原面子。于是她拉着他的胳膊哄道:"圆子是个挺可爱的孩子,他的父母找不着了,我已经报了官，可他没地方去，只能先在咱们家里待两天。"

裴原的面色稍霁，他又问："是个男孩还是女孩？"

"是个男孩。"宝宁扯了扯裴原拽着圆子后衣领的手，"这个孩子胆子小，你别拽他了，把他吓坏了怎么办？等会儿咱们吃烧烤吧？我让人把炉子都备好了，晚上凉快，咱们一起坐在外头吃，我给你温酒。"

裴原对圆子是个男孩这件事十分不满意，并没有松手，还回头叫陈珈过来，要陈珈把圆子带到别的院落去。

裴原对宝宁大声地道："他又不是你生的，你那么上心干什么，找个下人带着他不就好了？等官府找到他的爹娘，让他们立刻将他领走！"

裴原的袖子被扯了一下，他没理会，还欲说些什么，袖子又被扯了一下。裴原低头，正好对上圆子清澈的眼睛。

圆子抓着裴原的手，含糊不清地说了句话。

"没听清。"裴原不耐烦了，"你要么再说一次，要么滚。"

"爹爹！"圆子喊了一嗓子，然后尽量将舌头捋直，重复了一遍，"爹爹。"

裴原茫然地看着宝宁，不可置信地问："他刚才叫我什么？"

刘嬷嬷在院子里一边看孩子，一边给炉子生火，宝宁拉着裴原到菜园子里去摘菜。陈珈的心眼儿太实了，她让他摘一把韭菜，他就真的只摘一把，拿回来的韭菜还不够一个人塞牙缝的。

这个菜园子是季蕴买下庄子后就叫人开始打理的，里面种了挺大一片，花花绿绿的，什么菜都有，足够整个庄子的人吃上一个夏天了。

裴原坐在田垄上，顺手掰下一根茄子，把茄子在衣摆上蹭一蹭就放进嘴里嚼。宝宁正在摘扁豆，听见声音，回头看，裴原把咬了一半的茄子递到她的嘴边："你也来一口？"

宝宁嫌弃地偏过头："你也不洗，上面都是土。你自己吃吧。"

"我擦过了。"裴原把衣领敞开，拎着衣襟抖动，散着身上的汗，"人们都说'不干不净，吃了没病'，哪有你那么多的讲究。"

宝宁拉裴原过来纯粹是为了让他避开圆子，怕他们两个在一起闹别扭，没指望他能干什么活儿。她往脚边放了个篮子，一边往里面放扁豆，一边和裴原说话："陈珈说你捡了个姑娘回来，是吗？"

裴原的心一惊。他光顾着纠结那个小屁孩的事情了，把苏明釉的事给忘了个干净，竟然没来得及对宝宁说。

"嗯……"裴原小心地看了一眼宝宁的脸色，"你没生气吧？"

"我怎么会生气?"宝宁拨了拨篮子里的扁豆,估摸着差不多了,又去地里选茄子。茄子要熟透了的,三个就够了。

"我相信你这么做肯定是有原因的。你总不会瞧见了美貌女子就想着把人家拉到家里来做通房,又不是土匪。"

裴原乐了。他弓着腰来到宝宁跟前,把她拉到自己的怀里,狠狠地亲她的脸颊:"我就知道宁宁好,世上再也寻不着这么好的小仙人了。"

"不许叫我小仙人,太难听了!"宝宁抹掉脸上的口水,瞪了裴原一眼,将他手里拿着的半截茄子塞回他的嘴里,"吃也堵不住你的嘴!"

裴原又笑了。

太阳还没完全落山,剩一点儿金灿灿的光晕洒在翠绿的菜叶子上,颜色很漂亮。远处树上的蝉在叫。奔波了一天,直到现在,裴原才觉得自己回到了真正宁静的地方,整颗心都放松下来。

裴原低头看了看自己的手,只见指腹处有硬茧,但胜在骨节分明,手指修长。他故意把手伸到宝宁的眼前炫耀:"好看吗?"

宝宁正忙着,推开他的手,敷衍道:"好看。"

"我的指甲长长了,"裴原去揪宝宁鬓边的碎发,低声问,"谁帮我修啊?"

宝宁无奈地看着他:"我修,我修。你别折腾我了好不好?让我把这点儿事做完。"

裴原缩回手,将手臂撑在身后,两腿伸直,抬头看天上的云。他忽然想起了什么,又对宝宁道:"你不用摘太多,我带了两个水晶猪蹄回来,弄得太多,咱们吃不完。"

"你怎么不早说……"宝宁苦着脸,看着篮子里乱七八糟的菜,又瞥了一眼好像事不关己的裴原,抿了抿唇,道,"反正我做的东西好吃,你就使劲儿往肚子里塞吧。剩下一根菜,你晚上就不许上床。"

"没那么严重。"裴原厚着脸皮往宝宁的身边凑,作势要去亲宝宁的嘴,"我亲你一口,你不就高兴了?"

"宝儿……"

一到这个时候,裴原就知道亲昵地唤她的乳名了:"宝儿,小别胜新婚,不上床可不行,你得体谅我。"

出了菜园子,裴原把衣裳理整齐,又成了进去时那副板着脸的严肃样子。宝宁瞧见了,暗道他换脸真快。

院子里,方炉已经烧好。这是个两层的炉子,中间装着铁网,底下烧炭火,上边铺食物。因为怕菜、肉粘在网子上,宝宁先取了一块肥猪肉来,在铁网上蹭了一遍,才把用扦子穿好的菜放到上头烤。

刘嬷嬷和陈珈把东西准备好后就下去了。今儿个算是开斋，晚上庄子里的人都吃烤肉，下人那边也点了炉子。

宝宁享受做饭的过程，更喜欢和裴原一起动手。她觉得有烟火的地方才叫家，没什么烦心事是一餐好吃的饭解决不了的。

院子里不会有人来了，裴原干脆将上衣脱下来，搭到一旁，光着膀子穿肉串儿。圆子围着他转，眼睛盯着他的手指。

许是因为刚刚的那句"爹爹"，裴原现在对圆子倒没有那么讨厌了，圆子感受到了善意，一个劲儿地往他身边蹭。裴原烦了，冷声道："小屁孩，上一边待着去。狗不是在墙角吗？找狗去，别缠着我。"

宝宁蹙眉："他有名字的，你别总叫他'小屁孩'。"

裴原闻言，挑眉，勾了勾手指，让圆子过来，问他："你叫什么？"

圆子嘬着手指，不说话。

"别总咬手指头，"裴原把他的小胖手捏下来，威胁他，"再咬我就打你了。"

宝宁觉得裴原粗暴，担心圆子被吓到，结果抬眼扫过去，看见圆子虽然神情怯怯的，但手也背到身后去，不再咬着了。

裴原满意了，又问他："听说你有名字，叫什么？"

圆子磕磕巴巴地叫："爹爹，爹爹……"

"他是在讨好我呢，还是？"裴原诧异地看向宝宁，"这个小孩聪明得不行，哪里像是有病的样子。"

"阿原，不要总是对孩子那么凶。"宝宁把烤好的韭菜递给裴原，又指了指圆子，"给他吃吧。你耐心一点儿。"

裴原接过韭菜，看向圆子，圆子也眼巴巴看着他。

裴原问："想吃？"

圆子点头。

裴原觉得这个孩子实在太沉闷，小孩这么沉闷可不好，就想哄他笑。他将韭菜举高了逗圆子："叫声'爷爷'好不好？"

"你说的是什么话！"宝宁急忙拍了裴原的胳膊一下，"逗小孩子也不是这么逗的，别把他弄哭了。"

裴原被训斥了，不敢再逗圆子，乖乖地把韭菜给他，说："吃吧。"

这时候，两只狗闻到香味，也蹿了过来。吉祥一身秃毛，瞧见裴原就龇牙，裴原懒得搭理它，嘴里哼着小曲儿，手上的动作不停，把鸡翅往扦子上套。阿黄则很会讨乖，不停地蹭裴原的小腿。裴原之前把裤子挽到了膝盖处，这会儿光裸的小腿被阿黄蹭得很痒，就想拿一块鸡骨头把它打发走。宝宁瞧见了，赶紧拦下："别给它吃那样的东西，鸡骨头碎，我怕弄坏它的嗓子。"

"那么娇气？"裴原把鸡骨头扔回盘子里，拿了一小块猪肉出来，冲阿黄吹了一声口哨："来，给爷作个揖。"

阿黄扭扭捏捏地抬起前腿，果真拜了两下。裴原满意地颔首，把肉扔进它的嘴里。

宝宁笑着看裴原作怪，摇摇头，觉着这个人真幼稚。

吉祥也馋了，冲到裴原面前吼他。裴原道："想吃吗？打个滚。"

宝宁又看了裴原一眼，没理会他。她把手里的蘑菇翻了个面，撒上孜然粉，放到铁网上烤，没一会儿，就闻到了混着蘑菇特有鲜味的扑鼻香气。宝宁估摸着差不多了，拿起蘑菇吹了吹，递到裴原的嘴边："尝尝，熟没熟？"

裴原歪头把蘑菇吃到嘴里，被烫得话都说不利索，偏偏还要和狗较劲儿。

"别愣着了，打个滚，要不然我让你饿一晚上，明天就把你丢到山里去。"说完，他回头对宝宁道："熟了。"

宝宁把撒了辣椒的蘑菇放到一旁，又把没撒辣椒的蘑菇拨到小碗里，递给圆子，笑眯眯地对圆子道："吃吧。"

圆子接过来，乖巧地坐到一边去，和吃了肉后心满意足的阿黄一起分享。

吉祥终于妥协了，将腿缩起来在地上滚了一圈。裴原大笑着扔了块肉给它，像打了一场胜仗一样："赏你了！"

吉祥领着肉跑了。

没什么东西再围着裴原转，他终于收了心，老老实实地低头穿肉串儿。

这是一个很惬意的晚上，空气里散发着孜然和辣椒的香气。正逢月中，月亮美得像个挂在天上的玉盘，天气也好，凉风习习，让人感觉十分舒适。远处，下人们吃得很高兴，喝酒划拳的声音顺着风飘了过来。

宝宁已经忙完了，正托着腮看裴原干活儿。他肩膀很宽，脊背微微弓着，手指修长有力。宝宁看够了裴原的手，又将视线落到他的脸上，在心里描绘他的眉眼：微微上挑的眼尾，他瞳仁漆黑发亮，鼻梁又高又挺，生气的时候很凶，但笑起来的时候又有些温柔。

裴原察觉到宝宁的注视，瞥了她一眼，有些得意："是不是觉得自己挺有福气的？"

"为什么呀？"宝宁换了个姿势，把两手叠起来支在下巴处。许是氛围的关系，她说话的语气格外温柔缱绻。

裴原道："你看你的夫君，模样好，有兵，有钱，关键是疼你，这还不算有福气？"

宝宁弯着唇笑："你疼我吗？"

裴原将整个身子都转向宝宁，眉毛挑起，语气有些凶："我不疼你吗？"

宝宁笑着点头:"你疼我。"

裴原觉得他们两个像是在这儿说废话,但这废话听得他的心里甜丝丝的。如果生活能一直这么平静,没什么烦恼,他天天窝在家里和她说废话也不错。

"我就娶了你这么一个妻子,不疼你疼谁?"裴原放低了声音,和宝宁说着情话。

火光把宝宁的脸映得红红的,裴原将手背贴上去,问:"热不热?"

宝宁不回答,揪着裴原刚才的字眼儿,不依不饶地问:"你是什么意思,还想娶多少个?"

又来了,一说到这样的话题她就特别唠叨。裴原想出了一个自己觉得挺满意的回答:"我的钱都在你手里,我是娶不了了,咱们就这么凑合着过吧。"

"你可真烦人。"宝宁哼了一声,果然被糊弄了过去,"要喝酒吗?"

裴原当然不会拒绝:"喝。"

酒壶浸在热水里,里面的酒水一点点地变温。等了一会儿,宝宁挽起袖子,把酒壶拎起来,擦干净底下的水,又洗了个小口杯,慢悠悠地斟到八分满。

裴原单手挂着膝盖在一旁看,懒洋洋地道:"茶倒半,酒斟满。满酒敬人,你没学过这个道理吗?"

宝宁头也不抬:"你是我的客人吗?"

裴原笑了:"我与你讲礼节,你扯那么远干什么?"

宝宁作势要将酒倒掉,威胁他:"还要不要喝了?"

裴原连忙道:"喝喝喝。"

宝宁把酒给裴原端过去,递到他的嘴边,裴原噘着嘴唇"吸溜"一声,杯子里的酒就没了大半。他回味了一下,道:"十五年的女儿红,对不对?"

宝宁今晚看裴原顺眼,所以整个人热情又体贴。见他的嘴角有酒渍,她还蹲下来用帕子给他擦掉,然后才笑着说:"你倒是长了条好舌头。"

裴原顺势捏着宝宁的手腕,按着她坐在自己的大腿上,面对面地掐她的下巴,对她低语道:"说起来,我还没喝过你的女儿红。"

他怎么突然说起这话了?旁边的火炉里,炭块发出"刺刺"的声音。宝宁的脸慢慢变红了,她不知道该回答什么好。

"这是我欠你的,"裴原把她的头按在自己的肩上,闭着眼道,"我欠了你一次拜堂,还有一份隆重的聘礼。我没花几文钱,轻飘飘地把你骗到家里来了,是不是挺过分的?"

宝宁小声道:"你知道就好。"

裴原无声地笑。他把宝宁抱在怀里,抚着她背后的头发,两人在小凳子上晃来晃去。他忽然问："你想要什么聘礼？"

宝宁惊讶地道："这怎么问起我了？不应该是你准备好了，再双手捧给我吗？"

"行，"裴原把脸埋在她的发间，深深地嗅上一口，"你等我慢慢攒。"

"那……"宝宁有些期待地问，"你要送我什么呀？"

"我娶天下最好的女人，自然要用天下最贵重的聘礼。"裴原抓着她的手，放在自己的胸前，"把心掏出来给你，够不够？"

宝宁急忙将手收回："血淋淋的，我才不要。"

裴原大笑起来，亲吻她的嘴角："不行，你得要。"

宝宁道："你不要总是说这么血腥的话。"

裴原问："怎么血腥了？"

"掏心什么的就很血腥。"

"是你自己没有领会到我的意思。"

宝宁顿了顿，忽然道："我想吃卤鸭心了。"

裴原道："你一说，我也想吃了。"

宝宁道："明天晚上做。"

圆子呆呆地看着宝宁和裴原，手里的小蘑菇掉在地上也不知道，阿黄迅速将蘑菇咽进了肚子里。

在圆子的记忆里，他的父亲和那个所谓的母亲从来没有如此亲密过。父亲会给他提供很好的照顾，很好吃的饭，很柔软的衣裳，但说话的声音总是冷冰冰的。母亲也会给他买东西，但每次都是在父亲在场的时候，若父亲不在，她看他的眼神就像是他偷偷养的小毒蛇。

父亲和母亲很少会一起出现，即便出现了，也不会说几句话，更没有拉过手，没有搂搂抱抱。所以现在，圆子觉得意外又惊慌。

裴原终于想起了这个小屁孩的存在，睐着眼呵斥他："看什么看？闭上眼，转过去！"

圆子乖乖地转过身。

宝宁羞赧地从裴原身上下来，整理自己的头发。

大好的意境被搅和了，裴原不太高兴。他指着圆子的背影，小声对宝宁说："明天早上赶紧把这个小屁孩送走，耽误事。"

"别说了，"宝宁推推他，"快点儿吃饭！咱们晚睡些可以，圆子还小，得让他早点儿睡。"

裴原道："咱们也早点儿生一个，省得你对别人家的孩子这么上心。"

宝宁捂住他的嘴："快少说两句吧！"

又过了小半个时辰，宝宁见准备的东西已经被吃得七七八八了，熬了点儿绿豆汤败火，给大人和小孩都喝完了，就带着圆子去睡觉。裴原不让宝宁给圆子换衣裳，而是亲自动手。他动作很粗鲁，几下扒掉圆子的外衣，又给圆子套上他的寝衣上衣。光是上衣就足够圆子穿了，甚至还长了一截，裴原又帮圆子把长的那一截袖子挽起来。

裴原把袖子挽到一半，宝宁忽然瞧见圆子胳膊上有些不对劲儿——圆子的小臂上有很多伤疤，都是暗红色的小点，像是什么动物的牙齿印。

"先别动，"宝宁拦下裴原的动作，将圆子的伤口指给他看，惊疑地问，"这是怎么回事？"

裴原也被吓了一跳，看向圆子，但这个孩子没什么表情，仰着脑袋，直勾勾地盯着房顶看。裴原把圆子的头扳正，问他："你的手臂上为什么有这么多疤痕，是被什么动物咬过吗？"

圆子点点头。

裴原尽量耐心地继续问："告诉我，被什么动物咬过？"

圆子比画着，含糊不清地说："蛇，是小蛇。"

听见这个字，宝宁头皮发麻，不自觉地抓紧了裴原的胳膊。裴原则十分诧异，拧眉对圆子道："你家大人怎么这么不上心？生了孩子不好好看护，让孩子被咬成这样！"

裴原拎起圆子的小胳膊端详。饶是对这个小孩没什么感情，他看到这样的伤痕也觉得心疼。不过他下意识地觉得圆子说的话有问题：咬一次两次就算了，为什么孩子被咬了这么多回？是孩子傻，还是大人不聪明？

屋子里安静了一会儿，圆子见裴原不再问话了，就低头去咬另一只手的手指。裴原把他的手打掉，暗道，这个小孩确实傻乎乎的。

时间晚了，圆子打了个哈欠，宝宁示意裴原不要再逼问了。裴原点头，把圆子按在床上，点了点他的额头，道："赶紧睡，要不然狼来了，咬你的小屁股。"

圆子害怕地闭上了眼。

宝宁拉着裴原出去，转身把木门合上，关门的"吱呀"声掩盖了圆子小声说话的声音："房顶的小蜘蛛，你们睡了吗？下来玩吧。嗯……如果狼来了，你们可以咬死它吗？"

宝宁回了屋，催裴原去洗澡，自己则坐在床边泡脚，舒服得眯起了眼。她在泡脚水里加了那天采的椿树叶子，有股淡淡的香气。

宝宁隔着屏风和水声与裴原说话，他们在说苏明釉的事情。

宝宁道："我听说过她。她是苏家最有才华的女儿，很端庄。要不然，只凭苏家的门第，她也不会被圣上钦点做了太子妃。只是她后来的经历不太好，苏家不肯接纳她了，很可惜。"

裴原道："不知道中间出了什么事，我让魏濛去查了。"

宝宁低头看着水里的树叶，又道："我明早去见见她吧，你和我一起去吗？"

"一起。"裴原已经洗好了，正从水里出来，用布巾擦身，"宁宁，你见了她，姿态不用放低，别委屈了自己。她只是大嫂而已，而且是她住在你的家，你不必去讨好她。"

裴原担心宝宁内心隐藏的那点儿自卑感，这是出身的问题，她从小就小心谨慎。虽然和他在一起久了，她在这个问题上已经好了很多，但他还是怕苏明釉的到来会让她心里不舒服——听说这个大嫂是个很强势的人。

宝宁答了一声"好"。

过了一会儿，裴原从屏风后出来。见宝宁已经洗好了脚，他便端着水盆出去，直接把水泼到门外，回来时吹了灯，上床搂着宝宁睡觉。乏了一天，他没再动手动脚，两人很快入梦。

夜半时分，宝宁和裴原被圆子的哭喊声惊醒。圆子就睡在他们隔壁的屋子里，叫得很刺耳。

宝宁爬起来，裴原也立即坐起来，两人都披了件衣裳匆匆往圆子的房间跑。裴原推开门，就在满月的光辉下看见圆子的床前站着一个人——一个女人，她的肚子很大。那个画面实在诡异，随后赶来的宝宁被吓得心脏"怦怦"跳，指尖发凉。

裴原将宝宁揽进怀里，不悦地开口："大嫂，你大半夜不睡，到这里来做什么？"

宝宁这才反应过来，这个女人就是苏明釉。也是，身怀六甲的女人，在这个庄子里找不出第二个。

圆子看见宝宁，尖叫着跑下床，扑到她的怀里。

苏明釉慢慢地转过身。她很瘦，脸色白得瘆人，胳膊和腿都细得像芦柴棒子一样，只有肚子凸出来。所以即便她长得很美，也掩饰不住那种奇怪的感觉。

宝宁警惕起来。直觉告诉她，她面前的这个女人不简单，但对方到底是哪里不简单，她又说不上来。

裴原将宝宁和圆子拉到自己的背后，将他们挡住。他上前一步，冷冷地开口："大嫂，你还没有缓过神来吗？"

"这个孩子……"苏明釉直勾勾地盯着裴原身后的圆子的影子，"这个孩子，是像他爹爹，还是像他娘亲？"

裴原拧眉："大嫂这话是什么意思？"

"他是像他爹爹多一点儿，还是像他娘亲多一点儿呢？"苏明釉重复了一遍。她慢慢走到圆子面前，看着他的眼睛问他："有人说过你长得不像你爹爹吗？有人怀疑过吗？如果你不是你爹爹的孩子怎么办？你的娘亲会被打死吗？她会被浸猪笼，被万人唾弃吗？因为她生下的孩子不是你爹爹的……"

裴原谨慎地看着苏明釉。现在的苏明釉像是丢了魂一样，说着让他听不懂的话，和白日那个端庄持重的苏明釉完全不同了。

宝宁将圆子往自己的怀里拢，圆子已经不敢哭了，死死地咬着嘴唇。

苏明釉看着圆子，又缓缓地问了一遍："所以，你到底是像你爹爹多一点儿，还是像你娘亲多一点儿呢？"

裴原忍无可忍了，喝道："大嫂！如果你还是这样，我只能将你投到溧湖里去，让你醒过来！"

苏明釉的身子抖了一下，她眼中闪过一丝无措之色，理智好像回来了。她看了看瑟瑟发抖的圆子，又看了看面沉如水的裴原，急切地说道："四弟，你听我解释……"

苏明釉尴尬地停住了。她解释不出来。

宝宁在一旁打圆场："大嫂许是白日太累，刚才魔着了。"

苏明釉感激地看了宝宁一眼。

"是的，四弟，我只是魔着了，大晚上吵醒你们，真是不好意思。"她说完，伸手去摸圆子的脸，安抚道："别怕，婶婶不会伤害你的……"

圆子躲开了，苏明釉的手尴尬地僵在半空中。

苏明釉愣了一会儿，咽了口唾沫，站直身，正色道："四弟，我嫁给你大哥四年多了，很多事，我都知道一些。我也知道你的顾虑，你担心我与裴宵有过接触，是吗？没有过，从来没有过，你可以去查。我没做过任何对你不利的事，现在不会，以后也不会。"

宝宁想，苏明釉果真如传言中所说的那样，是个很聪明的人。

因为这一席话，裴原脸色果然放松了许多。他淡淡地道："大嫂早些歇息吧，我们也去睡了。"

苏明釉应了句"好"。

宝宁也与苏明釉告辞。她担心受了惊吓的圆子，招手带他出门，准备让他与她和裴原一起睡。

看他们都离开了，苏明釉大大地松了一口气，不由得往后靠在墙壁上，额上已满是冷汗。她用手摸着肚子，喃喃道："我的孩子，你到底是长得像爹爹，还是像娘亲呢？可千万别像你爹爹，要是被人认出来了，那可怎么办？"

第二日，宝宁早早地起床，做了一顿很丰盛的早饭：一大碟清蒸河虾，一笼蟹黄包子，还有瘦肉粥、凉拌鸡丝、酸甜拌黄瓜。这顿饭一来是为了圆子，二来是为了裴原。今天是裴原解毒的日子，宝宁心疼他，想给他吃些好的。

他们吃到一半的时候，陈珈来了，说溧湖府衙那边传来消息，昨日没有人报官说自家孩子丢了，但他们已经安排了人手挨家排查，估计五天之内会有结果。溧湖不是很大，离周边的县城又很远，圆子的家应该就在溧湖镇上，不难找。

宝宁吩咐陈珈给府衙的差役拿一些赏钱，好让他们尽心些。陈珈领命出去了。

裴原慢悠悠地剥虾，把虾仁扔到宝宁的碗里，又看向圆子。看来圆子这几日是回不了家了，裴原本以为他或多或少会有些难过，但他就像个没事人一样，依旧吃得很香。

这个孩子好像根本就不想回家，也不想他的爹娘。

"圆子。"裴原叫他的名字。

圆子抬眼看过来，奶声奶气地唤："爹爹。"

裴原笑了，没逼着他改口，反而温和地夹了一口菜给他，然后问："你家里人对你不好吗？"

圆子想了想，摇摇头。

"那对你很好？"

圆子还是摇头。

裴原伸手去摸蒜，一边低着头剥，一边顺嘴问："那到底是好还是不好呢？"

"我想……"圆子的话说得磕磕巴巴的，但他眼睛很亮，"我想留在这里！"

他口齿不清，裴原费了点儿劲才听出他说的是什么，不由得诧异地和宝宁对视了一眼。

宝宁问："为什么呢？"

圆子不说话了。

裴原吹了吹粘在指尖上的蒜皮儿，忽然有了一个猜测。他问宝宁："你说，这个孩子是不是在家里受虐待了，偷跑出来的？"

"不能吧？"宝宁抿了抿唇，"等过几日官府那边有消息了再说吧。若真的是那样的父母，咱们就把圆子要过来算了，总不能把他推回狼窝里去。"

"别！"裴原咬了一口蒜瓣，低头喝粥，"爷生得出儿子，不用捡别人的儿子。"

宝宁吸了一口气，推了裴原的胳膊一把："别总当着孩子的面说这样的话！"

"得得得，"裴原无奈，"我不说了还不成吗？"

他们正说着话，外头突然传来一阵激烈的狗叫声，伴随着女人的惊呼声。獒犬的叫声地动山摇，裴原手一抖，剩下的一半蒜瓣掉到了地上。

宝宁赶紧跑出去看。

苏明釉呆滞地站在门口，吉祥离她五步远，正在唾沫四溅地狂吠。刘嬷嬷拿着棍子拍打地面阻拦："吉祥！别咬了，吓着夫人怎么办？！"

吉祥根本不听。它没拴绳子，后腿一蹬就扑了上去，一口撕烂了苏明釉的裙摆。刘嬷嬷见状，丢了棍子扑上去，用身体制住吉祥。

苏明釉惊魂未定地跌倒在地，揪着剩下的半截裙子。还好她里头穿了中衣，吉祥也没咬到她的腿。

刘嬷嬷的身子胖胖的，她把吉祥压牢，冲一旁吓傻了的下人喊："快去拿绳子来！"

"大嫂，你没事吧？"宝宁缓过神，飞快地跑过去扶起苏明釉，搀着她进屋，"肚子疼不疼？我给你请个大夫来吧！"

"没事，"苏明釉冲宝宁笑了一下，"我歇一会儿就行了。"

宝宁觉得十分抱歉："大嫂，我不知道你现在会来。吉祥野性难驯，若知道你来，我会将它拴起来的。"

裴原站在一旁，一直没出声。圆子仍在吃饭。他把半个包子塞在嘴里，眼睛一眨不眨地盯着苏明釉，忽然道："狗狗只咬坏人。"

在场的人都愣住了，苏明釉的脸色变得很不好看。她捂着肚子道："这个小孩……这个小孩是什么意思？"

"童言无忌。"宝宁示意裴原将圆子带到内室去吃，回头安抚苏明釉，"小孩子学舌，许是从哪里听来的胡话，在这里说了，大嫂别往心里去。圆子昨日在街上走丢了，他的爹娘还不知道在哪儿，官府那边还在寻找呢，他如今在我们家借住。"

苏明釉牵起嘴角笑了一下："还是早些找到才好。这个孩子的身份不明不白的，你留他在家里，怕是要生闲话。"

宝宁随口附和了几句，又问："大嫂，您的身子真的没事吗？还是找大夫瞧瞧吧。"

苏明釉摆了摆手。宝宁也不再说话了，屋内的气氛一时间变得有些尴尬。

邱灵雁是前车之鉴，经历了那件事之后，宝宁待人总存着戒备心。对待这个捡来的大嫂，宝宁本就没想过要多密切地接触，自然也就没有过分地关心。宝宁觉得，伺候着苏明釉在家里生了孩子，让苏明釉好吃好喝、无病无灾的，就是尽了自己的本分了。至于其他的功劳，她也不想要。

"我就是来看看你。"苏明釉开口打破沉默,"昨夜发生那样的事,我坐不住,想着来道个歉,就是没想到你养了狗,又遇上你们吃饭,真是不巧。"

宝宁问:"大嫂吃了吗?"

"吃了。"

两人又没话了。

裴原从内室出来。他听见这个话茬儿,站到宝宁身后问:"大嫂要不要再吃点儿?"

苏明釉道:"我吃不下了。"

她实在是窘迫极了。面前这对夫妻好像真的与她没话说,于是她也不再自找尴尬,匆匆告别离开。

裴原让人送客。

折腾了这么半天,饭菜也凉了,好在两人都吃饱了,便吩咐刘嬷嬷把盘碗都撤了下去。

宝宁拉着裴原一起带孩子。裴原侧躺在床上,手里转着腰上玉佩的系带,半掀着眼皮,盯着宝宁和圆子看。

宝宁又将她的投石器搬出来了,还抓了一把小豆子,又在五步远的地方用石灰画了好几个圆圈。她在和圆子比赛,谁的豆子能扔进圆圈里,就算谁赢。

圆子玩得很高兴,宝宁也高兴。裴原木着脸,心想这两个人真是无聊透了。

抛豆子,捡豆子,没一会儿,宝宁和圆子就玩出了一身汗。裴原往床里头挪了挪,拍拍床板,道:"过来歇一歇,我给你们讲故事。"

宝宁跑过来,偎在裴原的怀里,裴原搂住她的肩。圆子也跑过来,盘腿坐在一旁,眼巴巴地看着裴原。

"我给你们讲鬼故事。"裴原勾起嘴角,一脸坏笑。他用手指在宝宁的肩上点了点,做出跳跃的样子,问:"你们见过蜘蛛吗?"

宝宁道:"当然见过。"

圆子也点头。

"有的蜘蛛是有毒的,如果人误吃了有毒的蜘蛛,就会死。但有一种蜘蛛,虽然有毒,人吃了它却不会死,只会变成蛛人。"裴原慢慢地道,"从前有个书生去京城赶考。一日晚上下雨,他走在荒山野岭,正好瞧见一座破庙,就赶紧躲了进去。书生没钱,干粮也吃完了,只能吃庙里的供果。但他不知道,这些果子不是用来敬佛的,而是用来敬一种蜘蛛的。传言说,山脚下的村子受到了蜘蛛的诅咒,这种蜘蛛总有一天会把村民全都杀光。"

宝宁紧张地攥着裴原的袖子,问:"然后呢?"

"书生吃的那个果子里正好有一只即将产卵的蜘蛛,他把那只母蜘蛛吃进了肚子里,当时就觉得,啧,有点儿甜。"

"然后呢?"

"他吃完就去睡觉了,没想到半夜忽然觉得自己的嗓子越来越紧。他惊醒了,却说不出话来,赶紧用手指去抠嗓子,结果拉出来一团红色的蛛网。这个书生被吓坏了,一直掏,一直掏,但嗓子里的蛛网越来越多,他慢慢地就喘不上气了。"

宝宁问:"他死了?"

"后来,书生左侧的胳膊'咔'的一声断了,他的腿也断了,在断肢的地方很快长出了两条很细的、一节一节的蛛腿,上面覆盖着短而粗的绒毛。他的左半边肚子也慢慢变大了,变得鼓鼓的,血红色的,就像蜘蛛的肚子一样。还有他左边的脸,也膨大起来,左眼变得像一个大大的圆铃铛,他变成了蛛人。"

宝宁问:"然后呢?"

裴原懒洋洋地道:"然后他下山去把那个村子里的人都吃了。讲完了。"

宝宁一口气险些没上来。她一想起那个蛛人的奇怪样子,背后就汗涔涔的。

这个故事太可怕了!

宝宁缓了缓神,才想起来去看圆子。她怕他被裴原说的这个莫名其妙的蛛人故事吓着,刚想把他搂进怀里安抚,不料却对上了他瞪大的一双眼睛。

圆子摇头道:"不会的,吃蜘蛛不会死,也不会变成蛛人。"

他这句话难得地说得很利落,像五岁孩子该有的水平。

裴原饶有兴味地问:"为什么?"

圆子道:"我……我吃过很多。"

"你是不是困了,在说梦话?"宝宁笑了。

宝宁看了看外头的天色,见日头已经升到了最上方,便道:"是该睡午觉了。"她给圆子理了理衣裳,拉着他的小手往侧房走,"走吧,姨姨带你睡觉觉去。"

圆子听话地跟去了。

趁着圆子睡觉的工夫,宝宁取了一只胖水蛭出来,给裴原做这个月的第二次解毒。裴原已经很习惯这个过程了。除了最开始的疼痛,其余的一切都好,他甚至还有精神和宝宁聊天。

水蛭吸出来的毒血还是黑色的,和上一次相比完全没有变化。每当这个时候,宝宁都会担心。

明姨娘的这个法子到底有没有用?裴原现在的身体又能支撑多久?他会不会……突然间就倒下了?

这谁也说不准。

但是又没有别的办法,她只能陪着他走一日是一日,或许车到山前就有路了呢。

那只吸饱了血的水蛭掉在被子上。因为失血,裴原觉着很困乏,便闭上眼小憩,宝宁则起身去摆放那些药罐,因此,圆子晃晃悠悠地走进来的时候,他们两人谁都没看见。

圆子走到裴原的身边,瞧见了那只肥胖的黑色水蛭,捡起来看了看,想也没想就把它送进了嘴里。

"哎,你睡醒了吗?"宝宁回头瞧见圆子,招呼了他一声,"饿不饿?"

圆子摇头。他把手在裤子上蹭了蹭,神色如常,像什么事都没发生似的。

"姨姨现在有些事,不能陪你玩,"宝宁过去将圆子领出屋,对他温柔地道,"圆子去找刘嬷嬷玩好不好?"

圆子应了一声,蹦蹦跳跳地离开了。

宝宁惊讶地看了一会儿圆子像小兔子一样欢快的背影,又偏头看向裴原。他已经睁开了眼,正和她望着同一个方向。

宝宁顿了顿,冲裴原道:"我现在觉得,圆子其实一点儿都不傻,他就是不爱说话。你瞧,他刚才蹦得多高。"

裴原颔首:"这个孩子有点儿意思。"

"我也觉得,他好像不太简单。"宝宁坐到裴原的脚边,给他上止血的药,"但一个小孩子,又能与众不同成什么样呢?"

宝宁一边说着,一边往外拔药瓶的塞子。低头晃动瓶里的药粉的时候,她忽然发现原本落在被子上的水蛭不见了。

"水蛭呢,哪儿去了?"宝宁万分诧异,站起来翻来覆去地找,"咦?怎么回事,真的不见了?"

她抬头茫然地看向裴原:"阿原,我是不是傻掉了?我刚才把那只水蛭拿走丢掉了吗?"

裴原也觉得纳闷儿,坐起来陪宝宁一起找,可就是不见水蛭的影子。

"可能是刚才忙忘了,已经丢了吧?"

宝宁想起圆子刚才的神态,他嘴里鼓鼓囊囊的,像是在吃什么东西。她心里"咯噔"一下:"不会被圆子吃了吧?"

"怎么可能?"裴原道,"若真是这样,他刚才怎么还会蹦,早该倒在地上了。你别多想。"

宝宁觉得裴原说得有道理,点头道:"许是我真的忘了。"

宝宁重新坐下,将裴原腿上的伤口包扎好。每次解毒都会给他留下一个豌豆大的伤口,现在他的腿上已经有一小片伤痕了,密密麻麻的,宝宁看得心都缩了起来。

"你说,等你七老八十了,这腿还能要吗?"宝宁打好结,把裴原的裤腿放下来，勉强笑了一下,"还好我比你年轻,以后你走不了了,我还能推着轮椅带你到处溜达。快讨好我吧,以后你的小命可就攥在我的手里了,你若再敢对我凶巴巴的,看我怎么报复你。"

裴原拉着宝宁,把她抱到怀里,拨弄她的耳垂:"嗯?怎么报复我?"

宝宁幻想着:"我会将你推到高高的山坡上,然后假装不经意地松手,让你滑下去,摔得你人仰马翻。"

"啧,可真够坏的。"裴原低声笑起来,又变成没正形的样子了。他一边解开衣服,一边拉着宝宁的手腕往下,故意道:"这样可不行,若我损伤个一星半点儿的,难过的可是你。"

刚才想到裴原的毒,想到他们的未来,宝宁心里其实有点儿难受。不过裴原这会儿闹她,她虽然觉得烦,却也将这种难过的情绪打消了。

宝宁起了坏心,用手挠裴原的腰窝,笑道:"老奸巨猾,死性不改!"

裴原由着宝宁闹,把她搂得更紧了。宝宁脸红了,忍不住移开眼,没想到竟然对上了站在门口迟疑不定的陈珈的眼睛。她倒吸一口凉气,心猛地跳了一下,不知道陈珈在那儿看了多久了。

宝宁一把推开裴原要贴过来的脸。

"怎么了,小猫要变成小豹子?"裴原浑然不知有人在看着,还要低笑着去勾宝宁的下巴。

"陈珈!"宝宁大声地道。

裴原愣住了。

宝宁飞快地理了理衣裳,站起来,露出妥善得体的笑容往外走,边走边问:"你什么时候来的?"

陈珈红着脸道:"殿下刚开始……的时候,就来了。"

裴原面色铁青地转过脸,被气得心脏"突突"直跳。他抓起一把凳子就朝陈珈甩了过去,怒骂道:"那你不知道早点儿吱一声,等着看老子的笑话?"

陈珈憋了半天,道:"殿下,我吱不出来。"

"滚!"裴原的脑门儿上青筋直跳,他指着门口大骂,"给老子滚!"

陈珈不解风情地道:"魏濛将军找您有事,还在等着呢。"

"让他等着!"裴原咬牙切齿,"你给我滚!从现在开始,不许你踏进这间屋子三丈以内,否则我亲自动军棍,脱你一层皮!"

陈珈没见过如此暴怒的裴原,害怕了,连滚带爬地溜走。

屋子里的氛围已经不像刚才那样了。宝宁偷偷地笑。一开始她还拿袖子挡着脸,瞄见裴原难看的脸色,终于忍不住放肆地笑起来。

"住口！"裴原冷着脸扫了她一眼，负手往内室走。他恼羞成怒，拿出皇子的架势来，手臂一展，道："来给我更衣。"

宝宁慢吞吞地往他身边走。

裴原瞥了她一眼，语气不善："还不快点儿！"

宝宁走到他的身边，将手搭在他的松垮的腰带上，抿唇憋笑道："殿下，别换了吧，不然刚刚不是白解了？"

裴原大惊失色地望向宝宁，实在想不出她怎么会说出这种话。他的嘴唇开开合合，终是半句话也说不出，他一甩袖子，羞愤地出去了。

魏濛不知道自己又在哪里惹了裴原这尊煞神。

当时他手里拿着一把盐，正坐在树底下逗羊。他明明是个高大凶悍的男人，却笑盈盈的，还温柔地道："吃吧阿绵，快吃吧。"

裴原走过去，扯了扯嘴角："你说话的语气让我感到恶心。"

魏濛习惯了被裴原突然甩脸子，下意识地忽略了这句话，站起身道："苏夫人的事已经查到一些了。"

"这么快？"

"查起来很简单。苏夫人和当时她身边的那些乞丐是一路从南边逃荒过来的，乞丐回答时神态自然，口径都一致，他们说的应该是真的。至于再往前的细节，我也已经让人去查了。"

裴原点点头，又问："贾龄那边，在盯着了吗？"

"盯着呢，"魏濛呲呲嘴，"钉子早就插进崇远侯府了。今天早上线人来报，说贾龄和他的夫人又吵了一架，屋子里的古董花瓶都被砸了个稀巴烂，他还闹着要休妻。"

"又是因为没孩子的事？"裴原拧眉，"还是贾龄觉着自己攀上裴霄的高枝儿了，想换个更年轻、家世更好的夫人？"

魏濛道："都不是，是贾龄的那个外室有孕了，就是青罗坊的那个外室，叫薛芙。他要将薛芙抬进贾府做贵妾，世子妃不同意，两人就吵起来了。听线人说，贾龄当时骂得特别难听，什么乡野土话都说出来了，世子妃被气得'呜呜'直哭。"

"贾龄疯了？"裴原不敢相信，"一个青楼女子，就算有孩子了，他怎么敢认定就是他的？"

"或许是不是他的都无所谓，"魏濛笑了一声，"他只是需要一个孩子证明自己，也能稳住他的世子之位。"

"简直可笑。"裴原冷哼一声，"但这是个机会，或许咱们可以用一用。叫薛芙是吧？"

魏濛道："青罗坊那边我也去问了，贾龄正要给薛芙赎身呢，只是钱在世子妃的手里,他一时拿不出来。"

裴原道:"那就抬价,让他这个月都凑不出,再把薛芙控制住,别让她跑了。"

魏濛拍着胸脯道:"我能办好,你放心吧!"

裴原"嗯"了一声,垂着眼睛,不知道在想什么。魏濛打量他的神色,迟疑道:"小将军,我有句话,不知道该不该讲。"

裴原道:"有事就说,别磨磨叽叽的。"

"世子妃是小夫人的大姐。现在她受这件事的困扰,肯定需要有个人去安慰,小夫人就是最好的人选之一。如果这件事小夫人能出马,不就没这么棘手了?世子妃手里一定有很多关于贾龄的秘密,小夫人对世子妃吹一吹风,比得上咱们安插好几个线人。"

裴原抬头:"你是想让她挑拨她大姐去暗算她大姐夫?"

"话……话也别说得那么难听,"魏濛结巴了一下,"成大事者,哪有不要些阴私手段的?上位的路上拼的不就是谁更狠?有这样好的人脉,我们为何不用?"

"这件事没得商量。"裴原转身想走,"还有别的事吗?没有我就走了。"

魏濛拦住裴原:"小将军,你再考虑一下吧。你们是两口子,有什么话不能掰开了、揉碎了说个明白?再者说,若这件事能成,小夫人不也跟着风光?"

裴原深吸一口气,挡开魏濛的手:"以后你别再提这件事了。"

魏濛叹气,眼睁睁地看着裴原离开。

回去的路上,裴原一直在想这个问题。若抛开私情,从公事的角度讲,他肯定是希望宝宁帮忙的,但又实在舍不得让宝宁为难。他嘴上虽然不说,但宝宁真的就是他的心肝,就是他的命。甚至于,如果宝宁和他开口,说不喜欢他再搅和进朝堂上的事里去,他也肯定会放弃的。他可以什么都不要,就带着她,去过她喜欢的日子。

但裴原知道,宝宁永远不会任性地这样开口。他之所以那么喜欢她,捧着她,很大程度上也是因为宝宁懂事。

裴原这样想着,就觉得更加对不起宝宁了,她为他忍受了很多不该她忍受的委屈。裴霄大婚时发生的那件事,宝宁是因为他才迫不得已被卷进去的,为此还做出了两难的选择;还有邱灵珺针对宝宁之事,说白了也是因为他。

裴原越想越觉得歉疚,一路往屋子里走,脑子里都是宝宁那时流下眼泪的画面。她说她一点儿都不喜欢这样的生活,让自己以后再也不要用这样的事情烦她。这些话裴原一句都没敢忘,所以魏濛三番五次提出要宝宁出面,他都毫不留情地回绝了。

他现在给不了宝宁她喜欢的日子,就只能尽可能地让她过得愉悦一些,高兴一些。外面的那些风雨,他来面对就够了。

迈进门槛的那一刻,裴原下定了决心。

## 第十二章
## 宝宁裴原共风雨

宝宁正在屋子里逗狗,阿黄和吉祥都围在她的脚边,她喂它们吃软豆子。看见裴原进来,她拍拍裙子站起来,笑着去迎。裴原看着她的笑,心中想着,若她能永远都这么笑,那他做什么都值了。

裴原慵懒地朝宝宁伸开手臂,笑道:"宝儿,来给爷更衣。"

宝宁拍他的手:"就算学会了一句话,说了八百遍了,烦不烦?"

裴原大笑着搂住她,带着她往床边走,宝宁惦记着他腿上的伤口,伸手搀着他。宝宁已经很了解裴原了,知道他此刻虽然在笑,但心里肯定藏着事。虽不知道他现在想的是什么事,但她想,如果她能把心中的那个结与他说分明了,他应该会开心一些。

那日与刘嬷嬷说完话后,宝宁就想和裴原说清楚——她突然觉得,她应该朝他的世界靠近一点儿。那些纷争,她也可以尝试着去接触。就算她帮不上忙,只是听他倾诉,或许也能减轻一些他的负担。

这些话,当日因为种种事情被耽搁了,后来她又不好意思突兀地提起,就一直没说,现在总算逮着机会了。

两人在床沿上坐下。

"阿原,刚才魏将军找你,是有什么事吗?"宝宁揪着裴原的袖子,仰着脸,笑着问他,"你愿意和我说说吗?"

裴原颇感意外地看着宝宁,一时没反应过来宝宁是什么意思,有些拿捏不准该怎么回答。

宝宁心一横，歪着身子，躺到裴原的大腿上，又伸出手臂搂住他的脖子，把他拉得弯下腰来："你得和我说说。你每日和魏将军在一起，和他相处的时间都要比和我相处的时间多了，我怕他带坏你，要牢牢地看着你。再说了，你这样皮笑肉不笑的，我瞧着不喜欢。若真的遇着什么事了，你和我说，我也好开解你。"

宝宁已经尽量把自己的意思表达明白了。她到底是姑娘家，总不能直接对裴原说：那日我和刘嬷嬷聊天，听她说她的丈夫因为她的不关心，出去打架，让人打死了。我很害怕，怕你也这样，所以你要是去做危险的事，可一定要告诉我呀。

她这么说也太傻了，不矜持，裴原肯定也不爱听。

宝宁想了想，又隐晦地添了一句："我永远和你站在一边！"

"我……"裴原直愣愣地看着宝宁。他很少有这样的表情，像一只呆头鹅。进门前，他在心里垒得高高的防线如今已轰然崩塌。

裴原虽然不知道宝宁怎么一下子就变了，但他的心中已骤然生出巨大的喜悦感来，只是又有点儿担心自己是在自作多情。

裴原用手扶住宝宁的腰，使脸上的神情尽量平静："我说的那些事，你可能不爱听。"

"你不说，怎么知道我不爱听呢？或许我以前是不爱听，但现在也可以试着听听。"宝宁抬手去揉裴原皱起的眉心，笑着道，"阿原，我知道你有自己的想法，有要拼和闯的事业，就像我想开如意楼一样。我们的想法不太一样，但是不一定非要去一留一，非让你顺着我，或者我顺着你。你能够听取我的想法，支持我做生意，我很高兴。我觉得，我也可以让你高兴一点儿。"

裴原从不知道自己能有这么心软的时候。宝宁只不过讲了寥寥几句话，他便感动了，感动得嗓子都有点儿发紧。

"可是，这样会让你觉得很委屈，"裴原把脸埋在宝宁的颈窝里，声音发哑，"我不想让你再受委屈了。"

裴原现在像一个需要人哄的孩子。宝宁把着他的背，温声道："你以后可以对我再好一点儿。而且，我也不希望你受委屈。"她偏头亲了裴原的耳朵一口，又道，"你待我好，我也会待你好，这不是夫妻该有的样子吗？如果有困难，我们就一起面对，没有什么过不去的坎。我会永远陪着你，只要你永远陪着我。"

"我离不开你。"裴原抬起头，眼眶发红，"我吃你做的饭都吃习惯了。"

宝宁不高兴地推开他："就是因为这个吗？"

"我心里住着你，也住习惯了，没法换别人，除了你，谁都进不去。"裴原拉住宝宁的手，"宁宁，你可以永远相信我。无论我以前或者以后做了什么让你觉得可怕的事，你都不要担心，因为我不会伤害你。我会是天底下最疼你的人，比你的姨娘，比季蕴都要疼你。"

宝宁笑了："我知道。"

裴原盯着她，继续道："姨娘和季蕴的生命里会有别人，我知道你的生命里也有别人，但我只有你。"

宝宁看着裴原的眼睛，发现他好像要哭了似的，眼眶红红的。她笑了，但语气很郑重："我知道。"

裴原也意识到自己现在的样子过于狼狈了，偏头咳了两声，又变回以往冷脸的样子："我说的是正经事，你严肃一点儿。"但还没坚持过两个喘息的时间，他又笑了起来，"不严肃了，不严肃了。宁宁，我今天真的很高兴，你愿意接纳我了！"

裴原抱着宝宁站起来，四处望了望，最后将她放在桌子上。他在她的前面蹲下，背对着她："这样吧，你坐到我的脖子上，咱们再骑两圈大马，庆祝一下。"

宝宁失笑："这算什么庆祝？！"

"骑大马的都是小孩子，你就是我的小孩子，可以任性一些。"裴原回头看她，"你不喜欢吗？"

宝宁努了努唇，想了一会儿，诚实地回答："喜欢。"

裴原笑了。

宝宁摇头："但你现在腿上有伤，过几天再骑。"

裴原道："可是我今天就想让你高兴一些。"

"这样吧，"宝宁给他出主意，"你往后退一些，张开手臂，用最温柔的语气对我说'来抱抱'。"

裴原果真听了她的话。

宝宁想，男人在感动的时候真的不一样，若放在以前，裴原是死也不会做出这样的举动的，说不准还会觉得丢人。

宝宁看着裴原往后退了三步，正好站在轩窗底下。明亮的太阳光照在他的身上，他整个人也在发光。

"宁宁，过来，让我抱抱，"裴原张开手臂，脸上的神色极温柔，"我都想死你了。"

宝宁笑起来，跳下桌子，扑进裴原的怀里："你怎么给自己加词呢！"

"有感而发。"


晚上，刘嬷嬷明显感觉四皇子和四皇子妃之间的关系不太一样了，虽说他们原先感情就很好，但今天好像更好了一点儿。此时四皇子正坐在墙下捣鸡蛋壳，看起来有点儿不耐烦，恐怕是嫌这活儿磨叽琐碎。但他眼里有光，很亮，眼珠子恨不得黏在四皇子妃的身上。

宝宁坐在裴原的身边洗杏子，准备做杏干。她抽空看了一眼裴原手里的装鸡蛋壳的罐子，道："不行，不够碎，你好好弄，得碾成粉齑子。我要把蛋壳粉拌到花泥里，这样花儿才能长得更壮。"

"不知道你是从哪里找来的歪招，是不是在故意折腾我呢？"裴原瞟了一眼旁边晒干了的蛋壳，脑门儿上青筋直跳，这些蛋壳被堆成一堆，看起来至少有五十个，"这一个个的，得弄到什么时候去？再说了，你那几朵破花儿，长得再壮有什么用，能比我还壮吗？能比我好看吗？净弄些用不着的东西。"

"你抱怨归抱怨，手上的活儿不要停。"宝宁把杏子上的泥搓了又搓，洗干净了，放到旁边的盆子里，交给刘嬷嬷去核。

现在是六月末，杏子又黄又大，正肥美，宝宁把它们被腌成杏干，秋冬季节也能吃，又酸又甜。尤其是冬天生炭炉的时候，他们可以在屋子里焖肉，吃了肉再吃果脯是很解腻的。

裴原道："有那么多下人，你把这些壳分出去一些，让他们一起弄吧。"

"那不行，他们都没你有力气，碾不了那么碎，"宝宁嘀咕地说，"就你好用。"

裴原撸起袖子："我——"

"你刚刚还说会一直对我好，全都听我的，怎么才吃了一顿晚饭就变了呢？"宝宁睁圆了眼睛，"就这么一点儿小事，瞧你唠叨的样子！"

"我没有！"裴原把已经到舌尖上的话咽了下去，换上一副笑脸，"我乐意给你捣蛋壳，心甘情愿，浑身都是劲儿。"

"这还差不多。"宝宁笑着靠在他的肩上，喂了他一瓣杏肉，"甜不甜？"

"甜，"裴原嘬了一下她的指尖，"再来一块。"

宝宁又掰了一块杏肉塞进他的嘴里，低头道："再过十几日是我小妹妹的满月宴，大姐应该也会去，到时候我去旁敲侧击一下。大姐是个很善良的人，待我也很好，我说什么她都会听几分，而且她肯定也不愿意让自己的丈夫走上歪路。"

裴原已经将贾龄的事告诉了宝宁，宝宁接受得很快。

裴原问："如果贾龄执意要与裴霄联合，你大姐姐会选择大义灭亲吗？"

宝宁迟疑了。她想，多半是不会的，因为季向真从小就是个恪守礼节的大家闺秀，很难做出背叛家门的事。如果季向真站到贾龄的对立面上，那就等于站到了整个崇远侯府的对立面上。最后无论贾龄的下场如何，她都会被抛弃，就算之后回到荣国公府，也不会有什么好结局。

季向真似乎根本没有理由帮他们。

"没事，"裴原还是不忍心让宝宁为难，"这本来就不是你应该承担的事，都是男人的事，你就当回去看望家人就好。"

宝宁没说话。

裴原道："到底是国公夫人之女的满月宴，礼物不能太寒酸。明日我抽空陪你去备礼，到时候咱们一起去。"

宝宁应了句"好"。

裴原忽然想起，既然是这样的重要场合，季嘉盈肯定也会去，不知道裴霄会不会跟着。上次太子府一别，他们两个明面上没再见过，但在暗地里已经交锋了几次，早就势如水火。裴原对裴霄的人品不敢高估，所以裴霄会不会借此机会对宝宁做什么坏事，他也不敢肯定。

裴原想，到时候他得让陈珈寸步不离地跟着宝宁，甚至除了必要情况，他自己也不能离开她半步。

四周一时间安静下来，只剩下宝宁拨弄水时发出的"哗啦啦"的声音。

"圆子，你别哭了，婶婶不是故意的。"

外头突然传来苏明釉焦急的声音。她一边拉着圆子的手走进来，一边不住地哄他："一个小拨浪鼓而已，婶婶赔给你好不好？别哭了，婶婶多赔你几个。"

"不要！这是爷爷送给我的，爷爷说世上只有这一个！"圆子一把推开苏明釉，朝宝宁跑过来。他扑进宝宁的怀里，嚷着："坏了，姨姨，我的小鼓坏了！"

苏明釉尴尬地站在原地。

"什么小鼓呀？"宝宁一脸茫然地问，一边使眼色，让刘嬷嬷取帕子来给圆子擦脸，"怎么坏了呢？"

苏明釉在他们身后道："我刚才出来遛弯儿，瞧见圆子在树底下玩，就想和他亲近亲近。这个孩子之前不是对我有敌意吗？我想着哄哄他，让他别再那么想我了。我看他手里拿着拨浪鼓，就拿过来逗他玩，没想到吉祥忽然扑向我，将鼓面咬破了。"她说着，自责地叹了一口气，"是我不好，弄出这样的意外。"

裴原把圆子手里死死拽着的小鼓抽出来，对着光瞧了瞧，"哟"了一声，问圆子："这是你爷爷给你的？"

圆子含泪点头，作势要去抢："还给我……"

"你家就算不是皇亲国戚，也是个顶尖的富商。用黑熊皮做拨浪鼓，多暴殄天物！就算是皇子、公主小时候也没玩过。"裴原似笑非笑，"你爷爷挺厉害的啊！"

圆子哭道："可是鼓破了……"

"熊皮的？"宝宁心中也有些生疑，"圆子，你对姨姨说实话，你爷爷到底是什么人？他叫什么？"

圆子道："猪……猪……"

"这个小孩怎么又犯傻了？"裴原皱眉看着圆子，轻轻点了一下他的脑门儿。

· 340 ·

"没事，我姨娘那儿有一块黑熊皮，是祖父当年打仗时得到的，季蕴出生时，那块黑熊皮被父亲赏给了我姨娘。等回府了，我去找她要来，这鼓面就能补上了。"宝宁摸了摸圆子的脑袋，哄他，"好了，别哭了。"

圆子渐渐止住了哭声。

裴原看了圆子一会儿，忽然起身往外走。他径直地到了魏濛的住处，将那只小鼓扔到桌上，指着鼓棒上的竹枝样式的花纹给魏濛看："黑熊皮是进贡之物，整个大周都是有数的，你去查查，看谁的手里有。还有，查查这个花纹是什么意思。"

魏濛蘸墨描了一遍竹叶花纹，用纸拓印下来存好，裴原又将小鼓带了回去。

宝宁正在偏房里哄圆子睡觉，苏明釉已经离开了。宝宁见裴原进门，比了个噤声的手势，给圆子披好被子，轻手轻脚地吹了灯走出来。

"我让刘嬷嬷明日去镇上给大嫂买个丫鬟回来。"宝宁和裴原坐在桌边，吃剩下的甜杏子，"是我没考虑周全，让大嫂一个人在屋子里住着。她快生了，心里肯定慌，又寂寞。庄子的下人里没有年轻的丫头，咱们给她添一个，到时候每日都有人陪伴她，也许就不会再出今天这样的事了。"

裴原问："是她这么和你说的？"

宝宁摇头："她什么也没说，就是一个劲儿地道歉，我将她劝回去了。"

裴原若有所思地点了点头。

宝宁道："还有大夫，咱们也得预备着。大嫂的肚子少说也有七个月了，得早点儿给她准备稳婆，别到时候再着急。"

"你看着办就好。"裴原一边把她手里的杏子抢下来，扔进自己的嘴里，一边说，"别吃了，一晚上吃了七八个，小心半夜吐酸水。"

"你不要咒我。"宝宁推了他一下，趴在桌面上。待了一会儿，她想起圆子，又直起身，问："你刚刚怎么突然出去了，觉得那个拨浪鼓有问题？"

裴原道："黑熊皮是罗刹国的进贡之物，用它做鼓面太奢侈了，这么看，那个小孩的身份不简单。我已经把这件事交给魏濛了，他会逐个排查，约莫半个月能有结果。"

宝宁问："你说，报官这么久了，真的会有人来接圆子吗？"

"谁家丢了孩子不着急？要找早找了。"裴原拍拍她的肩，"你等着看吧，就是再过半个月，你小妹妹都满月了，也不会有人来领圆子。"

对于裴原说的话，宝宁一开始时还将信将疑，但直到她收到了国公府满月宴的请帖，官府那边还是没有一点儿回应，于是她也不得不信了。

半个月过去，圆子已经在庄子里混熟了，可以像个正常的孩子一样每日跑跑跳跳，只是说话还是不利索。宝宁觉得，刚开始时，他许是和他们都不熟，所以才表现得傻呆呆的，只是不知道他在原来的家里到底经历过什么。

阿绵越长越大，身高腿长，已经是只很漂亮的小母羊了，刘嬷嬷琢磨着找只公羊来给它配种。九月、十月给羊配种是最适合的，这样第二年春天就能喝到羊奶了。

吉祥也长大了不少，个头像是被吹起来的，极其雄壮，一看就是看家护院的好手。它将苏明釉盯得尤其死，半步也不让她靠近，可以说它对苏明釉的敌意仅次于对裴原的了，宝宁一直没弄明白这是怎么回事。

只有阿黄好像已经长到头了，看起来和在路上乱窜的小土狗没什么区别。它身上唯一值得称赞的就是一身好皮毛，像抹了油一样，又顺又亮，很好摸。

满月宴定在六月二十七日。因为路远，宝宁他们提前一日动身，在客栈歇了一晚，第二日早上登门。

宝宁上一次回家还是她刚出嫁的时候，如今一晃都过去半年了。再见到熟悉的府门牌匾，宝宁心里五味杂陈。

"宝宁来了？"荣国公正在府门口迎客，瞧见裴原扶着宝宁下轿子，眼睛一亮，赶紧跑过来。他这半年又胖了许多，圆滚滚的肚子被腰带勒着，跑起来一颤一颤的。

到了宝宁面前，荣国公才想起要给裴原行礼，弯腰道："四皇子……"

裴原将他扶起来，客气道："岳丈不必多礼。"

荣国公脸上笑开了花儿，不住地应着"好"，随后转身亲自将他们夫妻二人往府门处领。

"听说你们住得挺远的。怎么跑去那么远的地方住呢，是不是不太方便？如果你们有什么需要的，就和我说……"说着，荣国公讪讪地闭了嘴，"瞧我糊涂的，都忘了姑爷的身份了，四皇子怎么会缺东西，哈哈……"

宝宁都替她爹爹觉得尴尬。她能很明显地察觉出来，他是在有意地讨好他们，倒不是对上位者那样的诌媚巴结，而是觉得对不起她，想要补偿。

其实宝宁从小到大见到的荣国公一直都是这样的。荣国公在府里没什么地位，被陶氏死死地压着。陶氏欺负宝宁，他不敢拦，只能等她欺负完了再跑来哄宝宁，给宝宁糖吃。宝宁原先是有些怪他的，觉得自己这个爹爹不像其他人的那样好，没本事，连给她撑腰的勇气都没有，现在许是日子好过了，那种责怪的感觉也就淡了。宝宁想，荣国公也是有苦衷的。他虽然懦弱了一些，但也是真心喜爱她，好歹是她的爹爹。

裴原一路和荣国公寒暄，其实没说几句话，但将荣国公哄得很高兴。

进了府门后，几人便分别了。荣国公转头凝望宝宁他们的背影，直到他们拐过了门口的影壁，见不着了，才恋恋不舍地转过头，继续招呼其他宾客。

"我刚才表现得是不是还可以？"走在通往后院的游廊上，裴原低头拽了拽宝宁的袖子,"其实我刚才有点儿紧张。"

"今儿个人多,许多眼睛看着呢,你注意举止,别让人笑话了!"宝宁把裴原的手摆正,这才问,"你紧张什么?"

"我在你家人那里,是不是留下的印象不太好?"裴原的手又不老实了,他借着宽大衣袖的遮挡,攥住宝宁的指尖,"我这不是着急溜须拍马吗?得让你爹爹对我高看一眼。虽然他不太重要,但也算是第一关,而我刚才见了他都觉得紧张,不知道待会儿见了你姨娘会怎样——我不会出丑吧?"

"怎么说话呢?"宝宁哭笑不得,"什么叫我爹爹不太重要?"

"他对你又没多好,不就是个可有可无的人?"裴原掐了掐宝宁的指肚,"宁宁,你给我出出主意,等见了你姨娘,我得怎么发挥才好?"

"我说了,好多人在看着呢,不要动手动脚!"宝宁把裴原的手甩开,四处看了看,见没人注意他们这边,才小声地道,"你就夸她美,夸她的衣裳好看,发簪好看,气色也特别好。"

"这也不够啊,"裴原听了,直皱眉头,"夸上两句就没了。要是姨娘很高兴,还想再听,我说不出来,多尴尬。"

"你这是什么意思?"宝宁站住脚,转身看裴原的眼睛,"你是说我姨娘没什么好夸的地方,你还得提前准备好词儿,要不然夸不出?"

"当然没有——"

裴原叉着腰在原地站了一会儿。他觉得这跟他第一次上战场打仗的感觉差不多,甚至他现在还要更紧张一点儿。因为他知道自己打仗不会输,可去见许氏却根本不占优势。

裴原无比后悔,自己当初怎么一点儿先见之明都没有,几乎将宝宁的家人给得罪遍了!

裴原的相貌本来就冷硬,现在他脸上没有一点儿笑意,瞧着就更吓人了,远远看起来像是在和宝宁吵架。宝宁看见原本准备走这条路的几个夫人和小姐都转身绕远路去了。

"阿原,别在这儿说,换个安静的地方,我教你。"宝宁觉得在这儿拉扯不太好,牵着裴原的袖子,想带他去人少的地方。

"万一在路上遇见姨娘怎么办,我岂不是更没准备了?"裴原不动,"你就在这儿教。"

宝宁道:"你在这儿,人家都不敢走这条路了……"

她话还没说完,就听见身后传来笑声。

"宝宁呀,姐姐劝你一句,你和妹夫就算感情不和,也不要在这里吵,多惹人笑话呢!听说妹夫的脾气不太好,他要是忍不住在这儿打你一巴掌,我都不知道该不该替你说话。"

宝宁诧异地转过身，正好对上季嘉盈笑眯眯的眼睛，而她的身旁站着裴霄。许是因为有裴霄的陪伴，季嘉盈神情比以往更为高傲。几个路过的人都停下了脚步，窃窃私语着，偷偷地往这边看。

季嘉盈道："礼仪尊卑，你小时候没学过吗？回门的时候可千万别丢份，要不然你丢的就是整个国公府的脸，我可没那个脸替你丢。"

宝宁抬头看了裴原一眼，见他的面色已经很难看了，怕他当场骂季嘉盈一顿，到时候传出去，国公府就真的要丢大人了，于是赶紧拉了拉他的袖子。

这个动作给了季嘉盈把柄。

"宝宁呀，你可真是不知礼数。"季嘉盈面色不快，道，"大庭广众之下，丈夫的袖子是你能随意拉扯的吗？你不嫌丢人，可也得顾及你丈夫的体面。我是做姐姐的，可以教教你。待会儿见过母亲了，你来我这儿，我告诉你为人妻子的本分是什么。"

周围窃窃私语的声音更大了。宝宁不用听都能猜到这些人在说什么，无非是说季嘉盈命好，虽然因病错失了嫁给四皇子的机会，但一转眼就嫁给了太子；或者是说四皇子有什么好的，原先还是个残废，现在不残了，但权势尽失，就剩玉牒上还留个名字，可那又有什么用呢？做四皇子妃哪儿比得上做太子侧妃？说不准以后季嘉盈还能成为贵妃娘娘，如果再生个儿子，做皇后、太后也不是不可能。

裴霄一直盯着宝宁的脸瞧。他对季嘉盈的做法感到十分不悦，对她这个小家子气的脾气也感到十分不悦。要知道，当初他娶季嘉盈，一是因为国师批的命格，二是因为她舅舅是大将军陶茂兵，可不是因为他看上了季嘉盈这个人。但他没有出声阻止季嘉盈，因为他想看看宝宁的反应。他对宝宁的欣赏始于她的美貌，后来又喜欢她的性子，但他并不知道她的气度如何。现在他就是想看一看，宝宁到底值不值得得到他的这份欣赏。

听见周围人的小声称赞，季嘉盈显得更加愉悦了。她上前一步，点了点宝宁的肩，道："夫为妻纲，宝宁呀，你没听过这句话吗？"

宝宁忍无可忍地移开季嘉盈的手："我自然听过，就是不知道你听没听过。"

季嘉盈脸上的笑容消失不见了，她沉着脸问："你是什么意思？"

宝宁拉住裴原的胳膊，往侧边走了一步，慢慢地道："你又不是妻。你看，你在太子妃的面前低三下四的，连大红色的珊瑚耳坠都不敢用，要选水红色的，却到我这里耀武扬威，要告诉我什么是做妻子的本分？"

季嘉盈咬牙看着宝宁。宝宁才不怵她，继续道："可你能教我什么，怎么做一个安分不惹眼的妾室吗？我又不需要学。"

裴原低头凑近宝宁的耳朵，小声地问："我现在可以骂她了吗？"

宝宁道："你小声一点儿，不要让太多人听见，影响不好。"

裴原得到允许，便看向季嘉盈，冷声道："你简直是脑子有病。"

季嘉盈快要被气晕过去了。她牙关紧咬，看向宝宁，还想说什么讥讽的话，却被裴霄低声喝住。

"够了！"

季嘉盈闭上了嘴。

裴霄看向裴原，淡淡地道："嘉盈年纪小，口不择言，请四弟不要见怪。"

"有时间在这儿道歉，不如回去好好教教你的侧妃如何做人，"裴原似笑非笑，"她年纪不小了，又不像我们宝宁。"

裴原说完，将手搭上宝宁的肩："走了，媳妇，没时间在这儿听疯狗咬人。"然后他冲裴霄挑了挑眉："咱们有缘再见。"

裴霄冷冷地看着裴原，没有搭话。

一场没有硝烟的战争就这样草草收尾，裴霄带着季嘉盈往西，裴原和宝宁往东。擦肩而过的时候，宝宁听见季嘉盈冲她道："别以为我会就这么算了，灵珺变成那样是你害的吧？咱们走着瞧！"

灵珺……邱灵珺？季嘉盈提邱灵珺干什么？

宝宁偏头问裴原："邱灵珺怎么了？"

裴原顿了顿，答："好像快死了。"

是他让人做的。

裴原有点儿担心宝宁会心软。如果她追问起来，他做的那些事不好给她解释，所以他没再说话，只是紧张地盯着宝宁，想看她作何反应。

宝宁轻轻地"哦"了一声。

裴原等了一会儿，见宝宁没动静了，忍不住问："没了？"

"什么没了？"宝宁疑惑地反问。

这下轮到裴原好奇了："邱灵珺。我说她要死了，你没什么想问的吗？"

宝宁抿了抿唇："是你做的吗？唉，其实我也没什么想问的。是你做的也好，是她自己生病了也好，我都不在意。她那么坏，坏心肠的人肯定要死得早一些的。"

裴原大笑起来，刚才心里的那点儿顾虑烟消云散。他可太喜欢宝宁了，尤其爱她的性子，爱到了骨子里！他垂眸看宝宁，视线落在她抹了大红色口脂的唇上——真想咬一口，可惜现在不是在自己的家里，不能想亲就亲。裴原失望地收起了自己的心思。

"你那个四姐姐，她是不是有毛病？"裴原又想起刚才的事，"我现在越琢磨越觉得不过瘾。她在那儿说了那么多，咱们就回敬几句，很没意思。我是不是该当场揍她一顿？"

"千万别！你疯啦？"宝宁惊讶地看裴原，"我还要脸的！要是真的吵起来，丢的是我整个家族的人。"

裴原道："要不要偷偷地报复她？"

"刚才那个仇就算当场报了，不提了。"宝宁道，"若再有下次，就把她推到湖里去，但要隐蔽些，可不能让人看到。"

裴原唤道："陈珈！"

他们身后很快出来一人，那人回应道："陈珈在。"

宝宁回头，见陈珈就跟在他们身后三步远的地方。宝宁下马车时没看见他，还以为他没有进府，没承想，他其实一直跟着，只是走路连一点儿声音都没有。

裴原问："夫人刚才的话，你听见了吗？"

"听见了！"陈珈道，"再有下次，就把太子侧妃推到湖里去！"

裴原满意地点点头。

他们走过这段游廊，再拐个弯，就到了倚梅苑。这里是陶氏居住的地方，现在里面围满了人，均是前来祝贺的。

许多人认出了裴原。他声名在外，虽不是什么好名声，但足够骇人，所以见裴原要进屋，几个原本也要进去的人都停住了脚步，远远地在外头等着。

宝宁悄声冲裴原道："他们看你像是在看虎狼一样。"

"不过是些没见识的人罢了，"裴原目不斜视，"我瞧他们如同虫蚁。"

宝宁小声地道："那还是你更过分一些。"

裴原睨她一眼，上前扶住她的腰："门槛高，你的步子迈大一点儿。你的腿怎么那么短，回家后，我弄些带骨粉的奶给你补一补，就是不知道还有没有用。"

"戳人痛处，真讨厌。"宝宁拍开裴原的手，跟他进了屋子。

立刻有仆妇来领路，宝宁换上端庄的表情，随着仆妇去看孩子和陶氏。

那是个很可爱的小婴孩，粉嫩嫩、胖嘟嘟的，陶氏给她起名叫"阿招"。要招什么，不言而喻。

宝宁看了一眼陶氏略显憔悴的面色，忽然觉得有点儿心酸。她把准备好的长命锁拿出来，和陶氏简短地交谈了几句，很快就离开了。

不过待了半刻钟，可出门的时候，宝宁神情明显要比进门时低落得多。裴原看出了她的想法，凑到她的耳边低声道："我不是非要儿子的，你不要为这件事担忧。"

宝宁笑了，领着裴原往许氏的院子里去："我带你去见我姨娘。"

这次裴原的表现还算好，至少看起来是谦卑有礼的。许氏高兴极了，将最好的瓜果点心都摆出来，一个劲儿地要他们吃。宝宁打量着许氏的面色，觉得她过得应该挺如意的，没见老，语气也很轻快。宝宁放下心来。

正坐着，宝宁想着圆子的小鼓，就让许氏找来熊皮。她裁下来一块皮子，利落地把小鼓补好。那个小鼓不大，来的时候，她直接将它放到了袖子内层的口袋里。

在院子里待了没多久，前院有下人来传话，说要摆宴了，让他们过去。

宴会分男席和女席，裴原与宝宁、许氏不在一个屋子里，所以一起走了一段路就要分别。许氏走在宝宁身侧，裴原看不见她的表情，也不知道她对自己如何评价。他回想刚才的整个见面过程，自己好像又没说几句话，于是不由得感到有些懊恼。

还差几步到路口时候，裴原轻轻拉了一下宝宁的袖子，眼神飞向许氏那边："你待会儿帮我问问，实在不行，明日我让魏濛送礼来。"

宝宁心领神会，觉得裴原这点儿小心思虽幼稚，但可爱，根本不像他了。她含着笑，小声地道："放心吧，我会替你说好话的。"

裴原恭恭敬敬地与许氏道别，留下陈珈，转身往男席那边走去。许氏望着裴原的背影，欢喜地冲宝宁道："四皇子像是变了个人一样，整个人瞧着都和煦了许多，虽然还有点儿凶，但瑕不掩瑜，还是很好的。"

宝宁心想，可惜裴原没听见这话，要不然，他的尾巴得翘到天上去！

"宝宁呀，这是怎么做到的？"许氏偷偷问宝宁，"四皇子是不是读佛经啦？佛经好，读着去煞气。"

宝宁一噎，又觉得幸好裴原没听见姨娘的话，他应该不太爱听这个。

在宴会厅，季家的几个姐妹和姨娘自然是要坐在一起的。二姑娘季彤初带着两个孩子，三姑娘季安露也有孕了，刚四个月，还不太显怀。加上宝宁、许氏和明姨娘，几人正好凑成一桌。季嘉盈不屑与她们为伍，故意坐在与她们相邻的另一桌，身边围着她的好友们。此时她正在高谈阔论，同时接受那些高门贵女对她的赞美。

菜很快上齐，里面有一只烧鹅，姐妹们把两只鹅腿分给两个孩子，一人一只。对此，宝宁面上笑盈盈的，心中其实有些馋，想着回家后要自己做一次。

宴席要到尾声的时候，季嘉盈那边来了个过来敬酒的小姑娘。她瞧着十二三岁，说话怯生生的，好像还没弄明白国公府里的人们的关系就被她娘亲推过来露脸了。小姑娘先夸季嘉盈，说太子妃美貌端庄、气质不俗，季嘉盈起先听着挺高兴，转头却听小姑娘道："世子也是人中之龙，少年便有英姿，娘娘有个好弟弟。"

季嘉盈脸色瞬间就沉下来了："什么世子？我们国公府里没有世子，就算有，也不可能是个庶子！"

她的语气太激烈，小姑娘被吓了一跳，泪眼汪汪，似乎就要哭了，她的奶娘急忙过来安抚她。

许氏摆手道:"走吧。咱们也走吧,再待下去,还不知道要出什么幺蛾子。"

宝宁起身,牵着一个小侄子的手往外走,她们这桌人很快就散了个干净。走到门口的时候,宝宁听见了季嘉盈摔杯子的声音。

三姐姐身子重,要回家安胎,出了宴会厅的门就与她们道别了。宝宁和二姐一家到荷塘边看鱼。

宝宁的两个小侄子一个两岁,一个三岁,都是刚刚能走会跑的年纪。他们淘气得很,不被人用手拽着就能跳到湖里去。宝宁搂着小的那个,心里想的却是大姐和贾龄的事。刚才她一直没见大姐,本以为大姐是迟到了,但到现在人还没来。

季向真向来礼数周全,按理说不会做出这么没规矩的事。宝宁犹豫了一下,问季彤初道:"二姐,你知道大姐今日做什么去了吗?"

季彤初捋了一把大儿子被风吹乱的头发,冲宝宁道:"她又和世子吵架了吧?你不知道,大姐和大姐夫日日吵架,前几天两人又大闹了一场。"

宝宁装作惊讶的样子,问:"我不知道呀。他们为什么要吵呢?"

季彤初觉得诧异:"你和四皇子不吵吗?"

宝宁回想了一下,他们其实吵了挺多次的,但除了她因为簪子之事跑到溧湖去的那次,其余的都是因为一些鸡毛蒜皮的小事,以至于她每每回想吵架的原因时都觉得尴尬。

"还不就是因为两件事:一是孩子,二是抬妾。"季彤初道,"世子风流,家里的姨娘抬了十几房,自己的院子里都住不下了,他就和你二姐夫商量,想把我们院的墙拆了重砌。后来我们让了他五丈地界,他盖了房子,那些姨娘才住下。大姐为了这件事,哭得眼睛都要瞎了。"

宝宁确实没听说过这件事,被贾龄这个举动惊得半晌回不过神来。过了一会儿,她又问:"大姐夫到底是个怎样的人?"

季彤初想了想,道:"风流,嘴会说,能哄得老爷子高兴;有才学,也很有胆识,更有野心——他总的来说是个好臣子,但不是个好丈夫。"

宝宁心想,他现在可能连好臣子都不是了。

"说起来,嫁人这件事真的是看命的,还是嘉盈的命好。"季彤初摇头道,"你瞧太子多给她脸,这种小小的满月宴也陪着她出席。如今她很风光。"

一旁的明姨娘忍不住插嘴道:"还不是因为当初国师批的命格?皇家人都信命。"

许氏点头道:"国师说了,四姑娘是难得一见的好命格。她的命格不但有助于国运,还与太子极为相配,两人如并蒂莲,相生相依。"

季彤初不信:"陶氏给国师塞银子了吧?"

明姨娘急忙去堵她的嘴："你说的是什么胡话？怎么什么话都敢往外说！"

"我不说了，不说了。"季彤初笑着道，"但您说皇家人都信命，这个说法我不认同。像咱们现在的圣上就不信命，是个极忠贞的人。我听贾献说，贤妃娘娘秦湘当初进宫的时候就被国师说命格不好，是祸国之命，但圣上不信，仍然对贤妃娘娘好得很，只可惜她后来去世得早。"

宝宁本当这是姐妹在一起唠家常，脸上还笑着，突然听到这个说法，惊讶得睁大了眼睛："贤妃娘娘不是四皇子的生母吗？"

"对呀。但这都是皇室的秘密了，现在没几个人知道，"季彤初拉着宝宁的手，嘱咐她，"你可千万别往外乱说！"

宝宁点头。

季彤初搓了搓大儿子的脸蛋儿，道："大宝困了？走吧，娘亲带你们睡觉去。"她笑着站起身："宝宁，我先走了，你以后有空到我的府上来玩，我好好招待你。"

明姨娘也起了身，宝宁和他们道别。

又坐了一会儿，许氏也乏了，由丫鬟带下去休息了，湖心的小亭子里就剩下宝宁一个人。她在等裴原回来。

宝宁靠在栏杆上，拈起一撮鱼食扔进湖里，一边看着鱼儿竞相吃食，一边想着刚才季彤初说的话。

裴原的母妃是那样的命格吗？宝宁回忆着贤妃去世的时间，大概是十年前，那时候她才五岁。自己五岁的时候……宝宁的心猛地一跳。她恍然想起，那年有一场大地震，地震就发生在京畿地区，京城也受到了很大的影响，不少人因此而死。

这两者之间有关系吗？

裴原从没对宝宁说过他母妃的事。宝宁想知道，但不想揭开他的伤疤，她的这个疑惑就只能一直拖着了。

宝宁正在出神，突然从她身后传来陈珈的声音，他道："夫人，她又来了！"

宝宁转身，正好对上季嘉盈的眼睛。季嘉盈面带尴尬地哼了一声，甩了甩袖子，道："你可真是养了一条好狗，生人来了就会叫。"

宝宁觉得烦了，根本不想理季嘉盈。见裴霄还陪在季嘉盈的身边，宝宁心想，这个太子怎么这么没眼色，都看不出人家讨厌他们，还巴巴地往跟前凑。

"你们聊。"宝宁将装鱼食的小罐子放在桌上，转身要走，却被季嘉盈拦下了。

"干吗要走？咱们姐妹这么久没见，你就不想和我叙叙旧吗？"

季嘉盈丝毫不害怕裴霄会对她的举动感到厌烦。她很有自信，觉得裴霄肯定是爱极了她。她将裴霄唯一的儿子弄丢了，可裴霄只是最初的时候对她冷过脸，现在不也陪着她回门了？况且，她任性胡闹也不是一日两日了，可裴霄一直都纵容着她，这难道不是说明裴霄喜欢她任性胡闹吗？

季嘉盈觉得，男人都吃这一套。她对宝宁要狠，一方面是为了发泄自己心中的不悦情绪，另一方面也是要表现给裴霄看，让裴霄觉得她是刁蛮可爱的。

裴霄的眼神落在宝宁的身上，看到的是宝宁气红了的脸，他难得见到宝宁生气的样子，显得她更鲜活了。裴霄忍不住轻声笑了一下。

季嘉盈把这声笑当作对自己的鼓励，挑眉看向宝宁，推着她，让她坐下："再待会儿吧，我又不会吃了你。"

裴霄对季嘉盈的动作感到不满，皱了皱眉头。

宝宁"噌"地一下站起来，大声道："陈珈！"

她说着，拨开季嘉盈就要往外走。

"你推我？"季嘉盈不满地拽住宝宁的袖子。

裴霄冷声道："松开。"

季嘉盈争辩道："殿下，她推我！"

季嘉盈不肯松手。两人拉扯的时候，宝宁袖子里的小鼓掉了下来，落在地上，发出"嘭"的一声。在场的人都被这个声音吸引了，反应各不相同。宝宁急忙去捡，季嘉盈伸脚要踩，裴霄的神情却在一瞬间凝滞了，他瞳孔忽然紧缩——那是圆子的小鼓！

裴霄不可置信地看向宝宁，没注意季嘉盈的动作。季嘉盈的脚眼看着就要踩在宝宁的手上，他们身后突然传来裴原的一声大喝："陈珈，老子养你干什么的？给老子弄死她！"

下一瞬，宝宁只觉得眼前一花，就见陈珈两步冲过来，蹲下身，提起季嘉盈的双脚，一个用力。"扑通"一声巨响，伴随着一声惨叫，季嘉盈被丢进了湖里。

宝宁抓起地上的小鼓，小跑到裴原的身边。

裴霄的视线还盯在宝宁手里的小鼓上。他紧攥双拳，对湖里的季嘉盈的呼救声充耳不闻。

裴霄放轻声音问："宝宁，这个小鼓是哪里来的？"

"是老子的孙子的，关你屁事！"裴原嫌恶地看着裴霄，眯起眼睛，"'宝宁'是你能叫的吗？要点儿脸！"

"走吧，一会儿该有人来了，让人看见不好。"宝宁扯了扯裴原的袖子，"咱们回家。"

在这儿僵持下去没有好处，不如之后再算账，裴原轻蔑地扫视了裴霄一眼，抓起宝宁的手腕："走。"

裴霄看着裴原和宝宁的背影，眼神晦暗："常喜，盯紧他们。"

说着,他也跟了上去。

裴原和宝宁来的时候是早上,国公府宾客盈门,现在客人已经散得差不多了,朱门前已恢复了往常的平静,门口只有几个家丁守着。见到有人出来,下人们赶忙上前问好道别。

门口没有树挡着,正是大中午,日头又亮又晒,晃得人眼睛疼。裴原抖开袖子,挡在宝宁的额前,和她一起往停在街口的马车走。身后似乎有人跟着,裴原大概能猜到是谁,就没回头看,依旧步伐懒散地走着,嘴里含着一颗从许氏的屋子里带出来的话梅糖。

到了马车跟前,裴原先扶宝宁上车,看她坐好了,才将车帘子放下来,倚在门框旁看陈珈。

裴原神色不悦地训斥道:"我说,刚才你傻站着干什么呢?若我不开口,你就在那儿看着那个疯女人撒泼?"

陈珈愣了一下,连忙摇头:"没……"

"皮紧了吧?"裴原打断陈珈的解释,用手指点点他的肩膀,"我看你是这段日子过得太舒服,想松松皮,是不是?"

陈珈委屈极了:"太子侧妃……"

"你是怕太子日后责怪你?"裴原把舌尖上的糖翻了个面,忽然厉声道,"别忘了是谁在给你发饷银!"

陈珈被骂得一哆嗦,加上天气热,一下子出了一头一脸的汗。他本就生得黑,皮肤一出汗,在太阳底下简直像在发光。

"别再有下次,否则我这儿不留你,军营你也别回去了,收拾铺盖,给老子到山阳去放马!"

陈珈立刻站直:"是!"

看陈珈神色惊慌,裴原把声音放轻柔了一些:"给你分了活儿,你就好好干。伺候夫人不是我折损你的才能,是看重你。你若做得好,我担保你以后爬得比你的那些同僚快得多,日后回了北疆,你会是我的心腹。我是要将你培植成下一个将军的,知道吗?"

陈珈的眼睛亮了一下。他是个可以毫不犹豫听从上级命令的人,但从营房到女人住的后院,这样的落差还是让他难受了一段时间。他虽然嘴上不说,但心里别扭。宝宁待他很好,照顾宝宁时,他愿意尽职尽责,但今日裴原的一番话无疑给他添了更多的踏实感和荣耀感,让他心里的那股劲儿更足了。

陈珈大声道:"是!"

"还有，"裴原垂眼整理了一下陈珈的衣领，淡淡地道，"不必对太子的身份有什么顾忌，他现在是太子，以后可不一定。只要有人做了威胁夫人的事，就算是天王老子来，你也得把他的脑袋给我拧下来，要不然，我就拧了你的脑袋。懂了吗？"

陈珈道："是！"

裴原满意地看了他一眼，转身上车。

虽然最开始被骂了一顿，但陈珈现在还是难掩雀跃之心。他得到了肯定，还被分配了更艰巨的任务，对军人来说，这便足够让人热血沸腾了。

陈珈坐到车前板上，想到裴原骂他的原因，忽然生出一股懊恼的情绪来——他不是因为季嘉盈的身份才迟疑的。他其实……他其实是不能碰女人的香粉，碰了就会起疹子。季嘉盈身上太香了，闻着那味道，他下意识地发怵，这才错过了最佳的时机！

陈珈低头看了看自己刚才摸了季嘉盈脚踝的手掌，发现它已经肿起来了，而且肿得老高，他的脸上顿时浮现出讶异惊慌的神色——那个女人连脚都要涂脂抹粉吗？他忽然又想起一件事——季嘉盈现在有没有被救起来？若是她还在水里泡着，应该已经死了吧？她死了，他会被批捕，被发落去蹲大狱吗？

裴霄与常喜站在国公府门前的石狮子旁，看着陈珈驾马车往西而去，越行越远。过了一会儿，几个便装的黑衣人悄悄跟上。

"殿下，奴才猜，他们应该是要回溧湖的庄子。庄子那边，我一直在派人看着，发现半个多月前住进去了一个大肚子的女人，还有一个小孩，但奴才听说那个小孩极为活泼，和小皇孙的性子完全不一样，所以没往那个方向想，这才耽误了一些时日……"常喜说着，就要跪下，"奴才办事不周，请殿下责罚！"

"不必了。"裴霄眼前闪过宝宁的脸，还有掉在地上的那只小鼓。他觉得头疼欲裂，偏过头重重地咳了几声，缓了一会儿才道："钉子安插进去没有？"

常喜缓缓地站直身体，脸上一闪而过的是尴尬之色："还在寻找机会。四皇子妃将庄子守得如同铁桶，现在还安插不进去。"

裴霄拧眉问："怎么回事？"

"殿下，您有所不知，"常喜苦着脸道，"四皇子妃精明得很，她府里的人都是有数的，一个人都不多添置。奴才甚至安排人手到她家庄子门前演了一场卖身葬父的戏，想引得她的同情，好将人安插进去，但四皇子妃用两块银子就将人打发走了，还说她的府里不缺人，嫌置办下人贵……"

常喜没敢和裴霄说，前段时间，宝宁其实有主动招丫鬟，好像是为了照看她的府里新来的那个大肚子女人。他得知消息后，连忙准备了七八个貌美的小丫头，个个水灵漂亮。他以为这几个人中肯定有被挑中的，没想到来挑人的那个老嬷嬷同宝宁一样各啬，选来选去，最后选中了一个最丑的，又瘦又干巴。他奔忙半日，结果全是白忙活。

裴霄误会了常喜的意思，沉声问："她的生活很拮据吗？"

常喜不知道。他的爪牙还没伸到庄子里去，他怎么知道宝宁生活得怎么样？但话又不能直说，于是他仔细回想了一下自己了解到的情况，对裴霄描述道："许是不太宽裕的。四皇子妃每日都派婆子出去买菜，但买回去的菜很少。他们许是为了省钱，还在后院辟了片地，种了很多蔬菜，而且府里的下人也只有寥寥几个，四皇子妃身边只有一个年长的嬷嬷跟着。这么看，她的日子过得还不及咱们太子妃的头发丝体面。"

裴霄感到心疼。他没想过，宝宁竟然过着这样的日子。

况且，除去钱财上的窘迫，仅仅是因为裴原，她生活也不会顺意。

他太了解裴原了，那是个喜怒无常的人，自小便性子狠绝，很懂得算计。十二岁时，裴原就提着刀去杀了传闻中戕害他母亲的罗姓宫女一家，九口人的鲜血染透了大路，裴原却一点儿惧怕的神色都没有。也是从那时起，他才打定主意提防这个弟弟。后来，他用尽手段想要除掉裴原，本以为大功已经告成，谁能想到，裴原竟然又站起来了……

裴霄闭上眼，回忆着宝宁的样子。她那样娇弱，不知道裴原发怒时会不会伤到她？

常喜小心打量着裴霄的神色，见他半晌不说话，试探着唤道："殿下？"

裴霄道："常喜，你马上回府置办些珠钗珍宝，越多越好，之后都送到四皇子妃的庄子上去。"

常喜十分诧异："这……"

他不知道裴霄这么做是为了什么，但依他对裴霄的了解，裴霄多半是为了贿赂四皇子妃，想从四皇子妃的身上打通这条路。

哪个女人不喜欢首饰呢？四皇子妃依现在的财力，很难有什么珍贵的饰品，殿下此举肯定正中她的心意。果真是妙计！

"奴才这就去办！"常喜自以为吃准了裴霄的想法，欢喜地应下。

裴霄问："听说她在将军府住的时候，还喜欢养鱼？"

"是。"

裴霄摆手道："再给她送些鱼儿过去。她喜欢什么，你就通通送过去，尽快！"

常喜领命而去。

陈珈驾马快，赛风脚力也好，一行人中午起程，两个时辰就回了溧湖。夏日白天长，他们到的时候，天光仍旧大亮。

魏濛已在庄子里等候多时了。见裴原和宝宁下车，他急忙将他们往书房里领。

合上门，魏濛展开名册："我已大致知晓熊皮的来处了。罗利国与我们往来共三十年，臣服于我国十五年，进贡十四次，共送来五十张熊皮，其中二十张棕熊皮、五张白熊皮，其余的为黑熊皮。圣上赏赐给后宫的黑熊皮有三张，赏赐给外臣的共有十五张，其余的都储存在国库。给外臣的熊皮中，还有十二张仍然完整地存在各府的库中，没有被动过。其余三张，小夫人的姨娘那里有一张，太子裴霄的手中有两张。"

裴原拿起笔和魏濛一起在名册上写写画画，听到这儿，他的目光闪了闪："你怀疑谁？"

魏濛道："自然是裴霄！"

裴原将手中的狼毫笔掷在桌上，冷哼道："我也猜是他。今日在国公府，他看见那只小鼓后的神情分明不对劲儿！"

裴原在屋子里转了几圈，越想越气："老子觉得亏得慌！替人家养儿子，还给他养得高高兴兴、白白胖胖的，我图什么？"

魏濛附和道："简直是孽缘！"

宝宁滞了滞，道："圆子管你叫爹爹的时候，你不是也挺高兴的吗？还有魏将军，你陪着圆子给阿绵喂盐吃的时候，笑容也很灿烂。"

魏濛尴尬地顿住了。

裴原额上的青筋直跳，他想反驳宝宁几句，但又反驳不了。原先他看着圆子是挺好的，越看越喜欢，还想着，若是圆子回不去家了，就把他留在自己身边养着算了，结果圆子竟然是那个裴霄的种！知道这件事后，裴原甚至起了杀心——没必要将这个孩子完好地还给裴霄，不是吗？

若是放在从前，裴原定然是要么杀了圆子，要么断圆子一条腿，但现在，他的心是真软了不少。对于一个只见过几天的孩子，他下不去手了。

宝宁忽然想起了什么："那圆子胳膊上的伤是怎么回事？是裴霄虐待他，还是太子妃虐待他？"

魏濛迟疑地道："许是太子妃做的吧？毕竟他又是个通房的儿子，被太子妃不容也是情理之中的事。"

宝宁觉得魏濛说得有道理，但细思了一会儿，还是摇摇头："圆子的出生就很奇怪，裴霄怎么会允许一个通房在太子妃入府之前生下孩子呢？"

裴原敛眉沉思，半响，还是理不出头绪。他也觉得这件事奇怪，但就是找不到问题出在哪里。不过无论如何，这个孩子在庄子里是留不住了，既然裴霄已经知情，说不准他何时就会登门将圆子领回。

裴原与宝宁在书房里又磨蹭了一会儿，出了门，往院子的方向走。

院子里，圆子正坐在木香树底下，手里捏着软豆子逗狗玩。宝宁看着他小小的身影，觉得心酸，又觉得可惜。为什么圆子偏偏是裴霄的儿子呢？他们明明关系可以很亲密的，现在却要做仇人。

裴原牵着宝宁的手走过去，拍了拍阿黄，让它给他们腾个地方，然后和宝宁并肩坐在树下的石椅子上。

"圆子，"裴原抬手勾了勾他的下巴，调笑道，"怎么回事啊，看见我怎么不说话？"

"要说话的。"圆子在袖子里翻来翻去，"嬷嬷买了糖，我藏起来了几块，留给你们，在找。"

他果然翻出来了一小把圆豆子，这种糖很精致，是用油纸一颗颗包起来的。

圆子眼巴巴地望着他们："花生的、牛乳的，还有甜梨子味的，都好吃。"

宝宁的鼻子有点儿酸了。她勉强笑着接过糖来，摸了摸圆子的头发，道了句谢。

圆子歪头问："姨姨，你不高兴吗？你出去了一天，回来怎么就不高兴了呢？"

裴原在宝宁之前开口："圆子，你就要回家了。"

圆子大惊："为什么？我不要回去！我在这里待得好好的，不要回去！"

裴原捡起一颗糖果放在指尖揉捏："你爹爹会来接你，这可由不得你。"

圆子想起了裴霄冷淡的面色，慢慢闭上了嘴，但仍旧闷闷的，神情并不欢喜。

"回家以后，在这个庄子里发生的事，你可千万不能告诉你爹爹，知道了吗？"裴原探身捏住圆子的鼻子，似笑非笑地威胁他，"你若敢和他说一个字，我就打肿你的屁股！"

"我不说……"圆子慢慢地道，脑袋也丧气地垂下来，"我都不说话的，那里没有人愿意和我说话，只有小蜘蛛和小蛇愿意……"

后半句话，他声音很轻，裴原没听清，问他："谁和你说话？"

圆子惊醒，立刻摇头："没有，没有。"

裴原习惯了圆子有时候不正常的样子，也没往心里去。他和宝宁对视一眼，又对圆子道："不过你也别太难受，这里也会是你的家，如果你什么时候想回来了，就回来。前提是你要想好，你下一次到了我这儿，这辈子就回不去了，知道吗？"

裴原之所以说这样的话，一部分是因为对圆子有了感情，剩下的却是出于利益的考量。掌控一个对裴霄来说应该算是重要的人，对他的益处很大，就像以前敌国要送人质来一样，圆子会是他对付裴霄的人质。

"我以后会在你家附近摆一个糖葫芦的摊子，"裴原看着圆子，慢慢地道，"你什么时候想回我这里来，就去告诉那个卖糖葫芦的叔叔。你在子时偷偷出门，他会在后门等你,送你回来。"

圆子重重地点了点头,看起来欢喜了一些:"嗯!"

宝宁和裴原回到自己的屋子里,屋内的软榻上还放着宝宁给圆子做的小衣裳,只做了一半。宝宁刚才的心情已经好转了一些,现在她看见这些东西,那种心酸难受的情绪又涌上来了。

裴原坐在桌边斟茶。他倒了一杯,招手让宝宁过来喝:"别人的儿子再好,那也是别人的,你若喜欢,咱们生个自己的。"

宝宁接过茶来,慢吞吞地抿了一口,道:"又不是想生就能生。"

"努力呗,功夫不负有心人。"裴原想逗她开心,又说些不正经的话。

宝宁险些被茶水呛着,裴原夺掉她手里的杯子,圈着她,把她放到自己的腿上。两人正闹着,忽然听到外头传来一道炸雷似的声音:"殿下!太子身边的那个小太监来送东西了,送了好多个箱子!"

裴原不让陈珈靠近屋子三丈内,他就站在远处卖力地喊,吵得人耳朵疼,连狗都被吵得吠叫起来。裴原听得脸色骤然一黑,还来不及骂,就反应过来陈珈说的话里的意思。

"裴霄来给我送什么东西?"

裴原和宝宁一起出去见人。晚风习习,他们走过两边栽满木香树的林荫路,绕了个弯,便瞧见了在门口等候的常喜。

常喜是个二十来岁的年轻太监,瘦高个儿,像一根麻秆儿,眼睛滴溜溜地转来转去,透着一股精明,如同一只灰老鼠。他瞧见宝宁从远处款款而来,嘴角咧开了一点儿,转眼却又看见裴原高大的身影。他暗道一声"不好",觉得自己挑错了时间,竟然碰上了这个煞神。

裴原慢悠悠地走到门口,抱着手臂看向常喜:"稀客啊,你的主子让你干什么来了?"

他本以为裴霄派人来是为了接圆子的,顺便礼节性地送些礼物以示报答,但看眼前这个太监的神色,似乎不是这样。

常喜不敢说明来意,只想把裴原支走,于是慢吞吞地道:"奴才是来……嗯……其实倒也与殿下无关……"

"说话那么慢,看来是难以启齿。"裴原用手指摩挲着下巴,"那就别说了。陈珈,把他给我按在那儿,东西抬走。"

常喜大惊失色,不知道裴原为何下如此无礼的命令。他挥舞着双手后退两步,道:"四殿下,你未免太过野蛮了些!"

没人理他。

陈珈打了个响指，从他身后涌出七八个男性家丁，他们手拿兵器，将常喜和他带来的脚夫团团围住。常喜目瞪口呆，下意识地转头要跑，被陈珈在膝弯处踹了一脚，顿时跌倒在地上。陈珈把常喜按住，又用长刀抵住他的脖颈，喝道："不许动！"随后，陈珈又命令那些家丁："把东西抬进去！"

常喜眼看着那些家丁像强盗一样把箱子都运走了，以手捶地，悲愤地道："四殿下，东西不是给你的，你不要强抢！"

裴原本来要转身走了，听见这话，又转回头："不是给我的，你抬到我家门前做什么？"

"是给四皇子妃的！"常喜大喊，"我家殿下是让我来递话的！"

裴原闻言，脸色骤然冷了下来，宝宁则满脸惊愕之色。

宝宁对裴霄没什么好印象，只觉得那个男人冷冷淡淡的，像个哑巴一样，还是非不分，纵容季嘉盈仗势行凶，简直比和她第一次见面时的裴原还要讨厌。裴霄应该也不喜欢她，派人来送东西干吗？

裴原不耐烦地挥挥手，示意陈珈松开常喜："说！"

常喜灰头土脸地爬起来，小心翼翼地瞟了一眼裴原的神情，道："两国交战，不斩来使。"

裴原笑了，颔首道："我不杀你。"

常喜松了一口气。他咬咬牙，转述道："侧妃娘娘今日做出了一些无礼的举动，我家殿下送这些礼物，是为侧妃向四皇子妃道歉。另外，殿下良善宽厚，知晓四殿下一家生活有点儿窘迫，四皇子妃更是无华美首饰可戴，无华贵衣裳可穿，心中十分难过。我家殿下说，四皇子妃品貌仙逸，美如洛神，只有华服珍珠可以相配……"

宝宁听到这席话，吃了一惊。她偏头去看裴原脸上的神情，只见他脸色黑如锅底，明显已在暴怒边缘。

常喜也看到了裴原的脸色，哆哆嗦嗦地，不敢再说下去了。

过了半晌，裴原才咬牙切齿地道："你好大的胆子！"

"我家殿下也是一片好心……"

裴原忽然上前一步。常喜以为裴原要踹他，仓皇地后退，但预想中的疼痛感没有袭来，却听到耳边"锵"的一声！他定睛看去，原来是裴原一把抽出了陈珈刚收入刀鞘的长刀。

常喜躲到陈珈身后，声音里带了哭腔："说好的不斩来使……"

裴原恶狠狠地瞟了常喜一眼，没理他，拖着刀来到那几个箱子旁边。他举臂挥下几刀，木屑纷飞，银光闪烁，不过片刻，打头的那个箱子已被劈成几半。一个盛放珍珠的匣子被砍坏了，晶莹圆润的南海小珠"哗啦啦"地撒了一地，更多的首饰七零八落地躺在地上，看着珠光宝气，一片狼藉。

常喜瞧见，心疼得"哎哟""哎哟"地叫出声来。

宝宁更加震惊了。她看得出来裴霄置办这些东西是花了大价钱的，但他为什么会送她这么多珍贵的东西？

裴原回头看到宝宁惊讶的表情，心中的酸意如同翻江倒海。

他也不是没有送过宝宁好东西。无论得到什么，他都会巴巴地先捧到她的眼前，但她没有一次露出过这个表情。现在不过是一个野男人的小小恩惠，就哄得她开心了？

宝宁看见裴原渐渐变得诡异起来的神色，大概能猜出他在想什么。裴原那个小心眼儿的样子，宝宁是领会过的。但这一次她是真的说不清了，况且在场的还有这么多人，她也没法和他说。

宝宁想，已经有过孟凡的前车之鉴，若裴原还因为这种事情与她翻脸，她就真的要将他赶出去了。

气氛陷入了尴尬，众人尽皆沉默。

宝宁等了一会儿，率先开口："常公公，太子殿下或许有什么误会，东西我们就不收了……"

"收啊，天上掉下来的馅儿饼，为什么不要？"裴原打断她的话，语气阴森森的，明显是在阴阳怪气。宝宁叹了一口气，不再说话，随他去了。

裴原没再看宝宁。他拎着刀，打量放在最后的那个大箱子，这个箱子被包裹得严严实实的，不知道里头放着什么。裴原用刀尖挑了挑箱口的锁，顿了顿，举起手，一刀将锁劈开，立刻有人过来把盖子打开，露出了箱子里头正在畅游的几尾金鳞鲤鱼。

裴原问："送鱼干什么？"

常喜磕磕绊绊地道："听说……听说四皇子妃喜欢……"

裴原心头的那股妒火已经顶到嗓子眼儿了。他冷哼了一声，把卷了刃的刀放在水里搅了搅："还打听得挺清楚。"

宝宁站在一旁，沉默不语。她知道裴原现在心里有气，没打算管，就想看看裴原到底要怎么撒这股气。

裴原又陷入了沉默，但他捏着刀柄的手青筋暴起——他俨然已经盛怒了。

"太子如此慷慨，本殿若是与他客气，倒显得过于小气了。这些东西，本殿收下，请常公公回去后代为转达本殿的谢意。本殿不但要谢他，还要回礼，只是实在囊中羞涩，没有好物相赠，就送他一道奇景吧，"裴原说着，视线扫向常喜，"让他赏一赏人鱼奇观。"

常喜本来还高兴着，觉得自己可以功成身退了，现在听见裴原这番话，又感到脊背发凉。

裴原冲陈珈勾了勾手指，对他耳语几句，陈珈领命，退到一边。

裴原搂住宝宁的肩，带着她往庄子里走，不再管后面的事。宝宁不解，小声地问裴原："你刚才吩咐了什么？"

他们身后传来常喜的惨叫声，随后是有人的嘴被堵住的"呜呜"声。宝宁疑惑，要回头看，被裴原将头扳正。

"你不要管。"

宝宁只好作罢。

宝宁没看见，在他们身后，常喜被扒得只剩下一条底裤，裤腿被紧紧地缠住。陈珈从腰口处往里面塞了五六条鲤鱼，冷硬的鱼鳞蹭着常喜的小腿，疼得他直叫。他想挣扎，但手脚俱被绑住，腰口也被收紧了，那几条鱼只能留在他的裤腿里。陈珈略微等了等，又捞出一条鱼，把鱼脑袋塞进了常喜的嘴里，他便叫不出了。

最后，常喜被扔进了那个装水的箱子里，由陈珈护送着，被押回了太子府。

回去的路上，裴原脸色一直阴沉沉的。宝宁见他不说话，也没有开口哄。

圆子见宝宁回来了，乐呵呵地扑过来抱她的腿，道："姨姨，你又出去了好久，我想你。"

裴原酸溜溜地问："哦，那你就不想我吗？"

圆子鼓着脸看看他，没说话，掉头跑去玩了。

裴原骂道："儿子、老子都一个样，都是讨人嫌的货色！"

宝宁无奈地看着裴原。裴原把手负在身后，没有理会宝宁，径直走进屋里。过了一会儿，刘嬷嬷送来晚膳，两人吃完，其间，裴原一直是那副样子。宝宁也不搭理他，自己洗漱、铺床，一句话也没和他说。

屋子里的灯亮了起来。宝宁收拾停当了，换上寝衣，坐在床上，往手背上抹香膏，裴原心不在焉地在桌边擦刀，时不时地瞟她一眼。裴原不知道自己在别扭什么。他其实根本没有理由生气，也没生宝宁的气，可就是觉得心头酸涩，憋着一股火。

裴原又去偷偷地看宝宁的侧影。她把头发披散在身后，更衬得腰肢纤细，身形已经脱离了少女的样子。她小脸莹白，嘴唇娇嫩，睫毛长长的，整个人又美丽又乖巧。喜欢她的人很多似乎也是情理之中的事，只是她都成亲了，怎么还是有不长眼的东西黏上来！

裴原"砰"的一声把刀摔在桌上。

宝宁叹气。她把装香膏的罐子合上，放到一边，温柔地问："你还要折腾多久才肯睡觉？"

裴原目光不善地盯着宝宁，暗暗想，要不弄一条金锁链，将她锁在屋子里算了，哪里也不让她去。

宝宁摇摇头。她还是高估了裴原，由着他，让他自己想开实在太难了，但他现在这样也算不错了，至少没发火。人是一点点地变好的，宝宁觉得自己还是要给他一点儿鼓励。

宝宁下地，走到裴原身后，从背后抱住他，将下巴枕在他的肩窝处，问："你在想什么？"

裴原刚才还在想，若有了金链子，自己是要将它拴在宝宁的手上还是脚上，现在被宝宁一抱，这些阴暗的想法转瞬间就烟消云散了。他舍不得。

裴原道："我在想，我后悔了。"

宝宁问："后悔什么？"

她身上有一股香气，裴原吸了一口，拳头攥紧又松开。他将她拉到自己的怀里坐好，嗓音低沉："我就该早点儿和你生个孩子，这样是不是就能将你套牢了？"

宝宁惊讶地抬起头，对上裴原的眼睛，见他不似在开玩笑，被吓了一跳，弹起来就要跑。

"上哪儿去？"

裴原一把将她扛起来，放到肩上，大步朝床上走去，转身拉上幔帐，抱着她一起跌进了软软的被衾中。

苏明釉要被吓死了。

刚才她听见庄门口有响动，因为待在屋子里实在是无聊，又瞧见有热闹看，便让丫鬟扶着她去看看，没想到一出门就看见了常喜——裴霄身旁的那个近侍太监！

这也就算了，她竟然还看见了赵前！

苏明釉不由得回忆起去年那荒唐的一夜……

她至今也没觉得自己有错。她是裴澈的夫人，吃穿不愁，享受荣华富贵，但唯独没有被爱过，可谁不希望被疼爱呢？裴澈有他的温柔乡。他喜欢那个总是陪在他身边的丑丫鬟，她就不能也去寻找自己的温柔乡吗？公主可以豢养面首，她凭什么不可以？

赵前，赵前……他看见她了吗？

苏明釉不想被他看见，那样的话，她努力维持的平静生活就又要被打破了。

但是她又觉得寂寞。

苏明釉屏退了丫鬟，躺在床上左思右想，最后还是暗自道了句"罢了"。赵前是裴霄的侍卫。就算他只是个寂寂无闻的小喽啰,那也是裴霄的人,她与他接触的风险实在太大。四弟和四弟妹待她很好,她怎么能做忘恩负义的事?

就这样吧。

等宝宁再次得空掀开幔帐时,桌上的蜡烛已经燃了大半,屋子里暖融融的,格外温馨。

裴原把宝宁的手放在唇边亲吻,大笑出声。他刚刚的愁思和郁闷已经一挥而散,现在他再看宝宁,怎么看怎么喜欢,恨不得将她吞进肚子里,和她形影不离才好。裴霄之流,他本就不惧,但事情涉及宝宁,他又控制不住地多想。

裴原觉得自己肯定是有些毛病的,因为他不止一次想过,若是宝宁能永远在这间屋子里,哪里也不去,那该有多好。他要用世间的珍宝打造出一条锁链,一端锁在她纤细的脚踝上,一端系在床头。他会把她喜欢的东西都捧回来给她,呵护她,疼爱她,只要她不见任何人,不做任何事,像笼中雀一样,眼里、心里都只有他。

裴原想,如果他对宝宁的喜爱再少一分,他可能就真的这么做了。

但现在不行了,比起满足自己的欲望,裴原更希望满足宝宁的喜好。束缚与控制是他的天性,但如果是为了宝宁,他愿意学着慢慢放手。

只是他不知道,宝宁到底爱他几分——她的关怀与在意,到底是因为他是她的丈夫,还是单单因为他是裴原?

"你怎么不说话了?"宝宁看了裴原半晌。他蹲在地上,刚刚还笑着,现在他的眼神却放空了。

宝宁担心地将裴原拉起来,查看他的膝盖:"是屈着太久,疼了吗?"

膝盖摸起来好像没有异样,但宝宁还是十分不放心。

"你躺在这儿,我给你按一按。"宝宁拍了拍身边的位置,眉心蹙起,"很疼吗?要不我打些热水来,给你敷一敷。"

裴原回过神。他看着宝宁的眼睛,感觉到了她的善意,心软了下来。他又想,宝宁到底为什么留在他的身边,这个问题或许也没那么重要,毕竟她会留下就好。他们这一生已经注定密不可分,从她最开始选择留下的那一天起,这个结局就不可更改了。

"不疼,别忙了。"裴原拉住宝宁,不让她再动。

等两人再起身时,已经是第二日晚上了。这一天时间里,他们在床上吃了两餐饭,由刘嬷嬷送到房门口,裴原开门取进来。

宝宁一半的时间都在睡觉,她也不知道裴原的花样怎么那么多。他搂着她不肯撒手,腻腻歪歪的,很烦人。宝宁想,裴原的后劲儿实在让人受不住,她再也不敢收别人的东西，也再也不想让别人送她东西了。

睡了一个白日，天黑后，宝宁反倒觉得精神。她饥肠辘辘地穿好衣裳，到厨房里煮汤圆，裴原在旁边给她烧火。

宝宁问："现在几时了？"

裴原出去看了一眼月亮："大概戌时。"

"不算太晚。"宝宁让裴原看着锅，别让汤圆煮得黏糊在一起，自己去一旁切小菜，"要不要给圆子也盛一碗？他或许还没睡。"

"这个点，他平时不是早就睡了？"裴原手里掂着一根柴棒，"何况小孩子晚上不能吃这样黏的东西，积食了会肚子疼，闹起来太吵。"

宝宁笑着看了裴原一眼："听语气，你还是挺关心他的？"

裴原冷哼一声，把柴火往灶里一塞："老子可不会帮仇人养儿子。"

宝宁心想，你就继续装吧。

汤圆很快就煮好了，软嫩白胖。宝宁把它们捞到小瓷碗里，配上爽口的小菜，吃起来很不错。

两人都懒得端到屋子里去吃，就坐在厨房门口。蜡烛燃起来容易招蚊子，赶也赶不走，裴原干脆吹熄了烛火，和宝宁一起借着明亮的月光吃饭。

夜晚十分静谧，天上仅有的几颗星星忽明忽灭，宝宁不忍打扰这份宁静，和裴原说话也很小声。

在这样的环境里，房门被推开的"吱嘎"声显得极为刺耳，宝宁闻声望去，瞧见是圆子小心翼翼地从侧房钻出来。他轻轻地带上门，先是跑到正房门口看了看，见里头的灯熄着，又放下心似的跑到院门口的垂柳树底下。他仰起脑袋，嘴里发出"咕咕咕"的奇怪声音。

"圆子怎么了？"宝宁把碗放下，惊诧地看向裴原，"他睡魔怔了？我过去看看。"

"等会儿，"裴原拦住宝宁，低声道，"再观察观察。这个孩子一直都不对劲儿，咱们看看他这次到底想干什么。"

圆子保持着仰头的姿势几乎有一刻钟，嘴里念叨着："怎么还不来呢？是我来早了吗？"

裴原带着宝宁悄无声息地走到圆子身后，又看了他一会儿，才开口问："谁要来？"

"啊！"圆子惊得跳了起来。待看清面前的人是谁，圆子后怕地拍了拍胸口，惊魂未定："姨姨，你怎么走路都没声音。"

"圆子在等谁呢？"宝宁上前摸了摸他的头，也跟着往树上看。那里只有郁郁葱葱的叶子，还传来了几声蝉鸣，哪有什么人影？

圆子犹豫着："我不知道在等谁。她……她也不让我说。"

"你真的不说吗？"裴原扣住他的脖颈，低声恐吓，"我再给你一次机会，你若还吞吞吐吐的，我就把你当成坏小孩了。'咔'的一声，你的脖子就会断。"

圆子不经吓。而且他是信任裴原的，觉得裴原不会害他。还有就是，他有点儿担心那个人找不到他，急于向裴原求助。所以他攥了攥小拳头，没再犹豫，对裴原道："我在我家的时候，每到月底的晚上，只要在院子里的树下等着，树上就会往下掉糖果！"

裴原与宝宁对视了一眼，前者不可置信地问："你是在做梦吗？"

"不是，真的会掉！只有月底，晚上，没有人的时候，会掉糖果！"圆子仰头看着树，语气很坚定，"我有一次见到树上有个人影，像一个姨姨，她很瘦很瘦，戴着黑色的面纱，是她给我的糖果。"

宝宁觉得圆子的话实在太……她不敢信，怀疑圆子没睡醒，在胡言乱语。小孩子在没睡醒的时候，是会说胡话的。

"这次我换了新家，我怕她找不到我，所以早早地来等。"圆子失望地道，"我是不是把她弄丢了？"

宝宁叹气："圆子，回去睡吧。"

圆子问："姨姨，你不信我吗？"

"这样吧，你回去睡，我替你在这儿守着。"裴原骗他，"如果树上真的有人往下扔糖果，我告诉你，你起来捡。"

圆子道："不能让别人看见的，那个姨姨说，要背着人。"

裴原点点头："我知道了。我让阿黄和吉祥来守着，你放心去睡吧。"

圆子信了。他被宝宁领到屋子里，躺下后，还拉着宝宁的手，不放心地嘱咐她："姨姨，你一定要等那个扔糖果的姨姨，她来了以后要叫醒我！"

宝宁应了一声。

圆子很快就睡沉了，宝宁又守了他一会儿，见他呼吸平稳，不是在装睡，才放心地出去了。

魏濛不知什么时候来了，在正屋门口和裴原说话。

"小将军，崇远侯府的眼线刚才来回话，说世子妃与世子这次闹得挺厉害。她和侯夫人哭了一场，今早动身来溧湖小住散心了，现在就在贾家的庄子里，离咱们这儿有十几里路。"

裴原问："贾龄跟来了吗？"

"怎么可能？"魏濛摆手，"贾龄现在每日都要去青罗坊看他的大肚子外室，哪儿有空管世子妃。"

宝宁见他们好像在谈论一些要紧的事情，停下脚步，站在原地，踌躇着该不该过去。裴原朝她招了招手。

魏濛知道裴原和宝宁在这件事上已经达成了共识，很高兴，将季向真来了的消息和宝宁重复了一遍："小夫人，这下可要靠你了！"

宝宁问："我该怎么办？直接去大姐的庄子里递帖子吗？"

"那样太刻意了，"裴原摇头，"我们不能直接去拜访她，贾龄肯定会派人看着她的。贾龄多疑，你若登门，他定会怀疑你的居心，还会怀疑你在查他，那样就打草惊蛇了。要让世子妃自己来找我们。"

这件事有些难办。三人沉默了一会儿，宝宁忽然福至心灵，道："如意楼！大姐那么期盼生一个孩子，如意楼是给孩子开的店，过几日就要开业了，将这个消息散布出去，大姐说不定会去。"

裴原眼睛一亮，也觉得这是个好主意，但稍微一细想，又迟疑了："她会不会怕触景生情，就不来了？"

"那……"宝宁思忖了片刻，抬头道，"听说前朝大户人家的闺女选婿，会让闺女在楼上往下抛绣球，接到绣球的人就做她的夫婿，咱们不妨也试一试？选个全福妇人抛球，接到的人能得到一座被高僧开过光的送子观音，还能沾到全福妇人的喜气，多子多福。大姐听到这个消息，应该会来的！若她还不来，咱们再想别的办法。"

魏濛赞道："这个主意绝妙！"

裴原眼中也露出赞赏之色，点头道："那就这么办！要尽快，三日后就开业。"

宝宁笑了起来。她觉得自己被肯定了，这种感觉很好，比做了好吃的菜后被大家称赞的感觉更好。

又说了几句，魏濛要走，突然又想起了什么，笑道："刚才说起高僧，我想起了一个同样玄妙的事情。昨日知道圆子是裴霄的儿子后，我就动了心思，又去查了查裴霄的那个通房，想看看裴霄对她到底是何等宠爱才让她生下儿子。你们猜怎么着？那个通房竟然在生产当日就去世了，因为难产走的，很可惜。"

听到"难产"两个字，裴原心一跳，下意识地看了宝宁一眼。明明还是没影的事，他竟隐约生出几分害怕的感觉来。

宝宁没往那个方面想，而是专注于魏濛的话。她点头道："是很可惜，但这怎么就玄妙呢？"

魏濛摸了摸自己的下巴，说："她是个通房，没身份，不能与丈夫合葬，所以裴霄为她择了一处风水不错的孤坟，让人把她悄悄地埋葬了。有个传闻，盗墓贼觉得这个通房受裴霄宠爱，陪葬品肯定很多，就去挖坟，结果掘开坟墓后，发现里头是空的，根本没有尸骨。他们说那个通房活过来了，自己跑掉了。"

## 第十三章
## 如意楼开业庆典

　　如意楼的开业庆典定在三日后，在溧湖镇最阔气的秋水街上，靠东侧。

　　溧湖是个山清水秀的小城镇，除了祖祖辈辈居住在这里的人，还有很多从京城来的大户人家。富贵人家有闲钱，喜欢置办庄子，溧湖风景独好，离京城又不远，就成了首选。

　　现在刚刚入伏，还没到一年里最炎热的时候，但也已经有许多人来溧湖避暑了，小镇变得热闹起来。

　　宝宁穿着一身喜庆的石榴红裙子，在西侧的酒楼里吃茶点，看揭牌。

　　苏明釉和圆子都来了，魏濛也在。苏明釉以往见过的人太多，怕被人认出来，就在脸上蒙了一层白色面纱。她坐在宝宁的对面，和宝宁不时地说几句话，都是无意义的闲聊，大多数时间盯着楼下，看熙攘的人群。

　　宝宁将这段时间自己鼓捣出来的小玩具都摆在门口的摊子上，又雇了几个嘴皮子利索的管事，让他们在摊子上吆喝演示。五颜六色的竹蜻蜓，会自己跑动的小木马，一人高的不倒翁，还有一排可以摇的小木马，孩子坐上去能像荡小秋千一样晃，一刻钟收十文钱，好多小孩排着队要玩。

　　生意比想象中的好得多。

　　苏明釉望着楼下，过了半晌，带着一些酸意道："宝宁，大嫂可真羡慕你。"

　　宝宁笑着问："大嫂羡慕我什么？"

　　"羡慕你命好，心想事成。"苏明釉叹道，"不似我，丈夫失踪了，留给我一个遗腹子，娘家也不肯接受我。我身无分文，原本也是个身份高贵的人，现在却要过寄人篱下的苦日子。"

她的面容十分忧愁，宝宁一时间不知道怎么接话。

宝宁觉得苏明釉这段日子越发奇怪了。她在刚来的时候，笑容还是很多的，毕竟流落很久，终于有了个安稳的住所，是应该很高兴，但越往后，她的笑容就越少。

宝宁大概能理解苏明釉的心情。如今的安稳日子对苏明釉来说已经不是珍稀的东西，她习惯了，想要的东西就更多，尤其是回忆起以前的富贵日子，便更觉得眼下的生活贫乏。

这是人之常情，但宝宁还是察觉到了一点儿难以言说的滋味，就像是养了只填不饱肚子的狼。

宝宁安慰苏明釉："大嫂至少有孩子，生下来了就是你的依靠。无论是男是女，我都会和阿原商量，送你一套房产，好让你们娘儿俩能够安稳度日。以后若是大哥回来，那最好，你们一家团圆；若万一……大嫂也无须牵挂，我们会照顾你。"

苏明釉笑了笑。隔着面纱，宝宁看不出她的笑容里有几分真心，只听她道："那就谢谢弟妹了。"

宝宁没再说话。她今天有别的事，没太多精力应付苏明釉。

宝宁瞟向对面，看到全福妇人已经款款上了如意楼的二楼，准备抛绣球了，不由得紧张起来。

宝宁不知道大姐会不会来。

宝宁找大姐来，是为了说服她，最好是能说服她去刺探贾龄手中的密报。贾龄身为奉车都尉，掌管圣上前往行宫避暑的一应车驾事宜，现在他与裴霄联手，若裴霄存了刺杀圣上的心思，他无疑能提供最好的助力。算算日子，离圣上启程大概还有半个月，贾龄的部署应该已经做好了，但他最近没有与裴霄再往来，手中的密报应该还没有送到裴霄的手上。如果能及时更改或调换贾龄的密报，给裴霄错误的方向，那对裴原接下来的行动是大有助益的。

宝宁大概明白裴原这次如果护驾成功意味着什么：他可以重获圣宠，洗脱现在背负的罪名。如果能够借此机会除掉裴霄，他甚至还有一定的可能入主东宫。

裴原现在的处境比最开始时的已经好了很多，但他仍是戴罪之身。圣上现在对他的态度是不闻不问，但若以后圣上的心思一转，还想要追究呢？裴原和她就都会落入危险之中。到那个时候，他们就算跑到天涯海角去，也要提心吊胆，恐怕最终难以周全。

虽然知道，就算她无法说动大姐打通贾龄的这条路，裴原也会有其他的办法，但是宝宁希望能出一份力。往大了说，她是在为他们两个的前途谋划；往小了说，就是出于她自己的一点儿私心了。

宝宁一直都觉得，男人的心是会变的。所以如果想要牢牢地攥住裴原的心，维持住他们的现在恩爱日子，她就一定要做些什么。除了衣食上的照料，她还要让裴原看到她的价值，让裴原觉得她无可取代。她不要一时的安稳，她要的是长长久久。无论以后裴原身居何位，她都得有底气站在他的身边，能经营她喜欢的日子。

从这个角度看，这次她能不能在季向真的问题上帮助到裴原，就显得至关重要了。

裴原和魏濛坐在隔壁的位置上喝茶。苏明釉在，他们不方便同桌而食，就在中间拉了一道帘子。圆子跟他们坐在一起，一边从窗户往外看，一边"咔嚓咔嚓"地嚼嘴里的硬糖。

那天晚上，圆子非说树上会掉糖，裴原和宝宁干坐了一晚上，直到第二日的朝阳升起，天都亮了，也没见到圆子说的那个女人。圆子不信，大哭了一场，他们哄了很久才把他哄好。

裴原看了一眼圆子，小声地对魏濛道："糖的那件事有点儿诡异，真真假假的，你还是得看着点儿。"

魏濛也小声地问："不会真是那个通房从坟里爬出来，改头换面，混进了太子府，每到月底就去和儿子套近乎吧？这也太玄乎了。"

"一点儿蛛丝马迹也不能遗漏，"裴原往帕子上剥瓜子仁，慢悠悠地道，"你盯紧了，下个月的月底，瞧瞧那到底是人是鬼。"

魏濛满口应下。

楼底下忽然传来一阵喧哗声，喝彩声四起，两人往外头一看，原来是全福妇人已经把绣球抛下去了。绣球落到了一个小媳妇的手里，那个小媳妇很高兴，"噌"的一下跳起来，由伙计领着往店内走去。那个伙计口中奉承着："接到这绣球是吉兆，小娘子以后定然也是个全福的人，父母健在，儿女双全，夫妻恩爱，兄友弟恭……"

彩头被人讨走，人群也渐渐散了。

宝宁急切地在街上搜寻，过了半响，终于瞧见街口停着一辆华贵的马车，车的四周被纱帘覆盖，影影绰绰地能窥见里头有一位妇人，瞧着极为眼熟。有仆妇去买了茶点来，往里头送时掀了一下帘子，宝宁一眼就认出来了，那正是她的大姐！

季向真果真来了！

宝宁一下子站起来，一边吩咐刘嬷嬷去追，一边抬脚出门。

裴原没见过季向真，但看宝宁的反应，也明白过来是怎么回事了。他到门口去，把手里装着瓜子仁的帕子塞进宝宁手里，嘱咐她道："别给自己太多压力，能行就行，若不行，就当见见姐妹，叙一叙旧。"

"我知道了。"宝宁点头应着。她整理了一下裙摆，问裴原："我打扮得好看吗？"

裴原笑道："美极了。"

宝宁深吸一口气，再缓缓地呼出。裴原看她的样子，觉得颇有些壮士断腕的意味。

宝宁道："那我去了！"

她把帕子里的瓜子仁都吃掉，拍了拍手上的碎屑，转身出了门。

宝宁和季向真约在如意楼的二楼厢房，就是她刚才所处的酒肆的对面。

裴原站在窗口，看宝宁撑着一把白色的纸伞，步履款款地提着裙摆走过街道，瞧上去很端庄大气，和他最初见到她时的那种羞怯样子很不一样。她在私下面对他时，还是温柔娇羞的，但对着别人，已经慢慢地有了大家主母的风范，绰约迷人。

裴原觉得高兴和骄傲，但心中又生出一丝焦躁的感觉。

宝宁变得更好，他却更害怕了，若是她被贼男人迷惑走了该怎么办？未来肯定会有不长眼的贼男人，或者更年轻一些的不要脸的小伙子。

魏濛不知道裴原心中所想，看着宝宁的背影，赞叹道："小夫人长大了，现在能为你分担，以后也定能安一方家宅。等你站到高处，她可以与你并肩。我原来的担心大概是多余的。"

裴原现在听不得任何人夸宝宁，尤其是男人。他恶狠狠地盯着魏濛，看着魏濛那张沧桑的老脸，竟然觉得魏濛也心怀不轨。

裴原慢慢地吐出三个字："不要脸。"

"啊？"魏濛被骂蒙了，一脸迷茫地看向裴原。


常喜与裴霄坐在不远处的一间茶楼中，看着宝宁撑着伞慢慢走过街道，她梳着妇人髻，露出一截白皙纤长的脖颈。常喜现在看见宝宁就会想起裴原，想起那一箱子金鳞鲤鱼，一时间只觉得一嘴的鱼腥味。

常喜收敛心思，恭敬地问："殿下，咱们现在去接小皇孙吗？"

裴霄将视线移开。虽知道裴原在对面看着，现在应该过去，但他期望得到一个和宝宁单独相处的空隙，便道："等一等。"

裴霄认为自己不是个多情的人，也不屑在儿女情爱的事上耽误时间，但这种暗中追随佳人的事做起来竟然意外地让人着迷。裴霄用手指抚摸着杯沿，告诉自己，他这次来是为了接圆子走的，做的是正经事，不必因此觉得惭愧。

裴霄正在出神，忽然听见常喜小声地叫了一下。

裴霄问:"见到了什么?"

常喜手指哆嗦着指向苏明釉的方向:"殿下您瞧,那是……?"

季向真被刘嬷嬷请了上来。她走的是后门,没被人看见。

宝宁已经等候多时,听见有人上木阶的声音,急忙起身去迎,亲切地唤道:"大姐!"

季向真听刘嬷嬷说宝宁在等她,本来还将信将疑,现在见到真人了,一下子激动了起来。她几步上前,握住宝宁的双手,激动地道:"宝宁,真的是你!你怎么到这里来了?"

宝宁邀请她坐下:"我现在就住在溧湖,刚开了间铺子,就是如意楼。没想到能在这里见到大姐。"

季向真毫不怀疑,连声道:"真巧,真巧。"

宝宁给季向真斟茶,打量她的神色。季向真本是素净温和的长相,容长的脸,脸上总是带着浅浅的笑意。可她现在脸色憔悴,已经没有当初的美貌了,宝宁瞧着有些心疼。

季向真喝了口茶水,忽然想起了什么,问:"宝宁,你这样抛头露面地开店,四皇子允许吗?"

宝宁点头:"他允许的,还帮我张罗。"

"真好啊……"季向真露出一丝歆羡的神情。她本不愿将愁绪展露在外头,但崇远侯府里都是外人,没人能听她诉苦,现在她见到亲姐妹,憋了许久的情绪终于有了出口,眼眶竟然渐渐红了。

宝宁心里正琢磨着该如何将话题引向贾龄,还未开口,就听季向真道:"宝宁,大姐真羡慕你们夫妻和睦。你不知道我和世子……"

宝宁期待地问:"世子怎么了?"

季向真道:"你大姐夫竟背着我和青罗坊的女子有染!他让那个女子珠胎暗结就算了,还要让我出钱,将她抬进门!"

宝宁知道青罗坊,那是裴原手下的产业,是个成衣铺子。但季向真说的又是怎么回事呢?

宝宁一时没反应过来,问:"大姐夫怎么会去青罗坊?府里做衣裳,竟然要他亲自去吗,竟然还和绣娘有染了?"

季向真面色古怪地看着宝宁:"什么绣娘?是个妓女!"

宝宁蒙了。

季向真问她:"宝宁,你怎么会认为青罗坊是成衣铺子,谁对你说的?那是京城最有名的勾栏院之一,出入的人均为达官显贵,里头的扬州瘦马数都数不清。你大姐夫看中的那个薛芙是青罗坊现在的头牌!我可真是恨,世上为何要有这样的地界,诱惑男人去消遣,拆散了多少恩爱家庭……"

宝宁不敢看季向真了,觉得羞愧得慌。

青罗坊是裴原开的,要说拆散人家的家庭,裴原也有一份"功劳"。见季向真说到痛处,捂帕痛哭,宝宁都不知道该如何开口安慰她了。

而且,裴原竟然敢欺骗她,对她撒这种小孩子都不屑于撒的谎!

宝宁想,裴原若是直说,她又不是不讲理的人,能理解的,但他偏要骗她,是要掩饰什么——他肯定是心里有鬼呀!

女人的小心思被勾起来了,宝宁现在想到裴原,用的都是审视的态度。他怎么在床笫上花样那么多,都是从哪里学来的呢?再瞧瞧裴原的好兄弟魏濛,一看就不是个顾家的男人,裴原总和他在一起,能学到什么好东西?正所谓"近朱者赤,近墨者黑"呀!

宝宁又想到,裴原能在这件事上骗她,在别的地方就不能吗?

季向真与宝宁相对而坐,两人均沉默了,各有心思。

宝宁呷了一口茶,把心中的那些狐疑都压了下去。她现在有正事,等送走了大姐,再和裴原算账!

宝宁拿着帕子假装擦了擦眼泪,然后凑近季向真,劝说道:"大姐,那你现在打算怎么做呢,真的要将那个薛芙迎进门吗?说起来残忍了一些,但那个孩子是一定不能留的!世子的第一个孩子若是个妓子生的,以后侯府要遭人耻笑不说,大姐的日子也不会太好过。况且,世子成婚这么多年了,那么多姨娘都没孩子,怎么那个薛芙就有了呢?她在那样的地方过日子,每日接触的人五花八门,也不知道孩子到底是不是世子的……"

宝宁说这话,一半是为了离间季向真夫妻的关系,另一半是出于真心。宝宁是真的替大姐觉得不值,凭大姐的家世和容貌,贾龄不是她最好的选择。

"宝宁,不瞒你说,这些事,大姐都想过,"季向真叹气,"但又有什么法子呢,我总不能与他和离吧?我嫁给他那么多年了,年华已逝,就算狠了心再嫁,说不准嫁的男人还不如世子,又要受别人的闲话。到那时,我该如何自处呢?"

宝宁握住季向真的手,关切道:"大姐这话就说错了,一婚更比一婚高!你看三国时刘备的吴皇后、曹丕的甄皇后,再往前还有汉景帝的王皇后,不都是二嫁的?!大姐既然已经预见了前边是个火坑,不急着跳出去,难道还要想怎么被烤死才不会更疼吗?"

季向真被宝宁"一婚更比一婚高"的奇怪言论震住了,紧拽着手里的帕子,无言以对。宝宁握着季向真的手腕，目光灼灼，思忖片刻，继续道："大姐，你别怪我多嘴，我觉得，世子这个世子之位或许难保！"

季向真的心弦被宝宁的话勾住了。她轻声问："这话怎么说？"

"世子他不能生呀！"宝宁顾不得为谈论这种话题而感到羞涩了，挨近季向真，与她分析，"大姐，你与世子成婚已经四五年了，府里的姨娘、通房那样多，世子正值壮年，夜夜笙歌，但是你们府上一个孩子都没有，难道是府里所有的女人都有问题吗？"

季向真怔住了："但是，但是……"

她不知该如何辩驳。宝宁说的似乎是对的，甚至大家都这么说，她自己暗地里也想过，但这件事被这样赤裸裸地摆在明面上，她还是有点儿接受不了。

宝宁道："大姐你看，世子他许是有隐疾，但又不去治，怕是很难有孩子了。不，他有孩子——那个薛芙有孕了，肚子里的孩子不知道是谁的，以后却要进门。她的孩子顶着崇远侯世子长子或长女的名号，要交由你来养，你养着不是自己亲生的孩子，还得捧着她一个烟花地出身的女人，以后那个孩子和女人得势了，还有你什么好果子吃呢？！"

季向真更加无言以对了。这个从前安静沉默的妹妹怎么现在这么能说，一句句都戳进了她的心坎。

宝宁继续道："如果那个孩子出了什么意外，那就更惨了。世子一辈子都没孩子了，那还能承爵吗？崇远侯肯定不会同意的！不久之后，他的世子之位或许就要被剥夺，那时候大姐就什么都没有了。世子若是爱你，你们琴瑟和鸣地过粗茶淡饭的日子，倒也快活，但他又是那样的风流性子！大姐，我真是替你觉得不值呀！"

宝宁紧张地盯着季向真的神情，见她从愁苦到震惊再到愁苦，最后眼神慢慢地变得坚定。

宝宁松了一口气。她第一次做这种哄骗人的活儿，虽然表现得很娴熟，但实际上紧张得手心里已经浸满了汗。

季向真缓了缓，道："宝宁，我知道，我不能继续陷在这种没出路的婚姻里。拖得再久一些，我的最后一点儿优势都会被时间抹平，等我的容貌不再，我岂不是真的万劫不复了？但是……我没办法向爹爹和母亲交代呀！母亲已经很责怪我了，说我没有为世子诞下一儿半女，我若回国公府，也是没有好日子过的……况且，谁又愿意再娶我呢？"

宝宁心头一跳，暗道机会来了。她动作一顿，面色变得犹豫，好像有难言之隐似的："大姐，听说世子前段时间刚接到任命，做了奉车都尉？"

季向真点头："小官而已，没有多少俸禄。"

"但这个官职重要得很呀！我还听说……"宝宁吞吞吐吐地摇头叹气，"罢了，还是不说出来让你烦心了。"

季向真着急了："宝宁，你这话说一半，不是用猫爪子挠大姐的心吗？快说吧！"

"我听说，世子与太子走得很近……"宝宁压低声音，将裴原曾和她讲过的张良刺秦的故事对季向真讲了一遍。

看着季向真越发惊讶不安的神情，宝宁道："大姐，关于这些事，我本不想多嘴的，但我们是姐妹，你的安危关乎我的安危，你的荣辱关乎我的荣辱。若世子真的失足酿成大错，大姐面对的就不是婚姻幸与不幸的问题了，这可是生死攸关的事！"

季向真回想着贾龄近来的种种举止，越想越觉得心惊。其实她隐隐有一种感觉，宝宁今日说的话都意有所指，想要引着她往某个方向走……但她就是抗拒不了，觉得宝宁说的都很对，慌乱之下，宝宁已经成了她唯一的主心骨。

季向真焦急地看着宝宁，问："那……如果这是真的，我该怎么办呢？"

宝宁摇头道："我也只是个女眷而已，这样的朝廷大事，我没有办法。"

她不敢再继续抛诱饵了。季向真是个很聪明的人，只是暂时心乱了，才会顺着她的意思走，她若再穷追不舍，季向真立刻就会反应过来，到时候恐怕会前功尽弃。

季向真像是在出神，她的目光落在茶盏上。宝宁见状，劝道："大姐，你不要着急，这都是些不靠谱的猜测而已，我相信世子不会这样愚蠢的。但万一是真的，大姐还是早做准备，离开他不是背叛，是忠君，是对的。"

说完，宝宁忽然笑了一下。

季向真问："你笑什么？"

宝宁道："我刚才想起了一件离奇的事情。如果这件事是真的，大姐若在清君侧的时候出一份力，圣上怎么会亏待你？我甚至还觉得，这简直就是天上掉馅儿饼的好事情，到时圣上会给你诰命，给你赏赐，你还要什么丈夫呢？有了圣上的支持，你顺心顺意，无人敢惹，到时候的生活才美哉！"

季向真也微微笑了："如此说来，倒也是对的。"

宝宁回以一笑，不再和她说这个。

姐妹俩又吃了些茶点。季向真看了一眼窗外的天色，已经过午了，便起身告辞，宝宁送她。

临别的时候，宝宁牵着季向真的手，和她依依惜别："大姐，从小你便对我好，即便出嫁了，我也惦念着你。我知道你身边没什么贴心人，以后若是有话想说，你便来告诉我，有事也可以来寻我。四皇子待我好，你是我的亲姐姐，若有什么麻烦，他定会出手相助的。"

季向真感动地道:"我记着了。"

她上了马车,向宝宁挥挥手,起程向西,回家去了。

看着大姐走远,宝宁顿时像是脱了力一样。她觉得裴原真是不容易,打仗的时候攻城很难,交际的时候攻心更难,这要是换成她,每天都会觉得心力交瘁。

宝宁回想着刚才季向真的神情,都是在她意料之中的。那她今天应该算是成功了吧?

刘嬷嬷扶着宝宁的胳膊往楼上走,转过楼梯拐角,宝宁便对上了裴原笑意满盈的眼。

刚才她们姐妹俩后半程的对话,裴原听了个大概。当初宝宁解开心结和他谈心,他高兴的也是她愿意接纳他所做的事,从没想过宝宁能对他的事业有所助益,但今天,他实在是对她刮目相看了!

"我们家宁宁可真是给我长脸!"裴原拉着宝宁的手进屋子,反手带上门。他从袖子里拿出一颗杏仁糖,剥了糖纸,送进宝宁的嘴里。

裴原满心欢喜,根本没注意到宝宁眼神的变化。他坐在椅子上,搂着宝宁,把宝宁放到自己的大腿上,与她面对面。

宝宁这会儿又想起青罗坊的事了。她生气,但没那么狠心,还想给裴原一个机会。

"晚上想吃什么?"裴原掐宝宁的脸颊,亲了一口她被掐得嘟起的嘴,"我带你下馆子去?咱们还没下过馆子呢。"

宝宁道:"我想买衣裳了。"

"嗯?怎么突然想起买衣裳?"裴原顿了一下,也没多想,答应了。

裴原看着宝宁现在这副严肃的样子,觉得她可爱极了,就像逗猫儿一样逗宝宁。他玩得正起兴,对将要到来的危险毫无察觉,还调笑着问:"怎么回事啊宝儿,怎么看着不高兴了?"

宝宁道:"我们去青罗坊买衣裳吧。"

裴原愣住了,眼中闪过一丝尴尬之色,随即装作漫不经心地说:"那家铺子的衣裳不太好,不去那家,换一家,随你挑。"

宝宁问:"青罗坊真的是衣裳铺子吗?"

"当然。"裴原肯定地道,"你怎么还记得这家店?它的生意不好,我准备让它倒闭了,以后不要再提了。"

听了裴原的回答,宝宁眼中燃起熊熊怒火,她的牙关猛地闭合。裴原的手指还在她的嘴边,他被咬得叫出了声。

"你属狗的吗，还咬我？"

宝宁摇头甩开裴原的手，紧接着将嘴里的糖吐在他的脸上，站起身，掐着腰道："好啊裴原，你果真是在骗我！"

裴原的手指火辣辣地疼，他低头一看，上面的牙印很深。他故作镇定地抬手，把粘在脸上的糖抹下来，重新包进糖纸里，脑子里却一片空白。

完了，宝宁发火了。要是她还像原来那样，胆子小小的，他也能硬气得起来，凶两句吓唬她，但现在这么做可行不通了。她不害怕了，被惯得不像样子，还敢往他的脸上吐糖！

裴原来不及去想到底是谁多嘴，竟然把青罗坊的事泄露了出去，先飞快地想解决办法。

这他可怎么哄？

宝宁又坐到裴原的腿上，伸出手指，抬起他的下巴，压低声音问："你到底还有多少事瞒着我？"

"没了，"裴原就着这个让人略有些羞耻的姿势仰头看宝宁，"真的没了，就这一件事！"

宝宁问："那你为什么要骗我？"

裴原诚实地道："我怕惹你生气。"

"我为什么要生气？那都是你之前做的事了，往事不可追，我不生气。"宝宁狐疑地看着裴原，"你是不是在青罗坊里有相好的，心虚了，这才瞒我的？"

裴原倒吸一口冷气："怎么可能？我怎么看得上那些女人？"

宝宁紧追不舍："你这是什么意思？如果不是青罗坊的人，是良家姑娘，又美丽又贤惠，你便看得上了？"

裴原辩不过她。宝宁现在根本不冷静，他说什么都是错的，还不如一句话都不说。他闭紧了嘴。

"好呀，"宝宁更生气了，甩开裴原的脸，"你这是找不出反驳的话，所以默认了吗？"

裴原心中叫苦。他从来不知道，女人胡搅蛮缠起来竟是这个样子。宝宁原先十分乖巧，有时骄纵任性一点儿，但也有个度，现在却完全不讲理了。这件事确实是他的错，是他在最开始的时候没大方地承认，但她也不能乱给他扣帽子不是！

裴原也恼了。

宝宁看裴原的脸色骤然沉了下来，心中有一瞬间的慌乱，但很快就镇定下来。

她不慌，做错事的人又不是她，慌什么？

说实在的，她其实并没有往裴原养外室的方向想过。在这样的事情上，她还是相信他的。她刚才说那些话，也是为了气一气裴原，让他着急一下，再给他提个醒，让他以后做事不要瞒着她。但是，看看裴原那个死样子吧，他竟然也摆起脸子了！

宝宁本想晚上做点儿好吃的改善一下伙食，顺便犒劳这两日为如意楼开业之事忙碌的裴原。但她现在心里不舒服，不想给他做了，咸菜疙瘩凑合着吃吧！

宝宁从裴原的身上下来，收拾了一下裙摆，转身就往外头去。裴原扯住她的袖子，沉声问："你上哪儿去？"

宝宁不看他，视线看向别处："你不想看见我，我也不想看见你，那你自己坐在这里冷静吧，我下去炖吊梨汤喝，炖一大锅，有客人来就送一碗，就是不给你。你愿意回家就回家，愿意去什么青罗坊就去青罗坊，我今儿个住在如意楼了，离你远点儿，咱们谁也别烦谁！"

裴原面色更黑了："怎么着，要闹分居？"

宝宁的手腕被扯疼了，原来恼怒的情绪被搁置了这么长时间，已经全变成了委屈，现在她看着裴原的脸就觉得牙根痒："分居便分居！"

裴原继续道："你不回家，你养的那几个小畜生怎么办？羊也饿死了，狗也饿死了，我可不会给它们收尸。"

宝宁想，这个人说话怎么这么难听，太烦人了。她抿了抿唇，道："我待会儿就让人去接它们，好吃好喝地伺候着，不劳你操心。"

"你想好了？"裴原高声道，"我再给你个机会，你见好就收，别蹬鼻子上脸，逼得我发火！到时候闹出事，丢人的是你！"

宝宁和裴原相处了这么久，被裴原爱护着，纵长了小脾气。她被骂得鼻子一酸，眼睛也红了，想着，平常人家的夫妻也是会拌拌嘴的，只要不过火，就是夫妻情趣。可刚才她就是咬了他一下，他怎么就生气了呢？况且还是他不对在先。

他这是又要树他的男子威严了吗？

宝宁的心凉了，她不想搭理裴原了，觉得之前自己的一腔真情也像是喂了狗，喂的还是一只随时会翻脸的狼狗。她挣开裴原的手，转身要走，忽然听见身后传来裴原的脚步声。

裴原两步迈到宝宁的身边，她一惊，以为他要动手，刚要躲，就听到耳边响起了一声极为洪亮的狗叫声："汪！"

宝宁震惊地看着裴原。

"汪！汪！"裴原边叫边朝宝宁贴过去。宝宁最初惊讶，随后便笑出了声，被裴原揽着往后退，没几步就跌进了藤椅中。裴原用两臂撑着扶手，鼻尖离宝宁也就一寸的距离，继续叫："汪！汪！"

"别闹了，别闹了，你叫得我的耳朵疼了。"宝宁笑得前仰后合。

裴原按着宝宁的肩膀，恶狠狠地又"汪"了一声，接着道："我说了，你别逼我，要不然丢人的是你！"

宝宁笑得眼里雾蒙蒙的。短短一刻钟里，她的情绪变来变去。最开始，她觉得裴原讨厌，觉得他烦人得连狗都嫌，现在又觉得裴原招人喜欢得不得了，连学狗叫都这样可爱。她捧住裴原的脸揉了揉，心想着，裴原这两天确实累瘦了一点儿，还是要给他补补，至于青罗坊的事，反正也不是很重要，就原谅他吧。

裴原用额头去蹭宝宁的脸，眯起眼问："不生气了？"

宝宁皱了皱鼻子，冲他"喵呜"了一声。

裴原也笑了起来。他看宝宁的心情平复了，才蹲下身子，仰头看着她解释道："我不是欺骗你，但这件事我实在是难以启齿。你有多小心眼儿，你自己也清楚，别说什么当时我坦白了你就不生气的屁话……"

宝宁瞪了他一眼："我很小心眼儿吗？"

"嗯……是我以小人之心度君子之腹了，"裴原轻轻地咬她的手指，"你大气得很。"

宝宁道："那你刚才也不应该凶我。"

"我也是要面子的，"裴原道，"男人都是要面子的，你得理解我。我也知道，女孩子爱耍小脾气，你和我耍，但不许和别人也这样，和季蕴也不行！你要撒娇，就只能撒娇给我看。在家的时候，我纵容着你，你怎么高兴怎么来，行不行？"

宝宁问："那不在家的时候呢？"

"不在家的时候，你得给我面子，得让人觉得，这个家里由我说了算。"裴原揉她的手指，"打个商量，成不成？"

"我知道了，"宝宁笑着抱住裴原的脖子，在他耳边道，"我也会对你好的，让别人家的丈夫都羡慕你。"

裴原托着宝宁的屁股，将人抱起来，笑着问："那咱们这件事就算翻篇儿了？"

"那岂不是太便宜你了？"宝宁靠在裴原的肩上，"别以为三言两语就能将我糊弄过去，晚上的饭你来做，我要吃红烧肉。"

"我不会，换个简单的。"

裴原抱着宝宁在屋子里走来走去。宝宁好像很喜欢窝在他的怀里，他也很喜欢被宝宁依赖。

"好吧，我做红烧肉，你煮饭。"宝宁笑眯眯地说，"你还想吃什么？"

"我想吃你做的炸丸子。"

"那你要帮我和肉馅儿。"

裴原噘起嘴："那你亲我一口。"

宝宁笑着推开他的脸："离我远点儿！不要，不要！"

裴霄在茶楼里等了快两个时辰。他派去的人在如意楼里见到了宝宁，说宝宁和裴原一起进了二楼的厢房，那时候宝宁的面色不太好，像是在生气，后来果然听见了争执的声音。

对此，裴霄是有些高兴的。本想等裴原被气得拂袖而去时再登门，或者在宝宁气愤地离开的时候再迎上去，但是他喝了一盏又一盏茶，等到太阳快要落山了，如意楼那边还是没有别的动静。

圆子被一个长得很黑的侍卫陪着，在门口骑小木马，笑得牙齿都露了出来。裴霄站在窗边看，恍惚间觉得，圆子、宝宁和裴原好像才是一家三口。

自己每日事务繁忙，今日难得抽出一天时间，难道就是来看儿子和别人相处得其乐融融的吗？裴霄意识到自己此举的蠢笨，恼火地拧起眉。他不想再等了，带着常喜和两个佩刀侍卫走出茶楼，径直往如意楼去。

"小少爷，小少爷！"常喜远远地便开始唤。在大街上，他不方便喊"小殿下"或"小皇孙"，但圆子是头一回听"小少爷"这个称呼，根本反应不过来，依然在晃晃悠悠地骑木马。陈珈早就知道他们会来，听见声音，也没什么别的反应，依旧蹲在一旁沉默地看蚂蚁筑巢。常喜被忽视得很彻底，尴尬了一瞬，想再叫，被裴霄拦下了。

裴霄走到圆子面前，有些生疏地摸了摸他的脑袋，道："圆子，我来接你回家了。"

圆子茫然地抬起头，待看清来人的脸，他的眼中掠过浓重的失望之色。圆子答应了一声，从木马上下来，往屋子里奔："姨姨，姨姨！"

常喜觉得更尴尬了。他们不是来接孩子的吗？想象中的圆子的雀跃或者裴原一家的震惊和难过通通没有出现，从头到尾，他们都像是在唱独角戏一样，等了那么久，准备好了表情和语气，结果人家根本不在意。

即便心里风起云涌，裴霄面上仍旧是淡淡的神情。他望着圆子的背影，跟了上去。

宝宁正坐在账台边上拨算盘，和女账房对账。这位女账房三十多岁的年纪，干活儿很麻利，是裴原费尽周折请来的，拿着比普通账房先生高三倍的月钱。账台边上摆着一盆水仙花，现在不是花季，但它的叶子长得很好，郁郁葱葱的。

宝宁有点儿走神，在心里琢磨着晚上的菜谱，还有刚刚和裴原吵架时自己的发挥。

她原谅他原谅得太过轻易了！现在回想起来，她觉得裴原好似作弊了。他是不是用了兵法？这招儿叫什么名字来着，是虚张声势还是声东击西？她想不明白，又在心里直叹可惜：裴原靠两声狗叫就将她糊弄过去了，她可再难寻到这样的好机会整治裴原了。

圆子的喊声让宝宁回过神来，她一抬眼就看见了站在门口的裴霄。他穿着一身深紫色长袍，腰系黑色佩带，腰间悬挂着一柄长剑，气质儒雅温和。

宝宁很快移开眼。她在心里将裴霄划为灾星的行列，觉得自己见到他就要倒霉，只想赶紧将他送走。她抱住扑过来的圆子，轻轻地拧他的鼻尖："好了，你的家人来接你了，包袱昨晚就给你收拾好了，提上回家吧，里头有姨姨给你做的糖糕。"

圆子早就知道今天要走，但到了别离的时候还是哭红了眼睛。宝宁安慰了他几句，让陈珈去送。

陈珈把圆子的包袱抱在怀里，问裴霄："有车吗？"

常喜傻愣愣地回答："有。"

陈珈点点头。他不知道裴霄是谁，裴原没告诉他，所以他以为面前这个人就是个普通富商或者官员，虽然看着有点儿眼熟。

陈珈其实在国公府见过裴霄——他脸盲，只认衣服不认人。今天裴霄换了身衣裳，他只觉得这个人有点儿眼熟，但就是想不起来，而这种熟悉感在看到裴霄看宝宁的直勾勾的眼神的时候也被他忽略了。

"这位公子，你若不买东西，就不要在门口挡路。"陈珈拽着裴霄的袖子，将他扯了出去，声音粗重地威胁道，"收起你的眼神，要不然怎么被人打死的都不知道！"

常喜倒吸一口凉气："你……"

裴霄拦住他，说了一声"算了"。

这样的体验是裴霄没有过的。若是别人对他这么做，他定会生气，但若是宝宁将他赶出来，他便没有那么生气了，只觉得新奇。裴霄按了按自己的额头，觉得头痛。每次遇到宝宁，都会发生些什么事让他觉得头痛，但他还是忍不住想再见她。

陈珈将圆子抱上马车，催促他们快点儿走，让他们别把马车停在街上挡路，被差役看见了要罚钱。常喜听见了，气得嘴歪眼斜，但裴霄不出声，他也不敢开口骂人。

裴霄上了马车，往后靠在软垫上闭目养神。随着马车向前行驶，如意楼渐渐远了，过了一会儿，他偏头问常喜："给她的纸条，送到她的手上了吗？"

今天是如意楼第一天开业，店里的客人多，赚的钱也不少。宝宁看着伙计送走最后一个客人，打扫完屋子，上了窗板，锁了门，把一切都弄好了，才拎着下午买的五斤棒骨走出来，裴原正骑马在门口等她。

"回家就一刻钟的路，别坐马车了，我带你骑马兜风。"

宝宁站在台阶上,用新奇的眼神看着赛风。她认识这匹马的时间也不短了,却从来没骑过,有点儿害怕。

裴原将大腿拍得"啪啪"响,冲她勾手指:"站在那儿发什么呆?快上来,要不然那些差役又来罚你的钱了。"

又提被罚钱的事!宝宁瞪了裴原一眼。

下午圆子走了以后,宝宁难过了半晌,一个走神,没看住店里的客人,就有人将马匹拴在了廊柱上。差役看见,罚了她三钱银子。

遇见这一连串的糟心事,宝宁之后心情就没好过,裴原还非要多嘴提起此事,她更加觉得憋屈了。不过她低头看了看手上布兜中的肥美的猪腿骨,想着晚上即将熬出的美味骨汤,心中好受了一点儿。

"我坐在前面还是后面?"

"上前面来。"裴原伸手拉她,"还想坐在后头?你那点儿小力气,万一抱不紧我的腰,掉了下去,我都没办法救你。"

宝宁低头嘟囔:"话都不能好好说,怎么就不能像人家温言软语的。"

"你在那儿嘀咕什么呢?"裴原瞟了她一眼,搂着她的腰,让她坐好。晚上风大,他把臂弯里挎着的披风拿出来,抖了抖,盖在她的肩上:"骂我呢?"

宝宁目视前方:"我在骂猪。"

"哦。"裴原应了一声。他催马,让赛风跑起来,待赛风跑了两步,低头对宝宁道:"我刚才一直在思考一个问题,想不明白,问问你。"

宝宁斜坐着,怀里抱着布兜子,感受着第一次骑马的新奇,漫不经心地道:"什么?"

"有一家农户,家里养了一只猪和一头驴子,养了小半年。到过年的时候,农夫犯愁了。他家穷,买不起肉,但孩子想吃,只是猪和驴都没长开,所以只打算杀一只。农夫看着圈里的猪和驴,不知道是吃红烧肉好,还是吃驴肉火烧好。你说该杀哪只?"

宝宁蹙眉深思,过了一会儿,道:"还是吃猪肉吧。猪过了半年,已经长得很大了,驴还小。而且驴可以拉磨,可以犁地,留下来比猪赚钱。"

裴原深表赞同地点头:"对,驴子就是这么想的。"

宝宁愣住了,这才反应过来自己被骗了,裴原在讽刺她是驴。这个人可真幼稚!

裴原大笑起来。

宝宁哼了两声,但看裴原笑得高兴,也跟着笑起来。这个笑话没什么意思,但这样一闹,圆子离开带给她的那点儿不舍心情竟然消散了许多。

庄子在城郊，出了溧湖县城的城门，要走一条山间小路才能回去。晚风拂面，凉爽宜人，旁边的山上生着许多野石榴树，树上开的花蓬松娇艳，是很漂亮的橘红色。马儿跑得很快，石榴花的残影重叠在一起，像一道红色的光。宝宁一路看过去，心想，这就是真正的"走马观花"吧。

快到庄子门口的时候，宝宁忽然想起了苏明釉，问裴原："大嫂是什么时候回去的？"

中午的时候，他们两人在二楼吵架，回来后，苏明釉就不见了。那时候宝宁心里装着别的事，也忘了问。

裴原道："不知道，许是累了，回去了。庄子里有人照看她，不是新买了一个叫喜儿的丫头？"

他一边说，一边收紧缰绳，勒住马，稳稳地停在了庄子门口。

裴原自己先下马，再扶着宝宁下来。直到这时，他才看见她的怀里抱着一个鼓鼓囊囊的布袋子，伸手接过来，拎到手里，还挺沉的。

宝宁站在旁边拍裙子，心想，苏明釉身边只有一个喜儿，也不知道够不够。苏明釉高门出身，原来身边仆婢成群，现在只剩下一个丫鬟，好像是有点儿寒酸了。她晚上得吩咐刘嬷嬷，明日再给苏明釉买一个丫头回来。

"这里头是什么玩意儿，你提了一路？"裴原解开袋子往里面看，嗅到一阵扑鼻的生猪肉的味道，又腥又难闻，于是又嫌弃地系上袋子，"你提着大骨头干什么？也不嫌麻烦。怎么不给陈珈提？"

"让陈珈提还有什么意思？"宝宁挽着裴原的手臂，笑眯眯地道，"我提着棒骨，你骑马，我们一起回家，你不觉得这样才像甜蜜恩爱的两口子吗？"

裴原觉得她说得有点儿道理，挑了挑眉，背着手踱到门旁，拱手行了个礼："到家了，夫人，您先进。"

宝宁配合他，福身温柔地道："夫君先进。"

"夫人先进，"裴原抖了抖袖子，"举案齐眉，这样才显得咱们恩爱。"

阿黄和吉祥正在院子里疯跑疯闹，听见他们的声音，都冲了过来。它们围在布兜子旁边转，跳着要舔，宝宁没心思和裴原演了，焦急地道："护着我的骨头，不要被狗吃了！"

"还不是你养的两条好狗，"裴原将吉祥踢开，"看好你的狗！"

苏明釉手里捏着白日常喜交给她的纸条，手心渗出的汗把字都浸湿了。她站在隐秘的墙角处，看宝宁与裴原在门口嬉闹，觉得羡慕，嘴里发苦。

他们的感情怎么可以那么好呢？那么真实，那么简单，充满烟火气。不像她和裴澈,表面上互相笑着,嘘寒问暖,知冷知热,好似一对模范夫妻,但都是逢场作戏而已,内里的虚假只有他们自己知道。

在那个家里,她连吃饭的时候也要端着架子,不敢大声说话,不敢掉饭粒,必须维持自己高贵的样子,连呼吸都觉得累。

苏明釉不由得又想起赵前来。

赵前是个瘦弱白净的少年郎,她和他第一次相见时,他在太子府做一个普通的小侍卫。她一眼就看中了他,参着胆子,勾引他做了她的"外室"。男人可以养外室,裴澈可以有中意的丑丫鬟,她凭什么就不可以,凭什么非得守着自己的清白?

最开始她也是怕的,但是赵前那么主动,会给她送花,给她写信,她也是个女人,每日面对冷冰冰的丈夫,再看着体贴的赵前,怎么能不动心呢?她觉得自己不傻,赵前想要什么,她都知道。但她不在意——他图钱,图权势,她馋他的身子,享受他的追求,也算各取所需。

他们后来颠鸾倒凤,一夜温情,她怀了孩子。孩子是裴澈的还是赵前的,她不知道,也并不关心。人生在世,难得糊涂。她只是怕有人认出来,知道她端庄的外表下竟然藏着这样的心。她是真的害怕,在心里想了又想,才鼓起勇气将这件事告诉了娘家人,但是父亲竟然将她赶了出来。就连父母都如此,还有谁会真心接纳她呢?只有赵前。

裴澈肯定也会怪罪她的。

苏明釉想到这儿,开始庆幸那件投毒案的发生,裴澈和那个丑丫鬟一起失踪了!他们最好再也不要回来!

其实,在溧湖住的这段时间,她隐隐约约想开了点儿。她可以将孩子生下来,无风无浪地度过余生,虽然寂寞了一些,但也不算太差。

如果她今天没有收到赵前的信的话……

赵前的信是裴霄身旁的大太监送来的,这意味着什么,苏明釉当然明白。

苏明釉知道自己或许做得不对,但人都是自私的。有人爱钱财,有人爱权势,有人爱江山,而她最爱自己。爱江山的人可以牺牲千万人的性命,只为了自己的宝座,她怎么就不能为了自己,牺牲掉别人的利益呢?

况且,她也不算太坏,苏明釉想。如果裴霄想要对裴原或宝宁不利,她是不会同意的,但如果只是做些无伤大雅的事,倒也不是不可以。

她决定去赴约了!

在离庄子不远的一处隐秘树林间,裴霄看着面前这个眉清目秀的少年——或者说是"少女"。

赵前被打扮成了一个丫鬟的样子。他骨相优越，无论扮男扮女，都很漂亮，穿着一身淡黄色的布衣襦裙，清秀得像是清晨带着露水的花苞。

常喜暗自咋舌，怪不得前太子妃会对这个赵前青睐成那样，果真不同凡俗。

裴霄也打量着赵前。过了很久，他开口道："我知道你的野心。"

赵前抬起头。

"你想要富贵，对吗？"裴霄弯了弯唇，"你可真是没有良心，苏明釉诚心待你，在她失势后，你转眼就将她丢了，来我这里就算了，还将与她曾经的那段情缘当作你的伟业说出来，盼着我因此对你高看一眼。"

赵前垂眼道："我没良心，也不要脸。如果殿下给得了我想要的东西，我便是殿下手中的枪头，您让我指向谁，我便指向谁。赵前没有出口成章的本领，也练不成好武艺，唯独有一副好身子，能勾得女人的心。男人或许会瞧不起我，但我相信，我这样的本领，总会有用武之地的。"

常喜听了他的这番阔论，心想，这人怎么这样，确实很有自知之明，但是也太过不知廉耻了！

裴霄却笑了起来，拊掌道："很好。我喜欢聪明的人，你就很聪明。"

赵前问："殿下让我入庄，是伺候前太子妃吗？"

"她有什么用处？不过是一个废人而已。"裴霄收起笑容，"我要你抓住的是另一个女人的心。第一，勾引她，让她离开四皇子。第二，借她的力打听消息，我要知道裴原所有的动向。你听懂了吗？"

晚上没吃成红烧肉，吃的是红烧大棒骨，肉多，骨髓多，再来一大碗白菜汤解腻，宝宁和裴原心满意足。

民以食为天，这句话说得确实不错，人吃好了，心情自然就愉悦了。

窗户敞开着，门也开着，温暾的晚风吹了进来。宝宁洗漱好，钻上床，将蚊帐抖开，撩起裤脚往腿上抹香膏。

"阿原，阿原啊！"宝宁扬声呼唤，可裴原不知道跑去哪里了，叫也不应。她声音大了点儿："裴原！"

外头传来狗叫声，过了一会儿，裴原撩起帘子，探进来一个脑袋："怎么了啊，宝儿？"

"天都黑了，你不上床，在外头干什么呢？"宝宁拍了拍皮肤，让膏脂化得更快，又放下左脚的裤脚，撩右边的，"将我妆奁里的那个青色荷叶纹的小瓶子递给我，待会儿你也上来，我给你抹。"

"我在帮你喂狗呢，"裴原甩甩手，"骨头棒子不能浪费了，正好给你的狗吃。吉祥的牙可真厉害，骨头棒子都能嚼碎，阿黄就不行，它的那牙还没有鸡的嘴利，我都怕它崩掉后槽牙。"

他说着，走进来，到处找布巾："擦手的巾子放到哪儿去了？我这一手都是油，没法碰你的东西。"

"你吃饭的时候不是用了巾子吗？"宝宁把抹腿的瓶子收起来，拿出抹手的，继续拍拍打打，"快想想放在哪儿了，别再弄丢了。一天丢三块，多败家。"

她说着说着就有点儿急躁："赶快找！"

"这不是败不败家的问题。丢了就是丢了，要是能找回来，我还能说它是丢了吗？"裴原把洗脸架拨弄得"噼里啪啦"响，回头对宝宁讲道理，"再说了，老子有钱，多糟践几块破布根本不算什么事，别因为这个和我叽叽歪歪。"

宝宁不高兴地瞟了他一眼："谁和你叽叽歪歪了？都是你自己在那儿说个不停，可见是我把你喂饱了，让你有力气胡搅蛮缠。"

裴原"哧"了一声，伸出手指点她："小女子，小女子难养！"

宝宁不理他了，转头唤："阿绵，阿绵呀！刘嬷嬷说带你去相相公，你们准备什么时候去张大伯的羊场，定下来了吗？"

小羊跑过来，用脑袋顶宝宁的腰眼，"咩咩"地和宝宁说起话来。裴原被冷落在一边，不知道宝宁和一只羊在用什么奇怪的方式交流，听也听不懂，在原地站了一会儿，脸色渐渐黑了。

裴原转身走了，用肩膀撞开帘子，到外头喊刘嬷嬷给他拿新巾子来。两只狗看到他出来，以为他要夺食，冲他低吼两声，叼着骨头，夹着尾巴，一前一后地跑开了。裴原见了，气急败坏。等刘嬷嬷把巾子送来，他擦擦手，又回屋子里去，教训宝宁："你养的好狗，像你一样，小白眼狼！把再好的东西给你都没用，因为一文两文的事、几块骨头的事，转眼就翻脸！"

"看你念念叨叨的样子！我祖母未过世的时候就是你这样的，瞎叨叨。"宝宁把装着擦手膏的罐子收起来，又去拿那个抹脸的，没找着，这才想起裴原还没给她拿过来，急忙撩起帘子唤他，"我的青瓷荷叶纹罐子呢？"

"在找着呢！"

小羊已经趴到一旁睡觉去了。

裴原在宝宁的妆台里乱翻一通，终于认出了那个罐子，拿过去扔给宝宁："这是什么玩意儿？"

"擦脸的，芦荟汁，还加了玫瑰叶和牛乳，能让我变白。"宝宁挪挪屁股，给裴原让了个位置，示意他坐过来，"你洗过脸了吗？我给你也弄一弄，瞧你晒的，没比陈珈白多少。"

裴原沉着脸："男人能弄这个吗？像什么样子，不成体统！"

"老古板，你该变通变通了。"宝宁拽着裴原的袖子，让他坐下来，舀起一勺黏糊糊的膏脂就往他的脸上抹，"我看话本上说，以前的武林大侠也会弄的，你羞什么？我给你试试，若是有用，你给魏将军也带一罐去，我不多要，收他二两银子就好。"

"你做生意做上瘾了，想抢钱？"裴原瞥了她一眼，僵硬地忍受着她的搓弄，"你从哪儿看的话本，往脸上抹这些东西的大侠叫什么名字？"

宝宁跪坐在裴原面前，用手指轻轻地按压着他的脸，轻柔地道："平谷一点红呀！"

什么乱七八糟的东西！裴原没听过，皱起眉头："那种胡扯的话本，以后少看！"

宝宁轻哼一声："你脸上的皮肤太糙了，得多抠点儿，等着！"

裴原的表情极不自然。他看到宝宁用细细的手指头又舀起一大坨香膏，往他的腮上蹭，冰凉滑腻的触感让他一哆嗦。他实在忍受不了，挥开宝宁的手："拿走拿走，什么古怪的东西，我不弄了。"

"瞧你那没出息的样子，好东西也无福消受。"见裴原极为抗拒，宝宁失望地摇摇头，把他脸上剩下的膏抹到自己的脸上。

多香的膏脂啊！裴原怎么就不识货呢？

宝宁擦完，视线落在裴原的腿上，又来了兴趣："看你这腿又黑又糙，既然不愿意擦脸，我给你擦擦腿吧！"

"季宝宁！你今天是不是闲得慌？"裴原本来盘着腿，被她盯上，急忙往后躲。宝宁扑到裴原的身上，他躲不开，只能大声呵斥："别将那种鬼东西往我的身上蹭！别，别揪我的毛啊！"

另一边，苏明釉拉着赵前进了屋子，然后早早地将门锁上，让喜儿在门口守着。

"我已经等你很久了。"苏明釉背靠在门上，望向赵前，泪眼蒙眬，"我还以为这辈子再也看不到你……能再遇见你，你不知道我有多高兴！"

"娘娘，赵前来迟，让您受苦了！"赵前说着，解开身上的丫鬟外裳，去掉钗环，又变成男子的模样。他一把抱住了苏明釉，嘴唇贴着她的耳根，轻声地道："幸好太子殿下宽厚仁德，我们又能在一起了！"

苏明釉咬着唇，眼泪潸然落下。

赵前没什么感动的情绪，心中都是算计，但在望向苏明釉的时候，他的眼中又满含柔情。他搂着苏明釉的腰，带着她坐到软榻上，抚着她的脸颊，轻声道："太子殿下如此厚恩隆德，我们定要做些什么回报他。四皇子妃将庄子守得太严，我们是安插在四皇子身边的眼线，可千万不能让殿下失望啊！四皇子虽现在失势，但居心叵测，在暗中谋划已久，我们除掉他也是捍卫正道。这样一来，待以后太子殿下登基，我们便是大功臣了。到时候我封侯拜爵，娘娘便嫁给我，我们做一对神仙眷侣，过美满的日子。"

"不要叫我娘娘了，"苏明釉摇头道，"我不是娘娘了。"

赵前便温柔地唤她："明釉。"

"我在。"苏明釉笑着回应他。

和赵前对视了一会儿，苏明釉渐渐恢复平静，迟疑道："可是……我们又能做什么呢？"

裴霄刚刚找到她，并没有说什么指使她的话，好像真的就是为了成全她和赵前的缘分一样。苏明釉知道这是裴霄的驭人之术，但还是心存感激。

苏明釉想，裴霄若明明白白地与她做交换，她或许会存逆反心理，但他这样温和……她抗拒不了赵前的诱惑，内心仅存的良知又逼迫她做点儿什么来回报裴霄。她知晓裴霄的野心，虽然并不赞同，但愿意奉献。

她想和赵前在一起，既不想对不起宝宁的恩惠，又想报答裴霄的恩情。

苏明釉的内心自有一番平衡的法则，她觉得她可以做到。

赵前道："我今后就着女装与你生活在一起，明日你便禀明四皇子妃，说我是你新买的丫鬟，叫前儿。"

苏明釉点头说"好"。

赵前又道："这就像是两兵相交，打仗的时候，我们既要攻前线，又要捣后方。四皇子妃就是四皇子的后方，是他的军队驻扎的营房，四皇子现在能够专心于事业，很大一部分原因是他们的感情和睦，后院不起火，他不必分神。"

苏明釉眼皮一跳："我们要干什么，是要挑拨他们的关系吗？"

"别说得那么难听，"赵前搂着她，将暧昧的气息呼在她的脸上，"只是考验而已。若是他们连小风浪都无法扛住，以后注定会是两个伤心人。就像曹丕和甄宓，他们原先不甜蜜吗？可后来曹丕还是有了新欢，甄宓则那么可怜。"

"我们是在做好事。"

赵前诱哄着苏明釉："况且，你还有其他能报答殿下的东西吗？"

苏明釉想起了她自己和裴澈，确实是两个伤心人。她为自己做的错事找到了理由，重重地点了点头。

"明釉真是个聪慧的女子。"赵前笑着站起来，慢慢地解开了衣襟，苏明釉看得红了脸。

"我的心里只有你，我做的一切都是为了你和孩子，我们在一起一辈子，好不好？"

苏明釉温柔地道："好。"

赵前紧紧地拥抱苏明釉。他将下巴枕在苏明釉的肩窝处，眼睛却看向窗外，寻找着四皇子妃所住的院落。

赵前在心中想，女人的心就是软，这一个可真好骗，不知道明天要见的那个是不是也是这样。

第二日早上吃炸酱面，宝宁早早地起来做。

手擀的面条筋道爽口，配上肥瘦相间的猪腿肉做的臊子，撒上碧绿的黄瓜丝，咸淡适宜，裴原转眼吃了一大碗。他要去营房点兵，中午回不来，宝宁给他装了一份茴香豆，又让他带了两个咸鸭蛋，这样一来，若他觉得营房里的午饭不合口味，配着咸菜也能吃一口。

裴原现在的嘴越来越挑了。原先宝宁总听他吹嘘，他说自己用野菜、树皮也能熬粥吃，但现在菜只要咸一点儿或者淡一点儿他就要叫，肉放少了他也要吵。

宝宁看着裴原走远了的背影，心想，他就像一条难喂的大狗。

"小夫人，今天还要去如意楼吗？"刘嬷嬷扶着宝宁回房间，轻声问，"早上的时候，苏夫人房里的喜儿来了，说苏夫人要见你，她有事要和您谈。"

宝宁蹲在窗底下摸月季："听说她的院子里昨儿个多了个小丫鬟，她许是要和我说这件事。"

庄子就这么大，多一个人少一个人，宝宁都知道。

"小夫人，您别怪婢子多嘴。"刘嬷嬷蹙眉道，"苏夫人和咱们住在一起，十天半个月的也还好，但时间长了，总是不方便的，她不自在，您也不自在。还有，听喂马的大林说，那个新来的小丫鬟长得……很狐媚！"

宝宁抬头，对上了刘嬷嬷担忧的眼神。她知道刘嬷嬷在担心裴原被人勾走，张张嘴，刚想说些什么，话还没出口，就被身后的吉祥的狂叫声打断。

宝宁一回头，就见苏明釉挽着那个据说长相狐媚的小丫鬟，正亭亭玉立地站在院门口。两个都是美人，赏心悦目，但宝宁看见那个小丫鬟分明朝她抛了个媚眼。

宝宁觉得有点儿恶心，不由得打了个哆嗦。

吉祥一直在叫。它现在已经长得很雄壮了，毛发也新生出一茬，瞧起来又丑又凶。若不是刘嬷嬷及时扑过来制止了它，苏明釉毫不怀疑，这只比她的膝盖还高的丑狗会立刻扑过来撕了她。她害怕这只狗，怕得都不想来宝宁的院子了，但是又不得不来。

苏明釉望了一眼赵前，看见赵前面色僵硬，以为他也被吓到了，就把手伸到下方去，握了握他的手。赵前面色缓和了一些，回了她一个温和的笑容。

宝宁目光古怪地看着她们，顿了顿，小声地问身旁的陈珈："你觉不觉得苏夫人和这个新来的小丫鬟之间很奇怪？就一夜，她们怎么就生出这么浓厚的感情了呢？"

陈珈垂着脑袋挑菜籽。他现在每日除了练功，就是被宝宁支使着干活儿。挑菜籽、发豆芽、犁地、浇水，他原先在乡下老家学的那些手艺，现在全派上了用场。日子倒是过得不错，很轻松惬意，他感觉自己长胖了不少。

和宝宁生活在一起的人好像都会长胖，就像刘嬷嬷——她原先是个丰腴的中年妇人，现在就是个和蔼的胖老太太，笑起来时，脸颊上有两道沟。还是四皇子的心性坚韧，他就不胖，虽然吃得不少，但只是越来越壮实，肥肉并不见多。

说到肥肉，陈珈又想到，他有点儿馋五花肉了，该怎么隐晦地向宝宁提起呢？他想让她做一点儿，晚饭时赏他两口就行。

那边，刘嬷嬷将苏明釉和赵前都迎进屋子。陈珈却像傻了一样，抓着一把香菱菜籽，也不说话。宝宁又叫了他两声，问他："陈珈，你觉得那个新来的小丫鬟有问题吗？"

陈珈这才反应过来，很认真地思考了一会儿，回答道："我不知道。但我小时候听说，孀居的女人寂寞久了，也会生出些别的想法。"

宝宁的脸渐渐红了，她回头望了一眼苏明釉和那个新来的小丫鬟，不禁遐想起来。她从陈珈这里学到了新奇的东西。

宝宁定了定神，又恢复了正经的样子，吩咐道："陈珈，你以后要留意一下那个丫鬟，她这个人不知底细，我怕她做坏事。若她有什么动静，或者和苏夫人……你可要及时告诉我！"

陈珈领命。

宝宁心事重重地踏进屋门。

苏明釉正在桌边喝茶，见宝宁进来，神色变得有些奇怪，但很快又恢复了正常，她吩咐道："前儿，快向夫人问安。"

赵前"扑通"一声在宝宁的面前跪下来，红着眼道："奴婢前儿，恳请夫人收容。"

地面是石质的，他刚才狠狠地一跪，是为了博取宝宁的同情。之前他收到裴霄的命令，裴霄让他用女儿身接近宝宁，得到她的信任和宠爱，最好以后做她的贴身丫鬟，方便日后行事。而最容易获取女人信任的方式，就是摆出一副可怜的样子，让她同情。

宝宁确实有一点儿心软，所以急忙让刘嬷嬷扶起了这个丫鬟，笑着道："买你的人不是我，是苏夫人。她愿意收容你就够了，你不必恳请我。"

赵前双目含泪，看了宝宁一眼，轻声道谢。

美人秋水凝眸，本来应是美景，但宝宁心中那种不适的感觉又涌了上来。底层的人想往上爬，难免会要些小心机、小手段，装可怜就是其中一种，宝宁可以理解，但这个叫前儿的丫鬟装得未免有些过头。若是男人，或许会对她心生怜爱，可宝宁又不是男人，只觉得她虚假得很。

赵前在偷偷地打量宝宁。

这位夫人纤细美丽，淡白梨花面，柳叶细弯眉，唇色朱红欲滴，看着还像是少女一样，但又有些纯雅的味道，更添了几分已婚女子的娇媚。说白了，这就是个不谙世事的深闺女子，没心机，空有美貌，赵前看她的眼神就能看出来，她应该又单纯又好骗，倒是怪惹人怜爱的。

赵前殷切地上前给宝宁斟茶，斟到七分满，用指肚试了试杯温，口中道："夫人请用茶，稍烫，还请慢慢地喝。"

宝宁瞟了苏明釉一眼，捕捉到了她眼中一闪而过的不悦情绪，像是吃醋了。宝宁由此更坚定了刚才听完陈珈的故事后的猜想：苏明釉买下前儿，是看中了她的美色；与前儿亲近，是为了缓解闺中寂寞。要不然，怎么解释这两人仅仅相处两日，就能如此亲密地牵手呢？

宝宁不知道该怎样处置这样的事，想等裴原回来再做决断。这是裴原的嫂子，棒不棒打鸳鸯，还是要看他的意思。

不过现在，宝宁是一点儿也不想看见她们了，可真碍眼啊！她沉默地喝茶，不再说话，希望苏明釉自己识趣地走，可苏明釉偏偏没眼色。最后，宝宁只能不情不愿地请苏明釉留下一同用午膳。

吃过饭，苏明釉还是不肯走，自顾自地坐到了软榻上，要和宝宁切磋绣工。宝宁不想和苏明釉切磋，因为一切磋就要说话，她不想和苏明釉说太多的话。于是宝宁叫了阿绵来，又取了绣球，说要与苏明釉一起和小羊玩抛绣球的游戏。小羊早就长成大羊了，站起来比苏明釉的腰还高，一直用脑袋顶苏明釉的肚子。

赵前在旁边看得目瞪口呆。他见多了官宦人家的姑娘、主母，却没见过一个在家里养这么多奇怪动物的。这个四皇子妃是怎么回事，觉得四皇子难以东山再起，所以在家里破罐子破摔了吗？

但是她还怪可爱的，和其他的大家闺秀很不一样，让人很感兴趣。

赵前暗暗挑了挑眉。

苏明釉心里一直琢磨着怎么才能不动声色地挑拨宝宁与裴原的关系，但宝宁不怎么和她说话，只弄了一堆点心和茶水，让她吃，让她喝。苏明釉都去了三趟茅房，还什么有用的话都没说过，急得心头发慌。

阿绵顶绣球顶累了，趴到宝宁的脚边休息。宝宁也安静下来，唤刘嬷嬷拿来一碟子小狗虾。小狗虾要从渤海里打捞，户部侍郎不知道从哪里弄来了十几斤新鲜的，全都当作礼物送给了裴原。宝宁知道这件事后，还曾在心里想，裴原出息了，竟然还有人给他送礼了。

这种虾就半个小指那样长，但肉质厚实，味道又鲜又甜，很好吃。宝宁洗干净手，亲自剥了一只，把虾放到苏明釉面前的小碟子里，笑道："大嫂，吃点儿虾子开开胃吧。"

"谢谢弟妹，我已经饱了，就不吃了。"苏明釉脸色不太好。她在这儿待了小半天，别的事没干，光开胃了。

苏明釉看了赵前一眼，见赵前直勾勾地盯着宝宁的手瞧，心中"咯噔"一下。她又想起赵前那会儿给宝宁斟茶的事，心中开始冒酸水。

宝宁看苏明釉不吃虾，又问："大嫂，你还想吃别的什么东西吗？"

"我什么都不吃了！"苏明釉有些激动地站起来。她在这儿是一刻也待不下去了，腰酸得很，胃也不舒服，赵前的神情更让她觉得不舒服，她现在只想回自己的院子。

"宝宁，我就先……"苏明釉边说边往外走，正要和宝宁道别，不料脚尖一歪，碰到了地上的绣球。

绣球骨碌碌地滚到了不远处的柜子底下，阿绵看见，急忙过去追，结果没刹住，"嘭"的一声撞到了柜子上。几个小花瓶掉下来摔碎了，放在柜子最顶层的小匣子也掉到了地上。

那是个精致的小匣子，匣身绕着一圈暗紫色的花纹。苏明釉看见它，眼前一亮："那是什么东西？"

宝宁将闯祸的小羊赶走，又吩咐人进来收拾。她亲自将小匣子捡起来，拍了拍上头的土，认出来了："这是四皇子的东西，不知怎么被放到这里来了，再放回去就好了。"

苏明釉问："你就不觉得好奇吗？"

宝宁颇感意外，回头问："好奇什么？"

苏明釉意味深长地看着宝宁："这个匣子里到底有什么东西，四皇子不和你说，你就不想知道？"

宝宁回想了一下。裴原以前经常会拿着这个匣子摆弄，匣子上面有一把精致的金色小锁，他会拿钥匙在锁上捅来捅去，就是不打开。但是最近，他好像有些日子没再碰这个匣子了——匣子放在柜子上，已经落了灰。

宝宁确实好奇里面有什么。她的直觉告诉她，里面应该是对裴原来讲很重要的东西，并且是他不愿意面对的东西。两人原先的关系没那么亲近，她不好开口问，后来便忘了，现在才想起来。

苏明釉露出难以开口的神色来，又道："算了，你还是不要好奇了，里头是……"

她不说了。

宝宁拿着匣子，用手指敲了敲，听不出什么来。她笑着问："大嫂难道知道里面是什么吗？"

苏明釉蹙眉："我了解一些……"

苏明釉确实听说过这个匣子。那时候裴原母妃的尸骨刚刚被找到，在皇宫假山的山洞里，已成了一堆白骨，还发了霉。裴原亲眼见到，很长一段时间都心性不稳，有些疯疯癫癫的，每日就抱着这个匣子在假山的周围走来走去，手里拖着一把带着钢环的长刀。圣上看不下去了，差人将匣子偷走，想看看里头到底有什么，结果这件事被裴原发现了，偷匣人的手被他砍了下来。从此，裴原本就狼藉的名声更糟了，一度很少有人接近他。

苏明釉对宝宁道："里头是会让你伤心的东西。"

宝宁疑惑地看着她。

"是一个对四弟来说很重要的女人的东西，很重要，没有人敢在他的面前提起。"苏明釉半真半假地哄骗着她，"所以宝宁，你千万不要问他。"

宝宁问："为什么不可以问？"

"宝宁，我是过来人，所以才劝你，是为了你好。咱们女人总是犯一个错误，就是自视甚高，以为自己有多重要，其实不是的。一个女人，也不知道什么时候就会被新人取代。我劝你还是想开一些，过自己的日子就好，不论四弟以往有旧爱还是以后有新欢，你都不要着急难过。"苏明釉看着宝宁脸上越发惊愕的神色，面露忧伤之色，继续道，"我说的这些也都只是猜测罢了，关于四弟的过往，其实我知道的也不多。这些话你听听就过去了，千万别影响你们夫妻的感情啊！"

宝宁看看手里的匣子，又看看苏明釉的脸，半晌之后，笑着道："我知道了。"

苏明釉只是想稍微挑拨一下宝宁与裴原的关系，没想着能一步到位。这两人很恩爱，想让他们反目，她需要循序渐进，如果今天能让宝宁对裴原产生一丝猜忌，她的目的就达到了。

苏明釉又想，其实宝宁和裴原的关系一点儿都不稳定：宝宁于危难之中救了裴原，裴原对宝宁好也是情理之中的事，但男人好色，说破了天，感情也就能维持半年多，又能有多深厚呢？要说裴原从此一颗心拴在季宝宁的身上了，苏明釉是不信的。

苏明釉笑着指了指门外:"天色不早了,我有些困倦,先回去了。"

宝宁送她离开。

宝宁回了屋子,盘膝坐在软榻上,看着手里的匣子,回想着苏明釉说的那些话。

宝宁觉得苏明釉有些蠢,说话一点儿都不含蓄,意图太明显了。最关键的是,苏明釉在没有真正取得她的信任的时候就开口说这些涉及阴私的话,怎么可能挑拨离间成功呢?但苏明釉为什么会这样待她?宝宁有些想不通了。最开始的时候,苏明釉明明还挺好的,难道是吃得太饱了,才生出这样的闲心来?

不过,这个匣子……宝宁拨弄着上头那个小小的精致的锁扣。她真的想知道里头是什么,也不能再让裴原继续一个人守着这个秘密了。他们夫妻之间的小秘密越多,隔阂就会越深。今天是道行不高的苏明釉来挑拨,若以后换成一个道行高深的,她会不会就上当了?

宝宁把匣子又放回柜子上,去换了一身裴原喜欢的石榴红襦裙,稍微整理了一下头发,到厨房做晚饭。

宝宁准备做新奇的菜式。她已忘了是从哪个话本里看来的了,只记得叫什锦焖饭,只要将家里剩下的青菜和肉都切成小丁,炒香后和米饭焖在一起,熟了就可以吃。

宝宁想哄裴原高兴,所以又将做法稍微改良了一些。她先将米饭焖在木桶里,再取出昨晚剩下的大骨,剔出肉来放到一旁,而后准备了甜玉米、土豆、青豆、红薯和窖藏的黄澄澄的小南瓜。她想了想,又取了一块巴掌大的熏猪腿肉,这是云南总兵千里迢迢差人送来的。

宝宁一直纳闷儿,裴原每日忙来忙去的,是在忙什么。那些事她听不懂,但现在看来,他应该做得卓有成效了。这么多人给他送礼物,渤海的虾、云南的熏肉、岭南的荔枝……江西的一个不记得名字的官员还送了两个比米缸还大的青花瓷缸子来,现在那两个瓷缸子被放在院门口养鱼。

宝宁把甜玉米粒放到一旁,将剩下的菜和肉都切成小块,起锅烧油,加盐巴翻炒,厨房里很快就传出了复杂的香气。接着她把炒香后的什锦菜和洗干净的玉米粒一起放到米饭上,盖上盖子,用小火慢焖。趁着这个工夫,宝宁打算再做一道红烧泥鳅。泥鳅肉嫩,味道鲜美,又没有零碎的小骨头,很适合给裴原这种嘴挑的懒人吃。

宝宁掐着点,等一切都弄好了,便听刘嬷嬷唤道:"殿下回来了!"

这时候,厨房里和小院里已经飘满了饭菜的香气。裴原带着一身风尘,本来满脸疲惫之色,但一踏进院门,瞧见袅袅升起的炊烟、厨房和正房里暖融融的灯火,唇角就又勾了起来。他将外衣解下,递给刘嬷嬷,转身钻进厨房里,笑着问:"晚上吃什么啊，媳妇？"

宝宁将切碎的葱花撒到饭上，再往里面浇一勺白骨汤，道："大鱼大肉。"

葱香混着肉味，像长了眼睛一样钻进裴原的鼻孔里，他还嫌闻不够，又深深地吸了一口气，叹道："真香！"

宝宁冲他笑："端去屋子里吧，再招呼刘嬷嬷一声，是时候喂狗了。"

裴原挽起袖子端锅。和宝宁并肩的时候，他瞟了宝宁一眼，觉得她今天奇奇怪怪的，温柔得过分了，打扮得也好看——不是说她以前不温柔不好看，但今天……就是有点儿过分。

宝宁端起鱼，跟在裴原后面，问他："你为什么这样看我？"

裴原一针见血地问："你是不是有事求我？"

宝宁愣愣地看着他，不自然地别开眼："瞎说，我能有什么事？"

其实就是那个匣子的事。她要问裴原，总不能直接张口，总要先将他哄高兴了，那样才好办，所以才做了一桌子好菜。但做是做了，被裴原一语道破，她还是有点儿不好意思承认。

这个人怎么这么不解风情呢？

裴原迈过门槛，把锅和碗筷摆好，冲宝宁挑眉："怎么，把钱都败光了？看你那个样子，是来求我原谅的？"

宝宁觉得裴原脑子里的那根弦和正常人的肯定不一样，正常人怎么会想到这些？

她摇头："没有。"

"有也没关系啊，"裴原夹了一筷子泥鳅肉送进嘴里，用闲着的那只手掐宝宁的鼻子，笑道，"只要你不养小白脸，不管干什么出格的事，我都能替你兜着。到底是怎么回事，你闯什么祸了？这么兴师动众。"

裴原说着，又用手指拨了拨宝宁的耳坠子："打扮得像朵石榴花儿似的。"

宝宁的脸颊涨红了。她两只手抓着碗，不知道该怎么接裴原的话。

"不说？"

宝宁道："还不是你的好大嫂！"

裴原不解："她怎么了？"

宝宁将今日发生的事原原本本地对裴原复述了一遍，眼看着裴原的脸色越来越黑，最后道："我没闯祸，只是想哄得你高兴一些，让你将那个匣子的事告诉我……当然，如果你不方便说也没关系，只要知道你的好大嫂不太对劲儿就行了。若以后她对你说闲话，你可不要信。"

裴原淡淡地道："我没那么蠢。"

宝宁低头搅弄碗里的米饭，不再开口了。等了一会儿，见裴原也不再说话，她偷偷抬头看了他一眼，有些失落。

他果真没提到匣子的事，是不愿意说吗？

两人沉默地吃饭，屋子里只有咀嚼与碗筷碰撞的声音，外头偶尔传来几声狗叫，显得周围更静了。

饭吃到快一半，裴原给宝宁夹了一块肉，开口了："下次她要是再欺负你，你就将她赶出去。这里是你的家，你怎么能受外人的气？"

宝宁嘬着筷子尖，小声地道："但那是大嫂啊，长嫂如母。"

"她配吗？"裴原冷哼一声，"以后少和她往来。我明日会敲打她一下，让她老实一点儿。"

宝宁点头。

直到吃好了饭，他们都没再说话。

等刘嬷嬷将桌子收拾干净，裴原就到浴间去洗澡了，宝宁则坐在门口的台阶上看月亮。弯月如钩，阿黄和吉祥在院子里跑来跑去，宝宁拿手抓了几颗葡萄干，慢悠悠地往嘴里送。

宝宁是习惯安慰自己的，吃饭时的失落情绪现在已经消散得差不多了，她的心情算得上平静。每个人的心里都有几道疤，裴原是个自傲的人，不会在人前示弱。有的事他不愿提起，就锁起来，对此，宝宁能够理解。她不是非要刨根问底，问个不休。

匣子的事，要不就算了吧？

有小蚊虫在眼前飞来飞去，宝宁赶不走，就去屋子里取了条长纱搭在头上，继续仰头看月亮，眼前的月色变得更朦胧，更美了。

宝宁正在出神，裴原走了出来。他赤膊坐在她的身侧，手里拿着干布，一边搓揉自己的头发，一边叫她："在想什么呢，我的小石榴花儿？"

宝宁低头看了一眼石榴红的裙子，想起自己还特意搭了同色的耳坠子。被裴原这样说，宝宁有点儿难过："很俗气吗？"

"怎么会？"裴原偏头亲了一口她的脸颊，"我家宁宁最好看。"

宝宁笑了起来，回过头也亲了裴原一口，正好亲在他的眼皮上。裴原痒得闭了一下眼，然后将手里的布巾扔到地上，把宝宁抱过来，放在自己的大腿上。宝宁脸上的纱巾掉在地上了，裴原没管，只顾低头咬住她的唇。他尝到了一股酸酸甜甜的葡萄香，又软又甜。

"宝宝，张嘴。"裴原轻声哄她。

宝宁缩在裴原的怀里。她在这件事上很听他的话，檀口微张。

裴原夸她:"真乖。"

宝宁闻到了裴原身上清淡的香味。她第一次发现,原来他的身上这么香。

过了很久,两人分开了。

裴原收紧搂在宝宁腰上的手臂,宝宁顺势伏在他的肩上,轻轻地喘气。

裴原今天很温柔。他以往没这么温柔,喜欢咬人,总会弄得人疼,但这次没有。他好像洗完澡出来后就变得古怪了。

宝宁闭着眼胡思乱想,忽然觉得身子一轻。她被抱起来,放到了地上的软垫上,再睁开眼,就发现手里突然多了一个凉凉的东西,是一串玲珑的小钥匙。

宝宁的心猛地跳了一下。

"给你的。"裴原单膝跪在她的面前,勾了勾她的下巴,"你不是想知道那个匣子里到底是什么吗?我以后就把它交给你保管了。其实也没什么神秘的,里头就是我母亲——也是你婆婆——唯一的一件遗物,是她留在世上的最后一点儿念想。我以前总想起她,后来有了你,就不常想了。她在世的时候和我说,儿子都是有了媳妇忘了娘,现在一看,说得还挺对的。不过,我想起她的时候总是没什么好心情,现在不想了,人看起来也像个正常人了,所以她若真的在天有灵,应该会觉得高兴,会很感激你。"

裴原说这话的时候是笑着的,但宝宁看着他的眼睛,却觉得心中难过。

宝宁轻声问:"为什么是最后一件?"

裴原道:"她的东西都被烧了,因为她死得不祥。你若想看,明儿个等我走了,自己偷偷看,别让这东西落在我的眼里,我看着就脑子疼。"

宝宁觉得现在的裴原脆弱极了,脸上虽然没有悲伤的神色,语气也很平静,但这样的他更让她心疼。宝宁心中对裴原的爱都被激发了出来,她忽然觉得有种情绪在内心涌动,于是张开双臂,对裴原道:"过来,抱一下。"

裴原笑了:"干什么?别安慰我,我不想听。"

"我不说话,"宝宁倾身,上前搂着裴原的脖子,让他靠在自己的胸前,"就是很想抱抱你。"

裴原脸上的笑容慢慢收敛起来。他抬手按在宝宁背后,将她压向自己,过了很久才慢慢地吐出一口气。

宝宁听见裴原轻声道:"我会努力的,带着你到最高的位置上去。到时候,你想欺负谁就欺负谁,不会再有人敢欺负你。还有,宁宁,你要爱我,千万千万别背叛我,我是个病人,没有你会死的。"

## 第十四章
## 苏明釉假意示好

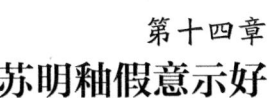

　　第二天，裴原走后，宝宁支开刘嬷嬷，自己一个人在屋子里，将匣子和钥匙都拿了出来。把钥匙往右拧了半圈，她就听到锁芯发出"咔"的一声，匣盖弹开，露出一条缝儿。

　　宝宁猜想过匣子里的这件遗物是什么，觉得大概是钗环珠宝，毕竟裴原的母亲秦湘是四妃之一的贤妃，生前宠冠六宫，手中的珠宝不计其数。打开后，她一看，发现果真是一支簪子，但出乎预料的是，它一点儿都不华丽，相反，还有些阴森。

　　宝宁看到它的第一眼，就是这样觉得的。

　　这是一根桃木簪子，时间已过去太久了，木头都变成了有些发黑的褐色，不过木纹依旧清晰。它不是常见的花朵或祥云样式，而是像一柄宝剑，左端的剑柄处是三枚铜钱样式的雕花，摸上去又凉又滑的，不是桃木，倒像是什么东西的牙齿。宝宁仔细端详着，肯定了自己的这个猜测——她养过许多狗，可以确信这是狗牙。

　　一代宠妃，怎么会用这种无金无银、朴素得像村妇所用的首饰一样的簪子呢？簪子上面还要镶嵌狗牙这种古怪的东西。

　　"小夫人，"刘嬷嬷在外头叩门，轻声道，"苏夫人来了。"

　　她怎么又来了？

　　宝宁蹙眉，赶紧将匣子关起来，重新放回柜子上，转身去开门。

　　苏明釉被赵前搀扶着，正站在院门口看缸里的鱼。宝宁迎光站着，看见这两人，眼睛眯了一下。

　　这个前儿长得可真是高挑啊，比苏明釉高出一大截，更显得腰细腿长！

宝宁远远地唤道："大嫂还有一个月就要临盆了，怎么不好好地在屋子里歇着，总有空到我这里来呀？"

裴原说宝宁可以将苏明釉赶走，但她拉不下那个脸，只在话里带些刺儿，讥讽苏明釉，想让苏明釉听了后感到羞愧，自己灰溜溜地走掉。她没承想，苏明釉听了也不恼，反而温婉一笑，抬步朝她这边走过来了："我想弟妹想得紧，一日不见你就心痒痒，于是就来了。弟妹不欢迎我吗？"

宝宁笑了，给苏明釉让开了一条道："大嫂想进就进吧。"

苏明釉和赵前真的一同进屋了。

宝宁觉得额头涨得疼，没想到苏明釉竟然这么厚脸皮。她不是太子妃吗，不是清廉正直的苏尚书的掌上明珠吗，为什么连话都听不明白？难道非要让人拿着扫帚赶，她才肯走？但宝宁又不是泼妇，没法这么明目张胆地赶人啊！

刘嬷嬷正拎着水壶浇花，看着苏明釉进屋去的背影，也无奈地摇头。宝宁对刘嬷嬷小声地道："待会儿你不要上茶，她渴了就会走了。"

刘嬷嬷应了声"是"。

屋子里，苏明釉见宝宁不进来，扬声唤道："宝宁，在干什么呢？快来呀！大嫂给你带了好东西，你看看喜不喜欢！"

宝宁应了一声，又磨蹭了一会儿，这才进屋去了。

苏明釉打量着宝宁的脸色，轻声问："你昨晚睡得好吗？"

"挺好的。"宝宁强颜欢笑，"大嫂困了吗，想回去睡觉吗？"

"我不困！这大白天的，困什么？"苏明釉连忙摆手否认。她回头看了一眼柜子的方向，见那个匣子还好好地放在那儿，表情凝滞了一瞬，又问宝宁："你问了四弟那件事吗？"

宝宁道："大嫂打听这些干什么？夫妻家事，怎么好往外说。"

苏明釉尴尬地笑了笑："我这不是关心……关心你呀。"

宝宁也"哈哈"笑了一声，随后敛容，面无表情地坐着，不再说话了。

苏明釉觉得丢人极了。她又不是傻子，怎么会听不出好话赖话？人家分明就是不愿理她！苏明釉想到这儿，心"突突"地跳了一下。她不会是暴露了吧？但她转念一想，又否定了这个念头。这怎么可能呢？她和裴霄的接触那么隐秘，就算表现得急功近利了一些，她也不会被发现的。

但是看起来，她昨天说的那些话好像没起作用。

苏明釉有些着急，因为没多少时间了。等孩子一生下来，宝宁肯定不会让她继续住下去，那她和赵前对裴霄来说还能有什么用？别说赵前能不能留在她的身边，到时候裴霄很可能会派人在暗中杀了她！

苏明釉昨晚想了一晚上，开始后悔当初轻率地领了裴霄的人情。现在她骑虎难下，两面不是人。如果她向裴原说明情况，裴原会杀了赵前，并且肯定不会原谅她；可如果她继续帮助裴霄，等她没用了，会不会落得个"狡兔死，走狗烹"的下场，谁也说不准。

况且，她还是想保住赵前。她只是想体会一下被人疼爱的感觉，哪怕只有几个月，或者几天。天底下像她这样痴情的女子多得是，那些和男人私奔、背井离乡的女子，没比她好到哪里去。

"大嫂在想什么呢？"

苏明釉猛地回过神："没……没什么。"

赵前暗中戳了一下她的背，苏明釉想起她这趟是来干什么的了，逐渐镇定下来。她从袖子里掏出一个小匣子递给宝宁，笑着道："宝宁，我前两天上街逛了逛，看到个很有趣的小首饰，送给你。"

"那就谢谢嫂子了。"

匣子，又是匣子，宝宁现在看见匣子就难受，总觉得没好事。她接过匣子，打开一看，里面是一串洁白精致的狗牙手串。

狗牙……宝宁想起了裴原的母妃留下的那根桃木簪子，上头的铜钱花纹也是用狗牙制成的。

苏明釉解释道："这是好东西，辟邪用的。"

一听到"辟邪"两个字，宝宁脑中忽然闪过许多回忆。

那次二姐在参加国公府满月宴时是怎么说贤妃的来着？二姐说，贤妃嫁进皇宫的时候被国师批了命格，是祸国之命。当时宝宁还想到，贤妃去世的那一年，京畿非常巧合地发生了一场大地震。桃木也是辟邪的，所以那根簪子是为了镇压贤妃的命格吗？

这个认知让宝宁悚然心惊，她不禁开始怀疑贤妃到底是为什么去世的，是生病了，失足落水了，或者根本就是人祸。是圣上杀了她吗？如果这是真相，那就太可怕了。

裴原那么聪明，肯定知道些什么。他昨晚说的那些话……

有什么东西慢慢地浮出水面，但宝宁抓不住。

"好看吗？"苏明釉问，又嘱咐道，"你没事可以多戴戴，这个东西对姑娘好，姑娘家体阴，就怕招惹那些邪物。"

苏明釉知道贤妃生前经常佩戴这种辟邪的东西。虽然她一直想不明白，那样一个风华绝代的大美人，怎么喜欢这些东西。不过，不管贤妃戴这类首饰的原因为何，裴原都对它们极为讨厌。所以只要宝宁佩戴着兽牙手串在裴原的面前晃，他肯定会心生不满。裴原这个人性子古怪，肯定不会对宝宁直说，这样一来，他和宝宁就会吵架,两个人之间便有了嫌隙。

苏明釉这次学聪明了,不再急着一蹴而就,明目张胆地挑拨离间——她想要慢慢来。

宝宁把手串收起来,温和地道谢。

苏明釉继续东拉西扯地和宝宁攀谈,宝宁心中藏着事,漫不经心地回应。苏明釉看出来宝宁在敷衍她,但还是不肯走。后来宝宁困了,出声赶人,苏明釉却像是听不懂一样,依旧不走,甚至还去取了个梨子来,殷勤地给宝宁削梨吃。

宝宁用手撑着头,昏昏欲睡,见苏明釉这样,连忙摆手说"不用"。

苏明釉道:"哎呀,都是一家人,客气什么!嫂子住在这里给你添了不少麻烦,只能做点儿小事让你高兴高兴。"

苏明釉难得说了一句人话,可宝宁听了,总觉得怪怪的——这转变也来得太快了!

宝宁的困意消退了一些,她坐直身子四下一看,才发现苏明釉身边那个高挑的小丫鬟不知道跑去哪里了。她疑惑地问:"前儿呢?"

苏明釉还在低头削梨子,脸色不太自然:"不知道,应该过一会儿就回来了。"

宝宁的视线落在苏明釉手指的动作上,随着刀锋的轨迹一圈圈地转。百无聊赖间,宝宁忽然听到外头传来一阵吵嚷,那声音像是陈珈在说话。苏明釉也听到了,她的表情立刻紧张起来。

宝宁往外望了望,站起来就往院子里走。苏明釉在旁边打岔,宝宁没理她。

到了院子里,宝宁见陈珈和前儿站在院门口的树下,两人正在争执什么。陈珈面色阴沉,说了没几句,忽然后退一步,伸手将前儿推得栽了个大跟头。

苏明釉拿着刀从屋子里冲出来,刚好瞧见了这一幕,惊呼出声。宝宁也十分惊愕,问道:"陈珈,你推人家干什么?"

"夫人,这个小姑娘一直勾搭我。"陈珈面带委屈之色,走了过来。他一向直来直去的,也不顾及别人会怎么想,直接将手里的一双黑色千层底布鞋拿给宝宁看:"她给我送鞋,我不要,她非得塞给我。鞋是能随便收的吗?我若收了,她还不得误会我要娶她?我又不想娶她!可她非得往我的怀里塞,我一紧张,就将她推得摔倒了。"

宝宁又看向前儿。前儿泫然欲泣地站在那里,一副悲愤欲绝的样子。

宝宁深感头疼。忽然,她又想到一件事:刚才苏明釉举止奇怪,是在为前儿拖延时间吗?苏明釉不喜欢前儿了吗,怎么会纵容前儿给陈珈送鞋?她们两人的关系好乱。

这时,苏明釉讪讪地开口了:"这恐怕是个误会。下人之间的事,让他们自己处理就好,你就不要费心了。"

她急着转移话题,举着刀和梨问宝宁:"你还吃吗?"见宝宁没回答,她又道,

"我给你削皮。"

苏明釉情绪不稳定,手抖得厉害,一刀下去,没削到梨,反倒把自己的手划出一个大口子,鲜红的血涌了出来,"滴答滴答"地落在地上。宝宁看见了,只觉得脊背一凉,不由得倒吸了一口凉气,往后退了一步。

苏明釉来不及处理伤口,看向宝宁,眼中满是意外之色:"你怕血吗?"

宝宁摇头。她已经被苏明釉折腾得头晕目眩了,见苏明釉血流不止,焦急地道:"刘嬷嬷,拿药和纱来,给苏夫人包扎一下。"

苏明釉了然地道:"我知道了,你不是怕血,是怕刀剑,对吗?你怕被刀割伤的那一瞬,刀锋贴着皮肉……"

宝宁气急败坏地道:"你快走吧!"

苏明釉惊讶于宝宁的无礼,一时间没反应过来。宝宁朝陈珈使了个眼色,陈珈会意,到柴房里解开锁,将吉祥放了出来。大狗狂叫着满院乱窜,苏明釉尖叫一声,被前儿拉着跑了。

临走时,赵前看了陈珈一眼,目光中带着恨意,暗骂他不解风情,像一块发臭的木头。不过裴原是成了亲的,懂得女人的美好,肯定不会像陈珈一样。赵前这么想着,心中有了算计。

赵前没有蠢到去勾引裴原,也并不寄希望于自己能得到裴原的喜爱。他只要做些能让宝宁误会的事就够了。男人会吃醋,难道女人就不会吗?而在宝宁落寞失意的时候,他再对她关怀备至,岂不是能一举两得?

裴原回来的时候,宝宁正坐在床上鼓捣那串狗牙手串。见他进来,她把手串举起来向他告状:"你大嫂可能又来害我了!"

裴原的手里提着两大袋子东西,他往桌上放了一袋,问宝宁:"她又来找你了?"

宝宁点头,有点儿恼:"你昨日不是说要敲打她?好像没什么用。"

"别想那么多了。"裴原对苏明釉又来了这件事好像并不意外,反而问道,"吃没吃饭?"

"没有,在等你回来。"宝宁被他带偏了,望了一眼窗外,觉得奇怪,"天还亮着呢,你怎么回来得这么早?"

"回来喂你呀!"裴原把手里的另一袋东西扔到宝宁的怀里,"魏濛去了一趟京城,带回来不少好东西。他这个人嘴馋,他说好吃的东西肯定差不了。你看看里头都有什么?"

裴原说着,又解开前襟,拿出一包还热腾腾的酱板鸭:"这是在溧湖镇的街上买的,如意楼旁边新开了一家鸭店。正好你没做饭,快来吃!"

宝宁早就饿了。鸭子的香气把她肚子里的馋虫都勾了出来，她立刻就把关于苏明釉的那点儿糟心事抛到脑后去了。她先解开魏濛送的那一袋子东西，只见里面有几个用油纸包着的馍馍和馕饼，还有半斤牛肉、半斤驴肉，以及不少甜腻的糕点，瞧着花里胡哨的。魏濛和裴原都不吃甜的东西，这一兜子应该是他们专门给她带的。

"魏将军真有心，我改日请他吃饭！"宝宁很高兴，又蹭到桌边看裴原掰鸭腿。肥嫩的鸭肉油亮亮的，卖相极好，因为被裴原一路搋在怀里，还是热的。

宝宁问："鸭子多少钱？"

"不知道。"裴原抬了抬眼皮，瞧了她一眼，"爷是买东西问价的人吗？一锭银子扔出去，都不用找的。"

宝宁笑他："装阔气，吹牛皮。"

"吃你的吧。"裴原冷哼一声，拿出一张油纸把腿骨包上，递给宝宁，"伸着脖子吃，别把床弄脏了。"

裴原把另一条腿也掰下来塞到宝宁手里，然后拿着鸭屁股和一半鸭胸肉出去，吹了一声口哨，引得两只狗都跑过来。他把肉往地上一扔，看了它们一会儿，转头回屋。

"吉祥是只母狗。它长得那么高大，那么丑，竟然是只母狗！"裴原感叹了一句，又问宝宁，"你说，吉祥和阿黄日日夜夜生活在一起，以后会不会日久生情？"

宝宁道："你怎么管得那么宽呢？肥水不流外人田，日久生情了也很好。"

裴原低声笑。

他坐下来，也开始吃，过了半晌，又开口道："我没去敲打苏明釉。我是想看看她到底还能干出什么事情来。"

提起苏明釉，宝宁就蹙眉头："我只是觉得大嫂奇奇怪怪的，说话也像是意有所指，但若说她真的做了什么坏事，倒也没有。况且孕中的妇人情绪不稳也正常，我与她发火，倒显得是我小气了。"

宝宁说着，想起那个狗牙手串。咽下嘴里的肉，她擦擦手，把手串拿出来给裴原看："你瞧，大嫂今日送了我这个。"

裴原道："我知道。我吩咐了陈珈，让他盯着，他早些时候就回禀我了。"

宝宁发现裴原的不对劲儿了。他今日说话的时候很平静，不像以前那么嚣张，而且竟然有心情和她唠家常了，还关心起吉祥是公狗还是母狗来。她咬着嘴里的骨头，打量了裴原一会儿，小声地问："发生什么事了吗？"

"我只是想起了一些事。"裴原将那个手串在手指间转了两圈，忽然将其扔到地上，问宝宁，"你信命吗？"

宝宁迟疑道："嗯……还行。"

"'还行'是什么意思？"裴原笑了起来，"我以前是不信的。我父皇身边有个国师，姓龚，专职扶乩之事，据说算得还挺准的。我不喜欢他，别人说他仙风道骨，我就在背地里骂他像白毛猴子。有一次，裴霄把我告到父皇那里，我还因为这个挨了一顿打——裴霄那个小人，七八岁的时候就会告状了！但后来他不干这种小偷小摸的事了，他的母妃许是告诫过他，说这样显得他这个人上不得台面，所以后来他一直都在努力做个上得了台面的人。"

裴原讲着讲着就笑了起来，宝宁听他讲故事，也跟着笑。

裴原接着道："后来我发现，我母妃住的宫殿的墙壁，包括她的首饰，用的都是些奇怪的东西，桃木啊，狗牙啊，还有一张藏起来的钟馗像。直到她死后，我才知道这是因为她的命格不好。那个龚国师说她是鬼命，五福不全不说，还损人阳气，做了后妃，更是会破坏国运。可父皇当时年轻气盛，偏要纳她进宫，你猜怎么着？"

宝宁问："怎么着？"

"她进宫的那年，长江的堤就溃了，江水一泻千里，淹没了万顷良田。人家都说，这是鬼命的说法应验了。"

宝宁打了个哆嗦："也不能这么说呀！长江隔几年就要出一些事，而且和贤妃娘娘一同进宫的还有那么多妃子，怎么能都算在她的头上？"

裴原道："她最受宠，所以就是矛头所向。而且帝王总是要爱社稷江山多一些的——但凡有任何一点儿不妥之处，只要威胁了他的江山，他就会慌乱。这无可厚非，坏就坏在他也是个爱美人的帝王。我父皇觉得美人的命不好，又舍不得她走，所以就按照龚国师的法子给宫殿改名，还给她戴一些乱七八糟的饰品，逼着她在每月的十五那一日偷偷喝符水，想要压制一些命格带来的祸患。"

宝宁觉得离奇。她抓住裴原的手，慢慢地握紧，想给他一些安慰。

"父皇对她到底算不算好，我不知道，但他对我算是好的。如果我的母妃不死，我不去查，这些事他永远不会告诉我。我感激他，"裴原顿了顿，继续道，"可是我的母妃死了，而我连她是怎么死的都不知道。

"我记得那时候我大概八九岁，一次搭弓射鸟的时候，把玉佩上的系带弄断了。"

裴原给宝宁比画着，闭上一只眼，做出射箭的动作，然后笑了两声："我母妃手拙——说真的，我都不知道父皇除了脸，还看上了她什么，她连件衣裳都绣不好——她去找高贵妃修玉佩的带子。高贵妃是裴霄的母亲，那时候还只是高美人，和我母妃是要好的姐妹。真是讽刺，宫里怎么会有姐妹？我母妃单纯过了头。

"然后我母妃就再也没回来。后来有人在湖里发现了一具尸体，已经是三天后了，尸体肿得面目全非，人们是看衣裳才认出她来。父皇让人去查，最后查出来是个和她同年进宫的姓罗的秀女将她推下去的，据说那个秀女是因为嫉恨她才下的杀手。大理寺卿姓严，大概是叫严维常吧。他办案很利落，没多久，那个姓罗的秀女就被处死了，我母妃也被安葬，谥号是'端平'。"

宝宁看着裴原，他的神色平静极了，一点儿悲怆之色都没有。宝宁觉得难过，不忍心再听下去，但是又想和裴原一起面对这些过往。

"如果事情只到这里，也就罢了，"裴原眯了眯眼，"可是后来，就是我十二岁的时候，我误闯假山，竟然在山洞深处发现了一具白骨，而那具白骨的手里攥着我那枚断了系带的玉佩。所以她到底是怎么死的呢？到底哪个才是她？我恳请父皇去查，结果他告诉我，逝者已矣，不要动坟陵了，就让她安息吧——她真的安息了吗？"

宝宁听到这里，不知道自己该作何表情，也不知道该怎么安慰裴原。他现在好像真的放下了，说起往事时，就像一个局外人，但就是因为这样，宝宁才觉得害怕。她怕裴原将这些情绪压抑在心底，只是用表面的平静做掩饰。

宝宁更希望裴原现在抱着她哭一场。过刚易折，她不希望裴原太过刚硬，至少在她的面前，裴原不需要这样。

宝宁心中隐隐有一种预感，如果真的是圣上杀了贤妃，等一切真相都揭开的时候，裴原会再崩溃一次。

"我们不想这些了！"宝宁忽然上前抱住裴原，"先不想了。"

裴原笑着道："这还要感谢大嫂，若不是她整日里琢磨着和你叨咕这些，我还真的找不到机会与你说。"

宝宁抬头，一口亲在裴原的下巴上。裴原抱住她，问："酱板鸭好吃吗？你胃口可不小，两只鸭腿都能吃得下，连层皮都不给我留。"

宝宁见裴原转移了话题，虽然心情还沉重着，但也不再提那件事了，而是顺着裴原的话说："还可以，就是鸭子不够肥。听说只吃竹子或荷叶的鸭子长大后做成酱板鸭会更好吃，有种浑然天成的清香味。"

屋子里的氛围转瞬就变了。

裴原"嗯"了一声，又问："鸭子吃竹子？那么硬的东西，它吃了不划嗓子吗？"

宝宁愣住了："我又没当过鸭子，怎么知道？"

裴原说："以后养一只试试。"

话音一落，他抱着宝宁站起来，让她赤脚站在床上，给她整理衣服。整理了一会儿，他拧眉问："有没有黑的或白的衣裳？别穿红的去。"

宝宁迷茫地问："干什么去？"

裴原回答："今天是你婆婆的忌日，我带你去给她烧点儿纸钱。太庙去不了，咱们就在院门口那面墙的拐角烧就行。你穿件素色衣裳，别穿这种大红大绿的。"

外头的天已经黑了，宝宁一边去柜子里找衣裳，一边埋怨他："你怎么不早说？你提早几天告诉我也好，我好准备东西。"

"没什么要准备的东西,就是走个过场,也算是带你给她问个好。"裴原在收拾桌子上吃剩的东西,头都没抬,"多穿点儿,晚上风大。"

赵前将自己拾掇了一番,对着镜子左右端详,见确实没问题了,又拿出口脂在唇上抹了抹,这才提步出门。

一路上,他都在琢磨待会儿见到裴原后该说什么话,该怎么不动声色地在他的衣襟上印一枚唇印,再全身而退。也别怪他想出的招数都这么俗气恶心,越俗的法子越好用,只要能办成事,管它是什么办法呢!

赵前走到宝宁的院子前,发现院子里黑漆漆的,正房也没亮灯。正在纳闷儿,赵前余光瞧见墙角处有一点儿诡异的火光。

宝宁正蹲在火盆前面,和裴原一起往盆里撒纸钱。

她做梦也没想过自己会和裴原一起做这种事。以前在家的时候,她也会参与祭祀。国公府作为百年世家,自然有自己的家庙,到了清明前后,府里上上下下都会穿素衣,吃素食,然后到家庙中祭拜。一般来讲,荣国公会带着女眷和孩子们到家庙里的牌位前燃几炷香。因为出嫁,今年的祭礼她没去成。

宝宁偏头看向裴原,在心中描绘他的眉眼,想象着贤妃娘娘该是什么样子。

"在想什么呢?"裴原回望宝宁,抬手摸了摸她的脸,她皮肤微凉,应该是被风吹的。裴原拧眉:"冷吗?"

"不冷。"宝宁摇头。她托着下巴,轻声地对裴原说:"我在想,贤妃娘娘长什么样子。"

"把我生得这么俊,她能丑吗?"裴原挑眉,不待宝宁说他厚脸皮,又道,"要改口,你得叫母妃。"

宝宁乖乖叫了声"母妃",然后闭上眼,双手合十,抵在唇前,低声道:"母妃,您放心,我会照顾好裴原的,我们好好地在一起,不吵架。以后有机会了,我会亲自去祭拜您……"说到这儿,她又想起老一辈好像都喜欢抱孙子,瞟了裴原一眼,见他没注意这边,于是又飞速地念叨了一句,"等过两年,我们多生几个孩子,老了后,他们有伴,我们也有伴,您不要记挂!"

这话说得有点儿太不知羞了,但她也就说这么一次,为了让裴原和母妃高兴些,说就说了吧。宝宁脸上微微带着笑容,专注地看着火苗,没看到裴原复杂的眼神。

裴原说不清自己的心里是什么滋味,有点儿想笑,但又觉得心底沉甸甸的。

以前他一直觉得命运不公,好像什么倒霉事都要算他一份儿。后来遇到宝宁,他又觉得自己以前可能是在攒运气。他花了半辈子的运气才得到这样一个软乎乎的宝贝疙瘩,说她聪明,但她又总是犯傻;说她傻,关键的时候她又聪明。这个没两袋粟米沉的宝宁，他恨不得挂在腰上带着走才放心，怕她被人骗了去，怕她被人抢了去。若没了她，他这辈子就真的什么盼头都不剩了。

裴原想着想着，觉得自己的嗓子发干。他用拳头抵住上唇，轻咳两声，哑声问："生几个？"

宝宁一蒙，等反应过来裴原在说什么的时候，羞得脸都红了。而后她眨眨眼，带着对未来日子的憧憬，小声地问："三个够不够？"

裴原道："那怎么够？要生就多生点儿，以后孩子们长大了，能凑一个蹴鞠球队，那才好。日子无聊了，咱们就拿小鞭子抽他们，让他们踢球给咱们看。"

宝宁抿唇笑："不正经，说胡话。"

裴原低着头，没再说话了。

裴原一直注意着外头的动静，这会儿除了能听见火花的"噼啪"声，还有几道微乎其微的脚步声。他知道，是预料中的人来了。

"我出去一会儿。"裴原站起身，轻声对宝宁道，"有人来了，是你讨厌的人，你快想想，待会儿怎么吓唬她。"

看到裴原的眼里满是兴味，出于默契，宝宁几乎立刻反应过来他口中说的人是谁。她问："是大嫂，还是前儿？"

"应该是那个前什么的，"裴原颔首，"陈珈说，她前两晚都会在这个时候出来，在院子周围转。我赌她今天也会来，她还真的来了。"

"天哪，我要装鬼吓唬她吗？"宝宁手足无措，又觉得兴奋，"我没干过这种事，经验不足，到时候说点儿什么好？"

"随便。"裴原抬手将宝宁的簪子拔出来，把她散下来的头发拨乱，"我怀疑她和裴霄有什么关系，是个眼线，但不管有没有关系，她都不是好人。你也不要有负担，讨厌她就说出来。这些日子，我也没空带你上街去玩，今晚你就当在耍小孩子的把戏，放纵一把，岂不是一举两得？"

宝宁道："我知道了！"

裴原把早就藏在袖子里的胭脂盒拿出来，勾了勾她的下巴，笑道："今晚就看你的表现了。"

赵前刚才还听见院墙后头有细碎的说话声，但参着胆子绕过来一看，又什么都没有了。

院子里空荡荡的，周围都是高大的树木，月黑风高，树叶"飒飒"作响，显得格外阴森。有一个孤零零的火盆在那里摆着，冒着青色的烟。赵前原本激动得手心都出了汗，看到这么诡异的场景，心中"咯噔"一下，掉头就想走。但他再一想，自己准备了那么长时间，就差临阵一枪，就又舍不得走了。

赵前眉头一皱，慢慢地向前走去。

这到底是怎么回事？心中有鬼的人，看什么都像鬼。赵前凝神细看那个火盆，越看越觉得像自己原先和娘亲一起给爹爹烧纸钱的时候用的那种火盆。但这是四皇子的府邸，大半夜的，谁敢在外头用这种东西？难道他撞上什么邪门的事了？

赵前脊背上的汗毛直竖。他也顾不得什么计划不计划了，掉头想走，却听见身后传来一道极轻的声音："你是来找我的吗？"

"啊！"赵前跳了起来。他穿的是长裙，裙摆缠住脚尖，绊得他跟跄着扑倒在地上。他也顾不上疼痛，万分惊恐地回头："你是谁？"

宝宁蹲在地上，抱着膝盖，用长长的头发遮住半张脸，轻笑着问他："你不是来找我的？"

"我没有啊，没有啊！"赵前双腿乱蹬，拼命地往后退，脸上血色尽失，"我就是出来逛逛……你是鬼吗，还是狐仙大人？你做你的事就好了，我就是出来逛逛，你不用管我……"

"你怎么每天都要出来逛，还偏偏要在我的院子周围逛？"宝宁道，"你扰了我的清静，我要惩罚你。"

赵前满脑子都在想，是他以前亏心事做多了，那些死去的女人来找他了！他艰难地咽了口唾沫，爬起来"扑通"一声跪下，颤声道："我错了，我错了！你死都死了，就好好死吧，别来找我了！我这就走！我再也不来了，求求你放过我吧！我给你烧纸钱，你要多少就给我托个梦，我烧十倍给你！"

宝宁沉吟了一瞬。她本来只是觉得这个前儿奇怪，没想过她是个坏人，但听她刚才说的话……

宝宁问："我是谁？"

"我怎么知道你是谁啊！"

赵前快要晕过去了，"呼哧呼哧"地喘着粗气。他手拽着裙摆，一心只想赶紧跑，但腿已经软了。眼泪不住地流，把他脸上的粉冲出了一道道痕迹，他抹了一把眼睛，刚想再求饶两句，忽然察觉事情似乎有些奇怪。

这个鬼也太温柔了些，并不像书中描述的厉鬼那样，而且那下巴的弧度看起来很熟悉。

赵前狐疑地看着宝宁，打量她，直到看见她的粉色鞋尖才恍然大悟："四皇子妃！"

宝宁应了一声："是我。"

赵前这下真的要晕过去了。这都是什么事啊？！四皇子妃大半夜的不在屋子里睡觉，跑出来吓唬他，是有什么毛病吧？

宝宁问："不做亏心事，不怕鬼敲门，你慌什么？还有，你到我的院子里，是想做什么坏事？"

"我没有！"赵前立即否认，顶着一身虚汗，勉强爬起来，坚持道，"我就是出来逛逛。我白日照顾苏夫人太累了，晚上得闲，就想出来走走，看看夜色。四皇子妃门前的木香树开得正好，我来赏景。"

宝宁道："你好有心情呀。"

赵前噎了一下，问："四皇子妃这是在做什么？"

宝宁道："我做什么，是你能过问的吗？"

赵前咬牙，跪下来行礼道："是奴婢僭越了，皇子妃教训得是。"

夜已经很深了，宝宁也玩够了，又实在找不出这个前儿的别的错处，就挥手让前儿回去。

赵前攥着拳头，心有不甘，但也只能行礼告退。

等人走得不见影子了，裴原才从后方出来，若有所思地看着前儿离去的方向。

宝宁笑着将头发拢起来，问裴原："我刚才表现得好吗？"

"还行。"裴原赞赏地揉了揉她的脸，"这个前儿被吓得狠了，回去后怕是要生一场大病。"

宝宁高兴地道："她病了正好，我立刻将她赶出去！"

裴原笑了。他将火盆里的火用沙土扑灭，拉着宝宁回了屋子。

晚饭就吃了一点儿鸭子肉，刚才折腾一通，也消化干净了，宝宁干脆又将魏濛送的饼子拿出来放在火里烤了烤，等饼烤热了，夹上驴肉，正好做成驴肉火烧吃。这个饼子买得好，外头黄脆，内里柔软，热饼夹凉肉，浓香诱人，回味无穷。

宝宁坐在软榻边沿上，咬了两口饼子便饱了。她一闲下来就又想起了刚才的事，突然觉得有点儿后悔："我刚才是不是太不庄重了？怎么能做这么幼稚的事，还是对一个下人。"

"庄重给谁看？"裴原坐在宝宁身侧，一只手撑在身后，另一只手捏着火烧咬上一口，再顺手把掉在膝盖上的肉末拂下去，"我不是正经皇子，你也不要做什么正经皇子妃，这样咱们才相配。若你整日端着架子，像个木头似的读书念佛，走路都迈小碎步，显得我多粗野。"

宝宁笑了："你本来就粗野。"

"哈，就你好！"裴原瞟了她一眼，伸出指头点了一下她的额头，"我早就想骂你了，胆小鬼一个！苏明釉住在你家，你是主人，却还要受她的窝囊气。若换成我，她敢对我阴阳怪气的，我管她是谁，一口唾沫就给她呸出去了。你长嘴是干什么的，就知道背礼法？"

宝宁垂着脑袋嘟囔，不知道该怎么辩驳裴原，和他又讲不通那些礼数。最后她不服气地反问："那你长嘴是干什么的？"

"两件事，一是吃饭，二是骂人。"裴原一掀眼皮，样子痞极了，"谁惹我，我就骂谁。你去军营里问问，有一个算一个，谁敢惹我？连魏濛都不敢！为什么？我会骂人啊！而且我不但骂人，还打人。恩威并济，那是对好人说的，对蛮人，你和他讲十句道理，都不如上去踹一脚来得妥帖。若是踹也踹了，他还是不好，那就干脆弄死他。为什么那么多人都想当皇帝？还不是为了想弄死谁就弄死谁，还不会被别人弄死。"

"你可真野蛮，说的都是什么话？太没规矩了！"宝宁笑着，光着脚踩了裴原的脚背一下，"你可别教坏我。"

"我是在将你往好的方向教。"裴原"哼哼"了一声，将宝宁抱到怀里，用双腿夹住她，"你在家里，胆小一点儿没事，可到了外头，得像吉祥一样，亮出你的小爪子。别想什么礼仪规矩、长嫂如母，你拿着刀站在礼部尚书的面前，我看他还敢不敢和你讲规矩！他得跪下来叫你娘。"

宝宁大笑起来，转身去捏裴原的鼻子："你快别说了！"

"给你上课，你就好好听着，这是在教你'人善被人欺'的道理呢。"裴原掐着宝宁的腮，把她的嘴掐得张开了一条缝，往里面吹气，"不说这个了。你闻了闻，有肉味没有？"

"你刚吃了驴肉火烧，怎么会没肉味？"宝宁往后躲，"你做什么？别闹……"

裴原一把抱起她，大步走到床边，几下将幔帐扯下来："就是提醒你一声，爷们儿馋肉了。"

赵前回去后果真发起烧来，不过一晚上的时间，就烧得两颊凹了进去，脸也变得蜡黄了。苏明釉急得不行，给他请来大夫，并给他灌下去几碗汤药，这样又过了一个晚上，他的烧才终于退了。

宝宁在屋子里坐了一天，打发刘嬷嬷去看戏。听刘嬷嬷回来讲，那边兵荒马乱的，她总算觉得心里快慰了一些。

宝宁本想着第二日就去苏明釉那边探望一下，顺便看看前儿到底病成了什么样子，结果早上刚起，便收到了大姐从崇远侯府送来的信，信纸上泪痕斑斑。

大姐请她和裴原快点儿过去，说有急事相商。

自从那次如意楼一别，宝宁就一直盼着能收到这封信，盼着季向真能想明白，现在季向真终于来信了！这时候，离圣上启程去行宫避暑已经只剩下四天了，他们已经没什么时间了，不过有了季向真的帮助，针对裴霄的计划将会顺利很多。

宝宁心头一喜，连忙叫陈珈备马，又让人把裴原叫回来，好快些赶往崇远侯府。

赵前听到前院的马儿嘶鸣，撑着病体走到窗前，却看不到什么。他拧眉问苏明釉："他们干什么去？"

"你都病成这样了，还有力气管人家干什么？！"苏明釉坐在床沿上抹眼泪，焦急又难过，"别看了，快回来躺好吧，早上的药还没喝……"

听到苏明釉在身后絮絮叨叨，赵前没忍住，脱口而出："你现在怎么这么啰唆！"

苏明釉愣住了。

赵前也被自己的话吓了一跳。

"我不是这个意思，"他连忙转身解释，做出可怜又哀伤的表情，"我只是病得头脑昏沉，心情不好，才说出那样的话，实在是无心……明釉，你不会怪我吧？"

苏明釉沉默着摇摇头。

赵前心中放松了一些，又小心地打量起苏明釉的脸色，这才注意到她脸上的倦怠之色。因为怕别人发现赵前的男子身份，苏明釉只能亲自照料赵前，几乎一夜未合眼，加上孕期的浮肿，整个人像是老了十岁，原先的美好风韵半点儿都不剩了。赵前想到自己不但要完成裴霄安排的任务，还要费尽心思应付这个老女人，不禁心生厌烦。

苏明釉也在打量赵前，正好捕捉到他眼里一闪而过的烦躁情绪。她眉心蹙了起来，手也攥成拳头，心中一片慌乱。

赵前这一病，倒是让苏明釉彻底想明白了一件事：这样的日子她是一点儿都过不下去了！

她好好的一个人，原先是大户人家的小姐，后来更是贵为太子妃，现在虽不如以前了，但读过的书仍在，受过的教养仍在，为什么要自己折辱自己，做些蝇营狗苟的下贱之事？她离间了宝宁和裴原，讨好了裴霄，最后又能得到什么呢？她现在这副模样，哪里像是苏家的女儿，反倒像是个被猪油蒙了心的傀儡！她实在是腻烦了这样的生活，也讨厌如今的自己。

但看着赵前年轻俊美的脸，她还是放不下。

苏明釉想了许久，突然开口唤道："赵前。"

赵前抬起头。

苏明釉问："你愿意和我私奔吗？"

赵前一愣，起初还没反应过来苏明釉在说什么，而后便笑起来。他盯着苏明釉的眼睛，觉得这个女人真是蠢得可以。

"私奔吗？"赵前轻笑着问她，"你手里有多少钱？"

苏明釉低头认真地在心里盘算了一番，答道："算上宝宁送给我的首饰，再把喜儿也转手卖出去，加上一些零零碎碎的，大概有一百五十两。"她怕赵前嫌少，又急切地说道，"我们到小县城去，拿这笔钱做点儿买卖，也能活得有声有色的，还不需要算计，没那么多心灵上的负累。你、我，还有孩子，咱们一起过几天人过的日子，不好吗？"

当然一点儿都不好！一百五十两？都不够他两天的饭钱！这个女人是脑子里进了水吗，竟然敢说出这样的话？

赵前懒得搭理她，沉默着把外衣穿好，道："我出去一趟。"

苏明釉神情紧张地问："你干什么去？"

赵前往外走，淡淡地回答："我去茅房。"

苏明釉信了。她看着赵前的背影消失不见，转头去收拾自己的东西。她心里仍是抱有幻想的，觉得如果她不厌其烦地一直劝说，赵前或许会明白，会答应她的请求。她要先把东西整理好，等他回来，他们就能一起悄悄地离开了。

赵前当然没有去茅房。他去了前院，看见车夫在喂马，还给马戴上马嚼子，好像就快要出发了。

赵前知道自己已经惹了怀疑。再这样下去，在得到什么有用的情报之前，他就会被宝宁赶出去。他不知道自己是怎么失败的，但干等下去一定完不成任务。

赵前急躁地转来转去，最后一咬牙，一跺脚，去寻了一截绳子，趁车夫不注意的时候爬到车底，两脚攀着车底的横杠，将自己牢牢地绑了上去。

赵前想，府里的人一大早就急匆匆地准备出门，肯定是有要事要办，自己得悄悄地跟着，看他们到哪里去，又会在马车里说些什么话。他曾学过点儿拳脚，身体尚可，藏身车底虽然一路辛苦，但也不是办不到。

这或许是最后的机会，他必须放手一搏了！

在路上的时候，裴原给宝宁讲了整件事的经过——季向真能做出如今的选择，多亏了青罗坊的薛芙。

裴原道："我让青罗坊里的鸨母一边暗抬薛芙的身价，一边劝说薛芙去贾家逼宫。薛芙原本是不愿的，觉得太冒险，但鸨母日日哄劝，加上她的肚子也大了起来，贾龄却没有要赎她的意思，她就急了。大概三天前，她挺着肚子在贾家门口跪了半日，终于被贾老夫人给迎了进去。薛芙要求贾家用侧室之礼迎她，否则便一尸两命，死在贾府门口。贾老夫人怕她真的去死，虽然不情不愿，却也允了，给了她一顶花轿。"

宝宁心疼季向真："对正室来说，这真的是极大的侮辱了。"

"贾老夫人的态度可能也是让你大姐死心的原因之一。"裴原拍了拍宝宁的手背，"每个人都有自己的想法，所谓算计，不过就是帮人搭桥铺路，但是那人愿不愿意从桥上、路上走过，还是要看他自己。"

宝宁又道："这对大姐来说或许是件好事。"

"三月初的殿试里，有个姓武的探花郎脱颖而出。他容貌端正，品行也很好，而且无妻无妾，被委任了四品官职，以后前途无量。"裴原看向宝宁，"若这次咱们真的事成，可以求圣上给大姐赐婚。"

宝宁问："那个武探花多大年纪？"

裴原道："二十三四岁的样子，是个青年才俊，很难得。"

宝宁咂舌："二十三四岁还不成婚，怕不是有什么隐疾吧？"

"人家是因为穷困，又一心读书，这才没娶到媳妇而已！你怎么什么都要管？"裴原眯起眼睛，"还知道隐疾了，谁教你的？"

宝宁道："这还用人教吗？我自己就学会了。"

裴原看宝宁的眼神逐渐变了。他长长地"哦"了一声："你这么聪明，那我也不必担心你年纪小，养不好孩子了。可惜了我的一片苦心，我还想着应该再养你两年的。既然如此，咱们今晚就来试试，我也好亲身教导你一番，让你看看男人有隐疾和无隐疾有什么区别，省得你自己臆想，再会错了意。"

宝宁惊愕地瞪大眼睛，两颊羞红："我和你说正经事，你怎么总是往偏了想！"

"这就是你不懂男人了。"裴原暧昧地笑着，凑近宝宁，在她的腰上掐了一把，"叫一声好哥哥，我来教你怎么更懂一点儿。"

反正路程还长，他还有时间做点儿别的事。

崇远侯府的偏门处，季向真已经差人候着了。

宝宁下车的时候腿还软着。她紧张地整理了一下衣衫，生怕被别人看出端倪，再回头看一眼裴原，只见他一副严肃正经的样子，好像什么事都没发生过。

陈珈今日没跟来，裴原亲自扮成宝宁的侍卫——他不方便以真实身份进崇远侯府，只能这样了。宝宁给裴原稍微上了点儿妆，将他脸上的棱角修饰得平和了一些，肤色也加深了一些，这么一来，不太熟悉的人就认不出他了。但裴原有一身独特的气质，只是往那里一站，就让人觉得并不普通，领路的小丫鬟就多看了他两眼。

裴原走在宝宁身后，目不斜视。走了不到一刻钟，他们就到了内院里的季向真的院落。

听说宝宁来了,季向真急匆匆地从内室出来迎接。她看着精神就不太好,眼睛肿得像核桃。

看见宝宁后,季向真一把抱住她,把脸埋在她的肩窝里,"呜呜"地哭起来:"我的好妹妹,现在大姐只能指望你了。"

宝宁安抚地拍着季向真的背,过了半晌,季向真才平复下来。她拉着宝宁走到门口,指着西边的一间房屋,颤抖着声音道:"你瞧,贾龄真的将那个女人安置好了,宝贝得不得了。一个妓子!她早上来向我请安,我都觉得是羞辱!这日子过不下去了!"

宝宁看向裴原,裴原用眼神示意她到屋内去说,宝宁便拉着季向真往屋子里走。季向真意识到自己的失态,带着歉意笑了笑,拿帕子擦拭掉眼泪,又屏退了下人。

"宝宁,那日你在如意楼说的话,我都听懂了,回家后就想明白了。"季向真抓着宝宁的手,眼神恳切,"贾龄还算信任我,谈论一些事的时候并不避忌我,所以我了解一些。而且他酒醉睡着后会说梦话,我试探着问了他几句,他回答了我……我知道他现在在筹划什么!"季向真说着,眼中又蓄起了泪。她摇头道:"他可真傻啊,怎么能糊涂到做这样的事?我当时便觉得心惊肉跳,想给你写信,但是又狠不下心真的去做。如果他不将我的路堵死,如果他不把薛芙领回家,我现在应该还是下不了决心的。是他在一步步逼我!"

宝宁摩挲着季向真的手背,轻声安抚她:"大姐,不要慌,你做得对。无论对你,还是对国公府,你这样做都是对的。甚至,你还保全了崇远侯府。"

季向真点了点头。她呼出一口气,平复了一下心情,道:"时间不早了,咱们说正事吧。"说罢,她看向裴原:"圣上四日后启程去行宫。今日早朝后,圣上单独与贾龄商议,定下了车马部署之事,四皇子应该已经得到消息了。"

裴原道:"是。"

季向真继续道:"圣上多疑,太子的一举一动都在他的眼中,故而贾龄与太子联系时小心谨慎得很。崇远侯府与太子府之间有一个小厮专管送信一事,若不是贾龄一日酒后偶然说漏了嘴,我到现在都发现不了。那小厮是个驾泔水车的,每日申时会到这里收后厨的泔水,而后到太子府去收那里的泔水,如此一来,便能将信神不知鬼不觉地传过去。"

宝宁看了一眼外头的天色,此时午时刚过:"今日的信还没送出去。"

季向真颔首:"对。贾龄今日从宫里回来后就一直待在书房,或许就是在弄这件事——他要给太子密报。在申时之前,咱们还有机会将密报改掉。"

宝宁问:"怎么改,大姐有计策了吗?"

"不能让他在书房待着，要将他引回来。看守书房的侍卫我熟悉，以往我也常常进入书房，那个侍卫不会拦我，只要贾龄不在，我就有机会得手。"季向真说着，蹙起了眉，"只是贾龄若离开，我便脱不了身了。况且我也不能确认他什么时候会回去，若被他抓到现行……"

"可以用迷香。"裴原从袖子中掏出一个只有小指头那么高的细瓷瓶，把瓶子递给季向真，"这里头的迷香足够让人昏睡两个时辰，但你不能用那么多，贾龄要是平白无故睡那么久，一定会生疑的。你给他用上一半就好，敷在帕子上让他吸进去，很快就能起效。"

宝宁惊讶地看着裴原。他竟然早早地就打算好了，东西备得这么齐全。

季向真接过来，用指头攥紧瓶子："好，我这就让人将他叫回来。"

季向真站起身，还未走动一步，便听到外头传来贾龄的声音，还有丫鬟的问好声，顿时慌乱起来。宝宁的心也颤了一下，她害怕贾龄认出裴原，但现在也没时间出去了。裴原拉着宝宁的腕子四处看了看，瞧见一个衣柜，便拽着宝宁躲进去，又用食指抵住宝宁的唇："别说话。"

裴原他们刚藏好，贾龄就走进了屋门。他笑着看向季向真："听说五妹妹来了？我还未曾见过五妹妹，差人备了些礼，来问候一声，稍尽主人家的礼仪。"

对于季向真，贾龄还是敬重且喜爱的。贾龄深知一个好妻子对于男人的重要性。所以他虽不想放弃外头的莺莺燕燕，却也不想让季向真离开他。无论如何，他都不想失去这个妥帖温婉的结发妻子。为此，他愿意做一些能哄季向真高兴的事，比如现在做的事。

贾龄在屋子里转了一圈，扫视着四周："怎么就你一个人在，五妹妹呢？"

"五妹妹去二妹妹那里了，"季向真微笑着看向贾龄，"刚走。"

"哦，那真是可惜了。我把备好的礼品放在这里，等她回来了，你让她带走吧，都是些姑娘家喜欢的小东西。"贾龄也笑着看向季向真。季向真已经很久没这么好声好气地和他说话了，他以为她是见了妹妹后，被劝导得想开了，心里十分高兴。

贾龄抬手揽住季向真的肩，揽着她往屋子里走，边走边问："你的身子好些了？"

季向真攥紧手里放着迷香的小瓶子，眼中闪过一丝厌恶之色。他这只揽着她的手，不知已经揽过多少女人了。都说妓子是一双玉臂千人枕，他贾龄又好到哪里去，不也是有双万人枕的胳膊？季向真忽然觉得一阵恶心。但她忍住了，还强迫自己的嘴唇弯出一道笑容来，柔声道："好多了。"

在袖子底下，季向真偷偷地将迷香瓶子的塞子打开，将细如烟尘的粉末撒在帕子上。她动作做到一半，贾龄忽然拽了她一下，她慌乱了一瞬，撒了半瓶子粉末。

季向真立刻屏住呼吸，贾龄却没发觉，搂着她来到床榻旁边，轻声问："向真，关于薛芙的事，你可想明白了？"他顿了顿，继续道，"你要相信我，我要的就是这个孩子，她在我的眼中与一只猪、一只羊没有区别，我心中的至爱唯有你。"

季向真不再看贾龄，而是忍着恶心感，将头枕在他的肩膀处，闭上眼道："你放心，我已经想清楚了。"

贾龄笑了起来："那便太好了。"

他其实是个模样清俊的男子，颊侧有两个很深的酒窝，笑起来算得上好看。

贾龄去将门从内闩上，又脱去身上宽大的外袍，回到季向真身边抱住她："我很久没和你亲近了。向真，我想你了，你可有想念我？"

属于男子的气味扑面而来，季向真蹙起眉心。她搓弄了一下手里沾染着迷香的帕子，咬着牙抱住贾龄的腰，道："我也想你了。"

"好，"贾龄道，"咱们去榻上。"

说着，他就要将中衣也脱下来，被季向真制止了。

"不用，待会儿我帮你宽衣。"季向真轻笑着说，"你先闭上眼睛……"

贾龄大笑："好。"

他俯身抱住季向真，将她推到榻上，闭着眼吻她。

宝宁藏身在狭小的柜子里。衣裳和被褥占据了柜子里的大半地方，她只能缩在裴原的怀里，惊愕地听着外头的动静，面红耳赤。

"阿原，阿原，我们走吧。"宝宁羞得脚趾都蜷起来了，轻声在裴原的耳边说，"我们怎么能听这样的墙脚？我以后还怎么面对大姐，还见不见人了？"

"他们俩都在外面，你能跑到哪里去？"裴原漫不经心地倚着柜壁，一只胳膊勾着宝宁，另一只手抬起她的下巴，笑道，"要不咱们也来，你们两个互相听，便谁也不会欠谁了。"

宝宁轻轻地掐了他一把："你说的什么不知羞的话！"

她当即就想往后退，结果一踉跄，不知道踩到个什么东西，腿一软，差点儿摔倒。

裴原咬牙切齿地搂住她的腰："你踩到我的脚了！"

宝宁抿着唇，"扑哧"一声轻笑出来。

裴原道："还踩？松开！"

宝宁笑着扑到裴原的怀里，抱着他的腰，小声道："我又不知道你的脚在那里。我错了，不是故意的。"

"崇远侯府这么穷吗？柜子只有这么屁大点儿的地方，老子的腿都放不下。"裴原拽着宝宁的胳膊，把她拉到自己面前，嫌弃地掸了掸袖子，"你笑的时候别啃我，袖子都被你弄湿了，我本来就没几件好衣裳……"

季向真和贾龄不知道在外头干什么。宝宁倚在裴原的怀里，揪着他的头发，一边听声音，一边和他轻声唠家常："瞧你，把自己说得那么委屈。我是虐待你了，不给你吃穿了？什么叫'没几件好衣裳'？"

"大半个柜子都是你的裙子，我的衣裳叠在一起，堆在小角落里，还没你的一根手指头高，这算富裕？"裴原捏了捏宝宁的手，"你老实点儿，把手放下，别扯我的头发。"

宝宁把手背到身后去，辩解道："我本来给你准备了许多，但是你不穿，后来都生虫子了。"

裴原问："我原来的那些衣裳呢？"

宝宁道："我让刘嬷嬷剪了，放在厨房里做抹布。刘嬷嬷说了，你的衣裳料子好，特别吸水，还吸油，厨房里的下人都抢着用……"她看裴原的眼神越发不善，就止住了话头，用口型问，"怎么啦？"

裴原恶狠狠地道："你就这么把我的旧衣裳拿去做抹布了？"

宝宁问："对呀，怎么啦？"

裴原又问："我的那些旧靴子呢？"

"烧掉啦。"宝宁回答，"我问了喂马的张叔，想知道你的靴子底能不能做马掌，他说不行，马掌要用铁的，所以我就把它们扔到柴堆里引柴去了。那个厨房里的下人还说呢，你的那个鞋底引火时特别好用，又禁烧又旺火……"

裴原问："你的旧衣裳呢？"

"那当然是留在一个大箱子里。"宝宁道，"我那些衣裳的花纹、样式都是很好的，只不过现在旧了，不时新了，但说不定过几年又会时新起来，所以不能扔。"

"哦，"裴原眯起眼瞧着宝宁，"我的衣裳就不好看？"

宝宁惊讶地道："男子的衣裳不都是一个样子的吗？只是换了个颜色而已，有什么好看不好看的。"她感觉裴原有点儿不高兴了，便低头在荷包里翻找，"好了好了，给你吃糖。明日我再给你些钱，你喜欢什么自己去买，不要在这里和我吵了。"

宝宁翻出两颗梅子糖，剥开糖纸，给裴原的嘴里塞了一颗，自己也含上一颗，然后含含糊糊地问他："你站了这么久，腿疼不疼？"

裴原也含糊不清地道："还行，能忍。"

宝宁搂着裴原的肩膀，让他靠在自己的怀里："你把头靠在我的肩上，我帮你负担一些重量，你能好过一点儿。"说着，她又轻轻地笑着去捏他的脸，"阿原，乖一点儿，等明日回家了，我给你做好吃的。你今天辛苦了。"

裴原神色颇为怪异地看了宝宁一眼，觉得有点儿不自在。他在外头也是个人物，做惯了发号施令的事，仰他鼻息的人都数不过来，怎么到了宝宁这儿，他却要体会一把被当成孩子哄的感觉。

不过，这种感觉倒也挺舒服的。

无论他在做什么事，或苦或累或烦心，在宝宁这里，都能找回那一份惬意和安心的感受。

赵前跟着马车一起到了崇远侯府后院的马厩里。马被拴在廊柱上，他挂在车底，眼睁睁地看着那匹马甩着尾巴拉出一团秽物。赵前本就病着，一路上被颠得晕头转向的，再被这么一恶心，险些将肚子里的胆汁都给吐出来。好不容易等到车夫去小解，他快速地解开绑着自己的绳子，从马车底下爬了出来。

赵前弯腰撑在车辙处，大口喘着气，扑面而来的马粪味很刺鼻，但好在这一趟没有白白折腾。之前他待在车底，前半程的时候，确实听到了许多有用的消息，只是后半程实在忍不住，晕了过去，直到进了城门后才慢慢转醒。

等缓过来了，赵前抹了一把脸，强撑着发软的腿，一瘸一拐地避开人，往外走。他得快些将探到的消息告诉裴霄！

没有纸笔，赵前撕了一片白色里衣下来，再到某户人家的厨房后门捡了一块木炭，将炭削尖，把在车底听到的那些事一桩桩一件件地写了上去。然后他把布料叠好，在街头寻了个要饭的小孩，塞给他五钱银子，道："小孩，你去太子府，装作要饭的样子，找一个叫常喜的人，把这东西交给他，听懂了吗？"他半蹲下来，恶狠狠地威胁那个孩子，"若是办好了，你回来找我，我就再给你五钱银子，要不然，我宰了你！"

小孩被赵前灰头土脸的样子吓到了，哪敢不从，急慌慌地走了。

赵前眯着眼，望着小孩跑远的背影，松了一口气，突然像是卸了力一般倒在小孩铺好的麻布袋子上头，也顾不得脏不脏了。他很饿，咬了半口破碗里的窝头，到底是嫌馊，又给吐了出来。

赵前暗暗想着，事成以后，自己这辈子就能熬出头了吧……

前方街道的拐角处，魏濛已经抱着刀等了很久。

马车上多一个人，车轮走过地面的声音、留下的痕迹都会不一样。裴原从一开始就发现了，暗中嘱咐魏濛多多留意。果然，到了崇远侯府没两刻钟，一个灰泥猴子就从车底下爬出来了。

魏濛一眼就认出此人是那个前儿，而且现在也能看出来了，他就是个男人。有意思。他有这等毅力，去考个功名不好吗，非要做钻车底这样的腌臜事？

魏濛摇摇头，可想而知，这个前儿的下场肯定会很惨，裴原不会轻易放过他的。

不过魏濛想是这么想，正事还要办。魏濛伸脚拦住那个要饭的小孩，用二两银子从他的手里将密信骗了过来，又另外给了他二两，哄骗他道："待会儿你去太子府门口转一圈，再回去告诉那个人，就说你的信已经送到了。"

小孩惊喜万分地捧着银子，重重地点头："谢谢大人！"

衣柜里，宝宁已经吃了两颗糖了，她和裴原依偎在一起，昏昏沉沉到快要睡着了。

裴原问："你嘴里的糖是什么味道的？"

"花生味的。"

"我还没吃过，"裴原捏她的脸颊，迫使她把嘴张开，"吐出来给我尝尝。"

宝宁用舌尖把糖推出来，含在两唇中间，裴原低头去吸。就在这时，季向真忽然拉开了柜门。

季向真的头发有些乱，但她的衣裳还算整齐。她道："我已经把他迷晕了，你们快出来吧！"话说完，她才看到里头的场景，一下子愣住了，"要不然……嗯……你们还需要一些时间吗？"

宝宁紧张之下，一口咬住了裴原的下唇。血腥味涌出来，裴原"呲"了一声，但没忘记把那颗糖卷进嘴里。

宝宁羞愤欲绝，却也只能强装镇定地对季向真道："大姐，他刚才说牙疼，我就……"

季向真问："牙疼还吃糖？"

"对，牙疼就吃点儿糖，越吃越疼，疼着疼着就习惯了。"宝宁从柜子里钻了出来。她语无伦次，越描越黑，最后干脆闭上了嘴。

裴原跟在宝宁的身后，嘴唇破了个大口子。他用手背抹掉血，心说，这个胆小鬼可真够狠的，一排小白牙比狗牙还要利。

好在季向真不再纠缠这件事。她指着内室，对宝宁轻声道："迷香撒了半瓶多，只剩下一点儿，也不知够不够让他睡上一两个时辰。我现在就去书房找密函，你在院子里看着他些，若他醒了，就缠住他。"

宝宁道："我明白了。"

季向真对着镜子稍微整理了一下妆容、头发，而后匆匆离去。

现在是初伏末尾，天气燥热了点儿，但还能忍受。宝宁从小厨房里寻了一把干净的大蒲扇，坐在一棵大树底下，和裴原一起乘凉。季向真的院子里有不少丫鬟，但都被管教得很好，不乱看，也不说闲话，自顾自地做着手头的事。

现在裴原在演宝宁的侍卫，戏要做足，所以她坐在那儿，他就得站在后头，慢悠悠地给她扇扇子。

院子里有一个一尺高的坛子，里头种着杂乱的不开花的草，几只白色翅膀的蝴蝶在里头乱飞。宝宁盯着它们看了一会儿，忽然问道："你想念圆子吗？"

"嗯？"裴原正在心里盘算着过几日的事，没听清她的话。

宝宁道："我想他了，也不知道他在裴霄那里过得好不好。如果他能过来和我们一起生活，那该多好。"

"好什么！"裴原换了个姿势给宝宁扇扇子，"给谁养儿子不好，给裴霄养？这话说得也不对，给谁养都不好，咱们自己生。"

宝宁问："那个在树上给他扔糖的人找到了吗？"

裴原道："还在查。"

宝宁"嗯"了一声。院子里十分安静，日光将地面照得白花花的，她的心也变得宁静起来。

没了杂乱心思，宝宁也开始想过几日的事。她大概了解将要发生什么：裴霄意图谋反，裴原与他对峙；裴霄要自己做皇帝，裴原要保住父皇，也想要重新获得恩宠。但是裴原能不能成功，成功后又会发生什么，宝宁不知道。

裴霄会被处死吗？大概是不会的。圣上的子嗣很稀少，他对每一个都宝贝得很，所以就算证据确凿，他恐怕也不会杀了裴霄。

裴原会成为太子吗？甚至，他以后会做皇帝吗？

或许是宝宁的心思太多，是她想得太远了，但是她一点儿都不想让裴原身居高位。她是有些自私的，也有些自卑。她在害怕。

宝宁过惯了现在这样的宁静日子，不想与人应酬，也不想让裴原分太多的心思出去，甚至不想回京城。她也是个俗人，喜欢有钱的日子，喜欢被人高看一眼的感觉。但是她又怕被搅进那些世俗的纷争里，连现在拥有的快乐都失去。她害怕自己变成一个贪婪、忌妒、世俗的人，那让她觉得讨厌。她也怕裴原变成一个功利、追逐权力、家里三妻四妾的男人。

如果时光能永远停留在这一刻，他们就这样生活在溧湖的庄子里，过着富足无忧、彼此珍惜的生活，那该多好。

未来或许会更好，但她胆小，不敢向前看。

裴原在宝宁身后，看她半晌也不动一下，以为她睡着了，就伸手捏了捏她的后颈："有风，别睡，要不然待会儿你嘴歪眼斜了，还要扎针才能好。"

宝宁被逗笑了，转身问："你被吹过？要不怎么知道得这样清楚。"

裴原道："我没有，魏濛有过。啧，当时他那样子可怜极了。"

宝宁托着腮看裴原，眼神很温柔。她有一双漂亮的眼睛，裴原回望着她，不自觉地被吸引了，沉溺进去。他蹲下身子，语气也变得温柔："宁宁怎么了？"

"阿原，我值得吗？"宝宁忽然问道。她眼里闪过一丝迷茫之色，眉头蹙着："我只是个庶女，出身很不好，嫁给你是误打误撞……"

裴原的脸沉下来了。虽不知道宝宁为什么会想到这个，但他不愿她这样想。

"我没能让你觉得安心？"

宝宁本想对裴原说，我们连堂都没拜过，我到底算不算你真正的妻子？但她又觉得现在说这个很矫情，还会伤害裴原的心，就把话咽了回去。

其实，裴原是让她感到安心的，但有时候她难免会想很多，觉得就像最开始时陶氏说的那样，她嫁给裴原是高攀了，是捡便宜了。

宝宁原先倒也没这么想。那时裴原住在那个小破院子里，身体也不好，所以在宝宁心里，他们两人算是对等的。她照顾他出于真心，得到他的回应也很高兴，并不觉得自己有多低微。但现在宝宁知道了，裴原是一条盘着的龙。若他愿意，总有一日会腾云飞到高处去，而到了那个时候，她还能不能与他并肩呢？

"你是不是乏了？"裴原不忍心看宝宁失落的样子，也觉得自己刚才的语气太重，便放缓了声音，"待会儿我们找一间客栈，我带你歇一会儿。"

"我不累……"宝宁摇头，刚想再说些什么，就被屋门口的声音打断了。

裴原站直身子看过去，贾龄也正好边伸懒腰边看过来，在目光对上之前，裴原赶紧低下了头。

贾龄的眼里蒙着一层泪花，他没看清裴原的样子，只瞧见树底下坐着个小美人。他不知道自己怎么就睡了过去，对之前的事也记不太清楚，想了一会儿才明白过来，长长地"哦"了一声，朝着宝宁走过来，问："是五妹妹吧？"他拍了拍自己的脑袋，又笑着道，"瞧我，真是失礼！五妹妹还在这儿，我竟然睡过去了，大概是这段日子太累了。你从你二姐姐那儿回来了？哎，你大姐又去哪里了？"

说着，他在院子里转着圈地找人。

按道理来讲，贾龄应该叫宝宁一声"四皇子妃"的。但他打心底里就没把裴原当一回事，所以忽略了这个称呼，按照季向真那边的辈分，妹妹长妹妹短地叫。

宝宁暗道一声"糟了"：贾龄为什么醒得这么快？也许是因为他是习武之人，还曾经跟着崇远侯出去打过几场小仗，身体底子好。只是大姐还没回来，自己需要给她遮掩一下。

宝宁道："大姐说肚子疼，出去了。"

贾龄相信了。他又揉了揉额头，看向站在宝宁身后的裴原，问道："这是你的侍卫？"

"是的。"宝宁应付道。她焦急地想让贾龄快点儿回屋子里去。

"这个侍卫看着体格很不错，没想到你还能找到这样的人才。"贾龄笑着道，"不过他怎么总是低着头？快抬起头来，让我瞧瞧长什么样子。"

可不能让贾龄看见裴原的脸！宝宁的手心都渗出了汗。她急中生智，突然抬头道："大姐夫，你瞧天上的是什么？"

贾龄的药劲儿还没过去，他迷迷糊糊地跟着宝宁往上瞧。宝宁暗中戳了裴原的胳膊一下，裴原立刻会意，在地上拾起一块石头，朝贾龄头顶上方最大的一朵栀子花打了过去。大朵的栀子花"啪"的一声砸在贾龄的脸上，花粉冲进他的鼻子里。贾龄狠狠地眨了眨眼，而后弯着腰，"阿嚏阿嚏"地打起了喷嚏。

"大姐夫怎么忽然病了，是因为吹了风吗？"宝宁一边佯装关切地问，一边招呼丫鬟过来："快扶你家主人进屋子去歇息！"

贾龄捡起那朵花，捂着鼻子，在心里琢磨：这花还没成熟呢，怎么忽然就掉下来了？但他的脑子晕乎乎的，没精力再想太多事，和宝宁致歉道别后，他就被丫鬟扶走了。

宝宁松了一口气。

过了不到半刻钟，季向真从外头匆匆进来，走到宝宁跟前。

"已经办好了！我在暗格里找了许久，快要急死了，但就是找不着，后来才发现，贾龄就把它夹在一叠信纸中，大方地摆在桌案上。他倒是聪明，大隐隐于世……密函上写着大后日圣上从东门启程，大约午时前一刻到达雁荡山的峡谷处——圣上坐在第三辆副车上。信上写着'共合叁辆'，我在合的前面加了几笔，改成了'拾'，裴霄收到信后，应该会误认为是第十三辆车。"

宝宁与裴原对视了一眼，前者轻声道："辛苦大姐了。"

"辛苦什么？还不都是为了我自己，为了活得更好。"季向真看了一眼屋子里，对二人道："好了，你们快走吧，我回去看着贾龄，不能让他起疑心。"

天色已经不早了，而且瞧着有点儿阴沉的，像是要下雨。这样的天气不便走山路，加上裴原的身子不好，所以他们临时决定在客栈里歇息一晚，明早再走。

两人叫小二送来热水，然后坐到桌边，宝宁埋头吃客栈赠送的香瓜子，裴原看着她。

眼瞧着瓜子皮已经堆成一小堆，裴原拍了一下宝宁的手背："别再吃了，吃多了会上火。"宝宁停下了，可又觉得饿，就去抓花生。裴原捏住她的手，问："你就没什么想和我说的吗？"

"没有呀。"宝宁不解地看向裴原。两人对视了一会儿，她才想起来，他说的应该是她在崇远侯府里胡思乱想的事。

宝宁现在已经不想了。那些想法偶尔会出现，大多数时候，她还是很沉醉于当下的。她回想起来，甚至觉得刚才自己和裴原说的那几句话有些矫情，也有些丢人。她急于掩饰，就抓了一把花生问裴原："你吃吗？我给你剥。"

裴原道:"你自己吃吧。"

宝宁缩回了手。

裴原用力地咬牙,真想撬开宝宁的脑袋,看看她一天天都在想什么。刚才她莫名其妙地说了那么几句话,现在又不提了,留他一个人东想西想。他了解宝宁,她内心深处的不安和敏感,他也都知道。所以,他一直努力想让宝宁感到安心。他本以为自己已经做到了,现在看来,他做得还远远不够。

裴原又想起宝宁还提到了圆子。难道他非要让她生个孩子,用孩子绑住她,才能让她死心塌地吗?

裴原搓了搓手指,正想伸手去勾宝宁的腰带,忽然又想起现在不行,因为还有件事没做。

有个人,他还没解决。

一个装神弄鬼,明明是个男人,却偏要扮成女人的恶心货色。


赵前和裴原他们歇在同一间客栈里。他长得白皙俊美,又换了身黑底绣金丝线的长袍,整个人显得干净利落。此时,他正靠在角落里慢悠悠地喝酒,一只手捏着杯盏,两眼带着笑意,扫视着周围,引得好几个妙龄女子频频回头。

赵前十分放松,心想,往日的憋屈时光马上就要一去不复返了,于是越发觉得前景美好、心情畅快,不一会儿就喝掉了一整壶汾酒。

酒劲儿上头,他觉得身体飘忽,已经有些醉了。

正在此时,宝宁拎着裙摆,从楼梯上缓缓地走下来。她是来占小便宜的,听伙计说,楼下供应免费的小点心,桂花糕、凤梨酥都有,是京中的名厨做的,味道很好。

宝宁向伙计要了个金色的精致小盘子。她并不知道赵前也在,一门心思到台前试吃,专心致志地挑选心仪的点心。赵前一眼就看见了她,被吓得立刻坐直身体,出了一身冷汗,酒都醒了大半。

四皇子妃怎么也在这儿?要是她认出他来可怎么办!

但赵前转念一想,觉得在这里碰到四皇子妃也不奇怪。这间客栈叫"凤祥居",是京城中最好的客栈,虽然入门费就要五十两银子,但四皇子自然不会为了省些银子就去住差的居所。另外,他现在已经换成男子着装,模样与在溧湖庄子里的时候天差地别,四皇子妃一定认不出来的。

赵前想到这儿,放松了身体,靠在椅背上继续喝酒。他视线迷蒙,盯着宝宁的背影肆无忌惮地瞧。酒壮人胆,瞧着瞧着,他竟生出些别的心思来。

算起来,他和宝宁见面的次数不多,对她的印象却极深,倒不是因为容貌——宝宁确实美,但他见多了美人,对宝宁的美貌也只是觉得眼前一亮,想多看几眼而已，不至于动杂念。他最喜欢的是她的性子，她纯善、天真又聪明，他从没遇见过比她更有趣的女子。

裴原倒是运气好。

赵前忽然又想到，以后裴霄得势登基，裴原定然不会有好日子过。他甚至能不能活下来都不一定，到那时候，这个娇滴滴的小美人该怎么办？难道她也要香消玉殒，或者落入贼人之手受辱吗？如果那样的话，岂不是太过可惜？

赵前如此想着，心中泛出淡淡的酸涩感。他又喝了口酒，面庞燥热，心也燥热，急于想要做些什么。

眼看着宝宁挑拣完了点心，准备上楼去，赵前忽然站起来。他先是去账房那里借了纸笔，快速写了几行字，而后就把纸揣在袖子中，匆匆去拦宝宁。

他低声唤道："四皇子妃？"

宝宁惊讶地回头，第一眼果然没认出赵前来。见是个不认识的男子，她蹙着眉往后退了一步，下意识地去看魏濛所在的方向——裴原在楼上的客房里处理公务，嘱咐魏濛在暗中陪伴她。她看见魏濛点了点头，是没有危险的意思，放下了心。

赵前道："四皇子妃，我有几句话想和你说，不知你可有空闲？"

宝宁又瞟了魏濛一眼，见他仍旧点头，知道一切都在他的意料之中，便深吸一口气，对赵前道："好的，去后院吧。"

他们往后院的方向走，魏濛吐掉嘴里的枣核，悄无声息地跟了上去。

魏濛早就知道赵前也在这间客栈，本想立刻将其拿下的，裴原却吩咐说暂时不用，先瞧瞧赵前还要做什么。谁都没想到赵前会去找宝宁，魏濛犹豫了起来，不知道现在到底要不要立刻上去制服赵前。要不他还是稍作等待吧？若赵前生了歹心，他再杀过去也不迟。

宝宁和赵前相隔两步，面对面站着。赵前道："四皇子妃，你还能认出我吗？我是前儿。"

宝宁重复他的话："前儿？"

她不可置信地打量着面前这个人的模样，心中震撼，想不通那个讨嫌的丫鬟怎么摇身一变成了男子。

赵前继续道："四皇子妃，你不要怪罪我欺瞒你，我实在是……情非得已！"

说着，他眼中竟涌出泪来。

这个人说哭就哭，宝宁看得心惊。不是说男儿有泪不轻弹吗？她面前这个男儿的眼泪却好像不太值钱。

"我是被裴霄——也就是当今的太子殿下——威逼的！他拿我老母的性命威胁我，要我做苏夫人的丫鬟，借此潜入庄子，暗中做他的眼线。但是四皇子妃，请您放心，我并没有做对不起您的事！我现在已经悔悟了，知道屈从于太子是错的。我今日就将一切都告诉您，"说着，赵前垂头跪下，"希望能得到您的原谅！"

宝宁被赵前的这套说辞弄蒙了。裴原还没来得及告诉她关于赵前的真相，她看着赵前在那儿跪着抹眼泪，觉得迷茫极了。

魏濛也觉得迷茫。他震惊地看着赵前，不知道赵前的嘴怎么能说出这样一番话。

宝宁用口型悄悄地问魏濛："真的吗？"

魏濛急忙摆手："假的，假的！"

赵前听见细微的声音，警惕地回头看："谁在后面说话？"

魏濛一惊，赶紧退到院门后头去了。

这么一瞬间的工夫，宝宁已经收敛好了情绪。她看向赵前，配合地露出同情且愤愤不平的表情："真的是裴霄做的吗？我的老天，他怎么可以这样无耻呢？！"

赵前的眼中闪过一丝怪异。宝宁的反应在他的意料之中，但是他总觉得好像哪里有点儿奇怪。

戏已经开始，总没有停下的道理，赵前将放在膝上的手攥成拳，又道："我不甘心继续过做傀儡的日子了！我想过自己的生活！今早我偷偷地跑出了庄子，本想让这件事就此翻篇儿，但没想到在凤祥居的门口碰见了您。我实在按捺不住心中的愧疚之情，便来找您说出事实——我赵前做错了事，要杀要剐，随您的便！"

赵前演得这么逼真，若不是魏濛说是假的，宝宁差点儿就信了。

宝宁假装怜惜地看着赵前，卖力地附和他："不会的，你这么正直，我怎么会怪你？快请起来！我真钦佩你的高风亮节！赵前，你放心，我不会让你平白受这样的冤屈的。你在这里等我，我去去就回。我手里还有一些银两，你拿去孝敬你的老母，算是我的一点儿心意。"

赵前听了，心中一喜，觉得宝宁相信了自己的话，事情已经成功了一半。他赶紧叩谢："四皇子妃的大恩大德，赵前永世难忘！"

赵前是这样想的：从裴霄那里得了钱财后，他就要离开京城了，如果可以的话，最好能带宝宁一起走；如果不行，在裴原身死之后，他也可以回来说服宝宁同他一起走。而在这个节骨眼儿上，他可以先骗取宝宁的信任，再挑拨一次她和裴原的关系，好在裴霄那里多领一些赏银。

见宝宁端着点心盘子就要走，赵前又叫住她，站起身，在她的耳边轻声道："四皇子妃，赵前还有一些事想告诉您。"

宝宁问："什么事？"

赵前用轻到只有他们两个能听到的声音道："在溧湖镇的安平街街尾有一座青楼，四皇子妃应该知道吧？四皇子白日常常不在庄子里，口中说是外出办事，实际上却是在那处温柔乡里流连花丛。我不忍心看他继续欺骗您，所以现在告诉您。"

"真的吗？"宝宁愣愣地看着赵前。

赵前道："千真万确！赵前若有一句假话，必遭天打雷劈！"

宝宁的眼中露出浓重的悲伤之色。她缓了缓，对赵前道："谢谢你，我这就回去寻他问个清楚！"

赵前道："能帮到四皇子妃一点儿，便是我的无上荣幸。"

宝宁用袖子擦了擦眼泪，转身匆匆要走，忽然想起了什么，又停住脚步问赵前："你在这间客栈订了房间吗？事后我亲自来答谢你！"

赵前面色一喜，毫不犹豫地答道："丙三四号房间，赵前恭候您！"

宝宁端着盘子疾步离开后院，刚出院门就碰到了魏濛。魏濛不知道赵前最后和宝宁说了什么，竟惹得宝宁流泪了，急切地想问一问，结果话没出口就被宝宁打断。

"你看住他，别让他跑了！我上楼一趟。"

看宝宁的神色还算镇定，魏濛稍微放心了一些，应了声"是"。

宝宁小跑着上楼，推开门，就见裴原靠在宽大的椅子里头，两腿交叠着放在桌上，正在低头看一本书。

听见声音，裴原抬头，看见宝宁泛红的眼尾，心一紧，急忙问道："怎么了，出什么事了？"

宝宁把点心盘子放到桌上，拍了拍胸脯："阿原，我遇见了个高手！那个赵前真是了不得，"说着，宝宁伸手比画，"他的脸皮能有这么厚！"

"哦？"裴原把腿放下，眯起眼问，"你碰见他了？"

"我们还说了好多话……"

宝宁坐到裴原的身边，将刚才赵前和她说的话全都给裴原说了一遍。

裴原最开始时脸还阴沉着，但越往后听，脸越放晴，最后甚至笑着问："他说我去青楼，你都没有怀疑吗？"

"怀疑什么？"

"你不怀疑我？"

"他这样的雕虫小技，怎么能离间我们的关系呢？"宝宁用双手捧着裴原的一只手，看着他的眼睛道，"我相信自己的眼睛！我知道你现在心里只有我！我感受得到！所以无论别人说什么，哪怕说得再真实，只要你否认，我都会信你。但是阿原，我很敏感。如果哪一天我在你心里占的地方变小了，我能察觉得到的。"

"不会有那一天的，"裴原捏着她的下巴轻轻摇晃，"咱们拭目以待。"

宝宁笑了起来，抱住他的腰。不管以后怎么样，她现在是真的觉得日子很美好。

裴原把手搭在宝宁的背上，有一下没一下地轻拍，从崇远侯府出来后，一直萦绕在他心头的淡淡恐慌感散去了不少。他感到很高兴，原来被信任的感觉是这样的，让人满足。

那时，听到宝宁用那样彷徨的语气说她自己是庶出，嫁给他是高攀，裴原心里"咯噔"了一声。他很怕宝宁有一天会因为一些闲言碎语而误解他，或者承受不住压力，决绝地离他而去。但现在他不那样想了，他的宝宁正在慢慢地长大——她变得坚强，变得更自信。再说了，他的宝宁是他心上的血肉，他的血肉又怎么会离他而去呢？

裴原的眼神落在桌上的那盘糕点上。他温柔地亲吻了一下宝宁的脸颊，道："我也相信你。"

宝宁不明所以地抬头，顺着裴原的视线望过去，震惊地看见有一块桂花酥的底下竟然压着一张叠起来的纸。她取来打开，只见最上面有三个字，是"致宝宁"，底下还有几行缱绻的情话，分明表达了求而不得的爱意和刻骨相思。

字条是赵前放进去的，趁她不注意的时候。

赵前在外头吹了半晌冷风，酒醒了不少。他在屋子里焦急地踱步，回想着刚才发生的事。

他是不是太过急躁了一些？

赵前回忆着宝宁当时的言语和神态，越发拿捏不准她到底是不是真的相信他的话。但是宝宁说了她会来，依他对宝宁的了解，他觉得她不会骗人。

赵前在桌前坐定，喝了杯茶，又等了等，最后实在忍受不了心中的不安，还是推开门，准备出去探个究竟，不料脚刚踏出房门便被堵了回来。

赵前惊恐地看着面前的人，正是裴原。

裴原手里捏着一根银柄长鞭，似笑非笑地用鞭子挑起赵前的下巴，一步步地逼着他往屋子里退。

"瞧瞧我们前儿的姿色，多好看的一个俊秀男儿啊！"裴原说着，又拿鞭柄戳赵前的嘴唇，"还真是长了张好嘴，很会说话。你那会儿不是说得挺好的吗？来啊，再说几句给爷听听。"

赵前怕极了，脑子里一片空白，浑身都在哆嗦。他"扑通"一声跪下来，连声求饶："四皇子，我错了！我是被猪油蒙了心！您大人有大量……"

裴原蹲下来问："你那会儿是不是说，若有一句谎话，就遭天打雷劈？"

赵前不敢说话了。

"放心，老天可舍不得劈你。"裴原冷笑着道，"就你这曼妙的小身板，不送去青楼当小倌就是暴殄天物。"

裴原看向候在一旁的魏濛："还等什么？把他直接送过去吧。"

## 第十五章
## 苏明釉装疯卖傻

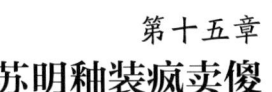

　　因为担忧苏明釉一个人在庄子里会做出什么事，傍晚的时候，看天色放晴了，裴原和宝宁就一起赶回了溧湖。

　　他们到家的时候亥时刚到，月亮斜着挂在天上。

　　苏明釉今天儿乎水米未进，脸色蜡黄，看起来十分憔悴。她早就收拾好了东西，在屋子里焦急地等待，时不时到门口往外望一眼，手里还拿着一把剪子，像是中了邪一样念念叨叨的，盼着赵前能快点儿回来。伺候她的小丫鬟喜儿不敢和她待在一个屋子里，跑到门外头躲着。

　　宝宁踏进院子的时候，喜儿像是看见了救星一样冲上来："夫人，苏夫人怕是疯了！她拿着剪子在屋子里晃来晃去，不知道要杀谁！晌午时，刘嬷嬷请了大夫来，结果被她给打出去了。夫人，这叫怎么办啊！"

　　裴原从后头走上来，看了一眼苏明釉映在窗纸上的影子，问："她什么时候开始这样的？"

　　"我不太清楚……大概是中午的时候。"喜儿回想着，"前儿不知怎么失踪了，苏夫人带着我们找，但翻遍了庄子也找不到。她突然就倒在地上哭，然后回去睡了。中午起来后，她整个人就不对劲儿了，嘴里不知道在说什么东西，还拿着一把剪子到处剪，一会儿说是要剪小人，一会儿又说要剪情丝。谁要是敢进屋，她就拿着剪子扑过来，'呜呜'地哭着要剪那人的脖子。"

　　喜儿一边抹眼泪，一边给宝宁看她的脖子，那里有一道结了痂的伤口："我就被她给剪了！"

裴原皱眉道："你们在这儿等着，我进去看看。"

宝宁担忧道："你小心些，别让她伤着你。"

"她得有那个本事！"裴原从袖中抽出一把短刀，将刀在手里转了一圈，"从背叛我们的那一刻起，她便不是我的大嫂了，连个陌生人都算不上。看在往日的情分上，我本还想留她一条命，但她若不识好歹，那我就只好送她一程了。"

裴原说完，大步朝屋门走过去，连叩门都懒得叩，直接一脚把门踹开。

屋子里，苏明釉被吓得一哆嗦。她手里抱着那柄大剪子，警惕地往门口瞧，正好看到裴原面带不善之色的脸。她大叫一声："你是谁？"

"少跟老子装疯，"裴原踢开挡路的凳子，慢悠悠地往苏明釉那边走，"以为装疯卖傻就有用了？该搞死你还是要搞死你。你最好识相点儿，把你那个破剪子放下，老老实实地把话都说明白，这样我说不定还能看在你肚子里的孩子的分上饶你一命。"

苏明釉听了他的话，下意识地摸上自己的肚子，嗫嚅着，一句完整的话都说不出来。

"我匆匆赶回来，就是怕你跑，结果你倒好，还在这儿傻兮兮地等着。"裴原指了指自己太阳穴的位置，语气中带着嘲讽之意，"你是脑子有问题？和一个靠爬女人的床为生的小白脸儿讲爱情，你怎么不和一头猪谈谈情说爱呢？真不知道你是怎么被选成太子妃的！怪不得苏尚书不让你进家门，他还是仁慈了，我若是你爹，就将你扔到猪圈里，反正你喜欢猪，那就去和一群猪猡卿卿我我个够吧。"

苏明釉浑身颤抖着听完他的话，忽然尖叫出声："你放肆，我是你大嫂！"

裴原看着她，脸上带着似笑非笑的表情："哟，想起来了？"

"你都知道了？你都知道了……"苏明釉倚靠在墙角，伸手抓着自己的头发，像是疯了一样，接着又抬起头，眼睛赤红地问道，"他人呢？"

"赵前吗？在青罗坊为我赚钱呢，我看他的姿色甚好，准备将他捧成男花魁。"裴原把玩着手里的短刀，笑着问，"你那么喜欢他，想和他一起去吗？"

苏明釉艰难地咽了口唾沫，问："是他将一切告诉你的？他背叛了我？"

"他背叛你又不是第一次了。"裴原道，"当初大哥失势的时候，赵前为什么一夜之间变成了裴霄的侍卫？是因为裴霄心善，还是因为裴霄是个捡破烂儿的，要收留一个敌方的没什么本领的小侍卫？当然是因为赵前当时就把你给卖出去了。他把你们的那些情事当成了他自己的成就，你不知道？"

苏明釉的眼睛里透着屈辱和不可置信之色，她握着剪子的手指泛白。她忽然一把将剪子扔到地上，然后"嘭"的一声，一头撞到墙上，一边撞墙一边号啕大哭。裴原冷眼看着她，并未阻拦。

外头的宝宁被这一声巨响吓了一跳，急匆匆地冲进来查看，她被眼前的景象惊呆了。

裴原道:"让她撞。她自己撞死了才好,省得我手上沾血,也算为我积德。"

宝宁不忍心看,偏开头。

过了半响,苏明釉终于平静了下来。她回过身,缓缓地吐出一口气:"我知道我看错了人,也不该忘恩负义,那样对你们。我都认,你怎么处置我,我都认。但是我仍旧不认为我做的事是错的!我不过是在追求我想要的东西而已!每个女人都想要幸福,我从我的丈夫那里得不到,还不许我从别的男人那里得到吗?"

宝宁道:"你可以和离。"

"宝宁说得对啊。"裴原轻蔑地看着苏明釉,"你要是和离了,我敬你有勇气,但你又舍不得做太子妃时得到的荣华富贵,多不要脸啊!还在我这儿谈幸福,你也配?!"

苏明釉哑口无言。

裴原又道:"不过,你到底还是我大哥的妻子,我要是杀了你,怕他回来会怪我。这样吧,雁荡山的山顶有个孤寺,叫大觉寺,你剪了头发,到那里做个姑子,静静心,在大哥回来之前,就不要踏出屋门了。你最好每日念经诵佛,期盼他能回来,要不然,就等着老死在山顶吧。"

苏明釉对此反应激烈,扑过来要扯裴原的袖子:"不行,你不能那么对我,我怎么可以剪头发……"

裴原将短刀掷出去,插在苏明釉脚前的地里,差半寸就会钉入她的脚面。苏明釉身体一颤,停住了动作。

裴原带着宝宁出了房门,离开前又唤了陈珈来,命令道:"你看着她,明天天亮后找人押她走。"

回去的路上,裴原很沉默。头顶月光皎洁,宝宁拉着他的手,走在栽着木香树的小路上。

裴原忽然问:"人总是会背叛吗?"

宝宁不解,仰头问:"什么?"

"为什么人总是在背叛呢?苏明釉背叛了我们,赵前背叛了苏明釉,还那么轻易地又背叛了裴霄。裴霄和贾龄在背叛父皇,邱明山也在背叛父皇。其实我也在背叛。至少我想杀了裴霄,和邱明山为伍,这对我父皇来说就是一种背叛。还有我的母妃……"

话说到这儿,裴原打住了,不知道该如何继续往下说。

裴原知道,他的母妃对父皇或许并不是那么忠贞。但他并没有确切的证据,只是有一点儿猜测，一个他极为不愿意接受的猜测。

裴原不说话了，抬头看月亮。宝宁抱住裴原的手臂，将头倚靠上去，轻声道："人活在世上，总是在追名逐利，想要活得更好。名利与欲望在牵引，于是一些人做出不好的事，但还有一些人，心中有德，有傲骨，便不会背叛。裴原，你要相信我，我永远不会背叛你。就像你，你也永远做不出弑君夺位的事，因为你的父皇对你好过，你感念这份好。"

裴原停住脚步，偏头看向宝宁，目光越来越深邃。宝宁最开始还能淡定地与他对视，后来心中就慌了。她弄不懂裴原心里在想什么，但总归不是什么好事。

宝宁的心"突突"地跳了一下。她抬脚就要走，裴原一把扯住她的袖子，哑声问："你什么时候和我圆房？"

宝宁惊诧地看着他。他们还在路上，他就厚脸皮地说这种事！宝宁气得跺了跺脚："回屋再说！"

"行，我换个说法，"裴原捏住她的手腕，"你什么时候和我睡觉？"

宝宁面色通红，欲言又止，不知该如何作答。裴原看到她这个模样，觉得她在月光下更显得美丽娇嫩，不由得舔了舔干涩的嘴唇。

院子里，刘嬷嬷屋中的灯还亮着，她在等他们回来。听见声音，她匆匆出来迎，便看见裴原抱着宝宁进了院子。她一下子就明白了，尴尬地立在门口。裴原冲她使了个眼色，她了然地笑了笑，行了一礼，退回自己的屋子里去了。

宝宁觉得羞愤欲绝，狠狠地抓着裴原肩上的布料："你放我下来！"

裴原推开屋门，将她放到地上，把房门从里头闩上，又去点灯。

"为了给你留下深刻的印象，咱们玩点儿新鲜的。"裴原故意将所有的蜡烛都点燃，屋子里被照得如同白昼，任何角落都能看得清清楚楚。

裴原揉了揉手腕，将外衣脱下来扔到一边，坐到圈椅里，道："过来。"

宝宁垂着的双手攥成拳。她有一种直觉，这时候的裴原肯定一肚子坏水。她感到害怕，不敢过去。

裴原勾了勾手指，眯眼道："过来。别让我说第三次，要不然可别怪我不客气了。"

宝宁警惕着，但还是走了过去。裴原用手撑着下巴，笑着看她，忽然道："把衣裳脱了吧。"

宝宁大惊，捂住前襟："你要干什么？"

宝宁受不了裴原这时候的放荡言辞，睁圆眼睛看着他，不想动。

"咱们说好了的，在床下，我听你的；在床上，你听我的。所以现在你得听我的。"裴原用手指敲着扶手，扬起下巴。

宝宁攥着衣襟，仍旧没有动作。裴原等得有些不耐烦了，喝了一句："快点儿！"

宝宁动了动嘴唇，心里有些讨厌裴原现在的恶劣样子。他一到这种时候就变得像头狼，但是她也没办法，如果现在不听他的，不知道待会儿他还要弄出什么花样来。

宝宁凑过去，被裴原一把拽进怀里。

他亲她的脸颊，轻声哄着："叫哥哥。"

宝宁不开口。

裴原道："不叫？不叫就揍你了。"

宝宁紧闭着眼，躲在他的怀里，最后还是屈从于他，小声地唤了一句："哥哥。"

裴原急不可耐，搂着她想往床上去，宝宁抵抗了几下，忽然听到外头传来刺耳的叫声。那叫声很惨烈，像是猫叫，又像是小孩在哭。

"什么声音？"宝宁猛地站起身，焦急地往外走，"我去看看。"

裴原"啮"了一声："这个关头，你出去干什么？"

宝宁道："我要看看外头是什么在叫，要是有坏人怎么办？"

她说着，挣开裴原的手，飞快地推门跑出去了。裴原咒骂了一声，赶紧跟上。

阿黄和吉祥也从它们的小木屋子里跑出来了，正惊恐地靠在一起，盯着墙角看。宝宁走过去，赫然瞧见墙角处宽大的南瓜叶子下竟有两只猫，一只叫得像被鬼抓走的小孩。

宝宁不傻，一下子就反应过来那两只猫在干什么，心哆嗦了一下。她自言自语地道："竟然那么疼吗？"

裴原站在她的身后："不过是两只发情的野猫而已，有什么好看的？快进屋子吧。"

宝宁却被这两只猫卜到了，铁了心要躲开裴原。她急中生智，抬头指着月亮问："阿原，你看那是什么！"

裴原皱着眉头往上瞧："有什么？"

宝宁趁他不注意，飞快地跑回屋子，从里头反锁上门，等裴原反应回来，为时已晚。他气急败坏地追到门口拍门："季宝宁，你干什么？"

宝宁用背抵着门，重重地舒了一口气，但是很快就开始后悔。裴原踹门的声音响得整个庄子的人都听得见，三里外的邻居家的狗都叫了起来，看来这回，她是真的把他惹恼了。

宝宁听裴原在外头咬牙切齿地问："季宝宁，你要谋杀亲夫吗？"

宝宁不敢说话。她看着门板被裴原踹得晃来晃去，知道今晚肯定是躲不过去了，否则裴原能将这个屋子的房梁都拆下来。

果然,裴原在外头冷笑一声,转了一圈,到墙角去拎了杆花锄,走去窗边,冷声威胁道:"我数三个数,你若再不开门,这窗户肯定是保不住了。要是逼急了我,我把狗窝都给你扔了!

"三!"

"二!"

宝宁咬咬牙,跑过去将掉在地上的小瓷瓶给捡起来,捏在手心里,在裴原喊出"一"的瞬间一把拉开了门。

裴原扔掉锄头,大步流星地走进屋子里,揪着宝宁的腕子,将她带到里屋:"你给我等着,今晚我要是不给你点儿教训,你都忘了自己是裴季氏!若是吃了苦头,可别怪我,都是你自己造的孽,你自己还!"

宝宁抱着裴原的胳膊连声认错:"我知错了,知错了……"

外头不知什么时候刮起了大风,宝宁迷迷糊糊的,听见了风从窗缝里钻进来的声音。裴原翻了个身,躺到宝宁身侧,一身的汗,也懒得盖被子,半合着眼,就那么躺着。

过了一会儿,裴原撑着胳膊侧过身来搂住宝宁的肩,在她汗湿的脸颊上亲了一口。宝宁羞恼,想骂裴原几句不要脸,但又没力气。

而后便没人再动了,宝宁闭着眼,只听得到两人呼吸的声音。

裴原估摸了一下时间,怕是已经过了三更。外头狂风怒号,听起来就不是个好天气。

"明儿个怕是要下雨。"

一听到"下雨"两个字,宝宁脑子里因疲惫而松弛的那根弦瞬间绷紧了。她怕极了下雨天。水蛭虽然暂时解了裴原体内的要命的毒,但他也付出了惨烈的代价,每到阴雨天,腿都疼得厉害。

宝宁歪头打量裴原的脸色,轻声问他:"疼了吗?"

"我挺好的,别担心。"裴原暧昧地凑过来咬她的耳朵,"你怎么还有心思想这些呢?是我的错,我不够勇猛,才让你有怀疑。"

说着说着,他又不正经了,下流!

宝宁闭紧了嘴,不再搭理他,但暗地里还是伸手捏着被角将他的腿盖上。她在心中道,她不是关心他的身体,是为了自己下半辈子的幸福着想——她可不想早早地守寡,做个小寡妇。

裴原笑了起来,去亲她的脸颊:"我就知道你疼我。"

宝宁瞪了他一眼。

"睡吧，"裴原给宝宁把被子掖好，轻拍她的背，哄道，"今天太晚了，你先睡，明早再洗澡。"

宝宁被裴原搂在怀里，他的体温高，暖烘烘地烤着她，让她浑身都放松下来。他还哼着给她唱曲儿，这是她第一次听到他唱曲儿，惊讶地发现他竟然唱得很不错。

宝宁实在是困倦极了。她听着曲儿迷迷糊糊地睡了过去。

一觉睡醒，宝宁睁开眼睛一看，发现裴原正在给她擦洗。见她醒过来，他无声地拍了拍她，示意她继续睡，她便又睡了过去。

这是一个长长的回笼觉，第二天早上，宝宁是被院子里的嘈杂声吵醒的。

吉祥和阿黄都在扯着嗓子叫，刘嬷嬷拦着，但根本拦不住。魏濛也在扯着嗓子叫，声如洪钟："小将军，你也太不是人了，不是说好昨晚来我的房里，咱们将计策给定下来吗？我巴巴地等了你一晚上，看天气不好，还给你备了热水热茶，就差给你再准备个洗脚的丫鬟了，但你干什么去了！我等到天亮你也不来，做人可不能这么不地道！"

刘嬷嬷着急地劝阻："魏将军，您稍等！殿下和夫人还没起来，您别喊了！"

魏濛捶了一下大腿，道："嬷嬷，我憋屈啊！我还想着殿下是被别的事情给耽搁了，可能晚点儿就会来。因为怕误事，我一夜都没敢睡，等着他！一直等到鸡叫的那一刻我才反应过来，原来着急的只有我一个人！"

刘嬷嬷红着脸道："殿下自然是有很重要的事。"

"什么重要的事？能比和我议事还重要吗？"魏濛干脆一撩袍子，坐在台阶上，"我等着他出来！等不到我就不走了！"

宝宁已经快麻木了。她坐在床上，听魏濛在外头吼，竟然觉得自己还是可以忍受的，这好像也不是多大的事。

她慢吞吞地四下摸索着，准备穿衣服。可是昨天的衣裳脏了，又找不着能穿的新衣裳，她便去推裴原："太阳晒屁股了，醒醒。"

裴原打了个哈欠，顺手拉了宝宁一下，宝宁"哎哟"一声，倒在他的怀里。

"不要闹了，魏将军在等你，你快起来洗漱，再给我拿件衣裳。"宝宁掐了裴原的腰一下，裴原终于起来了，赤条条地下床去衣柜里左翻右翻。宝宁看见了，无语地闭上眼。

等穿好了衣裳，他们才让刘嬷嬷带下人进来送水和干净的棉布巾。等一切都收拾妥当，裴原才抬腿出门。

裴原今天心情很好，也自觉理亏，就不计较魏濛在外头失礼地叫嚷这件事了。昨晚他确实是和魏濛约好了要见面的，但一不小心就给忘得干干净净。所以他很客气地对魏濛赔罪:"昨晚确实是我不好。我有要紧的事得处理,就忘了过去。"

听见裴原好声好气地说话,魏濛起了一身鸡皮疙瘩,因为这和他预想的不一样。预想中,裴原应该生气地出来责问他,说他扰了自己的清梦,他便也暴怒地顶撞回去,然后他们大打出手。打一顿,他心里的气也就撒出来了。

现在这算什么事?气撒不出来,魏濛觉得更憋屈了。

裴原道:"我先去陪我夫人吃个早饭,你自便吧,两刻钟后我们再碰面。"

说完,他也不待魏濛回应什么,又回屋去了,临走前还示意刘嬷嬷带魏濛到厨房去,给他也备一份饭。

"这都什么时候了,还吃饭?吃个屁的饭,去吃个屁吧!"魏濛气愤地道,"真是美色误国,女人误事,儿女情长,'毁'人不倦!"

刘嬷嬷从锅里给魏濛盛汤,劝道:"魏将军,少说两句吧。"

"我说的有哪里不对吗?"魏濛扭头询问。

刘嬷嬷摇摇头,把饭菜端给他,没再回应。

又过了一会儿,魏濛道:"你们这个厨房的饭做得还挺好吃的,再给我来碗汤!"

两刻钟之后,裴原果真出来了,像掐着时间一样。他的后面跟着宝宁。

今天天气不好,宝宁怕裴原身体难受,不敢让他去书房,就让他在院子里和魏濛说事。葡萄藤下的小桌子,她已经让人给擦干净了,还摆上了纸笔。之后她清退了下人,这才请魏濛过去。

魏濛这个人有着传统男子自大的特点,表现出来就是瞧不起女人。对宝宁,他其实也不太看得起。只是因为她是裴原的妻子,是四皇子妃,所以表面上他还是给予她尊重——裴原喜欢宝宁,他这也算是爱屋及乌。后来,宝宁在笼络季向真的事上出了不少力,魏濛对她的印象才改观了一些,他心中对她便多了几分敬重和高看。但昨晚和今早的事一出,眼看着裴原像是被下了蛊一样,正事不顾,一头钻进温柔乡里,他就又下意识地将宝宁划进了误事精、麻烦鬼的范畴里去,所以看宝宁的眼神也不像原先那样友善了。

魏濛心中想着,这个女人怎么这么不懂事,而且还没有自知之明。

宝宁温和地笑着,请魏濛移步,魏濛对她敷衍地行了个礼,之后就大步朝裴原走过去。两人擦肩而过时,宝宁分明听见魏濛冲她重重地哼了一声。

宝宁一头雾水地看着魏濛魁梧的背影,不理解魏濛怎么忽然就对自己有这么大的敌意了。是因为裴原昨天失约,刚才又和她一起吃早饭,他等急了?这说得过去。宝宁有些愧疚地想,他们确实是过分了。

葡萄藤种在小院的东侧,和正房的门口隔了四五丈远,坐在屋门口听不清那边的人说话,但能瞧到人的影子。早上起来,天就阴沉沉的,宝宁担心裴原的身体,便搬了个小凳子到门口,一边磨豆浆一边注意着他的情况。

宝宁把阿绵叫了过来。阿绵现在是只大羊了,因为吃得好,体格很壮。宝宁将一根绳子系在它的角上,又把绳子的另一端系在石磨的碾子上,让阿绵一圈圈地转着拉磨。

豆子是刘嬷嬷昨晚泡的,百合是早饭前泡上的,红枣已经切碎去核,宝宁捏着这三样东西,慢悠悠地往石磨上的小眼儿里加。不久,石磨的出口处就流出清香的浆子来,因为加了红枣,浆子是浅浅的粉色,很好看。看着那颜色,宝宁觉得它应该会很好喝。

葡萄藤那边,魏濛将雁荡山的地势图铺在桌上,拿起笔杆指着一处被朱笔圈出的地点,对裴原道:"咱们前些日子去山上看过,也分析过,根据山峰的坡度和树木的繁茂程度推算,裴霄选择伏击的地点约莫就在这儿——这里的路边不远处原本有许多怪石,且树木茂密,适合藏身。但我昨晚从京中回来,路过这个地方时,却发现那几块石头不见了。我当时急着赶路,不便停留,又想着可能是眼花,所以就先回来了,只是后来越想越觉得不对劲儿,又专门回去看了一遍……"

裴原抬头看向魏濛:"怎么?"

"那几块遮挡用的巨石确确实实被移动过,原先的位置还残留有石头留下的湿印子和苔藓。我带人寻找,发现石块被移到了约一里外的峡谷深处,在这里。"魏濛又指向被黑色圆圈圈住的地点,抚着下巴,拧眉道,"裴霄是个谨慎的人,临时想要更改计划地点也是可以理解的。但我担心,他是不是发现了什么,所以才换地方。"

"不可能,"裴原当即道,"他若真的起了疑心,或听到了什么风声,就更不可能换位置了。因为我们了解了他的行动,他也会了解我们的行动。依我对裴霄的了解,他会再准备一批人,在我们动手前就杀了我们的伏兵。所以他们昨日移动石块的位置,多半是他以防万一而做出的审慎举动。"

"如此我便放心了。"魏濛思忖片刻,觉得裴原说得有理,便点点头,"这样我们的计划就不会受什么影响,只是随着他换个地方而已。"

裴原话虽这么说,心却还是不可避免地沉了一下。他总觉得裴霄不会这样轻率地选择另一个地点,裴霄如此行动,说不定另有玄机,他们不该轻敌。

裴原捏着未醮墨的细狼毫,在那处地点仔细地勾画研究,试图看出什么别的东西来。魏濛见了,在一旁道:"兵已经点好了,共十一个,均是本领高超的猛士,尤其擅长用弓箭。咱们这次不该带太多的人,你爵位被夺,按常理来说,不该有私兵,若带着大队人马冲出去救驾,就算事成,也会被圣上怀疑,说不定裴霄还会借此机会将这次行刺的事推到咱们的头上。我另外点了二百人,到时候他们就埋伏在山上更高处，等万不得已再出手，只作为保全性命之用。"

这个方案，他们早先就已经推敲过多次，为防万一，魏濛又和裴原从头对了一遍：弓弩可以远射，他们选箭术最好的勇士藏身在树上，可以以箭雨之势压倒敌方；圣上在第三辆车上，而裴霄得到的消息是攻击第十三辆车，两辆车之间距离大约为五丈，他们动手时也不至于误伤。

计划很周密，但裴原却越想越觉得不对劲儿。

这似乎太容易了，怎么会这么容易？裴霄到底为什么临时改变地点？

裴原回想着他们已经暗中走了百八十遍的雁荡山峡谷，忽然想到一个关键之处：裴霄所定的那个地点，两侧生长的是密集的野桂花树！

魏濛以为今日的事就算议毕了，站起来拍拍袍子想走，忽然听裴原咬牙切齿地说："我们失策了！"

魏濛大惊，回头看着裴原："此话怎讲？"

裴原问："你还记得雁荡山路的两侧都是什么树吗？"

魏濛回想了一下，答道："大概是杨树，也有银杏树。"

裴原眯眼道："这两种树长得稀疏，枝叶也没那么繁茂，所以咱们之前试过，从远处射箭，十有五六是可以射到路面的。"

魏濛不解道："确实如此，这怎么失策了？"

"裴霄新选择的这个地点，路两侧长的都是野桂花树，树冠宽大、树叶茂密，正好可以拦截箭矢，他选择这个地方大概也是出于此种考虑，就是为了防冷箭的。"裴原又点了点地图，"圣上此次出行，陶茂兵是统领。他是太子一脉，知道裴霄的计划，肯定会对大路两侧严加防守，我们的人若是埋伏在路旁，定会被他杀个干净。"

魏濛这才反应过来，顿时急出一头冷汗："这可怎么办？若不能用箭，那就只能单兵作战，近身搏杀。可要是不能埋伏在路旁的话，等我们的人从埋伏的位置冲到车队处，说句大不敬的话，圣上的马车都要被剁成棺材板了！"

裴原转着笔，拧眉道："只剩三天时间了，咱们要重新想个万全之策出来，要不然就前功尽弃了。"

魏濛面色铁青，如同一只无头苍蝇，团团乱转。他心想，这件事若失败，必有他失职的原因，是他太过大意自傲，将裴霄当成一个傻子，这才没料到裴霄会留后手。

裴原和魏濛说话的工夫，一个时辰悄然而过，宝宁的浆子已经磨好也热好了。院子里没有下人，宝宁担忧裴原肚子饿，就亲自给他端了一碗浆子过去垫肠胃，顺便给魏濛也带了一碗。

这是百合红枣豆浆,既有红枣的甜,又有百合的清香,装在精致的青花瓷碗里,光看着就是一种享受。

"我没打扰你们吧?"宝宁把食盒放在桌上,小心翼翼地问裴原,"新磨了浆子,我刚喝了,味道很不错。你们累了的话,也喝一碗,不够再找我要。"

她说完,将两个小碗都端出来,一个人的面前放上一碗。

裴原看了看宝宁捏着碗边的纤纤素手,忽然想到了什么,顿时觉得云开月明,刚才的焦躁心情完全消失了。

他握着宝宁的手,放轻声音问:"你乏不乏?去睡个午觉吧,我们这儿不用你操心。你回去歇着,午饭我端给你。"

宝宁怪难为情的。裴原不害臊,在外人面前也对她亲近得起来,她可没有那样的功力。

宝宁把手抽出来,道:"那我先走了。"

裴原道:"你回去睡吧,睡醒了,我有话和你说。"

魏濛瞪着眼睛看着这夫妻俩。他不知道裴原怎么突然笑了,还有心情拉着美人的手说话。在魏濛心里,裴原已经是个被美色耽误的昏君了。

宝宁直起腰,刚想走,突然瞥见魏濛的脸色不好,连忙止住脚步,关切地问:"魏将军怎么了,身体不舒服吗?"

魏濛道:"我舒服极了,不劳小夫人操心,你快回去睡你的觉吧!"

魏濛的语气很冲,裴原不满地拧起眉心,刚要训斥他,但想了想,还是忍了下来。现在就由着他狂吧,后面有他后悔求饶的时候!

裴原给了宝宁一个眼神,让她别理会这条疯狗。宝宁抿起唇,提着食盒走了。

魏濛哼了一声。他见裴原不动怒,以为裴原是对自己被美色迷惑这件事感到心虚,便更加放肆,自言自语似的说话,嗓门儿却很大:"女子难养,娇气,还百无一用,除了能添麻烦!身子弱,容易乏,那就不要出来乱逛了,在床上躺着吧,也省得碍人眼!"

魏濛在气头上,话说得颇重,就是故意要说给宝宁听。宝宁回头看了他一眼,虽劝说自己不要在意,但还是觉得有些委屈。她也没回应,径直朝屋子走去了。

裴原没想到魏濛竟然这么无礼,恼怒地狠狠踹了他一脚:"你刚才放的是什么屁?"

魏濛理直气壮地坐在靠椅里:"我说得有错吗?"

"好,好,"裴原怒极反笑,"你别怪我没提醒你,做人还是别太猖狂。你刚才放出来的屁,一会儿都得乖乖地给我吃回去!"

魏濛哼了一声,垂着脑袋,心里不信,嘴上不语。

"刚才说了，咱们不能用弓箭远攻，"裴原俯身贴近魏濛，笑着问，"不过，你听说过诸葛连弩吗？"

魏濛身躯一震，眼睛亮了。

"自然听说过！诸葛先生才智惊人，造出了能手持近攻的弩箭，威力巨大，持弩箭者可于奔跑中发射箭矢，而且一个箭匣中还可放置十支铁箭！"说着，他又迟疑起来，"我听说这东西制作起来极为复杂，所以能做诸葛连弩的人一直寥寥无几。如今只剩短短几天了，我们去哪里寻这样的神人？"

裴原坐回位置上，端着浆子喝了一口。温热的浆子浓厚醇香，口味绝佳，裴原不禁赞叹宝宁的好手艺。

魏濛焦急地道："都这个时候了，你还喝什么浆子啊！"

裴原不紧不慢地把浆子喝完，站起身对魏濛道："我带你去个地方。"

他的表情看起来神神秘秘的，魏濛在原地愣了一会儿，皱眉跟上。

两人到了一处合着门的偏房，房间不大，原先是放柴火的地方，后来被宝宁给改了。魏濛知道这件事，但从没进去过。

门没上锁，很轻松就能推开。裴原进了屋，取出蜡烛，点上灯，对魏濛道："随便看看吧。"

魏濛惊讶地看着屋子里的一排排柜子，上头整齐地摆放着各种小玩意儿。

他有些见过，有些没见过，甚至都不知道是做什么用的。

这些都是宝宁鼓捣出来的小玩具。

魏濛拿起一只看似平常的小木马，拨弄了一下，发现这小木马的尾巴竟然会动。他捏着尾巴转了一圈，听见里头"咯吱咯吱"地响起来，再把木马放在地上，这小木马竟然自己走动了起来。

裴原道："它的肚子里头有簧片儿，就是一种小铁片儿……嗯，说了你也不懂。"

魏濛又看向一个小巧的投石器。投石器不难做，但这种半个巴掌大的，制作难度就大了。做这东西需要极为精细的做工，要有足够的耐心和细心才能将每一个细小的零部件都打磨好，再组装到一起。

魏濛不敢置信地问："这都是小夫人做的？"

"当然了，"裴原淡淡地道，"她还自己开了个耍货铺子，叫'如意楼'，你不知道？我听说，如意楼现在在京城都风靡起来了，好多人家的夫人都想来买东西。宝宁正打算开个分店，可惜最近没时间。"

裴原的表情淡淡的，但魏濛分明看见他的眼里透出骄傲之色、就好像做出这些精巧的小东西的人是他自己一样。

魏濛酸溜溜地道："你在这儿得意什么？"

"我有一双慧眼，"裴原点了点自己的眼睛，又轻蔑地扫了魏濛一眼，"但你没有。"

裴原吹灭蜡烛往外走，魏濛急忙跟上，小声道："既然如此，小将军，你去劝劝小夫人，让她试试，看她能不能做一个连弩出来。"

裴原负手，仰头看天："她被你说得不高兴了，若她不想帮忙，我怎么能强迫她？解铃还须系铃人，问题出在你的身上，你要好好想想该怎么办，是当牛做马，还是在地上爬？"

裴原说完，大步走了，留下一脸悲愤之色，悔恨交加的魏濛。

宝宁午觉睡得轻，半个时辰不到便醒了。她翻了个身，听见门口有"叽叽咕咕"的声音。宝宁一开始还以为自己听错了，仔细辨认，才发现真的有！她急忙坐起来，把被子披在肩上，扬声唤裴原："阿原，你在屋子里吗？怎么回事，咱们屋子里好像进耗子了，你将柴房里的捕鼠夹拿过来！"

魏濛在门口又羞又窘地站着："不是耗子，是我！"

"魏将军？"宝宁疑惑了。

她整理好衣着，出了内室，发现魏濛就站在正屋的门口，背上背着一根粗大的木柴。裴原在一旁抱臂看着，两只狗也正盯着魏濛看，阿绵则歪着嘴在嚼草。

宝宁更疑惑了。她打量着魏濛的装扮，突然灵光一现，想起了"负荆请罪"这个词。

他不会是为上午的失言来道歉的吧？宝宁哭笑不得。她张开口，刚想说点儿什么，就被魏濛震雷般的声音打断："嘿！你看这只羊，它怎么长得这么俊？如此脱俗，不像是凡世的羊，反倒像只仙羊了！是怎样的仙子才能养得出这样不同凡响的羊！哎！还有这只狗，你看它毛发金黄，气质卓然，好像一只威武的雄狮，似能够统领万军的将帅，着实令我叹服啊！"

宝宁顺着魏濛的手指，看向一脸茫然之色的肥胖的阿绵和阿黄。

"哦！还有这只狮子狗……"魏濛说着，又指向吉祥。

裴原道："是獒犬。"

"啊，这只獒犬！它……"魏濛咬着牙往下编，"它身体雄壮有力，性情狂野不羁，虽为母犬，但实为母中豪杰、巾帼英雄，令魏濛佩服！"

他这说的都是什么啊？宝宁接不上话，呆呆地看着魏濛。

这时，魏濛忽然转身，疾步向葡萄藤下走去，很快又端着浆子折返回来。只见他像是喝酒一样，仰头把浆子一饮而尽，随后大叫道："天啊！我魏濛行走人间快三十年，从没喝过这样好喝的浆子，简直是琼浆玉露！我觉得自己现在就像玉皇大帝一样,飘在云端,就要升天了!天啊,到底是怎样的女子才能……"

裴原终于忍不住了,"哈哈"大笑起来。他是第一次看到魏濛胡言乱语的丑态,觉得畅快极了。

"魏将军!"宝宁忍无可忍地打断魏濛,"你到底有什么事?"

魏濛尴尬地住了嘴,小心翼翼地问:"小夫人,您还生气吗?"

"我不生气了……"宝宁蹙着眉,无奈地道,"魏将军,你先把背后的柴火卸下来吧,我们进屋去说。"

魏濛的脸上露出喜悦的神色,他连声应着,将身子背过去,让裴原帮他把柴火拆下来,而后急匆匆地跑进屋去。

宝宁倒了一杯茶:"魏将军请用。"

魏濛局促地笑着,看着宝宁落座,装模作样地抿了一口茶,急不可耐地问:"小夫人,你听说过诸葛连弩吗?"

宝宁点头道:"听过,我还做着玩过。"

宝宁这话刚说完,魏濛的眼睛一下子亮得像个贼一样。裴原看不下去了,暗中踹了他一脚。

魏濛问:"我能看看吗?"

"稍等。"宝宁颔首,起身去找,很快就拿着一架两个巴掌长的木质小弩箭回来了。

"是这个吗?"宝宁把东西递给魏濛,解释道,"我前几天在将军的兵书上看见图样,觉得很有趣,就做着试了试。我做着玩的,不精细,用的是钝的木箭头,伤不了人。"

魏濛几乎要喜极而泣:"就是这个!"

魏濛现在再看宝宁,觉得她简直在发光。原先他以为宝宁就是个中看不中用的花瓶,如今才知道自己大错特错,这个小夫人竟然深藏不露!他转念一想,正是因为这样,小夫人才能和裴原在一起。她有能让人敬重的本事,才能担得起高位,他们才相配。

魏濛看了裴原一眼,之后咽了口唾沫,小声问宝宁:"你可以做能杀人的吗?"

宝宁一口茶水喷了出来,愣愣地看着魏濛。

裴原瞪了魏濛一眼,责怪他鲁莽,而后耐心地将事情从头到尾和宝宁讲了一遍。宝宁理解了,但神色仍有些迟疑。

宝宁确实有这方面的天赋。那些在常人眼里复杂得像天书一样的图纸,她看在眼里却觉得条理清晰,一上手就可以按照图纸轻松做出东西来。甚至有的小玩意儿,她只需要亲手玩一玩、看一看,用不了多少工夫,就能仿一个基本一样的出来。但她没试过做武器。武器不像孩子的玩具——它需要更坚实,需要能爆发出强大的威力。

这不是简单做做木工活儿就能行的。

顶着魏濛期待的眼神，宝宁虽然没有多大的把握，但还是硬着头皮道："我可以试试。"

"那太好了！"魏濛道，"三天内，要十个！"

宝宁震惊："那怎么可能？"

魏濛道："怎么不可能？不试试怎么知道！"说完，他又厚着脸皮唤宝宁，"祖奶奶，你可千万要帮忙！你若帮了忙，就是救了我的命。从此以后，我魏濛尽心服侍你，任你差遣，你让我往东，我不敢往西！我魏濛一生最敬佩的，一是沙场上的猛士，二是技术巧夺天工的手艺人。你做得好了，我日日唤你祖奶奶……"

话没说完，他就被裴原扯着衣领提走了。

宝宁摩挲着杯壁，有些不安地看向走回来的裴原："我能行吗？"

裴原攥着她的手，揉捏着，温柔地道："魏濛说得对，不试试怎么知道不行？但你不要有太大的压力，就当是一次简单的尝试，失败了也没有任何后果，不行也无所谓，我给你兜着。不过若成功了，你便要多个重孙子伺候你了。"

宝宁笑了起来："我可不要那么老的重孙子！"

"要一个也挺好的，"裴原亲昵地刮着宝宁的鼻子，逗她，"他壮实，能挑水砍柴，嘴还甜——你看他刚才多会夸人！"

宝宁道："那我就……试试？"

裴原去厨房给宝宁煮糖水汤圆。她累坏了，今天又不能好好休息，他煮些她爱吃的玫瑰小圆子，让她吃的时候能高兴些。

裴原正在生火烧水，魏濛听见声音，也进屋来，自觉地到一旁去刷碗。室内一片沉默，两个大男人在狭小的厨房里转来转去。

裴原瞟了魏濛一眼，一边搅着锅里的圆子，一边笑着说："没想到，你倒是挺能放下脸面的。"

"这算什么？大丈夫能屈能伸，"魏濛一挥手，眼睛里闪着精光，"别说祖奶奶，若是她开口，祖仙人我也叫。再说了，我是真的挺佩服小夫人的。我甚至还在想，若是她这样的能人多一些，给每个步兵都配一把这样的强弩，咱们打起伏击战来岂不是战无不胜？"

"其实我一直都挺纳闷儿的，"裴原没接这个话茬儿，低着头淡淡地道，"你有这样的好身手，又有脑子，为什么甘于屈居我之下，做一个寂寂无闻的副官？若你投到明主门下，打拼这么多年，说不定已经封侯拜相了。"

"我有眼光啊，"魏濛把碗刷得"咔咔"响，声音却正经了不少，"况且你还救过我的命。"

裴原道:"那都是多少年前的事了,该报的恩,你早就报完了。"

"我一直觉得你还挺会揣摩人心的,怎么现在这么蠢?"魏濛"呲"了一声,看着裴原道,"你真以为,我是因为功名利禄才与你同行的?那你未免过于看不起我。今天我与你说清楚了,我辅佐你,只是觉得和你有话聊;脑袋悬在裤腰上,这日子刺激,但也舒心……还有你娶的这个媳妇,我现在觉得,真的娶得挺好。"

"怎么说?"裴原问,"因为她能做出连弩?"

"是那碗浆子,"魏濛道,"让我想起了我娘。"

离家在外,心肠再铁的人也难免思乡思母。魏濛提起这样沉重的话题,屋子里的气氛一下沉静下来。

沉默片刻,裴原问:"那……我是你爹?"

"什么屁话!"魏濛气得发笑,"你可真是个俗人!"

碗刷完了,魏濛掀开笼屉,捏了两个凉饺子放在嘴里,摇头道:"人啊,背阴而长,向阳而生。活着多难,想快活不容易,得珍惜。"

他这话说的……

裴原抬头看了看魏濛蓝色的左眼。魏濛冲他挑了挑眉,负着手往外走。

裴原没问过魏濛的过去,或许也问过,但魏濛没说,后来他就不问了。但今天,他忽然生出了好奇心:魏濛好像不只是个不懂礼仪、不知家教的山间土匪,他的身上或许有不为人知的故事。

后来的后来,裴原才知道,魏濛说自己不追寻功名利禄,那不是妄言。因为以他的身份,他从出生时就已经站在功名的顶端了。

一锅汤圆煮好了,裴原把它们捞出来,放在碗里,又切了一些芥菜丝。做好这一切,裴原动了动手指,觉得浑身又酸又乏,骨头连接处生出阵阵疼痛感。他到外头一看,果真下雨了。

裴原端着碗往屋子里走,宝宁正好往外头来。她才发现窗纸上的雨滴,担心裴原的身体,不料刚推开门,就见他站在门外。

裴原正好一个闪身钻进屋,招呼她:"猪崽,吃饭咯!"

宝宁闻到玫瑰的香气,心软了下。她看见裴原额上的水,踮脚给他擦掉,轻声问:"很难受吧?"

"还行。"裴原拉着她到桌边坐好,"你吃东西吧,我就爱看你吃东西,像只小花猪。一看到你吃得香,我什么病都好了。"

宝宁不高兴了:"你说谁是花猪?"

"是小花猪,"裴原纠正她,伸手勾了勾她耳边散落的头发,"花猪听起来很莽,但小花猪就很可爱了。"

"都一样，都是猪。"宝宁舀起一勺汤圆吹了吹，笑着送到裴原的嘴边，"给你吃，大笨驴。"

裴原今天没像以前一样和宝宁斗嘴，反而温和地笑着，揉了揉她的脑袋。宝宁不习惯这样的裴原，他还是盛气凌人的时候让她觉得舒服些。这样的他太脆弱了，惹得她心疼，想要保护他。

一碗汤圆，两人一人一半。宝宁吃完了，便催裴原去床上躺着，裴原不肯，硬要坐在桌边陪着她。

桌上都是木屑，工具、零件凌乱地堆成一堆。宝宁已经做出了一个弩箭雏形，只是没有上弦。她力气小，绷不紧弦，最后还是裴原帮了她一把。等上好了弦，她又打磨了小半个时辰，才算最终完成。

宝宁取了根素簪子当作箭，放到箭匣里，然后跃跃欲试地拉弓，但弓弦还没被拉满，弩箭便发出"咯吱咯吱"的声音，而后"啪"的一声崩裂开来，零部件"噼里啪啦"地散了一地。

宝宁震惊又失落。裴原安慰她："这算什么？一口吃不成一个胖子，总得有个过程。咱们找到原因，再试一次。"

宝宁给自己鼓了鼓劲儿，仔细思考是哪里出了问题。

弩会崩裂，应该是因为木块之间黏合得不够好。这次她用的是鱼鳔胶，现在看来不行，它承受不住弦的拉力。过了一会儿，宝宁想到办法了。她找了短且细的铁钉来，想用钉子将木头牢牢地固定住。又过了半个多时辰，她再次做好一把弩箭。

这次宝宁不敢自己试了，让裴原来。裴原拉开弦，簪子射了出去，宝宁见了，眼前一亮，刚想欢呼，又发现那簪子根本不是直直地射出去的——它偏了，最后的落点和预想中的差了三尺多。

宝宁沮丧极了。现在已经过了晚饭时间，她弄了这么久，可还是不行。她对自己的无能感到焦虑，同时还担心裴原的身体。他一直强撑着陪她，她很想快点儿做好，但是又无能为力。

"别着急，咱们再想办法。"裴原翻来覆去地看那只小弩，把问题指给宝宁看，"不能用钉子，钉子会让木头变形，你对着灯看，弦弓已经弯了。"

"那怎么办……"宝宁把头埋在裴原的怀里，闭着眼思考，想办法想得手心都出了汗。

突然，宝宁抬起头，和裴原几乎同时开口："用榫卯！"

榫卯太复杂，勾连错结，宝宁想要做它，就要先画图纸。裴原起身去点了两根粗蜡烛，然后坐回宝宁身边陪着她，有时伸手给她递个木尺。外头的雨下得太久了，最开始的时候，他还能用内力压下疼痛感，现在手腕都开始发抖了。但他面不改色，用左手撑住右腕，声音平稳地和宝宁交谈。

新的弩做出来的时候已经是深夜了，两根粗蜡烛都烧得只剩寸许。宝宁眯起一只眼，站在门口，对着院门射出了箭。

宝宁的心跳得厉害。在箭射出去的一瞬间，她睁大了双眼，直到看见簪子按照预想的方向疾速飞出，迅猛地飞向院墙，"咚"的一声入墙三分，才重重地舒了一口气。

"阿原，我成功了是吗？"宝宁将手向后伸，抓着裴原的袖子，兴奋地道，"我真的做成了！"

裴原笑着从身后抱住她，把脸埋在她的颈窝里，轻声说"是"。这一次他终于没忍住，重重地咳出了声。

宝宁听到咳嗽声，心揪了起来。她转头看了一眼裴原，发现他的脸色已经很苍白了。

裴原以前在下雨天都不爱动，因为被水蛭的毒素伤到了，骨头在阴雨天就犯疼。每逢下雨，他就会像只大猫一样窝在被子里，不出声，也不动弹。好在近些日子的雨天都很短，最多半天就放晴了，他才好过一些。

"回去躺着，"宝宁扶着裴原往床上走，"睡一觉起来就好了。"

裴原将半个身子靠在宝宁的身上，声音低哑："我讨厌雨天。"

宝宁说："嗯，我也讨厌。"

裴原又道："但是不下雨不行。种地的人就盼着下雨，要是没有雨，河也干了，地也枯了，谁都活不下去。"

"你发烧了？"宝宁把裴原按在床上，把他的鞋袜扯下去，给他盖好被子，用手探他的额头，"在胡说什么呢？"

裴原拉住宝宁的手，低声笑着道："我在忧国忧民。"

宝宁失笑，伸手把裴原的眼皮抹下来，帮他合上眼："你先睡吧，梦里再忧。"

说完，她站起身往外走。

裴原问："你干什么去？"

"我将图纸交给魏濛，让他找人去做零件，做好后交给我，我来拼装，这样会快一点儿。"宝宁把桌上的纸叠起来，装进油纸做的大信封里，"回来后我还要洗个澡，白天没洗成，不舒服。我让刘嬷嬷多烧一点儿热水，给你也擦擦。"

裴原说"好"，并且要等她回来。

"等什么？你先睡吧，我很快就回来了，"宝宁笑着，到床边俯身亲了一下他的下巴，"都是老夫老妻了，还矫情什么？"

"我不是矫情。我等你,灯亮着,你看着心安。"裴原抱住她的肩膀,轻声道,"你替我分担了太多,我都记着。"

宝宁忙碌了一天,本来没什么感觉,但听到裴原这样说,她的眼眶忽然就湿了——这种知道真情没有错付的感觉真的很好。

"肉麻死了,"宝宁直起腰,状似嫌弃地嗔道,"都不像你了。"

裴原道:"天黑路滑,让刘嬷嬷陪你去。"

宝宁应了一声。她走到桌旁,回头看了裴原一眼,还是吹了灯,想让他在黑暗中睡个好觉,随后推门,撑开伞,小跑着进入雨幕中。

宝宁在魏濛那里耽误了些时间,因为要将注意事项都写在纸上,好让他交给那些工人。过了小半个时辰,她才回到自己的院子里。

走到门外,宝宁意外地发现屋子里的灯竟然亮了。刘嬷嬷见她停步,明白过来,笑着道:"定是殿下还惦记着您呢,没敢睡。"

宝宁"嗯"了一声,目光也变得温柔了。她体会到了裴原说的安心是什么意思。雨夜又黑又冷,她疲惫地回家,看见一盏亮着的灯,便觉得自己也是被人妥善地放在心上的,踏实又温暖。

刘嬷嬷将热水搬到屋子里。宝宁进屋把伞放好,自己先洗了个澡,然后给裴原也擦了一遍。当初她问过明姨娘应对的法子,明姨娘说赤丹的毒可以解,但水蛭的毒现在还没有解药,好在这毒不致命,只是会让人疼痛而已,用热帕子敷疼痛处可以缓解一些。

宝宁做这些事的时候,裴原迷迷糊糊地和她对话了几句。他说:"我定要给你争一个诰命回来。"

"满嘴胡话。"宝宁拍了拍他的胳膊,"将手抬起来。"

裴原道:"我说真的。一品诰命夫人,多威风!"

宝宁道:"我不稀罕。"

裴原问:"那你稀罕什么?"

宝宁道:"我就想我的家人都健健康康,我也健健康康,大家一起长命百岁,长命千岁。"

裴原说:"哦,我知道了,一家子老精怪。长命百岁还好,我可不想千岁,那就只能住在水里了。"

宝宁奇怪地问:"为什么?"

裴原笑着大声答:"那是鳖啊!"

宝宁气得拧他的耳朵:"睡觉吧,你快睡觉吧!"

宝宁本以为这场雨很快就能停，但第二日醒来，外面仍旧阴风怒号。她心里"咯噔"一下，暗道一句"不好"。

刘嬷嬷进来送早饭，看着天色道："云彩厚实，又没风，这场雨怕是要再下个两三天。"

宝宁的心沉到了谷底。她搪塞了几句，将刘嬷嬷送出去，转身去看裴原，他已经醒了，正坐在床上逗狗。

宝宁担心裴原的身体，更担心三天后的计划："若那时还下雨，该怎么办？"

"没办法，定好的事不能因为我一个人改，机会也不能就这样错过。"裴原疲惫地靠在床上，"去叫魏濛来一趟吧。"

宝宁说"好"，出去遣人请魏濛。过了一刻钟，魏濛赶到。他向宝宁行了个礼，而后匆匆进内室和裴原说话。

隔着一道珠帘，宝宁趴在桌上，用下巴枕着手腕，闭着眼，漫无边际地想事情。她感到害怕了，从没有像今天这样担心过裴原的身体。

宝宁是个喜欢自己快活的人。所以对待一些无法解决的事，她总会选择逃避和忽视。对于裴原的毒，她原来也是这样想的。裴原平时健康强壮，是个正常的人，于是她便安慰自己：他不就是中了毒？也没什么关系，死不了，只是阴雨天的时候他会痛苦一些，但痛一会儿就过去了。裴原是多能忍的一个人，这根本不是问题，不会对他们的生活有任何的影响。

直到今天，她眼睁睁地看着裴原一夜之间就憔悴了很多，看着连绵的雨，看着裴原精心筹划了很久的计划受到影响，然后发现自己什么都做不了，突然觉得无力极了。

她原先想错了，这根本就是他们无法跨过的一个坎。可是她能怎么办呢？公孙竹死了，解药拿不到。明姨娘说还可以换血，但只有三成的机会能成功，谁都不敢冒险。

当一件更大的事情发生时，人就会暂时忘记曾经纠缠自己的那些琐碎想法。宝宁现在不去想他们的计划了，不去想如果这次计划成功会给她的生活带来什么改变，是好的还是坏的。她现在只希望裴原能快点儿好起来，健健康康，长命百岁，不要再忍受病痛的折磨。

里间，魏濛低声道："小将军，今早裴霄府里的眼线送来消息，说太子妃对圆子下手了。"

裴原拧眉问："得手了？"

"没有。"魏濛摇头，"其实太子妃计划得还算周全。小孩子都爱吃糖，而府里捕鼠会用有毒的糖块，她就说府里最近老鼠太多，让人在圆子的房里放上捕鼠的器具，又故意遗漏了几块色彩鲜艳的毒糖在窗台上，勾着圆子自己去吃。"

"他认出那是毒糖果，没吃？"

魏濛摆手："哪儿啊，太子妃派的人自己把事情办砸了！圆子的屋子一直都是锁着的，不让外人进，那个下人便撬了锁进去。进去了不是挺好的？赶紧做事，做好了就走呗，他不！他觉得这个屋子里说不定有什么宝贝，把宝贝偷走了，圆子一个小孩也说不清楚，就开始到处乱摸乱看。结果好死不死，他不知道碰到什么机关了，搞得满屋子的花蛇都从笼子里爬出来，那些蛇有的一尺多长，有的就指头这么细，还有不少毒蝎子。那人被吓疯了，满府乱跑，裴霄将他抓起来拷问，他就什么都说出来了。"

"这……"裴原听了也觉得震惊，"圆子在屋子里养了蛇？"

魏濛咂舌："听说他养了不少。圆子的乳母说，他小时候就喜欢这些东西，把它们当作玩伴。裴霄也知道，一直瞒着外边的人。"

裴原不可置信地问："那些蛇不咬他吗？"

"不知道啊。"魏濛也很茫然，"那个下人还说，屋子里的都是尖嘴红头的花蛇，应该是有毒的。"

裴原忽然想起圆子手臂上的那些疤痕，如今看来，那都是蛇咬过后留下的印记。

难道圆子根本不怕毒？

"查到那个在树上给他扔糖的人是谁了吗？"

魏濛道："还在查，现在还没有头绪。"

裴原道："尽快。"

魏濛应下。他打量裴原的神色，担忧地道："小将军，你好好休息，别操心别的事情了。若三天后你的身体还是不行，我一个人去救驾也没事，反正到时候功劳还是你的。你可千万得好好活着，小夫人还年轻，你别让她当寡妇……"

裴原咬着牙骂他："你在说什么呢！就是你死了，埋土里，烂了，生蛆了，老子都死不了！"

魏濛见裴原还有力气骂人，便放下心来，施了个礼，转身告退。

宝宁在外间听到他们的对话，忍不住笑了起来，沉重的心情好了不少。等魏濛走了，她打了热水，拿了药酒，进到里屋，先用热水给裴原擦一遍身子，拿干布擦干，再用药酒给他抹一遍，细细地把药劲儿揉进去。

宝宁满心期盼着雨可以快些停，但第二日早上，雨势依旧不减，雨丝绵绵不断，还有越下越大的趋势。这一下，她连装笑都装不出来了。

裴原的情况比想象中的要糟糕得多，因为连着两日下雨，他疼得吃不进东西，整个人快速地瘦了下去。明姨娘并不完全了解水蛭的毒，当初说后果的时候，也只是浮皮潦草地提了几句，现在宝宁才知道，这毒竟然这样烈。

变故来得太突然，宝宁根本反应不过来，只能亡羊补牢般地想尽办法给裴原补身体。她熬了鲫鱼汤，裴原喝得很痛快，但她还没来得及高兴，转眼间就见他全都吐出来了。吐到最后，裴原胃里一点儿东西都不剩，再吐就只有黄胆汁了。

宝宁心疼得不行，又不敢在裴原的面前哭，一个人躲在外头偷偷抹眼泪。她觉得，他们的生活好像过于不容易了一些。

裴原倒是情绪稳定，还和宝宁开玩笑："风雨过后就有彩虹。等雨停了，我带你去院子里骑大马，你骑着我，行不行？我们一起看彩虹。"

宝宁说"好"，就是不知道雨什么时候能停。

裴原又显示出他的流氓本性来，吊儿郎当地靠在软枕上，跷着腿摇蒲扇，道："你等着，等我再睡一觉，做一场梦。我下东海三千尺，将那龙王抓上来，用尽百种酷刑，扒了他的裤子，打他的白屁股，问他，你停不停，停不停……"

当晚，雨果真停了一夜，结果第二日一早又下了起来。

宝宁发现，裴原的左腿好像没以前那么灵活了。当初的毒素和刀伤伤了他的骨头，他年轻，身体底子好，本来已经将养得差不多了，但这次又把旧伤勾了出来。

宝宁扶着裴原下地，让他走两步，他走得歪歪斜斜，只迈了一步，就要赖说不走了，要回去躺着。宝宁看得又想哭了，却强忍着眼泪，装作满不在乎地说："嗯，也没什么好走的，咱们回去睡觉。"

宝宁安顿好裴原，一个人到外头消化情绪。她坐在石阶上，将头埋进臂弯里，无声地流泪。阿绵和吉祥这两天都乖得过分。它们卧在她的身边，陪着她。

宝宁的难过情绪是被阿黄的叫声打断的，它一路狂吠着，将魏濛和一个用黑纱遮脸的女人带了进来。

魏濛难掩激动之色，对宝宁道："小夫人，我找到圆子的母亲了！"

那个女子对宝宁行了个礼，道："婢子名为莫难书。"

她姿态不卑不亢，声音粗哑难听。微风吹起她的面纱，露出她的半张脸，宝宁看见她的左脸满是疤痕，好像被火灼烧过，森然可怖。

宝宁愣了一下，很快反应过来，站起身，将魏濛与这个叫莫难书的女子都迎进屋去："你们直接去内室吧。"她落后一步，转头吩咐刘嬷嬷："让人都出去，你也去歇着。"

刘嬷嬷应声退下。

宝宁揉了揉发疼的眼角，直觉告诉她，这个莫难书的身上有故事，圆子的身上也有故事。宝宁的心"怦怦"跳起来，她忽然想起了被毒蛇咬也不怕的圆子，不知道这个女子的出现，是不是意味着裴原的毒还有解除的可能。

宝宁跟着魏濛他们走进内室，进去后就见到莫难书将三指搭在裴原的手腕上给他把脉。

莫难书很快缩回手，道："毒伤到了骨头，又侵入肌理三分，但还没伤及脾脏。他暂时死不了。"

"你还会看病？"魏濛狐疑地打量着她，"你到底是什么身份？"

莫难书没有开口。

裴原咳嗽了两声，问魏濛："你是怎么找到她的？"

"不是我找到她的，"魏濛道，"是她自己找到了将军府那边的旧部，被人指点后，直接到了庄子门口。我看见了她，问清楚情况后，就将她带进来了。"

莫难书还是没说话，面纱挡住了她的神情。

宝宁端详着莫难书，惊讶地发现她的指甲颜色惨白。她手是自然垂在身侧的，可无论是指尖还是甲根，都白得像纸一样。宝宁视线下移，又观察到她的小腿有轻微的抖动，看样子是站不住了。

魏濛转向莫难书，摆出审问时的威严架势，刚要开口，却见宝宁冲他摇摇头。

"莫姑娘，先坐吧。"宝宁搬了个凳子来，笑着请莫难书坐下，又道："魏将军也坐。"

莫难书没有推辞。她坐定，忽然道："我想喝口水。"

宝宁愣了一下，没想到这个女子竟然没有一点儿惧怕紧张的样子。

宝宁说："好，我去给你倒。"

她很快回来，将茶杯放在莫难书的手里："热的，小心烫。"

杯子递出的一瞬间，宝宁故意摸了一下莫难书的指尖，发现触感很凉，摸起来就像一块冰，仿佛莫难书已经在数九寒天里冻了很久。宝宁的心都因为这个温度哆嗦了一下。

"我快死了。"莫难书喝了口水，声音平静，"我是来向你们托付我的孩子的。"

宝宁轻声问："是圆子吗？"

"是的，"莫难书道，"但他不应该姓裴，而是姓公孙。我给他取名为'缘'，缘分的缘。"

宝宁震惊地与裴原对视一眼，没有立刻明白莫难书的意思，而裴原已经在脑中飞快地思索了。他忽然想起圆子的那只小拨浪鼓，鼓柄上有竹叶的刻纹，而圆子说小鼓是爷爷送给他的……

裴原眯起眼睛："圆子是公孙竹的孙子？"

"我本是公孙竹身边的药童，自小跟着他学习毒术，日子久了，就对公子生出了倾慕之情。后来公孙竹带着我投入裴霄门下，帮裴霄炼制了许多毒物，但公子觉得这是卑鄙的行为，不愿从事，便与我们分道扬镳，远走他方了。他是公孙竹唯一的儿子，公孙竹因此动摇，想要离开裴霄，我便向裴霄请缨，说愿意帮他设局困住公子，也困住公孙竹。我的方法现在看来真的蠢极了。我高估了自己，也高估了我们这么多年的情分，他只是将我当作师妹，不是情人……但我……我说我要死了，把他骗了回来，趁机给他下了药。一夜温情过后，第二日，他没像我想的那样留下来娶我，而是愤然离去。我的计划失败了。"

莫难书的话说得极慢。她好像很虚弱，也很疲惫，只说了这几句话便不停地咳嗽。宝宁上前给她拍了拍背，她看了宝宁一眼，渐渐缓了过来。

莫难书继续道："也不能算是完全失败，因为我的腹中有了他的孩子。我当时很害怕，怕师父怪罪我，怕公子永远不回来，到时候我自己带着一个孩子，该怎么办？但裴霄告诉我，他愿意纳我为通房，以后一直照顾我。我相信了。我不知道，那时候裴霄就已经和公孙竹商议好了。公孙竹需要延续血脉，但并不在乎留下的是公子还是公子的孩子。所以公孙竹答应裴霄，如果我生下的是个男孩，他就愿意继续留下效劳。"

裴原了然地道："后来你生下的确实是个男孩，但是裴霄却想杀了你，因为他需要孩子，却不需要孩子的母亲。对裴霄来说，你很多余，并且知道得太多了。"

"是的。"莫难书道，"他在我生产后给了我一碗补药，里头有毒，我当时没有分辨出来，便喝下了。他以为我死了，对外说痛失爱妾，随后找人将我潦草地埋在郊外。可他不知道，我跟随公孙竹多年，吃过无数毒药，没那么容易死掉。"

魏濛问："你从坟里爬出来了？"

"我爬出来了。他给我下的是寒毒，我用火解，烧花了脸，但好歹没死。"说到这儿，莫难书沉默了，像是将力气用光了，隔了很长时间才继续道，"死过一次，我才知道以前鬼迷心窍的自己有多令人厌恶。我变成了现在这样，人不人鬼不鬼的，又是个死人的身份，一切正常人能做的事，我都不能做……

"但我还有我的孩子。我只想看着他平安地长大。"

莫难书声音里满是压抑着的痛苦："但是他的身份又那么尴尬，像我一样，他根本不该存活于世。他很不快乐，因为没有人喜欢他。他连话都说不了几句，因为没人陪他说话。我住在府里的一个枯井内，怕被人发现，就和他约定，每个月月底的子时会去见他，给他糖果吃。那时候，他很高兴。"

裴原问："圆子为什么不怕蛇？他是百毒不侵的体质吗？"

"还不是多亏了他那个做贼心虚的爷爷。"莫难书笑着道，"公孙竹坏事做多了，毒死的人多了，就害怕有人来毒害他的血脉。从圆子周岁开始，公孙竹就偷偷地给圆子喂药，最终将圆子培养成一个百毒不侵的药人。他希望圆子能长命百岁。"

莫难书又沉默了一会儿，忽然问："你们知道吗？药人的血是可以解毒的。但现在还不行，要等到圆子十二岁，被药浸了十一年，到那时候，他的血几乎可以解世间所有的毒。"

宝宁本来沉浸在莫难书刚才讲述的这段故事里，听了这话，心猛地一跳，抬头看向莫难书。

莫难书对裴原道："我将这个秘密说出来，是希望你们能将圆子从裴霄的手中夺过来，保护圆子安稳地长大。我知道，除了你，没有别的人能做并且愿意去做这件事了。我现在无路可走，要死了，没有办法阻拦太子妃。我很害怕，如果连暗中的我都失去了，圆子该怎么在明枪暗箭密布的太子府活下来？我不希望圆子成为裴霄要挟公孙徐的一颗棋子。对了，我忘记和你们说了，那次下毒案后，裴霄身上的余毒未清，但公孙竹死了，他能指望的就只有不知道身在何方的公孙徐，而圆子就是他唯一的筹码。"

裴原问："若你说的都是真的，那圆子的血可是宝贝。你怎么就能相信，我将圆子弄到手后，不会将他当成一头血牛，以满足我的私欲？"

"就当是一场赌局吧，我赌你们心底还有一丝仁德。"莫难书笑着道，"我听他偷偷说过很多次，他说喜欢和你们在一起。"

宝宁问："取血对圆子的身体有什么影响吗？"

莫难书道："如果取得不多的话，他会短暂地乏力几天，吃点儿好的就缓过来了。但如果取得多，他会死。"

"我可没见过你这样当母亲的。"裴原忽然笑了起来，"你是个傻子吗？当初那么轻易地相信了裴霄，现在又这么轻易地相信我们。"

"就当我是个傻子吧，一个过于相信自己眼睛的傻子。"莫难书站起身，语气冷漠，"我奉劝你们好好待他，护他到十二岁，到时你的毒自然可以解了。我的条件是，你们要让他这辈子都能像那几天一样快乐，如果你们做不到，我做鬼也不会放过你们的。"

裴原"啧"了一声："你这是在吓唬谁呢？"

莫难书挺直腰，双膝一弯，跪在地上，叩首道："谢了。"

裴原冷眼看着莫难书，没叫她起来。莫难书自己挣扎着爬起来，找宝宁要了纸笔，走到桌边快速写下两个方子："这是圆子平时吃的药，他总嫌苦，其实加蜂蜜和冰糖一起熬制可以消除苦味，但府里的下人嫌麻烦，不给他加。第二个是能够暂时镇痛的药，但对身体不好，除非必要情况，你还是少吃为妙。至于信不信……你们爱信不信吧。"她把笔搁下，把纸卷起来塞给宝宁，又看了宝宁一眼，道："听说你做饭挺好吃的？"

说完，她也不管别的，喝掉杯中剩下的茶，扭头大步出了房门。宝宁怔怔地看着她的背影，觉得这真是个奇女子。

裴原吩咐魏濛："派个人跟着她。"

魏濛问："小将军，这个女人的话能信吗？"

"像她这样的人，就是因为从小待在山里，见不到什么人，性子都养呆了。"裴原低头看着自己的指甲，淡淡地道，"要说她聪明，她也不聪明，但要说她傻，她也算不上。她用一条线将世界一分为二，觉得黑就是黑、白就是白，世上只有纯粹的好人和坏人，好人不会变坏，坏人也不会变好。很荣幸，她觉得我是个好人。"

魏濛皱眉："所以……"

裴原道："所以你去问问小夫人，午饭时吃些什么菜，我饿了。"

太子府前院书房，在昏暗的灯火下，裴霄与陶茂兵并肩站着。他们在面前放着舆图，正在最后核对一遍计划。

陶茂兵道："我知晓了。我已经吩咐下去，让兄弟们连夜埋伏好，肯定万无一失。等事成后，他们会把责任推到四皇子的头上去，说是受他的指派，是他意图谋反，到时候咱们就可一箭双雕。"

裴霄扔下笔，低声道："如此甚好。"

陶茂兵看了看裴霄的侧脸，迟疑地道："殿下，臣觉得，圣上已经对臣有所忌惮了，对殿下的母家也很忌惮。我听到了风声，说圣上暗中派人去寻大皇子，且已经找到了关于大皇子的蛛丝马迹，就在西北齐连山一带。先不说大皇子手里的巴蜀军——虽然这支军队名义上是效忠于圣上的，但里头其实都是大皇子的旧部——就说四皇子，他一直与邱明山勾勾搭搭的，北疆戍军中还有许多他的好友。而咱们呢？咱们虽然在朝中有人，但到底手里无兵呀！咱们的所作所为说白了就是谋反，到时候就算弑君成功，殿下您得以登基，可我在面对那些文臣武将时，能调动的也只有京中守备军，区区三万人而已。咱们怎么才能服众啊？"

裴霄看着陶茂兵的眼睛，问："眼前的事还未做好，就开始操心以后的事，你这是怕了？"

陶茂兵身躯一震，察觉到了裴霄眼中的寒意，立即道："我自然不怕！富贵险中求，成大事者本该如此，有何可惧怕的？"

"圣上活得太久了，我等不及让他自己慢慢老死，干脆送他一程。裴原也不老实，明面上搬到了溧湖去住，好像避世隐居了，但心里一直在盘算。越拖下去，裴原的势力就越壮大，到时候我反倒难办。"裴霄说着，喉咙中又开始发痒。他喝了口水,偏头看向陶茂兵:"况且,如果我不尽早夺权,又怎么能大肆搜捕公孙徐?

"这次的计划,我必须要赢!"

到了执行计划的当天,天气仍旧阴雨绵绵。

裴原喝了莫难书留下的药,静坐了一会儿,果真觉得好了许多。他试着射箭,发现自己已能拉满弓,且射出的箭矢的射程和以往几乎没有差别。

宝宁昨夜几乎整宿没睡着,既担心裴原,也担心计划。现在看到裴原好了起来,她觉得高兴,但心中还是有淡淡的忧虑。

宝宁给裴原整理着装,撑着伞送他出门。宝宁看着延伸向远方的路,知道裴原这次出门和以往不同,他一定会改变些什么,但改变的结果如何,现在谁也不知道。

宝宁仰着头,拽了一下裴原的袖子,对他小声道:"阿原,你打得过就打,打不过就跑,无论如何,可得好好地回来呀!"

裴原笑着骂道:"我跑什么?你能不能说点儿好听的?大敌当前,你却先忙着给我打退堂鼓了。"

宝宁说:"我惦记你。"

"嗯,我给你带如意楼隔壁的酱板鸭。"裴原收敛笑容,搂着宝宁,于众目睽睽之下在她的额头上狠狠地亲了一口,"你去温酒吧,等我回家。"

现在已经进入二伏,外头虽在下雨,但没有丝毫凉意,车厢内更是闷热。周帝手中捏着一本奏折垂眸细看,大太监姜堰侍奉于一侧,给他添上茶水。角落里,一盆冰块正冒着白气。

蒙蒙细雨中,车队缓缓地向前行进。

"又是个灾年。"周帝叹了一口气,"京城这边的雨,下了有三四天了吧?南边更是已经下了半个多月了。长江的水位上涨,洪水已经冲垮了一处薄弱的堤口,几千人受灾。左相董玉树的儿子董天成主动请缨前去治水,倒是好骨气,朕以前只当他是个纨绔公子,没想到他还有这种忧国忧民的心。只是他到底没有治水的经验,若莽撞地去了,治不成水不说,还会让自己陷于危险之中。"

姜堰知道周帝在自说自话,不用他插嘴,所以只是安静地在一旁磨墨。

周帝又道:"让工部侍郎一同去吧,也让董天成历练一番。董玉树摆明了是要给儿子的前程铺路,朕不好寒了老臣的心,也正好顺便看看这个董天成到底有多少才能。"

他说完,用朱笔批了几句,放下这本折子,拿起另一本。

"哦,又是举荐崇远侯做右相的折子。"周帝摇头笑了笑,"这个贾道功,平时不声不响的，没想到人缘还很不错。"

姜堰知道现在到自己说话的时候了，于是笑着道："崇远侯是聪明人，大家都想和聪明人交往。说起来，贾家的人都是聪明人，都洁身自好，懂得自保。"

周帝用手指点了点折子："那个贾龄，看着倒像个滑头。"

姜堰道："贾龄公子确实圆滑了一些，喜欢流连烟花地，但在交友方面还是很谨慎的，没听说他和哪家公子走得太近，也没听说他与谁为敌。"

"哦？"周帝问，"他没紧着巴结太子？"

姜堰摇头道："应该没有，没听说这二人有什么密切的往来。"说着，他又笑道，"说起来，贾家虽只是个世袭侯爵，但结的姻亲却厉害——贾家的两个儿子，娶了荣国公家的两个女儿！荣国公这个人懦弱惧内，女儿却都嫁得很好，他府上的四姑娘还是太子殿下的侧妃，五姑娘则是……"

说到这里，姜堰忽然住口。他意识到自己提了不能提的人，额上冒出冷汗来："老奴失言。"

周帝垂着眼睛，没说话，过了一会儿才又动笔，状若随意地问："他最近过得怎么样？"

姜堰瞟了一眼帝王的面色，知道这个"他"是指谁，斟酌着回答道："很好。"

周帝又半晌没说话，直到批完一本折子，把折子放到一边，才道："好就行。"

见周帝没发怒，姜堰松了一口气。姜堰知道，周帝对四皇子裴原一直都是有着特殊的感情，许是因为愧对四皇子的母妃，便极为疼爱四皇子。周帝对四皇子自小就很娇惯，以至于养成了四皇子不羁随性的性格，而这种娇惯一直持续到去年出了谋逆一事。

姜堰猜测，事发时，周帝定是想要杀了四皇子的，但后来还是舍不得，就只放了狠话，说让四皇子自生自灭。虽然这样说了，周帝却还是暗中留意着这个儿子。当初季家说四姑娘病了，要让五姑娘替嫁，周帝也是多方打听，听说五姑娘心性纯良、秉性端正，这才同意。后来周帝也会时不时地问起四皇子的近况，知道四皇子与邱明山走得很近，还皱了下眉头，不过也没说什么。再后来，周帝得知四皇子搬离邱明山的府邸，很高兴地喝了点儿酒。

姜堰想，周帝始终是放不下这个儿子的，但是四皇子到底是做了错事，这让周帝觉得失望，也无法轻易宽恕。周帝之所以不能宽恕，一是因为过不去自己心里的那道坎，二是因为不能给群臣一个坏的示范。

车厢内又安静下来。

过了一会儿，周帝觉得太闷了，姜堰便知趣地轻轻将车帘掀开一角，透了些新鲜空气进来。周帝从空隙处往外看了看，长叹道："这天也不知道什么时候才能晴。"

皇帝出行自然奢华，随行队伍绵延几里，蜿蜒如银色长龙，无比壮观。此时，队伍正在穿过山谷，这里地形狭长，队伍被迫拉得更长。

陶茂兵身穿铠甲，持刀骑马，领着护卫兵士走在最前方。他掌管京畿一带的兵力，统率十六卫，拱卫京城。这次他拨出一卫来随行护驾，足有两千人。

周帝有五个儿子，不算生不见人、死不见尸的裴澈和不在京中的裴原，在他身边还有三个。二皇子裴书是个傻子，智商像五岁小儿一样，这次和他的母妃一同留在京城的宫中。五皇子裴扬的母妃赵贵嫔体弱，近日又生病了，裴扬在其身侧侍奉，也没有随驾出行。这次出行，只有太子裴霄相伴周帝左右。他走在中间靠前面的位置，负责警戒。

车队的最后，是随侍的后妃、宫女和太监。队伍不疾不徐地走着。雨天空气沉闷，山间蚊蝇又多，后方的宫妃许是受不了了，点了香驱蚊。雨水的湿气混杂着草木、土壤的腥气和刺鼻的驱蚊香，组成一股很奇异的味道。

路两侧的树猛然动了一下，发出一点儿声音。裴霄一直目视前方，闻声，急忙转头看去，只瞧见树上有个黑影。他瞳孔一缩，勒马大声道："前方有异动，小心戒备！"几乎是在他的话音刚落的瞬间，大批穿着黑色紧身衣裤、手持刀斧的人跳了出来。马匹受到惊吓，仰蹄嘶鸣，随驾队伍一下就乱了。

裴霄拔出银剑，目光灼灼地道："此为天子车驾！何人如此胆大妄为，竟敢拦截圣驾？还不速速退去！"

领头的匪首"呸"了一声："老子抢的就是皇帝！抢他一笔，够我十辈子逍遥快活，死了也不亏！"

裴霄大喝："放肆！"

匪首大手一挥："放箭！"

路旁的桂花树上又钻出许多手持长弓的人。他们骑跨在树杈上挽弓搭箭，一时间箭如雨下。

裴霄一边挥剑抵挡，一边大喊："快传陶将军来，保护圣驾！"

那些匪贼的箭看似没有章法，但有近一半都落在了队伍中的第十三辆车上。裴霄骑马上前杀敌，肩膀上中了一支冷箭。他大喝一声，用手握住箭柄，将箭拔出，面露痛苦之色，但眼中有兴奋的光芒。

裴霄心想，真是太好了，一切都在按照计划进行。陶茂兵带了那么多人，又将队伍拉长，就是为了造成反应过慢、救驾不及的假象。现在他们都需要假意抵挡，等匪徒杀了周帝后，就可以将匪徒歼灭了。

裴霄的手掌被血染红，胳膊上的筋脉鼓动，他杀得十分起劲儿。他大叫一声，劈刀砍下一个匪徒的头,大喊道:"保护圣上!"但匪徒有百十来个,位于随侍队伍中段的又都是些柔弱的内侍,根本抵挡不住。眼看着贼人直奔第十三辆车而去,裴霄目光一定,盼着有好消息传来。

第三辆车内,周帝听见外头声音嘈杂,很快就明白发生了什么。他闭上眼,轻声道:"咱们的行程安排如此周密,我如此大张旗鼓地出行,竟然能遇到山匪?何况雁荡山离京师只有几个时辰的路程,而这里竟然出现了山匪,朕真是闻所未闻。"

姜堰惊恐地问:"陛下,您是说……?"

周帝问:"外面的战况如何?"

姜堰掀开帘子看了一眼,道:"敌强我弱,形势不太好,只能等陶将军来了……咦,他们怎么都奔着后面的那辆车去了?"

周帝闻言,拧了拧眉。

裴霄震惊地看着被匪徒劈开车门的第十三辆车,里头竟是个黄袍打扮的小太监,他已经被吓得尿了裤子,正缩在车内一角"呜呜"地哭泣。匪徒也蒙了,他互相看了一眼,连忙挨个车驾寻找起来。

裴霄心脏乱跳,思绪纷乱,生出不好的预感。他开始回想到底是哪里出了差错:难道是贾龄给了他假的密报?贾龄为什么这么做?现在他又该怎么办?

事已至此,裴霄也只能硬着头皮上了,就算把所有副车都翻个底朝天,也得把皇帝找出来,要不然,死的就是他裴霄了!

最前方,陶茂兵已经收到传令兵递来的消息。他大惊失色地拔出长刀,道:"弟兄们,圣上遇险,往回冲啊!"

陶茂兵是算计好时间才带人往回冲的。在他看来,这时候,那些匪徒应该已经斩下了周帝的头。但他在来到队伍中段和匪徒会合时,却一下子傻了眼——他没想到这里竟然没有周帝的影子。

正在此时,忽然有击鼓之声传来,裴霄与陶茂兵齐齐转头,只见侧面山坡上不知怎么又冲下一小队人马来。这一支小队只有十个人左右,他们打扮干练,均是魁梧的武士。

裴霄攥紧刀柄,手心已经满是汗水。这些不是他的人!

从山坡上冲下来的武士的轻功均十分了得,他们一只手持剑,另一只手拿着一种奇怪的武器,在他们奔跑时,竟然有箭从中射出,威力十足。不过片刻,他们已经猛冲到匪徒面前,把匪徒杀倒了一片,随后直奔第三辆车而去。

陶茂兵惊讶地问:"殿下,这些也是你安排的人吗?"

裴霄目眦欲裂，恨得咬牙切齿——那支小队中竟然有裴原的身影！看来事情已经败露，再想弑君是不可能的了，裴霄强迫自己冷静下来，心想，目前自己最好的结果就是能洗脱嫌疑，全身而退。

陶茂兵坐于马上，看着他带来的士兵和匪徒缠斗在一起。匪徒只有百十来人，原先占上风，现在却被打得一退再退。忽然，陶茂兵瞪着眼道："殿下，他们找到圣上，将圣上救出来了！"

裴霄回头，只见第三辆车的车门被打开，一个人将周帝背了出来，又找来一匹马，将周帝安置到马上，再仔细一看，那人不正是裴原？

裴霄急促地喘了几口气，想不通局面到底是怎么变成现在这样的。他猛然回头看向陶茂兵，质问道："是你与他勾结，将我们的计划泄露出去了？"

陶茂兵觉得不可置信，问："殿下怀疑我？"

然而他慌乱的样子却加重了裴霄的疑心。

裴霄心想，不管陶茂兵有没有与裴原联合，都不能留了。因为他知道得太多，又已经动摇，万一守不住嘴……

裴霄这么想着，轻声道："没有，我乱了方寸，不该错怪你。"

陶茂兵暂时松了一口气。他紧张地问："现在该怎么办？"

裴霄绷紧两腮，道："只能将计就计了。你传令下去，杀尽贼人，不留活口！"

陶茂兵领命道："是！"

说完他便策马而去。

剩下的匪徒自知不敌，夺马奔逃，陶茂兵前去追赶。在陶茂兵身后，裴霄捡起一张长弓，拉弓射箭，一箭穿透了陶茂兵的心。陶茂兵瞪圆双眼，口中溢血，吃力地回头，视线却模糊了。

裴霄没再看陶茂兵，而是转向一个落单的匪徒。他盯着那个匪徒因惊恐而瞪大的眼睛，忽然朝匪徒手上的长刀撞去。刀一下刺穿了裴霄的肚子，他呕出一口血，趴在地上，用手抓着地上的湿土，哑着声音喊道："救驾，快救驾啊！"

周帝不敢相信地看着裴原。他本以为情势危急，甚至已经准备下车一搏了，却在提起刀的一瞬间瞧见马车门被破开，裴原出现在他的面前。

"你……"

"圣上，来不及多说了。"裴原不慌不忙，拱手行了一礼，转身背对周帝，"请上我的背，待脱险后，咱们再说。"

周帝咬咬牙，伏到裴原的背上。这时他才惊觉，他的儿子原来已经长得这么大了，而他很久都没有抱过他的这个儿子了。

在那件事之后，他甚至都没有再看裴原一眼。

周帝说不清自己心中是什么滋味，有后悔，有淡淡的感动，但也有按捺不住的惊疑。裴原突然出现在这里，他不怀疑是不可能的。他甚至开始猜想，这一切是不是都是裴原主使的……

裴原不知道周帝在想什么。他杀出一条血路，将周帝带到一匹马跟前，扶他上了马背，之后自己也翻身上马，坐到周帝前面。与裴原同来的其余人也都上了马，并摆成阵型，长兵器在外侧，弩箭在内侧，一行人策马飞驰，势不可当。

乱军中，裴霄吃力地爬起来，撑着剑跪在地上，一双眼睛变得血红，死死地盯着裴原他们远去的背影。

半个时辰后，裴原带着周帝到了庄子。

宝宁一直等在门口，远远地看见有一队人马过来，更加焦急地张望起来。最前方的马上骑着裴原，他的身后是一个穿着明黄色衣裳、面容不怒自威的中年男人，后面不知道谁的马上还坐着一个太监模样的人，因为路途颠簸，这人一副即将呕吐的样子。

宝宁知道，这应该就是周帝和他的近侍太监姜堰。等人走近，她领着身后的仆从跪拜相迎，口中道："请陛下圣安。"

裴原翻身下马。他一路未言，现在也沉默着，伸出手，想扶周帝下来。周帝冷眼看向裴原，猜忌之心浓重，刚想出言试探，却看见裴原忽然弯下腰，"哇"的一声吐出一大口血。

宝宁心惊肉跳，顾不上礼节，踉跄着站起身去扶裴原："是吃了那药的缘故吗？很不舒服？"

周帝也一惊，赶紧下马，焦急地唤道："原儿，原儿？"

宝宁道："先进屋吧！"

周帝被他们迎进了一座打扫好的院子里。这时候他精神已经好了很多，进屋后就屏退了下人，坐在主桌旁的椅子上。大太监姜堰吐了好几次，被带下去休息了，屋子里除了周帝，就剩下宝宁和裴原。

周帝看着裴原的脸色，身子向前倾了一点儿，沉声问："你怎么了？"

裴原垂着眼睛，抹了一下嘴角，淡淡地道："死不了。"

这是宝宁第一次面圣。她紧张极了，听到裴原用这样的语气说话，被吓了一跳，赶紧掐了他一下。

"你……"周帝的声调提高了一点儿，他似乎想要发怒，却又停顿了一下，摆摆手，道，"罢了罢了，这么长时间不见，你还是这样的性子，不知道怎么好好说话。"

话虽如此，周帝还是心疼地打量起这个儿子来。听说裴原当初在牢里受了一些伤，腿坏了，不过后来又治好了，因此周帝本以为裴原现在应该是健康的，直到刚才看见裴原吐血，才明白事情没那么简单。

周帝迟疑地问："你……你身上有别的伤？"

宝宁担忧地看向裴原，不知道他会如何作答。毒是裴霄下的，他们心知肚明，但苦于没有证据，不能向周帝告状。他们不是没找过证据，但当初的证人死的死、亡的亡，如今他们空口白牙的，恐怕不能让周帝信服。包括裴原的那个罪名，以目前的线索来看，也是根本洗不清的，他们若贸然在周帝面前提起，反倒让人生疑。

"有些事现在说不清，"裴原坦坦荡荡地对上周帝的视线，淡淡地道，"但真相总有大白之日。"

周帝知道裴原说的是当初的那个案子，眉头拧得更紧了。虽然裴原和裴澈抵死不认罪，但当初的证据全都指向他们，容不得人不信。

周帝心如乱麻，不知道裴原怎么这么嘴硬。他眼神复杂地看着裴原，最后道："过去的就让它过去吧，朕已经不追究了。"

宝宁的心一紧，她看向周帝。他说的是"不追究"，说明还是从心底里认定裴原做过错事。

裴原垂在身侧的拳头握紧了一下，又骤然松开。他知道这时候多说无益，辩解无用，不如沉默，等一切真相被揭开。

周帝沉吟了一会儿，又审慎地看向裴原，语气也变得凝重起来："今天是怎么回事，你有何解释？"

裴原跪下道："裴原以性命担保，以下所言句句属实，请陛下明辨！"

宝宁也跟着跪下，她的心跳得厉害。她注意到了裴原的自称，不是"儿臣"，也不是"儿子"，只是以名字相代。这是裴原自己的执拗，他认为自己与周帝是有隔阂的。

周帝颔首："你直言便是。"

裴原道："有人要刺杀。"

周帝半真半假地道："朕当然知晓，那些人已经说了，他们是马匪。"

说话时，他仍旧紧盯着裴原的神色，想要找出破绽。

裴原声音平缓地说："谁家的马匪有这样的熊心豹子胆，竟敢截杀天子的仪仗？何况您一路上有太子亲自护卫，更有虎威将军带领两千余名精兵相伴，马匪只有区区百十个人，拿的是粗弓铁剑，没有任何优势就想劫财？若这是真的，那他们简直勇猛无敌了，个个都能以一挡百。"

周帝道："近来南边闹灾荒，有许多难民流离到京城附近，或许是他们对朕存有不满，于是结成帮派，想要拼个鱼死网破。庶民愚钝且鲁莽，做出以卵击石之举，不足为奇。"

裴原道："那些马匪早有预谋，直奔车队里的第十三辆车而去。为防行刺，天子副车共十五辆，他们的行动为什么那么精准？"

周帝道："或许是找人占卜，但占错了。你知晓的，这样的术法并不罕见。"

裴原道："南方水患发生了大概十日，短短十日内，难民要对府衙失望、生恨，乃至于生出拼了命也要弑君泄愤的心，是否过于快了？而且他们既然是难民，便没有马车，来京只能徒步，靠沿街乞讨为生。这一路，就算是健步如飞的精壮男子，也要走上五六日，且到时也必定是风尘仆仆、落魄无比的，可那些马匪不但装束整齐，还个个配有武器，声如洪钟，哪里像是逃难的人？再者言，他们的武器从哪里来？衣裳从哪里来？在哪里吃了那么饱的饭，竟有力气潜伏到树上？又是怎么打听到仪仗要经过雁荡山的？这些统统都无法解释。"

周帝道："我知道你想说什么了，是有人预谋要杀朕。"

屋子内安静了一瞬，宝宁甚至听见了屋外滴漏里的水声。下一刻，她听周帝道："朕怀疑是你，是你安排好一切，故意演了这场戏，就是为了重新得到朕的信任。你如何解释呢？"

宝宁震惊地抬头，眸中尽是不可置信之色。这个皇帝，到底是有多不相信他的儿子？

周帝这次没有看裴原，而是与宝宁对视。宝宁在庄子门口等他们，自然知道不久后他们要来，所以对这一切应该是知情的。一个弱女子，遇事总比男人慌得快，周帝看着她的眼睛，想在其中找到惊慌或者心虚的神色，但是没有。于是他收回了目光。

裴原早就预料到会被问到这个问题，语气仍旧平缓："我知道这样救驾会惹祸上身，但又不能不救。"

周帝问："什么意思，你早就知道路上会有马匪截杀？"

裴原点头："是。"

周帝顿了顿，随后笑了起来："你这是自己承认了？"

裴原拱手："有一个证人在外等候，请陛下准许她进来。"

周帝看向门口："进来吧。"

周帝话音落下，季向真走了进来，款款地下拜："臣妇恭请陛下圣安。"

周帝挑眉问："你是谁？"

季向真道："臣妇是奉车都尉贾龄的妻子。"

"朕想起来了。"周帝打量着季向真，"你来做什么证？"

季向真跪伏在地，道："臣妇是来揭发的。奉车都尉贾龄有谋反之心！他滥用职权，泄露陛下行踪，与人联合，意图刺杀陛下！"

周帝面色郑重了一些："你可有证据？"

"有！"季向真说着，膝行向前，呈上一张卷起的纸，"贾龄酒后喜欢说梦话。此前臣妇听他在梦中胡言乱语，提及此事，便起了疑心。四日前，贾龄与陛下商谈此次出行的安排，回家后在书房独处许久。臣妇担忧，便趁他不在时潜入书房，见到了一封密信，其上是陛下副车的位置。臣妇担心陛下的安危，自作主张修改了密信，将'叁'改成'拾叁'，才有今日马匪认错车驾的情况出现。臣妇已将密信誊抄下来，请陛下过目！"

周帝接过纸张，打开后粗略看了一遍，抬头道："信上没提到对方的名字，你可有猜想？"

季向真咬牙道："臣妇没有实证，不敢妄言。"

"但说无妨。"

季向真叩首道："听贾龄梦中所言，与他联手的是当今的太子殿下裴霄！他们暗通款曲多时，并不在明面上接触，而是通过一个驾泔水车的小厮交换信件。"

周帝又问："四皇子又是怎么知道的？"

季向真道："臣妇得知此事后惶恐不已，恰逢四皇子妃来臣妇府上探望，便告知了她。"

周帝看向裴原："你有什么想说的吗？"

裴原道："世子妃所言均是实情。"

周帝问："那个运泔水的小厮呢？"

裴原道："我的人去查时，发现他已经死了。"

"哦，被杀了，也有道理。"周帝点头，又问，"你听说了这件事，为什么不第一时间来寻我？"

裴原道："我不敢确定真假，只能先在暗中准备。"

周帝笑着问："你很自信能敌得过对方？"

裴原说："是，而且我必须敌过。若真的能救下陛下，于我而言是大功一件，也能让我有重新起势的机会。"

"你倒是讲了真话，没有编那些一眼就能被看破的假话。"周帝点头，笑着道，"你起势要干什么？"

裴原道："要钱，要权，要能查明当初那件事的真相的机会，让小人伏诛。"

周帝看了裴原半晌，忽然道："世子妃是你的妻姐，她的话，朕只信一半。"

裴原抿唇，刚要再说什么，就听到外头传来姜堰的声音："陛下，太子殿下来了，还负了很重的伤。"

周帝瞄了一眼季向真："你口中的另一个人到了，看看他怎么说。"然后他高声道："宣！"

裴霄由人扶着，跟跄着走进来，进屋时脸色惨白，臂上和腹上的伤口都只被草草地包扎了一下，还在渗血。他神色哀痛，"扑通"一声跪在地上："父皇，是儿臣不中用，太过大意，让贼人有了可乘之机！"说着，他挣扎着直起身，"父皇，您没受伤吧？"

"朕很好。"周帝看着裴霄，"你的伤好像很重。"

裴霄叩首道："父皇无事便好！只要父皇安康，儿臣死亦不惧！"

周帝听了，笑了一下。他的这两个儿子，性子差得也太大了：裴原受了伤，在他询问时回答"死不了"；裴霄受了伤，却能扯出这样长的一串话来，还顺便表了忠心。裴霄的话说得很好，他爱听，但这些话里到底有几分真心，谁又知道呢？

周帝冲姜堰道："贾大人已经在门外等了许久吧，把他也请进来。"

裴霄的气息乱了一瞬，但他很快又调整好。

被带上来的不止贾龄，还有挺着肚子、神色仓皇的薛芙。薛芙不知道自己为什么会被带到这儿。她一直在贾府里老实待着，谁料今天早上起来，还没来得及吃早饭，就被强行请到了这里。

周帝问："这个女子是谁？"

裴原看向贾龄。贾龄强装镇定，跪下道："是臣的妾室薛芙。"

周帝道："今日出了行刺之事，你作为奉车都尉，有什么话要说吗？"

"是臣失职！"贾龄狠狠地叩首，"臣愿以死谢罪！"

薛芙跟着一起哆哆嗦嗦地跪在地上，心颤不已。她根本不敢看周帝，脑子里胡乱地想着自己到底做了什么错事，要让圣上亲自来审问。

周帝问裴原："这件事和这个薛芙有什么关系？"

裴原道："陛下一问便知。"

周帝还没开口，薛芙便失声痛哭，大叫道："陛下，民女不是有意蒙骗贾大人的，实在是……实在是一时被猪油蒙了心！民女这就说实话！"接着，她艰难地跪着转身面向贾龄，磕头道："贾大人，我错了！我不该骗你！我肚子里的孩子不是你的，我不该借此要挟……"

"你……"贾龄大惊失色，看看薛芙，又看看季向真，脑子"嗡嗡"作响，像是被铁锤敲了一下。

周帝问薛芙："贾龄意图谋反的事，你知道吗？"

贾龄一听这话，更觉得腿软了，神色慌乱地看向裴霄，裴霄却闭着眼，不看他。

贾龄像被浇了一盆冷水，但也缓过神来："陛下明察！今日之事，实在是臣的失职，但谋逆之言实属诬蔑！陛下，臣冤枉啊！"

周帝又问了薛芙一遍："你知道吗？"

"民女……民女不知啊！"薛芙蒙了，舌头都在抖。

听到薛芙这样说，贾龄安心了，没想到薛芙紧接着又道："陛下，陛下，民女想起来了！贾大人有一次醉酒后宿在民女的房中，偶然提起过一句，说富贵就在眼前了。我问他，世子的位子还不够富贵吗，是崇远侯病了，世子就要袭爵了？贾大人却说，哪里啊，是比侯爵还要富贵的富贵！民女正是听了这话，才下了狠心，决定要嫁给贾大人……"

裴霄听闻此言，眉梢狠狠地一跳，贾龄更是被吓得匍匐在地。随后，贾龄匆忙起身，用手指着薛芙道："你这个贱妇，假孕害我还不够吗，又在这里胡言乱语什么？你是谁派来的奸细，要这样害我？"

周帝的面色已经很凝重了。他问贾龄："你不承认？"

贾龄坚持道："定是这个薛芙要害我！"

宝宁看向季向真，示意她可以将证据拿出来了。季向真深吸一口气，从袖子中掏出账本，道："陛下，这是贾龄的私账，被臣妇窃出。臣妇发现，近两个月以来，他一直有大笔银钱入账，想必是收人贿赂了！"

贾龄瞪圆了眼睛，咬着牙，看着季向真的手。

姜堰将账本呈上去，周帝翻了几页，把账本砸在贾龄的脚下，厉声问他："你还有什么好说的？同党是谁，说！"

贾龄想不到，竟然是他最信任的发妻在背后捅了他一刀，因此一时思绪混乱。他还想辩解，但一口怒气堵在胸中，竟然一个字也说不出来。他怕多说多错，便磕头道："请陛下明察。"

裴原忽然说："陶茂兵死了，是战死的。他一个身经百战的大将军，竟然被百十个山匪杀死了。贾大人，你不害怕吗？"

## 第十六章
# 裴原重做济北王

听闻裴原此言，贾龄脸色骤然变白，僵硬地用余光扫了裴霄一眼。这个小动作被周帝捕捉到了，周帝皱了皱眉，没说什么。

贾龄心如死灰。他知道，事到如今，就算自己抵死不认罪，也不会善终了，而如果让周帝继续查下去，牵连到了裴霄，裴霄倒了，他崇远侯府更不会有好下场。

贾龄现在只后悔自己的鲁莽与贪心。他为了一己之私，连累了整个家族。他现在只有两条路可以走，要么将裴霄供出，请求圣上宽大处理；要么自己扛下所有罪责。裴霄行事隐秘，就算他选择了前面那条路，也难以找到别的证据，反倒会让他连裴霄的支持都失去。贾龄想到这里，闭了闭眼。看来，他现在的最好选择就是自己扛下全部的罪，抵死不认勾结太子谋反一事，保住裴霄，期望裴霄能保住崇远侯府，这样一来，贾家至少不会家破人亡。

"臣知罪！"贾龄摘下帽子，放在一旁，伏在地上痛哭道，"是罪臣一时糊涂，收了马头山上的山匪的银钱，泄露了圣上的行踪。那些山匪是前朝余孽，罪臣觉得他们只是一群顽固不化之徒，并没有袭击陛下仪仗的胆量和本事，便鬼迷心窍，辜负了陛下的信任，还让陛下陷于危难之中！此事只有罪臣一人知晓，所有的罪责由罪臣一人承担，与家中的父母、兄弟、女眷等均无干系，请陛下看在贾家百年忠心的分上，宽恕他们吧！"

一时间，屋子里只能听见贾龄额头与地面碰撞的声音。季向真在一旁看着贾龄的狼狈样子，心中一紧，最后转头，不再看他。

周帝问："与你的家人无关，与其他人也无关吗？"

贾龄道："均是罪臣一人所为，请陛下明鉴！"

周帝长长地"哦"了一声。

宝宁紧张地抓住自己腿上的布料，觉得周帝已经明白了什么，只是不说。宝宁又偷偷地瞟向裴原，见他直视前方，脸上的神色并无波澜，好像他早已预料到事情会这么发展一样。

屋内静默了片刻，裴霄突然捶地，高声痛哭道："陶将军死得何其无辜啊！"

他脸色惨白，只哭了一声，便往后一仰，晕了过去。他的伤口崩裂开来，地面上渐渐积出一摊血。

宝宁听见裴霄的身体倒在砖石地面上的声音，被吓得一哆嗦。裴原安抚地拍了拍她的背，轻声道："别看。"

见太子晕过去了，大太监姜堰连忙尖声叫道："传太医，快传太医啊！"

下人涌进来，手忙脚乱地将裴霄扶出去。周帝坐在原地没有动，等屋子里平静下来，才淡淡地说了一句："刑部的林尚书就要来了吧？将贾龄押下去，交给刑部去审。今日就先这样，朕也累了，都散了吧。"

众人纷纷告退。

宝宁走出门，看见几个士兵将贾龄的手反剪在身后，拿粗绳绕了几圈，又粗鲁地把贾龄往外推。贾龄面无人色，上一次他们见面时，他的那种意气风发的样子已经半点儿不剩了。

宝宁觉得唏嘘，问季向真："大姐，那个薛芙，你准备如何处置她？"

"我已经不是贾家的人了，今日回去，我就搬回国公府。"季向真道，"那个薛芙，贾老夫人爱怎么处置便怎么处置吧，与我无关。"

说完，她冲着宝宁浅浅地笑了笑："宝宁，大姐真的要谢谢你，若不是你，大姐的下场只怕会很凄惨。"

季向真的心情很不好，宝宁看得出来。她拉住季向真的手，想安慰她几句，却又不知道怎么开口，只能用求助的眼神看向裴原。裴原也不知道该说什么，沉吟了一会儿，问："大姐是在这里休息一会儿，还是现在就回去？我为你备马车。"

宝宁暗中瞪了裴原一眼，心想，裴原果真不中用，她让他说几句好听的话，他反倒逐起客来了。

季向真倒没在意这个，道："谢谢四皇子了，我带了马车来，自己走就好。"说完，她又福了一礼，"还要恭喜四皇子得偿所愿，以后可以翻身了，会有一番新天地。"

裴原道："我会找机会向圣上进言，为大姐再择一门好的婚事。"

季向真忽然想起那日宝宁在如意楼和她说的话，笑着道："宝宁和我说，要一婚更比一婚高，还要劳烦四皇子费心了。"

裴原愣住了。他重复了一遍"一婚更比一婚高",偏头问宝宁:"这是什么意思?"

宝宁尴尬极了。她蹙着眉毛,避开这个话题,对季向真道:"大姐,我送你吧!"

"你躲什么?"裴原拉着宝宁的胳膊,脸色不太好看,"肯定不是好话,你解释给我听。"

季向真看到他们的情况,知道是自己说错了话,赶紧告辞,匆匆走了。

回去的路上,宝宁辩解道:"怎么不是好话?我又没有骂人。"

"不用你说我也猜出来了,我也是读过书的。"裴原拽着宝宁的手腕,盯着她问,"是不是和离之后嫁的比上一个还好的意思?你从哪里听说的这种话?是谁教给你的,还是你自己琢磨出来的?"

宝宁被他问得焦头烂额:"我当时是为了宽慰大姐,想告诉她贾龄没什么好的,离开这一个,下一个更好,只是突然想到这句话,就说出来了。"

"随口说出的都是真心话,"裴原道,"你是不是早就琢磨着了,要找下一个?是谁,你看上谁了?别告诉我是什么灵光乍现,若是平时不想,你怎么忽然就说出来了?我才不信。对了,你还留着和离书呢!上次离家出走,你还拿它来威胁我。你留着那个东西干什么,心里有鬼?不行,你把它藏在哪里了,快拿出来,我要烧了它!"

宝宁踩了裴原一脚,懒得搭理他,扭头要走:"话说得那么快,也不怕闪了舌头!我不听你啰唆,真烦人。"

"你心虚了!"裴原扯着宝宁的腰带,"你跑什么?你就是心虚了!"

宝宁道:"我只是懒得瞧你!"

"成亲才半年多,你便懒得瞧我了?"裴原"呃"了一声,还想再说什么,却见宝宁一溜烟地跑了,"你干什么去?"

宝宁道:"我要去厨房找张叔。"

裴原追上去,拉着宝宁问:"你怎么不懒得瞧他?他都五十多岁了,脸皱得和陈皮一样。你找他干什么?你看着他的脸,不觉得嘴里发苦吗?"

宝宁挣开裴原的手,脚步匆匆地往院子里走:"为什么苦?"

裴原紧紧跟随她,答:"一股陈皮味!"

宝宁扭过头看裴原:"我找他要砂锅熬药,今天早上那个锅掉在地上摔碎了。你不是刚吐了血吗?刚才在屋子里还一脸的恹恹之色,你怎么现在又有精神了?像一只猴子!"

"对，我还病着，你就气我。"裴原忽然面露痛苦之色，顿住脚步，抬手抚上心口，对宝宁道，"我的心跳得快了许多。"

宝宁抬手摸了摸自己的脸，也学裴原的样子，瞪大眼睛道："天呀，我的脸怎么这么红，这么烫！我觉得胸口血气翻涌，我要被气死了！"

裴原打量她的脸色："不红，还是白的，是不是因为你搽了太多粉才瞧不出来？"

宝宁凶狠地看着他："我本来就是白的！"

他们就这么吵吵闹闹地走在路上，旁边零零散散地有人经过，这些人看他们在争吵，都躲得远远的，时不时地偷偷瞟上一眼。

宝宁的脸皮薄，刚才她在气头上，没注意，现在觉得丢人了，拽着裴原匆匆往院子里走："别说话了，都让人看笑话了！"

裴原问："谁敢笑话我？"

宝宁道："你喝醉了吧，怎么一路上净胡言乱语？快进屋来！"

裴原道："你求我，我就进去。"

宝宁才不理他，径直走进厨房："你不愿进，那就在外头坐着吧。"

宝宁挽了袖子，洗了手，去面缸里舀面粉，没有再和裴原搭话。裴原摸了摸鼻子，自己迈过门槛。他的身体其实还有些虚，之前折腾了那么久，早就筋疲力尽了，但和宝宁斗了两句嘴，他看她被气得不行，憋红了脸，想着怎么骂他，又不好意思真的骂出口，觉得很解乏。她太可爱，太招人疼了，他甚至还想再逗逗她。

裴原问："吃什么？"

宝宁说："吃阳春面，清汤清水，你能吃得下去。"

"加个溏心蛋吧。"

宝宁指了指墙角："篮子在那里，要吃几个，你自己拿。"

裴原蹲下来，一边挑拣鸡蛋，一边嫌弃地说："怎么上面都是屎和草？"

宝宁正在和面，准备擀面皮。她不想理裴原，又怕他不依不饶，只能无奈地道："是新鲜的鸡屁股里生出来的蛋。"

裴原听得笑了起来，见宝宁瞪着他，不出声了。他挑好了鸡蛋，坐到小凳子上，用手肘撑着膝盖，看她忙碌。灶膛里的火已经生起来了，柴火被烧着的味道溢满了整间屋子。

宝宁干活儿很快，不过一刻钟的工夫，就把面条擀好了，水也烧开了。她盯着"咕嘟咕嘟"冒泡的水，问裴原："你觉得裴霄会受到惩罚吗？"

"会，"裴原点头，"但是想要凭这件事扳倒他，很难。"

宝宁"哦"了一声，也没问为什么，伸手把面抓到锅里，轻轻地搅动。

裴原说:"我们应该又要搬走了。"

宝宁的动作顿了顿。她沉默了半晌,面也忘了搅,站在那里发呆。

"干什么呢?"裴原提醒她,"面要黏在一起了,快搅一搅。"

宝宁醒过神来,刚想搅,突然听见外头传来脚步声。两人抬头一看,来人竟是姜堰。

姜堰站在门口,也惊讶地看着屋子里。他没想到四皇子夫妇竟然如此朴实,还会自己做饭吃。还有在院子里疯跑的那两条狗,简直……他说不好,反正这两位不像皇子和皇子妃,但又意外地让人觉得很亲切。

姜堰很快收敛脸上的神情,弯腰行了一礼,对裴原道:"老奴是来传陛下的话的。"见裴原站起身,他又道,"就几句话,您不用行礼。"

姜堰清了清嗓子,道:"陛下说了,四皇子此次护驾有功,复济北王爵位,择日迁回王府,一切待遇皆如从前。这现在只是口谕,圣旨等回宫后再下。至于什么时候回去,全看四皇子殿下自己的心情。陛下还说,他很久没见四皇子了,希望殿下以后有空了常常进宫,多与他见见。"

姜堰又看了一眼宝宁,道:"陛下还说了,四皇子妃的名字还没被写进玉牒呢,好在马上就要修玉牒了,正好趁机写进去。还有四皇子妃的礼服,也要赶紧置办起来,殿下过几日就可以请人到府上量身。还有,皇后娘娘那边,殿下您也是要去见见的,只是娘娘最近身体不好,要缓一缓才能去见。"

听姜堰提起皇后,裴原眉头微皱,很快又松开。

"最后就是,陛下请两位到房中去一起用晚膳,陛下还有别的话要说。"说完,姜堰向裴原行了一礼,又向宝宁行了一礼,恭敬地告辞,"老奴先告退了,殿下和王妃要快些来,别让陛下等急了。"

裴原点头,目送他离去。

宝宁见姜堰走了,绷直的腰背放松下来。她捏了捏自己的肩,抱怨道:"他不是说就两句话,结果说了这么多。"

裴原道:"老太监,老了,话就多。"

宝宁嗅到了一股奇怪的味道。她皱了皱鼻子,问:"怎么有股怪味?"

"嗯,是有一股怪味,是什么东西?"裴原说着,猛地反应过来,"面,面糊了!"

宝宁手忙脚乱地去捞面,然而已经晚了。锅里的水被烧得只剩一层底了,本来条条分明的面变成了一个面坨,底下都被烤得发黑了。

宝宁问:"怎么办?"

裴原皱着眉翻看了一下:"人应该不能吃了,喂狗吧。"

宝宁有些迟疑："不太好吧？"

裴原道："挺好的，不浪费。"

他出门吹了一个哨，引得阿黄和吉祥都跑了过来。然后他把装着面的碗放在地上，又回屋子和宝宁都换了身衣裳，才去周帝所在的院子。

出了这样一场闹剧，周帝也没心思去行宫了，准备明日就回京城，今晚则在庄子里休整一夜。

宝宁是第一次见到皇帝的派头。

这里只是皇帝的临时住所，但屋子里头也点了龙涎香，香味醇厚绵长。不少美丽的妙龄宫女在一旁等着伺候。她们垂头不言，站成一条长龙，从饭桌旁一直延伸到门外。桌上的碗筷全是纯银的，上头雕龙画凤，精致无比。周帝坐在软榻上看书，两个绿衣宫女给他捏腿，一个宫女给他捶肩，还有一个小太监在磨墨。

对于这个场面，宝宁一是觉得人多，二是觉得女人多。

宝宁跟在裴原身侧，学着裴原的动作，一起对周帝下拜行礼。周帝见了，放下书，温和地说："请起吧。"

天子的话音一落，姜堰扯着嗓子道："传膳！"

周帝抬手示意他们落座。宝宁紧张地坐下，一举一动都恪守礼仪，生怕出错。

宝宁不喜欢这样的场合。在她看来，吃饭就应该放松一点儿，随意一点儿，这么拘谨算怎么回事呢？做周帝的妃子肯定很难受，要表现得像个完美的木头人一样，但人吃饭时总有呛着的时候，有噎着的时候，那些妃子要是遇到这种情况，会怎么办呢？她们敢在周帝面前打嗝儿吗？

宝宁转念又想，周帝自己会打嗝儿吗？他要随时保持自己的威严，摆出高人一等的样子，做这种俗气的事好像很丢面子。那他就不打嗝儿了吗？那他得了风寒会不会流鼻涕，吃坏了东西会不会闹肚子？哦，对了，御膳房做的菜是不会让皇帝吃坏肚子的，要是害得皇帝病了，厨子全家都要倒霉。

宝宁在心里胡思乱想，表面上却温婉安静。不过裴原了解她，看她一眼就知道她的脑子里肯定没想什么好东西，就在桌子底下拽了一下她的手。宝宁立刻回过神来，瞟了一眼周帝，见他没说话，知道自己没因为走神而漏听什么话，松了一口气。她把背挺得更直了一些，又瞟了一眼裴原，突然想到裴原也是个皇子，只是他和她像普通夫妻一样生活得久了，让她几乎忘了他还有这样显赫的身份。

回了京城后，这样平凡快乐的日子，他们还能继续过吗？

姜堰安排宫人传菜，宝宁这下明白为什么那些宫女要排成一队了。菜是一个一个人传进来的，就像她小时候和姐妹们玩的游戏，叫"击鼓传花"的那个。这样传菜又安静又迅速，没一会儿，桌上便摆满了菜品，有荤有素，菜式繁多。

周帝关切地问宝宁："不知道你爱吃什么，朕让膳房做了一些姑娘家爱吃的东西，你看看合不合口味。"

宝宁连忙起身道谢。

裴原也道谢。

周帝含笑道："快坐下吧。"

宝宁一粒米一粒米地往嘴里送，生怕自己咀嚼的时候声音太大。这餐饭吃得很没意思，虽是御膳，宝宁却食不下咽，味同嚼蜡。裴原在席上也收敛了很多，正襟危坐，偶尔和周帝说几句话，言谈淡然，有节有度，一点儿油腔滑调都没有。这是宝宁不熟悉的样子，但是很符合皇子该有的做派。

餐饭过半，宝宁吃不下了，愣愣地盯着碗里被雕成花儿的萝卜块，在心里琢磨着，若她也想把萝卜切成这样，要怎么下刀。就在这时，她忽然听到周帝开口道："刑部的林大人刚才来了，把贾龄带走审问，不过一刻钟，贾龄便全都招了。"

宝宁呼吸一顿，知道到了关键的时候。看来，周帝邀请他们吃饭果真不是为了单纯地叙叙父子情。

裴原问："他招了什么？"

"他说自己收了前朝马匪的贿赂，一时糊涂，做了错事。"周帝缓缓地道，"崇远侯也来了，朕没想治他的罪，但他自己乞骸骨，要告老还乡。朕同意了，将他的爵位降了两等，变成男爵。"

裴原说："陛下仁慈宽厚，是万民表率。"

周帝又道："霄儿的伤很重，走不了路，要在你这里休养几天。"

宝宁捏着筷子的指头一紧，舌尖也泛起苦味，她心里觉得不平。周帝果真信了裴霄的话。或许他也有怀疑，但终究还是信了。

裴原淡淡地道："太子殿下劳苦功高，服侍他的下人肯定也会尽心竭力。"

屋里的气氛陷入了僵滞。周帝皱了皱眉头，想再说些什么，但动了动嘴，终究没有说出口。

宝宁正觉得尴尬的时候，忽然听到外头传来姜堰的叫嚷声："哎，这是哪里来的狗？快拦住，不要惊扰了圣驾！"

狗？宝宁一惊，连忙看过去，只见阿黄迅速奔来。它身体灵活，左冲右突，轻快地绕开了那些拦路的太监，进了屋子。

宝宁见周帝惊愕地盯着阿黄瞧，顿时觉得一阵眩晕，暗骂这狗就知道馋嘴，没有一点儿眼力见儿！她站起身，刚要请罪，却听周帝饶有兴味地问："这是你们养的？"

裴原道："是。"

"挺健壮的，又机灵，蛮好。"周帝没生气，倒是庆幸这只小狗闯了进来，让屋子里的气氛缓和了下来。他有意要给裴原一些面子，便招手将候在门口的姜堰唤进来，吩咐道："朕前两天不是刚得了几块黄玉？玉匣子不小心摔在地上，磕坏了一角，怪可惜的。你找工匠修补一下，赏给这只狗吧。"

宝宁听了，哭笑不得，只能替阿黄道谢。周帝让姜堰把阿黄带下去，笑着对裴原道："养条狗挺好的，狗儿忠心。"

宝宁脸上的笑意又淡了下去。她不知道是不是自己多心，总觉得周帝意有所指。

裴原道："若是陛下喜欢，我以后寻到好的狗，就献给陛下。"

周帝笑了笑，没有回答。他顿了一下，忽然问道："原儿，朕是不是……并不是一个好父亲？"

裴原道："陛下很好，是儿子们的表率。"

周帝叹气道："你不用和我说这些客套的话。其实我都知道，我平日里不够疼爱你们，总是督促责问，很少关怀你们，但皇室中人，肩上的担子很沉重，和普通百姓家相比，自然会有很多的不得已。朕有的时候也会害怕，怕有一天，朕的身边一个人都不剩。

"朕看书，看司马公的书，尤其是看到讲武帝的那一段，觉得很可惜。武帝一生戎马，那样辉煌，但晚景凄凉，只剩下悔恨，只因为他信了一个太监的谗言，造就了巫蛊案。结果卫皇后死了，太子刘据死了，那么多人都死了……

"你说，武帝是不是很可惜？"

没人回答周帝的问题，他也不需要人来回答，依旧声音稳健地道："所以人在面对某些事的时候，得学会装糊涂。今天的行刺案，朕不会继续查下去了。朕不想做晚年的刘彻，所以宁可放过，不愿错杀。等霄儿的伤好了，朕会送他去南疆待几年，也算是对他的磨炼。原儿，你回到朝堂上来吧，不要去北疆了。朕年纪大了，很需要你。"

裴原轻笑了一声。他大概知道周帝的意思了——周帝要在他和裴霄中间找公平。去年他犯了罪，周帝饶恕了他，今年裴霄犯了罪，周帝也要饶恕他一次。在周帝眼中，他们都是他的儿子，他也都心疼他们。所以他愿意做个宽容的父亲，给他们改错的机会。

裴原觉得讽刺，但还是要道谢："谢过陛下。"

周帝欣慰地道："菜凉了，吃菜吧。"

又过了一刻钟，这餐看起来其乐融融的晚膳才终于用毕。两人告退后走出院子，宝宁长长地舒了一口气。回去的路上,她拉着裴原的胳膊小声抱怨道:"气氛太严肃了,我都没有吃饱。咱们明明是在自己的家中,但是那里一点儿都没有家的感觉。"

"我这么多年都是这么过来的。所以以前我最喜欢在军营里待着,最怕回京、回宫。和他在一个桌子上吃饭,我就没吃饱过。"裴原一边牵着宝宁往他们的院子里走,一边笑着道,"你还挺有出息的,竟然不怯场。圣上不是还夸你了?说你很有风仪。"

宝宁骄傲地挺起胸脯:"那是自然的。"

裴原拉着她快走两步:"趁着天没黑,咱们炖鸡汤喝吧,喝完了早点儿沐浴睡觉。"

宝宁道:"你还没喝药呢。"

"那咱们就更得快点儿了。"裴原低头看她,"刚才出门的时候碰见了刘嬷嬷,你没看见她的袋子里提着的东西吗?"

宝宁问:"她提了什么好东西?"

裴原道:"爪子都露在外面了!那是只鸡,还活着,腿挺长的,应该很肥。"

"那快点儿走,"这次换宝宁着急了,"回去就杀了它!"

他们手挽着手,急匆匆地路过一个偏僻的房屋,没注意到屋子的窗口站着一个男人。

裴霄远远地看见路过的裴原和宝宁。恰好有风吹过来,他觉得喉咙发痒,用拳头抵着下唇轻咳了两声。常喜担忧地来到他的身边,道:"殿下,躺着睡会儿吧,歇好了,伤才好得快。"

"本宫哪里还睡得着?"

见宝宁他们已经走远,又拐了个弯,连背影都看不着了,裴霄表情淡漠地收回视线,看向手心里咳出来的血。

"公孙徐找到了吗?"

常喜摇头道:"公孙徐的轻功很好,他来无影去无踪,性子又洒脱,不拘泥于一处河山,派出去的人根本找不到他。"

裴霄沉默了一会儿,又道:"看好圆子,别再让太子妃接近他。近三个月,不要让太子妃踏出院子一步。"

常喜应下。

外头走进来一个小厮打扮的男人,常喜认出来了,来人正是裴霄的属下付泉。裴霄也看见了他,冲外面扬了扬下巴,常喜赶紧去开门,将他迎进来。

常喜紧张地问:"怎么了,出了什么事?"

付泉小声地问:"殿下以前有没有收容过一个叫赵前的人,还把他安插在了四皇子身边?"

常喜抬了抬眉毛:"是有这么个人。但他后来忽然失踪了,不知去了哪里。"

"他被卖去青楼了。他瞅准机会,偷跑了出来,又寻到了咱们这里。"

裴霄听得眉心拧起。

付泉又道:"那个小子说他的手上有情报。他曾看见四皇子和四皇子妃一同去崇远侯府见世子妃,当时四皇子乔装打扮过,一看就不正常。他钻在车底,听到他们交谈,这才知道四皇子已经识破了殿下的计划,当时是要去和世子妃商讨对策……"

常喜咬牙道:"马后炮,全是马后炮!都发生了才来说,有什么用?"

付泉看向裴霄,犹疑着问:"殿下,这个赵前知道得太多了,咱们是杀了他,还是……?"

"留下他吧,"裴霄负手道,"好好给他医治,本宫回京后,会亲自见他。"

付泉领命告退。

常喜不解地看向裴霄,轻声问:"殿下,这个赵前,还有什么用?"

"四皇子妃接触过的人不多,赵前算是一个,咱们总能从他那里了解到些消息,留着他对咱们有益。"裴霄慢慢地走回床边,坐下,目光变得坚定,"原先我安排人离间他们,是出于我的私情,但现在这件事却必须为之了。这个宝宁,若还留在裴原的身边,对咱们的危害太大了!我听说,裴原救驾时,手上所持的兵器就是她做的,是真的吗?"

常喜点头。

裴霄眼神微动,沉默不语。

宝宁和裴原回了屋子里,点了灯,准备再吃一点儿。

宝宁已经将肥嫩的鸡肉做好了,煲的汤,用一个深紫色的坛子盛了,摆在桌子中间。

裴原夹起一条鸡腿,放在碗里翻了翻,有些嫌弃地问:"这鸡的腿怎么这么黑?"

"白乌骨鸡,白毛黑腿。"宝宁给裴原盛汤,"你多吃点儿,补身子的。刘嬷嬷说,她是特意给你捉的这只鸡。"

裴原听话地喝完了一整坛子汤,然后心满意足地倚在椅子里。宝宁吃了一点儿鸡肉,叫人来把碗筷收拾走。

见下人都出去了,裴原忽然站起身,将门关上,又拉着宝宁往床上去。两人折腾了一番,裴原笑着将宝宁连人带被子一起圈进怀里,不再说话了。宝宁哼了一声,伸出双手搂住裴原的一只胳膊,将头靠在上面。她最喜欢这样的姿势,温暖,让人感到安全。裴原闭眼弯唇,用另一只手抚着宝宁的后脑,享受此刻的温存。

宝宁睁着眼睛，一眨不眨地盯着被面上的一朵红色的花，思绪慢慢地飘远了。

"咱们是不是在这里住不了几日了？"

"我在京城有一处府邸，比这里还要大一些，在闹市，住起来会更舒服，更方便。"裴原道，"明天我让魏濛去选个日子，咱们择日就搬进去。"

宝宁"哦"了一声："我们就要搬进大宅子了，我也是体面人了。"

听宝宁这样说，裴原笑了起来，低头用鼻子去蹭她的脸。宝宁觉得痒，笑着躲开，又用双手捧住裴原的脸，状似不经意地道："以后你也是体面人了，可不能学那些坏习气。你要一直对我好，不能变心。"

裴原看着宝宁的眼睛，没说话。

宝宁又道："今日我在陛下那里见到了许多年轻貌美的小宫女，这才发现，皇家的生活和我想象中的似乎不太一样。还有陛下说的那句话：生于皇室的人有许多的不得已。阿原，我有些慌，到底有什么不得已呢？以后，你会不会也会面临不得已的事，就像太子一样？他娶的太子妃是他母亲的侄女，他不喜欢她，但还是要娶她过门……"

裴原冷笑道："那是因为他是个废物，文不成武不就的，只能靠娶别人家的女儿笼络人心。"

宝宁笑了起来："嗯，你不是废物。"

裴原"啐"了一声："我怎么觉得你在骂我呢？"

"我有吗？"宝宁道，"我刚才说了什么，说你不是废物？"

裴原道："你肯定在骂我，你在讽刺我。"

"咦？你这个人怎么这么敏感，"宝宁辩解道，"我若真的想骂你，会这样拐着弯地说吗？"

裴原问："那你会怎么骂？"

宝宁道："我会说你是头臭猪呀！或者骂你是犟驴，是大屁股鸡！"

裴原疑惑地问："为什么是大屁股鸡？"

宝宁耐心地与他解释："鸡的屁股太大了就会被人捉去烤了吃掉，烤鸡尾尖儿，好吃着呢！所以要是有人说你是大屁股鸡，那就是骂人的话。"

裴原道："我瞧你的屁股也不小。"

宝宁惊愕地道："你怎么骂人？！"

"我没骂你啊，是夸你，"裴原揉她的脸，温柔地解释，"你不要太敏感了。"

宝宁叫了一声，作势要去咬裴原，被他笑着躲开，他边躲边问："鸡尾尖儿是什么味道？我想吃，你什么时候能烤给我吃？"

宝宁气愤地道："犟驴！"

"嗯，"裴原自然地应下，依旧问那个问题，"你什么时候烤鸡尾尖儿给我吃？我要吃大的。"

七日后是个适合乔迁的吉日，宝宁带着她的两条狗、一只羊和一个不太听话的裴原再次搬了家。

这次搬家和以往不一样，宝宁站在府邸的门口，抬头望着高高的门框上挂着的黑色牌匾，只见上面有四个镏金大字——济北王府。

宝宁想，她的身份跟着裴原水涨船高，已经变成王妃了，还有了自己的府邸——她成了真正的王府主母了。

济北王府是裴原以往回京时小住的地方，只是他不常回来，之前这里又被荒废了大半年，所以府内早就杂草丛生了，许多屋棱瓦片也因为风雨的侵蚀而显得有些破损。裴原早早地就请了工匠来修缮，如今的王府虽还不够精致，但好歹能住人了。

宝宁嘱咐刘嬷嬷道："记得买些硫黄粉来，在屋子周围时常撒一撒，驱蛇。"

刘嬷嬷应下。

宝宁又笑道："这个府邸够大，院落也多，给阿黄它们也分配一个吧，就在我们的院子旁边。等有空了，我画张图纸，把它们的房子也修一修。"

"阿黄现在可是只富贵狗了，"刘嬷嬷笑了，指了指流着口水满院子乱跑的阿黄，它的脖子上挂着一块暖黄色的玉牌，"圣上赐了它一个狗牌子，牌子上头还写着它的名字，这在全京城也是头一份了，就算是宰相府里的狗都比不过它。"

宝宁道："行，赶明儿给它做一身衣裳，让它看起来人模人样的，更神气。"

众人都笑了起来。

裴原笑道："你赶紧操办婚事，给阿黄娶个狗媳妇，让它们早日生一窝小崽子。到时候你就给每只崽子都做一身衣裳，弄个玉牌子，出门时把它们往身边一带，多威风！全城的人都得羡慕你，弄了这支'狗家军'！"

宝宁听了，睨了裴原一眼，小声地嘀咕："嘴里吐不出好话！"

说笑了一番，宝宁让下人带着阿黄它们去玩，自己则拉着裴原去逛府邸。济北王府是在裴原最受宠爱的时候修建的，很大，比国公府还要大一点儿，里头亭台交错，有一个很大的湖，还有一座三层高的六角小楼。宝宁走到楼底下，仰头往上瞧，只见小楼的每个檐角都挂着金铃铛，风吹来时，铃铛晃来晃去的，煞是好看。

宝宁心想，有这么一座楼在家里，夏日的时候可以上去吹吹风，肯定很舒爽。

宝宁看着裴原道："想不到你还有这样的雅兴，修建这样的小楼，以后我再也不说你粗俗鄙陋了。"

"原来你心里就是这样想我的，"裴原皱着眉重复了一遍，"粗俗鄙陋？"

宝宁装作什么事都没发生的样子，把手放在额前挡住阳光，颇有兴味地问："我能进去看看吗？"

裴原也不追究，道："这里一直上着锁，我回去找找钥匙。"他陪着宝宁东瞅瞅西看看，给她介绍，"这座楼是我母妃去世的那年，我差人修建的，仿了她在宫中的故居，里头的一应物品摆设都与她原先的宫殿中的差不多，只是宫里的为四层，这里的是三层。算起来，我快十年没踏足这里了。"

宝宁道："十年间都没打扫过这里吗？那里头岂不是全是蛛网，还有许多老鼠？"

"你当我是你？猪言猪语，猪脑子。"裴原耷拉着眼皮，睨着她，"我自然每年都会请人来洒扫，也会驱虫驱鼠。"

宝宁愤愤地踩他的脚："你怎么这样，逮着机会就骂我！"

裴原慵懒地抱住宝宁的肩膀，带着她继续往前走："我怎么骂你了？你不觉得这样的称呼显得我很疼爱你吗？"说完，他勾着宝宁的下巴，笑着叫她，"小猪崽？"

宝宁扭头躲开裴原的手，不悦地道："大花猪！我也是在疼爱地唤你。"

裴原低头看了看自己的鞋："你刚才把我的鞋踩脏了，怎么办？快给我银子，我要买新的。"

宝宁瞥了他一眼："仙子的鞋底不染微尘，是你自己污浊，地上的污浊尘土自然就都趋附过去了，和我有什么关系？换句话说，我就算踩了你，你的鞋也不会有印子，若你的鞋脏了，那是因为你自己一身浊气！"

裴原咧开嘴笑："牙尖嘴利的，你学坏了。"


宝宁本以为自己搬了新家，地位也变高了，以后就可以更加随心所欲，日子会过得舒服许多，不料事与愿违。

济北王府离京城最繁华的长安街很近。府里缺了不少东西，而且地方变大了，洒扫的下人就不够了，所以宝宁一直想去逛一逛集市，置办点儿东西。但就是这种简单的小愿望，一直到半个月后，她也没能完成。

过了他们刚搬来的第一天，前来拜见的人便络绎不绝，其中有不少人宝宁之前也见过，不是这个侍郎的夫人，就是那家学士的女儿。那些在国公府的满月宴上充满傲慢不屑之色的脸，如今都堆满了笑容。

在人际交往中，若是关系亲近，双方就不用拘礼，若是关系疏远，双方就不用强装假笑，正是这样不亲近不疏远的关系，才最让宝宁头疼。

宝宁觉得自己初来乍到，需要广结善缘，不能摆架子，将人都撵出去。于是明明是客人携礼来拜访，作为主人家的她反倒比客人还要累，不仅要笑脸相迎，要亲善，还要带客人逛园子，请客人吃茶，与客人聊天。对方赶来巴结宝宁，是图裴原的权势，自然好话说尽，可那些不着边际的吹捧把宝宁听得害臊，她都不知道该怎么接话。几日下来，宝宁的脸都笑僵了，腿也又酸又乏，她现在一看见后院的那些花儿就想吐。

一拨拨的探访直到十日后才渐渐停歇，各方送来的礼物堆了半个仓房，宝宁在劳累之外也算是有些收获。

裴原已经被准许入朝，因此也变得忙碌起来。他带来消息，说崇远侯世子贾龄已经被杀，侯府被降了爵位，剥了世袭，府邸也被没收了。崇远侯贾道功明哲保身，辞了官职，准备和二子贾献一同南下，到泗水一带安家。大姐季向真被赐婚给那位姓武的新科探花，择日即可完婚。

在二姐将要南下的前一晚，季家姐妹们相约一起吃个饭，就在三姐季安露的酒楼里。

宝宁上次见到季安露，还是在四五个月之前。那时裴原正病着，宝宁和他一起住在京郊的院子里。一个叫冯永嘉的穷秀才被人勾引着生了歹意，把宝宁掳走了，宝宁逃脱后，碰巧遇见三姐，到她的酒楼里避了一晚。

宝宁记得，当时酒楼的名字叫"古井食楼"，饭菜的味道很好，环境古雅朴素，但并没有什么过人之处。今天她再看，却发现这座酒楼有了翻天覆地的变化，不仅名字改得华美，叫"华苑飞天楼"，楼里的摆设也极尽豪华，连楼梯的扶手上都镶了玉，摆放的花瓶看着也像是前朝古董，花瓶里头更是装着玉雕的兰花。

三姐夫张和裕前来迎接。他长得又圆又胖，穿着黑色宽袖袍服，搭配金色腰带，笑得很和善，活像个富商。

张和裕对裴原行了个礼，笑容有些腼腆："王爷、王妃这边请，我已经清了场。人都来齐了，都在三楼。"

裴原淡淡地道："家人相聚，不必多礼，烦请带路吧。"

他们顺着楼梯往上走，宝宁更加惊奇。她指着一个约一人合抱那么大的莲花烛灯底座，问："这是纯银的？"

"哪儿呀，这是将铜和镍掺在一起做的，看着很大，其实很轻，装成是银的。"张和裕不太好意思，"就是给人家看的，显得比较有钱。"

宝宁又问："酒楼是什么时候改的名字？"

张和裕答："阿蕴三个月之前帮忙改的，说这个名字豪气，一听就是富贵之人来的场所，听着就有钱。"

裴原也来了兴趣："怎么突然想着改名字，还弄了那么多假物件？"

宝宁不解地问："除了那个铜烛台，还有什么是假的？"

"你眼里看到的一切，除了人，基本都是假的。这个楼梯，像是紫檀木做的吧？但拿手指敲一敲就会发现，这声音根本不对，其实用的就是普通的老木头。还有扶手上的翠玉，其实是一块普通的绿色石头。那个古董花瓶，瓶口的纹路应该是故意做旧的，估计也就是半年前刚造出来。还有这个……"裴原指了指瓶子里的花，"这花儿你可千万别碰，要是手上出了汗，一碰它就得掉色——这都是些染了色的石头。"

　　张和裕惊奇地道："王爷真是好眼力！这酒楼换名字这么久了，还没有一个人认出来这些东西都是假的。"

　　他们已经走到最后一段楼梯上了。裴原问："这都是谁想出来的主意？"张和裕还没回答，他们便听到上头传来一道清爽的少年音："自然是我想出来的！"

　　宝宁惊喜地抬头望去："阿蕴？"

　　"姐！"季蕴小跑着下来，拉住宝宁的手腕，想和她一起往楼上走，却被裴原用不善的眼神瞪着。他坚持了一会儿，最终还是讪讪地松开手，但嘴上还是对宝宁道："我等你好久了，你终于来了！"

　　裴原冷哼一声，没说什么，跟着他们一起走进屋子。季宝宁的大姐、二姐和三姐都在，拖家带口的，贾献也在，他的两个儿子正在满地乱跑。境遇发生变化，宝宁再见到自家姐妹，只觉得五味杂陈。

　　私下相聚，大家也就没有严苛地遵循礼节，寒暄了几句便各自落座。张和裕出去招呼人上菜。

　　大家凑在一起说话，季蕴眼巴巴地在一旁看着，也插不进去嘴。裴原暗中端详了他一会儿，忽然坐到他的身边去，喊他："哎，小孩——"

　　季蕴听了，瞪大眼睛，一脸受辱的表情："我已经十三岁了！"

　　"哦，那我叫你的名字吧。季蕴啊——"

　　季蕴皱了皱眉头，不情不愿地应了："有什么事吗？"

　　他们一向不对付，季蕴现在虽然已经基本打消了抢走宝宁的念头，但对裴原仍旧不亲近。他用防备的眼神看着裴原，不明白这个人上次还和自己打了一架，这次怎么就热情地凑过来了，肯定没好事！

　　裴原给季蕴倒了一杯酒，挑眉道："碰一下？"

　　被用对待大人的礼节相待，季蕴心里舒服了很多，与裴原碰杯后喝了酒，脸色稍微变红了一些。

　　季蕴道："你到底有什么话要说，直说便是！"

　　裴原问："这个酒楼，是你和你的三姐夫合作，一起开的？"

　　"是。"季蕴点头，"三姐夫有一身好厨艺，名声响彻半个京城，我不忍心看他的才能被埋没，自然要助他一臂之力！"

裴原用手撑着下巴，又问道："你怎么想出这样的馊主意，弄一屋子假货，真当没有明眼人？"

季蕴略带鄙夷地看了裴原一眼，裴原也不生气，甚至唇角微勾，带着笑意。季蕴不好拿乔，对裴原解释道："听说你做了许多生意，我还以为你是个明白人，没想到你也没多明白。我的酒楼是给谁开的？给富贵人吗？当然不是，是给那些想要面子但又没什么钱的人开的。普通百姓手里银钱少，只能勉强度日。凤祥居那样的大店，他们一辈子也去不起。"

裴原颔首："你继续。"

"虽然去不起，但他们就不想去吗？自然是想去的。那怎么办？这就需要有我这样的商家，开一家看似奢华昂贵的酒楼，菜的价格适中，不贵不贱。客人来这里，吃的就是个面子。他们豪爽地吃上一顿，既有面子，又负担得起，不用花费太多。再说了，虽然用了一些假银、假玉、假花瓶，但是我什么时候说那些是真的了？明眼人看破不说破，我赚钱，客人高兴，不是很好吗？"

裴原笑了起来："歪理。"他又看了看贾献，问季蕴，"这是你的二姐夫教给你的？"

季蕴到底年纪小，又喝了一杯酒，闻言，脸涨得更红了，口齿也变得不太清晰："王爷，你不要过于得意，不要猖狂！我荣国公府虽然没落了，但'百足之虫，死而不僵'，家底还是有的。况且，我也不是好欺负的人！二姐夫要南下了，他名下的那些钱庄和铺子都由我接手。论财力，我现在虽然不及你，但再过两三年，不会差太多的。你可不要仗势欺人，欺负我姐姐，要不然……到你求我的那一日，我可不会帮你！"

裴原笑得更厉害了。他抬手摸了摸季蕴的头："不错，季昌平倒是教出了一个好儿子。"

季蕴大声地道："不许摸我的脑袋！"

季蕴叫得太大声，宝宁被声音吸引了，急匆匆地赶过来问："怎么又吵起来了？"然后她小声对裴原道："你都那么大的人了，别总和孩子计较。"

裴原摊了摊手："我可什么都没做，不信你问二姐夫。"

贾献正在看着他的两个儿子玩，闻言，赶紧撇清关系："我不知情，什么都没看见。"

裴原用食指轻轻叩了叩桌面，又看向季蕴："你瞧见了？这才叫商人本性，又油又滑。你还是嫩了点儿，锋芒太过，还要好好历练。"

众人谈笑间，菜已上齐，五颜六色的菜摆了一桌子，满室飘香。众人动筷吃饭。酒过三巡，大家都已放开了，连裴原都是一副很高兴的样子，对敬来的酒来者不拒。

见大家都喝到微醺，贾献道："既然喝了好酒，没有乐音相伴可不行，不如咱们请几位歌女来，也好助助兴。"

他的妻子听了这话，暗中瞪了他一眼。

宝宁也蹙眉。她不喜欢这样，但又不知道该怎么拒绝，正踌躇着，忽然听到旁边的裴原道："谁去借把琵琶来？用不着歌女，我也能弹。"

众人皆不可置信地看向裴原，宝宁也是。

裴原喝得有些多了，往后靠在椅背上，两腿分开坐着，姿态潇洒随意，怎么看也不像是个会弹琵琶的风雅人。

贾献的大儿子两岁，已经会说话了，很聪明。他露出两颗小奶牙，拍着巴掌笑哈哈地道："吹牛皮，吹牛皮！"

贾献急忙捂住儿子的嘴，刚要道歉，却见裴原摆手道："无妨。"

酒楼里养着歌女，张和裕去向歌女借了琵琶，很快就回来了，还顺带拿来了一柄长笛。季向真看见了，笑着道："把长笛给宝宁吧。以前还在闺中的时候，爹爹请了乐师来教我们，宝宁笛子吹得最好，一直被称赞。"

季彤初接着道："大姐这么一说，我就想起那时候的事了，闺中时光真是让人难忘。我记得大姐的筝弹得好。"

三姐季安露听了，捂着唇笑："对，大姐会弹筝，二姐会弹古琴，四妹妹擅长箜篌，五妹妹的笛子也是一绝。数我最笨，这个学不会，那个也学不会，就爱吃，后来才嫁了个厨子。"

张和裕被点到名字，不好意思地搓搓手，憨憨地笑了。大家也都笑了起来。

听季安露提起季嘉盈，季向真笑容淡了一些："嘉盈她……她被惯坏了，性子刁蛮得很，总是做错事……"

"挺好的日子，不说那些丧气话。"裴原打断她，将琵琶接过来，抱在怀里，姿势依旧是慵懒的。他耷拉着眼皮，用手指抹了一下弦，琵琶发出"锵"的一道长音。

"有什么想听的曲子？"

宝宁还是不太相信裴原的琴技，附在他的耳边小声地道："阿原，你若弹不下去，就直说，别强撑着。"

"你真当我是个蛮汉？"裴原哼了一声，"果真该让你见识见识，若不然，不知你还要误解我到什么时候。"

宝宁笑了起来："行，那《阳春白雪》这首曲子，你会不会？"

裴原道："不会。"

宝宁心里刚刚升起的对裴原的期待感尽数消散，她觉得无话可说。

贾献解围道："名曲还有许多，《夕阳箫鼓》，这个如何？"

裴原道:"过于文雅清秀,我不喜欢。"

季安露出主意:"那就《汉宫秋月》吧,这首曲子讲的是爱情故事,姑娘家都爱听。"

裴原道:"哀怨悲愁,女人气太浓。"

这个人真是的!

宝宁想将裴原和琵琶一起丢到楼下去!但是当着这么多人的面,要给他面子,给他台阶,所以她还是耐着性子道:"你自己选一首曲目吧。"

裴原又饮了一口酒,思忖片刻,决定了:"那就《胡笳十八拍》吧。"

贾献立即拊掌捧场道:"好,这个好!传闻中,这是蔡文姬所作的曲目。当初蔡文姬被匈奴掳走后,虽诞下两子,备受宠爱,但心中对故土的思念一刻未停,这才作《胡笳十八拍》,将自己渴望归汉的心情尽数表达。这个好,有寓意,有向往!"

季蕴喝得晕乎乎的,半趴在桌上看着贾献,心想,难道这也是商人本色——看来就算是在茅房里,二姐夫也能把马屁拍出五花肉的香气。

裴原将手按在弦上,半闭着眼,先试了几个音,而后冲着宝宁稍微一点头,示意开始,流畅悦耳的音乐便从他的指尖流淌出来。宝宁以笛音相和,季蕴摆了几个酒碗,拿着筷子敲碗助兴,贾献跟着唱歌。一时间,屋内乐声灵动,酒肉之局成了风雅飨宴。

渐渐地,宝宁看裴原的眼神变得惊讶起来。他说自己会弹琵琶,原来是真的会,而且不只是会些皮毛,而是极为擅长。那琴声抑扬顿挫,铮铮有力,足以胜过八成的歌女了!虽说不出自己现在的心情,不过宝宁是很高兴的。因为她觉得自己又发现了一点儿属于裴原的新东西,与他平时表现出来的样子大相径庭的、细腻而温柔的东西。

一曲完毕,二姐和三姐都忍不住鼓起掌来,贾献的眼神里也带着讶异之色。贾献这次不是拍马屁了,而是发自内心地道:"王爷竟然如此深藏不露。您是我见过的人里,将琵琶弹得最有气概的一个!"但说着说着,他又忍不住浮夸起来,"我以前读话本的时候,看《封神传》里有个魔礼海,他所持的武器为碧玉琵琶,四弦分别可引来地、水、火、风,他四弦拨动时风火齐至。我一直想象不出他该是何等英姿的神人,直到今日见了王爷,这才相信,原来这样的琵琶神是真的存在于世的!"

裴原伸手点了点季蕴:"你二姐夫今日说的这些话,你都记下来,回去后好好背。以后你见人说人话,见鬼说鬼话,该拍马屁的时候就铆足了劲儿地拍,对你的前途大有助益。"

贾献尴尬地笑了笑。

宝宁笑意盈盈地看着裴原,问:"你是和谁学的?"

裴原道:"魏濛。"

宝宁更加惊讶了。她回想着魏濛的魁梧样子,试着将他与琵琶联系在一起……她根本想象不出来。

"或许姓魏的人都是天生的乐师。"季向真想起了什么,笑着道,"我知道的最擅长弹琵琶的人是三十年前一个名叫魏妘的宫女。她天姿绝色,歌喉动人。后来周朝和匈奴险些开战,先帝不想打仗,便有人提议,将魏妘封为公主,送到北边去和亲。"

宝宁问:"那战事真的平息了吗?"

"平息了大概十几年吧,"季向真摇头,"后来两国还是刀兵相向了,我们败了头一仗。我记得,好像是在长坡,死了有十万人,他们都是已经投降的俘虏,但还是被杀了,场面极为惨烈。之后为了复仇,我们又发动了第二场和第三场战役,又死了很多人,才换回如今这份难得的安定。"

宝宁喃喃地道:"那魏妘该有多伤心啊……"

贾献道:"听说她好像自缢了。"

宝宁唏嘘,但也只是唏嘘而已,毕竟是很多年前的事了,还是发生在别人身上的事。

宝宁戳了戳裴原的肩膀:"阿原,你知道这件事吗?和亲公主魏妘的故事,还是魏将军的本家呢!"

裴原没有反应。宝宁觉得奇怪,看向裴原,这才发现他已经醉得不像样子了,昏昏沉沉的,快要睡过去了,两指间却还捏着一只酒杯。

宝宁叹气,想将杯子取下来,裴原却不松手。宝宁去掰裴原的手指,他不耐烦地睁开眼:"闹什么闹!"

宝宁的第一反应是紧张地去看季蕴。她习惯了裴原时不时地对她甩脸子,季蕴可没有,这句话若是让季蕴听见了,两个一根筋的醉鬼当场打起架来,那可就不好收场了。好在季蕴正歪着身子躺在椅子里,已经睡得打起了鼾。

宝宁怕喝醉了的裴原再闯祸,赶紧起身告辞。此时天色已经很晚了,大家又说几句话,纷纷离开。

陈珂驾着马车在门口等候。醉了的人死沉死沉的,裴原又不许别人碰,宝宁只能自己勉强将他扶上去,累得满头大汗。宝宁也上了车,坐定,蹙着眉揉捏自己酸痛的胳膊,裴原却突然醒了过来,大腿一抬,搭在宝宁的腿上,道:"给我也捏捏。"

宝宁一把将裴原的腿推下去:"刚才在桌上,你是怎么对我说话的?我还没与你算账呢!"

"算什么账?"裴原掀起一半眼皮看宝宁,吩咐道,"先去买只烧鸡。"

宝宁知道他又在耍酒疯了。她最烦他喝醉之后的样子,像个难缠的孩子,说也不听，打也打不疼。

宝宁道："这都多晚了，哪里有卖烧鸡的？快回家吧，回家睡觉。"

"我说，"裴原睁大眼睛，一字一顿地道，"我要吃烧鸡。"

宝宁道："没有。"

"没有？"裴原挺起上身，晃晃悠悠地摇了几下，忽然站起来。马车矮小，他的头顶撞在车顶上，发出"砰"的一声巨响。

宝宁忍不住跟着捂住头："你疼不疼呀？快坐下吧，别折腾了。"

"没有？"裴原把脚踩在车窗上，眯着眼看她，"你信不信？我现在就跳下去！"

宝宁道："不信。"

裴原"呵"了一声，伸出两个指头在宝宁的面前晃："知道这是几吗？"

宝宁说："不知道。"

"你怎么如此蠢笨！"裴原骂道，又教她，"这是二！我数两个数，你要是还不掉转马头去买烧鸡，我就从车窗跳下去！"

"烧烧烧，烧什么鸡！"宝宁也发脾气了，指着座位道，"你给我回来坐好，要不然我就将你丢下去！"

"你不信我？"裴原瞪她，"你数两个数，我不跳下去，就随你姓！"

宝宁拉着他的袖子往回扯："你都多大的人了还耍酒疯，丢不丢人？"

"我要吃烧鸡。"

"没有！"宝宁松开他的袖子，板起脸，也伸出两个指头，"我数两个数，你要么老实地坐下来，要么跳下去，实在不行，我就将你踹下去！

"一——"

"二——"

裴原离开了车窗，转而坐到车板上，睨着宝宁道："老子不和你一般见识！老子给你面子！"

"有毛病！"宝宁咬牙切齿地骂他，"你刚才不是还说，不跳下去就随我姓吗？"

裴原坦然地道："那以后你便叫我季原吧。"

"季原……"宝宁念了一遍，"和'妓院'一个音，这是什么污浊的名字！"

裴原盘腿坐着，忽然伸长脖子凑到宝宁的面前。宝宁还以为他要说什么话，刚想凝神仔细听，裴原就冲她打了一个响亮的酒嗝儿。宝宁没躲开，险些被熏得背过气去。

这下宝宁是真的生气了。她扬手要打裴原，裴原却不怕，还把脸凑过来："你打吧，随便打。我要吃烧鸡。"

"吃吃吃！"宝宁吼道，"以后再让你喝酒，我就是头猪！"

裴原说:"我要吃烧鸡。"

宝宁闭上眼,深深地吸了一口气,压下心头的烦躁感。她努力让自己的心情平和下来,然后敲了马车的前门,吩咐陈珈:"去找一家烧鸡店。"

陈珈愣住了,抬头看了看月亮:"夫人,这都快子时了,哪里还有开门的店?"

裴原闭着眼:"我要吃烧鸡。"

宝宁怒发冲冠:"去买!给他吃!"

陈珈无奈地掉转马头,绕着城走了小半圈,最后叫醒了一家店的店主,让他给烧了一只。

宝宁一边等着烧鸡,一边问陈珈:"你跟着王爷多久了?"

陈珈答:"三四年了。"

宝宁愤懑地问:"他以前爱喝酒吗?喝了酒也这么难缠?"

陈珈说:"没有,王爷以前喝醉了就睡觉,醒了后就像没事人一样,从来没有露出过醉态。"

宝宁看着靠在车门处吊儿郎当地抠指甲的裴原,不解地道:"他现在怎么变成这样了?"

陈珈直爽地回答:"可能是看夫人您好欺负吧?以前在军营里,他装疯卖傻也没用,但现在有用,您真的会给他买烧鸡。"

宝宁惊愕地道:"真的吗?"


回去的路上,宝宁一直在思考这个问题:她看上去真的特别好欺负?

连醉鬼都敢欺负她!

裴原又睡着了,靠在宝宁的肩膀上,发出轻微的鼾声。宝宁抱着那只烧鸡,这可是用来威胁醉鬼裴原的武器。她告诉他,如果他一路上都老老实实的,她回家就给他吃烧鸡,要不然就拿烧鸡去喂狗。

马车终于稳稳地停在府门前。宝宁把裴原叫醒,正想下车,陈珈拉开车门,对她低声道:"夫人,门口有陌生人,是两辆马车。"

宝宁诧异地问:"这么晚了,是谁?"

陈珈下车去问,很快就回来了,后面跟着一个头发半白的老太监,还有五个妙龄宫装少女。

"这一位是圣上送来的苗管事。王爷刚搬迁,府上有很多杂事,所以圣上让他来帮着操持一下。这些人是太子殿下送来的,说是看府里没有侍候的丫鬟,王爷也没有通房……嗯……就是这个意思。"

宝宁的脸顿时沉了下去。

姓苗的老太监肯定是不能推辞的，至于那五个少女……裴原在场，又有周帝的人在，宝宁不能擅作主张。她确实很想立马将这几个女子打发走，但现在必须问过裴原的意见。

宝宁推了推裴原，心跳得有些快。她有些把握觉得裴原不会留这些通房在府中，可也隐隐地有一点儿担忧：这几个少女年轻又貌美，裴原现在醉得糊里糊涂的，万一被美色迷了心智，顺口答应了，那该怎么办？

宝宁见裴原没反应，又掐了裴原的胳膊一把。这次她用了巧劲儿，裴原疼得"啧"了一声，她趁机问："你清醒了吗？"

裴原皱着眉道："怎么不进府？"

"太子送了人来，"宝宁撩开车窗帘子，指给裴原看，声音尽量平静温和，"说是看你府中的人手少，特意为你置办了一批。你要不要将她们纳入府中呢？咱们的空房还是有很多的。"

裴原用探究的眼神看着宝宁的脸色："你怎么不生气？真的假的？"

宝宁真想揪住裴原的耳朵拧一把。这个人平日里的雷厉风行的劲儿都到哪儿去了，偏偏在这个时候磨磨叽叽的！管她真的假的做什么？她当然是在装大度，难道还要她当场撒泼，将人都赶出去吗？她好吃好喝地供着他，还带他绕了那么远的路买烧鸡，现在到了用他的时候了，他一句话将人打发走不就好了？可他偏不说，还问她为什么不生气！

宝宁问："这些女子，你是要留下还是不留呢？你要是留，她们就是你的通房丫鬟了。"

她把最后几个字咬得很重。

裴原问："养得起吗？"

宝宁咬牙切齿地说："王爷说笑了，自然是养得起的。您是留还是不留呢？"

裴原又问："我的烧鸡呢？"

宝宁愣住了，他怎么这个时候还想着烧鸡？

外头的五个女子都在等答复，听到这句话，也是一愣，面面相觑。宝宁暗中踩了裴原一脚，瞪他："你留不留？"

裴原神色疲倦，只觉得自己酒意上头，头疼，嗓子也难受。他想吐，于是扶着车厢壁勉强站起来，匆匆往车外走。

宝宁惊愕地问："你做什么去？"

裴原跳下车。宝宁也赶紧抱着烧鸡跟下来，扶住他问："你怎么了？"

那几个少女和苗管事见裴原出来，急忙跪成一排，裴原用一只手撑着车扶手，一只手指着那几个少女，口中含糊不清地道："留留留……"

留个屁！

然而三个字里的后两个字裴原没能说出来。他胃中一阵翻腾，"哇"的一声，弯腰吐了起来。

陈珈在一旁傻眼了："真的留下？"

看着那几个少女惊喜万分、大拜叩谢的模样，宝宁眼眶一酸，心中百般难受。这算怎么回事呢？她看着在那儿吐个不停的裴原，真想将他丢在门口，让那几个丫鬟去伺候他。她也在心中给裴原辩解：他喝醉了，说的话当不得真。但这到底也算酒后吐真言不是？他真的早就存了纳妾的心思吗？

宝宁心中委屈，面上却不能失态，于是她绷着脸对陈珈淡淡地道："听见王爷的话了？快去安排吧。把西院的空房临时收拾出几间来，请姑娘们住下，明早让她们给王爷请安。"

宝宁说着，又看向那个老太监："苗管事？"

老太监赶紧应"是"。

宝宁道："苗管事今晚就委屈一下，先在东院的空房里住一宿吧，明日再换地方。天色很晚了，大家都快去休息吧。"

众人行礼离开。

裴原吐完了，清醒了不少，捏了捏鼻梁，问："刚才这里不是有挺多人的，人都去哪儿了？"

宝宁用袖子擦了一下眼睛，没搭理他，径直往府内走。

裴原问陈珈："她怎么了？"

陈珈看着宝宁的背影，知道大事不妙，但宝宁是他的主子，裴原也算半个主子，他就是个护卫，不好多说话。他思前想后，最后关切地问："王爷，您打过地铺吗？"

裴原道："没有。"

那就难办了。陈珈想了想，又问："要不然，您和阿黄、吉祥它们挤一挤？"

"放你娘的屁，你有毛病？"裴原大声骂陈珈，"你怎么不去和狗睡？"

说完，他摇摇晃晃地去追宝宁："你怎么走得那么快？烧鸡呢？"

宝宁看都不看裴原。她现在心火旺盛，一想到那几个少女，便觉得裴原真不是个东西。她极少骂人，但现在就要骂：裴原可真不是个东西！他嘴上说得那样好听，实际上呢？他和天下男人一个样，都想着佳人在侧、软玉温香！以前过朴素日子的时候，他还没现形；现在地位高了，他就不是原先的那个人了！留留留……看他当时那个巴不得全部留下的样子，他的眼珠子都要掉下来了！

宝宁的步伐飞快，裴原在她的后头一路紧追。他这会儿还走不了一条直线，走得歪歪扭扭的，一时竟然追不上。

在裴原还差三步走到门口的时候，宝宁将门"啪"的一声关上了。

裴原蒙了，然后心头火起。他疾走几步，上前拍门："季宝宁，你又把我关在门外头，这都是第几次了？给你几分颜色，你就想开染坊了？把门打开！"

宝宁把门闩关上，这才想起手里还拿着烧鸡。她走到窗边，推开窗户，冲裴原道："不要在我的门前吼叫，你若再叫一声，我明日就回国公府去！"

裴原刚想再吼两句，听到宝宁的后半截话，立即蔫蔫地噤声了，但他的脸色依旧不善。

裴原气冲冲地朝着窗户走过来，压低了声音道："你又……"

宝宁不等他把话说完，将他心心念念的烧鸡摔在他的胸前，道："抱着你的鸡，去找你的莺莺燕燕吧！滚开！"

烧鸡蹭在裴原的前襟上，留下一大块油渍，然后骨碌碌地滚到地上，宝宁看见了也不管，"啪"的一下关上窗户。裴原茫然地捡起地上的鸡，看着屋内点了灯，灯亮了一小会儿，随后又熄了。

屋子里再也没了动静。裴原心里憋着火，想要再敲敲窗户，但想起宝宁的那句"明日就回国公府"，便没了胆气。

回娘家这样的事，宝宁确实干得出来，裴原不敢冒险。但现在……裴原抬头看了看天色。都过了二更了，他今天晚上可怎么过啊？

裴原正在愣神，院门口传来声音，似乎是鸟叫。裴原回头去看，正对上陈珈的眼睛。

陈珈虽然长得不好看，性子还木讷，却是个热心肠的好护卫。他吹口哨，将裴原的注意力吸引过来，然后热情地对裴原道："王爷，吉祥它们的院子里有一间房空着，我给您收拾好了……"

裴原的手里捏着肚了的烧鸡，他额头上青筋直跳："就没有别的地方可以住了吗？"

"没了。西院住着太子送来的人，东院住着圣上送来的管事，都不能打扰，就剩下吉祥那里能住了。"陈珈分析了一通，接着劝慰裴原，"王爷，它们与您还算交好，不会驱赶您，况且您还带着礼呢！若是吉祥看不惯您，要咬您，您就把这只烧鸡往它的面前一送——哎，这件事肯定就成了！"

太子送来的人，太子送来了什么人？裴原迷惑了一瞬，但注意力很快又被陈珈的后半段话吸引了。他越想越觉得憋屈，照着陈珈的屁股连踹几脚，发泄了一通，随后带着一肚子的愤懑之情去狗窝中睡觉了。

第二日，裴原是被刘嬷嬷唤醒的。

"王爷，您怎么在这儿呢？"

裴原在小床上睁开了眼，揉了揉发胀的额头，哑声问："几时了？王妃消气了吗？"

刘嬷嬷面带忧愁地道："那些通房去王妃的屋中请安了，王妃让老奴将您也叫过去。"

裴原大惊："通房？什么通房？"

刘嬷嬷给他细细地讲了一遍昨日的事，随后惊疑地问："您不知情吗？"

"我喝断片儿了！"

裴原低声骂了一句，这才明白过来宝宁昨晚为何那样生气，还将他赶出了屋子。他猛地坐起身，拍了拍衣摆上的褶皱，步履匆匆地往正院赶。

裴原一跨进主屋的门槛，便瞧见宝宁神色淡淡地坐在主位上喝茶，底下站了五个精心打扮过的女子。她们见他进来，纷纷垂手行礼，作娇羞之态。

裴原一个脑袋两个大，皱着眉负手道："都出去！"

宝宁把茶盏放下。那几个女子相互对视一眼，不敢不听裴原的命令，纷纷退下。

裴原的眉毛松开了。他在原地站了一会儿，小心翼翼地走向宝宁，坐在宝宁的对面，又小心翼翼地看她一眼，把茶水给她斟上："如果我说昨天的事我都不知情，你信吗？"

宝宁看着裴原的衣裳上黏着的凌乱短毛，蹙眉问："你昨晚睡在哪里？"

裴原道："狗窝。"

宝宁惊得差点儿呛住，勉强把嘴里的半口水咽下去。她仔细打量他的神情，问："昨晚的事，你真的不记得了？"

裴原懊恼地道："我喝醉了酒，只记得吐了一场。那几个女人我根本没有印象，也绝对没有要留下她们的意思！"

宝宁道："你昨晚不是这样说的！你说'留留留'，说得急不可耐，像火烧尾巴那样急！"

裴原拍了一下大腿："我知道了！我说的一定是'留留留，留个屁'，你只听见了前半句，没听见后半句！"

宝宁半信半疑："真的？"

裴原急切地道："你要我以死明志吗？"

"你若死了，这个烂摊子要怎么办？"宝宁看了一眼门外，隐约可见那几个丫鬟的影子，"你昨晚说了要留下她们，若是今天就赶她们走，这件事传出去，人家都会说是我指使的，说我善妒，找你闹了，你才将人都赶出去。到时候，我的名声不好听，你也要被说成惧内。"

裴原恼极了，心想，裴霄真是个给人添麻烦的小人！

裴原这会儿才注意到宝宁的眼睛。她昨晚应该是哭了，现在眼皮还泛着红，有些肿。裴原的心一疼，他赶忙走到她的身前蹲下，抓住她的手道："怎么回事，你的眼睛怎么肿成这样了？遇到这点儿小事情，你将我赶出去，不让我睡屋子就罢了，哭什么……"

"你说得简单！"宝宁推了他一把，昨夜的委屈之情又泛上来了一些，"你明知道我是什么心情！我最怕你有钱了就学坏，学人家置办一府的女眷。我明里暗里和你说了多少次，你听进去了吗？昨晚我听见你说'留留留'，真想把你也推到那个做烧鸡的店里，一把火将你烧了。"

裴原亲她的手指："我不是给了你一把短刀？以后我要是纳妾，你就拿它抹我的脖子。"

宝宁把手抽回来，把口水都抹在他的脸上："那是杀人，又不是杀鸡、杀鸭子！我杀了你，是要去蹲大狱的！"

裴原看她的脸上又有了笑容，不再冷着脸了，才觉得心安了一些："宝宝，昨晚的烧鸡我到最后也没吃上，都便宜了你的狗了，你说怎么办？"

宝宁道："我再给你买。"

裴原道："我要吃你烧的。"

宝宁哼了一声："蹬鼻子上脸。"

裴原干脆坐在地上，两只手拽着宝宁的腕子不松开。他耍泼皮无赖的手段一向是一流的，宝宁拿他没办法，只好道："那你现在去将那些女子都解决掉，再想个法子，不要再让人送丫鬟到府上来。如果你能做到，我就给你做烧鸡。"

裴原道了句"好"，站起身往外走，宝宁在他的身后叫他："你先换身衣裳！"


快要到午时了，裴原还是没回来。外头闷热，宝宁躲在屋子里，坐在冰盆旁看书。她没看进去几个字，一直琢磨着裴原到底会用什么样的法子。

阿绵在一旁踢小球玩，玩够了，又过来咬宝宁的手指，宝宁笑着将它推开。正玩闹着，宝宁见刘嬷嬷匆匆走进来，也不知道发生了什么事，刘嬷嬷的神色很复杂。

"夫人，王爷将太子送来的那些丫鬟都遣去洒扫茅厕和刷马桶了。他说他昨晚酒醉，听错了，以为太子送来的是粗使下人，这才收下的。他说，他也体谅那些丫鬟的心情，她们愿意做就做，不愿意做就走，还说会帮她们改掉奴籍。"

"这个法子……"宝宁迟疑了一下，"这个法子还挺好的。"

"但王爷又在府门上贴了张条子，上面写着……"刘嬷嬷叹气道，"夫人，您还是自己去瞧瞧吧。"

宝宁看刘嬷嬷的脸色不妙,心道不好,急忙起身出门。到了府门口,宝宁发现那里已经围了一些人,有的是住在周围的百姓,有的是府中的下人,那个苗管事也站在门前看着,面色古怪。

陈珈在人群中清出一条道来,宝宁走到门前一瞧,顿时觉得无语。只见门上贴着一张大纸,纸上有两行字,第一行是黑字,写着"送礼者请走角门,避人耳目。收礼后不办事,烦请斟酌考虑",第二行是四个赤色大字,极为简短——"不收女人"。

"这……"刘嬷嬷问宝宁,"要撕下来吗?"

裴原的法子过于粗暴了,但谁说粗暴就没用呢?宝宁松开眉心,露出淡淡的笑意:"贴都贴上去了,不如再贴一段时间,到了晚上再撕吧。"

苗管事从刚才起就一直是一副震惊的样子。这会儿听宝宁说不撕,他看上去更惊讶了。

宝宁心情好了,这才有心思注意苗管事,趁机细细打量起来。苗管事看上去是四十出头的年纪,面相挺憨厚的,身边还站着一个十七八岁的小太监。这个小太监长得白净,就是穿得不太体面,倒不是说他邋遢肮脏,只是他的衣裳过于破旧了一些,仔细一瞧,他的靴子尖儿上还打着一块黑补丁。

不过人家爱穿什么就穿什么,宝宁没管,只是笑着问苗管事:"你昨晚睡得好吗?"

苗管事躬身应答:"挺好的,谢王妃体谅。"

宝宁一边往府内走,一边用眼神示意刘嬷嬷拿出些碎银来。她将银子递给跟着进府的苗管事,道:"你换了个新地方住,想必要添置许多东西,拿些钱去买吧。"

不知道是不是错觉,宝宁分明看见,苗管事身边的那个小太监瞧着钱袋子咽了一下口水。

苗管事推辞了几句,笑着收下,又道谢。

宝宁道:"圣上的好意,我们心领了,也很感恩,但说句实在话,这府里不怎么需要管事。府里主子少,下人也不多,我平时只爱些花花草草之类的,不与人串门,闲得很,所以那些田宅铺子就不用管事帮着操心了,账本我也会自己看。苗管事若是觉得府里的差事清闲,可千万别见怪,实在不是我不看重你,只是没有用得到你的地方。若是苗管事觉得不习惯,我会请王爷面奏圣上,再将你调回去。"

宝宁这几句话说得苗管事分外不自在。他心道,这个王妃看着出身普通,年岁又小,结果竟然这样不好惹,才见了第二面,就要堵他的后路、断他的职权。但她毕竟是王妃,所以苗管事笑着道:"圣上让老奴来服侍王爷、王妃,老奴哪有说回去就回去的道理?老奴只是奴才而已,洒扫庭院、端茶倒水这样的事也会做。王妃这话,实在是折杀老奴了。"

打官腔是宝宁最讨厌的事。她不想再聊下去了，对苗管事微笑着点头示意了一下，就带着刘嬷嬷在前方的岔路向右转，去了那座六角小楼。

小楼已经被清扫干净了，里头通了几日的风，又点了香烛，早就没有了霉味和潮气。炎炎夏日，在这里待着会让人觉得十分阴凉，很舒服。

宝宁没去阁楼，就在一楼坐着。一楼很大。裴原的母妃好像很喜欢古玩字画，对周易也很有研究，所以仿照她的故居而建的这栋小楼的角落里也挂着一幅很大的六十四卦卦象图。宝宁走过去，瞧见地上的瓷砖也是卦象图的样子，只是顺序错乱了。她试着去抠瓷砖，想要将图还原，但那砖就是普通的砖石，嵌在地里，根本动不了。

宝宁问刘嬷嬷："你说，贤妃娘娘的宫中也有这样的瓷砖吗？那里的砖能不能动？若图案一直这样乱着，瞧着也太让人心烦了。"

刘嬷嬷摇头道："奴婢也不知道。"

"回头去找些这样的书籍来，我要看。"宝宁眯着眼，又看了一会儿墙上的卦象图，觉得那上头乱糟糟的，都是字，实在是看不下去。她道："听说这门学问很深奥，学好了说不准有妙用，我也来学一学。"

刘嬷嬷只当她是心血来潮起了玩心，便笑着道："好，奴婢晚些时候就给您找来。"

宝宁又问："那个苗管事是什么底细，查清了吗？"

刘嬷嬷答道："他底子挺干净的，原先是内侍省的一个小官，正七品。内侍省里都是在圣上身边伺候的人，管着宫廷杂事，而他的职位是内寺伯，负责纠察宫内不法之事。内寺伯官职虽小，却是有实权的，所以他可以说是圣上的心腹。这次他被遣过来，估计是因为圣上对王爷不太放心。"

宝宁点了点头。她想起了苗管事身边的那个少年太监，又笑了起来："说起来，正七品的官员一年少说也有百石粮食的俸禄，怎么穷困成那样？"

刘嬷嬷道："夫人说的是今日站在苗管事旁边的那个人吧？那个孩子叫苗小光，是苗管事的徒弟，不过苗管事将他视如亲子。"

宝宁十分诧异："视如亲子，却连一双像样的鞋子都不给他穿吗？"

刘嬷嬷笑了："这就是苗管事的高明之处了。他身居要职，平日里托关系给他送礼的人不少，他一概不收。若有实在不能不收的赏赐，他便送到郊外的大觉寺去，当作香火钱。他和他徒弟的衣衫常年都是补丁摞着补丁，人们都说他行事正直，家里也清贫。"

宝宁颔首道："确实很高明。如此一来，圣上便更信任他了。"

宝宁在窗边吹了一会儿风，觉得浑身都舒坦了。她又待了一会儿，才站起来往外走，一边走一边嘱咐身旁的刘嬷嬷："该吃午膳了。吃好了午膳，你去买几只活鸡，咱们晚上做烧鸡吃。"

宝宁突然看见南边有一片空旷的绿草地，又停住脚步，喃喃道："我好像许久都没养鸡了。"

刘嬷嬷听了，一愣。

宝宁指了指这片空地："你下午安排人手，沿着围墙造一道篱笆出来，再去买十五只……要不五十只吧？买五十只鸡崽，放在里面养起来。"

刘嬷嬷伸出手指比了比，不敢相信地问："五十只？"

宝宁眨眨眼："怎么，是太少了吗？"

刘嬷嬷隐晦地道："咱们毕竟不是农户，养这么多鸡，要是它们叫起来，吵到街坊邻居，是不是不太好？"

"南边没邻居。"虽然这样说，宝宁思忖了一会儿，还是采纳了刘嬷嬷的建议，"那就少养一些，买三十六只就好，六六大顺，听着也吉利。再买十八只鸭子和九只鹅，湖里没有鱼，还要买八十一条金顶鲤鱼，再来六只乌龟。"

宝宁安排好了，觉得很满意，一边看路边的风景，一边溜达着回了自己的院子。刘嬷嬷跟在后面尴尬地搓手，心想，王妃比起从前，好像花钱是大手大脚了一些，也骄纵了一些，但她表现骄纵的方式还真是……怪特别的。

书房里，魏濛与裴原相对而坐，说起圆子的事。

魏濛道："上次太子妃要杀圆子，裴霄知道后就把她了关起来，又在圆子身边派了人手跟着，把圆子看得很紧，咱们短时间内不好布局。"

"这件事要从长计议。"裴原搁下手中的笔，"圆子名义上毕竟是皇长孙，虽然不是裴霄亲生的，但没人知道。太子妃不喜欢圆子，但有的是人看重他，高贵妃就将他当成眼珠子呢。"

魏濛"啧"了一声："我觉得有些奇怪。你说这么大的事，裴霄为什么没告诉他娘？骗他娘这个孙子是亲的，让他娘疼外人的孩子，他这不是有病吗？"

"我也觉得奇怪，没这样的道理。"裴原想了想，分析道，"那就只有一个原因了，他想用这个孩子堵住高贵妃的嘴。以他的身份，他没有一个儿子傍身是会被人诟病的，高贵妃肯定也会催他，让他赶紧生个儿子出来，而有圆子在，就没人催他了。"

一谈起闲事，魏濛眼中就有了灼灼亮光："听你这么一说，我又想起来一点儿别的事。你说，他都破身那么多年了……"魏濛怕裴原不懂，又重复了一遍，"破身，你知道是怎么回事吧？就是大户人家的儿子，到了该娶妻的年纪，十五六岁，家中的长辈就会给他安排通房丫头,给他看那种小书,教他怎么……"

裴原听得额上的青筋直跳:"你不用说得那么详细!"

魏濛道:"哎,你这不是没经历过吗?我怕你不懂。"

"说正事!"

魏濛咳了一声,把话题转回来:"他破身那么多年了,府里的妻妾又那么多,怎么就一个孩子都没有?他不会是和贾龄一个毛病,生不出来吧?"

裴原义正词严地道:"你是不是日子过于闲适了,关心人家的房中事做什么?"

魏濛打量裴原的神色,忽然明白了什么,安慰似的拍了拍裴原的肩:"小将军,你不要太敏感,我现在还没有怀疑你这方面的能力。你成婚时间尚短,没孩子也不一定是你的问题。但我觉得吧,在这种事上,你不能脸皮太薄,也不能讳疾忌医,若是有苗头,还是要早早地医治……你先把砚台放下!"

裴原把砚台狠狠地掷在魏濛的脚前,恶声恶气地道:"闭上你的嘴,嘴里都是一些污浊之气!"

魏濛把脚一缩,抱拳讨饶,语气也变得正经起来:"好好好,说正事。我刚得到的消息,裴霄在拉拢左相董玉树。董玉树的儿子董天成在南边治水的时候,差点儿被洪水冲走,死在江里,是裴霄手下的一个门客舍命救了他。董玉树很感激他,昨天以探病的名义登门拜访了裴霄。"

裴原垂眸不语。魏濛继续道:"右相这个位置,原来最合适的人选是贾道功,现在贾道功回乡了,右相的空缺短时间内补不上,朝中就只剩下董玉树一人掌权,而裴霄手下死了个陶茂兵,现在正紧着要巴结这位百官之首。好像裴霄和辅国大将军冯虎昌也有联系,但冯虎昌眼高于顶,又懂得自保,一直在拒绝他的拉拢。"

裴原道:"裴霄日日想着给我使绊子,我也不能让他好过。你找人暗中杀了董天成,推到那个门客的身上去,就说是他图财害命,再伪装一场意外,杀了那个门客,来个死无对证。我倒是要看看,隔着这杀子之仇,董玉树还能不能与裴霄结盟。"

魏濛应下了,又道:"裴霄的外家,也就是高贵妃母家的那个高太傅高文渊,最近好像有些动作。"

裴原往后靠在椅背上,问:"他要做什么?"

魏濛道:"他去拜访了邱明山将军。昨儿个是邱将军的寿辰,按理说,差下人送个礼过去便可,但他亲自去了。"

裴原搭在扶手上的手攥紧了片刻,又慢慢松开。他淡淡地道:"啊,原来昨日他过寿了。事情太多,我都忘了,今天得差人备礼给他送过去,再道个歉。"

魏濛本想说些什么,终究还是闭上嘴,没有言语。裴原与邱明山之间的矛盾很复杂,除了因为两人在政见上的分歧,更多的是因为私事,他一个外人没法插嘴。

裴原没在这个话茬儿上停留太久，继续道："裴霄能有今日的得意，关键就是因为有高氏做外家。高文渊位高权重，想让他垮台太难了，但想让他和裴霄离心，倒是有不少办法可用。裴霄和高飞荷感情不睦，而高太傅又格外疼爱这个外孙女，如果高飞荷死在裴霄的手里呢？或者让他们夫妻之间产生一些不可挽回的矛盾？"

不知怎么的，魏濛忽然想到了赵前，于是脱口而出："要不然我出卖色相，去勾引她一下？"

裴原一愣，皱眉道："你怎么想到这里去了！不妥，而且过于下流。"裴原缓了缓，又道，"再过一个月就到中秋了，按惯例，宫里是要摆宴的。宴会上，他们两人肯定都在……"

魏濛道："他们都在，我可以趁机出卖色相……"

裴原忍无可忍，讥讽道："你有什么色相？瞧你那张丑脸，吉祥看见你，连饭都吃不下去，你倒是很自傲。"

魏濛不爱听这话，正要反击，忽然听见外头传来脚步声，声音很轻，像是有人蹑手蹑脚地走过来。脚步声停在门口，应该有人是想探听什么。

裴原也发现了，不再说话。等了一会儿，发觉那人还没走，他和魏濛对视一眼，悄悄走到门口，猛地拉开门，只见苗管事正站在外头。

见门忽然开了，苗管事惊慌失措地叫了一声，手里的茶盏"噼里啪啦"地摔在了地上。

裴原语气不善："你在这儿干什么？"

苗管事急忙跪下："老奴来送茶，不敢打扰王爷议事，就在门外停留了片刻。"

裴原不管他是不是周帝的人，冷着脸喝道："滚！"

苗管事连滚带爬地走了。

裴原看着苗管事的背影，眼神复杂。他没再和魏濛聊下去，只吩咐魏濛以后要派兵守着书房，然后便提步回了院子。

宝宁已经在院子里支起了一口大锅，正在焖烧鸡。烧鸡的香味很浓郁，离得很远都能闻到。

裴原走到门口，看着宝宁忙碌的身影，紧绷的心弦骤然松开，心情一下子愉悦了许多。他扯了扯衣襟，露出笑容来，招呼她道："你在干什么呢？"

"你回来啦？"宝宁站起身，把手背在身后，等裴原走到跟前了，忽然伸出手来给他看，大笑道，"看看，我特意给你留的！你不是一直问我要吗？肥肥的鸡屁股！"

看着宝宁手心里水淋淋的东西，裴原眼睑抽了抽。他突然想起魏濛刚才说的话。那个男人现在就像一个碎嘴的妇人，明明自己连个媳妇都没有，却天天关心人家生不生孩子。

裴原把外衣脱下来，搭在胳膊上，借着衣裳的遮挡，狠狠地掐了一下宝宁的屁股："我不要鸡屁股了，你的更好摸。"然后他又暧昧地问，"南院那边有片林子，晚上没有人，你想不想去？"

宝宁被裴原掐得跳了起来，转头看了一圈，发现没有人注意他们，这才放下心来。她瞪了裴原一眼，小声地对他道："你能不能正经些？快去拿两双干净的筷子来，还有碗，咱们该吃饭了。"

"吃饭有什么意思？"裴原上前一步，将宝宁圈在怀里，点了点她的脑门儿，"你不解风情。"

宝宁瞥了他一眼："分明是你过于孟浪。"

说罢，她拍拍手，将两只狗都招呼过来，抱起阿黄，查看它的脖子。

阿黄戴的那个玉牌子有些沉，磨得它的脖子那一圈的毛发几乎秃了，有的地方甚至出了血。之前宝宁见到，心疼坏了，把它脖子上的毛剪下来，给它上了药，把玉牌子也取了下来，不让它再戴了。

裴原震惊于宝宁的用词，拉住她气急败坏地问："你说我孟浪？"

宝宁道："人家看见了林子，想到的是风花雪月，要作首诗。你倒好，脑子里想的都是些不好说的东西，这难道不是孟浪吗？"

裴原瞪着眼睛道："你有胆子再说一遍？"

宝宁不搭理他了，把阿黄放下，朝刘嬷嬷走过去，问："饼子蒸熟了吗？"

裴原在身后叫她，她依旧不理会，留他独自站在原地生闷气。

吉祥沉默地坐在一旁望天，见裴原一直不走，就看了他一眼，一人一狗正好对视上了。裴原不知怎么的，脑子一抽，忽然骂了它一句："寡妇狗！"

吉祥小眼微眯，不明所以。

裴原又道："哦，你连寡妇都不是，我看你这辈子也找不着夫家。那你是什么狗？可怜狗。"

吉祥吼叫起来，这下裴原的心情好了许多。他回屋子换了身衣裳，洗手出来吃饭，但脸仍旧冷着。

晚饭就在院子里吃，宝宁和裴原隔着一张小石桌相对而坐，桌上摆着蒸饼、烧鸡和几样小菜。宝宁把饼子摊开，摆在碗里，在上面放了一层洗干净的白菜叶子，再夹几块鸡肉，放些酸爽的黄瓜丝、软糯的土豆丝，淋一勺秘制的酱汁，再把饼子包好，递给裴原。

"吃吧，别生气了。"

裴原把饼子接过来，淡淡地道："我没生气。"

宝宁看了他一眼，暗道，这个人没生气就有鬼了。她知道自己那会儿说的话戳到了裴原的痛脚，有意和他和解，就刻意找话题："你白日出去后就没回来，午膳是在哪里吃的？"

裴原答："我和魏濛出了一趟门，在西街吃的。"

"哦，西街呀！"宝宁给他夹鸡肉，又问，"吃的什么？"

裴原答："吃的饺子。"

"哦，饺子呀，可真好。"宝宁又给他夹了一块鸡肉，"西街的饺子店好像挺多的，你们吃的是哪一家？"

裴原答："张大嫂蒸饺。"

这个人什么时候这么惜字如金了，难道真的生气了？宝宁腹诽一句，扯了个鸡腿，放到裴原的碗里，笑眯眯地问："是什么馅儿的？"

裴原道："猪肉白菜馅儿。"

裴原问一句答一句，一点儿主动聊天的意思都没有。宝宁没办法，只能硬着头皮接着问："那你们蘸醋吃了吗？"

裴原终于肯抬头正视她了："你到底想说什么？"

宝宁收敛了神色，蹙了蹙眉，小声地道："你不觉得，咱们在某些地方……嗯……产生了一点点的、不是不可以化解的矛盾吗？"

裴原两下把包好的饼子塞进嘴里，含混地说："我不觉得。"

宝宁掰着手指头给他数："从搬到王府之后，你说说你，都多少次了？差不多两天三次吧？我都觉得好累了，你一定也很累了……"

"我不累。"裴原把鸡腿夹回给她，"你累了就多吃点儿。"

宝宁抛开了羞耻心，下定决心，今天一定要把这件事和裴原说清楚："今天府里有个下人病了，请了大夫来看病。我见到那个大夫，顺嘴问了一句，若房事过度会怎么样，你知道那个大夫是怎么说的吗？是会死人的！轻则眼下乌黑，身体消瘦，精神不振，若情况严重，就会中风。中风是怎么回事，你知道吗？就是你躺在床上，动都不能动了，还要我伺候你，给你端水、端饭、擦身、端马桶，说不准你还会嘴歪眼斜……"

裴原越听，脸色越沉，"啪"的一声将筷子撂下："是谁和你说的这些！"

"这你就别管了。等会儿，我给你看个东西。"宝宁说着，站起身，匆匆走到屋子里去，又匆匆走出来，回来时，手里拿着一张纸。她把纸递到裴原的面前。

借着昏暗的天光，裴原看清楚了，这是宝宁自己写的一张日历，每个日子的后头都画上了标识，有的是黑色的圆，有的是红色的叉——叉比圆圈多得多。

宝宁解释道："我今天下午还研习了一下周易之道，书上说，万物相生相长，负阴而抱阳，冲气以为和，所以我写了这张东西。咱们以后的房事，就按照这个来吧。每五日一次比较适宜，你也有时间恢复精神，我也可以多多休息。这样，咱们以后的孩子才会更加漂亮聪明，因为爹爹的身体好，娘亲的身体也好呀！"

"你说的这些和周易有什么关系？别往周易的身上泼脏水了！"裴原眼神渐渐变得危险。见宝宁闭紧了嘴巴，他问："你说完了？"

宝宁"啊"了一声，不明所以。

裴原没再说什么。他埋头吃饭，等吃完了，又在外头静坐了一会儿，才脸色阴沉地走进浴房。宝宁却很高兴，殷勤地给他备好了香胰子和新衣裳，然后坐在灯旁做针线活儿，准备等他出来后，自己再去洗。

裴原最近去练武场的次数好像更多了，衣裳总是破。这么好的衣裳，破了便扔掉，实在太浪费，宝宁准备稍微缝补一下，就算裴原以后不穿了，将它捐到寺庙去做善事也是好的。

线没了，宝宁眯着眼睛捻线穿针。这时候，刘嬷嬷心事重重地走进来，吓了宝宁一跳。

"怎么了？"

刘嬷嬷道："邱将军来了，说要见您。"

宝宁没在意后半句，往浴房看了看，道："王爷过会儿就出来了，你让邱将军在花厅稍微等一等。"

刘嬷嬷道："邱将军没去花厅，就留在后门那里。他说只让您过去。"

# 宁来一梦

李寂 著

下册

青岛出版集团 | 青岛出版社

## 第十七章
## 吉祥咬伤苗管事

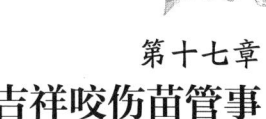

宝宁惊讶极了。她和邱明山一共也没见过几次，私交不深，他怎么深夜过来，还点名要见她？

宝宁对刘嬷嬷道："等我换身衣裳。"

裴原还在沐浴，他平时没这么慢，这次心情不好，在浴房里摔胰子盒，摔得"噼啪"作响，像是在泄愤一般。

宝宁换了一身正式些的衣裳，对着镜子理了理头发，去敲浴房的门："邱将军找我。他现在在后门，我过去一趟。"

浴房里响起了水声，宝宁估计他没听清，所以没回答。宝宁没再叫他，带着陈珈和刘嬷嬷匆匆离开了。

她不知道邱明山要干什么，但他毕竟是个男人，还是长辈，她私下去见他肯定不行，刘嬷嬷跟着去，能给她做个见证。至于带上陈珈，说实在的，她是怕邱明山劫持她。

这个想法听起来有些荒谬，但邱明山到底是敌是友，宝宁说不清楚，也不信任他。

他不是一直有篡位的心思吗？

到了后门转角处，隔着一扇月亮门，宝宁瞧见了邱明山的身影。他穿着一身常服，没有持剑，手里握着鞭子，坐在石台上逗狗。在朦胧的月影下，他仿佛就是一个慈祥的老人。

宝宁蹙眉，轻轻唤了声："阿黄。"

那只狗往后看,摇了两下尾巴,跑到宝宁的脚边。

邱明山也看过来,然后站起来,颇为拘谨地整理了一下衣摆,笑道:"宝宁来了。"

宝宁问:"邱将军找我是有什么要紧的事吗?我们这样见面到底不方便,邱将军有事的话,请快些说。"

如此明显的疏离态度,让邱明山的脸瞬间一僵。但他很快恢复成温和的样子,笑着道:"我明日就要回北疆了,今晚来知会你们一声。"

他要走了?

宝宁感到意外,颔首,关切地道:"路途遥远,行路辛苦,将军要保重身体。"

"我知道你们……不太待见我。"邱明山勉强挤出笑容,眼尾处出现几道褶皱,"我老了,和你们这些年轻人说不上话,性子又古板倔强了一些,更招你们讨厌。但是宝宁,伯父待你们的心是真诚的。我看着原儿长大,很希望他以后过得好。以前是我激进了,让原儿和我的隔阂越来越深。我说了许多他不爱听的话,我们之间的误会不是三言两语就能解释清楚的。"

宝宁微微仰着头和他对视:"将军到底想说什么?"

"前几日有个故人给我托了梦,我忽然想通了。"邱明山道,"如果我给他的东西是他不想要的,就算我将世上所有的珍宝抢过来放到他的面前,他也未必会感激我。我想要的其实很简单,只要他满足、高兴就好,所以以后我不会再逼他做什么了。"

邱明山的语调很柔和。宝宁心软了,听到他这样说话,一下子就想起了自己已故的祖母。

祖母是个慈祥的妇人,此刻的邱明山给宝宁的感觉也是慈祥的、充满关爱的。

宝宁也放轻了声音:"邱将军,您说的'他'是指王爷吗?"

"对。"邱明山微微点头,仍旧温和地笑着,"他的性子急躁,如果我和他当面谈,他未必听得进去,所以我想麻烦你将我的话转告给他。宝宁,请你告诉他,我要走了,但如果他日后需要我,我定会站到他的身边。若他不需要,那就算了。无论他想要做什么,尽管放手去做,我和北疆的二十万士兵永远是他的坚实后盾。"

听到他这样说,宝宁忽然觉得有些心酸,点点头:"请邱将军放心,我会转告王爷的。"

"好孩子。"邱明山说着,从袖子里掏出一块令牌,塞到她的手里,"这是杨马岗的调兵符。那里有三千铁骑,都是精锐。请你把这个调兵符交给他,他有需要时,可凭借此符调动铁骑。"

宝宁再次点头:"好!"

邱明山松了口气,道:"那我就先走了。"

他看向阿黄，笑着说道："小阿黄，爷爷要走了，你送爷爷一句话吧。"

阿黄摇着尾巴对他叫。

宝宁笑了起来，突然觉得邱明山这突如其来的逗趣模样像极了裴原，或者说裴原像极了他。

她忽然想起昨日是邱明山的寿辰，可他们都忘了去道贺。

宝宁让刘嬷嬷包上两只烧鸡给邱明山带走。这东西不值钱，却是她的一番心意。

比起珍宝古玩，邱明山可能会更喜欢这件礼物吧，宝宁想。

果然，邱明山分外欢欣地收下了，临走时深深地看了她一眼，眼神里充满喜爱之色。

宝宁看着他骑上马，扬鞭远去，下意识地捏紧了手里的那块令牌。她不由自主地思索着：邱将军为什么对裴原那么好？他对裴原是那种默默的好，这种关心实在超出了长辈对小辈的疼爱之情。

相较于宫里的那位，宝宁对邱明山的印象更好一些，至少他们之间没有猜忌，甚至还有寸缕温情。

刘嬷嬷上前扶着她的胳膊："夫人，我们回去吧，王爷怕是已经等急了。"

宝宁点点头，往前走了两步，忽然想起了什么，连忙问道："陈珈呢？"

刘嬷嬷也不知道。

两人正四处寻找，不远处的柳树后猛然传来一道响彻天际的哀号声。

宝宁被吓得一哆嗦，而后便看见吉祥蹿了出来，嘴边沾着血，眼睛像狼眼睛一样亮。

宝宁一愣，焦急地问："你把谁给咬了？"

吉祥摇头晃脑，很高兴的样子。

宝宁气不打一处来，又问："你把人咬成什么样子了？"

她话音刚落，只见苗管事捂着腿从柳树后头爬出来，号哭着道："王妃，王妃，您救救我吧！"

宝宁眯起眼睛看向他，不知道他为什么会在这里，转瞬间便反应过来，这应该是陈珈设的局。她顿时不急了，淡淡地问道："苗管事，你躲在树后干什么，偷听吗？"

"王妃，我流了好多血，是不是要死了？"苗管事嘴唇苍白，颤抖着朝她伸出手，"王妃，那只恶犬咬了我的腿，咬掉了碗口那样大的一块肉……"

他偶然路过这里，正好瞧见邱明山递给宝宁一块令牌。他想起陛下先前嘱咐他探察四皇子的一举一动以及人情往来，便留了心眼儿，想再听一听。他眼看着都听完王妃和邱明山的对话，准备走了，那只大狗突然跳出来，叫都不叫一声，冲着他的腿就咬了一口。

苗管事捶地痛哭:"王妃要为老奴主持公道啊!"

吉祥闻声,转过身。这只獒犬的头像磨盘那样大,身体雄壮得如同野兽。

苗管事怕极了,哆嗦着,话也说不利索了。

宝宁刚想再问什么,就见他两眼一翻,晕了过去。

"这个人怎么这么不禁吓?"宝宁皱起眉头,"把他送到医馆去吧,知会他的徒弟一声,让他的徒弟去照顾,留足银两,其他的事就不必管了。"

刘嬷嬷担忧地道:"可他毕竟是圣上钦点的人……"

宝宁道:"咬他的还是圣上钦赐了牌子的狗呢!"

说完,她想起被圣上赐牌子的狗是阿黄,抿了抿唇,又补充道:"是圣上钦赐了牌子的狗的狗朋友。谁让他来偷听,吉祥没咬断他的腿都算是便宜他了。活该!"

随后,苗管事被刘嬷嬷叫来的人抬走了。

等人被抬走,陈珈才走出来道:"属下早就看见苗管事躲在树后,形迹鬼祟,但不好驱赶他,所以才想到让吉祥去吓走他,没想到吉祥性情暴烈,直接上嘴了。"

"吉祥一向疾恶如仇。"宝宁道,"我们赶快回去准备温盐水,给它洗洗牙齿。"

宝宁转了一圈就回去了。

裴原很不高兴,正坐在屋子里喝茶:"你去干什么了,那么久?你去钓鱼了吗?"

宝宁反驳道:"钓什么鱼呀!我买了八十一条鱼让吉祥数,少数一条都不行。"

裴原把茶盏放下,表情仍旧不悦:"那你去干什么了?大晚上提着灯笼在湖边数鱼,看你的鱼有没有死吗?"

"我……"宝宁恍然回过神,发觉话头被裴原带偏了。她当即不再说钓鱼的事,将先前发生的事对裴原说了一遍,又将邱明山给的令牌交给他。

裴原在灯下翻看了令牌,又屈指弹了弹:"是真的。"

外头天热,宝宁回来后,觉得浑身不舒服,准备脱下亵衣去沐浴。

她听到裴原的话,回头问:"明儿个你要去送送邱将军吗?"

"他便服离京,我去送反倒不好。"裴原把令牌扔到桌上,"以后有机会再说吧。"

宝宁顺嘴道:"邱将军也挺可怜的,总是一副很寂寞的样子。"

裴原笑着道:"他有那么多妻妾、子女,怎么会寂寞?"

宝宁为邱明山说话:"但我觉得他对你的关心是真的。"

裴原不爱听,她便也不说了,抱着换洗衣裳往浴房走。快进门时,她又想起了什么,回头喊裴原:"夫君!"

裴原的手腕一抖。宝宁第一次对他用这种文雅的称呼,他感觉很不错。

裴原当即勾起和煦的笑容，回应她："娘子！"

宝宁搓了搓胳膊，鸡皮疙瘩都起来了。她皱皱鼻子，扒着门框，对裴原小声道："夫君，我觉得你说的那句话挺对的。"

裴原不解："哪一句？"

"就是，鱼的数量要常常清点。"宝宁和他打商量，"府上的鲤鱼是新买的，忽然换了地方，也不知道它们习不习惯，要不你去看看吧。回来后你给我报个数，我好补上空缺。'八十一'这个数很好，很吉祥。鲤鱼也是吉祥的东西，八十一条鲤鱼，吉上加吉……"

裴原问："你让我现在提着灯笼去数鲤鱼？"

"嗯，我看你现在也没什么事。"宝宁将身子藏在门后，露出脑袋来，讨好地笑道，"你就当为了府上吉星高照……"

宝宁看着裴原的嘴角往下弯，一副马上就要骂人的样子，不敢等他再说话，赶紧缩回浴房，"砰"的一声关上门。

裴原越想越气，一脚将凳子踹出去老远，忍不住朝里头吼道："你怕你的鱼死，就不怕我被毒蚊子咬吗？

"明日我就挑个吉日，把那些鲤鱼都烤了，送它们大吉大利地去西天！

"再把你的《周易》烧了。好好的学问，把你教成了这个样子！

"你那么想讨个吉祥，以后叫我裴吉祥好了。"

宝宁终于出声，声音从浴房里头传出来："吉祥是狗！"

裴原反应过来，怒气更盛，骂她："季阿黄！"

宝宁生气地拍打着墙："你是不是有毛病……"


已是深夜，苗管事面如死灰地躺在医馆里的小榻上，不时地痛哼几声。

苗小光在一旁伺候着，垂头丧气的。王府的管事被狗咬已经够丢脸的了，又被送到医馆里，却连个看望、慰问的人都没有，实在是丢脸至极。

苗小光低头看着露脚尖的破布鞋，忽然不知道自己跟着师父这么久到底图什么。

别说钱了，他连一身体面的衣裳都难得。以前师父还有些地位，他盼着以后师父高升，自己也能沾光，得个好前程。再看今日，师父简直像是被赶出来的落魄富家犬，他觉得前途是别想了，没流落街头就算是菩萨保佑了。

苗小光困倦得眼睛都快睁不开了，心中忧愁，用手撑着下巴打瞌睡。

常喜从医馆的后门溜进来，看到这幅情景，轻轻地叩了叩门："小苗管事！"

苗小光没醒。

常喜又叫了几声，苗小光仍旧处于昏睡状态。

常喜忍无可忍，大声道："谁的银子掉到地上了！"

苗小光立刻坐直身子，高声回答："我的！别告诉我师父！"

苗小光睡眼惺忪到处搜寻，没见到银子，却瞧见一双一看就价格不菲的厚底黑靴。

他愣了一下，顺着那人的腿往上看，然后对上常喜那双流露出不耐烦之色的眼睛。

苗小光彻底醒了。他常年在宫中做事，当然见过太子身旁的大太监，那是他不可触及的大人物。大人物突然降临，苗小光又惊喜又惶恐，连忙站起身行礼，恭敬地问道："常公公，您来这里是有什么事吗？"

常喜瞄了他一眼，压低声音道："出来说话。"

苗小光屁颠颠地跟了出去。

常喜带他走到一处僻静的街角，转头看了看，见四周无人，便从袖子中掏出一锭银子："你师父现在是济北王府的管事？"

苗小光见到银子，眼珠子都快要掉下来了，连连点头，道："是，是。"

常喜问："那你也能随意出入济北王府？"

苗小光答："那是自然。"

"你帮我个忙，这锭银子就是你的。"常喜朝他扬了扬下巴，又从袖子中掏出一个竹筒，"这里头有一封密信，你帮我交给济北王妃。怎么样，这差事简单吧？"

苗小光不是傻子，疑惑地问道："你这是让我做线人？不行，这可不行。我若是被发现，会被撵出王府的。"

"不是线人。"常喜瞪了他一眼，"我只是让你传个信，再递句话，跑个腿而已。两国交战尚且不斩来使，你传个话能有什么错？若是王妃问起，你如实说就行了。"

苗小光舔了舔嘴唇："真的如此简单？那你为什么花高价找我来办此事？"

常喜被他的话噎住了。

他也没办法。王妃派人把王府守得严如铁桶，门口的守卫一个个都和木头桩子似的，一听说来人是太子府的，连话都不愿传，简直将他们当成有毒的癞蛤蟆，就差拿着叉戟赶人了。他实在找不到别的门路，除了找这个一看就极度缺钱的苗小光帮忙。

常喜不回答他这个问题，沉着脸把银子收起来，吓唬他道："你若不愿意就算了。只是原先我和你师父关系不错，想着肥水不流外人田。现在看来，你也不缺这点儿钱。罢了，我找别人去……"

说着，他转身就要走。

"常公公！"苗小光急忙拉住他，"送信当然没问题，小差事而已。只是，我能先看看这封信上写的是什么吗？若写的是些大逆不道的话，我怕自己会跟着掉脑袋。"

常喜道："随你。"

他把竹筒扔到苗小光的怀里，苗小光接住，借着微弱的晨光看信封上的字，只看到了冯永嘉、徐广、周江成、邱灵珺这几个名字。

苗小光问："你需要我带什么话？"

常喜道："你只需要问王妃想不想知道这些人的下场。"

这不难，应该也没什么危险。

苗小光当即放下心来，拍着胸脯保证道："常公公，您放心吧，我肯定办得成。"

常喜嘱咐道："你记得要避开王爷，寻个机会去见王妃。王爷什么时候不在府上了，你再问王妃。若此事办得好，我再送你一锭金子。"

苗小光应了声"好"，而后欢天喜地地从常喜那里收了银子，放在嘴里咬了一下，道谢后就进了医馆。

常喜撩了撩鬓发，意味深长地一笑，欢喜地上了停靠在路边的马车。

他就不信，在知道那些人是如何惨死的，裴原那厮又有多么心狠手辣后，王妃会不害怕！毕竟越是单纯的人，就越会怕。

两日后，宝宁去医馆探望了苗管事。

他精神好多了，靠在软榻上喝着汤。

宝宁宽慰他，让他好好休息，说给他租了个小宅子，过两天让他搬过去养伤。

苗管事听了后，震惊不已。

王妃这是要借此事将他赶出王府啊！

他既担忧又害怕，急忙认错。

宝宁没听，留下一些钱，笑着与他告辞，然后回王府了。

前几日她还一直困扰着怎么不动声色地将周帝插进来的这个钉子给拔掉，没想到竟然这样凑巧，吉祥这一咬直接解决了她的心腹大患。

裴原回到家的时候，宝宁正在焖土豆排骨，他刚到院门口就闻到了肉香味。

"这是什么好日子，你竟然做起了这等好菜。"裴原把剑放下，往厨房走去，"你发财了？"

"瞧你那没出息的样子，难道以前我没发财的时候给你喝野菜汤了？"宝宁招呼他过来，拿筷子戳排骨上的肉给他看，"瞧瞧，好酥啊，肯定一抿就化，入味极了。"

裴原道："给我尝尝。"

宝宁挑下一筷子肉，用手接着喂到裴原的嘴边，问："咸淡合适吗？"

"正好。"裴原将手自然地搭在她的腰上，"若是能再来口酒就更好了。"

宝宁哼了一声："想得美！你这辈子都别想再喝酒了。"

她像是想起了什么，又威胁他："明日出门在外，没我看着，你可不许偷偷饮酒。我会让陈珈看着你的，你若偷偷喝了，别想再进我的门。"

陶茂兵在那次刺杀中死了，京城守备的职位一时间找不到合适的人补上，裴原接手了一部分职责，每隔半个月就要去巡防几日。今晚出发，他两三日后才能回来。

裴原问："那我渴了喝什么？你看，晚上还这么热，水放在外头，一会儿就变得温热，喝了根本不解渴。"

"这个你不用担心，我早就想好对策了！"宝宁把锅铲放下，踮起脚，将架子上的一个皮囊壶拿下来，献宝似的递给裴原，"这里头是红枣炖红糖水，还是冰的。这种壶的做工很巧妙，外皮和内壶之间有个小夹层，里头都是碎冰块，估摸着到晚上也不会化掉。这下你喝着解渴了吧，还补身子。"

裴原摸了摸那个壶，果真冰冰凉凉，很清爽。

"这壶里装点儿什么不好，非得装补汤。这味要是传出去，别人都来问我喝的是什么，那我多没面子啊！"

宝宁道："就你那张脸，只要一沉下来，谁敢问你？要笑话你也是背地里偷偷地笑，你也听不见，就当不知道好了。反正补汤是必须喝的，我让陈珈看着你喝。你要是偷偷倒掉了，那就别回来了。"

裴原闻言，脸色不太好看。

宝宁推了他的胳膊一下："快将馒头端出去，等我们吃完饭，还剩些时间，我带你去看我养的鸡。"

晚饭他们还是在院子里吃，夏日的晚上，风很凉爽，还能闻到花香。

馒头是直接放在排骨汤上焖熟的，底下的一层面皮都被肉汤浸透了，味道很好，吃起来很香。

裴原看着馒头，忽然想起了最开始的时候，他们在那个小院子里的事。那时候宝宁经常做这样的菜，院子很小，天气有些冷，院子里有很多活物，那是他第一次真切地感受到生活原来可以那么有趣。不用去征战沙场，没有刀光剑影，每天面对的只是一些琐碎的事，这就已经很幸福了。

宝宁看着裴原将一锅排骨都吃完，把骨头扔给两条狗，心满意足地拉着裴原去了南院："这几天你回来得太晚，天都黑了，鸡崽们都进窝了，你都没看见。这次时机正好，我领你来看一眼，那些小鸡黄澄澄的，有趣极了！"

裴原盯着她的两条小短腿，不知怎么的，忽然问了句："宁宁，你说你跳起来能打到我的头吗？"

宝宁惊诧地停住脚，不可置信地问他："你说什么？"

裴原正色道："没……没什么。"

宝宁已经反应过来了，气愤地道："你在嘲讽我。"

"我没有。"裴原摸了摸她的脸，"我只是听说跳一跳会长高。这样吧，咱们待会儿回去后，我在墙上比着你的个子画一道线。我不在家的时候，你试试跳起来摸门框。等我回来后，咱们去比那条线，看看有没有用。"

宝宁拍开他的手："我还没有嫌弃你长得黑，你倒嫌我不够高了。我也给你出个法子吧，你把牙齿用锅灰涂黑，这样两相对比，就显得脸白了。"

裴原笑了起来。

宝宁跟着他笑了起来，然后抬头看了看天色，急切地道："很晚了。快去看看，看完了鸡崽，我就送你走。"

裴原问："我要离开好几日，你都不想我？"

宝宁挽住他的手臂，笑着说道："以后你不是经常要离府吗？我可不能总是想念你，思虑过多，会人老珠黄。你在外头好好做你的事，我在家里养我的鸡、鸭，开我的铺子。等你回家了，我们再高高兴兴地在一起，我给你做好吃的饭菜，这不是很好吗？"

"你这小没心肝儿的。"裴原眯着眼掐她的鼻子，"若是你养的狗和羊也离府好几日，你也这么想？"

宝宁道："你总和它们比什么？"

裴原说："我忌妒。"

宝宁笑话他没出息。晚饭吃得太饱，他们在南院转了一圈，又到湖边转了一圈，看乌龟在荷叶上爬来爬去，天就黑了。陈珈已经等了很久。王府周围都有亲兵把守，不需要他，他便归了队，官升二级，现在神气得很。

裴原回屋换了身甲胄，宝宁坐在门槛上看他。她倒是第一次见他穿这样的制服，更显得肩膀宽阔，腰部劲瘦，脸也好看。宝宁咬了一口手里的梨子，有些骄傲地想：我把裴原养得真好，他甚至比吉祥还要健壮一些。

裴原换了衣裳，很严肃，也不和她调笑了，伸手道："剑来。"

宝宁不解地问："什么意思？"

裴原瞥了她一眼："就是让你取剑过来的意思。"

宝宁反应过来，连忙去取墙上挂着的佩剑，交到他的手里。

裴原低头看了她一会儿，眼中满是不舍之色，却见她仍旧高高兴兴的，于是狠狠地搂了一把她的腰，对着她咬耳朵："小白眼狼！"

宝宁顺势在他的脸颊上亲了一口："其实我会想你的，你早点儿回来。"

裴原的脸色稍霁，心中也舒坦了许多，他拎着剑往外走。

宝宁倚着门看他的背影，忽然想起了什么，扬声道："我给你炖的汤，你记得喝！"

裴原回头看了她一眼，摆摆手，和陈珈一同离去了。

宝宁把剩下的梨子吃掉，将梨核扔进阿黄的狗盆里。

月色清朗，她心里很平静，环顾着小院子，只觉得自己以前实在是多虑了。就算换了个地方住，别人对自己的称呼也变了，那又有什么关系呢？裴原还是那个裴原，永远不会变。


苗小光捏着常喜交给他的竹筒找来的时候，宝宁正在看如意楼的账本。

如意楼每日收入不菲，但溧湖到底是个小县城，客人少，从京城过去也不方便。

宝宁一直琢磨着在京城也开一家分店，可他们刚搬家，事情多，她顾不上这件事。现在她闲下来了，就琢磨着在哪里选址比较好。

屋内的算珠"噼里啪啦"地响着，宝宁专心致志地看着账本。刘嬷嬷第一次敲门时，她没听见，刘嬷嬷敲了第二次，她才抬起头，茫然地问："怎么了？"

刘嬷嬷道："苗小光来了，说是想见您。"

她怕宝宁不记得苗小光是谁，又补充了一句："苗小光是苗管事的那个小徒弟。"

宝宁"哦"了一声，把账本合上，吩咐道："让他进来吧。"

宝宁本以为苗小光是因为苗管事的事，特来求情，想要让她准许他们师徒回王府，或者讨一点儿药钱。但她看看苗小光进门时的神情好像挺欢欣的，没有愁苦之色，眼睛亮亮的，他很有礼数地跪下行礼。这个反应超出了她的预期，宝宁看他的眼神多了几分审慎之色。

宝宁吩咐他起身后，问道："你今儿个来干什么？是你的师父有什么问题吗？"

"我师父很好。"苗小光依照常喜教他的话回答，坦荡地对上宝宁的双眼，"奴才在府门口遇见一个人，他要奴才给王妃送信，奴才便帮着跑了一趟腿。"

说着，他将袖子中的竹筒拿出来，用双手奉给宝宁。

宝宁看他举止正常，不慌不乱，点了点头。

这个理由说得过去。

苗小光看她脸色如常，松了一口气，暗道这果然是好差事，没危险，还赚钱。若是以后这样的活儿再多一点儿就好了，他就能早日攒钱买一座宅子，不用再过看人眼色的日子了。

宝宁边拆开边问："这是谁交给你的信？"

苗小光放松警惕，答道："是常喜公公。"

宝宁手上动作停住了，脸色也冷了下来。她对裴霄和常喜这两个人称得上厌恶，听见这个名字就知道准没好事。先前她特意嘱咐门口的侍卫不要和太子府的人接触，没想到兜兜转转，常喜竟让这苗小光把信送了进来。

在苗小光惊诧的目光下，宝宁把拆了一半的竹筒装回去，"啪"的一声摔在地上，厉声责问他："你好大的胆子啊！快说，你到底是什么人？"

苗小光被吓了一跳，"扑通"一声跪下。他不知道宝宁为什么突然翻脸，赶紧求饶："王妃明鉴，奴才对您没有二心啊！"

宝宁问："那为什么这信不是门房的人送进来，偏偏是你送进来。你和常喜很熟吗，还是你和太子殿下交往甚密？"

其实苗小光刚进门时，宝宁就不高兴了。她本以为把苗管事送出王府就算了了一桩事，却忘了他还有个徒弟。苗小光没犯错，她没理由把他也撵出去，但放他在府里又碍眼，毕竟他们不是一条心。趁着这件事，她正好敲打他一番。

苗小光头晕目眩，没想到宝宁会扣这样一顶大帽子给自己，连忙叩首道："奴才冤枉啊！奴才哪有本事与常公公有私交，只是因为常公公和奴才的师父是好友，他才托了奴才来送信，奴才实在没想到会惹得王妃不悦……"

"你以为你师父是什么正人君子吗？他长了一对顺风耳，到哪里都要偷听，我看他是圣上送来的，不好责怪他，没想到他竟然这样没脸没皮，屡教不改。你回去告诉他，既然被狗咬了，就好好地歇着。他都那样了，还操心这操心那的，不累吗？他就算从狗嘴里侥幸捡回一条命，迟早也会被自己累死。还有你——你倒是热心肠，喜欢帮人办事。既然你闲不住，以后就去洒扫茅厕好了。"

宝宁这一番怒斥，让苗小光像被泼了一盆冷水，什么也不敢解释，只能乖乖应下。

宝宁指着地上的密信道："这样的信我不会看，要避嫌。你最好也避嫌，别再干这种暗地里送信的事，若是再被我抓住，我就说你是奸细，打断你的腿！"

苗小光面如死灰，连连磕头："是！"

宝宁冷冷地道："出去吧。"

苗小光实在想不明白他到底是怎么把这件事办砸的，一开始还好好的，怎么态势就急转直下，王妃还将他骂了一顿……

他垂头丧气地往外走，心里想着该怎么和常喜交代，完全不知道宝宁已经注意他的鞋子很久了。

在他跨出门槛前，宝宁忽然道："你站住！"

苗小光的后背一凉，他急忙停住脚，心里却暗自叫苦。

以前他觉得这个王妃貌美温和。太监也喜欢美人，苗小光总幻想着有机会和她说说话。但现在，宝宁的声音对他而言仿佛催命符。

宝宁又道:"你转过身来。"

苗小光僵硬地转过身子。

宝宁又仔细看了看他的鞋,抬头问:"你的鞋子是从哪里来的?"

苗小光心里"咯噔"一下,结结巴巴地道:"新……新买的。"

"你哪儿来的钱?"宝宁狐疑地看着他,"难道你贪了你师父的药钱?"

苗小光叫屈:"奴才怎么敢啊!"

宝宁了然地道:"我知道了,肯定是常喜给你的钱。你受贿了!"

不等苗小光再说什么,宝宁挥挥手道:"来人,给我搜他的身。"

刘嬷嬷出了门,不过喘息的工夫,几个彪形大汉闯进屋子,按住苗小光的头,让他趴在地上,在他的身上摸了一遍,果然摸出一个半鼓的钱袋子,一人上前将钱袋子交给宝宁。

宝宁掂了掂,偏头问:"你师父一贫如洗,若不是常喜送给你的,你哪儿来这么多钱?你别告诉我是天上掉下来一锭银子,正好砸到你的头上。"

苗小光面如土色。

他哪里见过这样的阵仗,被吓得舌头都快打结了,说不出话来。他悔不当初,半晌,叩首哭道:"王妃明鉴!奴才真的没有二心啊!奴才只是一时鬼迷心窍,才收了常公公的钱,别的事都没做啊……"

"我不信你。"宝宁把钱袋子扔到旁边的桌子上,啜了一口茶,道,"你们师徒心术不正,我可不敢再留。等王爷回来,我会请他奏明圣上,放你们出府。到时候你们爱去哪里就去哪里,不要再回来了。"

苗小光大惊失色,还想求情。

宝宁使了一个眼色,两侧的亲兵按着他的肩膀,把他拖出了门。

屋子里重新安静了下来。

出了这样的事,宝宁没有心情再看账本,拿出捣药用的臼和杵,又翻出白日里采的花,漫不经心地按照方子做起了药丸。她最近从古书上找到了新方子,说是吃了那种药丸后身上会散发出香气,长期吃还能使肌肤变得白嫩。所以,她想试试。

刘嬷嬷给她斟了一杯茶,笑着道:"不过小半年,王妃真的变了很多。想当初,奴婢在将军府第一次见到您,您还没有这样的魄力。"

宝宁笑着问:"是骂人的魄力吗?我和王爷待久了,耳濡目染,学会了几分。"

刘嬷嬷道:"您更文雅,不吐脏字。"

宝宁想起裴原。他若是急了,的确是没有皇子风范的。兔崽子、羊羔子……什么脏话他都骂得出口,有时还会用脚踹人。相比之下,她是真的很文雅。

宝宁道:"人往高处走,水往低处流,我也想学着怎么做个好王妃。"

"您已经很好了。"刘嬷嬷看着她的侧脸，感叹道，"婢子真羡慕您这样的人，也庆幸能在您的身边做事。"

宝宁问："为什么？"

刘嬷嬷回道："一点儿也不累。"

宝宁不好意思地笑了起来。她没再说话，继续做小香丹，想着到时候给裴原也试试。他每次从外头回来，浑身臭汗味，还晒得黑黝黝的。她倒要看看这个药丸会不会有用，能不能把裴原吃成一个香汗淋漓的白皙大美男。

京城的一处偏僻小巷子里，常喜指着苗小光的鼻子骂道："你这个蠢货！我让你做件小事你都做不好，坏了我的大计。"

苗小光的鼻子红红的，他垂着头挨骂，心里委屈，却又不敢还嘴。

他心想，王妃不待见你，关我什么事？你还连累了我呢！待会儿我该怎么向师父交代啊？看来我又要挨一顿骂了。钱还被收走了，王妃没还给我。

常喜不停地咒骂。

苗小光实在听不下去了，道："要不您亲自去见王妃吧。"

常喜狠狠地踹了他一脚，道："我若进得去王府，还用得着来找你？"

"我知道王府的围墙有一处狗洞，就在南院的鸡棚旁边。"苗小光道，"平时没什么人去，我在那面墙上挖了个洞，用来藏银子。"

常喜眯着眼睛问："你把银子藏在墙里？"

"我把银子藏在墙那头的地里。"苗小光和他比画着，"王府里是很安全的，但我又怕哪天被赶出去，藏在里头的钱拿不出来，就在墙上挖了个洞。这样就算我进不去，手从洞里伸进去就能把银子掏出来。"

常喜笑着骂他："你倒是聪明，小聪明。"

苗小光犹疑着道："可是，王爷有兵权，府里都是亲兵，您就不怕被抓吗？"

常喜一甩袖子，信誓旦旦地道："富贵险中求。我可是太子身边的人，若连这几分胆色都没有，那还能成什么事？"

他拍了拍苗小光的肩，道："晚些时候，你把府里巡逻的守卫的轮班时间表给我一份，我给你五十两银子，够不够？"

苗小光眼睛一亮："够！够！"

这急切的样子，他真是个穷鬼！

常喜颇为嫌恶地看了他一眼："尽快。"

说完，他掸了掸袖子，走了。

常喜相信他手里的东西能让宝宁的态度转变。他要让她知道自己的枕边人其实是个疯子,死在裴原手里的人可不少,裴原一直都在欺骗她……

如果知道真相,她会不怕、不恨、不生气吗?


"府里的守卫是子时轮岗。子时前一刻,守卫已经值夜近两个时辰,极为疲倦,又逢夜深人静,是警戒最松懈的时候。"

常喜谨记苗小光告诉他的话,掐准了时间,从南院墙上的狗洞钻了进去。

他是裴霄的近身太监,也是近身侍卫,会一些武艺,只是平时没有显露出来,没人知道罢了。常喜钻进南院后,根据苗小光画给他的布防图,几番闪躲,终于避开了巡逻的守卫,潜进了宝宁居住的院落。

灯都关了,屋子黑着,万籁俱寂。常喜身着夜行衣,先在窗口站了一会儿,倾听里头的动静,没听到异常的声音,便用随身带的小刀撬开门锁,蹑手蹑脚地走了进去。

宝宁睡得不太踏实,半梦半醒间,听见悬挂于内室门上的风铃有响动。她眉头一皱,心中模糊地想着下次睡前要记得关窗。但她转念又一想,她昨晚是看着刘嬷嬷关的窗,哪儿来的风吹动了风铃?

宝宁的睡意淡了一些,她坐起身,揉了揉眼睛,猛然瞧见床前站了个黑影,心立马剧烈地跳动起来。她下意识去摸枕头底下防身用的短刀。

常喜率先一步将利刃抵在她的颈间,轻声说道:"王妃别害怕,我没有恶意。"

来人声音低哑,是刻意压低的。

宝宁紧张的情绪没有因为他的话而平复,但她也没再有所动作,而是厉声质问道:"你是何人,竟敢夜闯王府?你不知道这是死罪吗?"

"王妃莫怕,小人此番前来,只是想与您说几句话,说完就走。"常喜将利刃收走,轻声威胁,"您最好安静地听着,别存着叫人来的主意,否则便看看到底是他们来得快,还是我的刀快。"

宝宁的手攥紧了被面,她仍旧惊疑不定。但按照眼下的情况来看,她最好还是按他说的做,保全自己的性命要紧。

宝宁道:"你说吧。"

"时间紧迫,小人便明说了。"常喜倾身靠近她,"王妃聪明貌美,只可惜踏错了一步,没有投靠明主。"

"此话怎讲?"宝宁抬头看他,"我什么时候投靠于人了?"

今夜月光皎洁,屋内有丝丝光亮,但来人以黑布遮面,不露真容。宝宁的视线落在他眉心,她的眼睛眨了眨,明白了什么,她一抿唇,道:"我知道你的意思了。但那不是投靠,我和他是夫妻。"

"王妃应该向您的姐姐学一学，季大姑娘可是眼明心亮，在关键时刻放弃了贾龄，这才得了今日的富贵。夫妻不过同林鸟，一个名头而已，算得了什么？"常喜缓慢地道，"况且成婚要三媒六聘，你们的婚事草率，本就当不得真。"

宝宁笑了起来："怎么，你是想与我私奔吗？"

"王妃说笑了。"常喜也笑了，"奴才只是偶然得知了一些事，不忍王妃被蒙蔽，所以想告知于您。"

宝宁道："你说吧。"

她现在没那么紧张了。对方的意图很明显，她有所察觉，之后要做的只是与他周旋而已。

"冯永嘉、徐广，"常喜问，"王妃还记得这两人的名字吗？"

宝宁淡淡地道："那是很久远的事了，你是怎么知道的？"

"徐广与四皇子有仇怨，又觊觎王妃的美色，所以唆使冯永嘉绑走了您，后来您逃脱了，四皇子寻到了您。"常喜看着宝宁的眼睛，不紧不慢地问，"但后来这两人去了哪里，您知道吗？"

"我为什么要知道这些？"宝宁笑盈盈地道，"他们或许进了刑部大牢，已经死了。"

"您应该知道的，因为他们都是因您而死。"常喜说着，将手伸到腰后掏着什么东西，"徐广是被火烧死的，死前左眼中了一箭，腰被砍了一刀。在还没死透的时候，他就被一把火烧了，叫声凄惨，听到的人都夜不能寐。"

常喜满意地看着宝宁脸上的笑容消失，将手里的东西交给她："这是他死的那天，身上的衣裳的布料，还沾着血，您要摸一摸吗？"

他这样一说，宝宁似乎能闻到那股令人作呕的血腥味和焦煳味。她倒吸了一口凉气，打掉他伸过来的手："你到底想说什么？"

"我想说的就是这些。"常喜步步紧逼，"您知道冯永嘉是怎么死的吗？他和徐广是截然不同的死法，他的死法更残酷。他被捆住手脚，在还活着的时候被扔进了乱葬岗，死前还吃了一顿饱饭，对方就是为了让他能活得更久一些。您知道乱葬岗里有什么吧，孤魂野鬼，野狗野狼。您说他是怎么死的，是被鬼吃了，还是被野兽吃了，抑或是自己吓自己，吓死了？"

宝宁紧抿着唇，睁大眼睛，用恐惧的眼神看着他。

常喜声音低哑，在寂静的夜里显得极为瘆人："您猜这些事都是谁做的？

"有些人表面上看着正常，还会与人谈笑，但内心极其残忍，像条毒蛇。他的手上沾了那么多人的鲜血，您不怕吗？他睡在您的枕边，您不觉得冷，不会发抖吗？若您现在心里慌了、怕了，那就是惨死的那些人来找您索命了！"

他把最后几个字咬得极重。

宝宁的心像被什么东西狠狠地敲击了一下，她打了个寒战。

常喜又说："哦，还有周江成。周将军也死了。他好像是因为误食了疯药之后认错了人，朝您扑了过去，想要抱住您，就被四皇子处置了。他死得稍微痛快一点儿。四皇子只派人砍了他的一只手，还欲再加以残害时，邱将军不忍，用一碗毒酒了结了他的性命。但邱将军可没什么好下场。他的女儿邱灵珺，您还有印象吧？"

宝宁深吸一口气，闭上眼，听他继续讲述着："邱灵珺被设计与家中的一个小厮通奸，名声尽毁。邱将军罚她闭门思过，但是某个夜里，她却被人割掉了鼻子。劓刑对一个女子来说是多么严重的刑罚啊，何况对方还是貌美如花的邱六姑娘。她之后便疯疯癫癫的，被家人送去了尼姑庵。大概上个月吧，她跳崖自杀了。"

常喜看着宝宁搭在膝上的手指收紧，指尖泛白，得意地笑了笑。

他知道，她的心中定然掀起了惊涛骇浪。但他并不急，愿意给她时间。

宝宁站起身，步伐僵硬地走到桌边，倒了一杯茶。

她气息不稳，手也抖得厉害，牙齿磕在杯壁上，发出清脆的声音。随后，她将茶杯撂在桌上，道："我不信。"

"我说的是真是假，等四皇子回来，您可以亲自问问他，一问便知。我知道您怀疑我的意图，但那不重要，只要我说的是真的，谁让我来和您说这些话，我说这些话出于什么目的，这还重要吗？"常喜坦然地道，"但我承认，我告诉您这些事是出于私心。王妃如此年轻美丽，本有大好前程，小人舍不得王妃与虎狼共度余生。"

他走到宝宁面前，低头俯视着她。

宝宁嘴唇翕动，脸色苍白，说不出话来。

常喜语调轻缓，继续道："我称他为虎狼，可没有冤枉他。常人怎么会使出那样的手段杀人？他的内心已经腐朽，变得阴暗扭曲，他甚至将此当成乐趣。所有人都知道他是个疯子，只有您还坚信他是个好人。"

宝宁肩膀颤抖，以手掩面，哽咽了一会儿，忽然抬头道："其实我早就已经受够了。"

常喜愣住了。

宝宁道："我早就知道他不是好人，因为他总是打我、骂我，还不放我走。所谓的夫妻恩爱，不过是装给外人看的。我忌惮他的权势，忌惮他的武力，只能屈身于此……当初我逃去溧湖，就是因为他喝了酒就会暴怒，无故地打我骂我，还砸了半个屋子。我下定决心逃离，没想到最后还是被他给捉了回来。"

常喜用探究的眼神看着她的神情。她这一番话实在是惊到了他，一时间，他不知道自己该不该相信。

但宝宁神色仓皇，眼中满是哀伤之色，泪水已经打湿了她的脸。

常喜看着她脆弱柔美的样子，心软了。他觉得这样的女子不会做戏骗人，但想起自己以往得到的消息，又迟疑起来。

宝宁暗中瞥了他一眼，又挤出几滴眼泪，猛地站起身，状似急躁，道："我想走。我想离开这里，不再受他的摆布了。只要走了，我一定可以想到办法杀了他，因为我知道他的一切秘密。"

常喜听到这话，心一跳，盯着她的目光显得更加审慎。

宝宁站定，又落下泪来，捂着脸说道："可我走不了，那些亲兵都是他派来看守我的。我每日被囚禁在这个院子里……"说着，她像是看到救星一般拽住常喜的袖子，哀求道，"你……你可以带我走吗？"

"不行。"常喜的心被她搅弄得像一团乱麻，但他仍然拒绝道，"现在带您走太过显眼，此事我得慢慢地筹划。"

"我知晓了。是我的诚意不够，是不是？"宝宁表现出一副更加焦急的样子。她在原地转了几圈，忽然一拍手，道："我有钱。你在这里等我，我将我的钱找出来给你。我把所有的钱都给你，你可一定要带我走啊！"

常喜用复杂的眼神看着她，她这样的反应实在不像是作假，他已经相信了大半，甚至觉得宝宁有些可怜。

她这么娇弱纯良，一定是遭受了裴原那厮的非人折磨。

宝宁口中念叨着"我给你找"，四处翻找，将值钱的首饰都找出来扔在桌上，看得常喜眼睛都直了。

宝宁倏地想起了什么，眼睛一亮，道："这些都不值钱，我还有个最值钱的东西。我把它藏起来了，这就找出来给你。"

说着，她便往外间走去。

常喜借着月光，看着桌上琳琅满目的珠宝首饰，吞了一口唾沫。他跟着裴霄，见过无数珍奇古玩，但女子用的珠宝首饰却见得少，现在一看，这些珠宝首饰全都光彩熠熠，怪不得女子都那么喜爱这些东西。

宝宁匆匆离开内室时，他精神恍惚，没有注意。过了两个喘息的工夫，他才骤然回过神来，暗道一声"不好"。

他怕是被骗了。

常喜握紧手中的短刀，赶紧跟上宝宁的脚步，但为时已晚，外间响起了门开合的动静，随后是落锁的声音。

宝宁已经趁着这个空当跑了出去，锁上门，大声喊道："有贼人闯入！快来人啊！快来人啊！"

常喜恼怒地大骂，如无头苍蝇一般寻找着出路，然后盯准了窗户，疾奔过去，破窗而出。但亲卫早他一步，围住了窗户。在他飞身而出的那一瞬，一名亲兵飞起一脚将他给踹了回去。常喜摔在房间的地上，胸中似有热浪翻涌，硬生生地被踹得吐了一口血。

须臾间，几十名手持刀剑的士兵已经闯进来，将他反手绑起，押至门外。

刘嬷嬷惊醒后，跑了过来，见到这场面，立马就猜出发生了什么事，自责地流泪。她拿出披风，盖在宝宁的肩上，关切地问："王妃，您没事吧？"

宝宁惊魂未定，摇头道："没事。"

魏濛闻讯也赶了过来，羞愧地跪地请罪。

宝宁将他叫起来，视线落在被强押着跪在她的脚前的常喜身上。

旁边的士兵一把扯下他脸上的黑布，露出一张陌生的脸。

宝宁看了他一会儿，蹙眉道："不对，这张脸不对。"

魏濛问："王妃这话是何意？"

宝宁道："不应该是这张脸，他应该是裴霄的近侍太监常喜。怎么回事？一个人还可以有两张脸吗？"

常喜闻言，猛地抬头看向宝宁。

押着常喜的士兵均是一脸不解之色。

魏濛皱眉，片刻后像是想通了，上前一步，走到常喜的身前，用手摸着他的下巴抠了抠，不一会儿，果然撕下一张脸皮。

是易容皮！

常喜疼得咬紧牙关，脸被撕拉得通红。

宝宁的眼睛亮了起来，她指着他道："这就对了，就是这个腌臜小人！"

宝宁拢紧衣襟。她有些受寒了，声音沙哑，小声地唾弃他："你以为将脸蒙起来就可以瞒过我了吗？笑话！你的眉心左侧有颗红痣，我一眼就认出了你。"

常喜看着她，道："您骗我……"

不待他说完，魏濛吩咐士兵："把他捆起来，好好看管，待明日王爷回来后再处置！"

魏濛说完，看了看天色，朝宝宁行礼道："天色已晚，王妃先回去休息吧，明日一早，魏濛再来向您请罪。"

主屋已经乱得不像样子了，于是刘嬷嬷扶着宝宁去偏房休息了。她想在一旁照顾，被宝宁劝阻了，宝宁说想自己一个人睡。

刘嬷嬷给她燃了助眠的熏香，又披了披被子，陪了一会儿，便告退了。

宝宁闭着眼，心里乱糟糟的，了无睡意。

常喜说的话，宝宁知道应该都是真的。她想不在意，但是那些画面不由自主地往她的脑子里钻，血淋淋的，好像还有狼在嗥叫。宝宁把被子往上扯，盖住头，强迫自己快些睡,不要再想了。

很快,她做起了噩梦。

梦里阴森森、黑漆漆的,倒是没有什么画面,只是忽然亮起一道亮光,像刀劈斧砍一般朝她迎面袭来。最后一刻,那道亮光已经近在她的眼前了。

宝宁被吓得尖叫起来,手脚冰凉。下一瞬,她便被拥入一个温暖的怀抱。

有人在她的耳边哄着:"宝宝别怕,我回来了。"

只一句话,宝宁便能辨认出是他。

宝宁眼皮动了动,缓慢地睁开了眼睛。

裴原是连夜赶回来的,眼里布满血丝,下巴冒出了青色的胡楂儿,看起来无比邋遢。

宝宁安静地与他对视了一会儿,伸手摸了摸他的侧脸,闭目,轻声问:"现在什么时辰啦?你此时不是应该在京畿巡防吗,怎么回来了?"

"午时了,我在途中收到消息,说你的房里闯进了陌生人,连忙赶了回来。"裴原平静地回答她。

他把宝宁圈在怀里,用手掌不停地抚摩她的胳膊,柔声道:"是我不好,走时留下的亲卫不够精锐,人不够多,才让你受到了惊吓。刚才怎么了,你做噩梦了?我听刘嬷嬷说你没有吃早膳,怎么懒成这样?你吃些东西再睡吧。我不走了,一直陪着你。"

他重复说道:"宝宝,我不走了,一直陪着你。"

宝宁感受到了裴原掌心的灼烫。

他喋喋不休地认错,低头亲吻她的眼睛,语气前所未有地温柔,动作也前所未有地僵硬。

宝宁了解他的一举一动,一眼就看出裴原此刻的平静是伪装的。他的呼吸泄露了这一点——在紧张的时候,他会屏住呼吸。他一定是从魏濛的口中得知了常喜昨天对她说的话,在害怕。否则,凭他的性子,他现在是不会如此平和而压抑的。他会亲吻她的唇,而不是眼睛。

宝宁没有说话。她闭着眼,靠在裴原的胸前,听他的心跳声,他的心跳得很快。

昨晚,就像常喜预料的那样,他的话在她的心里掀起了轩然大波。

半梦半醒的时候,宝宁一直在想,等裴原回来后,她该用怎样的神情去面对他。他们还能像以往那样自然、亲近吗?她想不出答案。但现在裴原回来了,她像往常一样靠在他的怀里,却惊觉自己并没有抵触或者其他的情绪。她仍旧愿意搂抱他、亲吻他,没有丝毫芥蒂。

常喜说裴原是个残暴的坏人。可能他说得没错,但宝宁一点儿都不害怕裴原。

她对裴原像是有一种奇妙的信任感。宝宁坚定地相信,裴原不会伤害她。

就算平时没有刻意地思考过，但相处了这么久，她了解裴原是怎样的一个人，也早已接受了他。他们在一起这么久了，经历了那么多的事，这份信任与依赖，不该是一个外人轻飘飘的几句话、几个所谓的秘密就能破坏的。

她又不是傻子，怎么会认为裴原是一块纯洁无瑕的白玉？她从没对他有过那样的期待。最开始的时候，她抗拒过他，但慢慢地，那份抗拒感便消散了。

她喜欢裴原，愿意和他一起生活，不是因为他有多善良多完美，只是因为他是对的那个人，能够与她相知相守，在黑暗中前行，风雨同舟。至于他是怎样对待旁人的，她其实并没有那么在意。宝宁想，她是自私的，冯永嘉和徐广是怎么死的，关她什么事，只要裴原待她好便足够了。

她从来都是这样的，不想做普度众生的菩萨，她的爱只有一点点，只够分给家人和自己。

但裴原似乎不知道她的想法，此时，他的手心已经渗出汗了。

裴原不自觉地更加用力地环住宝宁。他心慌得厉害，只能通过不停地说话来分散不安的情绪。

他咽了一口唾沫，勉强挤出一抹笑容，对她道："宝宝，我今天早上回来的时候经过西街，又见到那家饺子店了。我上次和你提过的，你还记得吗？我看见店门前有两只野猫，觉得可爱极了，想着应该带你一起去看看，给它们带些吃的。还有，我看到城门口有很多乞丐，许是从南边逃荒过来的，我让陈珈给了他们些钱。还有，我巡防的时候偶然发现城楼角落处有个野燕子窝，几个刚来的新兵不懂事，凑在一起商量要掏鸟蛋，被我训斥了……

"小鸟多招人喜欢啊！我很喜欢小鸟。你的羊、狗，我也喜欢。"

裴原抵住宝宁的额头，问她："宝宝，其实我的心也很柔软，对不对？人是会变的，我也会改变的。"

裴原不敢直接提起昨晚的那件事。他怕看到宝宁厌恶自己的目光，但是不提，又怕宝宁胡思乱想。他现在只想告诉宝宁，他并不是一个手段极端、残暴、十恶不赦的人。他想像从前一样，装成什么事都没发生过的样子。

但说完那席话，裴原又后悔了，他的意图好像太明显了。他不敢看宝宁的眼睛，也不敢等她的回答，轻柔地将她提起来，放在被子上，将手伸到胸前掏着什么，口中道："回来的时候，我看见路旁的野花开得很好，就采了一束，送给你。"

宝宁抱着膝盖坐着，静静地看着他。

甲胄太硬，路上又颠簸，他怀里的花已经烂得不成样子了。

裴原的脸上露出懊恼的神色。

宝宁笑了。

裴原望着她的笑脸，短暂地失了神，脑中冒出千万个念头，但一时又分不清什么是真，什么是假。她不生气？她没有嫌恶他？还是说，她的笑容下暗藏深意？她心里到底在想什么？昨晚她对着常喜演了一出好戏，难道现在也是在对着他演戏，想将他糊弄过去，然后想办法和他和离？

裴原忽然又想到宝宁的手里还有一封该死的和离书！

他手一甩，将手里稀烂的花束扔在地上，唇角微弯，抚慰她："宝宝，你饿了是不是？我去叫刘嬷嬷给你送午膳。"

说完，裴原便往外走。他脚步匆匆，思考着那封和离书被藏在了哪里。它应该还在正房，他得赶紧找出来，然后撕碎。

宝宁叫他："你还穿着脏衣服，到处跑什么！快回来！"

转瞬间，裴原已经冲到了门口。听到宝宁说的话，他顿了顿，正思索着要不要无视宝宁的话，又听到她补充了一句："虽然我不在意你以前做过什么事，但是以后你还是不要那样做了。"

裴原一时没有反应过来，呆呆地站着。

宝宁穿好鞋子，慢慢地走到他的身后，笑着说道："你不是个大男人吗？总是威风凛凛的样子，刚才怎么心思细腻敏感得像个小姑娘。我一句话都没说，你心里百转千回，绕了多少个弯了？你在想什么？难道你害怕我去报官吗？"

裴原的心"突突"地跳，他深吸一口气，转身按住宝宁的肩膀，轻声问："你不在意？"

宝宁不答，反问他："你知道我为什么喜欢养狗吗？"

裴原摇头。

宝宁道："因为狗护食，而我护短。"

过了很久，裴原像卸了力一般，松了一口气。他上前一步，紧紧地环住宝宁，将头埋在她颈窝，喃喃道："你刚刚吓坏我了……"

宝宁道："你以后不要再那样做了。"

"我不会了。"裴原说着，弯下腰，用手托住她的膝弯，一路搂抱着她，将她送回床边，脱下她的鞋子，给她盖好被子，"你该吃午饭了。"

他的嘴唇很干燥，轻轻地贴在宝宁的额上吻了一下，他又叮嘱道："你在这里坐着，等我回来。"

宝宁看着他匆匆地出去，甲胄还是忘了脱，一身风尘。不一会儿，他又进来了，手里端着一托盘的饭菜，很清淡，还有一个没有剥壳的水煮蛋。

裴原把小桌子放在她的面前，将饭菜一样样地摆上去，却不给她筷子。

"我已经洗过手了，不脏。"裴原张开五指在宝宁的面前晃了晃，而后敲碎鸡蛋壳，几下剥好，又软又滑的鸡蛋溜进碗里。他端着碗，舀了一勺粥，放在唇边试了试冷热，再送到宝宁唇边："张嘴。"

他又玩起了以前玩过的游戏："运辎重的马车来了，就在城门下，请将军放行！"

宝宁顺从地张开嘴。

裴原夹起一点儿小菜喂她，又舀了一勺粥。有粥黏在她的唇边，不用她说，他就主动去拿帕子给她擦干净。直到宝宁说不想吃了，他才停手。他把碗筷都送出去，又端进来一碗汤，不厌其烦地一口口喂给她喝。他小心翼翼的，想把所有事情都安排妥当。

宝宁不习惯这样的裴原，但看出了他心中的不安，如果这样会让他安心，那随他。

饭后，裴原自己去厨房潦草地吃了几口，立刻又钻回屋子。

宝宁让他去沐浴，他起先不肯，磨蹭了很久才答应，条件是宝宁要在浴房中坐着陪他。宝宁无奈地答应了。她还是第一次看裴原沐浴，最开始还有些不自在，后来便习惯了，反正是她熟悉的身体，看久了甚至还觉得有些无聊。

裴原没用浴桶，脱得精光，舀水冲，整个身子暴露在宝宁的眼前。他刻意将胸腹对着她，用水冲洗，给她展现结实的肌肉，但宝宁在温暖的水汽中，竟然迷迷糊糊地睡着了。

裴原泄气地将水瓢扔回桶里，几下就将身子擦干净了，沉默地抱起宝宁往屋子里走。

宝宁惊醒了，察觉到裴原的意图，慌忙用手撑住他的胸："行了，行了，折腾起来还没完了，你闹够了没有？魏将军还在等着你呢。常喜现在在哪里？"

裴原把她放在榻上，一边把被褥都推到旁边，一边抽空回了句："那家伙应该被吊在房顶上了。"

宝宁道："我觉得你现在应该去看看他。"

"不急。"听她提起常喜，裴原眼中闪过一丝阴狠之色。他闭上眼，俯身轻柔地含住宝宁的唇，哄劝她道："我现在心慌得厉害，你陪陪我，我才好过。若不然，我又要毒发了。"

宝宁暗骂裴原不要脸，连毒发这种话都说得出口，她还没见过这样咒自己的人。

他刚洗过澡，身体泛凉，身上散发着清爽的香味，抱着极为舒服。

裴原这次学乖了，没有像以往那样急迫，只是与她拥吻，含着她的下唇，慢慢地吻。宝宁不知不觉便像融化在了他的怀里一般。外头的天还亮着，宝宁不知道刘嬷嬷什么时候会进来，趁着还有最后一丝力气，推他去锁门。

裴原不情不愿地去了。锁好后，他又晃悠着回来，低头，轻轻地啄吻她的唇。

直到此刻，裴原才能在心里确认宝宁是属于他的，谁也抢不走。

过了约莫一刻钟，宝宁才睁开眼。

她好像短暂地睡了一会儿，或者是晕过去了，不过醒来后，她的精神好了许多。肚腹上盖了一块被角，颈下硬硬的，偏过头她才发现自己睡在裴原的怀里，头枕着他的胳膊。

裴原面色平静地睡着了。他确实困了，紧绷的心弦忽然松开，疲惫的感觉顿时袭上心头。

宝宁想去沐浴，就搬开他的腿和手，又将被子盖在他的身上，拍了拍他的脸，像哄小孩子一般哄了他一句："乖乖，睡吧。"

裴原立刻惊醒，拽着她手腕："你干什么去？"

"我去找刘嬷嬷放水，我要沐浴。正房应该已经修缮好了，我先回去了。"她披了衣裳往外走，到了门口，又想起了什么，叮嘱裴原道，"你醒了后记得穿上裤子，别睡得迷迷糊糊，不管不顾地往外跑。"

裴原问："你不回来陪我吗？"

宝宁有点儿嫌他烦了，他怎么唠唠叨叨的，那么能说。她蹙着眉道："一个时辰五十两银子，你若出得起，我就陪你。"

裴原道："我的银子都被你收走了，我哪里还有银子？"

"那我就不陪你了。"宝宁往外走，推开门时，又想起了什么，退后一步问，"你藏了私房钱吗？"

裴原目光躲闪，道："当然没有。"

"你最好没有。"宝宁哼了一声，道，"别等我搜出来，罚你睡书房。"

她头也不回地走了。

听到关门声，裴原仍旧有些呆愣。他不敢相信地问自己："这件事这么过去了？"

回来的途中，他极为悔恨，恨不得将常喜那个碎嘴的东西千刀万剐，更想了无数种讨好宝宁的法子。结果，这件事就这么轻飘飘地过去了。

人家说夫妻床头吵架床尾和，果真还是有些道理的。

裴原不禁又想：宝宁怎么那么好呢？他甚至觉得自己现在每日都像是泡在蜜罐子里一样，甜蜜得都不想做人了。做人的负累太多，要是他和宝宁变成乡间的两条野狗，无忧无虑的，是不是更自在？但宝宁肯定不愿意，若是知道他这样想，说不准还会打他。

裴原转念一想，做野狗也不好，没有华服美屋。他怎么能让宝宁住在破阜屋子里呢？他恨不得用金玉做砖瓦，镶上宝石明珠，将她高高地供奉起来。

他今日的思虑似乎过多了，还都很离奇。

裴原强迫自己恢复正常。他压抑住心底的喜悦之情，重新变得严肃端正。而后他躺下，抱着宝宁昨晚枕过的枕头，嗅着上头的香气。

他实在是爱惨了她。

宝宁沐浴完,换了身衣裳,继续研究小香丹的药方子,拿着杵捣来捣去。

快到吃晚膳的时候,刘嬷嬷来传话,说魏濛来了。

宝宁让魏濛进来。

魏濛的神色很紧张,进来后,他不住地打量她的神情。

宝宁一眼就看出他心中的想法和裴原当时的一样。

宝宁问:"魏将军吃完饭了吗?"

魏濛见她笑盈盈的,一下子放松下来,坐在她的对面:"我还没吃,夫人吃了吗?"

宝宁道:"我吃了午膳,晚膳厨房还没做好,约莫还得等两刻钟,将军留下来一起吃点儿?"

魏濛的心思随着她的话头走,他顺嘴问道:"有什么菜?"

宝宁笑了起来。

魏濛和裴原待久了,不是亲兄弟,却胜似亲兄弟,两人有许多相同之处——看起来都不好亲近的样子,脾气也不友善,但都有单纯直率的地方。

魏濛尴尬地摸了摸鼻子:"菜好不好没关系,我什么都吃。"

宝宁道:"王爷还睡着,让他多睡一会儿,等吃饭的时候,我再将他叫起来。"

她又问:"常喜那边的情况如何,有什么进展?"

魏濛皱眉道:"常喜招了一堆莫名其妙的话,半点儿都没提到太子,只说自己与小将军有仇,想要报复小将军。"

宝宁停下手里的动作:"有什么仇?"

魏濛道:"他说有一次太子往溧湖的庄子送东西,让他做使者。小将军看到他就生气,将他塞进鱼缸,送回了京城。"

宝宁想起来了。

"这个理由倒也说得过去。"她问,"太子想学壁虎断尾,不保常喜了,那我们该怎么办呢?"

"反正常喜是裴霄的人,就算他不招出幕后指使者,有这层关系在,裴霄也会有麻烦。"魏濛看着她手里的药臼和杵,道,"此事等小将军醒了再议,小将军或许会将常喜送去刑部,再不济也能治他一个私闯王府之罪。或许小将军还会去面奏圣上,请圣上决断。"

话刚出口,魏濛才反应过来,自己竟然和宝宁自然而然地说起了公事。他其实是想来为小将军求情的。他怕宝宁和小将军闹僵,从而大打出手,预备着拉架。他觉得自己的话有点儿多,不再说那些,指着宝宁手里的东西问:"小夫人在做什么?"

主屋子里的桌子很大,他们面对面坐着,魏濛看不清楚宝宁在捣什么东西。

宝宁道:"这叫小香丹,已经快做好了。"

魏濛"哦"了一声,还想再问什么。

裴原已经醒了,跨过门槛后,瞧见了他,十分不悦地道:"你坐在这里干什么?这是你能待的地方吗?没有一点儿自知之明,赶紧走!"

魏濛的嘴巴还半张着。他好心前来,却遭到如此对待,急于辩解,但裴原不听他说话,又扯又拽地将他拖了出去。

宝宁沉默地旁观。

她已经捣出了一个大黑饼,就差搓成球了。宝宁看着那团黑乎乎的东西,心想,怎么这么丑呢?这个东西真的能让人变白变香吗?但我是按照方子来做的,也没错呀!

趁着裴原拖着魏濛出去的工夫,宝宁搓出了六个药丸,放到准备好的匣子里。

裴原回来后,正好对上宝宁那双明亮的眸子。她好像有心事,欲言又止,眉头蹙着。这一幕落在裴原的眼里,他竟品出了几分愁苦的情绪。两人正是浓情蜜意的时候,他怎么舍得宝宁独自愁苦,当即坐到她的身边,握着她的手,关切地问:"宁宁,怎么了?"

宝宁慢慢地道:"我知道我接下来的话可能要让你为难了,你可能会拒绝我,但我还是想要试一试。"

她抬头,目光灼灼地看着裴原。

她这几句话说得裴原的心都凉了,他脸色沉了下来,握着宝宁手腕的力道也变大了。

宝宁问:"你会答应我吗?"

"你说说看。"裴原放轻语调,佯装镇定地回答。

宝宁摸上桌面的匣子,然后把匣子推到裴原的面前。

裴原不知道里头是什么,猜想或许是那封和离书。宝宁先前的温柔与深情难道都是伪装的吗?她是想让他放松警惕,最终的目的还是要离开他?

他如此猜想着,呼吸声又变得沉重了,盯着宝宁的眼神中满含威胁之意。

裴原思索着,是不是真的到了要打造一副金锁链,将她锁在屋子里的时候。如果非要走到这一步,那他只能这么做了。

宝宁没敢看他。她觉得不好意思,有点儿对不起裴原似的,但还是毅然决然地打开了匣子,把药丸掏出来,放在裴原的手心上。

"你能帮我试试药吗?这是会让人的皮肤变白的药。"宝宁担忧地道,"我怕我吃了后,脸上生疮。如果真的变成那样,我还怎么出去见人啊!阿原,你帮帮我,先服一粒试试?"

## 第十八章
# 宝宁巧制小香丹

原来只是试药而已,小事情。

裴原当即放下心来,但转瞬他就反应过来,瞪大双眼,不可置信地大声问:"你要让我试药?!"

宝宁害怕得身子往后躲了一下——她怕裴原的唾沫喷到她的脸上。

裴原攥紧拳头,憋屈地道:"你搓出来的药丸子,黑漆漆、臭烘烘的,你自己都不敢吃,就叫我来吃?你怕自己吃了生疮,就不怕我吃了生疮吗?我若生疮了怎么办?你就不怕毒死我吗?"

"你这是说的什么话?"宝宁安慰地拍了拍他的手,"我怎么会毒死你呢?你若死了,我不就成寡妇啦?我这么年轻,可不想做小寡妇。这样吧,在你吃之前,咱们先找几只小鱼小虾试试,看它们会不会被毒死。你若是还不放心,咱们再找一只小老鼠试试。我是按照古方配的,而且用的药材都没有毒,都是些很普通、很温和的药材。你不要怕,这个药丸最多没有什么用处。你吃了它是不会死的。"

裴原问她:"既然没毒,你怎么不吃?"

宝宁摸了摸自己的脸蛋,又看了裴原一眼,讨好地笑。

那笑容不言而喻。

宝宁用手指对他比画:"一点点,你就吃一点点。"

她怕裴原生气,于是拉着他的胳膊保证:"阿原,你放心,这真的不是毒药。我会些医术,你还不信我吗?!只是我脸上皮肤娇嫩,平日里吃些凉的、辣的,都会不舒服。我怕吃了这个东西,脸上起疹子,那就见不了人了。你先试试……我向你发誓，这药的副作用最多让你的脸起小疹子，而且很快就会消的。"

宝宁越说声音越小："你长得黑，皮肤又糙，就算起疹子也看不出来的。"

宝宁见裴原还是不为所动，将脸贴在他的胳膊上磨蹭，一副乖巧讨好的样子："我给你做好吃的，你别生气。"

裴原不生气，就是觉得很无奈。他揉了揉宝宁的脑袋，哄她道："你已经够美了，不需要吃这些乱七八糟的东西。"

"你懂什么！"宝宁撇嘴道，"美丽哪有止境呢？古方上说了，这药丸不仅能让人变得白皙，还能让人的身上散发香味。"

裴原理解不了，无言地看着她。

美丽怎么没有止境？他觉得宝宁就是最美的。

"圣上这段时间最宠幸的那个妃子叫蝶香，你知道吧？"宝宁仰脸看着他，企图说服他，"她的身上有香味，连蝴蝶都会在她的身上多停留一会儿。听说她住的宫殿都是芳香馥郁的，所以陛下才那样喜爱她，惹得众妃妒忌。"

裴原问："你是从哪里听来的？还引蝴蝶，她是妖怪吗？"

宝宁道："我听在厨房当差的李嬷嬷说的，她的外甥女在宫里当差。我听她的描述，那蝶香妃子许是吃了这个小香丹才会散发香味，吸引蝴蝶。"

"这可真奇怪。"裴原的注意力没在小香丹上，他说，"李嬷嬷都快六十岁了吧，竟然还会对这种事感兴趣，关心一个妃子是如何受宠的。女人们可真有意思，总是对着镜子看自己的脸，描眉毛，画嘴唇，画了几十年也画不够，好大的瘾啊！如果天下的读书人和武将能有这种毅力，夜以继日地思索该如何读书，如何精进武艺，我大周怎么还会收服不了北方匈奴？"

"我在和你说小香丹的事。"宝宁眉头微皱，"你在说什么鬼话？"

裴原问："你知道我们和匈奴的战争为什么可能永无休止吗？"

宝宁怔怔地看了他半晌，道："我在和你说小香丹……"

"说起打仗，我又想到了另一件事。"裴原拉着宝宁站起来，严肃地道，"我应该教你一些拳脚功夫，防身用。或者给你一些好用的暗器。若再遇到贼人，你就戳瞎他的眼睛。我做给你看，你学着点儿。首先，咱们一起扎个马步……"

宝宁朝他喊："我在和你说小香丹的事！"

裴原问："小香丹是什么？"

"是这个！是这个！"宝宁都快把匣子甩到他的脸上了，生气地质问，"你是故意的吧？你绕来绕去的，说那么多废话！"

他的意图被戳破了。

裴原无可奈何地把匣子接过来，试探性地问："我非吃不可吗？"

他抗拒试吃这个药丸，不是因为害怕脸上起疹子，而是怕这东西真的有用。如果他真的变香了，在演武场上香飘十里，那魏濛绝对会笑掉大牙。

可宝宁在此事上分外执拗："我想变美！"

她学坏了，打一棒子给个甜枣，刚吼完他，接着又抱着裴原的胳膊小声道："我会补偿你的。我帮你剪指甲、剃胡子，还给你做南瓜饼吃。"

裴原思索了片刻，不情不愿地答应了。

宝宁高兴地踮起脚亲了他一口。

她亲的这一口让裴原的心瞬间舒坦了。他转念又想，如果能得到这样的对待，他香飘十里又算得了什么。就算香飘万里，变成大周上空的一只五香鸭，他也甘之如饴。

小香丹。

裴原默念这三个字，电光石火间，他的脑中灵感乍现。

宝宁不知道裴原心里在想什么，她把脸埋在裴原的颈窝闻了闻，闻到一股清淡的胰子味混着他本身的味道。她暗暗记下来，想看过几日会不会有什么变化。

"吃饭吧。"宝宁奖励地在他的下巴上吻了一下。

晚膳还算是丰盛。宝宁昨晚有些受凉，今日和裴原吵闹一番，出了汗，那点儿小病竟然好得差不多了。她吃得饱饱的，看到裴原也吃好了，便催他去找魏濛。他已经耽误了很多时间，别再误了正事。

裴原没动。他吐出最后一口鸡骨头，忽然道："宁宁，你把你的那个什么丹，还有药方，拿给我瞧瞧。"

宝宁不明所以，但还是取来递给他。

裴原垂眼看了半晌，脸色凝重，心里不知道在琢磨什么。过了一会儿，他忽然"哈哈"大笑起来。

宝宁觉得他此刻的样子极为瘆人，像是走火入魔了一般。她后悔了，试图把匣子抢回来，便安抚他道："阿原，你若是真的不想吃，那我就不逼你了，你没必要这样……你不用试了，可不可以变回正常的样子……"

"你可帮了我的大忙了！"裴原一把搂过她的腰。

宝宁跌在他的怀里，被他按着后脑勺儿重重地亲了一口。

"我真不知道该怎么疼你才好。过两日我有空，带你去吃五香鸭吧。那东西香得很，你肯定会喜欢。"

他下巴的胡楂儿没刮，扎得宝宁脸疼。

宝宁蒙了。

裴原说的都是什么和什么啊？

"我去去就回。"裴原又在她的嘴角上落下一吻，匆匆离开了。

魏濛正在屋里洗脚。

他听刘嬷嬷说宝宁沐浴、洗脚时水里总是放花瓣，那样会使肌肤变得细腻柔软，也想学学。

他年岁确实大了，该讨媳妇了，可是没人看得上他。平日里他混在青罗坊，倒也有几个熟识的老相好，其中有清倌人，弹唱小曲儿的，出身干净，他很喜欢。他想着，虽然自己娶不上正妻，寻摸个好姑娘当妾室，平日里好生对待她，也能排解寂寞，不至于天天盯着裴原眼红。但他托了鸨母一问，那些姑娘竟然没有一个乐意的。

魏濛大受打击，追问原因。鸨母起先不好意思说，后来才暗示是因为他这个人粗鲁、体味重，姑娘们不喜欢。她们还嫌弃他脚臭。

习武之人有几个体味不重的，这也算毛病吗？魏濛愤愤不平，追在裴原的身后闻了几日，发现他的身上真的没怪味，更加苦恼了。直到今天下午询问了刘嬷嬷后，他才知道，这是因为裴原有时候会和宝宁一起用放了鲜花的水沐浴、泡脚。

如此简单的办法，他也可以用……他也要改变！

只是魏濛毕竟是个大男人，不好意思去摘花，怕遭人耻笑。思前想后，他买了几斤名贵茶叶替代鲜花。

裴原推开门的一瞬间，险些被熏出去。浓重的茶味混合着一股难闻的臭鸡蛋味，实在是熏得很。裴原本来兴奋地要与他讲刚刚想出的计策，被这么一熏，就全忘了。

魏濛为自己寻到了解除体味的法子而感到高兴，乐呵呵地招呼他："醒了？你还挺能睡的啊！年轻人的睡眠质量就是好。快来坐，快来坐！"

裴原盯着他的洗脚盆里漂着的茶叶，在热水的冲泡下，茶叶已经泡开了。

裴原问他："你为什么要在煮茶叶蛋的水里洗脚？"

魏濛懒得和他解释，也不招呼他坐了，粗声粗气道："有事快说！"

裴原取了根棍子在他的洗脚盆里搅动翻找，边搅边骂："你有毛病吧！好鸡蛋和臭鸡蛋分不清楚？快点儿把臭鸡蛋捞出来，什么怪味，熏死人了！"

魏濛按捺住踹他一脚的冲动，大声道："有事快说！"

裴原见他坚持用臭水泡脚，眉头微皱，没再阻拦。他出门片刻，将腰带取下来，扎在鼻端，再进来后，觉得稍微舒服了一些。习武之人嗅觉灵敏，以往他觉得这是好事，现在才知道凡事有利有弊，福祸相依。

魏濛恼怒地道："常喜在柴房里吊着，你若想找他，就去找，我要先洗脚。"

裴原觉得他今日怪异，但有正事要说，暂且忍耐。他坐在离魏濛稍远一些的地方，沉声道："把常喜放了吧。"

魏濛惊愕地抬头看他:"我……我这味道把你熏蒙了吗,你竟然要放了常喜?"

"当年投毒一事,所有的矛头都指向我和大皇子。我们蒙受了不白之冤,直到现在也寻不到能证明当日之事为他人陷害的证据。"裴原慢慢地道,"但没有证据,我们可以自己制造证据。裴霄可以找人做假证,我们怎么就不行?"

魏濛注意到了他手里的东西,问:"那是什么?"

"一张古方。"裴原将手里的东西递给他,微仰下颔,"裴霄的那位太子妃一定会喜欢。"

在看到古方名字的那一瞬,魏濛偷偷地咽了一下口水,道:"我看到小夫人晚上在研制这古方里的药丸。"

裴原点头,算是回应了他的问题,又道:"裴霄靠着门客救下左相的儿子,笼络左相的心。我们不如依法炮制,通过今日常喜的事给裴霄送一个门客,也笼络一下他。"

"常喜已经是枚废棋了。"魏濛道,"裴霄定会摆出姿态,与他划清界限……"

须臾间,他便明白过来,与裴原对视,道:"我懂你的意思了。你想安排一出忠心门客拼死救人的戏码,让其在裴霄面前露个脸,这样无论常喜还留不留在裴霄的身边,那个门客都会给裴霄留下忠心的印象,取得裴霄的信任。你想通过门客之手将这个古方献给裴霄?"

"错,是献给高飞荷。"裴原以手指轻叩着椅子的扶手,目光幽深,"再过不久,中秋月满,就要摆宫宴了。如果高太傅心爱的外孙女因为吃了裴霄给她研制的药丸而死在宫宴上……"

魏濛的眼睛一亮,他兴奋地攥紧拳头:"此计甚妙,但还有些疏漏与不当之处,咱们要从长计议。"

裴原起身,道:"明日再说。"

他睨了魏濛一眼:"这个味道我实在受不了。我只听说过吃臭豆腐的,没听说过吃发臭的茶叶蛋的,你最好少吃。"

魏濛看着他匆匆离去的背影,忍了忍,最后还是在裴原踏出去的前一瞬叫住了他:"小将军!"

裴原回头,惊讶地瞧见魏濛的脸颊竟然染上了一抹绯红之色,心中顿生不适之感。

魏濛臊得慌,不敢看裴原,偏着头,缓缓地道:"我有一事相求。虽知道你或许会耻笑我,或许会拒绝我,但我还是想说出来。"

今晚是怎么回事?宝宁这样,魏濛也这样,都对他说这种拐弯抹角的话。

裴原没好气地道:"有屁快放!"

"那个小香丹,我今晚看到小夫人做出来了。"魏濛转头看着他,眼中压抑着兴奋之色,"能给我试试吗?"

裴原愣住了。

这个反应,魏濛早就预料到了。他心里有些犹豫,但实在急迫地想要变香,所以还是一股脑儿地对裴原说明了原因。

裴原的脸色逐渐变得微妙起来。

魏濛闭上眼,做好了被嘲讽的准备,但没想到裴原竟然走过来郑重地拍了拍他的肩:"好兄弟!"

魏濛蒙了:"啊?什么意思?"

裴原恳切地劝慰他:"老魏,你不要心焦。你不就是脚臭了点儿嘛,又不是什么大毛病。好好吃药,会变好的,会有女人喜欢你的,你要有信心。"

裴原竟然待他如此温和?魏濛受宠若惊。

"好兄弟,这药丸你想吃多少就有多少。"裴原目光中透着关怀之意,但又难掩喜悦之情,"兄弟我这就给你去取来。"

宝宁看见裴原回来时比去时似乎还要高兴些。

裴原虽然表面上没有显露出来,但眉眼放松,跷着脚坐在桌边喝茶,脚还一晃一晃的。

宝宁问:"你遇见了什么喜事吗?"

"无事。"裴原把脚放在地上,恢复正襟危坐的样子,正色看着她道,"我只是看着你就高兴。"

宝宁已经梳洗好了。她蹬掉鞋子,爬上床,倚在角落里哼了一声,道:"我不信!"

"怎么了?"裴原察觉出她的不对劲儿,她神色恹恹的,和刚才那会儿简直是两个模样。

他走过去坐在宝宁的身边,仔细地察看她的脸色,问道:"你的身子不舒服吗?"

宝宁低声道:"我来月事了。"

裴原立刻明白过来,爱惜地揉搓了一下她的肚子,又下意识地往外看了一眼:"红糖水煮上了吗?我去看看,给你端过来。"

"我挺好的,不难受。"宝宁拉住他的袖子,蹙起眉头,欲言又止。

"那你到底是怎么了?"裴原想不出原因。他把宝宁搂进怀里,用手揉着她的肚子,笑着问道:"你想听曲儿吗?你随意点一首,我给你唱。"

他今天温柔极了,将嘴唇贴在宝宁的额上,抱着她轻轻地摇晃,像哄孩子似的:

"你怎么不笑了?刚才出去的时候,你不是还笑呵呵的,像小哈巴狗一样。还是谁惹你生气了?嗯,难道你晚饭没吃饱,饿坏肚子了?如果都不是,我猜你是想我了。"

宝宁咬他的脖子,恼怒地问:"你说谁是哈巴狗?"

裴原笑了起来,仰着脸让她咬。

宝宁仍旧笑不出来。她将身子往后撤了一点儿,拉开与裴原之间的距离,懊恼地道:"你还是不懂我是什么意思。我来月事了,说明这个月不会怀孕了。"

裴原愣了一瞬,而后反应过来:"就因为这件事?"

"这件事不重要吗?"宝宁伸出手,从身后摸出一个小拨浪鼓,"我很盼望有个孩子。我记得你也说过想要一个孩子。"

说着,她声音低了下来。

裴原盯着她手里的小拨浪鼓,忽然道:"你这个拨浪鼓的鼓皮上的牛毛没有烧干净。"

宝宁的注意力果真被转移了,她不信地道:"不会的!"她凑近小拨浪鼓,仔细寻找,"哪里有牛毛?"

裴原随便指了个地方,骗她道:"这里,这里。"

宝宁盯得眼睛都酸了,还是看不到裴原说的牛毛在哪儿,直到听到身边人压抑的笑声才反应过来他在骗她。

宝宁气得用小拨浪鼓敲他的头:"你幼不幼稚!我在和你说正事呢,你胡扯什么!"

裴原大笑着捏住她的手腕,放在嘴边亲了一口,道:"我当然希望有个孩子,但他什么时候来,是男是女,我并不在意。他不来也没关系,咱们顺其自然就好。咱们现在的日子这样安稳,你却偏要给自己找麻烦,日日想着要孩子,岂不是庸人自扰?"

他这样说,宝宁顿时哑口无言了。她仔细想想,好像还真的是这么一回事。

宝宁问:"那咱们就等缘分?"

裴原揪着宝宁手里的小拨浪鼓扔到地上,又举着她的手瞧了瞧,道:"你的指甲都很长了。"

他不希望宝宁总想着要孩子的事,故意将她的注意力往别的地方引,又道:"你在这里坐着,等我打水回来给你剪指甲。"

宝宁惊讶地看着裴原,见他站起身往外走,不像是说笑的样子,不由得握紧双手。

她既高兴又担心:一方面,她觉得裴原变得温柔了许多,更会疼人了,这自然是她喜闻乐见的;但另一方面,裴原那双手力道十足,握筷子的时候,宝宁都怕他把筷子掰断，待会儿他那双手就要来弄她的手指头了，可千万要轻点儿。她的骨头脆得很，"咔嚓"一声，说不准就折了。虽如此想着，但当裴原把装了温水和撒了干花的盆子放到桌上时，她还是乖乖地将手放了进去。

裴原忽然想起魏濛那盆浸泡了茶叶的洗脚水，此刻看着宝宁的手，不知怎么的就说了句："这好像一道菜——泡椒美人爪。"

宝宁怔怔地盯着他看了一会儿，才明白过来这是什么意思，心里的浓情蜜意尽数消失，一把将手抽了出来，没好气地道："我看你还像卤猪头呢！"

"好了，好了，是我错了。"裴原拉着她的手放回盆里，哄劝道，"你安分点儿！我这是在伺候你呢。"

宝宁骂他："好好的一个人，偏偏长了一张嘴。"

"我若是不长嘴，岂不是要饿死了？"裴原起身去拿剪子回来，顺嘴说道，"若是不长嘴，那喉咙也不要长，胃肠也不要长，肚子里空空的，那还算是个人吗？塞一些草进去，就是个草包；立在稻田旁边，就是个草人。"

宝宁根本说不过他，泄愤似的拍了拍水，水溅得到处都是，而后她命令他："水洒了，你快擦干净桌子。"

裴原回头，眉头一皱，认命地把桌子收拾干净。

待宝宁的指甲泡软了一些，裴原把盆子撤下去，盘腿坐在她的身边，拉着她的手放在自己的膝上，认真地修剪第一个指甲。

宝宁凑过去看了一眼，笑着道："剪得还行。"

裴原揉捏她的手指头，瞟了她一眼，有些得意地道："那是自然。"

宝宁的屁股动了动，离他更近些，她将脸贴在他的臂膀上，嘱咐道："你可千万要轻一点儿、仔细一点儿，要把我的指甲修剪得漂亮圆润。"

裴原问："不圆润会怎么样？"

宝宁轻声道："不知道，我还没想好，但你肯定不会好过。"

她闭上眼享受。

裴原歪头看了她一眼，觉得她现在这副慵懒的样子可爱极了。她如此乖顺地依偎在他的身上，他们的相处又变得甜蜜温情了。

夜风从窗口吹进来，裴原慢悠悠地给她剪着指甲，嘴里哼着不知名的小调，宝宁则用空着的那只手环住他的腰。

五个指甲修剪完，宝宁放在眼前看，还算满意，遂把另一只手也交给他。

"阿原，其实我刚才一直在想，圣上为什么还没有传旨召见我。"宝宁往指头吹了口气，语气中略带担忧，"自溧湖一别，已经有一个月了，眼看着夏天就要过去了，圣上怎么还没有下达让我入宫的旨意？难道他不满意我吗？"

"和你没关系。"裴原停止哼小曲儿，顿了一下，又道，"那是因为他对我还有戒心。"

宝宁蹙眉。

裴原忽然笑了起来，道："但马上就要举办中秋宫宴了。"

宝宁问："举办中秋宫宴怎么了？"

裴原故作神秘，没有立刻回答她，目光变得幽深。

宝宁和他心意相通，看到他的神情，马上明白过来，他在这次中秋宫宴上会有所行动，此次行动或许与裴霄有关，与当年的那场下毒案有关。

她心跳加快，正想开口问得仔细些，忽然听见"咔嚓"一声。

两人都低头看，只见裴原手中的剪子偏了，剪坏了她的指甲。原来长长的漂亮的指甲硬生生地被斜着剪断，丑得令人发指。

养了这么久的指甲毁了，宝宁脑子里立刻"嗡"的一声响。

裴原倒吸一口凉气，赶忙捂住她的眼睛："你看错了，不是那样的。你先别看……"

宝宁扯下他的手，怒道："我不会放过你的！"

说着，她着急地往床下跳。

裴原赶紧抓她，可她像泥鳅一般，滑溜得很，根本抓不住。

没过一会儿，她回来了，手里拿着一个药臼，里头是满满的凤仙花瓣。她目光沉沉地盯着裴原的脚指头，看得裴原的心突然一跳，他隐隐明白了她的意思，想拿出男人的威严来震慑她："季宝宁，你要记得，我是你的丈夫，平常你小打小闹便算了，今儿个切不可胡来！不过是指甲而已，你再养养，很快又长出来了。你现在想对我做什么？！"

宝宁不语，只是紧抿着唇，盯着他。

裴原逐渐败下阵来。

第二日。

裴原的脸色极差，提剑出门时，身上的戾气比平日都要重几分，走路的姿势也很怪异，显得很僵硬，他总是低头瞧着什么。刘嬷嬷见他迈出门槛的时候，在先迈左脚和先迈右脚之间犹疑了许久，好像那不是他的脚一样，神色也极为嫌恶。

她问宝宁是怎么回事，宝宁笑盈盈地道："他只是被蚊子咬了几口，不妨事，嬷嬷不必担忧。"

裴原让两个侍卫押着常喜去刑部。

常喜被五花大绑，脚上也拴着绳子，根本走不了，只能一蹦一跳地行动。

押送他的侍卫纷纷嘲笑他。

常喜恨不得一头撞死在地上。他本以为计划万无一失，没想到不但没成功，还被宝宁识破了真面目，如今更是成了阶下囚，受尽侮辱。他死便死了，倒也没关系，只是太子的风评难免会受到影响。他一想到裴宵的狠辣手段，不由得感到害怕，担心裴宵会迁怒于他的家人。

常喜心灰意懒地往前蹦着，实在太累了，加上临出门的时候被打了一顿，身上太疼，没一会儿就觉得膝盖很酸，想要坐下来休息一会儿。

侍卫不许，常喜便与其争吵。侍卫急了，扬起手要扇他巴掌。

正在此时，路边忽然冲出一个书生模样的人，大声呵斥道："光天化日之下，你怎么能出手伤人？你们还如此捆绑他，滥用私刑，简直丧尽天良！天子脚下，我大周律法就这么被你们视如粪土吗？古有狐假虎威，今有你们狗仗人势，我今日见了，如果不出手阻止，就白读了那么多年的圣贤书了。"

常喜诧异地看着面前这个人。一个瘦弱文静的书生，瞧着手无缚鸡之力，被人轻轻一推，只怕就会摔倒在地，却敢为他仗义执言，他不由得心生感动。

"哪里来的穷秀才？！"侍卫抡着棍子挥了两下，指着他的鼻子骂，"你知道这是谁府上的犯人吗？这是济北王府的犯人，哪里轮得到你说三道四？"

"我不是穷秀才！我是从东营来赶考的书生，叫孙兴业！"书生毫不畏惧地反驳，"不管是谁府上的犯人，犯了什么罪，你们滥用私刑、当街打人，这就是不对。若有罪，可以交到京都府，交到刑部，自然有人处理，怎么也轮不到你们来羞辱他。王子犯法与庶民同罪，若是要将这个人送到刑部，你们王爷也要跟着一同去。"

说完，他上前撸起常喜的袖子，使常喜手臂上的伤痕露出来，给周围路过的人看，道："你们快瞧，济北王府的王爷滥用私刑。"

眼见围观的人越来越多，都对着他们指指点点，常喜喜极而泣，哪里想到还会有这样的转机。自从魏濛将他抓住后，就只拿绳子吊着他，一下都没打过他，谁承想，今天早上忽然闯进来一群人，一人给了他一棍。他被打得晕头转向，愤怒不已。现在看着这个书生和围观的百姓，他只觉得打得好。他也跟着大喊道："是王爷又怎样？王爷便可以随意打人吗？今日打的是我，明日打的可能就是你们了！"

他此言一出，百姓们更加气愤，甚至有人上前推搡那些侍卫，要求他们放人。

书生大声疾呼："没天理！没王法！快放人！若不然，就叫你们王爷出来，一同治罪！"

侍卫傻眼了。他们就两个人，虽然手上都有兵器，但面对十几个激愤的百姓还是没有胜算。

他们冷着脸，想拔刀吓唬百姓们，将人轰走，没承想，这样的行为更加激怒了众人。众人奋起，甚至有人脱了鞋子，对着两个侍卫的脸砸过去，还有胆大的人抢了他们手中的刀，场面变得一片混乱。

正在这时，常喜发现自己的手腕被人攥住了，一抬眼，发现是那个叫孙兴业的书生。

"大人，我认得您！"孙兴业的眼神充满热切，他拿出小刀，割断常喜脚腕上的绳子，拉着他往外跑，"我们快趁乱逃吧！"

常喜看了一眼身后，百姓们和侍卫打了起来。那两个侍卫被百姓们按得趴在了地上。

怎么回事？常喜心中不解。但逃命要紧，他连忙跟着孙兴业跑了。

到了安全的地方，常喜还在喘着粗气。

孙兴业眼含热泪，忽然跪在他的面前，叩首道："大人，草民有一事相求，请大人相助。"

常喜犹疑道："你说。"

孙兴业抬起头，道："自来到京城以后，我就听说了太子殿下的贤名，一直仰慕太子殿下，想要成为太子殿下的门客，但太子殿下手下人才济济，我不得其法。正巧今日遇见了您，您是太子殿下的得力干将，我尊敬您就像尊敬太子殿下一样，便想着，就算豁出性命，也要将您救出来。"

常喜闻言，很感动，道："没想到，如此世道，竟然还有你这样心地纯良的人。"

孙兴业又道："草民愚笨，智谋才略不如别人，唯有一片赤胆忠心，日月可鉴。"

"我已经是个废人了。"常喜叹息道，"殿下不会再把我留在身边，你不必如此拜我。"

常喜见孙兴业露出失望的神色，又道："但举荐你之事，我还是可以做到的。你舍命救我，我晚些时候会去面见殿下，自然会在殿下面前为你美言一番。"

孙兴业大喜，连忙叩首谢恩。

不远处，裴原靠在墙角，点点头，对魏濛道："不错，演得都很不错，你找来的人很好。尤其是那个脱鞋打人的，把愤怒之态演得很逼真。"

"裴霄奸猾，在他身边安插人手得尤为谨慎。太聪明的人，他定会怀疑，还是孙兴业这样的人好，容易取得他的信任。"魏濛说着，低头问裴原，"小将军，你脚怎么了，为何这样不自在，总是动来动去？"

裴原下意识地低头看。

昨晚他被宝宁逼着染了脚指甲，那橘红色的指甲刺得他双目胀痛。现在穿了鞋，虽然瞧不见了，但他仍然觉得不适。那凤仙花像染在了他的心头似的，他想忽视，可根本忽视不了。即便做着正事，他心里也记挂着那十个脚指头，总忍不住动一动。

"没事。"裴原淡淡地道，"我的脚被蚊子咬了，发痒而已。"

他说完，便负手离开，尽力让步伐显得自然。

魏濛盯着他的背影，忍不住小声道："小将军今天扭扭捏捏的，像大姑娘上街一样。"

裴原听见了，身影一顿，愤怒地回视，问道："你说什么？"

魏濛当即住口，回了他一个谄媚的笑，问道："小将军是要回营房还是回王府？"

裴原瞪了他半晌，用鼻子哼了一声，拂袖离去。


常喜从角门回府，一路避人耳目，到了裴霄的书房门前。

裴霄刚从高飞荷的屋中出来，没进书房处理政务，站在门口，垂眸看着一棵盛开的月季。常喜不敢打扰，在不远处候着，偷偷地打量着裴霄的面色，一眼就看出他现在情绪不佳，暗自猜测原因。

太子夫妇一向和睦，几乎从未吵过架。上次太子妃设计要杀圆子，太子大怒，却也没和她撕破脸。可比起大闹一场，这种面和心不和、勉力维持的相敬如宾的状态似乎更耗费心神。

裴霄每隔三日就会去高飞荷的院中睡一晚，从没缺席过，这么体贴周到，让常喜深感佩服，也让他觉得裴霄根本不像是个人。当初雁荡山行刺失败，裴霄为了洗脱罪责，往自己的肚子上刺了一剑，伤口半个月都没愈合。即便那样，他还是会去高飞荷的屋中，做不了别的事，便陪她叙话。

当时常喜心想，高太傅如此喜爱这个女婿，尽力扶持栽培他，估计也是这个缘故。在高太傅看来，裴霄温和有礼，进退有度，待人诚恳。除了文武双全外，他决断果敢，是当皇帝的好苗子。

这个世上恐怕只有常喜知道裴霄温润如玉的外表下到底藏着一颗什么样的心。他扭曲阴狠，还有爱恋他人之妻的恶心癖好……

裴霄扯下一片花瓣，轻轻地揉着，直到揉碎了，用两指掸一掸，将花瓣碎片抛下，偏头扫了常喜一眼，轻声问："我交代你去办的事怎么搞砸了？"

常喜连忙跪下请罪。

裴霄推开门往屋子里走："进来说话。"

常喜站起身跟上，到屋子里后又跪下，将那晚和今早发生的事一五一十地讲了一遍。

裴霄安静地听着，将茶盏端到唇边，却一直未喝。

常喜讲完后，叩头道："奴才办事不力，坏了殿下的大计，恳请殿下责罚。"

裴霄从高飞荷的屋中出来后便觉得头疼，听常喜说完后，头更疼了。他放下茶盏，用两指揉着额头，闭目养神，过了好一会儿，才轻声问道："你说世上会不会也有一个人这样对你，赤诚坦荡，毫无戒心？"

常喜不敢说话。

裴霄睁开眼看着他，忽然道："哦，我忘了你是个太监，太监娶不了妻。我刚才的话戳到你的痛处了，你不要怪我。"

常喜忙道："奴才不敢。"

裴霄又道："这件事虽然被你搞砸了，但说起来，你倒也没有错处。我不是穷凶极恶的人，不会杀你，但你不能再留在府上了。你不会怪我吧？"

常喜道："奴才不敢。"

裴霄颔首，突然想起了什么，又问："那个孙兴业是什么来历，你有问过吗？"

常喜答："他是从东营来赶考的书生。我从闲聊中得知，他家中无父无母，是变卖房产才得了路费来赶考的。如今他孑然一身。奴才看他虽然体弱，但心怀勇气，有一身忠义胆识，可为死士。"

常喜不认为裴霄是个明主，但孙兴业仰慕裴霄，又救了自己的命，常喜愿意圆了他的心愿，为其引荐一番。

裴霄站起身，道："我去见见他……你就不用去了。"他看向爬起来的常喜，微笑着道，"噢，有一件事我忘记告知你了。我为人谨慎，你应该是知晓的。你知道我那么多秘密，我不放心。"

常喜一惊，刚想再次表明忠心，却被裴霄阻止了。

裴霄瞥了他一眼，继续道："我不会取你的性命，但你总归要做点儿什么让我放心。"

看着他的眼神，常喜心突然一跳。

裴霄仍旧温和地笑着，伸手点了点他的嘴唇："我忌惮你这张嘴，就怕你乱说话，毒哑好了。"他又拎起常喜的手腕，"还有这双手，会写字，我怕你乱写，砍掉好了。"

常喜跌坐在地上，身体抖如筛糠，话都说不出来了。

裴霄的视线又落在他的脚上，他迟疑地道："听说有人就算无手，用脚也可以写字，我真怕你练出这样的本事，那就一并砍掉好了。"

说完，他的面孔上扬起和煦的笑容："你不会怪我吧？"

裴原在第二日收到了裴霄送来的大箱子，打开后，里面是几乎被做成人彘的常喜。

裴霄收了孙兴业当门客,让他来递话,说他并不知道常喜的所作所为。常喜逃脱回府后,瞒下了此事,收拾钱财想要逃离,他发现后,重刑处置,送还济北王府,以示歉意。

这样残忍的场景,魏濛见了也大吃一惊,半晌才缓过劲儿来,对裴原道:"裴霄这厮的心肠越发毒辣恐怖了。"

裴原让人给了常喜一个痛快。他这样痛苦地活着,还不如死了痛快。裴原让人送他最后一程,反倒是做了件好事。

离中秋宫宴还有一个月,裴原逐渐忙碌起来。

宝宁提前半个月收到了礼部送来的帖子,邀她去赴宴。

七月流火,天气渐渐凉快下来。

挑了个日子,宝宁和裴原一起回了一趟荣国公府。

裴原是真的忙极了,在颠簸的马车上也要抽出空来看信。

宝宁瞥了一眼,落款是"高大成"。

高大成就是孙兴业。他的本名确实叫孙兴业,只是为了避人耳目,写信时换了个名字。

马车大而宽敞,里面的坐凳上铺着软和的鹅毛毯子。宝宁跪坐在裴原的身后,给他捏肩膀,捏累了,直接枕在他肩窝的位置,问他:"信里写的是什么?"

裴原道:"孙兴业说他已经取得了裴霄的信任,并献上了小香丹的方子。裴霄找太医察验过方子,鉴别是真的后,对他更信任了,还把方子送给了高飞荷。孙兴业略懂医术,制药丸这事裴霄交给了他去办。他现在常伴高飞荷左右,是裴霄用来监视高飞荷的眼线之一。"

宝宁又问:"你看完了吗?"

"看完了。"裴原把信扔到马车上的冰盆里,见黑字沾水化了,又把信揉成一团。

他把手伸到背后,把宝宁揪出来,自己舒服地靠在椅背上,顺势搂着宝宁放到腿上,勾着她下巴问:"怎么,你想我了?"

宝宁道:"不想。"

裴原眯起眼。他不再想别的事,一门心思都在她的身上。他用拇指按着她的鼻子往上,笑着道:"你好像小猪。"

宝宁被弄疼了,不服气,也要去按他的鼻子。

裴原攥住她的手腕,低头咬了一口她的下唇,轻声问:"小猪不想我?那你怎么非要往我的背后钻?"

"你日日早出晚归，多久没怎么和我说过话了？好不容易独处一会儿，你又要看信。"宝宁小声嘟囔，"你再这样，往后定会老眼昏花，说不准还会瞎，别再看了。"

"我只忙这一段时间，往后就好了。"裴原又去亲她的眼睛。

宝宁笑着躲开："别乱碰，我的眼皮上抹了胭脂，还撒了少许银粉，你小心……"

裴原离她远了一点儿，这才看清她的眼皮上抹了胭脂，撒了银粉，她果然特意装扮过。

宝宁问："好看吗？"

他不能说不好看，但又不想违心地夸赞，便问："你化这样的妆容要花多少银两？"

"呆子！"宝宁嘀咕道。她真是多余问他一句，他什么都不懂。

短暂的沉默过后，裴原觉得尴尬。不就是一句违心的话，他说便说了，又不会少块肉。他捧着宝宁的脸，夸赞道："你漂亮得如同嫦娥。"

宝宁问："你见过嫦娥吗？"

裴原又沉默了。

宝宁偷偷地掐了他的大腿一下，看他疼得皱了一下眉，心中顿时舒服多了。

她将脸贴在裴原的肩头，听他的心跳声，忽然想到了什么，直起身问道："魏将军吃那个小香丹也有大半个月了，成效如何？算起来，我好像有几日没看见他了。"

听她说起此事，裴原露出了笑容，回道："那药丸有用极了。魏濛虽然只吃了十颗，但效果好得很。我瞧着他，觉得他的肌肤细腻了不少，身上散发出香气，只是他自己闻不到。营房里的其他兄弟都在背地里笑话他，但也不敢明说。后来陈珈告诉了他，他极为高兴，当即去了一次青罗坊。"

宝宁拍手道："那这件事岂不是成了？这次肯定有姑娘看上他了吧！"

裴原摇摇头，道："姑娘们觉得他变心了，围起来，将他冷嘲热讽了一顿，说他肯定是去了别的花楼偷腥，要不然怎么身上有那么重的女人香——尤其是那几个原先和他相好的，更认准他是个负心汉，哭得泪眼蒙眬。魏濛百般解释都无用，一气之下喝多了酒，踩空楼梯，摔下去了。"

"这我倒是没想到。"宝宁惊讶地捂着唇道，"那魏将军的伤势怎么样了？"

"他的伤倒是没有大碍，只是擦破了皮而已，"裴原笑容更盛了，"只是他回营房后，正好听见几个士兵在调侃他，大意是说他招蜂引蝶，身上香得像女人一样。魏濛一怒之下，惩治了那几个碎嘴子的士兵，回去后把剩下的小香丹都扔了，想尽办法要除掉那股香味。"

宝宁问："魏将军想出法子了吗？"

"以毒攻毒，香味太浓就用臭味治。他让属下去买了京城里最臭的臭豆腐，连着吃了三日。"裴原看了看宝宁，无奈地笑道，"谁承想，那个属下买的臭豆腐实在是太臭了，好像坏了，吃完后他便上吐下泻，在床上整整躺了三日，今日才勉强起身。我得空歇了一日，特意陪你回门。"

"魏将军太可怜了。"宝宁叹气，又看了裴原一眼，"你怎么很高兴的样子？"

"有吗？"裴原正色道，"看他的病有了起色，我替他高兴。"

宝宁不信。

此时，马车已经停了下来。陈珈在外头敲门说"到了"。

裴原率先下了马车。陈珈搬来小凳，扶着宝宁慢慢地下了马车。

荣国公带着一众家人已经等候多时了。

在人群中，宝宁看见了一张熟悉的但她万万没想到竟然会在这里见到的脸。

裴原也看见了季嘉盈，眉头皱了皱。

荣国公解释道："侧妃娘娘也是回来探亲的。巧了，你们姐妹俩选了同一天回家，正好一起聚聚。"

他说完，带着身后的众人要行礼。

裴原拦下，淡淡地道："既然是家宴，就都是家人，不分尊卑，不必行礼。"

荣国公一听，更加高兴地腆起肚子，连声应着："好，好。"

陶氏抱着小女儿站在他的身后，脸上挂着勉强挤出的笑容，没了以往的跋扈神色。她唯一可以倚仗的哥哥死了，女儿在太子府只是个不太受宠的侧妃，自己又无子可以依靠，自觉没底气，说什么做什么都透着一股别扭劲儿，像个被戳破了的皮囊。

宝宁唤了她一声"母亲"，陶氏应了一声，笑着道："快进去吧，快到饭点了。"

她从没这么和颜悦色过，自己都觉得尴尬，走路的时候顺拐，险些把怀里的孩子摔着。缓过劲儿后，她把小女儿递给旁边的乳娘，笑着说道："我去安排活计，你们先歇着吧。"

说完，她匆匆走了。

看着陶氏低三下四的样子，宝宁本以为自己会高兴。她回娘家这一趟，其实也是抱着这样的小心思的。过往谁都看不起她，觉得她嫁得不好，她如今得势了，自然要高调地回来看看，让那些从前俯视她的人都心生悔意，卑躬屈膝，妒忌她，却又不得不谄媚地待她。

但现在真的见到了这样的陶氏，宝宁却没有想象中那么痛快，只觉得没意思极了，还显得自己分外小家子气。

裴原和荣国公一同走在最前面，谈笑风生。

女眷们跟在他们身后。

季嘉盈走到宝宁的身边。她还是从前那副盛气凌人的样子，即便境遇大不如从前，仍旧没有怯惧之色，冷哼一声，偏头问宝宁："你现在一定很得意吧？"

宝宁目不斜视，反问："你从哪里看出我很得意的？"

"时过境迁，现在这国公府里最尊贵的人就是你了，你还不够得意吗？我母亲见了你，也得觍着脸对你笑，你多大的面子啊！是啊，你的面子是够大的。你成了王妃，多好的运气啊！一个不入流的庶女，一下子飞上枝头成凤凰了。"季嘉盈看了一眼裴原的背影，撇了撇嘴，"我若知道济北王能有今日，当初的婚事哪里轮得到你？你该感谢我。"

宝宁停住脚步，看了她一会儿，忽然抬手抹了一把她的脸。

季嘉盈被吓了一跳，慌忙躲开，面色都红了。她气急败坏地道："吵架便吵架，我讥讽你几句，你讥讽回来就好了，再不行就打一架。你叫你的那个护卫来，再把我推到湖里去啊！你摸我的脸干什么？女流氓！"

宝宁弹了弹指尖，问道："你瞧见这飞起来的脂粉了吗？"

季嘉盈警惕地看着她："什么意思？"

"你下次别搽这么多脂粉。"宝宁笑着道，"这会显得你的脸皮厚。"

"你！"季嘉盈咬着牙，用手背蹭了一下刚才被她的手摸过的地方，"行！这一仗算你赢了，但你别得意，我还有后手。"

说完，她气鼓鼓地走了。

许氏见季嘉盈转了个弯，不见了，才快走几步，走到宝宁身旁，小声地道："你怎么又和她吵起来了？"

"只是拌了句嘴，我没和她吵架。"宝宁挽住许氏的手臂，轻轻捏了捏，见她没变瘦，高兴地道，"姨娘最近身子不错。您体弱，以后还是要多吃些。"

"你放心吧，不用惦记我。"许氏拍了拍她的手，顿了顿，又道，"你四姐姐回家的原因并不像你父亲说的那样简单。"

宝宁惊讶地问："不过是回门而已，难道还有别的隐情吗？"

"嗯，她和殿下吵架了。"许氏叹气，又道，"这件事说起来不大也不小。我只听了个大概，起因是太子在家中宴请辅国大将军冯虎昌，请了女眷作陪，四姑娘也在其中。冯将军是个好色之徒，在宴上夸四姑娘长得漂亮，太子便让四姑娘去给冯将军斟杯酒。四姑娘心气高，觉得受辱，当场大闹，昨晚就回家了。"

宝宁无言以对。季嘉盈确实干得出这样的事。她心思其实很单纯，只是脾气不太好。

宝宁蹙眉道："给将军斟酒这样的事实在是折辱人，她好歹是太子侧妃。"

许氏又叹了口气："侧妃又如何，不过是名分上好听一些，说白了也只是个妾，哪里能受到太多尊重？也就是四姑娘人傻、胆子大，才敢这么闹，换作旁人，肯定会忍下来。"

宝宁叹息。

两人一路沉默，眼看着就要走到宴客厅门口了，许氏终于忍不住将宝宁扯到一边，附在她的耳边道："我旁敲侧击，与你说了那么多，你往心里去没有？你要看好你家王爷，别让他纳妾，这对你不好，对那个姑娘也不好。还有，我一直不好意思与你说，你别只顾着防女人，男人也要防一防，别被男人钻了空子。那个魏濛和王爷一直走得很近，最近京城中有传闻称魏将军不检点，勾引王爷……你回去后千万要仔细盘问一番。"

宝宁大惊："什么？！"

吃完饭，女人们都离席，去别的屋子里聊天了，席上就剩下荣国公、裴原、季蕴。

裴原回想着刚刚宝宁看他的眼神，怎么想都觉得不对劲儿，喝酒时也心不在焉。

荣国公被陶氏压制了快二十年，对陶氏的惧怕几乎刻进了骨子里。虽然现在陶氏不再欺压他，可有陶氏在场，他还是唯唯诺诺的。等陶氏走了，他才敢畅快地喝酒，可还没饮几杯，竟然就醉了。

"姑爷……"荣国公喝醉后，竟然哭了起来，"我对不住你啊！我也对不住我的女儿！"

裴原打起精神安抚他："岳丈莫哭，你哪里有对不住我的地方？快吃点儿菜。"

他夹起一筷子青菜，放在荣国公的碗里。

"你不怪我便好。"荣国公激动地握住裴原的手，"当初你病着，我本该尽到岳丈的本分，至少给你些经济上的帮扶，但我那个虎妻不许我那样做啊！我不敢妄为，只能委屈你了，也委屈了宝宁，让你们连回一趟娘家也要看人的脸色。"

裴原道："岳丈多心了，我并不在意。"

他们拉着手说话，裴原心绪纷杂，一会儿要安慰荣国公，一会儿又想到宝宁怪异的眼神，完全没注意到旁边的季蕴正用古怪的眼神瞧着他。

"你不知道……"荣国公抹了抹眼角，又饮下一盏酒，大声道，"你不知道，我那个大舅哥死了后，我有多高兴！"

季蕴打了个激灵，他爹越说越离谱，他赶忙扶住他爹，要拉他爹去歇息："父亲，您醉了，快别说了。"

"陶茂兵死了，我那个虎妻就没有了后盾，不敢再猖狂，只能依附于我，再也不敢朝我大吼大叫了。"荣国公推开季蕴，摇头道，"谁承想，我竟然还是怕她。她的眼睛一瞪，我便直打哆嗦，是因为我被她欺负惯了，骨子里变得低声下气了吗？我真是……"

荣国公捶胸顿足："我无颜面对列祖列宗啊！"

季蕴听了这番话，瞬间傻眼了。

他爹这些年因为陶氏的管制，几乎没喝醉过，没想到酒品竟然如此不好，胡言乱语不说，还力大无穷，他拉都拉不走。

荣国公泪眼蒙眬地攥住裴原的手腕，继续说道："姑爷，我只问你一句话，你可一定要如实回答我。"

裴原道："你问吧。"

荣国公问："宝宁打你的时候，踢的是左边的屁股还是右边的屁股？"

裴原叫来了下人，费了好大劲儿才将荣国公抬到卧房，让他睡下了。

裴原站在檐下吹了一会儿冷风，想起刚才荣国公的疯言疯语，皱了皱眉。他觉得可笑极了，做男人做到这个份上也是够丢人的。堂堂荣国公，挨打挨骂不敢还手，连酒也不敢喝，好不容易喝了一次，还喝醉了，又出丑，哭得如丧考妣。

他想到宝宁，沉默了。宝宁在气头上的时候打过他吗？她应该没有吧。裴原为她开脱。她生气的时候，只是用拨浪鼓敲了几下他的头而已，不算打，因为一点儿都不疼。大多数时候，宝宁还是很温柔的，给他一种温暖甜蜜的感觉。只是以后她再用拨浪鼓敲他的头，他是要制止的。她不能这样做，会惹人笑话。

裴原已然忘了宴席上宝宁看他的怪异眼神，沉浸在自己的思绪里，掉转身体往后院走去。他今日其实约了人，不方便在自己的府上见，到国公府来见面才不易惹人怀疑。

裴扬已经等他很久了。他不像上次见面时那样顶着一头花哨张扬的红色头发，看起来长大了许多，更加沉稳，个子也变高了。

裴原走近些，拍了拍他的肩膀，低声问："你怎么非要今日见我？"

裴扬道："四哥，昨日父皇下旨，封我为临汾王。"

"我知道，这是好事。"裴原笑着道，"你想什么时候走？"

裴扬抿了抿唇，道："日子紧，我明天就走。"

裴原收起笑容："怎么这么快？"

"四哥，你知道的，我母妃身子不好，唯一的愿望就是我能早日封王，带她去封地养病。"裴扬垂下头，苦笑着道，"她不让我接近你，怕我们走近了，惹人忌惮，我会遭人针对。四哥，我这段日子不是故意躲着你的，只是母妃看得紧……其实择封地的时候，父皇给了我几个选择，母妃让我选了地盘最小的临汾。她说我不中用，大地方守不住，就这样在小城里醉生梦死，虽然让人瞧不起，但好歹能舒服地活着。"

"你母妃的心思我明白。"裴原道，"醉生梦死也好，但你切记，不要把命交到别人的手里，好好练兵。"

裴扬正色道："我知道。"他神色变得更凝重了，"其实我这次来除了道别，还有两件事要告诉你。"

裴原道："你说。"

"最近宫里不太平。"裴扬眉头微皱，"皇后的疯病好像更严重了，她不只是发疯，时不时还会昏迷。高贵妃已经按捺不住了，接下来或许会有大动作。我和母妃急着前往封地，除了养病，还是为了避祸。马上就要举办中秋宫宴了，四哥，你千万要小心。"

裴原颔首："我记下了。"

"另一件事……"裴扬欲言又止，咬着牙问，"四哥，你近几日都在忙什么？"

裴原道："南方或许会有战事，我忙着点兵，安排辎重事宜，有些繁杂。另外，我还处理了一些私事。怎么了？"

裴扬点头道："你常常待在军营中，没有顾及那些市井流言也不奇怪。"

"什么市井流言？"

裴扬大声道："你好男风之事已经传开了。"

裴原震惊地看着他。

裴扬又道："坊间传言，魏将军是个碧眼美人，自带体香，粗犷的外表下藏着一颗柔软的心，早就对你倾慕不已，芳心暗许。你们暗通款曲，甚至有了私生子，叫圆圆，在溧湖的别庄里同你们生活过一段时间，最后被怒不可遏的嫂子赶跑了。"

裴原瞬间反应过来之前宝宁看他的怪异眼神是怎么回事了。

裴扬眼巴巴地看着他："四哥，这是真事，还是有人故意为之，要坏你的名声？"

太阳快要落山的时候，裴原去许氏的院子接宝宁。

季蕴和他同行，两人一路无话。裴原不是被人误解后就拼命扯人的袖子解释的性子，况且这件事实在是难以启齿。他避开季蕴探究的目光，目视前方，神情严肃，等到了院门口，便让丫鬟前去通传。

宝宁今日很高兴，喝了几口青梅酒，酒不烈，可她还是有些醉了，脚底像踩着棉花一般朝裴原扑过来。

许氏在后面叫她小心。

裴原赶紧伸手接住她："别乱跑！"

宝宁站定，踮起脚，贴在他的耳边小声地问："我听说你有儿子了，是真的吗？"

裴原的脸色顿时黑了下来。

许氏揪着帕子站在不远处，有些尴尬地看着他们。

宝宁大笑着站直身子。她在裴原的瞳孔里看见了自己的身影，觉得不够端庄，当即收起笑容，回头朝许氏挥了挥手，又朝季蕴挥了挥手："姨娘、弟弟，我先回家了。"

裴原抓住她的胳膊，朝许氏点头示意，得了允准后，带着宝宁匆匆离去。

宝宁在马车上睡了一路，到了家后，才清醒了一些，坐在榻上，托着腮，看着裴原笑。裴原晚上原本有事要外出，因为宝宁醉了，他没法离开，皱着眉头打来水，给她洗脚。

宝宁道："你拿盆干什么？我要沐浴。"

"你消停些。"裴原抓着她的脚腕往水里塞，"沐什么浴！你话都说不明白了，还沐浴？你若是溺在水里，谁救你？"

宝宁道："我有相公，我相公会救我。"

裴原嫌她唠叨，心中正烦着，不想听她说胡话，呵斥她："你相公不救。"

"为什么？"宝宁疑惑地问，但很快就反应过来，笑着拍手道，"我知道，我相公跟男人跑啦！"

她好像很得意的样子，如炫耀一般，那神情看得裴原额上的青筋直跳，他用手指着她的额头，笑骂："你疯了！"

宝宁神神秘秘地问他："你认识我相公？"

裴原绷着唇，真想教训她一顿。但他没法和这个胡言乱语的醉鬼讲理，又没法打她，七窍生烟。他把宝宁的脚捞出来，胡乱擦了几下，塞进被子里，然后把她整个人也塞进去："睡你的觉！"

宝宁不愿意："我又不困……"

"你困极了，困得很。"裴原打断她的话，"季宝宁，我告诉你，你现在多说一个字，明早起来脸上就多长一颗麻子。你要是再敢胡说，你就试试看。还有，我现在要去沐浴了，等我洗好出来，你最好已经睡着了。若你还没睡，我就打你的狗。"

宝宁立即闭上眼。

裴原在旁边坐下，看着她。她现在神志不太清醒，虽然知道不太可能，但他还是担心待会儿她忽然醒了，会跑到门外大声嚷嚷，说些"我相公跟男人跑了"之类的胡话——那他便不用活了。

宝宁小睡了片刻。

裴原点了盏小灯，翻看刚呈上来的练兵日札，心中想着裴扬提起的事情。裴扬说皇后的病更重了，圣上似乎有意将她送去别庄休养。高贵妃已经蓄势待发，剑指后位。

高贵妃和裴霄一样表面仁慈，内心狠毒，没什么道德可言，什么下作手段都使得出来。

裴原双目微合，用拇指摩挲着日札，思索着宫宴上可能发生的事，以至于对宝宁什么时候爬起来的都没察觉。直到胯骨的位置忽然疼了一下，他才睁开眼，瞧见宝宁拿着一个小拨浪鼓盘腿坐着，见他察觉到了，又敲了一下他的屁股。接着，她讨好地笑着凑上来，抱了他一下，又退开，用小拨浪鼓砸他的头。

裴原无奈地把小拨浪鼓抢过来，扔到一边："你还没醒酒？"

宝宁不说话。

裴原又道："说吧，你不会长麻子的。"

宝宁慢吞吞地道："我觉得我已经清醒了。我把手放在胸口，摸到心在跳。我的脑子也很清醒，刚才打你的时候，我还知道心疼。"

裴原问："你知道心疼，为什么还打我？"

宝宁笑着道："但我打你很开心啊！"

看她的面色已经恢复如常，他坐起来，拉着她的手放在自己的手心上，语重心长地对她道："再过三日就是中秋了，我们要去宫中赴宴，那里可不是让你吃吃喝喝的地方。有些事，我要提前告诉你。"

宝宁回握他的手，正经地道："我知道，我不会给你添麻烦的。"

裴原觉得欣慰，摸了摸她的脸，柔声道："你乖一些，别伤着自己就好。"

宝宁温顺地点点头，把头靠在他的胸前。

裴原轻声道："宴会正式开始前，要去给皇后请安，不只是你，所有去赴宴的内命妇，那些夫人、小姐，包括太子妃，都要去请安。我也许久没进宫了，所以这次会陪着你。你跟在我旁边便好，但要注意的是，皇后的性子不太稳，你别靠近她。"

宝宁问："什么意思？"

裴原道："皇后从前是个温和宽厚的人，但近几年不知道怎么了，忽然染了疯病。平时还好好的，但说不准什么时候就会狂性大发。你到时要记得谨言慎行，离得远一些，省得她伤到你。"

宝宁说："我知道了。"

裴原继续道："还有一点要注意。我年少时行事狂妄，树敌众多。我当初落败，数不清的人看我的笑话；如今起势，暗中针对我的人也不少。"

宝宁笑着道："原来你也是有自知之明的。"

裴原按捺住心头的火气："你还听不听？"

宝宁闭上嘴。

裴原用手指点着她的鼻子："所以，你一定要格外谨慎。旁人给你吃的，你不要吃；给你水，你也不要喝；赠你礼物，你要问过我再收下。可懂？"

　　宝宁道："但若人家塞银票给我，非要我收下，我也不好推辞啊！"

　　"你在想什么美事呢？没人会塞你银票，没有当众送钱的粗鄙之人。"裴原觉得头疼。宝宁的酒量太差了，她现在应该还半梦半醒，他就不该选在这个时候和她说正事。

　　但话都说到一半了，他还是要继续说下去的。

　　"你最好不要与不熟识的人说话。遇见地位低于你的人，你只对对方笑一笑便好。笑里藏刀的人太多了，太多人等着钻你说的话里的空子，我怕你分辨不出。"

　　宝宁道："好的，我只和熟识的人聊天。我已经交到好友了，那就是吏部侍郎的三女儿和顺天府尹的续弦马氏。马氏是个年轻漂亮的妇人，可惜嫁给了一个糟老头子。她很热情，送了我腌制的马肉和黑蒜。她家是兖州的，她二爷爷家原先靠卖黑蒜供她三伯伯考上了举人。她爹爹和三伯伯是堂兄弟，都很有出息……"

　　裴原打断她的话："你不要与高飞荷有过多的接触，她那晚或许会死。你见了她活着的样子，她死了，你会害怕。"

　　宝宁沉默了半晌。

　　裴原皱眉，以为她被自己的话吓到了，刚欲安慰，她又像个没事人一样，连声说道："我把那坛黑蒜放在哪里了？我待会儿要去找找。你记得提醒我，可别让人当泔水给扔了，那玩意儿臭得很。"

　　裴原忍无可忍地呵斥她："你的酒是喝进了脑子里吗？"

　　宝宁安静下来，摇头说："应该不是。"

　　她看出裴原生气了，虽然脑子里乱糟糟的，但还是尽力配合他，跟上他说的话题："你放心吧，高飞荷不会与我接触的——她不喜欢我。这是季嘉盈告诉我的。高飞荷在背地里还讽刺我们，说我们现在风光又怎样，等圣上百年之后，我们定会被清剿，以后被写进史书里也是乱臣贼子……"

　　裴原揉了揉她的脑袋，道："没关系，随她胡说，我们会打一场漂亮的翻身仗。原先瞧不起我们的人，终有一天会跪在我们的脚下。"

　　"倒也不必……"宝宁抬头问，"你想做皇帝吗？"

　　裴原反问："你想做皇后吗？"

　　宝宁思忖片刻，问："皇宫里可以养鸭子吗？"

　　这是什么问题？

　　裴原迟疑了。

　　宝宁道："那我不想做皇后。"

她说完便躺下了，打了一个哈欠，很快就睡过去了。

裴原觉得自己简直有毛病，和一个烂醉的人说了那么久。她能听进去几分？她只知道要找她的黑蒜。

他把宝宁安顿好，熄了灯，到外头去了。魏濛已经等他很久了。许是因为那些不靠谱的流言，裴原现在看到魏濛竟生出了几分不自在的感觉。

魏濛毫无察觉，兴奋地拱手道："小将军，你放心，圈套已经备好，等鳖入瓮。"

裴原微微颔首。

魏濛陷在自己的情绪中，不受影响地自言自语："只是裴霄心狠，最擅长壁虎断尾，不知到时候他会不会将他的母亲也当作烂尾，一刀割掉。但无论如何，高家从此不会再是裴霄的臂助。先损了陶茂兵，再损了高家，他便像只断翅的蝉，活不过这个秋天。"

裴原站在石阶上看着他，心思却不在此处，暗暗地想着市井百姓对他的评价。

碧眼美人？就他？

魏濛越说越兴奋，眼睛一亮，又道："圣上若是知道当初的案子有莫大的冤情，一定愧疚极了，到时候你们父子俩就能重归于好了。"

裴原回过神来，停顿了片刻，道："我可不缺这点儿父子情。"

魏濛蒙了，很快明白过来他这话是什么意思，心中酸溜溜的。

是啊，人家有家室，每日和妻子温存，好似泡在蜜罐里一般，连午饭都有人送。哪像他，孤家寡人一个？人家可不缺爹疼娘爱。

裴原道："我有件事要你尽快去处理。最近市井间流言四起，约莫是裴霄做的好事。他这个人长了张妇人嘴，什么都敢胡编，可能是要借此坏我的名声。"

魏濛不明所以。

裴原懒得多言，直接将解决办法告诉他："你只需要用自己的本名到京城最大的茶馆里喝一次茶，无须掩饰自己的本色便可。"

碧眼美人？笑话！他明明是黑脸壮汉。坊间百姓见了他本人，流言定会不攻自破。

裴原说完，便进了屋子，留魏濛呆呆地站在门前，然后茫然地领命而去。

中秋那天，宝宁早早地起来梳洗打扮。她换上了正式的冠服，颇有些老气的靛蓝色，不对，比靛蓝色更深一点儿。

刘嬷嬷为她整理衣襟、领口，全都整理妥当了，便拿来镜子给她。

宝宁端详了一会儿，觉得这冠服的样式实在找不出能夸的地方，但心中又紧张，急于树立自信心，半晌，憋出了一句："冠服挺好看的，这颜色显得我皮肤白。"

她偏头问裴原："是吧？"

裴原和刘嬷嬷都笑了起来，纷纷附和。

宝宁满意地在屋子里走了一圈，将学的宫中礼仪演练了一遍，才放心地去挽裴原的手："走吧！"

从王府到皇宫不过一刻钟的路程，宝宁端坐在马车里，那正襟危坐的样子看得裴原发笑。过了门口侍卫的排查，马车停在一处宫墙底下。裴原扶着宝宁下车，入目皆是黑色高墙，约有三丈高，把天空切成了方格子。宝宁只抬头看了一眼，便觉得心里的压抑感更重了。

有一个年长的宫女前来引路，先对他们行了个礼，而后笑着伸手道："王爷、王妃，请随老奴来，皇后娘娘已经久等了。"

裴原在宽大的袖袍下按了按宝宁的手："笑一下。"

宝宁蹙眉，道："我笑不出来。"

裴原教她："你把牙露出来，那就是笑了。"

宝宁按他教的做。

裴原瞟了她一眼，抿唇道："算了，你还是苦着脸吧，至少瞧起来自然。"

宝宁哼了一声。

裴原看了看前头的宫墙："到了。"

不知道是怎么回事，宝宁进长秋宫前紧张得走路都不顺畅，一迈进那扇大门，见到许多盛装打扮的内命妇和外命妇，反倒自然了。

她年轻美丽，笑容温和妥帖，身旁还站着一个面容冷峻的高大男人，从进门起便是夺目的存在。不是所有人都见过裴原，宝宁也不喜欢广交朋友，许多人看到他们就窃窃私语，问这两人是谁。当得知这便是济北王和他的王妃时，众人均露出复杂的神情。

冗长的沉寂后，有人酸溜溜地道："瞧瞧人家多有福气，多少嫡女也比不过。"

没人敢搭话，又安静了一会儿，大家说起话来，气氛又变得热闹起来，好像什么事都没发生过。

宝宁随着嬷嬷迈进正殿的门槛，一眼就看见立在皇后身侧服侍的高飞荷，还有紧张地坐在一旁抠手指的圆子。

## 第十九章
## 宝宁进宫见皇后

圆子也看见了她，兴奋地咧嘴笑了。

宝宁骤然想起来，这样的场合，圆子合该出现，毕竟他现在的身份是圣上唯一的皇孙。宝宁又忆及当初莫难书说的话——圆子的血可解百毒。想到这里，宝宁心跳加快了。她早就想过将圆子夺过来，只是一直没有机会和圆子相见，显然，现在也不是时候。

裴原带宝宁给坐在上位的皇后行礼。皇后很快叫他们平身。他们站起来，微笑着。

圆子见宝宁并没有过去与他说话的意思，笑容僵在了脸上。

宽大的座椅里，皇后身着华丽的朝服，温和地问："我知道你，你叫宝宁是吧？"

许是久病的缘故，宝宁听见皇后的嗓音有些哑，面容也不是养尊处优之人该有的紧致饱满，眼尾处的纹路很深，她显得有些憔悴，但仍有皇后的气度，雍容宽厚，观之可亲。

宝宁屈膝应"是"。

皇后朝她招了招手，又朝旁边立着的嬷嬷使了个眼色。

宝宁坐过去。

那个嬷嬷会意，对堂下的众位命妇道："娘娘乏了，各位先下去吧。后花园的花开得很好，待会儿会有宫人领路，带大家去观赏。那边已经备好茶水，大家不必拘礼。"

几个命妇道谢后离去了，皇后身后的高飞荷走出来行了一礼："儿媳也告退了。"

宝宁闻声，好奇地望过去。这是她第一次见到裴霄的这位正妻，美艳漂亮，极有气度，不愧是百年世家出身的女子，骨子里透出贵气。只是她与她的名字一样，显得有些跋扈。

宝宁想，若日后裴霄即位，高飞荷确实担得起皇后凤冠，若只从容貌品评的话。

两人对视了一瞬，高飞荷眼里闪过一丝不屑之色，扭头走了。

这样轻蔑的目光，宝宁原先还不习惯，但嫁给裴原后就见得多了。那些高门贵女总是不屑与她为伍，原先是觉得裴原失势，连带着看不起她；后来裴原恢复了爵位，那些曾经对他们冷嘲热讽的人又巴巴地凑过来，嘴上说着好话，心里还是瞧不上她，盼着她出丑。宝宁大约能理解这样的心态：一个你从来都不放在眼里的人，忽然有一天到了比你还高的位置，你内心不平、忌妒，甚至愤怒，这些都是正常的。

但她现在已经不在意了，也不会因为别人暗讽她是个低微的庶女而惶惶不可终日。她出身不好又如何？她的夫君能干得很，她年轻又漂亮，有个好弟弟，还有自己的铺子。她一点儿也不比她们差，反而比她们强得多。

如此想着，宝宁把背挺得更直了些，初进皇宫时的那点儿怯懦也消失了。她露出了大方得体的笑容。

裴原站在她的身后，垂眸，把她的那点儿小表情尽收眼底，觉得又心疼又好笑。

他的宝宁在一点点地变成熟。

皇后不是个健谈的人，总是沉默着。宝宁进门都一刻钟了，皇后只在最开始的时候和她说过一句话，而后便只是笑，态度倒是亲和，亲手给她倒茶，还带她去窗边看小园子里的花。

那个老嬷嬷附在宝宁的耳边道："自从生病后，皇后嗓子哑了，就一直这样了，请王妃不要多心。"

宝宁点头。

裴原坐在宝宁的身边。宝宁靠着他的肩，懒洋洋地看着外头的盘子一样大的秋菊花。不知道怎么回事，进到这个屋子里只一小会儿，她便觉得累得很。她鼻端充斥着熏香的味道，是上好的紫檀香，香味淳厚。宝宁心想，许是她的精神太紧绷了，又闻着这样的佛香，才昏昏欲睡。趁着皇后和那个老嬷嬷都没注意，宝宁将额头在裴原的肩上抵了一会儿。

裴原立刻察觉到了她的小动作，凑近她的耳朵问："累了？"

宝宁鼻音浓重地哼了一声："嗯。"

她将鼻头蹭在裴原的衣料上，觉得有些发痒，还想打喷嚏。

皇后不知道他们在身后干什么，摩挲着菊花的叶子，有些忧愁地道："这叶子越来越黄了，尤其是新长出来的叶子很小，怎么回事呢？"

宝宁听到皇后的话，赶紧坐直身子，打起精神回话："许是土不够肥。有个简单的法子，从太医院里取一些硫黄粉来拌在土里，花儿过几日就能长得茁壮了。"

皇后惊讶地回过头，道："宝宁还懂得种花呢？"

宝宁不好意思地笑了笑。她觉得鼻子更痒了，实在忍不住，还是用手捂着鼻子打了个喷嚏。

皇后焦急地问："你怎么了，着凉了？"

宝宁摆手说"没有"。裴原拉着她站起来，道："母后，宝宁许是昨晚没睡好，犯困了。正好下午日头不大，我带她去御花园走走，醒醒神。正好御花园离太医院近，若她还是犯困，我就带她去找太医瞧瞧，您别担心。"

皇后点头道："好。"

她关切地看向宝宁，想了想，还是试探性地问："宝宁呀，母后很喜欢你，很久没有人来和母后聊天了。若你方便的话，晚宴后能再来陪母后待一会儿？母后这里还有许多珍稀的花草种子，可以送给你。"

她身后的老嬷嬷不太赞同地蹙了蹙眉，许是怕她晚上忽然发病，但最终没说什么。

宝宁本想婉拒，但看着皇后真诚的眼神，忽然想起了她的姨娘许氏。皇后和许氏的性子有些像，都很温和，有些小心翼翼。只是许氏是身份所致，皇后呢？可能是因为生活不如意吧，即便是天底下最尊贵的女人，生活在后宫，也有许多不如意之事。

她不合时宜地心软了，屈膝行礼，应道："好。"

皇后很高兴地送他们出了门。

出了长秋宫的大门，外头日光夺目，照得白色的地砖晃眼极了。宝宁眨了眨眼，觉得鼻子更痒了。她不好意思在大庭广众之下打喷嚏，赶紧把脸埋在裴原的怀里，痛快地打了出来。

裴原早就猜出她要干什么，虽然嫌弃无奈，但又心疼，掏出帕子给她擦脸："你到底怎么了？你头疼吗，真的着凉发烧了？"

宝宁声音闷闷地问："你不觉得皇后宫中的熏香味道太刺鼻了吗？"

裴原回想了一下："我不觉得。"

他在宝宁的鼻头上狠狠地捏了捏，确定她不想再打喷嚏了，就把脏帕子揉成一团，等着待会儿寻个茅房扔进去。

裴原以为宝宁只是困了，拉着她去御花园散步。可宝宁一点儿都不想走路，裴原没办法，拉着她到一处背阴的石阶上坐下，看着砖缝发呆。裴原见四周无人，把宝宁的腿放在自己的腿上，有一搭没一搭地边揉边训斥她："我告诉过你的话你都忘了？离皇后远一些，她现在看着好好的，万一发病了，伤了你怎么办？"

宝宁委屈地道："你也瞧见当时那个情形了，我压根儿说不出拒绝的话。我就是觉得皇后娘娘太可怜了。她自己病着，亲儿子又不知去了哪里，而圣上身边新宠无数，根本分不到半点儿关心给她，还有高贵妃对她的后位虎视眈眈……她这日子实在难挨。"

裴原把她的左腿放下去，把她的右腿放上来开始揉搓："晚间你待在皇后的殿里也好，省得出了别的岔子，伤了你。你在那儿乖乖地等我去接你就好。"

宝宁看着他，问道："你紧张吗？"

裴原瞥了她一眼："紧张什么？"

宝宁挪了挪屁股，凑过去，搂着他的肩膀道："阿原，你不用怕，咱们又不是没过过苦日子。我觉得吧，有权有势和没权没势各有各的好。大不了咱们回乡下去，我养鸡，卖鸡蛋也能养活你。"

裴原气得捏她的鼻子："你说的是什么胡话！我什么时候需要女人来养活了？"

"我说真的。"宝宁仰着脸看他，"我知道你这段日子都在做什么，但一点儿都不担心。因为我想着，最落魄的结局都不算什么，大不了我们就不要京城的这一切了，像最开始那样过简单、淳朴的生活。我一点儿也不觉得那样辛苦，你不要有负担。若是我们运气好，能够如飞龙腾空，过人上人的生活，就一起共享富贵。若是我们没有那样的好运气，还可以像普通夫妻一样，开垦一片菜田，养养鸡鸭，那也很不错。我并不觉得前一种生活比后一种生活幸福多少。"

他布了那样久的局，就等着今晚的良机，说不紧张不焦躁是假的。但现在他看着宝宁的眼睛，心忽然就平静下来了。

宝宁用手撑着下巴对他笑："乱花渐欲迷人眼，我怕你失去初心，只顾逐鹿，把快乐弄丢了。我永远也不可能像魏将军那样为你出谋划策，陪你扬鞭策马。但我也是很重要的。裴原，我真的很重要。我是你永远都可以相信的人，是你的底气。就算有一天，你连一兵一卒都没有了，世上所有的人都指责你、唾骂你，只要你朝我伸出手，说一句'宝宁，和我走吧'，我就会毫不犹豫地陪你一起离开。你看，我有多重要。只要我在，你就有家。阿原，你记住了吗？"

裴原正色道："我一直都记得。"

"你不要怪我唠叨。"宝宁轻轻呼出一口气，"只是，刚刚见了皇后，我有点儿害怕。我想，如果沦落到皇后那样的处境，我连一日都过不下去。我听说在很久很久之前，陛下与皇后也是青梅竹马，伉俪情深……"

裴原打断她的话："我们不一样。"

宝宁问："为什么不一样？"

裴原道："因为你和皇后不一样，我和陛下也不一样。我心中爱你，唯有你，你给予我的不只是夫妻之爱，还有夫妻之恩。爱与恩融进了我的骨血中，就算百年之后，我的身体化在土里，我也不会忘记你，更不会背叛你。"

宝宁的眼睛突然湿润了，她别开脸，不看裴原，偷偷地用指头在眼角蹭了一下。

她不知道怎么的，就谈起了这件事，更不知道怎么谈着谈着就哭了。

她对裴原好，原先是出于真心，出于责任。后来她也是出于真心，出于爱护。她从没想过借此要求裴原对她如何，这一切都是她自己乐意的。但是此刻听见他这样说，她心中突然很不是滋味，酸涩，但也甜蜜。

原来她默默付出的那些他都知道，也记在心里。

"你哭什么！"裴原伸出胳膊，将她搂进怀里，笑着用拇指蹭了一下她的眼睛，"这就哭了？你瞧自己是不是很没出息。"

宝宁吸了吸鼻子："我只是见了皇后，觉得她可怜而已。"

裴原亲她的嘴唇："以往没见你这么爱多想，还爱哭。"

"那是因为你不关心我。"宝宁的鼻音浓重，她睨了他一眼，"前段时间，阿黄吃错了东西，两天不出恭，我以为它要死了，也哭了好长时间。"

裴原安抚地拍她的背，柔声问："那后来它出恭了吗？"

宝宁点头，回忆起往事来："它被吉祥打了一顿，气得满院子乱跑，许是跑得多了，当天晚上病就好了。"

裴原"嗯"了一声："那以后让它们都多跑一跑，我在家的时候也督促它们。"

宝宁说："好。"


延禧宫。

高飞荷在高贵妃的下首坐着，一边给她捏腿，一边把刚才瞧见的、听见的事都和她说了。

高贵妃闭着眼摇扇子，听到最后，笑出声来，声音娇滴滴的，根本不像她那个年纪的人该有的声音。她睁开眼，道："看来霄儿说得没错，老四的王妃若是还留在他的身边，以后定是个祸患。而且我听说这个宝宁还有做兵器的手艺。当初老四溧湖之事败露，还是多亏了她才没被重罚。"

高飞荷不解："她不过是个女眷，能有什么厉害之处，还能阻挡太子的大业不成？"

高贵妃道："无论如何，她死了总比活着对我们的益处大。飞荷，你还是太年轻了，不懂迂回的战术，只知道在正面与敌人对垒。霄儿也心软，使些不入流的手段，只知道离间人家夫妻的感情，治标不治本。你可曾想过，老四和他的王妃感情这样好，若他的王妃死了，他会不会一蹶不振呢？"

高飞荷停住了手上的动作，仍旧有些迟疑："但这可是在宫中，杀王妃的风险实在太大了。"

高贵妃嗔笑着打了她的手背一下："谁说我要自己动手了？你忘了，长秋宫里不是还有个疯子吗？疯子杀人，总不是什么奇怪的事情吧。"

已经八月中旬了，天气凉快，但刚过午时，人在外头坐着还是觉得闷热。

圆子从皇后的宫中出来后，心情便不太好。他不愿去午睡，非要在廊檐下看蚂蚁。陪着他的小太监昏昏欲睡，坐在一旁，很快便打起了瞌睡。

廊檐下是砖石地，红色的砖块紧密地排列着。圆子盯着砖缝看，瞧见不远处爬过来一串小红蚂蚁。蚂蚁就像针眼那般大，若不仔细瞧，根本看不清，他拿着小木棍去戳。

那串红蚂蚁脾气很好，默不作声地绕开他的棍子，浩浩荡荡地回巢了。

圆子趴在地上看它们筑在砖缝里的巢，像烛芯那么小的一点儿。他去年被送来宫里探望祖母的时候就注意到了。他当时觉得奇怪，想要去挖，但跟着他的小太监被吓得快哭了，拼命拉着他，说这是陛下赏给贵妃娘娘的砖石，像金子那般珍贵，不能弄坏。

圆子对着蚁巢吹了口气，又看了看旁边睡着的小太监，心想，今日应该没人拦他了。

这是正殿的大门口，平时人来人往的，但现在这个时辰，宫人们都去午休了，就显得冷清了许多。圆子背对着那个小太监，掏出小棍子，慢吞吞地抠着砖缝。他耐心得很，也不弄出大动静，就慢慢地用棍子抠。约莫过了一刻钟，砖块松动了。

他又用手指去抠，本以为不会成功，谁承想，这砖块并没有那么牢固，像是以前就被抠出来过一样，轻松地就被圆子抬起了。

底下的光景露了出来。

密密麻麻的，全是红色的小蚂蚁，聚集在一起，像是女人的红色头发被揉成了一团。

由于受惊，蚂蚁们飞快地移动，转瞬就散了开来。

圆子的睫毛颤了颤，他并没有被惊吓到，仍旧淡定地坐在一旁，先是看了一会儿那些飞速跑开的红蚂蚁，然后用棍子去戳砖块下的泥土。以前爷爷告诉过他，红蚂蚁是不会无缘无故地聚集的，除非被毒物吸引，所以砖块下一定藏着什么有毒的东西。

那个小太监还在睡,睡得可香了,鼻子里哼着,打起了呼噜。

圆子把小木棍往地下戳,戳到约莫一尺深处,似乎碰到了什么东西。他抛开棍子,用手去挖土。此时,他的身后已经传来了嘈杂的声音。宫人们有条不紊地开始劳作,但由于高贵妃嘱咐过,他们不能靠近正殿,所以没人敢过来。

那个小太监也惊醒过来,看见圆子背对着他,不知道在干什么。他早就习惯了这个小皇孙的孤僻性子,没起疑心,只是顺嘴问了句:"殿下,需要奴才陪您玩吗?"

圆子沉默地摇头。

小太监没再说话,闭上眼,又打起了瞌睡。

圆子把土堆在一边,将手伸进洞里,摸了一会儿,摸出一个红色的小瓶子。

圆子明白过来,这是一瓶毒药。祖母把它藏在这里,所以引来了红蚂蚁。他喜欢吃毒药,于是慢悠悠地把红瓶子揣进自己的袖子里,又把泥土和砖块都移回原位,用袖子把砖块上沾的尘土擦得干干净净的,一切又都和原先一样了。

但是,拿了祖母偷偷藏起来的东西,他要不要知会她一声呢?

圆子歪着脑袋想了一会儿,觉得还是要的。他站起身来推门,发现门从里头闩上了,推不开。他便绕了路,走到后面的小轩窗那里。

他本想推开窗子叫祖母来开门,但隐隐约约地听见了说话声,是祖母和那个坏女人的声音。

坏女人问:"姑母,我真是想不明白,那半个疯子已经疯成那样了,陛下怎么还不废了她?"

圆子疑惑地皱起眉头,心想,坏女人说的半个疯子是谁啊?

高贵妃声音含着笑意:"飞荷,你是真笨还是假笨?别说疯了,皇后就算变成一个流着鼻涕满皇宫乱跑的傻子,陛下也不会废了她。沈家是怎样的煊赫之家,你还不清楚吗?一门五侯,权势极大,牵一发而动全身。况且陛下少时与她的哥哥交好,两人共经患难,有手足之情。后来她的哥哥死在战场上,更是忠烈,陛下对她就算没有爱意,也有斩不断的情义——他舍不得。只要皇后不犯大错,陛下是不会废了她的。"

"那今晚她就该犯一个大错了。"高飞荷也笑着道,"姑母,您的计策真是妙极了,不但给了陛下废后的由头,还能断了四皇子与沈家的密切往来。自从前太子失踪后,沈家已经沉寂了大半年,像是在韬光养晦,只是最近又和四皇子走得近了些。"

高贵妃冷哼了一声,低头抚摸自己的指甲:"我可真是后悔,当初只给他安了一个罪名,却没有一举毒死他。老四这个人并不起眼,说是皇子,却没在宫中待过几日。他娘死得早,没人教养他,他就养成了一身坏习气,我原先根本不忌惮他。"

高飞荷听她说到"毒"这个字时,目光闪烁。

高贵妃继续道："但老四聪明，其他几个兄弟都比不过他，只是他的性子张扬极端，放荡不羁。有人说他像是塞北大漠上的雄鹰，但这又不是好事。成也张狂，败也张狂，我本来等着他将自己害死的那天，谁想到他竟然会有今日。一颗嶙峋的怪石，竟也会被打磨得这么圆滑，几次三番坏我的好事。"

　　圆子踮起脚，扒着窗口偷听，又疑惑了。

　　坏女人说的半个疯子好像是温柔的皇后娘娘，那祖母口中的老四又是谁啊？

　　高贵妃说最后几句话时几乎有些咬牙切齿。

　　高飞荷看着她，但心中想的和她说的根本不是一件事。高飞荷酝酿片刻，忽然落下几滴泪来："姑母，我真是害怕，怕以后我也会面对这样的兄弟之争。"

　　高贵妃皱眉看着她："你说的是什么胡话！你不是独女吗，哪里来的兄弟？"

　　"不是我……"高飞荷拭泪，又道，"是府里的那个小孽畜！姑母，有那个小孽畜在，我心不安啊！殿下早晚要继承大统，那个小孽畜是长子，以后的太子由谁来做？就算我明年就诞下儿子，那小孽畜比我的儿子年长六岁！待我的儿子长大，他就是个大祸患。"

　　高贵妃闻言，脸色愈加难看了："那你想怎么做？"

　　"刚才您说到下毒，我忽然想起当初下毒案所用的胭脂目，是不是还有剩余的？您将它藏在哪里了？"高飞荷用期待的目光看着她，"胭脂目是匈奴王室中御赐的毒药，从不外传。四皇子三年前带兵偷袭了匈奴王城的偏殿，侥幸成功，在外人看来，除了他，其他人的手中不可能有胭脂目。当时定四皇子的罪的时候，那不是重要的物证之一吗？"

　　高飞荷越说越兴奋："姑母，不如我们故技重施，用胭脂目毒害那个小孽畜，然后再把罪名推到四皇子的头上……"

　　她的话还没说完，高贵妃的表情忽然变得狠厉，她扬手便给了高飞荷一巴掌："毒妇！你数月前便要杀我的孙儿，我以为你已经悔改，没想到你竟然恶毒如初。"

　　高飞荷跌倒在地，用手捂着左脸，已被打蒙了。

　　高贵妃气得胸脯剧烈起伏，用手指着她，还要再骂，忽然听到窗外传来小太监急切的声音："小皇孙！小皇孙，您怎么偷偷跑来这儿了？快和奴才走！"

　　听见这话，高贵妃瞬间慌了。

　　高飞荷急忙爬起来，推开窗子，正好对上圆子那双坦荡的眼睛。她拉着圆子的手，把他从窗口下拽上来，又呵斥小太监，让他离开。然后她紧张地问圆子："我们刚才说的话，你听见了多少？"

　　圆子垂着眼，心想，虽然听不懂，可我都听见了。

　　但面对高飞荷狠厉的目光，圆子摇了摇头："我刚刚才来，什么都没听到。"

高贵妃和高飞荷对视一眼，都松了一口气，觉得孩子是不会骗人的。

　　高贵妃拉着圆子到自己的膝上坐下，仍旧不放心，抚摸着他的脸颊道："圆子，祖母很疼你的，无论你刚才听见了什么，都没关系，只要你记住，千万不能说出去，烂到肚子里，一句话都不能对外人讲，否则……"

　　高贵妃露出痛苦的表情："祖母会受伤的。"

　　圆子点了点头。

　　高贵妃笑着道："好了，我就知道圆子最乖了，快回去睡觉吧。"

　　高飞荷行了个礼："姑母，我带圆子下去休息。"

　　高贵妃应了一声，好像刚才没打过她一样，仍旧笑盈盈的。

　　圆子捏紧了袖子里的红瓶子，随着高飞荷出门，往偏殿走去。

　　一路上，高飞荷紧紧地攥着他的手腕，像是要掐断他的手腕一般，并且还低声恐吓他："你回去后就睡觉，睡醒后，就当今日的事没发生过。我不管你听见了什么，你若敢往外说一个字，我就拔了你的舌头！"

　　圆子乖乖地点头。待他躺到床上，高飞荷瞪了他一眼，出门去了，临走时还安排宫女守着他的门。

　　圆子闭眼小憩，觉得馋，爬起来打开红瓶子，倒出一粒药丸放在了嘴里。他咂了咂嘴，这药丸很苦，并不好吃。

　　这个就是祖母藏起来的胭脂目吗？圆子打了个哈欠，揉了揉眼睛，发现眼睛有点儿疼。他下床走到镜子前，只见镜子里那个人的眼睛里慢慢渗出血丝，很快眼睛就全红了，宛如厉鬼般可怖。

　　圆子心想，怪不得这药丸叫胭脂目。


　　还没到傍晚，太极殿里的灯火就已经燃起。远远望去，整座宫殿都笼罩在暗黄色的光芒下，与夕阳融为一体。

　　酉时一刻，周帝入殿，群臣拜见后，宫宴开始，歌舞升平。

　　宝宁和裴原坐在下首的第三张桌子后面。

　　第一张桌子后面坐的是太子裴霄。他的病未愈，宴席开始后不到一刻钟，他便被周帝劝去歇息了。

　　第二张桌子后面坐的是二皇子裴书。裴书先天不足，有些痴傻，只顾呆呆地看着面前的舞女跳舞。

　　裴原所在的位置离周帝不远不近，离底下的歌姬也不远不近，是个吃东西的好地方。

　　所谓宫宴，就是大家在周帝的眼皮子底下拘谨地聚在一起应酬、听曲、看跳舞、吃瓜子、聊天。

裴原剥瓜子，宝宁剥花生，他们将壳都推到一旁去，将果仁凑成一堆，装在帕子里。

裴原把帕子系紧，摇一摇，摇匀了，递到宝宁的面前："你先吃。"

宝宁乐滋滋地分出一半到自己的手心，正要吃，看见底下人头攒动，忽然觉得不好意思。

裴原看出了她的别扭，袖袍一抖，遮在她的脸前："我给你挡着，吃吧。"

宝宁快速地把东西都塞进嘴里，嚼了嚼，眯起眼："好吃！"

裴原宠溺地笑了，刚想说剩下的都给她吃，忽然瞧见躲在她的肩膀后的那颗小脑袋："圆子来了！"

宝宁惊讶地回头，果真是圆子。

她高兴地摸了摸他的脸，对裴原道："你瞧，几个月不见，我们的小圆子长高了点儿。"

裴原没说话，只用两指拈着酒盏，轻轻地点了下头。

宝宁把桌上剩下的瓜子仁和花生仁塞进圆子的手里，笑着道："这些都是已经剥好的，你拿回去吃吧。"

她其实很想立即把圆子带走，但这可不是小事，急不得。眼下，他们还是像往常一样相处，静待时机就好。

圆子将瓜子仁和花生仁接到手里，抿唇笑了一下，随即又有些委屈地说："姨姨，我以为你不喜欢我了，在长秋宫的时候，你都没有理我。"

宝宁捏他的鼻子，哄他道："怎么会呢？只是当时你的母亲在，我不好和你亲近。"

圆子愣了一会儿才反应过来，高飞荷是他名义上的母亲。他是偷溜出来的，高飞荷身旁的宫女看他看得很紧，很快就要找过来了。在此之前，他得问清楚一个问题。

圆子看向裴原，紧张地问："你是老四吗？"

裴原怔了一瞬，表情变幻莫测。随后，他将手中的酒盏重重地放下："小屁孩，你怎么说话的？！"

圆子明白了："你就是老四。"

裴原眯了眯眼，想要揪着他的领子，将他拎过去训斥一顿，被宝宁拦下了："好了好了，你别和孩子计较。"

说话间，那个宫女已经慌乱地找了过来，草草地对他们行了个礼，拉着圆子的袖子就要走："小皇孙，您乱跑什么！宫殿这么大，你小心跑丢了，被狼吃了！快和奴婢回去吧！"

圆子顺从地随她走了，走到一半，又回头看了宝宁一眼。

宝宁笑着和他挥挥手。

裴原还是很恼怒，对宝宁道："那个小屁孩就是欠收拾，竟然对长辈不敬，以后等我逮着机会，定要打他一顿。"

宝宁笑着安抚他，说笑之间，他们忽然闻到一阵花香。

两人抬头，只见一个身材袅娜的女子上台，以白纱遮面，已经摆好姿势，准备跳舞了。不用看脸，只闻香气，再瞄一眼周帝沉醉的神色，宝宁便知道，这就是今年那位堪称宠冠六宫的蝶香妃子。

"来了。"裴原正色道，"你现在就向陛下请旨到母后的宫中去吧。"

宝宁低声应"好"。

她心跳加快，刚站起身，手心忽然多了个东西。

裴原把东西又往里面塞了塞，塞进了她的袖子中。

"这是烽烟，奔狼军中联络所用，与烟花类似，但点燃后会有橙色的焰火，可以持续很久。若你遇到危急的事，点燃它，我就会看见。"

宝宁郑重地点头："我记住了。"

裴原不再看她，低头饮酒。有人过来与他攀谈，他的神色与往常一样。

宝宁以身子不舒服为由，向周帝请求去皇后的宫中休息，顺利地得到允准，在宫女的陪伴下离开了大殿，朝长秋宫而去。

高贵妃见她走了，狐狸眼中露出笑意。她对高飞荷道："好戏要上演了。"

殿内的人专心致志地看着蝶香妃子跳舞。

周帝直勾勾地盯着蝶香妃子，眼珠子都快要掉出来了。

那个女子不过二十岁出头，身姿蹁跹，一身的馥郁香气，摇摆间，整个宫殿都变得芬芳了。乐师更加大力地拨弦敲钟。随着鼓点到达一个高潮，蝶香妃子忽然蹲身，摆出一个美艳的姿势，然后顿住了。

台下早有小太监抱着一个大箱子等候，见到了时机，连忙打开大箱子的小门，瞬间有几十只彩色蝴蝶飞出，惹得众人惊呼出声。

少部分蝴蝶飞走了，更多的则围绕着蝶香妃子盘旋，这一幕如同仙境中的美景。众人沉迷其中，整个殿内异常静寂，一时间只有敲乐之声绕梁。

裴原怕有不长眼的蝴蝶飞到酒盏里，扔了块帕子覆住杯口，而后轻笑着鼓起掌来。

他心中想着：宝宁果真聪慧机敏，竟然想到设计出这样的舞蹈，堪称精彩纷呈。高贵妃本就妒忌蝶香妃子年轻得宠，现在蝶香妃子加了这样一把火，她应该更加妒忌了。

裴原抬眼扫了过去。高贵妃果真面露愠色，勉强笑着拊掌应和，私底下一口银牙都快要咬碎了。她低声骂道："狐狸精！死妖精！"

裴霄不在场，高飞荷坐在高贵妃的身边侍候她，见状，赶紧为她抚摩背部顺气，心中却想起了早上临走时，她的谋士孙兴业对她说的话。

孙兴业是裴霄安插在她身边的，她心知肚明，并不信任孙兴业，但他所制的小香丹倒是极好用，她也因此高看他一眼。有时候孙兴业说几句有用的话，高飞荷也会听。

比如今早孙兴业劝她把这个药丸献给高贵妃。哪个女人不喜欢美貌与香气呢？高贵妃若得了小香丹，定会心生喜悦，并且奖赏她。

高飞荷本来不愿意。她可没那么大方，物以稀为贵，若是后宫中各个都是"蝶香妃子"，那还有什么稀罕的？她只想自己留着用，没必要用这么珍贵的东西讨好姑母。只是现在……她下午说错了话，惹得高贵妃大怒，她们的关系有了裂缝，她急于修补。

高飞荷仍旧犹豫着，她身边的小丫鬟却先一步开了口，邀功似的道："娘娘还不知道吧？前些日子，殿下新得了个姓孙的谋士，那个谋士手中有一张绝密的古方，服下按照古方制出的药丸可产生体香。孙先生猜测，蝶香妃子可能就是常年吃小香丹，身体才有如今的香味。太子妃娘娘就一直吃着呢，现在已经隐约有香气了，不信的话，娘娘闻闻。"

高飞荷愣住了，猛地转头去看那个名叫银铃的小丫鬟，转瞬就明白过来，这个小丫鬟肯定是收受了孙兴业的贿赂，替姓孙的说话，想要帮他攀高贵妃的高枝。

高贵妃果然来了兴趣，拉着高飞荷的手腕凑到鼻端，点点头："果真有香味。"

她嗔怪似的道："你这丫头也真是的，有这样的好东西还私藏，该和姑母也说一声的。"

高飞荷讪讪地笑着道："姑母，这东西我也是第一次见，不敢贸然献给您，怕伤了您的身子，便自己先试了试。现在觉得好，本准备今晚回去后就献给您的，没想到被那个嘴快的丫头抢了先。"

高飞荷说着，暗中瞪了银铃一眼。

高贵妃问："你带了吗？拿给我看看。"

高飞荷连声道："带了，带了。"

那药丸是早晚各服一粒，她怕错过了服药时间，一直把药丸放在随行丫鬟也就是银铃的手里。

银铃恭恭敬敬地把药瓶拿出来，递了过去。

高贵妃端详着，不信地问："这小香丹真的有用？"

高飞荷的心里百般不愿，但迫于姑母的威压，她只能勉强笑着道："有用的。"

银铃插嘴道："孙先生说这小香丹与酒一同服下，药效更好。"

高飞荷蹙眉瞪着她："我怎么没听说过？"

银铃道："奴婢也是偶然听孙先生提起的。"

她都是按照孙兴业教她的话说的。孙兴业答应了她，若此事办得好，待她回去后，他便向殿下请命，废除她的奴籍，送她出府嫁人。银铃已经十九岁了，最期盼的事就是赶紧嫁人，加上孙兴业只是让她在高贵妃的面前传几句话，不是什么会杀头的事，她便答应了。毕竟若错失了这个机会，她估计就要老死在太子府里，成为没人要的老嬷嬷了。

高贵妃笑着道："这里正好有酒。飞荷到了该服药的时候了吧，不如现在就试试？"

对于这药丸，高贵妃已经动心了，只是仍旧担心会吃出什么毛病。正好高飞荷在，高贵妃想，让她搭着酒吃一粒，若是安然无恙，自己就立即向裴霄讨要那个药方。

高飞荷自然说"好"。她从银铃手里接过药丸，又端起一杯酒，不知怎么的，她的心忽然跳得很快，好像有什么坏事要发生一样。

高贵妃紧紧地盯着她。她勉强笑了一下，将药丸送进口中，和着酒一起吞了下去。

裴原目睹了她们交谈的全程，眯了眯眼，视线重新落在高台上，懒散地鼓掌、喝酒。

蝶香妃子已经快要跳完一支舞了。

高飞荷觉得自己可能是喝醉了，要不然，头怎么越来越疼，眼睛越来越热呢？她眨了眨眼，用手抹了一把眼皮，湿漉漉的，拿下手一看，满手都是鲜红的血。

"啊！"

蝶香妃子的舞姿定格在最后一刻。台下有人忽然惊叫出声，众人连忙循声看过去。

高飞荷惊恐地站在她的座位上，一只手上满是鲜血。

旁边的高贵妃已经蒙了，反应过来后急忙高喊："快请太医来！"

她的声音刚落，高飞荷的身体猛地一阵剧烈地抽搐，痉挛着瘫软在地。

裴原冷眼看着面前发生的一切，喝尽了杯中的最后一口酒。

长秋宫里，宝宁在月色下看着皇后种花。

皇后派人从太医院取来了一些硫黄粉,按照宝宁说的方法,把秋菊连根挖出来,放在一旁,留着花土与少量的硫黄粉搅拌。

就算在外面,皇后也点了紫檀香。宝宁闻着檀香味,昏昏欲睡,眼睛都快睁不开了。

宝宁实在忍不住了,问道:"娘娘这么喜欢这种香吗?"

"是啊,我都闻了十几年了,戒不掉了。这味道舒心,我闻着心静。"皇后偏头问,"宝宁不喜欢吗?"

宝宁笑着道:"没有不喜欢,我只是觉得怪怪的。"

皇后道:"你们年轻人许是闻不惯吧。"

她当即吩咐老嬷嬷:"把香炉拿远些吧。"

那包硫黄粉就放在熏香炉子的旁边,挨得很近。老嬷嬷去端香炉的时候,宝宁帮着移开了纸包,却发现了奇怪的事情。她怕看错了,端着纸包在眼前看,这下确认了,淡黄色的粉末中竟然有一点点红色小粒,颜色和成色不太好的鸡血石类似。

她认出那东西是丹砂。

但硫黄粉里怎么会混进丹砂呢?太医院的人不会出这样的纰漏。

细思之下,宝宁心"咯噔"了一下,额上瞬间覆上一层密密的冷汗。

皇后看出她的神情变化,关切地问:"宝宁,你怎么啦?"

宝宁回忆起她向明姨娘初学医术的时候,学过一味又是药又是毒的东西,叫水银。明姨娘告诉她,这东西的药性很烈,主要作为消杀之用。若是有人头上生虱子了,取一些来抹上,虱子一夜就会死光。若怀孕的妇人胎儿死在腹中,服下一些水银,死胎很快就可排出。但在歹人手中,这就不是治病的药了,而是致命的毒。水银无色无味,让人察觉不出,日子久了,会折磨人于无形之中。

当时她随口问了一句:"既然水银无色无味,怎么才能分辨出来呢?"明姨娘告诉她,水银与硫黄放在一起,只要遇到火,就会变成红色的丹砂。

宝宁盯着那个香炉看,烟雾袅袅升起,随着风,飘成怪异的形状。

皇后与老嬷嬷茫然地对视,刚想再问些什么,就听到宝宁道:"娘娘,我不喜欢这个香,闻着头晕,我们不要燃这种香了好不好?"

宝宁紧张地去拽皇后的袖子,生硬地撒娇。她不敢在这里直接明说有人在香里加了水银,要害皇后娘娘。既然长秋宫中长年累月地燃着这种有毒的香,那宫内肯定有歹人的眼线,她若贸然揭开真相,只怕会打草惊蛇,甚至让她们都陷入危险之中。

宝宁的手心已经出汗了,她不住地想着该怎么办。

裴原现在还在太极殿上。算算时间,他那边应该已经挑起事端了,难以分身过来帮她。可是在这长秋宫中,宝宁根本不知道该信谁,不该信谁。甚至整个皇宫中,好人与坏人混杂在一起。宝宁想着，若不然，暂且把此事压下来，不让皇后再用这种香了便是，其余的事等见到裴原了再说。

皇后不知道她心里的想法，看着她柔顺地靠在自己肩膀上的样子，只觉得可爱，无论什么事都想答应她，于是应了声"好"。

宝宁继续和皇后种花。她心里现在乱极了，既惦记着裴原，又想着是谁要加害皇后，心不在焉的，好几次都没有听见皇后和她说话。

后面忽然传来一道女孩子的声音："娘娘、王妃，两位累了吧？厨房新做了小点心，奴婢端来了，两位尝尝看。这是菌菇小饼，味道很好。"

皇后身边的老嬷嬷笑着接过来，道："桃仙有心了。"

宝宁扭头看过去，只见桃仙朝她行礼，腼腆地笑了一下，桃仙大约十三四岁的样子，比她的年纪还要小。

皇后向她解释道："我有一年去行宫避暑，在路上见到这个小丫头，她快要饿死了。我见她伶俐漂亮，不舍得她在外头受苦，便带回了宫里。一晃已经过去七年了，小桃仙也长大了。"

宝宁道："娘娘心善。"

皇后笑着把小碟子推到她的面前："你先吃吧，我等会儿再吃。"

桃仙已经往外走了，但听到皇后这样说，脚步忽然停了下来。她犹豫了一瞬，还是转过头关切地道："娘娘，菌菇小饼要趁热吃，凉了就有腥味了。"

"哦，这样啊。"皇后听她说完，拿帕子擦了擦手，用筷子夹了一块放在嘴边吹着，"好，那我现在吃。"

桃仙笑着福了一礼。

老嬷嬷说她身子弱，不能吹风，推着她回去休息。

桃仙当即离开了。

宝宁疑心重，尤论看到谁都往坏人的方向想，盯着桃仙的背影，觉得她的步伐很僵硬，略显紧张，有些古怪。难不成那饼子有问题？但宝宁转念一想，哪个贼人有这样大的胆子，竟敢在皇后的宫里明目张胆地下毒？这种事情几乎不可能发生。

但手比脑子快了一步，宝宁脑子里的弦一跳，她伸手拦住皇后，道："娘娘，您瞧这小饼上是不是有虫子？"

皇后果然停下了，惊疑不定地细看："有吗？"

宝宁肯定地道："有的。"她夹走皇后筷子上的饼，扔到桌上，"这个不能吃了。"

"那先不吃了。"皇后又去侍弄她的花，"我本来也不饿，先弄完手上的事再说。"

宝宁笑着道："那臣妾就先尝尝了？"

皇后点头。

宝宁道谢，用帕子掩着嘴，咬下一小口。宫里的厨子果真好手艺，饼皮酥脆，里头的菇肉鲜美嫩滑。宝宁咽下后，在心里暗自品评，这饼子应该没毒。

她稍微放下心来，出于礼节，把自己咬过的那块饼子吃完，才放下筷子。

皇后沉迷于侍弄她的秋菊花，早把饼子的事忘在脑后了。

宝宁在一旁看着，最开始无事，但看着看着，就发觉身体不对劲儿了。她好像出现幻觉了，视线只要稍有偏移，就会头晕眼花，眼前的天、地、花草都变成了炫目的蓝紫色。

她仔细看，到处是跳舞的小人，在花瓣上跳，在地上跑，在她的膝盖上扭屁股，还有的会飞，往她的耳朵里钻……

宝宁的心不可遏制地跳得快了起来，"扑通扑通"。她面色也变红了，恍惚间，脚底如同踩着棉花，像要飞起来似的。

见手青！

这三个字忽然蹦出来，跳进了她的脑海。

宝宁明白过来，那饼子确实没毒，有毒的是里头的蘑菇。那是产自西南深山中的一种毒菇，并不会要人性命，只是会让人产生幻觉而已。

若普通人吃了，难受个三四日就缓过来了。可若皇后吃了……她本来就有疯病，在双重药效下，恐怕会病发，做出一些极端之举也不无可能。

宝宁的余光瞟到了桃仙的身影。她站在半掩的门后，双手交握在一起，有些焦急的样子。宝宁恍然明白了那人的目的，是想借着皇后的手对她行凶。她不能再在长秋宫待下去了。但是，她此刻又能去哪里呢？

宝宁思来想去，想到了最简单的解决办法——找太医。她只要称病，多找几个太医来，那人就算手再长，也不可能笼络太医院的所有太医吧，更不敢公然行凶。只要外人多了，那人便会有所顾忌，她们就是安全的。

宝宁头更晕了，眼前的小人越来越多，像一群飞舞的蝴蝶。她深吸一口气，抓住身侧的皇后的手，微笑着道："娘娘，咱们进屋休息一会儿好吗？臣妾想和您说些贴心的话。"

宝宁让皇后屏退下人后，将自己的所有猜测都告诉了她。

皇后听完极为震惊，但不过片刻就冷静下来。她决定相信宝宁，按照她所说的做。

一炷香后，从长秋宫的角门偷偷走出一个人，正是皇后身边最受信任的老嬷嬷秋实。她直接往太医院而去。

树林里早就潜伏了盯梢的小太监，小太监见状，赶紧打起精神来，偷偷地跟上。

太子妃忽然倒地，七窍流血，须臾间便断了气。出了这样大的事，太极殿里早已乱成一团。

太子妃被抬到偏殿安置，太医赶来的时候，人已经死了，身体都僵硬了。有仵作前来验尸。高贵妃被人扶着坐到一旁，脸色煞白，脑袋一阵阵晕眩。周帝沉默地立在外间。一众大臣站在外头，面面相觑，小声猜测着事情的起因。

裴原靠着墙，看着宫人端盆递水，忙碌地进进出出，百无聊赖，遂闭眼小憩。

过了一刻钟，仵作得出了结论：太子妃是中毒而死，那毒有八成的可能是胭脂目。

一听到"胭脂目"这三个字，屋子里所有的人都齐刷刷地看向裴原。原因无他，当年的谋逆案，前太子和四皇子联手欲毒害陛下，所用的毒就是胭脂目。这种毒只在极北的地方才有，一直是匈奴王庭的御用之药，除了那次下毒案，再也没在大周出现过。

高贵妃用怨毒的眼神看过来，一副要冲上来和裴原搏命的架势。但暗地里，她的心却"怦怦"地跳了起来，紧张、不安，因为她知道裴原的手上并没有这种毒。

当初给裴原定罪前，从裴原府里搜出来的胭脂目是她让暗线偷偷放进去的，这也是最重要的物证之一。所有人都认为整个大周只有裴原的手里有胭脂目，其实不然，唯一的毒药瓶子在她的手里。

所以，这到底是怎么回事？她并没有下毒，高飞荷为什么会死？高贵妃嗅到了阴谋的味道，但又毫无头绪，不知道该做出什么举动应对，只能顺其自然地演下去。

她抓起手边的茶杯，砸向裴原，大声咒骂："你这个贼子！当初你毒害你的父皇还不够吗？侥幸被原谅了，你竟不知悔改，还毒害你的皇嫂。你好恶毒的心啊！"

她哭着朝周帝跪下："陛下，您定要好好处置贼人，还死去的飞荷一个公道啊！"

周帝无力地挥挥手，让人将她扶起，转头看向裴原，低声问道："原儿，是你做的吗？"

裴原反问道："陛下，您瞧我像是个蠢货吗？"

他气焰嚣张，如往常一样不羁，并没有惊慌失措或者急于辩解。

周帝端详他的神色，已经信了他五成。

"好了，丽姜。"周帝坐下，唤了一声高贵妃的闺名，安抚她道，"飞荷出了这样的事，朕知道你心里难过，但不能失了理智，胡乱猜测。没有人会傻到用同一种毒害人，还是两次。这件事的真相不简单。你给朕一些时间，朕会还飞荷一个公道。"

"陛下错了。"裴原道，"这毒我一次也没有用过，只是您不信而已。"

高贵妃擦泪的动作顿住了，她再次用怨毒的眼神看向他。

裴原坦然地和她对视，甚至笑了一下。

高贵妃的心中"咯噔"了一声，她隐隐约约有所察觉，这件事一定与裴原有关。他在布一个与她有关的局。但是，此刻她无能为力，只能被动地等着，什么也做不了。

周帝听了裴原的话，又叹了口气，什么都没说。他派人叫来刑部尚书林云泽，交代林尚书细细地审问。

林云泽领命，带走了高飞荷今日带进宫的所有下人、高贵妃宫中的所有下人，还有她们在宴席上接触过的所有人，足有四五十个人。

林尚书心思缜密，审问很有一套，很快就找到了最可疑的点——那瓶小香丹。

他向周帝请旨，抓孙兴业进宫，周帝允了。

裴原听到这里，找了个座位坐下，将左腿交叠到右腿上向小太监要了杯茶喝。

高贵妃暗中盯着他。他越轻松自在，她就越恐慌，心乱如麻，当看到自己安插在长秋宫外的眼线进殿时，她心里的慌张又加重了几分。

她找了个借口出去，寻了个僻静的地方，问那个小太监："怎么了？"

"娘娘，皇后身边的秋实嬷嬷去了太医院，找了五六个太医去长秋宫。"小太监垂着眼回禀，"长秋宫内并没有异常，也没有打斗的声音，宫人们进出也很正常，只是桃仙姑娘联络不上了。"

高贵妃大惊，问道："什么叫联络不上了？一个大活人，她是腿断了，出不来宫，还是被人毒哑了，说不出话？你……"

高贵妃忽然顿住了，想到了另一种可能——计谋败露，桃仙被关押起来了。她如此想着，冷汗从她的额上滚落。她揪住小太监的衣领，厉声问道："你们最后一次见面的时候，她说了什么？"

小太监被吓坏了。他什么都不知情，只是个盯梢传话的，不知道高贵妃怎么就对他狂性大发，当即磕磕绊绊地回答："桃仙姑姑说皇后没有吃她送去的小点心，但济北王妃吃了一块。她让小穗子尽快将此事禀告您，小穗子没来知会您吗？"

两人正说着，高贵妃的余光瞧见捂着肚子过来的小穗子，她大声喝问："蠢奴才，你做什么去了！"

小穗子被吓得连忙跪下："奴才吃坏了肚子，去寻茅房出恭，但长秋宫的下人不肯借茅房，奴才就回了延禧宫上茅房。"

高贵妃快要被这个蠢奴才气死了。脑中"嗡嗡"作响，她喃喃道："完了完了，事情肯定是败露了。"

定是宝宁吃了那点心后，发现有问题，便让皇后派人找太医去了长秋宫。而桃仙还是个孩子，见状肯定会惊慌失措，露出马脚，所以被发现了。

一波未平，一波又起。今晚真是邪门，什么事都不利于她。

高贵妃深吸一口气，很快振作起来，恢复了往常的镇定神色。

她斥退两个小太监，让他们将嘴闭严，不可乱说话，随后召来自己的心腹嬷嬷，低声道："我不知道那个老四暗中在密谋什么事，但定会对我不利，我不可以坐着等死。他的王妃如今中了见手青的毒，会克制不住地产生幻觉，事情已经做到这一步了，半途而废太可惜，我不如抓住机会一举杀了她！"

嬷嬷不解地问："那我们接下来该如何做？"

"她不是有个早死的婆母吗？"高贵妃眯着眼道，"你派人将她骗去锁阳宫，伺机杀了她，到时候就说是贤妃死去的冤魂做的。她吃了见手青之后，整个人浑浑噩噩、疯疯癫癫的，死在那个锁阳宫里，也不会有人说什么。"

嬷嬷听了后，不停地点头，夸赞这是个好计策，但又有些迟疑："娘娘，咱们事先并未谋划此事，在短短时间内，要找谁来做这件事呢？"

高贵妃思忖了片刻，问道："前段时间霄儿是不是送了个小太监进宫，说是以前和老四的王妃颇有渊源，叫赵前？"

嬷嬷说"是"。

高贵妃道："那就让他去做这件事。你告诉他，事成之后，赏他黄金五百两、良田百亩，本宫还保他后半生加官晋爵，衣食无忧！"

宝宁躺在长秋宫偏殿的床上，皇后陪在她的身边，有宫人前来将太极殿里发生的事都说了一遍。

皇后叹道："今晚怎么如此多事！"

宝宁握着她的手安慰道："娘娘别担心，一切都会好的。"

太医很快赶来，诊了脉，详细询问了病征，又察验了那盘菌菇小饼，对皇后道："王妃确实是因为吃了没做熟的见手青才头晕的，幸好只吃了一点点，王妃的身体没有大碍，休养几日就可痊愈。娘娘，这件事应该是御膳房宫人的疏忽，是否追责？"

"定然是要的。"皇后颔首道，"派人将烹饪这小饼的厨子、送饭食的宫人都关押起来，看守好，等本宫明早审问。"

她说完，又对几个太医道："王妃年轻体弱，虽无大碍，但还是需要有大夫时刻看守在旁边，你们今晚就先在我的宫中住下吧。"

太医们应"是"。

有宫女上前，将他们带下去歇息。

皇后松了口气，拍了拍宝宁的手背，道："宝宁，你放心吧，我都安排好了。桃仙也已经被看管起来，你先歇着……"

她的话还没说完，秋实嬷嬷走了进来，皱眉道："娘娘，陛下身边的小叶公公来了，说是来传王妃去太极殿的。"

皇后愣了愣，问道："陛下传王妃去那里干什么？"

秋实嬷嬷道："说是因为太子妃中毒身死的事，刑部的林大人吩咐，将今天见过太子妃的人都找去问话。今早请安时，王妃也见过太子妃，所以也要去一趟。"

皇后不满地道："请安的时候，那么多人都在呢，那毒还能是宝宁下的不成？再说了，宝宁病成这样，怎么走得了那么远的路。"

她刚说完，小叶公公从门外进来，一脸苦相："娘娘，您别为难奴才了。这都是陛下的吩咐，奴才也不敢抗旨呀！娘娘，清者自清，林大人只是问几句话，不会为难王妃。您还是让王妃过去吧，王妃很快就回来了。若是您阻拦，反倒惹人猜疑。今晚出的可是大案子，咱们还是避嫌的好。"

"这……"

小叶公公是周帝身旁随侍的大太监姜堰的徒弟，在宫中算是很有威望的小太监，很受周帝信任。他这样说，皇后也犹豫了。

宝宁起身道："娘娘，那我便去一趟吧。"

皇后道："好吧，眼下也没别的法子了。"

她说完，和秋实嬷嬷一同去搀扶宝宁。

小叶公公笑了："娘娘放心，奴才们备了轿辇，一来一回，很快的。"

宝宁随他出去，轿辇就停在门口。有人扶着她上了轿辇。

宝宁晕乎乎的，坐上轿辇后便闭眼小憩，不知过了多久，轿辇忽然停了下来。

她疑惑地睁眼，问道："到了？"

但入目并不是辉煌壮丽的太极殿，反而是一处偏僻之地，她眼前只有一座小楼，轿辇就停在门口。那些抬轿的宫人全都不见了，就连小叶公公也不见了。

宝宁倒吸了一口凉气，赶紧下了轿辇。抬头时，她看清楚了小楼上的牌匾——锁阳宫。怪不得她觉得这座小楼眼熟，因为济北王府也有一座这样的小楼，是裴原为了纪念他的母妃而修建的，两座小楼几乎一模一样。可是，轿辇为什么停在这里？宝宁的心剧烈地跳动起来，她试探性地喊了句："小叶公公？"

意料之中地没得到回应，宝宁这才反应过来，这或许又是个圈套。她转身想要赶紧离开，但还未走一步，面前忽然闪过一个黑影，推了她的肩膀一下。

宝宁尖叫着踉跄了一下，身后的小楼的门忽然打开了。

她跌进门里，还处于震惊中时，眼前的门又合上了。

长秋宫里，皇后焦急地等待着，可宝宁迟迟未归。

她本以为是林尚书那边问话耽搁了时间，但左思右想，忽然发现一处疑点。既然见过高飞荷的人都要喊去问话，为什么她不需要去？明明高飞荷与她相处的时间更长，可对方只派人来叫走了宝宁。是她多疑，还是小叶公公被人收买了？

皇后想到这里，再也坐不住了。她叫了秋实嬷嬷过来，吩咐道："这件事我觉得有蹊跷，你亲自去太极殿走一趟，看看宝宁在不在那里。若是不在，或者宝宁根本没有去那里，你就直接去寻四皇子，将今晚发生的事都告知他。"

秋实嬷嬷问："娘娘，此事要告诉陛下吗？"

"不用，你只要和四皇子联络便可。"皇后面色阴沉，"咱们的陛下是个糊涂人，我信不过他。"

太极殿里，孙兴业已经被带到了。他还穿着里衣，头发散乱，一脸惊慌失措的神色。

侍卫押着他跪在地上。

周帝问："太子妃死了，你知道吗？"

孙兴业大惊道："草民不知，不知啊！"

林尚书斥责他："刁民，休想偷奸耍滑！太医已经查验过，太子妃是因为服了小香丹才身亡的。那药丸是你所制，未经他人之手，毒死太子妃的人不是你，还能是谁？"

"草民真的不知啊！"孙兴业辩解道，"太子殿下待草民情深义重，草民服侍太子妃也已有月余，所受恩泽不可计数。草民无家无业，凭着太子垂怜才苟活于世，为何要毒害太子妃啊？请大人明察！"

"你不说是吧？"林尚书挥手道："带下去，先赏二十鞭，看他的嘴肯不肯松。"

孙兴业仍旧高呼"冤枉"，被捂着嘴拉了下去。行刑就在院里进行，大臣们都看着，不多时，就响起了铁鞭与皮肉相碰的声音，还有孙兴业的惨叫声。

不知为何，听到那人的惨叫声，高贵妃竟然不由得打了个哆嗦。

裴原笑着走到她的身边坐下，将手掌朝上摊开，露出几枚红枣："娘娘吃吗？甜的。"

高贵妃闭上眼睛，冷冷地道："你自己吃吧。"

裴原冷笑一声，道："你现在不吃，就怕以后没机会吃了。"

高贵妃的心一惊，她警觉地睁眼看向他："你这话是什么意思？"

"这枣子很难得！据说这种枣树十年开一次花，十年结一次果。还需要天时地利，有极为肥沃的土地和极为丰厚的雨水，这枣子才能成熟。"裴原耐心地和她解释，又将枣子往她的面前递了递，"娘娘还是吃吧。"

高贵妃抿了抿唇，道："我可从未听说过这样神奇的枣，一派胡言！"

　　"不吃就算了。"裴原舒适地往后靠在椅背上，跷起腿，扔一个枣进嘴里，嚼一嚼，吐出个枣核，夸赞道，"怪甜的。"

　　高贵妃盯着他半晌，心越来越慌，扭头骂道："有病！"

　　裴原吃完手里的枣，孙兴业也被打完了二十鞭，浑身鲜血淋漓，被侍卫架着胳膊拖进来，扔在地上。

　　林尚书将打他的鞭子拿过来，抽在他眼前的地砖上，厉声问："你还不说吗？非要等到被抽得皮开肉绽后，你才肯说实话？你何苦如此，现在就交代，还能落个全尸。"

　　孙兴业艰难地抬头，嘴唇动了动。

　　林尚书贴耳过去，待听仔细了，神色大变。

　　他问："你说的可是实情？"

　　孙兴业点了点头。

　　林尚书飞快地瞟了裴原一眼，站起身，向周帝走去，低声转述孙兴业刚刚交代的话。

　　周帝脸上的表情变得微妙，他停顿了片刻，身子往前倾，对孙兴业道："将你刚才所说的话大声重复一遍。"

　　"是……是四皇子所为。"

　　众臣哗然。

　　孙兴业大口大口地喘着气，继续道："四皇子嫉恨高太傅对太子殿下照顾颇多，想要杀了太子妃，嫁祸给太子殿下，以挑拨太子殿下与高家的关系。之所以选择用胭脂目毒害太子妃，是因为四皇子说要反其道而行之，没人会怀疑他用同一种毒第二次。"

　　周帝转头看向裴原，目光灼灼。

　　高贵妃骤然松了口气。她掐了自己的大腿一把，泪盈于睫，跪倒在地，道："飞荷死得冤枉啊！请陛下下旨逮捕四皇子，加以严惩。只有这贼人死了，飞荷才能安息。"

　　高太傅一直站在远处。为了避嫌，他不能参与审案。现在真相大白，他跟着拜倒在地，痛哭道："请陛下严惩四皇子！"

　　转瞬间，地上跪了一众请旨的大臣。

　　周帝盯着裴原，缓慢地说道："朕再给你一个解释的机会。"

　　裴原垂着眼，掸了掸衣摆上的褶皱。

　　虽然是他自己布的局，就是为了让周帝怀疑他，但当周帝真的上钩了，除了一切按计划进行，让他如释重负外，他又觉得很讽刺。一个父亲三番五次地怀疑自己的儿子，究竟是父亲的失败还是儿子的失败？或许两者均有。

　　所有人都在等着他的解释。

裴原抬起头，依然坐着，将双腿分开，弓腰，手肘放在膝上，淡淡地问："孙先生，我们曾经见过吗？我认得你？"

孙兴业道："月余前，是草民送常喜公公到王爷府上的，您不记得了？"

他说的是把被做成人彘的常喜送到王府的那一次。

裴原点点头："记得。"

孙兴业道："就是那次之后，你暗中约我密会，将毒害太子妃的详尽计划告知于我，并用黄金贿赂，诱我答应。"

大臣们信了他的话，对裴原指指点点："这个孙兴业说得有理有据。四皇子本就不是什么好人，做出这样的事也不奇怪。若能证明他们真的密会过，此事便可确认了。"

所有人都在唾骂裴原不思悔改，心狠手辣。几个年长的大臣眼窝子浅，竟然哭了起来，说什么人心不古，替高飞荷喊冤。

周帝的眼里满是失望之色。

裴原笑着道："孙先生不愧是文人，胡编乱造的本事高超，简直可以去写书了。"

"你还要抵赖吗？"高贵妃忽然站起身来，指着裴原骂道，"人证物证均在，你还有什么好说的？你年纪轻轻，心机倒是深沉，事情败露了，还有心思吃什么枣子。此刻你竟然还笑得出来，恬不知耻，德行亏损，简直坏到骨子里了！"

"你知道我为什么如此淡然吗？"裴原伸手挡开她的手指，"因为这样的事我经历过不止一次了。"

高贵妃的心又"咯噔"了一下。

周帝狐疑地看过去。

裴原站起身，道："刚刚贵妃娘娘说人证物证均在，若说人证是孙兴业，勉强说得过去，那物证呢？"

周帝看了一眼林尚书，林尚书立刻会意，道："下官马上安排人手去济北王府搜查。"

"林尚书可别厚此薄彼。"裴原冷冷地道，"若是要搜，太子府也得一并搜。万一是太子殿下心机深沉，想要陷害我呢？孙兴业是他的谋士，他指使孙兴业毒害太子妃，然后嫁祸给我，这也不是不可能。"

高贵妃死死地盯着裴原的侧脸，忽然想明白这是怎么一回事了。这一切和当初她派人栽赃裴原时太像了。按照现在这样的情形，只要到时候从太子府搜出胭脂目，她的霄儿便百口莫辩。她猛地转头看向孙兴业！她现在怀疑这个姓孙的也是裴原安插在太子府的人，现在他死咬着裴原不放，让所有人都以为是裴原做的，但等物证一找到，立刻就会倒戈，将一切罪责都推到她的霄儿头上。

自始至终，都是裴原在演戏，他的目的是通过做这场假案平反当初他的冤案，再将霄儿送上断头台,一箭双雕!

高贵妃觉得脑子"嗡嗡"作响,手脚渐渐冰凉。她该怎么办?现在就像陷入了无解之局,她能够猜出事情的真相,但是说不出口。就算她说了,又有谁会信呢?此刻的她就如同当初的裴原,无论说什么,都没人相信。

只要林尚书带兵在太子府里搜出毒药,她苦心经营了这么多年的局面就要垮了。

高贵妃冷汗涔涔,在林尚书出门前一刻,大声阻拦道:"凭什么!死的是我的儿媳兼侄女,被冤枉的却是我的儿子。四皇子,你为何要如此折辱我们?你想让我的飞荷死了也不能安息吗!霄儿与飞荷感情甚笃,根本做不出毒害她的事。你们去搜太子府,九泉之下的飞荷该如何作想。我不允许!"

"丽姜,你冷静些。"周帝无奈地劝慰道,"只有查得更仔细些,找出真正的凶手,飞荷才能安息。"

"凶手不就在眼前吗?"高贵妃像毒蛇一般用视线锁住裴原,"你们凭什么去搜查太子府!如此不信任太子,这让太子以后如何在朝中立足?朝臣们会耻笑他的!"

周帝不再理会她,对林尚书吩咐道:"你去搜查吧!"

"你们还记得当初是怎么搜查我的府邸的吗?"裴原负手而立,微笑着说道,"红蚁趋毒。砒霜与糖霜混合可以引来红蚁,顺着其踪迹,可寻得蚁巢和毒药。"

林尚书拱手道:"多谢四皇子提醒。"

高贵妃瘫坐在椅子里。她现在只有一线希望,就是她的猜测全都是错的,孙兴业不是裴原的人,也没有被买通,没有往太子府里藏毒。

所有人都安静地等待着。

不过半个时辰,院外又传来响动,林尚书已经带人回来了。

看到他手里的红色瓶子,还有他那欲言又止的神色,高贵妃忽然两眼一翻,晕厥了过去。

宫人们大惊失色,连忙给她喂水,掐她的人中。

周帝像是没看见一般,径直问林尚书:"这是从哪里搜出来的?"

"是从太子府后院的树下,这毒瓶藏得极为隐秘。"

周帝闭了闭眼,抓起身旁的杯子,大力掷到地上,指着孙兴业喝道:"朕再给你最后一次机会。你将实情都交代出来,否则朕会将你千刀万剐!"

林尚书朝手下使了个眼色,立刻有人拿来拶子,要把孙兴业的手指往里面塞。

孙兴业先是忍了一会儿,而后实在忍不住了,大哭道:"草民认罪,认罪!此事确实是太子所为。太子答应草民,若帮他办妥此事,就赏赐草民良田百顷,保草民一家衣食无忧……"

周帝打断他的话,问道:"你不是无父无母,家里人都死绝了吗?"

"草民是双生子，只是家境贫困，爹娘只留下哥哥，将草民卖给邻村一对无子夫妻。后来草民的亲生父母都去世了，哥哥生病将死，临死时让草民顶替他的功名，之后草民便一直顶着哥哥的名头活着……"看着周帝愈来愈冷的眼神，孙兴业咽了口唾沫，继续道，"太子殿下让我在今日毒害太子妃，嫁祸给四皇子。因为他早已无法忍受太子妃的跋扈嚣张，今日之举既可除掉太子妃，又可拔掉四皇子这枚眼中钉，可谓一箭双雕。"

高贵妃挣扎着醒来，冲上去掐孙兴业的脖子："你这贼人胡言乱语什么！哪有此事！你分明和裴原是一丘之貉，你们一同演戏，就是想要害死我儿子……"

周帝忍无可忍，让人将她拉开，而后大声喝道："太子呢？太子到底去了哪里？去找他的宫人回来没有？他不是在偏殿休息吗，为何一直不见人影？"

裴原笑着道："或许他已经畏罪潜逃了。"

高贵妃怒气冲冲，想要冲过去活活撕了他。

裴原看着这嘈杂混乱的场面，骤然觉得无趣极了。钩心斗角，算计来算计去，他还没有回家和宝宁吃顿饭来得舒服。他眼前的这些人，包括他，嘴上说的，心里想的，手上做的，全都不是一回事，没意思极了。算起来，他已经有几个时辰没见到宝宁了。他摩挲着下唇想，不知道宝宁现在在干什么。或者，她已经睡下了。正思索着，他眼皮一抬，瞧见了刚踏进殿门的秋实嬷嬷，他的心一沉，一种不祥的预感袭来。

秋实嬷嬷也看到了他，急忙迈着小碎步走过来，附耳将皇后宫中发生的事情逐一对他说了，最后问道："殿下，王妃可曾来过太极殿？"

裴原倏地站起身，脚步沉重地向高贵妃走过去。

高贵妃仍旧蒙着，忽然被裴原一把揪着衣领给提了起来。

他咬着牙，目光阴狠，喝道："是你干的？"

宫人们都被吓坏了，想要上前解救高贵妃，但看到裴原阴沉的脸色，不敢行动，面面相觑。

周帝皱眉道："原儿，你怎么了？"

高贵妃脸色苍白，被勒得快喘不上气了，挣扎道："你在胡说什么！快放开我！"

"我说什么，你心里清楚。"裴原靠近她，吼道，"马上把她给我还回来，若她有个三长两短，老子就地活剐了你！"

锁阳宫。

宝宁看着眼前的密信，目瞪口呆。

这封信是贤妃娘娘写的，纸张已经泛黄，前四个字是"明山亲启"。

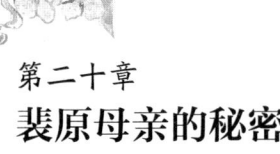

## 第二十章
# 裴原母亲的秘密

宝宁犹豫着，一时不知该不该继续往下读。

这封信藏在一幅画后的暗格里，这说明贤妃娘娘当年不希望其他的人发现它。

宝宁发现暗格纯属凑巧。她吃了毒蘑菇后，除了眼前出现幻象，还觉得恶心，动不动就干呕。跟随着"记忆"，她找到了角落小榻旁的痰盂。

虽然她没来过锁阳宫，但济北王府里的小楼和锁阳宫几乎一模一样，宝宁对这里很熟悉。即使现在没有烛火，她也像盲人熟悉自己的家一样，可以准确地辨认每一处。

在她挪动痰盂后，意外地，寂静的房间里发出了"咔嗒"一声轻响。那声音太轻，宝宁甚至以为是自己又出现了幻觉。但当接连几次挪动那个痰盂，再放回原地时，她都听见了那道轻微的声响，便意识到这是齿环相扣的声音。齿环相扣，说明此地或许有机关，而后她便注意到了脚下的地砖。借着月光，她看到那上面有乱掉的八卦图。

济北王府里也有这样一幅八卦图，她第一次见到后觉得新奇，还特意去学过一段时间，看了几部书，只是后来觉得实在枯燥，就搁置了。

宝宁试着去挪动地砖，惊讶地发现，原先不可挪动的地砖，现在可以轻松地拿起。最开始的时候，宝宁以为这是贤妃自己研究出来的把戏，可当她试着将八卦图还原，等到最后一块地砖回归原位时，又一道"咔嗒"声响起。

她在墙上的画后面找到了打开一条缝隙的暗格，里头有一沓纸，大部分纸的上面是诗文和随笔。宝宁借着月光一张张地翻看，才发现这封写着"明山亲启"的信。

在恍惚中，宝宁觉得自己像一个急于窥探他人秘密的小人，窥探的还是裴原母亲的秘密。这种负罪的感觉让宝宁第一时间将信放了回去，但她思忖片刻，还是拿了出来。

邱明山……

他到底和贤妃娘娘是什么关系，和裴原又是什么关系？

宝宁按捺住紧张的情绪，一字一句地把这封信读完。

开篇满是情深意切，如诉衷肠，像深闺女子在思念许久未回家的丈夫。

宝宁回头翻看了几次第一句话，确认这是贤妃写给邱将军的，而不是写给周帝的。

这是个惊天的大秘密！

宝宁想，如果不是吃了见手青，凭她以前的胆子，她是断断不会继续往下看的。毒蘑菇壮了她的胆。她迷迷糊糊地翻开下一页，内容是贤妃对邱明山的劝谏。贤妃告诉他，不要再留恋儿女情长了，要尽快博得周帝的信任，去边关历练、领兵。只有他强大起来，有朝一日，他们才有可能光明正大地重逢，而不是在夜深人静时侥幸寻欢。

宝宁不可置信地读了几遍，确认了贤妃和邱将军偷情之事。

最后一句的大意是，贤妃会和儿子裴原等着邱明山回来。

宝宁觉得自己像是被扣在了一口大钟里，有人拿着锤子狠狠地敲钟，而她的整个脑子都在"嗡嗡"地响。

这封信的内容是什么意思？她看完后，梳理了一个大概。

贤妃和邱明山年少时有情，但后来周帝倾心于贤妃，强行娶她进宫。邱明山跟随她入京，做了周帝的侍卫，企图贴身相伴。后来贤妃有孕，孩子是谁的，她并不清楚，但邱明山不在乎。无论孩子是谁的，他都认。他恨极了周帝，贤妃也恨周帝，所以敦促他尽快建功立业，带她和孩子逃出生天……只是后来贤妃早亡，这就成了尘封的秘密。

如今，这个秘密却被她给撞破了。

宝宁愣愣地站在那方暗格前，手里捏着信，一时不知该如何是好。

直到门口忽然传来响动，宝宁心跳加快，赶紧将暗格的门关上，又把信纸叠好藏进前襟，准备躲起来。可周围空荡荡的，无处躲藏。她瞧见墙壁上的画，钻到后面去。

赵前带着四个穿着白衣裳，脸画得惨白的宫女和太监走进来。他自己穿了身黑色官服，手上拿着"哗啦啦"作响的铁链子，装扮成黑无常，一蹦一蹦地往前走。

赵前一边走，一边低声嘱咐他们："待会儿你们便装成被我带走的鬼魂，先将她吓晕,然后趁机将她悬挂到白绫上,装成她悬梁自尽的样子,懂了吗?"

那几个人应"是",互相交换了一个眼神,分头行动。

宝宁躲在画后,只能听见铁链子在地上拖动的声音,还有纷杂的脚步声。她的心"扑通扑通"地跳了起来,她露出一只眼睛看外头,只瞧见一个白色的影子在挂绳子。那个影子手里拿着一捆很长的麻绳,一端挂在了宝宁这一侧的窗棂上,另一端不知挂在了哪里,使得整条麻绳绷直,离地大概有一人多高。

宝宁本来还害怕,因为不知道来的是坏人还是鬼,但瞧着这一幕,她的心反倒安定了下来。

来的或许是个傻子。

她等了一会儿,听到了新的动静。

一个装扮成厉鬼模样的人顺着麻绳从另一头滑过来。这人腰肢极为柔软,双脚离地有一尺余,两手攀着麻绳,竟然还能做出开腿、下腰、飞天这样的高难度动作。

若不是宝宁刚刚正巧看见他们在挂麻绳,怕是真的会相信这人是在天上飘动的。这一套倒是挺高明的,唯一穿帮的是,这人或许是个个子稍矮的女子,后面得有个稍高的人扶着她的腰,助她滑行。宝宁从自身的位置看过去,能清晰地瞧见两双腿。

这两人体力极好,来来回回折腾了三四次。宝宁沉默地看着他们,待他们最后一次滑行结束后,终于出来了新的"鬼",是"黑无常"。

"黑无常"气急败坏地道:"如此下去不可。你们快去搜寻一下,搜遍每一个角落,一炷香内,我要见到人!"

"黑无常"用面具遮脸,青面獠牙,形容可怖,但声音却有些熟悉。

宝宁不敢妄动,仍旧安静地等待着,攥紧了手中的烽烟。这是临别时裴原给她的,只是现在在屋内,她根本没法用。

两个穿白衣服的"女鬼"跑动起来,上楼去寻人。

还有两个穿白衣服的"男鬼"在一楼搜寻。

其中一个道:"大人,这里太黑了,咱们什么都看不见啊!您能点个灯吗?"

"黑无常"骂道:"点什么灯!咱们都是'鬼'了,还需要点灯吗?"

那两人只好继续摸黑寻找。

"黑无常"骂骂咧咧的,拖着铁链子满屋子乱转。

他们就要找到宝宁所藏的画前了,其中一人看出不对劲儿,道:"你瞧,这画是不是不对劲儿,鼓鼓囊囊的,后面怕是藏着什么东西。"

另一人道:"过去看看。"

脚步声逐渐接近,宝宁的心又快速地跳动起来。对方有五个人,说不定手上还有兵刃,而她只有一个人。若是真的动起手来,不出两招,她就会没命。宝宁飞快地把自己头上的金钗取下来扔掉，使头发披散在脸前，用手背抹了一把嘴唇，使口脂晕染开来。

小太监手已经碰到了画，正要揭开的那一瞬，听到画后面传来了声音。

"擅自动本宫殿内的东西，你们好大的胆子！"说完，宝宁用手撕破画，走出来，一把攥住其中一个小太监的头发，呵斥道，"装神弄鬼，你们是想到地底来陪我吗？"

那个小太监尖叫道："鬼啊！贤妃娘娘诈尸了！"

赵前闻声，也一惊，急忙赶过来，正好看见宝宁从画后走出来，露出下半张脸，冲他古怪地笑了一下。

去摸画的小太监被吓得晕了过去。

楼上的小宫女也听见了尖叫声，探头探脑地看下来。她们早就听说这锁阳宫邪门，姑娘家的胆子本就小，她们来的时候就战战兢兢的，现在一看见风吹草动，已然吓得失了魂儿，尖叫着往下跑，欲开门逃走。

宝宁也想出门，当即紧随而去。

前头的那个小宫女跑得更快了。

宝宁先前进来后，那门是从外头锁上的。赵前进来后，为了防止她逃走，从里头上了锁。小宫女手忙脚乱地开锁时，一直没出声的赵前看出了端倪，扔掉手里的锁链，朝宝宁走过去，大声呵斥道："你装鬼骗了我一次，还想再骗我第二次吗？！"

屋子里瞬间安静。

宝宁倒吸一口凉气，猛地转头看过去。

赵前扯下脸上的面具，指着自己，嘲讽地问："王妃娘娘，你想起我是谁了吗？"

宝宁当然记得他，也想起来他所说的是什么事。当初裴原母妃的忌日，她在外头烧纸钱，正巧碰见了赵前，吓过他一次。后来赵前的诡计败露，他被裴原送去了青罗坊，几日后，重伤逃走了。宝宁本以为他死在了外面，没想到他竟然进了宫。

那两个小宫女仍旧瑟瑟发抖。

赵前也不再指望她们，袍袖一抖，露出底下的利刃，朝宝宁紧逼而去。

赵前之所以选择装鬼吓人这样的路数，一是为了报当初自己被吓破胆的仇，二是这样一来，就没有打斗的痕迹。但到了这一步，留下痕迹与否已经不重要了，他能够杀了她便可。

"王妃娘娘，上路吧！"他说着，一刀刺了过来。

宝宁踉跄着躲开。

那几个跟着赵前来的人此时都反应了过来，掏出短刃来相助。

宝宁被他们团团围住，冷汗顺着脸颊滚落。

她几乎没有任何优势，唯一值得庆幸的一点是，她对房内的摆设很熟悉。

宝宁如此想着，努力镇定下来。她需要做一些能转移这些人的注意力的事。她拨开头发，将手放在领口的第一颗扣子上，慢慢地脱衣裳。

赵前不知她为何做出这样的举动，眼睛已经看直了，只见一双白皙的手覆在暗红色的盘扣上，月光下，她的手臂更显得莹白修长。

赵前咽了一口唾沫，问："你想做什么？"

宝宁只是笑，也不说话，把宫装的外衣脱下，拿在手里。趁着面前几人都茫然的时候，宝宁转头朝个子最矮的那个宫女跑过去，猛地将衣裳盖在她的头上，凭借蛮力抢了她手中的刀，架在她的脖子上。

宝宁想借此威胁赵前，可赵前根本不在乎，咬牙切齿地反问："你觉得这样有用吗？"

"我会杀了她。"宝宁威胁道，"我真的会杀了她！"

赵前反倒笑了，挑衅道："你试试。"

宝宁将刀尖对着那个宫女的脖子，她的手抖得厉害。还在迟疑的时候，她瞧见那个宫女将手偷偷地伸进自己的前襟，像是要掏什么东西。宝宁狠下心来，将利刃对着那个宫女的脖子往下插。她也不知道自己哪儿来的力气，令刀尖陷进去两寸，一使力，又拔了出来。

赵前没想到她真的敢这样做！

血腥味让他想吐。

宝宁也想吐。她已经快到极限了。趁着那几人都感到震惊的时候，宝宁转身往楼梯上逃去。她知道阁楼里有许多窗子，经过这么多年的风吹日晒，窗子或许有不结实的，她可以破窗跳下去。

"追上去，不能让她跑了！"赵前红着眼，拔腿跟上。

宝宁直接上了三楼。她一扇扇窗子试过去，用刀身砸，砸到倒数第二扇窗子时，终于砸开了。赵前此时已经站在楼梯口，宝宁一把推开窗子，坐在窗口，冷眼看着他。

赵前威胁她："你跳吧，跳吧。这是三楼，你跳下去，不死也残，省得我动手。"他甚至悠闲地靠在了墙边，"不敢？要我帮你一把吗？"

宝宁问："你为什么执意要杀我？"

她嘴上说着话，手背在身后，搓弄火石与火镰，企图打着火花，引燃烽烟。

赵前笑着道："那重要吗？不过告诉你也无所谓。你我有仇，此外，别人也和你有仇。我杀了你，既可以报仇，又有重金可拿，何乐而不为？"

宝宁问："是高贵妃让你来杀我的？"

赵前点头："是，那又怎样？"

"你真傻！"宝宁继续尝试着，她的手上都是血，又滑又腻的，火石几次差点儿脱手，幸好被她又抓紧了。

她继续道："高贵妃有那么多的心腹，却偏偏选与我有仇的你来杀我，你还不懂这是为什么吗？因为你有足够的动机杀我，若事情败露，高贵妃可以将责任全部推到你的身上，否认是她教唆的。反正你不用教唆也想要杀我，她便能保全自己了。"

宝宁说完，就听见"刺啦"一声。她一颗心安定下来，知道烽烟已经被引燃。

听了她的话，赵前倏地挺直脊背，眯眼看向她，刚想再说些什么，就听见两声巨响。

眼前一道烟火笔直地飞上天空，赵前反应过来，瞳孔一缩："你拖延时间是想要等救兵？"

赵前没心思去想其他的事了，握紧刀把儿，大喝一声，冲上前刺向宝宁。刀尖离宝宁的鼻尖只剩一寸的时候，他忽然顿住动作。楼梯处有脚步声传来，刚才有一声巨响应该是楼底的门被踹开的声音。

赵前一咬牙，想先杀了宝宁，再去解决掉其他人。可他刚要再使力，却被宝宁一脚踹中小腹，往后跌倒。他想再爬起来，却瞧见登上了阁楼的裴霄。

赵前以为救兵来了，大喜："太子，您……"

裴霄却怒吼道："贼子！皇宫之中，你竟敢行凶！"

说罢，他一剑便刺进了赵前的前胸。

宝宁看着他。

赵前死不瞑目，身体软软地向后倒下。

裴霄把剑抽出来，回头看向宝宁，道："弟妹，三哥来迟，见谅！你快下来吧，三哥带你回去。"

宝宁才不信他。现在这样的情景，若是裴霄有心，可能会连她一起杀了，然后嫁祸给赵前。宝宁不说话，也不动，就在窗口坐着。

裴霄等不及了，上前一步，想去抓她的手。

这时，宝宁听见楼下有人赶来的脚步声。离她最近的脚步声让她觉得极为熟悉，不用看，她也知道来人是裴原。

他看到了信号，便赶过来了。

裴霄也听见了，眸中闪过一丝恼怒之色，加快脚步，想要过去抓住她。

宝宁最后的体力也耗尽了，她向后摔了下去。

"宝宁！"

裴原赶过来的时候，看到的就是这样的情景——他的宝宁像风里的蝴蝶，从高高的楼上落下，夜风把她的衣摆吹得飘飘荡荡的。

这一刻，裴原只觉得自己的呼吸都快停了，浑身的血液逆行，眼睛疼得好似要炸开。

在众人的惊呼声中，裴原大吼一声，飞奔上前，在宝宁即将落地的前一瞬，他的双手正好碰触到她的腰。他将她搂进怀里，抱着她在地上翻滚了几圈才堪堪停下。

坚硬的石板将他的每一块骨头都硌得发疼，裴原仰躺在地上，顾不上喘口气，急忙去扒开宝宁遮住脸的头发："怎么样？宁宁，你摔着没有？你哪里疼，回我句话——"

裴原焦急的声音在他看见手掌上的血时戛然而止。

月光下，裴原满手鲜红的血，他的脑子里瞬间一片空白。

他的宝宁怎么了，竟然流了这么多血？

"宁宁？"裴原轻轻拍着宝宁的脸颊，唤她的名字，仍旧得不到回应，巨大的恐慌感从心底涌出。裴原连滚带爬地起来，把宝宁抱在怀里，拨开人群往太医院跑："你再坚持一下，我带你去找大夫。"

周帝身旁的大太监姜堰想要拦住他："四皇子，太医已经在来的路上了，您在这里等着就好。"

"滚！"

他的声音太大了，把贴在他胸前的宝宁震得咳嗽了一声，醒了过来。

裴原像是被笼罩在一个罩子里，脑袋"嗡嗡"作响，什么都听不见。他摸着宝宁衣裳上又滑又腻的血，觉得自己像掉进了冰窟窿一样浑身冰冷，后悔、自责。他就不该让宝宁独自留在长秋宫……不对，他根本不该再次把宝宁搅进浑水。如果不是这样，他现在正和宝宁在家中吃着简单的饭菜，根本不会让她承受这些惊吓和痛苦。

宝宁那么怕疼的人，却流了这么多血！她得多疼啊！

宝宁揪住他的领子，闭目哼了哼："你颠着我了……"

裴原还是没听见。他赤红着眼，只顾往前走。

宝宁深吸一口气，伸出手扯他的耳朵："裴原，你停下！你颠得我快要吐了！"宝宁"哕"了一声，又道，"我刚吃了毒蘑菇，吃坏肚子了，你别颠我……"

裴原这次听到了。他迟疑地停住脚步，低头看，只见宝宁的脸色因为干呕而变得潮红，她眼睛很亮，正委屈地盯着他："你走那么快干什么？！我的肚子疼得很，你不能慢一些吗？"

裴原感觉自己像在做梦一般，从无尽的恐惧中抽身，落入了巨大的惊喜之中。

他不可置信地问:"你没事?"

宝宁说:"我肚子疼。"

裴原又问:"你身上没有别的伤口?"

宝宁用手搂着他的脖子,晃悠了一下小腿和屁股,没觉得别处有疼痛的感觉,肯定地回答:"没有。"

裴原骤然松了口气。他心有余悸地将唇贴上宝宁的额头,喟叹道:"宝宝,你差点儿吓死我了。"

宝宁也很后怕。她本来就不是个胆大的人,刚才有那么一瞬间,真的觉得自己快死了。如果没有外人在,她肯定会对着裴原哭两嗓子,但现在不是哭哭啼啼的时候。

宝宁偷偷地把眼泪蹭到裴原的衣袖上,想要从他怀里跳下去:"咱们回去吧。"

"不用。"裴原不松手,坚持道,"我抱你回去。"

宝宁争不过他,只能屈从。

于是,周帝和众臣看见刚才疯疯癫癫地抱着王妃仓皇冲出去的四皇子,此刻像换了个人似的,面色平和地抱着他的王妃回来了。他小心翼翼地把宝宁放在地上,脱了自己的外衣,披在她的肩上,神色冷静如常。

眼尖的人还发现,四皇子此时甚至还有心情动手动脚,借着袖袍的遮掩,揉着王妃的肚子。

众人面面相觑,感慨四皇子变脸之快,非常人能及。

裴霄已经从阁楼上下来了,看到裴原怀里的宝宁无事,放下担忧之余,又觉得心里泛起一丝酸楚。

刚刚看到宝宁坐在窗台上,他伸手想要救她,完全是出于本心,没有一丝算计。但从宝宁的眼神中,他能看出,宝宁根本不信他。她宁愿坐在那么危险的地方,等着裴原过来救她,也不肯相信他。他就那么不值得她信任吗?

裴霄将视线移开,不再看那两人紧紧相拥的身影。

周帝先是关切地询问,见宝宁和裴原都安好,才道:"刚刚裴霄将发生的事都说了一遍,此事是贵妃宫中一个名叫赵前的太监所为。他从前和原儿有仇怨,所以借故行凶,想要对宝宁不利。好在裴霄及时赶到,将赵前斩杀于剑下,但仍然晚了一步,没拉住宝宁,让她从楼上摔了下去。"

他没再称呼太子或霄儿,只叫裴霄。

在场之人听到这个称呼,脸上的神色都变得微妙。

裴霄自然也察觉到了,嘴唇绷紧,没说话。

周帝温和地问宝宁:"事情是这样的吗?"

宝宁沉默了一瞬,而后抬起头,目光坚定地回道:"不是!"

众臣哗然。

周帝眯起眼。

裴霄震惊地转过头，盯着宝宁的眼睛。他心中隐隐有预感，她或许是想……

宝宁深吸一口气，道："是太子推了我！赵前在将我逼到窗口后说出了实情！他说是高贵妃唆使他来杀我的，在他说完之后，我就将烽烟点燃了。在赵前慌乱之际，太子赶到了。他害怕事情败露，也想替自己和高贵妃洗脱嫌疑，所以一剑杀了赵前。出于心虚，他还想一并杀了我，在他持剑刺过来之前，我往后仰，摔了下去。"

她根本就是在胡说！

裴霄如遭雷击，胸口起伏不定。片刻后，他跪下大声道："儿臣所言句句属实，请父皇明鉴！"

宝宁也含泪跪下，道："请陛下彻查此事，还儿媳一个公道！"

周帝让人扶起宝宁。他失望地看了一眼裴霄，没有当场做出论断，只是挥挥手，道："原儿，带你的王妃下去歇息吧。她肯定累坏了，你陪她一会儿，然后来太极殿，朕有话要对你说。"

裴原带着宝宁去了皇后的长秋宫。新衣已经准备好了，裴原谢绝了皇后想要帮忙的好意，屏退宫人，一言不发地替宝宁换上新衣。

此时，偏殿内就只剩下他们俩。

宝宁的心情好像很好，她坐在床边，等着裴原端来热水给她洗脚。她和他说话时，语气欢快，说到赵前扮鬼吓她的时候，还笑了起来，发出"咯咯咯"的笑声。

她把在锁阳宫发生的事情从头到尾讲了一遍，只省略了那个被她割颈而亡的宫女的事，笑着问裴原："我厉害吗？"

裴原蹲在地上，将水浇到她的脚踝上，慢慢地搓着她的脚，给她取暖。他听到宝宁的话，抬头道："厉害，你厉害得像只小母鸡。"

宝宁疑惑地问："为什么是母鸡？"

"你想想你刚才的笑声。"裴原学她，"'咯咯咯'，不就是母鸡打鸣的声音吗？"

"你可真烦人！"宝宁做出生气的表情，作势要捏他的鼻子。

裴原笑着抓住她的手，指尖相碰时，才发现她的手很凉。裴原的心一沉。

宝宁也知道自己的手凉，顿了一下，若无其事地缩回手，变成捧着脸的姿势，继续回忆刚刚发生的事："你看见裴霄的神情了吗？他都愣住了。哈哈。他肯定想不到我也会撒谎。我知道他想做什么，偏不让他得逞。这下好了，他百口莫辩了。阿原，你说我刚才是不是特别聪明？"

裴原拿帕子擦干她的脚，坐在她的对面认真地道："聪明！厉害！我的宁宁很勇敢！"

他这样认真地夸她，她反倒有些不好意思了。她用双手抱着膝盖，身子摇摇晃晃的，谦虚地道："其实也还好啦……"

她保持着蜷缩的姿势，虽然脸上笑着，但不敢看他。

裴原心疼极了。

他的宝宁从来都不是这样的。她有些害羞，有些腼腆，但是会撒娇。遇到今晚这样的事，她应该扑进他的怀里说她害怕。受委屈了，她会大大方方地哭出来，而不是像现在这样，像只小乌龟，躲进自己的壳里。她也知道自己这样很反常，所以"叽叽喳喳"地说话，装成很高兴的样子，想要掩饰心底的不安。

他的宝宁到底经历了什么？

裴原想起了那件血衣，就是宝宁刚刚脱下的那件已经被血浸透了的衣裳。

那衣裳上面的血是谁的？

"阿原，我觉得我的身上有点儿臭臭的。"宝宁蹙着眉头，"你去皇后娘娘那里帮我要些香粉回来好不好？"

"我的宁宁身上怎么会臭呢？"裴原握着宝宁的手腕，将她拉进怀里，将鼻子埋在她的颈窝里深深地嗅了一口，"很香！谁说你臭了？告诉我，我帮你打他一顿。"

他靠过来的时候，宝宁的身体僵硬了一瞬，他察觉到了。

"怎么了，宝宝？"裴原放低了声音哄她，然后换了个姿势，靠在床头，让宝宁坐在他的腿上，这样两人的身体贴得更近了。

裴原问："我亲一下你，好不好？"

宝宁慢慢地将头贴在他的胸口上。她意识到裴原发现了什么，刚才强装的笑容消失了，忽然不知道该说什么好了。

裴原轻柔地亲了一下她的眼睛，又问："宝宝为什么要香粉呢？"

宝宁嘴唇动了动，没有说话，只是攥紧拳头。

裴原将视线落在她的手上，帮她把手指一根一根地松开，松开最后一根手指的时候，她的喉咙里忽然溢出一声短促的呜咽声。

裴原的动作微顿，与她五指交叉后，他握紧了她的手。

裴原抬起手，在宝宁的面前晃了晃，轻声道："宝宝，你看到了吗？我陪着你呢。"

宝宁把嘴撇了撇，像受了委屈的小女孩，也像小鸭子。

裴原亲她的嘴角，诱哄道："有什么事是对我也不能说的吗？宝宝，告诉我好不好？到底发生了什么事？你的衣裳上的血是怎么回事？你知道的，我会永远站在你的身边，所以你又有什么好顾忌的呢？"

"阿原……"宝宁的眼睛渐渐红了，她沉默了一会儿，忽然号啕大哭，"我杀人了!"

裴原看着她,手掌慢慢地抚着她的背:"嗯,我知道了。"

宝宁哽咽着道:"我知道我必须杀了她,她不是好人……但是她不久前还活生生地站在我的眼前,还会动,会说话。我的手碰到她的脖子,热热的,那么细,又那么脆弱,刀子插进去的时候,那血又腥又热……她倒下去之前,还看了我一眼。阿原,我形容不出那种眼神。我当时就觉得我不干净了。"

她边说边哭。

裴原的眼睛跟着发烫,但他听到最后一句时,还是忍不住笑了:"你在说什么傻话呢?"

宝宁哭得肩膀一颤一颤的,缓缓地道:"真的,那个惨烈的场景,我永远都忘不了。我的衣裳都被血浸透了,好黏腻,我觉得身上都是血腥味。我换了衣裳,那股味道还在,我的鼻子里也都是那样的味道。"

"不怪你。"裴原抹掉她的眼泪,"是她想要害你,死有余辜。"

宝宁含泪点头:"我知道,但还是很害怕。我现在一闭上眼睛,脑子里就是那个画面。一片黑暗里,她看着我,那种绝望的眼神让我心神不宁。"

裴原心疼极了。他不知道该如何安慰宝宁,只能不停地亲吻她的眼睛,把她脸上的泪水都吻掉。

他能够理解宝宁的心情。就算是第一次上战场打仗的士兵,回营后都会做几天噩梦,看着别人杀人和自己动手是不一样的。就算明知道对方是敌人,可在将刀砍下去的一瞬间,心里还是会惧怕,毕竟那是个活生生的人啊!

宝宁只是个被娇养着长大的姑娘,本不该经历这些事的,是他将她推到了风口浪尖上。

裴原愧疚、自责,还很后悔。他质问自己,这么做究竟是为了什么?若说为钱为权,他并没有那么大的贪欲。若说为了报仇,为了平反当年的冤案,可他差一点儿就因此失去宝宁了。这个代价未免太大,他根本无法承受。那他到底是为了什么呢?为了查清母妃之死的真相吗?斯人已经逝去十余年了,他为此折磨活着的人,值得吗?

他的宝宁本该无忧无虑,养她的狗,养她的羊,开她的小铺子。但是现在,宝宁陪着他身处险境,就算他手眼通天,也难以护她周全。就像今天一样,他自以为算计得够周密了,但还是将宝宁推向了这样的危险之中。

裴原想,她若是责怪他,他的心里至少会好受些,可她没有。此刻听着她哭,他心如刀割,心痛难忍大概也就是如此吧。

宝宁的哭声渐渐止住了,她努力睁开被泪水粘在一起的眼睫,抬手去蹭裴原的眼角:"你怎么也掉眼泪了?"

裴原哼了一声,笑着问道:"怎么,许你的眼睛掉'金豆子',就不许我也掉?"裴原去揪她的耳朵,笑骂,"小骗子!小坏蛋!"

宝宁觉得痒,揉了揉眼睛,也笑了起来。

屋子里变得安静了。

裴原不再说话。

宝宁把头贴在他的胸口上,能听见他的心跳声,还有远远传来的打更声。

宝宁道:"三更了。"

裴原慵懒地"嗯"了一声。

宝宁推他的肩:"你该去太极殿了,陛下恐怕已经等急了。"

"他若真的急了,定会派人来催。"裴原嘴上这样说着,但还是站了起来。他垂眼看着宝宁,撩开她的脸颊上黏着的头发。

"你去吧。"宝宁躺下,侧身看着他道,"我睡一小会儿,待会儿你来接我回家。我认床的,皇后娘娘宫里的床再好,我也不习惯,要回家睡。"

裴原说"好",然后弯腰给她掖好被子,在她的额上轻轻落下一吻:"我很快就回来。"

宝宁笑着点点头。她看着裴原吹了烛火,走出去。待高大的背影被门帘遮挡住,她脸上笑容消失,又掏出了袖中的信。

这是贤妃娘娘写的信。

她犹豫着,不知道该不该把此事告诉他。


太极殿。

周帝端坐在主位上,高贵妃面色惨白地跪在下方,旁边是闭眼不语的裴霄。

一阵脚步声由远而近传来。

高贵妃倏地扭头,对上了裴原冷淡的眼神。他不想多看她,淡淡地瞥了她一眼,视线很快移开。

高贵妃心中一凉。但不过片刻,她又打起精神来。今日的证据看似充足,但并无铁证,故而周帝虽猜疑她,却无法立刻将她定罪。只要守住口风,她或许还能为她和她的儿子争得一线生机。

裴原跨进门槛,向周帝问安。

周帝看起来像是老了十岁,疲惫地叫裴原起身,而后看向高贵妃,道:"人来了,你有什么想说的,现在可以说了。"

高贵妃直起脊背,头上的金钗"叮当"作响。她哭诉道:"臣妾是冤枉的!臣妾没有唆使赵前去杀王妃。那个孙兴业的口供也当不得真。太子府中怎么可能藏毒？凭他一人之词，就要给太子定罪，万一是诬陷怎么办？陛下，您要明察，还臣妾和太子一个公道啊！"

她还在嘴硬。

事已至此，周帝也觉得无奈，还很愤怒。

他沉默了一会儿，终于忍不住了，抓起手边的茶盏，狠狠地掷在高贵妃的面前，偏头朝姜堰喊道："你的那个好徒弟呢，带上来！"

姜堰的额上冷汗涔涔，他使了个眼色，门口立刻有侍卫押着面如土色的小叶公公进入殿中，跪在地上。

周帝问："你说，王妃本来是去太极殿的，为什么被你们送到了反方向的锁阳宫？"

小叶公公飞快地瞟了高贵妃一眼，咽了口唾沫，高呼道："奴才不知啊！王妃自从上轿后，便好似身体不适，一直闭目小憩。但等我们走到御花园角门的时候，王妃突然令我们停轿。我们怎敢不从？谁承想，王妃说眼前有鬼魂缭绕，她害怕，随后便尖叫着跳下轿辇，不知道跑到哪里去了。奴才们去追，却没追上。"

周帝皱起眉头。

姜堰思忖片刻，上前道："奴才听太医说，王妃在皇后宫中误食了未炒熟的见手青，这东西是会让人产生幻觉的。"

裴原负手而立，没有说话。

周帝吩咐道："传令下去，派人将御膳房中做这道菜的厨子和送菜的宫人都找来。"

几人很快就被带到。

厨子痛哭道："陛下明察，这种菌菇生来带毒，并不是奴才蓄意谋害王妃。只是夜深了，奴才一时粗心，忘了火候，不知道有的菌菇没有炒熟，才造成了如此恶劣的后果。奴才甘愿领罚！但奴才真的没有害人之心啊！"

桃仙也跪下道："奴婢只是个传菜的，并没碰过那菌菇小饼，并不知情。"

高贵妃的嘴角勾起一抹笑容，她暗中用挑衅的眼神看了裴原一眼，随后哭着对周帝道："请陛下明察，此事只是巧合而已，与臣妾无关。那个赵前心怀叵测，臣妾确实没尽到看管之责，甘愿领不察之罚，至于其余的罪名，都是有心之人编造的。臣妾冤枉啊！"

裴原问："锁阳宫常年上锁，钥匙是谁取来的？"

姜堰答道："宫正司已经查明了，是个叫李昭的老宫女从看管钥匙的太监总管那里骗取了钥匙。只不过赵前这个人素来风流，在宫里名声不太好。据与他相熟的宫人供认，他和李昭已经结成对食，还有……"

他顿了一下，打住话头。

周帝问："你怎么不说了？说下去。"

姜堰朝裴原行了一礼，才继续道："宫正司翻查了李昭的祖籍后，才知道她和罗姓宫女是同乡人。罗姓宫女便是当年贤妃娘娘落水案里招认的凶手。"

他没说的是，后来裴原亲自提刀灭了罗氏女满门，两人结成了血海深仇。李昭和罗氏女为同乡，心中若是也对裴原有恨意，想要报复，也说得通。

高贵妃眼中的得意之色更浓了。她当初择人时千挑万选，防备的就是此时的境况。

如此环环相扣，裴原都忍不住笑着抚掌："很不错！"

高贵妃不看他，只是偷偷拭泪，一副我见犹怜的样子。

"还有两个疑问。"裴原倾身问她，"太子府里藏了胭脂目，贵妃娘娘准备如何解释？太子冲上阁楼，一剑斩杀赵前，勇猛程度令人惊叹。但他蓄意伤害我的妻子，这又如何解释？"

"你休得大放厥词！"高贵妃尖声道，"这些不过是孙兴业和你家王妃的一面之词，能算数吗？霄儿和飞荷感情甚笃，所有人都可以做证。霄儿绝对没有谋害飞荷之心，什么杀妻言论，简直是无稽之谈！或许孙兴业就是受人指使呢！他故意编造这一切，故意在太子府里藏毒。你又怎么证明他不是故意所为？至于赵前，他所行之事与我们母子根本没有任何关系，霄儿有什么理由杀你的王妃灭口？他们做的都是伪证！"

裴原又问："赵前是怎么被送进宫的，原先又是什么人，贵妃娘娘真的不知情吗？"

"我当然知道。"高贵妃脖子一梗，道，"只是人非圣贤，孰能无过？他已受到了该有的惩罚，为何不能放他一条生路？"

裴原笑着又问："好心善的贵妃啊！你的侄女是什么人，你真的清楚吗？太子妃和太子的感情若是如此深厚，为何太子妃已经走了这么久，太子却连一滴眼泪都没有？几个月前，太子妃又为什么算计着要杀小皇孙呢？"

高贵妃哑口无言。

周帝看着她，失望地摇了摇头。

其实有一个更大的疑问已经被摆上台面，只是一直无人提及——既然在太子府中也搜出了胭脂目，那么当年的下毒案究竟是裴原所为，还是裴霄所为呢？

如果一直以来裴原都是冤枉的……

周帝不知道该怎么面对这个儿子。所以他刻意地避开了这个话题，想拖一拖。

他想有了万全之策再给裴原一个公正的答复或者给他平反。

裴霄仍旧一言不发。他现在无论说什么都是错的，都是引火上身，给自己徒增嫌疑。高贵妃先前已经和他约定好，无论待会儿出现什么状况，她都会以一己之力承担罪责，他只需否认便可。而且，她有信心能够保他周全。

裴霄不知道他的母妃手中还有什么筹码，在极度愤怒和恐慌之后，他现在的心情已经趋于平静。他觉得自己像是一个局外人。他能清楚地感觉到内心情绪的波动，对裴原步步紧逼的恨意，对宝宁那般举动的不解和不甘，对母妃如此倾力保护自己的愧疚和感激。

他知道，现在的局面陷入了僵滞。他的母妃不肯松口，咬死不认，宫正司和刑部就无法给他们定罪。裴原已经赢了，但他们至少没有输得彻底。

长秋宫里，宝宁半梦半醒间，觉得有人在轻轻地挠她的脸颊。

"姨姨？姨姨，你还好吗？"

宝宁睁开眼，映入眼帘的是圆子饱含关切之意的眼睛。

她一愣，清醒过来，惊讶地问："圆子，你怎么来啦？"

"我听说你发生了一些不太好的事。"圆子笑着拉她的手，"姨姨，你没事就好，我来给你送糖吃。"

圆子从袖子里飞快地掏出一把豆子糖，放在宝宁的手心上。

小孩子体热，有的糖已经被他焐化了，黏黏的。糖纸上的温暖传到她的手里，她心软了一下，轻笑着揉捏圆子的小脸："谢谢圆子，姨姨很好。你来看姨姨，姨姨很高兴。"

圆子扑进宝宁的怀里，搂着她的腰，撒娇道："姨姨，我今晚可不可以住在这里？没有人陪我，我好害怕。"

宝宁反应过来。高飞荷出了事，高贵妃自顾不暇，圆子已经孤单地待了一晚上了。

宝宁心疼地揉了揉他的头发："好，咱们和皇后娘娘说一声，让你来我这里睡。"

"我已经和皇后娘娘说好了。"圆子仰着脸让她摸，"但是我撒谎啦，我和皇后娘娘说我想住在她的偏殿，皇后娘娘答应了。可我刚才偷偷跑出来找你了。我想你啦！我想见你。她们都不让我来见你，她们说你受了惊，要好好休息。"

宝宁抱着他的腰，将他拽上床，笑着用脸颊贴了贴他的脸："我们一起睡。"

圆子高兴极了，钻进宝宁的被窝里，规规矩矩地躺好，闭上眼睛。宝宁给他披好被子，心中想着，若是以后真的能把圆子接进王府里，那该多好！她会好好待他的，就像对自己的孩子那样，而不仅仅是把他当作裴原的解药。

殿内又安静下来，只剩下圆子平稳的呼吸声。

太极殿。

周帝已经很疲累了。他让人将高贵妃和裴霄都押进牢里，明日再审。

在经过裴原身边时，高贵妃眼珠子一动，忽然想到了另一个主意。

她确实难以洗清自己身上的嫌疑了，但这并不妨碍她将裴原拉下水。裴原精心布局，不就是想要东宫之位吗？她的霄儿得不到东宫之位，那么裴原也休想得到。

高贵妃迈出门槛的前一瞬，忽然大哭着挣开押送她的侍卫，转身朝周帝拜倒："陛下，臣妾入狱事小，可怜的是小皇孙啊！他的生母和主母都不在人世了，现在连我这个祖母都不能再陪在他的身边。他才五岁，多么可怜啊！陛下，圆子是您唯一的孙子，您可千万不要因为生臣妾的气而迁怒于他，让歹人再次得逞啊！可怜的圆子已经遍体鳞伤了，不能再受折磨了。"

她说完，饱含深意地看了裴原一眼。

裴原眯起眼睛，回望着她。

周帝本已经站起身，由姜堰扶着要去歇息了，听了高贵妃的话，当即停住脚步："你这是什么意思？"

高贵妃嗓音嘶哑地道："圆子在数月前丢失过一段时间，不知是巧合还是有人故意为之，恰好把圆子丢进了四皇子的溧湖别庄。等霄儿找到他的时候，他的小胳膊上已经伤痕累累，他自己说是蚊虫叮咬所致，可是哪里来的那么多蚊虫？明明是被歹人挟持了，毒打所致。"

周帝不可置信地看向裴原："原儿，确有此事？"

高贵妃急切地道："有或没有，把圆子找来一问便知。"

她有自信，自己定能借此机会扳回一局。圆子是个少言寡语的小孩子。他懂什么？她只要吓唬他一下，让他说什么，他都会照做。况且，圆子从前在太子府里孤孤单单的，只有她这个祖母对他好，在恩威并施下，圆子这个小孩很好操纵的。

高贵妃心中的歉疚感一闪而逝，她不觉得自己对不起圆子，只是让他说几句谎话而已，又不会真的伤害他。而且，她做这些还不是为了他好？

过了一刻钟，圆子睡眼惺忪地被带进大殿。方才他从宝宁的怀抱里被拉出来时，人还是蒙的。此时，他站在太极殿的中央环视四周，看到祖母跪在地上，满面泪痕，他的心中更茫然了。

高贵妃一看见圆子就哭得更厉害了，冲上去抱住他，口中唤着"我可怜的孙儿啊"，暗地里却在悄悄地掐他的胳膊，附耳小声道："待会儿无论祖母说什么，你都要顺着祖母的意思说，否则你就会害死祖母。圆子，你忍心吗？"

高贵妃说完，狠狠地瞪着他："听懂了没有？"

圆子被掐得生疼，看到一向宠爱自己的祖母变了一副面孔，眼泪不由得涌了出来。

高贵妃忍着心疼，又掐了他一下，问道："你听见了吗？"

圆子含泪点头："嗯……"

"圆子，你不要怕。"周帝走过来，和善地站在他的面前，蹲下身，与他平视，"皇爷爷问你什么话，你如实回答就行。"

周帝指着裴原问他："你走丢过，在你四皇叔的庄子里住过一段时间，是吗？"

高贵妃掐了他的胳膊一下。

圆子点头，颤声道："是！"

周帝又问："那你四皇叔打骂你了吗？"

圆子震惊地看着周帝："怎么……"

怎么……可能呢？

高贵妃用藏在袖子里的手又狠狠地掐了他一下，逼得他将后半截话咽了回去。

他觉得疼极了，也害怕极了。为什么祖母一直掐他？皇爷爷为什么问他这样的话？虽不明白前因后果，但他知道，如果自己点头了，对姨姨一定是不好的。

周帝摸了摸他的头，声音更加温和了："圆子，你告诉皇爷爷，你身上的伤是四皇叔弄的吗？"

高贵妃的心"怦怦"地跳，她不懂这个孩子为什么突然这么不听话。她的手腕都开始颤抖了，她下了死力，又狠狠地拧了他一下："你说啊！"

裴原紧紧盯着圆子，见他抿紧了唇，就快要哭出来了。

所有人都在等圆子的答复。

"你这个孩子怎么这样？！"高贵妃哭着拍打他，"陛下让你说，你便说！你现在不出声算怎么回事，是想要害死你的祖母吗？"

周帝呵斥道："你干什么！"

圆子紧紧地攥着拳头，终于克制不住了，大哭着出声道："没有啊，叔叔没有打我啊！祖母为什么要逼我撒谎？我不想做坏小孩！姨姨很好，叔叔也很好，祖母为什么要害他们，为什么呢？"

"嗡"的一下，高贵妃的脑子就像是要炸开了。

"圆子，你在说什么呢？"她瞪大眼睛，冲上前拉圆子的胳膊，"是谁教你这么说的？你说，是谁教你的？！"

裴原看不下去了，上前阻拦。

圆子害怕，往他的怀里钻。

高贵妃见状，发疯得更厉害了。

推搡之间，众人忽然听见"啪"的一声，是瓷器落地的声音。

周帝低头一看，从圆子的袖口里掉出了一个红色的小药瓶。他狐疑地皱眉，亲自捡起来打开看，只见里头都是小药丸。

高贵妃的脸霎时就白了，一点儿血色都不剩。

周帝让姜堰把药瓶给太医看："瞧瞧这是什么药。"

几个太医见到那药丸时，脸色都变了，均换成了难以置信的神色。他们商讨了一会儿，资历最老的那个太医上前答道："回禀陛下，这药瓶里装的就是……胭脂目。"

周帝大惊："什么！"

高贵妃瘫软在地。头发上的珠钗散落，她紧张得大口大口地吸气。她还想要去拽周帝的袍角喊冤，却被周帝狠狠地瞪了一眼，一脚踢开了。

周帝逼问圆子："这瓶子是从哪里来的？"

圆子含泪回道："我在延禧宫……地砖下面找到的。"

裴原从太极殿出来时，丑时已过。

夜深露重，裴原走到长秋宫不过一炷香的时间，衣袍上却沾了一层露水。

他走到宫墙的拐角处，有宫人看见他，飞奔到殿内通报："王妃，四殿下来了。"

宝宁立刻站起身来，外衣都来不及穿便往外跑。

皇后想拉她，却拉不住，赶紧跟了上去。

"阿原！"宝宁扑进裴原的怀里。他身上的凉气让她打了个哆嗦，她顾不上袭来的凉意，抓着他的手问："圆子怎么样了？半个时辰之前，有人来这里强行将他带走了。母后担心，遣人去太极殿察看，但是太极殿被重兵把守着，进都进不去。"

皇后也焦急地问："是啊！这是怎么回事？大人的事，抓一个小孩子去干什么？"

"他现在挺好的，有嬷嬷带他去睡觉了，母后不必担忧。"裴原将宝宁的手握进掌中，带着她往殿内走，边走边劝皇后，"母后身子羸弱，而且现在已经很晚了，事情也都解决了，您快些去睡吧。我先带宁宁回家，等她休养几日，我们再一同来看您。"

皇后蹙眉，关切地道："再过一会儿，天就亮了，你们不如在我这里住一晚，天亮后再走？"

他们进入殿内，有眼力见儿的宫人拿来宝宁的衣裳。

裴原自然地接过来给她穿上，婉拒道："儿臣谢过母后，但宝宁认床，换了地方睡不安稳，我们今晚就不多留了。"

"这样也好。"皇后虽有些失望，但很快收敛情绪，对秋实嬷嬷道："入秋了，夜里凉，你再去拿一件我的大氅来。宝宁的肚子仍不舒服，你再取个手炉来吧，快些。"

裴原朝皇后道谢。

宝宁疲累极了。她心事已了，困意就袭了上来，靠在裴原的臂弯里打瞌睡。

皇后盯着她看，笑容不自觉地浮上唇角。她指了指宝宁的眼睛，对裴原道："你瞧，宁宁睡着了。"

"她总是犯困。"裴原将她搂在胸前，低头看了一眼，轻声道，"她日日睡不醒，今晚又熬夜了，回去后估计要缓上两三日。"

皇后声音也放轻了，怜爱地道："她还小呢，才十几岁，多睡觉好，还有机会长个子。"

裴原揉搓了一下宝宁的脸，笑着道："我估摸着长个子难。她这个人挺懒的，我平日里告诉她要多蹦蹦跳跳，她也不，就坐着，要不就躺着。吃得多、睡得多有什么用，肉都长在身上了。以往她的下巴尖尖的，您看，现在都圆润了。"

皇后为她辩解："我们宁宁长得美，瞧这小鼻子、小嘴巴，长得多标致呀！不论高矮胖瘦，她都好看。"

"可别让她听见了。"裴原垂眼盯着宝宁的脸，声音温柔得连皇后都不敢相信，"她最喜欢人家夸她美，若是知道您夸她美，她的小尾巴怕是要翘到天上去了。"

皇后笑了，沉默了半晌，才开口道："看见你过得好，我就放心。澈儿失踪已经快一年了，音信全无。我知道陛下差人去找过他，找他的人说在齐连山一带发现过他的踪迹。但后来又有消息传来，说寻到的只是澈儿佩戴过的一枚玉佩，并没有见到人影。齐连山上都是山匪，澈儿可能已经……毕竟他失踪时身上还受了伤……"

"活要见人，死要见尸，否则任何消息都不要相信。"裴原打断她的话，"母后，过些日子，我会亲自去一趟齐连山，一定会将大哥给您带回来。在此之前，您养好身子便是。"

皇后笑了："是我自己吓自己了。原儿，拜托你了。"

裴原不知道该怎么安慰她。他并不擅长安慰除了宝宁之外的人，顿了顿，道："过些天，我再让宝宁进宫来陪您。"

此时，秋实嬷嬷拿着东西进来了。

裴原将宝宁唤醒，用大氅将她包好后，便向皇后告辞了。

宝宁是真的累坏了。她自从知道圆子没事后，精神松懈下来，便觉得困，想要睡觉。后来又迷迷糊糊的，怎么到家的都不知道，她只记得裴原将她从马车上抱下来，回到房里，脱了鞋子，给她擦脸擦手。

他笨手笨脚的，盆子掉在地上，声音太大，惹得隔壁的阿黄都叫了起来。他气急败坏地骂阿黄，她听了就不高兴了，批评了他两句，他就闭上了嘴。

之后的记忆，宝宁通通没有，再次醒来时，天还是黑的。

裴原点了一盏昏黄的小灯放在旁边，自己盘腿坐着，在剥石榴。

宝宁的眼睛微眯，她看到他手里拿着一把小刀，认真地将石榴里的每一颗籽都挑出来，然后把果肉放在一旁。他好像已经挑了很久，石榴籽都快堆成小山了。他专心致志地挑着石榴籽，连她醒来都没发现。

宝宁的心里甜滋滋的，她将屁股蹭过去，搂住他的腰，问道："这些都是给我吃的吗？"

"醒了？"裴原看了她一眼，笑着继续干活儿，"你的肚子还难受吗？"

宝宁细细地感受了一下，回答："我的肚子好多了，只有一点点不舒服。"

"那就好。"裴原揉了一下她的头发，"你待会儿吃完饭，再睡一觉，明早就好了。现在去洗个脸，到外面走一走，活动一下筋骨。你从日出睡到日落，腰酸不酸？"

"那你给我揉揉呗。"宝宁扑到他的怀里，用脸颊蹭他的肩膀，"我的腿也酸了。"

裴原嫌弃地用手指推开她的额头："你都一天没洗脸了，还好意思往人家的白衣服上蹭，害不害臊？"

宝宁不蹭了，心虚又嘴硬："我的脸就算不洗，也比你的衣服干净。"

裴原睨了她一眼，把桌子推开，拍拍自己的腿，道："过来，我给你捏一捏。"

宝宁高高兴兴地趴上去，脸朝着桌子的方向，看着那碗石榴果肉，明知故问："石榴是给我吃的吗？"

"是喂小猪的。"裴原捏了她的屁股一下，"把手放下，你等待会儿洗了手再吃。"

宝宁心里还是甜滋滋的。她觉得裴原真的越来越有长进了，变得更贴心了，竟然还给她挑石榴籽。多好的夫君呀！

宝宁假装不好意思地推辞，道："哎呀，哪里需要那么麻烦啊，你直接递给我吃就好了嘛。看把你累的，我心里还怪不是滋味的。"

"我不累，你吃得高兴就好。"裴原慢条斯理地给她捶腰，"咱们南院里竟然有棵石榴树，我平时都不往那边去，今天听刘嬷嬷说才知道的。陈珈和我一起去摘的石榴。你别说，这摘石榴还挺有意思的，种花种草应该也挺有意思的，等闲下来的时候，我也试一试。但我不能种那些姹紫嫣红的花，丢面子。"

宝宁哼了一声，道："就你想得多，人家大诗人都喜欢花花草草的，什么牡丹呀，菊花呀，梅花呀，都是千古歌颂的。"

"我又不是大诗人。"裴原道，"要么不种花，就种点儿实用的。陈珈告诉我韭菜很好种，我可以学着种韭菜，简单。而且那玩意儿一茬接一茬，种两排就够吃一整个夏天了。"

宝宁沉思了一会儿，道："随你吧，你玩得高兴就好。"

裴原一边给她捏腿，一边和她聊天："以前没发现，今日我才觉得陈珈这小子话多。"

宝宁闭着眼，问道："怎么了？"

裴原道："我和他走了一路，他就和我念了一路他的老娘。他说他的老娘勤快又朴实，他是幺儿，他娘最疼他，在他小时候带他去山上打猪草喂猪，喂得那猪又黑又壮，脑袋像磨盘一样大，还会咬人。但是他娘现在老了，年过古稀，他们几兄弟也都有些出息，他娘就不养猪了，在他的哥哥家养老。"

宝宁看了他一眼，笑了。不知道为什么，裴原一本正经地和她说陈珈小时候养猪的事情，让她觉得很有趣。

她感动于裴原今日给她剥石榴的贴心，顺着他的话问："你们还说什么啦？"

裴原道："他哥哥寄给他的信昨日到了，说他娘年纪大了，嘴馋起来，喜欢吃甜的。可他娘本来就没剩下几颗牙齿，他嫂子不让吃，老太太馋啊，就去偷石榴吃，结果吃进嘴里，还没高兴一会儿，'嘎巴'两声，剩下的两颗牙也折了，被石榴籽给硌折的。"

宝宁心中的甜蜜尽数消散，她翻身坐起来，狐疑地问裴原："所以你是因为陈珈他娘的牙折了，才给我挑石榴籽的吗？"

裴原已经摸索出了一些经验，一听到宝宁这样的语气，就知道她肯定是不高兴了。虽然不知道她为什么不高兴，但他只要否认，应该就可以平息她的怒火，尽管她猜测的确实是事实。

犹豫之下，裴原迟疑地道："不是吧？"

宝宁反问："是我在问你，还是你在问我呢？"

"我们为什么因为这个吵起来了？"裴原把碗端在手里，往宝宁的面前递，"不就是石榴，要么你吃，要么你就不吃。这和陈珈他娘的牙有什么关系？要不你先尝一个吧。如果甜，你就吃；不甜，我吃。"

宝宁瞪了他一眼："不甜。"

"你这不是睁眼说瞎话吗？"裴原执拗地把碗递给她，"你都没尝，怎么知道不甜？"

宝宁道："石榴甜不甜重要吗？我的心里不甜了。"

裴原拧着眉毛，笑骂："你这是什么毛病！"

他思考着到底是哪里出了问题，想了半天也想不出个所以然来。裴原思索着，不如继续说些宝宁爱听的事。她刚才听到哪一段的时候笑了?

裴原想起来了,当即正襟危坐,握住宝宁的手,轻拍着她的手安抚她,道:"宁宁,要不然咱们再说说陈珂小时候养猪的事吧?"

宝宁震惊地看着他。

裴原尽量让语气轻快起来,给宝宁轻松愉悦的感觉:"刚才我说到陈珂和他娘上山割猪草……你知道什么是猪草吗?猪草,顾名思义,肯定就是猪喜欢吃的草。我给你比画一下,大概这么高,这么粗……哈哈,这可太有意思了!京郊不是有座山吗?上头或许也长着猪草。等到天气再凉快一点儿,我们去摘一些回家煮汤。"

宝宁哼了一声:"你自己去吃猪草吧!"

她坐起来,穿好衣裳,穿了鞋就往外走:"我晚上要吃面条。"

裴原叫住她:"我的故事还没讲完呢,你就不听了?"

宝宁道:"我的面条里要加两个鸡蛋。"

她说完就走了出去。

裴原叫不住她,只好扬声唤刘嬷嬷:"嬷嬷,你看着点儿王妃,让她慢点儿,她的病还没好利索呢,别让她出去吹风!"

裴原擦了擦手,想继续剥石榴,可又不放心,抓了件宝宁的衣裳追了出去。可还没走两步,他便瞧见里头掉出一沓折起来的纸。

纸张很旧,看起来像是信纸。

裴原的眼睛眯了起来。

这信纸的年纪怕是比宝宁都要大,她是从哪里弄来的?

裴原本来是想放回去的。他并不怀疑宝宁背着他偷偷做了什么,或许这只是一封古籍的注解信,或者是她在哪里捡到的老旧信纸,觉得很有意思,就带回来了。况且,这是她的东西,如果他贸然动了,到时候被她发现,她免不了又要闹脾气。

裴原已经准备将那沓信纸塞回她的衣裳里了,但心底的那丝窥探欲蠢蠢欲动,不停地撺掇着他:宝宁不在,不如看一眼?

裴原犹豫了片刻,坦坦荡荡地将信纸拿出来,走到灯边,在桌上铺平,展开。

他心中想着,大不了待会儿将书房中的书籍和信件都抱来,也给宝宁随便翻阅。这应该算公平了吧!

这信里到底写了什么?

裴原脸上的笑意在他看到第一行字的时候忽然僵住了。

他认出那是他母妃的笔迹,写着"明山亲启"。

"啪"的一声,他的脑子里像是有一根紧绷着的弦断了。裴原眼角抽动,思绪骤然回到一年前,他与邱明山决裂的那一晚。他们决裂的原因是私密,就算是魏濛,裴原和他说的时候也只是含糊地带过，因为事情的真相他实在说不出口。

他怎么告诉其他人，他一向视为长辈的邱明山将军，在无人之处，对着他母妃的画像，撩起衣摆，如痴如醉地行不雅之事？

这让他痛恨，无法接受。

而面前的这封信……

裴原压下心头的烦躁之感，认真细致地一个字一个字地将它读完。

那些黑色的墨迹像是化作了无数把锋利的刀刃，铺天盖地而来，将他曾经信仰的苦苦坚持的东西全都划得粉碎。有一瞬间，裴原对那些字感到费解，明明都是熟悉的方块字，他却一个都不认识。

他甚至想问一句：我是谁？我在这个世上到底算什么？

混乱而肮脏。

他没有办法用这样的言语去评判他的母亲，就只能这样评判自己。他就像一团从泥沼里捞出来的污秽之物，肮脏极了。

这封信的内容可耻又可笑。看完信，裴原很愤怒，但一腔怒火又不知对谁发泄。忽然，他觉得自己所做的一切都失去了意义。

他该以怎样的身份在这座皇城中立足？他该怎么面对周帝？他又该怎样面对宝宁？

他可真是恶心透顶。

裴原的手指无意识地收紧，本就薄而脆的信纸被他捏得"咔咔"作响，裂开一道大口子。

他胸口起伏不定，终于忍不住，猛地抬手，将桌上的茶盏碗碟全都挥到地上。

嫩红色的石榴果肉散落得遍地都是。

裴原的手掌涌出鲜血，血顺着指尖滴落在地上。他的手掌是被桌上的刀刃划伤的，可他感觉不到疼痛一般，面无表情地将信纸叠好，放回原处，接着低下头去收拾地上的瓷片碎渣。

宝宁坐在院门口和刘嬷嬷一起剥蒜，原本一片欢声笑语，但在听到屋内传来的剧烈响声后戛然而止。

宝宁的心倏地坠落，她隐隐有不好的预感传来。

"这是怎么了？"刘嬷嬷焦急地站起身，询问宝宁的意见，"婢子进去看看？"

宝宁忽然缓过神来。

那封信呢，被她放在哪里了？

昨晚从宫里出来后，她太疲惫，就将这件事抛在了脑后，直到现在才想起来。

宝宁的额上瞬间出了一层冷汗，她还没有想好到底要不要把信给裴原看。如果给他看信，要怎样向他解释。她不敢想象裴原看到这封信后会是什么反应。

他那么敬重自己的母妃……

"别过去！"宝宁见刘嬷嬷往屋内走，大声阻止。

刘嬷嬷被吓了一跳，连忙停住脚步。

宝宁也发现自己的反应过激了，勉强勾出笑容，道："嬷嬷，蒜还没剥好呢。面条快熟了吧？你先弄着，我进去看看就好。"

刘嬷嬷应"是"。

宝宁的心剧烈跳动着，她深吸一口气，往门口走去。

信应该藏在她昨天穿的衣裳里，刚才出来的时候，她瞥见那衣裳就在床头放着。

宝宁站在门口，看见裴原神色如常，正在将最后一片碎瓷放进痰盂里。她松了口气，但转眼就看到了他那只受伤的手。那么长的一道口子，血还没止住，汩汩地往外冒，和地上的嫩红色石榴果肉搅在一起，令人触目惊心。

宝宁倒吸一口凉气，匆匆走过去抓住他的腕子："你这是怎么弄的？"

裴原指了指痰盂，淡淡地道："那个破碗割伤了我的手。"

"你别乱动，待会儿叫人来收拾。"宝宁推着他坐下，转身去找药箱，"我给你包扎一下。"

裴原往后仰靠着，闲适地跷起二郎腿，道："你用不着大惊小怪的。不就是手掌割了一道口子吗？又不是很疼，我晚膳多吃一块肉就补回来了。"

宝宁狐疑地看了他一眼，觉得他好像和平日里没什么区别，但似乎又有细微的不同。

她拿着纱布和药粉过来坐在裴原的身边，将他的手放在自己的腿上，边包扎边问道："你刚才怎么弄出那么大的动静？"

"我不小心打碎了碗而已。"裴原反问，"声音很大吗？那我下次注意些。"

"好了。"宝宁把包扎好的手放回他的膝上，嘱咐道，"近些天，手别沾水，你洗漱的时候喊我帮你。"

"我没那么娇气。"裴原挑眉，用完好的那只手将宝宁扯到怀里，低头咬她的嘴唇，低声问，"你怎么回事，刚才急匆匆地跑回来，是担心我吗？你刚刚不是还在生气吗？和我甩脸子。我还没哄你呢，你就不气了？"

"什么呀，你真的什么都不懂。"宝宁将头贴在他的胸口上，小声地道，"我没生气，就是和你闹着玩的，你怎么还当真了？"

裴原道："我当真了，伤心得很。你打算怎么补偿我？不如说句好听的话哄哄我。"

宝宁仰头看了他一眼，脸颊红红的，扭头道："才不要，我说不出口。"

裴原的眼神黯淡了。他的心像是缺了一块，空落落的，只有抱着宝宁的时候，他才觉得心被填满了。他知道宝宁一定也看过那封信，她什么都知道了。他明明知道她单纯得像一块白玉，不会因为他不是真的四皇子而感到烦恼，因为她从不在意那些虚名，也不会因为长辈那些不堪的往事而看轻他，但……他还是觉得不安。

宝宁的拒绝更加让他心慌了。

"你得说。"裴原按捺着心里的躁动，不想再吓到她，只轻轻地吻她的额头，带着乞求的语气，"宝宝，我想听。"

"嗯……"宝宁心软了，想了想，叹气道，"可我真的说不出口。"

裴原的呼吸差点儿停滞了，他试探性地问她："为什么？"

宝宁道："我小时候太贪玩了，没读多少书。书到用时方恨少，我现在脑子里空空的，什么好听的话都想不出来。"

她拉着裴原的小拇指，和他商量："我亲你一下行吗？"

裴原摇头："不行。"

宝宁懊恼地垂下头，片刻后又抬起来，搂着他的脖子娇滴滴地道："阿原，我最喜欢你了，一刻看不见你就觉得甚是想念。你是我见过的最俊美的男子，简直像是从天上掉落的仙男一样。我一看到你，饭都不用吃就饱了。我怎么就那么喜欢你呢！你的眼睛、眉毛和嘴唇都像长在了我的心上一样。哎呀，我可太喜欢你了，一生一世都离不开你了。"

裴原沉默半晌，悠悠开口："原来先生教导我们要多读些书，是有道理的。"

宝宁恼怒地推开他，站到他的面前："我都告诉过你了，我读书少，不会说什么甜言蜜语，是你非要听的！现在又嫌弃我，你可真烦人！"

裴原笑了起来。

宝宁看到他笑了，心终于安定下来。

他肯定没看见那封信，要不然不会这么平静。

窗外飘来肉酱的香味。

刘嬷嬷敲门，问道："王爷、王妃，晚膳做好了，要现在吃吗？"

宝宁道："端进来吧。"

他们平静地吃完晚饭，像平常一样，宝宁去沐浴。裴原则坐在门槛上，拿着一把宝宁不用的旧梳子，慢条斯理地给两只狗梳毛。可他心思不在这上面，下手没轻没重的，不小心弄疼了阿黄。阿黄尖叫一声，跑了，梳子掉在了地上。

裴原沉默地捡起来，抹掉上头的狗毛，问吉祥："到你了，要来梳一下吗？"

吉祥朝他吼了一声，夹着尾巴跑了。

宝宁浸泡在浴桶里，心中想着她到底该怎么将那封信的事告诉裴原，毕竟她没有资格瞒他。但是，她也不希望裴原因此受到伤害。如果在裴原心情愉悦的时候，她平和地向他提起这件事，结果会不会好一些？

他什么时候最高兴？

宝宁思索着这个问题，脸渐渐红了。

她往脸上泼了一把温水，下定了决心。

裴原在外头吹了半个时辰的冷风，确定心情已经完全平静了，不再躁动，不会有任何冲动的可能，才站起身往屋子里走。

屋子里点了熏香，有一股很淡的香味。

裴原皱了皱眉。

他发现了不对劲儿。

宝宁的声音从内室传来，她又娇又软地道："夫君，记得锁门。"

裴原转过身，将门锁上，犹疑地朝着声音传来的方向走过去。

宝宁侧躺在软榻上，没穿亵衣，只盖了一层烟粉色的薄纱。她用手撑着头，长发披散，欲语还休地看着他。

裴原被夜风吹得冰冷的身体一下子变得灼烫，比以往任何时候都要燥热。

他不自觉地咽了一口口水。

裴原强装镇定，淡淡地问："你这是什么意思？"

宝宁坐起来，薄纱堪堪盖住前面的"风景"。她鼓起勇气，尾音软绵绵的，冲他道："我很久没和你亲近了，有点儿想。"

裴原眼中有笑意，微微颔首。

宝宁的脸已经热得发麻了。

她肯定是脑子进水了，才会想到这种羊入虎口的糟糕法子。

…………

最后，裴原将她抱回了床上。

宝宁挨着枕头就睡了过去，错过了裴原眼中几乎满溢的温柔之色，还有落在她汗湿的额头上的轻轻一吻。

第二日一早，天还没亮，裴原便起床了。

宝宁仍旧蜷缩在温暖的被窝里，酣睡得像只粉嫩的小猪。

裴原轻轻捏了一下她的脸，笑着走出门。

刘嬷嬷在外头看着下人扫地，看见裴原出来，惊讶地问："王爷，今天不是休沐的日子吗，您怎么这么早就要出去？早膳还要一会儿才做好，您要不要等一下？"

裴原继续往前走："不吃了，我进宫一趟，很快就回来。"

他忽然想起了什么，又停下脚步，嘱咐道："好好照顾王妃。等她醒了，先让她吃早饭，再服侍她沐浴。一定要让她吃了早饭后再沐浴，她吵也没用。

"另外，劝她再吃一服药。若她不愿，派人去买糖给她吃。

"她若问起我，你就告诉她，我约莫晌午才能回来，不要等我吃饭。再告诉她，我会给她带糕点回来，让她不要嘴馋吃太多东西，留点儿肚子。

"还有，如果我中午来不及赶回来，你就带她去睡觉，看她睡熟后，再把窗子关好，别让风吹着她。"

裴原沉思了片刻，觉得没什么遗漏的事了，领首道："就这些。"

刘嬷嬷一一应下，送他出门。

陈珈还没起，裴原自己去马厩牵了匹马出来。

第一道曙光刚刚划破天际，看来今天是个好天气。

裴原抬头看了一眼天空，平静，无风无云，他的心情也是如此。

昨日的平静是他伪装出来的，今日的平静却是真实的。

裴原想起中秋那日进宫，宝宁和他坐在御花园的石阶上，她对他说，她会是他的底气。那时他还没有完全体会到这句话的意义。如今他明白了——底气就是有宝宁在，他便无所畏惧。

宝宁便是上天给他的最好的恩赐。至于其余的，有也好，无也罢，不过是锦上添花或命里无它。

裴原到长信宫时正好是辰时。

周帝是个勤政的皇帝。即便大臣们休沐，他也会早早起来批阅未批完的奏折。以往这个时候，周帝应该已经用过早膳，练了两刻钟的剑，正坐在长信宫的正殿中读书。

裴原是特意掐着时间去的，却扑了个空。他只看到大太监姜堰在那里，遂问起周帝所在。

姜堰回答道："早上宫正司那边来人，说高氏要见陛下，有极为重要的事要告诉陛下，不让见便寻死觅活的。陛下去见高氏了，去了已经有小半个时辰了，估算着时间，应该也要回来了。四殿下先坐下来喝喝茶吧，稍等片刻。"

高氏虽已被罢去位分，但毕竟曾是皇妃，被关到刑部狱中不合适，所以暂押在宫正司的监牢里。

裴霄已经被废去了太子之位，被关进了刑部大牢。离那件事已经过去两日了，裴霄仍未认罪，只说自己丝毫不知情，都是别人蓄意陷害他。他还曾趁狱卒不备，砸了茶杯,用茶杯碎片割脖子,以自证清白。好在狱卒及时发现,将他救了回来,他只流了些血。

裴原想,裴霄这个人真是有意思,堪称使苦肉计的一把好手。一旦计划脱离他的掌控,他便自残。但这次证据确凿,其他手段都不奏效了,可他仍旧不灰心,竟然拼死一搏,这是让裴原感到诧异的。

裴原想起当日高氏临走时的眼神,她或许真的……留有后手。

宫正司的监牢在地下,阴暗湿冷,茅草垫子上有许多小虫爬来爬去。

高氏头发散乱,面色苍白地抱膝而坐,灰暗的眼神在听到门锁响动时亮了一下。

周帝皱着眉头走进来,嫌恶地看了她一眼:"你找朕来所为何事?若是只为叙旧情,大可不必。"

"那些事都是我一人所为,与霄儿无关。当年是我诬陷了大皇子和四皇子,也是我一直在暗中给皇后下毒,还是我设下圈套,想要杀了四皇子妃,霄儿全部不知情。"高氏站起身来,声音仍旧柔媚,"不管有什么责罚,我愿意一力承担。你若要杀我,尽管动手,我死有余辜,但我的儿子是无辜的——他得活着。"

"你真的当朕是傻子?"周帝用愤恨的眼神看着她,"你、你身后的高家,还有你的儿子,都是一丘之貉。铁证如山,你难道还心存幻想,以为只凭自己一张说尽了谎话的嘴,就能再次骗取朕的信任?"

"您必须相信我。"高氏直视他,一字一顿地道,"否则,我就把您当年所做的那些丑事都说出来!"

她的语气十分阴狠。

周帝怔了一下,心头萦绕着淡淡的恐惧感。

"你这是什么意思?"

"陛下,您装什么傻?!"高氏拖动脚上的镣铐,娉婷地走向他,"这些年里,四皇子一直没有放弃调查他母妃之死的真相,凭他的手段,这么多年竟然连半点儿头绪都没有查到,陛下,您说这是为什么?"

周帝的眼睛骤然瞪大,他不可置信地看向她:"你到底想说什么?"

"因为他的母妃就是您杀的!"

周帝一掌推开她,呵斥道:"胡言乱语!"

高氏看着他的眼睛,继续道:"我亲眼看到,是姜堰公公假借您的口谕,邀贤妃妹妹去长信宫和您一同用膳,却带着她走到了无人的山间,趁她不注意,将她推进了早就挖好的山洞,还用大石封上了洞穴,然后又伪造了贤妃妹妹失足落湖的假象。不是这样吗?"

周帝的呼吸骤然急促，他道："满口胡言！你这个毒妇疯了吧？竟然说出这等疯话！"

"您心虚什么？"高氏笑道，"您那么做也是为国为民。您担忧贤妃妹妹的命格真的会祸国，又正好遇到百年大震和山洪，国师让您杀了贤妃了事，您便当真那样做了，但又不敢告诉旁人，怕落得个出尔反尔、薄情寡义的臭名声，更害怕四皇子知道真相。您太了解他的性子了，若他知道真相，一怒之下举兵谋反也不是不可能。您看，您多为难啊！可惜，您以为自己设下的是天衣无缝的局，却被我瞧见了，而且瞧得清清楚楚。"

周帝冷冷地看着她，问道："除了你，还有谁知道这件事？"

"那可太多了。"高氏妩媚地笑道，"但如果您答应不伤霄儿的性命，让他好好地活着，那就不会有人说出这个秘密。"

周帝呵斥道："他犯了谋逆之罪，那可是死罪……"

"陛下，您真的想父子反目，死后无人送终吗？"高氏高声打断他的话，"您应该知道，若这件事泄露出去，您会落得一个怎样的下场。大皇子失踪，二皇子是个傻子，若霄儿死了，四皇子也会与你反目成仇。五皇子的资质倒是不错，可他真的会如您所愿回来继承大统，与他最敬重的四哥为敌吗？"

周帝扬起手，双目赤红，急促地喘息了几下，"啪"的一声，耳光落在高氏的脸上。

高氏的头被扇得歪了过去，她不在意地抹掉唇角的血，问："陛下考虑好了吗？"

周帝紧咬牙关，问道："你想怎么样？"

"我不会为难您。我只是个母亲，只想要我的儿子好好活着。"高氏的眼睛渐渐红了，她忽然跪在地上，叩首道，"霄儿的太子之位已废，请陛下到此为止。南疆战事将起，霄儿有将帅之才，可以为国效力。请陛下将霄儿遣往南地监军，抵抗南蛮。"

周帝闭上眼睛，平复情绪。良久，他才缓缓地道："若是战事败了，他这辈子也不要再回京了。"

高氏大喜，道："谨遵圣意！"

周帝不愿再看她，袖袍一甩，疾步走出地牢。

姜堰瞧见陛下回到长信宫时，眼角是红的。他不敢多问，恭敬地禀报道："陛下，四殿下已经等您很久了。"

周帝一惊，急忙抬头看去，只见裴原站在离他三步远的地方，正欲行礼。

周帝拦住他，道："不必。"

纠结、愧疚……众多情绪在他的心中搅成一团乱麻，他有些不敢对上裴原的眼睛。

他柔声道:"原儿受委屈了,朕会补偿你,给你一个交代的。"

裴原听到他说这样的话,感到意外,皱眉道:"儿臣这次来不是为了那日之事。"

周帝问:"那是因为什么事?"

裴原拱手道:"陛下,秋收时节,匈奴袭扰,边疆民众不堪其扰,儿臣愿即刻启程前往督军,为陛下分忧。"

裴原最开始看到那封信的时候,除了感到震惊,第一反应便是逃避。但自欺欺人根本不是他的风格,冷静下来后,他还是决定亲自去见邱明山一面,将这件事情的前因后果问清楚。无论结果如何,他都会坦然接受。如果他真的不是皇室血脉,他想自己应该会放弃如今的一切,与宝宁寻个隐秘的村落,去过不受干扰的日子。

如果他是皇室血脉,他又会怎么做呢?出于皇子的身份,出于对朝廷的忠诚,他应该杀了邱明山,因为邱明山藏着一颗谋反之心,将来会是巨大的隐患。但是,出于私情,他不知道该如何下手。对他而言,这是两难的选择。

裴原说完,垂下眼皮,遮住眼中的愁意。

周帝看着他坚定的神情,心中掀起轩然大波,愣愣地问:"你……你要离开京城?"

他害怕了。高氏说的那些话,他听在耳里,心里却是真的害怕。他不由自主地想着,如果真的有那么一天,裴原也离开了他,那他的身边连一个可以信任的子嗣都没有了。他的晚年该如何度过?他的皇位又该传给谁?若真的如此,裴氏江山会在他的手中断送。且不说能否善终,他在被埋入地底的那一天,又该如何面对列祖列宗?

周帝不等裴原回答,生硬地拒绝道:"没那个必要。京城才是你的家,封地只是你的食邑之地而已。无须你亲自去,自然有人会好好地看守边疆。朕现在年纪大了,身上的毛病也多了,很需要你陪在身边。你还是留下更好,也能为朕分忧。"

周帝说完这些,顿了顿,又道:"储君为国之根本,东宫之位不能长久空悬,而如今适合当太子的人只有你。"

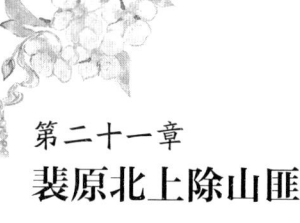

## 第二十一章
## 裴原北上除山匪

他循循善诱:"原儿,朕知道自己以往待你不够好,你心有怨尤,不过你仍旧是朕最信任的儿子,也是朕现在唯一信任的儿子。属于你的东西,以后都会归还给你的。"

裴原不接他的话,淡淡地问道:"陛下想要如何处置三殿下?"

周帝瞬间心虚了。他勉力镇定,道:"朕自会依照我朝律令处置他,决不徇私枉法。"

裴原道:"三殿下犯的可是谋逆之罪。他结党营私,陷害忠良,理应处死。若三殿下最终真的要走上黄泉路,儿臣这个做弟弟的确实该送他一程,不该此时离京。"

周帝勉强挤出一抹笑容,试着劝服他,道:"你三哥并没有犯那样大的错。他确实做了些糊涂事,可朕已经废了他的太子之位,他罪不至死,而且那些事都是他母亲一人所为。朕会督促宫正司和刑部尽快断案,还你一个公道。至于霄儿……他不能再留在京城了,朕准备将他发配至南疆监军,以示惩戒,也给众人一个交代。从今往后,他不会再碍你的路。"

他解释得苍白无力,连自己都不信,更何况是精明的裴原。说这些话时,他移开了视线,根本不敢看裴原。

"既然如此,三哥蒙受不白之冤,还要前去御敌,这是受了多大的委屈啊!身为他的皇弟,儿臣自然不能在京城享福。"裴原笑着说道,"如今匈奴袭扰北方边境,齐连山也正在闹匪患,搅得百姓苦不堪言。代县的守将宿维几次攻打齐连山,但损兵折将,强攻不下,搞得人心惶惶。再过几个月就要过年了,若山匪还不除,百姓定会对守军失望，边疆重镇最重要的就是军民一心。民心一乱，城池也就快失守了。"

周帝道："我即刻传令邱明山，让他去攻打山匪。"

裴原拱手道："邱将军或许能在百忙之中抽空剿灭山匪，但恐怕无暇分心去寻找大殿下的行踪。大殿下失踪已近一年，仍然寻不到其踪迹，想必是追寻之人不力。儿臣愿接手此事！"

周帝一怔，再也找不到阻拦的理由，叹了口气，问道："你非去不可吗？"

裴原默认。

周帝又问："那你预备何时回来？"

裴原答道："待事情办完，我就回来。"

周帝沉默了很久。他年纪是真的大了，皮肤变得松弛，这几日更像老了十岁一般，脑后的头发白了大半。他无奈地点点头："好吧。"

"儿臣还有一事相求。"裴原道，"小皇孙如今寄养在皇后宫中，但皇后病体羸弱，恐怕无法分神照顾。圆子曾与儿臣相处多时，关系和睦，儿臣不忍皇孙小小年纪就经受如此痛苦，请旨将小皇孙接到王府照顾，也好时时关怀。"

周帝并没过多迟疑，急于讨好裴原，而圆子只不过是他不喜欢的儿子的庶子，对他而言并不重要。他当即应允道："朕允了，你明日来接圆子吧。"

裴原回到家的时候还没到中午，厨房的人还在做饭。

宝宁在房檐底下摆了一排小坛子，正挨个儿打开盖子看。

裴原还未走近，便闻到一股臭味。他拧着眉头走过去："这都是什么东西？"

宝宁苦着脸，道："是蒜苗。我把蒜泡在水里，还打了一个鸡蛋黄进去。听别人说，这样做能让蒜发芽，长出蒜苗。怎么回事，才七天就都臭了，这可怎么吃啊？"

"你这些东西也就屎壳郎能下得去嘴。"裴原捏着鼻子，见宝宁还要去揭下一个盖子，立刻阻止她，"别打开了，弄得一身酸臭味，还吃不吃饭了！来人，赶紧把这些东西都收走！"

刘嬷嬷赶紧过来，招呼人把小坛子都搬了下去。

裴原带着宝宁去洗手，边洗边训她："我看你也真是笨，你弄来那么多不透气的瓷罐子，还把盖子都盖上了，那些蒜能不被闷臭吗？你若是不会做，就多问问旁人，或者少弄点儿。自己瞎搞，还弄了那么一大堆，这不是糟蹋东西吗？"

宝宁不服气："人家腌鸡蛋的坛子也是瓷的，也是泡在水里，鸡蛋怎么没臭呢？"

裴原"咄"了一声，道："是你傻还是我傻？"

宝宁嘟囔着去擦手："谁傻谁自己的心里知道。"

裴原把她拽回来："你多放点儿皂角，把手洗干净点儿。那股味道没洗掉，还是臭的，你在糊弄谁呢？"

宝宁也生气了，把手上的水往他的前襟上抹，没好气地道："你是怎么回事？出去一趟回来，火气那么大。不就是几颗蒜吗？臭了就臭了，你瞪着我干什么？我是赔不起还是怎样？！谁在街上抢你的钱了还是踩你的脚了，你一回来就阴阳怪气地讽刺我，算什么本事？有本事，你出去和人家打一架呀！我们俩要臭一起臭，臭得蜣螂把你抬走，不要再回来碍我的眼了。"

裴原问："蜣螂是什么？"

"就是屎壳郎呀！"宝宁轻蔑地瞥了他一眼，"屎壳郎还叫粪球虫，又叫铁甲将军，你什么都不懂，还好意思说我傻。你忘记以前是谁给你做饭吃了吗？你这叫什么？你这就叫'端起碗吃饭，放下碗骂娘'。"

宝宁梗着脖子和他吵架，气急之下，嘴皮子也变顺了，什么话到嘴边就说什么，话说出口才意识到自己有些过分，急忙住了嘴。

宝宁看着裴原渐渐变得阴沉的脸色，有点儿心虚，转身就想跑，却被裴原一把拎住后腰带，他冷冷地质问："你敢再说一遍吗？"

"阿原，我知道错了。我以后说话之前一定三思。"宝宁握着他的手腕小声求饶，"我的手还没洗干净呢，我现在去洗，好不好？"

"你这臭脾气都是我惯的！"裴原咬牙切齿地把她按在胸前，大掌挥下，"啪啪"地打了她的臀部两下。

宝宁惊叫起来。

他又扬手，威胁道："你再叫一声试试。"

宝宁不敢叫了，把脸埋在裴原的怀里闷了一会儿，甕声甕气地道："我以后不种蒜苗了。"

裴原气急败坏地道："这和种蒜苗有什么关系？！"

宝宁乖乖地站着，知道自己说错了话，气焰嚣张不起来了，也不敢看裴原的眼睛，颤悠悠地去拉他的手："阿原，你别生气了。"

她的手又凉又软，一被她碰触，裴原不忍心再生气了，冷着脸反握住她的手，拉着她往内室走去。

"这都是谁教你的？"裴原垂眼瞥她，"你知道怎么哄我高兴，所以有恃无恐？"

"怎么会呢？"宝宁否认，跟着裴原坐在软榻上，抱着他的胳膊，转移话题，"你早上进宫去见了皇后娘娘还是陛下，说了什么重要的事情吗？"

"我去见了陛下，向他请旨把圆子接回来，他答应了，让我明早去接人。"

宝宁惊喜地直起腰："真的？"

裴原又道:"我还说边关不宁,自愿去塞北戍守,略尽绵薄之力,他也答应了。"

宝宁脸上的笑渐渐消失,她心中涌上不安:"你怎么突然想要去那里呢?眼看就要过年了,不如等年关后开春了再去。"

裴原没打算瞒她,干脆地说道:"你藏起来的那封信,我看过了。"

宝宁的呼吸停滞了,她一瞬间回不过神来。

"放心,这些事由我来处理。你不要烦心,就当跟着我去玩一玩,过一个不一样的冬天。"裴原揉了揉宝宁的头发,笑着道,"那边的雪比咱们这边的厚。到时候我们可以去丰县,那附近有一片高山密林,可能会有雪狼和熊出没,还有狍子。你还没见过狍子吧,它长得和鹿很像,但是傻乎乎的。猎户拿箭射它,它不但不往远处跑,还会朝猎户凑过去,看射它的人到底长什么样子。你到时候见了狍子,一定会喜欢的。"

宝宁没被他带偏,紧张地握着他的手问道:"圆子也和我们一起去吗?裴霄怎么样了,会被处死吗?如果他不死,肯定不会善罢甘休的。你还记得圆子娘亲说的话吗?她说裴霄留下圆子是为了找到圆子的爹爹,因为只有圆子的爹爹能够解开他身上的毒。"

裴原安抚地拍着她的背:"只要他不在半路追上来,等我们到了丰县,他的手再长也伸不过来。到时候,我们还会经过杨马岗。"

宝宁脑中灵光一现:"我想起来了,邱将军临走时留给我们一块令牌,是杨马岗守卫的调兵符。"

裴原颔首:"三千精骑拦截一个将死之人,无异于用宰牛刀杀鸡,足够了。"

裴原得知裴霄将在五日后被发配,先他两日就出发了。

杨马岗是离北疆九郡最近的关隘,若乘快马从京城出发,大约四日就可抵达。而宝宁和圆子都在马车上,马车走不快,稍微慢了两日。他们刚刚到达杨马岗休整,留在后方的探子回禀,裴霄果然已经追了上来,带了大约一百名精卫。

这估计是他所剩的全部私兵。

裴原让宝宁和圆子留在城中,自己提了一把重刀,骑着马,慢悠悠地走到裴霄的必经之路等他。

暗处,三千精兵已经潜伏好,只待裴原一声令下。


裴霄出狱后,得到了三个消息。

第一,他的外祖父已经被收押,择日问斩。高氏一族及众多门客死的死,关的关,逃的逃。

第二,他的母亲已经伏诛,在宫正司的窄小地牢里自缢身亡,尸骨被草草地埋葬。

第三，他的儿子圆子被送到了裴原的手里，正在前往燕北的路上。

听到前两个消息的时候，他脸上虽有悲怆之色，但更多的是早已预料到后果的麻木之色。直到心腹告诉他圆子被裴原带走的消息，他眼中才流露出难以压制的惊慌之色。他不能失去圆子，如果连圆子都不在他的手中，他的活路就相当于彻底断了。

当初用胭脂目诬陷裴澈与裴原弑君，为了打消周帝的疑虑，他事先服用了解药，而后亲自喝了那杯毒酒，但没想到公孙竹为了把控他，只给了他一半解药，致使他的体内至今残毒未清。

如今公孙竹死了，唯一可能有解药的人只剩下公孙竹的儿子公孙徐。他原本打算尽快登基，再大张旗鼓地用圆子引出公孙徐，得到解药。可登基之路一再被阻挠，他的计划失败了，但他并没有就此放弃。他至少还能再活十年，这十年里会有无限的可能。凭他的手段，他只要不死，便有信心夺回一切。可如果失去圆子，他无法解除体内的残毒，就算登基了又有什么意义呢？

"咱们身边还剩下多少人？"裴霄问身旁的心腹吴珉。

吴珉答："咱们只剩下以前养在暗处的九十几个人，私兵都被收编了，这是咱们最后可以用来护身的兵力了，不到万不得已，不能暴露。"

裴霄冷冷地道："你把他们全部带上，随我北上。"

吴珉迟疑地道："殿下，但陛下的命令是让您尽快南下。"

裴霄目眦欲裂，吼道："我让你带他们随我北上！"


裴霄才刚从刑部被放出来，换了衣裳，但没时间梳洗，头发凌乱，胡髭也长出来了，半点儿不见从前温润公子的样子。

他绕开周帝派出来跟踪他的人，带着所剩无几的残兵一路向北，终于在五日后追上了裴原一行人。

正是傍晚，落日余晖笼罩着山头，山上无树，只有怪石黄土。刺目的日光没有遮挡地射来，让裴霄不禁抬臂挡在了眼前。

他眯起眼睛，隐约看见山顶立着一人一马，像是镀了层金光。

裴霄一眼便认出那人是谁，愤怒地拔出剑，大喝道："裴原，你好大的胆子，是在此等我吗？"

对面传来声音悠长的呼哨，好似在回应他。

吴珉意识到情况不妙——据他所知，裴原并不是鲁莽之人，此时单枪匹马等候在此，如此嚣张，必定有埋伏。他想要提醒裴霄谨慎行事，不要冲动，但裴霄已经被裴原的行为气昏了头。不等吴珉开口，裴霄用双腿夹紧马腹，喝了声"驾"，便持剑奔了过去。

裴原从背后抽出长刀静静地等着，待他们之间的距离越来越近时，也大喝一声冲出。

裴霄的剑迎面砍下，裴原横刀抵挡，刀剑相击，发出刺耳的声音。

裴原忽然笑了，道："三哥，你赶了这么久的路，怕是没洗脸吧！"

裴霄眼眸圆睁，怒吼道："你放肆！"

他手臂用力，长剑顺着刀锋往上猛地一转，直击裴原的面门。裴原向后弯身躲开。裴霄眸光一闪，反手又要击向裴原座下的战马的头部。赛风受惊，仰蹄嘶鸣。裴原迅速控马移步。裴霄的剑削在马尾上，只削断了一撮尾毛。

裴原"啧"了一声，摇头道："三哥，你的心可真脏啊！"

"我不是来与你扯皮的！"裴霄对他的语气感到恼怒。裴原越云淡风轻，他便越有一种被人玩弄于股掌之上的屈辱感。这是他此生从未体验过的感觉，他心中烦躁，几欲发狂。

裴霄抬剑指向裴原的鼻尖，冷冷地道："我不知道你如此费尽心力地要夺走我的儿子有何企图，但你休想得逞！我现在给你两条路，要么乖乖地将圆子还给我，咱们的前账一笔勾销，以后各凭本事！要么我绑了你，以你为人质，换回我的儿子，但到时候你的脸面还有没有，可就与我无关了！"

"你口口声声说是你的儿子，你的脸皮真够厚的！"裴原轻笑着回了他一句，左手往后撑在马背上，右腿抬起，搭在左膝上，朝裴霄仰起下巴吹了声口哨，"我可真没见过你这样的男人，给人家养了五年儿子还这么高兴。你如此无私博爱，无愧于太子的身份。待你今年生辰之时，弟弟定亲自为你裁剪绿衣绿帽以表敬意，想必你定然喜欢。"

裴霄脸色大变，终于暴喝一声："来人，给我擒住这个无耻小贼！"

他身后的士兵听令，立刻拍马上前。

一时间，尘土飞扬，喊杀声四起。

裴原得意地一笑，他等的就是这一刻。

"有贼子欲冲关……"裴原握着刀的手高高举起，他大声道，"杨马岗的将士何在？来人，擒住他们！"

转瞬间，似有雷声传来，三千铁骑如乌云般奔涌而来，所过之处，沙尘漫天。

裴霄环顾四周，大惊失色。对方显然早有准备，三千铁骑以包围之势袭来，将他们团团围住。包围圈如铜墙铁壁般，他们根本就冲不出去。

他的副官吴珉傻眼了，大声问："殿下，这可如何是好？"

"你问他有什么用，你问我啊。我认识你，你是小吴，对吧？"裴原倾身向前，笑着说道，"我给你指条明路。你若现在放下手中的刀，跪到地上，喊我一声'爹爹'，我或许可以看在父子情面上饶你一命。"

"放肆！"裴霄大骂道，"我今日就算是死在这里，也要断你一臂，报我仇怨！"

他说完后，怒吼一声，夹紧马腹朝裴原冲去。

吴珉意识到了他的打算，大手一挥，率领身后的卫士都冲着裴原而去，大吼道："生擒了他，我们就还有活路！"

但他们这一方不过百人，在三千铁骑面前，如同蚂蚁般不堪一击。

裴原控着马慢慢后退，他身后的将士冲了上去，刻意绕过裴霄，只将吴珉等人包围起来。不过几个喘息的工夫，裴霄的亲卫便都惨叫着落地，没了声息。

裴霄的脸上满是血污，他怒目圆睁，大喝一声，还欲再次攻向裴原，身侧忽然射来一支弩箭，正中马臀。

那匹马早就已经疲惫不堪，受此一箭后，惊吓地逃窜。裴霄一时不备，被甩下马背，跌落在沙地上。他还没站起来，裴原已经上前，一刀砍下他头顶的发髻。随后有人擒住了处于慌乱中的他。裴霄惊愕地抬头，乱发披散，竟然只及肩膀了。

魏濛放下弓弩，放声大笑。

将士们也都大笑起来。

如此羞辱，比杀头更甚。裴霄的牙齿咬得"咯咯"作响，奈何他手脚被困，动弹不得，只能眼睁睁地看着裴原走上前，靠在他的耳边轻声道："我今日无法杀你，但早晚有机会杀你，咱们拭目以待。这一刀是报以往之仇，也是为了告诉你，你这颗项上人头是我的掌中之物。还有，回去后，你好好洗一洗脖子，再养一养头发，毕竟到时候我要将你的项上人头挂在城门上示众。你脖子如果太脏，不好看；头发太短，我系不上去。"

裴原对上裴霄那双满布仇恨之色的眼睛，直起腰，笑着说道："原来是三殿下，刚刚皇弟没认出来，还以为是闯关的贼人，这才下了令，不小心诛杀了三殿下的亲卫，实在是不好意思。现在误会解开了，魏濛，送三殿下回去吧。"

魏濛领命，招呼人将破口大骂的裴霄拽起来，强行扶到早就已经准备好的马车上，自己也上了马车，一路往南去了。

裴原看着消失在远处的马车，脸上的笑容也消失了。

他环视了一圈裴霄死去的亲卫，淡淡地道："找个好地方，把他们都埋了吧。"

魏濛怕裴霄再生事端，陪着裴霄坐马车行了小半个月，将他送到了巴蜀军的驻地，才笑嘻嘻地与他道别。

这一路上，裴霄再也没了愤怒的情绪。

魏濛的厚脸皮与裴原如出一辙，或许他们就是近墨者黑。裴霄一路上也反抗过、咒骂过，但魏濛大多数时候都只是笑眯眯地劝慰他。而且这魏濛就像个不可预测的爆竹筒子，前一刻和他笑着，后一刻不耐烦了便骂人。

裴霄想着，这人如同自己一样没有规矩，目无尊长。如果不是顾虑他皇子的身份，如果不是周帝千叮咛万嘱咐要留他的性命，魏濛恐怕早已砍下他的头颅。

他如同囚犯一般被送到了中军帐中，身边的亲卫早已死伤殆尽。而巴蜀军原来是由裴澈统率，到处都是裴澈的亲信，大多对他冷眼以待。他在这里便如同海上的孤舟，孤立无援。

夜深人静的时候，裴霄冷着脸坐在帐中喝酒，心中思绪翻涌，忽然听见门帘响动。

一个高大的蓝眼男子走了进来，嬉笑着唤他："汉人的三王子，你还好吗？"

"淳于栾？"裴霄眯着眼道，"你不好好地在你的王庭待着，不远千里跑到我这里来干什么？"

"我自然是来解救你的。"淳于栾自来熟地在他的对面坐下，举杯饮酒，笑着道，"事到如今，你还不想与我合作吗？"


裴原一行人不紧不慢地往前行，到达丰县时，已经是十日后了。

燕北一共九郡，其中以三个重镇最为紧要，分别是皋山镇、丰县、代县。皋山镇位于最中间，丰县和代县分居两翼，如同三角状分布，优势是无论哪一个重镇受到攻击，另外两个重镇都可迅速派兵支援。而其余六镇如果受到袭扰，这三个重镇也可迅速增援。

邱明山一直以来都屯兵于皋山镇，而裴原的封地的都城在丰县，两地相距不远，骑快马三个时辰就能到。裴原抵达丰县后，第一时间派人给邱明山送去了信，想要约他见面，但是如此简单的见面，一直到一个月后都没能成行。

最开始，邱明山不在皋山镇，去边界巡视了。裴原等了他三日，好不容易盼到他回来，又出现了一小股匈奴人袭扰边疆，抢夺牧民粮草的事。这样的小事，派出一个裨将就能解决，但邱明山非要亲自去消灭那一小股匈奴人。如此一来，裴原又等了他五日。

等邱明山终于回来，裴原不再等他的回帖，立刻启程前往皋山镇，可刚进衙署，又收到他身边的副官传来的消息——京城那边下了急令，要邱明山亲自去与老单于会盟。如今南边战事吃紧，如果北方再起战火，军需怕是跟不上了，所以最好不要再动兵，要和谐地解决问题。于是裴原又等了他十日。

十日后，到了换防的时候。

按照周朝律令，同一个兵团在一个地方驻扎不能超过三年。为了防止军中的首领与地方长官的关系变得密切，从而生出歹心，对百姓、朝廷不利，所以兵团会经常调换驻地。此外，内地的士兵从来都是养尊处优的，基本没有见过真正的敌人，所以每隔三年就会调派一批内地的士兵到边军历练。

换防是个冗杂而漫长的过程，裴原自然没有精力再去思考邱明山的事，等到换防事毕，又过了近一个月。

邱明山在此期间给他回过几次信，信里写的都是些不痛不痒的话，并没有像以前一样热切地邀请他前去小聚。裴原终于明白过来，邱明山这是在刻意躲着他。

裴原不再等待，准备亲自前往皋山镇，不管他是在巡防还是在会盟，非得见到他不可。

一大早起来，宝宁伺候他梳洗、穿戴好。裴原怕耽搁了时间，再生变故，早饭都没吃。宝宁只好给他带了几个油饼、馒头，和圆子一起送他出门。

等着陈珈牵马过来的时候，裴原对宝宁道："我从来不知道见他一面有那么难，他好像中了邪似的避着我。这次可千万别再出什么岔子。"

宝宁的双掌在胸前合十，她小声地道："老天保佑你。"

裴原见陈珈将赛风牵了过来，松了口气，挥别宝宁和圆子，正要上马，忽然看到一个小吏跑来，行礼道："殿下，代县新换的守将宿维来了，想要拜见您。"

这个宿维，裴原早有耳闻，是左相董玉树的门客。董玉树与裴霄结党，一直明里暗里地与他不对付。裴原听说宿维被调过来时，心里暗暗不爽，此刻听到他来访，脸色更黑了。

宝宁看到他把踩在马镫上的脚放了下来，还低声骂了句脏话。

圆子掏出一块糖，塞到宝宁的手里。

宝宁笑眯眯地把糖含到嘴里，问裴原："你还去吗？"

裴原没好气地道："去个屁！"

"那我回去睡觉了。"宝宁拉着圆子的手往回走，"咱们睡醒之后去吃东街小摊卖的酸汤面吧，我要加很多辣椒。"

他们刚来的时候是仲秋，折腾了一个多月，现在已经是初冬了。

丰县靠北，人们在初冬就该穿薄棉衣，烧小炭炉了。

宝宁抱着圆子到床上去。他的小胳膊小腿都软绵绵的，还热，宝宁将头抵在他的颈窝，舒服极了。圆子侧身抱着她的胳膊，两人把被子拉到下巴，没一会儿就都睡着了。

今日他们起得太早，所以回笼觉睡得沉，圆子醒来的时候，已经快到午时了，宝宁甚至比他还醒得晚一点儿，醒来时仍然觉得困，闭着眼睛打哈欠。

圆子跟着她打哈欠。宝宁笑了，用手摸着他的小肚子问："你饿不饿？"

"不饿。"圆子比了个噤声的手势，"姨姨，你听，刘嬷嬷在外头说什么呢，好像是说要带阿绵去西村的刘伯伯家配种。配种是什么意思？"

宝宁想起来了。刘嬷嬷昨日就和她提起过，羊最好在九十月份配种，这样正好在来年的二三月份生小羊羔，天气温暖适宜，第一茬草也刚刚长出来，对母羊的恢复和小羊的存活都很有益。不过丰县的天气不比中原，可能要晚些时候才暖和起来，现在这个时机配种也是个好选择，最好不要再拖了。

宝宁揉了揉眼睛，对他小声解释："就是给阿绵相亲，找一只俊俏的小公羊，让它们一起生孩子。"

圆子的眼睛睁得大大的，他好奇地问："姨姨，我可以去看吗？"

"人家生孩子，你看什么呀？"

宝宁先是拒绝，觉得这不太好，裴原若是知道了，肯定会说她。但宝宁转念一想，这有什么，无论是人还是小猫小狗、小羊小猪，都要经历这样的事，早开蒙和晚开蒙没什么区别。若画面实在太过刺目，她捂着圆子的眼睛就好了。况且她也没见过，也想去看看。

"其实我觉得也没什么不好的。"宝宁侧过头对圆子笑着道，"现在穿衣裳出门？"

圆子高兴地点头："好！"

坐在去西村的马车上，宝宁略显心虚，抓着圆子的手道："你可千万别把这件事告诉你叔叔，要不然他该念叨我了。"

圆子答应了。

宝宁想了想，又道："你记得提醒我，待会儿再嘱咐刘嬷嬷她们一句，千万别说漏嘴。"

圆子大声答应："好！"

等到了刘伯伯家那个广袤的羊场，看到从栅栏后伸出来吃草的一排羊头，宝宁和圆子都兴奋了起来。听刘嬷嬷说了后，宝宁才明白过来，羊场的主人叫刘伯帛，在家排老大，不叫刘伯伯。

宝宁掩着嘴笑道："他这个名字取得好，占尽了别人的便宜。我也要学他这样取名。以后我有儿子了，就叫他裴伯帛；有女儿了，就叫她裴谷谷。"

刘嬷嬷看了她的肚子一眼，认真地道："王妃若是真的有孕了，那可太好了。"

"哪有啊，八字还没一撇呢。"宝宁笑着戳了她的胳膊一下，"老人家真不经逗。"

刘嬷嬷也笑了起来，扶着宝宁去早就准备好了的小棚子。阿绵已经等在那里了，和它的新夫君大眼瞪小眼。

宝宁打量了那只公羊两眼，不甚满意，评价道："这只公羊挺高壮的，就是身上太脏了,多大年纪了?"

刘伯帛赶紧回答:"三岁了,它是我们这里最好的种羊。它生的小羊都很漂亮、健康。"

宝宁道:"有空的话,给它洗一下,这一身泥点子,影响品相。"

刘伯帛知道这是济北王妃,不敢反驳,连连应"是"。

"那你们忙吧。"宝宁拉着圆子的小手笑眯眯地道,"我们去旁边看一眼,不碍事吧?"

刘伯帛道:"自然是不碍事的。"

宝宁和圆子满意地走到一旁去看,两人的眼里俱是新奇之色。

刘嬷嬷笑着摇摇头,没说什么。

棚子里,阿绵和那只公羊你来我往地闻屁股。公羊好像很满意,摇了摇尾巴。阿绵凑过去,又闻了它一下。公羊"咩"了一声,又转过去闻阿绵,还张嘴咬阿绵屁股上的毛。

圆子"呀"了一声。

宝宁没想到配种是这样的,目瞪口呆。

刘伯帛将两只手插在袖子里,提醒道:"它们这是在互相熟悉,熟悉完了就要开始了。哎,开始了。"

圆子"哇"了一声。

宝宁闭上眼,又抬手捂住圆子的眼睛:"圆子,算了,别看了,没什么好看的。"

圆子恋恋不舍地问:"我们要走了吗?"

刘伯帛也问:"您要走了吗?这还只是第一只,后面还有三只,都是精挑细选的健壮公羊。我怕一次不成,就选了几只公羊多配几次,有九成机会能让母羊受孕。"

宝宁道:"辛苦你了。"

"辛苦什么,我就是个媒人。"刘伯帛憨厚地笑着,"您满意就好。"

宝宁尴尬地笑了笑,心里生出淡淡的悔意,觉得她就不该来这里。宝宁一刻都不想再留了,拉着圆子就往外走。但小孩子生性贪玩,圆子脚步迟疑,不停地回头看。

宝宁拽他的袖子,哄道:"圆子,别看了,回去后我带你买好吃的。"

圆子问:"什么好吃的?"

宝宁道:"你吃过韭菜盒子吗?"

圆子回忆了一下,摇摇头。

"特别好吃,咱们家旁边就有一个铺子卖韭菜盒子。"宝宁仰头看了看天空,故意夸张地道,"呀,已经过了午时,咱们可得快点儿回去。那家店的生意极好,去晚了就什么都没有了。"

圆子一听,急了,步伐快了起来:"那咱们快点儿回去吧。"

宝宁见他不再提留下看配种的事,松了口气,疾走两步,和他一起上了马车。

马车走了一路,宝宁心中的窘迫感差不多消散了。听到外头吆喝的声音,宝宁知道马车已经行驶到集市了,撩开帘子往外看。午时已过,摊贩们散得差不多了,客人也就零星几个,地上有一摊摊发黑的水渍,有些腥臭,是卖鱼的摊子留下来的。

宝宁蹙眉,捂着鼻子,但还是忍不住继续看。

丰县不比京城繁华,也不及京城整洁,但似乎更有人情味一点儿,也更有烟火气。

因为靠近边境,这里的民风更开放些,对女子的束缚并不严重。宝宁时常会上街,不暴露身份,只是闲适地买买东西,吃吃美食。

马车又走了一会儿。

宝宁看到了支在店门口的烙韭菜盒子的大锅,眼睛一亮,忙对陈珈道:"停车!"

宝宁带着圆子下了马车,弯腰看了看那些韭菜盒子,金黄酥脆,散发着诱人的香气。

她邀功似的问圆子:"香不香?"

圆子重重地点头:"香!"

宝宁对老板娘道:"这一锅我都要了,麻烦挑五个出来加辣椒,另外的包起来。"

"姨姨要吃五个,好多呀!"圆子惊讶,又问,"要给叔叔带吗?"

"不给他带。"宝宁边掏钱边道,"他有多唠叨,你是知道的。吃的时候很高兴,他吃完了就会数落我,说什么外面的东西不干净,用料不好,喋喋不休,很烦人。咱们不给他带,花了钱还要被数落,图什么呢?咱们只给刘嬷嬷她们带。她们吃了之后嘴巴甜,会夸人,夸人的话听着多舒服呀!"

圆子点头:"确实是这样的。"

宝宁心满意足地接过老板娘递来的油纸包,转身递给陈珈,带着圆子继续逛。

陈珈无奈地在后头跟着。

两人路过街口的烧鸡店,闻到那诱人的香味,宝宁又忍不住了,拉着圆子进去买了三斤辣鸡爪和鸡翅尖,还有两只烧鸡。出去后,宝宁又看见路边卖梨的摊子,那梨子卖相太好了,看着就又脆又甜,她忍不住又买了三斤。

陈珈看着车厢里堆得高高的东西,欲言又止,憋了半晌,还是劝说道:"王妃,您少买一些吧,从羊场里还带回来了五斤羊奶呢,您吃不下那么多的。"

宝宁道:"吃不下就分出去,我是那种缺钱的人吗?"

陈珈哑口无言。

圆子看了看宝宁的神色，仰头问："姨姨今日怎么这么高兴？"

宝宁思索着这个问题。她也不知道，只是莫名其妙地觉得很高兴，好像有什么喜事会发生似的。她一想到早上的事，笑着道："或许是因为看到你叔叔吃瘪了。他平时总是很威风，斜着眼睛看人，今日看到他吃瘪，真是痛快极了。"

圆子道："原来是这样啊。"

王府建在闹市附近，他们一路溜达着走回去，也不远。宝宁知道自己买多了东西，后面都尽量克制着，只在路过板栗摊子的时候，实在忍不住，又买了三斤板栗。

最后，宝宁心满意足地拉着圆子，提着东西，进了王府。

裴原还在与宿维周旋。

宿维是重要的守将，从代县而来，走了百余里路，裴原自然不可能和他见一面就将他送走。裴原留他吃午饭，吃到一半，有下人通禀王妃回来了，还带回了很多好吃的。裴原皱了皱眉，疑惑她这些日子怎么这么能吃。

宿维笑着恭维："王妃出门回府都有人禀报，看来王爷治家甚严，可为表率。"

裴原不置可否，笑了笑。

他其实是怕宝宁丢了，才让下人这么来来回回地通禀，但第一次被别人这么夸，虽然对方是他讨厌的人，他的心里还是挺舒畅的。

"宿将军，喝酒。"裴原举起酒盏，笑着敬了他一杯。

宝宁和圆子坐在炉子边上，桌上满满的都是食物，两人都吃得很高兴。

宝宁吃了三个韭菜盒子便腻了。她想出了新办法，将鸡翅膀上的肉拆下来夹在面皮里，再一口咬下。这味道有些奇怪，但还是不错的。圆子惊讶地看着她，她将鸡翅膀往他的面前推了推："挺好吃的，你也试试。多尝试才有乐趣嘛！"

圆子道："姨姨，我不吃鸡翅膀。鸡翅膀的肉好硬，我咬不下来。"

宝宁笑话他："圆子，你是牙口不好吧！老肉你嚼不动就算了，嫩肉也吃不了？"

她又从炉子上夹了几个板栗到手里，吹凉了，朝圆子晃了晃，道："让你见识见识什么叫生嗑板栗。"

圆子看着宝宁把板栗擦干净，送进嘴里，猛地一咬，那硬硬的壳儿就裂开了，板栗肉露了出来。宝宁笑眯眯地把板栗肉送进嘴里，感受着舌尖上的香甜味道。但还没嚼两口，她忽然皱起眉头，觉得从喉咙里往上涌起一阵恶心感。

甜甜的板栗肉她也觉得不美味了，只觉得甜腻、难闻、想吐。

宝宁"哕"了一声，急忙站起身去寻痰盂，刚才吃的那些东西转瞬间全都吐了出来。

圆子被她的反应吓了一跳，赶紧大声喊刘嬷嬷过来。

刘嬷嬷闻声进来，也吓坏了，一边扶着宝宁躺在床上，一边唤人去寻王爷和大夫来。

宝宁恹恹地躺在床上，仍然觉得胃中极为不适，眼泪都出来了。她许久没这么难受过了。

圆子抱着痰盂，担忧地问她："姨姨，你还吐吗？"

"圆子，先别管我吐不吐了。"宝宁强撑着精神，小声地道，"你快去找两个人来把桌子上的东西收一收，别让你叔叔看见。我一想到他的那张臭脸就难受，他唠叨时，就像一只蚌精，嘴巴开开合合……"

刘嬷嬷听了，一拍大腿，道："哎呀，王妃，都这个时候了，还收拾什么桌子啊！您是吃撑了，还是吃了不洁净的东西，坏了肚子？婢子去煮些蜂蜜水送来，您好好躺着啊。"

"好！"宝宁眼睁睁地看着刘嬷嬷头也不回地走了，喉咙里忽然又涌上反胃感，急忙抱住痰盂又吐了一场。

圆子心疼地拍她的背："姨姨，你还好吗？"

宝宁苦着脸，道："那些东西白吃了，都吐啦，我的钱白花了。"

通传的丫鬟赶到时，裴原还在与宿维推杯换盏。本来裴原还言笑晏晏，听到宝宁病了的消息，他脸色忽然就变了，客套的话都来不及说，急忙往后院奔去。

他刚一进门就听见宝宁在说他的坏话。

裴原脸色一沉，疾走几步，掀帘进了内室，冷冷地道："看来你还有力气。病成这样了，还有幼儿嚼舌根，你健壮得像一只小牛犊。"

宝宁见他进来，心虚地闭上嘴，扯过被子，盖到下巴处，不说话了。

"叔叔别这么讲。"圆子仍然抓着宝宁的腕子，回头看向裴原，眼角红红的，"姨姨吐了很多次。她是怕我担心，才讲那些话逗我笑的。叔叔不要怪姨姨，姨姨会难过的。"

宝宁的心像是被一只大手握了一下，她直直地看向圆子，忽然觉得眼睛发酸。

自从圆子来到她的身边后，她一直用尽方法，想要保护他，给他温暖和疼爱，但或许是因为既往的经历不好，圆子始终很敏感。

裴原的脸色缓和下来，他摸了摸圆子的头，道："我知道，我和姨姨闹着玩呢。圆子辛苦了，出去洗洗脸吧。"

圆子一步三回头，跟着刘嬷嬷下去了。

裴原看到他走了，撩起袍子，坐在宝宁的身边，垂眸看着她。

宝宁被他看得不好意思了，眨了眨眼，闭眼准备睡觉。

裴原轻轻掐她的鼻尖，训道："不听话！"

宝宁的心一沉，她知道，他又要犯毛病了。刚成亲的时候，他一天都说不出三句话，原来是攒着呢，就等着现在都还给她。

宝宁闭着眼，屏气听裴原喋喋不休："我告诉过你多少次了，不要在外头买东西吃。府里有那么多厨子，还不够你使唤的？你偏要吃那一文钱两个的破饼子，就那么好吃吗？管不住自己的嘴，现在遭罪了吧。我和你说过，外头做的那些东西不干净，可能是用烂菜叶子做的，长了虫，又不洗，要不然，怎会那么便宜地卖给你？你非要贪吃……"

他越说越上头，宝宁败下阵来，哀叹着捂住耳朵道："你别说我了，真唠叨！"

"你自己敢做，还不许我说？也就是你，若是换成别人，就算跪在地上求我，你看我管不管他。"裴原把她的手扯下来，摸了摸她的手心，凉的。于是他皱着眉，将宝宁的手放在自己胸前焐着，问她："你好点儿了吗，还想不想吐，肚子疼不疼？"

"不太好，不想吐了，就是觉得恶心。"宝宁撑起身子，"给我接杯水吧，我想漱口。"

裴原伸手取了床头屏风上的小披肩给她披上："刘嬷嬷好像在煮蜂蜜水，我去看看有没有煮好。"

"你别走。"宝宁拉着他的袖子，柔声祈求，"我不舒服，想你在旁边陪着我。"

不等裴原说话，宝宁又道："你只要陪着我就好。我只想看你的脸，不想听你的声音。"

裴原的脸色不太好看，但他还是在床边坐下，把宝宁圈在怀里，扬声唤人拿水进来。

刘嬷嬷应了一声，很快推开门，手里拿着一个茶壶，道："王爷，乐大夫来了。"

脚步声传来。

裴原回头看去，那个大夫不过二十岁出头，一身白衣，不苟言笑的样子。

裴原不太满意："怎么这么年轻，有没有年岁大的大夫？这个太小了，我信不过。"

刘嬷嬷道："王爷，您有所不知，乐徐大夫是丰县有名的神医，妙手回春，以仁义著称，常常不收诊费。"

裴原仍旧不信，想要将其斥退，换一个资历深的大夫，但目光一瞥，见宝宁蹙起眉头，像是又要吐了，赶紧不情不愿地腾位子："我夫人吃坏了肚子，你快来看看。"

他又转头吩咐刘嬷嬷:"取一条丝帕来。"

刘嬷嬷会意,赶紧取来丝帕,搭在宝宁的腕上,又引着乐大夫过去给宝宁看病。

乐徐放下药箱,诊治前,先看了裴原一会儿,又伸手抓着他的手,挽起袖子,往他的腕上瞟了一眼。裴原心中本就焦急,见他做出如此无礼的举动,更是怒上心头,正欲呵斥,便听乐徐缓缓地道:"王爷最近身体不太好吧?是不是总是觉得腿寒,尤其是骨节处疼痛更甚。过几日就是初雪了,王爷要注意些,多穿两条裤子。"

裴原眯眼看着他,心中生出淡淡的疑虑。

燕北的天气并不适合他,天寒地冻的,他的腿疾并未痊愈,不时便会发作,只是他还能忍受,故而并未声张,更未曾请过大夫。乐徐是怎么知道的?裴原忽然想起他的名字,乐徐。这个名字既熟悉,又古怪,但究竟哪里有问题,他又说不出个所以然来。

裴原没有再纠结这个问题。他更关心宝宁的病情,只是对乐徐的态度端正了些,道了个"请"字。

刘嬷嬷紧张地在一旁看着。

裴原取来杯子,倒了温热的蜂蜜水,等着待会儿给宝宁漱口。

乐徐半晌都没有说话,神情严肃,看得宝宁心跳加快,生怕自己患了什么绝症。

刘嬷嬷走到裴原的身边,附耳小声道:"王爷,您说王妃会不会是怀上了?妇人刚怀孕时大多会害喜,王妃的症状和害喜有些像。"

裴原极力冷静下来,摇头道:"不会,她上个月还来了月事,距今还不到一个月。"

他一直盼望着有个孩子,但听说妇人生产是个难关,忧心宝宁年纪小,会出现差池。之后他还寻了几本医书细细地读过,大体上有些了解,故而回答得很肯定。

他坚定地认为宝宁只是吃坏了肚子。

"那不是月事,是见红。"乐徐用古怪的目光瞥了裴原一眼,放下宝宁的手,道,"还好王妃福运好,要不然这个孩子怕是保不住了。不过从脉象来看,现在胎儿仍旧不稳。孕妇要多卧床休息,你们不要吵她,要让她心情愉悦,说不定这个孩子还能保得住。"

乐徐注意到了桌子上的丰盛的食物,眉毛一挑,道:"王妃的胃口还挺好的,很不错。"再一转眼,乐徐瞧见被咬了一半的韭菜盒子,他的脸拉了下来,"活血的东西要少吃。"

屋子里一片寂静。

宝宁呆呆地躺着。

乐徐站起身来:"我去开个安胎的方子,王妃先吃两服安胎药。我再列个忌口食物的单子,单子上的东西,王妃要少吃,在胎稳之前,最好碰都不要碰。"

刘嬷嬷见裴原一直不出声,焦急地唤道:"王爷!王爷,您可听见了?"

裴原的喉结滚动了一下,刚才还滔滔不绝地教训宝宁的他现在像是僵住了。半晌,他终于抬手拍了拍宝宁的手:"宝宝别怕,你好好养着。我日日回来伺候你,你别害怕。"他又重复着这两句话,不知是和宝宁说,还是和自己说,"宁宁乖,别害怕,这都不是事,孩子会没事的。你也会没事的,好好养着就行,我们不怕啊……"

宝宁瞧见他的黑色裤腿湿了一片,水"滴滴答答"地往靴子上流。

原本装着蜂蜜水的碗已经空了。裴原刚才手抖,把蜂蜜水全洒在了自己的裤裆上。

燕北已经刮起了冷风,隐隐有大雪欲来之势,而蜀中仍在下雨。

绵绵细雨下了半个月,又湿又冷。

在过去的一个半月里,巴蜀军对战南蛮,大获全胜。眼瞧着就快到年关了,许多将士不仅得到了嘉奖,还收到了周帝特允返乡省亲的旨意。这些将士大多是在战争中立下了功劳的,上至将军,下至兵卒,有几千人,除了裴霄。

营帐外喜气洋洋,恭贺的声音不绝如缕。裴霄独自坐在帐中饮酒,面色潮红,握着酒盏的指节发白。他从没有像此刻这样明白自己被抛弃了,被周帝抛弃了。周帝想让他老老实实地待在这个蛮荒之地,最好老死在这里,再也不要回去。

他心中的不甘和怨愤之情,几乎要将他吞噬。凭什么?这么多年来,他兢兢业业,和高家立下那么多汗马功劳,如今只是做错了事,之前的功劳竟然通通不作数了?裴霄想着,这么多年来,他一直在为做一个好帝王而准备。裴澈心太软,裴原心太野,唯有他才是可塑的帝王之才。如果他能够登基,定会强兵兴文,大施仁政,有朝一日率领大周一统天下,打下千秋万代不朽的江山。他千辛万苦地想要得到这个机会。

他并不是个天性恶毒的人。所以面对第一次生出喜欢之心的女子,他仍能克制自己,不去抢夺。面对裴原削发的侮辱,他仍旧压抑自己,拒绝了淳于栾的合作请求。

但如今,他不想再忍了。人不为己,天诛地灭,他只是想要活着而已。想要活着,他就只能杀了裴原,杀了周帝,夺回帝位,即便付出一切也在所不惜。

既然全天下的人都辜负他,他又何必再坚守忠诚呢?

夜深人静的时候,裴霄酒醒了。他整理好装束,骗过营地站岗的卫兵,骑马来到远离营地的一处旷野,然后下马等候。这是他与那人约好见面的地方,今天是最后一次见面。

雨渐渐停了,月儿仍然隐藏在乌云后。

裴霄安静地等待着,直到一匹骏马奔来,在他身后不远处稳稳地停下。

淳于栾大笑着说道:"汉人的三王子,你想好了?"

裴霄淡淡地道:"随我来,只你一人。"

淳于栾往后看了一眼,他的心腹查尔瓜就在他身后不远处,闻言,向他投来探询的目光。

淳于栾道:"别跟着。"

说完,他挥鞭驱马前行,被裴霄领到了一处紫竹林。

竹林早就被布置过,里面有一方小桌,上面摆着舆图和笔墨,挂了一盏小灯笼,旁边的炉上还温了酒。

裴霄问:"竹下灯影,清酒漫谈,如此雅致小景,殿下可还满意?"

淳于栾看了看那幅舆图,正是包揽整个天下的山海图,笔画精细,每一处关隘山口,每一处城镇,都标记得清清楚楚。他挑眉问:"这是什么意思?"

"殿下不是匈奴王室的嫡系血脉,只是老单于膝下无子,你这个侄子才侥幸得势,做了左贤王。可惜,老单于宝刀未老,花甲之年,竟然生下一个儿子。如此一来,你便成了外人,地位岌岌可危。"裴霄在对面坐下,轻笑着道,"时间不多,我们不如开诚布公地谈一次。你想要最高的位子,我也想要。你需要我的帮助,我也需要你的帮助。"

淳于栾的脸色恢复了正常,他注视了裴霄半响,大笑道:"三王子果真是爽快人。"他也坐下,问,"你可有计策?"

"已有。"裴霄微笑着,用未蘸墨的狼毫在舆图上的偏北方向一处名叫代县的城镇上画了个圆圈,"代县乃燕北三大重镇之一,殿下应该早有耳闻。上个月换防,新上任的守将叫宿维,是我的人。"

淳于栾心头一动,倏地抬眼看向裴霄:"你是想将这个人送给我吗?"他笑了笑,又道,"这礼太大,我怕是还不起。"

"我可以暂时将他借给你。"裴霄仍旧微笑着道,"燕北九郡中,宿维掌管的代县、裴原掌管的丰县、邱明山掌管的皋山镇互成掎角之势,且这三个将领都是身经百战之人。你若强攻,根本没有取胜的可能。"

淳于栾抱胸看着他。

裴霄继续道:"按照我的计策,你可以先派十万兵马假装强攻只有六万守军的代县,我会劝说宿维,让他避而不战,保留兵马,等待支援。丰县距离代县最近,若代县告急,最先出兵的定然是丰县的裴原。如此一来,丰县的内防空虚,你再分拨五万人马夜袭丰县。裴原的老巢被捣,他定会亲自带兵回援。你可率兵在路上拦截他,将其一举击杀!"

淳于栾的眸色变深,脊背渐渐挺直,他赞道:"好计策!"

"不只如此。"裴霄又用狼毫点了点舆图上的丰县的位置,笑着道,"我还可以再告知你一个消息——裴原不在封地的这段时间,代管丰县的是一个名叫钱秋来的人。此人外表忠厚老实,实则诡诈贪财。裴原回来后,他就被流放了。但他的远房外甥女婿还在丰县,是守卫丰县西角门的一个小卒,既贪财,又胆大,还对裴原怀有恨意。你能否利用他进入丰县,就看你的本事了。"

淳于栾眯着眼问:"你为什么告诉我这些事?你就不怕我攻下塞北,毁你大周基业?"

"因为我需要你进入丰县,再进入济北王府,帮我寻到两个人,一个是济北王妃,还有一个五岁的孩子,名叫圆子。他是我的儿子,"裴霄将声音放低,"我要和他团聚。"

"没想到三王子竟然如此重情。"淳于栾笑了,"可以。那你打算如何帮我呢?"

"杀老单于并非难事,只是你不好亲自下手,怕惹得一身臊。"裴霄笑着道,"我可以替你做,你只需要提点老单于身边的守卫几句,放我的刺客安然进入营帐即可。"

淳于栾拊掌笑道:"三王子如此聪慧,若为帝王,定名震寰宇,我要小心了。"

裴霄轻笑着端起酒壶,斟了两杯酒,举杯问:"按照我们汉人的习俗,不如歃血为盟?"

淳于栾毫不迟疑地掏出短刃,在自己的指尖划了一刀,裴霄也割破手指,将血滴进酒液中,两人举杯相庆,一饮而尽。片刻后,淳于栾抱拳告辞。

看着他离开的背影,一直隐藏在暗处的左相之子董天成缓慢地走了出来,充满忧虑地问裴霄:"殿下,此事我总觉得不妥。咱们告诉他那么多军情,若他到时候翻脸不认人,甚至攻下塞北,连邱将军一同杀了,那该怎么办?"

"那该高兴才是。"裴霄又给自己斟了一杯,啜了一口,"若裴原死了,邱明山也死了,那到时候还有谁能拦我的路?至于那个淳于栾,四肢发达,头脑却不灵活,活不了多久了。他刚才喝的那杯酒,被我下了药。他最好将塞北搅得天翻地覆,将匈奴王庭也搅得天翻地覆。然后他死了,我便可坐收渔翁之利,趁机登帝,一统天下。"

裴霄的眼前忽然闪过宝宁的脸,越是得不到,他就越心痒难耐,对宝宁又爱又恨。但没关系,总有一日,他会把失去的一切统统抢回来!

初冬的丰县,夜晚冷风"瑟瑟",寒冷刺骨。

床脚放了两个小炭盆,宝宁觉得热,把厚被子踹到一旁去,坐起来扇蒲扇。

裴原端着木盆进来时,看到她坐了起来,赶紧将水放下,急匆匆地把被子给她围上,抢走扇子,扔进火盆里,关切地问:"你睡醒了?"

"我睡了一整天,就算是只猪,也已经睡饱了。还有,你又烧我的扇子!你都烧了三把扇子了!"宝宁热得心烦,看着被火焰吞没的蒲扇,心里更焦躁了。她稍微平复了一下心情,指着窗子对裴原道:"把窗户打开吧,我热得很,想吹风。你乖乖打开窗户,让我吹半刻钟。我不想和你吵。"

裴原疼爱地抚摸她的头发,劝道:"心静自然凉。你坐在那里不要动,不要想事情,一会儿就觉得凉爽了。大夫说了,你要静养,千万不能着凉生病。你先洗脚,然后回被窝躺着。你要多吃多睡,身体才会好,肚子里的宝宝也才会好。"

"你别唠叨了!"宝宁气愤地捂住耳朵,"我不想听!"

"你要听我的,宝宝。"裴原将她的手拿下来,心平气和地道,"我知道你还没有准备好迎接我们的小宝贝。他来得太突然,又很虚弱,让我的大宝贝很烦躁。"

裴原摸了摸宝宁的脸庞,眼神很温柔。

宝宁的眼角忽然酸酸的。她还是更习惯那个对自己吹胡子瞪眼的裴原。那样的裴原做了不合她心意的事,她能和他吵,可现在的裴原太温柔了,她都舍不得和他吵,只能默默地听着。

宝宁瓮声瓮气地问:"大宝贝是我吗?"

"嗯。"裴原握着她的手,"无论我们以后有多少个孩子,你都是我最大的宝贝。我永远最疼你。"

宝宁道:"大宝贝热了,想开窗吹吹风。"

裴原循循善诱:"其实你一点儿也不想开窗吹风,你的身体并不热,只是心热——心火旺。因为你还没有准备好迎接这个孩子。那怎么才能准备好呢?你要多多地听我的话,要和我说话。我会一直陪着你的,你不要害怕。我们一切都听大夫的,大夫不让做的事不做,不让吃的东西不吃,慢慢地,你和小宝贝就都会变得健壮起来了。"

宝宁笑了起来:"你该去照照镜子的,现在的你真像一个卖假药的江湖骗子。"

裴原一点儿都不生气。他现在前所未有地平静。魏濛刚才来找他时,还夸赞他了,说他言谈举止间有几分慈祥。

裴原想,人果真是会变的,他一直在慢慢地改变,并且在听到宝宁有孕后,发生了更加重大的变化,甚至似乎提前进入了一个父亲该有的状态。他现在看着宝宁,就像看着一个不听话的孩子。他不想和她吵,只是哄劝她,希望她能被感化。

裴原看着宝宁，柔声道："把脚伸出来，我拿了茉莉香的胰子给你洗脚。"

宝宁飞快地瞥了他一眼，心中有种怪异的感觉，好像不认识眼前的这个人了。

她缓慢地伸出脚，脚尖在水面上轻轻一点，想象中的滚烫的感觉没有传来。这水是温的，并不热，她甚至觉得有些凉。

宝宁不太满意，缩回脚："水太冷了，我不洗。"

"用热水洗脚不行，热水洗脚会活血，你现在是孕妇，不能用热水洗脚。"裴原温和又强硬地抓着宝宁的脚腕往盆里塞，"听话，忍一忍，待会儿给你枣子吃。"

宝宁问："是脆脆甜甜的冬枣吗？"

"不是，但和冬枣没有什么区别。"裴原将胰子沾了水，揉搓出沫子，慢慢地抹在宝宁的脚上，声音温和，"冬枣和红枣都是枣，既然都是枣，你怎么能厚此薄彼，喜欢冬枣，而不喜欢红枣呢？它们都很好吃。依我看来，你还是多吃红枣的好，红枣益气补血，更适合你。你不用深思我刚才所讲的话有没有道理，或许我讲得不对，但那不重要，我只是希望你多吃红枣，而不是冬枣。"

"这都是什么跟什么呀！"宝宁的脑袋一阵阵发晕，她捧住裴原的脸，关切地问，"阿原，你怎么了？你受到什么刺激了吗？"

裴原微笑着道："刘嬷嬷说做父亲的人要有做父亲的样子，不可急躁，不可打骂妻子，要循循善诱，讲道理，才会让孩子信服，甚至让孩子心生尊崇。我以往做得不对，我的性子不好。从此以后，我会多多克制，加以练习，让自己成为一个好父亲。"

他拿来帕子，给宝宁擦干脚，搬开木桶，又去拿了包红枣递给宝宁："吃了它，然后我们就睡觉吧。"

宝宁愣愣地接过。

裴原俯身在她的额上轻轻落下一吻，温柔地问："宝宝，你需要我为你讲解一番我们现在要睡觉的道理吗？"

宝宁打了个哆嗦。


依照大夫的嘱咐，宝宁在床上躺了五日，除了如厕，几乎没有下过床。

裴原日日陪着她。但他毕竟有公务在身，一些必须由他亲自处理的文书不能交付给旁人。为了方便办公，裴原干脆将书房中的那些东西都搬到了房中，在宝宁的床榻外立了一道屏风。等到宝宁睡了，他便抓紧时间处理公务。在宝宁醒着的时候，他几乎是贴身陪伴她，换洗、喂饭从不假他人之手。

刘嬷嬷感动得不行，偷偷地对宝宁道："世间难得有这样专情的男人，何况还相貌英俊，有如此家业。王妃实在是好福气！"

宝宁最初也这样觉得。所以即使裴原像变了个人一样整日对她废话连篇，她也尽力谅解，想着他也不容易。但日子长了，她便觉得烦了，甚至一听到门帘响动，知道是裴原进来了，就恼火，想将他撵出去。

一日晚上，裴原临时被魏濛叫了出去，说是有要事相商。

宝宁坐在炭炉边嗑瓜子。

他临走时叮嘱："只可以吃给你吃的这些，吃完不许再找人要，要也没人敢给你。"

宝宁本就不高兴，听了他的话，更加郁闷了："你太过分了！不过是瓜子而已，又不是金子做的，你至于那么抠搜吗？一日只给我一百五十颗瓜子，也就两小捧，一刻钟就吃完了，味道还没尝出来呢。我说想吃这个，你不让；说想吃那个，你也不许。整日煨鸡汤，给我吃药膳，我现在满嘴巴都是鸡腺味。一只破鸡而已，又不是凤凰，能有多补身子？我身子够好了，还吃什么，非要将我吃成一头壮牛吗？"

裴原拿着大氅的手停在空中，他愣愣地看着她发火。

宝宁越说越气，忽然站起身，剩下的瓜子也不吃了，全部扔进炉子，转身往床边走："我打也打不过，吵也吵不过，你赶紧出门，我懒得看你。你最好不要再回来了！"

裴原的脸上罕见地露出了受伤的神色，他站在原地半晌，将大氅重新挂回钩子上，走到宝宁身边，轻声哄劝道："瓜子吃多了会上火，少吃点儿对你好。"

宝宁背对着他，冷哼道："什么叫对我好？你是为了我还是孩子，你心里清楚。"

"你怎么能这么说呢？"裴原皱眉，"没有你哪儿来的孩子？你在我心中的分量有多重，你还不知道吗？你现在情况特殊，若是不从现在就开始注意，以后发生什么事，就没法补救了。"

裴原去扳宝宁的肩膀，试图与她对视。宝宁挣扎了两下，裴原就放弃了。他叹了口气，在宝宁的身边坐下，想说点儿什么，但想到她如此抗拒，又不知道该如何开口。

过了许久，他才道："宁宁，你那样猜测我，我该有多难过。"

宝宁的眼皮颤了一下，她心中很难受，很想立刻回头看一眼裴原，但一想到他这段日子反常又讨嫌的样子，咬了咬牙，还是忍住了，以后再哄他吧！

"你先睡一会儿。"裴原给她盖上被子，勉强笑道，"我出去一会儿，晚点儿回来。"

宝宁闭着眼，耳朵却始终听着外头的动静，听见关门的声音，又等了一会儿，想着裴原应该不会回来了，立马坐了起来。

她披了件衣裳，小跑过去推开窗子，"啾啾"地叫了两声。

圆子守在院门口，听到暗号后，急忙往外看了看，然后回头朝宝宁比了个握拳的手势，大声道："可以开饭了！"

闻声，小厨房的门忽然打开，六七个小丫鬟鱼贯而出，手上拿着各式各样的食盒，由刘嬷嬷指挥着，快速而安静地将饭菜摆到了桌面上。

阿黄和吉祥也被引领着冲进了屋子，宝宁一把将它们抱在怀里。

宝宁摸着两只狗的脑袋，道："想死我了……裴原太过分了，连狗都不让我抱，说你们身上脏。怎么会脏？你们一日冲一次澡，可比他干净多了。"

吉祥极为不忿地叫了两声，宝宁急忙捂住它的嘴："小点儿声，别再把他招回来。"

圆子也冲进门，从兜里掏出一把糖，一边往她的妆奁里塞，一边道："姨姨，我把糖给你放在这里了。若你以后馋了，就偷偷地吃。"

他说着，又拿出两个长了尾巴的类似小黄豆的东西放到宝宁的手里："姨姨，这个是我自己搓的，可以塞进耳朵。我试过，很有用的，塞上后，外头的声音就变小啦！若叔叔还烦你，你就偷偷地塞上它。"

宝宁抱了他一下，感动地道："谢谢圆子。"

刘嬷嬷往窗外看了一眼，急切地道："王妃，您快吃吧。陈珈在外头看着呢。这戏最多就演这一次，演多了，被王爷看出来可就麻烦了。您想吃什么就赶快吃点儿，我们要赶在王爷回来前收拾好桌子，还要留出燃香驱味的时间。"

宝宁拉着圆子到桌子旁边坐下，刘嬷嬷帮着把食盒一个个打开，里头的菜肴很丰盛，有酱肘子、红烧肉、糖醋鱼、四喜丸子，还有一只肥头大屁股的烧鸡。

宝宁看着那只烧鸡，下意识地"哕"了一声，摆手道："快拿走，快拿走。"

刘嬷嬷道："这不是药膳鸡，是烧鸡，放了油和盐巴的，味道很好。"

"那也不行，我这几日吃了一族谱的鸡了，现在看着这烧鸡就作呕。"宝宁极为抗拒。

刘嬷嬷没办法，赶紧让人将烧鸡撤走。

宝宁长舒了一口气，献宝似的给圆子夹了一筷子肉，劝道："快吃吧，这很好吃。"

圆子看着碗里的肉，心疼极了。他觉得姨姨现在太可怜了，这些寻常的东西，叔叔都不给她吃，她吃到一块红烧肉就像捡到了宝贝一样。听刘嬷嬷说，姨姨现在每天吃的盐巴都是有定量的，如果味道不够，就放香菜提味，因为大夫说，不能让她吃很咸的东西，也不可以让她吃油腻的东西，就连甜食也要忌口，辣更是一点儿都不可以沾。

刘嬷嬷说叔叔那天被吓到了，大夫说姨姨很有可能会小产，一定要谨慎，叔叔就像着了魔一般,很多东西都不许姨姨吃。圆子今天学了一个新成语叫"矫枉过正",好像就是这个意思。

宝宁心满意足地吃下一口肉汤拌饭,觉得自己死去的灵魂终于又活了过来。

实在是太香了!

裴原终于察觉出了不对劲儿。

魏濛根本就没有要事和他相商,拉着他坐下,桌上摆了一壶酒和一盘鸡爪子,说起了他年轻时的风流韵事,还说起了他那些年在青楼见过的妖媚花魁,以及卖身葬父的奇女子。魏濛还给他讲从茶楼的说书人那儿听来的传奇故事,说到精彩之处,慷慨激昂地背诵了一首前朝某曹氏英雄所作的《观沧海》。

裴原本就因为宝宁对自己的不理解而感到低落,听魏濛东拉西扯,也没多想,沉浸在自己的思绪里。

之后,魏濛越发离谱,背完了诗,竟然期待地等着裴原夸赞他。

裴原直直地看着他,问:"你有毛病吗?"

魏濛愣住了:"我……"

裴原问:"你觉得我看起来心情很不错,喜欢在这里听你说废话,是吗?"

魏濛的双眼睁得大大的。他其实已经许久没见过裴原了,因为宝宁有孕,裴原不再外出,那些巡防的琐事就交给了他去处理。他是今早才回到丰县的,听府中的下人说,王爷像是变了个样子。

这便是传闻中那个和善的王爷?

裴原把酒盏放下,轻蔑地瞥了他一眼,骂道:"傻子!"

说完,他站起身,往外走。

魏濛出了一头的汗,想起宝宁的嘱托,虽然极其不想再和裴原接触,但还是上前阻拦:"小将军,请留步!"

"留你个头。"裴原垂头系披风的绳结,冷哼一声,道,"我没那个闲情逸致看你装疯卖傻。你若实在无聊,可以去城门口站岗,去齐连山巡查。齐连山在宿维的地界,我不方便直接出兵,但那片山我一定要搜,匪患我也一定要除。你既然无所事事,不如去解决这件事。你去和宿维交涉,他若不允,你就上去扇他两巴掌,再告诉他,你当初是怎么征服那些妖姬的。若他还不怕,你就给他背诗,你刚背的那首诗七句背错了十个字,他一定害怕极了。"

魏濛问:"他为什么会因此怕我?"

裴原反问:"谁不怕一个手中有刀的傻子呢?"

魏濛再次愣住了。他看到裴原已经穿戴好,推门要走,赶紧看了一眼沙漏,还未到时间，宝宁那边应该还没收拾好。魏濛急得手心出了汗，急匆匆地去拉裴原，被裴原一把推开："你在拖延时间？"

魏濛当即摇头："怎么会？"

裴原道："我若信你，与猪猡何异？"

魏濛不可置信地看着他。魏濛觉得，裴原这些日子忍气吞声积攒的无处发泄的怒火，都在今晚送给了他。

裴原不再理会他，大步流星地出门，径直回了自己的院子。他倒要看看，宝宁到底在暗中做什么。

陈珈守在门口，远远地看见裴原的身影，一边惊讶于他回来得如此早，一边慌忙发出鸦叫的暗号，想要提醒刘嬷嬷和宝宁。

宝宁正忙着啃猪脚。

刘嬷嬷紧张地在旁边看着她，嘱咐道："慢点儿啃，慢点儿啃，没人和您抢。"

眼看着裴原越走越近，陈珈没法再出声了。可他还想帮着宝宁等人再拖延一些时间，当即上前一步拦住裴原，别扭地说道："王爷，我今天听到了一个很好笑的笑话，你要听吗？"

"滚！"裴原绕开手足无措的陈珈，几步走到房门前，猛地推开门。

他正好听到宝宁高兴地道："刘嬷嬷，这个猪脚焖得可真香啊！"

## 第二十二章
### 阿丑乔装探裴原

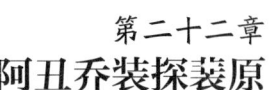

门板拍在墙壁上,发出"砰"的一声。

圆子率先反应过来,"噌"的一声,从凳子上跳了下去。

宝宁嘴里还含着半块猪脚肉,不可置信地望着门口的裴原。她设了两道防线,怎么这么快就都崩塌了呢?

裴原笑着看向她:"猪脚就那么好吃?"

宝宁缓缓地道:"其实,也就那样……有点儿咸了。"

她关切地问:"你饿了没?这里还剩半匙米饭。"

"出去!"裴原解开绳结,把披风脱下,挂在门口的屏风上,对屋内的众人道。

"王爷……"刘嬷嬷眉头微蹙,还想为王妃求情。

裴原扫了她一眼,她闭上了嘴,知道多说多错,赶紧招呼下人们将桌上的碗筷都收走。她瞧见宝宁茫然的样子,上前将其嘴边的肉取下来,小声叮嘱道:"王妃别慌,和王爷好好说,声音放软些,没事的。"

圆子害怕裴原,不敢从他的身边经过,偷偷地绕远路,跳窗子跑了。

转瞬间,屋子里只剩下他们俩。

宝宁拿帕子擦掉嘴边的残渣,殷勤地上前为裴原宽衣:"你怎么这么快就回来了?我知道你现在心中恼火,你先听我解释,我并不是有心骗你的,只是厨房今日有个买菜的小厮太高兴,买多了菜,厨房的大师父也很高兴,多做了些。既然做都做了,我不吃,岂不是浪费了?他们瞧我这几日吃得清淡,怕我胃口不好,才趁你不在的时候偷偷送来。魏将军若是惹得你不快了,我是绝不知情的。"

"我什么时候说你骗我了?又什么时候说魏濛惹得我不快了?"裴原看了她一眼,"你的话漏洞百出。"

宝宁局促地站着,露出了懊恼的表情。她不知道该怎么为自己辩白了,小心翼翼地问裴原:"你生气了?"

"我不该生气吗?"裴原居高临下盯着她,冷冷地道,"你胆子真大,竟敢勾结整个王府的人欺瞒我,连魏濛都用上了,就为了吃几道破菜。我是苛责你,不给你饭吃了?你若是有不满,与我直说便是,用得着弄那些弯弯绕绕的?你真的当我是三岁小儿,会上你这些小把戏的当?"

他说的最后一句话的语气有些重,近似呵斥。

宝宁本就敏感,被他这么一训,眼圈立刻便泛红了。

裴原心疼,但也真的恼怒。他实在没想到宝宁竟敢做出这样的事,再想起她在他出门前对他说的那句"你是为了我还是孩子,你心里清楚",心里更不舒服了。

裴原只当她是没心没肺的白眼狼,恃宠而骄,胆大包天,决心给她点儿教训。

他问:"你知道自己错了吗?"

宝宁用手背抹眼泪。她想得到裴原的安慰,但是他不给,仍旧语气冷硬地逼问:"你知不知道自己今日的行为有多孩子气?简直无比幼稚!"

"我错就错了,怎么了?"宝宁狠狠地瞪了他一眼,旋即一撩裙摆,坐在地上,大声道,"难道你还要打我骂我吗?我的行为不妥,我认错,但你又能把我怎么样?我下次不做就是了,你不要逼我!"

裴原被她的反应镇住了,皱着眉道:"地上凉,你快起来。"

宝宁将头一偏,小声拒绝道:"我不要。"

"你这是什么意思?"裴原伸手拉她的胳膊,"要无赖吗?!"

"你这个人不讲理!"宝宁的眼睛红红的,她仰头斥责他,"你心眼儿都偏到天上去了,眼睛也偏到天上去了,就看到人家犯错,不知道自己讨嫌。你回忆一下这小半个月你都做了什么。别说人了,狗都烦你婆婆妈妈。你的嘴是租来的吗?非要不停地用,一刻不说话就要赔钱吗?"

裴原面色不善,抿唇盯着她。

宝宁被他看得心中窝火,急于发泄,想打人。

她坐着,裴原站着,最方便的就是捶他的腿,但她想着他这些日子身体并不好,因为腿疾吃了不少苦头,便下不去手,转而握拳去砸他的脚:"你还瞪我,不要脸!你快反思反思吧,闭上你的大眼睛!比牛的眼睛还要大,像牛脖子上挂的大铃铛……"

她骂着骂着,心中觉得委屈,又想哭了。

但她想着自己的手刚碰过裴原的脚，太脏了，不能抹眼睛，便把眼泪憋了回去，又骂他："你还不洗脚，可真臭。"

裴原瞧着她，本来心里还气着，忽然就笑了起来。宝宁盘腿坐着，他俯身，从她背后用两只手抱住她的两侧膝盖，一下子将她给抱了起来。宝宁惊叫一声，裴原抱着她放在软榻上："你要撒泼也得换个地方啊，衣裳弄脏了，还得麻烦别人给你洗。"

他后退一步，拖了张凳子，坐在宝宁的对面，问："说说看，你怎么就对我不满意了？"

宝宁一听便来了精神，挺直腰板，把这些日子对裴原的不满一桩桩一件件地讲了出来。

裴原点头应着，最后问道："没了？"

宝宁低头抠着手指："我暂时只想到这么多。"

裴原"嗯"了一声，又问："那早些时候你怎么不和我说？"

"你像是喝了鸡血一样，我明示暗示那么多次，你听得进去吗？"宝宁哼了一声，"我若说了，还要听你的唠叨，说什么我态度不端正，还没有准备好迎接小宝宝。明明是你自己的反应太大。我们顺其自然地迎接小宝宝的到来，不好吗？你这样日日敲锣打鼓地宣扬，小宝宝才会害怕。"

裴原道："是我错了，我以后会改的。"

宝宁瞥了他一眼，问道："真的？"

裴原道："真的。"

"我不信。"宝宁扒开自己的眼皮给他看，"你瞧，我的眼睛都哭红了。是你惹我哭的，你说该怎么办。我要惩罚你。"

她又开始作妖了。

裴原无奈地看着她，忽然想起最初相遇时，她那么羞怯，说句话都会脸红，从不和他吵嘴。哪像现在，她竟然学会坐在地上耍无赖了，嘴巴很会说，还敢朝他翻白眼。但他还是喜欢现在的宝宁，现在的宝宁更快乐。有她在，所有人都觉得生活有滋有味。

"行。"裴原揉了揉她的头发，笑着问，"你想怎么惩罚我？"

宝宁道："你站起来，转过身。"

裴原的心中生出不好的预感，但他又不能拒绝，迟疑地按照宝宁说的做。

"别回头啊。"宝宁说完，悄悄地往手心吹了一口气，挥舞了两下手臂蓄力，接着抡圆胳膊，一巴掌拍在裴原的屁股上。

"啪"的声音响彻屋内。

宝宁大笑起来，抱着软枕在榻上翻滚。

裴原整个人愣在原地，转过身大吼："季宝宁！"

宝宁仍旧笑个不停，娇气地抓住裴原的手："我的肚子里还有宝宝呢，你别吓着我们娘儿俩。"

裴原黑着脸瞪她，但是打不得也骂不得，看到她仍在傻乐，半晌，计上心头，淡淡地道："季宝宁，你的眼尾长纹了。"

笑声戛然而止，宝宁脸色大变，忽然站起身来，趿拉着鞋往梳妆镜前跑。

裴原瞟了一眼她对镜左顾右盼的背影，自顾自地脱衣、脱鞋，自在地往床上一躺，喟叹道："哎哟，这床可真舒服！天晚了，该睡觉了，这柔软的花棉被哟！"

宝宁从镜子前回头，气急败坏地道："裴原，你还没洗脚呢！"

又过了三日。

乐徐来王府给宝宁复诊。诊了脉后，他颇为惊喜地道："这胎儿稳得不错。"

裴原站在宝宁身旁，听了这话，心中宛如大石落定。他在外人面前几乎是不笑的，此时竟弯起唇角，颔首赞了句："多亏乐大夫医术高明。"

"不敢当。"乐徐收拾药箱，中途看了裴原一眼，问道，"你的身体怎么样了？"

他这样问，裴原心中的疑虑又冒了上来。二人第一次见面时，乐徐看了一眼他的手腕就诊断出他有腿疾。裴原承认自己是个多心的人，对于乐徐，并不是十分相信。乐徐太年轻，又神秘。他曾让魏濛去调查乐徐这个人，魏濛拿回来的是一张只写了寥寥数字的白纸。可这么单纯的背景，又怎么会让他有那样高明的医术？

裴原起了疑心。他怀疑乐徐是有心之人塞到他身边的眼线，便故意将乐徐往错误的方向引，淡淡地道："只是以往战时留下的腿疾，我多穿些衣服便是了，没有大碍。"

乐徐并没有多说什么，笑了一下："那便好。"

宝宁不知道他们之间的暗流涌动。她很欣赏这个年轻潇洒的大夫，觉得他身上有种她只在话本上见过的侠气。更何况，她的孩子能安然无恙，乐徐大夫出了很多力。

宝宁问："乐大夫接下来要去哪里？如果不嫌弃的话，可在府上多住些时日，就当我们的府医吧。"

裴原不太赞同地皱了皱眉，乐徐看在眼里，笑着道："天下的病人那么多，我哪有寻一良木栖息的道理呢？乐某是奔劳命，就喜欢攻坚克难，刚刚寻到一个合我心意的病人，今晚就要动身去看病了。"

宝宁遗憾地道："那便罢了。"

裴原见宝宁挽留乐徐，很不高兴。他原本对乐徐存着的感激之情几乎全部消失了，只是面上并没有表露出来，他仍旧微笑着，吩咐刘嬷嬷："多备些赏银给乐徐大夫，可以送客了。"

乐徐也不在意，告辞后，拎着箱子便往外走。

圆子趴在门口看他们。

路过门口时，乐徐步子稍缓，觉得这个孩子真是憨懂可爱。他冲圆子笑了一下，圆子也腼腆地回了个笑容，然后乐徐就头也不回地离开了。

裴原朝陈珈使了个眼色："找个人暗中跟着他，及时将他的行踪汇报于我。"

乐徐于城门关闭的前一刻出了城，一路向西，朝齐连山而去。齐连山是代县附近的山脉，距离丰县颇为遥远。乐徐马术尚可，一路疾行，到达山脚时，三更刚过。

已经有人在等他了。六七个身着粗布衣裳，拿着粗制刀棒的汉子。为首的人是个女子，长得瘦瘦小小的，皮肤不算白皙，但眼睛黑亮有神，手里拿着一杆长枪。

女子见他走来，连忙高声问："是乐大夫吗？"

乐徐此时已经有所迟疑了。他看出这些人面色不善，猜测他们是马匪。他虽有些武艺在身，但若落入匪窝，也只有等死的命。救人归救人，他可不想丧命。

那个女子见他要跑，顿时急了，撒腿狂奔过来，趁他不备，一把抓住马腿，又大喝一声，使出一记横扫腿，硬生生地将他骑着的马给绊倒了。

乐徐晕头转向地摔倒在地，还没反应过来，就已经被团团围住。

"我叫阿丑。"那个女子眼含热泪，跪在地上朝乐徐磕了个头，声音粗哑，"我无意冒犯乐大夫，但我家公子的病痛近来愈加严重，若是再不妥善医治，他怕是熬不过这个冬天了。久闻乐大夫盛名，还请乐大夫救救我家公子吧！"

乐徐道："我不是神仙，只是个普通大夫，你不要将期望都寄托在我的身上。"

"你最好用心医治，"阿丑抬头，目光炯炯地看着他，"若是治不好，我就杀了你。"

乐徐被他们带进了深山，七拐八拐，走了一个多时辰，瞧见了一座建在高处的营寨。他心中明白，自己确实进了匪窝。这半年来一直侵扰齐连山百姓的山匪，也许就是这帮人。只是他没想到，为首的竟是个看起来弱不禁风的女子。

乐徐又打量了阿丑一眼，收回心中对她评价的"弱不禁风"这四个字。

他第一次见这个姓裴的病人还是在一个月前。当时，裴公子还能走，只是断了一臂，面色看起来不太好。阿丑将裴公子带去了他的医馆。他为裴公子诊治，用了很长时间才确诊裴公子中了一种名叫赤丹的毒，这种毒邪且烈。病人大多为毒蛇、毒鼠所伤，若不立刻救治，一日内就会死。

裴公子的自救办法是自断受伤的手臂,暂时阻断了毒素的蔓延。不过毒素毕竟还在体内,日久天长,便会慢慢侵入肌骨,所以裴公子成了现在这样。

乐徐自小随父亲学习用毒之术,对这种毒也有些研究。他承诺阿丑,会用一个月时间研制出解药。只是没想到赤丹毒如此凶险,乐徐再次见到裴公子,他已经双目失明,形容枯槁地坐在榻上,耳朵也听不太清了。

阿丑提着刀在一旁看着乐徐,着急地问:"治得好吗?"

乐徐没说话,将三指搭在裴公子的腕上。裴公子察觉到他的触碰,温和地道了声谢。乐徐心想,这才像正常人的反应。拿着刀威逼,那是正常人该做的事吗?匪头就是匪头。

他很快收回手,更加认定裴公子中的是赤丹毒,从袖子中掏出一张写着药方的帛纸,对阿丑道:"药材我已经拿来了,你让人按照药包分装好。药包在马脖子上的布袋里,你拿去煎煮,煎煮的方法写在帛纸的最下面。"

阿丑的脸色一变,她偷偷看了一眼身旁站立的汉子。几个人都低着头,或者东看西看,没有一个人出声应下。

乐徐问:"我没说清楚吗?"

阿丑怒道:"我们不识字!"

乐徐惊讶地看了她一眼:"瞧你家公子的风度,我还以为你是大户人家的丫鬟,你竟然一个字都不认识吗?"

"我不是丫鬟,是护卫。"阿丑瞪了他一眼,随后挥手,让人将他拉下去,吩咐道,"你去熬药!"

乐徐摇头:"你真是不懂礼节。"

阿丑哼了一声,让人扶着公子躺下,随后跟着乐徐往厨房走:"我看着你。我怕你对我心生不满,耍花招报复。"

乐徐笑了一声,没再说话,转身去水缸里舀水。他一边煎药,一边和阿丑聊天:"你家公子是怎么受伤的,得罪了什么人吗?这毒可不是一般人能制得出来的。"

阿丑狠狠地瞪他:"你的话怎么那么多!要你管!"

"你何必怒气冲冲的,我瞧着很像坏人吗?"乐徐戳破了她的心思,"我知道你是在装模作样,以为这样我就会怕你了,是不是?你倒也不必这样,我若存心下毒,你们是逃不掉的,不过我是个好人。"

阿丑坐在柴垛上,听见这话,心虚得脸色僵了一下,立刻抓起身旁的柴棒,厉声呵斥道:"你不要多话!"

乐徐不生气,反倒笑着道:"你倒是个忠心的护卫,公子病成那样你也不离不弃,难道你对他芳心暗许了?"

"你这个小白脸的废话真多。"阿丑愤愤地道,"我陪在公子身边,就非得是因为情爱,就不能是因为我讲义气吗?公子救过我的命,我现在守着他不是应该的吗?你这个小白脸真迂腐,只知道谈情说爱,不懂得江湖侠气。再说了,就算公子再俊美,我也不喜欢那样的男子。你别看我,我也不喜欢你这样的。"

乐徐好奇地问:"为什么?我长得不俊美吗?"

"你竟然如此不要脸。"阿丑冷哼道,"我喜欢长得黑的,个子要高,不要说话慢悠悠的,更讨厌唠叨的。"

乐徐忽然想起了济北王身边那个瘦瘦高高的小校尉,好像叫陈珈,脱口而出:"你可以去济北王府看看,那里或许有你的意中人,又黑又高,话少,和你一样会打架。"

阿丑的心思被他的前半句话吸引了,没听见他说什么意中人,她急忙问:"济北王府?那里不是已经很久没住过人了吗?"

"早在两个月前,济北王就回来了,丰县的前任县丞被他流放了,你不知道吗?"乐徐道,"你一直为你家公子的病奔波,况且丰县离这里路途遥远,小道消息传不过来,你不知道也正常。"

阿丑呼吸一滞,暗骂自己粗心,竟然连这么重要的消息都错过了。

她问:"济北王怎么样?"

乐徐古怪地看了她一眼:"什么怎么样?"

"我不和你说了。"阿丑跳下柴垛,疾步往外走。走到门口时,她忽然回头威胁乐徐:"好好治病,若是治不好,我就杀了你!"

乐徐撇了撇嘴。


阿丑回到裴澈的屋子,安置好他的起居饮食后便离开了,一刻不停地催马前往丰县。

裴澈病成这样之前,曾多次探寻裴原的消息,但这里距离京城太远,他们并没有搜集到什么有价值的情报。后来周帝多次派人来搜查,裴澈几次险些被发现,干脆召集了一些贫苦农民,占山为王,凭借易守难攻的地势守住了这片地界。

后来裴澈便病了。她忙着寻医问药,没有精力再去打探裴原的消息,直到今天才从乐徐口中意外得知裴原竟然好好的,甚至恢复了爵位,回到了封地。

阿丑想亲自去见裴原,将这一年来发生的事问清楚。如果可以的话,她还想寻求他的帮助。但是她又有些担忧,时过境迁,裴原究竟还能不能信任……

阿丑没敢直接敲开济北王府的门。她找了个路口蹲着,暗中观察王府的动静。

傍晚的时候,落日余晖染红了天际。

王府的正门打开了,一男一女走了出来。男人身材高大挺拔,面容冷峻,穿了件黑色毛领大氅,他的臂弯里是个娇小俏丽的女子,被一件白色貂绒大衣包裹得严严实实,半张脸埋在领口的绒毛里,头顶扣着烟粉色的毛帽子。远远看过去,她像个绒球。

那个女子把手塞进了男人的袖子里,一边仰头与他说笑,一边慢悠悠地朝西街的方向走。

阿丑一眼便认出这个男子是济北王,偷偷跟了上去。看见那两人走进了一家卖豆腐脑儿的小店,阿丑茫然地歪了歪头,蹲在店门口,一边假装扯裤脚,一边侧耳倾听里头两人的对话。

店小二看见客人进来,殷勤地要擦桌子,却被裴原拒绝了。他从袖子里掏出一条丝帕,蘸了茶水,将桌子和凳子都仔细地擦了一遍。

店小二看见裴原拿出丝帕,眼睛都直了,半晌才反应过来,恭敬地问:"两位要些什么?"

"两碗豆腐脑儿,半斤枣丸子,再来一屉包子。"裴原又掏出一张纸,上面密密麻麻的都是字。他吩咐道:"仔细按照上头写的做,做好了加钱,做不好一文钱不给。尤其注意要用新鲜的猪油,菜至少要洗三遍,你们的手也要用皂粉洗一遍。"

店小二尴尬地接过来:"好嘞,您放心吧!"

阿丑坐在门口,心道:真婆妈!

宝宁习以为常,高兴地托腮等着,等得无聊时,就玩裴原的手指。

裴原不满地道:"你呀,非要吃外头的东西……"

他的话刚开了个头,宝宁候地看向他,他意识到自己又多嘴了:"行,我闭嘴。"

阿丑心想,王爷惧内?!

裴原道:"宝宁,把帽子摘下来吧,放在我这边。你热不热?"

"有点儿热。"宝宁摘了帽子,又想解衣裳。

裴原阻止她:"把系扣解开就行,不能脱衣裳,脱了会着凉。"

宝宁听了他的话。

阿丑腹诽:王爷怎么跟老嬷嬷似的?

虽然这样想着,她心中却泛起了酸意,有些羡慕。

宝宁靠在裴原的肩上,有一搭没一搭地和他说话。

裴原心不在焉地应着,忙着用滚烫的茶水涮洗碗筷。

宝宁忽然想起了什么,直起腰问:"你不是答应我要给我抓狍子吗,狍子呢?"

裴原的动作顿住了,他皱着眉看她,本想说"你有身孕,哪儿来的时间看管狍子",但转念一想,若真的这么说了,又会惹得她不高兴,之后她指不定会找他的麻烦。

话到嘴边,他改了口:"明天我让魏濛带人上山给你逮狍子。"

宝宁满意地道:"记得逮两只,我要一只公的和一只母的,平日里太寂寞了。"

裴原听说孕妇的情绪不稳定,想一出是一出,要让着她,便点头,道:"好啊。"

"还有啊,阿绵现在也有身孕了,它的肚子都有些大了。我看它每日窝在小棚里,太可怜了。这样吧,你明日取些钱,去西村的羊庄把它的夫君都买回来。"宝宁补充道,"也不知道哪个是小羊羔的亲爹,你把和它配种的三只公羊都接回来吧。"

裴原"啦"了一声,转头呵斥她:"你有完没完,胡闹什么?!"

宝宁嘀咕道:"我怎么就胡闹了?我这话没有道理吗?"

"买一只回来就够了,不是亲爹,也算是干爹,不就是给阿绵解解闷吗?"裴原尽量平静地和她解释,"你买那么多干什么?三只公羊争风吃醋,还不得闹翻了天。"

"那不行,等小羊羔生出来后,亲爹爹怎么能不陪在身边呢?那样的话,阿绵该有多伤心啊!"宝宁道,"你们男人真是什么都不懂。"

裴原冷哼了一声:"行行行,就你懂,明天我就去接那三只公羊回来。"

宝宁继续道:"还有,吉祥和阿黄的婚事也可以操办起来了。阿绵有了家室,若它们还形单影只,岂不是会心生妒意?我看它们凑一起也行,青梅竹马,两小无猜。"

裴原讥讽道:"你是羊还是狗,怎么把这三只小牲畜的心思摸得这么透?"

宝宁蹙眉:"你怎么说话的呢?!"

"当娘的人都喜欢牵红线吗?你这是乱点鸳鸯谱,它们俩不合适!"裴原气急败坏地拒绝,"吉祥太强太高,阿黄太弱太矮。配种的时候,阿黄还得踩凳子。"

宝宁道:"你给它做个凳子不就行了?大不了让人抱着它。有什么事是不能解决的?"

裴原问:"季宝宁,你疯了吗?"

宝宁不高兴地推开他:"你说话就好好说,怎么还骂人呢?"

裴原道:"你那么有闲情逸致,别管吉祥和阿黄了,先给魏濛找个女人好不好?"

宝宁迟疑地道:"这个主意好像还挺好的……"

阿丑在门口听得一头雾水。她没听明白阿黄是谁,阿绵是谁,吉祥又是什么东西。

她听不懂,却又急迫地想听懂,逐渐变得急躁起来,晕晕乎乎地站起来往店里头走,想听得更清楚一些。外头正好传来急促的脚步声,阿丑刚起身,"嘭"的一声,撞在陈珈的胸前，整个人向后跌倒，尾骨处传来一阵剧烈的刺痛感。

"你……"

陈珈根本没搭理她，急匆匆地朝宝宁他们走过去，小声道："王爷、王妃，你们快回府一趟吧。刚才王府里来了个女人，说自己的名字叫敏敏，一个月前和魏将军春风一度，珠胎暗结，现在来要名分了。她在王府门前又哭又闹，周围有许多百姓在围观，魏将军无奈极了，让我来请你们回去。"

宝宁和裴原均露出难以置信的神情。

两人对视一眼，宝宁问陈珈："你确定人家登门找的是魏将军，不是找府上的其他魏姓男子？我记得后院的花农中也有个姓魏的。"

虽然那个魏翁已经六十多岁了，但宝宁还是觉得魏翁与人珠胎暗结的可能性比魏濛要大。

陈珈道："千真万确，那个敏敏姑娘找的就是魏将军。她手上拿了根绳子，正寻死觅活呢！"

裴原站起身给宝宁穿衣裳："先别吃了，待会儿让人送到府上，咱们回去看看。"

宝宁道"好"。

陈珈得了准话儿，匆忙地往外跑去。他急着回王府报信。

阿丑仍然坐在地上。她长得不漂亮，穿得又不好，乍一看，像个要饭的叫花子。陈珈早就忘了刚才自己将人撞倒的事，绕开阿丑就往外跑。阿丑暗中盯着他的腿，在他迈完左腿，又要迈右腿的时候，猛地伸脚，将他绊得飞了出去。

陈珈"嗷"的一声，随后重重地摔倒在门槛旁边。

一个常年习武的壮年男人倒地的声音非同小可。

掌柜着急地跑出来察看，还以为是地震了。

宝宁震惊地张大了嘴。

"你绊我。"陈珈晕头转向地站起来，慢慢地歪头看向阿丑，"你有病啊！"

阿丑啜泣了几声，抬头道："公子，我腿脚不便，刚刚起身时，不慎挡了您的路，还请您看在我体弱又贫贱的分上宽恕我吧。"

她刚才的举动并不全是为了报复，她缺少一个可以在短时间内证明裴原值得信任的机会。她现在是个手无寸铁的乞儿，如果裴原想与她过不去，那简直太容易了。他甚至不需要开口吩咐什么，只要不管不问，面前的这个黑小子就有足够的手段让她不好过，即便只是踹她一脚，都能让她受伤。相反，如果他愿意开口为她说句话，她便会安然无恙。这也足以证明裴原不是个冷漠的人，到时她就可以冒险，试着向他求援。当然，她如果能报复这个黑小子，那简直是一箭双雕。

"少在这里顾左右而言他。"陈珈怒不可遏地道，"我刚才看得清清楚楚，你是故意伸出脚来绊我的。敢做就要敢当，你装什么瘸子？！"

阿丑假装哭诉："我就是个要饭的，吃了上顿没下顿，哪儿敢故意作践大人您啊？"

陈珈大声地道："别在我面前装可怜！我明明看见了，你就是有意绊我的！"

"得了。"宝宁已经穿戴整齐。

裴原皱着眉看了陈珈一眼："你和一个小姑娘叽叽歪歪什么，摔一下就摔一下，会掉块肉还是怎么的？你这个榆木脑袋，怪不得二十多岁了，还没人看得上你。"

阿丑听到这话，挑了挑眉。

陈珈讪讪地闭上嘴，跟在裴原后头默不作声地出去了。

宝宁走到门口，忽然停住脚步，看向裴原，道："我觉得应该找县丞来一趟，将这个小姑娘送回家，看看她家中是什么情况，再留些钱。丰县现在归你管辖，好的情况应该是百姓富足，路不拾遗。如今路边还有吃不上饭的乞儿，说起来是你的失职。"

裴原思忖片刻，点头道："的确是我考虑不周。"

他吩咐陈珈道："你先留下吧，带着这个小姑娘去衙署一趟，按王妃说的做。"

陈珈不情不愿地应了，看到宝宁和裴原走远了，回身朝阿丑抬了抬下巴："走吧。"

阿丑将视线从宝宁的身上移回来，拍了拍屁股上的土，抿着唇跳了起来。

陈珈睐着眼看她："你刚才真的在装瘸子呢？！"

阿丑哼了一声，没搭理他，如一阵风一般擦过陈珈的肩，跑远了，留下陈珈一人在门口气急败坏地大骂："丑丫头，又坏又鸡贼，等着吧，你这辈子都嫁不出去！谁要是娶你，就是头淹在粪坑里的猪！"


宝宁和裴原回到王府时，门口已经围了许多人。

侍卫们瞧见他们回来，赶紧拨开人群，给他们让出一条路。

魏濛面如土色地坐在石阶上。

那个敏敏姑娘仍旧在哭诉着："最是薄情男儿郎，一个月前还和我欢好，如今你可倒好，翻脸就不认人了，还说什么是我认错了，你根本就没见过我。若真是你说的那样，那我肚子里的孩子是谁的？他的爹爹都不肯认他，我活着还有什么意思？人家暗地里戳我的脊梁骨，耻笑我呢，我们娘儿俩一同吊死在这里算了。"

说着，她又要往梁上挂绳子。

周围的百姓发出惊呼声，纷纷劝阻。

魏濛苦着脸，道："姑娘，我真的不认得你。一个月前，我去骊歌楼就是为了解乏，喝了杯酒，在那儿睡了一晚，第二天就回去了，真的没见过你啊！"

敏敏哭着道："我不活了！"

围观的百姓继续劝阻，对魏濛指指点点。

宝宁打量着这个敏敏姑娘，这姑娘模样倒是清秀俏丽，也就十八九岁的年纪，约莫是魏濛喜欢的样子。魏濛肯定是对人家有好感的——估计是看人家长得漂亮，又口口声声地说要嫁给他，他就舍不得了。要不然，以他的性子，他怎么会容忍一个女人这样撒泼，丢他的人？换作以前，他早就叫人把她撵出去了。

宝宁用肘弯撞了一下裴原的胳膊。裴原会意，清了清嗓子，道："既然如此，我们就先进府再说吧。"

魏濛看见他回来，急忙站起身来，听到这话，又开始喊冤："小将军，我真的没见过这个敏敏。"

"不管你见没见过，我们进去后再说。或许是你那天喝醉了，忘了人家。姑娘家的名声很重要，容不得玷污，你定要还敏敏姑娘一个公道才行。"裴原示意侍卫拉开大门，与宝宁一同进去。

宝宁微笑着邀请敏敏进门。

裴原经过百般不愿的魏濛身边时，脚步微顿，低声道："若是不怕你的臭名传遍整个丰县，你就还在外头待着，否则赶紧滚进来！"

花厅里点亮了烛火，宝宁和裴原分别坐在上首，魏濛面无表情地站在裴原的旁边，下方站着泣不成声的敏敏。

宝宁柔声道："敏敏姑娘，你把当晚发生之事再讲一遍吧。"

敏敏擦了擦眼泪，道："那晚，我给魏将军敬酒，他喝醉了，我便扶他到房里。他倒头便睡，我为他宽衣解带，擦洗身体。敏敏命薄，生在烟花之地，总有一天难以保全清白，敏敏的毕生愿望就是献身给心仪的男子。魏将军威名远播，敏敏早已暗暗倾心于他，面对此情此景，实在忍不住，就……魏将军并未嫌弃敏敏身份低贱，与敏敏春风一度。第二日早上，敏敏率先醒来，毕竟是女子，实在是羞愧不已，只想将这段往事藏在心中回味，便偷偷地走了。但谁承想，那一夜之后，敏敏竟然怀了孩子，这才冒昧登门……这些事，骊歌楼的鸨母知情，我的小姐妹也知情，王爷大可派人前去询问。"

魏濛闻言，眼神变了。

他发觉敏敏改口之处颇多，最开始她并没有提及敬酒一事，也没说过她倾心于他。现在这样说，反倒像是为了圆谎而编造的说辞，但她又说得如此肯定。他心中的疑虑更甚。

裴原看向魏濛："这位姑娘说的可是真的？"

魏濛沉默了半晌，开口道："或许那晚我真的醉糊涂了，才忘记了这些事。明日我会亲自去骊歌楼询问鸨母。若真是如此，我会娶你的，你今晚就先在我的院中住下吧。"

敏敏露出惊喜的神情，盈盈叩拜，道："敏敏谢过王爷、王妃，谢过魏将军。"

宝宁唤她起身，吩咐刘嬷嬷安排人为她收拾屋子，又妥帖地请厨房的人为她做晚膳。

魏濛朝裴原使了个眼色，他们一同去了书房，留了人在远处看守。

裴原坐在椅子上，用手撑着下巴，懒洋洋地问："你要说什么？弄这么大阵仗。"

"我对那个敏敏的话存疑。"他说完，又懊恼地摇头，"或许是我的疑心太重，但我总觉得有人在背后操纵敏敏，用一个月的时间布下了这个局，引我入瓮。"

"老魏，你未免太不自信了。"裴原站起身，拍了拍他的肩，劝道，"是我的错，我以往打击你打击得太过分了。现在我收回以前的话，你这个人还是挺不错的，虽然年纪大了一些，但好歹事业有成，长得也不错，女子暗中心悦于你实属正常。你不必如此敏感。人家向你表白心意，你反倒觉得人家要陷害你……"

"我如此想是因为收到了这封信。"魏濛打断裴原的话，从袖子中掏出一个竹筒，交到他手中，"这是这个月来我第三次收到纳珠的邀请。前两次，他派亲卫暗中邀我见面，被我拒绝了。这次，他亲自写了一封信给我。"

听到纳珠这个名字，裴原倏地抬头，神情变得凝重。

纳珠单于是匈奴王庭目前的掌权者，十六岁即位，执政至今，已经有四十余年，一直有着吞噬中原、兼并天下的野心。只是最初匈奴的游牧土地贫瘠，兵力不强，他被迫与周国联姻，求娶了一位周国公主，假意臣服了数十年。后来匈奴迁徙到了水土肥沃的河套地区，国力逐渐强盛，他的野心也暴露了出来。

双方反目，爆发了一场大战，最后以周国大败告终。周国二十余万将士被坑杀，周国公主自缢身亡。但纳珠那时的力量还不足以吞并整个中原，便与周国和解，双方各自休整，其间大仗小仗不断，但没有哪场战役足以动摇当前分庭抗礼的局势。双方的野心都不小，僵持了几十年，现在表面上仍然风平浪静，但不知道什么时候就会再次爆发大战。

魏濛道："纳珠想要诱降我，但知道我忠心于你，口头上的承诺或金银财宝很难动摇我的心志。我若是纳珠，定会筹谋另一场棋局，首要目的就是离间你我。"

裴原问："你怀疑敏敏是纳珠派来的棋子？"

魏濛抿了抿唇："我不知道。"

对于敏敏，他是真的有些动心。如果敏敏与纳珠的谋划无关，他想他会很高兴。

"中秋宫宴前,你拿出胭脂目的时候,我便问过你是从哪里弄来了匈奴王庭独有的禁药,你没回答我。"裴原看着他的眼睛,缓慢地道,"现在你可以告诉我了吗?"

"我答应了纳珠的邀约。"魏濛岔开话题,道,"今晚子时,我们约在城外三十里处的那片马尾松林见面,到时候你可以与我一同前去。"

月明星稀,有薄雪挂在松树枝头,泛着淡淡的光芒。

最高大的马尾松下有两个男子。一个年长,鬓角花白,面庞沧桑。另一个年轻些,像是年长男子的护卫。两人跨坐在马背上,眺望远方,似在等待什么。

不多时,有马蹄踏雪声传来,由远及近。很快,两匹马映入眼帘。纳珠眯了眯眼,看到那两人在他的面前站定。

"你到底还是带了人来?"纳珠摇摇头,苦笑了一声,道,"你不信任我吗?"

"你不是也带了人来。"魏濛冷冷地道,"废话少说,你找我来,到底是想做什么?开门见山吧,我没时间听你东拉西扯。"

纳珠看了一眼他身后的裴原。他们两人都以黑布蒙面,看不到正脸。

魏濛明白他的意思,道:"他是我的心腹。我的过往,他全部知道,无须避讳,你直说便是。"

纳珠的眼中闪过一抹不悦之色。

裴原也在暗暗打量着这个年迈的老单于,他身姿魁梧,头戴一顶熊皮帽,虽年华不再,可双眼中仍然流露出野心和锐气。即使此刻他再怎么竭力地表现出真诚和慈祥的样子,也不像个善良的老人。

裴原明白这是个不容小觑的对手。即便已在沙场上交锋多次,可这是他们第一次真正见面。

"濛儿,"纳珠声音温和地道,"你该回来帮我了。我知道你还恨我。但我现在很需要你,王庭也需要你。"

裴原眼皮低垂,掩盖住眸中的惊诧之色。他对魏濛的身份早有猜测,但此刻亲耳听闻魏濛与纳珠的谈话,心中掀起的惊涛骇浪还是难以平复。他们之间的关系竟然如此密切。裴原忽然想起三十几年前嫁到匈奴的和亲公主魏妩,难道……

魏濛道:"过去十几年,我与匈奴水火不容,死在我手上的匈奴将士没有上万也有数千。你要我回去,就不怕我包藏祸心,屠尽你的族人,为我母亲报仇吗?"

听到他如此说,纳珠身后的护卫蒙佳难忍心中怒气,大喝一声:"放肆!"

纳珠摆了摆手,示意他不要多言,随后缓慢地下马,走至魏濛的马前,仰头道:"该报的仇,你已经报完了,不是吗?父王不怪你,都是父王的错。"

魏濛没想到他会这样说,一时无言。

"濛儿，我接下来说的话，不知道你能不能理解。我想说的是，每一个统领的身上都寄托着黎民的厚望，没有哪一个统领不想扩张版图，不想让百姓富足。我年轻时野心勃勃，不是为了满足权力之欲，只是想带领我的族人去水草最丰盛的地方，去温暖湿润的地方，摆脱贫穷，躲避严寒。我不能辜负他们的期许，必须给他们更好的生活，哪怕以血为代价。为此伤害了你和你的母亲，我感到抱歉，濛儿。"

裴原望过去，看着纳珠的面庞，听到他继续道："但我现在不这么想了。人生在世，求的不是富足，而是安稳。我老了，不想再打仗了。就在上个月，我还会见了周国的邱将军，他奉周帝之命与我签订了盟约，十年内，边境不会再起战事。"

魏濛冷笑一声，道："上个月趁我军换防疲弱时袭击边境的是你，说这些虚假空话的也是你，你让我怎么相信？"

"袭击边境的不是单于！"蒙佳先一步开口，"是左贤王淳于栾！"

魏濛问："哦？那是怎么回事？"

纳珠面露痛苦之色，闭着眼道："我已年迈，近些年，王庭中各方势力纷争不断，我渐渐失去掌控。淳于栾是我的侄子，我膝下无子，便视他如己出，尽力扶植他，没想到养狼千日，终为狼所祸。如今他容不下我，在王庭中也有了自己的党羽，便不听我的话了。"

纳珠睁开眼，用恳切的目光看着魏濛："濛儿，这也是我几次三番来寻你的缘由。我要你为我除掉他，这也是为了周国好。淳于栾野心勃勃，若他即位，边境将永无宁日。"

他忽然行了一个大礼，跪拜在地，痛哭道："就算为父求你了，快回来吧！"

他这样的举动，不止魏濛，连裴原和蒙佳也惊骇不已。

蒙佳跳下马，心疼地将他扶起来："单于，您这又是何苦呢？"

魏濛神色仍旧冷峻，但微动的下颌表露出了他内心的波澜。

他始终保持沉默，半晌，终于开口道："我不信你。"

"你不信我，难道要相信那些与你毫无干系，甚至仇视你的汉人吗？"纳珠混浊的眼睛中闪着微光，他轻笑着道，"濛儿，你要时刻记得，就算效忠汉皇，你也不是汉人，你的身上流着胡人的血，他们永远不会真正接受你。你只能留在这个边陲小镇上，无法有所作为，更无法加官晋爵，享受人上人的生活。而那本该是你轻易就能享有的生活，你是王子，生下来就是贵族。父王真不明白，你为何非要离开王庭，自讨苦吃？

"不过没关系。如果那是你自愿经历的，父王会支持你。你现在为周国的四皇子效力，是吗？父王劝你一句，莫将全部心力都献给他，他总有一日会让你失望的。狡兔死，走狗烹，为人臣子，总有被斩尽杀绝的一天，功高盖主的臣子更是如此。更何况你的眼睛不是黑色的，无论你付出多少，等到他掌握权力的那一天，想杀你只需要一个理由——非我族类，其心必异。在父王心中，你始终是个孩子。孩子贪玩，但若玩累了，不论何时你都可以回家，王庭的大门始终向你敞开。我知道你厌烦我，此后我不会再来寻你。等你玩累了，归家的那日，父王请你饮酒。"

纳珠立在魏濛马前，目光真挚，言辞恳切。

魏濛喉结滚动，但没再多言一个字。待纳珠说完，他们对视片刻，他忽然掉转马头，大喝一声"驾"，便头也不回地走远了。

裴原跟上，看着夜色中魏濛被风吹得鼓起来的衣袍，大约能猜到他此时内心的震撼。

在裴原看来，纳珠果然无愧于他长达四十年的执政生涯，字字珠玑，感人肺腑。他并不强硬，而是柔软地劝诱，并展开他作为父亲的宽广怀抱，以一种宽宏纵容的口吻请求他的孩子回家。这是最让人难以拒绝的。

两人一路无话，半个时辰后，已经行至王府门前。

魏濛抬头看着黑色牌匾上的四个镏金大字，顿了顿，偏头问裴原："你没什么想说的吗？"

"没有。"裴原的话刚出口，他觉得不对，又道，"其实我有一句话想说。"

魏濛问："什么？"

"我也可以请你喝酒。"裴原笑着道，"我媳妇会做饭，而且肯定比他的厨子做的饭菜更合你的口味。"

多说无益，他没必要此刻在魏濛的面前表示诚意，也不需要。他和魏濛共事这么多年，彼此了解，比父母兄弟更亲。裴原相信魏濛不会被纳珠的三言两语所蒙蔽，他会做出他心中认为正确的选择。

魏濛笑了："你手中有几两几文，敢放这样的豪言？请我喝酒，你有钱吗？"

裴原正色道："书房靠东的架子往下数第二层，右侧花瓶里，有我的私房钱。"

魏濛下马，将缰绳交到前来迎接的门卫手中，不可思议地瞥了他一眼："那你可得好好藏着，若是被王妃发现了，又要挨一顿骂。"

裴原也下马，轻笑着道："这就不劳你费心了。"

两人走进门后，又行了片刻，即将分别时，魏濛停住脚步，侧过脸道："那是一只老狐狸。他当年就是这样欺骗我母亲的，那些话信三分已是多余。他接下来或许还会有所动作，得派人看着点儿。"

接下来的小半个月，丰县还算平静。

只是石羊关那边传来战报，匈奴集结数十万大军，想要破关。石羊关是塞北靠近西方的一处关隘，两侧山峰如同羊角，故名石羊关。关后有三个郡镇，人口共有七十余万，均靠这座关隘守护。若石羊关失守，塞北的西侧就破了个口子，不仅百姓会受到战火袭扰，整个塞北都会陷入危险之中。

邱明山收到战报后，立刻率领十万兵马前去增援，皋山镇又剩下骁骑将军佐放带八万人留守。西方的代县也派遣了五万兵马前去增援，由宿维带领七万人留守。

这样重大的战役在过去十年里也发生过一次，最后以匈奴大败告终。

邱明山是个极有谋略的将领，经验老到。裴原对他有信心，此战必定不会败。

石羊关的战役打响了，丰县却只是加强了防守，其余方面并未受到影响。

魏濛与敏敏相处得甚好，他虽然还不能确认那个孩子到底是不是他的，但好像也不怎么在意了。敏敏容貌姣好，温柔贤淑，每日为魏濛洗衣做饭。魏濛头一回享受这样的滋味，每日乐在其中。慢慢地，他放下了对敏敏的戒备，也不再限制她的出行。每过几日，他都会允许她出门走动走动，只是会多派几个人跟随。

宝宁已经怀孕三个多月了，肚子轻微鼓起，像是吃饱了饭食那样，穿上厚厚的袄子后几乎看不出来。

敏敏也怀着身孕，最开始，魏濛不让她出门，她便常常来寻宝宁说话。只是每次她一来找宝宁，门口的那条獒犬就会冲着她大叫。敏敏害怕，之后就不怎么来找宝宁了。

裴原回来的时候，宝宁正坐在炭炉边和刘嬷嬷一起拆棉被。棉被盖久了，里头的棉花就硬了，要拆出来，去找专门的工匠弹开。旧棉花重弹后，就像新棉花一样，极为松软舒适。

裴原手里拿着个梨，晃晃悠悠地走进来，递到宝宁的嘴边："吃一口？"

宝宁看了一眼，嫌弃地偏过头："你都咬过了，我不要。"

裴原"啧"了一声："矫情。"

刘嬷嬷轻声笑了，很有眼色地站起身，找了个借口道："婢子去看看骨汤熬好了没有。"

裴原点头。

刘嬷嬷将其他几个侍奉的婢女也带下去了。

关门声响起，裴原几口将剩下的梨吃完，丢掉梨核，一把将宝宁抱进怀里，用嘴去蹭她的脸："嫌我脏，我吃过的东西你不吃？我们都有孩子了，你现在才嫌弃我，未免也太晚了点儿。"

宝宁尖叫着推他："你唇上的汁水都蹭到我的脸上了，黏糊糊的，真讨厌！"

裴原又凑过去："我给你舔干净行不行？"

"不行，离我远一些！"宝宁推不开他，反而被他挠了痒痒肉，笑得倒在他的怀里,"你怎么这么烦人?!"

裴原笑着将她搂紧。宝宁面对面坐在他的腿上,用双手抵着他的肩膀。

裴原伸长脖子去亲她的嘴唇。他的唇上是湿的,亲一口就会发出声响,他觉得甚是有趣,又亲了几下。

宝宁笑得眼睛弯了起来,问:"我甜不甜呀?"

"甜!"裴原抱着她道,"天上哪儿掉下来这么一块小甜糖啊?"

裴原抱了一会儿,将头往后仰,和宝宁拉开距离,用手去摸她的肚子:"给我摸摸!听刘嬷嬷说孩子好像又长大了点儿,我倒要看看我们家的小东西到底长到多大了。"

"你摸不到孩子的。我刚吃了只烧鸭,孩子在烧鸭下方。"宝宁握着他的手去摸自己的肚子,"是长大了点儿,但不是孩子,长的都是肉。你看,我的肚子都有好几层肉了。"

裴原顺着摸了一把,惊讶地道:"是真的,你胖了这么多?"

宝宁不高兴地推开他:"我是为你生孩子才变成这样的!我说自己胖了,那是我自谦,你怎么可以说我胖?"

"是我错了。"裴原立马道歉,又笑着道,"你刚吃了烧鸭,待会儿还要喝骨汤,养你可真不容易。你少吃些,我快要养不起了。"

宝宁开玩笑:"那我更得多吃些了,省得哪天你变穷了,真的养不起我怎么办?"

裴原故作生气地掐她的脸颊:"你能不能说些好听的?"

宝宁笑着扑到他的怀里:"行,行,我说些好听的。裴原是天下第一美男子。"

裴原挑眉道:"我本来就是。"

两人正谈笑着,忽然传来叩门的声音。温情时刻被打断,裴原心生不快,皱着眉回头道:"进来。"

刘嬷嬷推门进来,递上一封信:"王爷,刚刚门房送来的,说送信的是个姑娘。那个姑娘穿得破破烂烂的,很长时间没沐浴过似的,说自己叫阿丑,要将信转交给您。门房让她稍等一会儿,但之后又来了个人找她,大概是说谁的病好像有起色了,眼睛复明了什么的。那姑娘一听,高兴得蹦了起来,没再等,跟着那人走了。"

宝宁迟疑地道:"不会是那日在豆腐店遇见的姑娘吧?听这描述,倒是和那个姑娘很像,但她不是腿脚不好吗,怎么可能蹦得起来?"

她催促裴原:"你赶紧打开信看看吧。"

裴原打开信,读了几行后,脸色骤然变得凝重,不敢相信似的,又反复读了几遍。

宝宁焦急地问:"出什么事了?"

"有大哥的线索了。"

宝宁惊喜地问:"真的?"

"不知道真假,此事还要派人去核查。"裴原站起身,拎了件衣裳匆匆往外走,边走边道,"我晚些回来。你早点儿睡,别等我。"

魏濛已经睡下,又被人喊了起来,草草梳了个头发就去了书房。

他的第一反应是石羊关那边的战事出了岔子,他跨进门便问:"吃败仗了?"

裴原一言不发,将信丢给他。

魏濛看信,神色先是紧张,然后渐渐放松,最后转为难以置信:"这是真的?"

信上是歪歪扭扭的字迹,宛如鬼画符一般,许多字都辨认不出,他只能勉强看出个大概。这封信是以大皇子裴澈身边的护卫的口吻所写,简要交代了裴澈被劫狱后的经历,最后说裴澈如今境况不好。寨子中有上百个兄弟,但钱粮几乎耗尽了,需要他们的援助。信的最后说,如果他们愿意相助,可去往齐连山的西北角,那里有一棵高约三丈的松树,会有人在那里等候。

裴原问:"你觉得此事是真是假?"

魏濛将信又浏览了一遍,视线停留在落款上,而后读了出来:"阿丑?"

和他对视一眼后,裴原想到了一件事:"乐徐离开的那天,咱们的人跟着他,回来时说乐徐连夜前往了齐连山,山脚有一个女子率人在等候他。那个女子个子不高,容貌也不出众。跟随的人觉得那个女子奇怪,还特意画了一幅画像,画像放在哪里了?"

魏濛上前一步,打开东侧柜子的抽屉,拿出一副卷轴,猛地抖开。

这幅画像,裴原早先就见过。可那时他并没有在意,更没将画中的女子与在豆腐店遇见的那个瘸腿姑娘联系在一起。但现在仔细一看,他忽然觉得她们两个极为相像,或许真的是同一个人。那画像上的女子就是阿丑!

如此一来就全都对上了。裴澈身受重伤,乐徐前去救治,阿丑迎接。阿丑或许就是从乐徐口中得知裴原已经回到燕北,于是动了求援的念头,但又怕裴原不愿,所以在小店门口加以试探。斟酌再三后,她还是在今晚送来了这封信。可她还没等到裴原出来相见便匆匆离去,许是因为得到了裴澈病情好转的消息。

裴原不知道的是,阿丑之所以隔了近半个月才送来这封信,一是因为要照顾裴澈,二是因为整个山寨中几乎没有一个会写字的人。读书最多的是个烧火的小孩,以前家境没有落败的时候上过两个月的私塾。因为他们不敢将此事透露给别人,不能找人代笔,阿丑只能让那个小孩写,实在不认识的字,就装作不经意地去请教乐徐,这样磕磕绊绊的，十几日才写好这封信。

确认了这个消息后，裴原心情激动。他深吸了一口气，取了剑便往外走："魏濛，随我连夜去一趟齐连山。"

"小将军，你留在王府吧，我带人去便可。"魏濛劝阻道，"石羊关激战正酣，丰县也要加强防守，以防敌人偷袭，你留下比我留下更合适，况且只是接人，兴师动众反倒不好。你留在府中安排相关事宜，明日午时，我定将大皇子完好无损地带回来。"

裴原同意了他的提议。

魏濛立刻清点人马，回房中换衣取剑。

敏敏听见房门响动，嘤咛一声，缓缓地睁开眼。她穿着一件单薄的亵衣，卧在床上，眼睛眯成一条缝，盯着在灯火下往腰上悬挂佩剑的男人，目露疑惑之色。

魏濛怀着歉意道："我吵醒你了？"

"没有，我一直没睡着。"敏敏贴心地下床，走至魏濛身前，伸手为他整理衣着，轻声问，"这么晚了，将军要去哪里？将军可要早些回来，敏敏一个人睡会害怕。"

她问前半句，魏濛本是不想回答的，但她说自己一个人睡会怕，魏濛的心便软了。

他心中想着，反正这也算不上秘密，裴澈回来后，肯定是要住进王府的，敏敏到时候也会知道此事，现在自己稍微透露一些不算泄密，也好让她安心。

魏濛道："我去西边接个人，明日午时就回来了。若你害怕，我去叫一个侍女来陪你一同睡。"

敏敏的目光躲闪着，她上前一步，将脸贴在魏濛的胸前，关切道："没关系的，敏敏可以自己睡。将军放心去吧，但一定要保护好自己。敏敏在家等你回来。"

魏濛高兴地拥抱了她一下，轻声道："好了，你去睡吧。我走了。"

敏敏送他出门，直到他的背影看不见了，才依依不舍地回房。

一路上，魏濛都在想，他是不是该攒钱买个院子了。原先他孤身一人，即便买了院子也是闲置，索性厚着脸皮住在裴原的府上。但如今不行了，他也算是成了家，总是寄人篱下也不好，委屈了敏敏。等石羊关那边的战事平息，他空闲下来，就带敏敏去挑选个喜欢的院子。到时候，她应当会很欣喜吧？

敏敏在魏濛走后就上床睡了。小半个时辰后，等到整个王府的人都陷入了酣睡中，她才睁开眼，目光清亮，半分睡意也没有。

她披上衣裳外出，装作去方便的样子，绕开趴在凳子上熟睡的当值丫鬟，朝着后门而去。到了一处隐秘之地，敏敏轻轻地咳嗽了几声。不多时，高高的院墙外也传来咳嗽的声音。敏敏后退一步，将绑了重物的帛纸捏成一团，用力掷出。那个纸团轻易地跃过高墙，落到了对面。墙外又传来几声咳嗽。敏敏知道对方已经收到纸团，不再停留，拢紧衣裳，转身回了房。

来接应的人迅速去了安全的地方，打开纸团，只见上头写着一段并非汉字的话，大意是：魏濛奉命前往西山接人，可截杀之，以离间魏濛和裴原。

阿丑得知裴澈复明的消息后，便火速赶回了齐连山。

乐徐为他诊治已经有半个月了，其间为他扎的针不计其数，他喝的药更是数不清，但他情况没有丝毫好转，反而愈发消瘦。阿丑一度怀疑乐徐是在骗她的钱，甚至对乐徐动了杀心。直到几日前，乐徐又加了一味药引——他的血。阿丑不知道乐徐的血为何有这样的妙用，但药效是立竿见影的，裴澈的脸色在几日内便渐渐变得红润，之后好消息接连传来。

裴澈眼睛虽然又能看见了，但身体仍旧很虚弱，现在只能勉强坐着。

阿丑心虚地向他说明了自己的所作所为："我知道济北王与您一向兄弟情深，试探后，更觉得他有怜悯之心，心中有道义，他若是知道我们的境遇，定然不会坐视不理。这段日子，咱们为了寻医问药，米缸都快要空了，山上还有这么多张嘴等着吃饭呢。我实在没办法，未经您的允准便向济北王送去了信。我料想他现在应该已经看了信，若无意外的话，或许已经派人赶来了。"

"你不必慌张，我没有责怪你的意思。"裴澈温和地看着她，"谢谢你，阿绸。"

阿丑挠了挠耳朵，不好意思地笑了。

其实"阿绸"这个像是富家姑娘闺名的文绉绉的名字才是她的本名。只是她长得不好看，大家起先开玩笑地叫她阿丑，后来传开了，众人便以为阿丑就是她的名字，再也没人叫她阿绸了，除了裴澈。阿丑在心中想着：大皇子可真是个温柔又慈悲的人啊！

阿丑张了张嘴，还欲再说些什么，有人进来通传："阿丑姑娘，魏濛将军来了！"

阿丑高兴地对裴澈道："这岂不是双喜临门？"

她将毯子盖在裴澈的腿上，安抚他道："大殿下，您先在这里等一会儿，我很快就回来。"

阿丑说完就往外走。

外头传来喧闹的叫嚷声，声音越来越大，好像有人闯入。阿丑蹙起眉头，心中隐隐生出不好的预感。那些人似乎来者不善。她快走两步，想要出门看个究竟。忽然听见一声惨叫，她听出来是山上的人发出来的。

阿丑大惊:"怎么回事?"

有负伤的兄弟跑进来,惊慌地道:"阿丑姑娘,外头打起来了。是魏濛带来的那些人先动的手,他们人多势众,咱们的兄弟快要抵挡不住了。这到底是怎么回事啊?"

阿丑的心猛地下坠,眼中一片血红,她沉默半晌,咬牙切齿地道:"裴原,你这个卑鄙小人,我与你之间的仇不共戴天!"

魏濛赶到时,那棵醒目的松树下并没有人影。他以为是阿丑的人还没到,耐着性子等了两个时辰,意识到不对劲儿,赶紧带人上山。

对于齐连山的地势,他是熟悉的。裴原一直筹谋着搜山,但一直未能成行。山上的土匪非常强悍,且巡逻严密,一有风吹草动就立刻反击,手段极为激烈。他们甚至放话,若敢强攻,便放火烧山。齐连山的东山脚下有大片良田,还有村落,若是山火控制不住,将会是一场大灾难,这也是之前的官兵一直没能清剿山匪的原因。虽然没能攻下山寨,但魏濛带人来过几次齐连山,知道大概方位,没多久便抵达了这里。可当看见面前的惨象时,饶是魏濛刀尖舔血已成习惯,也不免汗毛竖立。

他怒吼道:"这是怎么回事?"

很快,有士兵探察清楚情况后回来禀报:"将军,有人先咱们一步来此血洗了山寨,没留一个活口。不过,我并没有看见女子的尸首。"

又有士兵过来,行礼道:"将军,一共有一百三十具尸体,其中十八具是外邦人的尸首,看身形和眼睛颜色,应该是匈奴人。"

魏濛一字一顿地问:"所以,有匈奴人在我们之前赶来,将整个山寨给屠了?"

士兵迟疑地道:"大概是如此。"

魏濛闭上眼,缓缓地长叹一口气,大喝道:"回府!"

魏濛没想到,等他回到府中后,还有一出好戏在等着他。

他的宠妾敏敏大义灭亲,向裴原献上了三封他通敌的书信,正跪在书房门口哭得梨花带雨。

宝宁站在不远处的梅树下,摘下一朵粉色的花,放在吉祥的头上,对刘嬷嬷道:"嬷嬷,你说咱们家吉祥是不是会通灵?它怎么这么神奇呢!它讨厌谁,谁就是坏人。"

刘嬷嬷叹息道:"只是可惜了魏将军,一腔深情,终究是错付了。"

宝宁点头道:"希望他不要因为被伤透了心就断情绝爱,以后还是要相信人间有真情才好。"

刘嬷嬷道:"但愿吧。"

因为自己去晚一步致使山寨遭到血洗,魏濛一路上陷入了深深的自责与懊悔之中。回到王府,得知敏敏正在裴原的面前告他的黑状,他更是如五雷轰顶,肝肠寸断。

他狂奔至书房门口,瞧见敏敏纤细的背影,心脏一痛。极力压抑住想要揪着她的领子质问她的冲动,他绕过她,推开了书房的门。

他甫一进门,一个乌黑的砚台迎面飞来,"哐"的一声,砸在他身后的白墙上,留下一大摊污迹。

魏濛惊愕地抬头。

裴原负手而立,站在桌后,满脸怒气,厉声道:"魏濛,你好大的胆子!我自问待你不薄,与你同吃同住,如同手足一般。我以为你一身忠肝义胆,是爱国志士、侠义男儿,不承想,你竟然包藏祸心,早已与那异族贼人暗通款曲。你简直是无耻之徒!"

他这一席话,如同一盆冷水朝着魏濛兜头浇下。魏濛的内心本就积攒了怒气,在裴原的逼问之下,魏濛再也忍不住,几步冲至裴原面前,瞪眼吼道:"小将军,你何出此言?你是听了哪个贼子的鬼话,竟然连我也怀疑?"

裴原用力地将手中攥着的一沓信纸甩在他的脸上:"你自己好好瞧瞧吧!"

魏濛忍着怒意捡起来,瞧见上头是满满的异族文字,大为惊骇:"这……这是什么?"

"你还装!"裴原冷冷地道,"若不是敏敏姑娘偶然发现这些信,并把它们交给了我,我就真的被你蒙骗了。"

"你怀疑我?"魏濛不敢相信地问,"裴原,你我相识这么多年,我是什么样的人,你心中不清楚吗?因为一个小女子的谗言,你就怀疑我,是我看错了你。"

魏濛怒极,再也顾不得什么礼仪尊卑,一腔怒火急于发泄,绕着屋子转了两圈,猛地一抬脚,将地上的一个凳子踢出去老远,砸在墙上,四分五裂。

"你放肆!"裴原拍桌大骂道,"我早就知道你不是个安分守己的人,猜忌你也不是一日两日了。我手中的证据很多,你这个月与匈奴的那个老东西偷偷见了多次,你当真以为我不知道?我给你机会悔过,但你变本加厉,事到如今,竟然还将罪责都推到敏敏姑娘头上,我看你是被猪油蒙了心,不撞南墙不回头了。"

裴原这话越说越离谱,魏濛起先还认真听着,气得手抖,但等裴原说到他和纳珠秘密会面,才察觉出不对劲儿。

裴原提这件事干什么?什么偷偷见面,自己又没背着他和纳珠见面。

魏濛诧异地回头看向裴原，果然捕捉到了裴原暗示性的眼神。

魏濛立刻明白过来，刚才的争吵其实是裴原在和他演一场戏。裴原是故意与他翻脸的。魏濛猜测，裴原那些话是故意说给在门口跪着的敏敏听的。但他为什么这么做？

裴原对上魏濛的眼睛，内心暗骂：呆子，什么是真话什么是假话都分不出来，你竟然真情实感地动怒了，还敢踹我的凳子。

裴原再次开口，故作恼怒地大声道："非我族类，其心必异。来人，给我将这个乱臣贼子拿下！"

他的话音刚落，外头瞬间传来纷杂的脚步声。下一刻，书房门被撞开，十几个手拿兵刃的侍卫冲了进来，将魏濛团团围住。但他们到底曾是魏濛的手下，虽然有裴原的命令，可面对熟悉的长官，仍旧不敢贸然动手，愣在原地，面面相觑。

魏濛这下彻底想通了，裴原是希望他将计就计，趁此机会光明正大地回归匈奴王庭。

纳珠之前十几年对他不闻不问，现在却突然寻到他，言辞恳切地求他回去，必定不是真的像其说的那样是因为亲情。但纳珠究竟想做什么，以后还会使出什么手段，他们不得而知。今日纳珠派来一个敏敏，以后谁知道会不会再来一个珍珍、怜怜？

如果魏濛始终拒绝，纳珠绝对不会善罢甘休，如此一来，敌人在暗，他们在明，并不占优势。他倒不如顺应裴原的计策，待以后时机成熟，里应外合，或许可以打一场胜仗。魏濛的手慢慢移向腰间的刀柄。既然裴原想演下去，他就只能奉陪了。只是，裴原怎么也不提前知会他一声，如此突然，他能立刻反应过来才是见鬼了。

裴原厉声道："你们还不动手？难道你们与这贼子是同党，想要倒戈向敌人吗？"

那些侍卫只能咬着牙冲上去。

魏濛挥刀格挡，假装驳斥道："裴原小儿，你是非不分，忠奸不辨，早晚会有穷途末路之日。你今日敢对我下杀手，那就别怪我日后翻脸无情。从此我们恩断义绝，再见之日就是刀锋相见之时。"

说着，他狠心使出杀招。阻拦他的侍卫在慌乱中躲避了一下，他立刻趁机逃走。

前方还有侍卫阻拦，魏濛砍伤其中一人的臂膀，夺马而逃。

裴原面色铁青地看着魏濛的背影，沉默半晌，忽然抽刀割断袍袖，转身环视众人，大声道："从此我与魏濛割袍断义，若再遇见，必诛杀之！"

当日下午，敏敏便逃走了。

魏濛走后，裴原差人将她送回房，故意没留太多人看守。趁着午睡的时候，敏敏偷偷从后门溜走了。她走了也好，借由她的口向纳珠转述这件事，想必纳珠对魏濛的信任会多一些。

所有人都以为魏濛真的与裴原决裂了，并且裴原独自一人在书房中待了小半日，其间骂出来好几个进去禀报事情的副官，看似心情不佳。一时间，王府中人心惶惶。

屋子里，宝宁和刘嬷嬷一起在炉子上熬着地瓜粥，满屋都是地瓜的甜香气味。

宝宁舀了一勺尝了尝，评价道："太甜了，王爷肯定不爱吃，这可怎么办啊？"

刘嬷嬷试探性地问道："那再加些水？"

"那就稀了，口感不好。"宝宁摇头，"不如再给他弄些别的东西吃吧。昨天他说想吃面，早上还剩了半锅鸡汤，正好拿来煮面，再打两个鸡蛋进去，够他吃了。若他还吃不饱，中午的包子还没吃完，给他热几个。"

刘嬷嬷听着她念叨，忍不住叹了口气："王妃，王爷和魏将军闹成那样，您就不担心吗？"

"担心什么？"宝宁慢悠悠地搅着锅里的粥。有的地瓜瓤切得大了，她用勺子按碎，一边搅成黏黏的糊状，一边道："他们都不是小孩子了，知道自己在干什么。况且事情已经发生了，我在这里担心又有什么用？"

"话虽这样说，但……"刘嬷嬷凑近宝宁，在她的耳边小声道，"现在外头流言纷纷，说魏将军奉王爷之命去齐连山接大皇子，却事先与匈奴勾结，让匈奴人捷足先登，屠了山寨……"

宝宁打断她的话，道："大殿下没死。回来的人不是说了吗？并没有瞧见大殿下和阿丑姑娘的尸首。"

"但魏将军好像真的往北去了，怕是去投奔匈奴了。"刘嬷嬷忧心忡忡，"魏将军从前和王爷的感情那样好，怎么一下就反目成仇了呢？若是以后真的碰上了，他们要打仗，那叫如何是好？"

宝宁笑她："嬷嬷，你操心那么多累不累？我们要相信王爷，他会做好他该做的事，而我们只要做好我们该做的事便够了。各司其职，不越权，不逾矩，这才是最好的状态。"宝宁慢慢地说着，然后把勺子搁在一旁，擦了擦手，忽然又想起了什么，"说起各司其职，有件事我还没有做呢。"

刘嬷嬷不解地问："王妃，您还有什么事情没做？"

"刘嬷嬷，趁着还没吃晚饭，你去吩咐营里的庖丁加道好菜，嗯，就加一道氽白肉吧。告诉他们，能买多少肉就买多少，让所有人都吃得饱饱的，银子由我来出。"宝宁笑道，"给将士们吃好了，他们就安心了，不会像你一样胡思乱想。"

刘嬷嬷看着宝宁淡然的神色，心中忽然生出羞愧感。是她不够沉稳，遇到这样的事，不仅没有给宝宁出主意，还要让宝宁来安抚她。

刘嬷嬷张了张嘴，还欲再说什么，忽然听到身后的屋门"吱呀"一声响，回头看去，只见裴原进来，正站在门口解衣裳的扣子。

刘嬷嬷有眼色地退下了，去做宝宁吩咐的事。

裴原将衣裳挂在墙壁上钉着的钩子上，又跺了跺脚上的雪沫子，才往内室走。

"过来烤烤火吧。"宝宁往旁边挪，让出了一个位置，"你一身的寒气，冷吧？"

裴原坐下，将胳膊自然地搭在宝宁的肩上，歪头用干燥的嘴唇蹭了蹭她的脸颊："一日没见，你想不想我？"

宝宁看了他一眼，今日的裴原眼中没有光亮，幽静得像深潭，心情应该是真的不好。

宝宁捡起炉钩子，捅了捅灶膛里的火，问："外头又下雪了？我看你的鞋上有雪。"

"嗯。"裴原简短地应了一声，又去蹭她的脸颊，低声道，"你还没回答想不想我。"

"我不想你，还能想谁？"宝宁丢下手里的东西，转身投进裴原的怀里，半是安抚半是埋怨地道，"原先我在京城好歹还有账本看，有店铺要经营，现在来了这儿倒好，整日围着你转。等孩子生出来后，我就成了围着你们俩转了。你得了便宜还卖乖，非要问我想不想你，烦不烦啊？！"

裴原喜欢听宝宁说这样的话，笑了一下，更用力地环抱她："我家宁宁就是讨人疼。"

宝宁背靠在裴原的胸前，半倚在他的怀里，盯着"咕嘟咕嘟"冒泡的锅。片刻后，她忽然想起了什么，起身往外走："不行，我得去提醒圆子一声，别一下雪就往外跑。他现在太淘气了，总是跑出去和别人家的小孩玩，每次都带着一身的泥点子回家，说他也不听。"

"男孩子爱玩，你就让他玩吧，冻一会儿又冻不死。"裴原拽住她，"别管那么多！你小时候出去玩，也喜欢让人管着？"

宝宁犹豫了一下，慢慢地坐下："好像也是。"

半晌，她试探性地问："阿原，你派了人手去寻找大殿下的踪迹吗？"

"派了。"裴原正色道，"但齐连山太大了，他们若是躲起来，我的人难以找到。更何况现在下了雪，若大雪封山，想要找到他们就更难了。"

有一点他没说——若大雪封山，他们能不能活下来都未可知。

宝宁摸了摸他的脸，没再提这件事，转移话题道："阿原，你的脸变粗糙了，不像以前那么嫩滑了。"

裴原道："就算我的脸再粗糙，我也不会抹你的那个香膏，你死了这条心吧。"

宝宁推了他一下，不悦地道："我的东西金贵着呢！你以为你是谁？你想抹我就给你抹啊？！"

裴原笑了起来。

没多久，晚膳做好了。他们吃完饭，梳洗后便上床相拥而眠，睡得正酣时，被急促的敲门声惊醒了。

裴原皱着眉穿衣下床，推开门，对上了陈珈焦急的眼神："王爷，代县那边传来战报，大批匈奴军队趁着暴雪和夜色急行军，欲包围代县，现在距离代县已经不足百里。"

裴原脸色大变。

与此同时，代县守将宿维的桌上多了一封边境暗探传来的"密报"。

## 第二十三章
# 淳于栾使计攻城

半个月前,石羊关燃起战火,代县派五万兵马前去增援,如今城内守兵只余七万。

宿维早裴原三个时辰收到前线传来的消息,立刻召集所有副官、校尉商议对策,晚饭都没来得及吃,一直熬到半夜三更,仍旧水米未进。

宿维吃不下去,因为他收到的消息是匈奴左贤王淳于栾率领十三万大军奔赴代县,来势汹汹,准备趁代县防守空虚时,把守军一网打尽。

有将官劝宿维立刻出城迎敌,与淳于栾大军对战:"将军,依末将之见,我们应该主动出击。如今天气严寒,暴雪肆虐,淳于栾的兵马一路南下,必定已经人困马乏,缺少御寒衣物,正是薄弱之时。他们虽人数众多,但如同脆弱的窗纸般一戳即破。我们人少,但士兵个个精神抖擞,体力充沛。而且淳于栾一向傲慢自大,肯定料不到我们敢出城迎战,我们便杀他个措手不及。就算打不退敌人,我们也能杀杀他的威风,挫挫他的锐气!"

宿维觉得他说的话有点儿道理,但还是犹豫,思忖半晌,摇头道:"如今石羊关激战正酣,而我们代县是最靠近石羊关的重镇,绝对不能有失。你所说的战法固然爽快,却不妥。你可曾想过,若我们放开手脚,与淳于栾拼死一搏,城中的防守必然会更加空虚。若淳于栾事先有所准备,分拨兵士,从我们的后方袭击,岂不是轻而易举就能攻破代县?到时我们何去何从?"

那个副官不赞同:"将军未免将敌人想得太过聪慧,这样畏首畏尾,仗还怎么打?"

"你年轻，有血性，异常勇猛，但太过鲁莽。"宿维的谋士戴增站起身道，"属下认为将军所言甚是。我们现在不求破敌，但求稳妥。以七万敌十三万，兵力悬殊，即便战神项籍死而复生，想要冲破重围也不是一件容易的事。"

宿维点了点头。他也是如此想的。

戴增见宿维点头，更加积极地劝说："将军，咱们万万不可打开城门迎敌，留在城内才安全。我们的城墙高耸厚实，防守用的弩箭、长矛库存充裕，抵挡十天半个月不成问题。况且，济北王驻守的丰县距离我们这里并不远，其驻地的兵马实力雄厚，到时等济北王发兵支援，从后方断了那个淳于栾的退路，我们再打开城门，冲出去，破他的十三万大军定然不费吹灰之力。"

"军师，你谋划的打法太保守了。"宿维的副将仍持不同意见，"我们明明有很大可能打赢，怎么可以缩在城内不出去？这和缩头乌龟有什么区别？何况代县不是孤城，周围还有三个小镇，几十万百姓，咱们避而不战，那些匈奴兵如果去袭扰他们，怎么办？"

戴增道："依如今的情况，守住代县的兵力才是最重要的，轻重缓急要分清，不可冒险。"

副官不悦，还欲再言，被宿维阻止了："此事不必再议，就按照军师说的做。"

副官只好怏怏地闭上嘴，不情不愿地领命离去。


代县城外三十里处的平原上，淳于栾的兵马正在清扫地上的积雪，准备安营扎寨。

军帐多如繁星，一眼望不到边际。运送辎重的马车浩浩荡荡，每一辆都满载辎重，车轮在雪地上轧出深深的痕迹。到了傍晚做饭的时间，士兵们十步一灶，燃起灶火，袅袅炊烟盘旋上升，几乎遮天蔽日。

若不进入驻地，没人看得出来那些帐篷大半都是空的，马车里载的是石头，灶上的锅里煮的是融化的雪水。区区两万人马，却营造出了十几万大军的声势。

淳于栾兴味盎然地坐在中军帐中喝酒，他的心腹查尔瓜撩开帘子进来，笑着道："大人，您猜得果然没错，代县城门紧闭，守将宿维被我们蒙骗了过去，怕得要死。我让人在城门底下大声挑衅，他一声都不敢吭。"

淳于栾道："你多派些人去挑衅他们。咱们的气焰越嚣张，他就越觉得咱们的势力可怖，这样咱们以后的计划才好实行。"

查尔瓜点头应下，又道："我已经派人去偷袭代县附近的三个小城池了，济北王应该已经收到了消息。"

"此次真的应该好好感谢裴霄大人。"淳于栾放下酒盏，笑着道，"若不是他倾力相助，我哪里能想出这样的好计策，更不会知道宿维的弱点，想不到去贿赂戴增。"

查尔瓜问："大人，咱们接下来该怎么做？"

"等着。"淳于栾道，"咱们虚张声势的伎俩瞒得过宿维，是因为他老了，原先还是个文臣，生性温暾，行事保守。但济北王不一样——他是武将出身，性子蛮横，也机警，很快就会识破咱们的骗术。到那个时候，他定会出兵攻打我们。等他率兵离开丰县，咱们再趁机去攻打丰县。济北王意识到中计后，会率兵回援，咱们在路上设伏截杀他。济北王一死，丰县群龙无首，咱们破城便如同探囊取物一般容易。丰县一破，咱们再去攻打代县，攻下代县也是水到渠成的事。到时候，整个燕北三分之二的城池都会变成我们的地盘。"

查尔瓜兴奋地道："饵料已经布好，咱们就只等鱼儿咬钩了。"

蜀中，阴雨连绵。

裴霄端坐在竹林中抚琴，竹子上挂着小灯笼，台下燃着火炉温酒，一切都和当初淳于栾来时一样。他奏完一曲，抬头看向北方。

傍晚时分，日头正缓缓落下。

他心想，算算时间，那边应该已经乱起来了。乱起来好啊，他巴不得整个天下都乱起来。既然天下人负他，就别怪他负天下人。

代县被围的第三天，宿维一直闭门不出，任由匈奴兵在城下叫嚣、袭扰周边村镇。

裴原立在桌案前，看着呈上来的战报，而后一把将战报甩下，怒喝道："这仗到底是怎么打的？！"

"王爷，这样下去实在不是办法。"副将钱峰抱拳道，"宿将军如今毫无反抗之举，城内军民早就慌乱不已，士气一灭再灭。关键的是，代县城内的粮草不知道还能撑到何时。现在四方城门都被阻断，我们的人进不去，他们的信使出不来，城内粮草早晚有耗尽的那一日。若是宿将军第一日就领兵出城迎敌，攻其不备，或许还有胜利的希望，可惜时机被白白浪费了。"

"我见过宿维几次，他原先是个文人，后来弃文从武，欲报效朝廷，一身正气，也打过不少胜仗，其爱国忠心不必质疑。他这个人就是耳根子软，做事畏缩，人家说什么他就听什么。"裴原垂着眼，缓慢地道，"他的谋士里有个叫戴增的，人长得贼眉鼠眼。我早看这个戴增不顺眼了，但手又没法伸得那么长，将他给揪出来，本想等一个良机再处置他，没想到还是晚了一步。"

钱峰问："王爷怀疑戴增向宿将军进了谗言？"

裴原反问:"你觉得淳于栾为什么要派兵包围代县?"

"这……"钱峰不知该如何作答,试探性地问,"难道淳于栾想趁着石羊关激战正酣、代县留守兵力空虚,一举破城?"

"就算破了城,他守得住吗?"裴原笑了一下,"代县周围都是我们的兵马,他就算占领了代县,也无异于羊进了狼窝,我们不费吹灰之力就能截断他的粮草,不必出兵,他就得乖乖地滚出去。"

钱峰不解:"属下想不通。"

"他的目标根本不是代县,他是想声东击西。"裴原坐下,用手指点了点地图上的两处,"他假装带领十几万兵马包围了代县,袭扰边镇,给我们造成急迫感。他再买通戴增,让宿维以为他的兵力强劲,不敢迎战。他料定我不会坐视不理,定会支援代县,如此一来,丰县的防守就空虚了。这时他再亮出真正的兵力,攻破丰县。"

钱峰大惊,思绪一下子明朗了:"所以代县城下根本没有十几万兵马。"

裴原淡淡地道:"我已经派人去劫了他们的辎重车,他们到底有多少兵马,等陈珈回来后便知。"

他话音刚落,书房门被推开了。

陈珈义愤填膺地走进来,禀报道:"王爷,我们奉命拦车,拉回来的辎重车极沉,我们本以为里头有百石粮食,谁承想,打开一看,全是石头。那个淳于栾在使诈。"

钱峰惊讶于裴原的料事如神,错愕了片刻,又问:"王爷,那我们现在该怎么做?"

"将计就计,你们去将城中四品以上的武将都找来,就说我有要事相商。"

王府书房中的灯火亮了一整夜,直到第二日寅时,将军们才离开,一个个神色疲惫,但眼中都闪烁着兴奋的光芒。

钱峰清点了三万人马,准备于日落后出发,轻装奔袭,一举消灭代县城下的敌军。与此同时,他于丰县中留下十二万兵马,等淳于栾以为城防薄弱,前来攻打时,让其铩羽而归。

边境已经几年没有发生过如此大的战事了,将士们早已萌生战意,只待明日大战。

裴原回到房中时,宝宁还在睡,她的怀里搂着圆子,两人的脸都红扑扑的。

裴原没有点灯,屋子里很昏暗。他在宝宁的身边坐下,摸了摸她抓着圆子的手。两人的手都有些凉,裴原把他们的手塞进棉被。

宝宁睡得浅,手被他一碰便醒了。她迷迷糊糊地睁开眼,问:"你回来了?现在什么时辰了?"

"鸡还没叫。"裴原将她从被窝里抱出来,扯了被子盖在她的肩头,揉着她脸,帮她醒神,柔声问,"你昨晚什么时候睡的?宝宝有没有闹你?"

宝宁被强行唤醒,显得不太高兴,不配合地推开他:"我还没睡饱呢!你真烦人,回来就折腾……"

裴原亲吻了一下她的眼睛,打断她的抱怨:"宝宝,接下来的几天,我不能陪你了,你自己在府里待着,不要乱跑,外面很危险。我留下陈珈保护你。你不用担心,养好身子,我最多五日就会回来。"

宝宁愣了一下,察觉到他语气中的严肃,懵懵懂懂地问:"出了什么事?"

裴原道:"要打仗了。"

宝宁完全清醒过来了,心一下子沉到了谷底。

打仗这件事对她来说太过遥远,即便如今身在边境,听说边境战事频发,上个月邱明山还率兵去了石羊关打仗,但她到底没亲眼见过。说实在的,她是存着侥幸的心理。她害怕流血,害怕死亡,希望丰县可以永远不被战事袭扰。她一度觉得丰县不会有事,因为这是裴原的大本营,兵强马壮,有数不清的骁勇将士。所以即使之前听说代县告急,她也没有感到恐慌,固执地认为一切都可以被和平地解决。可现在裴原说他要去打仗了,她意识到情况或许已经变得很糟了。

宝宁沉默了一会儿,穿好衣裳,拉着裴原往外走:"咱们出去说,不要吵到圆子。"

外头晨光熹微。宝宁借着微弱的光,看清了裴原发黑的眼眶,他这个时候回来,应该是一晚上没睡。

宝宁心疼地揉了揉他的眼眶,问:"你什么时候走?"

"酉时走。"

"那还有一整个白天呢。"宝宁道,"我去叫人放水,你沐浴完就睡一会儿。"

"不用。"裴原拦住她,摇摇头,"没时间了。我要点兵、祭旗、安排粮草辎重事宜,整个白天都不一定够用。我是怕你担心,才回来和你说几句话,马上就得走。"

宝宁的眼睛渐渐红了。她现在敏感多思,嘴上说着讨厌裴原,但心里一刻都不想和他分开,更何况此次分开后前路难测,生死未卜。

裴原说得轻巧,但到底是打仗,战场上兵刃相交,不死人的话,怎么会赢?

这一切实在来得太突然了。

裴原叹了口气,抱住她:"你哭什么?!你都是要当娘的人了,还总是哭,跟长不大一样。我向你保证,最多五日,我就回来。"

他按着宝宁的肩膀,和她拉开一些距离,神色严肃地道:"宁宁,别忘了你的身份。你是王妃,我走之后,这城里地位最高的人就是你了。你要争气一些,现在掉两滴泪就算了,当着外人的面可千万不能这样。"

宝宁抿唇看着他。

裴原无奈地用拇指蹭掉她脸上的泪:"再说了,这有什么好哭的?!"

宝宁知道自己做得不对,大战在即,自己不该扰乱裴原的心神。但她可能是被裴原惯坏了——这么久以来,她生活得无忧无虑,想哭就哭,想笑就笑,已经忘记了该怎么克制自己的情绪。

"我知道了。"宝宁勉强挤出笑容,"你放心去打仗吧,我在家里等你回来。"

裴原揉了揉她的头发,想再说些什么,但看了看天色,实在是没有时间了。

"我走了。"

宝宁应了一声,调整好情绪,笑着朝他挥挥手:"你去吧,我看见那边有人来找你了,好像是钱峰将军。"

"我留了陈珈给你,不管外头有什么动静,你都别怕,也别出来,好好养身子,别乱折腾。"裴原嘱咐道,又威胁她,"若孩子有个三长两短,我就……"

宝宁问:"你就怎么样?"

裴原想不出狠话,半晌,无奈地掐了掐她的脸:"乖乖的,别让我在外头还要担心你。"

宝宁闷闷地"嗯"了一声,上前抱了一下裴原的腰,而后松开:"你也要保重身体!"

裴原知道她说的是什么意思。他现在身体与常人无异,但体内到底余毒未清,究竟什么时候会毒发,谁也说不清。

裴原没搭这句话,只是推着宝宁的肩膀,让她往屋子里走:"你回去再睡会儿。"

他看着宝宁一步三回头地进了屋子,直到她关上房门,才转身离开。

酉时正,城门大开,大军准时出发。

宝宁带着圆子站在城楼上望着他们离去。

三万将士排成整齐的队列,分别从四扇城门出去,每队各走了小半个时辰。

暮色映着白雪,马蹄走过,留下浅坑。士兵们个个挺直腰背,铠甲反射着金色光芒。队伍如同黑色的长龙,跟随着最前方的黑色绣金虎大旗,慢慢地走远了。

宝宁没有找到裴原的身影,也许他不是从这个门出的城。她背着他来送行,却扑了个空。她短暂地失落了一会儿,深吸一口气,打起精神来。

旁边传来刘嬷嬷的声音,宝宁听她道:"王妃,您看,去打仗的这些人大部分都是小伙子呢。"

宝宁道："听说以前战事吃紧的时候，大多数壮年士兵战死，补不上缺口，即使八九岁的孩子也要上战场。"

圆子问："士兵战死了，他们的家人怎么办呢？等不到他们回来，该有多伤心。"

宝宁和刘嬷嬷都不知道该怎么回答这个问题，面面相觑了一会儿，刘嬷嬷拉着圆子的手往石阶处走："圆子饿了吗？咱们回去吃饭好不好？今晚吃肉肉。"

圆子点点头。

宝宁笑了一下，拎起裙摆跟着走下城楼，下到最后一级石阶的时候，远远地瞧见一个士兵慌张地跑过来。

那个士兵也瞧见了她，更慌张了，赶忙站好，恭敬地行礼："给王妃请安。"

宝宁问："你来迟了？"

换岗的士兵刚刚离开，看他这样子，明显是错过了换岗时间。

蒋盛紧张地咽了一下唾沫，忽然跪下，道："请王妃恕罪！"

宝宁蹙眉，被他吓了一跳，摆手道："罢了。"

她没再说什么，提步走向不远处等着她的刘嬷嬷和圆子，一同朝王府走去。

蒋盛心有余悸，长舒了一口气。

在这里见到王妃，他感到心虚，不是因为换岗时迟到了，而是因为他在一刻钟前接受了一个本该严词拒绝的请求。

一个叫王查的人找到他，塞给他一锭银子，让他在深夜开城门，偷偷地将其放进来。

军中三令五申，明确禁止这样的行为。蒋盛答应王查的请求后，甚是担忧害怕，但是一锭银子对他的诱惑太大了，更何况这并不是什么危险的事情，只是放进来一个人而已。城中有十几万守军，还有三千堪称周朝最精锐的骑兵的奔狼军，就算自己放进来一个探子，又能惹出什么乱子？于是蒋盛答应了他。

打了三更鼓的时候，蒋盛轮完了这班岗。与他一同值守的士兵已经困得不行，急着回营房睡觉。蒋盛找了个要如厕的借口溜了出去，到达他和王查约定好会面的西北墙角，口中发出几声暗号。

那边很快传来回音。

蒋盛爬上墙头往下望，瞧见一个人影。他知道那就是王查，赶紧扔了根麻绳下去，把另一端紧紧地系在墙垛上。

蒋盛小心地观察着四周。寂静无声，没有人来，他顿时放下心来。

王查的身手很好，不过片刻就顺着麻绳爬了上来，上来后，他说道："多谢兄弟了。"

蒋盛听到王查的口音时，觉得有些奇怪。他忙着收绳子，顺嘴问了一句："你不是这边的人吧！你是从哪里来的？你为何非要在这个时候进城，要做什么事？"

查尔瓜道："我确实不是这边的人。"

说着，他从靴子里掏出一把匕首，悄悄地拔下刀鞘。

"你不愿意说就算了，我也懒得多问。"蒋盛把绳子拎在手上，嘱咐道，"这处地界虽然是死角，但也是有人巡查的，一个时辰换一班岗，你还是赶紧离开的好。算算时间，下一班巡逻的守卫还有一刻钟就要来了。"

查尔瓜问："会有多少人？"

"十二三个吧。"说完，他狐疑地道，"你问这个干什么？"

查尔瓜笑了笑，道："没什么。"

蒋盛有些不耐烦了："那就赶紧走吧，你磨磨蹭蹭的干什么，等死吗？！"

说完，他转过身，正要迈步离开，忽然被身后的查尔瓜捂住嘴。蒋盛惊恐地瞪大双眼，还没来得及反击，就觉得腹部一阵剧痛，垂眼一看，那里已经被利刃刺穿，鲜血汩汩地顺着甲胄流下，转瞬沾湿了鞋面。

查尔瓜怕他没死透，又连刺了几刀，直到他身体完全瘫软，喉中连"嗬嗬"的声音都发不出来，才将他放开。

蒋盛双目圆睁，倒在地上，像一条僵硬的死鱼。

查尔瓜夺过他手里的绳子，按照刚才的办法，一头系在墙垛上，另一头扔下去。很快，接连爬上来十几个高大的武士。这时已经过去一刻钟了，不远处传来靴底踏过石板路面发出的"橐橐"声。

查尔瓜知道这是前来巡视的守卫，比了个手势，示意身后的人都隐藏起来。

一行人躲在墙角的阴影处，看着那些守卫走近又走远。查尔瓜找准时机，长臂一挥，十几人立刻蜂拥而上，只一个喘息的工夫便偷袭成功，从后面将那些守卫全部干掉了。

查尔瓜笑着称赞道："你们不愧是王庭最杰出的死士。"

夜深风寒，月亮被黑云遮挡住，又有雪花飘落。

此时是守卫们最疲惫的时候，也是警戒最放松的时候，正是夜袭的最好时候。

查尔瓜命令武士们将那些守卫的衣甲脱下换好，再将那些人的尸体拖到角落里。他们伪装成刚刚完成巡视任务的守卫，列队朝着主城门走去。

看守主城门的领队是个百夫长，看见他们走过来，不悦地阻止："你们是干什么的？巡视要按照规定来，你们怎么能到处乱走？去你们该去的地方！"

查尔瓜没有停留，直接走过去，暗中握紧了手中的长刀。

百夫长暴怒，大步上前，抬手想要扇查尔瓜一巴掌："听不懂老子的话是不是？！我告诉你，别他娘的乱逛……"

他的手掌还没落下，查尔瓜的长刀就已经捅穿了他的腹部。

"有内奸……"百夫长虚弱地喊出三个字。

查尔瓜一边将长刀拔出，一边挥手道："上！"

城防瞬间大乱。

报警的锣声响起，很快有人赶来增援。但查尔瓜带来的都是匈奴的精锐死士，以一敌十不在话下。双方僵持之际，远处忽然传来万马奔腾之声，响如雷霆。二十万匈奴大军如同黑色潮水一般涌来。

月色朦胧，城墙上的守卫看见来势汹汹的匈奴大军，都露出惊恐之色，敲锣大喊道："有敌军来袭！告危！告危！"

城门处乱成一团，留守的大将钱峰立刻前往迎敌。

王府中，宝宁也被吵醒了。她帮不上忙，但又睡不着，抱着圆子坐在桌边，焦灼地等待着前方的战报。最开始的一个时辰，她收到的几乎都是坏消息。

裴原虽然留下了充足的兵马，也早有准备，但敌人太过奸诈，暗杀了大半当值的守卫，想从内部打开城门，幸好被钱峰率兵拦住。但经此袭扰，己方士气大衰，而对方攻势猛烈，又人数众多，己方几次险些被击溃。

过了一个时辰，战况逐渐稳定下来。双方势均力敌，匈奴兵的锐气渐失，加上下雪后城门处又湿又滑，他们捞不到好处，有了撤退的迹象。

还有一个时辰，天就要亮了。

宝宁听到捷报，逐渐放松下来，这才觉得头痛欲裂。

刘嬷嬷扶着宝宁去休息，陈珈守在门外。

此时王府中没有多少护卫，大部分护卫被征召到前方退敌，只剩下少数护卫和女眷。

一个偏僻的角落里，几日前潜伏进城的一支小分队蓄势待发，准备趁乱潜进王府。他们接到了淳于栾的命令：劫走济北王妃和一个名叫圆子的五岁小男孩。

这是淳于栾对裴霄的承诺，同时他也是出于私心。他对济北王的爱妻早有耳闻，十分想看一看这个足不出户就名震塞北的女人到底长什么样。

陈珈和吉祥一左一右地坐在门槛上。

吉祥快要过周岁了，头大得像个磨盘，浑身覆盖着又粗又长的毛发，身长超过三尺，四只爪子又厚又硬。陈珈偷偷摸了一把，感觉像熊掌。若是没见过世面的人贸然闯入，瞧见吉祥这只庞然大物，误以为是老虎也不是不可能。

陈珈不由得暗自感叹：王妃真有远见，养了这么一头凶猛的獒犬，这怕是比三四个精壮士兵都要有用。反正他是打不过吉祥，除非用箭远攻，若是靠近吉祥，怕是会先被吓破胆子。

宝宁和圆子已经睡下。

刘嬷嬷担心他们害怕，在外屋守着。

城墙外的厮杀声越来越小，战斗应该已经进入了尾声。城没破，虽然以后的日子也不会好过，但他们至少今晚是安全的。陈珈如此想着，也昏昏欲睡。他裹着毯子坐在门廊底下，头往后枕着廊柱，眼睛逐渐眯成一条缝。

吉祥的疯狂叫声猛然将他惊醒。

不只有吉祥在叫，远处的阿黄好像也在叫。

陈珈猝然睁开眼，警惕地望向四周。

有女眷的惊呼声传来："有刺客！有刺客！"

有刺客？！

陈珈捏紧手里的刀，猛地跳起来，先拍门将屋子里的人唤醒："王妃醒醒，有人闯入，您好生躲在屋子里，千万别出声，我去看看就回。"

说完，他焦急地往声音传来的地方冲过去。

吉祥也跟着冲过去。

"陈校尉……"陈珈还没跑到门口，刘嬷嬷推开门，大声拦住他，"你进屋来，王妃有话对你说！"

陈珈闻言，赶忙停住脚步。他焦急地看了一眼刺客所在的方向，最后还是选择听宝宁的话，快步赶回去。情况紧急，他顾不得什么礼仪尊卑，疾步冲进内室，道："王妃，我听见呼救声从后门的方向传来，那些人应该是从后门潜伏进来的……"

宝宁披着衣裳坐起身。她的脸色因为疲惫显得发白，怀里搂着圆子，她冷静地打断陈珈的话："府里还剩下多少护卫？"

陈珈答："大部分护卫都去前线支援了，只剩下二三十个，都不是精兵猛将。如果来人早有准备，他们根本抵挡不了多久。"

宝宁道："既然如此，你去阻拦也没用，只不过是多死一个人而已。"

"但是……"陈珈的额上渗出冷汗，此时他才意识到淳于栾城府极深，这是淳于栾设下的连环计。淳于栾先派人猛烈攻城，引开王府的护卫，再趁机偷袭防守空虚的王府，下一步恐怕是要引得城门防守的官兵人心惶惶，调兵回击，再一举破城。

宝宁看出他在想什么，摇头道："城门守卫一向森严，尤其是石羊关战役打响后，进出都需要出示官府盖印的公文。淳于栾就算安排人手进了城，最多也不会超过百人。如果想要内外夹击，这些人手根本不够，他们一定另有所图。况且，你听，咱们的几十个护卫都能阻拦他们这么久，他们的人必然不多。"

"那他们是……"陈珈迟疑，忽然想通了，"难道他们是想劫持人质？"

"我不知道。"宝宁摇摇头，"但咱们现在能做的就只剩下未雨绸缪了。"

陈珈跪下，背向她，大声道："请王妃上来！陈珈就算拼了这条命，也定要带您冲出重围，到安全的地方去。"

外头的厮杀声愈发近了，宝宁的心"怦怦"直跳，她尽量让自己镇定下来。她想起裴原临走时对她说的话，她是王妃，他走了，她就是这座城池里地位最高的人，要争气一些。

宝宁心想，我是王妃，靠着这个身份得到了百姓的尊敬，得到了权力和财富，还专享裴原的无尽疼爱。我理应为这个身份担起责任。我虽没本事上阵杀敌，但至少不能给那么多浴血奋战的将士添麻烦。我如果连这些事都做不到，如果惊慌得需要别人照顾、安慰，如何担得起济北王妃的名号？

而且，她坚信自己是可以做到的。

刘嬷嬷焦急地望着她，劝道："王妃，咱们快走吧！万一敌人冲进来了，咱们就逃不掉了。"

"我们还能逃到哪里去？我大着肚子，还带着一个孩子，逃到哪里都是活靶子。"宝宁道，"他们找不到我是不会罢休的。"

她起身下床，拍了拍陈珈的肩膀，让他站起来，领着他走到梳妆台前。

陈珈和刘嬷嬷都不解地看着她。

圆子最先反应过来："姨姨，你是想让陈珈叔叔装扮成你的模样吗？"

陈珈闻言，大惊失色，急忙转头看向宝宁，见她点了点头，险些背过气去："这怎么行？不行，我会被认出来的。"

宝宁朝刘嬷嬷使了个眼色，两人一同将陈珈按坐在梳妆台前。刘嬷嬷利落地取出脂粉，宝宁让圆子去取一件丫鬟的衫裙来，接着拿出小刀和黛笔，将陈珈眉上的杂毛刮掉，再给他画上女子的柳叶弯眉。

陈珈仍旧觉得这样的举动匪夷所思，不想配合，挣扎着要站起来："王妃，您信我，我定能带着您逃出去的。"

"你觉得他们不会派人在各个门口守着？"宝宁道，"你信我，贼不走空，他们闯进王府，绝对不会只是为了杀几个护卫。若是不给他们一些好处，他们不会善罢甘休的。你扮作我的样子，除非万不得已，否则他们不会对你做什么。等王爷回城，击退敌兵，我就算散尽家财，也会将你完好无损地救回来。"

"我不是怕死啊！"陈珈急了。他看着镜子里的自己，搽了脂粉后，竟然真的白得像个女人了。再画上眉毛，他活脱脱是个冷漠美艳的大美人。

刚拾掇好妆容，圆子便将衫裙拿来了。宝宁的裙子太小，陈珈穿不下，好在府里有个高壮的丫鬟,她的衫裙,陈珈穿上正好。

宝宁和刘嬷嬷手法利落,弄好这一切,才过了不到半炷香的工夫。

刺客已经到了院门口,吉祥更加凶猛地大叫。那些人被它的气势震慑住了,不敢上前。

领头的人命令道:"留三个人拦住这只狗,剩下的人随我进屋去搜!"

门很快被踹开,门板撞在墙上,发出一声巨响。

屋子里没点灯,一片漆黑,只有隐约的啜泣声。屋内人听见门被撞开,啜泣声变成了尖叫声。

领头的匈奴人用刀尖挑开门帘,缓步走进内室,一眼就看见了坐在床上瑟瑟发抖的"王妃"。他眼睛一亮,挥手道:"抓住这个女人!"

这个院落是目前他们见过的最宽敞的院落,再扫视屋内随处可见的古董珍玩,还有那只看门的獒犬,这个人没有丝毫怀疑,认定床上的女人就是他们要找的王妃。

他厉声质问:"那个叫圆子的小孩在哪里?"

陈珈"呜咽"着被人押着趴在床上,双手被捆在身后,没有回答。

那人又喝道:"你说不说?!若你还装成哑巴,信不信我现在就……"

他的话还没说完,远处传来急促的马蹄声,肯定是有人得知王府遇袭的消息,赶回来救援了。可还没找到那个小孩,他心中焦急,但时间紧迫,没有办法,只好下令撤退:"鸣金,召唤守门的和在府中各处搜寻的弟兄撤退,到定好的地点会合,准备出城!"

那人将目光扫过被绑着双手踉踉跄跄地走过来的陈珈,先是感到欣慰:"我们抓到济北王妃了,也算是能交差了。"但他瞧见陈珈的长相后,又皱了皱眉,"王妃怎么长成这样,我们不会是抓错了吧?"

旁边的人道:"全府都搜过了,门口也留人守着,没有人逃出去,王妃应该就是这个,没错。"

"我还以为王妃是什么绝世大美人呢。"那人略感不适地移开视线,"济北王的口味还真是与众不同。"

在援兵赶来之前,他们迅速带着陈珈从后门离开了王府。

宝宁带着圆子从衣柜中出来时,王府已经重新被自己人接管了。

钱峰赶来,愧疚地跪倒在她的面前,道:"末将失职,让王妃陷入危难之中,万死难辞其咎。幸好王妃无事,否则末将只能以死谢罪了。"

宝宁问:"外面的战况如何?"

钱峰答道:"雪越下越大,淳于栾攻城不利,已经退兵,驻守在五十里之外,短时间内不会再攻城。王爷人在代县,再过不久就会返回。到时候咱们前后夹击,胜算很大。"

宝宁略微放下心来。她心中很煎熬，让陈珈替她以身犯险，这滋味不好受。

钱峰看穿了她的心思，安慰道："王妃，我们的人已经追上去了，毕竟是在丰县境内，我们比他们更熟悉地形，应该可以拦截住他们。"

陈珈被那些人带着一路穿过小巷，七拐八拐，走了小半个时辰，到达了一处隐蔽的城墙边。他们搬开一块大石头，出现一处狗洞。

眼看着身后追兵即将赶来，领头的人吩咐其余人先从狗洞爬出，只留下几人，随他一起从背后抽出一支箭头处包裹着厚重油布的箭，用火石点燃箭头，倏地放箭。

如流火般的箭落在茅屋的屋顶上，被夜风一吹，火势很快蔓延开来。不过片刻，入目之处已成一片火海，那人兴奋地勾出一抹笑容，挥手道："撤！"

裴原奔袭至代县城下时正是深夜。

此时，他还不知道宝宁刚刚经历过一场生死危机。

宿维连着几日没怎么合过眼了，焦头烂额，不止一次质疑最开始的决定是错的。但如今他骑虎难下，后悔已经晚了，只能顺势而为。

雪天苦寒，士气又低落，营中不时响起抱怨之声。宿维深知，如今堵不如疏，并没有严厉地责罚抱怨的将士，只是到处巡查，亲切慰问，希望能够挽救现在的局面。

又经过一日操劳后，宿维坐在书房中，认真地听着谋士戴增的劝谏。

戴增用手捋着胡须，缓缓地道："将军不必太过惊慌。天公助我，已经下了半日的雪，那些匈奴兵坚持不了多久。他们长途奔袭，只想着快速取胜，所带的粮草和御寒衣物均不足。等再过几日，雪深及膝，他们就受不了了，尤其是那些不耐严寒的马匹。只要再守上几日，我们不用出一刀一枪，他们自个儿就会损兵折将，狼狈地滚回去。"

宿维已经不再完全相信他的话，闻言，露出了怀疑的神色。

戴增是他花高价请来的谋士，是当年的探花郎，颇有文采，也有计谋，曾助他打过许多胜仗。但这次，他总觉得戴增有些古怪。

宿维问："军师，我有一事至今不明，为何淳于栾会率兵浩浩荡荡地来攻打代县？他的确有胜算，但就算攻下来又能如何？我怀疑他其实意不在此。"

戴增劝道："事已至此，将军就不必思虑那么多了。我们的确打不赢城下那十几万实打实的匈奴兵，现在唯一可以做的就是困守待援。至于其他事，将军想得再多又能如何呢？"

宿维不置可否，只是心中的担忧更盛了。他正踌躇着，忽然听见远处传来响彻天际的厮杀声，近处也骚动起来。

宿维大惊，立刻站起身，推门出去，大声问道："怎么回事，哪里传来的厮杀声？"

很快，有士兵奔过来，欣喜地禀告道："将军，城下的匈奴兵乱成一团，好像是远方有我们的援兵来了。暴雪连天，我们看不清旗帜，只隐约看见上面绣着金色虎头，应该是济北王的兵马。"

宿维面露喜色，大声道："天助我也！速速召集各位将军来我的书房中，共同商议开城门抗敌之事。"

婢女端来了十几盏灯，映得宿维的书房如同白昼。

外头阴风怒号，屋内几位将军唇枪舌剑，就是否打开城门迎战一事争论不休。

戴增仍持反对意见，大声道："为什么要打开城门迎战？我们已经坚持了三日，外头的那些匈奴兵眼看着就要支撑不住了！我们现在出城，岂不是功亏一篑？"

有人反驳他："最开始的战机就是被你那个畏缩困守的主张贻误的，难道你还要再错过一次战机吗？现在匈奴兵后方受敌，正是手忙脚乱的时候，我们打开城门轻装上阵，给其迎头痛击，必定大胜而归。"

"非也！"戴增怒骂道，"鲁莽小儿，你可知匈奴有多少士兵？十数万啊！而且都是训练有素的铁骑。济北王连夜奔袭，能带多少人来？他不会倾城而出的，最多也就带上八万人马，根本没有胜算。济北王年轻气盛，不懂敌人的凶猛，才敢这样以卵击石。依我看，他不是增援，而是来破坏我们的局势的。"

那人气急，骂他："瞧你那副嘴脸，畏惧匈奴人就像老鼠见了猫一样！既然这么贪生怕死，你来边境打什么仗？回你家的炕头裹着棉被过日子去吧！"

戴增怒道："你怎么说话的！"

"我就骂你了，如何？"

那人话音刚落，其他几人纷纷应和。

戴增冷哼一声，一甩袖子，道："蛮夫武将，我不与你等争论！"

那几人被讥讽得脖子通红，骂不过戴增，竟然上手推搡起来，一副要干仗的架势，书房里顿时乱糟糟的。

宿维看到他们厮打，额上的青筋直跳。他大喝一声："够了！"

书房里又安静下来。

所有人都盯着他，等他下令。

宿维闭了闭眼。他承认自己是个胆小之人——他不是怕自己身死，怕的是给整个局面添乱子。戴增说的有一点是对的,他必须确保代县万无一失,不能给在石羊关激战的邱明山造成后顾之忧。所以任何的风险之举,他都不敢尝试。

沉默片刻后,宿维沉声下令:"派人封锁城门,可在城墙上放箭支援,继续观察情势,等我之后的决断。"

除了戴增,剩下的将领都露出了失望的神色。但他们又不敢违抗,不情不愿地领命离开了。

戴增见自己的意见被采纳,颇为自得地摸了摸自己的山羊胡须,还想和宿维说些什么,抬头对上宿维冷淡的眼神,瞬间怔住了。

宿维虽然按照戴增的建议做出了决断,但打心底对他产生了厌恶和怀疑。

"夜深了,军师也累了,下去歇息吧。"宿维撂下这句话,从悬钩上取下佩剑,随后大步踏出房门,留下一脸呆滞之色的戴增,往城楼的方向走去。

正如裴原预料的那样,淳于栾留在代县城下的兵力不多,就只是个诱饵,虽然拼命反抗,但仍然脆弱得不堪一击。不到两个时辰,残存的匈奴兵就已经死的死、逃的逃。

只是,代县的城门自始至终都没有打开。宿维一直站在城墙上冷眼旁观,没有丝毫要出城迎战的意思。城下的援军都在清扫战场了,他看在眼里,表情有所松动,却还是没有任何动作。

裴原扯下一片衣摆,擦掉刀锋上的血迹,冷眼看着站在高耸的城墙上如石雕一般的宿维,咬牙骂道:"没脑子的老匹夫!"

他能猜到宿维在想什么。宿维完全落入了淳于栾的圈套,对十三万敌军来袭的情报深信不疑。就算现在城下的敌人被清扫殆尽了,他心中还是有猜忌,怕淳于栾留有后手,螳螂捕蝉,黄雀在后。

裴原千算万算,没有算到这一点,实在没想到宿维竟然谨小慎微到如此地步。按他原本的设想,淳于栾虚张声势,在代县城下布兵,为的是引他率领大部队前来增援,再趁机攻击兵力空虚的丰县。他将计就计,让淳于栾误以为自己已经上当,在淳于栾将全部兵力用于攻打丰县之时,再联合宿维在代县的兵力从后方绕路过去,里外夹击,一击制胜。他没想到宿维竟然不肯率兵出城。

雪越发大了,落在人的肩头,不一会儿就有了厚厚一层。

裴原睫毛和唇角都结了一层薄薄的冰碴,稍一动弹,冰碴就"咔咔"作响。他抬手抹掉脸上的雪水。

后方有传令兵赶到,带来了淳于栾开始攻打丰县的消息。

裴原身旁的校尉问:"王爷,咱们要等宿将军一同回去吗?"

"来不及了。"裴原又望了一眼宿维的方向,被大雪遮掩了视线,看不真切,"我给他写封信，你留下，将信送到他的手上。"

那个校尉先是应了一声，然后反应过来："可是王爷，我们现在去哪里找纸和笔啊？"

裴原盯着他看了片刻，倏地一把撕下他的一片衣袖。在那个校尉的惊呼声中，裴原将衣袖摊平，放在腿上，用刀尖划破食指，蘸着血，飞快地写下两行字，折好后递回去。

这一切发生得太快，那个校尉还没反应过来，就听裴原吩咐道："记住，你亲自把信交到他的手中。"

"众将士听令，将随身携带的重物全部丢弃，立刻随我杀回丰县，抵御蛮夷。一颗匈奴兵的人头可换三两白银，两颗匈奴兵的人头可换一锭黄金，三颗匈奴兵的人头可换五亩薄田。若杀五个匈奴兵，可保一世衣食无忧，荫庇子孙。"裴原说完，抽鞭击打马臀，"驾"的一声，他胯下的战马风驰电掣般朝着丰县奔去。

城下杀声四起，将士们战意高昂，各自上马或徒步，踩着晕染着鲜血的积雪，浩浩荡荡地向东而去。

片刻后，宿维收到了裴原写给他的信。

他打开信，只见上头写着两行刺目的血字：

　　蠢乎？宿维，敌军不过两万，你被奸人欺瞒。斩杀戴增，速来迎敌，仍有生机！

宿维如梦初醒，忆起从前种种，顿时面红耳赤，拍着大腿道："是我的错，是我的错啊！来人，将戴增给我绑起来，押到狱中，待我回来后再审。"

说完，他匆匆召集将士，清兵点将，大开城门，领着剩余的七万人马驰援丰县。

在第一次攻城没有得到预期的效果，反而遭到激烈的抵抗时，淳于栾便明白裴原没有上他的当。他并没有气馁，反而感到有趣。遇到势均力敌的对手是件有趣的事，他很享受这个过程。鉴于现在的战况，他很难在短时间内攻破丰县的城门。

淳于栾当即猜想，裴原可能会集结全部兵力，偷袭他的后方。他吩咐查尔瓜传令下去，严加防守，又派了几个单骑冒充汉人去给裴原传信。

接着，他去取了自己的弓弩，面带笑意地翻身上马，对查尔瓜道："我刚刚让人去告诉他，他的王妃在我的手里。早就听闻济北王夫妇伉俪情深，你猜他会不会因此脱离大部队，独自抄近路，赶来救他的王妃？"

查尔瓜思考了一会儿，摇头道："这种明显是圈套的计策，济北王怎么会相信？况且他老谋深算，不像是会意气用事的人。"

淳于栾笑着道:"我赌他会。"

查尔瓜不解地问:"为何?"

"直觉。"淳于栾眯了眯眼,开玩笑似的道,"用汉人的话来说,说不定我和他英雄所见略同了呢!"

淳于栾说完,选了几个伶俐的士兵:"你们随我去一线天拦截一个人。这次我也给你们看看我的箭术,看我能不能一箭射杀济北王那个痴情种。"

就像淳于栾预料的那样,在收到宝宁被俘的消息后,裴原果真不顾旁人的阻拦,一意孤行地脱离了队伍,选择走危险重重的山间小路,只为早一刻去救宝宁。

从代县到丰县,他抄最近的路,必然要经过齐连山的一处奇景——一线天。

黎明破晓前的一个时辰,是一天中的至暗时刻。

裴原骑马从密林中穿过,衣袍被尖利的枝杈刮过,有的地方已经破了,他的脸颊也留下了划痕。他用青白的手指抓着缰绳,略微发颤,一半是因为担心宝宁的安全而感到紧张,一半是因为寒冷。这里实在是太冷了,他呼出的气变成了白雾。风吹在他的脸上宛如刀割一般。最让他恼火的是,他的腿开始隐隐作痛。疼痛感随着经脉传遍全身,他没有从马上栽下去,全凭一腔信念在支撑。

裴原听到宝宁被掳走的消息,先是不信,而后便是无法克制地感到恐慌。他想起了临行时宝宁那张甜甜的笑脸,她是柔软的,需要人保护的。他无法想象她落在匈奴人手里的样子。仅仅想到她泪眼蒙眬的样子,他就无法忍受了。所以那一刻,他的理智通通消失了,他无法思考事情的来龙去脉,无法思考这是不是个陷阱。即便身旁的人极力劝阻,他仍然选择孤身踏上这条路,只为了能快一点儿赶到宝宁的身边。

也是在那时,裴原恍然意识到,他恐怕穷尽此生也无法变成一个永远冷静的智者,因为他有致命的软肋。

他爱宝宁爱得无法自拔,胜过一切荣耀,胜过百姓和万物,甚至胜过自己。

他从死而复生到打碎金身重塑,早就失去过所有,所以无所畏惧,除了害怕失去宝宁。

人活在世上,总有信念在支撑,否则便是行尸走肉。他的信念就是她。

裴原忽然感到后悔。他早该像宝宁期望的那样,带着她去一个宁静的小镇过平静安乐的日子。没有现在的荣华,但也摆脱了与荣华一道而来的提心吊胆和负担。

他之所以坚持到现在,说白了就是因为固执。他希望给宝宁这世间最好的东西,希望她可以站在山巅睥睨万物。只有将世上所有的奇珍异宝都捧到她的面前,他才觉得自己照顾好了她,才觉得心中的大石落地了。宝宁笑了,他便开怀。

裴原如今才明白过来，要得到这些，就要付出代价。他站在这个位置上，就得负起责任。他必须对这一方百姓负责，要像保护宝宁一样去保护他们。这是他从前一直在做的事，为此流血流汗，他从没觉得苦和累。但现在不行了，因为他已经没有办法再去爱别人、爱天下，他的心里只有宝宁。

　　临别时，他还没有好好地抱她一下。

　　裴原眼睛充血，死死地盯着前面的路，心想：如果宝宁或者她肚子里的孩子出了什么意外，我就算拼了命，就算抗旨，也要统率三军杀向匈奴，不夷平匈奴王庭誓不罢休！

　　平时骑快马也要走一个多时辰的路，裴原只用了半个多时辰就到了一线天。战马已经很疲累了，安静的深夜，只能听见马蹄踏积雪的声音，还有它粗重的呼吸声。

　　周围太过寂静。裴原怀疑有埋伏，在进入山谷的前一瞬，凭着直觉拉了一下缰绳。战马仰脖嘶鸣一声，慢慢地停了下来。

　　裴原紧紧地盯着前方。一线天的两侧是如刀削般的崖壁，两壁之间的缝隙极为狭窄，甚至不容二人并肩通过。天气晴朗的时候，在山谷中抬头仰望，天空如同一条蓝色的细线，故名一线天。此时，一线天没有了白日的美丽景色，前方只有黑暗，仿佛野兽张开巨口，人一走进就会被吞噬。

　　裴原安静地等待了片刻，并没有发现异常。他操纵着缰绳，驱马缓慢地走进去，右手却摸向身后的弓箭。战士的敏锐是天生的，从脊背向上延伸的森森寒意告诉裴原：这个地方不对劲儿，必须保持警惕。

　　峡谷中的这一路都平安无事，马上就要经过隘口了，前方又是平坦宽阔的路。裴原喝了一声"驾"，战马跑得更快，眼看着离隘口很近了。

　　天光隐约露出来，天就要亮了。

　　裴原忽然瞳孔一缩！他看见隘口处有一根绊马索！

　　前方果真有埋伏！

　　勒马已经来不及了，裴原迅速做出反应，放下弓弩，利落地抽出腰间的长刀，在赛风的前蹄被绊马索绊到的前一瞬，收紧胳膊，勒住缰绳，夹紧马腹。赛风默契地嘶鸣一声，高扬前蹄，顺利地跃过那道绳索。裴原挥刀砍向山壁后隐藏的人影，意料之中地听见了一声惨叫，随后是重物落地的声音。

　　裴原没有勒马停下，依旧飞速向前，身后传来箭头破空的声音，一支羽箭冲着他的后心而来。裴原向前弯身躲避，箭头射断了他用来束发的系带，头发散落。紧接着，又有两支箭射来。裴原控马转身，挥刀格挡开一支箭，对另一支箭却避无可避。那支箭直直地射进了他的左肩。尖锐的疼痛感从左肩传来，裴原握着刀柄的手一紧，他抬头看向隘口。

淳于栾正笑着看向他,身旁的两个侍卫各持一张弓,地上还倒着一个侍卫。

"你跑什么?白白浪费我三支箭。"淳于栾摆了摆手,做出让他过去的手势,"四王子,不如乖乖地随我回去,我也好让你们夫妻团聚。我答应你,你若老实些,我就不动粗,到时候你见了你的夫人,还可以体面些,否则她就只能见到棺材里的你了。"

淳于栾盯着裴原左肩上的伤口。血腥味随着风飘散开来,他兴奋地咧了咧嘴:"别痴心妄想了,你跑不掉的。我身边的两个箭手都是最好的弓兵,说他们的箭法百步穿杨也不为过。你就算身手再好,也敌不过这两个弓兵的远攻。"

他等着裴原的回答,半晌,却听到了一声嗤笑。

"你可真够贱的!"裴原嘲讽道,"你叫淳于栾,你爹是不是叫淳于贱啊?生出你这么一个恬不知耻的狗杂种!"

淳于栾的笑容僵在了脸上。

裴原似笑非笑地道:"噢,我忘了你是个蛮人,怕是没读过什么书吧。我骂你贱,你听得懂吗?若是听不懂,那我就换一个词——恶心,这下你听懂了吧!你一身臭气,你胯下的那匹马的粪水都比你香。你家那边是不是没有水源啊?我看你也怪可怜的,从出生到现在都没洗过澡吧,难怪脸皮这么厚,用你的脸皮熬猪油,可以熬出三大桶,足够一个五口之家吃上十年了……"

淳于栾闻言,脸色忽青忽白。最后他大喝一声:"够了!"

裴原舔了舔唇角,低头看了一眼插在左肩上的箭,没再说话。

淳于栾不想再和他废话,挥手道:"放箭!我要抓活的!"

两个神箭手领命,立刻挽弓搭箭,配合默契,箭法精准。

裴原才抵挡几下便觉得吃力,知道这样下去不是办法。他可以受伤,但马不可以,若马受伤了,他就真的要落入敌手了。

不知不觉间,又下起雪来。

裴原很快做出了决定,眯起眼看向淳于栾。

淳于栾与他目光相撞,立刻明白过来,笑了一下,晃了晃手中的长戟:"怎么,你还要反抗吗?我可不是讲究公平的人。若你反抗,便是以一敌三。你想好了?"

裴原一言不发。

那两个神箭手因为这个变故,短暂地停止了放箭。趁此间隙,裴原大喝一声,催马上前。他胯下的优质战马暴发起来威力惊人,如同一阵狂风般急速卷去。其中一个神箭手躲闪不及,硬生生地被马撞飞,撞击在石壁上,又摔落在地上。另一个神箭手飞快地闪避开,站在裴原的后方,再次拉开长弓。

裴原听见弓弦紧绷的声音,迅速向淳于栾扑过去。淳于栾持戟回击,打斗一个回合后，两人不分胜负，但位置互换了。神箭手的正前方是淳于栾，他皱了皱眉，不得不放弃这次进攻。

淳于栾扬声道："别做无用功了，你逃不掉的！"

裴原反问："我不试试看，又怎么知道呢？"

说完，他催马上前，两人再次缠斗起来。淳于栾并没有因为己方人数占优势和裴原受伤而轻视裴原。他早就听说过裴原在军中的威名，也早已期待和裴原交手。无论何时都不能小看对手，淳于栾深知这一点。

淳于栾看出裴原体力不支，仔细寻找裴原的破绽。终于，在裴原向右倾身，不小心将受伤的左肩暴露在淳于栾的眼前时，他知道机会来了。他大吼一声，手持长戟，再次挥向裴原的左肩，身后的神箭手也已经准备放箭。

淳于栾看着那支羽箭穿过裴原的后心，以为自己已经赢了，刚勾起一抹笑容，忽然觉得眼前闪过一道白光，只见裴原转身，将长刀劈下。那把长刀划过淳于栾的鼻梁和嘴唇，将他的下巴划开了一个大口子，最后落在他的前胸上。

裴原以自己身受重伤为代价换取了给淳于栾的致命一击。

淳于栾握着长戟，大叫一声，向后倒去。

"大人！"

那个神箭手惊呼着前去援救，裴原趁此机会抽身而退。他没再走一线天，也没有返回丰县，而是直接上了齐连山。

雪越下越大，裴原失血太多，只走了一刻钟，就已克制不住身体的战栗。战马也已经疲累至极，又爬过一处陡坡后，前腿一跪，倒在地上。裴原跟着摔了下去。

他拔出了左肩上的箭头，用布草草地包扎了一下，就再也没了力气，仰面躺在雪地里，望向漆黑的天空，不停地喘着粗气。

有那么一瞬间，裴原觉得他或许真的不行了。可如果他真的死在这里，宝宁怎么办？他不能死，也舍不得死。他还不知道他的孩子是男是女，还有很多事没做，很多话没和宝宁说。最重要的是，他仍旧欠宝宁一个盛大的婚礼。如果他死在这大山中，被埋在雪地里，以后的日子，宝宁会受欺负。

裴原忽然想，她会不会改嫁……想到这里，他好像又有了一些力气，用长刀撑着地面，咬着牙，缓慢地站起来。他绝对不能死，至少在六十年内不能死。他得尽快好起来，将宝宁接回身边，看着她生下孩子，然后把他们圈养在身旁，以后寸步都不会再离开。

人果真要有信念，靠着信念的支撑，裴原忍着剧痛在及膝的雪中走了小半个时辰。昏厥过去前，他看见山崖下有一道穿着白衣的熟悉身影。

自从被掳走后,陈珈一直被关押在一处偏僻的营帐中。几个匈奴兵看守着他。他没什么事情可做,好在也没有人打他骂他,只是偶尔有人调笑他而已,吃的喝的也会按时送过来。

直到第三天,陈珈才发现事情不对劲儿。

匈奴兵没有再攻城了,这并不奇怪。现在已经进入深冬,风大雪急,连着下了三天大雪,匈奴兵缺少御寒的衣物,每天都会冻死几个人,自然没办法再攻城。奇怪的是,那个叫淳于栾的人一直没有来找他。

按照常理来说,俘获了敌方最高将领的夫人,无论是来说说场面话或是来示威几句,淳于栾至少应该露个面。可陈珈始终没等来淳于栾。后来他才知道淳于栾受了很重的伤,虽然捡回了一条命,但元气大伤,不仅在短时间内无法复原,还破了相。

原先他听到的传闻是匈奴的这位左贤王容貌英俊、风流倜傥,许多姑娘对他芳心暗许。但现在从中军大帐中出来的军医也一脸后怕之色,军中传言淳于栾如今形如厉鬼,甚至还有人传言他恶事做得太多,被神灵惩罚了。

不管原因如何,陈珈得知淳于栾过得不好,吃起饭来更香了。

第五天晚上。

淳于栾已经清醒过来,虽然身体仍然虚弱,但脑子还算灵活。他下了一个命令——将济北王妃送回王庭做人质,并派人回王庭向老单于索要御寒的衣物以及十万兵马。

他的理由是——与其损兵折将,无功而返,不如趁敌不备,派大军围困,一举击杀敌人。

陈珈被一支五十人的队伍押送着,在第六日的早上启程,一路向北行去。

宝宁已经连着五日没有睡好了。今天天还没破晓,她又睁开了眼。

外头还是安安静静的,一切都在沉睡,圆子也在她的怀里安稳地睡着。宝宁盯着帷帐,过了大概一刻钟,听见了鸡叫声。又过了一会儿,有下人出来扫雪的声音。宝宁坐起身,轻手轻脚地下床,将窗户推开一条小缝往外看。

裴原还是没有回来。

宝宁失落地关上窗子。她心中明白,这样的举动很傻,并且毫无用处。裴原怎么可能像神仙下凡一样忽然出现在院门口?城外敌人的重重兵力还没有撤去,城里连只鸟都飞不出去,城外也连只鸟都飞不进来。可她还是忍不住起床后悄悄地去看一眼,万一裴原忽然回来了呢!

宝宁总是想起他离开的那一天,他神色疲惫,心事重重,但还是很温柔地安抚她。一回想起他那时候的神情、语调,她便觉得鼻子酸涩。想哭,可她又不敢哭。她后悔极了——当初送他离开的时候，她为什么要哭呢？这莫非是个不好的兆头，预示着他们会永远分离？她当时若是不哭，一切是不是就会不同，裴原是不是可以顺顺利利地回来？

宝宁坐在梳妆台前，看着镜子里的自己，幻想着裴原突然从门外走进来，出现在她的身后，告诉她敌人已经撤兵，其实这一切都是一场游戏，是他在逗她玩。他根本没走远，就在隔壁住着，身体也好得很。他只是想看她着急的样子，想听她对他说句好听的话。可自从裴原离开后，她没有收到过他的任何消息。

天冷成这样，他现在人在哪里，有没有缺吃少穿，旧伤有没有复发，这些情况她通通不知道。她每天在忧思中醒来，在忧思中睡去。她每天都告诉自己不要想太多，她得照顾好自己和孩子，要不然他回来后会生气的。但是，这样的告诫对她而言没有丝毫作用。

最让她恐惧的是，她竟然一次都没有梦见过他。

他到底在哪里啊？

宝宁沉默地坐在黑暗中，望向窗子，看着那里一点儿一点儿地亮起来。她深深地呼出一口气，强迫自己露出微笑。

门外传来脚步声，刘嬷嬷推门进来。

宝宁装作刚刚睡醒的样子，笑着朝她比了个噤声的手势："圆子还在睡呢。"

独自一人在房中的时候，她再怎么脆弱，那是她自己的事。但只要出现在外人的面前，哪怕对方是刘嬷嬷，她也不能展现出一丝一毫的脆弱。因为她是济北王妃，所有人都关注着她，如果她乱了阵脚，整个王府，整个丰县，怕是也就乱了。

裴原临走时告诉她，她是王妃，要争气。

宝宁想，等裴原回来后，她一定得拉着他好好地抱怨和诉苦，还要邀功，要听他的夸奖，让他拿出私房钱来给她买好吃的。

他应该就快回来了吧？

同一时间，百里之外的代县，将军府中的一处卧房内，裴原突然睁开眼睛。

他刚刚做了个梦，梦见宝宁独自一人坐在黑暗中，正在偷偷地掉眼泪。他想要上前去安抚她，但是根本碰不到她。他心急如焚，只能无力地看着她哭。在梦中时，他便觉得心脏难受，如今醒了，这种感觉仍旧迟迟没有散去。

宝宁现在在哪儿？她是不是还处在危险之中？他得去救她。如此想着，裴原单手撑着床想要坐起来，但左胸处传来尖锐的疼痛感。他眼前一黑，跌倒在床上，额上冒出冷汗。

"你醒了！"乐徐听见屋子里的动静，端着一盏灯，撩开帘子走了进来。

他笑着道:"我劝你还是安分一些,你的后心中的那一箭的箭头离心口只有半寸远,你要是再这样动来动去,伤口崩裂开来,我可就没法再救活你一次了。"

裴原问:"这是哪里?"

乐徐答:"代县将军府。"

裴原松了口气,想起了自己陷入昏睡前发生的事,闭了闭眼,沉声道:"叫宿维过来。"

不过半炷香的时间,宿维便匆匆赶来了。

甫一见面,他便痛哭流涕地跪倒在裴原的面前,自责道:"末将自知失职,听信小人谗言,贻误了战机,让两座城池都陷入危险之中,还害得王爷受伤……末将罪该万死。恳请王爷再给末将一个将功补过的机会,待击退匈奴兵,末将定自裁谢罪!"

裴原的腰后垫着一个软枕,安静地听宿维说完,他淡淡地道:"你罪不至死,起来吧。"

宿维泪流满面,仍旧跪地不起。

裴原道:"你有一颗爱国忠心。我早已看出你此次失职是中了旁人的圈套,并不怪你。咱们的当务之急是上下同心,定下退敌之计。宿将军,请起。"

宿维感动地站起身,关切地问:"王爷刚醒,可觉得饥饿?厨房中一直留着人,若您想用膳,立刻就能做好饭菜端上来。"

裴原摇摇头,问:"现在的战况如何?"

宿维答道:"连着下了几日暴雪,昨晚才停。我们原定从匈奴兵的后方袭击,打他们一个措手不及,但是大雪封山,我们的人在短时间内难以过去。这样的天气作战也十分不宜,我们的人还未翻过齐连山便退了回来。但匈奴人也没有退兵,二十万大军驻守在丰县城下,双方僵持,没有人敢轻举妄动。"

裴原闭了闭眼,又问:"淳于栾死了吗?"

"没有,他只受了重伤,脸毁了。"宿维神色变得忧虑,"就在昨晚,咱们的探子来报,淳于栾派了一小支骑兵往北去了,像是要赶回匈奴王庭。末将和几个常年与匈奴作战、对淳于栾的性格较为熟悉的将领交谈过,他们认为淳于栾行事猖狂且性子固执,不会甘心就这样灰头土脸地撤离,估计是想要向王庭借兵,与我们殊死一搏。"

裴原眼睛倏地睁开,直直地看着宿维。

宿维说着,叹了口气:"我们只能期盼这个猜测是错的,否则,如果他真的借到了兵,定会立刻发起攻势。双方兵力悬殊,咱们几乎没有胜算,除非邱将军能够率兵相救。但是,石羊关是绝不能失守的关隘,邱将军又怎么能回得来?"

裴原问:"石羊关那边打了几仗了,死了多少人?"

"双方只打了几场遭遇战,几百人伤亡,还没有大战。"宿维解释道,"石羊关在西北方向，更加苦寒，一个月前就开始下雪了。冰天雪地的，双方的士兵俱苦不堪言，都没有大的动作。估计要等到开春，这仗才打得起来。"

裴原忽然问："你不觉得古怪吗？"

宿维一时没反应过来裴原的意思，仔细思考了一会儿，仍旧不懂："王爷是何意？"

"匈奴人什么时候变得这么富足了？"裴原眼睛眯了眯，"据说匈奴派了二十万兵马攻打石羊关，丰县城下也有二十万兵马，加在一起就是四十万兵马。这还不止，淳于栾还能回去借兵，说明匈奴王庭的守军仍然充裕。但是，整个匈奴一共才几百万人，除去女人、老人和孩子，真的是人人皆兵了。"

"这……"宿维迟疑道，"或许这是淳于栾和纳珠单于早已谋划好的，他们下定决心打下塞北，所以不遗余力。"

"这倒也说得通。"裴原低头看着自己的手指，声音低沉，"但是，士兵要吃饭，马匹要吃草，他们的军队俱是长途远征，一日要吃掉几万石粮食，这还不算运送粮草所需的人力。出来征战两个月，就足以掏空匈奴本就不充裕的粮仓了。况且，他们的百姓不要吃饭的吗？这还真是破釜沉舟、殊死一搏啊！"

宿维恍然大悟，半晌，激动地问："王爷的意思是，石羊关那边的匈奴兵没有那么多，是匈奴虚张声势，目的就是拖住我们？"

"我们毕竟不在前线，不知道那里的实际情况，不好擅作主张。"裴原吩咐道，"你派个得力的将领去石羊关，将此事转告邱将军，由他来做决定。"

宿维应下。他的眼角眉梢有了几分喜色，听了裴原的话后，他越想越觉得有道理。这局棋不是死棋，他们不是必输无疑。

他是左相董玉树的门客，从阵营来说，他和裴原处在对立面，自然一直心存芥蒂。他在刚调任代县守将时，与裴原见过一面，当时只觉得裴原确实年轻有为，但并不服气，只觉得，裴原不过是命好，投了个好胎而已。若换成他有这份好机缘，不会比裴原做得差。直到现在，他才真的心服口服，心甘情愿地称自己为"末将"。

裴原道："与邱将军联络之事不可泄露，你军中的内奸可能不止戴增一个。部队刚刚换防，你对底下的人并不熟悉，对方是人是鬼你也说不清，小心为上。对了，京城那边有消息吗？"

听了裴原的前一句话，宿维心中"咯噔"了一下。关于戴增的事，他一直没有去深思，也不敢深思。戴增与他几乎同吃同住，不可能与匈奴人暗中联系，唯一的疑点是戴增曾经的身份。戴增原先是裴霄门下的一个不得志的门客，后因犯错，险些被贬出京城，机缘巧合下被他收拢。难道戴增是受了裴霄的指使？通敌的人其实是三皇子裴霄？

宿维急忙收回心神，回答裴原的问题："禀王爷，末将一直有派人往京城送信，已经去了几十批人，但截至目前，还没有人回来。"

　　裴原微微合上眼皮，疲倦地道："回想这段时间发生的一切，我觉得对方安排得太巧妙了。先将邱将军调走，再佯攻代县，实际上是想吞并丰县。若不是他们对咱们的布防情况有足够的了解，对每个守将的性格有足够的了解，是做不到这些的。最诡异的是，京城太安静了，北边出了这么大的事，陛下就算不派援兵来，怎么可能连过问一句都没有？到底是谁的手，竟然能伸这么长，还有这么大的野心？"

　　宿维没敢说出心中所想的名字。他沉默了一下，询问道："王爷，要不然我再安排几个弟兄便装回京，隐藏身份，打探一下京城是不是出了什么乱子？"

　　裴原颔首："好，就这么办。"

　　宿维看出他的情绪不对劲儿，以为是伤口疼痛所致，心疼地道："王爷，那您先歇息吧。若有回信，末将第一时间来禀报您。"

　　裴原点了点头，看着宿维退下去，直到他走到门口，忽然叫住他："你等下。"

　　宿维意外地回头："王爷，还有何事？"

　　裴原攥起拳头，看了他好一会儿，轻声问："丰县的情况如何？王妃怎么样了？有消息吗？"

　　这是他早就想要问但不敢问出口的问题，因为他害怕听到坏消息。他从来没有这样对未知的事感到恐惧过，就像个懦夫一样。这不像他，但他就是克制不住。在和宿维交谈的时候，他会细致地观察宿维脸上的每一个表情，想从中探寻到一些蛛丝马迹。他知道宝宁被掳走这件事可能是个骗局，是淳于栾引诱他上套的饵。他也知道，无论发生什么事，他唯一能做的就是稳住心神，尽全力打赢这场仗，但还是忍不住胡思乱想。他要是能变成一只鸟就好了，那就可以飞去宝宁的身边。

　　可现在他哪里也去不了。

　　宿维看见裴原的眼睛竟然红了，觉得很不可思议。

　　宿维记得，五天前的黎明时分，裴原被那个叫乐徐的大夫送进城中。当时裴原还有几分神志，看着乐徐将他的伤口上被血黏住的衣裳撕下，像是个木头人，不喊疼，没有掉眼泪，甚至还能和旁人交谈，问戴增是否被制住，问外头的雪有没有停……可他现在竟然哭了。

　　宿维想了想，还是打算将实情告诉他，低声道："丰县那边的情况许是不太好，攻城那日起了一场大火。传闻有一队早已埋伏在城内的匈奴兵趁乱劫走了王妃，在逃走时放了那场火。看方位，或许那场火阴错阳差地烧到了西北角的粮仓……"

　　裴原屏住了呼吸。

　　宿维继续道："但王爷不必过分担忧，依末将看，被劫走的那个人或许不是王妃。淳于栾派人去借兵的同时，将被劫走的那个人一同带走了，我的暗哨看见那人长得高高的，很瘦，虽然头上簪着花，但脚印很大，不像王妃。还有，我刚刚忘记和您说了，丰县最近每天都会放一束烽烟。前去打探消息的人刚开始没在意，后来觉得奇怪，就留意了一下燃放烽烟的时间，很巧，每天都是卯时二刻。"

裴原紧蹙的眉骤然松开，巨大的喜悦感席卷向他，他忍了片刻，还是忍不住笑出了声。

宿维诧异地看着裴原，小声问："王爷，有什么不对的地方吗？"

"卯时二刻是王妃出生的时辰。"裴原眉眼中含着笑意，"她是用这种方式向我报平安。她实在是聪慧极了。"

裴原问宿维："若是你，能想到这样高明的法子吗？"

宿维尴尬地摇摇头："应该不能吧。"

裴原"嗯"了一声："你做不成王妃是有原因的。"

宿维更加尴尬了。他打量着裴原的脸色，心想，王爷是不是还没退烧，现在仍旧糊涂着？他一个大男人做什么王妃啊！

宿维一头雾水地退下了。

裴原拒绝了他要派人来侍候的建议，只让人将饭菜端上来。裴原吃了饭后，将碗筷放在一旁，再缓慢地躺下。他的身体仍旧是疲惫的，但脑子很清醒，裴原看着头顶的幔帐，睡不着。过了一会儿，他忍不住将手往下捏了捏自己的双腿，果然还是没有知觉。

乐徐说，这是因为他在雪中走了太久，引得旧伤复发了。乐徐看出他以前中过毒，半真半假地说就算解了毒，这双腿能不能好起来也不一定。

裴原不知道他说的是真的，还是他因为记恨自己，所以出言吓唬。但裴原意外地没有感到害怕，就算双腿真的废了也没关系。他侥幸地过了一年正常人的日子，得到了宝宁，已经很知足了。如果冥冥之中有神迹，他愿意向神灵祈求，用这双腿换取这场战争的胜利，换取宝宁的平安。

转眼又过了二十天，雪下下停停，丰县城门外的积雪最厚处已经有三尺深了。

眼看着就要到腊八节了，也快过年了。

宝宁仍旧早早地起床。圆子也养成了这个习惯，陪着她起床了。在刘嬷嬷来之前，圆子已经找来了衣裳，帮宝宁穿好。

她的肚子渐渐大了起来，有很明显的隆起。宝宁垂眼，摸了摸肚子，觉得遗憾。作为父亲，裴原却没有看到这样神奇的变化。

还是没有裴原的消息。整个丰县都处于封锁之中，或许有消息，但传不进来。

不过宝宁也习惯了,她现在唯一的信念就是守护好肚子里的孩子,守护好这座城。

早饭是简单的馒头和稀饭。吃了早饭,宝宁带着圆子出去走了走。

现在的丰县和一个月前的丰县有天壤之别,一片萧索,人心惶惶,街上几乎没有行人。宝宁路过原先卖豆腐脑儿的那家小店,门只开了半扇,里头黑漆漆的。店小二回家了,就剩掌柜一人坐在柜台旁边,端着半碗豆腐汤喝。

宝宁走进去,笑着问:"掌柜,还有豆腐脑儿卖吗?给我来三碗,再来一屉包子。"

掌柜把手里的碗放下:"没有肉包子,素的行吗?"

宝宁说"行"。

掌柜很高兴,连连答应着,很快就将东西端了上来。

宝宁邀请他坐到对面一起吃,一边聊天一边问:"现在生意好吗,一天能赚多少钱?"

"现在不是在打仗嘛,没什么生意。大家都怕得要死,在家里待着。都没什么人上街。"掌柜叹了口气,"原先我一天能赚两吊钱,现在却连个零头都难赚到。店小二的月钱我都发不出来,加上他的哥哥在上个月的攻城战里死了,他就回家照顾老娘去了。现在的日子真是艰难,可恨的是,一些人竟然发国难财。那些医馆的人平日里将'救死扶伤'挂在嘴边,现在一服风寒药竟然要卖一两银子。可怜我的小女儿,就这样活活地病死了。"

他说着说着,忍不住掉下泪来。

宝宁见不得这样的场面,扭过头,找刘嬷嬷拿了帕子递过去:"擦擦眼泪吧。"

掌柜平复了一下心情,忧愁地道:"不知道这场仗什么时候能打完,我家里的粮食快要吃光了,也买不起外头的粮食。"

宝宁问:"为什么买不起粮食?官府不是下令了,不许那些粮店趁机涨价,还是按照原先的价钱售卖,一斤红薯不是只要三文钱吗?即便买不起米面,靠着红薯也能挨过去。"

"官府下令了,那些粮店不敢涨价,干脆就不开门了。"掌柜诉苦,"我看你像是富贵人家的姑娘,应该没体验过咱们小老百姓的苦。那些粮店的掌柜勾结在一起,和一些地头蛇合作,暗地里倒卖粮食,还威胁我们,不让我们报官,要不然,让我们连高价粮都买不到,要活活饿死我们啊!"

宝宁震惊地看着他。

掌柜摇头道:"没办法,我们现在只能盼着战争快些结束。"

宝宁不知道该怎么安慰他。在短时间内,战争难以结束,因为城外的敌人迟迟不肯退去。外忧难解,宝宁没想到内患竟然也如此严重。

民以食为天，宝宁早就担忧城中百姓的生意难做，会吃不上饭，吩咐官府要严格监督粮店，一旦发现粮店涨价，就严厉惩处。她一直沾沾自喜，以为已经做到了未雨绸缪，从根本上安定了民心，现在才知道，自己将事情想得太简单了。

宝宁吃不下去了，急匆匆地带着刘嬷嬷和圆子离开了。

再次走在街上，宝宁觉得无力极了。她又开始想念裴原，如果他在，情况肯定不会这么糟，但他现在回不来。宝宁想怪他，却又舍不得。

宝宁漫无目的地走在街头，路过一处转角时，瞧见了一个蜷缩的身影。她蹙了蹙眉，以为那个人累极，在那里睡着了，想要上前将他叫醒。可她还没走近，就被刘嬷嬷拉住了："王妃别去了，那个人已经死了，你看，他露在外面的脚都僵了。"

宝宁停住脚步，眼眶渐渐变得湿润。她很快整理好情绪，转身道："我们回府吧，叫钱峰将军和粮草官来府里一趟，我有事要说。"

粮草官叫梁权，和钱峰一起过来了，他们几乎与宝宁同时踏进王府。

宝宁带他们去了花厅。刚落座，宝宁便听梁权道："王妃，咱们的粮草不够了。城内有十几万守军，但只剩下一仓粮食，最多够吃五天。塞北本就不是什么土地肥沃的地方，一直以来，军粮都靠京城接济。开战前两天，京城那边预定好要送粮食来的，却没人送来。后来打仗了，城封了，京城那边送粮食的人就更加进不来了。咱们现在是坐吃山空，原本还不至于如此紧迫，但匈奴攻城的那日，我们的一个分粮仓意外地被烧毁……"

钱峰接腔道："不止士兵，城中还有九成的人是普通百姓，家里本就没多少存粮，这么一折腾，恐怕也撑不了多久了。"

梁权皱眉道："如果大家连饭都吃不上，民心不稳，这仗就更打不下去了，到时候丰县会不攻自破。"

"别这么丧气。"宝宁见他们这么忧愁，反倒笑了，安抚道，"办法总比困难多，一切都会好起来的。我们快没粮食了，总有人有粮食，我们可以去借，去买。大家少吃一点儿，坚持到援兵来就好了。"

梁权问："找谁借？"

钱峰问："援兵在哪儿？"

宝宁道："找那些大户人家、世家贵族去借，还可以找有余粮的百姓去借，或者按照比市价高两成的价格买，将借来或买来的所有粮食聚集在一起，再由官府出面，以比市价低两成的价格卖出，让所有人都能吃得上饭。"

梁权反问："如果有人心怀不轨，故意将我们低价卖出的粮食再买回去，然后高价卖给我们，那该怎么办？"

宝宁看向钱峰，掷地有声地道："那就劳烦钱将军出面，将这样的人斩首，并将其头颅挂在长杆上，警示众人。"

钱峰没想到一向连说话都不会大声的王妃竟然有如此魄力，愣了一瞬，肃然领命。

梁权停顿了一下，又问："咱们以高价买粮食，有余粮的老百姓可能会卖，但那些世家贵族怕是不会动心。"

"我亲自去借。"宝宁站起身，对钱峰道："钱将军，你刚刚问援兵在哪儿，我没办法立刻回答你，因为我也不知道。但我觉得援兵肯定会出现，王爷会想办法解救我们。如果王爷也被困在城内，咱们是该害怕，但他没被困。只要他活着，我们就有希望。"

宝宁笑了一下，问道："你相信他吗？"

钱峰郑重地道："末将相信。"

"我也信。"宝宁眼神很坚定，"他从没让我失望过，这次一定也不会让我失望。"

## 第二十四章
## 宝宁散财救百姓

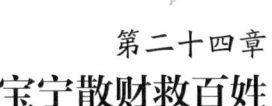

宝宁用一个下午的时间列出了一份名单,名单上是丰县有名的商铺掌柜、世家贵族,足有八十个。

她草草地吃了晚饭,带着梁权和刘嬷嬷出门去借粮,意料之中,事情并不顺利。

那些往日里见到她就点头哈腰的人,今天仍旧对她笑着,但眼神飘忽不定,充满轻视和抗拒之意。大部分人都向她哭穷,说些不着边际的场面话,小部分人委婉地告诉她可以卖出一点儿粮食,但是全部卖出是不可能的,他们也需要留一些粮食保命。

宝宁知道他们心中想的是什么。虽然敌人兵临城下,但这和用刀架在他们的脖子上还是不一样的。这些勋贵不知百姓疾苦,过的日子与从前几乎毫无二致。他们仍然心存侥幸,不愿意全力抗敌,想要将粮食留到最后,等着官府妥协,用更高的价钱收购,或者干脆高价卖给百姓,发一笔横财。谁现在卖粮食,谁就是傻子,不仅会被人嘲笑,还会被其他人孤立。

二更天,宝宁笑着与丰县最大的一家丝绸店的掌柜道别,疲惫地回了王府。

她坐在桌边喝了口热茶。

刘嬷嬷心疼地揉捏她的肩膀,生气地道:"那些大商人个个都利欲熏心,也不想想,若是城真的被攻破了,他们守着那些粮食有什么用?匈奴兵说抢就抢,说烧就烧,到时候他们死都不知道是怎么死的,目光短浅得像仓中的老鼠一般。王妃如此尊贵的人,都怀着孕亲自登门请求了,他们竟然……商人这样也就罢了,那些总兵、都事、主簿吃着朝廷的俸禄,竟然也和他们同流合污。"

梁权道:"不过是没人愿意当出头鸟罢了,倘若我们和他们是一样的处境,说不定也会这么做,这是可以理解的。如今正值特殊时期,粮食比银子还珍贵得多,他们又怎么会愿意以原价卖出去呢?比起忠君爱国,大多数人更顾及自身的利益。利益就摆在眼前,敢于立刻舍弃的是圣人,普通人肯定会迟疑的。"

宝宁点头道:"梁大人说得极是。"

刘嬷嬷焦急地问:"那我们现在该怎么办呢?"

"没人愿意做出头鸟,就由我来做吧。"宝宁道。吩咐梁权:"梁大人,你今晚怕是没得休息了,辛苦梁大人派士兵来将王府粮仓中的所有粮食都运走。我会连夜清点我名下的所有财产和田产铺子,这次买卖粮食造成的所有损失不计入官方的账目,全部由我一人承担。若我的钱用光了,再由公账来补。明日一早,我会先去城中五品以上官员的家中逐个劝说,让他们为百姓做表率。"

刘嬷嬷震惊,道:"王妃,您可想好了?城中军民有近五十万人,做这样的买卖,最多一个月,王府中的粮食、资产就会被掏空,这……"

宝宁打断她:"为了打这场仗,多少人连命都没了,我不过是散些钱财,这不算什么。"

梁权忍不住热泪盈眶,没想到一个弱女子竟然有这样的魄力。听宝宁说完后,他立刻起身行礼,道:"下官不才,但愿为王妃、丰县鞠躬尽瘁。下官回去后便清点家中的钱财和粮食,全部献出,以尽绵薄之力。"

宝宁的眼眶有些酸涩,她站起身,朝他回了一礼,道:"多谢梁大人了。"

天还未亮,王府中已经忙碌起来。

数不清的人进进出出,刘嬷嬷领人在一旁将那些人搬出的物品登记在册。宝宁抱着圆子坐在软榻上,看着屋子里的那些名贵的古董玉器、珠宝首饰一件件被运出去。

屋子里一下子就变得空荡荡的。

说不心疼是假的,宝宁闭上眼,将脸埋在圆子的颈窝里,努力平复自己的情绪。

圆子感受到颈上的湿润,抱住宝宁的肩,轻声安慰她:"姨姨,我觉得你好伟大。我听梁叔叔说了,好多叔叔知道了你做的事,昨晚连觉都没睡,也将自己家里的东西都捐出来了。梁叔叔还说,是你救了丰县。你做的这一切都是值得的。姨姨,你别哭,就算现在咱们没钱了,但千金散尽还复来。叔叔回来后,肯定会为你感到骄傲的,会更努力地赚钱给你。如果叔叔不中用,那你等我长大,我长大后赚很多钱给你花。"

"圆子……"宝宁更用力地搂住他,终于忍不住哭出了声。

情绪的崩溃就在一瞬间，宝宁想起这段时间里自己的无助，想起不知所终的裴原，止不住地掉眼泪。

早上她去衣柜里拿围巾，看见裴原以前穿过的衣裳整齐地叠在一边，瞬间好像出现了幻觉。她看到裴原像以前那样摆着臭脸走过来，指着那些衣裳朝她发脾气："我不喜欢蓝色的裤子，不想穿。我都故意把它弄破了，你为什么还把它缝好？"

要是以前，宝宁肯定会不高兴地和他吵两句，说他弄破的裤子不是一条两条了，她怎么知道他是故意的呢！再说了，蓝裤子有什么不好？现在城里的少年郎最时兴穿的就是蓝裤子。明明是他年纪大了，脑子不灵活，还固执。她给什么他就穿什么嘛，叽叽歪歪的，真讨厌。但那一刻，宝宁什么话都说不出来了。她像是着了魔一般盯着那个虚影，甚至不敢去触碰，生怕自己一触碰，他就不见了。

她安静地聆听着，期盼着他再多说几句话。

从前最平常、最不被珍惜的那些日子里的片段，他们竟也那么幸福。

在她不知道的角落里，裴原有没有想念她？

她很努力，没有给他丢脸。


持续了数十日的大雪终于停了。

裴原转动着轮椅走到窗前，眯眼看着外头久违的日光。

窗外，乐徐正在和宿维府上的一个小丫鬟说话逗趣。

裴原看了他一眼，心想，这个男人初见时如同高山上的白雪，有种拒人于千里之外的疏离感，没想到竟是只花蝴蝶，整日在花丛中乱飞，逮着一个姑娘就要和人家聊几句。

乐徐被裴原看得后背发毛，与那个娇羞的小丫鬟依依惜别，转身边往屋子里走，并问道："怎么样，你今日好些了吗？"

裴原"嗯"了一声。

乐徐挑眉道："你整日都在想些什么呢，如同个木雕？我和你在一起都待了一个月了，就没见你笑过。"

裴原反问："我为什么要笑给你看？"

乐徐失语，半晌，无奈地道："行，我懒得管你。"

裴原不理他，将手伸进前襟，摸出一根小木棍，又掏出一把匕首，低着头，认真地在上面划了一刀，再来回刻，让那道划痕变深。他左手不能使力，动作显得缓慢而笨拙。

乐徐见那根小木棍上被刻了许多道整齐的痕迹，疑惑地问："你这是干什么？"

"数日子。"

裴原吹掉棍子上的木屑，从头到尾又数了一遍，一共三十二道。这意味着他已经三十二天没有见过宝宁了。他离开时，宝宁有孕三个月，现在四个多月了，肚子应该变大了吧。他用右手在小腹前比量了一下，心想着该有这么大了，里头住着个小生命，是他们的孩子。再过五个月，孩子就呱呱坠地了。

宝宁那么怕冷，肯定每天都穿得很多，将自己裹得像一只毛茸茸的熊。裴原想起她在雪地里摇摇摆摆地和圆子打雪仗的样子，还有那次吉祥不小心打碎了她的花瓶，她生气地拿着小棍子追着吉祥满院子乱跑的样子，不禁笑了。

但他转念又想到，现在没有他守在宝宁的身边，不知道丰县的情况到底好不好，也不知道她的身体好不好。她会不会因为害喜而吃不下饭，因为担心他而睡不着觉？

裴原想到这些，又笑不出来了。他感到无比心疼和愧疚。他没能陪着宝宁度过最艰难的时光，将宝宁一个人留在了那么危险的地方，她该有多么害怕啊！她还像个没长大的孩子一样，需要他守护，但他就这么不负责任地将重担推给了她。她会不会生气？她会不会哭？回去后，他又该怎么补偿她，怎么哄好她？

乐徐沉默地看着裴原表情的变化，早就习惯了。自醒过来的那天起，他就是这样，神神道道的。只要不谈正事，他就坐在窗边发呆。没人知道他在想什么，也没人敢问。

屋子里十分安静，只有木炭燃烧的声音。

外头忽然传来匆忙的脚步声。

裴原抬头看过去，来人是宿维。他神色焦急，手中捏着一封信。

乐徐一眼便看出宿维有要事禀报。他不便再留在房中，从桌上取了几个果子藏进袖子，很有眼力见儿地离开了。

宿维道："王爷，我派去京城打探消息的人刚刚回来，京城果然出事了！"

裴原把他的小木棍妥帖地放回胸前，淡淡地道："说说看，京城出了什么事？"

"陛下……陛下病危！"

裴原猛地抬头看过去，不可置信地重复了一遍："陛下病危？这是什么意思？太医是怎么说的？"

"就是……就是陛下随时会驾崩。"宿维硬着头皮道，"三殿下和五殿下都回京了，东宫无主，现在宫里乱成一团，众人表面上都是为陛下的病而焦虑，其实暗地里各有动作，都想夺位。董相率领一众老臣支持三殿下，说五殿下年幼，且没有当君主的才能，提议拥立三殿下即位。沈皇后一党拒不同意，但是董相势大，三殿下在朝中的人脉甚广，沈皇后没有什么优势，已经处于下风。咱们原先派去的传令兵都被董相的人扣下了，本该运来燕北的粮草和辎重也被扣下了。董相应该早就和三殿下串通好了，想借这次战役困住您，好护着三殿下一举登基。"

宿维说着，愈加气愤："我真是瞎了眼，原先还以为董相是个爱民如子的好官，所以甘愿投身到他门下，没想到他竟然包藏祸心。现在想想，戴增那厮应该也是他早就安插到我身边的。他竟然还敢拦截援兵和粮草，实在是无耻至极！"

裴原沉思半晌，忽然道："不对，董玉树虽为百官之首，但也没法将手伸到军中，现在京城掌管兵营诸事的应该是大将军冯虎昌。冯将军一向为人正直，裴霄早先想要笼络他，他一直不齿，难道现在也与裴霄同流合污了？"

宿维道："王爷，这次探子还带回了一个女子，说是您的妻妹，荣国公季昌平的四女儿，原先的太子侧妃季嘉盈。季嘉盈说她知道关于冯将军的消息，想要见您。"

裴原震惊，赶紧道："让她进来。"

很快，季嘉盈便被人搀扶着走了进来。

她一路快马加鞭赶来，因为冷风吹打，脸上的肌肤已经不像原先那样光滑水润，手上也生满了冻疮。她自进门时起便一直哭哭啼啼。见到裴原后，她大喜过望，"扑通"一声拜倒在裴原的脚下，大哭道："王爷，您救救我吧，我不想叛国，也不想死啊！原先我对您不敬，对妹妹不好，现在已经知道错了。我是个见风使舵的糊涂人，在这里给您磕头赔罪了，求您救救我吧！裴霄绝对不能登基！他就是个人面兽心的魔头！他要是登基了，大周就完了！"

裴原皱眉，让人将她扶起来，给她赐座："你喝些茶水，慢慢说。"

对于季嘉盈，裴原本就只是有些讨厌。她从前的那些行径不甚讨喜，但若说她为人歹毒，倒也不至于。宝宁是看重亲情的，不喜欢这个姐姐，但也没有非要与她纠缠不休、置她于死地的心思。更何况，他们阴错阳差地成了亲，还要感谢季嘉盈当时的那番折腾。所以，裴原对季嘉盈的态度显得很平淡，他既不亲近，也不憎恨，如同对待一个陌生人。

他这样疏离的态度反倒让季嘉盈感到恐慌，她不敢起身，不停地磕头道歉："王爷，您就大人有大量，原谅我吧。我知道错了，以后再也不敢了。我以后叫宝宁'姐姐'，好不好？我把这些年欠她的东西都还给她。我就是蠢了点儿，但真的没那么坏……王爷，求您了，救救我，救救大周吧！"

裴原和宿维对视了一眼，都感到不可思议。

季嘉盈以往飞扬跋扈，他们是知道的，到底是什么事情改变了她，让她变得畏畏缩缩？

宿维亲自将季嘉盈扶起来，温和地道："季夫人，您不必害怕，有什么话尽管说。"

季嘉盈坐在凳子上，掩面痛哭："王爷，裴霄他……他给我下了毒，让我去勾引冯将军，与他苟合。这种毒叫并蒂莲，种在女子的身上，若这个女子与男子交媾，就会将毒传过去。这毒会毒死人！裴霄威胁我，如果我不按照他说的去做，就不给我解药。他将我送到将军府，让我装成去投奔的样子。冯将军喜欢我，没有拒绝我……就这样，我犯下了大错。"

说着，她哭得更厉害了："我害怕、后悔……我知道这样做不对。我不敢再去见裴霄，怕他杀了我或者让我做更加龌龊的事。我看到有人在将军府旁打探情况，想着赌一赌，就去找那个人，告诉他我是谁，然后就被他带来了这里。"

宿维焦急地问："冯将军现在的情况如何？"

"我不知道。"季嘉盈木然地道，"可能就像我一样吧。冯将军不肯答应与裴霄结党，裴霄不会放过他的。"

她把袖子挽起来，露出满是斑驳伤疤的胳膊，上头有大片红斑与疱疹，许多已经溃烂化脓，看起来异常恐怖，就连宿维见了都倒吸一口凉气。

"带她下去，找乐大夫给她诊治，让她好生休养。"裴原吩咐完，转动轮椅，往门外去："宿将军，你与我一同去见见大殿下。"

醒来的当日，裴原便派人与乐徐一同去将裴澈接了回来。

当时他们遭到了阿丑的强烈抵抗，她固执地认为那日派兵屠了齐连山的人是裴原，觉得他居心不良，险些与去接人的小分队同归于尽。后来，裴澈听见了外头的动静，亲自出来，听了乐徐和宿维的劝说后，同意与他们一起回到代县。

裴澈的身体已经好多了，他失去了右臂，但左手慢慢地恢复了力气，开始学习用左手写字。他聪明且有耐心，不过半个月，字已经写得很像样了。

裴原忽视阿丑充满敌意的目光，由宿维推着走到裴澈的身边，安静地看着他写完一整首《春晓》。

裴原问："现在还是冬天，你怎么想起写这首诗？"

裴澈笑着回答："快过年了，过完年就开春了，到时候河里的冰会融化，燕子会飞回来，春天说远也不远了。"

裴原点了点头。他其实是个没什么话的人，即便面对着一起长大的兄长也是一样。宝宁曾教他见人得寒暄，可他学不会。

相对无言，半晌，两兄弟同时开口。

裴原问："你想念母后吗？"

裴澈问："战事如何？"

裴原放松身体，靠向椅背，率先回答道："现在双方还在僵持，不过应该很快就会有动静了。算算日子，淳于栾派去借兵的人就快回来了。撤不撤兵，也就是这两三天的事。到时候，要么还有一场硬仗要打，要么各自回大本营，当作什么事都没发生过。"

裴澈笑着道："你希望是哪种？"

"我希望这场仗打得起来。"裴原目光沉沉地盯着他，"淳于栾害我中了两箭，差点儿死在雪山里，还害得我离家这么久，我不给他一点儿教训，这段时间流的血和汗岂不是白流了？割下他的项上人头，灭了他的军队，才能消我心头之恨！"

裴澈问："你不怕输吗？"

裴原回道："不怕，因为我一定会赢。"

裴澈看到他的眼中流露出自信之色，即便他现在是坐着的，也丝毫不损他的威风。

"刚刚你为什么问我想不想母后？"裴澈搁下笔。这会儿，纸上的墨已经干了。他一边将纸卷起来，一边道："我来代县这么久，你都没提过母后，怎么突然问我想不想母后，难道是京城出了什么事吗？"

"是！"裴原不再啰唆，将实情道出，"陛下病危，极有可能驾崩。裴霄与董玉树勾结在一起，想要夺位。大将军冯虎昌被暗算，卧病在床，无法主事。皇后势单力薄，沈家虽然一门五侯，但早些年被一点点地剥夺了实权，现在空有名号，撑不了多久。"

裴原看着裴澈的神色逐渐变得凝重，倾身将手搭在他的肩头："大哥，你是太子——你得回去。"

裴澈沉默了许久，闭眼道："我回去后能做什么？我现在不过是个废人。"

"你这么说，母后若是知道了，该有多伤心。"裴原握着他的左手，一字一顿地道，"她一直在盼着你回去。她现在孤立无援，你就忍心缩在代县的一隅，看着裴霄将她击垮，将沈家蚕食殆尽吗？你才是真正的太子。你从小受到的都是太子该受的教育，又受到众臣爱戴，你怎么能将江山拱手送给奸臣贼子呢？"

裴澈眼睛逐渐变得湿润："四弟，我没法说服自己。这一年来，我像个废人一样待在齐连山上，将所有的烂摊子留给了你。你艰难求生的时候我不在，你腹背受敌的时候我不在，但现在皇位近在眼前，我却横空出现了。我这样做，与强盗何异？治理江山的才能你也有，那个位子不该属于我——它理应是你的。"

裴原忽然笑了："你在说什么傻话？！我从前可不知道你是这么婆婆妈妈的人。"

裴澈道："我刚刚所言字字发自肺腑……"

裴原打断他："我不是在和你谦让。实言相告吧，那个位子我曾经想过，但现在不想了。"

裴澈不解："你为何改变心意了？"

裴原道："因为皇宫中不能养鸡。"

裴澈疑惑地看着他："嗯？"

裴澈最后还是决定回京。

第二日早上，在一支近千人的队伍护卫以及阿丑的陪同下，裴澈出发了。

裴原写信给留守在临汾的赵贵嫔，向她借兵。赵贵嫔一向独善其身，故而早早地就向周帝请命，带着裴扬去了封地，他们母子俩不慕荣华，只想安度晚年，但这样的想法现在看来也是奢望。裴扬被召往京城侍疾，身陷险境。若是赵贵嫔仍旧没有任何行动，京城的裴扬必死无疑。她是个聪明人，应该懂得这番道理，定会倾尽全力支援裴澈。

裴原能够想象到裴霄到时候看见裴澈的神情，他以为裴澈早就死了吧，所以才布下这样的局，以为万无一失。等裴澈带着临汾的守兵现身京城，真正的好戏才会开始。

裴原在城楼上目送着裴澈离去。直到那支队伍消失在视线里，他才转身离开。

他刚下城楼，便看到宿维匆匆赶来，神情紧张又兴奋："王爷，前方探子传来消息，匈奴的援兵来了，声势浩荡，估计今晚就能到达丰县城下，与淳于栾会合。王爷，您猜带队的将领是谁？"

听到他这样的语气，裴原心中立刻有了答案，但没说出口，而是问道："是谁？"

"纳珠单于的心腹大将蒙佳，还有魏濛魏将军。"

半个月前，匈奴王庭。

冬天是匈奴人最难熬的时候，不仅因为天气严寒，还因为河面冻结，青草枯萎。

一望无际的草原变成了雪原，天晴的时候，雪地会倒映刺目的阳光。老人们经常教导小孩不要长时间在外头玩耍，因为会患上雪盲。帐篷如星星般点缀在雪原之上，但没有了春秋时节遍地奔跑的牛羊，牛羊都被关在栅栏内，慢吞吞地吃着秋日囤聚的干草。

头上裹着布巾的高大女人三五成群地去河边打水。打水是个力气活儿，她们要先用尖利的锥子凿开厚厚的河冰，再将桶放下去，如果幸运的话，还能顺便捞上来两条鱼。

最高大、最奢华的帐篷中，纳珠单于坐在铺着白虎皮的宽大座椅里，头戴镶嵌着宝石的抹额，面庞威严而沧桑。他倾身向前，神色专注地听着将领的汇报，沉默了许久，沉声问："你的意思是，栾儿不愿撤离丰县，向我借兵，想要一鼓作气拿下丰县等五个周朝重镇？"

那个将领单膝跪在地上，高声应"是"。

纳珠将身子靠回椅背："他想要借多少兵？"

"十五万。"

"十五万?"纳珠惊讶地看向他,而后摇摇头,"你要知道,王庭现在剩下的兵马只有二十万。更何况,冬日出征,耗损的军费巨大,我们的存粮不足以支撑长途行军。最重要的是,我已经和周朝的皇帝立下了盟约,十年内不起战事。淳于栾违抗我的命令,擅自调动军队攻打代、丰二县,已算是背约,我早就对他不满了,只是看在他曾为王庭立下汗马功劳的情分上没有追究罢了。如今他不仅不思悔过,竟然还变本加厉!"

蒙佳立于纳珠身旁,双手抱胸,冷眼看着底下的将领,眼中露出一抹嘲讽之色。

老单于的野心,别人不知,陪侍近二十年的他可是知道的。纳珠这个人向来伪善,心机深沉,嘴上说的、心中想的、手上做的全都不是一回事。他对裴原统领的塞北九镇垂涎已久,只是邱明山勇猛凶悍,裴原为后起之秀,实力强劲,他实在斗不过,才屈身求和。但在内心深处,他巴不得立刻将这片广袤土地收归己有。

淳于栾虽然羽翼已丰,可如果纳珠不暗中允许,他想擅自调走二十万兵马是绝对不可能的事。纳珠是想借淳于栾之手杀了邱明山和裴原,达成目的后,再杀了淳于栾。所以,他才大费周章地将魏濛接回来。

纳珠接回魏濛,并不是出于亲情。对待一个离家十余年且一直与他作对的儿子,纳珠不恨之入骨已是仁慈,怎么会有深厚的父子情?蒙佳早已猜到他是想借魏濛之手除掉淳于栾,再将魏濛一并除去。如此一来,他不仅可以解决掉内忧,还能让外患裴原失去一大臂膀,可谓一箭双雕。而刚才他所说的那番话听起来像是在斥责淳于栾悖逆罔上,实际上只是在圆自己与周帝定盟的那个谎而已。

淳于栾派来借兵的小将显然不明白纳珠的心思。他恐慌地抬起头,真的以为纳珠动怒了,想要降罪于他,急切地解释道:"单于,左贤王大人一心为了族人着想,从不敢有悖逆之心啊!依前线的形势判断,增兵攻城是最好的方法,只要咱们攻下丰县,代县自然也如囊中之物,塞北三分之二尽入囊中,还管什么与周帝的盟约……"

"此事关系重大,我不能立刻给你答复。容我考虑考虑。"纳珠打断了他的话,挥手让他退下,"你长途奔波,应该也累了,下去歇息吧。"

那个小将不敢不听,闭上嘴,不情不愿地退下。

外头的脚步声渐远,大帐中寂静了片刻,忽然响起了一阵欢愉的笑声。

纳珠看向蒙佳,眼睛一亮:"蒙佳,我们终于等到了机会。"

蒙佳装作不懂,问道:"单于此言何意?"

"前线的战报,我一直派人在打探,淳于栾的那些谋划我如何不知?只是他年轻气盛,以为我老了,遂不再惧怕我,我便也顺水推舟,如他所愿。丰县被围已经一月有余,粮草和辎重更是三四个月还没有运到,还被焚毁了一处粮仓。我料想城中的军民应该已经心神涣散、食不果腹，此时攻打正是良机！"纳珠目光灼灼地道，"淳于栾要借兵，我便借，代价便是他会丢掉自己的项上人头！"

纳珠继续道："此前，我与濛儿的承诺是不再与周朝动武。明日点兵，后日大军开拔，你与濛儿一同前往。一路上，你诱骗他，说咱们与周帝的盟约十分坚定，此次前去只是为了迷惑淳于栾，以斩杀淳于栾。濛儿虽然身已归附于我，心却仍向着汉人，对栾儿称得上恨之入骨。让他去杀栾儿，他定然不会推辞。到时候你支开旁人，只剩你们三人在营帐时……等淳于栾身死，你立刻将军队掌控在自己的手中。"

蒙佳咧嘴。他自然明白纳珠的意思："等左贤王被斩杀，我立刻杀了独鹿王，然后大呼，引来众人，将刺死左贤王的罪责推到独鹿王的身上，说他战前通敌。之后我掌握帅印，以为左贤王报仇为名，趁着将士们战意高昂，大举攻城，必定旗开得胜！"

纳珠用大手拍打着扶手上的金色虎头，大笑道："如此一来，我的心腹大患尽除。"

蒙佳心情愉快地回到自己的帐中，吩咐人送来美酒与美姬，想了想，又道："你们暗中将济北王妃接来。"

自从那位王妃被送至王庭，人们都对她讥笑不已，说从她身上看不出汉人女子的娟秀可人，只看到她一副人高马大的样子，像个男人一样，也不知道济北王是目盲还是口味天生奇怪，竟然对她如此偏爱。蒙佳却不这么认为。他对这位王妃兴趣浓厚，早就想一亲芳泽。那些如同脆弱小鸟般的女子有什么好的？他就喜欢这种像野马烈犬一般的女人，不会哭哭啼啼的，桀骜难驯，却也迷人。最关键的是济北王妃完美地中和了他对男人和女人的共同幻想。

原先大局未定，蒙佳虽然心里蠢蠢欲动，却不敢对劲敌之妻胡作非为。但刚刚他和单于已定下大计，他不再将裴原看作对手。在他的眼里，裴原已经成了一只必死无疑的蝼蚁。待济北王一死，这个王妃与普通女子有何异？这个王妃在他的地盘上，只有任他予取予求的份儿。

陈珈被几个和他差不多高的匈奴兵送进蒙佳的帐中，一路上低声骂骂咧咧。

那几个匈奴兵从小生长在草原，没学过汉话，不知道陈珈在说什么，都用古怪的目光盯着他。

陈珈吹胡子瞪眼，道："蠢猪，看你爹做甚？！"

匈奴兵以为陈珈被蒙佳召见，害羞了，暧昧地回了个笑容。

陈珈心中更加郁闷了。到了帐篷门口，他扶了一下头发上沉甸甸的步摇，挥开那几个傻子一般的匈奴兵，大步流星地进入帐中。

蒙佳坐在矮桌前，面前的盘子里是大块的炙羊肉，剔透的水晶杯里盛满淡绿色的美酒，他笑着冲陈珂招手："过来坐。"

陈珂不客气地走过去。他穿不惯衫裙，坐下时，险些崩开丝线，下意识地捂了下裆。

蒙佳眼含笑意地看着他："你真有趣！"

陈珂翻了个白眼，骂道："有趣你他娘！"

蒙佳没听清，问："你说什么？"

陈珂赶紧闭上嘴。自从被掳后，因为怕被人发现他是个男人，他几乎没有大声说过话。被押送到王庭后，他发现自己多虑了，除了贵族公主外，这里的大部分女人和男人没什么区别，个个肩膀宽厚，声如洪钟，面如古铜，怪不得那些匈奴人没识破他。

此刻，他纯粹是懒得理会蒙佳，只顾低着头，闷声坐着。

这一幕落在蒙佳的眼中却不是那么回事了。他轻轻地一笑，端起酒杯，送到陈珂的嘴边，问道："怎么，你害羞了？"

陈珂皱眉，扭开头。

蒙佳干脆起身，走到他的身边，单膝跪下，与他调情："我们见了很多次，但你还没有告诉我你的名字。你叫什么？"

陈珂感到一阵不适。蒙佳的身上混合了汗味和马粪的味道，他觉得难闻极了，不由得屏住了呼吸。

蒙佳静静地看着他，半晌，将酒杯放回桌上，垂着眼，道："我知道你心中想的是什么。你们汉人女子性情贞烈，这样也很好。"

陈珂面无表情，看都懒得看他一眼。

"但是，贞洁没有性命重要。"蒙佳笑了，抬手勾住陈珂的下巴，轻呼一口气，道，"你的男人就快要死了，你马上就会成为寡妇。我现在给你两条路，要么今晚和我尽欢，以后我不计前嫌，好好待你；要么我送你一程，你带着贞洁去地底和他做夫妻。"

陈珂的额发被蒙佳的那口气吹得飘动了起来，他心想，这个老男人怎么这么恶心难缠！但听完蒙佳说的话后，他顿时一惊。

蒙佳年少时便跟随在纳珠左右，早已成了纳珠的心腹。他不会随便口出狂言。所以，他一定有了对付裴原的计策。

陈珂与他对视了片刻，低声问："你要杀了他？"

蒙佳大笑起来："你终于肯开口说话了。"

陈珂试探性地问："你刚才说的话是什么意思？"

"你陪我喝酒。"蒙佳再次举起酒杯，"你若陪得我高兴了，我就告诉你。"

陈珈一咬牙，端起酒杯，故作娇媚地笑了一下，就往蒙佳身上靠。他能想象出来自己此时的神态何等令人作呕，但蒙佳不但不厌烦，还一副如痴如醉的样子。

陈珈豁出去了，干脆跨坐在蒙佳的大腿上，将酒杯对准他的唇："大人，喝吧。"

蒙佳眼睛盯着他，喉结滚动，顺从地喝下一杯酒。

陈珈还欲再倒酒，被蒙佳制止了："你也得喝。"

陈珈掩唇笑了笑，陪着他喝。他故意换了小杯子，而且喝一半倒一半。蒙佳只当他是个女人，没必要计较谁的杯子大，便也没管。两人就这样推杯换盏，很快两坛子酒就没了，陈珈的脸红了，蒙佳则醉得东倒西歪。

蒙佳站起身，身体左右摇晃，用手指着陈珈道："你……你的酒量不错啊，我喜欢。"

陈珈问："我都陪你喝酒了，你总该告诉我，你想要对我的夫君做什么了吧？"

"你倒是对他忠贞不贰，但我告诉你又有什么用？你身边都是我的人，就算你插上翅膀也飞不出这片草原，就别想着救他了。你就乖乖地脱了衣裳……"蒙佳走过去，将手搭在陈珈的肩膀上，有些意外地道，"咦，你的个子还挺高的。"

他很快从陈珈个头儿的问题上回过神，继续道："你就脱了衣裳，与我欢好一晚吧！以后忘了那个男人，我给你荣华富贵，不比他差！"

"你想和我睡觉？"陈珈推开他的手，惺惺作态地道，"你先告诉我，我再脱。"

"固执！倔强！"蒙佳摸了摸陈珈的脸蛋，笑着贴近他的耳边，"那我就告诉你……"

蒙佳剽悍勇猛，极度自信。他坚信陈珈逃不出他的手掌心，就算陈珈知道再多机密也只能烂在肚子里。加上醉意扰乱了心神，他几乎没有任何隐瞒，甚至带着炫耀的姿态，陈珈问什么，他就答什么。听了他说的那些话，陈珈脸色愈发沉重。

蒙佳不高兴了："我本来不想告诉你的，你偏要问。你现在知道了，难道要违背诺言吗？你快将衣裙都脱掉，否则别怪我动粗。"

陈珈勉强勾出一个笑容："将军，我先为您更衣。您背过身去。"

蒙佳又高兴起来，点头赞赏道："不错，你们中原女人果真体贴温顺……"

他的话还没说完，陈珈一记手刀劈在他的颈后。

蒙佳两眼一翻，转瞬便昏倒在地。

陈珈拉着他的双脚，将他拖到床榻上，盖好被子，而后吹灭灯，匆匆地离开了。

蒙佳怕别人知道自己暗中与济北王妃接触，没敢在营帐外留人守候，加上天已经黑了，陈珈一路畅通无阻。

魏濛在不远处等着他。最开始听说王妃被劫来时，魏濛被吓了一跳，急匆匆地赶过来察看，结果发现是陈珈。他那时心情五味杂陈，既震惊，又好笑，但立刻明白

694

过来是宝宁的计谋。当着纳珠和蒙佳的面,他坐实了陈珈的王妃身份,打消了他们心中的最后一丝疑虑。之后,他没有机会和陈珈接触,也不敢走近,就怕被有心之人抓住把柄。直到傍晚,他听到小道消息——蒙佳传唤王妃过去陪酒。他当即坐不住了,装作巡视的样子,在蒙佳的大帐附近走来走去。直到月上中空,他终于看见帐内的灯灭了,没一会儿,陈珈走了出来。他那步伐袅袅婷婷的,恍惚间,魏濛差点儿以为那真的是个女人。

两人一碰面,来不及寒暄,陈珈一把扯过魏濛的袖子,不顾魏濛诧异又略显尴尬的神情,贴近他的耳朵,将蒙佳对他说的话都转述了一遍。说完最后一句,陈珈低声问:"你可懂了?"

魏濛正色道:"我明白了。"

陈珈颔首,左右看看,不敢逗留,即刻准备回蒙佳的帐中。没走两步,他被魏濛叫住了。

陈珈回头问:"你还有别的事吗?"

"注意安全。"魏濛看着他,半响憋出一句,"还有,记住,你是个带把儿的!"

陈珈过了好一会儿才明白他的意思,脸色发青,冷哼了一声,甩袖离去。

魏濛心中道:完了,这以后可怎么向王妃交代啊?

第二日醒来。

蒙佳觉得肩膀酸痛,后颈像被重物击打过一般疼痛。但他偏头一看,自己心心念念的王妃就睡在身边,心中的疑虑很快消散了。看来他昨晚醉得狠,都喝断片儿了,不过这样的情况以往也发生过,他没有多想。他心满意足地看了陈珈一会儿,起身穿衣,准备去点兵出征。除了点兵外,他还要操持车马辎重事宜,一天时间很紧迫,耽搁不得。

出门前,蒙佳吩咐人守好大帐,不许任何人进出。

翌日清晨。

蒙佳来不及与陈珈道别,率领十五万兵马,与独鹿王淳于濛一起南下。

半个月后,他们到达丰县城下的淳于栾的大营。

淳于栾的心腹查尔瓜已经等候多时,听说援军赶来的消息,本是兴奋的,但在看见魏濛的瞬间沉了脸。

"单于是什么意思?"查尔瓜怒视蒙佳,"这个贼人是谁,别和我说你不知情。他在济北王身边担任要职多年,刀锋染了我们多少族人的鲜血,现在竟然成了匈奴首领?!"

"你的态度最好尊敬些。"蒙佳跨坐在马上，挑眉道，"这可是单于的亲生儿子——独鹿王淳于濛。"

查尔瓜大怒，还欲再说些什么，但被蒙佳扫视了一眼，只能悲愤地闭上嘴。他不敢对单于的心腹大将动武，立刻去主帐中通禀淳于栾。

须臾后，主帐中传出淳于栾的声音："让他们进来。"

蒙佳和魏濛下马，由人引领着，掀帘进去。

淳于栾坐在主位上，以银色面具遮住脸部上方，只留嘴唇和下巴在外，一双鹰眼直直地盯着魏濛。

蒙佳单膝跪地，给淳于栾行礼。

魏濛没动，反而嬉笑着道："论辈分，你该唤我一声表兄，没有兄长跪弟弟的道理，你说对吧？"

淳于栾站起身，嗓音沙哑地问："魏将军，你来干什么？"

"左贤王，这不是魏将军。"蒙佳再次不悦地重复道，"这是独鹿王淳于将军，两个月前认祖归宗的单于亲子。"

他将"单于亲子"这四个字咬得很重。

淳于栾闻言，轻笑了一下，再抬眸看向魏濛时，眼中的杀意一闪而过。

他坐下，淡淡地吩咐道："蒙佳将军，请您出去稍等片刻，我有话要与独鹿王说。"

事情的进展在蒙佳的预料之中，他没有流露出惊讶的神情，朝魏濛使了个眼色，转身退了出去。按照他们原先商定好的计划，蒙佳先行离开，然后使计调开淳于栾大帐外的守兵，用自己的人代替。魏濛会在帐中与淳于栾发生争吵，之后他就装作进去劝架的样子，安抚淳于栾，让其喝下毒酒。刚喝下毒酒，淳于栾只会昏睡。淳于栾本就重伤未愈，他们可以对外宣称他是动怒后伤了身，没人会怀疑。等过几日仗打起来，就更没人顾得上淳于栾的死活了。

这是蒙佳诱骗魏濛除掉淳于栾的计策。而在他的真实计划里，淳于栾喝下毒酒后，他会立刻以为淳于栾报仇的名义杀了魏濛，再大声呼喊，引人过来，目的是让淳于栾的心腹查尔瓜认为魏濛通敌，蓄意谋害淳于栾，遭他识破后被击杀。如此一来，他便可一举除掉两个心腹大患。等到攻城战开始时，他再设计让查尔瓜战死。不出半个月，他便可以带着捷报班师回匈奴。肃清逆臣、攘除外祸，一举两得。

蒙佳走出大帐时，背挺得笔直，忍不住露出胜券在握的笑容。

营帐内，淳于栾死死地攥着魏濛的手。戴着深翠色玉扳指的右手大拇指轻叩桌面，他低声道："你心里在想什么，瞒得过别人，瞒不过我。单于老了，脑子不清醒，才会被你蒙骗。魏濛，我了解你，你和裴原演了一出好戏，表面上割袍断义，实际上暗通款曲。你就是想进入王庭内部，搅得我们不得安生，最好内讧，好让你们渔翁得利，是不是？"

"你误会我了。"魏濛在他的对面坐下，诚恳地道，"你可以去问问蒙佳将军。在王庭的这两个月，我可什么事都没做，我是真心归顺匈奴的。"

"哼，你当我是三岁小儿，竟说些一听就能识破的假话。"淳于栾不屑地哼了一声，"你赶紧离开这里，有多远滚多远，否则我今晚就割下你的头颅，当作城破那日送给裴原的一份厚礼。"

"你真的误会我了。我与裴原之间确实出现了嫌隙，最后分道扬镳，但不是外头风传的那些原因。"魏濛一本正经地说着瞎话，"是因为我对济北王妃心生爱意，想暗中与她相好，她竟然告诉了裴原。裴原自然不肯容我，可又害怕坏了王妃的名声。"

他的话半真半假，听得淳于栾眯起了眼睛。

"你见过王妃吗？"魏濛问他，不等他回答，又状似痴迷地道，"那简直是我梦中的女子。不止我，我还了解到，蒙佳将军也对王妃一见钟情。在出征的前一晚，他还不顾单于的不满，偷偷地与王妃欢好了一夜。"

淳于栾觉得魏濛简直是在鬼扯，但魏濛又提到了蒙佳……

淳于栾半信半疑，故意不接魏濛的话，冷冷地道："你对我说这些干什么？难道我还会关心你们和哪个女人上床吗？"

魏濛道："王妃其实是喜欢我的。"

淳于栾怒极："你不要和我讲这些事，我不想听。滚出去！"

"她和蒙佳欢好的那一夜，约莫子时，偷偷出来找我。"魏濛无视他的阻拦，继续道，"你知道她告诉了我什么吗？"

淳于栾的伤口还没完全愈合，他本就易怒，魏濛这种死皮赖脸、非要与他说闲话的举动让他觉得自己的权威被挑衅，胸口气血翻涌，站起身，一把掀翻了桌案："我让你滚出去！你若再不走，我就……"

"嘘，小声点儿。"魏濛转头看了看门口，对淳于栾道，"王妃说蒙佳要杀你。"

淳于栾愣住了。

魏濛道："你不信？其实我也不信。可王妃告诉我，蒙佳受单于之命，备下毒酒一壶，准备借机劝你饮下。我当时便道这绝对不可能，左贤王战功赫赫，单于就算对他早有不满，也不可能在大战前的紧迫关头杀掉左贤王。即使单于着急地给他刚满周岁的小儿子清出道路，也不会急于这一时。"

淳于栾没想到魏濛竟然如此难缠。他很想斥责魏濛的罪过，将魏濛赶出去，甚至立即派人将魏濛拖出去砍了，但还是打心底对魏濛说的话生出了疑虑。毕竟单于想除掉他已经不是一日两日了，他心中是知道的。

"我口说无凭，你不如亲自验证。"魏濛劝道，"如果这是假的，你不会损失什么，反倒更能与蒙佳同心协力地抗敌。但若是真的，我可是救了你一命，你得感激我。"

淳于栾看了他半晌，问："你为什么帮我？"

魏濛坦然地答道："因为我爱上了王妃，想和她双宿双飞。"

这真是一个莫名其妙但又让他不得不信的理由。

淳于栾沉默了一会儿，问："我怎么试探？"

"很简单，你装作与我争吵便可。"魏濛挑眉道，"来，打我一拳。"

淳于栾以往只知道裴原这个人诡计多端，经常使出一些让人猝不及防的招数，没想到这个魏濛竟丝毫不输裴原。

打他一拳？这还不简单？

淳于栾嘴角抽动，毫不客气地一拳朝魏濛的脸上挥去，动作太大，扯到了胸前的伤口，痛得闷哼了一声。

他还没反应过来，魏濛已经一脚朝他踹了过来，大骂道："狗崽子，找打！"

淳于栾眼中怒火熊熊，挨了这一脚，怒吼一声，反扑过去。

蒙佳听到帐内响起了打斗声，脸上浮现喜色，暗道魏濛果真上钩了。

他吩咐守在门口的士兵："待会儿我叫你，你便进来送酒，送完酒就出去。我若不唤人进去，谁都不许进去。"

那个士兵恭敬地应下。

蒙佳转过身，理了理衣裳，换上忧心忡忡的神情，撩开帘子进去，急切地道："左贤王、独鹿王，你们怎么打起来了？你们都是自家兄弟，有什么话不能坐下来好好聊，非要动武？"

蒙佳将两人分开，安排他们各自坐好，又安抚道："杯酒泯恩仇。我知道你们过去有嫌隙，但以后便是同心同德的手足了，今天这样的好日子，应该好好喝一杯。你们稍等，我这就去吩咐人摆酒，就算是为了打赢这场仗而提前庆祝一下。"

蒙佳说完，看了淳于栾一眼，见他没有拒绝，笑了笑，转身出去。

帘子撂下。

淳于栾脸色立刻沉了下来，放在膝上的拳也攥紧了。

魏濛装作不可置信地一拍大腿："哎呀，没想到王妃所言非虚，果真有毒酒。不过或许是咱们思虑过多，蒙佳将军只是一片好心而已。"

淳于栾没说话，沉默地将靴中插着的长刀抽出，握在手中。他的靴子是由鹿皮所制，长及膝弯，佩刀也足有一尺余长。

魏濛看得暗自咂舌，迫不及待地想要看接下来的好戏了。

没过多久，蒙佳再次进来，身后跟着一排传膳的营妓。营妓们恭敬地将桌子扶起来，把菜肴和美酒摆放好，再放上三个琉璃酒盏。一切准备妥当后，她们默默地退出营帐。

蒙佳坐在桌前，先给淳于栾斟了杯酒，然后给魏濛倒酒，最后才给自己倒酒。

"两位亲王，蒙佳先干为敬。"蒙佳端起酒盏，一饮而尽，又将杯口向下，示意自己喝完了。他满面笑容，知道淳于栾一向爱喝美酒，更赏识豪爽饮酒之人，等着淳于栾的喝彩，但在长久的沉寂后，他脸上的笑容挂不住了。

"这……两位亲王，蒙佳可有什么做得不对的地方？"

"你用我的杯子喝一盏酒。"淳于栾将面前的琉璃盏推过去，琉璃盏与桌案碰撞，发出清脆的声音。

蒙佳脸色大变，强撑着笑道："左贤王这是什么意思？你的杯子和我的杯子有何不同？"

"自然不同。"淳于栾似笑非笑地问，"我的杯底被抹了毒药是吗？蒙佳将军。"

蒙佳震惊，喉结滚动了一下，而后猛地看向淳于栾。

蒙佳没有立刻反应过来这是怎么回事，脑子有些乱，很快就想到了目前最好的办法——现在就杀了淳于栾。淳于栾重伤未愈，身手大打折扣，他与魏濛一同出手，杀淳于栾易如反掌。如此一来，计划还能顺利进行。

蒙佳朝魏濛使了个眼色，可魏濛只是笑呵呵地看着他，无动于衷。

蒙佳急了。他不再指望魏濛，暗中将手伸向腰后，准备靠自己击杀淳于栾。可手还没碰到刀柄，他忽然看见眼前闪过一道银光。

淳于栾站起身，大骂道："大胆贼人，竟敢在我的营帐中行不轨之事！"

说完，他挥刀砍向蒙佳的脖子。削铁如泥的利刃一出手，蒙佳甚至连疼都没感觉到就倒下了。

淳于栾双目猩红，勉力平复着呼吸。刚才在盛怒之下，他没精力去思考前因后果，现在平静下来才意识到不对劲儿。这一切未免太过顺理成章。魏濛为什么这么巧地得知了这个消息？魏濛真的像他自己所说的那样，是个为情所困的痴情种吗？这怎么可能呢！现在他杀了蒙佳，最大的受益人是谁？

身后传来铁器相撞的"锵锵"声，淳于栾呼吸滞住了。电光石火间，他明白自己中了计，这一切都是魏濛搞的鬼。淳于栾察觉到身后的动静，怒喝一声，转过身，敏捷地躲过魏濛砍来的利剑，而后跳起，右脚踩着桌案起身，欲将手里的刀刺进魏濛的腹部。他的反应极快，可惜刀比剑短一截，刀锋堪堪割破魏濛腹前的盔甲的时候，魏濛的剑尖已经刺穿了他的后背。淳于栾的动作停住了，他的喉中"呼呼"地喘着粗气，不多时，鲜红的血从嘴角流了下来。

魏濛一把将剑抽出，走到蒙佳的身边，将剑塞到他的手里，再回到已经倒地身亡的淳于栾身边，夺过他手中的刀。做完这一切，他挑了两片牛肉放进嘴里，抹了抹嘴角的油，大步向门口走去，大喊道："不好了！蒙佳图谋不轨，杀了左贤王，可恨蒙佳武力高强，我未能及时阻拦，让他得逞了！快去传军医！"

事发时，查尔瓜正忙着整顿赶来增援的十五万大军，焦头烂额之际，收到淳于栾和蒙佳双双身死的消息，如遭雷击。他悲痛欲绝地赶回来，见到的却是淳于栾的尸首。

魏濛拍了拍他的肩膀，安慰道："查老弟，你要节哀啊！"

查尔瓜愤怒地挥开魏濛的手，拔出刀，怒吼道："你这个汉人贼子，是不是你杀了左贤王？"

有人劝阻道："右将军，我们知道你悲痛，但独鹿王是无辜的，我们都看见……"

查尔瓜不听，执意上前与魏濛厮打。原先驻守在丰县城下的军队均以淳于栾马首是瞻，淳于栾已死，他们自然听从查尔瓜的命令。但魏濛带来的那些将士是老单于麾下的，蒙佳死了，他们即便不是真心信服魏濛，也不会与查尔瓜站在一边。

几番争吵之下，刚刚聚集在一起的三十五万匈奴大军内部大乱，分成了两个派系，竟然在驻地之间架设了一面长约三里的围墙，分篱而居。

裴原在第一时间得到了这个消息。

他与宿维面对面坐着，不由得拊掌大笑："魏濛干得好！"

"魏将军果然没让人失望。"宿维附和，"待战争结束，我定要给魏将军寻一门亲事。"

裴原看了他一眼，不知道他怎么想到了这件事，刚想说些什么，突然听见外头有人通传："禀报王爷、将军，刚刚传来邱将军的急报，邱将军已经率领兵马返回，到了代县正西方，离这里不足百里了。"

"好！"裴原和宿维对视一眼，均大喜过望。

裴原看着桌上已经看了不下百遍的地形图，拿出朱笔，指着丰县的位置对宿维道："你看，如今丰县城下有匈奴的三十五万兵马，但他们人心不齐，士气不振，若真的打起来，能发挥出三十万兵马的威力已算不错。丰县城内的守军则是十二万左右。"

他将手中的朱笔转而点向代县的位置："代县有十万守军。"

宿维用手指着西侧，接着说道："邱将军带着二十五万兵马正在赶来的路上，但是……"宿维皱了皱眉头，"咱们要等与邱将军会合后再战吧？若只靠代、丰二县的兵力,怕是不能成事。匈奴的兵马和代、丰二县的兵马足足相差十三万人。"

"不能等。"裴原摇头,"你看,代县与邱将军都在西侧,如果我们挥师东下,这么大的动静,匈奴人再傻也能看出端倪,定会第一时间向东逃窜。到那时候,我们就算兵力上占优势,也不能将全部的匈奴兵消灭,费力不讨好。"

宿维偏头看他,试探性地问:"那咱们铤而走险?"

裴原眼中光芒闪烁,停顿了片刻,回望他:"对,铤而走险,破釜沉舟!我们派手中的二十万兵马攻向丰县城下的敌军,定会像投石入水面一样,打匈奴人一个措手不及。大乱之下,他们难以继续坚守,最好的方式是沿着这条线撤退。"

裴原在地图上画了一道:"因为这是他们回到匈奴王庭的最快的路。"

宿维一拍桌子,道:"好,我们在这条路上设伏,截住他们!"

裴原立刻下了决断,找来传令兵,道:"传信给邱将军,不必到代县来,让他继续向东走,一直到丰县的东北侧,于三十里外驻防,拦住匈奴人的退路。轻装简骑,除了武器、口粮外,其他的东西都丢掉。明晚之前,他们必须到达指定的地点。"

说罢,他又唤来另一人:"传令给各位将领,从现在起整兵备战,明日天黑后出发。给马匹带两餐口粮,给士兵带一餐口粮,除了武器,其他的东西都不许带!让将士们把剑和刀都磨得锋利一些。没有刀剑的士兵,去伙房借斧子、菜刀。全军上下能出战的士兵全部出战。告诉他们,这场漫长的战争就要结束了。我们的目标是杀尽匈奴人,让他们从此听见我们的名字就闻风丧胆,五十年内不敢再南下一步!"

一道道命令传下去,整个代县的士兵很快行动起来。

所有人等这一刻等了太久,如同一张被拉满的弓,箭就在弦上,蓄势待发。

宿维站在窗前,看着在黑暗中提着灯笼疾行的身影,这些人像许多萤火,将夜空照亮。

裴原在他的身边,缓慢而坚定地道:"这会是一场暗无天日的大战,但我们终将成为胜利的一方。"

丰县外的匈奴大帐内,魏濛跷着腿在喝酒,喝得正高兴时,他派去要柴火的士兵鼻青脸肿地冲了进来,哭诉道:"独鹿王,我们按照您说的,去找对面的人要柴火,说咱们行军匆忙,柴火不够了,但他们不给,还出手打我。"

"竟然有这样的事!"魏濛瞪着眼,坐起身,一摔酒杯,道,"这口恶气不能咽下去,你去多找些人来,再去要柴火,要不来便抢。他们竟敢打咱们的人,打回去!"

那个士兵领命退下,很快集结了一小支队伍,有二三十人,拿着刀冲破了篱障,硬生生地抢来百余斤柴火,还砍伤了对方两个抵抗的士兵的胳膊。

查尔瓜听闻此事后大怒,但理智尚存,知道大战前夕,内部不该争斗,忍气吩咐道:"罢了,他们抢去就抢去吧,咱们不差这点儿柴火。你们将篱障守好,别让他们再过来便是。"

魏濛听到这一消息,大笑道:"他这是怕了。你们再多找些人去,只抢到这一百斤柴火怎么够?你们再去抢五百斤柴火,也算给他们一点儿教训。"

他和裴原共事多年,打过的仗数都数不清,心中早就猜测到了裴原的大概打法。裴原是不会坐视不理,看着战机白白贻失的,但若打起来,裴原的兵力肯定不占优势,他能做的就是将匈奴内部的这摊水搅得浑一点儿,再浑一点儿。

查尔瓜足足忍了一日,盼着魏濛能收手。但第二日,魏濛这厮竟然变本加厉,不但要柴火,还来抢牛肉。查尔瓜再也忍受不了,下令抵抗。

双方因为几百斤柴火反目,发生了一场小规模的争斗。原本只是几百人之间怄气,矛盾却愈演愈烈,搅进来的人越来越多,后来足足有三四千人,各有伤亡。见了血后,战火就更收不住了,参战的人越来越多,内讧已经到了一发不可收拾的地步。

两方人马大打出手时,忽然感觉到远处传来地动山摇般的声音。查尔瓜最先反应过来,惊诧地望向远方。除了地动山摇般的声音,还有悠远的号角声。查尔瓜听了两次,确认自己没有听错。声音越来越近,他终于意识到是敌军来袭,大惊失色。

"不要再打了!敌人来了,快停下!"查尔瓜快步跃上高台,焦急地大喊。

下面的人果真停下来了,但不像他想的那样重整旗鼓,反而惊慌失措。士兵们面面相觑,不知道该做什么。

查尔瓜拍着大腿怒道:"快归队!列队!准备迎战!"

可从代县方向奔驰而来的军队已经离这里不足十里了,匈奴兵阵脚大乱,查尔瓜的呐喊几乎没有作用,营地里一片嘈杂纷乱。

丰县的城墙上,钱峰将城下的景象尽收眼底,眼前一亮,机会终于来了。

就像王妃说的那样,果真有援军。他立刻派人敲击城楼上的军鼓,宣布集结大军,随时准备杀出城去。

消息传出后,城内一片欢呼雀跃之声。不到半个时辰,所有连队都整装完毕。

城墙下,裴原的军队如同黑色潮水,查尔瓜的部下则像黑色潮水中的红色礁石,黑色潮水与红色礁石不断碰撞,红色礁石节节败退。

钱峰目光炯炯,大喝道:"开城门,杀出去!"

王府的灯全都亮了起来。

就像上次一样,宝宁坐在桌边,安静地等待着一个个消息传进来。但这次又与上次不同,她不再焦灼,目光平静,心中踏实而安定。

这一场鏖战从三更打到了破晓,匈奴大军节节败退。

查尔瓜率兵奋力抵抗了三个时辰,但每一次冲锋都被打得灰头土脸,死伤了好几个高级将领,士兵们脸上的表情越来越仓皇颓丧。在砍下第三个准备逃离战场的匈奴兵的头颅后,查尔瓜终于悲怆而不甘地认清了一个事实——他们两个月以来精心筹划、信誓旦旦,觉得肯定能够打赢的仗,败了。

在第一缕阳光穿透云层,射向大地的时候,查尔瓜望着快要卷刃的刀锋,还有地上堆积的匈奴兵的尸体,无奈地闭了闭眼,下令撤退。

此时,他们的三十五万兵马还剩下二十余万,虽然死伤近半,但好在保存了大部分力量,如果能及时逃回王庭,以后还有翻身的机会。

迎着耀眼的晨光,查尔瓜骑上马,带着一众残兵败将往东边逃窜而去,但还没逃出二十里,迎面撞上了邱明山率领的二十万大军。至此,查尔瓜几乎绝望了。

很快,由宿维和钱峰率领的追兵赶来,不出半个时辰,便将查尔瓜和他率领的残兵败将围得密不透风。查尔瓜深知再无战胜的可能,拔剑自刎,其部下全部投降。

在刘嬷嬷的陪同下,宝宁一步步踏上还染着晨露的石阶,走到城楼的最高处,焦急地往下望。

遍地尸体,血可漂橹,风吹过来,她能闻见浓烈的血腥味。宝宁强忍住想要呕吐的冲动,扫视着一个个穿着黑色铠甲的士兵的脸,想要从中找到裴原。

茫茫人海,她没有看见他。宝宁没有灰心,继续等待着,盯着城门的方向,看着战胜的军队威风凛凛地走进来。走在最前方的是骑马的将领,宝宁依次认出了宿维、钱峰,甚至还有魏濛。但直到最后一个骑马的将领经过城门,宝宁还是没看见裴原。

冷风刮过脸颊,宝宁打了个哆嗦。她不禁往不好的方向想,脸上的血色褪去了。

"王妃,您别胡思乱想。"刘嬷嬷把宝宁的领口拢紧,心疼地环抱住她,轻声安慰道,"或许是咱们来晚了,王爷早就回家了。也或许是咱们看漏了。王爷才智过人,武力高强,还打过那么多次胜仗,您要相信他。走,咱们回家看看。"

宝宁红着眼眶望向她,眼神迷茫慌乱:"嬷嬷,我害怕。"

"怕什么!"刘嬷嬷握住她的手,扶着她走下城楼,朝王府的方向走去,"那么艰难的日子您都熬过来了,现在敌人被打退了,老天爷是眷顾我们的。您得高高兴兴的,要不然,回到王府见了王爷,他看见您,该有多心疼啊!"

宝宁勉强挤出一抹笑容。

她们回到了王府,可裴原还是不在。

宝宁彻底慌了。她派人去找钱峰、宿维，想要尽快从他们的口中得知裴原的消息。但是战事刚过，钱峰和宿维都忙得不可开交，她派去的人根本找不到他们。宝宁焦虑地等待着消息，但一次次地失望。最后，她坐在门槛上呆呆地瞧着门口的方向，不由自主地想着各种可怕的后果。战场上刀剑无眼，万一裴原真的被伤到了呢？

宝宁被这个想法吓得愣了片刻。但她犹豫了一会儿，还是红着眼睛去拉刘嬷嬷的袖子："嬷嬷，你派人去伤兵营问问吧。"

她实在想不到别的法子了。

刘嬷嬷心中酸涩，不由得也红了眼眶，赶紧派人去伤兵营。

宝宁看着她走远，无助地将脸埋在膝弯处，忍不住小声啜泣起来。这么久以来，她之所以没有垮掉，是因为有支撑自己的信念——裴原一定会回来。在所有人都怀疑这一点的时候，她是唯一的坚定者，一刻都没有动摇过。在听到援军赶来的消息时，她实实在在地松了一口气。她以为可以依靠的那个人终于回来了，她不用再故作坚强，苦苦支撑。对于这件事，她心里充满了美好的幻想和期待。所以在希望落空的时候，她感到信念骤然崩塌，心也空了一块。

宝宁呆呆地坐着，正在出神，隐隐约约地听见不远处有几个小丫鬟在闲聊。

其中一个说："阿莲，你听说了吗？那个人死得可惨啦，尸首还没来得及埋，被找到了，第一个看见尸首的小兵都被吓哭了，说那个人的腹部中了一剑，肠穿肚烂，脸也毁了，从眼角到嘴巴有老长的一道疤，死了也是个疤面鬼。"

那个叫阿莲的人道："太可惜了，他生前是那么威风耀眼的一个人，谁能想到……"

宝宁迷茫地望过去。她不知道她们说的人是谁，隐约有不好的预感，心中慌乱。

刘嬷嬷回来了，听见一群小丫鬟聚在一起说闲话，不满地斥责道："你们没别的事情做了吗，都站在这里干什么？干活儿去！"

几个小丫鬟面面相觑，一哄而散。

刘嬷嬷收回视线，往院子中走，拐过墙角，抬眼便瞧见宝宁的脸色白得像纸一样，被吓了一跳："王妃，您怎么了？"

刘嬷嬷匆匆走过去拥住她，焦急地问："这是怎么了？您刚才不是还好好的吗？"

宝宁将脸埋在她的胸前，大哭起来："嬷嬷，你说他会不会出事了，回不来了？"

刘嬷嬷连着"呸"了几口："王妃在说什么傻话呢？快别说了。"

她强行扶着宝宁进屋，将宝宁按坐在床上，为宝宁脱了鞋子，用被子裹好，哄劝道："咱们先吃饭好不好？等您吃了饭，王爷就回来了。"

"你骗我。"宝宁一边哭一边道，"我吃了那么多顿饭了，他都没回来。我不吃。"

刘嬷嬷既无奈，又心疼，拿这样的宝宁没办法。她想劝宝宁坚强一些，但说不出口，宝宁承受得太多了。宝宁原本也只是个需要呵护和疼爱的孩子——她自己还没长大呢。

刘嬷嬷理解宝宁此刻的心情，但不知道该如何安慰她，想着想着，自己的眼圈也红了。

裴原推开房门的时候，宝宁已经哭到崩溃。她最开始还只是因为伤心而落泪，后来完全变成了宣泄情绪，像是想通过这种方式将积攒许久的委屈都发泄出来。她憋在心里太久了，憋得心疼。

裴原最见不得她哭。他本就是怀着愧疚与自责的心情回来的，一路上想了无数哄她高兴的法子，还有他以前说不出口的甜言蜜语……他坚定地认为自己一定能将宝宁哄好。直到此刻他才明白，他亏欠宝宁的不是说几句好听的话或几个吻就能补偿的。

他一辈子都还不清了。从见面的第一天起，他便亏欠她。他们从一开始就陷入了恩与爱交织、难舍难分、不死不休的局。好在他还有漫长的余生，可以毫无保留地奉献给她。

裴原叹了口气，走上前，从刘嬷嬷的怀里接过宝宁，亲吻她被泪水沾湿的眼睛："好了，宝宝，别哭了。我回来了。你睁开眼看看我，好不好？"

宝宁隔着眼睫上的水雾，看见了裴原模糊的脸。她沉浸在自己的悲伤思绪里，一时间没反应过来，但因为惊讶，还是止住了哭声。

刘嬷嬷欢喜得手舞足蹈，拉扯宝宁的袖子，道："王妃，您瞧见了吗？是王爷，王爷回来了！"

"你是快要当娘的人了，还像个小孩子似的哭个没完，丢不丢人。"裴原声音轻柔，宠溺地用手指刮了一下她的鼻尖，问，"你想不想我？"

宝宁听到熟悉的声音，心跳加快。她抬起手，胡乱抹了一把脸上的眼泪，睁大眼睛看向面前的人。他们好久没见了，他变了一些，好像比以前白了点儿，瘦了点儿，眉眼更英气了，眼神却温柔得像一汪湖水，映出她狼狈的脸、乱糟糟的发、哭红的眼睛和鼻子。

宝宁心里倏地更酸涩了，委屈感排山倒海地袭来。

"说话！"裴原单手将她搂在怀里，另一只手轻轻地揉她的头发，"你想不想我？"

宝宁的唇慢慢地噘了起来。

裴原一眼就看出她这是又要哭了，每次哭前，她都是这样的表情，像只小鸭子。

果不其然，下一瞬，宝宁"哇"的一声哭了出来："你早干什么去了？你跑到哪里去了，怎么这么晚才回来？你知不知道我有多担心你？我还以为你死了，肠穿肚破,头都掉了!"

"你从哪儿听来的丧气话?"裴原无奈地叹了口气,拉着她的手摸自己的肚子和脖子,"你看,这不是好好的嘛。"

"你这一整天都干什么去了!"宝宁又恨又气,捶了他的肩膀一下,哽咽道,"你不知道我在等你吗?你是不是故意的?你想让我等,看我出丑?"

还没完全愈合的伤口被她碰到,裴原脸色瞬间变得苍白。他忍着疼,搂着宝宁,拍着她的背,低声哄道:"我知道是我错了,再也没有下次了。"

裴原发现宝宁瘦得厉害,比他离开时还要瘦,她背上的骨头硌得他生疼。他仔细地看她的脸,也就他的手掌大,她下巴尖尖的,好不容易养出的那些肉全都掉了,细细的胳膊,细细的腿,只有肚子大了一些,像扣了个小西瓜。

裴原心疼得不行,揉着宝宁的脸问:"你是怎么回事,这些天都没好好吃饭吗?"

"吃什么呀,我都快吃不上饭了!"宝宁抽抽搭搭地倚在他的怀里,"封了那么多天的城,城里的粮食根本不够,好多百姓和士兵都吃不上饭。我让人把府里的粮食都运出去了,每日节衣缩食,腊八那天只喝了一小口腊八粥。"

在裴原回来前,做这些事,宝宁没觉得苦,那是她的责任和本分。但现在裴原回来了,宝宁忍不住将积攒已久的压力和委屈都宣泄了出来,渴望得到裴原的心疼和安慰。

裴原惊诧了一瞬,很快明白过来。丰县城内粮食紧缺是他早就猜到会发生的事,但他没想到宝宁竟然有这样的能力和魄力,为他分担此事。他更用力地拥住宝宁,轻声道:"是我的错,害得我的宝宝可怜成这样。"

"我还很久没睡过一个好觉了。"宝宁吸了吸鼻子,"昨天我更是一夜没睡,今早饿着肚子去城楼上找你,但是没看见你……我现在还没吃饭呢。"

"我错了。"裴原不断地道歉,"你想吃什么?我去给你做,好不好?"

"别吹嘘了,你做的东西能吃吗?"宝宁破涕为笑,"你要我吃你做的东西,是补偿我还是惩罚我?"

裴原看到她笑了,眼睛都移不开了,痴迷地问:"宝宝,再笑一下好不好?"

"不要。"宝宁哼了一声,别开脸,不理他。

裴原的心都要化了。他的宝宁终于又依偎在他的怀里,像以往那样向他撒娇。他还活着,并没有失去她。

裴原抱着宝宁柔软的身子,将脸埋在她的颈窝,着迷地嗅着她身上的香气。

"痒……"宝宁推开他,"我还没原谅你,你别和我套近乎。"

"宝宝,你要怎样才能原谅我?"裴原抬起头,看着她那双明亮的眼睛,"要不我趴到地上给你当大马骑,好不好?或者你打我几下,若嫌别的地方硬,硌手,你打脸也行。"

裴原说着,把脸凑过去,又柔声说道:"别生气了,生气对你的身体不好,对孩子也不好。你怀孕的时候总是气鼓鼓的,当心孩子生下来变丑。"

"我才不打你的脸,脏兮兮的。"宝宁情绪已经平复下来,心里的悲伤散去了,只剩下重逢的喜悦,"你的脸也是硬的、厚的,我打了会手疼。"

裴原跟着她笑了。不用照镜子,他也知道自己现在看起来有多傻。傻就傻吧,能够和宝宁一起这样傻笑下去,就是他此生最大的希冀了。

宿维、钱峰和魏濛到处找都找不到裴原,最后魏濛一拍脑袋,说小将军肯定回去看王妃了。众人恍然大悟,又急匆匆地往王府奔去。

果然没猜错。

可当他们站在院门口,看到威风凛凛地守着门的吉祥,没人敢上前了。

钱峰从宿维口中得知了裴原受伤的事,担忧地道:"王爷腿疾未愈,匆匆赶回来已经很吃力了,你们肯定很担心吧?宿将军、魏将军,你们快去屋子里打听一下王爷的伤情,我这就去找大夫过来。"

"少放屁,你怕狗就说怕狗,说这些干什么?"魏濛批评他,"你这个人太不实诚了。"

宿维摇头道:"我不怕狗,但这只狗未免也太大了,我从没见过,不敢硬闯。"

钱峰跟着点头:"我也不敢硬闯。"

"这有什么不敢的。一只狗而已,它还是我看着长大的。"魏濛"哈哈"大笑,拍了拍胸脯,开始吹嘘,"我去将它赶走!"

魏濛说完,上前一步:"吉祥,听我的命令,趴下!"

吉祥轻蔑地看了他一眼。

魏濛皱眉,又上前一步:"你听不懂吗?趴下!"

吉祥被激怒了,大叫起来。

魏濛被吓得往后退了一步。

宿维和钱峰早就躲得远远的,倒是没被波及。钱峰煽风点火:"魏将军,您和这只狗可能是太久没见面,生疏了。您走近点儿,它看清楚您的脸,或许就让您进去了。"

魏濛回头破口大骂:"小兔崽子,你……"

裴原正在和宝宁卿卿我我,问她待会儿想吃什么,外头传来的嘈杂声打断了他们的对话。于是宝宁推着他出去了。

裴原深感不满,推开门喝道:"你们吵什么?全都给我滚!"

钱峰和宿维赶紧溜走了。

魏濛不甘心，大声说道："小将军，邱将军来了，正在书房等你……"

他的话还没说完，门便"嘭"的一声关上了。

"随便你，邱将军反正又不是来找我的，你爱见不见。"

魏濛早已习惯这样的裴原，裴原一见到王妃就走不动了，根本不把其他人放在眼里。但现在他不觉得裴原被蛊惑心神，宝宁误事了。他得知宝宁做的那些事后，打心底佩服宝宁，觉得这两人真是郎才女貌、天造地设的一对。

魏濛想到这里，心里又生出一丝酸楚。他都一把年纪了，以后亲事怕是无望了，只能寄希望于裴原多生几个儿子，过继一个给他。但裴原估计不会答应，说不定还会和他翻脸。他怎么这么可怜呢？

战争刚刚结束，有很多事情要处理，比如战死士兵的遗体安置，对其家人的抚恤，军械的清点，二十万战俘的处置……

裴原躲了一日清闲，将事情都委托给魏濛去处理，自己留在宝宁的身边，陪她吃了顿饭，睡了一天。没有任何其余的想法，他们就是安静地相拥而眠，从太阳还没落山睡到了第二日日上三竿。醒来时，他神清气爽，精神抖擞。

裴原去书房见了邱明山。他受了点儿轻伤，胳膊被白布包裹着。裴原请他坐下，关切地问了句："您伤得重吗？"

邱明山受宠若惊，连连摇头道："没事，没事。"

裴原道："那就好，您在我这里住几天吧，好好养伤。"

或许是因为经历了生死的考验，也或许是因为和宝宁一起过平凡日子的念头太强烈，再次见到邱明山，裴原已经没了以前那样复杂的情感，不再觉得愤怒和失望。他只当来见一个前辈兼故友。

他们喝了半壶茶，平静地说了一会儿话。

邱明山问："你要不要喝点儿酒？"

"宝宁怀孕了。她不喜欢酒味，我喝酒的话，她会不高兴的。而且我现在的身体也不适合喝酒，以后我想戒酒。"裴原道，"您也要注意身体，年纪大了，酒还是得少喝。"

邱明山憨厚地笑了笑："好，好，我以后少喝。"

裴原深深地看了他一眼，起身走到桌案边，在高高的一摞书中抽出了一封信，递给邱明山："这是我母妃写给您的，可惜没来得及交到您的手中。十几年过去了，您现在看看吧。"

邱明山疑惑地接过信，刚扫过前几行字，脸色微变，表情越来越凝重，最后露出了一抹苦笑："你是因为这封信才从京城来到封地，想找我问清楚当年的事？"

"以前我是这么想的。当时我夜不能寐，梦中都在想这封信。"裴原笑了笑，"可我现在没那么纠结了，结果是什么不重要，不过我还是想问得明白一些。"

邱明山正色道："你是他的亲儿子，大周的四皇子，如假包换。"

裴原眉毛微挑："您就那么肯定？"

"你娘她……大家都说她傻、没心眼，但其实她也会耍小聪明。"邱明山叹了口气，"我们只有过一次，在她进宫的前一晚。第二天她偷偷喝了避子汤。她以为自己做得周密，可我都知道。她不想留下隐患，怕以后事情败露，那个孩子会受苦。"

裴原问："您知道我的母妃是怎么死的吗？"

"大概知道。"邱明山道，"你若是想知道，我可以说给你听。"

裴原颔首。

裴原觉得自己现在像个局外人，在听别人的故事，心里还是会难过，但这种情绪已经微乎其微。邱明山说的和裴霄告诉他的相差无几。裴原没告诉别人，三天前，他收到了裴霄从京城寄来的信，信里写着他娘的死因，为的就是击垮他的斗志，让他恨周帝，甚至放弃抵抗匈奴。如果他还是以前的裴原，大概真的会如裴霄所希望的那样做。但现在他不会了，即便他对周帝心怀恨意。

宝宁慢慢地将他变成了一个正常人，让他学会了克制自己的情绪，用平和的心态冷静地看待一切，做对的事，所以他赢了。

邱明山将一切都告诉了他，最后道："所以在此之前，我一直希望将你推上皇位，为你的母亲报仇。"

裴原道："他应该已经死了。"

邱明山愣了一下，问道："谁死了？"

"陛下。"裴原站起身，走到窗边，眯着眼往外看。

今天是个好天气，大片洁白的云飘在天上，遮挡住了刺眼的阳光。地上是白雪，天上是白云，两相映衬，美极了。

裴原想，宝宁那只小懒猪是不是吃了饭犯困，又跑去睡觉了，错过了这么美的景色。他又想到自己许久没带宝宁出去玩了，过几日该带她出去走走了。可惜冬天到处都是雪，没什么好看的。

他可以带她去湖边钓两条鱼。可是她那么懒，只想着吃和睡，会愿意去钓鱼吗？想到鱼，他又觉得自己该学着做饭了。等宝宁坐月子的时候，他要给她煲鱼汤。他会守着她，寸步不离。等孩子长大一些，能随着他们一起长途远行的时候，他就带着他们一起回京，给母妃上炷香。

邱明山不知道什么时候自行离开了。

裴原去厨房拿了一盘炒栗子，放在胸前焐着，拿回屋给宝宁吃。

宝宁正在和圆子一起玩竹蜻蜓，笑声朗朗，隔得老远都能听见。

圆子说："姨姨，我给你飞！我飞得可高可好了！"

宝宁附和道："你来，你来。"

裴原单手推门进去，还没来得及转身关门，一只竹蜻蜓就横冲直撞地朝他飞过来了，差点儿砸在他的脸上。

圆子被吓了一跳，宝宁还没等裴原开口，抢先道："都怪你，进来也不知道敲门，都吓到圆子了。你下次注意一些。"

"你怎么这么不讲道理……"裴原瞪眼，刚想和她辩驳，见她叉着腰，挺起圆滚滚的肚子，气焰瞬间消散了，"行，你最大。你说得都对，我下次进来前找人通报，给你请安，行了吧？"

他问："你们俩吃不吃栗子？"

圆子说吃，宝宁也说吃。她揪着手指，假惺惺地道："我想吃，但剥栗子手会疼，这可怎么办？要不然我还是不吃了吧！"

裴原没好气地道："我给你剥，你玩你的吧。"

宝宁笑眯眯地说了句"你真好"，随后便不理他了，指挥圆子将她的百宝箱拿过来，说里头有各式各样的好东西，比竹蜻蜓还好玩。

等着吧，以后我都给你扔了。裴原瞥了她一眼，不敢说出声，只敢在心里放狠话。

他仍旧不能久站，找了个矮凳子，在炭炉边坐下来，垂眼剥着栗子。

宝宁和圆子玩得很开心，一片欢声笑语，和他这边的光景格格不入。

两只狗都在他的旁边，看着栗子肉被剥出来，就张大嘴。裴原不想给它们吃，又想着多日未见，没必要那么吝啬，便数着数儿地剥栗子：宝宁一颗，圆子一颗，阿黄一颗，吉祥一颗……不知不觉，栗子肉便堆成了四个小堆。

看那边的两个人玩累了，裴原将他们招呼过来，这时才发现忘了剥自己的那份。

两只狗抢先把各自的那份给叼走了，半颗都没给他剩下。

裴原郁闷地骂道："白眼狗！"

宝宁笑着将脸贴在他的手臂上，哄他："行了，你生什么气呀？我的分给你。"

裴原道："什么你的我的，都是我剥的。"

宝宁顿时不高兴了："和我分得这样清楚，你是什么意思？那你说，我肚子里的孩子是你的还是我的？按照你的说法，孩子是我生的，那就是我一个人的，和你没关系。我不要你的栗子了，出去！"

"怎么扯到这儿来了……"裴原气得吹胡子瞪眼，搂着她的腰威胁，"你再乱说，我就揍你屁股。"

宝宁哼了一声，道："瞧你的臭脾气，难怪狗都不理你。"

裴原被说得一愣，还没反应过来，脸颊处突然传来柔软的触感。

宝宁抱着他亲了一口，甜甜地道："狗不理你，我理你，在我心里，你比狗重要。"

她说得既诚恳又深情。

裴原起先很感动，而后意识到不对，悲愤地道："季宝宁，下次不许拿我和狗比！"

【正文完】

## 番外一
## 裴原钓鱼记

冬末春初,周帝驾崩,裴澈即位,年号为大元。

元者,始也。随着河冰融化、柳枝抽芽,一切都迎来了新的开始、新的生机。

裴原收到了裴澈邀他回京城的书信。但他没回去,只托人送回去一方砚台和一枚深青色的玉佩,祝愿江山稳固、海晏河清。

裴霄也死了,在刑部大牢中撞柱而亡,没救回来。听到这个消息的时候,裴原和宝宁开玩笑说,裴霄自尽了那么多次,终于有一次成功了,可真不容易。

裴原仍旧留在丰县做他的济北王,另外加了护国公的封号。宝宁封了一品诰命夫人。

邱明山辞了官,回家养老,住在京城,得了空会北上来看看他们,不过大多数时候都没有空。他有自己的家室,有自己的儿孙,也很忙。

往事被他们慢慢地放下,成了记忆中的故事,偶尔怀念就好,生活还要继续。

第二年的八月,裴原和宝宁迎来了他们的第一个孩子,是个可爱柔软的女儿。粉白的皮肤,黑亮的眼睛,笑起来像宝宁一样唇角有对小梨涡。裴原看到她的第一眼,心便被暖化了。

她的出生太过不易,经历了漫长的战争,经历了父母最痛苦的一次分离,她能够健健康康地来到这个世上,已经是上天的恩赐。

裴原给女儿起名叫乐安,小名是团子,希望她能够在他们的身边快乐平安地长大。他的女儿只要快乐平安就够了。

在他们的大儿子出生前，裴原的日子一直称得上幸福顺遂。

变故发生在团子三岁生辰的第二天。

在团子有限的记忆里，她的身边有三个重要的人：爹爹、娘亲，还有裴子安。如果非要再添上一个名额的话，一直在努力相亲却屡屡受挫的高大又可爱的魏叔叔也算是一个。因为魏叔叔对旁人会吹胡子瞪眼，但对她只会笑，还会将她举起来，让她骑大马。

裴子安是她的小堂哥，据说是她那个过世的三伯伯的儿子，四年前就生活在她家了。子安哥哥温柔又好看，总是带她出去玩、踢小毽子，或者去湖边划船。团子出生后第一眼看见的人就是他，此后三年，他们几乎没有分开过，她离不开他。

但是，她过生辰的那天，魏叔叔和子安哥哥都不在。他们去临汾找小五叔办事，因为途中遇到暴雨，没能赶回来。

团子伤心极了，哭闹了一晚上。第二天，娘亲和刘嬷嬷为了哄她，早起弄了一桌子她爱吃的菜，可她还是兴致缺缺。她见不到想见的人，再美味的菜肴对她而言也食之无味，她只吃了几口便不想吃了。

宝宁知道女儿在想什么，虽然心疼，但态度强硬："团子，你不能不吃饭。娘亲为你做这些是很辛苦的。而且你不吃饭，以后就长不高，肚子也会饿坏。这样吧，你把剩下的小半碗饭吃掉，否则若是肚子饿了没饭吃也不要来吵我，听懂了吗？"

团子委屈地红了眼睛。她很少听到娘亲对自己说这么严厉的话，又害怕又伤心，更吃不下去了。

宝宁蹙眉，还想再说些什么，被裴原打断了："你也真是的。她不想吃就不吃，你和孩子吵什么？错过这顿饭，等她饿了，让小厨房的人给她再做一顿不就成了，你有必要把她弄哭吗？她才三岁。"

这个人又来了！他都惯得团子无法无天了。宝宁生气地沉下脸。

裴原就是只纸老虎，平日里板着个脸，在团子面前也很少笑，装成严父的样子，实际上一句重话都不敢说。团子如果做错了什么事，他就装作没看见，甚至直接躲出去。宝宁在屋子里教育团子，裴原蹲在外头嗑瓜子。等里头消停了，他再拍拍手，进去哄团子，说带她去买好吃的。最后团子被他哄好了，高高兴兴地随他走了，留在屋子里的宝宁却一肚子火，只能喝茶消气。

这是什么人啊？他要么说点儿当父亲的该说的话，要么干脆闭嘴。

宝宁眼刀甩了过去："我教育女儿时，有你说话的份儿？"

收到宝宁警告的眼神，裴原气焰顿时消散了一半。他不想在团子面前丢面子，又不敢惹宝宁生气，先是一摆筷子，底气十足地道："你这说的是哪门子话，团子是你的女儿，难道就不是我的女儿了吗？我说说我的意见，有问题吗？"

说完，他又给宝宁夹了一块蛋饼，语气中带着讨好之意："当然，若是我说得不对，你指出来就好，我慢慢改正。"

"我不吃。"宝宁把他夹的蛋饼夹回去，"你少在这儿溜须拍马，我和团子你都想讨好，便宜都让你占了，没门儿。我不管你在外头有多威风，进了这个家门，你就得听我的。我教育女儿的时候，你就竖起耳朵听着，别插嘴。"

裴原默默地吃掉那块蛋饼，点头道："是，是，你说得对。"

他真是怕了宝宁了。人家说女子本弱，为母则刚，他本来还不信，心想他的宁宁那么乖，再刚能刚到哪里去，直到有一次他不小心给团子吃错了东西，害得团子拉了两天肚子，才知道古话所言非虚。宝宁那次气得将他的被子和枕头全都从窗户丢了出去。他在书房睡了小半个月，最后又是道歉，又是保证，终于重新回到了卧房。

在别的事情上，宝宁还是很好说话的，温柔又体贴，让他能够勉强保持一家之主的威严。但只要涉及团子，他一点儿错都不敢犯，否则面临的便是狂风暴雨。

宝宁将碗推给团子："你想要娘亲喂还是嬷嬷喂？"

团子弱弱地道："我要爹爹喂。"

"不行。"宝宁干脆地拒绝，"你爹爹笨，喂不好你。"

团子看了裴原一眼。

裴原不敢反驳，装作神色自若地吃饭。

团子最后选了刘嬷嬷。

宝宁盯着她把剩下的饭又吃了一半，才同意她下桌。

团子抽抽搭搭地站起身，临走时拽了一下裴原的小拇指。

裴原会意，反手握了她的小手一下，示意她放心。

宝宁狐疑地看着他们的小动作，问："你们背着我弄了什么暗号？"

"没有。怎么会呢？"裴原擦了擦嘴巴，也站起身，"我吃饱了，衙署里还有事情要忙，我就先走了。"

旁边的刘嬷嬷无奈地摇了摇头，心中觉得好笑。这些年来，她几乎是一路陪着王爷和王妃走过来的。她看着裴原从一个满嘴都是"夫为妻纲"的大男人变成了一个顾家的好丈夫、好父亲。宝宁这样一个弱女子，究竟有怎样的力量，才把一个生性好胜的男人变成这样？

宝宁信了裴原的话，转头对刘嬷嬷道："嬷嬷，把炖好的补汤盛一份，给王爷带走，再洗两个梨。"

她嘱咐裴原："汤你一定要喝，梨子至少吃一个。若你吃了两个，回家后有奖励。"

裴原说"好"。

宝宁站起来送他出去，到门口时，踮起脚拨了拨他鬓边的碎发，又后退一步，打量了他一会儿，笑着道："挺好的。"

她安慰裴原："你去做自己的事吧，不要担心团子，我会哄好她的。"

裴原心虚地转头往墙角瞥了一眼，果然看见了团子那粉色的裙角。他若无其事地转回头，对宝宁道："有你在，我还有什么不放心的？你也累了，回去睡一觉吧，团子应该也回去睡觉了。我们会早点儿回来，你不要担心。"

宝宁抓住了他说的话里的漏洞："你们？你们是指谁啊？"

裴原赶紧改口："你听错了。我是说我会早点儿回来。你快回去歇着吧，我走了。"

说完，他摆摆手，匆匆离去了。

宝宁问刘嬷嬷："嬷嬷，你觉得刚才王爷有什么不对劲儿吗？"

刘嬷嬷仔细回忆了一下："没觉得呀。"

宝宁只得作罢。她确实累了，先去团子的房里看了看，团子果真在乖乖地睡觉。宝宁怜爱地摸了摸团子的额头，又给她掖了掖被子，然后才放心地回到自己的房中，准备小憩片刻。

等她走远，裴原蹑手蹑脚地推门进来，勾了勾手指，道："团子，你偷偷出来。"

团子睁开眼睛，蹬掉被子，兴高采烈地朝他扑过去："爹爹，你真的带我去钓鱼？"

裴原道："爹爹怎么会食言？爹爹说带你去就带你去，但此事得瞒着你娘。"

"但是娘亲不许……"团子迟疑地道，"娘亲会生气的。"

"你不说我不说，谁知道？"裴原信誓旦旦地说，"再说了，爹爹才是一家之主，会怕你娘发火吗？"

团子笑了笑，没说话。

她在裴原的帮助下，飞快地换了一身衣裳，两人从王府的后门悄悄溜了出去。

裴原不知道的是，前脚他踏出府门，后脚便有人去给宝宁报信了。

日暮时分，裴原和团子再三对好口风，确保万无一失了才回府。可还没有进屋，父女两人就对上了宝宁审视的眼神。

裴原心中大惊，暗道不好。

他若无其事地拉着团子进门，问宝宁："你吃晚饭了吗？"

宝宁瞥了他一眼："你们做什么去了？"

"团子心情不好，我带她去茶馆听人说书了。"裴原坐到桌边，将团子抱在怀里，又给自己倒了一杯茶，面不改色地胡诌，"说书人今天讲的是鲤鱼精的故事，说是有

715

条鲤鱼成精了,住在河底,一年要吃两个小孩,一个小男孩,一个小女孩。村民们都很害怕。后来,打东边来了个侠士,打死了鲤鱼精……"

宝宁蹙眉打断他:"鱼呢?"

"什么鱼?"裴原装作不明白的样子,而后又装作恍然大悟,"你说的是被侠士打死的那条鲤鱼吗?它被观世音菩萨拿着一个小背篓给收走了,那可是天河里的鱼。"

"少在这里胡说八道。"宝宁瞪他,"我说你钓的那两条鱼呢!"

裴原心里"咯噔"了一声,不知道怎么就泄了密。他打算抵死不认,当即摇头道:"我听不明白。"

宝宁知道裴原的脸皮有多厚,不和他纠缠,看向团子,问:"团子,你爹钓的鱼呢?"

团子心虚地低下头。她不擅长撒谎。即使裴原千叮咛万嘱咐,自己当时也答应了,但面对没有笑容的宝宁,她还是会害怕。她犹豫了一会儿,说出了实情:"卖了。"

裴原"啧"了一声:"卖了?我怎么不知道?虽然童言无忌,但你也不能瞎说啊。"

团子声音小小的:"卖给旁边没钓到鱼的老爷爷了。三文一条,两条便宜一文,一共五文。回来的路上,爹爹给我买了一碗加红豆的糖水。还剩下两文,他说要自己留着。"

裴原被气得心口疼。他掏心掏肺地对这个小东西好,冒着风险陪她出去玩,本以为两人已经成为肝胆相照的盟友,结果"敌人"轻飘飘的一句话就击破了她的防线,转眼她便卖了他这个盟友,还卖得彻底,连底裤都不留。

宝宁让人把团子带下去洗脸吃饭,而后关上门,看向裴原,微仰下颌,道:"你解释解释吧。"

裴原面无表情地靠在椅背上,低头玩着手上的扳指:"我没什么好说的。"

"你这是什么态度?"宝宁不满,"我与你说过多少次了,不要带团子去河边玩,她若是晒黑了怎么办?她年纪那么小,脸那么嫩,太阳一晒,皮肤就伤了。还有,河边多危险啊!水那么深,你总说你能看好团子,万一呢?万一她掉进去,怎么办?你能还我一个团子吗?"

"哪有那么严重?"裴原辩解,"今天她不是好好的吗?而且,你都不知道她笑得多开心。"

"她的脸和胳膊都不是一个颜色了,这还叫好?"宝宁气得站起来,"只要她觉得开心你就带她去玩?!今天去河边玩开心了,明日她说烧了房子开心呢,你就陪她去烧房子?你能不能讲点儿道理?"

"瞧你，越说越离谱。"裴原并不生气，表现得很平静。这几年他变化很大，很少生气，几乎不会发火，他的坏脾气好像都被转移到了宝宁的身上。

他给宝宁倒水，语气和缓地劝慰："偶尔放纵一次也没什么，而且团子那么乖，怎么会做杀人放火的事？"

"我和你讲的不是团子乖不乖，"宝宁重复道，"是你不该带她去河边玩。"

"我们玩都玩了，还能怎么办？"裴原笑眯眯的，"我现在让人去把那条河填上？"

"你！"宝宁最看不得他这副死皮赖脸的样子，越看越生气！自己当初怎么就看上他了？当时她还觉得他长得俊，性子果敢，很有男人味。现在看来，他什么都没有，全是装的。二十多岁的年纪，刚当爹，他说话做事却好像一个五六十岁的老头子。

裴原见宝宁不说话了，以为她想明白了，凑过去讨好她，从兜里摸出糖，哄劝道："你吃不吃麦芽糖？以前腊月才有人卖这种糖，难得现在大夏天就在街上看见有人卖，我背着团子买给你的，可甜了。"他捏了一块麦芽糖往宝宁的嘴里送，"你别生气了，有什么好气的，张嘴吃糖。"

"我不吃。"宝宁偏头躲开，瞪了裴原一眼，怒斥道，"你不要一出问题就想着用这种拙劣的手段哄我，我不吃这一套。你出去，今晚不要在我的屋子里睡。你去反省反省，想想今天到底哪里做错了。"

裴原讪讪地缩回手："我还没吃饭呢。"

宝宁简直想将他从窗口丢出去！她在这里说了半天，他倒好，一点儿悔过的意思都没有，就想着吃饭。

"吃吃吃！"宝宁扬声叫刘嬷嬷进来，不耐烦地道："嬷嬷，叫人把锅里温着的菜再热一下，王爷要吃晚饭。"

刘嬷嬷看了一眼"呵呵"笑着的裴原，忍俊不禁，应了一声便退下了。

裴原本想趁着吃饭的工夫和宝宁和解，没想到她根本不搭理他。没等饭菜送进来，她就走进内室，拉上了帘子，将灯也灭了，摆明了不想和他说话。

裴原默默地吃了两碗饭，怕人多进来吵，自己将盘子端下去，又默默地关上了门。

天已经黑了，正值盛夏，晚风吹拂，倒也不算热。

裴原去厨房顺了根黄瓜，在府里慢悠悠地溜达。他先去了团子的屋子，打算和团子挤着睡一晚，但团子已经睡了，门从里头闩上了，他推了一下，没推开，只好作罢。

他又去了阿黄和吉祥的小院。如宝宁所愿，它们竟然真的在一起了。它们出生的月份相近，裴原估摸着它们发情的日子也差不多，一来二去，两只狗眉目传情，就凑合着过了。春天的时候，吉祥生了一窝小狗崽，一共七只，三公四母，有的是黑脑袋黄屁股，有的是黄脑袋黑屁股，都有一身厚重的鬈毛，长得奇奇怪怪的。裴原觉得难看，但到底是自家的狗生的，看习惯了也还能忍受。现在狗崽都三个月大了，比他的小臂还要长一些，很活泼，在追逐着打闹。

裴原坐在院门口看了它们一会儿。他吃完了黄瓜，把最后一截黄瓜尾巴丢在树下，用脚蹭着土给埋上，又慢悠悠地往自己的院子走。

乐徐是当之无愧的妙手神医，裴原经过他的治疗，体内的毒已经清除，身体没有大碍了。只是他那年在齐连山的雪里走了太久，腿留下了后遗症，不能再骑马，也不能走得太快。天气暖和的时候还好，入冬后，他的腿就痛得厉害，宝宁几乎不让他走路出门。她弄了一个挺阔气的轮椅，还打了张厚厚的狐毛毯子铺上，天气好的时候，会推着他出去走走，他觉得挺享受的。

晚饭吃得太饱，裴原选了一条远路回去，在南边遇见了阿绵和它的两个夫君以及三个孩子。阿绵本来有三个夫君，但去年病死了一个。那只小公羊死的那天，宝宁哭得很伤心，不仅找人挖坑给埋了，还立了一块小木牌。反观阿绵——它好像毫不在意，该吃吃，该睡睡。可能是因为少了一只公羊和它抢草吃，一个月过去，它反倒胖了七斤。

阿绵是三只小羊的母亲了，最小的一只羊羔才两个月大，很矮，但很可爱，就是喜欢歪着脑袋。宝宁一度担心这只小羊羔的脖子有毛病，特意请了乐徐来给它看病。乐徐说没事，可能是因为它头太大了，歪着脑袋会舒服点儿，不影响身体，宝宁才放心。

裴原又坐在树下看了这些羊一会儿，掏出刚才送给宝宁但被她拒绝的麦芽糖，自己吃了一块，觉得实在太甜，又揣回兜里，想着明天给团子吃。小姑娘爱吃这些甜的东西，他送给她，她肯定会很高兴。不像他家的那个大姑娘，性子越来越刁蛮，一言不合就板着脸，原先他拿好吃的就能哄好，现在不行了，她还学会了朝他翻白眼。

裴原想起宝宁，又觉得高兴，不禁笑了起来。他一手宠大的姑娘，骄纵就骄纵点儿吧。

月亮很快爬到了树冠，天色已晚，阿绵它们也早早去睡了。

裴原站起身，拍了拍衣摆上的褶皱，回了家。

宝宁已经熟睡。她睡觉的时候喜欢点熏香，整个屋子都香喷喷的。门没锁，说明她并不是很生气，没有铁了心不让他回来。

裴原顿时放了心，轻手轻脚地去打了水洗脸洗脚，又悄悄地爬到宝宁的身边，侧身躺着，用手支着腮，看着她熟睡的脸。

刚才他回来的时候，抬头看见半轮弯月，很像宝宁笑起来时的眼睛。

他想亲亲她的眼睛，也真的这么做了。他先是亲了一下宝宁的眼皮，见她没醒，又亲了一下，唇轻轻地在她的眼皮上研磨。

宝宁睡得脸颊红红的，有些烦躁地哼了一声，侧过身子，背对他，迷迷糊糊地问："阿原，帐子里是不是进蚊子了？把你枕头边的手帕翻出来，盖住我的脸。眼睛若被蚊子咬肿了，我明天就见不了人啦！"

裴原笑了起来，觉得她怎么这么可爱。他躺在床上放肆地笑，吵醒了宝宁。

她迷茫地坐起来，有些心慌，还以为是地震了，刚想拉着裴原往外跑，偏过头看见他在笑，气得掐了他的大腿一下："你是不是有毛病？大半夜的，你傻笑什么？！"

裴原从身后抱住她的腰，柔声道："宝宝，我们再生个孩子吧。"

宝宁愣了一下："你怎么忽然想到这个了？"

裴原道："你瞧，阿黄有七个孩子，阿绵有三个孩子，我只有一个，多寒酸啊！"

"这有什么好攀比的？！"宝宁推开他，拉了被子，躺下继续睡，"明天早上再说。"

裴原蹭到她的身边，将鼻尖对着她的颈窝，热乎乎的气息喷洒在她的肌肤上，惹得她身体一颤。

裴原趁机哄她："再说了，团子一个人也寂寞，该有个伴儿陪她了。"

宝宁小声地道："她不寂寞，有圆子陪着她呢。"

"圆子是哥哥。团子白天和我说了，她想要个弟弟。"

宝宁不信："真的？"

"我还能骗你吗？"裴原不轻不重地咬了一下宝宁的脸颊，"团子若是有个弟弟该多好啊！咱们就拿你的弟弟季蕴来说，一到过年，他就往咱们这里送东西，咱们的年货都不用买了，省了好多钱。你再看魏濛，他没有弟弟，孤身一人，又讨不到娘子，悲惨极了。孩子还是要有个伴儿才好，以后我们老了，也能放心。"

宝宁本来也不抗拒生孩子，很快就被说动了。

裴原一喜，咬耳朵："点不点灯？"

宝宁问："点灯干什么？"

裴原笑着道："有光看得清楚，好玩花样。"

宝宁知道他说的"花样"是什么，耳朵红了，连连摇头道："不点，不点。"

裴原咂了咂嘴，觉得可惜："行吧。"

他不再废话，伸手将碍事的被子掀开，长臂一伸，将宝宁柔软的身子捞进怀里。

那一晚，裴原尽兴得很。只是，他没想到自己说出的话那么灵验。

九个月后，团子真的有了弟弟，而他迎来了人生中最大的敌人之一。

## 番外二
## 孕期二三事

  怀孕第二个月的时候,宝宁害喜很严重,几乎到了吃什么就吐什么的地步,唯一吃得下去的就是西街张婆婆家卖的臭豆腐。

  裴原为了让她多吃些饭,派人去买了一整坛臭豆腐。那坛子是腌酸菜的那种大坛子,里头的臭豆腐至少有一百斤。据刘嬷嬷回忆,掀开那个坛子的盖子后,阿黄都吐了,连着三天吃不下饭。宝宁却很高兴。不知怎么回事,她就喜欢这味道,觉得闻着比花儿还香,而且越吃越香,后来甚至一顿都离不开臭豆腐了。

  不仅如此,她还特意找了个小坛子,里头装上臭豆腐里的汤水,上面蒙两层薄纱,放在床边,睡觉也要闻。

  对于这样的怪癖,裴原最开始是无所谓的。孕妇害喜时的喜好本就千奇百怪,她喜欢就好。但之后的小半个月里,宝宁日日都要守着那个臭豆腐坛子,熏香也不点了。为了保证味道新鲜持久,她每隔三天就换一次臭豆腐。她晚上在坛子旁边睡觉,白天在坛子旁边看话本,和上瘾了一般。

  裴原说不出屋子里的那个味道,大概和茅房的味道没什么区别……他甚至觉得茅房都没那么臭。不过没关系,他能够忍受。他舍不得因此和宝宁分开,虽然宝宁似乎不怎么在意和他分开。

  圆子上街给她买了一摞乱七八糟的话本,堆起来足有一尺高。宝宁沉浸在奇幻的故事世界里,一天和他说不了几句话。这也没关系,不说就不说,他也不是话多的人,在旁边默默地守着她就行。她渴了,他就递茶,她饿了,他就递桂花糕,也挺好的。

直到有一天，外出巡防的魏濛回来，见到他的第一面，就惊讶地问道："小将军，你之前掉进粪坑里了吗？"

裴原的心一惊。

不等他解释，魏濛又道："你掉的还是个陈年的粪坑，里头的屎像馊了一样。"

他来时，手里提着酒菜，打算和裴原畅饮饱食一番，但一看到裴原就失去了兴致，摆摆手，往外走："罢了，我回去自己吃吧。你还是快点儿去沐浴，莫要再出来祸害人。"

裴原既尴尬，又羞恼，忽然想起这段时间下人看他的眼神，又想起前两天刘嬷嬷向他暗示，说最近很难给下人排班，大家抢着去洒扫茅厕、刷马桶，都不愿意来院子里当值。他当时还没意识到不对劲儿，只说肯吃苦挺好的，给那些人加月俸，多多奖励他们。现在他才明白，原来是大家都嫌弃这股味道了。

裴原背着手在门口转悠了小半个时辰，决定还是不能放任宝宁这样下去，觉得他得去劝一劝。可他刚进门就看见宝宁盘腿坐在床上，膝上摆着一本发黄的小册子，她一边翻，一边拿着小帕子擦眼泪，哭得眼睛都肿了。

裴原被吓了一跳，顾不得处理臭豆腐的事情了，紧张地问道："你怎么了？你哭什么？"

"张生的小妾死了。"宝宁抽抽搭搭，然后骂道，"死得好，这个心肠歹毒的坏女人！还有张生，被猪油蒙了心的臭男人。可怜了他的正妻虞氏……他现在后悔有什么用，杀了小妾又有什么用，虞氏和她腹中的孩子就能活过来吗？"

裴原蒙了。他听不太懂，但知道宝宁只是因为话本里的故事而生气，不是生病了，当即放下心来。他试图抽走宝宁膝上的书，和她说正事："宁宁，要不咱们以后不吃臭豆腐了好不好？"

宝宁眼神瞬间警惕起来："你是不是在外头有人了？"

裴原怔住："此话怎讲？"

宝宁道："张生就是这样的，他和虞氏生活在寒窑中，本是贫贱夫妻，生活拮据朴素，虞氏不爱穿那些丝绸衣裳，就喜欢穿麻衣布鞋。但张生有钱后就变坏了，在勾栏院里见到了摇摇，见摇摇打扮得花枝招展，回家后就对虞氏发脾气，说她丢人。"

裴原还是没懂："这不是话本里的故事吗，与我有什么关系？"

"你之前怎么不说不让我吃臭豆腐呢？"宝宁睨他，"我都吃了那么久的臭豆腐了，你今天突然说起这件事，肯定是受了旁人的蛊惑。你说，你是不是在外头见到了貌美如花的小丫头，她喜欢吃山珍海味，你回来就觉得我上不了台面，嫌弃我了？"

裴原的额上冒出了冷汗，他一甩袖子，道："一派胡言！你说的是什么鬼话？！"

"你恼羞成怒了！"宝宁拿袖子擦眼泪，"话本里的张生也是这样的。虞氏痛斥他不仁不义，张生说她是一派胡言，然后大发雷霆。怎么？下一步你是不是也要摔门而去，和那个摇摇双宿双飞？"

裴原瞪圆了眼睛："你以后少看那些不入流的东西，魔怔了吧！我怎么就不仁不义了？我只是和你讲道理，你爱吃臭豆腐不是不可以，但也不至于天天供在床边吧，弄得一屋子都是怪味。团子都多长时间不敢过来了，你回忆一下。"

"你开始借题发挥了！"宝宁气愤地指责他，"话本里的张生也是这样的。他恼羞成怒后觉得自己理亏，就搬出孩子来说事，说孩子也嫌弃虞氏穿得破烂，出门时不敢站在她的身边，说她丢了全家的人。"

裴原七窍生烟，一把将那话本摔到地上："你以后不许看这种东西！"

"你心虚了！你转移话题！"宝宁挺直腰杆，"话本里的张生也是这样……"

"你爱吃就吃吧！你一天吃一斤，甚至泡在臭豆腐坛子里，我也不管了。"裴原气得心口疼，不待宝宁说完，转身大步离开，边走边骂，"我肯定是上辈子造了什么孽，上天看不过去，派了你下来治我。张生！张生……他娘的，他和老子有什么关系？老子又不姓张。"

宝宁默默地下床把话本捡起来，拍了拍，翻到刚才看的那一页继续看，想着，裴原总算走了。看他进门时的神情就知道没好事，三两下将他打发走了，她倒也省心了，这下没人耽误她看话本了。

她盯着刚才看的那行字，描写的是张生抱着虞氏的遗体在大雨中痛哭。想象着那个画面，她眼睛又不争气地红了。

可怜的虞氏……

张生真不是个好东西！


宝宁生产的前一个月，季蕴来看她，还提了一只野山鸡，准备给她补身子。

山鸡的羽毛鲜艳美丽，尾巴足有两尺长，它走起路来雄赳赳，很威风的样子。宝宁和团子看了，都很喜欢。

季蕴说，这是他去云南跑生意的时候偶然看见抓回来的。当地人说这种山鸡的别名叫斑斓凤羽，只有他们那座大山里有，很稀奇。他本来抓了三只，来的路上死了一只，飞走了一只，就剩下这一只了。

裴原当即就想找人杀了山鸡炖汤，被宝宁劝阻了："不过是一只山鸡而已，能有多补？没必要杀了它。况且这么珍奇的品种，应该好好保护才是，另外搭个鸡棚养着吧，我不吃。"

裴原觉得可惜，但宝宁不让杀，他也没办法，只能按照她说的把山鸡养起来。

裴原向来不是个轻易服输的人。他认准了越是珍稀的东西越补。宝宁不吃山鸡肉，他就想尽法子让山鸡下蛋。

当时是初春，但丰县的初春和冬天没什么区别，还是很冷。许是因为天气冷，那只斑斓凤羽的肚子始终没动静。

裴原急了，他和刘嬷嬷商量给山鸡取暖，找了废弃的厚棉被铺在鸡棚的地上，又在棚顶上续了一层茅草。这下够暖和了，山鸡睡得更香了，但还是不下蛋。

团子给裴原出主意，说："是不是因为它很长时间没有下蛋，忘了下蛋的感觉了？"裴原觉得有道理，找了个鹅蛋放进鸡窝，试图勾起它的记忆，但等了五天，还是没动静。

圆子也听说了这件事。他比团子年长，方法也多，特意去翻看教养鸡的书，最后得出的原因是山鸡吃的东西不对。这只山鸡从小长在云南的山里，吃的东西肯定和丰县的鸡吃的不同啊！现在喂给它吃的东西虽然好，但不一定合它的口味，他们要给它吃它从小就吃的东西。

裴原想了想，觉得还真是这么个道理。他听说云南那边的人爱吃菌子，但还没到时节呢，哪儿来的菌子？不过办法总比困难多，他去府里的仓库转了一圈，最后拿了几朵小灵芝出来。裴原觉得灵芝长得像大菌子，山鸡吃这个，应该和吃菌子差不多。

那只山鸡又连着喝了七天的灵芝大补汤，被养得膘肥体壮，但就是不下蛋。

裴原真的急了。现在已经不是吃鸡蛋补身子的问题了，是面子的问题。他折腾了这么久，连让山鸡下个蛋都做不到，以后被宝宁和季蕴知道了，岂不是会被他们笑掉大牙？

正巧乐徐云游回来，刚到家，还没睡个安稳觉，就被裴原派的人给逮了过去。

裴原指着那只足有二十斤重的肥山鸡对乐徐道："乐大夫，我家的山鸡不下蛋，你去给它诊诊脉吧，看看它是不是气血不足，给它开个药方。"

乐徐不可置信地看向裴原，觉得自己遭到了戏耍，拒不听从。

后来是圆子求他，他才不情不愿地去给山鸡诊了脉。他拒绝不了圆子的请求。他向来是个无所畏惧的人，圣旨都敢不听，做事全凭心意。但不知道怎么回事，他第一次看见圆子的眼睛时，就再也拒绝不了他提的任何要求。

乐徐自然是诊不出什么来的。

裴原很失望，觉得乐徐不够尽心。

乐徐懒得和他理论，找了个由头躲出去，直接去了宝宁的院子，将事情的前因后果都告诉了宝宁。

正巧季蕴也在，听说了这件事，笑得直拍大腿，对宝宁道："姐，我早就听说一孕傻三年，怎么没见你傻，反倒是姐夫的脑子坏了？"

宝宁给裴原撑面子，强行憋住笑，一本正经地解释："不要这样说你的姐夫，他只是关心则乱。"

"是，是。"季蕴应和，临走时嘱咐宝宁，"你快去和姐夫解释清楚吧，让他不要再折腾下去了，怪费钱的。"

裴原晚上回来的时候，情绪不佳，脸上写满懊恼。

宝宁给他找来换洗的衣服，看着他沐浴完，倒在床上，坐到他的身边，想好好地笑话他一顿，又觉得有些心疼，叹了口气，轻声道："阿原，以后不要再给山鸡吃灵芝了。"

裴原心中一惊，偏头看向她："你是怎么知道的？"

"你知不知道有一种鸡叫公鸡。"宝宁看着裴原的眼睛，怜爱地揉了揉他的头发，"公鸡是不下蛋的。"

裴原恍然大悟。

宝宁顾及他的面子，只在背后偷偷地笑他，明面上就当什么事都没发生过一样。

直到有一天，裴原收到了一封来自季蕴的信。

这小子从小就和他不对付，裴原收到信时，心中警铃大作，觉得肯定没什么好事。但他犹豫再三，禁不住好奇，还是打开信来看了一眼。只一眼，他脸色瞬间大变。

信上是一副对仗丝毫不工整，字也写得龙飞凤舞的对联。

　　上联：让鸡下蛋鸡说不行我是公鸡下不了
　　下联：请医诊脉医说无解都怪鸡腿没有脉
　　横批：姐夫不服

## 番外三
# 正宗黄山烧饼

临近傍晚,一轮硕大的红日挂在树梢。

虽是夏日,但晚风习习,众人也不觉得闷热。吃完晚饭后,裴原被宝宁打发带着三个孩子出去遛弯儿。

他背着手走在最前面,中间是他的三岁的小儿子,圆子牵着团子的手走在最后面。夕阳把他们的影子拉得长长的。裴原瞟了一眼,觉得他们四个人好像四只大鸭子,吃饱喝足之后闲适地踱步。如果宝宁也在就好了,那就是五只鸭子,可她偏偏不出来,非要在府里鼓捣新菜式,什么油炸小鸭梨、醋泡荷叶条、腌臭莲子。裴原不明白她的脑子里每天都在想什么,那些东西做出来能吃吗?

但宝宁不听,非说那是她淘来的秘制菜谱,都是些前朝皇帝爱吃的菜式,还说得头头是道,好像她是前朝皇帝的御膳房里的御厨一样,心里门儿清。裴原懒得再管她,她爱做什么就做什么吧,别折腾得自己掉进湖里就行。反正折腾够了,她就不会再折腾了,这几年他都习惯了。说白了,她就是生活得太顺遂,闲的。

每次出门遛弯儿都是一样的路线,从王府的后门出去,沿着街道往东走,过一个路口,拐向南边。南边有条卖花的街巷,现在正是凤仙花开的时候,满街都是凤仙花,看着是挺好看的,就是花粉的颜色重,被风吹到身上,洗都洗不掉。

裴原回头嘱咐:"你们都注意点儿,别往花盆边上蹭,蹭脏了衣裳自己洗,洗不干净就扣零花钱。"

他身后的孩子们齐声应"是",声音整齐划一,让他很有成就感,仿佛带出了一支军队。

他们走过花巷,往西拐,路过一个红顶的小房子,再向北走,大概两刻钟后就能重新回到王府后门。但散步时间太短了会被宝宁念叨,裴原一般会带着孩子们再走一圈。

只是这次出了点儿意外,因为在南、北街的路口忽然出现了一个卖烧饼的小摊。三个孩子被烧饼的香味迷住了,迈不开腿。

裴原自顾自地往前走,走了几步后,发现后面的"小兵"掉队了。他皱着眉头,回头问道:"你们在看什么呢?不是刚吃过饭了吗?不许买。"

团子眼巴巴地仰头:"爹爹,我想吃烧饼。这个姐姐说这是黄山烧饼,我还没去过黄山呢。"

裴原瞄了一眼摊子,摊主是个年轻利索的姑娘,车把上挂着牌子:正宗黄山烧饼。

裴原的第一反应是欣慰,他的姑娘会认字了。他的姑娘以前可是不爱读书的,还因此挨过一顿打,现在长大了。

裴原放缓语气:"那上头是瞎写的,不就是个烧饼,什么黄山烧饼?天下的烧饼都是一个味道。快回家,你娘在家里给你炸了大鸭梨,回去晚了,鸭梨都被狗吃了,走走走。"

卖烧饼的姑娘不太乐意地开口:"你怎么说话的呢?!黄山烧饼天下一绝,我从小在黄山长大。你不懂就不要乱说,丢死人了。"

这个姑娘有口音,官话里掺杂着方言,裴原听不太懂,只觉得她的语气挺冲的。他现在已经不会因为谁的几句话就感到不快了,这个姑娘的话,他根本没往心里去,提步就走,边走边威胁三个孩子:"你们走不走?你们不走,我就先回家了。"

没走两步,他被小儿子抱住了大腿:"爹!爹,我也想吃!"

"这世上有你不想吃的东西吗?你看到板凳腿都想上去啃两口。"裴原拍了拍他的脑袋,无奈地叹了口气,转头问圆子:"圆子也想吃?"

圆子看了一眼团子:"团子吃,我就吃。"

裴原点了点头。不就是几个破烧饼,他不必因此让孩子们不高兴,买就买吧。裴原的手往兜里摸了一下,还有一点儿钱,应该够了。于是他大手一挥:"你们去挑吧!"

三个孩子欢呼起来。

裴原没凑上去,在路边找了一块大石头坐下,撩起衣摆扇风。

岁月还是在他的身上留下了痕迹,比如,穿衣打扮的偏好变了。年轻时,裴原不懂什么是时兴衣裳,但也知道挑好看的,布料偏爱那种天蚕丝或者月光锦。月光锦在夜里会发光,亮闪闪的,很好看。他穿月光锦制的衣裳,却被宝宁嫌弃像只萤火虫。现在他不追求那些布料了，衣裳舒服透气就行，棉麻的似乎比丝绸的更舒服。他也不爱穿靴子了，总穿一双浅口布鞋。闲暇时，他总喜欢背着手到街上遛弯儿。夏天的早上，他出去遛弯儿时还会提一只鸟笼子。宝宁已经放弃拯救他的审美了。

今天是个好天气，天边有晚霞。

裴原眯着眼看过去，大片大片绚烂的粉色，很好看，是他年少时无暇顾及的美景。

他耳边是孩子们的吵闹声。一个团子，一个裴季安，两个加起来才十岁的小毛头，吵起来像是有几百只鸭子在叫。圆子的沉稳的声音听起来就悦耳多了，像凤鸣。

卖烧饼的姑娘问他们要什么馅儿的饼："馅儿有纯肉的、纯梅菜的，还有一半肉一半梅菜的，肉比梅菜多的也有，梅菜比肉多的也有。"

季安才三岁，记不住，茫然地看向姐姐。

团子眼巴巴地去拉圆子的手："哥，我想吃纯肉的，弟弟也想吃纯肉的。"

圆子点点头，问烧饼多少钱一个。

那个姑娘说："纯肉的六文，纯梅菜的两文，一半肉一半梅菜的四文，梅菜多的三文，肉多的五文。多买便宜，无论买什么馅儿的饼，凑够十文减一文，凑够二十文减两文，依此类推。"

这下团子也听不懂了。

季安的注意力不在这上面，他注意到小推车的角落里有半碗酸梅汤，问："那个多少钱？"

"那是我自己带来喝的，不卖……"那个姑娘好像很缺钱，说到一半，忽然顿住，改了口，"酸梅汤不便宜卖，这是用上好的梅子做的，洗得干干净净，做出来很不容易的。你要是整坛买，三十文。"

团子惊呼："你怎么卖得这么贵！"

那个姑娘自信满满地说："我的酸梅汤原料好，就值这个钱！再说了，我的坛子就得五文钱。"

裴原的腿都麻了，他站起来跺跺脚，刚想催他们快点儿。

圆子跑了过来，伸手问他要银子："叔叔，我们选好了，一共四十八文。"

裴原不敢相信："你们买了什么东西，怎么这么贵？"

圆子答："五个烧饼，一坛子酸梅汤。"

"他娘的，在抢钱吧？！"裴原眉毛紧蹙，但也不好计较，不情不愿地往外掏钱。数了一遍，差两文，他把钱放进圆子的手心："你问她四十六文行不行。"

圆子很快又跑回来，摇头道："那个姐姐说了，最少四十七文。"

裴原无语。他在身上的口袋里又摸了一遍："我真的一文钱都没有了。你们再和她讲讲价？要不然咱们现在就回家，让你姨做烧饼。不就是个带馅儿的饼吗，你姨一样做得出来。"

"爹……"季安跑了过来，仰着脑袋问，"你怎么不多带一点儿钱？好穷酸！"

裴原倒吸一口凉气，用手指点他的脑门儿："裴季安，我警告你，别学了什么破词就乱用，再有下次，我揍你。"

"好穷酸！"季安不满地重复。

裴原生气了，扬起手掌吓唬他："你再说一次。"

季安盯着他的手掌，鼻子抽动，忽然大哭起来："济北王打小孩子了！大家都来看呀，济北王打小孩子了！"

裴原气得眼冒金星，不知道季安从哪儿学来的话。他上前一把提住季安的后脖领："走，回家再教训你。"

季安的屁股往下坠，他用两只手抱着裴原的小腿，不肯走，不停地念叨："要吃烧饼，我要吃烧饼！"

大庭广众之下，已经有不少人看了过来。

裴原恨不得当场把他拎走，低声威胁道："我数三个数，你乖乖地和我回家，要不然，看我怎么揍你！"

"我不和你回家，你连烧饼都买不起。"季安盘腿坐在地上，颓丧地耷拉着脑袋，"我不回家。娘要逼我吃油炸鸭梨，我不想吃，我要吃烧饼。"

场面一时陷入了僵滞。

卖烧饼的姑娘被吓得不行。她漫天要价的时候，不知道面前的人是谁，现在知道了，害怕得推着小车就跑。

裴原没空理她。他用两只手托着季安的腋窝，把他提起来，反手将他扛在肩头，咬牙切齿地道："裴季安，你给我等着。今天我不卸掉你两条腿，就不是你老子！"

季安趴在裴原的肩上又哭又喊："济北王打小孩子了！"

场面一片混乱。

圆子早就带着团子溜走了，裴原连个帮手都没有。季安虽然才三岁，但使出蛮力来好像一只小牛犊。裴原没走几步就被他折腾得够呛，正思考着要不要当街打他一顿，忽然听见身后传来"哐当"一声巨响，然后是魏濛既羞涩又急切的声音。

"姑娘，你没事吧？"

裴原回头一看，只见烧饼姑娘的小车翻了，金灿灿的烧饼散落一地。

魏濛局促地站在小车前解释："我不是故意的，只是走得急，不小心撞到了你。"

"算了算了。"那个姑娘瞥了一眼裴原，慌乱地将烧饼捡回车上。她本来想讹魏濛一些钱，可又怕被裴原逮住，没再说什么，飞快地推着小车走了。

直到那个姑娘的背影都看不见了,魏濛还呆呆地站在那里,远远地望着。

"一个两个的,都有点儿毛病。"

裴原出门时的好心情被破坏殆尽。季安还在不停地挣扎,裴原狠狠地拍了他的屁股两下,没再管魏濛,半拖半拽地将季安扯回了家。

那一晚是季安五岁前最难熬的一晚。他连自己的名字都还不会写,却被裴原逼着站在小凳子上把"穷酸"两个字抄了三百遍。

裴原本来以为这只是他和季安之间的一个平平无奇的小插曲,却没想到因为几个烧饼,魏濛在三十八岁高龄时找到了能够相守一生的妻子——一个被长大后的季安称为"烧饼侠"的女人。

烧饼姑娘和魏濛的爱情故事,起初是有些坎坷的。

烧饼姑娘姓金,有个很好听的名字,叫金红豆。两人刚成亲时,新婚宴尔,浓情蜜意。魏濛受到裴原对宝宁的称呼的影响,曾一度很亲昵地叫自己的妻子"小红豆"。

后来生活得久了,两人之间难免有摩擦,又都是暴脾气,干过几场惊天动地的仗。魏濛见识过金姑娘挠人、咬耳朵的本领后,再也叫不出"小红豆"这么亲昵的名字了,当面叫人家"红豆夫人",背地里就叫人家"金大虎"。

当然,隔墙有耳,他说坏话总有被发现的时候,那是后话了。

宝宁第一次听说这个金姑娘,是魏濛和金红豆初见的半个月后。

夏天,再靠北的地方也会热。宝宁为此专门空出了一口井来冰西瓜,把西瓜放进篮子里,再沉到井里,冰一晚上,等第二天最热的时候捞出来吃,那滋味美极了。

这天午睡起来,宝宁正带着三个孩子切冰西瓜吃,见裴原带着羞答答的魏濛走了进来。

宝宁很少见到孔武有力的魏将军露出这样的神情,一副很拘谨的样子,走路时甚至有些内八。她很热情地请魏濛坐下,关切地问:"魏濛,你遇到了什么事吗?"

魏濛还是很不好意思的样子。

裴原让圆子带着一半西瓜和弟弟妹妹出去吃。他看到魏濛扭捏的样子就不耐烦,干脆替他说了:"魏将军上午的时候带人去抓占着大路摆摊的小贩,遇见一个卖烧饼的姑娘,觉得很喜欢,借着罚银子的机会跟着去了姑娘的家里,摸清楚了她的住址,想让你帮忙找个媒人去提亲。"

宝宁惊讶极了:"魏濛,你喜欢上了一个卖烧饼的姑娘?那你怎么还罚人家的银子呢?你这样,人家都要恨死你了,怎么可能答应你的提亲?你别想了。"

"国有国法，家有家规。"魏濛粗声粗气地道，"我觉得那个姑娘人不错，这和她在大路边摆摊被罚是两码事。就算是我的老母去主街上占路摆摊，我也得罚她。"

宝宁一时语塞，不知道该说他正直，还是说他有毛病。

裴原根本不管这件事。他跷着个二郎腿吃西瓜，吹着纱窗里透过来的风，惬意极了。

宝宁不和魏濛争执要不要罚款的事了。她问道："那个姑娘多大了？"

魏濛回忆了一下："二十出头的样子。"

"你都三十好几了，还要二十出头的小姑娘，这不太合适吧？！"宝宁抿唇，尽量说得委婉些，"人家可能已经有家室了，那样的年岁，说不准孩子都有两个了。况且，就算那个姑娘独身，人家的爹娘和你许是差不多的岁数，怕是会不高兴。"

宝宁言下之意，是说魏濛太老了，人家姑娘可能看不上他。

魏濛觉得有些难过，但又不知道该怎么辩驳，毕竟宝宁说得也对。

裴原听不下去了，开口劝道："宝宝，你就帮老魏试一试。老魏就是岁数大了点儿，但常年练武，身体比一般的小伙子还要强壮，一点儿都不显老。而且他没妻妾，有宅子，又有军功在身，挺好的一个人，我看比那些纨绔的富家少爷好多了。他这大半辈子难得喜欢一个姑娘，管最后成不成呢，咱们得尽力帮一帮。"

魏濛感动得不行，小将军心里还是惦记着他的，难得为他说几句人话。

"魏将军是个好人，我知道。"宝宁还是担心，"可你们确定那个姑娘是个好人吗？魏将军和那个姑娘萍水相逢，万一……"

她想起很多年前魏濛遇见的那个敏敏姑娘，当时敏敏伤透了魏濛的心。宝宁害怕这是第二个敏敏，就算她不挑拨魏濛和裴原的关系，如果卷了魏濛的钱财跑了怎么办？魏濛岂不是要撞墙自尽了？

裴原也想起了他和那个姑娘第一次见面的时候，那个姑娘卖烧饼抬价，一坛酸梅汤还卖三十文，真有她的。

他赞同宝宁的说法，道："宝宁的担心不无道理。她是好人还是坏人，我们得试探一番。"

魏濛眼巴巴地等着宝宁替他找媒人，宝宁说什么就是什么，他不停地点头："行，行。"

宝宁叫圆子去城郊把陈珈及其儿子给找过来。

从匈奴回来后的第二年，陈珈就退伍了。他原本的志向是保家卫国，后来击退外敌，家国安宁，他觉得在军营中没了施展拳脚的地方，就退伍去开了个武馆。武馆经营得很不错，不到一年就有了几百个学生，陈珈也成了远近闻名的陈大先生。

第三年，阿丑作为裴澈的特使，来丰县送年货，看见陈珈，一来二去的，竟然对上了眼。她回去后和裴澈说明了情况，两人年中就成了婚，第二年生了个儿子，速度之快，让人咂舌。

裴原和他一直保持着联系，逢年过节就会去看看。陈珈的儿子出生后，还是裴原给起的小名，叫土豆。土豆实在是太黑了，和他的爹长得太像，像把陈珈的脸按在面团上刻出来的一样，不太好看。阿丑那么坚强的人，第一眼看到孩子时都被吓到了，眼圈红了。

宝宁安慰她，说小时候越丑的孩子长开了越惊艳。

阿丑不信，哭着和宝宁说："但我小时候也长这样，后来也没有变好看啊！"

那是宝宁第一次见阿丑哭，那时的阿丑万万没想到，她的小黑土豆长大后竟然成了名震一方的美男子，不过那是十几年后的事情了。

陈珈和小土豆很快就赶了过来。

宝宁那边早已定好了计策。

陈珈进屋后，宝宁让裴原递过去半块西瓜，连寒暄都省去了，直接问："陈珈，你愿不愿意帮魏将军一个忙？"

她的眼神很恳切。

陈珈愣了一下，瞟了魏濛一眼，魏濛的眼神也很恳切。他心中生出不好的预感，西瓜也不吃了，小声问："王妃，是小忙还是大忙？小忙我是可以帮的，大忙的话，看情况，借钱可以，要命不行。"

然后他又补充："我媳妇要生老二了，又有一大笔开支，魏将军如果要借钱的话，不要借太多，五十两以上我拿不出来。"

裴原的心里憋着气，他恨不得将他给踹出去。当初小土豆满月的时候，他直接包了五百两，陈珈乐呵呵地收下了，现在哭穷，真是不要脸。

"不借钱，不借钱。"宝宁不生气，笑眯眯地摆手，"只是一桩小事，你答应吗？"

陈珈看着裴原不善的脸色，也觉得不好意思了，听了宝宁的话，更不好推辞了，当即拍着胸膛应下："王妃，您放心，我定将事情给您办得妥妥帖帖的！"

半个时辰后，穿着破烂衣衫的陈珈和小土豆蹲在烧饼姑娘的家门前。

宝宁让他们装成逃荒的难民，看烧饼姑娘会不会伸出援手。如果烧饼姑娘愿意帮忙，说明她是个善良的人；要是冷着脸将他们给赶跑了，那她这个人就不善良。

陈珈面如死灰。他已经许久没做过这么丢人的事了。

这种试探的法子他也不赞同，感觉宛如儿戏一般。但宝宁说这是阿丑用过的招数，她觉得还不错。陈珈回忆了一下，好像还真是，他和阿丑初见的那一次是在一家简陋的豆花店里，阿丑就是用假扮乞儿的法子试探裴原的。他顿时无话可说了。

小土豆是个文静的孩子，比圆子小时候还文静，不顾门口人来人往，只是沉默地靠在烧饼姑娘家的矮墙根底下，垂着脑袋看蚂蚁。

陈珈教他："土豆，待会儿有人出来了，你就敲一敲手里的那个碗，说'给点儿钱吧'。"

小土豆闷闷地"嗯"了一声。

陈珈不放心，又嘱咐道："你记得装作有气无力的样子，说话的语气显得可怜一点儿。还记得你王妃姨姨给你的承诺吗？如果这件事办好了，她会请当今的陛下给咱们的武馆题字，到时候咱家的武馆就是皇家武馆，而你就是皇家武馆的少爷，和皇室也算是沾亲带故的。"

"嗯。"小土豆点点头，"我知道了。"

"有了这层身份，以后给你说亲事也能容易些。"陈珈苦口婆心，"你不知道，现在好人家的姑娘可难娶了，别弄得像你魏叔叔那样，多可怜啊……你再重复一遍。待会儿有人出来了，你怎么说？"

小土豆无奈地敲了敲破碗的边："给点儿钱吧，大善人。"

陈珈很满意："挺好的。"

不远处，魏濛躲在树后，朝宝宁和裴原点点头："土豆这孩子不错，有前途。"

他们等了大概两刻钟，柴门被推开了。金姑娘手里端着一个盆子走了出来，刚想泼水，看见门口蹲着两个人，被吓了一跳："你们……你们这是干什么？"

陈珈给小土豆使了个眼色，小土豆敲了一下破碗边："给点儿钱吧，大善人。"

金姑娘愣住了。

陈珈立刻接话："姑娘行行好，我们已经三天没吃饭了，赶了这么久的路才来到这里。我看您的面相好，心肠一定也很好，麻烦给两个饼子吃，要不然，一碗稀粥也行。"

金姑娘沉默了。

陈珈心里"咯噔"了一下，看她这意思，是不准备给他们吃的了？

躲在树后的魏濛忧心忡忡，不禁咽了一口唾沫。不是他为烧饼姑娘开脱，实在是这本来就不是真事，都是他们演出来骗她的，就算她不施舍东西也算不了什么。他想用这个道理去说服宝宁，可还没开口，就听见身后响起炸雷般的声音。

"你一个大男人，还要不要脸啊？！"

宝宁被吓得一哆嗦。

裴原赶紧搂住她，一起往门口看过去。

陈珈也被吓了一跳。

金姑娘把手里的盆往地上一摔，指着鼻子骂他："你有手有脚的，又年轻力壮，干什么不好，带着儿子来讨饭。你的自尊心都被狗吃了吗？你还好意思说看我的面相好，我面相好就要给你饼吃吗？真是气死人了！咱们周朝男儿向来威武雄壮，就拿那骠骑将军魏濛魏将军来说，他冲锋陷阵，以一当十，那才是真男人。哪像你，软骨头，吃白食。你儿子跟了你，真是倒了八辈子霉！"

陈珈万万没想到自己干这活儿竟然会被骂，顿时目瞪口呆。

金姑娘狠狠地瞪了他一眼："我就算有饼也不给你吃。"

她说完，上前拉着小土豆的手走了进去，将陈珈关在了门外。

树后面的魏濛如同脚踩棉花，有些飘飘然。

宝宁掩着嘴笑，学着金姑娘的语气说："咱们周朝男儿向来威武雄壮，就拿那骠骑将军魏濛魏将军来说——"

裴原接着说道："他冲锋陷阵，以一当十，那才是真男人。"

宝宁又道："哪像你，软骨头，吃白食。你儿子跟了你，真是倒了八辈子霉！"

两人都"哈哈"大笑起来。

陈珈听见笑声，郁闷地走了过去："我这是造了什么孽？无缘无故地被骂了一顿不说，我的儿子还被抢走了。"

魏濛拍了拍他的肩："你家小土豆是个好孩子，以后我就是他的干爹了，过年的压岁钱少不了他的。"

他说完，转身大步流星就要走。

裴原叫住他："你干什么去？"

魏濛头也不回，道："准备聘礼！"

宝宁和裴原对视一眼，又笑了起来："老男人的春天终于来了。"

## 番外四
## 七年后的婚礼

季安三岁的时候,宝宁和裴原补办了婚礼,这正好是他们在一起后的第七年。

他们携手走过了那么多风风雨雨,两个孩子也长大了,当裴原第一次提出回京城补办婚礼的时候,宝宁是犹豫的。

当初她嫁得仓促,他们没有拜过堂,说不遗憾、不向往婚礼是假的,但如此大费周章,她觉得似乎也没什么必要。

她有很多顾虑,担心别人会用异样的眼光看他们,担心流言蜚语,担心不知道怎么向两个孩子解释这件事,更担心裴澈不同意。

他们毕竟不是普通人家,这件事关系到皇室的颜面。身份煊赫的四王爷为了一个已经过门七年的王妃补办一场轰轰烈烈的婚礼,这实在是闻所未闻,以后即便留在史书上也不光彩。裴澈作为皇帝,拒绝也是情理之中的事。

宝宁不想让裴原去碰裴澈这颗硬钉子,告诉裴原:"没必要这样做。"

裴原并不像她预想中的那样觉得无所谓或者气她不在意。他听到她的回答后,无奈地叹了口气,随后心疼地抱住她,劝慰道:"宁宁,你不要考虑那么多,就算前方有艰难险阻,该去面对的人也是我。所以,你再想一想,做出遵循你的心意的决定,好不好?"

当宝宁既幸福又羞涩,还有些炫耀地学着裴原的语气说了这段话后,屋子里不约而同地响起了惊叹声。

金姑娘用胳膊肘撞了一下阿丑,酸溜溜地道:"瞧见没,都是男人,怎么差这么多？"

"鬼知道。"阿丑闷闷不乐地看着手上的牌，抱怨道，"如果是陈珈，肯定会说……"

阿丑学着陈珈的样子，两手交叉，揣在袖子里，"嘿嘿"地笑："不办婚礼真的挺好的，省钱了。你们女人就喜欢搞那些虚头巴脑的东西，拜不拜堂有那么重要吗？有宴请宾客的闲钱，都够我买两亩地了。"

屋子里的女人都笑了起来，团子抱着弟弟，也"咯咯"地乐。

出嫁的前一晚，按照风俗，新娘子和新郎是不能见面的。宝宁带着一众小姐妹住在国公府，没事做就打叶子牌。今天她们都很高兴，她想着睡也睡不着，不如就这么玩一晚上的叶子牌，等第二天鸡叫后直接上妆，省去了在冬日里起床的痛苦。

或许这就是她和未出阁的姑娘的区别，她依旧期待婚礼，但是少了羞涩和扭捏。

金姑娘追问："那王爷是怎么和陛下说这件事的？陛下怎么就答应了呢？"

"他那个人哪会好好说话？"宝宁笑了，"他起初是写信过去，陛下不答应。他又写了两封信，陛下还是不答应。他急了，直接进宫面圣。"

阿丑惊呼："王爷和陛下在殿前吵起来了吗？"

"他哪有那个胆子？"宝宁摇头，"他去装病了，每日坐着轮椅在宫里转来转去，放话说，陛下一日不答应，他就一日不站起来。陛下一开始还不相信他会这么做，后来见他真的不肯站起来，也不肯走，过了半个月，没办法，就松口了。还有，听御前大太监说，王爷在宫里，嘴挑得很，喝豆腐汤，豆腐必须是雕花的；吃黄瓜丝，黄瓜丝里不许有籽。御膳房的厨子伺候不好，三天两头到大总管的面前哭。这或许也是一个原因。"

金姑娘和阿丑对视了一眼，都觉得很失望，阿丑说："我们本来觉得王爷很威风，谁承想，他竟然还做这样的事。"

"但王爷真的变了很多。"金姑娘认真地道，"我听魏濛说，王爷以前的性子野蛮得很，他动不动就发脾气，像个爆竹一样。现在就不一样了，他和善多了，骂人都不大声了。"

"王爷不是因为和善才不大声骂人的。"阿丑了解得更多，给金姑娘解释，"是因为小世子小时候不听话，在王爷的茶杯里尿尿。王爷一生气，吼得整条街的人都听得见。后来王爷嗓子哑了，就不能大声说话了。"

金姑娘愈加失望了："这不是我想听的故事。"

宝宁笑眯眯地问："那你想听什么？"

"我想听王爷当年上阵杀敌，十步杀一人，千里不留行的故事。"金姑娘抠着手指小声地道，"坊间早就传开了。我本来还以为王爷是那种黑脸、长须、膀大、腰圆，手里拿着一柄大长刀，吼一声，地皮都要抖三抖的人物呢。"

"如果王爷真的长成那样的话……"宝宁眨了眨眼,"失望的就是我了。"

大家又都笑了起来。

"宁宁,其实我一直想问你……"大姐嫁给武探花已经有六年了,原来的清贫探花如今晋升成了三品大员,两人恩爱如初。大姐已年过三十,仍旧保养得宜,眼睛里闪烁着好奇的光:"当初王爷那样落魄,你却坚持留在他的身边,是喜欢他什么?"

二姐和三姐听了这个问题,也挺直腰,道:"对,我们也想问。"

宝宁陷入了沉思。她托着腮,回忆着过去的日子。当初她是怎么下定决心和他过一辈子的呢?这个还真的不好说,她细细一想,那时的裴原好像还真的没什么优点。他现在是挺温柔的,那时候可不温柔,整日凶巴巴的,要钱没钱,要势没势,就剩下一张好看的脸。可她也不是那种色欲熏心的人呀!

所有人都眼巴巴地等着她的回答。

"我第一次心动……"宝宁缓慢地开口,"应该是看到他在院子里砍柴的时候。"

众人发出"嘘"声:"这有什么好心动的?"

宝宁不好意思地笑了,继续道:"我靠在厨房门口看着他,汗水顺着他的赤膊流下,反射着午后太阳的光。他是习武之人,身体很健壮。我当时就在想,四皇子那么高高在上的人,就算落魄了,也不甘居于人后,竟然会乖乖地帮我砍柴,这是我以前连想都不敢想的场景啊!"

众人想象着那个画面,不由自主地点了点头。

"我那时觉得这很像一个家。不知道为什么,他砍柴的画面好像把我们之间的关系拉近了,甚至让我觉得他对我们那段名存实亡的婚姻也是在意的。所以,他应该会保护我,也有能力保护我吧。"

即使已经过了很久,回想起那时的心境,宝宁还是觉得有点儿甜蜜,脸慢慢地红了:"那时候我的年纪还小呢,虽然我想得开,觉得靠自己也很好,但如果有个心意相通的人愿意守护我,陪伴我,那当然更好。谁承想,我和他走着走着,竟然就走到现在了。"

他们成了彼此生命中不可分割的一部分,再也分不开了。

宝宁说完后,屋子里安静了很久。

大家都陷入了回忆中,或是幸福的回忆,或是心酸的回忆,但都是难忘的。

金姑娘最先回过神来,好奇地问:"那最开始的时候,王爷和现在的他应该截然不同吧?他会惹你生气吗?"

阿丑也仰起脑袋问:"如果能有一次机会回到过去,回到第一次见面的时候,你想对那时的王爷说什么?"

说什么?宝宁迷茫地看着桌上的烛火,陷入了沉思。

第二天天还没亮，许氏就带着妆娘和喜婆进来了。

开脸、梳头、换嫁衣……她将七年前的流程又走了一遍。

再次穿上这件嫁衣，宝宁站在镜子前左看右看，觉得熟悉又陌生，心中百感交集。

这件嫁衣好像一个绳结，将现在与七年前连在一起。她马上就要穿着这件嫁衣去见裴原了，他会是什么样的心情呢？

宝宁又想起了昨晚金姑娘和阿丑的问题。她没能想出答案。说实在的，她已经不记得当时的那些细节了，唯一印象深刻的是裴原第一次看到她时的眼神，防备而厌恶。现在回想起来，她觉得没什么，甚至还有些好笑，但当时的她应该是十分难过的吧。

外头响起了爆竹声，团子和季安乐呵呵地跑进来，招呼她："爹爹来接新娘子啦！"

屋子里乱成一团，许氏过来给宝宁盖上盖头，喜婆絮絮叨叨地说吉祥话，季蕴已经在门口等着了。按照京城这边的风俗，新娘子出嫁要由弟弟背出门，脚不能沾地。

裴原在大门口翘首以待。

魏濛一行人等在门外。

裴澈也来了。他身穿私服，混在人群中，含笑看着。

接上新娘子后，轿子朝着济北王府而去。

裴原翻身上马，回想起刚才惊鸿一瞥的宝宁的身影，嘴角抑制不住地上扬。

因为身体不好，他已经很多年没骑过马了，这次宝宁本来也是不同意让他骑马的，是他背地里忤逆了宝宁的意思，坚持要骑着马来接亲。一想到回去后，宝宁问起这件事的情景，他便觉得头疼。但现在他顾不上这些了。对于婚礼，他感到既期待，又兴奋。

在经历过诸多风雨后，他已经很少有这样的感受了。此刻，他好像回到了久远的少年时代，即将娶到魂牵梦萦的爱人。

跨火盆、撒豆子、拜堂、入洞房……

裴原没有留在外面招待宾客。他让礼部尚书顶上他的空缺，迫不及待地回了卧房。

成亲的程序实在烦琐，进了洞房后，他们还有一连串的事要做。喜婆的嘴里念念叨叨的，一会儿让他做这个，一会儿让他做那个。裴原的心思根本不在她话上，他紧盯着宝宁交握在膝上的手。这手又软又嫩的，他已经三天没牵过了。

红嫁衣更衬得她肤白若雪。裴原忍不住想象着,待会儿掀开盖头后,她该有多令人惊艳。

他终于挨到了做最后一件事,喝合卺酒。

看着喜婆递过来的清酒,裴原附在宝宁的耳边小声问:"我今天喝一次酒,行吗?"

宝宁管得严,平日里他滴酒不沾,都快忘了酒是什么滋味了。

宝宁无奈地道:"喝吧。"

裴原痛痛快快地喝完了一杯。

喜婆在旁边看得发愣,比画着:"王爷,不是这样喝的,您要和王妃喝交杯酒!夫妻交杯,不是自己闷头灌酒。"

裴原略显尴尬:"我忘了。"

喜婆赶紧催促侍女又倒了一杯过来。这次,裴原和宝宁顺利地喝了合卺酒。

天已经黑了,折腾了一天,喜婆终于心满意足地带着侍女们下去了。

裴原跟着出去了一趟,嘱咐圆子:"你看好了,不许让弟弟妹妹过来,尤其是季安和小黑土豆,还有你干爹,知道了吗?"

裴原见圆子答应了下来,这才放心地回去,闩上门。

他捏着喜秤,颤颤巍巍地把宝宁的盖头掀开,对上宝宁明亮的眼睛,愣了神。

宝宁笑了起来:"这是怎么了,两杯酒就把你喝傻啦?"

"宝宝今天怎么这么美?"裴原叹息着上前,低头在宝宁的唇上吻了一下,又恋恋不舍地捧起她的脸,"我的魂儿都快被你勾走了。"

老夫老妻这么多年,宝宁很少听他说这样缠绵悱恻的话。骤然听见他这样说,她心里又甜又别扭,哼了一声:"我以前也美,你都看不见。"

"我看得见。"裴原从身后环住她,将下巴枕在她的肩窝处,"别说话,让我抱一会儿,想死我了。"

宝宁垂下眼,美滋滋地翘起唇角,心中的幸福感都快要溢出来了。

至此,她的爱情真的没有遗憾了。

裴原紧贴着她的背,黏人得像一只刚出生的小狗。宝宁刚开始还觉得这个姿势甜蜜,没一会儿就烦了。他重得很,压得她的肩膀酸痛,又热。宝宁试图推开他,裴原不愿意,拉扯了几次,干脆搂着她倒在床上,几下蹬掉鞋子,两人在被子上滚作一团。

宝宁用膝盖顶他的肚子:"别咬我的耳朵……疼!"

"我喜欢咬,你的耳朵软。"裴原轻轻掐她的脸,"不咬也行。新娘子,叫一声夫君。"

宝宁歪着头，不肯叫，裴原眯着眼看她，将手伸过去挠痒痒："叫不叫？"

这么多年了，她的身体，裴原比她还要了解，手一放到她的腰眼上，她便忍不住笑。

"别碰我……"

"我刚娶回来的新娘子，不碰怎么行？"裴原装模作样，"不然聘金岂不是白花了？"

"哪有聘金？你的手上有钱吗？"宝宁嘟囔着，颇为嫌弃地推开裴原的脸。为了显得年轻，他将胡子给刮了，新的胡楂儿刚长出来，淡青色的，有些扎人。

裴原逗她，故意用下巴蹭她的鼻子。宝宁边躲边想，这个人的变化怎么那么大呢——第一次见他的时候，他眼神冷厉，凶悍得像匹狼，现在活脱脱像一只爱舔人的狗。

宝宁忽然想起昨晚阿丑提的那个她没答出来的问题。

她心弦一动，拦住裴原要脱她的衣裳的手，正色问道："如果能有一次机会回到第一次见面的时候，阿原，你想对那时的我说什么？"

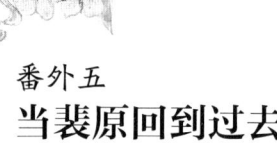

## 番外五
## 当裴原回到过去

深夜，裴原是被风声吵醒的。

他记得睡前关紧了门窗，怎么还会有这么大的风？他皱起眉头，闭眼翻了个身，下意识地想把宝宁搂过来，但意外地扑了个空。

这个小傻子到哪儿去了？

裴原迷迷糊糊地坐起来，睁开眼睛，想看得更清楚，却惊觉眼前的景象不对劲儿。

屋子什么时候变得这么小了？窗子破破烂烂的，棉被也一团糟。

但这个场景似曾相识，裴原思考着，半晌，恍然大悟。

这不就是十年前的景象吗？

十年前，他刚被废了腿，宝宁刚嫁给他时，他们住的就是这么个寒酸的小破屋子。

他怎么到这里来了？

裴原的第一反应就是这是个梦，他狠狠地掐了大腿一把，被疼痛感惊得缓过神来。皎洁的月光透过窗纸洒在地面上。裴原呆坐了好一会儿，终于缓过神来。

他真的回到了十年前？

震惊中隐藏着一丝欣喜，裴原忽然想到，那十年前的宝宁是不是现在就在隔壁？

他顾不上思考自己为什么会出现在这里，要怎么回去，裴原现在唯一的念头就是去见宝宁。他迫不及待地把腿上的被子拨开，想要下床，却忘了腿上有伤，双脚一软，又跌坐回去。他的腿已经痊愈太久了，他都忘了自己的腿十年前是怎样的，一时适应不了，怎么都起不来。正着急，他忽然听见隔壁传来一声小狗的惊叫，随后是宝宁的痛呼声。

裴原头皮一麻，"噌"的一下就站了起来，从床头摸了根棍子，摸索着去了西屋门口，焦急地拍门："宁宁！宁宁，你怎么了？出什么事了？"

他的声音一出，屋子里瞬间安静下来，连阿黄都沉默了。

周遭死一般的寂静。

在裴原怀疑这真的只是在做梦，根本得不到宝宁的回应时，门被缓缓地拉开了一条缝。

"四皇子，您怎么醒了？您是被我吵醒的吗？"紧接着，那边又传来宝宁饱含歉意的声音，她道，"对不起……"

裴原迷茫地眨了眨眼：四皇子？这都是多久以前的称呼了。宝宁为什么这么生疏地叫我？她竟然还说对不起？她为什么要向我道歉？

裴原很快反应过来，对了，现在是十年前，他刚和宝宁在一起。那时他年轻气盛，做了很多伤她的心的错事。宝宁才十五岁，胆子小得像兔子一样，一直很怕他。最开始有三四个月的时间，宝宁是不敢和他说话的。

裴原的心像是被针扎了一下，他感到无奈又后悔，呆呆地站在那里，不知该怎么办。

宝宁躲在门后，只露出一双眼睛，警惕地看着他："四皇子，如果没事的话，您就回去歇息吧。我关门啦！"

"刚才出了什么事？我听见你在惊叫。"裴原将手插进了门缝，强硬地推门，"我进去看看。"

宝宁惊疑不定，觉得今晚的裴原古怪极了，白天还不分青红皂白地骂了她一顿，要她滚，现在又来嘘寒问暖。宝宁不想让他进，用脚抵住门板，小声地道："四皇子，夜深了，您进来不方便。"

"这有什么关系？我们是夫妻。"

她的那点儿力气根本挡不住裴原。裴原轻松地制服了她——他一只手钻进去拉住她的胳膊，另一只手推开门进去。

宝宁没想到他竟然真的进来了，惊慌不已。

裴原轻轻地拉住她的胳膊，顺手在她的头上揉了揉，哄道："乖，别害怕。"

裴原依照记忆，将宝宁扶到床边坐下，自己去点灯。他早就闻到了一股刺鼻的焦炭味，灯亮了才发现是架在炭炉上的水壶洒了，热水浇在木炭上，烧出了这股味道。

裴原的心一紧，他赶紧走到宝宁身边检查她的手："你碰到水壶了？烫着没有？"

宝宁惊疑不定，手腕被裴原捏着，尴尬极了。她摇头道："没有。"

"你说的是实话吗？"裴原不信，把宝宁的袖子挽起来，仔细察看了一遍，没有伤口，刚放下心来，忽然又注意到宝宁的脚腕呈现一个别扭的姿势。

宝宁察觉到他的目光，立刻将脚往后缩，勉强挤出笑容，道："我没事了。四皇子，您快回去吧！"

裴原眯了眯眼，不顾宝宁的挣扎，将她的小腿抬起来，放在自己的腿上，挽起裤脚，果然瞧见一片红肿，有的地方甚至已经鼓起了水泡，触目惊心。

裴原又气又心疼："你躲什么？！疼也不知道叫，你是傻子吗？"

"没什么大事，去倒水的时候，不小心碰到了，我待会儿自己上点儿药就好了。"宝宁被他吼得肩膀一颤，心中的疑惑更甚，不知道裴原在抽什么风，大半夜不睡觉，跑来和她说这些莫名其妙的话。明明他白天的时候还对她冷着脸，这反差也太大了。

宝宁下意识地觉得裴原不怀好意，只想让他快点儿走，不要再留在她的屋子里吓她了。

裴原心中酸涩。越清楚以后的宝宁是什么样子，看见现在的她，他就越心疼。算算时间，她刚嫁给他一个月，原先在国公府也是被人伺候的金贵姑娘，现在却连喝口热水都要自己倒，被烫伤了也没有一个能诉苦的人。他是她名义上的丈夫，但几乎没给过她疼爱，动辄骂她、发脾气，对她漠不关心，甚至她被烫伤他都不知道。

裴原回忆着，宝宁没有和他提起过这件事。即便之后他们的感情如胶似漆，宝宁对于最开始的那段日子也采取回避的态度。

她一定吃过很多苦，但又不喜欢将自己的苦难大肆宣扬，只将往事埋在心里。裴原想着，如果他没回到十年前，肯定会错过宝宁很多委屈的时刻。

裴原叹息着将宝宁的脑袋按进怀里，拍了拍她的背："宁宁，你乖一些，在这里坐着，我去拿药来给你涂，好不好？"

他用很温柔的语气问她好不好，宝宁蒙了，下意识地答了声"好"。裴原又夸她乖，还从灶边的小篮子里拿了两颗红枣给她吃，才去翻药匣子。

阿黄还是小小的一只，安静地趴在宝宁的身边，随着主人的视线关注着裴原的背影，不敢置信地看着他转来转去。

裴原的步子有些慢，过了好一会儿才将药匣子拿过来，他坐到宝宁身边，拿起她的脚，放在自己的膝上，给她涂药。

这个姿势怪异极了，宝宁的脸颊变得通红，她不停地将脚往后缩："不用，我可以自己来。"

"我在这里呢，不用你自己来。"裴原安抚地摸了摸她的后颈，这是他这些年来观察到的宝宁的习惯。宝宁生气或者难过的时候，他只要摸一摸她的后颈，她很快就会安静下来，这次果然也奏效。

宝宁仍旧不明所以，但不再动了。她把阿黄抱在怀里，呆呆地看着裴原给她轻柔地挑破水泡、上药、包扎。

做完这一切后，裴原奖励地碰了碰她的鼻尖："很好，过几天上街去给你买糖吃。"

宝宁不好意思地笑了。

裴原看着她，她现在还只有十五岁，仍是含羞带怯的样子，娇嫩得像一朵沾着露水的花，和十年后的她是两种不一样的美。裴原移不开眼睛。他害怕这是个梦，醒来后就看不到她了，恨不得多看她一会儿，再多看一会儿。

"刚才你是不是想喝水？我再给你倒些水来，好不好？"

宝宁看着裴原，觉得他是认真的，并且自己是真的渴了，犹豫一会儿，点点头："好。"

"这就对了。"裴原笑着站起来，"还有什么要我做的事，你就直接说出来。"

宝宁和阿黄一起盯着他的背影，觉得今晚真奇妙。

宝宁就着裴原的手喝了水，抹了抹嘴唇，一副欲言又止的样子："那个……"

她想问裴原准备什么时候回屋。夜深了，她也困了。但想着裴原刚才反常地向她献殷勤，她又觉得直接赶人好像不太好。她的表情很纠结，裴原一眼就看出她心里想的是什么，直截了当地道："我的屋子里太冷了，晚上睡不安稳。"

宝宁震惊不已。她一点儿也不想让裴原留下，虽然他现在看着挺好相处的，好声好气的，但谁知道他什么时候会变脸。她害怕，着急地拒绝道："我的屋子里也冷，这边的炭烧得还没你那边多。四皇子，您回去吧！"

"那正好，我在你这里睡，省了一份炭。"裴原说着，将占地方的阿黄抱起来，再抖开被子，将宝宁按下去，躺在她的身边。

宝宁晕乎乎的，好像做梦一般，感受到身旁的男人的气息，大气都不敢出。

这到底是怎么回事？

"我们抱一下好不好？"裴原侧过身，将手伸到宝宁的脖子下，将她揽过来，另一只手抓住她的手，按在自己的腹前，"手凉了，过来取取暖，要不然小日子来了，你又要肚子疼了。"

宝宁身上的汗毛都竖了起来，她求救似的看向阿黄。可阿黄只顾着睡觉，看都不看她。宝宁艰难地咽了一口唾沫。她不敢明着违抗裴原，想悄悄地将手抽出来，但这点儿小动作怎么瞒得过裴原的眼睛？

裴原无奈地叹了口气。这都是他以前种下的因，所以现在他得吞下这份苦果。

现在的宝宁不喜欢他,他得去哄她。

宝宁小心地将手往外抽,眼看着已经成功一半了,手腕忽然被裴原反手握住。宝宁愣了一下,随后对上了裴原的眼睛。

"宝宝,咱们不想以前的那些事了。我知道错了,以后再也不会那样做了。从今天起,咱们好好过日子,好不好?"

宝宁的注意力被他开头说的两个字吸引了。他叫她什么?宝宝?宝宁怀疑自己的耳朵出了问题。她与裴原对视,有些受宠若惊:"我……"

"我爱你。"裴原打断她的话,凑过去亲了亲她的眼睛,"相信我,好吗?"

宝宁被他眼中的认真之色蛊惑了,迷迷糊糊地点了点头。

裴原欣喜异常,长长地舒了口气。他知道宝宁累了,不再逼着她说话,避开她受伤的脚腕,将她搂在怀里,用的是过去十年里他们最习惯的姿势。

宝宁真的倦了,很快就睡着了,可裴原睡不着。他还没弄明白自己为什么会出现在这里,怎么回去,还能不能回去。他现在和宝宁过这种平静的小日子固然很好,但他的团子和季安怎么办?裴原不知道该怎么办,他现在唯一能做的事就是过好眼下的每一天,尽他所能地补偿宝宁,让她免去过往的那些辛苦,做快乐的宝宁。他既来之,则安之吧。

第二天早上,天蒙蒙亮,宝宁就惊醒了。她呆呆地坐起来。

裴原跟着坐起来。他已经习惯了宝宁这副懵懂的样子。她才出阁,没经历过之后的风浪,仍保留着独属于少女的那份纯真。裴原想,已为人母的成熟通透的宝宁很好,现在这样的宝宁也很好。只要是宝宁,无论怎样,他都爱。

裴原享受着和现在的宝宁相处的时光,这是不知道什么时候就会消失的恩赐,他无所不用其极地黏着宝宁。最开始牵手时,宝宁不愿意,会偷偷甩开他的手,他总是厚着脸皮再去牵她的手。没过几日,宝宁便不再抗拒他的触碰了。

他拿出给团子梳头的手艺,也给宝宁梳头。宝宁乖巧地坐在镜子前,任由他折腾。裴原没辜负她的期待,左弄右弄,最后弄得真的挺像样的。宝宁对着镜子笑,裴原跟着笑,怜爱地亲亲她的额头。有那么一瞬间,裴原甚至想,就这么一直留在这里好了。

他已经分不清这到底是现实还是梦境,情绪也逐渐脱离了掌控,只想沉浸在如今这种平淡温馨的生活中。

不知道过了几天,或者是更长的一段时间,裴原和宝宁的关系已经变得很亲近了。他逐渐不再满足于牵手,渴望能做更多亲昵的事。

一日晚上,夜很深了,灯也吹灭了,宝宁侧卧着昏昏欲睡,她的亵衣的领口垂了下来,露出大片风光,在朦胧月光的映照下,更显得肤白若雪,莹润如玉。

裴原无意间瞥了一眼，立刻便口干舌燥。他闭眼平复情绪，片刻后，终于忍不住蹭过去，将手背轻轻地贴在她的胸口上，轻唤一声："宁宁。"

　　宝宁没有答话，只睁开眼睛直直地看着他。

　　裴原垂首啄吻她的嘴唇。

　　宝宁将手撑在他的胸前，犹豫了一会儿，但并没有抗拒。

　　裴原嗅着她的发丝散发的香气，口中含着她柔软的唇。

　　"你得好好养养身体，太瘦了。"裴原没管住自己的嘴，"瘦的你虽然好看，但圆润的你更健康，像以后那样就很好。从明日开始，我得看着你每顿多吃一些饭。"

　　宝宁瞪大眼睛，一把推开裴原："以后那个是谁？"

　　裴原没有防备，蓦地被她推到一旁，还没反应过来："什么？"

　　"你刚才说'像以后那样就很好'。"宝宁紧紧抿了抿唇，"以后那个是谁？"

　　裴原蒙了。他不知道该怎么和宝宁解释这件事，为自己的鲁莽感到后悔。如果他直接和宝宁说他比她多了十年的记忆，她应该会觉得他是个疯子吧。但他不这样说的话，宝宁肯定又会误会他。

　　宝宁仍旧盯着他，眼眶慢慢地红了。

　　裴原手足无措，试探着去抱她，被她躲开了。

　　"我和你说一件事，你可不要不相信啊！"裴原犹豫再三，还是决定向她坦白。他小心翼翼地去握她的手："其实，以后的那个也是你呀。"

　　宝宁狐疑地眯起眼。

　　裴原继续道："以后我们会有两个孩子，儿女双全。我们生活在比这里更靠北的地方，日子过得很安稳。阿黄也长大了，有了家室，还生了很多小狗崽。对了，你还养了一只叫阿绵的羊。"

　　宝宁倏地挣开他的手，小声骂道："骗子！"

　　"我没骗你，我说的都是真的。"裴原还想去抓她的手，急切地解释，"哪里有什么别人，自始至终都是你，相信我……"

　　"我就知道。你怎么会一夜之间变化那么大，果然没安好心。"宝宁看着他，忽然扬手甩了他一巴掌。

　　裴原的头被扇得歪了过去，他半晌没缓过劲儿来。

　　宝宁这一巴掌用尽了全力。

　　裴原只觉得脸上火辣辣地疼，等终于回过神来，面前哪里还有宝宁的影子？他彻底慌了，大声地叫宝宁的名字，下床到处寻找，可就是找不到她。

　　她到底去哪里了？

　　"姐，爹为什么在梦里哭啊？"季安奶声奶气地问，"好像还一直在喊娘的名字。"

"梦魇了吧!"团子想了想,肯定地答道,"子安哥哥说过,人被梦魇住了就会这样。不过没关系,我们把爹爹打醒就好了。"

季安仰头问:"怎么打?"

"爹以前怎么打你的,你就怎么打回去,应该就是这样的吧。"

季安兴奋地搓手心:"这个我会!看我的!"

他说完,往手心里哈了口气,抡圆胳膊,一巴掌拍在裴原的脑门儿上。他有贼心没贼胆,打脸是不敢的,只敢打脑门儿。

"啪"的一声,裴原缓缓转醒。他仍然沉浸在梦中宝宁离他而去的悲伤中,一睁眼就瞧见两个孩子盯着他傻笑。

"爹,我救了你。"季安邀功,"要不是我,你不知道还要睡到什么时候呢!"

团子接茬儿,道:"是呀,爹爹,你睡了好久。娘亲都快把午饭做好了,你快起来洗漱,要不然又要被骂了。"

裴原恍然大悟,自己刚才是做了个梦。

刚才那一巴掌是谁打的?

裴原沉下脸,气呼呼地看向季安。

季安察觉到危险,尖叫一声就往外跑。

裴原刚要伸手将他拎过来。

宝宁走到门口:"你跑什么?冒冒失失的,别摔着我的花瓶。"

季安吐吐舌头,乖乖地停了下来。

裴原坐在床头往外看,宝宁站在门口,身后是亮眼的日光。她穿着一身淡绿色的裙子,面庞柔和,眼眸晶亮,好像从画里走出来的仙子一样。

此刻,真真切切地看到她的脸,裴原这才真正从梦里走出来,觉得心安。他的唇角不自觉地勾出一抹笑容。

"什么事这么高兴?"宝宁斜倚着门框看他,笑眯眯地问,"你睡到太阳都快晒屁股了,很舒服吧!你瞧你那懒散的样子,给孩子们做坏榜样,还好意思赖床,赶快起来。"

裴原乖乖地应道:"起,我这就起。"

"饭快熟了,我正在和厨房的嬷嬷琢磨最后一道菜做什么。"宝宁问,"你们想吃煮鸡蛋,还是炒鸡蛋,抑或是蛋花汤?"

裴原皱了皱眉,试探性地问:"就不能不吃鸡蛋吗?"

"不能!"

裴原张嘴又要说话,季安抢先一步:"娘,我想吃鸡蛋饼。"

团子说:"娘,我也想吃鸡蛋饼。"

"我不吃。"裴原拒绝,"我不想吃鸡蛋。"

宝宁瞥了他一眼:"少数服从多数,你反对没用。"

不等裴原反驳,宝宁招手让团子和季安过去,三人手拉手往外走,一片欢声笑语。

团子甜甜地道:"娘,多做一些好不好?子安哥哥晚上读书回来,肚子会饿,我想给他留一些。"

"鸡蛋饼留到晚上就冷了。"宝宁刮了刮她的小鼻子,"娘晚上再做新的,不会饿着你的子安哥哥。"

屋子里,裴原面无表情地穿鞋子,换衣裳。

梦终究是梦,回到现实后,这个家里哪儿还有他的容身之地?

## 番外六
## 裴原八十大寿

　　裴原八十大寿的这一天,整个王府灯火通明,亮如白昼。

　　在宝宁的精心照顾之下,裴原并没有太多老态,虽然头发花白,但脊背仍然挺得直直的。平日里,他总是穿着一身苏绣长袍,捻着胡须,逗孙遛狗。

　　宝宁说他老了后反倒有一身书生气,像个文人。

　　这天是他的生日,又是大寿,宝宁给他好好地打扮了一番,让他穿了一身红色的衣裳,连他最喜欢的那只长毛狗也给戴了大红花。

　　裴原左手抱着狗,右手拉着宝宁的手,笑盈盈地坐在楠木雕花椅子上。

　　裴原和宝宁的儿孙都来看他们了。

　　季蕴和魏濛带着他们的儿孙来拜寿了。

　　新皇也来了。

　　裴澈三年前去世了,裴澈的儿子裴恒继承了皇位,也是人人称颂的一代明君。

　　新皇今年四十有余,虽然有一身君王的凌厉之气,但私下十分亲和,对裴原这个叔父更是格外敬重。可再亲和,他毕竟是皇帝。一同前来贺寿的臣子们安安静静地站了满屋子,连烛光都被遮挡得暗了。

　　没人敢说话。

　　宝宁可不怕威严的新皇。他出生的时候,他的母后身体不好,是她把新皇带大的。

　　宝宁怀里抱着她刚满月的重重孙女,喜气洋洋。她对新皇道:"亭成,你看看这小娃儿生得多粉嫩,像不像我?"

新皇看了小娃儿一眼，笑着说道："像的，这孩子长大后定然同婶娘一样有倾城倾国的姿容。"

宝宁已经七十多岁了，再怎么保养，脸上的皱纹也让她显得有些苍老。她却依然是孩子心性，听了新皇的话，拊掌大笑起来。

新皇是个孝顺的孩子，看到宝宁笑，心中也高兴，又补充了一句："婶娘真是好福气，如今已经五世同堂了。若我能如同婶娘和叔父一般子嗣丰盈，便不用日日被那些臣子念叨了。"

这恭维的话语里带着几分刺耳，来贺寿的朝臣们面面相觑，其中一个经常给新皇上奏的谏臣脸色一白，被吓得差点儿跪下来。

宝宁不怕，仍旧"呵呵"笑着，拉着新皇的手拍了拍："好啦，现在这好福气你也有份儿啦。"

新皇笑了笑，眼中没有半丝不悦之色。

他用双手托住宝宁的手，扶着她慢悠悠地站起身来："婶娘，咱们出去走走吧，今晚的月儿圆得很呢。"

裴原看着新皇将宝宁扶了出去，忘了扶他，气得吹胡子瞪眼。

还是他的小孙子有眼力见儿，过去将他搀扶起来。

裴原有七个孙儿，大的今年都三十多岁了，最小的才七岁。

人老了就喜欢小孩子，裴原听到小孙子祖父长祖父短地叫着，渐渐地也笑了起来，跟着宝宁的背影往前走，身后的人浩浩荡荡地也跟着走。

众人到了南湖边上。

宝宁已经坐在湖边等他了。

裴原走过去，靠在宝宁的肩头，就像几十年前一样。

他老了，人变得矮了，但还是比宝宁高很多。

宝宁摸了摸裴原的头，轻笑一声，道："你怎么还像小孩一样。"

裴原哼了一声，不说话。

他们静静地看着天上的圆月。

新皇过来，给他们盖上挡风的毛毯。

宝宁和裴原这一生共养育了四子三女。宝宁这辈子最骄傲也最高兴的事，便是她的孩子们全都健健康康地长大成人了。

她的孩子有聪明的，也有稍显笨拙的；有漂亮俊美的，也有相貌普通的。但是无一例外，他们都有一颗善良热忱的心。

裴原从小便教导他们要堂堂正正做人，规规矩矩做事。

宝宁深知，新皇之所以敬重他们，不仅仅因为他们是他的叔叔婶娘，更因为她与裴原都有清正的好名声。

  宝宁看了看身旁眯着眼睛吹风的裴原,看了看身后的儿孙,又看了看天上的月亮。

  她没有生在一个好时代,那时候江山动乱,朝不保夕。

  她也生在了一个好时代,如今江山稳固,海晏河清。

  她没有那么好的命。身为不受宠的庶女,小时候的她就像待宰的羔羊。

  可她又是全天下最好命的女人,因为她这一辈子得遇良人,虽死无憾。

【全文完】